El Priorato del Naranjo

Samantha Shannon nació en el oeste de Londres en 1991. En 2013 publicó *La Era de Huesos*, el primer libro con el que inauguró la serie del mismo nombre, compuesta por siete novelas, y con la que se convirtió en autora best seller de *The New York Times* y de *The Sunday Times*. Los derechos audiovisuales han sido adquiridos por Imaginarium Studios y su trabajo ha sido traducido a veintiséis idiomas. También es autora de *El priorato del naranjo*, *El día que se abrió el cielo* y *Las flores en llamas*.

https://www.samanthashannon.co.uk/
y @say_shannon

El Priorato del Naranjo

Samantha Shannon

Traducción de Jorge Rizzo

rocabolsillo

Penguin
Random House
Grupo Editorial

Título original: *The Priory of the Orange Tree*

Enero de 2026

Diseño de la cubierta: David Mann
Imagen de la cubierta: Ivan Belikov

Printed in Spain – Impreso en España

ISBN: 978-84-10197-42-8
Depósito legal: B-17.425-2025

Impreso en Liberdúplex
Sant Llorenç d'Hortons (Barcelona)

RB 9 7 4 2 8

Nota de la autora

Los personajes de ficción de *El Priorato del Naranjo* están inspirados en sucesos y leyendas de diversas partes del mundo. Ninguno de estos lugares pretende ser una fiel representación de ningún país o cultura en ningún momento de la historia.

Sumario

REINO DE INYS
Nurtha
Morga
MAR CETRINO
Caliburn
Ascalon
Suth
Puerto Estío
Punta Albatros
Perchling
ESTRECHO DEL CISNE
Zeedeur
río Hundert
Samana
Brygstad
Perunta
río Salza
río Armata
Wilgastrōm
MONTES SAURGA
Dreadmount
Gulthaga
REINO DRACONIANO DE YSCALIN
BAHÍA DE LAS MEDUSAS
GRAN LLANURA DE YSCALIN
Vazuva
paso de Harmur
río Gauria
Cárscaro
monte Fruma
Córvugar
LAS ESCARPADAS
Tierras Quemadas
Jotenya
ESPADAS DE LOS DIOSES
MAR DE HALASSA
Nzene
Dimabu
monte Dinduru
DESIERTO CARMESÍ
PRIORATO
Isriq
Yikala
cuenca de Lasia
Majigu
DESIERTO DE SUTTU
Rumelabar
DOMINIO DE LASIA
monte Kiri
Kumenga
MONTES ULUMA
río Jungo
Al Eria y la Puerta de Ungulus

Elding
REINO DE HRÓTH
Kantmarkt
Rozentun
ESTADO LIBRE DE MENTENDON
Spilda
EL ABISMO
GOLFO DE EDIN
Ostendeur
Fratáma
DESIERTO DEL SUEÑO TURBADO
Drayasta
DESIERTO DE DARANIYA
Rauca
N
E
W
S
Oasis de Gaudaya
Zirin
MONTES MÍNIMOS
EL BURLAH
PÁRAMO BLANCO
EL ERSYR
MONTES SARRAS
Apata
MAR DE CARMENTUM

monte Whin
río Daprang
IMPERIO DE LOS DOCE LAGOS
CORDILLERA DE WHINSHAN
lago de las Albas Frías
Xothu
MAR CREPUSCULAR
Ciudad de las Mil Flores
Gran Valle Imperial
río Shim
lago de los Días Eternos
PENÍNSULA DE SEPUL
Kanxang
MONTES NHANGTO
Kenglim
lago Vespertino
MONTES LAKRA
MAR DEL SOL TRÉMULO
Ginura
monte Tego
Cabo Hisan
Orisima
bahía de Ginura
lago del Sol Durmiente
río de las Sombras
lago de las Mariposas
Kapara
río Tikara
Sidupi
SEIKI
Brakwa
lago del mar del Sur
bahía de Isunka
Nanta
EL ABISMO
Basai
río Tukupa
Apampi
Ampiki
MAR INFINITO
cabo Péndola
ISLA DE LAS PLUMAS

I

HISTORIAS DE ANTAÑO

Luego vi que un Ángel descendía del cielo, llevando en su mano
la llave del Abismo y una enorme cadena. Él capturó al dragón,
la antigua serpiente —que es el diablo o Satanás—,
y lo encadenó por mil años.
Después lo arrojó al Abismo, lo cerró con llave y lo selló,
para que el dragón no pudiera seducir a las naciones
hasta que se cumplieran los mil años.

Libro de las Revelaciones, 20, 1-3

1

Este

El desconocido salió del mar como un fantasma del agua, descalzo y con las cicatrices de su viaje bien visibles. Caminaba como si estuviera borracho por entre la bruma, que se pegaba a Seiiki como una tela de araña.

Las historias de antaño decían que los fantasmas del agua estaban condenados a vivir en silencio. Que la lengua se les había marchitado, al igual que la piel, y que lo único que cubría sus huesos eran algas. Que estaban destinados a merodear por los bajíos, esperando la ocasión de llevarse a los desprevenidos a lo más profundo del Abismo.

Tané había perdido el miedo a aquellas historias nada más superar la infancia. Ahora su daga brillaba ante ella, curvada como una sonrisa, y miraba fijamente aquella figura en plena noche.

Cuando la figura la llamó, se estremeció.

Las nubes dejaron pasar la luz de la luna, hasta entonces oculta. Le bastó para ver quién era. Y para que él la viera a ella.

No era un fantasma. Era un forastero. Lo había visto, y eso ya no podía cambiarlo.

Estaba quemado por el sol, tenía el cabello pajizo y la barba empapada. Los contrabandistas debían de haberlo abandonado en el agua y le habrían dicho que nadara hasta la orilla. Estaba claro que no conocía su idioma, pero Tané había visto lo suficiente como para entender que estaba pidiéndole ayuda. Que quería ver al Señor de la Guerra de Seiiki.

Tané se sentía como si su corazón fuera un puño que contuviera el trueno. No se atrevía a hablar, porque demostrarle que conocía su idioma sería establecer un vínculo entre ellos, y traicionarse. Revelar que, igual que ahora ella era testigo de su crimen, él también era testigo del de ella.

En aquel momento debería estar aislada. Segura, tras los muros de la Casa del Sur, a punto de levantarse, purificada, para el día más importante de su vida. Y sin embargo ahora había quedado manchada. Marcada, sin posibilidad de redención. Y todo por decidir sumergirse en las aguas del mar una vez más antes del Día de la Elección. Se rumoreaba que el gran Kwiriki se mostraría generoso con quienes tuvieran agallas de escabullirse y salir en busca de las olas durante el aislamiento. Y en cambio a ella le había enviado aquella pesadilla.

Toda su vida había tenido demasiada suerte. Aquel era su castigo. Mantuvo al forastero a distancia con la daga. Viendo ante sí la muerte, él se puso a temblar. Por la mente de Tané pasaron un torbellino de posibilidades, a cual más terrible. Si entregaba a aquel forastero a las autoridades, tendría que revelar que se había saltado el aislamiento.

Quizá no se procediera con el Día de la Elección. El honorable gobernador de Cabo Hisan, aquella provincia de Seiiki, no permitiría que los dioses entraran en un lugar infectado por la enfermedad roja. Podrían pasar semanas hasta que declararan que la ciudad era segura, y para entonces ya habrían decidido que la llegada del forastero era un mal augurio, y que había que dar la oportunidad a la siguiente generación de aprendices, no a la suya, para que se convirtieran en jinetes. Lo perdería todo.

No podía denunciarlo. Tampoco podía abandonarlo. Si realmente tenía la enfermedad roja, dejarle deambular sin que le examinaran pondría en peligro a toda la isla. Solo había una posibilidad.

Le envolvió un trapo alrededor del rostro para evitar que exhalara y transmitiera la enfermedad. Le temblaban las manos. Cuando acabó, lo sacó de la arena negra de la playa y se lo llevó a la ciudad, manteniéndose lo más cerca que le permitía el miedo, apoyándole la punta de la daga en la espalda.

Cabo Hisan era un puerto que nunca dormía. Condujo al forastero a través de sus mercados nocturnos, por santuarios hechos con madera de deriva tallada, por debajo de las tiras de farolillos azules y blancos que se habían colgado para el Día de la Elección. Su prisionero lo miraba todo en silencio. La oscuridad escondía sus rasgos, pero aun así Tané le dio un golpecito en la cabeza con la parte plana de la hoja para que la bajara. Y lo mantuvo todo lo lejos que pudo de los demás. Se le había ocurrido cómo ocultarlo.

Había una isla artificial al norte del cabo. Se llamaba Orisima, y era como una curiosidad para los lugareños. La estación comercial se había construido para dar cobijo a un puñado de mercaderes y exploradores del Estado Libre de Mentendon. Junto con los lacustrinos, que estaban al otro lado del cabo, los ménticos eran los únicos que tenían permiso para seguir comerciando en Seiiki después de que la isla quedara aislada del mundo.

Orisima.

Ahí era donde llevaría al forastero. El puente que conducía a la estación comercial, iluminado con antorchas, estaba vigilado por centinelas armados. Pocos seiikineses tenían permiso para entrar, y ella no se contaba entre ellos. Solo había otro modo para superar la valla, y era la puerta de desembarco, que se abría una vez al año para descargar las mercancías de los barcos ménticos.

Tané condujo al forastero por el canal. No podía colarlo en Orisima personalmente, pero conocía a una mujer que podría hacerlo. Alguien que sabría exactamente en qué punto de la estación comercial esconderlo.

Hacía mucho tiempo que Niclays Roos no recibía visitas. Se estaba sirviendo un poco de vino —una mínima parte de su mísera asignación— cuando oyó que llamaban a la puerta. El vino era uno de los pocos placeres que le quedaban en el mundo, y estaba concentrado aspirando su aroma, disfrutando del momento antes de dar el primer sorbo. Precisamente ahora tenían que interrumpirle, cómo no. Con un suspiro, se levantó de la silla y soltó un gruñido al sentir el pinchazo de dolor en el tobillo. Solo le faltaba la gota.

Volvieron a llamar.

—¡Sí, hombre, ya voy! —murmuró.

La lluvia tamborileaba en el tejado, y él fue a coger su bastón. «Lluvia de las ciruelas», era como llamaban los seiikineses a esta época del año, cuando el aire estaba denso como las nubes y los árboles estaban cargados de fruta. Se abrió paso cojeando entre las colchonetas, maldiciendo entre dientes, y abrió la puerta apenas un centímetro.

Allí fuera, en la oscuridad, había una mujer. El oscuro cabello le caía hasta la cintura y llevaba un vestido estampado con flores de sal. Estaba empapada, demasiado para que fuera únicamente a causa de la lluvia.

—Buenas noches, doctor Roos —dijo ella.

Niclays levantó las cejas.

—Me desagrada profundamente recibir visitas a estas horas. O a cualquier hora. —Habría tenido que saludar inclinando la cabeza, pero no tenía motivo para querer quedar bien con aquella extraña—. ¿Cómo sabes mi nombre?

—Me lo han dicho —dijo, y no parecía que fuera a darle más explicaciones—. Me acompaña uno de tus compatriotas. Se quedará contigo esta noche y lo recogeré mañana al ocaso.

—Uno de mis compatriotas.

La visitante ladeó la cabeza ligeramente y, tras un árbol cercano, asomó una silueta.

—Los contrabandistas lo han entregado a Seiiki —añadió la mujer, mirando por encima del hombro—. Mañana lo llevaré ante el honorable gobernador.

Cuando la luz de la casa iluminó la silueta del hombre, Niclays se quedó helado.

En el umbral de su casa tenía a un hombre de cabellos dorados, tan empapado como la mujer. Un hombre al que nunca había visto en Orisima.

En la estación comercial vivían veinte personas. Conocía a cada uno de ellos, por su rostro y por su nombre. Y no iban a llegar barcos ménticos con gente nueva en mucho tiempo.

De algún modo, aquellos dos habían conseguido pasar sin que los vieran.

—No —respondió Niclays, mirándola—. Por el Santo, mujer, ¿estás intentando implicarme en una operación de contrabando? —Puso la mano sobre la puerta—. No puedo ocultar a un intruso. Si alguien se enterara…

—Una noche —susurró la mujer.

—Una noche, un año… de todos modos nos rebanarán la cabeza. Buenas noches.

En el momento en que se disponía a cerrar la puerta, la mujer introdujo el codo en el hueco.

—Si lo haces —dijo ella, tan cerca que Niclays sintió su aliento en el rostro—, se te recompensará con plata. Tanta como puedas cargar.

Niclays Roos vaciló.

La plata era toda una tentación. Había jugado demasiadas partidas de cartas borracho con los centinelas y les debía más de lo que podría ganar en toda la vida. Hasta ahora, había conseguido aplacar su ira con la promesa de joyas del próximo envío méntico, pero sabía perfectamente que, cuando llegara, no habría ni una maldita joya a bordo. No para alguien como él.

Si hubiera sido más joven, habría aceptado la propuesta sin dudarlo, aunque solo fuera por vivir la aventura. Pero antes de que el viejo que había en él pudiera intervenir, la mujer se retiró de la puerta.

—Volveré mañana por la noche —dijo—. No dejes que lo vean.

—Un momento —le susurró, furioso—. ¿Dónde estás?

Ya se había ido. Echando una mirada a la calle, soltó un gruñido de frustración y metió de un empujón en casa al hombre, que parecía asustado.

Aquello era una locura. Si los vecinos se enteraban de que estaba dando cobijo a un intruso, lo llevarían a rastras ante el furioso Señor de la Guerra, que no era famoso precisamente por su capacidad de compasión.

Y sin embargo ahí estaba.

Cerró la puerta con llave. A pesar del calor, el recién llegado estaba tiritando. Tenía la piel de color oliváceo, quemada por las mejillas, y los ojos azules irritados por la sal. Aunque solo fuera para calmarse, Niclays fue a coger una manta que había traído de Mentendon y se la dio al hombre, que la cogió sin decir palabra. Tenía motivos para estar asustado.

—¿De dónde vienes? —le preguntó Niclays, seco.

—Lo siento —dijo su invitado con voz ronca—. No entiendo. ¿Estáis hablando seiikinés?

Aquello era inys. Una lengua que no había oído en mucho tiempo.

—Eso no era seiikinés —respondió Niclays, usando su idioma—. Era méntico. He supuesto que serías méntico.

—No, señor. Soy de Ascalon —dijo el otro tímidamente—. ¿Puedo preguntarle a quién debo agradecer el haberme acogido?

Típico inys. Siempre tan corteses.

—Roos —espetó Niclays—. Doctor Niclays Roos. Médico cirujano. La persona cuya vida estás poniendo en peligro ahora mismo con tu presencia.

El hombre se lo quedó mirando fijamente.

—El doctor… —Tragó saliva—. ¿El doctor Niclays Roos?

—Felicidades, chico. El agua salada no te ha afectado al oído.

Su invitado cogió aire, aún estremeciéndose.

—Doctor Roos —dijo—, esto es la divina providencia. El hecho de que el Caballero de la Camaradería me haya traído hasta vos, precisamente…

—¿Hasta mí? —Niclays frunció el ceño—. ¿Nos conocemos?

Hizo un esfuerzo por recordar el año pasado en Inys, pero estaba seguro de no haber visto nunca a aquel hombre. A menos que fuera alguna vez en que estaba borracho. Hubo bastantes de aquellas ocasiones en Inys.

—No, señor, pero un amigo me dijo vuestro nombre. —El hombre se secó la cara con la manga—. Estaba seguro de que perecería en el mar, pero verle me ha devuelto a la vida. Gracias al Santo.

—Tu santo aquí no tiene ningún poder —murmuró Niclays—. Dime, ¿cómo te llamas?

—Sulyard. Maese Triam Sulyard, señor, a vuestro servicio. Era escudero en la corte de Su Majestad Sabran Berethnet, reina de Inys.

Niclays apretó la mandíbula. Aquel nombre encendió una ira candente en sus entrañas.

—Un escudero. —Se sentó—. ¿Se cansó Sabran de ti, igual que se cansa de todos sus súbditos?

Sulyard se tensó.

—Si insultáis a mi reina…

—¿Qué es lo que harás? —dijo Niclays, mirándolo por encima de las gafas—. Quizá debería llamarte Triam So-lerdo. ¿Tienes idea de lo que les hacen por aquí a los intrusos? ¿Es que Sabran te ha enviado a que sufras una muerte terrible?

—Su Majestad no sabe que estoy aquí.

Interesante. Niclays le sirvió una copa de vino.

—Toma —dijo, rezongando—. Bébetelo todo.

Sulyard vació la copa.

—Bueno, maese Sulyard, esto es importante —prosiguió Niclays—. ¿Cuánta gente te ha visto?

—Me hicieron nadar hasta la orilla. Primero llegué a una cala de arena negra. —Sulyard estaba temblando—. Una mujer me encontró y me llevó a una ciudad a punta de cuchillo. Me dejó solo en un establo… Luego vino otra mujer y me dijo que la siguiera. Me llevó al mar y nadamos juntos hasta llegar a un embarcadero. Al final había una puerta.

—¿Y estaba abierta?

—Sí.

La mujer debía de conocer a uno de los centinelas. Le pediría que dejara la puerta abierta. Sulyard se frotó los ojos. El tiempo pasado en el mar se había cobrado su precio, pero Niclays lo observó y vio que era joven; quizá no tendría ni veinte años.

—Doctor Roos —dijo—. He venido en una misión de la máxima importancia. Tengo que hablar con el…

—Lo siento, pero tengo que interrumpirte, maese Sulyard —intervino Niclays—. No tengo el mínimo interés en saber por qué estás aquí.

—Pero…

—Sea lo que sea, has venido hasta aquí sin permiso de ninguna autoridad, lo que significa que es un disparate. Si el jefe de oficiales te encuentra y te someten a interrogatorio, quiero poder decir con toda honestidad que no tengo ni la menor idea de por qué te presentaste ante mi puerta en plena noche y que pensaba que tenías permiso para estar en Seiiki.

Sulyard parpadeó.

—¿El jefe de oficiales?

—El oficial seiikinés al mando de este vertedero flotante, aunque da la impresión de que cree ser un dios menor, o algo así. ¿Sabes al menos dónde te encuentras?

—En Orisima, la última estación comercial del Oeste en el Este. Fue su existencia lo que me hizo albergar esperanzas de que el Señor de la Guerra podría recibirme.

—Te aseguro —dijo Niclays— que bajo ninguna circunstancia recibirá Pitosu Nadama a un intruso en su corte. Lo que sí hará, si se entera de tu presencia, es ejecutarte.

Sulyard no dijo nada.

Niclays se planteó brevemente decirle al chico que su rescatadora pensaba volver a por él el día siguiente, quizá para alertar a las autoridades de su llegada, pero decidió no hacerlo. Sulyard podría asustarse e intentar escapar, y no tenía adónde huir.

Solo un día. Al día siguiente se iría.

Justo en aquel momento Niclays oyó voces en el exterior. Pasos que resonaban sobre el piso de madera de las otras casas. Sintió un escalofrío.

—Escóndete —dijo, y agarró su bastón.

Sulyard se ocultó tras un biombo. Niclays abrió la puerta con manos temblorosas.

Siglos atrás, el Primer Señor de la Guerra de Seiiki había firmado el Gran Edicto y había cortado el acceso a la isla para todo el que no fuera lacustrino o méntico, para proteger a su pueblo de la peste draconiana. Cualquier intruso que llegara sin permiso sería ejecutado. Al igual que cualquiera que le hubiera acogido.

En la calle no había ni rastro de los centinelas, pero se habían congregado varios de sus vecinos. Niclays fue con ellos.

—En el nombre de Galian, ¿qué está pasando? —le preguntó al cocinero, que estaba mirando hacia algún punto en lo alto, con la boca tan abierta que habría podido cazar mariposas con ella—. Yo te aconsejaría no poner esa cara en el futuro, Harolt. La gente podría pensar que estás atontado.

—Mira, Roos —exclamó el cocinero, aún boquiabierto—. ¡Mira! Más vale que sea…

Pero entonces lo vio, y no acabó la frase. Una enorme cabeza se elevó sobre la valla de Orisima. Pertenecía a una criatura hecha de joyas y de agua de mar. Sus escamas, humeantes, eran de piedra de luna, tan relucientes que parecían tener luz propia, y estaban cubiertas de unas gotitas que eran como piedras preciosas. Cada ojo era una estrella fulgurante, y cada cuerno era como el mercurio, brillando a la pálida luz de la luna. La criatura flotó con la gracia de una cinta, más allá del puente, y se elevó en el cielo, ligera y silenciosa como una cometa de papel.

Un dragón. En el momento en que se elevaba sobre Cabo Hisan, otros fueron saliendo del agua, dejando una fría bruma tras ellos. Niclays se llevó la mano al pecho en un intento por frenar su desbocado corazón.

—¿Qué demonios… —murmuró— están haciendo estos aquí?

2

Oeste

Iba enmascarado, por supuesto. Como todos los demás. Solo un loco entraría en la Torre de la Reina sin asegurarse el anonimato, y si había conseguido llegar a la Cámara Privada de la Reina, desde luego quería decir que este degollador no era tonto. Más allá, en la Alcoba Real, Sabran yacía profundamente dormida.

Con la melena suelta y sus oscuras pestañas que contrastaban con sus mejillas, la reina de Inys era la imagen de la placidez. Esa noche era Roslain Crest quien dormía a su lado.

Ambos eran ajenos a la sombra que se acercaba por momentos, decidida a matarlos.

Al retirarse esa noche, Sabran había dejado la llave de su estancia más privada en manos de una de sus damas de honor. Ahora estaba en manos de Katryen Withy, y caminaba por la Galería de los Cuernos. Los aposentos reales estaban vigilados por la Guardia Real, pero la puerta de la Alcoba Real no siempre estaba vigilada. Al fin y al cabo, solo había una llave que la abriera.

No había riesgo de intrusos.

En la Cámara Privada de la Reina, última barrera que separaba el dormitorio de la reina del mundo exterior, el degollador miró atrás. Sir Gules Heath había recuperado su posición en el exterior, inconsciente del peligro que se había colado en la torre mientras él estaba en otro sitio. Sin saber que Ead, oculta entre las vigas, observaba al degollador acercándose a la puerta que le llevaría hasta la reina. Sin hacer ningún ruido, el intruso extrajo una llave de debajo de la túnica y la introdujo en la cerradura.

Giró. Durante un buen rato, no se movió. Esperando su

oportunidad. Este era mucho más cuidadoso que los otros. Cuando Heath, en el exterior, dio rienda suelta a uno de sus accesos de tos, el intruso abrió la puerta de la Alcoba Real. Con la otra mano, desenvainó un puñal. El mismo tipo de puñal que habían usado los otros.

Cuando se movió, también lo hizo Ead, dejándose caer en silencio de la viga, tras él.

Sus pies descalzos aterrizaron sobre el mármol. En el momento en que el degollador entraba en la Alcoba Real, daga en ristre, ella le tapó la boca con la mano y le clavó su puñal entre las costillas.

El degollador se retorció. Ead aguantó con fuerza, teniendo cuidado de no derramar ni una gota de sangre. Cuando el cuerpo se quedó inmóvil, lo dejó en el suelo y le levantó la visarda, la misma que habían usado otros antes que él.

El rostro que escondía la máscara era muy joven, el de un chico. Unos ojos azules como el agua de un estanque miraban fijamente al techo.

No era nadie que conociera. Ead le besó la frente y lo dejó sobre el suelo de mármol.

Un momento después de volver a ocultarse entre las sombras, oyó un grito de socorro.

Al alba seguía en el recinto de palacio. Tenía el cabello recogido en una trenza dorada adornada con esmeraldas.

Cada mañana seguía la misma rutina. Ser predecible era seguro. Primero iba al maestro del Correo, que le confirmaba que no había cartas para ella. Luego iba a las puertas y miraba en dirección a la ciudad de Ascalon, y se imaginaba que un día caminaría por ella, y que seguiría caminando hasta que llegara a un puerto y a un barco que la llevara a su casa, a Lasia. A veces veía a alguien que conocía ahí fuera, y se saludaban con un gesto de la cabeza apenas insinuado. Por último iba a la Sala de Banquetes a desayunar con Margret, y luego, a las ocho, iniciaba sus tareas.

La primera de ese día era localizar a la lavandera real. Ead la encontró enseguida tras la Cocina Real, apoyada en un hueco de la pared cubierto de hiedra. Un mozo de cuadra parecía estar contándole las pecas del cuello con la lengua.

—Buenos días a los dos —saludó Ead.

La pareja se separó de un bote, sobresaltados. El mozo de cuadra, con los ojos desorbitados, echó a correr como uno de sus caballos.

—¡Señora Duryan! —dijo la lavandera, alisándose la falda y haciendo una reverencia, ruborizada hasta las raíces del cabello—. Oh, por favor, no se lo digáis a nadie, señora, o me buscarán la ruina.

—No tienes que hacerme reverencias. No soy una dama —dijo Ead, y esbozó una sonrisa—. Me ha parecido prudente recordarte que debes asistir a Su Majestad todos los días. Últimamente estás un poco descuidada.

—Oh, señora Duryan, reconozco que últimamente me he distraído un poco, pero es que he estado tan nerviosa... —La lavandera se retorció las callosas manos—. Los criados murmuran, señora. Dicen que un pequeño wyvern se llevó ganado de los Lagos no hace ni un par de días. ¡Un wyvern! ¿No es aterrador pensar que los siervos del Innombrable puedan estar despertando?

—Bueno, pues precisamente por eso debes ser prudente en tu trabajo. Esos siervos del Innombrable desean que Su Majestad desaparezca, porque su muerte traería de nuevo a su señor a este mundo —dijo Ead—. Por eso es esencial tu función. No debes dejar de examinar sus sábanas cada día en busca de cualquier veneno, y debes asegurarte de que tiene las sábanas limpias y frescas.

—Por supuesto, sí. Prometo que prestaré más atención a mis obligaciones.

—Oh, pero no debes prometérmelo a mí. Debes prometérselo al Santo —dijo Ead, ladeando la cabeza en dirección al Santuario Real—. Ve ahora. Quizá puedas pedirle perdón por tu... indiscreción. Ve con tu amante y rezad para pedir clemencia. ¡Apresúrate!

La lavandera se fue corriendo y Ead no pudo reprimir una sonrisa. ¡Qué fácil resultaba poner nerviosos a los inys!

Pero enseguida borró la sonrisa del rostro. Un wyvern había osado robar ganado de los humanos. Aunque aquellos escupefuegos llevaban años despertando de su largo letargo, no se habían producido muchos avistamientos... hasta los últimos meses. Era un mal presagio que estuvieran volviéndose más atrevidos, hasta el punto de cazar en zonas pobladas.

Ead tomó el largo camino hacia la Alcoba Real, caminando por la sombra. Pasó junto a la Biblioteca Real, esquivó a uno de los pavos reales blancos que se paseaban por los jardines y entró en los claustros.

El Palacio de Ascalon —un coloso de piedra caliza clara— era la mayor y la más antigua de las residencias de la Casa de Berethnet, soberanos del Reino de Inys. Los daños que había sufrido durante la Caída de las Sombras, cuando el Ejército Draconiano había lanzado su guerra de un año contra la humanidad, habían quedado borrados tiempo atrás. Todas las ventanas lucían vitrales de todos los colores del arcoíris. El recinto albergaba un Santuario de las Virtudes, jardines, zonas de ombría y la inmensa Biblioteca Real, con su torre del reloj de mármol. En verano era el único lugar en el que Sabran concedía audiencia.

Había un manzano en el centro del patio. Ead se paró al verlo, y sintió una punzada en el pecho.

Hacía cinco días que Loth había desaparecido del palacio en plena noche, junto con lord Kitston Glade. Nadie sabía dónde habían ido, ni por qué habían abandonado la corte sin permiso. A Sabran se le veía la preocupación en el rostro, pero Ead la sufría en silencio.

Recordó el olor de la leña ardiendo en su primera Fiesta de la Camaradería, cuando conoció a lord Arteloth Beck. Cada otoño, la corte se reunía en un Reino de las Virtudes para intercambiar regalos y celebrar su unidad. Era la primera vez que se veían en persona, pero Loth le había dicho que hacía tiempo que sentía curiosidad por aquella dama de compañía. Había oído rumores sobre una sureña de dieciocho años, ni noble ni campesina, recién convertida a las Virtudes de los Caballeros. Según muchos cortesanos, había sido el embajador en el Ersyr quien se la presentó a la reina.

«Yo no os traigo joyas ni oro para celebrar el Año Nuevo, majestad. En vez de eso, os traigo una dama para vuestro servicio personal —había dicho Chassar—. La lealtad es el mejor de los regalos.»

La reina solo tenía veinte años. Una dama de compañía que no tuviera sangre noble era un regalo peculiar, pero por cortesía se vio obligada a aceptarla.

Se llamaba la Fiesta de la Camaradería, pero de fraterno no tenía tanto. Nadie se había acercado a pedirle un baile a Ead aquella noche; nadie salvo Loth. Era de hombros anchos, le pasaba una cabeza, tenía la piel de un negro profundo y un cálido acento norteño. Todo el mundo en la corte conocía su nombre. Era el heredero de los condes de Goldenbirch —lugar de nacimiento del Santo— y amigo íntimo de la reina Sabran.

«Señora Duryan —le dijo, con una reverencia—, ¿me haríais el honor de concederme un baile? Me libraréis de la tediosa conversación del ministro del Tesoro, y quedaré en deuda con vos. Para compensaros, me haré con una jarra del mejor vino de Ascalon, y la mitad será vuestra. ¿Qué me decís?»

Necesitaba un amigo. Y algo fuerte de beber. Así que, aunque se tratara de lord Arteloth Beck, y aunque fuera un completo desconocido, bailaron tres pavanas y se pasaron el resto de la noche junto al manzano, bebiendo y charlando bajo las estrellas. Antes de que pudiera darse cuenta, había nacido una amistad.

Ahora él ya no estaba, y solo había una explicación posible. Loth no habría dejado nunca la corte por voluntad propia, desde luego no sin decírselo a su hermana, sin excusarse por marcharse de Sabran. La única explicación posible era que se hubiera visto obligado.

Tanto ella como Margret habían intentado advertirle. Le habían dicho que su amistad con Sabran —amistad que se remontaba a sus tiempos de infancia— acabaría convirtiéndole en una amenaza para sus potenciales pretendientes. Que ahora que eran adultos debía mostrarse menos cercano a ella.

Loth nunca había atendido a razones.

Ead sacudió la cabeza y volvió a la realidad. Salió del patio y se quedó a un lado para dejar paso a un grupo de criados al servicio de lady Igrain Crest, la duquesa de Justicia. En el tabardo llevaban bordado el blasón de la duquesa.

El Jardín del Reloj Solar absorbía la luz de la mañana. El sol acariciaba sus senderos y las rosas que florecían entre la hierba mostraban un intenso rubor. Sobre un dintel montaban guardia las estatuas de las cinco grandes reinas de la Casa de Berethnet, y bajo ellas estaba la puerta de entrada a la cercana Torre de Alabastro. A Sabran siempre le había gustado dar paseos en días como aquel, cogida del brazo de una de sus damas de compañía, pero hoy los senderos estaban vacíos: la reina no estaría de humor para pasear después de que hubieran encontrado un cadáver tan cerca de su lecho.

Ead se acercó a la Torre de la Reina. Las wisterias que trepaban por sus paredes estaban cubiertas de flores color púrpura. Subió los numerosos escalones del interior y llegó a las estancias de la reina.

Doce caballeros de la Guardia Real, con sus armaduras doradas y sus túnicas verdes de verano, flanqueaban la entrada a la Cámara Privada. En los brazales lucían un patrón floreado, y en la pechera el blasón de Berethnet. Al acercarse Ead la miraron atentamente.

—Buen día —dijo ella.

Al momento la reconocieron, y se hicieron a un lado para que pasara a la Cámara Privada de la Reina.

Ead enseguida vio a lady Katryen Withy, sobrina del duque de la Camaradería. Con sus cuatro codos de altura, era la más joven y la más alta de las tres damas de honor, tenía la piel morena y suave, los labios carnosos y una espesa melena rizada de un rojo tan profundo que era casi negro.

—Señora Duryan —dijo. Al igual que todo el personal de palacio, iba vestida de verde y amarillo por el verano—. Su Majestad está aún acostada. ¿Encontrasteis a la lavandera?

—Sí, milady —dijo Ead, con una reverencia—. Parece ser… que sus obligaciones familiares la han distraído.

—Ninguna obligación pasa por delante del servicio a la corona —dijo Katryen, mirando hacia la puerta—. Ha habido otra intrusión. Esta vez, el degollador no era ningún patán. No solo consiguió llegar hasta la Alcoba Real, sino que tenía una llave de la puerta.

—La Alcoba Real —dijo Ead, fingiéndose asombrada—. Entonces alguien del servicio de la reina ha traicionado a Su Majestad.

Katryen asintió.

—Creemos que subió por la Escalera Secreta. Eso le habría permitido esquivar a la mayoría de la Guardia Real y llegar directamente a la Cámara Privada de la Reina. Y dado que la Escalera Secreta lleva sellada una década… —Suspiró—. El sargento Porter ha sido despedido por su falta de atención. A partir de ahora, la puerta de la Alcoba Real debe estar vigilada siempre.

Ead asintió.

—¿Qué deseáis que hagamos hoy?

—Tengo una tarea especial para vos. Como sabéis, hoy llega el embajador méntico, Oscarde utt Zeedeur. Su hija últimamente se ha mostrado muy descuidada a la hora de vestirse —dijo Katryen, haciendo un mohín—. Lady Truyde siempre estuvo impecable cuando venía a la corte, pero ahora… Bueno, ayer se presentó a las oraciones con una hoja en el pelo, y el día anterior se le olvidó el ceñidor. —Le echó una larga mirada a Ead—. Parece que vos sabéis vestiros de modo acorde a vuestra posición. Encargaos de que lady Truyde esté a punto.

—Sí, milady.

—Oh, y Ead, no habléis de la intrusión. Su Majestad no desea sembrar intranquilidad en la corte.

—Por supuesto.

Al pasar junto a los guardias por segunda vez, Ead los fulminó con la mirada.

Hacía tiempo que sabía que había alguien en la corte que permitía que entraran degolladores al palacio. Ahora les había incluso proporcionado una llave para llegar hasta la Reina de Inys durante la noche.

Estaba decidida a descubrir quién había sido.

La Casa de Berethnet, al igual que la mayoría de familias reales, había sufrido unas cuantas muertes prematuras. Glorian I había muerto envenenada con una copa de vino. Jillian III llevaba solo un año en el trono cuando la apuñaló en el corazón uno de sus propios sirvientes. La madre de la propia Sabran, Rosarian IV, había muerto al ponerse un vestido impregnado en veneno de basilisco. Nadie sabía cómo había llegado aquella prenda a la Cámara Privada, pero se sospechaba que alguien había jugado sucio.

Ahora los degolladores habían vuelto a por la heredera de la Casa de Berethnet. A cada intento se iban acercando cada vez más a la reina. Habían visto a otro colándose en la Galería de los Cuernos, y otro había gritado enfurecido a las puertas de la Torre de la Reina, hasta que llegó la Guardia Real y se lo llevó. No habían encontrado ninguna conexión entre los potenciales asesinos, pero Ead estaba segura de que tenían un mismo jefe. Alguien que conocía bien el palacio. Alguien que estaba en disposición de robar la llave, hacer una copia y volver a ponerla en su sitio en el mismo día. Alguien que sabía cómo abrir la Escalera Secreta, que llevaba cerrada desde la muerte de la reina Rosarian.

Si Ead fuera una de las damas de honor, una persona de confianza de Sabran, sería más fácil protegerla. Desde su llegada a Inys esperaba la oportunidad de acceder a esa posición, pero estaba empezando a convencerse de que aquello no sucedería nunca. Una conversa sin título no era una buena candidata para el cargo.

Ead encontró a Truyde en la Cámara de los Cofres, donde dormían las damas de compañía. Había doce camas, una junto a la otra. Los aposentos de las damas eran más espaciosos que en ninguno de los otros palacios, pero incómodos para unas jóvenes nacidas en el seno de familias nobles.

Las damas de compañía más jóvenes estaban jugando con las almohadas, riendo, pero pararon de golpe al ver entrar a Ead. La dama de compañía que buscaba seguía en la cama.

Lady Truyde, marquesa de Zeedeur, era una joven seria, de rostro pálido y con pecas, y con unos ojos como el carbón. La habían enviado a Inys a los quince años, hacía dos, para aprender el protocolo de la corte antes de que llegara la hora de heredar el Ducado de Zeedeur de su padre. Ead la veía siempre extremadamente atenta a todo, y eso la intranquilizaba. A menudo se la veía en la Sala de Lectura, subida a alguna escalera u hojeando antiguos libros con las páginas medio descompuestas.

—Lady Truyde —dijo Ead, haciendo una reverencia.

—¿Qué pasa? —respondió la joven, que parecía aburrida. Tenía un acento pastoso como la cuajada.

—Lady Katryen me ha pedido que os ayude a vestiros. Con vuestro permiso.

—Tengo diecisiete años, señora Duryan, y aún conservo la inteligencia suficiente como para vestirme sola.

Las otras damas contuvieron la respiración.

—Me temo que lady Katryen no está de acuerdo —dijo Ead, con tono neutro.

—Lady Katryen se equivoca.

Las damas seguían conteniendo la respiración. Ead se preguntó si se habría acabado el oxígeno en la sala.

—Señoritas —les dijo a las chicas—, encontrad una criada y pedidle que llene el lavabo de agua, hacedme el favor.

Las jóvenes salieron. Sin hacer reverencias. Ella tenía un cargo de rango superior en la corte, pero ellas eran nobles. Truyde se quedó mirando la ventana emplomada unos segundos antes de levantarse.

Se dejó caer en el taburete junto al lavabo.

—Os pido disculpas, señora Duryan —dijo—. Hoy estoy de mal humor. Últimamente no consigo dormir bien. —Juntó las manos sobre el regazo—. Si así lo desea lady Katryen, podéis ayudarme a vestirme.

Desde luego parecía cansada. Ead se acercó al fuego y puso a calentar unas telas. Después de que una criada trajera el agua, se situó detrás de Truyde y cogió sus abundantes tirabuzones con las manos. Le llegaban hasta la cintura y eran de un color rojo intenso. Ese tipo de cabello era habitual en el Estado Libre de Mentendon, que se extendía del otro lado del estrecho del Cisne, pero muy raro en Inys.

Truyde se lavó la cara. Ead le lavó el cabello con grialina, y luego se lo aclaró y la peinó, desenredándolo. Durante todo el tiempo que duró el proceso, la joven no dijo nada.

—¿Estáis bien, milady?

—Bastante bien —respondió Truyde, dándole vueltas al anillo que llevaba en el pulgar, mostrando la mancha verde que le había dejado en el dedo—. Solo... algo molesta con las otras damas y sus cotilleos. Decidme, señora Duryan, ¿habéis oído algo de maese Triam Sulyard, escudero de sir Marke Birchen?

Ead le secó el cabello a Truyde con las telas calentadas al fuego.

—No mucho —dijo—. Solo que abandonó la corte en invierno sin permiso, y que tenía deudas de juego. ¿Por qué?

—Las otras chicas no dejan de hablar de su desaparición y se inventan historias increíbles. Yo esperaba poder silenciarlas.

—Siento decepcionaros.

Tryde levantó la vista y la miró con unos ojos rodeados de pestañas color caoba.

—Vos en otro tiempo fuisteis dama de compañía.

—Sí —dijo Ead, apartando las telas—. Cuatro años, después de que el embajador uq-Ispad me trajera a la corte.

—Y luego os ascendieron. Quizá un día la reina Sabran me haga dama de la Cámara Privada a mí también —dijo Truyde, suspirando—. Así no tendría que dormir en esta jaula.

—Todo puede ser una jaula para una jovencita —dijo Ead, apoyándole una mano en el hombro—. Iré a por vuestro vestido.

Truyde se sentó junto al fuego y se mesó los cabellos. Ead la dejó allí un rato para que se le secaran. En el exterior, lady

Oliva Marchyn, gobernanta de las damas, estaba formulando sus acusaciones con aquella voz estridente que la caracterizaba. Cuando vio a Ead, enseguida saludó:

—Señora Duryan.

Pronunció el nombre como si fuera una desgracia. Era algo que Ead tenía que soportar de ciertos miembros de la corte. Al fin y al cabo, era una sureña, nacida fuera de Virtudom, y eso despertaba sospechas entre los inys.

—Lady Oliva —respondió, muy tranquila—. Lady Katryen me ha pedido que ayude a lady Truyde a vestirse. ¿Podéis darme su vestido?

—Hmm. Seguidme —dijo Oliva, y la condujo por otro pasillo. Un mechón de cabello gris se le había escapado del moño—. Esa chica debería comer algo más. En invierno se marchitará como una flor.

—¿Cuánto tiempo hace que no tiene apetito?

—Desde la Fiesta de Inicio de la Primavera —respondió Oliva, con una mirada de desdén—. Ponedla guapa. Su padre se pondrá furioso si piensa que no damos de comer bien a su hija.

—¿No estará enferma?

—Conozco los síntomas de la enfermedad, señora.

—¿Enamorada, quizá? —sugirió Ead, esbozando una sonrisa.

Oliva hizo un mohín.

—Es una dama de compañía. Y no permitiré cotilleos en la Cámara de los Cofres.

—Disculpad, milady. Era una broma.

—Vos sois una dama de la Cámara Privada de la Reina, no un bufón —replicó Oliva con un gesto de desdén. Cogió el vestido de la plancha y se lo entregó.

Ead hizo una reverencia y se retiró. Aborrecía a aquella mujer con todo su ser. Los cuatro años que había pasado como dama de compañía habían sido los más horribles de su vida. Incluso tras su conversión pública a las Seis Virtudes, seguían cuestionando su lealtad a la Casa de Berethnet.

Recordaba los días en que se acostaba en su cama de la Cámara de los Cofres, con los pies doloridos, oyendo comentarios de las otras chicas sobre su acento sureño y cómo especulaban sobre las herejías que debía de haber practicado en el Ersyr. Oliva nunca había dicho una palabra para acallarlas. Ead sabía que aquello pasaría, pero le hería en el orgullo que la ridiculizaran así. Cuando quedó una vacante en la Cámara Privada, la gobernanta de las damas se había mostrado encantada de librarse de ella. Ead había hecho de todo, desde bailar para la reina a prepararle el baño o poner en orden los aposentos reales. Ahora tenía su propia habitación y un sueldo mejor.

En la Cámara de los Cofres, Truyde la esperaba vestida con una bata. Ead la ayudó a ponerse el corsé y unas enaguas de verano, y luego un vestido de seda negro con las mangas abullonadas y una gorguera de encaje. Sobre el corazón lucía un broche con el escudo de su patrono, el Caballero del Valor. Todos los niños de los Reinos de las Virtudes escogían su caballero patrono cuando alcanzaban los doce años de edad.

Ead también lucía un broche. Una gavilla de trigo, símbolo de la generosidad. Lo había recibido en el momento de su conversión.

—Señora —dijo Truyde—, las otras damas de compañía dicen que vos sois una hereje.

—Yo rezo mis oraciones en el santuario —respondió Ead—, a diferencia de algunas de esas damas de compañía.

Truyde se la quedó mirando.

—¿Realmente os llamáis Ead Duryan? —preguntó de pronto—. A mí ese nombre no me suena a ersyri.

Ead recogió un carrete de cinta dorada.

—¿Es que habláis ersyri, milady?

—No, pero he leído historias del país.

—Leer —dijo Ead, como si nada—. Un pasatiempo peligroso.

—Os estáis burlando de mí —respondió Truyde, mirándola desafiante.

—En absoluto. Las historias tienen un gran poder.

—Todas las historias nacen de una semilla de verdad —replicó Truyde—. Aportan conocimiento a partir de la simbolización.

—Entonces confío en que uséis vuestro conocimiento con buenos fines —dijo Ead, introduciéndole los dedos por entre los rojos tirabuzones—. Y ya que lo preguntáis… No, no es mi verdadero nombre.

—Ya me lo parecía. ¿Y cuál es vuestro verdadero nombre?

Ead le separó dos mechones de cabello y le hizo una trenza con la cinta.

—Nadie lo ha oído nunca.

—¿Ni siquiera Su Majestad? —exclamó, levantando las cejas.

—No —respondió Ead, que le hizo dar media vuelta para mirarla directamente a la cara—. La gobernanta está preocupada por vuestra salud. ¿Estáis segura de que os encontráis bien?

Truyde vaciló. Ead le apoyó una mano en el brazo en un gesto fraterno.

—Ahora sabéis mi secreto. Estamos unidas por un pacto de silencio. Esperáis un bebé. ¿Es eso?

Truyde se tensó de golpe.

—No, no lo es.

—Entonces, ¿qué pasa?

—No es asunto vuestro. Tengo el estómago revuelto, eso es todo, desde que…

—Desde que se fue maese Sulyard.

Truyde la miró como si le hubiera dado un latigazo.

—Se fue en primavera —dijo Ead—. Lady Oliva dice que no tenéis mucho apetito desde entonces.

—Estáis haciendo demasiadas suposiciones, señora Duryan. Demasiadas —replicó Truyde, apartándose, con las aletas de la nariz hinchadas—. Yo soy Truyde utt Zeedeur, marquesa de Zeedeur, y llevo la sangre de los Vatten. La simple idea de que yo pudiera rebajarme a buscar a ese indigno escudero… —Se giró—. Salid de mi vista, o le diré a lady Oliva que estáis difundiendo mentiras sobre una dama de compañía.

Ead sonrió brevemente y se retiró. Llevaba demasiado tiempo en la corte como para que una niña pudiera ponerla nerviosa.

Oliva la observó marcharse por el pasillo. Cuando salió a la luz del sol, Ead aspiró el aroma de la hierba recién cortada.

Una cosa estaba clara: Truyde utt Zeedeur había tenido trato con Triam Sulyard. Y Ead se aseguraba de que ningún secreto de la corte le pasara inadvertido. Si la Madre lo permitía, de este también se enteraría.

3

Este

El alba asomó sobre Seiiki como el pico de una garza saliendo del cascarón. Una luz pálida se coló en la habitación. Los postigos estaban abiertos por primera vez en ocho días.

Tané miró al techo con los ojos irritados. Había pasado toda la noche inquieta, sintiendo calor y frío alternativamente.

No se despertaría en aquella habitación nunca más. Había llegado el Día de la Elección. El día que había esperado desde que era niña, y que había puesto en riesgo, como una tonta, al decidir escapar del aislamiento. Y al pedirle a Susa que ocultara al forastero en Orisima también había puesto en peligro la vida de ambas.

El estómago le daba vueltas como una noria. Cogió su uniforme y la ropa de la colada, pasó junto a Ishari, aún dormida, y salió sigilosamente de la habitación. La Casa del Sur se encontraba a los pies de las colinas de la Mandíbula del Oso, la cordillera que se alzaba sobre Cabo Hisan. Como las otras Casas de Instrucción, la del Sur preparaba a los aprendices candidatos a la Gran Guardia Marina. Tané llevaba viviendo allí dentro desde que tenía tres años. Salir al exterior era como meterse en un horno. El calor hacía que la piel se le perlara de sudor y que sintiera el pelo más grueso. Seiiki tenía un olor propio, el perfume del duramen de los árboles, transportado por la lluvia, y del verde de cada hoja. Normalmente a Tané aquellos aromas la relajaban, pero aquel día no había nada que pudiera hacerlo.

Los manantiales de agua termal borboteaban entre la bruma de la mañana. Tané se quitó el camisón, se metió en la balsa más cercana y se frotó la piel con un puñado de salvado. A la sombra de los ciruelos, se puso su uniforme y se peinó el largo cabello a un lado del cuello, dejando a la vista el dragón azul de su túnica. Cuando volvió a entrar ya había movimiento en las habitaciones.

Desayunó apenas un poco de té y caldo. Unos cuantos aprendices le desearon suerte al pasar.

Cuando llegó la hora, fue la primera en salir.

En el exterior, los criados esperaban con los caballos. Todos hicieron una reverencia al unísono. Tané se subió a su corcel y en aquel momento Ishari salió corriendo de la casa, atolondrada, y también montó.

Tané se la quedó mirando, y de pronto sintió un nudo en la garganta. Ishari y ella habían compartido habitación durante seis años. Tras la ceremonia, quizá no volvieran a verse nunca más.

Fueron a caballo hasta la puerta que separaba las Casas de Instrucción del resto de Cabo Hisan, rebasaron el puente y dejaron atrás el arroyo que bajaba de las montañas, para unirse a los aprendices de otras partes del distrito. Tané vio a Turosa, su rival, que la miraba con un gesto de suficiencia. Le aguantó la mirada hasta que Turosa espoleó a su caballo y salió hacia la ciudad, seguido por sus amigos.

Tané echó la vista atrás por última vez, y vio las verdes colinas y la silueta de los alerces contra el cielo azul claro. Luego clavó la mirada en el horizonte.

Atravesaron Cabo Hisan en lenta procesión. Muchos vecinos se habían levantado pronto para ver el paso de los aprendices hacia el templo. Tiraron flores de sal en las calles a su paso, llenando cada calzada, estirando el cuello para ver a los que muy pronto serían los elegidos. Tané intentó concentrarse en la calidez del caballo, en el repiqueteo de sus cascos… lo que fuera para evitar pensar en el forastero.

Susa había acordado llevar al hombre inys a Orisima. Lo habría hecho, sin duda. Haría cualquier cosa por Tané, del mismo modo que Tané haría cualquier cosa por ella.

Resultaba que Susa había tenido una vez una relación con uno de los centinelas de la estación comercial, que estaba deseando reconquistarla y le habría abierto la puerta de desembarco. Susa había planeado nadar hasta la puerta con el forastero y dejárselo al maestro cirujano de Orisima, con la vana promesa de llenarlo de plata si cooperaba. Aparentemente el hombre tenía deudas de juego.

Si el intruso tenía realmente la enfermedad roja, quedaría atrapado en Orisima. Una vez acabada la ceremonia, Susa lo denunciaría de forma anónima al gobernador de Cabo Hisan. Al cirujano lo coserían a latigazos cuando encontraran al hombre en su casa, pero Tané dudaba de que lo mataran: eso pondría en riesgo la alianza con el Estado Libre de Mentendon. Si la tortura le aflojaba la lengua, el intruso quizá les hablara a las autoridades de las dos mujeres que habían intervenido la noche de su llegada, pero no tendría mucho tiempo para presentar sus alegaciones. Lo pasarían por la espada enseguida para reducir el riesgo de propagación de la enfermedad roja.

Al pensar aquello Tané no pudo evitar mirarse las manos, el primer lugar donde aparecería la irritación. No le había tocado la piel, pero dar un solo paso con él suponía correr un riesgo terrible. Un momento de verdadera locura. Si Susa se hubiera contagiado de la enfermedad roja, nunca se lo perdonaría.

Susa lo había arriesgado todo para asegurarse de que ese día fuera lo que Tané había soñado toda su vida. Su amiga no había puesto en duda sus escrúpulos ni su cordura. Simplemente le había dicho que la ayudaría.

Las puertas del Gran Templo del Cabo estaban abiertas por primera vez en una década. A sus lados se levantaban dos estatuas colosales de dragones con la boca abierta en un rugido eterno. Cuarenta caballos pasaron trotando entre ellos. El templo, que en otro tiempo era de madera, había quedado calcinado durante la Gran Desolación y posteriormente había sido reconstruido en piedra. Cientos de lámparas de cristal zafiro colgaban de los aleros, emitiendo una luz azul, como boyas de pesca.

Tané desmontó y siguió a pie con Ishari al lado, en dirección a la puerta de madera de deriva. Turosa avanzaba al lado de las dos.

—Que el gran Kwiriki te sonría hoy, Tané —dijo él—. Qué vergüenza sería que acabaran enviando a una aprendiza de tu nivel a la isla de las Plumas.

—Eso sería una vida respetable —observó Tané, mientras le entregaba las riendas de su caballo a un mozo de cuadra.

—Sin duda eso será lo que te dirás cuando tengas que vivir allí.

—Quizá también lo hagas tú, honorable Turosa.

Turosa ladeó la comisura de la boca antes de acelerar el paso para unirse a sus amigos de la Casa del Norte.

—Debería hablarte con más respeto —susurró Ishari—. Dumu dice que tienes mejores puntuaciones que él en casi todos los tipos de combate.

Tané no dijo nada. Sentí un cosquilleo en los brazos. Ella era la mejor de su casa, pero también lo era Turosa de la suya.

En el patio exterior del templo había una fuente tallada con la imagen del gran Kwiriki, el primer dragón montado por un jinete humano. Por la boca de la estatua manaba agua salada. Tané se lavó las manos en la fuente y se llevó una gota a los labios. Sabía a limpio.

—Tané —dijo Ishari—, espero que todo salga como deseas.

—Yo te deseo lo mismo.

Ambas anhelaban el mismo resultado.

—Has sido la última en salir de la casa.

—Me he dormido —dijo Ishari, que también se lavó en la fuente—. Anoche me pareció oír que se abrían las puertas de nuestra habitación. Eso me desveló un poco… Pasé un buen rato sin poder dormir. ¿Tú has salido de la habitación?

—No. Quizá fuera el profesor.

—Sí, quizá.

Entraron en el enorme patio interno. El sol iluminaba los tejados y el suelo de piedra. Sobre la escalinata había un hombre con un largo bigote y un casco bajo el brazo. Tenía el rostro bronceado y curtido. Llevaba brazales y guanteletes, una armadura ligera sobre una cota de un azul oscurísimo y una sobreveste de cuello alto de terciopelo con bordados de seda dorada. Era evidente que era alguien de alto rango y a la vez un soldado.

Por un momento, Tané olvidó sus miedos. Volvía a ser una niña que soñaba con dragones.

Aquel hombre era el honorable general del Mar de Seiiki. Jefe del clan Miduchi, una dinastía de jinetes de dragón unida no por vínculos de sangre, sino por su identidad. Tané quería llevar ese nombre.

Al llegar a la escalinata, los aprendices formaron dos filas, se arrodillaron y apoyaron la frente en el suelo. Tané oía la respiración de Ishari. Nadie se levantó. Nadie movió un músculo.

Se oyó el roce de escamas contra la piedra. Tané sintió que cada nervio de su cuerpo se tensaba, y que el aire se le concentraba en los pulmones.

Levantó la vista.

Había ocho. Tantos años pasados rezando ante estatuas de dragones, estudiándolos y observándolos desde la distancia... pero nunca los había visto tan de cerca.

Su tamaño era impresionante. La mayoría eran seiikineses, de tonos plateados y suaves y forma estilizada, como un látigo, con unos cuerpos increíblemente largos y una cabeza espléndida, y todos tenían cuatro patas musculosas que acababan en patas con tres garras. El rostro terminaba en una barbilla que se alargaba como el hilo de una cometa. La mayoría eran bastante jóvenes, quizá de unos cuatrocientos años, pero varios lucían cicatrices de la Gran Desolación. Todos estaban cubiertos de escamas y marcas circulares de succión, recuerdo de sus luchas con los calamares gigantes.

Dos de ellos tenían un cuarto dedo en las patas. Eran dragones del Imperio de los Doce Lagos. Uno de ellos, un macho, tenía alas. La mayoría de dragones no tenían alas, y volaban gracias a un órgano de la cabeza que los estudiosos habían denominado corona. Los pocos que desarrollaban alas lo hacían solo a partir de los dos mil años de vida, al menos.

El dragón alado era el más grande. Completamente estirada, Tané le llegaría solo a media altura entre el morro y los ojos. Aunque las alas tenían un aspecto frágil, como si fueran de tela de araña, eran lo suficientemente fuertes como para crear un tifón. Tané echó un vistazo a la bolsa bajo la barbilla. Al igual que las ostras, los dragones podían hacer perlas, pero solo una en toda su vida. Nunca salía de su bolsa.

El dragón que había junto al macho, que también era lacustrino, tenía una altura más o menos similar a la suya. Era una hembra con las escamas de un verde claro jaspeado, como un jade lechoso, y la crin del marrón dorado de las algas de río.

—Bienvenidos —dijo el general del Mar, con una voz que resonaba como el sonido de las conchas que se soplaban para llamar a la guerra—. Poneos en pie —ordenó, y ellos obedecieron—. Estáis hoy aquí para que se os asigne una de dos vidas posibles: la de miembros de la Gran Guardia Marina, para defender Seiiki de enfermedades e invasiones, o una vida de aprendizaje y oración en la isla de las Plumas. De los guardias del mar, doce tendrán el honor de convertirse en jinetes de dragón.

Solo doce. Normalmente eran más.

—Como sabréis —prosiguió el general del Mar—, no han eclosionado huevos de dragón en los últimos dos siglos. Y varios dragones han sido robados por la Flota del Ojo del Tigre, que sigue con su repugnante comercio de carne de dragón bajo la tiranía de la que llaman Emperatriz Dorada.

Muchos asintieron.

—Para aumentar nuestras filas, tenemos el honor de contar con estos dos grandes guerreros que nos ha ofrecido el Imperio de los Doce Lagos. Estoy seguro de que esto marcará el inicio de una amistad más estrecha con nuestros aliados del norte.

El general del Mar inclinó la cabeza en dirección a los dos dragones lacustrinos. No estarían tan acostumbrados al mar como los dragones seiikineses, ya que en el Reino de los Doce Lagos seguramente vivirían en agua dulce, pero los dragones de ambos países habían luchado codo con codo durante la Gran Desolación, y tenían ancestros comunes.

Tané notó que Turosa la miraba. Si Turosa llegaba a jinete, seguro que decía que su dragón era el mejor de todos.

—Hoy todos sabréis cuál es vuestro destino —dijo el general del Mar, sacando un pergamino de su sobreveste—. Empecemos.

Tané cogió aire.

La primera aprendiz que llamaron fue asignada a las nobles filas de la Gran Guardia Marina. El general del Mar le entregó una túnica del color del cielo en verano. Cuando la cogió, un dragón seiikinés soltó un humo que la sobresaltó. El dragón resopló.

Dumusa, de la Casa del Oeste, también fue nombrada miembro de la Guardia Marina. Era nieta de dos jinetes, de origen sureño y seiikinés. Tané observó cómo aceptaba su nuevo uniforme, se inclinaba ante el general del Mar y se situaba a su derecha.

El siguiente aprendiz fue el primero en unirse a las filas de los estudiosos. Tenía el cabello del rojo intenso de las moras, y los hombros le temblaron al inclinarse. Tané percibió la tensión en los otros aprendices, extendiéndose como una onda.

Turosa fue a parar a la Gran Guardia Marina, por supuesto. Y luego le pareció que pasaba una eternidad hasta que oyó su nombre:

—La honorable Tané, de la Casa del Sur.

Tané dio un paso adelante. Los dragones la miraban. Se decía que los dragones podían ver los secretos más profundos del alma, puesto que los seres humanos están hechos de agua y ellos eran los señores del agua.

¿Y si podían ver lo que había hecho?

Se concentró en la posición de los pies. Cuando se situó ante el general del Mar, este se la quedó mirando prolongadamente en lo que le parecieron años. Tuvo que hacer acopio de todas sus fuerzas para mantenerse en pie.

Por fin el general cogió un uniforme azul. Tané soltó aire, con lágrimas de alivio en los ojos.

—Por tu aptitud y dedicación —dijo—, has sido destinada a las nobles filas de la Gran Guardia Marina, y debes jurar que llevarás una vida digna de las tropas de los dragones hasta que exhales tu último aliento. —Luego se acercó y añadió, en voz baja—: Tus profesores hablan muy bien de ti. Será un privilegio tenerte en mi guardia.

Ella hizo una profunda reverencia.

—Me siento muy honrada, señor.

El general del Mar inclinó la cabeza y Tané fue a unirse a los cuatro aprendices de la derecha aún aturdida por la felicidad, sintiendo la sangre que le corría por las venas como el agua por entre los guijarros. Mientras se presentaba el siguiente candidato, Turosa le susurró al oído:

—Así que tú y yo nos enfrentaremos en las pruebas del agua. Bien.

El aliento le olía a leche.

—Será un placer luchar contra un guerrero de tu nivel, honorable Turosa —respondió Tané con voz tranquila

—Yo veo lo que escondes tras la máscara, pueblerina. Veo lo que hay en tu corazón. Es lo mismo que hay en el mío. Ambición. —Hizo una pausa en el momento en que uno de los hombres era enviado al otro lado—. La diferencia es lo que yo soy, y lo que tú eres.

Tané le miró a los ojos.

—Tú estás al mismo nivel que yo allá donde vaya, honorable Turosa.

La risa de Turosa le erizó el vello de la nuca.

—La honorable Ishari, de la Casa del Sur —dijo el general del Mar.

Ishari subió las escaleras lentamente. Cuando llegó a su altura, el general del Mar le entregó un paquete de seda roja.

—Por tu aptitud y dedicación —dijo—, has sido destinada a las nobles filas de los estudiosos, y debes jurar dedicarte a ampliar las fronteras del conocimiento hasta que exhales tu último aliento.

Aunque se notó que se estremecía al oír aquellas palabras, Ishari cogió el fardo de tela e hizo una reverencia.

—Gracias, gran señor —murmuró.

Tané se quedó mirando cómo se iba al lado izquierdo.

Ishari debía de estar destrozada. Sin embargo, quizá le fuera bien en la isla de las Plumas, y quizá pudiera volver un día a Seiiki como maestra profesora.

—Qué lástima —dijo Turosa—. ¿No era amiga tuya?

Tané se mordió la lengua. La aprendiz más destacada de la Casa del Este fue la siguiente en unirse a su grupo. Onren era baja y corpulenta, y tenía el rostro salpicado de pecas, bronceado por el sol. Una espesa mata de pelo le caía sobre los hombros, áspera por el repetido contacto con la sal del agua y con las puntas quebradizas. Llevaba los labios pintados con púrpura de caracola.

—Tané —dijo, situándose a su lado—. Enhorabuena.

—A ti también, Onren.

Eran las únicas aprendices que se levantaban cada día sin falta al amanecer para nadar, y aquella costumbre había creado una especie de amistad. Tané no tenía dudas de que Onren también habría oído los rumores y que habría salido a hurtadillas para nadar una última vez antes de la ceremonia.

Aquella idea la turbó. Cabo Hisan estaba lleno de pequeñas calas, pero el destino había querido que ella eligiera la misma a la que había llegado el forastero.

Onren bajó la vista y miró las ropas de seda que tenía entre las manos. Al igual que Tané, procedía de un hogar pobre.

—Son maravillosos —susurró, señalando los dragones con un gesto de la cabeza—. Supongo que esperas convertirte en uno de los doce jinetes.

—¿No eres demasiado pequeña para montar en un dragón, Onren? —dijo Turosa, marcando bien las sílabas—. Aunque supongo que podrías subirte a la cola de alguno de ellos.

Onren le miró por encima del hombro.

—Me ha parecido oírte hablar. ¿Nos conocemos?

Él abrió la boca, pero ella lo interrumpió:

—No me lo digas. No eres más que un bobo, y no tengo ningún interés en trabar amistad con bobos.

Tané ocultó su sonrisa tras el cabello. Por una vez, Turosa cerró la boca.

Después de que el último aprendiz recibiera su uniforme, los dos grupos se giraron, poniéndose de cara al general del Mar. Ishari, que tenía las mejillas surcadas de lágrimas, no levantó la vista.

—A partir de este momento ya no sois niños. Vuestro camino se abre ante vosotros —dijo el general del Mar, y miró hacia la derecha—. Cuatro de los guardias del mar han obtenido una calificación por encima de lo esperado. Turosa, de la Casa del Norte; Onren, de la Casa del Este; Tané, de la Casa del Sur; y Dumusa, de la Casa del Oeste. Giraos hacia nuestros ancianos, para que conozcan vuestros nombres y vuestros rostros.

Lo hicieron. Tané y sus tres compañeros dieron un paso adelante y volvieron a apoyar la frente en el suelo.

—Levantaos —dijo uno de los dragones.

La voz hizo que el suelo temblara. Era tan profunda, tan grave, que al principio Tané casi no lo entendió.

Los cuatro obedecieron y se pusieron en pie. El dragón seiikinés más grande bajó la cabeza hasta situarla a su altura. Una larga lengua se agitaba como un látigo entre sus dientes.

Impulsándose con fuerza con las patas, dio un salto y emprendió el vuelo. Todos los aprendices se tiraron al suelo, y solo quedó en pie el general, que soltó una risa estentórea.

La dragona lacustrina de color verde lechoso hizo una mueca, mostrando los dientes. Tané descubrió que no podía apartar la vista de aquellos ojos de color agua.

La dragona fue a unirse al resto, que sobrevolaron los tejados de la ciudad. Agua hecha carne. De sus escamas surgía una bruma húmeda que llegó a los humanos que había en el suelo en forma de lluvia. Un macho seiikinés levantó la cabeza, cogió aire y lo exhaló, creando una poderosa ráfaga de viento.

Todas las campanas del templo respondieron sonando a la vez.

Niclays se despertó con la boca seca y con una jaqueca terrible, tal como le había sucedido mil veces antes. Parpadeó y se frotó la comisura del ojo con los nudillos.

Campanas.

Eso era lo que le había despertado. Llevaba seis años en aquella isla y nunca había oído una sola campana. Buscó su bastón y se puso en pie apoyándose en él con un brazo tembloroso por el esfuerzo.

Debía de ser una alarma. Venían a por Sulyard, venían a detenerlos a los dos.

Niclays se giró mirando a todas partes, desesperado. Su única posibilidad era fingir que el hombre se había ocultado en la casa sin que él lo supiera.

Miró tras el biombo. Sulyard estaba profundamente dormido, de cara a la pared. Bueno, al menos moriría en paz.

El sol brillaba con una luz excesiva. Cerca de la casita donde vivía Niclays estaba sentado su ayudante, Muste, con su compañera seiikinesa, Panaya.

—Muste —gritó Niclays—. ¿Qué demonios es ese sonido?

Muste se limitó a saludar con la mano. Niclays soltó un exabrupto, se calzó las sandalias y se acercó a Muste y a Panaya, intentando hacer caso omiso de la sensación que tenía de que estaba condenado.

—Buenos días, honorable Panaya —dijo en seiikinés, inclinándose.

—Respetable Niclays —respondió ella, sonriendo con los ojos. Llevaba un vestido ligero de flores blancas sobre fondo azul, con bordados plateados en las mangas y el cuello—. ¿Te han despertado las campanas?

—Sí. ¿Puedo preguntar qué significan?

—Suenan para celebrar el Día de la Elección —dijo ella—. Los aprendices mayores de las Casas de Instrucción han completado sus estudios y han sido destinados al cuerpo de estudiosos o a la Gran Guardia Marina.

Así que no tenía nada que ver con ningún intruso. Niclays seguía sudando profusamente. Sacó el pañuelo y se limpió el rostro.

—¿Estás bien, Roos? —preguntó Muste, protegiéndose los ojos del sol con la mano.

—Ya sabes cómo odio el verano de este lugar —respondió, metiéndose de nuevo el pañuelo en el jubón—. ¿Y el Día de la Elección no se celebra una vez al año? —añadió, dirigiéndose a Panaya—. Es la primera vez que oigo campanas.

No había oído campanas, pero sí los tambores. El ruido de la fiesta y la celebración.

—Sí, ya —dijo Panaya, con una sonrisa más decidida—. Pero es que este es un Día de la Elección muy especial.

—¿Ah, sí?

—¿Es que no lo sabes, Roos? —dijo Muste, con una mueca divertida—. Llevas aquí más tiempo que yo.

—No es algo que le hayan podido contar —respondió Panaya en su lugar—. ¿Sabes, Niclays? Tras la Gran Desolación se acordó que cada cincuenta años un número de dragones seiikineses aceptarían jinetes humanos, de modo que estemos preparados para la lucha por si vuelve a surgir la necesidad. Los que hayan sido elegidos para la Gran Guardia Marina esta mañana tendrán la posibilidad de convertirse en jinetes de dragón. Ahora tendrán que participar en las pruebas del agua para decidir quiénes lo consiguen.

—Ya veo —dijo Niclays, lo suficientemente interesado como para olvidarse por un momento del terror que le suscitaba tener a Sulyard en casa—. Y volarán sobre sus corceles para luchar contra los piratas y contrabandistas, supongo.

—Corceles no, Niclays. Los dragones no son caballos.

—Mis disculpas, honorable dama. He escogido mal la palabra.

Panaya asintió, y se llevó una mano al colgante que llevaba en el cuello, en forma de dragón. Una cosa así la destruirían en cualquier Reino de las Virtudes, donde ya no se hacían distinciones entre los antiguos dragones del Este y los wyrms, más jóvenes, que escupían fuego y que una vez habían extendido el pánico por todo el mundo. Ambos eran considerados criaturas malignas. La puerta del Este llevaba cerrada tanto tiempo que era normal que no se conocieran muy bien sus costumbres.

Niclays así lo creía antes de llegar a Orisima. El día antes de su partida de Mentendon estaba medio convencido de que le estaban exiliando a una tierra donde la gente adoraba a unas criaturas tan malignas como el Innombrable.

Qué miedo había pasado aquel día. Todos los niños ménticos conocían la historia del Innombrable desde el momento en que adquirían conocimiento del lenguaje. Su propia madre le había hecho saltar las lágrimas describiéndole con todo detalle al padre y señor de todas las bestias draconianas: el que había surgido del monte Pavor para sembrar el caos y la destrucción, hasta que sir Galian Berethnet consiguió herirlo, antes de que consiguiera subyugar a la humanidad. Mil años más tarde, el espectro del terrible dragón aún se mantenía vivo en las pesadillas de muchos.

Justo entonces se oyó el repiqueteo de unos cascos de caballo en el puente de entrada a Orisima, despertando a Niclays de sus ensoñaciones.

Soldados.

Sentía que las tripas se le fundían. Venían a por él, y ahora que había llegado el momento, se sintió más aturdido que asustado. Si aquel iba a ser el día, pues que lo fuera. Era eso, o la muerte a manos de los centinelas por sus deudas de juego.

«Santo —rezó—, no permitas que me mee en los pantalones cuando llegue la hora.»

Los soldados iban vestidos de rojo bajo la armadura. A la cabeza iba, por supuesto, el jefe de la guardia, un oficial apuesto y de buen carácter que se negaba a decirle a nadie de Orisima su nombre. Le pasaba un palmo a Niclays y siempre llevaba la armadura completa.

El jefe de la guardia desmontó y se acercó a la casa de Niclays. Estaba rodeado por los centinelas y tenía una mano apoyada en el mango de su espada.

—¡Roos! —dijo, picando a la puerta con la mano enfundada en el guantelete—. Roos, abre esta puerta o la echaré abajo.

—No hay necesidad de romper nada, honorable oficial —dijo Muste—. El ilustre doctor Roos está aquí.

El jefe de la guardia se dio media vuelta y se les acercó con un brillo en sus ojos oscuros.

—Roos.

Niclays hizo como si nunca se le hubiera dirigido nadie con aquel tono de desdén, pero sabía que era mentira.

—Podéis llamarme Niclays, honorable jefe de la guardia —dijo, mostrándose todo lo despreocupado que pudo—. Nos conocemos desde hace mu…

—Silencio —le espetó el jefe de la guardia. Niclays cerró la boca—. Anoche mis centinelas encontraron la puerta de desembarco abierta. Se ha avistado un barco pirata cerca de aquí. Si alguno de vosotros oculta algún intruso o mercancías de contrabando, hablad ahora, y quizá el dragón se muestre compasivo.

Panaya y Muste no dijeron nada. Mientras tanto, Niclays se debatía violentamente por dentro. Sulyard no encontraría ningún lugar donde ocultarse en su casa. ¿Sería mejor declarar lo que había hecho?

Pero antes de que pudiera decidirse el jefe de la guardia se dirigió a sus centinelas con un gesto:

—Registrad las casas.

Niclays contuvo el aliento.

Había un pájaro en Seiiki que tenía un canto que recordaba los sollozos de un bebé a punto de echarse a llorar. Para Niclays se había convertido en un símbolo funesto de su vida en Orisima. El lloriqueo que nunca acababa de convertirse en llanto. La espera del golpe que no acababa de llegar. En el momento en que los centinelas registraban su casa, aquel pájaro maldito se puso a cantar, y Niclays no conseguía oír otra cosa.

Cuando salieron, los centinelas iban con las manos vacías.

—Aquí no hay nadie —dijo uno de ellos.

Niclays tuvo que hacer un esfuerzo para no caer de rodillas. El jefe de la guardia le miró un buen rato con expresión impenetrable antes de pasar a la calle siguiente.

Y el pájaro siguió cantando. *Hic-hic-hic.*

4

Oeste

En algún lugar del Palacio de Ascalon, las manecillas negras de un reloj de cristal lechoso se acercaban al mediodía. La Cámara de la Presencia estaba llena de gente en ocasión de la visita méntica, como siempre ocurría cuando llegaban embajadores extranjeros a Inys. Las ventanas estaban abiertas para dejar pasar la brisa, que transportaba un aroma a madreselva, aunque aun así hacía mucho calor. Muchos tenían la frente perlada de sudor y se veían abanicos de plumas moviéndose por todas partes, que daban la impresión de que la sala estaba llena de pájaros aleteando.

Ead estaba de pie entre la gente, con las otras damas de la Cámara Privada. Margret Beck estaba a su derecha. Las damas de compañía estaban delante, al otro lado de la alfombra. Truyde utt Zeedeur se ajustaba la gargantilla. Ead nunca entendería por qué la gente del Oeste tenía que llevar tantas capas de ropa en verano.

Empezaron a extenderse los murmullos por la enorme sala. Desde su trono de mármol, en una posición elevada, Sabran IX observaba a sus súbditos.

La reina de Inys era el vivo retrato de su madre, y esta a la vez de la suya, y así había sido durante generaciones. El parecido era increíble. Al igual que sus ancestros, tenía el cabello negro y unos ojos de un verde brillante que parecían quebrarse a la luz del sol. Se decía que, mientras durara su linaje, el Innombrable nunca podría despertar de su sueño.

Sabran contempló a sus invitados con distancia, sin fijar la mirada en nadie en particular. Acababa de cumplir veintiocho años, pero sus ojos tenían la sabiduría de una mujer mucho mayor.

Para la ocasión lucía un atuendo que representaba la riqueza del Reino de Inys. Su vestido era de satén negro, al estilo méntico, con una abertura hasta la cintura que dejaba ver una pechera pálida como su piel bordada con hilo de plata y perlas cultivadas. Una corona de diamantes la distinguía como soberana de sangre real.

Las trompetas anunciaron la llegada de la comitiva méntica. Sabran le susurró algo a lady Arbella Glenn, vizcondesa de Suth, que sonrió y apoyó una mano cubierta de manchas de la edad sobre la suya.

Primero entraron los portaestandartes, luciendo el Cisne Plateado de Mentendon sobre fondo negro, con la Espada de la Verdad entre las alas. A continuación entraron los criados y los guardias, los intérpretes y los altos cargos. Por fin entró en la sala lord Oscarde, duque de Zeedeur, a paso ligero, acompañado por el embajador residente de Mentendon. Zeedeur era un tipo corpulento con la barba y el cabello rojos, al igual que la punta de la nariz. A diferencia de su hija, tenía los ojos grises de los Vatten.

—Majestad —dijo, con una reverencia—. Qué honor es ser recibido una vez más en vuestra corte.

—Bienvenido, milord —dijo Sabran. Hablaba con tono grave, autoritario. Le tendió la mano a Zeedeur, que subió los escalones para besar el anillo de la coronación—. Nos alegra verte de nuevo en Inys. ¿Habéis tenido buen viaje?

A Ead el «nos» aún le rechinaba. En público, Sabran hablaba por sí misma y por su ancestro, el Santo.

—Pues lo cierto, señora, es que nos encontramos con un wyvern adulto en las Lomas —dijo Zeedeur, poniéndose serio—. Mis arqueros lo abatieron, pero si hubiera estado más atento, podría haber habido un baño de sangre.

Murmullos. Ead observó los gestos de asombro que se extendieron por la sala.

—Vaya —le murmuró Margret—. Dos wyverns en tan poco tiempo.

—Nos preocupa mucho oír eso —le dijo Sabran al embajador—. Una tropa de nuestros mejores caballeros andantes os escoltará a vuestro regreso a Perchling. Así el camino de regreso será más seguro.

—Gracias, majestad.

—Estaréis deseando ver a vuestra hija. —Sabran dirigió la mirada a la dama en cuestión—. Acércate, niña.

Truyde avanzó por la alfombra e hizo una reverencia. Cuando se levantó, su padre la abrazó.

—Hija mía —dijo él, cogiéndola de las manos, sonriéndose como si el rostro se le fuera a romper—. Estás radiante. Y cómo has crecido. Dime, ¿qué tal te tratan en Inys?

—Mucho mejor de lo que merezco, padre —dijo Truyde.

—¿Y qué te hace decir eso?

—Esta corte es tan fantástica —dijo, señalando al techo abovedado— que a veces me siento muy pequeña y muy insignificante, como si hasta los techos fueran más imponentes de lo que podré llegar a ser yo nunca.

La sala se llenó de risas.

—Qué ocurrente —le susurró Linora a Ead—. ¿No te parece?

Ead cerró los ojos. Menuda gente…

—Tonterías —le dijo Sabran a Zeedeur—. Vuestra hija es muy apreciada en la corte. Será una digna compañera de quienquiera que escoja su corazón.

Truyde bajó los ojos y sonrió. A su lado, Zeedeur chasqueó la lengua.

—Ah, majestad, me temo que Truyde es demasiado independiente como para casarse tan joven, por mucho que desee yo un nieto. Os agradezco con todo mi corazón que cuidéis tan bien a mi hija.

—No tenéis que agradecernos nada —respondió Sabran, sujetándose a los brazos del trono—. Siempre es un placer recibir a nuestros amigos del vecino Reino de las Virtudes en la corte. No obstante, tenemos curiosidad por saber qué es lo que os trae a Inys.

—Mi señor de Zeedeur desea haceros una propuesta, majestad. —Esta vez fue el embajador residente—. Una propuesta que confiamos en que os interesará.

—Efectivamente —confirmó Zeedeur, aclarándose la garganta—. Su Majestad, Aubrecht II, Gran Príncipe del Estado Libre de Mentendon, siempre os ha admirado. Ha oído hablar de vuestro valor, de vuestra belleza y de vuestra inquebrantable devoción a las Seis Virtudes. Ahora que su difunto tío abuelo nos ha dejado, le gustaría alcanzar una alianza más firme entre nuestros países.

—¿Y cómo pretende forjar esa alianza su Alteza Real? —preguntó Sabran.

—Mediante el matrimonio, Su Majestad.

Todas las cabezas se giraron hacia el trono.

Hasta que las soberanas Berethnet no tenían descendencia siempre atravesaban un período de fragilidad. Su dinastía era una línea sucesoria de mujeres, una hija por cada reina. Sus súbditos decían que eso era la prueba de su santidad.

Se esperaba que todas las reinas de Inys se casaran y tuvieran a su hija lo antes posible, para evitar la posibilidad de morir sin heredera. En cualquier país sería un riesgo, dado que podía sumir al reino en la guerra civil, pero los inys creían que la caída de la Casa de Berethnet también provocaría que el Innombrable resurgiera de nuevo y arrasara el mundo.

Sin embargo, hasta la fecha Sabran había declinado todas las ofertas de matrimonio.

La reina se recostó en el trono, escrutando a Zeedeur. Y como siempre, su expresión era impenetrable.

—Mi querido Oscarde —dijo—. Me siento muy halagada, pero creo recordar que vos ya estáis casado.

La corte estalló en risas. Zeedeur antes parecía nervioso, pero de pronto sonrió.

—¡Majestad! —dijo, con una risita—. Es mi señor quien pretende vuestra mano.

—Os lo ruego, continuad —dijo Sabran, apenas esbozando una sonrisa.

Del wyvern ya no se acordaba nadie. Claramente animado, Zeedeur dio otro paso adelante.

—Mi señora —dijo—, tal como sabéis, vuestra antepasada, la reina Sabran VII, se casó con mi antepasado Haynrik Vatten, que era regente de Mentendon mientras estuvo bajo gobierno extranjero. No obstante, desde que la Casa de Lievelyn destituyó a los Vatten, no ha habido ningún vínculo formal entre nuestros países, salvo por la religión que compartimos.

Sabran escuchó con un gesto de indiferencia que en ningún momento traspasó la frontera del tedio o del desdén.

—El príncipe Aubrecht es consciente de que la petición de su difunto tío abuelo fue declinada por Su Majestad… y, ah, también por la Reina Madre —Zeedeur se aclaró la garganta—, pero mi señor cree que él ofrece una compañía diferente. También cree que una nueva alianza entre Inys y Mentendon tendría muchas ventajas. Nosotros somos el único país con presencia comercial en el Este, y ahora que Yscalin ha caído en pecado, cree que es esencial una alianza que una a los dos pueblos en una misma fe.

Su declaración suscitó algunos murmullos. No hacía tanto, el Reino de Yscalin, situado al sur, también había sido un Reino de las Virtudes. Antes de que adoptaran al Innombrable como nuevo dios.

—El Gran Príncipe os quiere hacer un regalo como muestra de su afecto, si Su Majestad tiene la cortesía de aceptarlo —añadió Zeedeur—. Ha oído hablar de vuestra devoción por las perlas del mar del Sol Trémulo.

Chasqueó los dedos. Un criado méntico se acercó al trono con un cojín de terciopelo y se arrodilló. Sobre el cojín había una almeja abierta y dentro una perla negra iridiscente, grande como una cereza, con tintes verdes. Brillaba como el acero de una espada iluminado por el sol.

—Esta es la mejor perla bailarina que posee, recolectada frente a la costa de Seiiki —dijo Zeedeur—. Vale más que el barco que la trajo a través del Abismo.

Sabran se inclinó hacia delante. El criado levantó algo más el cojín.

—Es cierto que nos gustan las perlas bailarinas, y que son muy escasas —dijo la reina—, y estoy dispuesta a aceptar esta de buen grado. Pero eso no quiere decir que acepte su propuesta.

—Por supuesto, Majestad. Un regalo de un amigo de Virtudom, nada más.

—Muy bien.

Sabran echó una mirada rápida a lady Roslain Crest, primera dama de la reina, que llevaba un vestido de seda verde esmeralda y una gorguera de encaje. Lucía un broche con un par de cálices, como todos los que tenían a la Caballero de la Justicia como patrona, pero los suyos eran dorados, lo que demostraba que era descendencia directa de esa caballero. Roslain hizo un gesto apenas perceptible a una de las damas de compañía, que se apresuró a recoger el cojín.

—Aunque nos conmueve su regalo, tu señor debe saber del desprecio que nos merecen las prácticas heréticas de los seiikineses —puntualizó Sabran—. No deseamos tener trato alguno con el Este.

—Por supuesto —respondió Zeedeur—. Aun así, mi señor cree que el origen de la perla no influye en absoluto en su belleza.

—Quizá vuestro señor tenga razón —dijo Sabran, volviendo a recostarse en el trono—. Hemos oído que Su Alteza Real había realizado estudios para ser santario antes de convertirse en Gran Príncipe de Mentendon. Háblanos de sus otras... cualidades.

—El príncipe Aubrecht es muy inteligente y amable, señora, y muy brillante en política —dijo Zeedeur—. Tiene treinta y cuatro años, y el cabello pelirrojo pero más pálido que el mío. Toca muy bien el laúd y baila con gran energía.

—¿Con quién, nos preguntamos?

—A menudo con sus nobles hermanas, majestad. Tiene tres: la princesa Lietje, la princesa Ermuna y la princesa Betriese. Todas están deseando conoceros.

—¿Reza a menudo?

—Tres veces al día. Es devoto sobre todo del Caballero de la Generosidad, que es su patrono.

—¿Vuestro príncipe no tiene ningún defecto, Oscarde?

—Ah, majestad, todos los mortales tenemos defectos... salvo vos, por supuesto. El único defecto de mi señor es que se preocupa muchísimo por su pueblo.

Sabran volvió a ponerse seria.

—En eso es igual que nos —dijo ella, y un murmullo se extendió como el fuego por la sala—. Nos ha conmovido. Tomaremos en consideración la petición de tu señor.

Estallaron unos cuantos aplausos.

—Nuestro Consejo de las Virtudes tomará las disposiciones necesarias para ahondar en este asunto. Pero antes de ello sería un honor para nos que vos y vuestra comitiva os unierais a todos nosotros en un banquete.

Zeedeur hizo otra reverencia.

—El honor será nuestro, majestad.

Toda la corte se unió en un movimiento ondulante de reverencias. Sabran bajó los escalones, seguida de sus damas de compañía y, algo más atrás, por las damas de honor.

Ead sabía que Sabran no se casaría nunca con el Príncipe Rojo. Ella siempre actuaba así. Atendía a sus pretendientes, uno tras otro, aceptando regalos y halagos, pero nunca concedía su mano.

Cuando los cortesanos se dispersaron, Ead salió por otra puerta con las otras damas de la Cámara Privada. Lady Linora Payling, rubia y de mejillas rosadas, era uno de los catorce hijos del conde y la condesa de Payling Hill. Su pasatiempo favorito era cotillear. A Ead le parecía un incordio continuo. Lady Margret Beck, en cambio, había sido una buena amiga durante mucho tiempo. Había entrado al servicio de la reina hacía tres años y habían entablado amistad tan rápido como con su hermano Loth, que tenía seis años más que ella. Ead enseguida había descubierto que Margret y ella tenían el mismo sentido del humor, con una sola mirada ambas sabían qué estaba pensando la otra, y compartían las mismas opiniones sobre la mayoría de personas de la corte.

—Hoy tenemos que trabajar rápido —dijo Margret—. Sabran esperará que nos dejemos ver en el banquete.

Margret se parecía mucho a su hermano, con su piel como el ébano y sus rasgos angulosos. Hacía ya una semana que había desaparecido Loth, y ella aún tenía los párpados hinchados.

—Una petición de mano —dijo Linora, mientras recorrían el pasillo, cuando ya no podía oírlas nadie—. ¡Y del príncipe Aubrecht! Yo lo tenía por demasiado devoto como para casarse.

—Ningún príncipe es demasiado devoto como para casarse con la reina de Inys —dijo Ead—. Es ella la que es demasiado devota como para casarse.

—Pero el reino necesita una princesa.

—Linora —la reprendió Margret—. Un poco de templanza, por favor.

—Bueno, pero así es.

—La reina Sabran aún no tiene ni treinta años. Tiene mucho tiempo.

A Ead le quedó claro que no habían oído hablar del intento de cortarle el cuello, o Linora se habría puesto más seria. Aunque también era cierto que Linora nunca estaba seria. Para ella, las tragedias no eran más que una ocasión para cotillear.

—He oído que el Gran Príncipe es increíblemente rico —prosiguió, inflexible. Margret suspiró—. Y podríamos aprovechar su estación comercial en el Este. Imaginaos: disponer de todas las perlas del mar del Sol Trémulo, de la mejor plata, las especias y las joyas…

—La reina Sabran no quiere nada con el Este, y lo mismo deberíamos hacer todos nosotros —dijo Ead—. Es un pueblo que adora a los wyrms.

—Inys no necesita comerciar directamente, tonta. Podemos comprarles todas esas cosas a los ménticos.

Aun así, se trataba de un comercio corrupto. Los ménticos comerciaban con el Este, y en el Este idolatraban a los wyrms.

—Lo que me preocupa son sus afinidades —señaló Margret—. El Gran Príncipe estuvo comprometido durante un tiempo con la Donmata Marosa. Una mujer que ahora es la princesa de un reino draconiano.

—Ya, pero ese compromiso se disolvió hace tiempo. Además —dijo Linora, echándose el cabello hacia atrás—, dudo que le gustara demasiado. Debió de ver que tenía el mal en el corazón.

A las puertas de la Cámara Privada, Ead se giró hacia las otras dos mujeres.

—Señoritas —dijo—, hoy yo me ocuparé de vuestras tareas. Deberíais ir al banquete.

Margret frunció el ceño.

—¿Sin ti?

—Por una sirvienta que falte no se darán cuenta. —Ead sonrió—. Id las dos. Y disfrutad del banquete.

—El Caballero de la Generosidad te bendiga, Ead —dijo Linora, que ya estaba a medio camino del pasillo—. ¡Qué buena eres!

En el momento en que Margret se disponía a seguirla, Ead la cogió del codo.

—¿Has oído algo de Loth? —murmuró.

—Todavía no. —Margret le tocó el brazo—. Pero está pasando algo. El Halcón Nocturno me ha citado esta noche.

Lord Seyton Combe, un maestro del espionaje. Casi todo el mundo lo llamaba el Halcón Nocturno, porque cazaba a sus presas oculto en la oscuridad de la noche. Inconformistas, lores sedientos de poder, gente que flirteaba demasiado con la reina… podía hacer desaparecer cualquier problema.

—¿Tú crees que él sabe algo? —le preguntó Ead en voz baja.

—Supongo que pronto lo descubriremos —respondió Margret, que le apretó la mano antes de salir tras Linora.

Cuando Margret Beck sufría, sufría a solas. Odiaba volcar sus penas sobre los demás. Aunque fueran sus amigas más íntimas.

Ead nunca había buscado estar entre ese grupo de amigas. Al llegar a Inys, tenía decidido mantenerse al margen todo lo posible; era lo mejor para guardar su secreto. Sin embargo, había crecido en una sociedad de vínculos muy estrechos, y muy pronto empezó a sufrir la falta de compañía y de conversación. Jondu, que no era su hermana de sangre pero sí en todos los demás aspectos de la vida, había estado a su lado casi desde su nacimiento, y al encontrarse de pronto sin ella Ead se sentía desolada. Así que cuando los hermanos Beck le ofrecieron su amistad, enseguida cedió, y no lo lamentaba.

Vería de nuevo a Jondu cuando la llamaran por fin a casa, pero perdería a Loth y a Margret. Aun así, si el Priorato seguía sin dar noticias, ese día aún tardaría en llegar.

La Alcoba Real del palacio de Ascalon tenía los techos altos, paredes claras, el suelo de mármol y una gran cama con dosel en el centro. Las almohadas y la colcha eran de seda brocada de color marfil, las sábanas del mejor lino méntico, y había dos capas de cortinas, una fina y otra pesada, que se usaban según la cantidad de luz que deseaba Sabran.

A los pies de la cama había una cesta de mimbre, y el orinal no estaba en su armarito. Daba la impresión de que la lavandera real había vuelto al trabajo. Los criados habían estado tan ocupados preparando la visita méntica que habían dejado la cama para más tarde. Ead abrió las puertas de los balcones para dejar salir el calor húmedo, quitó las sábanas y la colcha y deslizó las manos por encima del colchón de plumas en busca de cualquier cuchilla o frasco de veneno que hubieran podido coser en su interior.

Incluso sin Margret y Linora para ayudarla, trabajó rápido. Mientras las damas de compañía estaban en la fiesta, la Cámara de los Cofres estaría vacía. Era el momento perfecto para investigar la familiaridad que sospechaba que había entre Truyde utt Zeedeur y Triam Sulyard, el escudero desaparecido. Valía la pena estar al día de todo lo que pasaba en la corte, desde las cocinas al trono. Tenía que saberlo absolutamente todo para poder proteger a la reina.

Truyde era de casa noble, heredera de una fortuna. No

habría motivo para que se interesara demasiado por un escudero sin título. Sin embargo, cuando Ead le había insinuado una relación con Sulyard, se había agitado, como un ratón volador pillado con una bellota.

Ead tenía olfato para los secretos. Los percibía como si fueran un perfume.

Una vez registrada la Alcoba Real, dejó que la cama se aireara y se dirigió al edificio que albergaba la Cámara de los Cofres. Oliva Marchyn estaría en la Sala de Banquetes, pero tenía un vigilante. Ead subió sigilosa las escaleras y atravesó el umbral.

—¿Quién va? —graznó una voz—. ¿Quién es?

Se quedó inmóvil. Ninguna persona habría podido oírla, pero el vigilante tenía un oído muy fino.

—Intruso. ¿Quién es?

—Maldito pájaro —murmuró Ead, sintiendo una gota de sudor que le caía por la espalda. Se levantó la falda y sacó un cuchillo de la funda atada a la pantorrilla. El vigilante estaba apoyado en un soporte en el exterior de la puerta. Al acercarse Ead, ladeó la cabeza.

—Intruso —repitió, con tono amenazante—. Maldita doncella. Fuera de mi palacio.

—Escucha atentamente, rufián. —Ead le mostró el cuchillo, y a él se le erizaron las plumas—. Debes de pensar que aquí tienes cierto poder, pero antes o después a Su Majestad le apetecerá una tarta de pichón. Dudo que se dé cuenta si en el relleno estás tú.

Había que admitir que era un pájaro muy bonito. Una ninfa irisada. Las plumas viraban del azul al verde y al anaranjado, y tenía la cabeza de un rosa intenso. Sería una pena tener que cocinarlo.

—Pago —dijo él, dando un golpecito con una pata.

Aquel pájaro había hecho posible más de un encuentro ilícito cuando Ead era dama de compañía. Ella apretó los labios, enfundó el cuchillo y echó mano a la bolsita de seda que llevaba en el ceñidor.

—Toma —dijo, colocándole tres confites en el platillo—. El resto te lo daré si te comportas.

Él estaba demasiado ocupado picoteando los dulces como para responder.

La puerta de la Cámara de los Cofres nunca estaba cerrada.

Se suponía que las jóvenes damas no tenían nada que ocultar. En el interior las cortinas estaban cerradas, el fuego apagado y las camas hechas.

Una dama de compañía inteligente solo podía ocultar su tesoro secreto en un lugar.

Ead levantó la alfombra y usó su cuchillo para abrir el tablón suelto. Debajo había una caja de madera de roble pulida con la tapa grabada y cubierta de polvo. La levantó y se la acercó a la rodilla.

En el interior había toda una colección de artículos que Oliva habría confiscado con sumo placer. Un grueso libro con el símbolo alquímico del oro grabado en la cubierta. Una pluma y un tintero. Trozos de pergamino. Un colgante de madera tallada. Y un montón de cartas, atadas con una cinta.

Ead abrió una. El papel era fino y estaba arrugado. Pese a que la tinta estaba corrida, pudo ver que llevaba fecha del verano anterior.

Tardó unos momentos en descifrar el código. Era ligeramente más sofisticado que los que se usaban en la mayoría de cartas de amor de la corte, pero a Ead le habían enseñado a descifrar códigos desde su infancia.

«Para ti —decía la carta, con una caligrafía poco cuidada—. Lo compré en Punta Albatros. Póntelo alguna vez y piensa en mí. Volveré a escribir pronto.»

Cogió otra, escrita en un papel grueso. Esta era de más de un año antes.

«Perdonadme si soy demasiado directo, milady, pero no pienso más que en vos.»

Otra más.

«Mi amor. Encontrémonos bajo la torre del reloj después de las oraciones.»

No tardó en ver que Truyde y Sulyard tenían una relación amorosa, y que habían consumado su deseo. El clásico reflejo de la luna en el agua. pero Ead se detuvo a reflexionar sobre algunas de las frases.

«Nuestra empresa cambiará el mundo. Esta misión es voluntad divina.» No era posible que dos jovencitos enamorados describieran su apasionada historia de amor como una «empresa» (a menos, claro, que no se les diera tan bien el galanteo como la retórica). «Debemos empezar a hacer planes, amor mío.»

Ead siguió hojeando entre lenguaje acaramelado y acertijos hasta que encontró una carta con fecha de principios de la primavera, cuando Sulyard ya había desaparecido. La tinta estaba corrida.

> Perdóname. He tenido que marcharme. En Perchling hablé con una marinera y me hizo una oferta que no pude rechazar. Sé que planeábamos irnos juntos, y quizá me odiarás el resto de nuestras vidas, pero es mejor así, mi amor. Puedes ayudar ahí, donde estás, en la corte. Cuando comunique mi éxito, convéncele de la necesidad de una alianza con el Este. Que se dé cuenta del peligro.
>
> Quema esta carta. Que nadie sepa lo que estamos haciendo hasta que lo hayamos hecho. Un día celebrarán nuestros logros, Truyde.

Perchling. El mayor puerto de Inys y su principal puerta de acceso al continente. Así pues, Sulyard había huido en un barco.

Había algo más bajo el tablón. Un libro fino, encuadernado en piel. Ead pasó un dedo sobre el título, escrito en lo que indudablemente era el alfabeto del Este.

Truyde no podía haber encontrado este libro en una biblioteca de Inys. Buscar conocimiento sobre el Este era herejía. Si alguien lo encontraba, se ganaría mucho más que una reprimenda.

—Viene alguien —graznó la ninfa.

En el piso de abajo se cerró una puerta. Ead ocultó el libro y las cartas bajo su vestido y devolvió la caja al escondrijo.

Las pisadas resonaban en las vigas. Volvió a poner el tablón en su sitio. Al pasar junto al soporte del pájaro, le echó el resto de los confites en el platillo.

—Ni una palabra —le dijo al vigilante—, o convertiré esas plumas tan bonitas en objetos de escritorio.

La ninfa soltó una risita apagada mientras Ead salía por la ventana.

Estaban tendidos en el jardín, bajo el manzano, uno junto al otro, como solían hacer en pleno verano. A su lado había una jarra de vino de la Cocina Real, y un plato de queso especiado y pan recién horneado. Ead le estaba hablando de una broma que le habían hecho las damas de compañía a lady Oliva Marchyn, y se reía tan fuerte que le dolía la barriga. Cuando contaba historias, en parte era cómica y en parte poetisa.

El sol había puesto en evidencia las pecas de su nariz. Su cabello negro se extendía desordenadamente sobre la hierba. Más allá del brillo del sol, veía la torre del reloj en lo alto, y los vitrales en los claustros, y las manzanas en las ramas. Todo era perfecto.

—Señor.

El recuerdo se rompió en pedazos. Loth levantó la vista y se encontró con un hombre desdentado.

El comedor de la posada estaba lleno de campesinos. En algún lugar, alguien tocaba una balada sobre la belleza de la reina Sabran acompañándose con un laúd. Unos días antes había ido de caza con ella. Ahora estaba a leguas de distancia, escuchando una canción que hablaba de ella como si fuera un mito. Lo único que sabía era que iba de camino hacia una muerte casi segura en Yscalin, y que la Junta de los Duques le odiaba lo suficiente como para haberle mandado allí.

Qué poco costaba romper una vida en pedazos.

El posadero dejó sobre la mesa una bandeja con dos cuencos de potaje, queso mal cortado y una hogaza de pan de cebada.

—¿Deseáis algo más, milores?

—No —dijo Loth—. Gracias.

El posadero hizo una reverencia. Loth dudaba de que atendiera a menudo a nobles como ellos, hijos de condes del Comité Provincial.

En el otro banco, lord Kitston Glade, su querido amigo, le dio un bocado al pan.

—Vaya, por… —dijo, escupiéndolo—. Rancio como un libro de oraciones. ¿Me atrevo a probar el queso?

Loth dio un sorbo a su hidromiel, esperando que estuviera frío.

—Si tan mala es la comida de tu provincia —dijo—, deberías hablar con tu padre, el lord.

—Sí —dijo Kit, con un bufido—. Desde luego esto le encantaría.

—Deberías dar gracias por esta comida. Dudo que nos den nada mejor en el barco.

—Lo sé, lo sé. Soy un noble mimado que duerme en colchones de plumón de cisne, que se enamora de demasiadas cortesanas y se atiborra de golosinas. La corte me ha echado a perder. Eso es lo que me dijo padre cuando me hice poeta, ¿sabes? —Kit hurgó con cautela en el queso—. Lo cual me recuerda que debería escribir algo mientras estamos aquí, una poesía pastoril, quizá. ¿No es encantador mi pueblo?

—Mucho —dijo Loth.

No podía fingir que estaba de buen humor. Kit alargó la mano sobre la mesa y le agarró del hombro.

—Estamos juntos en esto, Arteloth —dijo.

Loth soltó un gruñido.

—¿Te ha dicho el conductor el nombre de nuestro capitán? —preguntó Kit.

—Harman, creo.

—¿No querrás decir Harlowe?

Loth se encogió de hombros.

—Oh, Loth, habrás oído hablar de Gian Harlowe. ¡El pirata! Todo el mundo en Ascalon…

—Evidentemente yo no soy todo el mundo en Ascalon —respondió Loth, frotándose el puente de la nariz—. Por favor, ilumíname y cuéntame qué tipo de bribón es el que nos va a llevara a Yscalin.

—Un bribón legendario —dijo Kit, bajando la voz—. Harlowe llegó a Inys de niño, procedente de tierras lejanas. Se alistó en la marina a los nueve años y cuando tenía dieciocho ya era capitán de barco. Pero picó el anzuelo de la piratería, como muchos jóvenes oficiales prometedores —dijo, rellenando las jarras de ambos—. Ese hombre ha surcado todos los mares del mundo, mares a los que ni los cartógrafos han puesto nombre. Se dice que saqueando barcos a los treinta años ya había amasado una fortuna equivalente a la de todos los miembros de la Junta de los Duques.

Loth volvió a beber. Tenía la sensación de que necesitaría tomarse otra jarra antes de marcharse.

—Entonces, Kit, me pregunto por qué es ese infame forajido quien nos lleva a Yscalin.

—Quizá sea el único capitán que se atreva a hacer la travesía. Es un hombre que no conoce el miedo —respondió Kit—. A la reina Rosarian le gustaba, ¿sabes?

La madre de Sabran. Loth levantó la vista, interesado por fin.

—¿Ah, sí?

—Sí. Se decía que él estaba enamorado de ella.

—Espero que no estés sugiriendo que la reina Rosarian le fue infiel en algún momento al príncipe Wilstan.

—Arteloth, mi malhumorado amigo del norte, yo no he dicho que ella le concediera sus favores —dijo Kit, sosegadamente—. Pero está claro que le gustaba lo suficiente como para otorgarle el mayor barco blindado de su flota, que él llamo *Rosa Eterna*. Ahora él se denomina a sí mismo «corsario» sin ninguna vergüenza.

—Ah, corsario —dijo Loth, con una risita—. El título más codiciado del mundo.

—Su tripulación ha capturado muchas naves yscalinas en los últimos dos años. Yo dudo que nos reciban con los brazos abiertos.

—Imagino que últimamente los yscalinos no recibirán con los brazos abiertos a casi nadie.

Se quedaron sentados en silencio un rato. Kit se puso a comer y Loth se quedó mirando por la ventana. Había ocurrido en plena noche. Unos criados con el emblema del libro alado del duque de la Cortesía, lord Seyton Combe, habían entrado en sus aposentos y le habían ordenado que fuera con ellos. Antes de que pudiera darse cuenta, lo habían metido en un coche con Kit, al que también habían sacado de sus aposentos en plena noche, y les habían mostrado una nota que explicaba la situación.

> Lord Arteloth Beck:
>
> Lord Kitston y vos mismo habéis sido nombrados embajadores de Inys en el reino draconiano de Yscalin. Los yscalinos han sido informados de vuestra llegada.
>
> Informaos sobre el paradero del último embajador, el duque de la Templanza. Observad la corte de los Vetalda. Y, sobre todo, descubrid qué están planeando, y si tienen pensado invadir Inys. Por la reina y por el país.

Al cabo de un momento ya le habían quitado la nota de las manos, seguramente para quemarla.

Lo que Loth no entendía era el porqué. Por qué lo habían elegido a él, precisamente, para enviarlo a Yscalin. Inys necesitaba saber qué estaba pasando en Cárscaro, pero él no era ningún espía.

La desesperanza le pesaba como un lastre, pero no podía dejar que le venciera. No estaba solo.

—Kit —dijo—, perdóname. Te has visto obligado a acompañarme en este exilio, y yo estoy siendo muy mala compañía.

—No se te ocurra disculparte. Siempre he tenido ganas de vivir una aventura —dijo Kit, alisándose sus rubios rizos con ambas manos—. Pero dado que por fin te has decidido a hablar, deberíamos hablar de nuestra… situación.

—No lo hagas, Kit. Ahora no. Ya está hecho.

—No pensarás que ha sido la reina Sabran la que ha ordenado nuestro exilio —dijo Kit, decidido—. Estoy seguro de que esto lo han acordado a sus espaldas. Combe le habrá dicho que has abandonado la corte por tu cuenta, y ella tendrá dudas de su jefe del Servicio Secreto. Debes decirle la verdad —le apremió—. Explícale lo que han hecho, y…

—Combe lee todas las cartas antes de que le lleguen a ella —le interrumpió Loth.

—¿No podrías usar algún tipo de código?

—No hay ningún código que el Halcón Nocturno no pueda descifrar. Por algo Sabran lo nombró jefe de espías.

—Pues escribe a tu familia. Pídeles ayuda.

—No les concederán audiencia con Sabran a menos que la pidan a través de Combe. Y aunque se la concedan será demasiado tarde para nosotros. Ya estaremos en Cárscaro.

—Aun así deberían saber dónde estas —dijo Kit, meneando la cabeza—. Por el Santo, empiezo a pensar que eres tú el que quiere marcharse.

—Si los duques creen que soy la persona más indicada para descubrir lo que pasa en Yscalin, quizá lo sea.

—Venga ya, Loth. Tú sabes por qué sucede esto. Todo el mundo intentó advertirte.

Loth se quedó esperando a que siguiera, frunciendo el ceño. Kit suspiró, vació su jarra y se le acercó.

—La reina Sabran aún sigue soltera —murmuró, provocando que Loth se tensara—. Si los duques se muestran a favor de un candidato para ella, tu presencia a su lado… bueno, complica las cosas.

—Tú conoces a Sab, y yo nunca…

—Lo que yo sé es menos importante que lo que ve el mundo —dijo Kit—. Permíteme que te haga una pequeña alegoría. El arte. El arte no es un gran acto creativo, sino un conjunto de muchos actos menores. Si lees uno de mis poemas, no ves las semanas de minucioso trabajo que me ha costado componerlo, lo que he pensado, las palabras que he tachado, las páginas que he quemado de rabia. Lo único que ves, al final, es lo que yo quiero que veas. La política es igual.

Loth arrugó el gesto.

—Para asegurarse una heredera, la Junta de los Duques debe pintar una imagen determinada de la corte inys y de su reina —añadió Kit—. Si creyeran que tu relación con Sabran estropea esa imagen, y que podría disuadir a candidatos extranjeros, eso explicaría que te hayan elegido para esta misión diplomática en particular. Necesitaban que te quitaras de en medio, así que... te han borrado del cuadro.

Se hizo el silencio otra vez. Loth apretó los puños, poniendo en evidencia sus anillos, y se los llevó a la frente.

Qué tonto había sido.

—Eso sí: si mi impresión es correcta, la buena noticia es que puede que nos dejen volver una vez se haya casado la reina Sabran —puntualizó Kit—. Yo diría que tenemos que afrontar las próximas semanas como podamos, buscar al pobre príncipe Wilstan y luego volver a Inys por cualquier medio. Combe no nos detendrá. No, una vez tenga lo que quiere.

—Olvidas que, si volvemos, quedará en evidencia y Sabran se enterará de su plan. Él ya habrá pensado en ello. No nos dejará acercarnos a las puertas de palacio.

—Antes escribiremos a Su Excelencia. Le haremos alguna oferta. Nuestro silencio a cambio de que nos deje en paz.

—Yo no puedo callarme esto —espetó Loth—. Si el Consejo de las Virtudes maquina contra Sab, ella debe saberlo. Combe sabe que se lo diré. Créeme, Kit: su intención es que nos quedemos en Cárscaro un buen tiempo y que seamos sus ojos en la corte más peligrosa del Oeste.

—Maldito sea. Encontraremos la forma de volver —dijo Kit—. ¿No promete el Santo que todos volveremos a casa?

Loth vació su jarra.

—Puedes llegar a ser muy sabio, amigo mío —respondió—. No me imagino cómo debe de sentirse Margret en este momento. Quizá tenga que acabar heredando Goldenbirch.

—Meg ya tiene bastante con lo suyo; no necesita más preocupaciones. Goldenbirch no la necesita como heredera, porque volveremos a Inys antes de que te des cuenta. Puede que no parezca fácil sobrevivir a esta misión —dijo Kit, recuperando su habitual tono jocoso—, pero nunca se sabe. Quizá regresemos convertidos en príncipes del mundo.

—Nunca pensé que tú tendrías más fe que yo —dijo Loth, respirando hondo—. Vamos a despertar al conductor. Ya hemos perdido demasiado tiempo aquí.

5

Este

Los nuevos soldados de la Gran Guardia Marina habían recibido permiso para pasar sus últimas horas en Cabo Hisan del modo que prefirieran. La mayoría había ido a despedirse de sus amigos. A la novena hora de la noche, saldrían en palanquín hacia la capital.

Los estudiosos ya habían partido en un barco a la isla de las Plumas. Ishari no se había quedado en cubierta con los demás para ver cómo desaparecía Seiiki.

Habían estado juntas durante años. Tané había cuidado a Ishari cuando esta había sufrido una fiebre que a punto había estado de matarla. Ishari había sido como una hermana cuando Tané había sangrado por primera vez, enseñándole a hacer tampones de papel. Ahora quizá no se vieran nunca más. Si Ishari hubiera estudiado más, si se hubiera aplicado más en el entrenamiento… ahora podrían ser jinetes las dos.

De momento Tané tenía que centrar la mente en otra amiga. Mantuvo la cabeza gacha mientras saludaba a quienes los aclamaban en Cabo Hisan, donde había un despliegue de bailarines y percusionistas para celebrar el Día de la Elección. Los niños pasaban por su lado corriendo, haciendo volar cometas de colores.

Las calles estaban llenas de gente que les pasaban paños finos por la cara. Mientras esquivaba a mercaderes que le presentaban abalorios, aspiró el aroma de las especias y el incienso, el olor de la lluvia sobre el sudor de la piel y el del pescado fresco. Escuchaba a los hojalateros y a los vendedores ofreciendo su mercancía y las expresiones de asombro de la gente al oír a un minúsculo pajarillo amarillo gorjeando una canción.

Quizá fuera la última vez que paseaba por Cabo Hisan, la única ciudad que había conocido nunca.

Aquel lugar era un riesgo para cualquier aprendiz. La ciudad era peligrosa, podía tentarles, corromperles. Había burdeles y tabernas, juegos de cartas y peleas de gallos, tipos que intentarían reclutarles como piratas. Tané se había preguntado muchas veces si las Casas de Instrucción estaban tan cerca de todo aquello precisamente para poner a prueba su fuerza de voluntad.

Cuando llegó a la posada soltó aire, aliviada. No había centinelas.

—¿Hay alguien? —gritó, a través de los barrotes.

Una niña muy pequeña se acercó a la verja. Cuando vio a Tané y el emblema de la Gran Guardia Marina que lucía en su nueva túnica, se arrodilló y le apoyó la frente entre las manos.

—Estoy buscando a la honorable Susa —dijo Tané con suavidad—. ¿Quieres ir a buscarla, por favor?

La niña se fue corriendo otra vez hacia el interior.

Nadie se había postrado de aquella manera delante de ella. Había nacido en Ampiki, un pueblo pobre en la punta sur de Seiiki, en una familia de pescadores. Un frío día de invierno se declaró un incendio en el bosque cercano y acabó engullendo casi todas las casas.

Tané no tenía recuerdos de sus padres. Se había librado de morir como ellos solo porque había salido de casa persiguiendo una mariposa, hacia el mar. La mayoría de huérfanos y niños abandonados acababan en el ejército de tierra, pero una santona había interpretado la llegada de la mariposa como una intervención divina, y se decidió que Tané debía recibir instrucción para formarse como jinete.

Susa apareció en la puerta vestida con una túnica de seda blanca con ricos bordados y el cabello suelto sobre los hombros.

—Tané —dijo, deslizando la puerta hacia un lado—. Tenemos que hablar.

Esta reconoció en su frente el gesto de preocupación. Se colaron en el callejón que había junto a la casa, donde Susa abrió su sombrilla para que se ocultaran debajo.

—Se ha ido.

Tané se humedeció los labios.

—¿El forastero?

—Sí —dijo Susa, agitada. Estaba nerviosa—. Antes he oído rumores en el mercado. Han avistado un barco pirata frente a la costa de Cabo Hisan. Los centinelas han registrado toda la ciudad en busca de mercancía de contrabando, pero no han encontrado nada.

—Han registrado Orisima —dijo Tané, dándose cuenta de lo que eso suponía—. ¿Y no han encontrado al forastero?

—No. Pero en Orisima no hay dónde esconderse. —Susa echó una mirada a la calle principal y sus ojos reflejaron la luz de la farola—. Debió de escapar aprovechando una distracción de los centinelas.

—No se puede cruzar el puente sin que los centinelas se den cuenta. Tiene que seguir ahí.

—Pues debe de ser medio fantasma, si es capaz de ocultarse tan bien —respondió Susa, agarrando el paraguas aún con más fuerza—. Tané, ¿tú crees que deberíamos decírselo al honorable gobernador?

Tané no había dejado de hacerse esa misma pregunta desde la ceremonia.

—Yo le dije a Roos que pasaría a recogerlo, pero… quizá si sigue oculto en Orisima, consiga evitar la ejecución y se pueda colar en el próximo barco a Mentendon —observó Susa—. Podrían tomarlo por un colono legal. No era mayor que nosotras, Tané, y quizá no esté aquí por decisión propia. Yo no tengo ningún deseo de condenarlo a muerte.

—No lo hagamos. Dejémoslo a su suerte.

—¿Y qué hay de la enfermedad roja?

—No tenía ningún síntoma. Y si aún sigue en Orisima, y no me parece que pueda haber salido de allí, la enfermedad no podrá llegar muy lejos —expuso Tané, sin agitarse—. Volver a contactar con él sería un riesgo excesivo, Susa. Tú lo llevaste a un lugar seguro. Lo que le ocurra ahora es cosa suya.

—Pero ¿y si le encuentran? ¿No hablará de nosotras? —susurró Susa.

—¿Quién le iba a creer?

Susa respiró hondo y dejó caer los hombros. Miró a Tané de arriba abajo.

—Parece que el riesgo valió la pena —dijo sonriendo y con los ojos brillantes—. ¿Fue el Día de la Elección todo lo que imaginabas?

Tané llevaba horas conteniendo la necesidad de hablar.

—Más aún. Los dragones eran preciosos. ¿Los viste?

—No, estaba durmiendo —dijo Susa, con un suspiro—. ¿Cuántos jinetes habrá este año?

—Doce. El honorable Emperador Eterno ha enviado a dos grandes guerreros para aumentar el número.

—Yo nunca he visto un dragón lacustrino. ¿Son muy diferentes a los nuestros?

—Tienen el cuerpo más grueso, y un dedo más. Sería un privilegio poder montar cualquiera de ellos. —Tané se juntó más a Susa bajo el paraguas—. Tengo que conseguir ser jinete, Susa. Me siento culpable por desearlo tanto cuando ya he sido agraciada con tantas bendiciones, pero...

—Ha sido tu sueño desde que eras niña. Tienes ambición, Tané. Nunca te disculpes por ello. —Susa hizo una pausa—. ¿Sientes miedo?

—Por supuesto.

—Muy bien. El miedo hará que luches. No dejes que un mierdecilla como Turosa te busque las cosquillas, por importante que sea su madre.

Tané la regañó con la mirada, pero luego sonrió.

—Ahora tienes que darte prisa. Recuerda, por muy lejos que estés de Cabo Hisan, yo siempre seré tu amiga.

—Y yo la tuya.

La puerta de la posada se abrió y ambas dieron un respingo.

—Susa —llamó la niña—. Tienes que entrar.

Susa miró en dirección a la casa.

—Tengo que irme. —Volvió a mirar a Tané y vaciló un momento—. ¿Me permitirán escribirte?

—Tienen que hacerlo.

Tané no sabía de ningún caso en que un guardia marina mantuviera amistad con un plebeyo, pero esperaba que ellas fueran la excepción.

—Por favor, Susa, ve con cuidado.

—Siempre —respondió, con una sonrisa temblorosa—. No me echarás tanto de menos. Cuando te eleves sobre las nubes, nos verás a todos muy pequeños.

—Allá donde vaya —dijo Tané—, estaré contigo.

Susa lo había arriesgado todo por un sueño que no era el suyo. Una amistad así no podía encontrarse más que una vez en la vida. Y habría quien no la encontraba nunca.

Entre ellas flotaba un mar de recuerdos, y ya no tenían el rostro mojado por la lluvia. Quizá Tané volviera a Cabo Hisan a vigilar la costa este, o quizá Susa pudiera ir a visitarla, pero por una vez en su vida no tenía ninguna certeza. Sus caminos estaban a punto de separarse, y a menos que así lo decidieran los dragones, no volverían a encontrarse.

—Si pasa algo, si alguien menciona tu nombre en relación con el forastero, no pierdas un momento y ven a Ginura —dijo Tané en voz baja—. Ven a mi encuentro, Susa. Yo siempre te protegeré.

En un mísero laboratorio lleno de trastos en Orisima, a la luz de un farolillo que se consumía, Niclays Roos observaba el contenido de un vial. La sucia etiqueta decía «HEMATITA». No se le ocurría cómo apartar a Sulyard de la mente, pero sin duda el mejor modo de hacerlo era concentrarse en su gran trabajo.

No es que estuviera adelantando mucho trabajo, ni grande ni pequeño. Iba peligrosamente corto de ingredientes, y su equipo alquímico era tan viejo como él, pero quería probar aquello una vez más antes de volver a escribir pidiendo materiales. El gobernador de Cabo Hisan lo veía con buenos ojos, pero a menudo su generosidad quedaba sometida al control del Señor de la Guerra, que parecía saber todo lo que ocurría en Seiiki.

El Señor de la Guerra era prácticamente un ser mítico. Su familia se había hecho con el poder después de que la Casa Imperial de Noziken hubiera quedado destruida en la Gran Desolación. Todo lo que sabía de él Niclays era que vivía en un castillo en Ginura. Cada año, la virreina de Orisima iba hasta allí en un palanquín cerrado a ofrecerle sus respetos y llevarle regalos de Mentendon, y a recibir regalos a cambio.

Niclays era la única persona de la estación comercial que no había sido invitada nunca a acompañar a la virreina. Sus compatriotas ménticos eran personas educadas pero, a diferencia de ellos, él estaba allí porque había sido enviado al exilio. El hecho de que ninguno de ellos supiera el motivo no ayudaba a despertar simpatías.

A veces habría querido quitarse la máscara, aunque solo fuera por verles la cara. Decirles que él había sido el alquimista que había convencido a la joven reina de Inys de que podía crear un elixir de la vida, lo que eliminaría toda necesidad de casarse para tener una heredera. Que él había sido el haragán que había usado el dinero de Berethnet para pagarse años de cábalas, experimentos y despilfarro.

Se quedarían horrorizados, escandalizados por su falta de virtud. No podrían imaginarse que cuando había llegado a Inys, nueve años antes, lleno dolor y rabia, creía realmente en las posibilidades de la alquimia. Destilación, ceración, sublimación... esas eran las únicas divinidades a las que rendiría culto. No tenían ni idea de que mientras sudaba ante sus crisoles, convencido de que descubriría el modo de mantener el cuerpo en plena juventud, también estaba intentando fundir el puñal de pena que le habían clavado en el costado. Un puñal que había acabado apartándole de las probetas y devolviéndolo a la cómoda despreocupación que le brindaba el vino.

No había tenido éxito en ninguna de las dos cosas. Y Sabran Berethnet le había hecho pagar por ello.

No con la vida. Leovart le había dicho que debía estar agradecido por aquella supuesta gracia concedida por Su Enemistad. No, Sabran no le había rebanado la cabeza, pero le había desposeído de todo lo demás. Ahora se encontraba atrapado en el fin del mundo, rodeado de gente que lo despreciaba.

Que murmuraran cuanto quisieran. Si aquel experimento funcionaba, todos acabarían llamando a su puerta para pedirle el elixir. Con la lengua apretada entre los dientes, vertió la hematita en el crisol.

Bien podría haber sido pólvora. Antes de que se diera cuenta, el líquido estaba hirviendo. Burbujeó, se derramó por la mesa y emitió una bocanada de humo de olor apestoso.

Niclays se quedó mirando el crisol desesperadamente. Lo único que quedaba en él era un residuo negro como el alquitrán. Con un suspiro se limpió el hollín de las gafas. Su creación tenía más el aspecto de una tierra negra que del elixir de la vida.

La hematita no era la respuesta. Por supuesto, aquel polvo marrón rojizo podría no ser hematita. Panaya se lo había comprado a un mercader en su nombre, y los mercaderes no eran famosos precisamente por su honestidad.

Al Innombrable con todo aquello. Ya habría abandonado la búsqueda del maldito elixir tiempo atrás de no ser porque no tenía otro modo de huir de aquella isla que no fuera comprar su salvoconducto con él.

Por supuesto, no tenía intención de entregárselo a Sabran Berethnet. Ni hablar. Pero si hacía saber a algún otro soberano que lo tenía, este podría encargarse de que le dejaran volver a

Mentendon, y de que viviera el resto de su vida rodeado de lujos y riqueza. Y él ya se encargaría de que Sabran se enterara de lo que había hecho, y cuando ella acudiera rogándole que le dejara probar el sabor de la eternidad, disfrutaría del dulce placer de negárselo.

Aun así, ese día feliz quedaba muy lejos. Necesitaba las caras sustancias con las que habían buscado alargar sus vidas los soberanos lacustrinos de antaño, como el oro, el oropimente o algunas plantas exóticas. Aunque la mayoría de aquellos soberanos se habían acabado envenenando en su búsqueda de la vida eterna, siempre era posible que sus recetas para el elixir le aportaran una nueva chispa de inspiración.

Era hora de escribir a Leovart otra vez y pedirle que lisonjeara al Señor de la Guerra con alguna carta halagüeña. Solo un príncipe conseguiría convencerle de que le entregara parte de su oro para fundirlo.

Niclays se acabó el té, ya frío, deseando que estuviera más cargado. La virreina de Orisima le había prohibido la entrada a la cervecería y le limitaba el consumo de vino a dos tazas por semana. Hacía meses que le temblaban las manos.

Ahora veía ese temblor, pero no era por la necesidad de beber algo para olvidar. Aún no había noticias de Triam Sulyard.

Las campanas volvieron a sonar en la ciudad. Los guardias del mar debían de estar de camino a la capital. Los otros aprendices serían enviados a la isla de las Plumas, un islote rocoso en el mar del Sol Trémulo, donde se almacenaban todos los conocimientos acumulados en la historia de los dragones. Niclays había escrito al gobernador de Cabo Hisan muchas veces, pidiéndole permiso para viajar a la isla, pero siempre le había sido negado. La isla de las Plumas no era para foráneos.

Sin embargo, quizá los dragones fueran clave para su trabajo. Podían vivir miles de años. Debía de haber algo en su cuerpo que les permitiera renovarse constantemente.

Aunque no eran lo que habían sido en el pasado. Según la leyenda del Este, los dragones poseían habilidades místicas, como la de cambiar la forma de las cosas o crear sueños. La última vez que habían hecho gala de esos poderes había sido en los años siguientes al final de la Gran Desolación. Una noche, un cometa había cruzado el cielo, y mientras que los wyrms de todo el mundo habían caído en un sueño profundo, los dragones del Este de pronto se habían mostrado más fuertes de lo que habían estado en siglos.

Ahora sus poderes habían menguado otra vez. Y sin embargo seguían viviendo. Eran el elixir en carne y hueso.

Desde luego, a Niclays esa teoría no le ayudaba mucho. Al contrario, darse cuenta de eso le había llevado a un camino sin salida. Los isleños consideraban a sus dragones animales sagrados, por lo que el comercio de cualquier sustancia de su cuerpo estaba prohibido, so pena de sufrir una muerte especialmente lenta y horrible. Solo los piratas corrían ese riesgo.

Con los dientes apretados y un dolor de cabeza insoportable, Niclays salió cojeando de su taller. Pero en el momento en que pisó la alfombra, se quedó de piedra.

Triam Sulyard estaba sentado junto al hogar, completamente empapado.

—Por la bragueta del Santo... —exclamó Niclays, boquiabierto—. ¡Sulyard!

El chico parecía herido.

—No deberíais mencionar las partes íntimas del Santo en vano.

—Tú calla —le espetó Niclays, con el corazón desbocado—. Caray, estás hecho un asco. Si has encontrado una salida para huir de este lugar, habla enseguida.

—Intenté escapar —dijo Sulyard—. Conseguí evitar a los guardias y salir de la casa sin que me vieran, pero junto a la puerta había más. Me metí en el agua y me oculté bajo el puente hasta que se fueron los caballeros del Este.

—El jefe de la guardia no es ningún caballero, bobo —le espetó Niclays, decepcionado—. ¡Por el Santo! ¿Por qué has tenido que volver? ¿Qué he hecho yo para merecer que pongas en riesgo lo poco que tiene de valor mi existencia? —Hizo una pausa—. ¡No, mejor no me respondas a eso!

Sulyard mantuvo silencio. Niclays pasó a su lado como una exhalación y se puso a encender fuego.

—Doctor Roos —dijo Sulyard, después de pensárselo un poco—. ¿Por qué hay tanta vigilancia en Orisima?

—Porque los forasteros no pueden entrar en Seiiki, so pena de muerte. Y los seiikineses, a su vez, no pueden salir —respondió Niclays, colgando el cazo sobre el fuego—. Nos dejan quedarnos aquí para poder comerciar con nosotros y aprender alguna cosa de la sabiduría méntica, y para que el Señor de la

Guerra se haga al menos una vaga idea de lo que hay al otro lado del Abismo, pero no podemos salir de Orisima ni hablar de herejías con los seiikineses.

—¿Herejías como las Seis Virtudes?

—Exactamente. Además, como es lógico, sospechan que los forasteros transmiten la peste draconiana, la enfermedad roja, como la llaman ellos. Si te hubieras molestado en investigar un poco antes de venir…

—Pero sin duda nos escucharían si les pidiéramos ayuda —dijo Sulyard, con convicción—. De hecho, mientras estaba oculto, pensé que quizá podría dejar que me encontraran, sin más, para que me llevaran a la capital —explicó, aparentemente ajeno a la mirada de consternación que le lanzó Niclays—. Debo hablar con el Señor de la Guerra, doctor Roos. Si quisierais escuchar lo que he venido a…

—Ya te lo he dicho —rebatió Niclays, cortante—. No tengo ningún interés en tu misión, maese Sulyard.

—Pero el Reino de las Virtudes está en peligro. El mundo está en peligro —insistió Sulyard—. La reina Sabran precisa nuestra ayuda.

—Y corre un peligro terrible, ¿no es así? —dijo él, intentando no parecer demasiado esperanzado—. ¿De muerte?

—Sí, doctor Roos. Y yo sé un modo de salvarla.

—La mujer más rica del Oeste, venerada por tres países, necesita que un paje la salve. Fascinante. —Niclays soltó un suspiro—. De acuerdo, Sulyard. Te daré la satisfacción: ilústrame y explícame qué planeas hacer para salvar a la reina Sabran de ese peligro indeterminado.

—Interceder con el Este —dijo Sulyard, decidido—. El Señor de la Guerra de Seiiki debe enviar sus dragones en ayuda de Su Majestad. Quiero convencerle de que lo haga. Debe ayudar al Reino de las Virtudes para que venza a las bestias draconianas antes de que despierten del todo. Antes de que…

—Un momento —le interrumpió Niclays—. Me estás diciendo que quieres… ¿una alianza entre Inys y Seiiki?

—No solo entre Inys y Seiiki, doctor Roos. Entre los Reinos de las Virtudes y el Este.

Niclays dejó que las palabras cristalizaran y torció la comisura de la boca. Y al ver que Sulyard seguía mirándolo con la misma seriedad y convicción, echó la cabeza atrás y soltó una carcajada.

—Vaya, esto es magnífico. Glorioso —concluyó. Sulyard seguía mirándolo—. En fin, Sulyard, la verdad es que en este lugar no es fácil encontrar quien te distraiga con chistes tan divertidos. Gracias.

—No es ninguna broma, doctor Roos —replicó él, indignado.

—Claro que sí, muchacho. Tú te crees que puedes anular el Gran Edicto, una ley que lleva vigente cinco siglos, simplemente pidiéndolo con educación. Realmente eres un cándido —añadió, chasqueando la lengua—. ¿Y quién es tu socio en esta espléndida misión?

Sulyard soltó un bufido.

—Sé que os estáis mofando de mí, señor; pero no debéis burlaros de mi dama. Es alguien por quien moriría mil veces, cuyo nombre no puedo revelar. Alguien que es la luz de mi vida, el aliento en mi pecho, el sol de mi…

—Sí, vale, ya lo entiendo. ¿Y no ha querido venir a Seiiki contigo?

—Planeamos venir juntos. Pero cuando visité a mi madre en Perchling, en invierno, conocí por casualidad a una marinera que me ofreció un puesto en un barco con destino a Seiiki —dijo, dejando caer los hombros—. Envié noticia a mi amor, en la corte… Espero que lo entienda. Rezo para que me perdone.

Hacía tiempo que Niclays no tenía ocasión de cotillear un poco. Había estado tan aburrido que ahora estaba deseando hacerlo. Sirvió dos tazas de té de sauce y se sentó sobre las colchonetas, estirando la pierna.

—Entiendo que tu dama es tu prometida.

—Mi compañera —dijo él, y en sus labios agrietados apareció una sonrisa—. Hicimos nuestros votos.

—Y supongo que Sabran bendijo la unión.

—Bueno… —Sulyard se ruborizó—. No le pedimos permiso a Su Majestad. No lo sabe nadie.

Era más valiente de lo que parecía. Sabran castigaba severamente a los que se casaban en secreto. En eso se diferenciaba de la difunta Reina Madre, que siempre disfrutaba con una bonita historia de amor.

—Tu dama debe de ser de clase baja si habéis tenido que casaros en secreto —supuso Niclays.

—¡No! Mi dama es de origen noble. Es más dulce que la más rica miel, más bella que un bosque en oto…

—¡Por el Santo, ya basta! Me estás dando dolor de cabeza. —Niclays se preguntaba cómo había podido pasar tanto tiempo cerca de Sabran sin que esta le arrancara la lengua—. ¿Cuántos años tienes exactamente, Sulyard?

—Dieciocho.

—Eres adulto, pues. Lo suficientemente maduro como para saber que no todos los sueños se pueden perseguir, sobre todo si son sueños alimentados por una historia de amor. Si el jefe de la guardia te hubiera encontrado, te habría llevado ante el gobernador de Cabo Hisan. No ante el Señor de la Guerra. —Le dio un sorbo al té—. Pero sigamos con tu planteamiento, Sulyard: si sabes que Sabran corre peligro, tanto que precisa la ayuda de Seiiki, lo cual dudo mucho… ¿Por qué no se lo dices a ella?

Sulyard vaciló.

—Su Majestad desconfía del Este, aunque eso vaya en su contra —dijo por fin—, y el Este es el único que puede ayudarnos. Aunque fuera consciente del peligro al que se enfrenta, lo cual no tengo duda que ocurrirá pronto, su orgullo nunca le permitiría pedir ayuda del Este. Solo con que pudiera hablar por ella ante el Señor de la Guerra… Truyde dijo que la reina se daría cuenta de…

—Truyde —dijo Niclays, y la taza se agitó en sus manos—. Truyde. No será… Truyde utt Zeedeur. Hija de lord Oscarde.

Sulyard se quedó paralizado.

—Doctor Roos —respondió, tras unos segundos agónicos de vacilación y tartamudeo—, debe ser un secreto.

Pero antes de que pudiera evitarlo, Niclays se rio otra vez. Y esta vez era una carcajada casi desquiciada.

—Pero ¡bueno! —exclamó—. ¡Desde luego eres todo un personaje, maese Sulyard! Primero te casas con la marquesa de Zeedeur sin permiso, algo que podría destruir su reputación. Luego la abandonas y, por último, se te escapa su nombre ante un hombre que ha conocido bien a su abuelo. —Se secó los ojos con la manga. Sulyard parecía estar a punto de desmayarse—. Ah, desde luego te mereces su amor. ¿Qué me contarás ahora? ¿Que además la has dejado encinta?

—No, no… —Sulyard se le acercó arrastrándose por el suelo—. Os lo suplico, doctor Roos. No hagáis pública nuestra transgresión. Yo soy indigno de su amor, pero… vaya si la amo. Tanto que me duele el alma.

Niclays se lo quitó de encima de una patada, asqueado. A él sí que le dolía el alma que Truyde hubiera elegido a ese desgraciado inys como compañero.

—No la pondré en peligro, te lo aseguro —respondió, con un gesto de desprecio que hizo que Sulyard llorara aún más desconsoladamente—. Es la heredera del Ducado de Zeedeur, lleva sangre de los Vatten. Esperemos que un día se case con alguien que tenga más agallas —sentenció, apoyando la espalda en los cojines—. Además, aunque le escribiera al príncipe Leovart para informarle de que lady Truyde se ha casado en secreto con alguien de una clase inferior, el barco tardaría semanas en cruzar el Abismo. Para entonces, ella ya se habría olvidado de tu mera existencia.

Sulyard respondió, entre sollozos:

—El príncipe Leovart está muerto.

El Gran Príncipe de Mentendon. La única persona que había intentado ayudar a Niclays en Orisima.

—Eso sin duda explica por qué no obtengo respuesta a mis cartas —dijo Niclays, llevándose la taza a los labios—. ¿Cuándo?

—Hace menos de un año, doctor Roos. Un wyvern redujo su refugio de caza a cenizas.

Niclays sintió un pinchazo de dolor por la pérdida de Leovart. Sin duda el virrey de Orisima se habría enterado, pero habría decidido no comunicar la noticia.

—Ya veo —dijo—. ¿Y quién gobierna ahora Mentendon?

—El príncipe Aubrecht.

Niclays lo recordaba como un joven reservado al que le importaba poco todo lo que no fueran los libros de oraciones. Aunque ya era mayor de edad cuando las fiebres se habían llevado a su tío Edvart, se había decidido que fuera el tío de este, Leovart, quien gobernara primero, para mostrarle el oficio a un Aubrecht que aún no estaba preparado. Por supuesto, nada más instalarse en el trono, Leovart había encontrado una y mil excusas para no soltarlo.

Ahora Aubrecht había ocupado el lugar que le correspondía. Pero necesitaría una voluntad de hierro para mantener el control sobre Mentendon.

Niclays evitó seguir pensando en su hogar hasta que no tuviera ocasión de perderse en aquellas reflexiones tranquilamente. Sulyard le miraba, aún congestionado.

—Sulyard —dijo Niclays—. Vete a casa. Cuando llegue el barco de aprovisionamiento de Mentendon, cuélate en la bodega. Vuelve con Truyde y huid a la laguna Láctea o… donde vayan los amantes hoy en día. —Sulyard abrió la boca para replicar—. Confía en mí: aquí no puedes hacer nada más que morir.

—Pero mi misión…

—No todos podemos culminar nuestras grandes obras.

Sulyard se quedó en silencio. Niclays se quitó las gafas y se las limpió con la manga.

—No siento ningún cariño por tu reina. De hecho, me provoca el mayor desprecio —Sulyard dio un respingo—, pero dudo mucho que Sabran desee que un paje de dieciocho años muera por ella. Quiero que te vayas, Triam —añadió, con un temblor en la voz—. Y quiero que le digas a Truyde, de mi parte, que deje de involucrarse en asuntos que puedan afectarle.

Sulyard bajó la mirada.

—Perdonadme, doctor Roos, pero no puedo —dijo—. Debo quedarme.

—¿Y qué harás?

—Encontraré el modo de exponerle mi caso al Señor de la Guerra… pero no quiero involucraros más.

—El hecho de que estés bajo mi techo ya es suficiente implicación; podría hacerme perder la cabeza.

Sulyard no dijo nada, pero apretó los dientes. Niclays hizo un mohín.

—Pareces devoto, maese Sulyard —le dijo—. Te sugiero que reces. Reza para que los centinelas se mantengan alejados de mi casa hasta que llegue el barco de aprovisionamiento méntico, para que tengas tiempo de recuperar la cordura en lo referente a este asunto. Si sobrevivimos los próximos días, quizá yo también vuelva a rezar.

6

Oeste

Cuando decidía no acudir a la Sala de Banquetes, que era a menudo, la reina de Inys cenaba en su Cámara Privada. Esa noche, Ead y Linora habían sido invitadas a compartir el pan con ella, honor reservado tradicionalmente a sus tres damas de honor.

Margret tenía una de sus migrañas. «Aplastacráneos», las llamaba. Normalmente no dejaba que la apartaran de sus obligaciones, pero debía de estar preocupadísima por Loth.

A pesar del calor del verano, en la Cámara Privada crepitaba el fuego. Hasta el momento, nadie había hablado con Ead.

A veces le daba la impresión de que podían oler sus secretos. De que percibían que no había acudido a aquella corte como dama de compañía.

Como si supieran algo del Priorato.

—¿Qué te parecen sus ojos, Ros?

Sabran miró la miniatura que tenía en la mano, después de que hubiera pasado por las manos de las otras mujeres, que la habían analizado desde todos los ángulos. Ahora era Roslain Crest quien la cogía y volvía a estudiarla.

La primera dama de la reina, heredera del Ducado de Justicia, era solo seis días mayor que Sabran. Lucía una espesa melena, oscura como la melaza. Era pálida y de ojos cristalinos azul cobalto, siempre iba vestida a la moda y había pasado casi toda su vida con la reina. Su madre había sido primera dama de la reina Rosarian.

—Son muy atractivos, Majestad —concluyó Roslain—. Tienen una mirada amable.

—A mí me parece que están un poco juntos —murmuró Sabran—. Me hacen pensar en los de un ratoncito.

Linora soltó una risita suave.

—Mejor un ratoncito que otra bestia más escandalosa —observó Roslain—. Debe recordar cuál es su lugar si se casa con Vos. No es él el descendiente del Santo.

Sabran le dio una palmadita en la mano.

—¿Cómo es posible que seas siempre tan sabia?

—Porque os escucho, majestad.

—Pero no a tu abuela, en este caso —dijo Sabran, mirándola—. Lady Igrain cree que Mentendon será la ruina para Inys. Y que Lievelyn no debería comerciar con Seiiki. Me ha dicho que lo propondrá en la próxima reunión del Consejo de las Virtudes.

—Mi querida abuela se preocupa por vos, y puede pasarse de precavida —dijo Roslain, sentándose a su lado—. Yo sé que prefiere al cacique de Askrdal. Es rico y devoto. Un candidato más seguro. También puedo entender su preocupación por Lievelyn.

—Pero…

Roslain esbozó una leve sonrisa.

—Creo que nos corresponde darle una oportunidad a este nuevo Príncipe Rojo.

—Estoy de acuerdo —dijo Katryen, que estaba sentada en un escaño, hojeando un libro de poesía—. Tenéis al Consejo de las Virtudes para que os aconseje, pero también a vuestras damas para animaros en asuntos como este.

Linora estaba junto a Ead, escuchando atentamente en silencio.

—Señora Duryan —dijo Sabran de pronto—. ¿Qué opinión te merece el semblante del príncipe Aubrecht?

Todos los ojos se posaron en Ead. Ella dejó su cuchillo suavemente sobre la mesa.

—¿Me pedís mi opinión, majestad?

—A menos que haya otra señora Duryan presente.

Nadie se rio. Roslain le puso la miniatura en las manos y la sala permaneció en completo silencio.

Ead miró al Príncipe Rojo. Pómulos altos. Cabello cobrizo. Fuertes cejas arqueadas sobre unos ojos oscuros, en claro contraste con su pálido cutis. La expresión de su boca era algo severa, pero su rostro tenía un aspecto agradable.

Aun así, los retratos podían mentir, y en muchos casos lo hacían. Seguro que el artista le habría favorecido.

—Es bastante bien parecido —concluyó.

—No es un gran elogio —dijo Sabran, dando un sorbo a su

cáliz—. Eres una jueza más inflexible que mis otras damas, señora Duryan. ¿Es que los hombres del Ersyr son más atractivos que el príncipe?

—Son diferentes, majestad. —Ead hizo una pausa; luego añadió—: no tienen ojos de ratón.

La reina se la quedó mirando, impasible. Por un momento, Ead se preguntó si se habría extralimitado. Katryen le lanzó una mirada que no hizo más que aumentar sus dudas.

—Tienes la lengua tan ágil como los pies —respondió la reina de Inys, recostándose en su silla—. No hemos hablado mucho desde que llegaste a la corte. Ha pasado mucho tiempo. Seis años, creo.

—Ocho, majestad.

Roslain le lanzó una mirada de advertencia. A la descendiente del Santo no se la corregía.

—Por supuesto. Ocho —dijo Sabran—. Dime, ¿te escribe a menudo el embajador uq-Ispad?

—No mucho, mi señora. Su Excelencia está muy ocupado con otros asuntos.

—Como la herejía.

Ead bajó la mirada.

—El embajador es un devoto seguidor del Profeta del Nuevo Amanecer, majestad.

—Pero por supuesto tú ya no —constató Sabran, y Ead inclinó la cabeza—. Lady Arbella me cuenta que vas mucho al santuario a rezar.

Lo misterioso era que lady Arbella encontrara la manera de comunicar aquellas cosas a Sabran, ya que no parecía que hablaran nunca la una con la otra.

—Las Seis Virtudes son un bello culto, majestad —dijo Ead—. Y es imposible no creer en él, cuando se tiene tan cerca a la descendiente directa del Santo.

Era mentira, por supuesto. Su verdadera fe, la fe de la Madre, brillaba en su interior con más fuerza que nunca.

—Deben de contar historias de mis ancestros en el Ersyr —dijo Sabran—. De la Damisela, especialmente.

—Sí, señora. En el Sur se la recuerda como la mujer más recta y altruista de su época.

Cleolinda Onjenyu también era recordada en el Sur como la mayor guerrera de su época, pero los inys eso nunca lo aceptarían. Creían que había habido que salvarla.

Para Ead, Cleolinda no era la Damisela. Era la Madre.

—Lady Oliva me ha contado que la señora Duryan es una gran narradora de historias —intervino Roslain, echándole una mirada de complacencia—. ¿No nos queréis contar la historia del Santo y de la Damisela tal como la enseñan en el Sur?

Ead se olía la trampa. A los inys no solía gustarles escuchar una versión diferente de nada, y mucho menos de su historia más sagrada. Roslain no veía el momento de que diera un paso en falso.

—Mi señora —se defendió Ead—, nadie puede contar esa historia mejor que el Santario. En cualquier caso, la oiremos maña…

—La oiremos ahora —decidió Sabran—. Ahora que vivimos bajo la amenaza de los wyrms, la historia reconfortará a mis damas.

El fuego crepitó. Ead miró a Sabran y sintió una extraña tensión, como si estuvieran unidas por un hilo. Por fin se puso en pie y fue a ocupar la silla junto al hogar, el lugar de los narradores.

—Como deseéis —dijo, alisándose la falda—. ¿Por dónde queréis que empiece?

—Por el nacimiento del Innombrable —dijo Sabran—. Cuando la llegada de la gran bestia desde el monte Pavor.

Katryen cogió a la reina de la mano. Ead tomó aire e intentó serenarse. Si contaba la historia real, sin duda acabaría en la pira.

Tendría que contar la historia que oía cada día en el santuario. La historia censurada.

Media historia.

—Hay un Vientre de Fuego que arde bajo este mundo —empezó—. Hace más de mil años, el magma de su interior de pronto se condensó, creando una bestia de una fuerza inenarrable, del mismo modo que la espada toma su forma de la forja. La leche de la que se alimentaba era el fuego del interior del Vientre, que absorbía con una sed insaciable. Bebió hasta que su corazón se convirtió en un horno al rojo vivo.

Katryen se estremeció.

—Muy pronto esa criatura, ese wyrm, creció hasta adquirir un tamaño demasiado grande para el Vientre. No veía la hora de usar las alas que le había dado. Se abrió paso hacia el exterior, reventando la cumbre de una montaña de Mentendon, el monte Pavor, y trajo consigo una marea de fuego líquido. La cima de la montaña reventó con un estallido escarlata. La oscuridad se cernió sobre la ciudad de Gulthaga, y todos los que allí vivían murieron asfixiados por el humo tóxico.

»El wyrm estaba desbocado y solo pensaba en conquistar todo lo que veía. Voló al sur, hacia Lasia, donde la Casa de Onjenyu gobernaba sobre un gran reino, y se instaló cerca de su corte, en Yikala. —Ead tomó un sorbo de cerveza de raíz para aclararse la garganta—. Esta criatura innombrable extendió una epidemia terrible, una plaga que los humanos nunca habían sufrido. Hacía bullir la sangre de los afectados, haciéndolos enloquecer. Para mantener alejado al wyrm, el pueblo de Yikala le enviaba ovejas y bueyes, pero el Innombrable no se saciaba. Quería una carne más dulce, carne humana. Así que cada día el pueblo lo echaba a suertes y escogía a una persona como sacrificio.

La sala estaba en completo silencio.

—Lasia estaba gobernada por Selino, gran soberano de la Casa de Onjenyu. Un día, su hija, la princesa Cleolinda, resultó elegida para el sacrificio —dijo Ead, pronunciando el nombre de la princesa con suavidad y reverencia—. Aunque su padre ofreció a sus súbditos joyas y oro, rogándoles que eligieran a otra persona, el pueblo se mantuvo firme. Y Cleolinda aceptó su sino con dignidad, porque vio que era justo.

»Aquella misma mañana, un caballero de las islas de Inysca llegó a Ykala. En aquella época, en las islas imperaban la guerra y la superstición, y gobernaban varios reyes, sometidos unos a otros. Además había una bruja que tenía a la gente atemorizada. Pero también había muchos hombres buenos que habían jurado lealtad a las Virtudes de los Caballeros. Ese caballero —dijo Ead— era sir Galian Berethnet.

El Impostor.

Así era como se le llamaba en gran parte de Lasia, pero Sabran no tenía ni idea de eso.

—Sir Galian había oído hablar del terror que se había instalado en Lasia y deseaba ofrecer sus servicios a Selinu. Trajo consigo una espada de extraordinaria belleza llamada Ascalon. Cuando llegó a las afueras de Yikala, vio una damisela llorando a la sombra de los árboles, y le preguntó por qué estaba tan compungida. «Buen caballero —respondió Cleolinda—, seguro que tenéis buen corazón, pero por vuestro propio bien dejadme sola con mis oraciones, porque ha de venir un wyrm a reclamar mi vida».

A Ead le repugnaba hablar de la Madre de aquel modo, como si fuera una muchachita desvalida.

—El caballero —continuó— se conmovió ante sus lágrimas. «Dulce dama, preferiría hundir mi espada en mi propio corazón antes que ver vuestra sangre mojando el suelo. Si vuestro pueblo entrega su alma a las Virtudes de los Caballeros, y si vos me concedéis vuestra mano en matrimonio, expulsaré a esa bestia inmunda de estas tierras», le prometió.

Ead hizo una pausa para tomar aire. Y de pronto, sintió un sabor inesperado en la boca.

El sabor de la verdad.

—Cleolinda se sintió insultada y le dijo al caballero que se fuera —dijo, sin poder evitarlo—, pero sir Galian no se daba por vencido. Estaba decidido a conseguir la gloria y...

—No —la interrumpió Sabran—. Cleolinda accedió y le agradeció su oferta.

—Así es como la oí yo en el Sur —dijo Ead, levantando las cejas y sintiendo el corazón acelerado—. Lady Roslain me ha pedido que...

—Y ahora tu reina te ordena otra cosa. Cuenta el resto igual que la cuenta el Santario.

—Sí, señora.

Sabran le indicó que continuara con un gesto de la cabeza.

—Mientras sir Galian luchaba con el Innombrable —dijo Ead—, quedó gravemente herido. Aun así, haciendo gala de un coraje sin par, encontró las fuerzas para clavarle la espada al monstruo. El Innombrable huyó, sangrando y debilitado, y se coló de nuevo en el Vientre de Fuego, de donde no volvió a salir.

Ead era plenamente consciente de que Sabran la observaba.

—Sir Galian regresó con la princesa a las islas de Inysca, reuniendo a un Séquito Sagrado de caballeros por el camino. Fue coronado como rey de Inys (un nuevo nombre para una nueva era) y su primer decreto consistió en hacer de las Virtudes de los Caballeros la religión verdadera y única del reino. Construyó la ciudad de Ascalon, llamada así en recuerdo de la espada con la que había herido al Innombrable, y fue allí donde él y la reina Cleolinda se casaron y fueron felices. Al cabo de un año, la reina dio a luz a una hija, y el rey Galian, el Santo, juró a su pueblo que mientras su dinastía gobernara Inys, el Innombrable no volvería.

Una historia bien construida, que los inys se contaban una y otra vez. Pero no era la historia completa.

Lo que los inys no sabían era que había sido Cleolinda, y no Galian, quien había ahuyentado al Innombrable.

Ellos no sabían nada del naranjo.

—Quinientos años más tarde —dijo Ead, bajando la voz—, la grieta del monte Pavor se ensanchó de nuevo y por ella salieron otros wyrms. Primero llegaron los Sombras del Oeste, las mayores y más crueles de las criaturas draconianas, encabezadas por Fýredel, el más leal al Innombrable. Y también llegaron sus sirvientes, los wyverns, cada uno envuelto en fuego de uno de los Sombras del Oeste. Estos wyverns anidaron en las montañas y en las cuevas, y se aparearon con aves creando la cocatriz, y con serpientes, creando el basilisco y el anfíptero, y con toros, creando el ofitauro, y con lobos, creando el jáculo. Y a través de estas uniones nació el Ejército Draconiano.

»Fýredel anhelaba llegar donde no había podido llegar el Innombrable y someter a la humanidad. Durante más de un año, lanzó a su Ejército Draconiano contra el mundo. Muchos grandes reinos sucumbieron en aquel tiempo, que llamamos la Caída de las Sombras. Sin embargo Inys, gobernado por Glorian III, seguía aún en pie cuando un cometa pasó por encima del mundo, y los wyrms cayeron de pronto en su sueño eterno, poniendo fin al terror y al baño de sangre. Y desde entonces, el Innombrable permanece en su tumba bajo el mundo, encadenado por la sangre sagrada de los Berethnet.

Silencio.

Ead cruzó las manos sobre el regazo y miró de frente a Sabran, con una expresión imposible de descifrar.

—Lady Oliva tenía razón —dijo por fin la reina—. Desde luego tienes la lengua de una narradora. Pero sospecho que has oído demasiadas historias, y no todas completamente ciertas. Te sugiero que escuches bien en el santuario. —Dejó la copa en la mesa—. Estoy cansada. Buenas noches, señoras.

Ead se puso en pie, y también Linora. Hicieron una reverencia y salieron.

—Su Majestad se ha molestado —dijo Linora, disgustada, después de que hubieran salido—. Al principio estabas contando la historia estupendamente. ¿Cómo se te ha ocurrido decir que la Damisela rechazó al Santo? Ningún santario ha dicho eso nunca. ¡Menuda idea!

—Si Su Majestad se ha molestado, lo siento mucho.

—Ahora puede que no nos invite nunca más a cenar con ella —protestó Linora—. Deberías haberte disculpado, al menos. Quizá debieras rezar más a la Caballero de la Cortesía.

Afortunadamente, tras decir aquello Linora no quiso seguir hablado. Cuando Ead llegó a su cámara sus caminos se separaron.

Ya dentro, encendió unas velas. Su habitación era pequeña, pero era solo para ella.

Se desató las cintas de las mangas y se quitó el petillo. Luego echó a un lado la enagua y el verdugado y por fin se pudo quitar el corsé.

La noche aún era joven. Ead se sentó ante su escritorio. En el interior estaba el libro que le había dejado Truyde utt Zeedeur. Ella no sabía leer la escritura del Este, pero llevaba la marca de un impresor méntico. Debía de haber sido editado antes de la Caída de las Sombras, cuando aún estaban permitidos los textos del Este en los Reinos de las Virtudes. Truyde era una hereje en ciernes, pues estaba fascinada por las tierras donde los wyrms eran objeto de la idolatría humana.

Al final del volumen, en una guarda del libro, había escrito un nombre en tinta, con una elaborada caligrafía.

«Niclays.»

Ead reflexionó mientras se trenzaba el cabello. Era un nombre común en Mentendon, pero en el momento de su llegada a la corte había en ella un tal Niclays Roos. Era un experto en anatomía de la Universidad de Brygstad, y se rumoreaba que practicaba la alquimia. Recordaba que era un tipo gordito y alegre, lo suficientemente amable como para aceptarla a ella cuando otros no lo hacían. Se había metido en algún problema que había supuesto su partida de Inys, pero la naturaleza del incidente era un secreto muy bien guardado.

En silencio, escuchó a su cuerpo. La última vez, el degollador había estado a punto de colarse en la Alcoba Real. No había detectado la vibración de la defensa que había instalado hasta que casi era demasiado tarde.

Su siden estaba débil. Las defensas que había levantado con él habían protegido a Sabran durante años, pero ya estaba moribundo, como una vela que llega al final de la mecha. El siden, el regalo del naranjo, un producto mágico hecho de fuego, de madera y de tierra. Los inys, en su ignorancia, lo llamarían hechicería. Sus ideas sobre la magia nacían del miedo a lo que no eran capaces de entender.

Había sido Margret la que le había explicado una vez por qué tenían tanto miedo a la magia los inys. Había una antigua leyenda en esas islas, que aún contaban a los niños en el norte, sobre un personaje conocido como la Dama de los Bosques. Con el tiempo ya nadie conocía su nombre real, pero los inys llevaban metido en los huesos el miedo a sus hechizos y a su malevolencia. Hasta Margret, tan sensata y racional para la mayoría de cosas, se había mostrado reticente a hablar de aquello.

Ead levantó una mano. Concentró su poder y una luz dorada le iluminó la punta de los dedos. En Lasia, cuando estaba cerca del naranjo, el siden brillaba como cristal fundido corriéndole por las venas.

Pero luego la priora la había enviado allí, para proteger a Sabran. Si los años de separación acababan por agotar su poder definitivamente, la reina volvería a ser vulnerable para siempre. El único modo de mantenerla a salvo sería dormir a su lado, y ese era un privilegio reservado a sus damas de compañía. Ead distaba mucho de ser una de las favoritas. Su templanza se había visto puesta a prueba durante la cena, al contar aquella historia. Con el paso de los años había aprendido a seguir las reglas del juego, a contar las mentiras de los inys y a recitar sus oraciones, pero contar aquella historia falseada no le había resultado fácil. Y aunque su momento de debilidad quizá afectara a sus posibilidades de promoción en el seno de la corte, lo cierto era que no lo lamentaba demasiado.

Con el libro y las cartas bajo un brazo, Ead trepó al respaldo de su silla y presionó una moldura del techo, deslizando un panel hacia un lado. Guardó ambas cosas en el recoveco, donde ocultaba también su arco. Cuando era dama de compañía, solía enterrar el arco en el terreno de cualquier palacio que ocupara la corte, pero teniéndolo allí arriba estaba segura de que ni siquiera el Halcón Nocturno lo podría encontrar.

Una vez lista para acostarse, se sentó ante el escritorio y le escribió un mensaje a Chassar. En código, le comunicó que Sabran había sido objeto de un nuevo ataque, y que ella lo había desbaratado.

Chassar le había prometido que respondería a sus cartas, pero no lo había hecho. Ni una sola vez en los ocho años que llevaba allí.

Dobló la carta. El maestro cartero la leería en nombre del Halcón Nocturno, pero no vería en ella nada más que frases de cortesía. Chassar sabría la verdad.

Alguien llamó a la puerta.

—¿Señora Duryan?

Ead se puso la bata y abrió la aldaba. En el exterior había una mujer que lucía un broche en forma de libro alado, lo que dejaba claro que era una criada al servicio de Seyton Combe.

—¿Sí?

—Señora Duryan, buenas noches. Me han enviado para que os informe de que el secretario real desea veros mañana a las nueve y media —dijo la joven—. Yo os escoltaré hasta la Torre de Alabastro.

—¿Solo a mí?

—Hoy ha interrogado a lady Katryen y a lady Margret.

Ead apretó el pomo de la puerta con más fuerza.

—Es un interrogatorio, pues.

—Eso creo.

Con la otra mano, Ead se cubrió mejor con la bata.

—Muy bien. ¿Es todo?

—Sí. Buenas noches, señora.

—Buenas noches.

Cuando la criada se alejó, el pasillo volvió a sumergirse en la oscuridad.

Ead cerró la puerta y apoyó la frente en ella. Aquella noche no podría dormir.

El *Rosa Eterna* cabeceaba en el agua, empujado por el viento del este. Era el barco con el que cruzarían el mar hasta Yscalin.

—Es un buen barco —declaró Kit mientras se acercaban—. Si yo fuera otro barco, querría casarme con él.

Loth tuvo que darle la razón. El *Rosa* lucía cicatrices de guerra, pero era muy bonito, y colosal. En todas sus visitas para ver la Armada con Sabran nunca había visto un barco tan inmenso como aquel buque blindado. Tenía ciento ocho cañones, un temible ariete y dieciocho velas, todas ellas con el símbolo de la Espada de la Verdad, emblema de los Reinos de las Virtudes. La insignia dejaba claro que era un navío inys, y que las acciones de su tripulación, por injustificables que pudieran parecer, contaban con la aprobación de su monarquía.

Un mascarón con el rostro de Rosarian IV, perfectamente bruñido, les miraba desde la proa. Cabello negro y piel blanca. Unos ojos verdes como el cristal marino. Y un cuerpo estilizado que acababa en una cola dorada.

Loth recordaba a la reina Rosarian con cariño, de los años previos a su muerte. La Reina Madre, como era conocida ahora, le había visto jugar muchas veces con Sabran y Roslain en los jardines. Era una mujer más dulce que Sabran, de risa fácil y carácter juguetón, algo que desde luego no había heredado su hija.

—Es una belleza, desde luego —dijo Gautfred Plume. Era el contramaestre, un enano de origen lasiano—. Aunque ni la mitad de bello que la dama que se lo regaló al capitán.

—Ah, sí. —Kit se quitó el sombrero, descubriéndose ante el mascarón—. Que descanse por siempre en brazos del Santo.

Plume chasqueó la lengua.

—La reina Rosarian tenía el alma de una doncella del océano. Debería descansar entre los brazos del mar.

—Oh, por el Santo, qué bien expresado. ¿Las sirenas existen, por cierto? ¿Alguna vez las habéis visto al atravesar el Abismo?

—No. Carpas negras, calamares gigantes y ballenas sí he visto, pero de sirenas, ni rastro.

Kit se desinfló.

Las gaviotas planeaban en círculos por un cielo surcado de nubes. El puerto de Perchling estaba preparado para lo peor, como siempre. Los embarcaderos crujían bajo el peso de los soldados armados con mosquetones de largo alcance. En la playa había fila tras fila de manganas y cañones cargados de balas encadenadas, alternadas con plúteos. Los arqueros ocupaban las torres de guardia, listos para encender sus balizas en cuanto oyeran un aleteo o vieran un barco enemigo.

Y por encima de todo aquello asomaban las luces de una pequeña ciudad. Perchling estaba colgada entre dos grandes salientes rocosos en el acantilado, junto a una larga y sinuosa escalera. Los edificios estaban apiñados entre sí como pájaros sobre una rama. A Kit le asombraba aquel aspecto precario («Desde luego, el arquitecto responsable de aquello debía de estar borracho perdido»), pero a Loth le inquietaba. Daba la impresión de que Perchling podía acabar en el agua del mar a la primera borrasca.

Aun así se quedó contemplándola, fijándola en su memoria. Quizá fuera la última vez que veía Inys, el único país que había conocido nunca.

Encontró a Gian Harlowe en su camarote, absorto leyendo una carta. El hombre que había contado con el favor de la Reina Madre no era exactamente como Loth se lo había imaginado. Iba bien afeitado, llevaba los puños almidonados, pero tenía un aire rudo, y la mandíbula tensa como el resorte de una trampa.

Cuando entraron, levantó la vista. La viruela había punteado su rostro profundamente bronceado.

—Gautfred. —Una melena de cabello plateado brilló a la luz del sol—. Supongo que estos son nuestros… invitados.

Aunque tenía un acento claramente inys, Kit le había mencionado que Harlowe procedía de tierras muy lejanas. Corría el rumor de que descendía del pueblo de Carmentum, en su día una república próspera del Sur que había caído durante la Caída de las Sombras. Sus supervivientes se habían dispersado por todas partes.

—Sí —dijo Plume, con voz de cansancio—. Lord Arteloth Beck y lord Kitston Glade.

—Kit —le corrigió su compañero al momento.

Harlowe dejó la pluma sobre la mesa.

—Señores —saludó, sin inmutarse—. Bienvenidos a bordo del *Rosa Eterna*.

—Gracias por encontrarnos camarotes con tan poca antelación, capitán Harlowe —respondió Loth—. Es una misión de la máxima importancia.

—Y absolutamente secreta, por lo que me han dicho. Es extraño que solo pudiera llevarla a cabo el heredero de los Goldenbirch. —Harlowe escrutó a Loth—. Zarparemos para el puerto yscalino de Perunta al anochecer. Mi tripulación no está acostumbrada a cruzarse con nobles en cubierta, así que creo que será más cómodo para todos si permanecen en sus camarotes mientras estén con nosotros.

—Sí —dijo Kit—. Buena idea.

—De esas tengo muchas —respondió el capitán—. ¿Alguno de los dos ha estado alguna vez en Yscalin?

Y al ver que ambos negaban con la cabeza, añadió:

—¿Cuál de los dos ha ofendido al secretario real?

Loth no lo vio, pero percibió que Kit le señalaba con el pulgar.

—Lord Arteloth —exclamó Harlow con una risa ronca—. Un tipo tan respetable como usted. Desde luego habréis molestado a Su Excelencia hasta el punto de que no desea volveros a ver vivo. —El capitán se recostó en su silla—. Estoy seguro de que ambos sois conscientes de que la Casa de Vetalda ha declarado abiertamente su lealtad a la causa draconiana.

Loth sintió un escalofrío. La idea de que en pocos años un país podía pasar de seguir al Santo a venerar a su enemigo había sacudido a todos los Reinos de las Virtudes.

—¿Y todos obedecen?

—El pueblo hace lo que ordena el rey, pero sufre. Los estibadores del puerto nos han contado que la peste se ha extendido por todo Yscalin. —Harlowe volvió a coger la pluma—. Y, a propósito, mi tripulación no os escoltará hasta la costa. Tendréis que usar un bote para llegar a Perunta.

Kit tragó saliva.

—¿Y luego?

—Un emisario vendrá a vuestro encuentro y os llevará a Cárscaro. Por supuesto, la corte está libre de toda enfermedad, ya que los nobles pueden permitirse el lujo de encerrarse en sus fortalezas cuando ocurre algo así —dijo Harlow—. Pero evitad tocar a nadie. La cepa más común se transmite con el contacto.

—¿Eso cómo lo sabéis? —le preguntó Loth—. No se han visto casos de peste draconiana desde hace siglos.

—Tengo interés en sobrevivir, lord Arteloth. Os recomiendo que cultivéis esa misma voluntad. —El capitán se puso en pie—. Señor Plume, preparad la nave. Tenemos que asegurarnos de que los señores llegan a la costa de una pieza, aunque mueran nada más llegar.

7

Oeste

La Torre de Alabastro era una de las más elevadas del Palacio de Ascalon. En lo alto de su sinuosa escalera estaba la Sala del Consejo, redonda y abierta al exterior: sus ventanas estaban cubiertas solo con cortinas.

Ead pasó por la escoltada puerta en el momento en que la torre del reloj daba las nueve y media. Además de uno de sus vestidos, llevaba gola y su único collar.

El Santo la observaba desde un retrato de la pared. Sir Galian Berethnet, antepasado directo de Sabran, empuñando a Ascalon, la Espada de la Verdad que había dado nombre a la capital. Ead pensó que parecía un bobo redomado.

El Consejo de las Virtudes se componía de tres cuerpos. El más poderoso era la Junta de los Duques, con un miembro de cada una de las familias descendientes del Séquito Sagrado, los seis caballeros de Galian Berethnet, cada uno de ellos guardián de una de las Virtudes de los Caballeros. Luego estaba el Comité Provincial de los Condes, señores de familias nobles que controlaban los seis condados de Inys, y la Asamblea de los Caballeros, que eran de origen plebeyo.

En esta ocasión solo había cuatro miembros del Consejo sentados junto a la mesa que dominaba la sala.

La ujier del Consejo golpeó el suelo con su bastón.

—La señora Ead Duryan —anunció—. Miembro del servicio de la Cámara Privada de la Reina.

La reina de Inys presidía la mesa. Destacaban sus labios pintados de color rojo sangre.

—Señora Duryan —saludó.

—Majestad —respondió Ead, con una reverencia—. Excelencias.

—Sentaos.

En el momento en que se sentaba, Ead cruzó una mirada con sir Tharian Lintley, capitán de la Guardia Real, que esbozó una sonrisa reconfortante desde su puesto junto a la puerta. Como la mayoría de miembros de la Guardia Real, Lintley era alto, robusto, y no le faltaban las pretendientes. Había estado enamorado de Margret desde su llegada, y Ead sabía que el afecto era correspondido, pero la separación propia de sus puestos no les dejaba verse como querrían.

—Señora Duryan —dijo lord Seyton Combe, levantando las cejas. El duque de la Cortesía estaba sentado a la izquierda de la Reina—. ¿Os encontráis mal?

—¿Disculpad, milord?

—Tenéis ojeras.

—Me encuentro muy bien, excelencia. Solo un poco cansada tras la agitación de la visita méntica.

Combe se la quedó mirando por encima del borde de su copa. El secretario real tenía casi sesenta años, los ojos como tormentas, piel cetrina y una boca casi sin labios, e imponía un gran respeto. Se decía que si alguien tramara algo contra la reina Sabran por la mañana, él conseguiría que los implicados colgaran de la horca antes del mediodía. Lástima que el maestro de los degollamientos siguiera campando a sus anchas.

—Desde luego. Una visita inesperada, pero agradable —dijo Combe, y una leve sonrisa asomó de nuevo a sus labios. Todos sus gestos eran leves, como el vino suavizado con agua—. Ya hemos interrogado a muchos miembros de la casa real, pero hemos considerado prudente dejar a las damas de Su Majestad para el final, teniendo en cuenta lo ocupadas que han estado con la visita méntica.

Ead le sostuvo la mirada. Combe hablaría la lengua de los secretos, pero no conocía los suyos.

Lady Igrain Crest, duquesa de la Justicia, estaba sentada al otro lado de la reina. Había sido la persona más influyente para Sabran durante su minoría de edad, tras la muerte de la reina Rosarian, y aparentemente había hecho un gran trabajo convirtiéndola en un modelo de virtudes.

—Ahora que la señora Duryan ha llegado —dijo, sonriéndole a Ead—, quizá podamos empezar.

Crest tenía la misma estructura ósea y los mismos ojos azules que su nieta, Roslain, aunque su cabello, rizado por las sienes, se había teñido de plateado mucho tiempo atrás. Tenía las comisuras de los labios surcadas de pequeñas líneas de expresión, tan pálidas como el resto de su rostro.

—Por supuesto —dijo lady Nelda Stillwater. La duquesa del Valor era una mujer rellena, con la piel de un color tostado y la cabeza cubierta de rizos oscuros. Alrededor del cuello lucía un collar de rubíes—. Señora Duryan, anteanoche apareció un hombre muerto en el umbral de la Alcoba Real. Tenía en la mano una daga de fabricación yscalina.

Una daga de justas, para ser más exactos. En los duelos, se usaban en lugar del escudo, para proteger y defender a su portador, pero también podían ser letales. Todos los degolladores llevaban una.

—Parece ser que quería matar a Su Majestad —añadió Stillwater—, pero acabó muerto él.

—Es terrible —murmuró el duque de la Generosidad. Lord Ritshard Eller, que al menos tenía noventa años, vestía gruesas pieles incluso en verano. Por lo que había observado Ead, también era un santurrón mojigato.

—¿Otro degollador? —dijo Ead, controlando perfectamente su reacción.

—Sí —dijo Stillwater, frunciendo el ceño—. Como sin duda habréis oído, eso ya ha ocurrido más de una vez durante el último año. De los nueve asesinos potenciales que han conseguido penetrar en el Palacio de Ascalon, cinco han sido ajusticiados antes de que pudiéramos apresarlos.

—Todo esto es muy raro —dijo Combe, reflexionando en voz alta—. Pero parece lógico pensar que algún miembro del servicio de la reina ha matado al criminal.

—Una noble hazaña —observó Ead.

—Yo no diría tanto, querida —replicó Crest—. Este protector, quienquiera que sea, también es un asesino, y debe ser desenmascarado —añadió, con la voz tensa por la frustración—. Al igual que el degollador, esta persona ha entrado en los aposentos reales sin que la vieran, eludiendo de algún modo a la Guardia Real. Cometió un asesinato y dejó allí el cadáver para que lo encontrara Su Majestad. ¿Es que intentaba matar a la reina del susto?

—Supongo que intentaría evitar que mataran a la reina de una puñalada, excelencia.

Sabran levantó una ceja.

—La Caballero de la Justicia no tolera ningún derramamiento de sangre, señora Duryan —dijo Crest—. Si el responsable de la muerte de esos degolladores se hubiera presentado ante nosotros, podríamos haberlo perdonado, pero su negativa a dar la cara deja claras sus siniestras intenciones. Descubriremos quién es.

—Estamos recogiendo testimonios que puedan servirnos de ayuda, señora. Este incidente sucedió anteanoche, hacia la medianoche —dijo Combe—. Decidme: ¿visteis u oísteis algo sospechoso?

—No se me ocurre nada, excelencia.

Sabran no había dejado de mirarla ni un momento. Aquella mirada intensa estaba empezando a hacerle sentir calor bajo la gola.

—Señora Duryan —prosiguió Combe—, siempre habéis sido una leal servidora de esta corte. Sinceramente, dudo que el embajador uq-Ispad le hubiera enviado a Su Majestad una dama que no fuera intachable. Aun así, debo advertiros que callar cualquier información relacionada con este asunto es un acto de traición. ¿Sabéis algo sobre este degollador? ¿Habéis oído a alguien que expresara su antipatía hacia Su Majestad o su simpatía por el reino draconiano de Yscalin?

—No, excelencia —insistió Ead—. Pero si oyera cualquier rumor, vendría a comunicároslo de inmediato.

Combe intercambió una mirada con Sabran.

—Que tengáis buen día, señora —dijo la reina—. Id a atender vuestras obligaciones.

Ead hizo una reverencia y salió de la sala. Lintley cerró la puerta a su paso.

Allí no había guardias; estaban en la base de la torre. Ead se aseguró de pisar fuerte para que se oyera mientras se acercaba a la escalera, pero se detuvo tras unos cuantos pasos.

Tenía un oído más fino que la mayoría. Una ventaja que le daba la magia que corría por sus venas.

—... parece sincera —estaba diciendo Crest—. Pero he oído que algunos ersyris hacen incursiones en las artes prohibidas.

—Venga ya —exclamó Combe—. No te creerás realmente esas paparruchas sobre la alquimia y la hechicería.

—Como duquesa de Justicia, debo considerar todas las posibilidades, Seyton. Todos sabemos que los degolladores son cosa de Yscalin, nadie más que ellos tienen interés en ver muerta a Su Majestad, pero también debemos descubrir a este protector, que mata con una desenvoltura tan evidente. Me interesaría mucho hablar con él y saber dónde ha aprendido su… habilidad.

—La señora Duryan siempre ha sido una dama de compañía diligente, Igrain —dijo Sabran—. Si no tienes ninguna prueba de su implicación, quizá debiéramos pasar página.

—Como desee Su Majestad.

Ead soltó un profundo suspiro. Su secreto estaba a salvo. Nadie la había visto entrar a los aposentos reales esa noche. El sigilo era otro de sus dones, puesto que al fuego le acompaña la sutileza de la sombra.

Ruido abajo. Pasos de caballeros con armadura por las escaleras. La Guardia Real hacía su ronda.

Necesitaba encontrar algún lugar menos expuesto para escuchar. Con gran agilidad, bajó hasta el piso inmediatamente inferior y se coló en un balcón.

—… tiene una edad similar a la vuestra, es evidente que es muy agradable e inteligente, y soberano de un Reino de las Virtudes —dijo Combe—. Como sabéis, majestad, las últimas reinas Berethnet han escogido consortes inys. No ha habido un consorte extranjero desde hace más de dos siglos.

—Parecéis preocupado, excelencia —dijo Sabran—. ¿Tan poca fe tenéis en los encantos de los hombres inys que os sorprende que mis antepasadas los eligieran como consortes?

Risitas entrecortadas.

—Como hombre inys que soy, debo protestar ante esa afirmación —bromeó Combe—. Pero los tiempos han cambiado. Es esencial que el matrimonio sea con un poder extranjero. Ahora que nuestro mayor aliado ha abandonado la religión verdadera, debemos mostrar al mundo que los tres países que se mantienen fieles al Santo seguirán juntos, pase lo que pase, y que nadie dará apoyo a Yscalin en su creencia insensata de que el Innombrable regresará.

—Esa creencia suya es peligrosa —dijo Crest—. Los del Este veneran a los wyrms. Puede que sientan la tentación de aliarse con un territorio draconiano.

—Yo creo que no valoras correctamente ese peligro, Igrain —objetó Stillwater—. Lo último que he oído es que los del Este aún temían la peste draconiana.

—En otro tiempo también la temía Yscalin.

—Lo que está claro —intervino Combe— es que no podemos permitirnos dar ninguna señal de debilidad. Si os casarais con Lievelyn, majestad, dejaríais claro que la alianza de los Reinos de las Virtudes nunca ha sido tan fuerte.

—El Príncipe Rojo comercia con los adoradores de wyrms —dijo Sabran—. Desde luego sería poco sabio dar nuestra aprobación implícita a esa práctica. Especialmente ahora. ¿No estás de acuerdo, Igrain?

Mientras escuchaba, Ead no pudo evitar sonreír. La reina ya había encontrado un motivo de disputa con su pretendiente.

—Aunque es deber sagrado de una Berethnet dar a luz a un heredero lo antes posible, majestad, estoy de acuerdo. Es una sabia observación —dijo Crest con un tono maternal—. Lievelyn es indigno de una descendiente del Santo. Su relación comercial con Seiiki es una vergüenza para todos los Reinos de las Virtudes. Si damos a entender que toleramos esa herejía, podíamos acabar dando alas a los adoradores del Innombrable. Y por si a alguien se le ha olvidado, Lievelyn también estuvo prometido con la Donmata Marosa, actual heredera de un territorio draconiano. Puede que aún conserve algún afecto por ella.

Un caballero de la Guardia Real pasó junto al balcón. Ead se apretujó contra la pared.

—El compromiso se rompió en cuanto Yscalin traicionó la fe —protestó Combe—. En cuanto al comercio con el Este, la Casa de Lievelyn no comerciaría con Seiiki si no fuera imprescindible. Los Vatten llevaron a Mentendon a la fe, pero también fueron causantes de su empobrecimiento. Si les concediéramos a los ménticos unas condiciones favorables de alianza, si hubiera un enlace real en el horizonte, quizá podrían interrumpir ese comercio.

—Mi querido Seyton, no es la necesidad la que impulsa a los ménticos, sino la codicia. Ellos disfrutan teniendo el monopolio del comercio con el Este. Además, tampoco vamos a mantenerlos indefinidamente —dijo Crest—. No, no hay necesidad de considerar a Lievelyn. Un candidato mucho más recomendable, que os he aconsejado durante mucho tiempo, Su Majestad, es el gran cacique de Askrdal. Debemos mantener un vínculo sólido con Hróth.

—¡Tiene setenta años! —exclamó Stillwater, consternado.

—¿Y Glorian la Intrépida no se casó con Guma Vetalda, que tenía setenta y cuatro? —señaló Eller.

—Por supuesto que sí, y le dio una hija sana —confirmó Crest, satisfecha.

—Askrdal aportaría la experiencia y la sabiduría de la que Lievelyn, príncipe de un reino joven, no dispone.

Tras una pausa, fue Sabran la que habló:

—¿No hay otros pretendientes?

Hubo un largo silencio.

—Se ha extendido el rumor de vuestra buena relación con lord Arteloth, majestad —dijo Eller, con voz trémula—. Algunos creen incluso que os habéis desposado en secreto con...

—Eller, ahórrame los cotilleos infundados. Y cualquier comentario sobre lord Arteloth —dijo Sabran—. Ha abandonado la corte sin motivo ni aviso previo. No quiero saber nada de él.

Otro silencio tenso.

—Su Majestad —dijo Combe—, mis informadores me han comunicado que lord Arteloth ha embarcado con destino a Yscalin, acompañado por lord Kitston Glade. Según parece, descubrió mi intención de enviar un espía para encontrar a vuestro señor padre... pero ha pensado que solo él podía emprender una misión que os afecta a vos tan de cerca.

Yscalin.

Por un terrible instante, Ead no pudo mover un músculo ni respirar. Loth.

—Quizá sea lo mejor —prosiguió Combe, en medio de un silencio generalizado—. La ausencia de lord Arteloth permitirá que se apacigüen los rumores sobre una relación entre los dos... Y es hora de que sepamos qué ha pasado en Yscalin. Y si vuestro señor padre, el príncipe Wilstan, está vivo.

Combe mentía. Loth no podía haberse enterado por casualidad de un plan para enviar un espía a Yscalin para luego decidir ir él personalmente. La idea era absurda. No era solo que no sería tan insensato, sino que el Halcón Nocturno nunca permitiría que sus planes quedaran al descubierto.

Lo había planeado él.

—Algo no me cuadra —dijo Sabran por fin—. Loth no es de los que actúan de forma tan impetuosa. Y me resulta extremadamente difícil creer que ninguno de los presentes hubiera adivinado sus intenciones. ¿No sois mi consejero? ¿Es que no tenéis ojos en cada rincón de mi corte?

El silencio que siguió fue más denso que el mazapán.

—Hace dos años os pedí que enviarais a alguien a buscar a mi padre, lord Seyton —dijo la reina, bajando el tono—. Me dijisteis que era demasiado peligroso.

—Así lo consideré, majestad. Ahora pienso que es un riesgo necesario, si queremos saber la verdad.

—No podemos arriesgar la vida de lord Arteloth —respondió la reina, con una clara tensión en la voz—. Enviaréis a vuestros hombres a buscarlo. Traedlo de vuelta a Inys. Debéis detenerlo, Seyton.

—Disculpad, majestad, pero es que a estas alturas ya estará en territorio draconiano. Es imposible enviar a nadie a por lord Arteloth sin poner en evidencia ante los Vetalda que está allí por un asunto no autorizado, que es algo que seguramente ya sospecharán. No haríamos más que poner su vida en peligro.

Ead tragó saliva. Combe no solo había enviado a Loth muy lejos, sino que le había enviado a un lugar donde Sabran no tenía ninguna influencia. No podía hacer nada. Sobre todo porque Yscalin era un enemigo impredecible, capaz de destruir la frágil paz en un instante.

—Su Majestad —dijo Stillwater—. Entiendo que esta noticia os duela, pero debemos tomar una decisión final sobre el asunto del compromiso.

—Su Majestad ya ha descartado a Lievelyn —intervino Crest—. Askrdal es el único…

—Debo insistir en que siga analizando el asunto, Igrain. Lievelyn es mejor candidato, en muchos aspectos; yo no lo descartaría —dijo Stillwater, sin demasiada convicción—. Es un asunto delicado, majestad, disculpad… Pero debéis tener una sucesora, y pronto, para tranquilizar a vuestro pueblo y asegurar el trono una generación más. No sería tan urgente si no fuera por los atentados contra vuestra vida. Solo con que tuvierais una hija…

—Gracias por vuestra preocupación, excelencia —atajó Sabran—, pero aún no me he recuperado del todo de la impresión de ver un cadáver junto a mi cama como para discutir su uso para engendrar una hija.

Una silla rascó el suelo, seguida de otras cuatro.

—Podéis interrogar a lady Linora cuando os plazca.

—Majestad —saludó Combe.

—Creo que voy a desayunar. Buenos días.

Ead ya estaba en el interior de la torre de nuevo, bajando por las escaleras, antes de que se abrieran las puertas de la Sala del Consejo. Al llegar al pie de la torre echó a caminar, con el corazón latiéndole fuerte en el pecho.

Margret quedaría destrozada cuando lo supiera. Su hermano era demasiado cándido, demasiado amable, como para hacer de espía en la corte de los Vetalda.

No duraría mucho.

En la Torre de la Reina, el servicio había iniciado su coreografía matinal. Camareros y doncellas iban de una sala a otra. El olor a pan recién horneado se extendía por todas partes desde la Cocina Real. Tragándose su amargura lo mejor que pudo, Ead se presentó en la Sala de la Presencia, atestada de peticionarios, como siempre, esperando a la reina.

Ead percibió una de sus defensas al acercarse a la Alcoba Real. Estaban dispuestas por todo el palacio, como trampas. El primer año en la corte lo había pasado nerviosísima, incapaz de dormir, ya que se activaban con el movimiento, pero poco a poco había aprendido a reconocer las sensaciones que le provocaban, y a desplazarlas, como si fueran cuentas de un ábaco. Se había acostumbrado a reaccionar únicamente cuando algo estaba fuera de lugar. O cuando un forastero entraba en la corte.

En el interior de la alcoba, Margret ya estaba deshaciendo la cama y Roslain Crest estaba sacando gasas. Debía de acercarse el período de Sabran, el recordatorio mensual de que aún no había concebido un heredero.

Ead fue a ayudar a Margret. Tenía que contarle lo de Loth, pero tendría que esperar a que estuvieran solas para hacerlo.

—Señora Duryan —dijo Roslain, rompiendo el silencio.

—Milady —respondió Ead, tensando el cuerpo.

—Lady Katryen está de baja esta mañana —dijo la primera dama mientras colgaba un trapo de un cinturón de seda—. Vos probaréis la comida de Su Majestad en su lugar.

Margret frunció el ceño.

—Por supuesto —dijo Ead, sin alterarse. Ahí estaba el castigo por desviarse de la historia durante su narración.

Las damas de honor eran recompensadas por el riesgo que corrían como catadoras, pero para una ayuda de cámara era una labor ingrata y peligrosa. Para Ead también era una oportunidad.

De camino al Solárium Real, se le presentó otra oportunidad. Truyde utt Zeedeur estaba caminando tras otras dos damas de compañía. Al pasar, la sujetó del hombro y se la llevó a un lado.

—Ven a verme después de las oraciones mañana por la tarde, o me encargaré de que tus cartas lleguen a Su Majestad.

Cuando las otras damas de compañía se giraron a mirar, Truyde sonrió como si Ead le hubiera contado una broma. Astuta bestezuela.

—¿Dónde? —dijo, sin dejar de sonreír.

—En la Escalera Real —respondió, y cada una se fue por su camino.

El Solárium Real era un remanso de paz. Tres de sus paredes sobresalían de la Torre de la Reina, ofreciendo unas vistas sin igual de la capital inys, Ascalon, y del río que la atravesaba. De las calles surgían columnas de piedra y de humo. Más de doscientas mil almas vivían en la ciudad.

Ead no iba a la ciudad casi nunca. No era correcto que las damas de compañía se mezclaran con los mercaderes y con la plebe.

El sol proyectaba sombras en el suelo. La silueta de la Reina se reflejaba en su mesa. Estaba sola salvo por los miembros de la Guardia Real de la entrada. Al acercarse, cruzaron sus partesanas cerrándole el paso.

—Señora —dijo uno de los guardias—. Hoy no os toca servir la comida a Su Majestad.

Antes de que pudiera explicarse Sabran preguntó:

—¿Quién es?

—Ead Duryan, Su Majestad. Vuestra camarera.

Silencio.

—Dejadla pasar.

Los guardias se hicieron a un lado de golpe. Ead se acercó a la reina sin hacer ningún ruido con los tacones.

—Buenos días, Su Majestad —dijo, con una reverencia. Pero Sabran ya no la miraba; tenía la vista puesta en su libro de oraciones esmaltado en oro.

—Debería haber venido Kate.

—Lady Katryen está enferma.

—Me acompañó anoche en el dormitorio. Si estuviera enferma, yo lo sabría.

—Al menos eso es lo que me ha dicho lady Roslain. Si os place, yo probaré hoy vuestra comida.

Al no recibir respuesta, Ead se sentó. Estando tan cerca de Sabran, olía hasta su bolsita aromática, rellena de raíz de orris y clavo. Los inys creían que esos aromas protegían de enfermedades.

Estuvieron sentadas en silencio un rato. El pecho de Sabran se hinchaba y deshinchaba a ritmo normal, pero la tensión de su mandíbula dejaba clara su rabia.

—Majestad —dijo Ead por fin—. Perdonad mi atrevimiento, pero diría que hoy no estáis de muy buen humor.

—Desde luego es una observación muy atrevida. Estás aquí para asegurarte de que mi comida no está envenenada, no para hacer comentarios sobre mi estado de ánimo.

—Perdonadme.

—Ya he perdonado bastante —dijo Sabran, cerrando el libro de golpe—. Está claro que no le haces ningún caso a la Caballero de la Cortesía, señora Duryan. Quizá no seas realmente una conversa. Quizá solo rindas pleitesía a mi antepasada, mientras conservas en secreto tu fe en una religión falsa.

Ead solo llevaba allí un minuto y ya estaba caminando por arenas movedizas.

—Señora —dijo ella, con prudencia—. La reina Cleolinda, vuestra antepasada, era princesa de Lasia.

—Eso no hace falta que me lo recuerdes. ¿Es que crees que soy tonta?

—En absoluto quería insultaros —dijo Ead. Sabran dejó el libro de oraciones a un lado—. La reina Cleolinda era noble y una princesa de buen corazón. Desde luego no era culpa suya que no supiera nada de las Seis Virtudes al nacer. Puede parecer una tontería, pero en lugar de castigar a los ignorantes, podríamos sentir compasión por ellos y llevarlos a la luz.

—Por supuesto —respondió Sabran, secamente—. A la luz de la pira.

—Si tenéis intención de llevarme a la hoguera, señora, temo que pueda resultar una decepción. He oído que los ersyris prendemos muy mal. Somos como la arena; estamos demasiado acostumbrados al sol como para arder.

La reina se la quedó mirando y Ead bajó la mirada hasta fijarla en el broche de su vestido.

—Tienes por patrono al Caballero de la Generosidad.

—Sí —dijo Ead, tocándose el broche—. Como dama de Su Majestad, os ofrezco mi lealtad. Para dar, hay que ser generoso.

—Generosidad. La misma que Lievelyn —dijo Sabran, casi para sus adentros—. Puede que demuestres una generosidad mayor que otras damas, desde luego. Primero Ros insistió en tener hijos, de modo que estaba demasiado agotada como para servirme; luego Arbella no podía pasear conmigo, y ahora Kate finge estar enferma. Cada día me recuerdan que ninguna de ellas tiene al Caballero de la Generosidad como patrono.

Ead sabía que Sabran estaba enfadada, pero aun así tuvo que hacer un esfuerzo para no echarle la copa de vino por la cabeza. Las damas de la Cámara Privada hacían grandes sacrificios para atender a la reina todo el día. Cataban su comida y se probaban sus vestidos, arriesgando sus propias vidas. Katryen, una de las mujeres más deseables de la corte, probablemente no tendría un compañero en toda su vida. En cuanto a Arbella, tenía setenta años, había servido a Sabran y a su madre, y aún no le había llegado el momento de retirarse.

Llegó la comida y Ead se ahorró tener que responder. Truyde utt Zeedeur estaba entre las damas de compañía que presentaban los platos, pero evitó mirar a Ead.

Muchas costumbres inys le habían parecido extrañas desde el primer momento, pero las comidas reales eran absurdas. En primer lugar, la reina recibía el vino que hubiera elegido, y luego le traían no uno, ni dos, sino dieciocho platos. Unos cortes finísimos de carne roja, gachas de trigo con bayas, tortitas con miel negra, mantequilla a la manzana o huevos de codorniz, pescado salado del Limber, fresas silvestres sobre un lecho de nata.

Como siempre, Sabran escogía únicamente una ración de pan dorado, indicándolo con un gesto de la cabeza.

Silencio. Truyde tenía la mirada puesta en la ventana. Otra de las damas de compañía, con gesto de pánico, le dio un codazo. Truyde volvió de golpe a la realidad, recogió el pan dorado con unas pinzas y se lo puso en el plato con una reverencia. Otra dama lo regó con una espiral de mantequilla dulce.

Empezaba la cata. Con una sonrisita taimada, Truyde le entregó a Ead el cuchillo con el mango de hueso.

En primer lugar, Ead dio un sorbo al vino. Luego probó la mantequilla dulce. Ambos estaban impecables. Luego cortó un trozo del bollo y lo tocó con la punta de la lengua. Con solo una gota, el elixir de viuda negra le habría provocado picor en el paladar, si fuera de dipsas se le habrían parcheado los labios, y el polvo de la eternidad, el más raro de los venenos, dejaba un regusto empalagoso.

Allí no había más que pan. Le colocó los platos delante a la reina y le devolvió el cuchillo de catas a Truyde, que lo limpió y lo envolvió en un paño.

—Dejadnos —ordenó Sabran.

Hubo un cruce de miradas. La reina normalmente disfrutaba oyendo los cotilleos de las damas de compañía durante las comidas. Todas a una, hicieron una reverencia y salieron de la habitación. Ead se puso en pie.

—Tú no.

Volvió a sentarse. El sol brillaba con más fuerza, llenando el Solárium Real de luz y creando reflejos juguetones en el vino de escaramujo.

—Últimamente lady Truyde parece algo distraída —dijo Sabran, mirando hacia la puerta—. Quizá se encuentre mal, como Kate. Yo pensaba que era más fácil caer enfermo en invierno.

—Sin duda será la fiebre de las rosas, señora, solo eso. Pero yo diría que en el caso de lady Truyde quizá sea algo de nostalgia —sugirió Ead—. O... quizá esté enamorada; es algo habitual en las damas más jóvenes.

—Tú tampoco eres tan mayor como para decir esas cosas. ¿Qué edad tienes?

—Veintiséis, majestad.

—Entonces no eres mucho menor que yo misma. ¿Y tú también estás enamorada, como es habitual en las damas más jóvenes?

Aquello habría podido parecer una picardía dicho por otros labios, pero la reina la miraba con los ojos fríos como las joyas que lucía en el cuello.

—Me temo que un ciudadano inys tendría dificultades para amar a alguien que en otro tiempo hubiera seguido otra fe —respondió Ead al cabo de un momento.

La pregunta de Sabran no era una frivolidad. El cortejo era un asunto muy formal en Inys.

—Tonterías —dijo la reina, con el cabello iluminado por el sol—. Tengo entendido que te entiendes muy bien con lord Arteloth. Él mismo me contó que habéis intercambiado regalos en cada Fiesta de la Camaradería.

—Sí, señora —reconoció Ead—. Somos amigos. Me ha apenado oír que ha dejado la ciudad.

—Volverá. —Sabran la miró, escrutándola—. ¿Te ha cortejado?

—No —dijo Ead, con sinceridad—. Yo considero a lord Arteloth un buen amigo, y no deseo nada más que eso. Y aunque lo hiciera, no tengo la posición necesaria para casarme con el futuro conde de Goldenbirch.

—Efectivamente. El embajador uq-Ispad me dijo que eras de sangre humilde. —Sabran dio un sorbo al vino—. De modo que no estás enamorada.

Una mujer capaz de insultar a sus subordinados sin pensárselo siquiera debía de ser vulnerable a la adulación.

—No, señora —dijo Ead—. No estoy aquí para perder el tiempo buscando un compañero. Estoy aquí para atender a la mejor reina que ha tenido Inys. Eso es más que suficiente.

Sabran no sonrió, pero su gesto se suavizó.

—Quizá quieras venir a pasear conmigo mañana al Jardín Real —propuso—. Es decir, si lady Arbella sigue indispuesta.

—Por supuesto, si así lo deseáis, majestad —dijo Ead.

En el camarote apenas había espacio para dos camastros. Un fornido méntico les dio una cena compuesta de carne de buey salada, un pescado del tamaño de un dedo a cada uno y un pan fibroso tan duro que corrían el riesgo de romperse los dientes. Kit se acabó la mitad de la carne antes de salir a cubierta.

A la mitad del pan, Loth se rindió. Aquello quedaba muy lejos de las suntuosas comidas de la corte, pero la ínfima calidad de la comida era la última de sus preocupaciones. Combe le enviaba a una muerte segura, y por nada.

Siempre había sabido que el Halcón Nocturno podía hacer desaparecer a la gente. A cualquiera que considerara una amenaza a la Casa de Berethnet, fuera porque actuaran de un modo no conforme a su posición o porque buscaran obtener más poder del que les correspondía.

Antes incluso de que Margret y Ead le hubieran advertido de lo que se hablaba por la corte, Loth ya había oído rumores. Rumores de que había seducido a Sabran, de que la había desposado en secreto. Ahora el Consejo de los Duques le buscaba un candidato extranjero a la reina, y aquel rumor, por infundado que fuera, resultaba incómodo. Loth era un problema, y Combe había decidido eliminarlo.

Tenía que haber algún modo de avisar a Sabran. Aunque de momento tendría que concentrarse en la tarea que tenía delante: aprender a hacer de espía en Cárscaro.

Loth se frotó el puente de la nariz y pensó en todo lo que sabía sobre lord Wilstan Fynch.

De niña, Sabran nunca había tenido una relación muy próxima con su padre. Fynch, un hombre de aspecto impecable, con barba y con la compostura de un militar, siempre le había parecido a Loth la viva imagen de su ancestro, el Caballero de la Templanza. El príncipe consorte no era dado a las demostraciones de afecto en público, pero adoraba a su familia, y a Loth y a Roslain, que eran los amigos más íntimos de su hija, les había hecho sentir parte de la familia.

Tras la coronación de Sabran, su relación cambió. Padre e hija a menudo iban a leer juntos a la Biblioteca Real, y él la asesoraba sobre los asuntos del reino. La muerte de la reina Rosarian había dejado un hueco en la vida de ambos, y ese hueco había sido el espacio que por fin les había unido. Aun así, a Fynch aquello no le bastaba. Rosarian había sido su referencia, y sin ella se sentía perdido en la vastedad de la corte inys. Así que le había pedido permiso a Sabran para instalarse en Yscalin como embajador de la corte, y se había mostrado satisfecho con aquel papel desde entonces; no había dejado de escribirle a cada cambio de estación. Sabran siempre esperaba ansiosa la llegada de sus cartas de Cárscaro, donde la Casa de Vetalda gobernaba, en una corte donde imperaba la alegría. Loth interpretó que para Fynch debía de ser más fácil ahogar su pena lejos del hogar que había compartido con Rosarian.

Su última carta había sido diferente. En ella le decía a Sabran, sin subterfugios, que creía que los Vetalda estaban implicados en el asesinato de Rosarian. Aquella vez fue la última que tuvieron noticias del duque de la Templanza en Inys, antes de que las palomas trajeran de Cárscaro el mensaje de que Yscalin había aceptado al Innombrable como su dios y señor.

Loth quería descubrir qué había pasado en esa ciudad. Qué era lo que había provocado la escisión de los Reinos de las Virtudes, y qué había sido de Fynch. Cualquier información podía ser valiosísima si Yscalin un día declaraba la guerra a la Casa de Berethnet, algo que Sabran temía que ocurriría desde hacía mucho tiempo.

Se secó la frente. Kit debía de estar sudando como un pollo en cubierta. Aunque, ahora que lo pensaba, Kit llevaba un buen rato en cubierta.

Con un suspiro, Loth se puso en pie. No había cerradura en la puerta, pero suponía que los piratas no tendrían ningún sitio donde poner los arcones de prendas y otros efectos personales que llevaban en el carruaje. Combe debía de haber enviado a sus criados a recoger sus cosas mientras Loth estaba en la Cámara Privada de la Reina, compartiendo una cena tranquila con Sabran y Roslain.

Arriba el aire era fresco. La brisa peinaba las olas. La tripulación se movía de un lado al otro cantando una canción, demasiado rápida y demasiado llena de jerga marinera como para que Loth la pudiera entender. A pesar de lo que había dicho Harlowe, nadie le miró siquiera mientras ascendía al alcázar del barco.

El estrecho del Cisne separaba el Reino de Inys del gran continente que albergaba el Oeste y el Sur. Incluso en pleno verano, el viento soplaba con fuerza procedente del mar Cetrino.

Se encontró a Kit asomado a la borda, con la barbilla manchada de vómito.

—¡Buenas noches, marinero! —dijo Loth, dándole una palmada en la espalda—. Parece que has probado el vino de los piratas.

Kit estaba pálido como un lirio.

—Arteloth —dijo—. Creo que no me encuentro nada bien.

—Necesitas una cerveza de raíz.

—No me atrevo a pedírsela. Llevan cantando así, a todo pulmón, desde el momento en que he subido.

—Están cantando salomas —dijo una voz ronca.

Loth se giró y vio a una mujer con un sombrero negro de ala ancha apoyada en la borda.

—Canciones de trabajo —dijo, lanzándole una bota de vino a Kit—. A esos friegacubiertas les ayuda a pasar el tiempo.

Kit se giró de golpe.

—¿Habéis dicho «friegacubiertas», señora?

—Es lo que hacen.

Por su aspecto y su acento, aquella pirata era de Yscalin. Piel oscura, olivácea, bronceada y con pecas. El cabello como el vino de centeno. Los ojos de un color ámbar claro, perfilados con pintura negra, una cicatriz bajo el ojo izquierdo. Iba bien arreglada para ser pirata: llevaba las botas brillantes y la casaca impecable. Una espada ropera le colgaba del cinto.

—Yo en vuestro lugar me volvería al camarote antes de que oscurezca —dijo—. A la mayoría de los marineros no les impresionan mucho los señoritingos. Plume los mantiene controlados, pero cuando él se acuesta, desaparecen los buenos modos.

—No puedo creer que nos hayamos conocido, señora —dijo Kit.

Ella sonrió.

—¿Y que os hace creer que yo desee que nos conozcamos, noble caballero?

—Bueno, habéis sido vos la que os habéis dirigido a nosotros.

—Quizá estuviera aburrida.

—A lo mejor resultamos interesantes —replicó él, con una extravagante reverencia—. Soy lord Kitston Glade, poeta de la corte. Futuro conde de Honeybrook, para desgracia de mi padre. Encantado de conoceros.

—Lord Arteloth Beck —dijo Loth, inclinando la cabeza—. Heredero del conde y la condesa de Goldenbirch.

La mujer levantó una ceja.

—Estina Melaugo. Heredera de mis pelos grises. Sobrecargo del *Rosa Eterna*.

Por la expresión de Kit estaba claro que conocía a aquella mujer. Loth decidió no preguntar.

—Bueno —dijo Melaugo—. Así que vais a Cárscaro.

—¿Sois acaso de esa ciudad, señora? —preguntó Loth.

—No. De Vazuva.

Loth observó que bebía de una botella de cristal.

—Señora —dijo él—, me pregunto si podríais decirnos qué podemos esperar encontrar en la corte del rey Sigoso.

Sabemos muy poco de lo que ha ocurrido en Yscalin en los últimos dos años.

—Yo sé tanto como vos, milord. Hui de Yscalin, con otros muchos, el día en que la Casa de Vetalda anunció su lealtad al Innombrable.

—¿Y fueron muchos de esos que huyeron los que decidieron hacerse piratas? —dijo Kit.

—Corsarios, si no os importa —puntualizó Melaugo, haciendo un gesto en dirección a la bandera—. Y no. La mayoría de exiliados fueron a Mentendon o al Ersyr para empezar de nuevo lo mejor que pudieron. Pero no todo el mundo pudo salir.

—¿Es posible entonces que no todos los habitantes de Yscalin rindan pleitesía al Innombrable? —le preguntó Loth—. ¿Que simplemente tengan miedo a su rey o se encuentren atrapados en el país?

—Es posible. Ahora nadie sale, y muy pocos entran. Cárscaro sigue aceptando embajadores extranjeros, como demuestra vuestra presencia aquí, pero por lo que yo sé el resto del país podría estar muerto por la peste. —Un mechón de cabello le cruzó el rostro—. Si conseguís salir, debéis decirme cómo está Cárscaro actualmente. He oído que hubo un gran incendio justo antes de que los pájaros se fueran volando. Antes había campos de lavanda cerca de la capital, pero se quemaron.

Aquello estaba poniendo a Loth aún más intranquilo.

—Confieso que me intriga —añadió Melaugo— el hecho de que vuestra reina os envíe a ese nido de víboras. He oído que erais uno de sus favoritos, lord Arteloth.

—No es la reina Sabran la que nos envía, señora, sino el abominable Seyton Combe —dijo Kit, con un suspiro—. A él nunca le gustó mi poesía, obviamente. Solo un alcornoque sin alma podría odiar la poesía.

—Ah, el Halcón Nocturno —dijo Melaugo, chasqueando la lengua—. Están hechos el uno para el otro.

—¿Qué queréis decir? —reaccionó Loth.

—Por el Santo —dijo Kit, que parecía fascinado—. Una hereje, además de pirata. ¿Queréis decir que la reina Sabran es una especie de bruja?

—Corsaria. Y bajad la voz. —Melaugo miró por encima del hombro—. No me malinterpretéis, milores. No tengo nada en contra de la reina Sabran, pero yo procedo de una zona de Yscalin donde abundan las supersticiones, y los Berethnet sí tienen algo raro. Cada reina tiene solo un vástago, siempre una hija, y todas se parecen tanto... No sé, a mí me suena a hechicería...

—¡Sombra!

Melaugo se giró. El grito procedía del puesto de vigía.

—Otro wyvern —dijo ella, entre dientes—. Perdonadme.

Se lanzó sobre las cuerdas y trepó. Kit corrió a su lado.

—¿Un wyvern? Nunca he visto uno.

—No queremos ver ninguno —replicó Loth, que tenía la piel de gallina—. Este no es lugar para nosotros, Kit. Ven, baja a cubierta antes de que...

—Espera —dijo Kit, protegiéndose los ojos. Sus rizos ondeaban al viento. Loth miró en dirección al horizonte. El sol estaba bajo y teñido de rojo, y casi le cegaba. Melaugo estaba agarrada a los flechastes, con un ojo pegado al catalejo.

—Madre de... —Lo bajó y volvió a subirlo—. Plume, es... No puedo creer lo que estoy viendo...

—¿Qué es? —gritó el contramaestre—. ¿Estina?

—Es un... Sombra del Oeste —dijo, con tono rauco.

—¡Un Sombra del Oeste! —Aquellas palabras fueron como un río de lava. El orden se tornó en caos. Loth sintió que las piernas se le paralizaban. Sombra del Oeste.

—¡Listos los arpones, las balas encadenadas! —gritó una mujer méntica.

—¡Preparaos para la batalla! ¡No disparéis a menos que ataque!

Cuando lo vio, Loth se quedó helado hasta el tuétano.

No sentía las manos ni el rostro. Era imposible, y sin embargo ahí estaba. Un wyrm. Un wyrm monstruoso, de cuatro patas y más de sesenta metros desde el morro hasta la cola. No era ningún wyverling en busca de ganado. Era una criatura que no se veía desde hacía siglos, desde tiempos de la Caída de las Sombras. La más poderosa de las criaturas draconianas. Los Sombras del Oeste eran los dragones más grandes y más brutales, los temibles señores de los wyrms.

Y uno de ellos había despertado.

La bestia planeó por encima del barco. Al pasar, Loth olió el calor que llevaba dentro, el rastro de humo y de azufre.

Aquella boca en la que cabía un oso. Las brasas ardientes de sus ojos se le quedaron grabadas de pronto en la memoria. Había oído historias desde su más tierna infancia, había visto las terribles ilustraciones de los bestiarios... pero ni en sus más terribles pesadillas había imaginado nunca una cosa tan aterradora.

—¡No disparéis! —dijo la voz méntica otra vez—. ¡Preparados!

Loth presionó la espalda contra el mástil principal. No podía negar lo que veían sus ojos. Aquella criatura quizá no tuviera las escamas rojas del Innombrable, pero era de los suyos. La tripulación se movía como hormigas huyendo del agua, pero el wyrm parecía tener la vista fija en otra cosa. Voló sobre el estrecho del Cisne. Loth casi veía el fuego que vibraba en su interior, que le recorría la garganta hasta el vientre. La cola estaba cubierta de espinas y acababa en un potente látigo. Loth se agarró a la borda para no perder el equilibrio. Le pitaban los oídos. A poca distancia, uno de los marinos más jóvenes estaba temblando de la cabeza a los pies, rodeado de un charco de color dorado oscuro.

Harlowe había salido de su camarote. Vio alejarse al Sombra del Oeste desde atrás.

—Más vale que empecéis a rezar por vuestra salvación, milores —murmuró—. Fýredel, el ala derecha del Innombrable, parece haber despertado de su sueño.

8

Este

Sulyard roncaba. Otro motivo más por el que Truyde había hecho mal en encomendárselo a él. No es que Niclays hubiera podido dormir aunque su invitado durmiera en silencio, porque soplaba un tifón. Los truenos a lo lejos sonaban como el relincho de un caballo. Sulyard se había dormido con una sola copa de vino y no se había enterado de nada. Niclays yacía en su lecho, ligeramente borracho. Había pasado la tarde jugando a cartas con Sulyard y contándose historias el uno al otro. Sulyard le había contado el inquietante relato de la Nunca Reina, mientras que Niclays había optado por algo más animado, el de Carbuncle y Scald.

Seguía sin sentir ningún aprecio por Sulyard, pero tenía que hacerlo por Truyde: tenía que proteger a su compañero en secreto. Se lo debía a Jannart.

Jan.

El dolor de la pérdida le presionó el corazón como una tenaza. Cerró los ojos y regresó a aquella mañana de otoño cuando se habían encontrado por primera vez en el jardín de rosas del Palacio de Brygstad, cuando la corte del recién coronado Edvart II prometía grandes cosas.

Cuando tenía poco más de veinte años y aún era marqués de Zeedeur, Jannart era un hombre alto e imponente, con una magnífica melena pelirroja ondulada que le llegaba hasta la parte baja de la espalda. En aquellos días, Niclays era uno de los pocos ménticos con una melena de color castaño claro, que más cerca estaba del dorado que del cobrizo.

Eso fue lo que llamó la atención de Jannart aquel día. «Oro rosado», lo había llamado. Le preguntó a Niclays si podía hacerle un retrato, para que aquel color quedara para la posteridad, y Niclays, como cualquier joven cortesano vanidoso, accedió encantado.

Una melena pelirroja y un jardín de rosas. Así es como empezó todo.

Pasaron toda la temporada juntos, con el caballete, la música y las risas por compañía. Incluso después de acabar el cuadro, siguieron siendo inseparables.

Hasta entonces, Niclays no había estado nunca enamorado. Había sido Jannart quien había sentido el impulso de pintarle, pero muy pronto Niclays deseó tener la habilidad para pintarle a él, y capturar el tono oscuro de aquellas pestañas, y el brillo del sol sobre su cabello, y la elegancia de sus manos sobre el clavecín. Contemplaba aquellos labios de seda y el punto en que el cuello se unía a la mandíbula; se quedaba mirando cómo palpitaba la sangre bajo la piel, en aquel punto donde bullía la vida. Se había imaginado con todo detalle el aspecto que tendrían sus ojos a la luz de la mañana, con los párpados torpes por el sueño. Aquel ámbar oscuro y exquisito, como la miel de las abejas negras.

Había tenido la ocasión de oír aquella voz de tenor, profunda y melosa, que cantaba baladas pero que también ascendía hasta las alturas de la pasión cuando la conversación se orientaba hacia el arte o la historia. Aquellos temas encendían a Jannart, que ejercía una atracción sobre cualquiera que lo oyera. Solo con las palabras, podía embellecer el objeto más anodino o sacar a cualquier civilización del polvo del olvido. Para Niclays había sido como un rayo de sol que iluminaba todas las facetas de su vida.

Ojalá hubiera sabido que no tenía ninguna posibilidad. Al fin y al cabo, Jannart era marqués, heredero de un ducado, el amigo más íntimo del príncipe Edvart, mientras que Niclays era un advenido de Rozentun.

Y sin embargo Jannart le había visto. Le había visto y no había apartado la mirada.

En el exterior de la casa, las olas golpeaban de nuevo contra la valla. Niclays se giró de lado, con todo el cuerpo dolorido.

—Jan —dijo en voz baja—, ¿cuándo envejecimos tanto de golpe?

El barco de aprovisionamiento méntico llegaría en cualquier momento, y cuando zarpara de vuelta a casa, Sulyard iría en el barco. Unos días más y Niclays se liberaría de aquel recordatorio viviente de Truyde y de Jannart y de la corte Inys, perdida de la mano del Santo. Volvería a sus experimentos de pociones en aquella casa que era como una cárcel en el extremo del mundo, exiliado e ignorado por todos.

Por fin cayó dormido, con la almohada agarrada contra el pecho. Cuando se despertó estaba oscuro, pero tenía el vello de la nuca de punta.

Irguió la espalda, escrutando la oscuridad.

—Sulyard.

No hubo respuesta. Algo se movió en la oscuridad.

—Sulyard, ¿eres tú?

Cuando el relámpago puso en evidencia la silueta, se quedó mirando al rostro que tenía delante.

—Distinguido jefe de la guardia —balbució, pero ya le estaban sacando de la cama a rastras. Dos centinelas se lo llevaron a empujones hacia la puerta. En un ataque de pánico, de algún modo consiguió agarrar el bastón del suelo y golpeó al aire con todas sus fuerzas. Cayó como un látigo sobre el pómulo de uno de los hombres. Pero solo tuvo un instante para felicitarse por su puntería, porque al momento le atizaron con una porra de hierro.

No había sentido tanto dolor en su vida. El labio inferior se le abrió como una fruta madura. Todos los dientes le temblaron. El estómago se le revolvió con el sabor metálico que sentía en la lengua.

El centinela alzó de nuevo la porra y le asestó un golpe tremendo en la rodilla. Niclays pidió clemencia con un grito, al tiempo que levantaba las manos sobre la cabeza y dejaba caer el bastón. Una bota de cuero lo partió en dos. Le cayeron golpes por todas partes, en la espalda y en el rostro. Cayó sobre las esterillas, emitiendo unos débiles sonidos de sumisión y de disculpa. A su alrededor, la casa estaba quedando hecha trizas.

De su taller llegó el ruido de cristales rotos. Su equipo, que costaba más de lo que podría ganar ya en su vida.

—Por favor —imploró, con la barbilla cubierta de sangre—. Distinguidos centinelas, por favor, no lo entienden. El trabajo…

Los centinelas hicieron caso omiso a sus súplicas y lo sacaron al exterior, bajo la lluvia. Lo único que llevaba puesto era su camisa de dormir. El tobillo le dolía demasiado como para sostener su peso, así que lo cargaron como si fuera un saco de mijo. Los pocos ménticos que trabajaban de noche asomaron desde sus viviendas.

—Doctor Roos —dijo uno de ellos—. ¿Qué pasa?

Niclays jadeó, respirando con dificultad.

—¿Quién es? —dijo, pero su voz quedó eclipsada por los truenos—. ¡Muste! —gritó al momento—. ¡Muste, ayúdame, bobo peludo!

Una mano le tapó la boca ensangrentada. Ahora oía a Sulyard, escondido en la oscuridad, gritando.

—¡Niclays!

Levantó la vista, esperando ver a Muste, pero fue Panaya la que corrió hacia el alboroto. De algún modo consiguió abrirse paso entre los centinelas y se plantó ante Niclays como el Caballero del Valor.

—Si está detenido —dijo—, ¿dónde está la orden del honorable gobernador de Cabo Hisan?

Niclays la habría cubierto de besos. El jefe de la guardia estaba allí, de pie, observando a los centinelas que arrasaban la casa.

—Vuelve a casa —le dijo a Panaya, sin mirarla siquiera.

—El respetable doctor Roos merece una consideración. Si le hacéis daño, el Gran Príncipe de Mentendon tendrá noticias.

—Aquí el Príncipe Rojo no tiene poder.

Panaya se le cuadró delante. Niclays estaba admirado, viendo a aquella mujer en camisón que se enfrentaba a un oficial armado.

—Mientras los ménticos vivan aquí, cuentan con la protección del muy honorable Señor de la Guerra —dijo—. ¿Qué dirá cuando oiga que habéis derramado sangre en Orisima?

Al oír aquello, el jefe de la guardia se le acercó:

—Quizá diga que he sido demasiado compasivo —dijo, regodeándose—, porque este mentiroso ha ocultado a un intruso en su casa.

Panaya se calló de golpe, conmocionada.

—Panaya —murmuró Niclays—, lo puedo explicar…

—Niclays —dijo ella, con un suspiro—. Oh, Niclays, has desafiado el Gran Edicto.

El tobillo le dolía muchísimo.

—¿Dónde me llevarán?

Panaya miraba nerviosa al jefe de la guardia, que daba órdenes a sus centinelas.

—Ante el gobernador de Cabo Hisan. Sospecharán que tienes la enfermedad roja —le susurró ella en méntico. De pronto se tensó—. ¿Lo has tocado?

Niclays pensó, agitado.

—No —dijo—. No he tenido contacto físico.

—Debes decírselo. Júralo por tu Santo —respondió ella—. Si sospechan que les estás engañando, harán todo lo que puedan para sacarte la verdad.

—¿Tortura? —dijo él, con el rostro perlado de sudor—. Tortura no. No querrás decir tortura, ¿verdad?

—¡Ya basta! —rugió el jefe de la guardia—. ¡Llevaos a este traidor!

Los centinelas se llevaron a Niclays como si fuera un animal de camino al despiece.

—¡Quiero un abogado! —gritó—. ¡Maldita sea, debe de haber algún abogado decente en algún lugar de esta isla perdida de la mano del Santo!

Al ver que no respondía nadie, llamó desesperadamente a Panaya.

—¡Dile a Muste que repare mi equipo! ¡Que siga trabajando! —gritó. Ella lo miraba, impotente—. ¡Y que proteja mis libros! ¡Por el amor del Santo! ¡Que salve mis libros, Panaya!

9

Oeste

—Supongo que un paseo así no se puede dar en el Ersyr. El calor sería intolerable.

Estaban caminando por el Jardín Real. Ead no había estado nunca allí. Aquello era un lugar reservado para el placer de la reina, sus damas de honor y el Consejo de las Virtudes.

Lady Arbella Glenn estaba aún en cama. Por la corte corrían numerosos rumores. Si moría, habría que nombrar una nueva dama de honor. Las otras damas de la Cámara Privada ya estaban haciendo todo lo posible para demostrar su ingenio y su talento a Sabran.

Por supuesto aquello explicaba que Linora se hubiera sentido tan molesta cuando Ead, tal como lo veía ella, había querido llamar la atención con su narración. Y no querría que aquello le hiciera perder puntos.

—En invierno no. En verano nos vestimos con ropas de seda holgadas para no pasar calor —respondió Ead—. Cuando viví en la finca de Su Excelencia en Rumelabar, muchas veces me sentaba junto al estanque del patio y leía. Había árboles de limones dulces que daban sombra junto a los senderos y fuentes para refrescar el ambiente. Fue una época muy agradable.

Lo cierto era que solo había estado allí una vez. Había pasado su infancia en el Priorato.

—Ya veo —dijo Sabran, agitando su abanico decorado—. Y rezarías al Profeta del Nuevo Amanecer.

—Sí, mi señora. En una Casa de Silencio.

Entraron en un jardín de ciruelos floridos. Doce miembros de la Guardia Real las seguían a cierta distancia.

En las últimas horas, Ead había descubierto que, pese a

aquella imagen que daba de saberlo todo, la reina de Inys tenía una visión muy limitada del mundo. Escondida tras los muros de sus palacios, solo podía conocer las tierras más allá de Inys por globos de madera y cartas de sus embajadores y de otros soberanos. Hablaba bien yscalino y hróthi, y sus tutores le habían enseñado la historia del culto de las Virtudes, pero no sabía mucho más. Ead se daba cuenta de que se aguantaba las ganas de hacerle preguntas sobre el Sur.

El Ersyr no seguía el culto de las Seis Virtudes. Ni tampoco lo hacía su vecino, el Dominio de Lasia, a pesar del lugar destacado que ocupaba en la leyenda de la fundación de Inys.

Ead se había convertido a las Seis Virtudes en una ceremonia pública poco antes de llegar a la corte. Una tarde de primavera, en el Santuario Real, proclamó su lealtad a la Casa de Berethnet y recibió las espuelas y el cinto de Galian. A cambio, le prometieron un lugar en el Halgalant, la corte celestial. Al santario mayor le contó que, antes de su llegada a Inys, creía en el Profeta del Nuevo Amanecer, la deidad que más seguidores tenía en el Ersyr. Nadie lo había cuestionado.

Ead nunca había sido seguidora del Profeta del Nuevo Amanecer. Aunque tenía sangre ersyri, no había nacido en el Ersyr ni tampoco había puesto mucho el pie en aquella tierra. Su verdadero credo solo lo conocían en el Priorato.

—Su excelencia me dijo que tu madre no era del Ersyr —dijo Sabran.

—No. Nació en Lasia.

—¿Cómo se llamaba?

—Zāla.

—Lamento tu pérdida.

—Gracias, señora —dijo Ead—. Fue hace mucho tiempo.

Pese a las diferencias existentes entre ambas, las dos sabían lo que era perder a una madre. Cuando el reloj dio las once, Sabran paró junto a su aviario privado. Abrió la puerta, y un pajarillo verde con el rostro anaranjado le saltó sobre la muñeca.

—Estos pájaros son de los montes Uluma —dijo. La luz del sol bailaba en las esmeraldas que llevaba en el cuello—. A menudo vienen a pasar aquí el invierno.

—¿Habéis estado alguna vez en Lasia, majestad?

—No. No podría dejar los Reinos de las Virtudes.

Ead sintió un pinchazo de rabia que ya le resultaba familiar. Era el colmo de la hipocresía de los inys: usaban Lasia como origen de su leyenda fundacional, pero al mismo tiempo despreciaban a su pueblo, tratándolos de herejes.

—Por supuesto —respondió.

Sabran le echó una mirada. Se sacó una bolsita del cinto y echó unas semillas en la palma de la mano.

—En Inys, a este pájaro lo llamamos verdillo leal —dijo. El pájaro que tenía sobre la muñeca pio alegremente—. Solo tienen una pareja durante toda su vida y reconocen su canto aunque pasen muchos años sin oírlo. Por eso el Caballero de la Camaradería lo nombró su ave sagrada. Estas aves son la personificación del deseo de toda alma de unirse a su compañera.

—Los conozco bien —dijo Ead. El pájaro picoteó las semillas—. En el sur, los llamamos ninfa melocotón, por el color de su rostro.

—Melocotón.

—Un melocotón es una fruta dulce de color naranja, señora, con una semilla dura en el centro. Crece en el Ersyr y en algunos puntos del Este.

Sabran se quedó mirando cómo comía el pájaro.

—No hablemos del Este —dijo, y devolvió el pajarillo a su soporte.

El sol quemaba como un hierro candente, pero la reina no parecía tener ninguna intención de ponerse a cubierto. Siguieron paseando por un camino flanqueado de cerezos.

—¿No notas olor a humo? —preguntó Sabran—. Huele a fuego en la ciudad. Esta mañana han quemado a dos apocalípticos en la plaza Marian. ¿Tú crees que eso está bien?

Había dos tipos de herejes en Inys. Unos pocos seguían los principios religiosos fundamentales de Inys, con una especie de culto a la naturaleza que ya se practicaba antes de la fundación de la Casa de Berethnet, en los días en que el reino aún era joven y se veía acechado por la Dama de los Bosques. Podían retractarse, o acababan en el calabozo.

Luego estaban los que profetizaban el retorno del Innombrable. Los últimos dos años, habían ido llegando «apocalípticos» a Inys procedentes de Yscalin, y predicaban en las ciudades mientras podían. Se les quemaba en la hoguera por orden de la duquesa de la Justicia.

—Es una muerte cruel —observó Ead.

—Si fuera por ellos, Inys quedaría consumida por las llamas. Ellos querrían que abriéramos los brazos al Innombrable, que lo aceptáramos como nuestro dios. Lady Igrain dice que debemos hacer a nuestros enemigos lo que ellos nos harían a nosotros.

—¿El Santo también decía eso, señora? —preguntó Ead, con calma—. No estoy tan versada en las Seis Virtudes como vos.

—El Caballero del Valor nos ordena que defendamos la fe.

—Sin embargo, aceptasteis un regalo del príncipe Aubrecht de Mentendon, que comercia con el Este. Incluso os dio una perla del Este —señaló Ead—. Habrá quien diga que financia la herejía.

Lo había dicho antes de poder pensarlo. Sabran le dirigió una mirada glacial.

—Yo no soy santaria, no tengo la responsabilidad de enseñarte las complejidades de las Seis Virtudes —respondió la reina—. Si deseas profundizar en ellas, señora Duryan, te aconsejo que busques en otra parte. En la Torre de Dearn, quizá, donde encontrarás a otros que cuestionen mi juicio que, seguro que no hace falta que te recuerde, es herencia del propio Santo. —Se dio media vuelta—. Que tengas un buen día.

Y se alejó, seguida por la Guardia Real, dejando a Ead sola bajo los árboles.

Cuando dejó de ver a la reina, Ead cruzó el césped y se sentó junto a una fuente, maldiciéndose. El calor hacía que se comportara irracionalmente.

Se mojó el rostro y bebió ahuecando las manos para llevarse el agua a la boca, observada por una estatua de Carnelian I, la Flor de Ascalon, cuarta reina de la Casa de Berethnet. Faltaba poco para que la dinastía cumpliera mil seis años en el trono de Inys.

Ead cerró los ojos y dejó que el agua le corriera por el cuello. Llevaba ocho años en la corte de Sabran IX. En todo aquel tiempo, nunca le había dicho nada que la irritara. Pero ahora se comportaba como una víbora, incapaz de mantener la boca cerrada. Algo le impulsaba a sacar de quicio a la reina de Inys.

Tenía que acabar con aquello, o la corte se la comería a bocados.

Aquel día fue haciendo sus tareas casi sin darse cuenta. El calor hacía que cualquier trabajo resultara más duro. Hasta Linora estaba apagada, con su dorado cabello húmedo de sudor, y Roslain Crest se pasó la tarde abanicándose cada vez con más ahínco.

Después de la cena, Ead se unió a las otras mujeres del Santuario de las Virtudes para las oraciones. La Reina Madre había ordenado que pusieran unos vitrales azules en la sala para que diera la impresión de estar bajo el agua.

Había una estatua en el santuario, a la derecha del altar. La de Galian Berethnet, con las manos cruzadas sobre la empuñadura de Ascalon.

A la izquierda solo había un plinto en memoria de la mujer que los inys conocían como la reina Cleolinda, la Damisela.

Los Inys no tenían constancia del aspecto que podía haber tenido Cleolinda. Si alguna vez había habido alguna imagen suya, habría quedado destruida tras su muerte, y ningún escultor inys había intentado representarla desde entonces. Muchos creían que era porque el rey Galian no podía soportar ver la imagen de la mujer que había perdido al dar a luz.

Ni siquiera el Priorato conservaba gran cosa; apenas algún relato sobre la Madre. Era mucho lo que se había destruido o perdido.

Todas las demás rezaban, así que también lo hizo Ead.

«Madre, te lo suplico, guíame en la tierra del Impostor. Madre, te imploro, haz que me comporte con dignidad en presencia de esta mujer que se hace llamar tu descendiente, y a la que he jurado proteger. Madre, te lo ruego, dame el coraje digno de mi túnica.»

Sabran se levantó y tocó la estatua de su antepasado. Mientras la reina y sus damas salían del santuario, Ead vio a Truyde, que tenía la mirada fija hacia delante, pero con las manos quizá excesivamente apretadas.

Cuando cayó la noche y acabó sus obligaciones en la Torre de la Reina, Ead descendió por la Escalera Real hasta la puerta trasera, donde las barcazas traían mercancías de la ciudad, y esperó en el rincón donde se encontraba el pozo. Truyde utt Zeedeur fue a su encuentro, cubierta con una túnica y una capucha.

—Tengo prohibido salir de la Cámara de los Cofres de noche sin una acompañante —dijo, recogiéndose un mechón rojo rebelde y volviéndolo a meter bajo la capucha—. Si lady Oliva descubre que me he ido…

—Has quedado muchas veces con tu amante, milady —dijo Ead—. Presumiblemente… sin una acompañante.

Unos ojos oscuros la miraron desde debajo de la capucha.

—¿Qué es lo que queréis?

—Quiero saber qué es lo que planeáis tú y Sulyard. En vuestras cartas habláis de una misión.

—Eso no es de vuestra incumbencia.

—Permíteme, pues, presentarte una teoría. Ya he visto bastante como para saber que te tomas un interés poco habitual en el Este. Yo creo que Sulyard y tú teníais pensado cruzar juntos el Abismo con intenciones dudosas, pero que él se adelantó y se fue sin ti. ¿Me equivoco?

—Pues sí. Pero si tan decidida estáis a hurgar en el asunto, os contaré la verdad —dijo Truyde, con aire de hastío—. Triam ha ido a la laguna Láctea. Tenemos intención de vivir juntos, como compañeros, donde ni la reina Sabran ni mi padre puedan entrometerse en nuestro matrimonio.

—No me mientas, milady. En la corte muestras un rostro inocente, pero yo creo que tienes otro.

La puerta trasera se abrió. Las dos mujeres se ocultaron apretándose contra la pared más alejada mientras pasaba un guardia con una antorcha, silbando. La soldado subió la Escalera Real sin verlas.

—Debo volver a la Cámara de los Cofres —dijo Truyde, susurrando—. Tengo que encontrar dieciséis confites para ese pájaro odioso. Montará un buen jaleo si tardo demasiado.

—Pues entonces dime qué estabas tramando con Sulyard.

—¿Y si no os lo digo? —dijo Truyde, soltando una risita—. ¿Qué es lo que haréis, señora Duryan?

—Quizá le diga al secretario real que sospecho que conspiras contra Su Majestad. Recuerda, niña, que tengo tus cartas. O quizá —dijo Ead— se me ocurran otros medios para hacerte hablar.

Truyde entrecerró los párpados.

—Ese no es el modo de hablar de una dama de la corte —dijo en voz baja—. ¿Quién sois? ¿Por qué os interesan tanto los secretos de la corte inys? —De pronto puso cara de preocupación—. ¿Sois una espía de Combe? ¿Es eso? He oído que tiene espías de la más baja calaña.

—Lo único que debes saber es que mi misión es proteger a Su Majestad.

—Vos sois una dama de compañía, no una escolta. ¿Es que no tenéis camas que hacer?

Ead se le puso delante. Le pasaba media cabeza a Truyde, que ya tenía la mano sobre el cuchillo que llevaba al cinto.

—Puede que no sea un soldado de la guardia —dijo Ead—, pero cuando vine a esta corte juré que protegería a la reina Sabran de sus enemigos.

—Yo hice el mismo juramento —dijo Truyde, airada—. No soy su enemigo, ni tampoco lo es la gente del Este. Ellos también desprecian al Innombrable, igual que nosotros. Las nobles criaturas que veneran no son en absoluto como los wyrms. —Levantó la cabeza—. Las bestias draconianas se están despertando, Ead. Muy pronto se alzarán, el Innombrable y sus siervos, y su cólera será terrible. Y cuando nos ataquen, necesitaremos ayuda para combatirlas.

Ead sintió un escalofrío.

—Queréis firmar una alianza militar con el Este —murmuró—. Queréis convocar a sus wyrms… para que nos ayuden a combatir a las bestias en su despertar.

Truyde se la quedó mirando, con los ojos muy brillantes.

—Bobos. Sois unos bobos redomados. Cuando la reina descubra que deseáis tratar con wyrms…

—¡No son wyrms! Son dragones, y son criaturas bondadosas. Los he visto retratados, he leído libros sobre ellos.

—Libros del Este.

—Sí. Sus dragones son de aire y de agua, no de fuego. Llevamos tanto tiempo alejados del Este que hemos olvidado la diferencia —dijo. Pero al ver que Ead seguía mirándola con incredulidad, Truyde intentó atacar por otro lado—. Ambas somos forasteras en este país; escúchame. ¿Y si los inys se equivocan y la sucesión de la Casa de Berethnet no es lo que mantiene a raya al Innombrable?

—¿De qué estás hablando, niña?

—Vos sabéis que ha cambiado algo. Las criaturas draconianas que se despiertan, la separación de Yscalin de los otros Reinos de las Virtudes... Estos hechos no son más que el principio. —Bajó la voz—. El Innombrable va a volver. Y yo creo que lo hará pronto.

Por un momento, Ead se quedó sin habla.

¿Y si la sucesión de la Casa de Berethnet no fuera lo que mantiene a raya al Innombrable?

¿Cómo podía haber llegado a esa conclusión una jovencita de los Reinos de las Virtudes?

Por supuesto, cabía la posibilidad de que tuviera razón. La priora ya se lo había dicho a Ead antes de venir a Inys, al explicarle por qué había que enviar a una hermana para proteger a la reina Sabran.

«Puede que la Casa de Berethnet nos proteja del Innombrable, o puede que no. No hay modo de demostrar ni una cosa ni la otra. Del mismo modo que no se puede demostrar si las reinas de Berethnet son realmente descendientes de la Madre. Si lo son, su sangre es sagrada, y debe ser protegida. —Aún veía la imagen de la priora, clara como el agua del manantial—. Ese es el problema de las historias, niña. No se puede sopesar la verdad que llevan dentro.»

Por eso había sido enviada Ead a Inys. Para proteger a Sabran, por si la leyenda era cierta y su sangre evitaba el alzamiento del enemigo.

—Y vosotros pretendéis prepararnos para su... regreso —dijo Ead, fingiéndose divertida.

Truyde levantó la barbilla.

—Así es. En el Este tienen muchos dragones que viven con los humanos. Que no responden al Innombrable —dijo—. Cuando vuelva, necesitaremos a esos dragones del Este para derrotarlo. Debemos estar juntos para evitar una segunda Caída de las Sombras. Triam y yo no permitiremos que la humanidad avance hacia su extinción. Seremos pequeños, y también jóvenes, pero haremos lo que haga falta por defender nuestras creencias.

Cualquiera que fuera la verdad, estaba claro que aquella joven creía en sus palabras.

—¿Y cómo puedes estar tan segura de que el Innombrable va a venir? —preguntó Ead—. ¿No eres hija de los Reinos de las Virtudes, no te han dicho desde el momento en que naciste que la reina Sabran lo mantiene encadenado?

Truyde levantó la cabeza.

—Yo quiero a la reina Sabran —dijo—, pero no soy una niña tonta que se cree todo lo que le cuentan. Los inys tendrán una fe ciega, pero en Mentendon valoramos las pruebas.

—¿Y tú tienes pruebas de que el Innombrable vaya a regresar? ¿O no es más que una suposición?

—Una suposición, no. Una hipótesis.

—Cualquiera que sea vuestra hipótesis, es una herejía.

—No me habléis a mí de herejía —replicó Truyde—. ¿No adorabais vos misma al Profeta del Nuevo Amanecer en otro tiempo?

—Aquí no estamos cuestionando mis creencias —dijo Ead, e hizo una pausa—. Así que ahí es donde se ha ido Sulyard. A una expedición desquiciada al Este, para intentar firmar una alianza imposible en nombre de una reina que no sabe nada del tema. —Se apoyó en el borde del pozo—. Tu amante morirá en el intento.

—No. Los seiikineses escucharán…

—No es un embajador oficial de Inys. ¿Por qué iba a escucharle nadie?

—Triam los convencerá. Nadie habla desde el corazón como él. Y cuando convenza a los gobernantes del Este de la amenaza iremos a la reina Sabran. Y entonces ella entenderá la necesidad de una alianza.

Aquella joven estaba cegada por la pasión. Sulyard sería ejecutado en el momento en que pusiera el pie en el Este, y Sabran preferiría cortarse la nariz antes que firmar una alianza con un pueblo amante de los wyrms, aunque consiguieran convencerla de que el Innombrable podía alzarse de nuevo mientras ella respirara.

—El Norte es débil —prosiguió Truyde—. Y el Sur es demasiado orgulloso como para tratar con los Reinos de las Virtudes. ¿Osáis juzgarme por buscar ayuda en otro sitio? —preguntó, con las mejillas encendidas.

Ead la miró fijamente a los ojos.

—Quizá piensas que eres la única que busca proteger este mundo, pero no tienes ni idea de cómo está el mundo. Ninguno de los dos tenéis ni idea —dijo Ead. Truyde frunció el ceño—. Sulyard te pidió ayuda. ¿Qué has hecho para ayudarle desde aquí? ¿Qué planes habéis hecho? —Truyde guardó silencio—. Si has hecho algo para ayudarle en esta misión, será un acto de traición.

—No diré ni una palabra más —dijo Truyde, dando un paso atrás—. Id a lady Oliva si queréis. Primero tendréis que explicarle qué estabais haciendo en la Cámara de los Cofres.

Hizo ademán de marcharse, pero Ead la sujetó por la cintura.

—Escribiste un nombre en el libro —dijo—. Niclays. Yo creo que hace referencia a Niclays Roos, el anatomista.

Truyde negó con la cabeza, pero Ead vio el brillo del asentimiento en sus ojos.

—¿Qué tiene que ver Roos con todo esto?

Antes de que Truyde pudiera responder, se levantó una ráfaga de viento.

Todas las ramas de los árboles temblaron. Todos los pájaros del aviario dejaron de cantar. Ead soltó a Truyde y salió del recoveco.

En la ciudad retumbaban los cañones. Los mosquetes sonaban con un ruido que parecía el de las castañas explotando en el fuego. Truyde seguía a sus espaldas, junto al pozo.

—¿Qué es eso? —dijo la joven.

Ead respiró hondo, sintiendo la sangre que le palpitaba en las venas. Hacía mucho que no tenía aquella sensación. Por primera vez en años, se le había activado el siden.

Se acercaba algo. Y si había llegado hasta allí, era que había superado las defensas de la costa. O que las había destruido.

Un resplandor como el sol asomando por entre las nubes, tan caliente que le quemó los ojos y los labios, y vio un wyrm volando por encima de la muralla. Calcinó a los arqueros y a los mosqueteros e hizo añicos toda una línea de catapultas. Truyde se dejó caer al suelo.

Solo por su magnitud, Ead ya sabía lo que era. Un Sombra del Oeste. Un monstruo desde los dientes hasta el látigo de su cola, cubierto de pinchos letales. Su vientre, cubierto de cicatrices de guerra, era de color marrón óxido, pero por lo demás era negro como la brea. Desde las torres de guardia dispararon flechas que repiqueteaban contra sus escamas.

Las flechas no valían para nada. Los mosquetes no valían para nada. No se trataba de un wyrm cualquiera, ni de un Sombra del Oeste cualquiera. Ningún ser vivo había visto antes a aquella criatura, pero Ead conocía su nombre.

Fýredel.

El que se había definido a sí mismo como el ala derecha del Innombrable. Fýredel, que había creado y dirigido al Ejército Draconiano contra la humanidad durante la Caída de las Sombras.

Había despertado.

La bestia planeó sobre el Palacio de Ascalon, sumiendo en la oscuridad los prados y los jardines. Ead sintió náuseas, y la piel le quemaba al inflamarse el siden que llevaba en la sangre.

Su arco estaba en su habitación, fuera de su alcance. Tantos años de rutina habían hecho que bajara la guardia.

Fýredel aterrizó en la Torre de Dearn. Su cola se enroscó alrededor de la torre y sus garras se aferraron al tejado. Empezaron a caer tejas, obligando a dispersarse a los guardias y a los criados que había debajo.

—Reina Sabran.

El propio cielo devolvió el eco de sus palabras. Medio Ascalon las habría oído.

—Sucesora de la Intrépida.

Cayeron más piedras de la torre. Las flechas rebotaban contra su armadura natural.

—Da la cara y enfréntate a tu enemigo ancestral, o contempla cómo arde tu ciudad.

Sabran no respondería a la llamada. Alguien la detendría. El Consejo de las Virtudes enviaría a un representante a tratar con él.

Fýredel mostró sus relucientes dientes metálicos. La Torre de Alabastro estaba demasiado alta como para ver el balcón superior, pero con su finísimo oído detectó una segunda voz:

—Estoy aquí, bestia abominable.

Ead se quedó de piedra.

La muy inconsciente. Tonta redomada. Al salir al exterior, Sabran había firmado su propia condena de muerte.

Se oyeron gritos en todos los edificios. Cortesanos y criados se asomaban por las ventanas para contemplar la malvada presencia. Otros corrían desesperados en dirección a las puertas del palacio. Ead subió la Escalera Real a la carrera.

—De modo que has despertado, Fýredel —dijo Sabran, con tono despectivo—. ¿Por qué has venido hasta aquí?

—Vengo a avisarte, reina de Inys. Se acerca el momento en

que tendrás que escoger bando. —Fýredel soltó un siseo que le puso la carne de gallina a Ead—. Los míos se están despertando en sus cavernas. Mi hermano, Orsul, ya ha alzado el vuelo, y nuestra hermana, Valeysa, le seguirá muy pronto. Antes de que acabe el año, todos nuestros seguidores se habrán despertado. El Ejército Draconiano habrá renacido.

—Al demonio con tus advertencias —replicó Sabran—. No te temo, lagarto. Tus amenazas tienen el mismo peso que el humo.

Las palabras de ambos tronaban en la cabeza de Ead. Los soplidos de Fýredel eran como mazazos para sus sentidos.

—Mi señor está agitándose en el Abismo —dijo, sacudiendo la lengua—. Los mil años ya casi han pasado. Tu casa fue nuestro gran enemigo en el pasado, Sabran Berethnet, en los días que llamáis la Caída de las Sombras.

—Mi ancestro os hizo una demostración del coraje inys en aquel momento, y ahora os la haré yo —replicó Sabran—. Hablas de mil años, wyrm. ¿Qué engaño viene a venderme tu lengua viperina?

Hablaba con una voz como acero templado.

—Eso lo descubrirás en breve. —El wyrm estiró el cuello, acercando la cabeza a la otra torre—. Te doy la ocasión para someter tu deidad a los pies de mi señor y serás nombrada Reina Terrena de Inys. —El fuego rugía tras sus ojos—. Entrégate. Ríndete. Escoge el lado correcto, como ha hecho Yscalin. O resiste, y arderás.

Ead miró la torre del reloj. No podría llegar hasta su arco, pero tenía otra cosa.

—Tus mentiras no penetrarán en ningún corazón inys. Yo no soy el rey Sigoso. Mi pueblo sabe que tu maestro nunca despertará mientras se mantenga la línea dinástica del Santo. Si crees que voy a nombrar a este país Reino Draconiano de Inys, vas a llevarte una desilusión, wyrm.

—Afirmas que tu línea dinástica protege este reino —dijo Fýredel—, y sin embargo has salido a hablar conmigo. —Los dientes le brillaban con un rojo encendido en la boca—. ¿Es que no temes mis llamas?

—El Santo me protegerá.

Ni siquiera el beato más insensato habría creído que sir Galian Berethnet iba a extender una mano desde su corte celestial para protegerla de un vendaval de fuego.

—Estás hablándome a mí, que conozco las debilidades de la carne. Yo acabé con Sabran la Ambiciosa el primer día de la Caída de las Sombras. Tu Santo —dijo Fýredel, humeando por la boca— no pudo protegerla. Doblégate ante mí y te ahorraré ese mismo fin. Niégate y acabarás como ella ahora mismo.

Si Sabran respondió, Ead no lo oyó. El viento la ensordecía. Atravesó el Jardín del Reloj Solar. Los arqueros seguían cubriendo a Fýredel de flechas, pero ninguna conseguía atravesar sus escamas.

Sabran seguiría provocando a Fýredel hasta que este la calcinara. La muy zoquete debía pensar realmente que el Santo iba a protegerla.

Ead corrió más allá de la Torre de Alabastro. Del cielo caían cascotes, y un guardia cayó muerto ante ella. Maldiciendo el peso muerto de su túnica, llegó hasta la Biblioteca Real, abrió las puertas de par en par y se abrió paso por entre los estantes hasta que dio con la entrada a la torre del reloj.

Se quitó la túnica y se soltó el cinto. Y se puso a subir por la escalera de caracol, cada vez más alto.

En el exterior, Fýredel seguía burlándose de Sabran. Ead paró en el cuerpo de campanas, donde el viento aullaba por entre los arcos, y observó la increíble escena.

La reina de Inys estaba en el balcón más alto de la Torre de Alabastro, justo al sureste de la Torre de Dearn, donde estaba apostado Fýredel, listo para matar. El wyrm en una torre, la reina en la otra. En la mano llevaba el arma ceremonial que representaba a Ascalon, la Espada de la Verdad.

Inútil.

—Abandona esta ciudad sin dañar ni un alma —gritó la reina— o juro por el Santo cuya sangre me corre por las venas que sufrirás una derrota como nunca ha asestado la Casa de Berethnet a los tuyos.

Fýredel descubrió de nuevo los dientes, pero Sabran se atrevió a dar un paso más:

—Antes de abandonar este mundo, me encargaré de hundiros a todos y encerraros para siempre en la sima de la montaña.

Fýredel se echó atrás y abrió las alas. Ante aquel coloso, la reina de Inys parecía una marioneta.

Aun así, no se arrugó.

La sed de sangre se reflejaba en los ojos del wyrm, que ardían como el fuego que llevaba en el vientre. Ead sabía que no tenía más que un momento para decidir qué hacer.

Tendría que ser una defensa de viento. Ese tipo de defensas consumían una gran cantidad de siden, y le quedaba muy poco. Pero quizá, si volcaba en ella sus últimas reservas, podría proteger a Sabran.

Extendió la mano en dirección a la Torre de Alabastro, lanzó su siden al exterior y le dio forma de corona, rodeando a la reina de Inys.

En el momento en que Fýredel soltaba su llamarada, Ead dio rienda suelta a su poder, que tanto tiempo llevaba dormido. Las llamas chocaron con la vieja piedra, y Sabran desapareció entre un mar de luz y humo. Ead percibió vagamente la presencia de Truyde, que llegaba al campanario, pero era demasiado tarde como para ocultar lo que estaba haciendo.

Tenía todos los sentidos puestos en Sabran. Sintió la tensión en cada una de las fibras del escudo tendido en torno a la Reina, el fuego intentando abrirse paso, el dolor en su propio cuerpo mientras la defensa iba consumiendo todo su siden. El sudor le empapaba el corsé. El brazo le temblaba por el esfuerzo que suponía mantener la mano extendida.

Cuando Fýredel cerró sus fauces, se hizo el silencio. Un vapor negro se elevaba desde la torre, desvaneciéndose lentamente. Ead esperó, con el corazón en un puño, hasta que vio la silueta entre el humo.

Sabran Berethnet estaba ilesa.

—Ahora me toca a mí hacerte una advertencia. Una advertencia de mi antepasado —dijo ella, casi sin aliento—: si le declaras la guerra a mi reino, esta sangre consagrada sofocará tu fuego para siempre.

Fýredel no le prestaba atención. Esta vez no. Miraba la piedra ennegrecida y el círculo inmaculado alrededor de Sabran.

Un círculo perfecto.

Abrió los orificios nasales. Frunció las pupilas, convirtiéndolas en ranuras. Él ya había visto defensas antes. Ead se quedó de piedra mientras la bestia la buscaba implacablemente con la mirada. Sabran estaba inmóvil. Cuando el wyrm miró hacia el campanario, olisqueó el aire y Ead supo que había captado su olor. Salió de las sombras bajo la esfera del reloj.

Fýredel descubrió los dientes. Todas las espinas de su lomo se pusieron de punta y emitió un prolongado siseo. Sin apartar la mirada, Ead desenvainó el cuchillo y lo señaló con él.

—Aquí estoy —dijo en voz baja—. Aquí estoy.

El Sombra del Oeste soltó un rugido rabioso. Impulsándose con las patas traseras, se elevó sobre la Torre de Dearn, llevándose un trozo del chapitel y la mayor parte del muro este con él. Ead se lanzó tras una columna en el momento en que una bola de fuego impactaba contra la torre.

El aleteo de la bestia se oía cada vez más lejos. Ead se asomó a la balaustrada. Sabran seguía en el balcón, rodeada de un círculo de piedra clara. La espada se le había caído de la mano. No se había girado hacia la torre del reloj, ni había visto que Ead la observaba. Cuando llegó Combe, Sabran se derrumbó en sus brazos, y este la llevó de nuevo al interior de la Torre de Alabastro.

—¿Qué es lo que has hecho? —dijo una voz temblorosa a espaldas de Ead. Truyde—. Te he visto. ¿Qué has hecho?

Ead se tambaleó hasta la puerta del campanario. La cabeza le daba vueltas y sentía espasmos por todo el cuerpo.

La esencia de su sangre se había agotado. Sentía los huesos huecos, la piel en carne viva como si la hubieran azotado. Necesitaba el árbol, sentir el sabor de sus frutos. El naranjo la salvaría…

—Eres una bruja. —Truyde dio un paso atrás, lívida—. Una bruja. Practicas la hechicería. Lo he visto…

—No has visto nada.

—Ha sido aeromancia —susurró Truyde—. Ahora yo conozco tu secreto, y huele mucho peor que el mío. Ya veremos si puedes amenazar a Triam cuando estés en la pira.

Se giró, en dirección a las escaleras. Ead le lanzó su cuchillo.

Aun en su estado, acertó. Truyde se paró de golpe con un jadeo entrecortado, bloqueada por su túnica, clavada al marco de la puerta. Antes de que pudiera escapar ya tenía a Ead delante.

—Mi deber es acabar con los siervos del Innombrable. Pero también mataré a todo el que amenace a la Casa de Berethnet —le advirtió, casi sin aliento—. Si pretendes acusarme de brujería ante el Consejo de las Virtudes, te recomiendo que encuentres algún modo de demostrarlo, y que sea rápido, antes de que haga sendos monigotes con tu rostro y el de tu amante y os clave agujas en el corazón. ¿Tú crees que porque Triam Sulyard está en el Este no puedo aniquilarlo?

Truyde respiraba aceleradamente a través de los dientes.

—Si le pones un dedo encima —susurró—, me encargaré de que ardas en la plaza Marian.

—El fuego no tiene ningún poder sobre mí.

Tiró del cuchillo, liberándola. Truyde se desplomó contra la pared, jadeando, y se llevó una mano a la garganta.

Ead se volvió hacia la puerta. Tenía la respiración agitada, el aliento caliente y le pitaban los oídos.

Dio un paso más y luego cayó.

10

Este

Ginura era tal como se la había imaginado Tané. Desde niña, se había creado mil imágenes diferentes de la capital. Basándose en lo que había oído de sus ilustres profesores, su imaginación la había representado como un paisaje maravilloso de castillos, salones de té y barcos de recreo. Su imaginación no le había fallado. Los santuarios eran más grandes que ninguno de los de Cabo Hisan, las calles brillaban como la arena bajo el sol y en el agua de los canales flotaban pétalos de flores. Aun así, más personas también quería decir más ruido y más bullicio. El humo del carbón contaminaba el aire. Había carros de bueyes cargados de mercancías, mensajeros corriendo a pie o a caballo por entre los edificios, perros vagabundos que olisqueaban restos de comida, y algún borracho que se metía con la multitud.

Y menuda multitud. Tané pensaba que en Cabo Hisan había mucha gente, pero en Ginura se agolpaban cien mil personas y, por primera vez en su vida, se dio cuenta del poco mundo que había visto.

Los palanquines llevaron a los aprendices hasta el interior de la ciudad. Los árboles estacionales tenían un color tan intenso como le habían dicho siempre, con sus hojas de verano amarillas como la mantequilla, y los artistas callejeros tocaban una música que a Susa le habría encantado. Vio dos monos nivales subidos a un tejado. Los comerciantes voceaban sus artículos: seda, estaño y uvas de mar de la costa norte.

A medida que los palanquines se abrían paso junto a los canales y sobre los puentes, los viandantes se giraban hacia otro lado, como si fueran indignos de mirar a los guardias del mar. Entre ellos estaban los hombres-peces, tal como los llamaban despectivamente en Cabo Hisan: cortesanos vestidos como si acabaran de salir del mar. Se decía que algunos de ellos arrancaban las escamas a los peces arcoíris y se las ponían en el pelo.

Cuando Tané vio el Castillo de Ginura, se quedó sin aliento. Los tejados eran del color del coral blanqueado por el sol, y las paredes como el jibión. Estaba diseñado a imagen del Palacio de las Perlas, donde los dragones seiikineses entraban en letargo cada año, y se decía que comunicaba el mundo marino con el celestial.

En otro tiempo, cuando los dragones aún poseían todos sus poderes, no necesitaban temporadas de descanso.

La procesión se detuvo frente a la Escuela de Guerra de Ginura, donde harían la última selección entre los candidatos. Era la más antigua y prestigiosa de las instituciones de este tipo, el lugar donde se alojaban los nuevos soldados y se formaban en las artes de la guerra. Era aquí donde Tané debía demostrar su valía para conseguir un puesto en el clan Miduchi. Era aquí donde debía demostrar las habilidades que había adquirido desde su más tierna infancia.

Un trueno retumbó en el cielo. En el momento en que salía del palanquín le fallaron las piernas, que se le habían dormido tras pasar tanto tiempo encogida. Turosa se rio, pero un criado la sostuvo.

—Os tengo, milady.

—Gracias —dijo Tané.

El criado, viendo que ya se sostenía, se quedó a su lado sujetando el paraguas.

Con las botas empapadas, entró junto al resto del grupo, admirando la grandeza de la entrada, de madera blanqueada y plata laminada. Bajo el alero del tejado había tallas de los grandes guerreros de la historia de Seiiki, como si se resguardaran de la tormenta. Tané localizó entre ellos a la legendaria princesa Dumai y al Primer Señor de la Guerra, héroes de su infancia.

Una mujer les esperaba en el vestíbulo, donde se quitaron las botas. Llevaba el cabello recogido.

—Bienvenidos a Ginura —dijo, con voz neutra—. Tenéis la mañana para lavaros y descansar en vuestros cuartos. A mediodía, empezaréis las primeras prácticas en el agua, observados por el honorable general del Mar y por los que quizá lleguen a ser vuestros compañeros de clan.

El clan Miduchi. Tané sintió un escalofrío de emoción.

La mujer les llevó al interior de la escuela, atravesando patios y pasajes cubiertos. A cada uno de los guardias del mar le asignaron una pequeña habitación. A Tané le tocó en la planta superior, cerca de otros tres aprendices. Su habitación daba a un patio con un estanque que burbujeaba con las salpicaduras de la lluvia.

Las ropas que había llevado puestas durante el viaje apestaban. Hacía ya tres días desde la última parada, en una taberna junto al camino.

Tras un biombo encontró una bañera de madera de ciprés llena, con aceites aromáticos y pétalos flotando en el agua. Cuando se sumergió, el cabello se le abrió como un abanico sobre el agua y pensó en Cabo Hisan. En Susa.

Estaría bien. Susa era como un gato: siempre encontraba el modo de caer de pie. Cuando eran más jóvenes y Tané hacía visitas frecuentes a la ciudad, su amiga solía robar raíces de loto fritas o ciruelas saladas, y salía corriendo como un zorro si la veían. Se escondían en algún sitio y se ponían las botas, sin dejar de reír. La única vez que la había visto asustada fue el día en que se conocieron.

Aquel invierno había sido largo y duro. Una noche de frío glacial, Tané había salido con uno de sus profesores para comprar leña en Cabo Hisan, pese a la ventisca. Mientras el profesor discutía con un vendedor, Tané se separó para calentarse las manos junto a un caldero lleno de brasas.

Fue entonces cuando oyó las risas y una voz quebrada pidiendo ayuda. En un callejón cercano, encontró a otra niña tirada en la nieve, pateada por unos mocosos. Tané soltó un grito y sacó su espada de madera. Aunque solo tenía once años, sabía cómo usarla.

Los chicos de la calle de Cabo Hisan eran duros de pelar. Uno de ellos sacó un cuchillo y se le lanzó encima, apuntando al ojo, pero le dio en el pómulo, donde le dejó una cicatriz en forma de anzuelo.

Habían pateado a Susa, una huérfana hambrienta, por haberse comido un trozo de carne de un santuario. Una vez hubo ahuyentado a aquellos golfos, buscó a su profesor para que la ayudara. Susa tenía ya diez años y era demasiado mayor como para iniciar su educación en las Casas de Instrucción, pero enseguida la adoptó una tabernera de buen corazón. Desde entones, Tané y ella fueron siempre amigas. A veces bromeaban diciendo que quizá fueran hermanas, puesto que Susa no sabía nada de sus padres.

«Hermanas de mar —las había bautizado Susa una vez—. Dos perlas nacidas de una misma ostra.»

Tané salió de la bañera.

Había cambiado mucho desde aquella noche de ventisca. Si aquello hubiera ocurrido ahora, quizá habría decidido que la niña merecía aquella paliza por haber robado lo que estaba destinado a los dioses. En algún momento, había empezado a darse cuenta de lo afortunada que era de tener la oportunidad de convertirse en jinete de dragón. Fue entonces cuando se le endureció el corazón, como el casco de un barco al ir acumulando lapas.

Y sin embargo, aún le quedaba algo de aquel tiempo de juventud. La parte de ella que había ocultado a aquel hombre de la playa.

No habría segundas oportunidades si llegaba a su primer día de instrucción cansada. Tané se secó bien, se puso la bata lisa que había sobre la cama y durmió.

Cuando se despertó aún flotaba la humedad de la lluvia en el aire, pero un tenue hilo de luz se había abierto paso por entre las nubes. Ya se le había secado la piel y sentía el cuerpo más fresco y la cabeza más clara.

Enseguida llegó un grupo de criadas. No la había vestido nadie desde que era niña, pero sabía que era mejor no oponer resistencia.

La primera prueba iba a tener lugar en el patio del centro de la escuela, donde les esperaba ya el general del Mar. Los guardias del mar tomaron asiento en las gradas de piedra. Los dragones ya estaban allí, mirándolos desde detrás de los tejados. Tané intentó no mirar.

—Bienvenidos a vuestra primera prueba del agua. Lleváis días de viaje, pero los soldados de la Gran Guardia Marina nunca tienen mucho tiempo de descanso —anunció el General—. Hoy demostraréis que sabéis usar una alabarda. Empecemos con dos aprendices cuyos respetables profesores han dado buenas referencias de sus habilidades. La honorable Onren, de la Casa del Este, y la honorable Tané, de la Casa del Sur: veamos quién vence.

Tané se puso en pie. Sentía una presión en la garganta.

Bajó las gradas y un hombre le entregó una alabarda: era una lanza ligera, con el mango de roble blanco y una hoja curvada de acero en la punta. Le quitó la funda lacada y pasó un dedo por la madera, hasta la punta.

En la Casa del Sur las hojas eran de madera. Ahora por fin podría usar una con la hoja de acero. En cuanto Onren recibió su alabarda, caminaron la una hacia la otra.

Onren esbozó una sonrisa de suficiencia. Tané no mostró expresión alguna, aunque sentía las palmas de las manos húmedas. Su corazón era como una mariposa enjaulada. «El agua en tu interior es fría —le había enseñado una vez su maestro—. Cuando tienes un arma en las manos, te conviertes en un fantasma sin rostro. No debes mostrar ninguna emoción.»

Ambas se saludaron bajando la cabeza. Tané serenó su mente, con una calma como la que extiende el ocaso sobre la tierra.

—Empezad —ordenó el general.

Al momento, Onren se lanzó sobre ella. Tané hizo girar la alabarda con ambas manos y las cuchillas entrechocaron. Onren soltó un grito, corto pero sonoro.

Tané no emitió ningún sonido.

Onren liberó el arma y dio unos pasos atrás, alejándose de Tané, con la alabarda apuntada en dirección a su pecho. Tané esperó a que hiciera el movimiento siguiente. Si Onren era la aprendiza más destacada de la Casa del Este, sería por algún motivo.

Como si la hubiera oído, Onren empezó a girar la alabarda alrededor del cuerpo, pasándola bajo los brazos y entre las manos en una demostración de confianza en sí misma. Tané agarró el arma con más fuerza, a la expectativa.

Onren se decantaba por un lado. Evitaba cargar demasiado peso sobre la rodilla izquierda. Tané recordó vagamente que Onren había recibido una coz de caballo cuando era más joven.

Envalentonada, Tané se lanzó hacia delante con la alabarda en ristre. Onren fue a su encuentro. Esta vez fueron más rápidas. Uno, dos, tres impactos. Onren mascullaba amenazas mudas a cada ataque. Tané combatía en silencio.

Cuatro, cinco, seis. Tané golpeaba con ambos extremos de la alabarda, usando el mango al igual que la hoja.

Siete, ocho, nueve.

Cuando la alabarda de Onren cayó en vertical como un hacha, ella hizo girar la suya como una palanca, subiendo un extremo y luego el otro, desviando el golpe y dejando a su oponente descubierta. Onren se recuperó con el tiempo justo de desviar el golpe siguiente, pero cuando asestó su contraataque, Tané oyó el silbido del viento a su lado. Se llevó una mano a la oreja, en busca de sangre, pero no la había.

Aquella distracción la descolocó. Onren se lanzó sobre ella en un torbellino de madera y acero, liberando toda su fuerza. Luchaban por el honor, por la gloria, por los sueños de toda su vida. Tané apretó los dientes mientras ejecutaba su danza de golpes y fintas, con la túnica empapada en sudor y el cabello pegado a la nuca. Uno de los dragones resopló. Recordar que estaban allí hizo que aumentara aún más su determinación. Si quería ganar el combate, tendría que recibir un golpe.

Dejó que Onren le diera en el brazo con el mango, lo suficientemente fuerte como para magullarle la piel. El dolor fue profundo. Onren golpeó de nuevo, blandiendo la alabarda como un arpón. Tané dio un salto atrás, dejándole espacio, y cuando Onren levantó los brazos para dar el hachazo final, rodó por el suelo y le golpeó con fuerza en la rodilla débil. La madera impactó contra el hueso.

Onren frenó de golpe, conteniendo un grito. La rodilla cedió. Y antes de que pudiera levantarse, Tané ya le había plantado la afilada hoja entre los hombros.

—Levantad —dijo el general del Mar, evidentemente satisfecho—. Bien luchado, honorable Tané de la Casa del Sur. La victoria es tuya.

Los espectadores aplaudieron. Tané le entregó la alabarda a un criado y le tendió una mano a Onren.

—¿Te he hecho daño?

Onren dejó que Tané la ayudara a levantarse.

—Bueno —dijo, jadeando—, supongo que me has roto la rótula.

A sus espaldas sintieron una ráfaga de aire sulfuroso. La dragona lacustrina de color verde le sonreía a Tané desde detrás del tejado, mostrándole todos los dientes. Por primera vez, Tané le devolvió la sonrisa. De pronto se dio cuenta de que Onren seguía hablando.

—Lo siento —dijo, algo aturdida—. ¿Qué has dicho?

—Solo estaba señalando que los guerreros más fieros pueden esconderse tras un rostro muy amable. —Ambas se despidieron agachando la cabeza y luego Onren asintió en dirección a las gradas, donde los aprendices seguían aplaudiendo—. Mira a Turosa. Se ha dado cuenta de que se le presenta batalla.

Tané siguió su mirada. Nunca había visto a Turosa tan enfadado… ni tan resuelto.

11

Oeste

—Ahí lo tenéis —dijo Estina Melaugo, señalando a tierra con la mano—. Disfrutad de la vista de la cloaca draconiana de Yscalin.

—No, gracias —dijo Kit, bebiendo de la botella que compartían—. Preferiría que mi muerte fuera una sorpresa.

Loth echó un vistazo por el catalejo. Aunque hubiera pasado ya un día desde que habían visto al Sombra del Oeste, aún le temblaban las manos.

Fýredel. El ala derecha del Innombrable. Comandante del Ejército Draconiano. Si él había despertado, sin duda tras él lo harían los otros Sombras del Oeste. Y eran ellos quienes daban su fuerza al resto de los wyrms. Cuando un Sombra del Oeste moría, el fuego de sus wyverns, y de la progenie de estos, se consumía.

El Innombrable no podría volver, no mientras la Casa de Berethnet siguiera en el trono, pero sus siervos podían sembrar la destrucción sin él. La Caída de las Sombras era prueba de ello.

Tenía que haber un motivo para su regreso. Habían caído en letargo al final de la Caída de las Sombras, la noche en que un cometa había atravesado el cielo. Los estudiosos habían especulado durante siglos sobre el porqué y el cuándo podían despertar, pero nadie había encontrado una respuesta. Gradualmente, todos habían empezado a dar por sentado que no lo harían nunca más. Que los wyrms se habían convertido en fósiles vivientes.

Loth volvió a fijar la atención en lo que veía a través del catalejo. La luna era un ojo a medio cerrar y el barco flotaba en un agua tan negra como sus pensamientos. Lo único que veía era el conglomerado de luces de Perunta. Un lugar que quizá estuviera infestado por la peste draconiana.

La enfermedad la había traído el Innombrable, cuyo aliento, según se decía, actuaba como un veneno de acción lenta. Una cepa más temible había llegado con los Sombras del Oeste. La traían tanto ellos como sus wyverns, del mismo modo que las ratas habían traído en otro tiempo la peste negra. Tras la Caída de las Sombras solo quedaban bolsas aisladas de infección, pero Loth conocía los síntomas por los libros.

Empezaba con el enrojecimiento de las manos. Luego una urticaria y descamación de la piel. Al ir extendiéndose por el cuerpo, los afectados experimentaban dolor en las articulaciones, fiebre y visiones. Si tenían la mala suerte de sobrevivir a esta fase, empezaba el fuego en la sangre. Entonces era cuando se corría el mayor peligro, ya que, si los pacientes no estaban contenidos, salían corriendo y gritando por ahí como si estuvieran en llamas, y cualquiera que tuviera contacto físico con ellos se contagiaría. Normalmente morían en unos días, aunque se sabía de casos que se habían mantenido con vida algo más.

No había cura para la peste. Ni cura ni modo de protegerse. Loth plegó el catalejo y se lo devolvió a Melaugo.

—Supongo que llega la hora de la verdad.

—No perdáis la esperanza, lord Arteloth —dijo ella, con la mirada perdida—. Dudo que la peste haya llegado al palacio. Siempre son los que vosotros llamáis «plebeyos» los que sufren más los embates del destino.

Plume y Harlowe se acercaban a la proa, el segundo con una pipa de arcilla en la mano.

—Bueno, milores —dijo el capitán—, ha sido un placer teneros entre nosotros, pero nada es eterno.

Kit pareció darse cuenta por fin del peligro que corrían. O el alcohol le había empapado los sesos o había perdido la cabeza, pero juntó las manos en un gesto suplicante.

—Os lo ruego, capitán Harlowe; dejadnos unirnos a vuestra tripulación —añadió, presa de una excitación febril—. No tenéis por qué decírselo a lord Seyton. Nuestras familias tienen dinero.

—¿Qué? —espetó Loth—. ¡Kit…!

—Dejadle hablar —dijo Harlowe, señalándolo con la pipa—. Explicaos, lord Kitston.

—Tenemos tierras en las Lomas, buenas tierras. Salvadnos y serán vuestras —dijo Kit.

—Yo tengo el mar a mis pies. No son tierras lo que necesito —dijo Harlowe—. Lo que necesito son marineros.

—Con vuestra ayuda, estoy seguro de que podemos llegar a ser grandes marineros. Yo procedo de una larga dinastía de cartógrafos —mintió descaradamente—. Y Artelogh solía navegar en el lago Elsand.

Harlowe se lo quedó mirando fijamente.

—No —dijo Loth, con decisión—. Capitán, lord Kitston está intranquilo por la tarea que se nos presenta, pero tenemos la misión de entrar en Yscalin y asegurarnos de que se hace justicia.

Kit, pálido como una manzana pelada, le agarró del jubón y tiró de él hacia un lado.

—Arteloth —dijo, susurrando—. Estoy intentando que salgamos de esta. Porque esto —añadió, señalando las luces a lo lejos— no tiene nada que ver con la justicia. No es más que una artimaña del Halcón Nocturno para enviarnos a la muerte para evitar comentarios.

—Puede ser que Combe me haya enviado al exilio por interés, pero ahora estoy a las puertas de Yscalin y quiero descubrir qué ha sido del príncipe Wilstan. —Loth le puso una mano en el hombro—. Si tú quieres dar la vuelta, Kit, no te guardaré rencor. El castigo no iba destinado a ti.

Kit lo miró, desilusionado.

—Oh, Loth —dijo, bajando la voz—. Tú no eres el Santo.

—No, pero tiene pelotas —observó Melaugo.

—No tengo tiempo para sermones —intervino Harlowe—, pero coincido con Estina en lo referente a vuestras pelotas, lord Arteloth. —Su mirada era penetrante—. Necesito hombres con vuestro coraje. Si os veis capaces de afrontar los peligros del mar, decidlo ahora y os incorporaré a mi tripulación.

Kit parpadeó.

—¿De verdad?

Harlowe se mostró impasible. Al ver que Loth se mantenía firme, Kit suspiró.

—Ya me lo imaginaba —dijo Harlowe, mirándolos con frialdad—. Bueno, pues sacad el culo de mi barco de inmediato.

Los piratas se rieron, divertidos. Melaugo, que tenía los

labios fruncidos, les hizo un gesto a Loth y a Kit para que se acercaran. En el momento en que lo hacían, Loth agarró a su amigo del brazo.

—Kit —murmuró—, aprovecha la ocasión y quédate. No eres una amenaza para Combe, como yo. Aún podrías volver a Inys.

Kit negó con la cabeza, sonriendo.

—Venga, Arteloth —dijo—. La poca devoción que tengo, te la debo a ti. Y no será mi patrona, pero sé que el Caballero de la Camaradería nos dice que no debemos abandonar a los amigos.

Loth quería discutir con él, pero sin quererlo se encontró sonriéndole. Uno al lado del otro, siguieron a Melaugo.

Tuvieron que descender del *Rosa Eterna* por una escalerilla de cuerda. Sus botas de cuero pulido resbalaban en los travesaños. Una vez instalados en el bote de remos, donde esperaban sus baúles, Melaugo bajó con ellos.

—Dadme los remos, lord Arteloth —dijo, y cuando los tuvo se dirigió a su patrón—: Nos vemos pronto, capitán. No se vaya sin mí.

—Jamás, Estina —respondió Harlow, asomándose—. Adiós, milores.

—No os separéis de vuestras bolsitas de hierbas, señores —añadió Plume—. No querríamos que se os pegara cualquier cosa.

La tripulación soltó una carcajada mientras Melaugo empezaba a remar, separándose del *Rosa*.

—No les hagáis caso. Se mearían encima solo de pensar en ponerse en vuestro lugar. —Miró por encima del hombro—. ¿Qué es lo que os impulsó a ofrecer vuestros servicios como pirata, lord Kitston? No es una vida como la que describen las canciones, ¿sabéis? Hay mucha más mugre y escorbuto de lo que parece.

—Supongo que fue un momento de genialidad —dijo Kit, mirándola con un gesto de falso orgullo herido—. Mi patrona es la Caballero de la Cortesía, señora. Ella ordena a los poetas que extiendan la belleza por el mundo. Pero ¿cómo voy a hacerlo, si no la veo?

—Para responder a esa pregunta habría tenido que beber bastante más.

Se acercaron a la orilla y Loth sacó su pañuelo para cubrirse la nariz. Peruntа desprendía un olor pestilente a vinagre, a pescado y a humo. Kit mantuvo la sonrisa, pero los ojos le lloraban.

—Qué refrescante —observó.

Melaugo no sonreía.

—No os deshagáis de esas bolsitas de olor —dijo—. Vale la pena tenerlas a mano, aunque solo sea para aliviarse de vez en cuando.

—¿No podemos hacer nada para protegernos? —preguntó Loth.

—Podéis intentar no respirar. La gente dice que la peste está por todas partes y que nadie sabe muy bien cómo se propaga. Algunos llevan velos o máscaras.

—¿Nada más?

—Oh, veréis mercaderes que venden de todo. Espejos para desviar los vapores malignos, innumerables pociones y cataplasmas… pero lo mismo valdría que os tragarais vuestro oro. Lo mejor que podéis hacer es acabar con el dolor de los afectados —dijo, mientras maniobraba para esquivar una roca—. No creo que hayáis visto muchas muertes en vuestra vida.

—Vuestra suposición me ofende —protestó Kit—. Yo vi a mi anciana tía en su féretro.

—Sí, y supongo que llevaba una túnica roja para su encuentro con el Santo. Y que estaría limpia como un gatito recién lamido y que olería a romero —respondió ella. Kit hizo una mueca—. Vos no habéis visto la muerte, milord. Solo habéis visto la máscara que le ponemos.

A partir de entonces siguieron en silencio. Cuando llegaron a un punto poco profundo, Melaugo dejó de remar.

—No me voy a acercar más —dijo, haciendo un gesto con la cabeza en dirección a la ciudad—. Id a una taberna llamada La Parra. Alguien debería recogeros allí.

Dio un empujón a Kit con la punta de la bota.

—Ahora id. Soy una corsaria, no un ama de cría.

Loth se puso en pie.

—Muchas gracias, señora Melaugo. No olvidaremos vuestra amabilidad.

—Por favor, olvidadlo. Tengo una reputación.

Bajaron del bote con sus baúles. Cuando llegaron a la playa, empapados, Melaugo viró y se dirigió de nuevo hacia el *Rosa Eterna,* cantando en yscalino con voz temblorosa.

Harlowe habría podido contratarlos a los dos. Habrían visto lugares que ya no tenían nombre, océanos no surcados por rutas comerciales. Quizá un día Loth habría podido encontrarse en la proa de su propio barco… pero él no era así, y no lo sería nunca.

—No ha sido nuestra entrada más digna —dijo Kit, jadeando y dejando caer su baúl—. ¿Cómo se supone que encontraremos esa taberna?

—Pues… confiando en nuestro instinto —dijo Loth, no muy convencido—. Los plebeyos deben de ser bastante abiertos.

—Arteloth, nosotros somos hombres de corte. No tenemos instintos prácticos.

Loth no sabía qué replicar. Se dirigieron hacia la ciudad, avanzando lentamente. Los baúles pesaban y no tenían ni mapa ni brújula.

En otro tiempo Perunta había sido conocida como el puerto más bonito del Oeste. Sus calles enfangadas, cubiertas de raspas de pescado, ceniza y basura no eran lo que se imaginaba Loth. Un pájaro muerto cubierto de gusanos. Las cloacas rebosaban. En una plaza a oscuras había un santuario en ruinas. Sabran había oído noticias de que el rey Sigoso había ejecutado a los santarios que se negaban a renunciar al Santo, pero no había querido creérselas.

Loth intentó no respirar mientras atravesaba un reguero de líquido oscuro. No se atrevía a separarse demasiado de Kit. La gente llenaba las calles a su alrededor, cubriéndose el rostro con velos o con trapos.

Vieron su primera casa infectada en la calle siguiente. Habían claveteado tablones para cubrir las ventanas, y en la puerta de roble habían pintado unas alas escarlata. Encima había una inscripción en yscalino:

—«Apiadaos de esta casa, porque sus habitantes hemos sido malditos» —leyó Kit. Loth se lo quedó mirando, extrañado.

—¿Sabes leer en yscalino?

—Ya sé, estás impresionado —dijo, muy serio—. Al fin y al cabo soy un maestro del inys, un prodigio de la poesía: parece imposible que quede espacio en mi cerebro para otro idioma, pero…

—Kit.

—Melaugo me dijo lo que significaba.

La oscuridad les desorientaba. En Perunta había pocas velas encendidas, aunque en las calles más anchas había braseros encendidos para limpiar el aire. Loth y Kit avanzaron intentando mostrar la máxima seguridad posible y al final dieron con la taberna donde se suponía que encontrarían al contacto que debía llevarlos a Cárscaro. El cartel mostraba un racimo de suculentas uvas negras que desentonaban en aquella letrina.

Había un carruaje en el exterior. Loth tenía prácticamente la certeza de que sería de hierro y le aterró antes incluso de preguntarse qué tipo de caballo podría tirar de él. Entonces lo vio.

Una enorme cabeza como de lobo se giró y lo miró, abriendo una enorme mandíbula llena de dientes, de la que cayó un goterón de baba.

Aquella criatura era más grande que un oso. Tenía el cuello grueso y un cuerpo reptiliano con patas musculosas y un par de alas de murciélago. A su lado había otro monstruo, este con un manto de pelo gris. Ambos tenían los mismos ojos, brasas del Vientre de Fuego.

Jáculos.

Un cruce de wyvern y lobo.

—No te muevas —susurró Kit—. Los bestiarios dicen que reaccionan ante los movimientos repentinos.

Uno de los jáculos gruñó. Loth habría querido echar mano a la espada, pero no se atrevía a moverse.

¿Cuántas criaturas draconianas habría en Yscalin?

El cochero era un yscalino con el cabello engrasado.

—Lord Arteloth y lord Kitston, supongo.

Kit respondió con un ruidito inarticulado. El cochero accionó una palanca y se desplegó una escalerilla.

—Dejad los cofres —dijo el cochero—. Entrad.

Ellos obedecieron.

En el interior del coche les esperaba una mujer con un pesado vestido color carmesí y un velo de encaje negro. Llevaba unos largos guantes de terciopelo con volantes a la altura del codo. A su lado colgaba una bolsita de olor con una filigrana.

—Lord Arteloth, lord Kitston —dijo, en voz baja. Loth apenas conseguía distinguir los oscuros ojos a través del velo—.

Bienvenidos a Perunta. Soy Priessa Yelarigas, primera dama de compañía de Su Esplendor la Donmata Marosa, del Reino Draconiano de Yscalin.

No estaba contagiada. Nadie que sufriera los efectos de la peste podría hablar con tanta elegancia.

—Gracias por venir a buscarnos, milady —respondió Loth, haciendo un esfuerzo por mantener la voz firme. Kit se acomodó en el coche, a su lado—. Es un honor ser recibidos en la corte del rey Sigoso.

—Su Majestad se siente honrado de recibiros. —Un látigo restalló en el exterior y el coche se puso en marcha con una sacudida.

—Confieso que me sorprende que Su Esplendor haya enviado a una dama de tan alto rango a nuestro encuentro —dijo Loth—, teniendo en cuenta la cantidad de contagiados que hay en esta ciudad.

—Si el Innombrable desea que entregue mi vida a la peste, que así sea —respondió, sin inmutarse.

Loth apretó los dientes. Y pensar que en otro tiempo aquella gente había profesado lealtad a Sabran y al culto de las Virtudes...

—Estaréis acostumbrados a los coches de caballos, milores —prosiguió lady Priessa—, pero con ellos tardaríamos muchos días en cruzar Yscalin. Los jáculos son más veloces y nunca se cansan.

Juntó las manos sobre el regazo. Llevaba varios anillos de oro sobre los guantes.

—Deberíais descansar —sugirió—. Aunque nuestro coche sea rápido, hay bastante camino, milores.

Loth esbozó una sonrisa.

—Preferiría ver el paisaje.

—Como deseéis.

Lo cierto era que estaba tan oscuro que no se veía nada por la ventanilla, pero no estaba dispuesto a dormir con una amante de los wyrms tan cerca. Territorio draconiano. Tenía que alejarse de los oropeles de la nobleza y sacar el espía que llevaba dentro. Tendría que endurecerse para afrontar los peligros de aquella misión. Así que mientras Kit caía dormido, Loth estuvo todo lo atento que pudo, recurriendo a toda su fuerza de voluntad para mantener los ojos abiertos, e hizo una promesa al Santo.

Aceptaría la senda marcada. Buscaría al príncipe Wilstan. Conseguiría reunir a la reina con su padre. Y encontraría el camino de vuelta a casa.

No tenía claro si Priessa Yelarigas dormía o si se pasó toda la noche observándolo.

Le salía humo del cabello. Lo olía.

—¿Dónde la habéis encontrado?

—En lo alto del campanario, nada menos.

Pasos.

—Por el Santo, es la señora Duryan. Avisad a Su Majestad enseguida. E id a buscar a un médico.

Sentía la lengua como una brasa candente. Cuando todos los extraños se alejaron, se dejó llevar por un sueño febril. Era niña de nuevo y las ramas del árbol la protegían del sol. La fruta colgaba por encima de la cabeza, demasiado alta como para poder alcanzarla, y Jondu la llamaba: «Ven aquí, Eadaz, ven a ver esto».

Entonces vio a la priora levantando una copa y llevándosela a los labios, diciendo que era la sangre de la Madre. Sabía a luz del sol, a risas y a oraciones. Durante los días siguientes había sentido esa misma quemazón, había ardido hasta que el fuego fundió su ignorancia. Aquel día había nacido de nuevo.

Cuando se despertó, había una presencia femenina conocida al lado del lecho, vertiendo agua de un jarro a una palangana.

Margret se giró hacia ella tan rápidamente que casi tira el jarro al suelo.

—¡Ead! —exclamó, y con una risita nerviosa de alivio se agachó para besarla en la frente—. ¡Oh, gracias al Santo! Has estado inconsciente durante días. Los médicos decían que tenías una infección, luego la fiebre sudorosa, luego la peste…

—Y Sabran —dijo Ead, con la voz rasposa—. Meg, ¿está bien?

—Lo primero que hay que saber es si tú estás bien —dijo Margret, tocándole las mejillas y el cuello—. ¿Te duele algo? ¿Quieres que vaya a por un médico?

—Nada de médicos. Estoy perfectamente —dijo Ead, humedeciéndose los labios—. ¿Tienes algo de beber?

—Por supuesto.

Margret le llenó una copa y se la acercó a la boca. Ead tragó un poco de la cerveza de raíz que contenía.

—Estabas en el campanario —le dijo Margret—. ¿Qué estabas haciendo allí arriba?

Ead se inventó una excusa:

—Al salir de la biblioteca tomé una puerta equivocada. Me encontré la de la torre del reloj abierta y se me ocurrió ir a explorar, y entonces fue cuando llegó la bestia. Supongo que su... humo tóxico fue lo que me causó esta fiebre —dijo. Y antes de que Margret pudiera plantear objeciones, añadió—: Ahora dime si Sabran está bien.

—Sabran está tan bien como siempre, y ahora todo Inys sabe que Fýredel no pudo alcanzarla con su fuego.

—¿Dónde está ahora el wyrm?

Margret dejó la copa en la mesilla de nuevo y empapó un trapo en la jofaina.

—Se ha ido —respondió, frunciendo el ceño—. No hubo muertes, pero provocó el incendio de unos cuantos almacenes. El capitán Lintley dice que la ciudad está en alerta. Sabran envió a sus heraldos para tranquilizar a la gente y decirles que cuentan con su protección, pero nadie se puede creer que se haya despertado un Sombra del Oeste.

—Tenía que ocurrir —dijo Ead—. Hace tiempo que se registran apariciones de bestias menores.

—Sí, pero nunca uno de los jefes supremos. Afortunadamente, la mayoría no tiene ni idea de que lo que vieron fue el ala derecha del Innombrable. Todos los tapices que lo representan han sido escondidos —Margret escurrió bien el trapo—. A él y a sus bestias infernales.

—Dijo que Orsul ya se había despertado. —Ead dio otro sorbo a la cerveza de raíz—. Y que Valeysa lo haría pronto.

—Al menos los otros están bien muertos. Y, por supuesto, el Innombrable no puede volver. Al menos mientras reine la Casa de Berethnet.

Cuando Ead intentó levantar la espalda, los brazos le fallaron y cayó de nuevo sobre las almohadas. Margret se fue a la puerta y habló con una criada. Luego volvió.

—Meg —dijo Ead—. Sé lo que le ha pasado a Loth.

Margret se paró de golpe y frunció el ceño.

—¿Te ha escrito?

—No. —Ead echó una mirada hacia la puerta—. Oí a la Junta de los Duques hablando con Sabran. Combe afirma que Loth ha ido a Cárscaro como espía... para descubrir qué está pasando allí, y para buscar a Wilstan Fynch. Dice que Loth fue sin pedir permiso a nadie... pero creo que ambas sabemos que eso no es así.

Margret se sentó otra vez, lentamente, y se llevó la mano a la cintura.

—Que el Santo salve a mi hermano —murmuró—. Él no es ningún espía. Combe lo ha sentenciado a muerte.

Se hizo el silencio, roto únicamente por los pájaros del exterior.

—Se lo dije, Ead —prosiguió Margret por fin—. Le dije que una amistad con la reina no era una amistad cualquiera, que tenía que ir con cuidado. Pero Loth nunca escucha. —Esbozó una sonrisa triste, de preocupación—. Mi hermano piensa que todo el mundo es tan bueno como él.

Ead intentó encontrar palabras de alivio, pero no pudo. Loth corría un gran peligro.

—Lo sé. Yo también intenté advertirle. —Cogió a su amiga de la mano—. Pero quizá encuentre el modo de volver a casa.

—Tú sabes que no durará mucho en Cárscaro.

—Podrías pedirle a Combe que le hiciera volver. Tú eres lady Margret Beck.

—Y Combe es el duque de la Cortesía. Tiene más influencia y más dinero de los que tendré yo nunca.

—¿Y no podrías decírselo a Sabran directamente? —preguntó Ead—. Es evidente que ella misma sospecha de todo esto.

—No puedo acusar a Combe ni a nadie sin pruebas que demuestren una conspiración. Si él le ha dicho a Sab que Loth se ha ido voluntariamente y yo no puedo presentar ninguna prueba que lo desmienta, ella tampoco podrá hacer nada.

Ead sabía que Margret tenía razón. Le apretó la mano con más fuerza y Margret soltó un suspiro tembloroso.

Alguien llamó a la puerta. Margret le murmuró algo a quienquiera que estuviera fuera. Ahora que su siden guardaba silencio y que tenía los sentidos abotargados, Ead no podía oír lo que decían.

Su amiga regresó con una taza.

—Ponche —anunció—. Lo ha hecho Tallys especialmente para ti. Es muy amable.

Aquel líquido denso y caliente, tan dulce que resultaba casi nauseabundo, era la respuesta a todo en Inys. Ead estaba demasiado débil como para sujetar el asa de la taza, así que dejó que Margret le diera el asqueroso potingue en la boca.

Otro golpecito en la puerta. Esta vez, cuando Margret abrió, hizo una reverencia.

—Déjanos un momento, Meg.

Ead conocía aquella voz. Margret le echó una mirada y luego se fue.

La reina de Inys entró en el cuarto. Su traje de montar era del color verde oscuro del acebo.

—Llamadnos si nos necesitáis, majestad —dijo una voz desde el exterior.

—No creo que una mujer convaleciente suponga un gran peligro para mi persona, sir Gules, pero gracias.

La puerta se cerró. Ead irguió la cabeza todo lo que pudo, consciente del sudor que le empapaba el camisón y del mal sabor que sentía en la boca.

—Ead —dijo Sabran, mirándola. Tenía los pómulos sonrosados—. Veo que por fin te has despertado. Has estado ausente de mis aposentos demasiado tiempo.

—Perdonadme, majestad.

—He echado de menos tus atenciones. Querría haber pasado antes, pero los médicos se temían que tuvieras la fiebre sudorosa. —El sol le iluminaba los ojos—. Estabas en la torre del reloj el día que vino el wyrm. Querría saber por qué.

—¿Cómo, mi señora?

—El bibliotecario real te encontró allí. Lady Oliva Marchyn me ha contado que algunas cortesanas y criados usan la torre para... sus encuentros íntimos.

—Yo no tengo amantes, majestad.

—No consentiré conductas obscenas en este palacio. Confiesa y quizá la Caballero de la Cortesía se muestre indulgente.

Ead tuvo la sensación de que la reina no se tragaría la historia de la equivocación de puerta.

—Subí al campanario... para ver si podía distraer a la bestia y evitar que atacara a Su Majestad —dijo, aunque habría deseado tener la fuerza necesaria para hacerlo con mayor convicción—. Aunque no tenía por qué haber temido por vos.

Era la verdad, desprovista de sus fragmentos más vitales.

—Quiero creer que el embajador uq-Ispad no me solicitaría que aceptara entre mis ayudantes de cámara a una persona de moral distraída —concluyó Sabran—, pero que no me entere de que visitas de nuevo la torre del reloj.

—Por supuesto, señora.

La reina se acercó a la ventana abierta. Apoyó una mano en el alféizar y contempló el recinto del palacio.

—Majestad —dijo Ead—, ¿puedo preguntar por qué salisteis a plantar cara al wyrm? —Una suave brisa penetró desde el exterior—. Si Fýredel os hubiera matado, habría sido el fin para todos.

Sabran se tomó su tiempo antes de responder.

—Había amenazado a mi pueblo —murmuró—. Ya estaba fuera antes de que me planteara siquiera qué otra cosa podía hacer —dijo, y se giró a mirar a Ead—. He recibido otro informe sobre ti. Lady Truyde utt Zeedeur les ha ido contando a mis damas que eres una hechicera.

Aquella maldita chupafondos. Ead casi admiraba su entereza para desafiarla pese a sus amenazas.

—Señora, yo no sé nada de hechicería —dijo, con una pizca de sorna.

«Hechicería» era una palabra que no le gustaba demasiado a la priora.

—Desde luego —dijo Sabran—. Pero lady Truyde está convencida de que fuiste tú quien me protegió de Fýredel. Afirma que te vio en la torre del reloj, lanzando un hechizo en mi dirección.

Esta vez Ead guardó silencio. No podía decir nada ante aquella acusación.

—Por supuesto, miente —dijo la reina. Ead no se atrevió a decir nada—. Fue el Santo quien ahuyentó al wyrm. Extendió su escudo celestial para protegerme del fuego. Sugerir que fue un triste acto de hechicería es algo que se acerca mucho a la traición —declaró Sabran, sin variar el tono—. Casi estoy tentada de enviarla a la Torre de Dearn.

Ead no podía contener más la tensión y sintió la tentación de soltar una carcajada.

—Es la juventud, majestad —dijo, conteniendo la risa—. Los jóvenes tienen la cabeza en las nubes.

—Es lo suficientemente adulta como para acusarte en falso —señaló Sabran—. ¿No le guardas rencor?

—Prefiero el sabor de la compasión. Hace que duerma mejor por las noches.

Aquellos ojos fríos como la piedra la examinaron a fondo.

—Quizá estés insinuando que yo debería mostrar compasión más a menudo.

Ead estaba demasiado agotada como para encogerse.

—No. Solo digo que dudo que lady Truyde tuviera intención de insultar a Su Majestad. Lo más probable es que me guarde rencor por algo, ya que a mí se me asignó un puesto que ella desea.

Sabran levantó la barbilla.

—Volverás a tus tareas en tres días. Hasta entonces me encargaré de que el médico de la corte se ocupe de ti —dijo. Ead levantó las cejas—. Te necesito en perfecto estado —añadió Sabran, poniéndose en pie para marcharse—. En cuanto se haga el anuncio, necesitaré a todas mis damas.

—¿Anuncio, señora?

Sabran ya estaba de espaldas, pero Ead vio que tensaba los hombros.

—El anuncio —dijo— de mi compromiso con Aubrecht Lievelyn, Gran Príncipe del Estado Libre de Mentendon.

12

Este

Las pruebas del agua pasaron como si fueran un largo sueño. La mayoría de los ciudadanos se refugiaron en sus casas mientras la tormenta azotaba la costa oeste de Seiiki, pero de los guardias del mar se esperaba que fueran capaces de afrontar las peores condiciones.

—La lluvia es agua y nosotros también —gritaba el general del Mar para hacerse oír entre el estruendo mientras pasaba por entre la formación. Tenía el cabello pegado al cráneo y las gotas de lluvia le resbalaban por la nariz, cayendo desde la punta—. Si un poco de agua puede derrotaros, no podéis esperar montar un dragón, o proteger el mar, y desde luego este no es lugar para vosotros. ¿Dejaréis que os derrote el agua?

—¡No, honorable general del Mar! —gritaron los reclutas.

Tané ya estaba empapada. Al menos el agua estaba templada. Los arcos y las armas de fuego no tenían demasiada complicación. Incluso con aquel diluvio, Tané tenía buena vista y una mano firme. Dumusa fue la mejor con el arco (podía haber tirado con los ojos cerrados), pero Tané quedó segunda. Ninguno de ellos, ni siquiera Dumusa, pudo superarla con la pistola, pero un guardia marina de la Casa del Oeste se le acercó. Era Kanperu, el mayor y el más alto, que tenía una mandíbula que parecía de piedra y unas manos con las que habría podido rodear el tronco de un árbol.

A continuación venía el tiro con arco a caballo. Cada uno tenía que dispararle a seis blancos de cristal colgados de una viga. Dumusa no era tan buena a caballo como a pie, y solo reventó cinco de ellos. Onren, que no era muy amante de los caballos, hizo la prueba apretando los dientes en todo momento: perdió el control de su montura y falló tres tiros. Tané, en cambió, hizo diana en todos sus disparos, hasta que su caballo tropezó y le desvió el último tiro, lo que permitió a Turosa alcanzar el primer puesto.

Volvieron a caballo hasta los establos.

—¡Mala suerte, campesina! —le dijo Turosa en el momento en que Tané bajaba de la silla—. Supongo que algunas cosas se llevan en la sangre. Quizá algún día el honorable general del Mar se dé cuenta de que los jinetes de dragón nacen, no se hacen.

Tané apretó los dientes, en el momento en que un mozo le cogía las riendas. Tenía la casaca oscura, empapada de lluvia y sudor.

—Ni caso, Tané —dijo Dumusa, desmontando. Tenía el cabello empapado y los rizos le caían sobre los hombros—. Todos llevamos la misma agua en el cuerpo.

Turosa hizo un mohín, pero se fue sin responder. Nunca discutía con otros descendientes de jinetes.

Cuando se hubo alejado, Tané le hizo un gesto de agradecimiento con la cabeza a Dumusa:

—Tienes mucho talento, honorable Dumusa —dijo—. Un día espero ser tan buena arquera como tú.

Dumusa le devolvió el gesto.

—Yo espero tener algún día el dominio de las armas de fuego que tienes tú, honorable Tané.

Salieron juntas del establo. Tané ya había hablado antes con Dumusa, pero ahora que estaban solas no sabía muy bien qué decir. Se había preguntado muchas veces cómo debía de ser crecer en una mansión de Ginura, con sus abuelos Miduchi.

Cuando llegaron al pabellón de prácticas, se sentaron una junto a la otra y Tané se puso a limpiar el barro de sus flechas. Kanperu, el recluta alto y callado, ya estaba allí, limpiando su pistola con empuñadura de plata.

Mientras limpiaban sus armas, Onren entró en el pabellón.

—Desde luego no había disparado nunca tan mal —dijo, echándose atrás el cabello empapado—. Tengo que encontrar un santuario y rezarle al gran Kwiriki para que elimine todos los caballos de la faz de la Tierra. Está claro que no hacen más que sabotearme desde el día en que nací.

—No te preocupes tanto —respondió Dumusa, sin levantar la vista de su arco—. Tienes muchísimo tiempo para enseñarle lo que sabes hacer al Miduchi. Para ti es fácil decirlo. Llevas sangre de Miduchi en las venas. Al final todos acabáis siendo jinetes.

—Siempre cabe la posibilidad de que yo sea la primera en no hacerlo.

—Es una posibilidad —concedió Onren—, pero todos sabemos que la posibilidad es mínima.

Tenía la rodilla hinchada por el duelo. Tendría que trabajar duro si quería ser jinete.

Kanperu devolvió su pistola al soporte de la pared. Al salir le echó una mirada indescifrable por encima del hombro a Onren.

—He oído que el honorable Kanperu suele visitar una taberna cerca del mercado de la fruta —le murmuró Dumusa a Onren cuando ya no las podía oír—. Va todas las tardes.

—¿Y qué?

—He pensado que nosotras también podríamos ir. Cuando seamos jinetes, todos pasaremos mucho tiempo juntos. Nos iría bien conocernos todos. ¿No estás de acuerdo?

Onren sonrió.

—Dumu —dijo—. ¿Estás intentando distraerme para que no te supere?

—Sabes muy bien que ya me superas en todo salvo en el tiro con arco —respondió Dumusa, inspeccionando su arco una vez más—. Venga, vamos. Necesito salir de este lugar unas horas.

—Debería decirle al honorable general del Mar que eres una mala influencia —dijo Onren, poniéndose en pie y estirándose—. ¿Vienes, Tané?

Tané tardó un momento en darse cuenta de que ambas la miraban, a la espera de una respuesta.

Lo decían en serio. En plenas pruebas del agua, querían ir a una taberna.

—Gracias —dijo, lentamente—, pero debo quedarme y entrenar para la siguiente prueba. —Hizo una pausa—. ¿No deberías entrenar también tú, Onren?

Onren rebufó.

—He entrenado casi toda mi vida. Entrenar anoche no me ha ayudado hoy. No —decidió—. Lo que necesito esta noche es un buen trago. Y quizá un buen… —Echó una mirada a Dumusa, y aunque ambas hicieron un esfuerzo tal por no reír que les temblaron los labios, al final estallaron en una carcajada.

Habían perdido la cabeza. Desde luego, en un momento como aquel, nadie podía permitirse ninguna distracción.

—Pues divertíos —dijo Tané, poniéndose en pie—. Buenas noches.

—Buenas noches, Tané —dijo Onren. Su sonrisa desapareció y frunció el ceño—. Intenta dormir un poco, ¿quieres?

—Por supuesto.

Tané cruzó el pabellón y colgó el arco. Turosa, que estaba a punto de entrenar el combate sin armas con sus amigos, cruzó una mirada con ella y se dio un puñetazo contra la palma de la otra mano.

Una brisa húmeda soplaba por los pasillos, cálida como el humo de una sopa recién hecha. El suelo pulido crujía bajo sus pies al caminar para volver atravesando la escuela.

Se limpió el sudor y practicó sola en su habitación, con la espada. Cuando sintió el brazo cansado, empezó a reconcomerle una duda. No había motivo para que su caballo hubiera tropezado durante la prueba. ¿Y si Turosa lo había provocado de alguna manera, solo por fastidiarla?

Al final, regresó a los establos. Cuando encontró al herrador, este le aseguró que no había nada raro. El terreno estaba húmedo. Lo más probable era que el caballo hubiera resbalado.

«No dejes que un mierdecilla como Turosa te busque las cosquillas», le había dicho Susa, pero su voz parecía quedar muy lejos.

Tané pasó lo que quedaba de tarde en el pabellón de prácticas, lanzándoles cuchillos a los espantapájaros. No salió de allí hasta que fue capaz de darles a todos en los ojos. Ya en su habitación, encendió una lámpara de aceite y se puso a escribir su primera carta a Susa.

> Hasta ahora, las pruebas son tan difíciles como pensaba. Hoy mi caballo resbaló, y lo he pagado.
>
> Aunque tenga la sensación de que me he dejado la piel entrenando, algunos de los otros parecen rendir igual de bien que yo sin que ello les quite el sueño. Beben, fuman y ríen unos con

otros, pero lo único que puedo hacer yo es seguir perfeccionando mi técnica. Después de catorce años de preparación, el agua que llevo dentro quizá demuestre no estar a la altura... y tengo miedo, Susa.

Esos catorce años aquí no valen nada. Se nos juzga por el hoy, no por el ayer.

Le dio la carta a un criado para que la enviara a Cabo Hisan, se tendió en la cama y escuchó el sonido de su propia respiración.

En el exterior, un búho ululó. Pasó un rato. Tané se puso en pie y volvió a salir de su habitación.

Aún podía practicar un poco más.

El gobernador de Cabo Hisan era un tipo delgado, perfectamente arreglado, que vivía en una mansión regia en el centro de la ciudad. A diferencia del jefe de la guardia, él sí sabía sonreír. Tenía el cabello gris, un rostro amable, y se decía que no era duro con las faltas leves.

Lástima que Niclays hubiera infringido la ley fundamental de Seiiki, que ni por asomo podía considerarse una falta leve.

—Así pues —dijo el gobernador—, esa mujer os trajo el forastero a casa.

—Sí, señor gobernador. Yo estaba disfrutando de una copa de vuestro espléndido vino seiikinés justo antes de que llegaran.

Lo habían tenido encerrado en una habitación varios días. Con la oscuridad, había perdido la cuenta del tiempo. Cuando por fin vinieron los soldados a sacarlo de allí, casi le fallaron las piernas, pensando que se lo llevaban directamente al calabozo. Pero en lugar de eso lo llevaron a un médico, que le miró las manos y le examinó los ojos. Los soldados le dieron ropa limpia y lo enviaron ante el hombre más importante de aquella región de Seiiki.

—Así que aceptasteis a ese hombre en su casa —prosiguió el gobernador—. ¿Creísteis que había llegado a Orisima de manera legal?

Niclays se aclaró la garganta.

—Yo... bueno, no. Conozco a todo el mundo en Orisima.

Pero la mujer me amenazó —dijo, intentando mostrarse turbado solo con pensar en aquello—. Ella... me puso una daga en la garganta y me dijo que, si no alojaba al forastero, me mataría.

Panaya le había dicho que fuera honesto, pero a toda buena historia le va bien un pellizco de fantasía.

Dos soldados montaban guardia muy cerca. Llevaban cascos de hierro que les cubrían la cabeza y la nuca, fijados con unas cuerdas verdes atadas por debajo de la barbilla. Al unísono, abrieron las puertas correderas, haciendo entrar a otros dos soldados en la sala. Entre los dos sostenían a alguien.

—¿Era esta mujer? —preguntó el gobernador.

El cabello enmarañado le caía sobre los hombros. Tenía un ojo hinchado y cerrado. Por el labio hinchado del soldado de la izquierda, era evidente que se había resistido. Aunque seguro que el hombre lo negaría.

—Sí —confirmó Niclays. Ella le soltó una mirada de odio.

—Sí —repitió el gobernador—. Toca un instrumento en el teatro de Cabo Hisan. El muy honorable Señor de la Guerra permite que algunos artistas seiikineses ofrezcan entretenimiento y conversación al pueblo de Orisima algunos días. —Levantó las cejas—. ¿Habéis estado allí alguna vez?

Niclays esbozó una sonrisa tensa.

—Por lo general, me encuentro bien conmigo mismo como única compañía.

—Muy bien —le espetó la mujer—. Así puedes joderte solo, mentiroso avaro.

Uno de los soldados la golpeó.

—¡Calla! —le gritó.

Niclays se encogió. La mujer cayó al suelo, donde se encogió de hombros y se llevó una mano al pómulo.

—Gracias por confirmar que es esta la mujer —dijo el gobernador, acercándose su caja de escritura lacada—. Ella se niega a explicar cómo llegó el forastero a esta isla. ¿Vos lo sabéis?

Niclays tragó saliva, una saliva densa como las gachas.

Al diablo con la honestidad. Por lejos que estuviera, no podía implicar a Truyde.

—No —mintió—. No me lo ha dicho.

El gobernador le miró por encima de las gafas. Bajo los ojos, pequeños y oscuros, tenía ojeras.

—Respetable doctor Roos —dijo, disolviendo un bastoncillo de tinta en agua—, os tengo por un hombre sabio, así que seré franco. Si no me podéis decir nada más, esta mujer será torturada.

La mujer se echó a temblar.

—No es nuestra costumbre usar esos métodos salvo en las circunstancias más serias. Tenemos suficientes pruebas como para demostrar que está implicada en una conspiración que podría suponer una amenaza para todo Seiiki. Si ha traído al forastero a Orisima, debe de saber de dónde vino. Por tanto, o debe de tener trato con los contrabandistas, lo cual está penado con la muerte… o protege a alguna otra persona, alguien que aún no sabemos quién es. —El gobernador seleccionó una plumilla de su caja—. Si la han utilizado, el muy honorable Señor de la Guerra quizá se muestre compasivo. ¿Estáis seguro de que no sabéis nada sobre el motivo de la presencia de Sulyard aquí, o quién le ha ayudado a entrar en el país?

Niclays miró a la mujer, en el suelo. Un ojo oscuro le miraba desde detrás del pelo.

—Estoy seguro.

En el momento en que lo decía, sintió como si hubieran dado otro porrazo, quitándole el aliento.

—Llevadla al calabozo —ordenó el gobernador. En el momento en que los soldados la levantaban, la mujer empezó a jadear, presa del pánico. Por primera vez, Niclays vio lo joven que era. No sería mayor que Truyde.

Jannart estaría avergonzado. Bajó la cabeza, asqueado de sí mismo.

—Gracias, respetable doctor Roos —dijo el gobernador—. Sospechaba que así era como estaban las cosas, pero necesitaba vuestra confirmación.

Dejaron de oírse los pasos en el pasillo exterior, el gobernador pasó varios minutos con la cabeza agachada, escribiendo. Niclays no se atrevía a decir palabra.

—Habláis muy bien seiikinés. He oído que dabais clase de anatomía en Orisima —comentó el gobernador de pronto, haciendo que Niclays diera un respingo—. ¿Qué os pareció el nivel de nuestros estudiantes?

Era como si aquella mujer nunca hubiera existido.

—Aprendí tanto de ellos como ellos de mí —dijo Niclays,

con franqueza, y el gobernador sonrió. Niclays vio que se le presentaba la ocasión y aprovechó—: De todos modos, voy muy corto de ingredientes para... otros trabajos, que el muy honorable Gran Príncipe de Mentendon me aseguró que se me proveerían. Por otra parte, me temo que el respetable jefe de la guardia ha destruido todo mi equipo.

—El honorable jefe de la guardia a veces puede actuar... con un celo excesivo. —El gobernador posó la plumilla—. No podéis volver a Orisima hasta que se concluya este asunto. No debe hacerse público que un intruso consiguió rebasar las murallas, y debemos limpiar a fondo la estación comercial para asegurarnos de que no hay ni rastro de la enfermedad roja. Me temo que debo poneros bajo arresto en Ginura hasta que concluyamos nuestra investigación.

Niclays se lo quedó mirando.

No podía creerse la suerte que tenía. En lugar de la tortura, iban a darle la libertad.

—Ginura —repitió.

—Por unas semanas. Lo mejor es apartaros de todo esto.

Niclays se daba cuenta de que aquello afectaba a la esfera diplomática. Había dado cobijo a un intruso. Un ciudadano seiikinés habría sido condenado a muerte, pero la ejecución de un colono méntico podía afectar a la delicada alianza con la Casa de Lievelyn.

—Sí —dijo, intentando mostrarse compungido—. Sí, honorable gobernador, por supuesto. Lo entiendo.

—Para cuando regreséis, espero que todo esto se haya resuelto. Para daros las gracias por la información, me aseguraré de que recibís los ingredientes que necesitáis, pero debéis guardar silencio sobre todo lo ocurrido —dijo el gobernador, lanzándole una mirada penetrante—. ¿Os parece aceptable el trato, doctor Roos?

—Absolutamente. Os doy las gracias por vuestra amabilidad. —Niclays vaciló—. ¿Y Sulyard?

—El intruso está en el calabozo. Estábamos esperando por si mostraba algún síntoma de la enfermedad roja —dijo el gobernador—. Si no nos cuenta quién le ayudó a llegar a Seiiki, también será torturado.

Niclays se humedeció los labios.

—Quizá yo pudiera ayudaros —dijo, aunque aún no entendía por qué se estaba involucrando voluntariamente en todo aquel asunto—. Como ciudadano de Mentendon, quizá yo pueda convencer a Sulyard de que debe confesar... Si me permitís visitarlo antes de irme.

El gobernador pareció pensárselo.

—Yo no soy partidario de ningún derramamiento de sangre si se puede evitar. Quizá mañana —accedió—. De momento, debo comunicar esta desafortunada situación al muy honorable Señor de la Guerra —añadió, volviendo a fijar la atención en su escrito—. Descansad bien esta noche, doctor Roos.

13

Este

La siguiente prueba era con cuchillos. Al igual que las otras, se hizo bajo la atenta observación del general del Mar y de un grupo de extraños vestidos con túnicas azules. Otros miembros del clan Miduchi, que habían superado aquellas mismas pruebas cincuenta años atrás. Las personas cuyo legado Tané podría llegar a compartir si su cuerpo no le fallaba.

Sentía los ojos hinchados como los de un pez globo. Al sujetar cada uno de los cuchillos, sintió las manos resbaladizas y torpes. Pero aun así su resultado fue mejor que el de todos los demás reclutas, con excepción de Turosa, cuya fama en la Casa del Norte se debía precisamente a su habilidad con las armas.

Onren apareció en el pabellón justo después de que Turosa obtuviera una puntuación máxima. Llevaba el cabello suelto y sin peinar. El general del Mar levantó las cejas, pero ella se limitó a inclinarse en señal de respeto y se acercó a los cuchillos.

Kanperu se presentó aún más tarde. El general del Mar levantó las cejas aún más. Onren cogió un puñal, adoptó la posición y lo lanzó a la otra punta del pabellón, hacia el primer espantapájaros.

Acertó el blanco con todos los cuchillos.

—Un resultado perfecto —observó el general—, pero no vuelvas a llegar tarde, honorable Onren.

—Sí, honorable general del Mar.

Aquella noche, los guardias del mar fueron despertados por los criados y escoltados, aún vestidos con sus camisas de dormir, en una hilera de palanquines. Agazapada en el suyo, Tané, se mordió las uñas de los nervios.

Bajaron de los palanquines junto a un enorme lago natural en medio del bosque. Las gotas de lluvia punteaban la superficie del agua.

—Los miembros de la Gran Guardia Marina a menudo deben levantarse a medianoche para responder a cualquier amenaza que se cierna sobre Seiiki. Deben nadar mejor que los peces, porque pueden encontrarse lejos de su barco, o de su dragón, en cualquier momento —dijo el general del Mar—. Hemos dispersado por este lago ocho perlas bailarinas. Si encontráis una de ellas, será un buen incentivo para daros una mayor puntuación.

Turosa ya se estaba desnudando. Lentamente, Tané se quitó su camisón y se sumergió hasta la cintura.

Veintiséis guardias y solo ocho perlas. Sería difícil encontrarlas en la oscuridad.

Cerró los ojos y evitó pensar en ello. Cuando el general del Mar dio la orden, se sumergió en el lago.

El agua la envolvió. Un agua clara, dulce y fresca. Su cabello se mecía a su alrededor como algas a medida que giraba en el agua en busca de un brillo verde plateado.

Onren entró en el lago sin apenas salpicar. Se sumergió, cogió su tesoro y emergió siguiendo una elegante trayectoria. Nadaba como un dragón.

Decidida a ser la siguiente, Tané se sumergió aún más profundamente. El manantial que alimentaba el lago impulsaría las perlas hacia el oeste, pensó. Giró y descendió suavemente hasta el lecho lacustre y nadó usando solo las piernas, tanteando el limo con las manos a medida que avanzaba.

Cuando sus dedos rozaron una minúscula bolita ya sentía la presión en el pecho. Salió a la superficie casi al unísono con Turosa, que se echó el cabello atrás y levantó su perla para inspeccionarla.

—Perlas bailarinas. Lucidas por los elegidos —dijo—. En otro tiempo eran símbolos de abolengo, de historia. —Esbozó una sonrisa cortante como un cuchillo—. Ahora las lucen tantos campesinos que lo mismo podrían ser de estiércol.

Tané le miró a los ojos.

—Nadas bien, honorable Turosa.

—Mira, pueblerina —dijo, con una risita burlona—. Voy a hacerte quedar tan en ridículo que no volverán a dejar que un campesino mancille el nombre del clan Miduchi nunca más. —Pasó nadando por delante de ella—. Prepárate para lo que se te viene encima.

Siguió nadando hasta el borde del lago. Tané lo siguió, dejando una distancia entre ellos.

Se rumoreaba que en la última prueba cada aprendiz tenía que combatir con otro. Ella ya se había enfrentado a Onren. Su oponente sería o Turosa o Dumusa.

Si era él, haría todo lo posible por machacarla.

Niclays pasó una noche de nervios en la mansión del gobernador de Cabo Hisan. La cama era mucho más lujosa que la suya de Orisima, pero la lluvia repiqueteaba en el tejado y no le daba un respiro. Además, hacía una humedad insoportable, como era habitual en verano en Seiiki.

Ya de madrugada, levantó la pesada cobertura y bajó de la cama. Abrió la ventana corredera. La brisa era cálida como un caldo, pero al menos podía ver las estrellas. Y pensar.

Ninguna persona con estudios podía creer en los espíritus. Los curanderos afirmaban que los espíritus de los muertos vivían en un elemento llamado éter, menuda majadería. Sin embargo sentía un susurro en el oído que sabía que era Jannart, diciéndole que lo que le había hecho a aquella música era un crimen.

Los espíritus eran las voces que dejaban los muertos tras de sí. Ecos de un alma arrebatada demasiado pronto.

Jannart habría mentido para proteger la música. Sin embargo, a Jannart siempre se le había dado bien mentir. La mayor parte de su vida había sido una actuación. Treinta años de mentiras a Truyde. A Oscarde.

Y, por supuesto, a Aleidine.

Niclays se estremeció. Un escalofrío le atravesó el vientre cuando recordó la mirada que tenía Aleidine durante el entierro. Lo había sabido desde el principio. Lo sabía, y no había dicho nada.

«No es culpa suya que mi corazón te pertenezca», le había dicho una vez Jannart, y tenía razón. Al igual que tantas otras uniones entre nobles, la suya había sido acordada por ambas familias. El compromiso se había firmado el día del vigésimo cumpleaños de Jannart, un año antes de que conociera a Niclays.

Él no había sido capaz de asistir a la boda. El nudo que suponía para los hilos del destino de ambos era para él una tortura. Ojalá hubiera llegado antes a la corte; habrían sido compañeros.

Resopló con ironía. Como si al marqués de Zeedeur le hubieran permitido casarse con un don nadie de Rozentun. Aleidine era del pueblo llano, pero había llegado al matrimonio cargada de joyas. Niclays, recién salido de la universidad, no le habría traído a su familia más que deudas.

Aleidine ahora debía de tener más de sesenta años. Su cabello color caoba tendría mechones plateados y su boca estaría surcada de líneas de expresión. Oscarde tenía al menos cuarenta años. Por el Santo, cómo volaban los años.

La brisa no le ayudaba a relajarse. Derrotado, cerró la ventana y volvió a la cama.

Con aquel calor, sentía que se estaba cociendo en su propio jugo. Quiso dormir, pero su mente se negaba a tranquilizarse, y le dolía el tobillo.

Llegó la mañana y no había indicios de que la tormenta fuera a amainar. Observó cómo empapaba los jardines de la mansión. Los criados le trajeron cuajada de legumbres, locha a la plancha y té de cebada para desayunar.

A mediodía, un criado le informó de que el gobernador había accedido a concederle lo que le había pedido. Iba a visitar a Triam Sulyard en la cárcel y debía intentar sacarle la máxima información posible. Los criados también le proporcionaron un nuevo bastón, hecho de una madera más fuerte y liviana. Les pidió un poco de agua y se la trajeron en una calabaza.

Al atardecer, un palanquín cerrado le llevó al calabozo. Desde la protección que le proporcionaba aquella caja, Niclays echó un vistazo al exterior por entre las persianas.

En siete años, nunca había dado un paso por Cabo Hisan. Había oído su música y su parloteo, había visto sus luces, como estrellas caídas, y habría deseado caminar por sus calles, pero se había quedado con las ganas. Su mundo se había quedado limitado al espacio entre cuatro altos muros.

La luz del farol le mostraba una ciudad muy animada. En Orisima siempre tenía cerca algo que le recordaba Mentendon. Ahora se daba cuenta de lo lejos que estaba de casa. Ningún asentamiento del Oeste olía a madera de cedro o a incienso.

Ningún asentamiento del Oeste vendía tinta de calamar o boyas iridiscentes para pescar.

Y, por supuesto, ninguna ciudad del Oeste veneraba a los dragones. Había rastros de su presencia por todas partes. Los mercaderes vendían amuletos en cada esquina, prometiendo que proporcionarían suerte y la ayuda de los señores del mar y de la lluvia. Casi en todas las calles había un santuario hecho con madera de deriva y una balsa de agua salada.

El palanquín se detuvo frente al calabozo. Cuando le abrieron la puerta, Niclays salió y se dio una palmada en el rostro para quitarse un bicho de encima. Un par de centinelas le acompañaron al interior a toda prisa.

Lo primero que le impactó fue el penetrante olor a mierda y a orines, que hacía que le lloraran los ojos. Se cubrió la nariz y la boca con una manga. Cuando pasaron por el patio de ejecuciones, las piernas le fallaron. Había cabezas en putrefacción expuestas y lenguas retorcidas como gusanos.

Sulyard estaba encerrado en el sótano. Esta tendido boca abajo en su celda, con un trapo alrededor de la cintura. Los centinelas tuvieron la atención de dejarle un farol a Niclays antes de marcharse.

Sus pasos se perdieron en la oscuridad. Niclays se arrodilló y sujetó uno de los barrotes de madera.

—Sulyard —dijo, golpeando con fuerza el suelo con su bastón—. Reacciona.

Nada. Niclays pasó el bastón por los barrotes y le dio un tirón a Sulyard. El muchacho se movió.

—Truyde —murmuró—. Siento haberte decepcionado.

—Soy Roos.

—Doctor Roos —dijo Sulyard, después de un momento—. Pensé que estaba soñando.

—Ojalá.

Sulyard estaba en mal estado. Tenía el rostro hinchado como una masa de horno y en la frente llevaba escrita con tinta la palabra «intruso». Por la espalda y por los muslos se le veían chorretones de sangre seca.

Sulyard no contaba con la protección de un príncipe al otro lado del mar. En otro tiempo Niclays habría quedado asombrado ante aquella brutalidad, pero los Reinos de las Virtudes tenían medios más crueles aún de sacarles la verdad a los prisioneros.

—Sulyard —dijo Niclays—. Dime qué les has dicho a los que te han interrogado.

—Solo la verdad. —Sulyard tosió—. Que vine a pedirle ayuda al Señor de la Guerra.

—No de eso. De cómo llegaste a Orisima. —Niclays se acercó más—. La otra mujer, la primera mujer que viste, la de la playa. ¿Les has hablado de ella?

—No.

Niclays habría querido retorcerle el pescuezo a aquel bobo. Pero en lugar de eso abrió la calabaza.

—Bebe —dijo, pasándosela por entre los barrotes—. La primera mujer, la que te llevó al barrio del teatro en lugar de delatarte. Fue ella la que violó la ley, haciéndote llegar a Orisima. Debes de ser capaz de describirla: su rostro, su ropa, algo. Ayúdate a ti mismo, Sulyard.

Una mano manchada de sangre echó mano de la calabaza.

—Tenía el cabello largo y oscuro, y una cicatriz en el pómulo izquierdo. Como un anzuelo. —Sulyard bebió—. Yo creo… que debía de tener mi edad, o quizá fuera más joven. Llevaba sandalias y un abrigo de paño gris sobre una túnica negra.

—Cuéntales eso a tus captores —le instó Niclays—. A cambio de tu vida. Ayúdales a encontrarla y puede que muestren compasión.

—Les he rogado que me escucharan. —Sulyard parecía delirar—. Les he dicho que venía de parte de Su Majestad, que era su embajador, y que mi barco se hundió. Nadie me ha escuchado.

—Aunque fueras un embajador de verdad, que evidentemente no lo eres, no te acogerían de buen grado. —Niclays miró por encima del hombro. Muy pronto los centinelas volverían a buscarle—. Ahora escúchame bien, Sulyard. El gobernador de Cabo Hisan me va a mandar a la capital mientras investigan este asunto. Deja que yo le lleve tu mensaje al Señor de la Guerra.

Los ojos de Sulyard volvieron a llenarse de lágrimas.

—¿Haríais eso por mí, doctor Roos?

—Si me cuentas algo más de tu misión. Dime por qué crees que Sabran necesita una alianza con Seiiki.

No tenía ni idea de si sería capaz de mantener su palabra,

pero necesitaba saber exactamente por qué estaba allí el muchacho. Qué era lo que había planeado con Truyde.

—Gracias —dijo Sulyard introduciendo la mano entre los barrotes y cogiendo la de Niclays—. Gracias, doctor Roos. El Caballero de la Camaradería me ha bendecido al poneros en mi camino.

—Estoy seguro de ello —respondió Niclays, cortante.

Esperó.

Sulyard le apretó la mano y bajó la voz, hasta convertirla en un susurro.

—Truyde y yo... Creemos que el Innombrable se despertará muy pronto. Que el mantenimiento de la Casa de Berethnet no ha sido en ningún momento lo que lo ha mantenido apresado. Que, pase lo que pase, volverá, y que ese es el motivo de que sus súbditos hayan empezado a moverse. Están respondiendo a su llamada.

Los labios le temblaban al hablar. Declarar que la Casa de Berethnet no era lo que mantenía a raya al Innombrable era considerado alta traición en el Reino de las Virtudes.

—¿Qué es lo que os ha llevado a pensar eso? —preguntó Niclays, boquiabierto—. ¿Quién es el apocalíptico que te ha metido ese miedo en el cuerpo, chico?

—No ha sido ningún apocalíptico. Los libros. Vuestros libros, doctor Roos.

—¿Mis libros?

—Sí. Los libros de alquimia que dejasteis allí —susurró Sulyard—. Truyde y yo pensábamos ir a vuestro encuentro en Orisima. El Caballero de la Camaradería me ha llevado a vuestra casa. ¿No veis que esto es una misión divina?

—No, no lo veo, cabeza de chorlito.

—Pero...

—¿De verdad creíais que los gobernantes del Este acogerían esa alocada propuesta con más simpatía que Sabran? —dijo Niclays, con gesto burlón—. Pensabais que cruzaríais el Abismo, que arriesgaríais el cuello... porque los dos habéis hojeado unos cuantos libros de alquimia. Libros que los alquimistas tardan décadas, o toda su vida, en comprender. Si es que lo consiguen.

Casi compadecía a Sulyard por su inconsciencia. No era más que un joven cegado por el amor. El chico debía de haberse convencido a sí mismo de que era como lord Wulf Glenn o sir Antor Dale, los héroes románticos de la historia inys, y que debía honrar a su dama lanzándose de cabeza al peligro.

—Por favor, doctor Roos, os lo ruego, escuchadme. Truyde entiende realmente esos libros. Ella cree que hay un equilibrio natural en el mundo, igual que postulaban los antiguos alquimistas —insistió Sulyard—. Ella cree en su trabajo, y cree que ha encontrado un modo de aplicarlo a nuestro mundo. A nuestra historia.

Equilibrio natural. Se refería a las palabras grabadas en la Tablilla de Rumelabar, perdida tiempo atrás. Palabras que habían fascinado a los alquimistas durante siglos:

> Lo que está abajo debe estar en equilibrio con lo que está arriba, y en eso radica la precisión del universo. El fuego asciende desde la tierra, la luz desciende desde el cielo. Demasiado de uno inflama al otro, y eso provocaría la extinción del universo.

—Sulyard —dijo Niclays, entre dientes—, nadie entiende esa maldita tablilla. Son todo suposiciones y locuras.

—Al principio yo tampoco estaba convencido. Lo negaba todo. Pero cuando vi la pasión con que lo explicaba Truyde... —Sulyard le sujetó con más fuerza—. Ella me lo explicó. Que cuando los wyrms perdieron su fuego y cayeron en un largo sueño, los dragones del Este se volvieron más fuertes. Ahora están perdiendo su fuerza una vez más, y se están despertando las fuerzas draconianas. ¿No lo veis? Es un ciclo.

Niclays volvió a mirarle y vio la determinación en su rostro. Sulyard no era el cerebro de esta misión.

Truyde. Era Truyde. Su corazón y su mente eran el terreno fértil de la que había nacido. Cuánto se parecía a su abuelo. La obsesión que había acabado con él seguía presente en su nieta.

—Sois ambos unos insensatos —replicó.

—No.

—Sí —insistió, con la voz quebrada—. Si sabéis que los dragones están perdiendo fuerza, ¿por qué demonios queréis que os ayuden?

—Porque son más fuertes que nosotros, doctor Roos. Y tenemos más posibilidades con ellos que solos. Si queremos tener alguna posibilidad de vencer...

—Sulyard —dijo Niclays, bajando el tono—. Para. El Señor de la Guerra no llegará a oír todo esto. Igual que Sabran.

—Quería intentarlo. El Caballero del Valor nos enseña a levantar la voz cuando otros tienen miedo de hablar. —Sulyard negó con la cabeza y las lágrimas aparicieron otra vez—. ¿Está mal que hayamos tenido esperanza, doctor Roos?

De pronto Niclays se sintió exhausto. Aquel hombre iba a morir en vano en un mundo muy lejano del suyo. Solo podía hacer una cosa: mentir.

—Es cierto que comercian con Mentendon. Quizá te escuchen. —Niclays dio una palmadita a la mano mugrienta que agarraba la suya—. Perdona a este viejo por su escepticismo, Sulyard. Veo la pasión que llevas dentro. Estoy convencido de tu sinceridad. Pediré una audiencia con el Señor de la Guerra y le plantearé tu caso.

Sulyard apoyó todo su peso sobre el codo.

—Doctor Roos —dijo, alarmado—. ¿No os matarán?

—Me arriesgaré. Los seiikineses respetan mi reputación como anatomista y soy un residente de pleno derecho —dijo Niclays—. Déjame que lo intente. Sospecho que lo peor que pueden hacer es reírse de mí.

Las lágrimas llenaron aquellos ojos enrojecidos.

—No sé cómo agradeceroslo.

—Yo sí sé —dijo Niclays, agarrándolo del hombro—. Al menos intenta salvarte. Cuando vengan a por ti, háblales de la mujer de la playa. Júrame que lo harás.

Sulyard asintió.

—Lo juro —dijo, y le besó la mano a Niclays—. Que el Santo os bendiga, doctor Roos. Seguro que tiene un sitio reservado para vos en su Gran Mesa, junto al Caballero del Valor.

—Pues ya se lo puede quedar —murmuró Niclays. No podía imaginarse una tortura mayor que estar sentado a la mesa con una pandilla de charlatanes muertos toda la eternidad.

En cuanto al Santo, desde luego tenía trabajo si quería salvar a aquel desgraciado.

Oyó que los centinelas se acercaban y se echó atrás. Sulyard apoyó la mejilla en la puerta.

—Gracias, doctor Roos. Por darme esperanza.

—Buena suerte, Triam el inconsciente —dijo Niclays en voz baja, y dejó que le escoltaran de nuevo hacia la lluvia.

Otro palanquín estaba esperando en la puerta de la cárcel. Era menos majestuoso que el que le había llevado ante el gobernador, y lo llevaban otros cuatro portadores. Uno de ellos, una mujer, le saludó con una reverencia.

—Ilustre doctor Roos —dijo—, tenemos órdenes de llevarlo de vuelta ante el honorable gobernador de Cabo Hisan, para que pueda transmitirle la información de que disponga. Después, le llevaremos a Ginura.

Niclays asintió, sintiendo el cansancio hasta la médula. Únicamente le contaría al gobernador de Cabo Hisan que el forastero deseaba colaborar en la identificación de una segunda persona que le había ayudado. Y allí acabaría su implicación.

En el momento en que subía al palanquín, Niclays se preguntó si volvería a ver a Triam Sulyard. Por el bien de Truyde, esperaba que así fuera.

Por su propio bien, esperaba que no.

14

Oeste

Poco después de que los heraldos hicieran llegar las noticias del compromiso a todos los rincones de Inys, Aubrecht Lievelyn comunicó que estaba dispuesto a zarpar con su séquito, compuesto por más de ochocientas personas. Los días siguientes trajeron un torbellino de preparaciones, algo que Ead no había visto nunca.

Llegó comida a espuertas de los Prados y las Lomas. La familia Glade envió toneles de vino de sus viñedos. El servicio especial, al que solo se convocaba para que asistiera en palacio en ocasiones extraordinarias, como aniversarios especiales o en las fiestas sagradas, se instaló en la corte. Se hicieron vestidos nuevos para la reina y para sus damas. Se limpió y se sacó brillo a cada rincón del Palacio de Ascalon, hasta el último candelabro. Por primera vez, daba la impresión de que la reina Sabran se tomaba en serio su compromiso. La excitación se extendió por el palacio como un incendio desbocado.

Ead hizo todo lo posible por seguir el ritmo. Aunque la fiebre la había dejado agotada, el médico de la corte había dado su visto bueno para que volviera al trabajo. Lo cual no hacía más que demostrar, una vez más, que los médicos inys eran unos catetos.

Por lo menos Truyde utt Zeedeur estaba manteniendo la boca cerrada. Ead no volvió a oír rumores sobre hechicería. De momento estaba a salvo.

En la corte vivían casi mil personas en cualquier momento del año, pero ahora, mientras atravesaba el palacio cargada con cestos de flores y rollos de tela de plata, Ead tenía la impresión de ir cruzándose con mucha más gente. Cada día buscaba con la mirada los estandartes dorados del Ersyr y al hombre que aparecería bajo ellos, disfrazado de embajador del rey Jantar y la reina Sayma. Chassar uq-Ispad, que era quien la había traído a Inys.

Primero llegaron los invitados del resto de regiones del reino. Los más fácilmente reconocibles eran los miembros del Comité de los Condes y sus familias. Una mañana, al salir al claustro, Ead vio a lord Ranulf Heath el Joven, primo de la difunta reina Rosarian, bajo los soportales del otro lado. Estaba charlando animadamente con lady Igrain Crest. Tal como solía hacer en la corte, Ead se detuvo a escuchar.

—¿Y cómo está su compañero, milord? —decía Crest.

—Desolado por no poder estar aquí, excelencia, pero se reunirá con nosotros muy pronto —respondió Heath. Tenía el cutis moreno y lleno de pecas, y la barba salpicada de gris—. Estoy encantado de que Su Majestad vaya por fin a disfrutar de la misma felicidad que yo he encontrado con mi relación.

—Esperemos. El duque de la Cortesía cree que la alianza servirá para reforzar la Coalición de las Virtudes —dijo Crest—, aunque está por ver si su intuición es correcta.

—Yo quiero creer que el duque tienen una intuición sin parangón —dijo Heath, con gesto divertido—, dado su… papel particular.

—Oh, hay cosas de las que ni Seyton se da cuenta —señaló Crest, con una sonrisa misteriosa en el rostro—. De lo rápidamente que está perdiendo el pelo, por ejemplo. Ni siquiera un halcón puede verse la nuca.

Heath contuvo la risa.

—Por supuesto, todos rezaremos para que Su Majestad dé a luz una niña muy pronto.

—Sí, pero es joven, excelencia, y Lievelyn también. Primero tendremos que dejarles un poco de tiempo para que se conozcan bien.

Ead no pudo por menos que darle la razón. Daba la impresión de que a los inys no les importaba si Sabran y Lievelyn se conocían lo más mínimo, mientras se casaran.

—Es esencial que tengamos una heredera lo antes posible —insistió Crest—. Su Majestad sabe bien que es su deber.

—Bueno, nadie ha guiado mejor a Su Majestad en el cumplimiento de sus deberes que vos, excelencia.

—Sois muy amable. Ha sido un placer y un orgullo —dijo Crest—. Lástima que ya no precise de mis consejos. Nuestra joven reina está decidida a tomar sus propias decisiones.

—A todos nos llega el momento, excelencia.

Se fueron cada uno por su camino y Ead apenas tuvo tiempo de retroceder antes de que la duquesa apareciera por la esquina, casi topándose de frente con ella.

—Señora Duryan —la saludó Crest—. Buenos días, querida.

—Excelencia —respondió Ead, con una reverencia.

Crest asintió y salió del claustro. Ead siguió en dirección contraria.

Crest podía bromear con respecto a Combe, pero lo cierto era que al Halcón Nocturno no se le escapaba nada. A Ead le parecía muy raro que no se hubiera enterado de quién mandaba a los matones.

De pronto se le ocurrió algo y redujo el paso. Por primera vez, consideró la posibilidad de que el propio Combe estuviera orquestando los ataques. Tenía los medios para hacerlo. Para conseguir que entraran en la corte sin que nadie los viera, igual que podía sacar a gente de palacio. Además, se había ocupado personalmente del interrogatorio de los degolladores supervivientes. Y de eliminarlos.

Combe no tenía motivo para desear la muerte de Sabran. Era descendiente del Séquito Sagrado, su poder estaba vinculado al de la Casa de Berethnet… pero quizá creyera que podía sacar algo más con la muerte de la reina de Inys. Si Sabran moría sin descendencia, la gente se dejaría dominar por el miedo a que volviera el Innombrable. Y en un caos similar, el Halcón Nocturno quizá pudiera alzarse con el poder.

Sin embargo, todos los degolladores habían fallado. Ead no veía la mano de Combe en eso. Ni tampoco creía que fuera a arriesgarse a afrontar la inestabilidad de un reino de Inys sin la Casa de Berethnet. No era el estilo del jefe del servicio de espionaje. Él no dejaba nada a la suerte.

Fue cuando estaba cruzando el Jardín del Reloj Solar cuando de pronto se le ocurrió: las meteduras de pata de los degolladores habían sido deliberadas.

Pensó una vez más en cómo se había producido cada uno de los ataques. En cómo se había delatado cada uno de los degolladores. El último ni siquiera había ido directamente a por su víctima. Se había tomado su tiempo.

En eso sí que podía ver la mano de Combe. Quizá su intención no fuera matar a Sabran, sino manipularla. Recordarle su mortalidad y la importancia de tener descendencia. Para asustarla y que aceptara a Lievelyn. Encajaba con su modo de disponer las cosas de la corte a su gusto.

Lo que no se esperaba era encontrarse con Ead, que había detenido a la mayoría de los degolladores antes de que pudieran acercarse lo suficiente a Sabran como para atemorizarla.

Eso explicaría que le hubiera dado al último la llave de la Escalera Secreta. Para aumentar sus posibilidades de llegar hasta la Alcoba Real.

Ead se permitió el lujo de sonreír. No era de extrañar que Combe quisiera encontrar al protector misterioso. Si estaba en lo cierto, los que ella iba matando eran los hombres que él iba contratando.

Por supuesto, todo aquello no eran más que especulaciones. No tenía pruebas, del mismo modo que no tenía pruebas de que Combe hubiera enviado a Loth al exilio. Sin embargo, algo en su interior le decía que no se equivocaba mucho.

La boda con Lievelyn estaba prácticamente sellada. Combe estaba satisfecho. Si no volvían a aparecer degolladores, querría decir que su intuición era correcta y que Sabran estaría segura hasta la próxima vez que hiciera algo que molestara a Combe. Entonces el Halcón Nocturno emprendería el vuelo una vez más, extendiendo sus oscuras alas sobre el trono.

Ead estaba decidida a cortárselas. Lo único que necesitaba era una prueba... y una buena oportunidad.

No dejaban de llegar invitados. Las familias de la Junta de los Duques. Caballeros andantes, que se encargaban de los pequeños delincuentes y que buscaban wyrms en letargo para matarlos. Santarios con sus hopalandas de largas mangas. Barones y baronesas. Alcaldes y magistrados.

Muy pronto empezaron a llegar los tan esperados visitantes del Reino de Hróth. El rey Raunus de la Casa de Hraustr había enviado un séquito de representantes de la nobleza para que fueran testigos de la unión. Sabran los recibió con un afecto sentido, y muy pronto el palacio se llenó de risas y de las canciones del norte.

No mucho tiempo atrás también habría habido yscalinos. Ead recordaba perfectamente la última visita de los representantes de la Casa de Vetalda, cuando la Donmata Marosa había acudido a celebrar los mil años de reinado de los Berethnet. Ahora su ausencia era un recordatorio más de lo incierto del futuro.

La mañana que Aubrecht Lievelyn debía llegar al Palacio de Ascalon, los cortesanos e invitados más importantes llenaron la Cámara de la Presencia. Estaba presente el Consejo de las Virtudes en su práctica totalidad. Arbella Glenn se había recuperado de su enfermedad, para disgusto de algunas damas de la Cámara Privada de la Reina, y estaba allí, a la derecha del trono.

En circunstancias normales Arbella ya tenía un aspecto frágil, con ojos llorosos y dedos agarrotados de tanto usar la aguja, pero Ead tenía claro que ese día no habría tenido que levantarse de la cama. Aunque sonreía como una madre orgullosa ante su reina, era evidente que la dominaba una tristeza reprimida.

El resto de la sala vibraba con el sonido de los murmullos como una colmena. Sabran esperó la llegada de su prometido frente al trono, flanqueada por los seis duques de la Junta, que estaban resplandecientes con sus túnicas y sus emblemas. Ella llevaba un sencillo vestido de terciopelo y satén carmesí que contrastaba con el negro intenso de su cabello. No llevaba gorguera ni joyas. Ead la examinó desde su posición, junto a las otras damas de la Cámara Privada.

Así estaba más guapa. Los inys solían pensar que su belleza radicaba en los abalorios, pero lo cierto era que no hacían más que ocultarla.

Sabran miró en su dirección. Ead apartó la mirada.

—¿Dónde están tus padres? —le preguntó a Margret, que estaba a su derecha.

—Ellos dicen que papá está indispuesto, pero creo que se debe a que mamá no tiene ningunas ganas de ver a Combe —dijo ella, ocultándose tras su abanico de plumas de pavo real—. Combe le dijo en una carta que Loth se ha ido a Cárscaro por decisión propia. Ella sospecha que no es así.

Lady Annes Beck había sido dama de la Cámara Privada de la reina Rosarian.

—Debe de conocer bien las maquinaciones de esta corte.

—Mejor que la mayoría. Observo que lady Honeybrook tampoco ha venido —dijo Margret, moviendo la cabeza—. Pobre Kit.

El conde de Honeybrook estaba con los otros miembros del Consejo de las Virtudes. No parecía afligido por la ausencia de su hijo, al que se parecía en todo salvo en la boca, ya que nunca sonreía.

Las cornetas proclamaron la llegada del Gran Príncipe. Hasta los tapices que decoraban la Cámara de la Presencia parecían temblar de emoción. Ead echó una mirada a Combe, que sonreía como un gato con un ratón bajo la zarpa.

Al verlo, las costillas se le encogieron en un movimiento instintivo de asco. Aunque no fuera él quien hubiera orquestado los ataques de los degolladores a la reina, sin duda había enviado a Loth a una muerte probable para conseguir que aquel matrimonio llegara a buen puerto, apoyándose en rumores sin ningún fundamento. Por ella, podía pudrirse en el infierno.

Los portaestandartes y los cornetas entraron a paso marcial en la Cámara de la Presencia. Todos estiraron el cuello para ver al hombre que iba a convertirse en el príncipe consorte de Inys. Linora Payling estaba de puntillas, abanicándose como si fuera a desvanecerse de la emoción. Ead se permitió echar una mirada curiosa.

Sabran echó los hombros atrás. La fanfarria sonó y apareció el Gran Príncipe del Estado Libre de Mentendon.

Aubrecht Lievelyn tenía los brazos fuertes y los anchos hombros que cabía esperar de un caballero curtido en la batalla. Iba bien afeitado y era más alto incluso que Sabran, y no respondía a la fama que le daban quienes decían que era apocado como un ratoncito. Su cabello ondulado brilló como el cobre en el momento que pasó bajo un haz de luz. Llevaba una capa colgada de los hombros y un jubón negro sobre una camisola de mangas largas color marfil.

—¡Oh, qué guapo es! —suspiró Linora.

Cuando llegó ante su prometida, Lievelyn se arrodilló ante ella y bajó la cabeza.

—Majestad.

El rostro de Sabran era como una máscara.

—Alteza Real —respondió, y le tendió la mano—. Bienvenido al reino de Inys.

Lievelyn le besó el anillo de la coronación.

—Majestad —dijo él—, ya estoy prendado de vuestra ciudad, y me siento muy honrado de que hayáis aceptado mi propuesta de matrimonio. Solo estar en vuestra presencia es para mí un gran honor.

Hablaba en voz baja. A Ead le sorprendió verlo tan comedido. Normalmente un pretendiente habría cubierto a la princesa de halagos empalagosos en cuanto abriera la boca, pero Lievelyn se limitó a fijar sus oscuros ojos en la reina de Inys, cabeza visible de su religión.

Sabran, que lo miraba con las cejas levantadas, retiró la mano.

—La Junta de los Duques, descendientes del Séquito Sagrado —dijo.

Los duques le hicieron una reverencia a Lievelyn y él inclinó la cabeza en respuesta.

—Sois muy bienvenido, Alteza Real —dijo Combe, en tono afable—. Hacía tiempo que esperábamos esta reunión.

—Levantaos —dijo Sabran—. Por favor.

—Lievelyn obedeció. Se produjo un breve silencio en el que los futuros cónyuges se examinaron mutuamente.

—Tenemos entendido que Su Alteza Real ya ha visitado Ascalon anteriormente —dijo Sabran.

—Sí, majestad, en ocasión del matrimonio de vuestros padres. Yo solo tenía dos años, pero mi madre, que también estaba presente, hablaba a menudo de lo guapa que estaba la reina Rosarian aquel día, y de que la gente rezaba para que muy pronto tuviera una hija con su misma fuerza y belleza. Y vos habéis demostrado que así ha sido. Cuando oí que Su Majestad había conseguido amedrentar al ala derecha del Innombrable, eso no hizo más que confirmar lo que ya sabía de vuestra fortaleza.

Sabran no sonrió, pero le brillaron los ojos.

—Esperábamos conocer a vuestras nobles hermanas.

—Vendrán muy pronto, majestad. La princesa Betriese ha enfermado, y las demás no querían dejarla sola.

—Lo lamentamos —dijo Sabran, que volvió a extender la mano, esta vez en dirección al embajador—. Bienvenido otra vez, Oscarde.

—Majestad. —El embajador se inclinó para besarle el anillo—. Si me permitís, querría presentaros a mi madre, lady Aleidine Teldan utt Kantmarkt, duquesa viuda de Zeedeur.

—Su Majestad —dijo la duquesa con una reverencia. Era una mujer notable, con abundante cabello cobrizo y los ojos caídos. Su piel aceitunada estaba surcada de arrugas—. Es un gran honor.

—Bienvenida a Ascalon, excelencia. Y vos también —añadió Sabran, a alguien un poco más allá.

Cuando Lievelyn se hizo a un lado, Ead contuvo el aliento. El embajador que acababa de entrar en la Cámara de la Presencia llevaba un tocado dorado y un manto de vistoso satén, teñido con el azul intenso de la consuelda. Tras él estaban las delegaciones del Ersyri y de Lasia.

—Majestad —dijo Chassar uq-Ispad, sonriendo. Todas las miradas se dirigieron a aquel hombre enorme, con la cabeza envuelta en ricas telas y una gran barba negra—. Ha pasado mucho tiempo.

Estaba allí. Tras todos aquellos años, había vuelto.

—Es cierto —respondió Sabran—. Empezábamos a pensar que Su Excelsa Majestad no enviaría ya representantes.

—Mi señor nunca insultaría a Su Majestad de ese modo. El rey Jantar os envía su enhorabuena por vuestro compromiso, al igual que la Gran Soberana Kagudo, cuya delegación se unió a nosotros en Perchling.

Kagudo era la Gran Soberana del Dominio de Lasia, jefa de la casa real más antigua del mundo conocido. Era descendiente directa de Selinu, el Custodio del Juramento, y por tanto pariente de sangre de la Madre. Ead no la había visto nunca en persona, pero a menudo escribía a la priora.

—Afortunadamente —prosiguió Chassar—, el príncipe Aubrecht acababa de llegar a puerto cuando lo hicimos nosotros, así que he podido disfrutar de su compañía durante el resto del viaje.

—Esperamos poder disfrutar de la compañía del príncipe Aubrecht en un futuro próximo —respondió Sabran.

Algunas de las damas de compañía ocultaron sus risitas tímidas tras los abanicos. Lievelyn sonrió otra vez.

Las formalidades se sucedieron, sin que Sabran apartara los ojos de su prometido, y él tampoco los apartó de ella. Chassar miró a Ead y asintió casi imperceptiblemente antes de apartar la mirada.

Cuando por fin acabó la audiencia, Sabran condujo a sus invitados al campo de justas para ver la competición. Los participantes en la justa iban a competir frente a un público compuesto por mil ciudadanos que prácticamente enloquecieron al ver a Sabran, lanzando vítores a la reina que había ahuyentado al Sombra del Oeste. Era la personificación de Glorian la Intrépida.

—¡Viva Sabran la Magnífica! —gritaban—. ¡Larga vida a la Casa de Berethnet!

Las estruendosas alabanzas aumentaron aún más de volumen cuando Lievelyn se sentó a su lado en el palco real.

—¡Protegednos, majestad! ¡Majestad, vuestro coraje nos da valor!

Ead encontró un lugar en las gradas a la sombra, con las otras damas de compañía, y observó la multitud, esperando que apareciera una ballesta o un arma entre el público. Sus reservas de siden estaban prácticamente agotadas, pero llevaba las dagas suficientes para acabar con unos cuantos degolladores.

Chassar estaba al otro lado del palco real. Tendría que esperar a que se retirara Sabran para hablar con él.

—Por el Santo, pensé que esa presentación no iba a acabar nunca —exclamó Margret mientras cogía una copa de vino de fresas de la bandeja de un criado. Dos caballeros andantes se bajaron la visera del yelmo—. Yo creo que a Sabran le gusta el príncipe Rojo. Ha intentado ocultarlo, pero yo creo que ya está coladita.

—Desde luego Lievelyn lo está ya —dijo Ead, distraída.

Combe estaba en el palco real. Ead lo escrutó con la mirada, intentando deducir si miraba a Sabran como a su reina o como a un peón que pudiera mover por el tablero de juego.

Magret siguió la dirección de su mirada.

—Lo sé —dijo, en voz baja—. Puede cometer un asesinato y librarse de toda responsabilidad. —Dio un sorbo al vino—. Y también detesto a sus esbirros, por su complicidad.

—Sabran debe saberlo —murmuró Ead—. ¿Es que no se le ocurre ningún modo de librarse de él?

—Por mucho que me duela admitirlo, Inys necesita su servicio de inteligencia. Y si Sab lo echara sin un buen motivo, otros nobles podrían tener la impresión de que su posición corre el mismo peligro. La reina no puede permitirse crear un descontento general, sobre todo ahora que hay tanta incertidumbre sobre la amenaza que puede suponer Yscalin. —Margret hizo una mueca mientras los caballeros andantes entrechocaban sus lanzas, provocando un rugido generalizado en las gradas—. A fin de cuentas, no sería la primera vez que se rebelan los nobles.

Ead asintió.

—La Rebelión de Gorse.

—Exacto. Al menos ahora contamos con leyes para minimizar el peligro de que eso vuelva a suceder. En otro tiempo, verías a los secuaces de Combe pavoneándose con su uniforme, como si le debieran lealtad en primer lugar a él, no a su reina. Ahora lo único que pueden hacer es llevar su divisa. —Frunció los labios—. Odio que el símbolo de su virtud sea un libro. Desde luego, los libros son algo demasiado bueno para él.

Los dos combatientes volvieron a lanzarse el uno contra el otro. Igrain Crest, que había estado hablando con un barón, cruzó el palco real y se sentó justo detrás de Sabran y Lievelyn. Se inclinó hacia delante para decirle algo a la reina, que le sonrió.

—He oído decir que Igrain está en contra de este matrimonio —dijo Margret—, aunque le gusta la idea de que pueda traer la tan esperada heredera al trono. —Levantó una ceja—. Ella fue prácticamente la protectora del reino cuando Sab era niña. Fue como una segunda madre para ella. Y sin embargo, según se dice, habría preferido que se casara con alguien con un pie en la tumba.

—Quizá aún lo consiga —dijo Ead.

Margret se la quedó mirando.

—Tú crees que Sab cambiará de opinión sobre el príncipe Rojo.

—Hasta que no tenga el anillo en el dedo, es una posibilidad más que real.

—La vida en la corte te ha vuelto cínica, Ead Duryan. Quizá estemos a punto de presenciar un romance a la altura del de Rosarian I y sir Antor Dale —dijo Margret, pasándole el brazo alrededor del suyo—. Estarás contenta de ver al embajador uq-Ispad después de tantos años.

Ead sonrió.

—No tienes ni idea.

Los juegos prosiguieron durante varias horas. Ead se quedó bajo los toldos con Margret, sin apartar la mirada de las gradas. Por último, lord Lemand Fynch, actual duque de la Templanza, fue declarado campeón. Tras darle a su primo un anillo como premio, Sabran se retiró para alejarse del calor.

A las cinco en punto, Ead se encontraba en la Cámara Privada de la Reina, donde Sabran estaba tocando el virginal.

Mientras Roslain y Katryen se susurraban cosas al oído, y la pobre Arbella cosía no sin dificultad, Ead fingía estar absorta en la lectura de un libro de oraciones.

La reina se fijaba más de lo habitual en ella desde que había tenido aquella fiebre. La había invitado varias veces a jugar a cartas y había podido escuchar a las damas de compañía mientras estas ponían al día a Sabran sobre lo que sucedía en la corte. Ead había observado que a veces hablaban bien de algunas personas y que le recomendaban a Sabran que se mostrara más benevolente con ellas. Si aquellas recomendaciones no eran fruto de sobornos, Ead era la reina del Ersyr.

—Ead.

—¿Majestad? —dijo ella, levantando la mirada.

—Ven conmigo —dijo Sabran, dando una palmadita sobre el taburete. Cuando Ead estuvo sentada, la reina se inclinó hacia ella con gesto cómplice.

—Parece que el príncipe Rojo no es un ratoncillo bobo como se decía. ¿A ti qué te ha parecido?

Ead sintió que Roslain la estaba observando.

—A mí me ha parecido cortés y galante, señora. Si es un ratoncito —dijo, intentando aligerar el tono—, podemos estar seguras de que es el príncipe de los ratones.

Sabran se rio. Y aquello era raro. Como un filón de oro oculto bajo una roca, decidido a no dejarse ver.

—Desde luego. Pero que vaya a ser un buen príncipe consorte está por ver. —Puso un dedo sobre el teclado—. Aunque aún no estoy casada, por supuesto. Un compromiso siempre se puede cancelar.

—Deberíais hacer lo que consideréis mejor. Siempre habrá voces que os digan lo que tenéis que hacer y cómo actuar, pero sois vos quien lleváis la corona —dijo Ead—. Dejad que Su Alteza Real demuestre que es digno de ocupar un lugar a vuestro lado. Debe ganarse ese honor, porque es el mayor de los honores.

Sabran se la quedó mirando.

—Qué hermosas palabras —observó—. Me pregunto si son francas.

—Mis palabras son honestas, señora. Todas las cortes son víctimas de la afectación y los engaños, en muchos casos ocultos tras gestos corteses —dijo Ead—, pero me gusta creer que yo hablo desde el corazón.

—Todas hablamos a Su Majestad con el corazón —espetó Roslain, con los ojos brillantes de la rabia—. ¿Estáis insinuando que la cortesía es algún tipo de artificio, señora Duryan? Porque la Caballero de la Cortesía podría...

—Ros —la interrumpió Sabran—. No estaba hablando contigo.

Roslain se calló de golpe, aturdida. En los tensos momentos que siguieron, uno de los caballeros de la Guardia Personal entró en la Cámara Privada.

—Majestad —dijo, con una reverencia—. Su Excelencia el embajador uq-Ispad pregunta si podríais cederle a la señora Duryan un momento. Si os parece bien, la espera en la Terraza del Pacificador.

Sabran se pasó la melena de un lado del cuello al otro.

—Creo que puedo dejarla marchar —dijo—. Estás excusada, Ead, pero vuelve a tiempo para las oraciones.

—Sí, mi señora —dijo Ead, poniéndose en pie—. Gracias.

Salió de la Cámara Privada evitando mirar a las otras mujeres. Si podía evitarlo, prefería no enemistarse con Roslain Crest.

Ead salió de la Torre de la Reina y subió a la muralla sur del palacio, donde estaba la Terraza del Pacificador, con vistas al río Limber. El corazón le zumbaba como un abejorro. Por primera vez en ocho años, iba a hablar con alguien del Priorato. Y no con cualquiera: con Chassar, que la había criado.

El sol del atardecer había convertido el río en un curso de oro líquido. Ead cruzó el puente y pisó las baldosas de la terraza. Chassar la esperaba junto a la balaustrada. Al oír sus pasos se giró y sonrió, y ella fue corriendo hacia él, como una niña hacia su padre.

—Chassar —dijo, hundiendo el rostro en su pecho. Él la abrazó.

—Eadaz —dijo él, besándola en la cabeza—, luz de mis ojos. Aquí estoy.

—Hace tanto tiempo que no oía ese nombre... —dijo en selinyi, emocionada—. Por el amor de la Madre, Chassar, pensé que me habías abandonado para siempre.

—Nunca. Tú sabes que dejarte aquí fue como dejar que me arrancaran una costilla.

Caminaron juntos hasta unos arbustos de escaramujo y madreselva.

—Siéntate conmigo.

Chassar debía de haber reservado la terraza para su uso privado. Ead se sentó junto a una mesa con una bandeja llena de frutas del Ersyri desecadas y él le sirvió una copa de un pálido vino de Rumelabar.

—Hice que trajeran todo esto en el barco para ti —dijo—. Pensé que te gustaría, para recordar los sabores del Sur.

—Después de ocho años, lo más fácil sería olvidar que el Sur existe —dijo ella, con una mirada dura—. No recibí ni una palabra. No respondiste ni a una de mis cartas.

Chassar también se puso serio.

—Olvida mi largo silencio, Eadaz —dijo, y suspiró—. Te habría escrito, pero la priora decidió que debía dejarte en paz para que aprendieras a moverte por Inys por tu cuenta.

Ead quería enfadarse, pero aquel era el hombre que la había sentado en su regazo cuando era pequeña y que le había enseñado a leer, y la sensación de alivio que le producía verle eclipsaba toda la rabia que pudiera sentir.

—La tarea que se te encomendó fue la de proteger a Sabran —dijo Chassar—, y has honrado a la Madre manteniéndola viva e ilesa. No debe de haber sido fácil. —Hizo una pausa—. Los degolladores que la acechan. En tus cartas decías que llevan cuchillos hechos en Yscalin.

—Sí. Dagas de justas, para ser precisos. De Cárscaro.

—Dagas de justas —repitió Chassar—. Curiosa elección para el arma de un asesino.

—Yo pensé lo mismo. Es un arma usada para la defensa.

—Hmm… —Chassar se mesó la barba, como solía hacer cuando pensaba—. Quizá la cosa sea tan simple como parece y el rey Sigoso esté contratando a súbditos inys para matar a una reina que desprecia… O quizá esas dagas sean una bomba de humo para que no veamos quién es el cerebro de la operación.

—Yo me inclino por lo segundo. Alguien de la corte estará implicado —dijo Ead—. Las dagas podrían haberlas encontrado en el mercado negro. Y alguien tuvo que dejar entrar a los degolladores en la Torre de la Reina.

—¿Y a ti no se te ocurre ningún miembro del servicio de la reina que pudiera querer ver muerta a Sabran?

—No, nadie. Todos creen que ella es la que mantiene a raya al Innombrable. —Ead bebió de su copa—. Tú siempre me dijiste que siguiera mi instinto.

—Siempre.

—Entonces te diré algo de estos atentados a Sabran que no me encaja. No es solo la elección del arma —dijo—. Solo la última incursión parecía… en serio. Todos los demás hicieron alguna pifia. Como si quisieran que los atraparan.

—Lo más probable es que simplemente no estén bien entrenados. Unos pobres locos desesperados que se han dejado sobornar por una miseria.

—Quizá. O quizá sea deliberado —objetó—. Chassar, ¿recuerdas a lord Arteloth?

—Por supuesto —respondió él—. Me sorprendió que no estuviera con Sabran a mi llegada.

—No está aquí. Combe lo ha exiliado a Yscalin porque lo veía demasiado próximo a ella, para facilitar la boda con Lievelyn.

Chassar levantó las cejas.

—Esos rumores… —murmuró—. También los he oído en Rumelabar.

Ead asintió.

—Combe ha decidido enviar a Loth a una muerte segura. Y ahora me temo que el Halcón Nocturno esté moviendo las fichas necesarias, una tras otra, para que Sabran tema por su vida, acercándola así a Lievelyn.

—De modo que conciba a una heredera lo antes posible. —Chassar parecía considerar la posibilidad—. En cierto modo, si eso es cierto, sería una buena noticia. Sabran está segura. Ha hecho lo que él quería.

—Pero ¿y si no lo hace en el futuro?

—No creo que vaya más lejos. Su poder desaparecería sin ella.

—No estoy segura de que él lo vea así. Y no me parece bien que Sabran se mantenga ajena a los tejemanejes de Combe.

Chassar se quedó de piedra.

—No debes transmitirle tus sospechas, Eadaz. Al menos hasta que no tengas pruebas. Combe es un hombre poderoso y encontraría el modo de hacerte daño.

—No pienso hacerlo. Lo único que puedo hacer es seguir observando. —Lo miró fijamente—. Chassar, tengo las guardias muy debilitadas.

—Lo sé —dijo él, sin levantar la voz—. Cuando nos llegó la noticia de que había aparecido Fýredel y de que Sabran lo había ahuyentado, tuvimos claro lo que había pasado. También sabíamos que eso habría agotado tus reservas de siden. Has estado lejos del árbol demasiado tiempo. Eres como una planta, querida. Debes beber o te marchitarás.

—Bueno, quizá eso no importe. Puede que por fin tenga la oportunidad de convertirme en dama de honor —dijo Ead—, con lo que podría protegerla con mi propia daga.

—No, Eadaz.

Chassar apoyó su enorme mano sobre la de ella. En el índice lucía un anillo con una piedra del sol tallada en forma de flor de azahar, símbolo de la verdadera fe de los dos.

—Mi niña… —murmuró—. La priora ha muerto. Era anciana, como bien sabes, y se apagó en paz.

La noticia le dolió, pero no le sorprendió. La priora siempre había tenido aspecto de anciana, con la piel arrugada y nudosa como la de un olivo.

—¿Cuándo?

—Hace tres meses.

—Que su llama ascienda al árbol para darle luz —dijo Ead—. ¿Quién ha asumido el cargo?

—Las Damas Rojas han elegido a Mita Yedanya, la *munguna* —dijo Chassar—. ¿La recuerdas?

—Sí, por supuesto.

Por lo poco que recordaba Ead, Mita era una mujer tranquila y seria. Se suponía que la *munguna* debía ser la heredera del Priorato, aunque las Damas Rojas podían elegir a otra persona si consideraban que no era apta para el cargo.

—Le deseo toda la suerte en su nueva posición. ¿Ya ha elegido a su *munguna*?

—La mayoría de las hermanas apuestan por Nairuj, pero lo cierto es que Mita aún no ha decidido nada.

Chassar se acercó algo más. A la tenue luz del ocaso, Ead observó las líneas de expresión alrededor de su boca y de sus ojos. Parecía mucho mayor que la última vez que lo había visto.

—Algo ha cambiado, Eadaz —dijo—. Debes de notarlo. Los wyrms están despertando de su letargo, y ahora de pronto ha aparecido un Sombra del Oeste. La priora teme que todo esto sea el preludio del despertar del Innombrable.

Ead se tomó un momento para que las palabras calaran en su interior.

—No eres el único que teme algo así —dijo—. Una dama

de la corte, Truyde utt Zeedeur, ha enviado un mensajero a Seiiki.

—La joven heredera del Ducado de Zeedeur —respondió Chassar, frunciendo el ceño—. ¿Por qué iba a querer negociar con el Este?

—Se le ha metido en la cabeza que necesitamos la ayuda de sus wyrms para protegernos contra el Innombrable. Está convencida de que volverá, tanto si la Casa de Berethnet se mantiene en el poder como si no.

Chassar resopló por entre los dientes.

—¿Y qué le ha hecho pensar eso?

—El despertar de los dragones. Y su propia imaginación, supongo. —Ead sirvió más vino en ambas copas—. Fýredel le dijo algo a Sabran. «Los mil años ya casi han pasado.» También dijo que su maestro estaba agitándose en el Abismo.

El océano que se extendía entre un lado del mundo y el otro. Un agua negra que la luz del sol no podía atravesar. Una sima oscura que los marineros siempre habían temido cruzar.

—Realmente son palabras de mal augurio —dijo Chassar, contemplando el horizonte—. Fýredel debe de creer, al igual que lady Truyde, y que la priora, que el Innombrable está a punto de regresar.

—La Madre lo derrotó hace más de mil años —dijo Ead—. ¿No fue así? Si la fecha a la que hacía mención el wyrm era esa, el Innombrable ya tendría que haber resurgido.

Chassar dio un sorbo al vino, pensativo.

—Me pregunto si esta amenaza tiene algo que ver con los años perdidos de la Madre.

Todas las hermanas sabían lo de los años perdidos. Poco después de derrotar al Innombrable y de fundar el Priorato, la Madre había desaparecido misteriosamente y había perecido antes de poder regresar a casa. Su cuerpo había sido devuelto al Priorato, pero nadie supo quién lo había enviado.

Una pequeña parte de las hermanas creía que la Madre había ido en busca de su pretendiente, Galian Berethnet, y que había tenido una hija con él, dando origen a la Casa de Berethnet. Aquella idea, impopular en el Priorato, era la leyenda fundacional del primer Reino de las Virtudes, y lo que había hecho que Ead acabara en Inys.

—¿Y eso cómo iba a ser? —preguntó Ead.

—Bueno, la mayoría de las hermanas cree que la Madre

se fue para proteger al Priorato de alguna amenaza desconocida. —Chassar frunció los labios—. Escribiré a la priora y le comunicaré lo que ha dicho Fýredel. Puede que ella sepa resolver este acertijo.

Ambos permanecieron en silencio por un momento. Ahora que estaba anocheciendo, empezaban a verse velas encendidas en las ventanas del palacio.

—Debo irme enseguida —murmuró Ead—. A rezar al Impostor.

—Primero come un poco —dijo Chassar, acercándole el cuenco de fruta—. Pareces cansada.

—Bueno —dijo Ead, algo seca—, resulta que ahuyentar a un Sombra del Oeste sola es algo cansado.

Probó los dulces dátiles y las cerezas, sabores de una vida que nunca había podido olvidar.

—Querida —dijo Chassar—, perdóname, pero antes de que te vayas hay algo más que te debo contar. Sobre Jondu.

Ead levantó la cabeza.

—Jondu.

Su mentora, su querida amiga. De pronto sintió un nudo en el estómago.

—Chassar, ¿de qué se trata?

—El último año la priora decretó que debíamos retomar la búsqueda de Ascalon. Viendo que cada vez despiertan más dragones, ha creído que debíamos hacer todo lo que pudiéramos para encontrar la espada que usó la Madre para derrotar al Innombrable. Jondu inició su búsqueda en Inys.

—Inys —dijo Ead, con el pecho en tensión—. ¿Y por qué no vino a verme?

—Recibió órdenes de no acercarse a la corte. De dejarte hacer tu trabajo.

Ead cerró los ojos. Jondu era obstinada, pero nunca desobedecería una orden directa de la priora.

—Lo último que supimos de ella es que estaba en Perunta —prosiguió Chassar—, supuestamente de regreso a casa.

—¿Y eso cuándo fue?

—A finales del invierno. No encontró Ascalon, pero nos escribió diciéndonos que llevaba un objeto muy importante de Inys y que precisaba una escolta con urgencia. Enviamos a las hermanas en su busca, pero no encontraron ni rastro de ella. Me temo lo peor.

Ead se puso en pie de golpe y se acercó a la balaustrada. De pronto el dulzor de la fruta la estaba ahogando.

Recordó cuando Jondu le había enseñado a dominar el fuego que le quemaba en las venas. A blandir la espada y a tensar el arco. A abrir en canal a un wyvern. Jondu, su amiga más querida que, junto a Chassar, la había convertido en todo lo que era ahora.

—Quizá siga viva —dijo, con voz ronca.

—Las hermanas la están buscando. No nos rendiremos —le aseguró Chassar—, pero alguien tiene que ocupar su lugar entre las Damas Rojas. Ese es el mensaje que te traigo de Mita Yedanya, nuestra nueva priora. Te ordena que regreses, Eadaz. Que vistas el manto escarlata. Puede que te necesitemos en un futuro próximo.

Ead sintió un escalofrío que la atravesó desde el cuero cabelludo a la base de la columna, frío y cálido a la vez.

Era todo lo que había deseado desde siempre. Ser una Dama Roja, una justiciera de la priora, era el sueño de todas las niñas que nacían en el Priorato.

Y sin embargo…

—Entonces… La nueva priora no considera esencial proteger a Sabran.

Chassar se acercó a la balaustrada.

—La nueva priora es más escéptica con respecto al dogma de los Berethnet que la anterior —admitió—, pero no dejará a Sabran indefensa. He traído a una de tus hermanas menores conmigo y se la pienso presentar a la reina Sabran para que ocupe tu lugar. Le diré que uno de tus parientes se está muriendo, que debes regresar al Ersyr.

—Le parecerá sospechoso.

—No tengo elección —dijo, mirándola—. Eres Eadaz du Zāla uq-Nāra, sierva de Cleolinda. No deberías permanecer ni un día más en esta corte de blasfemos.

Su nombre. Hacía mucho tiempo. Mientras asimilaba aquellas palabras, el rostro se le oscureció de preocupación.

—Eadaz —dijo él—. No me digas que ahora deseas quedarte. ¿Le tienes apego a Sabran?

—Por supuesto que no —dijo Ead, sin inmutarse—. Esa mujer es arrogante y caprichosa. Pero, en todo caso, hay una probabilidad, aunque mínima, de que sea la descendiente directa de la Madre. Y no solo eso: si muere, el país con la mayor potencia naval del Oeste caerá, y eso no nos hará ningún bien. Necesita protección.

—Y la tendrá. La hermana que he traído tiene talento. Pero ahora tú tienes un nuevo camino que seguir. —Le apoyó una mano en la espalda—. Es hora de volver a casa.

Era la ocasión de estar de nuevo cerca del naranjo. Podría hablar su propio idioma y rezar a la imagen de la Madre sin que la quemaran en la pira por ello.

Aun así, había pasado ocho años aprendiéndolo todo de los inys: sus costumbres, su religión, los recovecos de aquella corte laberíntica. No podía desperdiciar todo aquel conocimiento.

—Chassar —dijo, por fin—, yo desearía salir de este lugar contigo, pero me pides que me vaya justo cuando Sabran empieza a confiar en mí. Todos estos años no habrán servido para nada. ¿Crees que podrías convencer a la nueva priora para que me dé algo más de tiempo?

—¿Cuánto tiempo?

—Hasta que la sucesión al trono esté asegurada. —Ead se giró y le miró a los ojos—. Déjame que la proteja hasta que tenga una hija. Luego volveré.

Chassar reflexionó un rato, muy serio. Su boca era una fina línea envuelta en el espesor de su barba.

—Lo intentaré —respondió—. Lo intentaré, querida. Pero si la priora se niega, tendrás que acceder.

Ead le dio un beso en la mejilla.

—Eres demasiado bueno conmigo.

—Nunca podré ser demasiado bueno contigo —dijo él, cogiéndola de los hombros—. Pero ve con cuidado, Eadaz. No pierdas de vista tu objetivo. Debe ser la Madre la que te guíe, no la reina de Inys.

Ella se giró hacia las torres de la ciudad.

—Que la Madre nos guíe en todo lo que hacemos.

15

Oeste

Cárscaro. Capital del Reino Draconiano de Yscalin.

La ciudad se encontraba sobre las montañas, por encima de una vasta llanura. Estaba colgada de una cresta en las Escarpadas, la cordillera de cumbres nevadas que se extendía entre Yscalin y el Ersyr.

Loth miró por la ventanilla del coche, que iba acercándose al camino de montaña. Había oído historias sobre Cárscaro toda su vida, pero nunca pensó que la vería personalmente.

Yscalin se había convertido en el segundo eslabón de la Cadena de la Virtud cuando el rey Isalarico IV había desposado a la reina Glorian II. Por amor a su esposa, había abjurado de los viejos dioses de su país y había jurado lealtad al Santo. En aquellos días, Cárscaro tenía fama por sus mascaradas, su música y por los perales de fruto rojo que crecían en sus calles.

Pero aquello era el pasado. Desde que Yscalin había renunciado a su secular devoción al Santo y había adoptado al Innombrable como dios, hacía todo lo posible por socavar la fe en las Virtudes.

Amanecía y unas finas nubes aparecieron sobre la Gran Llanura de Yscalin. En otro tiempo aquella gran planicie había estado cubierta de campos de lavanda, y cuando soplaba el viento, el aroma llegaba hasta la ciudad.

Loth lamentó no haberla visto en aquella época. Ahora lo único que quedaba era una extensión de terreno chamuscado.

—¿Cuántas almas viven en Cárscaro? —le preguntó a lady Priessa, aunque solo fuera por distraerse un poco.

—Cincuenta mil, más o menos. La nuestra es una capital pequeña —respondió ella—. Cuando lleguéis, os enseñarán vuestros aposentos en la galería de los embajadores. Tendréis audiencia con Su Esplendor en cuanto sea posible, para que presentéis vuestras credenciales.

—¿Podremos ver también al rey Sigoso?

—Su Majestad está indispuesto.

—Lamento oírlo.

Loth presionó la frente contra la ventanilla y se quedó mirando la ciudad entre las montañas. Muy pronto llegaría a la corte donde se había forjado la transformación de Yscalin.

Un aleteo le llamó la atención. Quiso accionar el pestillo para echar un vistazo al cielo, pero una mano enguantada lo cerró de golpe.

—¿Qué ha sido eso? —preguntó Loth, agitado.

—Una cocatriz —dijo lady Priessa, cruzando las manos sobre el regazo—. Haríais bien en no alejaros mucho del palacio, lord Arteloth. En las montañas viven muchas bestias draconianas.

Cocatrices. Híbridos de aves y wyverns.

—¿Atacan a la gente de la ciudad?

—Si tienen hambre, atacan a todo lo que se mueva, salvo a los que están infectados de peste. Nos encargamos de alimentarlas.

—¿Cómo?

No hubo respuesta. El coche emprendió la ascensión a la montaña traqueteando. Kit, sentado frente a Loth, estaba despertándose. Se frotó los ojos y enseguida le sonrió, pero Loth vio claramente que tenía miedo.

Para cuando tuvieron la Puerta de Niunda a la vista ya había caído la noche otra vez. La puerta, colosal como la deidad de la que tomaba el nombre, estaba tallada en granito verde y negro e iluminada con antorchas. Era la única entrada a Cárscaro. Según se acercaban, Loth pudo distinguir siluetas en el umbral.

—¿Qué es eso de ahí arriba?

Kit fue el primero en darse cuenta:

—Yo apartaría la mirada, Arteloth —dijo, dejándose caer sobre el asiento—. A menos que quieras que esa imagen te persiga todas las noches de tu vida.

Era demasiado tarde. Había visto los hombres y mujeres encadenados a la puerta por las muñecas. Algunos parecían muertos o medio muertos, pero otros estaban vivos y cubiertos de sangre, y se debatían, intentando liberarse.

—Así es como las alimentamos, lord Artheloth —dijo lady Priessa—. Entregándoles a los criminales y a los traidores.

Por un momento dramático, Loth pensó que iba a vomitar su última comida allí mismo, en el coche.

—Ya veo —dijo, con la boca llena de saliva—. Bien.

Sentía la necesidad de hacer el signo de la espada, pero aquello le habría condenado. Al acercarse el coche, la Puerta de Niunda se abrió. Había al menos media docena de wyverns protegiéndola. Eran más pequeños que los grandes Sombras del Oeste y solo tenían dos patas, pero sus ojos brillaban con el mismo fuego. Loth apartó la mirada hasta que los dejaron atrás.

Se encontraba inmerso en una pesadilla. Los bestiarios, las historias antiguas, habían cobrado vida en Yscalin.

En el centro de la ciudad se elevaba una torre de roca volcánica y cristal. Aquello debía de ser el Palacio de la Salvación, corte de la Casa de Vetalda. La montaña sobre la que estaba construida Cárscaro era una de las más bajas de las Escarpadas, pero aun así era tan enorme que la cumbre quedaba oculta tras la niebla que cubría la meseta.

El palacio tenía un aspecto temible, pero lo que más inquietaba a Loth era el río de lava, con seis brazos que rodeaban y atravesaban Cárscaro para luego unirse en una balsa y caer por la ladera de la montaña, donde la lava se enfriaba, formando cristal volcánico.

Las cascadas de lava de Cárscaro habían aparecido hacía una década. A los yscalinos les había llevado un tiempo construir los canales para el llameante río. En Ascalon ahora la gente murmuraba que el Santo se lo había enviado como advertencia a los yscalinos: la advertencia de que el Innombrable un día podría convertirse en el falso dios de su país.

Las serpenteantes calles rodeaban los edificios como sinuosas colas de ratón. Ahora Loth veía que estaban unidas por altos puentes de piedra. En torno a unos puestos con toldos rojos había gente con pesados ropajes. Muchos llevaban un velo que les cubría el rostro. Por todas partes se veían protecciones contra la peste, desde amuletos en las puertas a máscaras con ojos de cristal y largos picos, pero aún había viviendas marcadas con señales rojas.

El coche los dejó ante las enormes puertas del Palacio de la

Salvación, donde esperaba una hilera de criados. Unas tallas muy realistas de criaturas draconianas formaban un arco sobre la entrada, que parecía el cuello del Vientre de Fuego.

Loth bajó del coche y le tendió una mano a lady Priessa, que no la aceptó. Había sido una tontería intentar ayudarla. Melaugo ya le había advertido que mantuviera las distancias.

Los jáculos soltaron un gruñido en el momento en que la pequeña comitiva se alejaba del coche. Loth se situó junto a Kit, y siguieron a los criados hasta un vestíbulo de techo alto del que colgaba una lámpara de araña. Habría jurado que las llamas de las velas eran rojas.

Lady Priessa desapareció por una puerta lateral. Loth y Kit intercambiaron una mirada de perplejidad.

Dos braseros flanqueaban una gran escalinata. Un criado encendió una antorcha con uno de ellos y llevó a Loth y a Kit por pasillos y pasajes desiertos ocultos tras tapices y falsos muros, por angostas escaleras de escalones altos que hicieron que Loth se sintiera aún más mareado. Dejaron atrás retratos al óleo de antiguos monarcas Vetalda, y por fin llegaron a una galería con el techo abovedado. El criado señaló primero una puerta, luego la otra, y les entregó a cada uno una llave.

—Quizá nos iría bien un poco de... —dijo Kit, pero el hombre ya había desaparecido tras un tapiz— comida.

—Ya comeremos mañana —dijo Loth. Cada una de sus palabras resonaba en el pasillo—. ¿Quién más crees que habrá por aquí?

—No soy ningún experto en representaciones diplomáticas, pero debemos suponer que habrá algún méntico —dijo Kit, frotándose el vientre, que rugía de hambre—. Esos están en todas partes.

Eso era cierto. Se decía que no había ningún lugar del mundo al que se negaran a ir los ménticos.

—Nos vemos aquí a mediodía —dijo Loth—. Tenemos que decidir qué hacer.

Kit le dio una palmada en la espalda y entró en una de las habitaciones. Loth introdujo la llave en la cerradura de la otra puerta.

Sus ojos tardaron un momento en adaptarse a la penumbra del dormitorio. Los yscalinos habrían declarado su lealtad al Innombrable, pero estaba claro que no habían escatimado en las residencias de sus embajadores. En la pared que daba al oeste había nueve ventanas, una más pequeña que las demás. Mirando bien, observó que en realidad era una puerta que daba a un balcón cerrado.

En el extremo norte de la habitación había una cama con dosel y, a su lado, un candelabro de hierro. Las velas eran de cera nacarada, y las llamas, efectivamente, eran rojas. De un rojo encendido. Al lado le habían dejado el arcón. En el extremo sur de la estancia, apartando una cortina de terciopelo descubrió una bañera de piedra, llena hasta el borde de agua humeante.

Con todas aquellas ventanas tenía la impresión de que todo Yscalin podía verle. Corrió las cortinas y apagó unas cuantas velas, que emitieron un humo negro.

Se metió en el agua y se quedó allí un buen rato. Cuando sintió que sus músculos doloridos empezaban a relajarse, encontró una pastilla de jabón de color olivastro y se puso a lavarse la ceniza que tenía pegada al cabello.

Quizá Wilstan Fynch hubiera dormido en aquella misma estancia mientras investigaba el asesinato de la reina Rosarian, la mujer que tanto había amado. Seguramente estaría allí cuando los campos de lavanda se habían quemado, cuando las aves salieron volando con la noticia de que la Cadena de la Virtud había perdido uno de sus eslabones.

Loth se echó agua sobre la cabeza. Si alguien en Cárscaro había orquestado la muerte de la reina Rosarian, esa misma persona podría estar intentando acabar con Sabran. Eliminarla antes de que diera una heredera al primer Reino de las Virtudes. Para que el Innombrable pudiera resurgir.

Con un escalofrío, Loth salió de la bañera y se secó con la tela plegada que había al lado. Usó su cuchillo para afeitarse, dejándose un pequeño resto de pelo en la barbilla y en el labio superior. Mientras se afeitaba, la mente se le fue a Ead.

Estaba seguro de que con ella Sabran estaría segura. Desde el primer momento en que la había visto en la Sala de Banquetes —una mujer con la piel color bellota y mirada vigilante— había sentido un calor en su interior. No el fuego de un wyrm, sino algo suave y dorado, como los primeros rayos de luz de una mañana de verano.

Margret se había pasado todo un año insistiéndole en que debía casarse con Ead. Era guapa, le hacía reír y podían pasarse horas hablando. Él no había hecho caso a su hermana, no solo porque el conde de Goldenbirch no podía casarse con una plebeya, algo que ella sabía bien, sino porque él quería a Ead como quería a Margret, como quería a Sabran. Como una hermana.

Aún no había experimentado ese amor arrebatador que uno reserva para una compañera. A sus treinta años, tenía edad más que suficiente para casarse, y no veía la hora de honrar al Caballero de la Camaradería participando de la sagrada institución.

Aunque ahora quizá ya no tendría ocasión de hacerlo.

Sobre la cama había un camisón de seda, pero él se puso el suyo, arrugado después de tanto viaje, antes de salir al balcón.

El aire era fresco. Loth apoyó los brazos en la balaustrada. A sus pies, Cárscaro se extendía hacia el despeñadero y, más abajo, se veía la planicie. El brillo emitido por la lava iluminaba las calles. Loth observó una silueta que bajaba en picado desde el aire y bebía del río de fuego.

A media noche, se metió en la cama y se cubrió hasta el pecho.

Mientras dormía, soñó que sus sábanas estaban envenenadas.

Hacia el mediodía, Kit lo encontró sentado junto a la mesa, a la sombra del balcón, observando la planicie.

—Bien hallado, milord —dijo Loth.

—Ah, señor mío, qué bonito día en la tierra de la muerte y el mal —respondió Kit, que llevaba una bandeja en la mano—. Esta gente adorará al Innombrable, pero… ¡Qué camas! No había dormido así en mi vida.

Kit era incapaz de hablar en serio, y Loth no pudo evitar sonreír al verlo, aunque fuera en aquellas circunstancias.

—¿Dónde has encontrado comida?

—El primer lugar que busco en cualquier edificio es la cocina. Les he hecho señas a los criados hasta que han entendido que estaba muerto de hambre. Toma. —Colocó la bandeja sobre la mesa—. Luego nos traerán algo más consistente.

En la bandeja había fruta y frutos secos tostados, una jarra de vino de pasas y dos cálices.

—No deberías ir solo por ahí, Kit.

—Mi estómago no podía esperar más —dijo, pero luego, al ver su expresión, suspiró—. De acuerdo.

El sol era una herida abierta; el cielo lucía mil tonos de rosa. Una pálida neblina cubría la llanura. Loth nunca había visto un paisaje así. Allí estaban protegidos del calor del sol, pero aun así tenían el cuello perlado de sudor.

Aquel paisaje debía de haber sido de una belleza única cuando aún crecía la lavanda. Loth intentó imaginarse caminando por los pasillos en verano, con las ventanas abiertas, sintiendo la brisa perfumada en el rostro.

¿Sería el miedo a la destrucción lo que había hecho claudicar al rey Sigoso, permitiendo la corrupción de su país hasta aquel extremo?

—Bueno —dijo Kit, mientras daba cuenta de un puñado de almendras—. ¿Cómo debemos dirigirnos a la Donmata?

—Con la máxima cortesía. Por lo que ella sabe, estamos aquí como embajadores. Dudo que le parezca sospechoso que preguntemos qué ha sido de nuestro predecesor.

—Si le han hecho algo a Fynch, mentirá.

—Entonces le pediremos una prueba de que está vivo.

—No se le exigen pruebas a una princesa. Su palabra es la ley.

Kit peló una naranja sanguina.

—Ahora somos espías, Loth. Más vale que dejes de ser tan confiado.

—Entonces ¿qué vamos a hacer?

—Integrarnos en la corte, actuar como buenos embajadores y descubrir lo que podamos. Puede que haya otros diplomáticos extranjeros. Alguien debe de saber algo útil. —Miró a Loth y le sonrió—. Y, si todo lo demás falla, flirtearé con la Donmata Marosa hasta que me abra su corazón.

—Granuja… —dijo Loth, meneando la cabeza.

De pronto todo Cárscaro retumbó. Kit agarró su copa antes de que el vino se derramara.

—¿Qué ha sido eso?

—Un temblor —dijo Loth, intranquilo—. Mi padre me dijo una vez que los volcanes pueden producirlos.

Los yscalinos no habrían construido una ciudad en aquel lugar si corriera el riesgo de quedar arrasada por un terremoto. Loth se propuso no pensar en ello y dio un sorbo a su vino, dándole vueltas al aspecto que debía de haber tenido Cárscaro en su tiempo. Kit sacó su pluma y un cortaplumas.

—¿Poesía? —preguntó Loth.

—Aún no me ha llegado la inspiración. La experiencia me dice que el terror y la creatividad no suelen ir de la mano —respondió él, afilando la pluma—. No, es una carta. Para cierta dama.

Loth chasqueó la lengua.

—Lo que no acabo de entender es por qué no le has dicho aún a Kate lo que sientes por ella.

—Porque aunque yo sea una persona encantadora, ahora estoy hecho todo un sir Antor Dale —respondió Kit, con un gesto divertido—. ¿Tú crees que aquí mandan las cartas por paloma mensajera o por basilisco?

—Por cocatriz, probablemente. Combina las cualidades de ambos —dijo Loth, observando cómo su amigo se sacaba un tintero del bolsillo—. Ya sabes que Combe quemará cualquier carta que enviemos.

—No, no tengo ninguna intención de hacerlo. Si lady Katryen no va a poder leerlas, que así sea —dijo Kit sin más—, pero cuando el corazón se llena demasiado, rebosa. Y el mío, inevitablemente, debe rebosar sobre el papel.

Alguien llamó a la puerta de la habitación. Loth le echó una mirada a Kit antes de ir a abrir, dispuesto a usar su daga.

En el pasillo había un criado vestido con un jubón negro y pantalones bombachos, perfumado con bolsitas aromáticas.

—Lord Arteloth —anunció—. Vengo a comunicaros que Su Esplendor, la Donmata Marosa, os recibirá a su debido tiempo. De momento, vos y lord Kitston debéis pasar por el médico, para que Su Esplendor pueda estar segura de que no os presentáis a su puerta con enfermedad alguna.

—¿Ahora?

—Sí, milord.

Lo último que deseaba Loth en aquel momento era que lo toqueteara un médico de vocación draconiana, pero dudaba de que tuviera elección.

—Si es así —dijo—, vamos. Te seguimos.

16

Este

El resto de las pruebas del agua las pasaron volando: la noche en que les dijeron que debían nadar contracorriente en el río torrencial, el duelo con las redes, la demostración de habilidades para hacer señas a otros jinetes. A veces pasaba un día entre prueba y prueba, a veces varios días. Y antes de que Tané se diera cuenta, llegó el momento de la prueba final.

A medianoche seguía en el pabellón de prácticas, engrasando el filo de su espada con aceite de clavo. El olor se le quedaba impregnado en los dedos. Le dolían los hombros y tenía el cuello rígido como el tocón de un árbol.

Al día siguiente aquella espada podía darle una gran victoria o una gran derrota. En su filo veía reflejados sus propios ojos, inyectados en sangre.

La lluvia repiqueteaba en los tejados de la escuela. De regreso a sus aposentos, oyó una risita ahogada.

Había una puerta abierta que daba a un pequeño balcón. Tané se asomó a la balaustrada. En el patio de abajo, donde crecían los perales, estaban Onren y Kanperu sentados, inclinados sobre un juego de tablero, con los dedos entrelazados.

—Tané.

Dio un respingo. Dumusa la miraba desde su propia habitación, vestida con una túnica de mangas cortas y con una pipa en la mano. Salió al balcón, llegó a su lado y siguió con los ojos la trayectoria de su mirada.

—No deben darte envidia —dijo, tras un largo silencio.

—No me la dan…

—Tranquila. Yo también se la tengo de vez en cuando. Da la impresión de que para ellos es facilísimo. Para Onren, especialmente.

Tané ocultó su rostro tras el cabello.

—Obtiene resultados espléndidos —dijo—, poniendo tan poco… —Las palabras se le quedaron en la garganta—. Con tan poco.

—Los obtiene porque confía en su habilidad. Sospecho que tú temes que la tuya se te escape de entre los dedos si pierdes la concentración aunque solo sea un momento —dijo Dumusa—. Yo nací en una familia de jinetes. Eso fue una bendición, y siempre he querido demostrar que estaba a la altura. Cuando tenía dieciséis años, lo dejé todo menos mis estudios. Dejé de ir a la ciudad. Dejé de pintar. Dejé de ver a Ishari. Lo único que hacía era practicar, hasta que llegué a obtener el título de aprendiza de primera. Me olvidé de que poseía una habilidad, y dejé que la habilidad me poseyera a mí. Por completo.

Tané sintió un escalofrío.

—Pero…

—Por lo que parece, tú no te sientes como yo —observó Dumusa, exhalando una bocanada de humo—.Yo me he dado cuenta de que, si he tenido la suerte de poder llegar a ser jinete, se esperará de mí que responda en el momento en que Seiiki me necesite. No tendré días de práctica por delante. Recuerda, Tané, que no es necesario afilar una espada constantemente para que se mantenga afilada.

—Lo sé.

—Pues deja de afilarla. Y vete a dormir.

La prueba final tendría lugar en el patio. Tané desayunó pronto y se sentó en las gradas.

Llegó Onren y se sentó a su lado. Oyeron el retumbo lejano del trueno.

—Bueno —dijo Onren—. ¿Estás preparada?

Tané asintió, pero luego negó con la cabeza.

—Yo también —dijo Onren, mirando hacia la intensa lluvia—. Tú tienes el puesto asegurado, Tané. El juez Miduchi nos juzga por el rendimiento en todas las pruebas, y tú ya has hecho más que suficiente.

—Esta es la más importante —murmuró Tané—. Usaremos la espada más que cualquier otra arma. Si no puedo ganar un combate en la escuela…

—Todos sabemos lo buena que eres con la espada. No tendrás problemas.

Tané se retorció las manos entre las rodillas.

Los demás fueron saliendo poco a poco. Cuando estuvieron todos, apareció el general del Mar. A su lado, un criado caminaba de puntillas, sosteniendo un paraguas para protegerlo de la lluvia.

—Vuestra última prueba es la espada —anunció el general—. Primero la honorable Tané, de la Casa del Sur.

Se puso en pie.

—Honorable Tané —dijo—, hoy te enfrentarás al honorable Turosa, de la Casa del Norte.

Turosa se levantó sin pensárselo un momento.

—A primera sangre.

Cada uno fue a un extremo del patio para recoger su espada. Se miraron a los ojos, desenvainaron y se acercaron el uno al otro. Era el momento de enseñarle de lo que era capaz una campesina.

Se saludaron con una reverencia mínima, tensa. Tané cogió su espada con ambas manos. Solo veía a Turosa, con el cabello empapado y las aletas de la nariz bien abiertas.

El general del Mar dio la señal y Tané corrió hacia Turosa. Las espadas entrechocaron. Turosa empujó, situando su rostro tan cerca del de ella que sentía su aliento y el olor a sudor de su túnica.

—Cuando sea el comandante de los jinetes —le susurró él—, me encargaré de que ningún campesino vuelva a subirse a un dragón. —Las espadas volvieron a chocar sonoramente—. Muy pronto volverás a esa choza de la que te han sacado.

Tané soltó un mandoble y Turosa paró la hoja a pocos milímetros de la cintura.

—Recuérdame una cosa —dijo Turosa, tan bajito que solo ella lo oyó—, ¿de dónde dices que vienes? —Se la quitó de encima con un empujón—. ¿Tienen nombre esos estercoleros donde vivís la gente como tú?

Si pensaba que podía provocarla insultando a la familia que no había llegado a conocer, lo tenía claro.

Atacó él. Tané paró el golpe y el duelo se volvió feroz.

Aquello no era un baile con espadas de madera. Ahí no había ninguna lección que aprender, ninguna habilidad que refinar. El enfrentamiento con su rival era una maniobra tan veloz y despiadada como la del dentista que arranca una muela.

Su mundo se reducía a un torrente de lluvia y de metal. Turosa se elevó de un salto. Tané soltó un golpe vertical, desviando la espada que se le venía encima como un hacha. Pero antes de poder recuperar el aliento volvía a tenerlo encima, y aquella espada se movía de un lado al otro como la cola de un pez en el agua. Paró todos los golpes hasta que Turosa hizo una finta y le dio un puñetazo en la barbilla. Luego, una patada en el estómago la dejó tumbada en el suelo.

Debía de haber visto aquella finta de lejos. El cansancio estaba siendo su ruina. A través de las gotitas que le empapaban las pestañas, vio a lo lejos al general del Mar, que los observaba, impávido.

—Muy bien, campesina —dijo Turosa, burlón—. Quédate ahí, en el suelo. Es donde tiene que estar la basura.

Tané bajó la cabeza, como una prisionera esperando su ejecución. Turosa se la quedó mirando, como si estuviera decidiendo dónde podía hacerle más daño. Un paso más y lo tuvo encima.

Fue entonces cuando Tané levantó la vista y soltó una patada en dirección a Turosa, obligándole a esquivarla. Se impulsó con los brazos para levantarse y se puso en pie de golpe. Turosa repelió su primer golpe, pero había bajado la guardia; Tané se lo veía en los ojos. Él resbaló al apoyar el pie en la piedra mojada, y cuando Tané atacó de nuevo con la espada, Turosa tardó demasiado en levantar el brazo para bloquear el golpe.

Le rozó la mandíbula, leve como una brizna de hierba.

Un instante después, la espada de Turosa le abrió un tajo en el hombro. Tané contuvo una exclamación mientras veía a Turosa apartándose, con los dientes apretados y la boca llena de saliva.

Los otros guardias del mar miraban atentamente, haciendo esfuerzos por ver bien. Tané se quedó mirando a su rival, respirando con dificultad.

Si no le había hecho una herida, había perdido el combate.

Poco a poco, aparecieron unos minúsculos rubíes sobre la línea que le había dibujado en la piel. Temblando y empapado, Turosa se llevó un dedo a la mandíbula y se encontró una mancha de sangre, intensa como el color de una flor de membrillo.

Primera sangre.

—Honorable Tané, de la Casa del Sur —proclamó el general del Mar, sonriendo—, la victoria es tuya.

Tané no había oído nunca unas palabras tan dulces.

Cuando se inclinó para saludar a Turosa, la sangre le manaba del hombro como cobre fundido. El rostro de su oponente era el reflejo de la rabia que sentía, cada vez más profunda. Había caído en la trampa, una trampa que no debía haber engañado a nadie, porque se esperaba debilidad. Mirándolo a la cara, Tané supo, por fin, que no volvería a llamarla basura. De hacerlo, estaría constatando que la basura puede crecer más alta que la hierba.

El único modo de salvar la cara era tratarla como a una igual.

Bajo un cielo cubierto de nubes, el descendiente de jinetes se inclinó ante ella, bajando la cabeza más que nunca.

17

Oeste

Varios días después de su llegada, tras certificar que estaban libres de la peste, se permitió que Loth y Kit se presentaran ante la Donmata Marosa. Durante aquellos días, no habían salido de sus habitaciones, vigilados por los guardias que controlaban la galería. Loth seguía estremeciéndose al pensar en el médico de la corte, que le había colocado sanguijuelas donde nunca habría que colocarlas.

Pero por fin se encontraba junto a Kit, a las puerta de la enorme sala del trono del Palacio de la Salvación. La sala estaba llena de cortesanos y nobles, pero no había ni rastro del príncipe Wilstan.

La Donmata Marosa, princesa soberana del Reino Draconiano de Yscalin, estaba sentada en un trono de cristal vulcánico bajo un dosel. En el rostro lucía una máscara de hierro con cuernos que reproducía la cabeza de un Sombra del Oeste. Debía de pesar una barbaridad.

—Por el Santo —susurró Kit, tan bajo que solo Loth podía oírle—. Lleva puesta la cara de Fýredel.

Frente al trono había una formación de guardias con armaduras doradas. El dosel mostraba el estema de la Casa de Vetalda. Dos wyverns negros y una espada, rota en dos.

No cualquier espada, sino Ascalon. El símbolo de las Virtudes.

Las damas de compañía tenían recogidos los velos usados contra la peste, que colgaban de unas pequeñas pero elaboradas tiaras. lady Priessa Yelarigas estaba a la derecha del trono. Por fin Loth podía verla bien, ahora que tenía el rostro al descubierto: pómulos pálidos, cubiertos de pecas, unos ojos de mirada profunda y el mentón levantado, en gesto orgulloso.

Cuando se detuvieron frente al trono el murmullo general remitió.

—Vuestro Esplendor —anunció el chambelán—, os presento a dos caballeros inys. Lord Arteloth Beck, hijo del conde y la condesa de Goldenbirch, y lord Kitston Glade, hijo del conde y la condesa de Honeybrook. Embajadores del Reino de Inys.

Se hizo el silencio en la sala del trono, seguido de unos cuantos cuchicheos. Loth plantó una rodilla en el suelo y bajó la cabeza.

—Vuestro Esplendor —dijo—, os agradecemos que nos recibáis en vuestra corte.

Los cuchicheos desaparecieron cuando Donmata levantó una mano.

—Lord Arteloth y lord Kitston —dijo. El yelmo de hierro le daba un extraño eco a su voz—. Mi querido padre y yo os damos la bienvenida al Reino Draconiano de Yscalin. Mis sinceras disculpas por el retraso de esta audiencia; tenía asuntos que resolver.

—No debéis justificaros, Vuestro Esplendor —respondió Loth—. Tenéis todo el derecho de recibirnos cuando más os plazca. —Se aclaró la garganta—. Lord Kitston tiene nuestras credenciales. Os rogamos que las aceptéis.

—Por supuesto.

Lady Priessa hizo un gesto a un criado, que le cogió las cartas a Kit.

—Cuando el duque de la Cortesía le escribió a mi padre, nos alegramos muchísimo de que Inys deseara reforzar sus vínculos diplomáticos con Yscalin —prosiguió la Donmata—. No querríamos pensar que la reina Sabran está dispuesta a poner en peligro nuestra amistad por... diferencias de religión.

«Diferencias de religión.»

—Y hablando de Sabran, hace mucho tiempo que no sé nada de ella —observó la Donmata—. Decidme, ¿ya ha tenido descendencia?

Loth sintió que se le tensaba un músculo bajo el ojo. Que aquella mujer pudiera ponerse aquel artilugio blasfemo en la cabeza y proclamar al mismo tiempo su amistad con Sabran le resultaba repulsivo.

—Su Majestad aún no se ha desposado, señora —dijo Kit.

—Pero lo hará pronto —dijo ella, apoyándose en los brazos

del trono. Al ver que ninguno de los dos le respondía, prosiguió—. Creo que aún no estáis al corriente de la feliz noticia, milores. Sabran ha anunciado recientemente su próximo enlace con Aubrecht Lievelyn, Gran Príncipe del Estado Libre de Mentendon. El que fue mi prometido.

Loth se la quedó mirando fijamente, incapaz de articular palabra.

Por supuesto, sabía que antes o después Sabran escogería un compañero, una reina no tenía elección, pero siempre había supuesto que sería alguien de Hróth, el país con más tradición de los otros dos Reinos de las Virtudes. Y sin embargo había elegido a Aubrecht Lievelyn, sobrino nieto del difunto príncipe Leovart, que también había cortejado a Sabran a pesar de las décadas que los separaban.

—Lamentablemente —añadió la Donmata— no se me invitó a la ceremonia. —Se recostó en el trono—. Parecéis preocupado, lord Arteloth. Decidme, ¿es que no consideráis que el Príncipe Rojo sea digno de vuestra señora?

—Los asuntos del corazón de la reina Sabran son cosa suya —replicó Loth—. No es algo que debamos discutir en este lugar.

Los murmullos de los asistentes se convirtieron en carcajadas y Loth sintió un escalofrío. La Donmata se unió a las risas desde el interior de aquella máscara terrible.

—Los asuntos del corazón de Su Majestad serán algo privado, pero los de su cama no lo son. Al fin y al cabo, dicen que, el día que se trunque la dinastía de los Berethnet, el Innombrable volverá entre nosotros. Si tiene intención de mantener ese compromiso, ¿no debería atajar cuanto antes el asunto de abrir... su corte al príncipe Aubrecht?

Mas risas.

—Yo solo espero que la dinastía de los Berethnet dure hasta el fin de los tiempos —dijo Loth, sin saber muy bien lo que estaba haciendo—, porque es lo único que se interpone entre nosotros y el caos.

Con un ágil movimiento, los guardias desenvainaron sus espadas. Las risas cesaron de golpe.

—Cuidado, lord Arteloth —le advirtió la Donmata—. No digáis nada que pueda ser considerado un ataque al Innombrable —dijo, y extendió una mano en dirección a los guardias, que envainaron sus espadas—. ¿Sabéis? Yo había oído que erais vos quien debía convertirse en príncipe consorte. ¿Es que han decidido que no sois lo suficientemente noble como para amar a una reina? —Antes de que Loth pudiera responder, ella dio una palmada—. No importa. Si no tenéis pareja, a eso podemos ponerle remedio aquí, en Yscalin. ¡Músicos! ¡Tocad los treinta pasos! Lady Priessa bailará con lord Arteloth.

Al momento, lady Priessa bajó las escaleras hasta el suelo de mármol. Loth ser armó de valor y caminó hacia ella.

En otro tiempo la danza de los treinta pasos se enseñaba en muchas cortes. Había sido vetada en Inys por Jillian V por considerarla lasciva, pero algunas de sus sucesoras se habían mostrado más condescendientes. De uno u otro modo, la mayoría de los cortesanos la aprendían.

Lady Priessa hizo una reverencia y la orquesta atacó una melodía animada. Loth se inclinó ante su pareja de baile y luego ambos se giraron hacia la Donmata y se dieron la mano.

Al principio Loth estaba algo rígido. Lady Priessa tenía los pies ligeros. Él trazó un círculo alrededor de ella, sin tocar el suelo con los talones en ningún momento.

Ella le seguía perfectamente. Trazaron arcos y giros, de lado y de frente, y luego la música se aceleró, momento en que, con una mano en la espalda de ella y otra en su cintura, Loth levantó a su pareja del suelo. La levantó una y otra vez, hasta que le dolieron los brazos y el rostro y la nuca se le cubrieron de sudor.

Oía a lady Priessa respirando agitadamente. Siguieron girando, y a ella se le soltó un mechón de cabello oscuro. Finalmente fueron bajando el ritmo a cada paso, hasta darse las manos de nuevo y situarse otra vez frente a la Donmata Marosa.

Loth notó algo en la mano, pero no se atrevía a mirar. La Donmata y toda su corte aplaudieron.

—Estáis cansado, lord Arteloth —dijo la voz tras la máscara—. ¿Es que lady Priessa pesaba demasiado para vos?

—Yo creo que en Yscalin pesan más los vestidos que las damas, Vuestro Esplendor —dijo Loth, respirando con dificultad.

—Oh, no, milord. Son las damas, los caballeros, todos nosotros. Es el dolor que llevamos en el corazón, que nos pesa. La pena porque el Innombrable aún no haya regresado para guiarnos. —La Donmata se puso en pie—. Os deseo una noche larga y serena —dijo, e inclinó el yelmo—. A menos que queráis decirme algo más.

Loth no podía dejar de pensar en el papel que tenía en la mano, pero no podía dejar pasar aquella oportunidad.

—Solo una cosa, Vuestro Esplendor —dijo él, aclarándose la garganta—. Hay otro embajador residente en vuestra corte, que ha prestado servicio a la reina Sabran durante muchos años. Wilstan Fynch, el duque de la Templanza. Me preguntaba en qué lugar del palacio se aloja, porque querríamos hablar con él.

Nadie se movió. Silencio.

—El embajador Fynch —dijo por fin la Donmata—. Bueno, lord Arteloth, de ese tema sé yo tan poco como vos. Su Excelencia se fue hace varias semanas, para dirigirse a Córvugar.

—Córvugar —repitió Loth. Era un puerto en el extremo sur de Yscalin—. ¿Y qué iba a hacer allí?

—Dijo que tenía que atender ciertos negocios, la naturaleza de los cuales no nos reveló. Me sorprende que no escribiera a Sabran para contárselo.

—A mí también me sorprende, Su Esplendor —dijo Loth—. De hecho, me resulta difícil de creer.

Se hizo un breve silencio, mientras sus palabras iban calando en los presentes.

—Espero, lord Arteloth, que no estéis acusándome de mentir.

Los cortesanos se habían acercado algo más. Como sabuesos al oler la sangre. Kit agarró a Loth del hombro y este cerró los ojos.

Si querían descubrir la verdad, lo primero que debían hacer era sobrevivir en aquella corte, y para hacerlo tendrían que jugar siguiendo sus normas.

—No, Vuestro Esplendor —dijo—. Por supuesto que no. Disculpadme.

Sin una palabra más, la Donmata Marosa salió de la sala del trono seguida de sus damas.

Los cortesanos se pusieron a murmurar. Apretando los dientes, Loth dio la espalda a los guardias y se dirigió hacia las puertas. Kit le seguía de cerca.

—Habría podido hacer que te arrancaran la lengua por eso —murmuró su amigo—. Por el Santo, ¿qué se te ha pasado por la cabeza para que acuses a una princesa de mentir en su propia sala del trono?

—No puedo con todo esto, Kit. La blasfemia. El engaño. Ese flagrante desprecio por Inys.

—No puedes dejarles ver que sus insultos te afectan. Tu patrón es el Caballero de la Camaradería. Al menos haz gala de esa virtud ante esta gente. —Kit le cogió del brazo, haciéndole frenar de golpe—. Arteloth, escúchame. Muertos no le serviremos de nada a Inys.

Tenía el rostro cubierto de sudor y las venas del cuello le palpitaban visiblemente. Loth nunca le había visto tan preocupado.

—Tu patrona es la Caballero de la Cortesía, Kit —respondió Loth, con un suspiro—. Esperemos que ella me ayude a disimular mis intenciones.

—Aun con su ayuda, no será fácil. —Kit se acercó a las ventanas de la galería—. Yo disimulé la rabia que le tenía a mi padre toda la vida —dijo, en voz baja—. Aprendí a sonreír cuando se mofaba de mis poesías. Cuando me llamaba hedonista y blando. Cuando se maldecía por no tener otros herederos y maldecía a mi pobre madre por no habérselos dado. —Cogió aire y respiró profundamente—. Tú me has ayudado a hacerlo, Loth. Porque tener cerca a alguien con quien poder ser yo mismo me ha dado la fuerza necesaria para mostrarme como otra persona con él.

—Lo sé —murmuró Loth—. Y te prometo que, a partir de ahora, mostraré mi verdadero rostro solo ante ti.

—Bien —dijo Kit, sonriéndole—. Ten fe, como siempre haces, en que sobreviviremos a esto. La reina Sabran aún no se ha casado. Nuestro exilio no durará mucho. —Le dio una palmada en el hombro—. Mientras tanto, déjame que busque algo de cenar.

Se separaron. Loth llegó a su habitación y, tras cerrar bien la puerta con llave, miró el trozo de pergamino que le había colocado en la mano Priessa Yelarigas.

El Santuario Real a las tres.
La puerta está junto a la biblioteca.
Venid solo.

El Santuario Real. Ahora que la Casa de Vetalda había abandonado las Seis Virtudes, estaría desolado, acumulando polvo.

Podía ser una trampa. Quizá el príncipe Wilstan también hubiera recibido una nota como aquella antes de su desaparición.

Loth se pasó las manos por la cabeza. Se encomendó al Caballero del Valor. Vería lo que le tenía que decir lady Priessa.

Kit regresó a las once de la noche con un cordero estofado al vino, un trozo de queso con especias y unos platillos de aceitunas con ajo. Se sentaron a comer en el balcón, observando las antorchas de Cárscaro que ardían allá abajo.

—Lo que daría por disponer de un catador —dijo Loth, picoteando la comida.

—A mí me parece que está espléndido —dijo Kit, con la boca llena de pan mojado en el aceite. Se limpió la boca—. Bueno, debemos suponer que el príncipe Wilstan no estará tomando el sol en Córvugar. Nadie con dos dedos de frente va a Córvugar. Allí no hay nada más que tumbas y cuervos.

—¿Tú crees que Su Excelencia está muerto?

—Mucho me temo que sí.

—Tenemos que asegurarnos. —Loth echó una mirada hacia la puerta y bajó la voz—. Lady Priessa me pasó una nota durante el baile, pidiéndome que me encontrara con ella esta noche. Quizá tenga algo que decirme.

—O quizá lleva una daga y haya pensado en clavártela en la espalda —dijo Kit, levantando una ceja—. Un momento. No pensarás ir, ¿no?

—A menos que tengas otra pista, debo hacerlo. Y antes de que me lo preguntes, ha dejado claro que debo ir solo.

Kit hizo una mueca y dio un trago al vino.

—El Caballero del Valor te ha prestado su espada, amigo mío.

En algún punto de las montañas, un wyvern soltó un chillido de guerra. Loth sintió un escalofrío helado en la espalda.

—Bueno —dijo Kit, y se aclaró la garganta—. Aubrecht Lievelyn. El exprometido de nuestra querida Donmata-cabeza de wyrm.

—Ya. —Loth levantó la vista hacia el cielo vacío de estrellas—. Lievelyn parece una buena elección. Por lo que he oído, es buena persona, y virtuoso. Será un buen compañero para Sab.

—Sin duda, pero ahora tendrá que casarse con él sin su mejor amigo a su lado.

Loth asintió, perdido en los recuerdos. Sabran y él se habían prometido que, cuando se casaran, se acompañarían mutuamente al altar. Tener que perderse la ceremonia era lo que le faltaba.

Al verle el rostro, Kit emitió un suspiro dramático.

—Pobres de nosotros —dijo, bromeando—. Yo también me hice una promesa solemne: que si la reina Sabran se casaba, le pediría a Kate Withy que bailara conmigo, y entonces le revelaría que era yo el hombre misterioso que le ha enviado todos esos poemas de amor los últimos tres años. Ahora nunca descubriré si tengo el valor para hacerlo.

Loth dejó que Kit le distrajera un poco mientras acababan la cena. Tenía suerte de que su amigo le acompañara en aquel viaje. Sin él, ya habría enloquecido.

A medianoche, los yscalinos empezaron a retirarse y el palacio quedó en silencio. Kit regresó a su dormitorio después de hacerle prometer a Loth que le llamaría a la puerta cuando volviera de aquel encuentro.

En Cárscaro a cada hora en punto sonaba una campana. Poco antes de las tres, Loth se levantó y se puso la daga al cinto. Cogió una vela de fuego rojo de uno de los candelabros y salió al pasillo.

La Biblioteca de Isalarico formaba el núcleo del Palacio de la Salvación. Al acercarse a sus puertas, Loth estuvo a punto de pasar por alto el corredor que se abría a su izquierda. Se acercó a la puerta que había al final, encontró la llave en la cerradura y penetró en la oscuridad del Santuario Real.

La temblorosa luz de su vela le reveló un techo abovedado. Había estatuas rotas y libros de oraciones tirados por el suelo. Entre los restos había un retrato de la reina Rosarian, con el rostro acuchillado hasta dejarlo casi irreconocible. Todo rastro de las Virtudes había acabado almacenado allí dentro y cerrado con llave.

Distinguió una silueta junto a los vitrales del fondo. La figura tenía en la mano una vela con una llama natural. Cuando estuvo tan cerca que habría podido tocarla, Loth rompió el silencio:

—Lady Priessa.

—No, lord Arteloth —dijo ella, bajándose la capucha—. Estáis viendo a una princesa del Oeste.

A la clara luz de la vela que sostenía ella, pudo observar bien sus rasgos. Una piel morena y unas cejas oscuras y pobladas. Una nariz aguileña. Su cabello era como el terciopelo negro, tan largo que le caía más allá de los codos, y sus codos, de un llamativo color ámbar, parecían topacios. Eran los ojos de la Casa de Vetalda.

—Donmata —murmuró Loth.

Ella lo miró fijamente.

La única heredera del rey Sigoso y de la difunta reina Sahar. Había visto a Marosa Vetalda solo una vez, cuando había acudido a Inys para celebrar el milenario de la Fundación de Ascalon. En aquella época aún estaba prometida a Aubrecht Lievelyn.

—No lo entiendo —dijo él, sujetando la vela con más fuerza—. ¿Por qué estáis vestida como vuestra dama de compañía?

—Priessa es la única persona en la que confío. Ella me deja su uniforme para que pueda moverme por el palacio inadvertida.

—¿Fuisteis vos la que vino a recogernos a Perunta?

—No. Esa era Priessa.

Loth quiso hablar otra vez, pero ella le puso un dedo enfundado en un guante sobre los labios.

—Escuchad bien, lord Arteloth. Yscalin no solo idolatra al Innombrable. También estamos bajo un gobierno draconiano. Fýredel es el verdadero rey de Yscalin y sus espías acechan por todas partes. Por eso he tenido que actuar así en la sala del trono. Es todo una representación.

—Pero…

—Buscáis al duque de la Templanza. Fynch está muerto, y lleva muerto hace meses. Le envié a una misión, en nombre de las Virtudes, pero… no regresó.

—Las Virtudes. —Loth se la quedó mirando—. ¿Qué es lo que queréis de mí?

—Quiero vuestra ayuda, lord Arteloth. Quiero que hagáis por mí lo que Wilstan Fynch no pudo hacer.

El verano estaba llegando a su fin. La brisa era fresca y los días iban volviéndose más cortos. En la Biblioteca Real, Margret le había enseñado a Ead un cúmulo de mariquitas apiñadas en el relieve de una estantería, y supieron que estaba llegando el momento de viajar río abajo.

Un día más tarde, Sabran decretó que la corte se trasladaba al Palacio Briar, una de las residencias reales más antiguas de Inys. Había sido construido durante el reinado de Marian II, y se extendía desde las afueras de Ascalon hasta los antiguos terrenos de caza del bosque de Chesten. La corte solía instalarse allí en otoño, pero dado que Sabran había decidido casarse con Lievelyn en el Santuario de Briar, habría que adelantar la mudanza.

El traslado de la corte siempre era un caos de paquetes y arreglos. Ead fue con Margret y Linora en uno de los muchos coches. Sus posesiones, cargadas en arcones, irían en otro.

Sabran había ido con Lievelyn en un coche de ruedas doradas. El cortejo atravesó la Milla Berethnet, la gran avenida que surcaba la capital, y el pueblo de Ascalon salió a la calle a vitorear a su reina y al próximo príncipe consorte.

El Palacio Briar era más acogedor que el Palacio de Ascalon. Sus ventanas eran de vidrio del bosque, sus pasillos estaban embaldosados con piedra de color miel, formando diseños a cuadros, y las paredes eran de ladrillo negro, ideal para conservar el calor. A Ead le gustaba mucho.

Dos días después de la llegada de la corte, se celebró un baile en la Cámara de la Presencia, iluminada con velas. Esa noche, la reina había decidido que sus damas de honor y sus camareras se divirtieran mientras ella se quedaba a jugar a cartas con sus damas de compañía.

Un conjunto de cuerda tocaba una música suave. Ead dio un sorbo a su vino caliente especiado. Era una sensación rara: casi le sabía mal estar allí, y no con la reina. La Cámara de la Reina del Palacio Briar era acogedora, con sus librerías, su hogar y el virginal que tocaba Sabran. Pero su música se había vuelto cada vez más melancólica, y cada vez reía menos.

Ead miró al otro extremo de la sala. Lord Seyton Combe, el Halcón Nocturno, la estaba observando.

Se giró como si no le hubiera visto, pero con ello solo consiguió que él se acercara.

—Señora Duryan —dijo él. Llevaba un collar de librea con un colgante en forma de libro de los buenos modos—. Buenas noches.

Ead insinuó una reverencia y adoptó una máscara de indiferencia. Podía disimular el odio que le tenía, pero tampoco le iba a sonreír.

—Buenas noches, excelencia.

Hubo un largo silencio. Combe la escrutó con sus extraños ojos grises.

—Tengo la sensación de que no tenéis muy buen concepto de mí, señora Duryan.

—No pienso en vos tan a menudo como para haberme formado ninguna opinión, excelencia.

Él curvó la comisura de los labios.

—Tocado.

Ead no se disculpó.

Un paje les ofreció vino, pero Combe lo rechazó con un gesto.

—¿No queréis una copa, milord? —preguntó Ead, mostrándose cortés, aunque en su imaginación lo veía en uno de sus propios aparatos de tortura.

—Nunca. Debo tener los ojos y los oídos bien abiertos en todo momento, para proteger a la reina de cualquier peligro, y la bebida es ideal para apagar ambos sentidos. —Combe suavizó la voz—. Penséis en mí o no, solo quería aseguraros que en mí tenéis un amigo. Puede que otros murmuren sobre vos, pero veo que Su Majestad valora vuestros consejos, igual que valora los míos.

—Es muy amable por vuestra parte.

—No es amabilidad. Es la verdad. Ahora excusadme —dijo, y se despidió insinuando una reverencia. Se alejó por entre la multitud, y Ead se quedó pensando. Combe no hacía nada sin un objetivo en mente. Quizá hubiera hablado con ella porque necesitaba una nueva espía. Quizá había pensado que Ead podría sonsacarle información sobre el Ersyr a Chassar y luego transmitírsela.

«Por encima de mi cadáver, carroñero.»

Aubrecht Lievelyn ocupaba uno de los puestos de honor. Mientras Sabran se recluía en sus aposentos, su prometido estaba siempre entre sus súbditos, haciendo las delicias de los inys con su entusiasmo. En aquel momento estaba hablando con sus hermanas, que acababan de llegar en barco desde Zeedeur.

Las princesas Bedona y Betriese, gemelas, tenían veinte años. Daba la impresión de que se pasaban el día riéndose de secretos que solo podían conocer dos personas que hubieran compartido un mismo vientre.

La princesa Ermuna, la primogénita, tenía un año más que Sabran. Era idéntica a su hermano, alta e imponente, y tenía la misma piel pálida. Una espesa melena de cabello carmesí ondulado le caía hasta la cadera. La abertura de sus mangas dejaba al descubierto un forro de seda dorada con seis botones de brocado, cada uno en representación de una virtud. Las damas de honor inys ya empezaban a atarse cintas a los ojales de sus propias mangas para imitarla.

—Señora Duryan.

Ead se giró e hizo una gran reverencia.

—Su Alteza.

Tenía delante a Aleidine Teldan utt Kantmarkt, duquesa viuda de Zeedeur y abuela de Truyde. En los lóbulos de las orejas lucía unos rubíes del tamaño de monedas.

—Sentía una gran curiosidad por conoceros —dijo ella, con una voz suave y límpida—. El embajador uq-Ispad dice que sois su mayor motivo de orgullo. Un dechado de virtudes.

—Su Excelencia es demasiado amable.

—La reina Sabran también habla bien de vos. Me agrada ver que una conversa puede vivir en paz aquí. —Echó una mirada rápida hacia los puestos de honor—. En Mentendon somos más tolerantes. Espero que nuestra influencia suavice el tratamiento que se le da a los escépticos y a los apóstatas en este país.

Ead bebió.

—¿Puedo preguntaros de qué conocéis a Su Excelencia, Alteza? —preguntó, intentando pasar a un tema más seguro.

—Nos conocimos en Brygstad hace muchos años. Era amigo de mi compañero, el difunto duque de Zeedeur —respondió ella—. Su Excelencia estuvo presente en el funeral de Jannart.

—Mis condolencias.

—Gracias. El duque era un buen hombre, y fue un padre entregado para Oscarde. Truyde se le parece. —En el momento en que miró hacia su nieta, que estaba enfrascada en una animada conversación con Chassar, el rostro se le tensó de pronto por el dolor—. Perdonadme, señora Duryan…

—Sentaos conmigo, alteza —dijo Ead, conduciéndola hacia un escaño—. Muchacho, tráele a milady un poco más de vino —le dijo a un paje, que salió corriendo a cumplir la orden.

—Gracias —dijo la duquesa viuda, dándole una palmadita

en la mano, mientras Ead se sentaba a su lado—. Estoy bien. —Aceptó el vino que le tendía el paje—. Tal como decía, Truyde… Truyde es la viva imagen de Jannart. También ha heredado su amor por los libros y por el lenguaje. Él tenía tantos mapas y manuscritos en su biblioteca que tras su muerte casi no sabía dónde meterlos. Por supuesto, le dejó la mayoría a Niclays.

Aquel nombre otra vez.

—¿Os referís al doctor Niclays Roos?

—Sí. Era un gran amigo de Jannart. —Hizo una pausa—. Y mío. Aunque él no lo supiera.

—Estaba aquí el primer año que pasé en la corte. Me supo mal que se fuera.

—No fue por voluntad propia —dijo la duquesa viuda, acercándose hasta el punto que Ead percibió el romero de su bolsita de olor—. Esto es algo que no le puedo contar a cualquiera… pero el embajador uq-Ispad es un viejo amigo, y da la impresión de que confía en vos. —Abrió el abanico y se cubrió los labios con él—. Niclays fue enviado al exilio porque no consiguió hacerle a la reina Sabran un elixir de la vida.

Ead intentó no cambiar de expresión.

—¿Su Majestad se lo pidió?

—Oh, sí. Él llegó a Inys coincidiendo con el décimo octavo cumpleaños de la reina, poco después de la muerte de Jannart, y le ofreció sus servicios como alquimista.

—A cambio de su mecenazgo, supongo.

—Así es.

Muchos soberanos habían buscado el agua de la vida. Jugar con el miedo a la muerte debía de ser un negocio lucrativo, y corrían rumores por la corte de que Sabran le tenía miedo al parto. Roos se había aprovechado de una reina joven, deslumbrándola con su conocimiento de la ciencia. Un charlatán.

—Niclays no era ningún estafador —dijo la duquesa viuda, como si pudiera leerle la mente a Ead—. Realmente creía que podía conseguirlo. Ese elixir fue su pasión durante décadas. —Había una nota de tristeza en su voz—. Su Majestad le proporcionó unos grandes aposentos y un taller en el Palacio de Ascalon: por lo que he oído, él se dio al vino y al juego. Y usó la paga de la reina para cubrir esos gastos. —Hizo una pausa para que le rellenaran de nuevo la copa—. Al cabo de dos años, Sabran decidió que Niclays la había estafado. Le mandó al exilio y decretó que ningún país que deseara mantener la amistad con ella podía darle refugio. El difunto príncipe Leovart decidió enviarlo a Orisima.

La estación comercial.

—Supongo que Su Majestad no ha cedido desde entonces.

—No. Lleva allí siete años.

Ead levantó las cejas.

—¿Siete?

Por lo que ella había oído, Orisima era una isla minúscula (aunque quizá «isla» fuera un nombre demasiado grande para ella) que dependía del puerto seiikinés de Cabo Hisan. Siete años allí podrían hacer enloquecer a cualquiera.

—Sí —dijo la duquesa viuda, al ver su reacción—. Yo le rogué al príncipe Aubrecht que lo trajera de vuelta a casa, pero solo lo hará si la reina Sabran lo perdona.

—¿Vos… no creéis que merezca el exilio, alteza?

Tras vacilar un poco, la duquesa respondió:

—Yo creo que ya ha recibido suficiente castigo. Niclays es un buen hombre. De no haber estado tan hundido por la muerte de Jannart, no creo que se hubiera comportado así. Quería alejarse de todo.

Ead pensó en el nombre que había en el librito herético de Truyde. Niclays. ¿Pensaba usar la joven a Roos en su plan?

—Supongo que vuestra nieta también conoce al doctor Roos —dijo.

—Oh, sí. Niclays era como un tío para ella cuando era joven. —La duquesa hizo otra pausa—. Yo supongo que tenéis cierta influencia en Su Majestad, al ser una de sus damas. Debe de valorar vuestras opiniones.

Por fin Ead entendía que aquella noble dama hubiera querido hablar con ella.

—Los Teldan utt Kantmarkt entendemos de negocios —dijo la duquesa viuda, en voz baja. Había un ascua de esperanza en su mirada—. Si le habláis de Niclays, puedo haceros rica, señora Duryan.

Debía de ser lo que les había pasado a Roslain y a Katryen. Una petición a media voz, un halago, una sugerencia susurrada a Sabran. Lo que Ead no entendía era por qué era ella la elegida.

—Yo no soy dama de honor de la reina —alegó—. No creo que Su Majestad preste mucha atención a lo que yo digo.

—Sois demasiado modesta —respondió la duquesa—. He visto a la reina paseando con vos por los jardines esta misma mañana.

Ead le dio un sorbo al vino para darse un poco de tiempo. No podía implicarse en asuntos como aquel. Sería una inconsciencia defender a alguien que Sabran detestaba, ahora que la reina había empezado a mostrar el mínimo interés por ella.

—Yo no puedo ayudaros, alteza. Os sería mucho más útil pedírselo a lady Roslain o a lady Katryen —dijo, e hizo una reverencia—. Disculpadme. Tengo que atender unos asuntos.

Y antes de que la duquesa viuda pudiera insistir, se dirigió hacia la puerta.

La Alcoba Real del Palacio Briar era mucho más pequeña que la del Palacio de Ascalon. El techo era bajo, las paredes estaban forradas de oscuros paneles de roble y unas cortinas rojas rodeaban la cama. Ead llegó pronto, pero se encontró con que Margret ya estaba sentada dentro.

—Ead —dijo, con la voz algo ronca a causa del constipado que se había extendido por la corte—. Vaya, me has estropeado la sorpresa. Esperaba tener la cama lista para cuando llegaras.

—¿De modo que yo pudiera seguir teniendo conversaciones frívolas con nobles que apenas conozco?

—Para que pudieras bailar. Antes te encantaba bailar.

—Eso era cuando ver al Halcón Nocturno no me revolvía el estómago, como ahora.

Margret hizo una mueca de repulsa y se puso en pie con una carta en la mano.

—¿Es de casa? —preguntó Ead.

—Sí. Mamá dice que papá lleva semanas diciendo que quiere verme. Según parece, tiene algo importante que decirme, pero yo no puedo irme ahora, tal como están las cosas.

—Sabran te lo permitiría.

—Sé que lo haría, pero mamá insiste en que me quede. Dice que muy probablemente papá no tenga ni idea de lo que está diciendo, y que es mi deber quedarme, aunque lo cierto es que creo que ella vive a través de mí. —Con un suspiro, Margret se metió la carta de nuevo bajo el corpiño—. Ya sabes… Soy tan tonta que pensaba que el maestro cartero me traería algo de Loth.

—Puede que haya escrito —dijo Ead, ayudándola a levantar una colcha de fustán—. Combe intercepta todas las cartas.

—Entonces quizá debería escribir una carta diciendo lo rata que es —murmuró Margret.

—Pagaría por verle la cara —respondió Ead, sonriendo—. Y hablando de eso —añadió, bajando la voz—, me acaban de ofrecer un dinero, a cambio de interceder por alguien ante la reina.

Margret la miró levantando las cejas.

—¿Y quién ha sido?

—La duquesa de Zeedeur. Quiere que le hable bien a la reina de Niclays Roos.

—Eso no te haría ningún bien. Loth me lo contó. Sabran odia a ese hombre con todas sus fuerzas. —Margret miró hacia la puerta—. Ten cuidado, Ead. A Ros y a Kate no les dice nada, pero no es tonta. Se da cuenta cuando le hacen comentarios edulcorados sobre alguien.

—Yo no tengo ninguna intención de jugar a esos juegos —dijo Ead, tocándole el codo—. Seguro que Loth estará bien, Meg. Ahora ya sabe que el mundo es más peligroso de lo que parece.

Margret resopló.

—Tú te crees que es más listo de lo que es. Loth confiaría en cualquiera que le sonriera.

—Lo sé. —Ead la cogió de los hombros y se la llevó hasta la puerta—. Anda, ve al baile y tómate un vino caliente. Estoy segura de que el capitán Lintley estará contento de verte.

—¿El capitán Lintley?

—Sí, el galante capitán Lintley.

Margret se fue, con los ojos algo llorosos. Ead no veía a Linora por ningún sitio, así que seguro que seguía bailando. Cerró la Alcoba Real. A diferencia de la del Palacio de Ascalon, tenía dos entradas. La Puerta Mayor era para la reina; la Puerta Menor para su consorte.

No habían intentado atentar contra Sabran desde el momento del anuncio de su compromiso, pero Ead sabía que sería solo cuestión de tiempo. Miró bajo la cama de plumas, detrás de las cortinas, registró todas las paredes, los tapices y los tablones del suelo. No había una tercera entrada secreta, estaba segura, pero la posibilidad de que hubiera podido dejarse algo la reconcomía por dentro. Al menos Chassar había aplicado nuevas guardias en las entradas, más fuertes que las suyas propias. Y él había comido del fruto recientemente.

Ead ahuecó las pequeñas almohadas y repuso lo que faltaba en el armario. Estaba rellenando el brasero para la cama con carbón caliente cuando Sabran entró en la habitación. Ead se puso en pie e hizo una reverencia.

—Majestad.

Sabran la miró de arriba abajo con los ojos entreabiertos. Llevaba un quitón sin mangas sobre el camisón y un ceñidor azul en la cintura. Ead no la había visto nunca con tan poca ropa.

—Perdonadme —dijo Ead, para llenar el silencio—. Pensé que no os retiraríais hasta más tarde.

—Últimamente no he dormido muy bien. El doctor Bourn me dice que debería retirarme hacia las diez en punto para estar más tranquila, o algo así —dijo Sabran—. ¿Conoces algún remedio para el insomnio, Ead?

—¿Tomáis ya algo, señora?

—Hierba dormilona. A veces un ponche, si la noche es fría.

«Hierba dormilona» era el nombre que daban en Inys a la infusión de hierba de los gatos. Aunque tenía propiedades medicinales, era evidente que no le estaba haciendo mucho efecto.

—Yo recomendaría lavanda, tupinambo y raíz de grialina cocidas con leche —le sugirió Ead—, con una cucharada de agua de rosas.

—Agua de rosas.

—Sí, señora. En el Ersyr, dicen que el aroma a rosas ayuda a tener dulce sueños.

Lentamente, Sabran se desabotonó el ceñidor.

—Probaré tu remedio. Hasta ahora no ha funcionado nada —dijo—. Cuando venga Kate, dile qué tiene que traer.

Ead se acercó asintiendo levemente y le cogió el ceñidor de las manos. Al acercarse vio que Sabran tenía ojeras.

—¿Hay algo que os preocupe, majestad? —dijo Ead, ayudándola a despojarse del quitón—. ¿Algo que os turbe el sueño?

Lo dijo por cortesía, sin esperar ninguna respuesta. Pero para su sorpresa Sabran le respondió.

—El wyrm —dijo, con la mirada puesta en el fuego—. Dijo

que los mil años estaban a punto de acabar. Hace poco más de mil años que mi ancestro derrotó al Innombrable.

Tenía el ceño fruncido. Allí de pie, en camisón, se la veía tan vulnerable como le habría parecido al degollador al contemplarla.

—Los wyrms tienen la lengua bífida y traicionera, señora —dijo Ead, colgando el quitón en el respaldo de una silla—. Fýredel aún está débil tras el letargo. Su fuego no arde aún con fuerza. Él teme la unión de Berethnet y Lievelyn. Y habla con acertijos para sembrar la duda en vos.

—Pues lo ha conseguido. —Sabran se dejó caer sobre la cama—. Parece que voy a tener que casarme. Por el bien de Inys.

Ead no sabía cuál sería la respuesta aceptable a aquello.

—¿No deseáis casaros, mi señora? —preguntó por fin.

—Eso no importa.

Sabran tenía poder sobre todas las cosas, salvo sobre aquello. Para concebir una heredera legítima al trono, debía casarse. Ead habría deseado que en aquel momento estuvieran allí Roslain o Katryen. Ellas habrían sabido aplacar los miedos de la reina mientras le cepillaban el cabello antes de acostarse. Siempre sabían qué decir, el modo de reconfortarla, para que estuviera tranquila y segura de su compromiso con el príncipe Aubrecht.

—¿Tú tienes sueños, Ead?

Aquello no venía a colación, pero Ead no perdió la compostura.

—Yo sueño con mi infancia —respondió—, con todo lo que he visto durante el día, escenas que se entretejen creando nuevas imágenes.

—Ojalá yo también tuviera esos sueños. Yo sueño... cosas terribles —murmuró Sabran—. No se lo digo a mis damas de honor, porque creo que las asustaría, pero... te lo diré a ti, Ead Duryan, si es que quieres oírlo. Tú estás hecha de una pasta más dura.

—Por supuesto.

Ead se sentó sobre la moqueta, junto al fuego, cerca de Sabran, que estaba sentada con la espalda muy rígida.

—Sueño con una pérgola sombría en el bosque, donde la luz del sol se filtra, moteando la hierba. La entrada es una puerta de flores púrpura... flores de chumbera, creo.

Aquellas flores crecían al final del mundo conocido. Se decía que su néctar brillaba como la luz de las estrellas. En aquellas latitudes eran consideradas flores legendarias.

—Todo lo que hay en la pérgola es bello y agradable al oído. Los pájaros tienen un canto precioso y la brisa es cálida, sin embargo el camino al que me lleva está cubierto de sangre.

Ead asintió para tranquilizarla, aunque en el fondo ya intuía algo.

—Al final del camino, encuentro una gran roca —prosiguió Sabran— e intento tocarla con una mano que no siento como mía. La roca se parte en dos y en el interior… —La voz le tembló—. En el interior…

Una cortesana no tenía permiso para tocar a un miembro de la realeza. Y sin embargo, al ver aquel rostro compungido, Ead no pudo evitar acercarse a Sabran y cogerle una mano entre las suyas.

—Mi señora —dijo—. Estoy aquí.

Sabran levantó la vista. Pasó un momento. Lentamente, puso la otra mano encima, envolviendo los dedos de ambas.

—De la grieta empieza a manar sangre y me empapa los brazos, el vientre. Doy un paso adelante, atravieso la roca y me encuentro en un círculo de túmulos, como los que hay en el norte. Y a mi alrededor hay un montón de huesos por el suelo. Huesos pequeños. —Cerró los ojos y los labios le temblaron—. Oigo una risa terrible y me doy cuenta de que esa risa es mía. Y luego me despierto.

Ead se quedó mirando a la reina.

Sabran tenía razón. Roslain y Katryen se habrían asustado.

—No es real —dijo Ead, apretándole las manos—. Nada de eso es real.

—En este país tenemos una historia sobre una bruja —dijo Sabran, demasiado sumida en sus recuerdos como para oírla—. Secuestraba a los niños y se los llevaba al bosque. ¿Tú la conoces, Ead?

Ead tardó un momento en responder:

—La Dama de los Bosques.

—Supongo que te la contó lord Arteloth, como me la contó a mí.

—Lady Margret.

Sabran asintió, con la mirada perdida.

—Se la cuentan a todos los niños del norte. Les advierten

que no se acerquen a Haithwood, donde merodeaba. Vivió mucho antes que mi ancestro, y sin embargo el miedo que despierta sigue vivo entre mis súbditos —dijo, con la piel de gallina en el cuello—. Mi madre me contaba historias del mar, no de la tierra. Yo nunca creí en la Dama de los Bosques. Ahora temo que haya existido una bruja y que aún siga viva, lanzándome sus hechizos.

Ead no dijo nada.

—Eso no es más que uno de los sueños —dijo Sabran—. Otras noches sueño con el parto. Como hago desde que tuve mi primera menstruación. Estoy ahí, agonizando, mientras mi hija intenta salir de mi interior. La siento desgarrándome el cuerpo, como un cuchillo a través de la seda. Y entre mis piernas, listo para devorarla, está el Innombrable.

Por primera vez en los ocho años que llevaba Ead en la corte, vio lágrimas en los ojos de Sabran.

—La sangre sigue manando, caliente como el hierro en la forja. Se me adhiere a los muslos, pegándomelos. Sé que estoy aplastando a mi hija, pero si la dejo respirar… caerá entre las fauces de la bestia. —Sabran cerró los ojos. Cuando los volvió a abrir, estaban secos—. Esa es la pesadilla que más me atormenta.

El peso de la corona le había pasado factura.

—Los sueños se adentran en lo más profundo de nuestro pasado —dijo Ead en voz baja—. Lord Arteloth os contó la historia de la Dama de los Bosques y ahora esa historia ha vuelto para obsesionaros. La mente a veces viaja a lugares extraños.

—Te daría la razón —dijo Sabran—, de no ser porque ambos sueños los tengo desde mucho antes que lord Arteloth compartiera esa historia conmigo.

Loth le había contado una vez a Ead que Sabran no podía dormir sin una vela encendida. Ahora veía por qué.

—Así que ya ves, Ead —dijo la reina—, no es que no duerma solo por miedo a los monstruos que acechan tras mi puerta, sino también a causa de los monstruos que conjura mi propia mente. Los que viven en mi interior.

Ead le apretó la mano un poco más.

—Vos sois la reina de Inys. Toda vuestra vida habéis sabido que un día llevaríais la corona —dijo Sabran, observándole el rostro—. Teméis por vuestro pueblo, pero no podéis mostrárselo a vuestros cortesanos. Lleváis una armadura tan pesada durante el día que de noche ya no podéis con ella. De noche sois solo carne y hueso. Y un ser de carne y hueso, aunque sea una reina, puede sentir miedo.

Sabran la escuchaba. Tenía las pupilas tan dilatadas que casi eclipsaban el verde de sus ojos.

—En la oscuridad, estamos desnudos. Somos nosotros mismos. Por la noche es cuando el miedo adopta su mayor expresión, cuando no tenemos miedo de combatirlo —prosiguió Ead—. Hará todo lo que pueda por colarse en vuestro interior. A veces puede conseguirlo, pero no penséis nunca que vos sois la noche.

La reina pareció considerar aquello. Miró las manos de ambas y trazó un círculo con el pulgar sobre la palma de Ead.

—Más palabras sabias —dijo—. Me gustan mucho, Ead Duryan.

Ead la miró a los ojos. Se imaginó dos piedras preciosas cayendo al suelo, haciéndose añicos desde el interior. Aquellos eran los ojos de Sabran Berethnet.

Se oyeron pasos justo detrás de la puerta. Ead se puso en pie y juntó las manos frente al cuerpo justo en el momento en que entraba Katryen, que llevaba del brazo a lady Arbella Glenn, que ya iba en camisón. Sabran le tendió una mano a su compañera de cama más anciana.

—Bella —dijo—, ven conmigo. Quiero hablar contigo de los preparativos de la boda.

Arbella sonrió y se acercó renqueando a su reina, que la cogió de la mano. Con un gesto cariñoso y los ojos húmedos, Arbella le pasó un mechón de cabello negro por detrás de la oreja, como una madre atendiendo a su hija.

—Bella —murmuró Sabran—, no llores nunca. No lo soporto.

Ead se fue discretamente. Cuando Sabran y Arbella estuvieron acostadas, Ead le habló a Katryen sobre la tisana, y aunque la dama de los ropajes parecía escéptica, se fue a dar orden de que buscaran los ingredientes. Una vez catada y entregada la infusión, sellaron los aposentos reales, y Ead se preparó para la guardia nocturna.

Kalyba.

Así era como llamaban a la Dama de los Bosques en Lasia. Poco podían imaginarse los inys que la bruja seguía bien viva, aunque estuviera muy lejos. Y que la entrada de su guarida estaba protegida con flores de chumbera.

Sabran no había visto nunca la Pérgola de la Eternidad. Si estaba soñándola, es que estaba pasando algo.

Las horas pasaron lentamente. Ead se quedó inmóvil, observando cualquier movimiento entre las sombras o a la luz de la luna.

El siden le permitía fundirse con la oscuridad. Un degollador, por hábil que fuera, no poseía aquel don. Si llegaba otro más a alguna de las dos puertas, ella lo vería.

Hacia la una en punto, Roslain Crest, que también estaba de guardia nocturna, apareció con una vela.

—Señora Duryan —dijo.

—Lady Roslain —respondió ella, y ambas se quedaron en silencio unos momentos.

—No penséis que no soy consciente de vuestras intenciones —dijo Roslain—. Sé perfectamente lo que estáis haciendo. Igual que lo sabe lady Katryen.

—No tenía idea de que os hubiera ofendido, mi...

—No me toméis por tonta. Veo como os vais acercando cada vez más a la reina. Sé que intentáis ganaros su favor. —En la penumbra, sus ojos se veían oscuros como zafiros—. Lady Truyde ha dicho que sois una hechicera. No imagino por qué iba a hacer una acusación así sin motivo.

—Recibí las espuelas y el cinto. Renuncié a la falsa fe del Profeta del Nuevo Amanecer —dijo Ead—. El Caballero de la Camaradería nos dice que acojamos a los convertidos. Quizá deberíais escucharle más atentamente, milady.

—Soy descendiente directa de la Caballero de la Justicia. Tened cuidado de cómo me habláis, señora Duryan.

Se hizo el silencio otra vez.

—Si realmente actuáis con buena intención —dijo Roslain, bajando la voz—, a mí no me importa vuestra nueva posición. A diferencia de muchos inys, yo no tengo nada contra los conversos. Todos somos iguales a los ojos del Santo. Pero si solo buscáis regalos y riquezas, me encargaré de que os aparten de su lado.

—Yo no busco regalos ni riquezas. Solo quiero servir al Santo lo mejor que pueda —dijo Ead—. ¿No podemos estar de acuerdo al menos en que lo mejor para ella es que no aparten a más amigos de su lado?

Roslain apartó la mirada.

—Sé que Loth os tenía cariño —dijo, y a Ead le pareció que le costaba un poco hacerlo—. Solo por eso ya merecéis mi mejor consideración. —Con aún más dificultad, prosiguió—: Perdonad mi desconfianza. Me preocupa ver a todas esas víboras que la rodean, que solo piensan en ascender…

Se oyó un ruido en la Alcoba Real. Ead se giró de golpe hacia la puerta, con el corazón desbocado.

Las guardias no reflejaban ningún movimiento. No podía haber entrado ningún degollador.

Roslain se la quedó mirando, atónita y con los ojos bien abiertos. Ead cogió la llave de la mano paralizada de Roslain y subió las escaleras corriendo.

—¡Corred, Ead, abridla! —gritó Roslain—. ¡Capitán Lintley! ¡Sir Gules!

Ead giró la llave en la cerradura y abrió la puerta de golpe. En la chimenea aún había rescoldos del fuego.

—Ead. —Una figura se movió en la cama—. Ead, Ros, por favor, tenéis que despertar a Arbella. —Era Sabran, con el cabello recogido en una trenza de la que salían algunos cabellos despeinados—. Me he despertado, le he cogido la mano y estaba helada… —dijo, entre sollozos—. No me digas que…

En la puerta aparecieron el capitán Lintley y sir Gules Heath con las espadas desenvainadas.

—Por el Santo, ¿está herida? —exclamó Health.

Mientras Roslain corría al lado de su reina, Ead rodeó la cama, donde yacía una pequeña figura bajo la colcha. Antes incluso de intentar buscarle el pulso, Ead lo supo. Al apartarse se hizo un silencio terrible.

—Lo siento, majestad —dijo.

Los dos hombres bajaron la cabeza. Roslain se echó a llorar, tapándose la boca con una mano.

—No ha visto mi boda —dijo Sabran, con un hilo de voz. Una lágrima le surcaba la mejilla—. Le prometí que la vería.

18

Este

El viaje hasta la capital fue horrible. Niclays se pasó días dando botes en el palaquín con poco más que hacer que intentar dormir, o mirar el paisaje por los resquicios que dejaban las persianas de madera.

Ginura se encontraba al norte de la Mandíbula del Oso, la cordillera que protegía Cabo Hisan. La carretera era una ruta comercial que se extendía en línea recta hasta los pies de las montañas sin encontrar ni un cruce.

Desde su llegada a Seiiki, Niclays había soñado con visitar Ginura. En aquella época aún daba gracias por la oportunidad que tenía de vivir en un lugar que pocos habitantes del Oeste verían nunca.

Recordaba que le llamaron al Palacio de Brygstad, donde Leovart había dado la noticia de que Sabran había ordenado su expulsión de los Reinos de las Virtudes. Tras el largo interrogatorio al que le había sometido Seyton Combe en la Torre de Dearn para preguntarle por el mal uso que había hecho del dinero de Berethnet, pensó que la ira de la reina se aplacaría progresivamente. El muy cándido pensaba que sería un exilio corto.

Hasta que no pasaron tres años no comprendió que aquella minúscula casa en el fin del mundo iba a convertirse en su última morada. Fue entonces cuando dejó de soñar con descubrimientos y cuando empezó a soñar únicamente con volver a casa. Pero ahora sentía que se despertaba su vieja curiosidad por descubrir mundo.

La primera noche del viaje pararon en una taberna a los pies de las montañas, donde Niclays se pudo dar un baño en una balsa de aguas termales. Levantó la vista y vio las lejanas luces de Cabo Hisan, y el ascua que era Orisima, y por primera vez en casi siete años sintió que respiraba otra vez.

La sensación no duró mucho. La mañana siguiente, los porteadores empezaron a quejarse del méntico con cara de búho que estaban carreteando hacia el norte, el espía de un príncipe que despreciaba a los dragones, que seguro que llevaba la peste roja en el aliento. Él respondió con vehemencia, y a partir de aquel momento el traqueteo aumentó. Los porteadores empezaron a cantar algo sobre un hombre insolente que no gustaba a nadie, que se quedó llorando en el margen del camino, a la espera de que las bestias de las montañas se abalanzaran sobre él.

—Sí, sí, muy divertido —les gritó Niclays en seiikinés—. ¿Queréis que cante yo sobre los cuatro porteadores que cayeron por un despeñadero hasta el río y de los que nunca más se supo?

Con eso solo consiguió que se rieran.

Tras aquel incidente salieron mal muchísimas cosas. Un soporte del palanquín se rompió («Que el Gran Kwiriki se lleve consigo a este hombre-búho») y se vieron obligados a retrasar el viaje mientras encontraban a un carpintero que lo reparara. Reemprendieron el camino y los porteadores finalmente le dejaron dormir.

Cuando oyó voces de nuevo, abrió los ojos de golpe. Los porteadores estaban cantando una canción de cuna de la Gran Desolación.

Duerme mi niño, el viento empieza a soplar.
Ni los pájaros cantan, deja de llorar.
Que si lloras, las bestias del fuego nos oirán.
Cierra los ojos o los verás llegar.
Yo estoy contigo, duérmete ya.

Había canciones de cuna así en Mentendon. Niclays hizo un esfuerzo por recordar cuando era pequeño y su madre se lo ponía en el regazo para hacerle dormir, mientras su padre se emborrachaba hasta hacerles temblar por miedo a que se sacara el cinturón y pagara su rabia con ellos. Afortunadamente, en una ocasión se emborrachó tanto que había acabado cayendo por un despeñadero, poniendo fin a aquel sufrimiento.

Durante un tiempo, habían vivido en paz. Era cuando Helchen Roos se convenció de que su hijo crecería y sería un santario, lo que compensaría los numerosos pecados de su padre. Rezaba a diario para que ocurriera. Pero Niclays se había convertido en lo que ella veía como un hedonista morboso, que se pasaba el tiempo seccionando cadáveres o trasteando con pociones como un hechicero, al tiempo que bebía como una esponja (y Niclays tuvo que admitir que la impresión de su madre no era del todo errónea). Para ella, la ciencia era el mayor pecado de todos, una herejía.

Por supuesto, en cuanto se enteró de la inesperada amistad de Niclays con el marqués de Zeedeur y el príncipe Edvart, le había escrito al momento, exigiéndole que le invitara a la corte, como si los años que había pasado atormentándole no significaran nada. Niclays y Jannart se divertían buscando modos originales de destruir sus cartas.

Pensando en aquello no pudo evitar sonreír; era la primera vez que lo hacía en muchos días. El canto de los insectos en el bosque volvió a sumirle en el sueño.

Tras dos días más de dolor de espalda, en los que pensó que podría llegar a morir de calor, de aburrimiento y de soledad, el palanquín se detuvo. Un golpetazo en el techo le despertó de su sopor.

—Fuera.

La puerta se abrió, dejando entrar la luz del sol. Niclays bajó del palanquín aún amodorrado y aterrizó de pleno en un charco.

—Por el cinto de Galian…

Uno de los porteadores le lanzó el bastón. Se cargaron de nuevo el palanquín sobre los hombros y volvieron al camino.

—¡Un momento! —les gritó Niclays—. ¡He dicho un momento, maldita sea! ¿Dónde se supone que tengo que ir?

La única respuesta fueron sus risas. Niclays los maldijo, recogió su bastón y se dirigió, renqueante, hacia la puerta oeste de la ciudad. Para cuando llegó, tenía el borde de la túnica empapado y el rostro cubierto de sudor. El sol le quemaba la coronilla. Se esperaba encontrar soldados, pero allí no había nadie con armadura, así que entró sin más en la antigua capital de Seiiki.

El Castillo de Ginura era una mole. El complejo, de muros blancos, coronaba una gran loma en el centro de la ciudad. Un amigo le había contado a Niclays que los senderos de sus jardines estaban hechos de conchas y que el foso de agua salada que rodeaba el castillo estaba lleno de peces de cuerpo límpido como el cristal.

Pasó junto a los animados mercados de lo que supuso que sería Fondalia, el barrio más periférico de la ciudad. Sus calles empedradas estaban pobladas de sombrillas de papel encerado, abanicos y sombreros. La gente que vivía en aquel lugar próximo a la corte vestía con tonos más fríos que en Cabo Hisan —verdes, azules y plateados— y llevaba el cabello engrasado y recogido en ostentosos peinados, adornados con ornamentos de cristal de mar, flores de sal y conchas de cauri. Aquí los tejidos de las túnicas eran relucientes y lustrosos, de modo que brillaban con la luz del sol. Niclays recordó vagamente que en Ginura se llevaban esos atuendos que daban la impresión de salir del mar. Algunos cortesanos incluso se engrasaban las pestañas.

Alrededor del cuello la gente llevaba collares de coral o con plaquitas de acero dispuestas de modo que recordaran escamas solapadas. En los labios y en los pómulos se ponían perlas machacadas para darles brillo. A la mayoría de ciudadanos les estaba prohibido llevar perlas bailarinas, por ser símbolo de la realeza y de los escogidos, pero Niclays había oído que las perlas imperfectas y vacías por dentro a menudo se machacaban para venderlas en polvo a los ricos.

A la sombra de un arce, dos mujeres jugaban lanzándose una bola emplumada. El sol brillaba en los canales, donde los mercaderes y los pescadores descargaban su mercancía de longilíneos barcos de cedro. Era difícil imaginar que la mayor parte de aquella ciudad hubiera quedado arrasada por la Gran Desolación siglos atrás.

A medida que caminaba, la intranquilidad empezó a imponerse al asombro. Los porteadores —ojalá se hundieran en el Vientre de Fuego— se habían llevado consigo la carta del gobernador, junto con todas sus otras posesiones. Eso significaba que ahora podrían tomarle por un intruso, y difícilmente podría presentarse en el Castillo de Ginura y explicarse en aquel estado. Los centinelas lo tomarían por un asesino a sueldo.

Aun así, no tenía otra opción. Empezaba a llamar la atención. La gente lo miraba con cierta aprensión.

—¿Doctor Roos? —dijo una voz en méntico. Niclays se giró. Cuando vio quién le había llamado, se le iluminó el rostro. Un hombre delgado con gafas de carey se abría paso por entre la multitud. Su negro cabello, bien cortado, adoptaba un tono gris en las sienes.

—Doctor Moyaka —respondió Niclays, encantado—. ¡Oh, Eizaru, qué alegría verte!

Por fin un poco de suerte. Eizaru era un cirujano de gran talento al que Niclays había dado clase durante un año en Orisima. Él y su hija, Purumé, habían sido de los primeros en apuntarse a sus clases de anatomía, y en toda su vida Niclays no había visto a dos personas con tantas ganas de aprender. Ellos, a cambio de aquellos conocimientos, le habían enseñado mucho sobre medicina seiikinesa. Aquellos encuentros habían sido un rayo de luz en la oscuridad de su exilio.

Eizaru se abrió paso entre la multitud, y ambos se saludaron con un gesto de la cabeza, pero luego se abrazaron. Al ver que el forastero estaba con alguien, la gente volvió a lo suyo.

—Amigo mío —dijo Eizaru, aún en méntico—. Precisamente estaba pensando en escribirte. ¿Qué estás haciendo en Ginura?

—Debido a diversas circunstancias desagradables, voy a tomarme un respiro lejos de Orisima —dijo Niclays en seiikinés—. El honorable gobernador de Cabo Hisan ha decidido enviarme aquí para ponerme en arresto domiciliario.

—Quienquiera que te haya traído hasta aquí no debería haberte abandonado en plena calle. ¿Has venido en palanquín?

—Desgraciadamente sí.

—Ah, la mayoría de esos porteadores son unos delincuentes —dijo Eizaru, con una mueca—. Por favor, ven a mi casa, antes de que alguien se pregunte qué haces aquí. Le comunicaré lo sucedido a la gobernadora de Ginura.

—Eres muy amable.

Niclays siguió a Eizaru y, tras cruzar un puente, llegaron a una calle mucho más ancha que llevaba directamente a las puertas del Castillo de Ginura. Unos músicos tocaban a la sombra, mientras los vendedores voceaban sus almejas frescas y sus uvas de mar.

Él nunca había visto los famosos árboles estacionales de Ginura. Sus ramas formaban una cubierta natural sobre la calle. En aquel momento, lucían el habitual amarillo vivo del verano.

Eizaru vivía en una casa modesta cerca del mercado de la seda, junto a uno de los muchos canales que surcaban Ginura. Había enviudado hacía una década, pero su hija se había quedado con él para poder vivir juntos la pasión de ambos por la medicina. La fachada de la casa estaba cubierta de flores de lluvia, y el jardín olía a artemisa, a menta púrpura y a otras hierbas.

Fue Purumé quien les abrió la puerta. Un gato con la cola cortada se enroscó entre sus piernas.

—¡Niclays! —exclamó Purumé, que sonrió y luego le saludó bajando la cabeza. Llevaba las mismas gafas que su padre, pero el sol le había oscurecido la piel algo más que a él y su cabello, recogido con una badana, era completamente negro—. Por favor, pasa. Qué placer más inesperado.

Niclays le devolvió el gesto.

—Perdona la molestia, Purumé. Yo tampoco me lo esperaba.

—Nosotros fuimos tus invitados en Orisima. Eres bienvenido en cualquier momento. —Echó un vistazo a sus ropas, sucias tras el largo viaje, y chasqueó la lengua—. Pero necesitarás ropa nueva.

—Yo diría que sí.

Una vez dentro, Eizaru envió a sus dos criados al pozo.

—Descansa un poco —le dijo a Niclays—. Después de tanto viajar, puede que sufras de los temblores del sol. Iré enseguida al Castillo del Río Blanco y hablaré con la honorable gobernadora. Luego comeremos.

Niclays suspiró, aliviado.

—Eso sería estupendo.

Cuando los criados volvieron del pozo llenaron una bañera, Niclays se desvistió y se lavó el barro y el sudor del cuerpo. El agua fría le pareció una bendición.

Desde luego, no iba a viajar nunca más en palanquín. Ya podían llevárselo a Orisima a rastras.

Algo más recuperado, se puso la túnica de verano que los criados le habían dejado en la habitación de invitados. En el balcón había una taza de té humeante. Se sentó a beber a la sombra, viendo cómo pasaban los barcos por el canal. Orisima le parecía más lejana que nunca.

—Ilustre doctor Roos.

Volvió en sí de golpe. Uno de los criados se había presentado en el balcón.

—El ilustre doctor Moyaka ha regresado —dijo—. Solicita su presencia.

—Gracias.

Bajó y se encontró con Eizaru.

—Niclays —dijo, con una mueca traviesa en el rostro—. He hablado con la honorable gobernadora. Ha accedido a que te quedes aquí con Purumé y conmigo mientras estás en la ciudad.

—Oh, Eizaru. —Sería el calor o el agotamiento, pero la buena noticia casi hizo que se le saltaran las lágrimas—. ¿Estás seguro de que no es molestia?

—Por supuesto que no —respondió Eizaru, haciéndole pasar a la sala contigua—. Venga, vamos. Debes de estar muerto de hambre.

Los criados habían hecho todo lo posible para combatir el calor. Todas las puertas estaban abiertas, las persianas evitaban la entrada del sol y había cuencos con agua helada sobre la mesa. Niclays se arrodilló en el suelo, con Purumé y Eizaru, y cenaron carne de buey veteada y verduras encurtidas, pescado dulce, lechuga de mar y unos cuenquitos de algas tostadas rellenas de huevas de pescado. Mientras comían, se contaron lo que habían estado haciendo desde la última vez.

Hacía mucho tiempo que Niclays no podía disfrutar del placer de una conversación con gente que pensara como él. Eizaru aún tenía su consulta, que ahora ofrecía a sus pacientes remedios tanto seiikineses como ménticos. Purumé, por su parte, estaba trabajando en una preparación de hierbas que inducía un sueño profundo, lo que permitía al cirujano eliminar las carnosidades del cuerpo sin causar dolor.

—Yo lo llamo sueño florido —dijo—, porque el ingrediente final es una flor procedente de los Montes del Sur.

—En primavera caminó durante días por las montañas para encontrar esas flores —dijo Eizaru, sonriéndole a su hija con orgullo.

—Parece algo revolucionario —dijo Niclays, asombrado—. Podríais usarlo para estudiar el interior de cuerpos vivos. En Mentendon, lo único que podemos hacer es abrir cadáveres. —Sentía el corazón desbocado de la emoción—.

Purumé, debes publicar esos hallazgos. Piensa en cómo podría cambiar la anatomía.

—Lo haría —dijo, con una sonrisa de preocupación—, pero hay un problema, Niclays. La fumalina.

—¿La fumalina?

—Una sustancia de uso restringido. Los alquimistas la hacen con la bilis de las bestias draconianas —explicó Eizaru—. La bilis la traen al Este los piratas del Sur, la tratan de algún modo y luego la meten en una esfera de cerámica con un pellizco de pólvora. Cuando encienden la mecha, la esfera explota y libera un humo negro y espeso como el alquitrán. Si un dragón la respira, cae dormido durante días. Y así los piratas pueden trocearlo y vender sus órganos.

—Una práctica malvada —dijo Purumé.

Niclays meneó la cabeza.

—¿Y qué tiene eso que ver con el sueño de las flores?

—Si las autoridades suponen que mi hallazgo se puede usar con fines similares, interrumpirán mi investigación. Pueden incluso cerrarnos la consulta.

Niclays se había quedado sin habla.

—Es muy triste —dijo Eizaru, compungido—. Cuéntanos, Niclays: ¿hay algún estudio médico seiikinés traducido al méntico? Quizá Purumé podría publicar allí sus hallazgos.

Niclays suspiró.

—Lo dudo, a menos que las cosas hayan cambiado mucho en los años que llevo fuera. Hay panfletos que circulan de mano en mano, pero no cuentan con la aprobación de la corona. Los Reinos de las Virtudes no toleran la herejía, ni a los herejes.

Purumé meneó la cabeza. En el momento en que Niclays se servía unas gambas, un joven apareció en el umbral, empapado en sudor.

—Ilustre doctor Roos —dijo, haciendo una reverencia y aún jadeando—. Vengo de parte de la honorable gobernadora de Ginura.

Niclays se preparó para lo peor. Debía de haber cambiado de opinión y ya no querría que se quedara en aquella casa.

—Me ha pedido que os informe que os espera en el Castillo de Ginura para una audiencia cuando el muy honorable Señor de la Guerra tenga a bien concedérosla.

Niclays levantó las cejas.

—¿El muy honorable Señor de la Guerra quiere verme? ¿Estás seguro?

—Sí —dijo el criado, despidiéndose con una reverencia—. Así que se os recibirá en la corte.

Eizaru le miró con un gesto divertido.

—Prepárate. Dicen que es como un arrecife de flores de mar. Precioso, pero si tocas cualquier cosa, te picará.

—No veo la hora de ir —dijo Niclays, aunque tenía el ceño fruncido—. Me pregunto por qué quiere verme.

—Al muy honorable Señor de la Guerra le gusta tener noticias de los residentes ménticos. Puede que te pida que cuentes una historia de tu país, o que le cantes una canción. O quizá quiera saber en qué estás trabajando —dijo Eizaru—. No debes preocuparte, Niclays. De verdad.

—Y hasta entonces, eres libre —señaló Purumé, con los ojos brillantes—. Deja que te enseñemos nuestra ciudad. Podríamos visitar el teatro, hablar de medicina, ver los dragones en pleno vuelo… todo lo que has querido hacer desde tu llegada.

Niclays se sentía tan agradecido que podría haberse echado a llorar.

—Desde luego, amigos míos, nada me gustaría más.

19

Oeste

Loth siguió a la Donmata Marosa por otro pasaje. La luz de la antorcha le quemaba en los ojos al pasar por entre las oprimentes paredes.

Unos días después de verla por última vez, le había citado de nuevo en una estancia oscura. Ahora estaban en un laberinto de túneles entre los muros, donde un inteligente sistema de cañerías de cobre llevaba el agua caliente desde las fuentes termales a los aposentos.

Al final del pasaje había una escalera de caracol. La Donmata emprendió el ascenso.

—¿Dónde me lleváis? —dijo Loth, intranquilo.

—Vamos a ver al que orquestó el asesinato de la reina Rosarian.

Loth agarró la antorcha aún con más fuerza, con la mano bañada en sudor.

—Por cierto, os pido perdón —añadió ella— por haberos hecho bailar con Priessa. Era el único modo de haceros llegar el mensaje.

—¿No me lo habría podido dar en el coche de caballos?

—No. La registraron antes de salir del palacio, y el cochero era un espía que debía asegurarse de que no huyera. No se permite que nadie abandone Cárscaro demasiado tiempo.

La Donmata se sacó una llave del cinto. Abrió una puerta y, cuando Loth la siguió, el polvo le hizo toser. En aquella cámara la única luz era su antorcha. Los muebles olían a rancio y a decadencia, y el olor era penetrante y avinagrado.

La Donmata se quitó el velo y lo dejó sobre una silla. Loth la siguió hasta una cama con dosel, sin apenas respirar del miedo, y levantó la antorcha. En la cama había una persona con los ojos vendados. Loth vio su piel pálida, sus labios oscuros y un cabello castaño que caía hasta el cuello de un camisón carmesí. Tenía grilletes en ambos brazos, descarnados y surcados por unas líneas rojas que seguían el trazado de sus venas.

—¿Qué es esto? —murmuró Loth—. ¿Es el asesino?

La Donmata se cruzó de brazos. Su mandíbula era una línea fina y sus ojos apenas contenían la emoción.

—Lord Arteloth —dijo—, os presento a mi señor padre, Sigoso III de la Casa de Vetalda, Rey Terreno del Reino Draconiano de Yscalin. O lo que queda de él.

Loth se quedó mirando a aquel hombre, incrédulo.

Él no había visto nunca al rey Sigoso, ni siquiera antes de la traición de Yscalin, pero en sus retratos siempre tenía un aspecto sano y apuesto, aunque frío, con aquellos ojos color ámbar de los Vetalda. Sabran lo había invitado a la corte varias veces, pero él siempre había preferido enviar representantes.

—Un rey terreno gobierna como una marioneta en manos de un wyrm. Es un título que Fýredel espera llegar a asignar a todos los soberanos del mundo. —La Donmata rodeó la cama—. Padre tiene una rara forma de la peste draconiana. Eso le permite a Fýredel... comunicar con él, de algún modo. Ver y oír en el palacio a través de él.

—Queréis decir que en este mismo momento...

—Tranquilo. Le he puesto un sedante en la bebida de la noche —dijo ella—. No puedo hacerlo a menudo o Fýredel sospecharía, pero evita que pueda utilizarlo. Por un rato.

Al oír su voz, Sigoso se movió un poco.

—No tenía ni idea de que los wyrms pudieran hacer algo así —dijo Loth, y tragó saliva—. Controlar un cuerpo.

—Cuando los Sombras del Oeste mueren, transmiten su fuego a los wyverns que las sirven, y a la progenie creada por esos wyverns. Quizá se trate de un tipo de conexión parecida.

—¿Cuánto tiempo lleva así?

—Dos años. —Había enfermado en el momento de la traición de Yscalin a la fe de las Virtudes.

—¿Y cómo se quedó así?

—Primero debéis oír la verdad —dijo la Donmata—. Mi padre recuerda lo suficiente como para contároslo.

—Marosa —dijo Sigoso, con voz ronca—. Marosssa.

Loth se encogió al oír su voz. Era como si tuviera una maraña de serpientes de cascabel en la garganta.

—¿Dónde estás, hija? —preguntó el rey, en voz muy baja—. ¿Debo venir a buscarte?

Impasible, la Donmata se giró hacia él y se dispuso a retirarle la venda de los ojos. Aunque la princesa llevaba guantes de terciopelo que le cubrían hasta el codo, Loth contuvo la respiración durante todo el rato que pasó cerca de su padre, temiéndose que Sigoso pudiera morderla a través del terciopelo o arañarle la cara. Cuando cayó la venda, Sigoso sonrió mostrando los dientes. Ya no tenía los ojos del color del topacio, sino grises y fríos, como la ceniza.

—Espero que hayáis dormido bien, padre —dijo la Donmata en inys.

—He soñado con una torre del reloj y una mujer envuelta en fuego en su interior. He soñado que era mi enemiga. —El rey Sigoso se quedó mirando a Loth, doblando los brazos encadenados—. ¿Y este quién es?

—Es lord Arteloth Beck, de Goldenbirch. Es nuestro nuevo embajador de Inys —respondió la Donmata, con una sonrisa forzada—. Me preguntaba si querríais contarle cómo murió la reina Rosarian.

Sigoso respiró como un fuelle, mirándolos alternativamente, como un depredador debatiéndose entre dos presas.

—Yo acabé con Rosarian.

El modo en que pronunció aquel nombre, paladeando cada sílaba, le provocó un escalofrío a Loth.

—¿Por qué? —dijo la Donmata.

—Aquella zorra infecta rechazó mi mano. La mano de la realeza —espetó Sigoso, y los tendones del cuello se le tensaron—. Prefería venderse a piratas y señorzuelos que unir su sangre a la de la Casa de Vetalda —añadió, escupiendo al hablar—. Hija, estoy ardiendo.

La Donmata echó una mirada a Loth y se dirigió a la mesita de noche, donde había un trapo y un cuenco de agua. Remojó el trapo y se lo puso en la frente.

—Ordené que le hicieran un vestido —prosiguió Sigoso—. Un vestido tan bonito que una ramera vanidosa como Rosarian no podría resistirse. Hice que le pusieran encajes empapados en un veneno de basilisco que le compré a un príncipe mercader, y se lo envié a Inys para que se lo pusieran en el vestidor.

Loth estaba temblando.

—¿Y quién lo introdujo en Inys? ¿Quién ocultó el vestido?

—Se niega a hablar con nadie que no sea yo —murmuró la Donmata—. Padre, ¿quién ocultó el vestido?

—Un amigo de palacio.

—De palacio —repitió Loth—. Por el Santo, ¿quién?

La Donmata repitió la pregunta. Sigoso se rio entre dientes, pero le entró la tos.

—El Escanciador —dijo.

Loth se lo quedó mirando fijamente. El cargo de escanciador había dejado de existir siglos atrás. El vestido habría sido introducido en el Vestidor Real. La dama de los ropajes en aquella época era lady Arbella Glenn, y ella nunca le habría hecho daño a la reina.

—Espero que quedara algo que enterrar de aquella meretriz. El veneno de basilisco es muy fuerte —dijo Sigoso, y soltó una carcajada—. Funde hasta los huesos.

Loth no pudo más y sacó su daga.

—Perdonad a mi padre —dijo la Donmata, mirando abatida al Rey Terreno—. Podría decir que no es él quien habla, pero lo cierto es que creo que nunca ha hablado con tanto convencimiento como ahora.

Asqueado, Loth dio un paso hacia la cama.

—El Caballero del Valor os da la espalda, Sigoso Vetalda —dijo, con la voz temblorosa—. La reina tenía todo el derecho a conceder su mano a quien ella deseara. ¡Ojalá acabéis en el Vientre de Fuego!

Sigoso sonrió.

—Aquí estoy —dijo—, y es el paraíso.

Sus ojos grises brillaron como si se encendieran ascuas rojas en su interior.

—Fýredel —dijo la Donmata, cogiendo un vaso de la mesilla—. Padre, bebed esto, os aliviará el dolor.

Se lo puso en los labios. Sin apartar la mirada de Loth, Sigoso bebió el contenido del vaso. Loth, sobrecogido por lo que había oído, dejó que la Donmata le acompañara al exterior.

Su madre, lady Annes Beck, había estado acompañando a la Reina Madre en su lecho de muerte. Ahora entendía por qué ni ella ni Sabran habían sido capaces de decirle una palabra del día en que Rosarian se había puesto aquel precioso vestido. Por qué lady Arbella Glenn, que la había querido como una madre, no había vuelto a decir una palabra.

Loth bajó los escalones, hundido. Aún tembloroso, se dio cuenta de que tenía a la Donmata detrás.

—¿Por qué habéis querido que lo oyera de su boca? —le preguntó—. ¿Por qué no me lo habéis dicho vos?

—Para que pudierais ver y oír la verdad —dijo—, y transmitírsela a Sabran. Y para que me creyerais y no pensarais que aún queda algún misterio en Yscalin.

La Donmata se sentó en el escalón que tenía detrás, de modo que sus cabezas quedaran al mismo nivel, y se puso un bulto envuelto en seda sobre las rodillas.

—¿Nos puede oír? —le preguntó Loth.

—No. Vuelve a dormir —dijo ella, con gesto cansado—. Ojalá Fýredel no se dé cuenta de que le he cerrado el acceso. Puede que piense que padre está muriendo. Que es lo que me parece a mí. —Levantó la barbilla—. No tengo ninguna duda de que el wyrm tiene la intención de usarme a mí en su lugar cuando padre no esté. Querrá convertirme en su marioneta.

—¿A Fýredel no le importa que tengáis al rey así, encadenado en una estancia a oscuras?

—Fýredel entiende que mi padre no tiene un aspecto... regio en su estado actual, con el cuerpo más ajado cada vez —dijo la Donmata, muy seria—. Pero yo tengo que sacarlo de sus aposentos cada vez que me lo ordena. Para que nuestro dueño y señor pueda ver el palacio cada vez que lo desee. Para que pueda dar órdenes al Consejo Real. Para que pueda asegurarse de que no estamos organizando una rebelión. Para que pueda evitar que pidamos ayuda.

—Si matarais a vuestro padre, Fýredel lo sabría —dedujo Loth—. Y os castigaría.

—La última vez que le desafié, hizo que encadenaran a una de mis damas en la Puerta de Niunda. —El rostro se le tensó—. Tuve que presenciar cómo la picoteaban las cocatrices hasta desmembrarla.

Se quedaron en silencio un momento.

—La reina Rosarian murió hace catorce años —señaló Loth—. En aquella época... Sigoso no estaba bajo control draconiano.

—No todo el mal procede de los wyrms.

La Donmata se giró hacia él, dejándolo de espaldas a la pared.

—Yo no recuerdo muchas cosas de mi padre de cuando era niña. Solo su mirada fría —murmuró—. Cuando yo tenía dieciséis años, mi madre vino a mi dormitorio a medianoche. Su matrimonio siempre había sido tenso, pero en aquella ocasión parecía asustada. Y enfadada. Me dijo que íbamos a irnos con su hermano, el rey Jantar, a Rauca. Nos vestimos como criadas y salimos a hurtadillas del palacio.

—Por supuesto, los guardias nos detuvieron. Nos confinaron a nuestros aposentos y se nos prohibió hablar. No he llorado tanto en mi vida. Mamá sobornó a un guarda para que me pasara una carta en la que me decía que fuera fuerte. —Se tocó el colgante de esmeraldas que tenía sobre la garganta—. Una semana más tarde, padre vino a informarme de su muerte. Le contó a la corte que se había quitado la vida, avergonzada por su intento de abandonar al rey… pero yo sé que no fue así. Ella nunca me habría dejado sola con él.

—Lo siento —dijo Loth.

—No tanto como yo —respondió ella, con la rabia plasmada en el rostro—. Yscalin no se merece esto, pero mi padre sí. Se merece marchitarse por fuera lentamente, para que su cuerpo llegue al nivel de corrupción de su alma.

Sahar Taumargam y Rosarian Berethnet, ambas muertas por mano del mismo rey. Y todo aquel tiempo Inys lo había considerado un amigo de los Reinos de las Virtudes.

—Yo quería contarle la verdad a Sabran. Quería pedir ayuda, tropas… pero este palacio es una mazmorra. El Consejo Real ha caído en la garras de Fýredel, tienen demasiado miedo a contrariarle. Tienen familias en la ciudad que morirían si despertamos su furia.

Loth se llevó la manga al rostro para secarse el sudor.

—Sabran era amiga mía. El príncipe Aubrecht fue mi prometido durante mucho tiempo —le recordó la Donmata—. Sé que ahora deben tener muy mala imagen de mí.

Loth sintió una punzada de culpa.

—Perdonadnos —murmuró—. No debíamos de haber supuesto…

—No podíais saber que Fýredel estaba despierto. O que estábamos dominados por él.

—Contadme cómo cayó Cárscaro. Ayudadme a entenderlo.

La Donmata resopló.

—Hace dos años hubo un terremoto en las Escarpadas

—dijo—. Fýredel se había despertado en una cámara del monte Fruma, donde había caído en letargo tras la Caída de las Sombras. Nos tenía a un paso. Listos para ser conquistados.

»Lo primero que ardió fueron los campos de lavanda. El cielo de la tarde se llenó de humo negro. —Meneó la cabeza—. Todo ocurrió tan rápido… Los wyverns rodearon Cárscaro antes de que los guardias de la ciudad pudieran llegar a las viejas defensas. Fýredel apareció por primera vez en siglos. Nos dijo que nos calcinaría a todos si mi padre no le rendía tributo.

—¿Y él lo hizo?

—Primero envió a un doble, pero Fýredel percibió el engaño. Quemó vivo al pobre hombre y mi padre se vio obligado a presentarse. Fýredel se lo llevó a la montaña. Aquella noche Cárscaro se sumió en el caos. La gente pensaba que había llegado una segunda Caída de las Sombras, y en cierto modo era verdad. —Una terrible tristeza le oscureció los ojos—. Reinaba el pánico. Miles intentaron huir, pero la única salida es la Puerta de Niunda, y los wyverns montaban guardia —dijo, apretando los dientes—. Padre regresó al amanecer. La gente vio que su rey estaba vivo e ileso y no sabía qué pensar. Él les dijo que serían los primeros en ver el resurgir del mundo draconiano… si obedecían.

»Una vez en palacio, padre ordenó a su Consejo Real que anunciara la lealtad del Reino al Innombrable. Ellos no se atrevieron a desafiarle y enviaron el mensaje a todas las naciones. Tampoco se atrevieron a hacerlo cuando ordenó que desmanteláramos todas nuestras defensas. Ni cuando quemó el aviario, con todas las aves que había dentro. Yo intenté organizar un contraataque, pero en vano. Lo único que habría podido conseguir era poner en peligro mi vida.

—Pero el resto del país no sabía la verdad —observó Loth.

—Aquella misma noche Cárscaro se convirtió en una fortaleza. Nadie podía comunicar nada al exterior. —La Donmata apoyó la cabeza contra la pared—. Los wyrms están débiles cuando despiertan. Durante un año, Fýredel se quedó a los pies del monte Fruma, recuperando fuerzas. Yo fui testigo de cómo usó a mi padre para convertir a mi país en la base de su poder. Yo le vi destruir las Seis Virtudes. Yo vi cómo se extendía la peste entre mi pueblo. Y mi casa se convirtió en mi prisión.

Fue entonces cuando Arteloth Beck hizo justo lo que Gian Harlowe le había advertido que no hiciera.

Cogió a Marosa Vetalda de la mano.

Ella llevaba guantes de terciopelo. Aun así era un riesgo, y sin embargo él no se lo pensó dos veces.

—Vos sois la personificación del valor —le dijo—. Y vuestros amigos de los Reinos de las Virtudes os han fallado.

La Donmata se quedó mirando sus manos con un gesto de preocupación. Loth se preguntó cuándo sería la última vez que la habían tocado.

—Decidme cómo puedo ayudaros —dijo él.

Lentamente, ella apoyó la otra mano sobre la suya.

—Podéis volver a ese dormitorio —respondió ella, mirándole a los ojos— y poner vuestras manos desnudas sobre mi padre.

Él tardó un momento en comprender.

—¿Queréis que… me contagie?

—Os lo explicaré —dijo—. Pero si lo hacéis, a cambio os ofrezco la posibilidad de huir de Cárscaro.

—Habéis dicho que es una fortaleza.

—Mi madre conocía una salida. —Apoyó una mano sobre el bulto que tenía en el regazo—. Quiero que atraveséis las Escarpadas y le entreguéis esto a Chassar uq-Ispad, el embajador ersyri. Debéis entregárselo solo a él.

El hombre que había criado a Ead y que la había traído a la corte ocho años atrás. La Donmata retiró el envoltorio de seda. En el interior había una caja de hierro con símbolos grabados.

—En primavera capturaron a una mujer cerca de Perunta, intentando encontrar un barco que la llevara a Lasia. La torturaron durante días, pero ella no habló. Cuando mi padre vio el manto rojo que llevaba, Fýredel entró en cólera. Ordenó que le dieran una muerte agónica.

Loth no estaba seguro de si podría soportar oír el final de la historia.

—Aquella noche fui en su busca —prosiguió la Donmata, pasando los dedos sobre la caja—. Al principio pensé que le habrían arrancado la lengua, pero cuando le di vino, me dijo que se llamaba Jondu. Me dijo que, si valoraba la vida humana, debía encargarme de hacer llegar el objeto que llevaba ella a Chassar uq-Ispad. —Hizo una pausa—. Maté a Jondu yo misma. Le dije a Fýredel que había muerto de sus heridas. Mejor eso que la puerta. La caja que le habían quitado a Jondu estaba cerrada. Nadie pudo abrirla y al final perdieron interés. No me costó mucho robarla. Estoy segura de que es vital para nuestra lucha, y de que el embajador uq-Ispad sabrá algo más.

»Muy probablemente esté en Rumelabar. Para llegar al Ersyr y evitar la guardia fronteriza, tenéis que cruzar las Escarpadas. El modo más seguro de hacerlo sin que os ataquen las criaturas draconianas que viven allí es contagiarse, para que cuando os huelan no os ataquen. Jondu me juró que el embajador conoce una cura para la peste. Si llegáis a tiempo, puede que viváis para contarlo.

Entonces Loth lo entendió todo.

—Esto se lo encargasteis al príncipe Wilstan —dijo—. Pero no lo consiguió.

—Hice con él exactamente lo mismo que con vos. Le enseñé a mi padre y dejé que oyera de su propia boca cómo mató a Rosarian. Y luego le di la caja. Pero Fynch ya llevaba tiempo esperando una ocasión para huir y para volver con su hija para informarle de lo que aquí pasaba —dijo—. Me aseguró que se había contagiado de la peste. Pero cuando me di cuenta de que no era así, fui en su busca a toda prisa. Había abandonado la caja en el túnel secreto que lleva a las montañas. Evidentemente, no pensaba cumplir con lo que le había pedido... Pero tampoco puedo culparle por pensar que podía volver al lado de Sabran.

—¿Y ahora dónde está? —preguntó Loth, en voz baja.

—Lo encontré no muy lejos del final del túnel —dijo ella—. Había sido un anfíptero.

Loth se llevó los puños a la frente.

Los anfípteros eran unas salvajes criaturas draconianas sin patas. Tenían mandíbulas muy fuertes y se decía que sacudían a sus presas hasta dejarlas tan débiles que no podían correr.

—Habría recuperado sus restos, pero en el momento en que me acerqué, me atacaron. Dije las oraciones necesarias.

—Gracias.

—A pesar de las apariencias, aún tengo fe en el Santo. Y ahora nos necesita, lord Arteloth. —La Donmata le apoyó una mano en el antebrazo—. ¿Haréis lo que os pido?

Loth tragó saliva.

—¿Y qué hay de lord Kitston?

—Puede quedarse aquí y yo cuidaré de él. O puede ir con vos... pero también debe contagiarse.

Ni siquiera el Caballero de la Camaradería esperaría que Kit hiciera algo así por él. Ya había hecho demasiado.

—¿Y Fýredel verá a través de mí? —preguntó Loth.

—No. Vos tendréis la peste convencional —dijo—. Ya lo he probado.

Decidió no preguntar cómo lo había probado.

—No hay duda de que en palacio habrá otros que sigan siéndole fieles al Santo —dijo—. ¿Por qué no habéis enviado a uno de vuestros súbditos?

—Solo confío en Priessa, y su desaparición haría saltar la alarma. Iría yo misma, pero no puedo dejar a mi pueblo sin un Vetalda en su sano juicio. Aunque no tenga ninguna posibilidad de salvarlos, debo quedarme y hacer lo que pueda para debilitar a Fýredel.

Había juzgado mal a la Donmata Marosa. Era una verdadera defensora de las Virtudes, apresada en un hogar que en otro tiempo le habría gustado, pero que se había convertido en una jaula.

—Es demasiado tarde para mí, milord —dijo por fin—, pero no para los Reinos de las Virtudes. No podemos permitir que lo que ha ocurrido aquí, en Yscalin, suceda en otros sitios.

Loth apartó la mirada de aquellos ojos iridiscentes y la fijó en el broche de su patrono que llevaba prendido en el jubón, dos manos unidas en señal de afecto. Los mismos dedos entrelazados que lucían una alianza con el nudo del amor.

Si el Caballero de la Camaradería estuviera allí, Loth sabía lo que haría.

—Si accedéis —dijo la Donmata—, os llevaré de nuevo ante el Rey Terreno, y podréis tocarlo con las manos. Luego os enseñaré el camino para salir de Yscalin. —Se puso en pie—. Si os negáis, os aconsejo que os preparéis para una vida muy larga en Cárscaro, lord Arteloth Beck.

20

Este

Mientras los otros guardias del mar celebraban el fin de las pruebas en el salón de banquetes, Tané yacía exhausta en sus aposentos. No había salido desde la pelea con Turosa. Un cirujano le había limpiado la herida y cosido el hombro, pero cualquier movimiento la dejaba agotada y el dolor palpitante del hombro no cesaba.

Al día siguiente sabría si iba a montar o no.

Se mordisqueó la uña del meñique hasta que sintió el sabor de la sangre. Aunque solo por buscar algo menos doloroso que hacer con sus manos, cogió su ejemplar de los *Recuerdos de la Gran Desolación*. El libro se lo había regalado uno de sus profesores en su decimoquinto cumpleaños. Hacía ya tiempo que no lo abría, pero las ilustraciones le irían bien para distraerse.

Hacia las doce, cuando el canto de los grillos en los árboles iba en aumento, ella seguía despierta, leyendo.

Una imagen mostraba a una mujer seiikinesa con la enfermedad roja. Tenía las manos y los ojos encendidos. En otra página estaban las bestias del fuego. A los quince años aquellas alas de murciélago le asustaban, y aún le producían escalofríos. La imagen siguiente mostraba a la gente de Cabo Hisan de pie en la costa, presenciando una gran batalla. Los dragones se revolvían entre las olas, dando caza a los demonios que vertían su fuego sobre Seiiki.

La última imagen mostraba el cometa que había aparecido la última noche de la Gran Desolación, la linterna de Kwiriki, lanzando una lluvia de meteoros sobre el mar. Los demonios alados huían, mientras los dragones de Seiiki surgían de entre las olas, pintados con colores azules y plateados intensos.

Unos golpecitos en la puerta interrumpieron sus reflexiones. Tané se puso en pie con gran dolor. Cuando abrió se encontró a Onren, con su vestido verde oscuro y flores de sal en el cabello. Llevaba una bandeja.

—He traído la cena.

—Entra —dijo Tané, haciéndose a un lado y volviendo luego a la cama. Las velas se estaban consumiendo y creaban sombras largas. Onren depositó la bandeja en la mesa, dejando a la vista el pequeño festín. Había tiernos lomos de besugo, rollitos de cuajada de soja con huevas y kelp salado en un caldo aromático, todo ello acompañado de una jarra de vino especiado y un vaso.

—El honorable General nos ha dejado probar su famoso vino envejecido en el mar —dijo Onren con una sonrisa—. Te habría guardado un poco, pero se ha acabado casi en cuanto he llegado yo. Este es algo menos especial —precisó, sirviéndole un vaso—, pero puede que te ayude a mitigar el dolor.

—Gracias —dijo Tané—. Has sido muy amable pensando en mí, pero nunca me ha gustado mucho el vino. Tómatelo tú.

—Las pruebas ya han pasado, Tané. Ya puedes relajarte. Pero bueno… supongo que puedo echar un trago.

Onren se arrodilló en la estera.

—Te hemos echado de menos en el salón de banquetes.

—Estaba cansada.

—Ya me imaginaba que dirías eso. No te lo tomes a mal, pero por tu aspecto se diría que llevas años sin dormir. Y te has ganado un descanso. —Cogió el vaso—. Has estado muy bien contra Turosa. Quizá ahora por fin ese capullo se dé cuenta de que no está tan por encima de los campesinos que tanto desprecia.

—Ahora no somos campesinos —dijo Tané, escrutándola—. Pareces preocupada.

—Creo que hoy he perdido la ocasión de montar en dragón. Kanperu es tan bueno en la lucha como… —Le dio un sorbo al vino—. Bueno.

Así que había luchado contra Kanperu. A Tané se la habían llevado al cirujano y no había podido ver los otros enfrentamientos.

—Todos los otros días lo hiciste estupendamente —le recordó Tané—. El honorable general del Mar nos juzgará justamente.

—¿Cómo lo sabes?

—Es un jinete.

—Turosa mañana será jinete, y sin embargo se ha pasado años molestando a los que venimos del campo. He oído que una vez golpeó a un criado porque no se había inclinado lo suficiente. De habernos comportado así, a cualquiera de nosotras nos habrían expulsado de las Casas de Instrucción… pero las familias nobles aún conservan su poder.

—Tú no sabes si será nombrado jinete solo por eso.

—Te apuesto todo lo que tengo a que lo será.

Se hizo el silencio. Tané picoteó su cuajada de soja.

—Una vez me regañaron, cuando tenía dieciséis años, por apostar en la ciudad —dijo Onren—. Como aquello era algo indigno, me expulsaron de las clases y me dijeron que tenía que ganarme otra vez mi sitio en la Casa del Este. Estuve limpiando letrinas todo el resto del año. Mientras tanto, Turosa prácticamente mata a un criado, y unos días más tarde tiene una espada en la mano.

—Nuestros ilustres profesores tendrán sus motivos. Ellos comprenden el verdadero sentido de la justicia.

—Su motivo era que él es nieto de un jinete, y que yo no lo soy. Y ese será su motivo mañana si me dejan al margen para beneficiarlo a él.

—Ese no será el motivo —dijo Tané, sin pensarlo.

Se le había escapado antes de que pudiera contenerse, como un pez resbaladizo en manos de un pescador.

Onren levantó las cejas. Se hizo un silencio sepulcral, mientras Tané se debatía por dentro.

—Venga, Tané, di lo que piensas —dijo Onren, con una sonrisa tímida—. Al fin y al cabo somos amigas.

Ahora ya era demasiado tarde. Las pruebas, el intruso, el agotamiento, la culpa… todo aquello emergía violentamente, como las burbujas en un caldero de agua hirviendo, y Tané ya no podía contenerlo.

—Da la impresión que piensas que, si mañana no te nombran jinete, no será de ningún modo culpa tuya —dijo, sin ser consciente siquiera—. Yo he trabajado día y noche desde que llegamos. Tú, en cambio, no has mostrado ningún respeto. Llegas tarde a las pruebas, en presencia del Miduchi. Te pasas las noches en las tabernas cuando deberías estar practicando, y luego te preguntas por qué no has rendido ante tu oponente. Quizás sea ese el motivo si no te nombran jinete.

De la sonrisa de Onren ya no quedaba ni rastro.

—De modo que crees que no me lo merezco —dijo, tajante—. Porque… fui a la taberna. —Hizo una pausa—. ¿O fue porque fui a la taberna y aun así lo hice mejor que tú en la prueba del cuchillo?

Tané se quedó rígida.

—Aquel día tenías los ojos inyectados en sangre. Y aún los tienes. Te pasaste toda la noche en vela, practicando.

—Por supuesto que lo hice.

—Y te sabe mal que yo no lo hiciera. —Onren negó con la cabeza—. El equilibrio es necesario en todas las cosas, Tané; no quiere decir que no tenga respeto. Esta es una posibilidad única, que no hay que dejar escapar.

—Eso lo sé —dijo Tané, marcando las palabras—. Espero que tú también.

Onren esbozó una sonrisa al oír aquello, pero Tané observó en sus ojos que estaba dolida.

—Bueno —dijo, poniéndose en pie—. En ese caso más vale que te deje. No tengo ninguna intención de arrastrarte conmigo a la perdición.

Tané se calmó de pronto, tan rápidamente como se había encendido. Se quedó muy quieta, sentada en la cama, intentando tragar saliva. Por fin se puso en pie y bajó la cabeza.

—Te pido disculpas, honorable Onren —murmuró—. No debería haber dicho nada de eso. Es inexcusable.

Tras un segundo, Onren se ablandó:

—Perdonada. De verdad. —Suspiró—. Me tenías preocupada. —Tané no levantó la vista—. Siempre has trabajado duro, pero durante estas pruebas da la impresión de que estás exigiéndote más aún, Tané. ¿Por qué?

Cuando le hablaba así, era como tener otra vez a Susa al lado. Un rostro amable y una mente abierta. Por un momento, Tané sintió la tentación de contárselo todo a Onren. Quizá ella la entendiera.

—No —dijo por fin—. Es solo que tenía miedo. Y estaba cansada. —Se hundió de nuevo entre las sábanas—. Mañana estaré mejor. Cuando conozca mi destino.

Onren se rio.

—Vaya, Tané. Por cómo lo dices, parece que la alternativa sea la cárcel.

Tané se encogió, pero consiguió esbozar una sonrisa.

—Te dejaré. Ambas necesitamos descansar —dijo Onren, y vació el vaso—. Buenas noches, Tané.

—Buenas noches.

En cuanto Onren se fue, Tané apagó la lámpara de aceite y se metió en la cama. El agotamiento y el dolor pudieron por fin con ella, y se sumió en un sueño profundo.

Cuando se despertó, entraba una luz dorada por la ventana. Por un momento, no entendía por qué había tanta luz en la habitación. Era como si hiciera una eternidad que no salía el sol.

Abrió la ventana. El sol brillaba en los tejados de Ginura, aunque la lluvia seguía cayendo.

Lluvia con sol. Un buen augurio.

Los criados llegarían enseguida con su uniforme nuevo. Si el dragón de la sobreveste era plateado, seguiría siendo guardia marina y serviría como oficial en la marina.

Si era dorado, era una de los elegidos.

Paseó arriba y abajo y encendió el incienso del santuario para pronunciar una última oración. Pidió perdón por su falta de educación con Onren, y de nuevo por lo que había hecho la noche antes de la ceremonia. Si el gran Kwiriki la absolvía, le demostraría su devoción el resto de su vida.

Los criados llegaron a media tarde. Tané esperó, con los ojos cerrados, antes de girarse hacia ellos.

La túnica era de seda de agua. Azul como los zafiros. Y en la parte trasera de la sobreveste estaba el emblema del dragón, bordado en hilo de oro.

Sus nuevos asistentes le hicieron un corte de cabello militar. La cicatriz de la mejilla se veía aún más, y el hombro le dolía, pero tenía los ojos frescos como la tinta.

En el momento en que el sol iniciaba su despedida, bajó de su palanquín y pisó la pálida arena de la bahía de Ginura. La elección siempre se celebraba al final del día, porque aquello suponía un adiós a su vida anterior. Llevaba unas botas de cuero nuevas con el tacón grueso, para agarrarse mejor a los estribos de la silla.

Un arcoíris nocturno brillaba contra el púrpura ahumado del cielo, iluminando el horizonte con reflejos rojizos. La gente se iba congregando en los acantilados para ver aquella peculiar señal que enviaba el gran Kwiriki, y para ver a los doce nuevos jinetes de dragón caminando hacia el agua.

Entre ellos estaba Turosa. Al igual que todos los demás parientes de jinetes. Tané se encontró a su lado a Onren, que le sonreía. Se había ganado un puesto en el clan Miduchi.

La última vez que Tané había estado en una playa, el extraño había aparecido de entre las sombras como una maldición. Sin embargo, su marea interior, que la había impulsado hacia aquel día desde que era una niña, estaba curiosamente tranquila.

En el mar esperaban diez dragones seiikineses. El sol y el arcoíris iluminaban las olas que chocaban contra sus cuerpos. Al parecer los dos grandes guerreros lacustrinos aún no habían llegado.

Cuando llamaron a Kanperu, este hizo una reverencia al general del Mar, que le puso una sarta de perlas bailarinas en torno al cuello. Le entregó un yelmo y una silla de montar acolchada. A continuación le dio una máscara para protegerse el rostro de los elementos y una espada forjada con agua de sal e incrustaciones de madreperla en la vaina, hecha por el mejor maestro forjador de Seiiki.

Kanperu se pasó los cordones del yelmo alrededor del cuello, se cargó la silla al brazo y se encaminó hacia el mar. Cuando el agua le cubría hasta la cintura, extendió la mano derecha, con la palma hacia arriba.

Una dragona de color gris azulado extendió el cuello y se lo quedó mirando con unos ojos que eran como lunas llenas. Alargó la cabeza aún más y Kanperu le hundió los dedos en la crin para trepar a su lomo, atento a no pincharse con sus espinas. En cuanto tuvo la silla colocada y estuvo listo, la dragona emitió un rugido pavoroso y se sumergió en el agua, empapando a todos los que estaban en la playa.

Onren fue la siguiente en acercarse a la orilla, con una sonrisa de oreja a oreja. Apenas tuvo que extender la mano un momento antes de que el mayor de los dragones, un enorme seiikinés con la crin negra y las escamas como la plata batida, se acercara a la playa. Onren al principio estaba tensa, pero en cuanto establecieron contacto, se relajó y trepó a su cuello como si fuera una escalera.

—Honorable Miduchi Tané —anunció el general del Mar—. Acércate.

Onren se bajó la máscara, cubriéndose el rostro. Su dragón bajó la cabeza y se alejó nadando.

Tané se inclinó ante el general del Mar y le dejó que le pusiera la sarta de perlas alrededor del cuello, señal de que era una elegida. Cogió el yelmo y la silla y, por fin, la espada en su vaina. Ya le parecía una extensión de su propio brazo. Se la ajustó al cinto y se metió en el mar.

Sintió el agua tibia alrededor de las pantorrillas y le pareció que le faltaba el aliento. Tendió la mano. Cabeza gacha. Ojos cerrados. Tenía la mano firme, pero el resto del cuerpo le temblaba de los nervios.

Una escama fría le rozó los dedos. No se atrevía a mirar. Tenía que hacerlo. Cuando lo hizo, se encontró delante de dos ojos brillantes como fuegos artificiales que le devolvían la mirada: los de un dragón lacustrino.

21

Oeste

Loth salió por última vez de sus aposentos en el Palacio de la Salvación en plena noche. Llevaba dentro la peste draconiana. Un leve contacto con la frente del Rey Terreno, un picor en la mano, y de pronto era como si en su interior se hubiera dado la vuelta un reloj de arena, iniciando la cuenta atrás. Muy pronto, los finos granitos de arena de su cordura empezarían a escapársele por entre los dedos.

Al hombro llevaba un zurrón de cuero con provisiones para el viaje por las montañas. A un costado tenía la daga y la espada, ocultas bajo un manto invernal.

Kit le siguió por las escaleras.

—Espero que sea una buena idea, Arteloth —dijo.

—Es todo lo contrario a una buena idea.

—La mejor opción era hacerse piratas.

—Sin duda.

Estaban penetrando en las tripas de Cárscaro. La Donmata Marosa le había explicado cómo acceder a una escalera secreta desde el Santuario Real, y notaba cómo iban descendiendo. Loth se secó el sudor frío de la frente. Le había rogado a Kit que se quedara, pero su amigo había insistido en ir con él.

Pasó una eternidad antes de llegar a un terreno horizontal. Loth levantó la antorcha. La Donmata Marosa esperaba a los pies de la escalera, con el rostro oculto tras las sombras de su capucha. Estaba ante una gran grieta abierta en la pared.

—¿Qué es este lugar? —preguntó Loth.

—Una ruta de escape olvidada. Se usaría en caso de sitio, supongo. Era por donde pensábamos escapar mamá y yo.

—¿Y por qué no la usasteis para dar la voz de alarma en el exterior?

—Lo intenté. —Se bajó aún más la capucha—. Lord Kitston. ¿Se ha contagiado?

Kit asintió.

—Sí, Su Esplendor. Creo que estoy suficientemente contagiado.

—Bien —dijo ella, que volvió a dirigirse a Loth—. Envié a una de mis damas. Eso fue antes de saber que había tantas bestias draconianas en las montañas.

El mensaje estaba claro. La Donmata se giró y cogió unos bastones de madera acabados en un gancho.

—Son ganchos de hielo. Os servirán para mantener el equilibrio.

Los cogieron. A Loth le entregó otra bolsa pesada, con la caja de hierro en el interior.

—Os lo ruego, lord Arteloth: no abandonéis esta misión. —Sus ojos eran como gemas a la luz de la antorcha—. Confío en que lo haréis por mí. Y por los Reinos de las Virtudes.

Y con esas palabras se hizo a un lado.

—Enviaremos ayuda —dijo Loth, en voz baja—. Mantened a vuestro padre con vida todo lo que podáis. Si muere, ocultaos de Fýredel. Cuando llevemos a término la misión, les diremos a los soberanos de los Reinos de las Virtudes lo que ha ocurrido en Cárscaro. No moriréis sola en este lugar.

Por fin la Donmata Marosa sonrió, solo un poco. Como si se le hubiera olvidado cómo se hacía.

—Tenéis buen corazón, lord Arteloth —dijo—. Dadles recuerdos de mi parte a Sabran y a Aubrecht.

—Lo haré —contestó él, inclinando la cabeza—. Adiós, Su Esplendor.

—Adiós, milord.

Intercambiaron una mirada que duró varios latidos. Loth bajó la cabeza una vez más y se introdujo en el pasadizo.

—Que el Caballero del Valor os dé ánimo en estas horas oscuras —le dijo Kit a Marosa.

—Y a vos, lord Kitston.

Los pasos de la princesa resonaron a medida que se alejaba. Loth de pronto lamentó que no hubieran podido llevarla con ellos. Marosa Vetalda, Donmata de Yscalin, prisionera en su torre.

El pasaje estaba terriblemente oscuro. Una brisa impulsaba a Loth hacia delante. Tropezó en el irregular terreno una vez, casi quemándose un ojo con la antorcha. Estaban rodeados de brillante cristal volcánico y de la superficie porosa de la piedra pómez. El cristal refractaba la luz de la antorcha, creando cientos de reflejos de colores diversos.

Caminaron lo que les parecieron horas, rodeando algún obstáculo de vez en cuando, pero por lo demás avanzando en línea recta. Sus bastones marcaban un ritmo constante.

Una vez Kit tosió y Loth tensó todos los músculos.

—Shhh —dijo—. Preferiría no despertar a lo que sea que viva aquí abajo.

—Un hombre debe toser cuando tiene tos. Y nada vive aquí abajo.

—Entonces dime que estas paredes no tienen el aspecto de haber sido talladas por un basilisco.

—Venga ya, deja de ponerte tan trágico. Plantéatelo como una aventura más.

—Yo nunca quise una aventura —replicó Loth, preocupado—. Ni una. En este momento lo que querría es estar en el Palacio Briar con una copa de vino caliente, preparándome para acompañar a mi reina al altar.

—Y yo querría estar despertándome junto a Kate Withy, pero desgraciadamente no se puede tener todo.

Loth sonrió.

—Me alegro de que estés aquí, Kit.

—Eso espero —respondió Kit, con los ojos brillantes.

A Loth aquel lugar le recordaba al Innombrable, a cómo había resquebrajado la tierra hasta encontrar el camino a la superficie. Su madre le había contado muchas veces la historia cuando era niño, usando voces diferentes para asustarle y para hacerle reír.

Dio otro paso y el suelo a sus pies emitió un murmullo hueco, como si a un gigante le sonaran las tripas.

Loth se paró de golpe, agarrando la antorcha con fuerza. La llama tembló y una ráfaga de viento frío atravesó el túnel.

—¿Será un terremoto? —murmuró Kit. Al ver que Loth no respondía, repitió con la voz más tensa—: Loth, ¿es un terremoto?

—Shhh. No lo sé.

Oyeron otro ruido sordo, esta vez más intenso, y dio la

impresión de que la tierra se ladeaba. Loth perdió apoyo. Apenas tuvo tiempo de reaccionar cuando todo empezó a moverse: primero suavemente, luego como un temblor, y luego con más y más violencia, hasta hacerles entrechocar los dientes.

—¡Es un terremoto! —gritó—. Corre, Kit. Corre, amigo. ¡Corre!

Sentía el golpeteo de la caja de hierro en la espalda. Atravesaron la oscuridad, buscando desesperadamente el mínimo atisbo de luz diurna al final del túnel. Era como si todo el manto de la tierra se estuviera convulsionando.

—¡Loth! —exclamó Kit, presa del terror—. La antorcha... ¡Mi antorcha se ha apagado!

Loth paró en seco, dio media vuelta y alargó el brazo en el que llevaba su antorcha. Su amigo se había quedado muy atrás.

—¡Kit! —gritó, volviendo sobre sus pasos—. Ponte en pie, corre. ¡Sigue mi voz!

Un crujido. Como si una capa de hielo fuera a ceder bajo sus pies. Pedrisco, como grava, cayéndole en la espalda. Se echó las manos a la cabeza y en aquel momento el techo del túnel se le cayó encima.

Pasó un buen rato en que pensó que era el fin. El Caballero del Valor le había abandonado, y gimoteaba como un niño. Solo veía oscuridad. La roca seguía fragmentándose. Los cristales se hacían pedazos con un gran estruendo. Tosió, sintiendo el amargo polvo en la boca.

Y de pronto, sin más, todo paró.

—Kit —gritó Loth—. ¡Kit!

Jadeando se puso a buscar su antorcha, que por puro milagro seguía encendida, y la tendió hacia el lugar donde había oído la voz de Kit. El túnel estaba cubierto de roca y cristal volcánico.

—¡Kitston!

No podía estar muerto. No debía estar muerto. Loth empujó la pared de escombros con todas sus fuerzas, se lanzó golpeándola con el hombro una y otra vez, la golpeó con el bastón y con los puños hasta hacerse sangre. Cuando por fin cedió, buscó entre los escombros y fue apartando las piedras con sus manos desnudas, y sintió el aire denso como la miel, pegándosele en la garganta.

Sus dedos dieron con una mano inerte. Apartó otros cristales, con los músculos tensos del esfuerzo.

Y ahí, por fin, estaba Kit. Ahí estaban los ojos que conocía Loth, pero habían perdido su risa. Aquella boca, tan presta a sonreír, no volvería a hacerlo. Vio la medalla que llevaba alrededor del cuello, idéntica a la que le había regalado a Loth en su última Fiesta de la Camaradería. El resto de su cuerpo estaba enterrado en la roca. Lo único que veía Loth era la sangre que se abría paso por entre las piedras.

Un llanto desesperado se apoderó de él. Tenía las mejillas empapadas en sudor y en lágrimas, los nudillos cubiertos de sangre y un sabor metálico en la boca.

—Perdóname —dijo, con voz ronca—. Perdóname, Kitston Glade.

22

Oeste

El matrimonio de Sabran IX y Aubrecht II tuvo lugar cuando el verano dejaba paso al otoño. Era costumbre que intercambiaran sus votos a medianoche, durante la luna nueva, porque era en las horas más oscuras cuando más necesario era el apoyo de un compañero.

Y desde luego era una hora oscura. Nunca en la historia de Berethnet se había celebrado un matrimonio a tan poca distancia de un funeral.

El Gran Santuario del Palacio Briar, como todos los santuarios, era redondo, a imagen de los escudos usados por los antiguos caballeros de Inys. Tras la Caída de las Sombras, después de que cediera el tejado del santuario, Rosarian II había ordenado que pusieran vitrales rojos en los arcos en memoria de los que habían derramado su sangre en aquel lugar.

Con el paso de los siglos, tres árboles se habían abierto paso descaradamente a través de la puerta y habían extendido sus ramas por la entrada. Sus hojas ya lucían los tonos dorados y ámbar del otoño. Seiscientas personas se habían reunido bajo los árboles para la ceremonia, entre ellas la Virtuosísima Orden de los Santarios.

Cuando la reina de Inys apareció en la puerta del sur, se hizo el silencio. Llevaba el cabello perfectamente peinado, de un negro ébano brillante, decorado con flores blancas. Alrededor del cuello lucía una gorguera, y en la cabeza una corona de oro con filigranas y rubíes engastados que reflejaban la luz de todas las velas.

El coro se puso a cantar, con unas voces delicadas, agudas y ricas. Sabran dio un paso y luego se detuvo.

Desde su posición entre los portadores de velas, Ead observó a la reina, que parecía anclada al suelo. Roslain, que la acompañaba al altar, le apretó el brazo.

—Sab —le susurró.

Sabran reaccionó. En la oscuridad del santuario, pocos habrían podido percibir la rigidez de sus hombros o el temblor que habrían podido achacar al frío.

Un momento más tarde, volvía a arrancar.

Seyton Combe observó su avance desde el lugar ocupado por la Junta de los Duques y sus familias. La luz de las velas revelaba la mueca de satisfacción apenas esbozada que tenía en el rostro.

Para eso había enviado a Loth a la muerte. A Loth, que ahora debería estar con Sabran. En Inys era tradición que los amigos más íntimos de los novios fueran los que les acompañaran en la ceremonia de unión con sus compañeros.

A poca distancia estaba Igrain Crest, impenetrable. Ead supuso que sería porque para ella aquello era tanto una victoria como una derrota. Quería una heredera, pero que no fuera hija de aquel padre. También era la demostración de que Sabran ya no era la niña apesadumbrada que tanto había necesitado de su consejo durante su minoría de edad.

El Príncipe Rojo entró por el otro extremo del santuario, de la mano de su hermana mayor. Él llevaba una capa a juego con el vestido de la novia, con un reborde de seda roja y armiño, y un jubón con cierres de oro. Al igual que Sabran, llevaba guantes, con unos botones ostentosos y llamativos. Una fina corona plateada recordaba su pertenencia a una casa real.

Sabran caminó hacia él con elegancia. Su vestido de boda atraía todas las miradas. Era de un rojo carmín, como el vino de cerezas, salvo por la pechera, negra con decoraciones en oro y perlas. Sus damas, Ead incluida, llevaban un diseño a la inversa, con las faldas negras y pecheras rojas.

El cortejo nupcial se encontró en el camarín del santuario, bajo un baldaquino dorado apoyado sobre unas columnas. Los testigos formaron un círculo a su alrededor. Ahora Sabran estaba iluminada por las velas del camarín. Lievelyn, que estaba lo suficientemente cerca como para verla bien, tragó saliva.

Sabran cogió a Roslain de la mano mientras Lievelyn entrecruzaba los dedos con su hermana mayor, y los cuatro se arrodillaron sobre unos reclinatorios. Todos los demás se distribuyeron por el resto del santuario. Ead apagó su vela y se quedó observando a Chassar, entre la multitud.

El santario mayor de Inys tenía los dedos huesudos y era tan pálido que las sienes se le transparentaban, dejando a la vista sus venas azules. En la parte delantera de su hopalanda llevaba bordada la imagen de la Espada de la Verdad en hilo plateado.

—Amigos —dijo, rompiendo el silencio—. Nos hemos reunido esta noche, en este refugio terrenal, para ser testigos de la sagrada unión de estas dos almas, que se convertirán en compañeros. Al igual que la Damisela y el Santo, han decidido comulgar en carne y alma para preservar así nuestras Virtudes. La unión entre compañeros es un acto de gran importancia: no hay que olvidar que Inys nació del amor entre Galian, un caballero de Inysca, y Cleolinda, una hereje de Lasia.

Solo había pasado un momento y ya habían llamado hereje a la Madre. Ead cruzó una breve mirada con Chassar, al otro lado del pasillo.

El santario mayor se aclaró la garganta y abrió un libro de oraciones con las cubiertas de plata para leer la historia del Caballero de la Camaradería, que había sido el primero en formar parte del Séquito Sagrado. Ead solo escuchaba a medias. Tenía los ojos puestos en Sabran, que estaba perfectamente inmóvil mientras Lievelyn la miraba.

Cuando acabó la historia, Roslain y Ermuna, cuya tarea como acompañantes ya había acabado, se apartaron de la pareja real. Roslain fue a situarse con su compañero, lord Calidor Stillwater, que la cogió de la cintura. Ella no dejaba de mirar a Sabran que desde su posición bajo el baldaquino a su vez se quedó mirando cómo se alejaba su amiga y la dejaba con aquel hombre prácticamente desconocido.

—Empecemos —dijo el santario mayor, mirando a Lievelyn y asintiendo.

El Gran Príncipe se quitó el guante de la mano izquierda y la extendió:

—Sabran IX, de la Casa de Berethnet, reina de Inys, tu prometido te tiende la mano de la camaradería. ¿La aceptas y aceptas ser su fiel compañera, desde este momento y hasta el fin de los días?

Lievelyn le sonrió sin apenas mover los músculos de los ojos. Las sombras no dejaban ver si ella le devolvía la sonrisa, mientras aceptaba un anillo con el nudo del amor de manos del santario mayor.

—Acepto —dijo. Hizo una pausa, con la mandíbula tensa, y Ead vio que hinchaba ligeramente el pecho—. Aubrecht Lievelyn, te tomo como compañero. —Le deslizó el anillo en el dedo índice. De oro, reservado para los soberanos—. Mi amigo, mi compañero de cama, mi compañía constante en todas las cosas. —Pausa—. Juro amarte con mi alma, defenderte con mi espada y no concederle a nadie más mi favor. Este es mi voto.

El santario mayor asintió otra vez. Entonces fue Sabran la que se quitó el guante izquierdo.

—Aubrecht II, de la Casa de Lievelyn, Gran Príncipe del Estado Libre de Mentendon —dijo—, tu prometida te tiende la mano de la camaradería. ¿La aceptas y aceptas ser su fiel compañero, desde este momento y hasta el fin de los días?

—Acepto —dijo Lievelyn.

Cuando tomó la mano de Sabran de manos del santario mayor, esta tembló casi imperceptiblemente. Era la última oportunidad de Sabran para evitar el matrimonio antes de que fuera legalmente vinculante. Ead echó una mirada a Roslain, que estaba moviendo ligeramente los labios, como para animar a su reina. O quizá rezando.

Sabran levantó la vista, miró a Lievelyn y por fin asintió levemente. Él le cogió la mano izquierda, con la misma suavidad que si fuera un sirviente, y le colocó el anillo, que brillaba en su dedo.

—Sabran Berethnet —dijo—, te tomo como compañera. Mi amiga, mi compañera de cama, mi compañía constante en todas las cosas. Juro amarte con mi alma, defenderte con mi espada y no concederle a nadie más mi favor. —Le apretó la mano entre las suyas—. Este es mi voto.

Se miraron el uno al otro y se hizo un breve silencio. Entonces el santario mayor abrió los brazos como si quisiera abrazar a los testigos, poniendo fin a aquel momento.

—Declaro unidas a estas dos almas como compañeras a los ojos del Santo —proclamó—, y a través de él, de todos los Reinos de las Virtudes.

Estallaron los vítores en el santuario, con tal estruendo que parecía que el techo iba a venirse abajo otra vez. Mientras aplaudía, Ead echó una mirada a la Junta de los Duques. Nelda Stillwater y Lemand Fynch parecían contentos. Crest estaba tiesa como un cetro, con la boca convertida en una línea recta sin labios, pero se golpeaba la palma de la mano con la punta de los dedos, como intentando aplaudir. Tras ellos estaba el Halcón Nocturno, sonriendo satisfecho.

Los compañeros solían besarse una vez casados, pero aquel gesto se habría considerado impropio de la realeza. Así que Sabran se cogió del brazo que le tendía Lievelyn y descendieron juntos de la plataforma. Y Ead vio que, aunque demacrada, la reina de Inys sonreía por su pueblo.

Ead cruzó una mirada con Margret, que agarró del codo a Linora, hecha un mar de lágrimas, para llevársela de allí. Las tres se alejaron como fantasmas.

Ya en la Alcoba Real, arreglaron la cama y registraron cada rincón. Habían colocado una figurita de bronce del Caballero de la Camaradería bajo la lámpara principal. Ead encendió las velas de la chimenea, corrió las cortinas y se arrodilló para encender fuego. El santario mayor había insistido en que crearan un ambiente muy cálido. Había un libro de oraciones en la mesita de noche, abierto por el relato del Caballero de la Camaradería, y una manzana roja encima. Era un símbolo de fertilidad, tal como le contó Linora a Ead mientras trabajaban. «Es una vieja tradición pagana —le explicó—, pero a Carnelian II le gustó tanto que pidió a la Orden de los Santarios que la incluyeran en la rutina de la consumación.»

Ead se secó la frente. Estaba claro que el santario mayor consideraba que engendrar una heredera era como cocer un pan en el horno.

—Tengo que ir a buscarles algo para beber —dijo Margret, tocando a Ead en el brazo y saliendo de la estancia. Linora llenó dos braseros con carbón mientras tatareaba una melodía y los metió bajo las sábanas.

—Linora —le dijo Ead—, ve a disfrutar de la fiesta. Ya acabaré yo.

—Oh, qué buena eres, Ead. Gracias.

En cuanto Linora se fue, Ead se aseguró de que la lámpara del techo estuviera bien sujeta. La Alcoba Real había estado cerrada y vigilada todo el día; solo Roslain tenía llave, pero Ead no confiaba en nadie de aquella corte.

Tras un buen rato, durante el cual reflexionó si era una

buena decisión o no, Ead sacó la rosa que había cortado aquella tarde y la puso tras la almohada, en el lado derecho de la cama. La almohada bordada con el emblema de los Berethnet.

Que al menos por una noche tuviera dulces sueños.

Las guardas que había puesto revelaron unos pasos que Ead reconoció. Apareció una sombra en el umbral, y luego Roslain Crest, que inspeccionó la habitación levantando el mentón.

Tenía un mechón suelto, que se le había soltado del peinado, en forma de corazón. Repasó la habitación como si fuera la primera vez que la veía, y no el lugar donde había dormido al lado de la reina en innumerables ocasiones.

—Milady —dijo Ead—. ¿Os encontráis bien?

—Sí. —Roslain resopló por la nariz—. Su Majestad requiere vuestra presencia, Ead.

Aquello era algo inesperado.

—Sin duda, alguna de sus damas de honor podrá ayudarla a quitarse…

—Tal como he dicho —la interrumpió Roslain—, ha preguntado por vos. Y parece ser que ya habéis acabado con vuestras obligaciones aquí. —Echó una última mirada a la estancia y volvió al pasillo, y Ead la siguió—. Como bien sabéis, una camarera no puede tocar a ningún miembro de la realeza, pero hoy lo pasaré por alto, en la medida de lo necesario.

—Por supuesto.

El Vestidor Real, donde Sabran se lavaba y se vestía a diario, era una sala cuadrada con un elaborado techo de moldura, la más pequeña de los aposentos reales. Tenía las cortinas cerradas.

Sabran estaba descalza junto al fuego, mirando las llamas, mientras se quitaba los pendientes. Su vestido de noche ya estaría guardado en su guardarropa privado, porque ya estaba en camisola. Katryen le estaba retirando el relleno de la cadera.

Ead se acercó a la reina y le apartó la melena para descubrirle la nuca, donde estaba el cierre de su collar.

—Ead —dijo Sabran—. ¿Te ha gustado la ceremonia?

—Sí, majestad. Estabais espléndida.

—¿Ya no? —preguntó, como si fuera una broma, pero Ead percibió la duda en su voz.

—Vos siempre estáis bella, mi señora. —Ead abrió el ganchito y le quitó las joyas que le rodeaban la garganta—. Pero a mis ojos… nunca lo habéis estado tanto como ahora.

Sabran se la quedó mirando.

—¿Tú crees… —dijo— que al príncipe Aubrecht también se lo parecerá?

—Su Alteza Real estaría loco si así no fuera.

Sus miradas se apartaron cuando Roslain regresó a la cámara. Se acercó a Sabran y se puso a desabrocharle el corsé.

—Ead —dijo—. La bata.

—Sí, milady.

Mientras Ead buscaba un brasero para calentar la prenda, Sabran levantó los brazos, dejando que Roslain le quitara la camisola por la cabeza. Las dos damas acompañaron a la reina a la bañera, donde la lavaron de la cabeza a los pies. Mientras se ponía la bata, Ead le echó una mirada fugaz.

Una vez despojada de todas sus galas, Sabran Berethnet no tenía aspecto de descendiente de ningún santo, falso o auténtico. Era mortal. Seguía siendo imponente, elegante, pero no mostraba toda esa fuerza.

Su cuerpo era como un reloj de arena: caderas redondeadas, una cintura fina y pechos llenos, con los pezones en punta. Piernas largas, fortalecidas por la equitación. Cuando vio la zona oscura entre sus muslos, Ead sintió un escalofrío.

Volvió a concentrarse en lo que tenía entre manos. Los inys eran muy pudorosos. Ella no había visto un cuerpo desnudo que no fuera el suyo en años.

—Ros —dijo Sabran—. ¿Me dolerá?

Roslain le secó la piel con telas limpias.

—Al principio puede, un poco —respondió—. Pero no durará mucho. Y desde luego no si Su Alteza Real es… delicado.

Sabran tenía la mirada perdida en la habitación, sin verla. Le dio vueltas a su anillo con el nudo del amor.

—¿Y si no consigo concebir?

En el silencio que siguió a aquella pregunta no habría pasado desapercibida ni la respiración de un ratón.

—Sabran —dijo Katryen, con voz suave—, por supuesto que concebiréis.

Ead guardó silencio. Daba la impresión de que aquella conversación era íntima, pero nadie le había ordenado que se marchara.

—Mi abuela tardó muchos años en conseguirlo —dijo Sabran—. Los Sombras del Oeste están al acecho. Yscalin me ha traicionado. Si Fýredel y Sigoso invaden Inys y yo no tengo una heredera…

—Tendréis una heredera. La reina Jillian tuvo una bella hija, vuestra madre. Y muy pronto vos también seréis madre —dijo Roslain, apoyando la barbilla en el hombro de Sabran—. Cuando hayáis acabado, quedaos tendida un rato, y dormid boca arriba.

Sabran se apoyó en ella.

—Ojalá Loth estuviera aquí —dijo—. Era él quien tenía que entregarme en matrimonio. Se lo había prometido. —Ahora que el maquillaje había desaparecido, sus ojeras se mostraban más oscuras que nunca—. Ahora está... perdido. En algún lugar de Cárscaro. Y no tengo modo de contactar con él.

—Loth estará bien. Yo tengo fe en que volverá pronto —dijo Roslain, abrazándola más fuerte—. Y cuando vuelva, os traerá noticias de vuestro padre.

—Otro rostro que echo de menos. Loth y padre... y Bella, también. La fiel Bella, que sirvió a tres reinas. —Sabran cerró los ojos—. Es de mal augurio que haya muerto justo en estos días. En la cama donde...

—Sabran —atajó Roslain—, es vuestra noche de bodas. No debéis tener esos pensamientos oscuros o acabarán ensombreciendo vuestra semilla.

Ead vació el brasero de nuevo en el hogar. Se preguntó si los inys tenían alguna idea de lo que era la concepción, o si sus médicos se basaban para sus diagnósticos en meras suposiciones.

A medida que se acercaba la hora, la reina fue mostrándose cada vez más callada. Roslain le susurraba consejos al oído, mientras Katryen la peinaba, quitándole todos los pétalos de entre el cabello.

Le pusieron un camisón y un quitón rematado con pieles. Katryen le sacó el cabello de debajo del camisón.

—Ead —dijo Sabran, mirando hacia la puerta—. ¿Es así como lo hacéis en el Ersyr?

La reina tenía el ceño ligeramente fruncido, igual que cuando le había descrito su pesadilla, y Ead sintió la necesidad de ayudarla a suavizar el gesto.

—Algo así, señora —respondió.

En el exterior se oyó el silbido de un fuego de artificio. Empezaban las celebraciones en la ciudad.

Sacaron a Sabran del Vestidor Real. Estaba temblando, pero mantuvo la cabeza alta.

Una reina no podía demostrar miedo.

Cuando tuvieron delante las puertas de la Alcoba Real, Roslain y Katryen se situaron aún más cerca de su soberana. Sir Tharian Lintley y dos de sus hombres, que montaban guardia, se arrodillaron ante ella.

—Majestad —dijo Lintley—, para proteger vuestra intimidad, no puedo montar guardia ante la Alcoba Real en vuestra noche de bodas. Encomiendo vuestra protección a vuestro compañero y a vuestras damas.

Sabran le apoyó una mano sobre la cabeza.

—Bien, sir Tharian —dijo—. La Caballero de la Cortesía os sonríe.

Él se puso en pie, y sus caballeros hicieron una reverencia a la reina. Mientras se alejaban, Katryen tomó la llave de manos de Roslain y abrió las puertas.

A los pies de la cama estaba el santario mayor con un libro de oraciones en la mano. Aubrecht Lievelyn esperaba con sus ayudas de cámara en el dormitorio. Su camisón, rematado con una veta negra, se abría sobre el pecho, dejando a la vista las clavículas.

—Majestad —dijo. A la luz del fuego, sus ojos brillaban como tinteros. Sabran insinuó apenas un saludo con la cabeza.

—Alteza Real.

—El Santo bendice esta cama. Que acoja los frutos de una dinastía eterna —dijo el santario mayor, haciendo el signo de la espada—. Y ahora llega el momento de que los amigos se vayan, para que estos nuevos compañeros se conozcan mutuamente. Que el Santo nos dé a todos buena noche, porque él siempre nos observa en la oscuridad.

—Él nos observa en la oscuridad —repitieron a coro. Todos menos Ead.

Las damas y los ayudas de cámara hicieron una reverencia. En el momento en que Roslain levantó la cabeza, Sabran le susurró:

—Ros.

Roslain la miró a los ojos. Y evitando las miradas de los hombres, agarró a Sabran de la mano, tan fuerte que los dedos de ambas quedaron blancos.

Katryen acompañó a Roslain al exterior. Ead las siguió, pero se giró por última vez hacia la reina, y cruzaron una mirada.

Por primera vez veía a Sabran Berethnet por lo que era,

debajo de aquella máscara: una mujer joven y frágil que llevaba el peso de un legado milenario sobre sus hombros. Una reina cuyo poder absoluto dependía exclusivamente de que pudiera engendrar una hija. Ead habría querido agarrarla de la mano y sacarla de aquel dormitorio, pero nunca se habría atrevido. Dejó a Sabran sola, como habían hecho todos los demás.

Margret y Linora estaban esperando. Las cinco se encontraron en la oscuridad.

—¿Os ha parecido que estaba bien? —preguntó Margret, en voz baja.

Roslain se pasó las manos por la falda.

—No lo sé —respondió, caminando adelante y atrás—. Por primera vez en mi vida, no lo tengo claro.

—Es normal que esté nerviosa —dijo Katryen, susurrando—. ¿Cómo te sentiste tú con Cal?

—Eso era diferente. Cal y yo nos prometimos ya de niños. No era un extraño —dijo Roslain—. Y el destino de las naciones no dependía del fruto de nuestra unión.

Se quedaron allí, de guardia, aguzando el oído, atentas a cualquier ruido extraño. Un cuarto de hora más tarde, Katryen apoyó la oreja en la puerta.

—El príncipe está hablando de Brygstad.

—Que hablen —dijo Ead, sin levantar la voz—. Apenas se conocen.

—Pero ¿qué pasará si no se consuma la unión?

—Sabran ya se encargará de que ocurra —respondió Roslain, con la mirada perdida—. Sabe que es su deber sagrado.

La espera se prolongó. Linora, que se había sentado en el suelo, se durmió apoyada contra la pared. Finalmente Roslain, que hasta entonces había estado inmóvil como una estatua de piedra, se puso a caminar otra vez adelante y atrás.

—Y si… —Se retorció las manos—. ¿Y si es un monstruo?

Katryen se le acercó:

—Ros…

—Ya sabes… Mi madre me dijo que Sabran VIII fue maltratada por su compañero. Él bebía, iba con rameras y le decía cosas crueles. Ella nunca se lo contó a nadie. Ni siquiera a sus damas de compañía. Hasta que una noche… —se llevó una mano al petillo— el muy despreciable la golpeó. Le reventó un pómulo y le rompió la muñeca…

—Y fue ejecutado por ello —replicó Katryen, acercándose

más—. Escúchame bien: a Sab no le va a pasar nada. He visto cómo trata Lievelyn a sus hermanas. Tiene el corazón de un corderillo.

—Puede que aparente ser un corderillo —dijo Ead—, pero los monstruos suelen tener cara de corderillo. Saben enmascararse. —Las miró a las dos—. Vigilaremos. Aguzaremos el oído. Recordad por qué llevamos dagas, además de joyas.

Roslain se la quedó mirando y asintió lentamente. Y también Katryen, un momento más tarde. Ead vio que harían cualquier cosa por Sabran. Acabarían con la vida de quien fuera, o darían la suya. Lo que fuera.

Al cabo de una hora, algo cambió en la Alcoba Real. Linora se despertó y se llevó una mano a la boca.

Ead se acercó a la puerta. Fue solo un momento, pero oyó lo suficiente como para entender lo que estaba pasando allí dentro. Cuando acabó, asintió a las damas de honor.

Sabran había cumplido con su deber.

Por la mañana, Lievelyn salió de la Alcoba Real poco después de las nueve. Las damas tuvieron que esperar a que la Puerta Menor se cerrara tras él antes de ir a atender a su reina.

Sabran yacía en la cama, con las sábanas cubriéndola hasta el pecho. Ella misma o Lievelyn habían abierto las cortinas, pero el cielo estaba cubierto y no entraba demasiada luz.

Cuando entraron ella las miró por encima del hombro. Roslain corrió a su lado.

—¿Estáis bien, majestad?

—Sí —dijo Sabran, que parecía cansada—. Creo que sí, Ros.

Roslain le estampó un beso en la mano. Cuando Sabran se levantó, Katryen se apresuró a cubrirla con una túnica.

Mientras Ead se acercaba a la cama con Margret y Linora, las dos damas de honor guiaron a Sabran a la butaca junto al fuego.

—Hoy me quedaré en mis aposentos —anunció Sabran, colocándose un mechón de pelo tras la oreja—. Tengo antojo de fruta.

—Lady Linora —dijo Katryen—, id a traerle a Su Majestad unas moras y unas peras. Y una taza de ponche, por favor.

Linora salió, aparentemente molesta por tener que marcharse. En cuanto se cerró la puerta, Roslain se arrodilló ante Sabran, haciendo que la falda se le desplegara por el suelo.

—Oh, Sab, estaba tan… —Sacudió la cabeza—. ¿Ha ido todo bien con Su Alteza Real?

—Perfectamente —dijo Sabran.

—¿De verdad?

—De verdad. Se me ha hecho algo raro, pero Su Alteza Real ha sido muy… atento.

Se apoyó una mano en el vientre.

—¿Puede ser que ya esté grávida?

Era poco probable que se quedara embarazada tras solo una noche, pero los inys sabían muy poco sobre el cuerpo y su funcionamiento.

—Debéis esperar hasta el día en que os toque el período —dijo Roslain mientras se ponía en pie, siempre paciente—. Si no hay sangre, estáis embarazada.

—No necesariamente —precisó Ead. Cuando vio que Sabran y ambas damas de honor se la quedaban mirando, agachó ligeramente la cabeza—. A veces el cuerpo nos engaña, majestad. Se le llama falso embarazo —añadió, y Margret asintió—. Es difícil estar seguro hasta que el bebé empieza a crecer.

—Aunque, por supuesto —puntualizó Katryen—, todas tenemos fe en que estaréis embarazada muy pronto.

Sabran se agarró a los brazos de su butaca.

—Entonces tendré que volver a yacer con Aubrecht —dijo—. Hasta que esté segura.

—El bebé llegará cuando sea el momento —dijo Roslain, dándole un beso en la cabeza—. De momento, solo debéis pensar en hacer que vuestro matrimonio sea feliz. Quizá podríais tomaros un mes de vacaciones con el príncipe Aubrecht. El Castillo de Glowan está precioso en esta época del año.

—No puedo dejar la capital —dijo Sabran—, ahora que hay un Sombra del Oeste acechando.

—No hablemos de Sombras del Oeste —dijo Roslain, arreglándose el cabello—. Ahora no.

Margret aprovechó la ocasión:

—Pues dado que necesitamos otro tema de conversación —dijo, con un brillo travieso en los ojos—, ¿por qué no nos contáis vos cómo fue vuestra noche de bodas, Ros?

Katryen soltó una risita nerviosa y Roslain esbozó una sonrisa; Sabran le echó una mirada cómplice.

Linora regresó con la fruta justo en el momento en que Roslain recordaba su boda con lord Calidor Stillwater. Una vez hecha la cama, todas se trasladaron al Vestidor Real, donde Sabran se sentó junto al lavabo. Permaneció en silencio mientras Katryen le aplicaba grialina en el cabello y le daba agua de rosas para que se aclarara la boca. A petición de Sabran, Margret se puso a tocar el virginal.

—Señora Duryan —dijo Katryen—, ayudad a aclararle el cabello a Su Majestad, si no os importa. Yo debo ir a ver a lord Camarlengo.

—Por supuesto.

Katryen cogió su cesta de mimbre y se fue. Ead, mientras tanto, fue al lavabo, junto a Roslain.

Echó agua del aguamanil para quitarle del cabello aquella espuma de olor dulce. Cuando fue a coger la toalla, Sabran la sujetó de la muñeca.

Ead se quedó inmóvil. Una simple camarera no tenía permiso para tocar a la reina y esta vez Roslain no le había prometido que fuera a pasarlo por alto.

—La rosa olía maravillosamente, señora Duryan.

Sabran entrecruzó los dedos con los suyos. Ead pensaba que quería decirle algo más y se agachó para oírla mejor, pero en lugar de eso Sabran Berethnet le dio un beso en la mejilla.

Sus labios eran suaves como el plumón de cisne. Ead sintió que todo el vello del cuerpo se le ponía de punta y se contuvo para no soltar un enorme suspiro.

—Gracias —dijo Sabran—. Ha sido un detalle generoso.

Ead miró de reojo a Roslain, que estaba atónita.

—Ha sido un placer, mi señora —dijo. En el exterior, la humedad cubría la vegetación. La lluvia caía por los cristales empañados del Vestidor Real. La reina se recostó en su butaca como si estuviera en el trono.

—Ros —dijo—. Cuando Kate regrese, decidle que vuelva al despacho del lord Camarlengo. Le dirá que la señora Ead Duryan ha sido ascendida a dama de honor.

II

NO OSO DECLARAR

Considerad cómo debía manejarse,
pensad en la trampa hambrienta,
la red que ella misma se había tejido,
a sabiendas o no...

MARION ANGUS

23

Sur

La punta del bastón perforó la nieve y lord Arteloth Beck agachó la cabeza para protegerse del viento que aullaba por entre las Escarpadas. Bajo los guantes tenía los dedos rojos como si los hubiera sumergido en tinte. Sobre los hombros llevaba el cadáver de un carnero de montaña.

Había pasado días con las mejillas cubiertas de lágrimas congeladas, pero ahora el frío le había penetrado bajo la piel. No podía pensar en Kit mucho rato ahora que cada paso era una agonía. Un gesto compasivo del Santo.

Había caído la noche. La nieve le había empolvado la barba de blanco. Cruzó un arroyo de lava que surgía de una grieta en la ladera y se arrastró hacia el interior de la cueva, donde se dejó invadir por un sueño intermitente. Una vez recuperadas las fuerzas, colocó bien los troncos y ramas que había recogido. Rascó la yesca y sopló para encender la llama. Luego tragó saliva y se puso a limpiar el carnero. Después de haber despellejado al primer animal, la tercera noche, había vomitado y se había echado a llorar hasta quedarse sin lágrimas. Ahora ya tenía las manos entrenadas en el arte de la supervivencia.

Cuando acabó se hizo un pincho para atravesar la carne y asarla al fuego. Al principio temía que los wyrms vieran el fuego de su hoguera y que acudieran como polillas, pero eso no pasó.

Se limpió las manos con la nieve del exterior de la cueva y luego echó más nieve sobre la mancha de sangre, para camuflar el olor. En su refugio, hincó el diente al carnero y le rogó mentalmente a la Caballero de la Cortesía que apartara la mirada. Después de comer todo lo que pudo y de arrancar toda la carne comestible de los huesos, Loth enterró la carcasa y volvió a enfundarse las manos en los guantes. La visión de sus propios dedos con las puntas rojas le resultaba muy incómoda.

La erupción ya iba extendiéndose por la espalda, o al menos eso le parecía. No tenía modo de saber si el picor era real o si era fruto de su imaginación. La Donmata Marosa no le había dicho exactamente de cuánto tiempo disponía, sin duda para evitar que fuera contando los días.

Tenía frío, así que volvió junto al fuego y apoyó la cabeza en su bolsa. Descansaría unas horas antes de volver a salir. Mientras estaba allí, envuelto en su manto, hecho un ovillo, echó un vistazo a la brújula que llevaba colgada de un cordel al cuello. La Donmata le había dado instrucciones para que fuera hacia el sureste hasta llegar al desierto. Luego debía cruzarlo hasta llegar a la capital ersyri, Rauca, y de allí tenía que tomar una caravana hasta Rumelabar, donde vivía Chassar uq-Ispad, en una finca enorme, el lugar donde se había criado Ead, su pupila.

Sería un viaje duro, y si quería evitar desarrollar la enfermedad, tenía que hacerlo lo más rápidamente posible. En su bolsa no había ningún mapa, pero había descubierto un portamonedas con soles de oro y de plata. Cada moneda llevaba la imagen de Jantar el Espléndido, rey del Ersyr.

Loth se metió la brújula de nuevo bajo la camisa. Sentía la fiebre en la frente. Desde el día en que el rubor había invadido sus manos, se despertaba de sus sueños bañado en sudor. Soñaba con Kit, enterrado en cristal teñido de sangre, atrapado para siempre entre un mundo y el otro. Soñaba con Sabran muriendo de parto, y se veía impotente para evitarlo. Y soñaba, inexplicablemente, con la Donmata Marosa bailando en Ascalon, antes de verse recluida en su torre, a merced del títere en que se había convertido su padre.

De pronto un ruido en la boca de la cueva le devolvió a la realidad. Aguzó el oído, se quedó inmóvil y esperó.

Un talón golpeando la piedra. Del fuego ya solo quedaban unas brasas, pero esa poca luz le bastaba para distinguir aquella silueta monstruosa.

Plumaje de color blanco roto y patas cubiertas de escamas rosadas. Tres dedos en cada garra. Un colgajo de carne sobre el pico. Loth nunca había visto algo tan horrendo, tan temible. Se encomendó al Caballero del Valor, pero lo único que encontró fue un abismo de terror.

Era una cocatriz.

Un sonido gutural surgió de lo más profundo de su garganta, y del pico le cayó algo, como una baba. Sus ojos eran como dos llagas sangrantes en la cabeza. Loth, inmóvil entre las sombras, observó que tenía un ala rota cubierta de sangre y el plumaje sucio. Una lengua babosa lamía las heridas.

Temblando de miedo, Loth tiró de la correa de su bolsa acercándosela al pecho y agarró el bastón. Mientras la cocatriz se lamía las heridas, desenfundó la espada y se arrastró hacia la boca de la cueva, pegado a la pared más cercana.

La cocatriz levantó la cabeza de golpe. Soltó un chillido ensordecedor e irguió el cuerpo. Loth echó a correr y saltó por encima de su cola. Corrió como no había corrido nunca, salió de la cueva y siguió ladera abajo, deslizándose sobre el hielo. En su desesperación, pisó mal y cayó rodando, agarrándose a su bolsa como si fuera la mano del propio Santo.

De pronto unas garras le aferraron por los hombros. Gritó y vio como el suelo se alejaba. La espada se le escapó de las manos, pero con la punta de los dedos consiguió sujetar el bastón.

La cocatriz aleteó, elevándose por encima de un desfiladero, ladeando el cuerpo hacia el costado del ala rota. Loth se debatió hasta que, entre arrebatos de pánico, cayó en la cuenta de que la cocatriz era lo único que le separaba de una caída mortal. Se dejó llevar sin resistencia y la bestia soltó un graznido triunfal.

Las garras soltaron su presa y Loth fue a impactar contra el duro suelo, cayendo sobre el hombro y rodando. El golpe le sacudió todos los huesos del cuerpo.

La bestia le había llevado a la cumbre de una montaña baja. Jadeando, Loth se arrastró por el suelo y agarró el bastón para el hielo. Él había salido de caza con Sabran muchas veces, a caballo, pero en aquellas ocasiones la presa no era él.

Una cola blanca cubierta de escamas le golpeó duro en el vientre. Salió volando hacia atrás y se golpeó la cabeza contra un saliente de roca. Se encogió instintivamente, pero no soltó su arma.

Moriría allí mismo si así tenía que ser, pero se llevaría a aquel monstruo consigo.

Aún conmocionado por el golpe, atacó con el bastón. La cocatriz pataleó, erizó las plumas del cogote y se lanzó hacia él. Loth le lanzó el bastón para el hielo como una lanza. La cocatriz se agachó para evitar el impacto y la única arma de Loth cayó al barranco.

Esta vez, el coletazo de la cocatriz a punto estuvo de lanzar a Loth al precipicio. Le embistió cloqueando y repiqueteando en el suelo con sus espolones. Loth se hizo un ovillo y apretó los dientes con tanta fuerza que le dolió la mandíbula. Sentía el calor de la fiebre en cada uno de sus pliegues.

Una pata le aplastó la espalda. Un pico le perforó la capa. Entre sollozos, Loth intentó aferrarse a un recuerdo feliz. La primera imagen que le vino a la mente fue la del día del nacimiento de Margret, lo encantadora que era, con sus ojos enormes y sus manos diminutas. Sus bailes con Ead en cada Fiesta de la Camaradería. Las jornadas de caza con Sabran, del alba al ocaso. Las tardes con Kit, sentados en la Librería Real, leyéndole sus propios poemas.

Se oyó otro ruido y la pata desapareció. Loth abrió los ojos y vio a la cocatriz tambaleándose como un gigante bobo. Estaba combatiendo a otra criatura, peluda en lugar de emplumada. Aquella bestia draconiana chillaba, graznaba y daba coletazos, pero sus esfuerzos fueron en vano: el recién llegado le arrancó el pescuezo.

La cocatriz cayó, inerte. La sangre manaba de la carcasa. Su vencedor soltó un ladrido y la empujó, haciéndola caer por el precipicio.

Ahora que estaba inmóvil, Loth pudo ver quién era su salvador. Tenía la forma de una mangosta, con la cola larga cubierta de un manto de piel marrón que se volvía blanca en las pezuñas y en el morro. Pero era gigante, tan grande como un oso norteño. Y tenía la boca negra, manchada de sangre y tripas.

Era un ichneumon. El archienemigo natural de los wyrms. Eran los héroes de más de una leyenda inys, pero él nunca había imaginado que aún existieran.

El Santo se había encontrado con una de aquellas criaturas en el camino de Lasia a Inys. El ichneumon había llevado a la Damisela en su grupa cuando esta estaba demasiado cansada como para seguir caminando.

El ichneumon se lamió los dientes para limpiárselos. Pero cuando le vio, volvió a descubrirlos.

Tenía los ojos redondos y de color ámbar, como los de un lobo, rodeados de piel negra. Al final de la cola tenía unas marcas blancas. En aquel momento su rostro estaba cubierto de plumas ensangrentadas. Se acercó a Loth con una agilidad imposible para una bestia de aquella envergadura y le olisqueó el manto.

Tímidamente, Loth le tendió una mano. Después de olisquearle el guante, el ichneumon gruñó. Debía de percibir la peste, el olor a aquel enemigo ancestral. Loth se mantuvo inmóvil mientras sentía el aliento cálido y húmedo sobre la mejilla. Al cabo de un rato, el ichneumon dobló las patas delanteras y soltó un ladrido.

—¿Qué pasa, amigo? —preguntó Loth.

«¿Qué es lo que quieres de mí?», habría jurado que le respondía el ichneumon, con un suspiro, al tiempo que le empujaba con el morro bajo el brazo.

—No, tengo la peste —dijo Loth, con la voz débil del agotamiento—. No te acerques.

Entonces se le ocurrió pensar que nunca había oído que ningún animal se contagiara de la peste draconiana. El manto peludo emitía un suave calor animal, no el fuego abrasador de los wyrms.

Con fuerzas renovadas, Loth se echó la bolsa al hombro. Hundió los dedos en el espeso manto de pelo y trepó a lomos del ichneumon.

—Yo querría ir a Rauca —dijo—, si me enseñas el camino.

El ichneumon volvió a ladrar y se lanzó ladera abajo. Mientras corría, con las patas ágiles como el viento, Loth murmuró una oración de gratitud a la Damisela y al Santo. Ahora sabía que le habían puesto a aquel animal en su camino, y estaba decidido a seguirlo hasta el final.

Al amanecer, el ichneumon frenó y se detuvo en un saliente rocoso. Loth percibió el olor de tierra quemada por el sol y perfume de flores. Ante sus ojos se extendían las polvorientas llanuras a los pies de las Escarpadas y, más allá, un desierto que abarcaba hasta donde alcanzaba la vista, oro en polvo bajo el sol. Casi podía ser un espejismo, pero él sabía que era de verdad.

Contra todo pronóstico, tenía delante el desierto del Sueño Turbado.

24

Oeste

El inicio del otoño fue una época agridulce. Ead esperaba tener noticias de Chassar, para saber si la priora le permitía quedarse en Inys un poco más, pero no llegó ningún mensaje.

A medida que los vientos iban volviéndose más fríos y las ropas de verano iban dejando lugar a las pieles rojas y marrones, la corte fue enamorándose del príncipe consorte. Para sorpresa de todos, Sabran y él empezaron a asistir juntos a bailes de máscaras y obras de teatro en la Cámara de la Presencia. Aquellas funciones siempre se habían celebrado, pero hacía años que la reina no asistía, salvo para las fiestas del compromiso. Llamaba a los bufones y se reía de sus cabriolas. Les pedía a sus damas de compañía que bailaran para ella. A veces cogía a su compañero de la mano y se sonreían como si no hubiera nadie más en el mundo.

Y en todo momento Ead estaba cerca. Ahora, raramente se alejaba de la reina.

Poco después del matrimonio, Sabran se despertó y encontró las sábanas manchadas de sangre. Aquello la enfureció hasta el punto de que Roslain no sabía qué decir, y todo el Servicio de la Reina quedó amedrentado. Incluso el príncipe Aubrecht se fue a pasar el día cazando en el bosque de Chesten.

Ead pensó que era de esperar. Sabran era reina y había nacido con el convencimiento de que el mundo tenía la obligación de proporcionarle lo que quisiera, cuando lo quisiera. Pero no podía ordenarle a su propio vientre que diera fruto.

—Esta mañana me he despertado con un enorme antojo de cerezas —le dijo a Ead una mañana—. ¿Tú qué crees que significa?

—Ya no es temporada de cerezas, mi señora —respondió Ead—. Quizá es que echáis de menos la abundancia del verano.

La reina parecía molesta, pero no dijo nada más. Y Ead siguió cepillándole la capa.

No iba a darle a Sabran ese capricho. Katryen y Roslain le decían a Sabran lo que deseaba oír, pero Ead estaba decidida a decirle lo que necesitaba saber.

Sabran nunca había sido paciente. Muy pronto empezó a mostrarse más reticente a pasar la noche con su compañero y prefería quedarse con sus damas jugando a cartas hasta altas horas. De día estaba cansada y quisquillosa. Katryen le dijo a Roslain que aquel estado de ánimo podía hacer que su vientre resultara menos acogedor para el bebé, y al oír aquello a Ead le dieron ganas de zarandearle la cabeza hasta que se le cayeran todos los dientes.

La concepción no era lo único que preocupaba a la reina. Defender Mentendon de los wyrms de las Escarpadas estaba convirtiéndose en un lastre mayor de lo previsto. Lievelyn había aportado una dote, pero muy pronto se agotaría.

Ahora Ead tenía acceso a toda aquella información, a aquellos datos íntimos, secretos. Sabía que Sabran a veces pasaba horas seguidas en la cama, aquejada de una desazón que había heredado de sus antepasados. Ead sabía que tenía una cicatriz en el muslo izquierdo, que se había hecho al caerse de un árbol a los doce años. Y sabía que deseaba el embarazo, pero que al mismo tiempo lo temía más que nada en el mundo.

Sabran decía que el Palacio Briar era su hogar, pero en aquel momento parecía más bien una jaula. Los rumores se multiplicaban por los pasillos y los claustros. Hasta las paredes parecían contener el aliento.

Ead tampoco era ajena a los rumores. Eran muchos los que se preguntaban qué habría hecho una conversa para convertirse en dama de honor. Ni siquiera ella tenía idea de por qué Sabran la había elegido, en detrimento de otras muchas jóvenes nobles del servicio de la reina. Linora le echaba más de una mirada resentida, pero Ead no hacía caso. Hacía ya ocho años que lidiaba con aquellas cortesanas de pocas luces.

Una mañana se puso uno de sus vestidos de otoño y salió a tomar el aire antes de que se despertara Sabran. Ahora tenía que levantarse antes del amanecer si quería disponer de algo de tiempo a solas. Pasaba la mayor parte del día con

Sabran, y tenía un acceso prácticamente ilimitado a todo lo relacionado con la reina.

El amanecer era fresco y en los claustros reinaba un agradable silencio. El único sonido que se oía era el arrullo de una paloma torcaz. Ead se subió el collar de pieles de su manto mientras pasaba frente a la estatua de Glorian III, la reina que había liderado a Inys durante la Caída de las Sombras. La mostraba con armadura, a caballo, con una gran barriga de embarazada, y la espada alzada en gesto desafiante.

Glorian había subido al trono el día en que Fýredel había asesinado a sus padres. La guerra la había pillado desprevenida, pero Glorian la Intrépida no se había arredrado. Se casó con el anciano duque de Córvugar y fijó el compromiso de su hija aún por nacer con Haynrick Vatten de Mentendon, al tiempo que dirigía la defensa de Inys. El día del nacimiento de su hija, la llevó al campo de batalla para mostrarle a su ejército que había esperanza. Ead no tenía muy claro si aquello había sido una demostración de temple o de locura.

Había otras historias parecidas. Otras reinas que habían hecho grandes sacrificios por Inys. Eran las mujeres cuyo legado llevaba Sabran Berethnet sobre los hombros.

Ead giró a la derecha por un pasaje y llegó a un camino de grava flanqueado por castaños de Indias. Al final del camino, más allá de los muros del palacio, se extendía el bosque de Chesten, tan antiguo como el propio Inys.

En el recinto del palacio había un invernadero de hierro forjado y cristal. En el momento en que Ead entraba y respiraba aquel aire cálido y húmedo, un petirrojo emprendió el vuelo desde el tejado.

Unos lirios negros flotaban en una balsa. Cuando encontró las plantas de azafrán, se agachó y se sacó un par de tijeras del fajín. En el Priorato, una mujer tomaría azafrán durante días antes de intentar concebir.

—Señora Duryan.

Levantó la vista, sobresaltada. Allí cerca estaba Aubrecht Lievelyn, envuelto en una capa rojiza.

—Alteza Real —dijo, poniéndose en pie y haciendo una reverencia, al tiempo que se guardaba el azafrán en el bolsillo—. Perdonadme. No os he visto.

—Al contrario, siento molestaros. No pensé que nadie se levantaría tan pronto.

—No siempre lo hago, pero me gusta la luz del alba.

—A mí me gusta esta paz. En esta corte siempre hay mucho bullicio.

—¿Es diferente la vida de la corte en Brygstad?

—Quizá no. Hay ojos y murmullos en todas las cortes, pero los murmullos aquí son… Bueno, no debería lamentarme. —Esbozó una sonrisa amable—. ¿Puedo preguntaros qué estáis haciendo?

El instinto le decía que desconfiara de su interés, pero Lievelyn nunca le había parecido un conspirador.

—Estoy segura de que sabréis que Su Majestad sufre de ataques de terror nocturno —dijo—. Estaba buscando un poco de lavanda para molerla y ponérsela bajo la almohada.

—¿Lavanda?

—Ayuda a dormir plácidamente.

Él asintió.

—Entonces quizá os gustaría visitar el Jardín del Apotecario —dijo—. ¿Puedo acompañaros?

La oferta le sorprendió, pero difícilmente podía negarse.

—Sí, por supuesto, alteza.

Salieron del invernadero justo en el momento en que el sol asomaba por el horizonte. Ead se preguntó si debería intentar iniciar una conversación, pero Lievelyn parecía contentarse con disfrutar de la belleza de los jardines cubiertos de escarcha mientras caminaban uno junto al otro. La Guardia Real del príncipe les seguía a cierta distancia.

—Es cierto que Su Majestad no duerme bien —dijo él por fin—. Le pesan mucho sus obligaciones.

—Lo mismo que deben de pesaros a vos las vuestras.

—Ah, pero yo lo tengo más fácil. Es Sabran quien llevará dentro a nuestra hija. Es Sabran quien le dará vida —dijo. Sonriendo otra vez, se dirigió hacia el bosque de Chesten—. Decidme, señora Duryan, ¿se supone que la Dama de los Bosques caminó alguna vez entre estos árboles?

Un escalofrío atravesó a Ead.

—Esa es una leyenda muy antigua, alteza. Confieso que me sorprende que hayáis oído hablar de ella.

—Uno de mis nuevos ayudantes de cámara inys me la contó. Le he pedido que me ilustre sobre algunas de las historias y costumbres del país. Nosotros, en Mentendon, tenemos nuestros duendes del bosque, nuestros lobos rojos y todo eso, por supuesto… pero una historia de una bruja que mataba niños me parece especialmente sangrienta.

—En otro tiempo Inys era un país muy sangriento.

—Es cierto. Gracias al Santo que ya no es así.

Ead miró hacia el bosque.

—Por lo que yo sé, no hay constancia de que la Dama de los Bosques pasara por aquí —dijo—. Haithwood está en el norte, cerca de Goldenbirch, donde nació el Santo. Allí no entra nadie, salvo los peregrinos, en primavera.

—Ah —dijo él, riéndose entre dientes—. Qué alivio. Casi pensaba que un día miraría por la ventana y me la encontraría ahí fuera.

—No hay nada que temer, alteza.

Enseguida llegaron al Jardín del Apotecario. Se encontraba en un patio junto a la Cocina Real, donde estaban empezando a encender los fogones.

—¿Me concedéis el honor? —preguntó Lievelyn.

—Por supuesto —dijo Ead, entregándole las tijeras.

Se arrodillaron junto a la lavanda y Lievelyn se quitó los guantes, con una sonrisa infantil en el rostro. Quizá le resultara exasperante no tener nada que hacer con sus propias manos. Sus ayudantes de cámara debían de ocuparse de todo, desde servirle la comida a lavarle el pelo.

—Alteza Real —dijo Ead—, perdonad mi ignorancia pero… ¿quién gobierna Mentendon en vuestra ausencia?

—La princesa Ermuna actúa como mi representante mientras yo estoy en Inys. Por supuesto, espero que la reina Sabran y yo lleguemos a un acuerdo que me permita pasar más tiempo en casa. Así podré ser al tiempo consorte y soberano —dijo, pasando los dedos por un tallo de lavanda—. Mi hermana es toda una fuerza de la naturaleza, pero temo por ella. Mentendon es un reino frágil, y la nuestra es una casa real joven.

Ead le observó el rostro mientras hablaba. Tenía la mirada puesta en su anillo con el nudo del amor.

—Este también es un reino frágil, alteza —dijo ella.

—Eso estoy observando. —Cortó la lavanda y se la entregó. Ead se puso en pie y se sacudió las faldas, pero Lievelyn no parecía tener ninguna prisa por marcharse—. Me han dicho que vos nacisteis en el Ersyr.

—Sí, alteza. Conozco a Chassar uq-Ispad, embajador del rey Jantar y de la reina Saiyma. Fui discípula suya.

Era la mentira que llevaba contando durante ocho años, de modo que no le costó nada decirla.

—Ah —dijo Lievelyn—. De Rumelabar, entonces.

—Sí.

Lievelyn volvió a enfundarse los guantes. Miró por encima del hombro, al lugar donde esperaba su Guardia Real, a la entrada del jardín.

—Señora Duryan —dijo, bajando la voz—. Me alegro de haber coincidido con vos esta mañana, porque querría pediros consejo sobre un asunto privado, si tenéis a bien dármelo.

—¿En calidad de qué, alteza?

—En calidad de dama de honor. —Se aclaró la garganta—. Me gustaría sacar a Su Majestad a la calle, hacer dádivas a la gente de Ascalon, con vistas a ir más lejos en verano. Por lo que sé, nunca ha hecho una visita formal a sus provincias. Pero antes de plantearle el tema... Me preguntaba si vos sabríais por qué no lo ha hecho.

Un príncipe pidiéndole consejo. Cómo habían cambiado las cosas.

—Su Majestad no se ha mezclado con otras personas desde su coronación —dijo Ead—. Por... la reina Rosarian.

Lievelyn frunció el ceño.

—Sé que la Reina Madre fue asesinada cruelmente —dijo—. Pero eso ocurrió en su propio palacio, no en la calle.

Ead observó su gesto serio y sincero. Había algo en él que la impulsaba a ser honesta.

—En Ascalon también hay personas descerebradas que beben del mismo mal que ha invadido Yscalin y que anhelan el regreso del Innombrable —dijo ella—. Y estarían dispuestas a acabar con la Casa de Berethnet para asegurarse de conseguirlo. Algunas de estas personas han llegado incluso a penetrar en el Palacio de Ascalon. Degolladores.

Lievelyn se quedó en silencio un momento.

—Eso no lo sabía. —Parecía turbado y Ead se preguntó de qué le hablaría Sabran—. ¿Hasta dónde han llegado?

—Cerca de ella. El último llegó en verano, pero no tengo dudas de que el señor al que sirven seguirá maquinando contra Su Majestad.

Él apretó la mandíbula.

—Ya veo —murmuró—. Por supuesto, no tengo ningún deseo de poner a Su Majestad en peligro. Y sin embargo, para los habitantes de todos los Reinos de las Virtudes, es un referente que les da esperanza. Ahora que ha vuelto a aparecer un Sombra del Oeste, hay que recordarles el amor que tiene por su pueblo, su devoción. Especialmente si se ve obligada, por ejemplo, a subir los impuestos para poder fabricar nuevos barcos y más armas.

Lo decía en serio.

—Alteza —dijo Ead—, os lo ruego, esperad hasta que tengáis una hija antes de plantear esa idea a Su Majestad. Una princesa le dará al pueblo todo el consuelo y la seguridad que este necesita.

—Desgraciadamente los bebés no llegan solo porque los deseemos con mucha fuerza. Puede que pase mucho tiempo antes de que llegue una heredera, señora Duryan. —Lievelyn resopló por la nariz—. Como compañero suyo, yo debería ser quien mejor la conociera, pero mi señora lleva la sangre del Santo. ¿Qué mortal puede llegar a conocerla?

—Vos lo haréis —dijo Ead—. Nunca la he visto mirar a nadie como os mira a vos.

—¿Ni siquiera a lord Arteloth Beck?

Aquel nombre la dejó de piedra.

—¿Alteza?

—He oído los rumores. Rumores de un romance. —Lievelyn vaciló un momento; luego prosiguió—. A pesar de ello le propuse matrimonio a la reina Sabran, pero de vez en cuando me pregunto si…

Se aclaró la garganta, algo avergonzado.

—Lord Arteloth es un querido amigo de Su Majestad. Han sido amigos desde que eran niños y se quieren como hermanos —respondió Ead, sin apartar la mirada de sus ojos—, pese a los rumores que hayáis podido oír.

Suavizó el rostro y le sonrió de nuevo.

—Supongo que no debería hacer caso a los cotilleos. Seguro que también corren muchos sobre mí —dijo él—. Lord Seyton me ha contado que ahora lord Arteloth está en Yscalin. Debe de ser un hombre de gran valor para haberse lanzado a una misión tan peligrosa.

—Sí, alteza, lo es —dijo Ead, bajando la voz. Se produjo un breve silencio, interrumpido solo por el canto de los pájaros.

—Gracias por vuestro consejo, señora Duryan. Ha sido

muy generoso por vuestra parte —dijo Lievelyn, tocando con la mano el broche de su patrono, con la misma imagen que el de Ead—. Ya veo por qué Su Majestad habla tan bien de vos.

Ead respondió con una reverencia.

—Sois demasiado amable, Alteza Real. Igual que Su Majestad —dijo, y agachando la cabeza se dispuso a marcharse.

Aubrecht Lievelyn no tenía nada de ratoncillo. Era lo suficientemente ambicioso como para desear hacer cambios, y poseía lo que parecía ser una tendencia típicamente méntica a desarrollar ideas peligrosas. Ojalá siguiera su consejo. Sería una locura que Sabran se mostrara en público cuando su vida estaba amenazada.

Cuando llegó a los aposentos de la reina, Ead la encontró despierta. Deseaba salir a cazar. Ead no poseía caballo propio, así que le dieron un corcel de pedigrí de los Establos Reales.

Truyde utt Zeedeur, que había ocupado la posición de Ead como simple camarera, iba a participar en la batida de caza. Cuando se encontraron cara a cara, Ead levantó las cejas. La joven se giró, insondable, y subió a su caballo castaño.

Debía de estar empezando a perder la esperanza de volver a ver a su amante. Si Sulyard le hubiera escrito, no estaría tan taciturna.

Sabran se negó a cazar con perros. Prefería que cazaran a sus presas limpiamente, o volverse de vacío. El grupo se adentró en el bosque de Chesten y Ead sintió de pronto que le apetecía cazar. Disfrutaba sintiendo el viento en el cabello. No veía el momento de tensar la cuerda del arco con sus dedos.

Era imprescindible contenerse. Un exceso de capturas suscitaría la pregunta de dónde había aprendido a tirar tan bien. Así que al principio prefirió quedarse atrás y observar a los demás.

Roslain, que se decía que tenía gran habilidad para la caza con halcón, era muy torpe con el arco. Al cabo de una hora ya había perdido los nervios. Truyde utt Zeedeur abatió un pichón. Margret era la mejor tiradora de las damas de compañía —Loth y ella eran muy aficionados a la caza— pero nadie superaba a la reina. Los mozos encargados de recuperar las presas apenas podían seguir su ritmo. Hacia mediodía ya tenía un buen montón de conejos.

Cuando avistó una liebre entre los árboles, Ead tuvo la tentación de dejarla escapar. Una dama de honor dejaría que fuera la reina quien se llevara el premio, pero quizá con una captura que hiciera no levantaría sospechas.

Su flecha surcó el aire. La liebre cayó. Margret, que estaba sentada en su capón, fue la primera en llegar.

—¡Sab!

Al trote, Ead siguió a la reina hasta el claro. La flecha le había dado a la liebre en el ojo.

Justo donde había apuntado.

Truyde utt Zeedeur fue la siguiente en llegar y se quedó mirando el animal muerto con gesto tenso.

—Parece que hoy cenaremos venado.

—Tenía la impresión de que no habíais cazado mucho, Ead —dijo Sabran con las mejillas rosadas del frío.

Ead inclinó la cabeza.

—Algunas habilidades son innatas, Su Majestad.

Sabran sonrió, y sin pensarlo Ead le devolvió la sonrisa.

—Veamos si tienes otras habilidades innatas —dijo Sabran, rodeándola con su montura—. Venga, señoras, vamos a volver al Palacio Briar haciendo una carrera. La ganadora tiene premio.

Las mujeres espolearon a sus caballos con un alegre griterío, dejando a los mozos para que recogieran las capturas.

Salieron corriendo del bosque y atravesaron la pradera. Muy pronto Ead se encontró a la altura de la reina, ambas sin aliento de las risas, incapaces de superarse la una a la otra. Con el cabello al viento y los ojos brillantes de la emoción de la caza, Sabran Berethnet parecía casi una persona sin preocupaciones y, por primera vez en años, Ead sintió que se había desprendido de sus tribulaciones. Como semillas de una flor volando al viento.

El resto del día Sabran estuvo de buen humor. Por la noche, dio permiso a todas sus damas para que se retiraran y así atender asuntos de estado en la Biblioteca Real.

Ead había heredado una estancia de dos ambientes de Arbella Glenn, más cerca de los aposentos reales que su antiguo dormitorio. La estancia se componía de dos salas contiguas, con paneles de madera y tapices en las paredes, y contaba con una cama con dosel. Desde las ventanas, con parteluz, se veían los jardines.

Los criados ya habían encendido el fuego. Ead se quitó el uniforme de equitación y se secó el sudor con un pañuelo.

A las ocho llamaron a la puerta. En el umbral apareció Tallys, la encantadora pinche de cocina.

—Vuestra cena, señora Duryan —dijo, insinuando una reverencia. Por muchas veces que le dijera Ead que era innecesario, ella siempre lo hacía—. El pan está recién hecho. Dicen que esta noche va a helar.

—Gracias, Tallys —dijo Ead, cogiendo la bandeja—. Dime, niña, ¿cómo les va a tus padres?

—Mi madre no está demasiado bien —admitió Tallys—. Se rompió el brazo y no va a poder trabajar durante un tiempo, y el casero es muy duro. Yo les envío mi sueldo entero, pero... los pinches no cobramos mucho. No es que me queje, por supuesto —se apresuró a añadir—. Soy muy afortunada de trabajar aquí. Es solo un mes algo difícil, eso es todo.

Ead echó mano a su monedero.

—Toma —dijo, dándole unas monedas—. Con eso deberíais poder pagar el alquiler hasta el invierno.

Tallys se las quedó mirando.

—Oh, señora Duryan, no, no puedo...

—Por favor. Yo tengo bastantes ahorros, y poca necesidad de gastar. Además, ¿no se nos enseña que hay que ser generosos?

Tallys asintió, con la boca temblorosa.

—Gracias —susurró.

Cuando se fue, Ead cenó sentada a la mesa. Pan recién hecho, cerveza a la mantequilla y un potaje aderezado con salvia fresca.

Oyó un repiqueteo en la ventana.

En el exterior había un águila arenera que la miraba con su ojo amarillo. Tenía el plumaje del color de la mantequilla de almendra y la punta de las alas de un castaño oscuro. Ead se apresuró a abrir la ventana.

—Sarsun.

El águila entró dando un saltito y ladeó la cabeza. Ella le alisó las plumas encrespadas con la punta de los dedos.

—Cuánto tiempo, amiga mía —le dijo en selinyi—. Veo que has conseguido evitar al Halcón Nocturno.

El águila respondió con un gorjeo.

—Shhh. O acabarás en el aviario con esas tontas palomas.

El águila le apoyó la cabeza en la palma de la mano. Ead

sonrió y le acarició las alas hasta que el ave estiró una pata. Con suavidad, cogió la nota que llevaba atada. Sarsun salió volando y se posó en su cama.

—Sí, claro, tú ponte cómoda, sin problemas.

Por toda respuesta el águila se puso a ahuecarse las alas. El rollito de papel estaba intacto. Combe podía interceptar cualquier cosa que llegara con el correo a caballo o con una paloma mensajera, pero Sarsun era lo suficientemente lista como para esquivarlo. Ead leyó el mensaje codificado:

La priora te permite quedarte en Inys hasta que la reina
tenga una hija. En cuanto nos llegue la noticia
del nacimiento, vendré a buscarte.
La próxima vez no me discutas.

Chassar lo había conseguido. Ead sintió que el agotamiento hacía presa en ella de nuevo. Tiró la carta al fuego y, una vez bajo las sábanas, Sarsun se arrebujó en el hueco bajo su axila como si fuera un pollito. Ead le acarició la cabeza con un dedo.

Leer aquel mensaje la había llenado a la vez de pena y de alivio. Se le había presentado en bandeja la ocasión de volver a casa, y sin embargo ahí estaba, por decisión propia, en el mismo lugar del que había pasado años queriendo huir. Por otra parte, eso significaba que los años pasados en la corte no serían en vano. Podría acompañar a Sabran en su maternidad.

A fin de cuentas, no importaba el tiempo que pasara allí. Su destino era recibir el manto escarlata. Eso no iba a cambiar.

Pensó en el frío contacto de Sabran en la mano. Y cuando se durmió, soñó con una rosa de color rojo sangre en sus labios.

Al amanecer Ead ya estaba vestida de camino a los aposentos reales, lista para la Fiesta de Inicio del Otoño. Sarsun se había marchado durante la noche. Tenía un largo viaje por delante.

Cuando Ead pasó frente a la Guardia Real y entró en la alcoba de la reina, se encontró con que Sabran ya estaba levantada. La reina llevaba una bata de seda color castaño con las mangas de tela de oro y tenía el cabello recogido en un tocado de trenzas con topacios.

—Majestad —dijo Ead, insinuando una reverencia—. No sabía que os habíais levantado.

—El canto de los pájaros me ha despertado. —Sabran dejó su libro a un lado—. Ven. Siéntate conmigo.

Ead fue a sentarse a su lado en el escaño.

—Me alegro de que hayas venido —dijo Sabran—. Tengo algo privado que contarte antes de la fiesta. —Su sonrisa la traicionaba—. Estoy encinta.

La primera reacción de Ead fue de precaución:

—¿Estáis segura, majestad?

—Más que segura. Hace mucho que debería haberme venido el período.

Por fin.

—Mi Señora, eso es maravilloso —dijo Ead, de corazón—. Enhorabuena. Me alegro muchísimo por vos y por el príncipe Aubrecht.

—Gracias.

Sabran bajó la mirada, pero al posarla sobre su vientre se le borró la sonrisa. Ead vio que arrugaba la frente.

—No debes contárselo a nadie aún —le advirtió la reina—. Ni siquiera Aubrecht lo sabe. Solo conocen mi estado Meg, la Junta de los Duques y mis damas de honor. Todos mis consejeros están de acuerdo en que lo anunciemos cuando empiece a hacerse evidente.

—¿Y cuándo se lo diréis a Su Alteza Real?

—Pronto. Quiero darle una sorpresa.

—Aseguraos de que hay algún asiento cerca cuando lo hagáis.

Eso hizo sonreír de nuevo a Sabran.

—Lo haré. Tendré que ser cuidadosa con mi ratoncillo.

Una hija aseguraría su posición en la corte. Seguro que sería el hombre más feliz del mundo.

A las diez en punto, Lievelyn se encontró con la reina a las puertas del Salón de Banquetes. Un rocío plateado hacía brillar los jardines. El príncipe consorte llevaba una pesada sobreveste con detalles en piel de lobo que le hacía parecer más ancho de espaldas de lo que era en realidad. Bajó la cabeza insinuando una reverencia a Sabran, pero en aquel momento, ante todos los presentes, ella le sujetó por la nuca y le besó en la boca.

Ead se quedó fría de golpe. Lievelyn rodeó a Sabran con los brazos y tiró de ella suavemente.

Una risita nerviosa se extendió por entre todas las damas de compañía. Cuando la pareja se separó por fin, Lievelyn sonrió y besó a Sabran en la frente.

—Buenos días, majestad —dijo, y ambos avanzaron agarrados del brazo, Sabran apoyándose en su compañero, de modo que sus capas se fundieron una con otra como manchas de tinta.

—Ead —dijo Margret—. ¿Estás bien?

Ead asintió. Aquella sensación en el pecho ya se le estaba pasando, pero le había dejado dentro una sombra indescriptible.

Cuando Sabran y Lievelyn entraron en el Salón de Banquetes, una multitud de cortesanos se pusieron en pie para recibirlos. La pareja real fue hasta la Mesa de Honor con la Junta de los Duques, mientras las damas de compañía iban distribuyéndose por los bancos. Ead nunca había visto a los Duques tan satisfechos. Igrain Crest sonreía y Seyton Combe, que oscurecía cada estancia en la que entraba, parecía tener que hacer esfuerzos para no frotarse las manos.

Aquella Fiesta de Inicio del Otoño era todo un derroche. El vino tinto fluía, denso y dulce, y Lievelyn se encontró con que le habían hecho un pastel de frutas emborrachado con ron —su favorito de niño— que habían recreado siguiendo una famosa receta méntica.

Las mesas estaban cubiertas de bandejas de cobre brillante con todas las delicias de la temporada. Un pavo real blanco con el pico de oro asado y glaseado con salsa de miel y cebollas al que luego le habían vuelto a poner sus plumas, de modo que parecía vivo. Ciruelas damascenas empapadas en agua de rosas. Manzanas a mitades en una jalea carmesí. Tarta de moras especiada con una cobertura estriada y unas minúsculas tartaletas de venado. Ead y Margret respondieron con exclamaciones de solidaridad cuando Katryen lamentó la pérdida de su admirador secreto, del que había dejado de recibir cartas.

—¿Os ha contado Sabran la noticia? —dijo Katryen, en voz baja—. Quería que ambas lo supierais.

—Sí, doy gracias a la Damisela por su compasión —dijo Margret—. Ya pensaba que moriría de irritación si una persona más me señalaba que Su Majestad tenía muy buen aspecto últimamente.

Ead miró atrás para asegurarse de que no había nadie escuchando.

—Katryen —murmuró—, ¿estáis segura de que a Sabran no le ha venido el período?

—Sí. No os angustiéis, Ead —dijo Katryen, dando un sorbo a su vino de zarzamora—. Su Majestad ya tendrá tiempo de empezar a preparar el servicio para la princesa.

—Que el Santo nos proteja. Eso va a provocar un desfile de personalidades mayor que el de la muerte de la pobre Arbella —se lamentó Margret.

—El servicio. —Ead levantó una ceja—. ¿Es que un bebé necesita su propio servicio?

—Oh, sí. Una reina no tiene tiempo de criar a una hija. Bueno —añadió Katryen—, ahora que lo pienso Carnelian III insistió en dar el pecho a su hija ella misma, pero no es frecuente. La princesa necesitará amas de cría, una institutriz, tutores, etcétera.

—¿Y de cuántas personas se compondrá ese servicio?

—De unas doscientas.

Un servicio excesivo, aparentemente. Aunque también era cierto que todo en Inys era excesivo.

—Decidme —insistió Ead, aún curiosa—. ¿Qué pasaría si Su Majestad tuviera un hijo?

Al oír aquello Katryen ladeó la cabeza.

—Supongo que no importaría, pero no ha ocurrido nunca, en toda la historia de Berethnet. Evidentemente el Santo decidió que esta isla debía de ser un reino de reinas.

Cuando los platos fueron vaciándose y empezó la charla, el chambelán dio dos golpes en el suelo con el bastón.

—Su Majestad —anunció—, la reina Sabran.

Lievelyn se puso en pie y le tendió una mano a su compañera. Ella la cogió y se levantó, y la corte se levantó con ella.

—Gente de la corte —dijo—, os damos la bienvenida a la Fiesta de Inicio del Otoño, el tiempo de la cosecha, amado sobre todo por el Caballero de la Generosidad. A partir de este día, el invierno inicia su lento camino, acercándose a Inys. Es una estación que odian los wyrms, porque es el calor lo que alimenta el fuego de su interior.

Aplausos.

—Hoy —prosiguió—, tenemos que anunciar otro motivo de celebración. Este año, coincidiendo con la Fiesta de la Generosidad, haremos una visita a Ascalon. —Los murmullos resonaron hasta en el techo y Seyton Combe se atragantó con su vino caliente—. Durante esa visita —dijo Sabran, con gesto decidido— rezaremos en el Santuario de Nuestra Señora, daremos limosna a los pobres y reconfortaremos a los que perdieron sus hogares y su sustento con el ataque de Fýredel. Mostrándonos a la gente, les recordaremos que estamos unidos bajo la Espada Verdadera, y que ningún Sombra del Oeste quebrantará nuestro ánimo.

Ead miró a Lievelyn, que evitó devolverle la mirada.

Su consejo no había hecho mella. Debía de haber hecho algo más para convencer a aquel cabeza de chorlito del peligro que suponía aquello.

Era un inconsciente, y Sabran también. Inconscientes con corona.

—Eso es todo —concluyó la reina, volviendo a su sitio—. Y ahora creo que hay un plato más.

El Salón de Banquetes se llenó de aplausos y, al momento, aparecieron los criados con otros platos, y la gente solo pensó en comer.

Ead no tocó ya la comida. No hacía falta ser clarividente para ver que aquello acabaría en un derramamiento de sangre.

25

Este

Tras su indigna llegada a Ginura, Niclays Roos se había convertido en un invitado de honor en casa de los Moyaka. Hasta que el Señor de la Guerra se dignara a recibirle era libre de hacer lo que quisiera, siempre que tuviera cerca a sus acompañantes seiikineses. Afortunadamente, Eizaru y Purumé estaban encantados de cumplir aquella misión.

Los tres se unieron a la multitud por las calles para celebrar la fiesta de Adiós al Verano, que celebraba la llegada del otoño. Muchos ciudadanos de Seiiki viajaban a Ginura para la que la mayoría consideraba la más espectacular de las cuatro fiestas de los árboles. Los vendedores ambulantes asaban filetes de pez espada en sus parrillas, cocían pedazos de calabaza dulce en el caldo y vendían vino caliente y té para protegerse del frío. La gente comía en el exterior, bajo las hojas doradas de los árboles, que volaban con las semillas de arce que se desprendían de las ramas, y cuando caía la última hoja, se quedaba observando la salida de los nuevos retoños, rojos como el amanecer, toda la noche.

Para Niclays, cada día era como un resurgir. Sus amigos lo llevaron a pasear a la playa. Le indicaron dónde estaba el Huérfano Afligido, el volcán más grande del Este, que formaba un farallón solitario en la bahía. Y usaron un catalejo para ver marsopas en el mar.

Y lentamente, peligrosamente, Niclays se permitió soñar cada vez más con un futuro en aquella ciudad. Quizá las autoridades seiikinesas se olvidaran de su existencia. Quizá, dado su buen comportamiento, decidirían que le dejaban vivir el resto de su exilio lejos de Orisima. Era un resquicio de esperanza y se agarró a él como un marinero a punto de ahogarse a los restos de un naufragio.

Panaya le envió sus libros de Orisima con una nota de Muste, que le dijo que sus amigos de la estación comercial le enviaban sentidos saludos y esperaban que regresara pronto. Niclays se habría conmovido si hubiera considerado amigos a alguno de ellos, o si hubiera tenido el mínimo interés en sus saludos, sentidos o no. Pero ahora estaba saboreando la libertad, y la idea de regresar a Orisima, a ver las mismas veinte caras y la misma retícula de calles, le resultaba intolerable.

La nave méntica *Gadeltha* atracó en el muelle, trayendo consigo un montón de cartas. Había dos para Niclays.

La primera estaba cerrada y llevaba el sello de la Casa de Lievelyn. La abrió torpemente y leyó aquellas líneas escritas con una perfecta caligrafía.

En Brygstad, Estado Libre de Mentendon,
vía la Autoridad Portuaria de Ostendeur
Finales de primavera, 1005 E.C.

Señor:

He sabido por los registros de mi difunto tío abuelo que permanecéis en estado de exilio en nuestra estación comercial de Orisima, y que habéis solicitado clemencia de la Casa de Lievelyn. Tras revisar vuestro caso, lamento concluir que no puedo daros permiso para regresar a Mentendon. Vuestra conducta agravió profundamente a la reina Sabran de Inys, e invitaros de nuevo a la corte actualmente podría ofenderla.

Si dais con algún modo para apaciguar a la reina Sabran, estaré encantado de reconsiderar esta desgraciada situación.

A vuestro servicio,

Aubrecht II,
Gran Príncipe del Estado Libre de Mentendon,
archiduque de Brygstad, defensor de las virtudes,
protector del reino de Mentendon y otras tierras

Niclays aplastó la carta con la mano, haciendo una bola. Debía de haber algún motivo político para que el nuevo Gran Príncipe tuviera miedo de desairar a Sabran. Al menos se había mostrado cortés, y dispuesto a revisar el asunto si Niclays encontraba algún modo de aplacar a Su Acritud. O al propio Lievelyn. Quizá a él también pudiera tentarlo con el elixir de la vida.

Abrió la segunda carta, con el corazón desbocado. Esta había sido escrita hacía más de un año.

De Ascalon, Reino de Inys,
vía el Centro de Aduanas de Zeedeur
Principios de Verano, 1004 E.C.

Queridísimo tío Niclays:

Perdonadme por el retraso en escribiros. Mis obligaciones en el servicio de la reina me han tenido ocupada y raramente puedo ir a ningún sitio sin compañía. ¡En la corte inys se preocupan muchísimo por llenar el tiempo libre de sus jóvenes damas! Ojalá esta carta llegue a Ostendeur antes del próximo envío hacia el Este.

Os ruego me contéis cómo os va por Orisima. Yo, por mi cuenta, me he dedicado a repasar los libros que me dejasteis, que actualmente se guardan en el Salón de la Seda. Creo que tengo una teoría y estoy convencida de que el significado de cierto objeto ha sido pasado por alto. ¿Me escribiréis contándome todo lo que sabéis de la Tablilla de Rumelabar? ¿Tenéis una respuesta a este acertijo?

Con todo cariño,

TRUYDE

(Nota a la Casa de Aduanas de Zeedeur: agradecería la rápida entrega de esta carta a la Autoridad Portuaria de Ostendeur. Atentamente, vuestra marquesa.)

Niclays leyó la carta otra vez, medio sonriendo, con los ojos encendidos. Se suponía que tenía que haberla recibido mucho antes de la llegada de Sulyard. Truyde podía haberle advertido de la llegada del muchacho, pero lord Seyton Combe, jefe del Servicio Secreto de Inys, habría detectado cualquier mensaje en código.

Él había respondido a cartas anteriores, pero sospechaba que habrían sido destruidas. A los exiliados no se les permitía escribir a casa. Y aunque hubiera podido llegar hasta ella, no tenía buenas noticias que darle.

Aquella noche, Purumé y Eizaru le llevaron al río a ver cómo volaban las garzas. Al día siguiente, Niclays decidió quedarse en su habitación y ponerse hielo en el tobillo. Tantas emociones le habían provocado dolor de cabeza, y de pronto se encontró pensando en Sulyard.

Debería de avergonzarse por estar disfrutando de la vida mientras el muchacho se pudría en la cárcel, sobre todo cuando estaba convencido de que Niclays estaba ocupándose de llevar a término su misión. Una misión basada en un acertijo sin resolver y en la peligrosa pasión que Truyde había heredado de Jannart.

La pasión por la verdad. Un acertijo que parecía negarse a abandonar a Niclays. A mediodía pidió a los criados que le trajeran una caja con material de escritorio y plasmó las palabras sobre el papel, para poder leerlas.

> Lo que está abajo debe estar en equilibrio con lo que está arriba, y en eso radica la precisión del universo. El fuego asciende desde la tierra, la luz desciende desde el cielo. Demasiado de uno inflama al otro, y eso provocaría la extinción del universo.

Niclays volvió a pensar en lo que había aprendido de aquel acertijo en la universidad. Era de la Tablilla de Rumelabar, hallada muchos siglos atrás en los montes Sarras.

Unos mineros ersyri habían descubierto un templo subterráneo en aquellas montañas. Tenía estrellas talladas en el techo y árboles en llamas en el suelo. En el centro había un bloque de piedra celestina y las palabras que había grabadas, con la escritura de la primera civilización del Sur, habían cautivado a los académicos de todo el mundo.

Niclays subrayó una parte del acertijo y se quedó pensando en su significado.

«El fuego asciende desde la tierra.»

Los wyrms, quizá. Se decía que el Innombrable y sus seguidores procedían del Vientre de Fuego, en el núcleo de la Tierra.

Volvió a subrayar.

«La luz desciende desde el cielo.»

La lluvia de meteoros. La que había puesto fin a la Caída de las Sombras, debilitando a los wyrms y dando fuerza a los dragones del Este.

«Demasiado de uno inflama al otro, y eso provocaría la extinción del universo.»

Una advertencia contra la disparidad. Esta teoría condicionaba la situación del universo al equilibrio entre fuego y luz estelar, medido en una balanza cósmica. Demasiado de uno o de otro la desequilibraría.

«La extinción del universo.»

Lo más cerca que había estado el mundo de su fin había sido con la llegada del Innombrable y de sus seguidores. ¿Había sido algún tipo de desequilibrio en el universo lo que había creado aquellas bestias de fuego?

El sol le caía con fuerza sobre la nuca, y poco a poco fue adormilándose. Cuando Eizaru le despertó, tenía la mejilla pegada al pergamino, y se sentía pesado como un saco de mijo.

—Buenas tardes, amigo mío —dijo Eizaru, con una risita socarrona—. ¿Estabas trabajando en algo?

—Eizaru —respondió él, y se aclaró la garganta. Se quitó el pergamino de la mejilla—. No, no. Es una tontería.

—Ya veo. Bueno, si has acabado, me preguntaba si querrías venir conmigo a la ciudad. Los pescadores han traído una carga de cangrejos plateados del mar Infinito, pero eso en el mercado se vende enseguida. Debes probarlos antes de volver a Orisima.

—Espero con todas mis fuerzas no tener que volver *nunca* a Orisima.

Su amigo dudó un momento.

—Eizaru —dijo Niclays, preocupado—. ¿Qué pasa?

Con los labios apretados, Eizaru metió la mano en un bolsillo y sacó un pergamino. El precinto estaba roto, pero Niclays vio que era del virrey de Orisima.

—Esto lo he recibido hoy —dijo Eizaru—. Tras tu audiencia con el honorable Señor de la Guerra, debes volver a Orisima. Un palanquín vendrá a recogerte.

De pronto el pergamino pesaba como una roca. Aquello podía ser su condena a muerte.

—No te desesperes, Niclays —dijo Eizaru, apoyándole una mano en el hombro—. La honorable reina Sabran cederá. Y hasta entonces, Purumé y yo pediremos permiso para visitarte en Orisima.

Niclays tuvo que hacer un esfuerzo supremo para digerir su decepción: era como tragarse una bola de espinas.

—Eso sería magnífico —dijo, forzando una sonrisa—.

Vamos, pues. Supongo que más vale que disfrute de la ciudad mientras pueda.

Purumé estaba ocupada curando una fractura, así que en cuanto estuvo vestido Niclays salió solo con Eizaru en dirección al mercado del pescado. Del mar llegaba un viento cortante que le empañaba la vista, y en su estado de preocupación, las miradas que recibía le parecían más sospechosas que nunca. Cuando pasaron frente a una tienda de ropa, la propietaria le hizo una mueca de asco.

—Apestado —le espetó.

Niclays estaba demasiado abatido como para responder. Eizaru le lanzó una mirada de reprobación a la mujer por encima de las gafas y ella se dio la vuelta.

En aquel momento de distracción, Niclays pisó una bota.

Oyó una exclamación reprimida. Eizaru le sujetó justo a tiempo, evitando que se cayera, pero la joven seiikinesa que había pisado no tuvo tanta suerte. Con el codo golpeó un jarrón que cayó al suelo y se rompió en mil pedazos.

Maldita su suerte, era como un elefante en una tienda de porcelana.

—Perdonadme, honorable dama —dijo Niclays, con una profunda reverencia—. Estaba completamente distraído.

El mercader observaba los fragmentos con gesto sombrío. Lentamente, la mujer se giró y miró a Niclays a la cara.

Tenía el cabello negro, recogido en un moño en lo alto de la cabeza. Llevaba unos pantalones plisados, una túnica de seda azul intenso y una sobreveste de terciopelo. Del costado le colgaba una elegante espada. Cuando vio el brillo de su túnica, Niclays se quedó boquiabierto, sin poder reaccionar. Si no estaba equivocado, aquello era seda de agua. Un nombre impropio, porque no era en absoluto seda, sino pelo. Pelo de crin de dragón, para ser precisos. Y repelía la humedad como el aceite.

La mujer dio un paso hacia él. Tenía el rostro anguloso y moreno, y los labios agrietados. Unas perlas bailarinas le colgaban del cuello.

Pero lo que se le grabó en la memoria, en los escasos momentos en que cruzaron la mirada, fue la cicatriz. Le atravesaba el pómulo izquierdo para luego trazar un rizo al acercarse a la comisura de su ojo.

Exactamente como un anzuelo.

—Forastero —murmuró ella.

Niclays cayó en la cuenta de que la multitud a su alrededor se había quedado casi en silencio. Sintió que se le erizaba el vello de la nuca. Tenía la sensación de haber cometido una transgresión grave, algo que iba mucho más allá de una simple metedura de pata.

—Honorable ciudadano, ¿qué hace este hombre en Ginura? —le preguntó la mujer a Eizaru con tono cortante—. Debería estar en Orisima, con los otros colonos ménticos.

—Honorable Miduchi —respondió Eizaru, bajando la cabeza—. Pedimos disculpas humildemente por haberos interrumpido. Este es el ilustre doctor Roos, un anatomista del Estado Libre de Mentendon. Está aquí para ver al gran Señor de la Guerra.

La mujer los miró a los dos. La irritación de sus ojos era señal de muchas noches de sueño agitado.

—¿Cómo os llamáis?

—Moyaka Eizaru, honorable Miduchi.

—No perdáis a este hombre de vista, Moyaka. Debe ir acompañado en todo momento.

—Entiendo.

La mujer lanzó una última mirada a Niclays y luego siguió su camino. En el momento en que se giró, Niclays vio el dragón dorado que lucía en la espalda.

«Tenía el cabello largo y oscuro, y una cicatriz en el pómulo izquierdo. Como un anzuelo.»

¡Por el Santo! Tenía que ser ella.

Eizaru pagó al mercader por su pérdida y se llevó a Niclays a un callejón adoquinado.

—¿Esa quién era, Eizaru? —le preguntó Niclays, en méntico.

—La honorable lady Tané. Es Miduchi. Jinete de la gran Nayimathun de las Nieves Profundas —dijo Eizaru, secándose el cuello con un pañuelo—. Debí de haber bajado la cabeza más.

—Te pagaré el precio de ese jarrón. Bueno… algún día.

—Son solo unas monedas, Niclays. Los conocimientos que me diste en Orisima valen muchísimo más.

Niclays decidió que Eizaru era lo más parecido a una persona sin defectos. Los dos llegaron al mercado del pescado en un momento. Los cangrejos plateados llenaban las redes de paja, cubriendo el suelo de un brillo como el de las armaduras de acero de los caballeros. Niclays estuvo a punto de perder a Eizaru entre la multitud, pero su amigo emergió triunfante de entre la gente, con las gafas torcidas.

Estaba ya casi anocheciendo cuando llegaron de nuevo a casa. Niclays fingió otro dolor de cabeza y se retiró a su habitación, donde se sentó junto a la lámpara y se frotó la frente.

Siempre se había enorgullecido de su cerebro, pero últimamente no estaba funcionando mucho. Ya era hora de ponerlo a trabajar.

Tané Miduchi era, sin duda, la mujer que había visto Sulyard en la playa. Su cicatriz la delataba. Había introducido a un forastero en Cabo Hisan aquella noche funesta y luego lo había puesto en manos de una música, que ahora se estaba pudriendo en prisión. O que quizá hubiera muerto ya decapitada.

El gato de cola cortada se le subió de un salto a las piernas y se puso a ronronear. Sumido en sus pensamientos, Niclays le acarició entre las orejas.

El Gran Edicto obligaba a los isleños que informaran inmediatamente a las autoridades de la presencia de cualquier intruso. Es lo que debía haber hecho aquella tal Miduchi. ¿Por qué había decidido implicar a una amiga para que lo ocultara en la estación comercial méntica?

Cuando se dio cuenta, Niclays soltó un «¡ah!» tan sonoro que el gato saltó al suelo, asustado.

Las campanas.

Al día siguiente habían sonado las campanas, anunciando la ceremonia que permitiría a Miduchi convertirse en una jinete de dragón. Si se hubiera descubierto a un forastero en Cabo Hisan la noche anterior, habrían cerrado el puerto para asegurarse de que no había rastro de la enfermedad roja. Miduchi había ocultado a Sulyard en Orisima, aislado del resto de la ciudad, para que no cancelaran la ceremonia. Había puesto su ambición por delante de la ley.

Niclays sopesó sus opciones.

Sulyard había accedido a hablar a sus interrogadores sobre la mujer con la cicatriz en forma de anzuelo. Quizá lo hubiera hecho, pero no sabía aún de quién se trataba. O quizá no hubieran creído las palabras de un intruso. Niclays, en cambio, estaba protegido por la alianza entre Seiiki y Mentendon. Eso le había evitado otros castigos anteriormente, y quizá le ayudara también ahora.

Aún podía salvar a Sulyard. Si reunía el valor para acusar a Miduchi durante su audiencia con el Señor de la Guerra, con testigos presentes, la Casa de Nadama tendría que tomar cartas en el asunto, o correría el riesgo de dar la impresión de que infravaloraba a sus socios comerciales de Mentendon.

Niclays estaba bastante seguro de que habría algún modo de sacar provecho de todo aquello. Solo que aún no veía cómo.

Purumé llegó al anochecer con los ojos irritados de tanto trabajar, y los criados prepararon el cangrejo plateado con verduritas cortadas muy finas y arroz al vapor con castañas. La carne, blanca y tierna, era deliciosa, pero Niclays estaba demasiado sumido en sus pensamientos como para apreciarla. Cuando acabaron, Purumé se retiró, pero Niclays se quedó sentado a la mesa con Eizaru.

—Amigo mío —dijo Niclays—, te ruego que me perdones si te hago una pregunta de ignorante.

—Solo los hombres ignorantes no hacen preguntas.

Niclays se aclaró la garganta.

—Esa jinete de dragón, lady Tané... Por lo que veo, los jinetes gozan casi de la misma estima que los dragones. ¿Es correcto?

Su amigo se quedó pensando un rato.

—No son dioses —dijo—. No hay santuarios en su honor. Pero se les tiene veneración. El gran Señor de la Guerra desciende de un jinete que luchó en tiempos de la Gran Desolación, como bien sabes. Los dragones ven a los jinetes como sus iguales entre los humanos, y eso es el mayor honor posible.

—Así las cosas —dijo Niclays, intentando distanciarse de sus palabras—, si tú supieras que uno de ellos ha cometido un delito, ¿qué harías?

—Si supiera, sin atisbo de duda, que eso era cierto, informaría a su comandante, el honorable general del Mar, en el Castillo de la Flor de Sal. —Eizaru ladeó la cabeza—. ¿Por qué lo preguntas, amigo mío? ¿Tú crees que uno de ellos ha cometido un delito?

Niclays sonrió entre dientes.

—No, Eizaru —dijo—. Solo estaba especulando. —Cambió de asunto—. He oído que el foso que rodea el Castillo de Ginura está lleno de peces con el cuerpo como el cristal. Que cuando brillan, de noche, se les ve hasta los huesos. Dime, ¿es eso cierto?

Le encantaba cuando se le ocurría una buena idea.

Tané encontró un apoyo para el pie y se impulsó con toda su fuerza, buscando donde agarrarse con la mano. Bajo sus pies, las olas rompían contra las rocas.

Estaba trepando por el farallón volcánico que emergía frente a la bahía de Ginura. Lo llamaban el Huérfano Afligido, porque se encontraba solo en medio del mar, como un niño que hubiera perdido a sus padres en un naufragio. En el momento en que tocaba la piedra con la punta de los dedos, la otra mano le resbaló sobre el musgo marino.

El estómago se le encogió. Por un momento pensó que caería y se rompería todos los huesos. Pero consiguió echar el cuerpo hacia arriba, colocó la mano hacia el saliente y se agarró como si fuera un percebe. Con un último esfuerzo titánico consiguió subir a la plataforma y se tendió boca arriba, respirando afanosamente. Había sido una imprudencia subir sin sus guantes, pero quería demostrarse a sí misma que podía hacerlo.

No dejaba de pensar en aquel méntico de la calle, en cómo la había mirado. Como si la hubiera reconocido. Era imposible, por supuesto; ella no lo había visto nunca. Pero ¿por qué aquella expresión conmocionada?

Era un hombre grande. De anchos hombros, pecho amplio y buena barriga. Tenía los ojos como el clavo y los párpados fatigados, en un rostro cetrino y redondeado. Cabello gris con brillos cobrizos. Y una boca con una historia de risas grabada en las comisuras. Gafas redondas.

«Roos.» Por fin le vino a la mente. Roos. Un nombre que Susa le había susurrado tan brevemente que casi era como si se lo hubiera llevado el viento. Era el que había escondido al forastero. No había motivo por el que debiera estar en Ginura. A menos que hubiera venido a testificar sobre aquella noche. Al pensar en aquello se le hizo un nudo en el estómago. Recordó cómo se había quedado mirándola en la calle, y un escalofrío le recorrió el cuerpo.

Apretando los dientes, estiró la mano y encontró otro agarre. Fuera lo que fuera lo que Roos pensaba que sabía de ella o de Susa, no tenía pruebas. Y a esas alturas el forastero ya estaría muerto.

Cuando llegó a la cima se puso en pie, con las palmas de las manos ensangrentadas. La seda de agua era como un manto de plumas: bastaba sacudirla y enseguida estaba seca. Desde allí arriba veía toda Ginura. El Castillo de la Flor de Sal reflejaba los últimos rayos del sol. La dragona la esperaba en un refugio natural. Su nombre real era imposible de pronunciar para los humanos, así que se la conocía como Nayimathun. Había nacido mucho tiempo atrás en el lago de la Nieve Profunda, y lucía innumerables cicatrices de la Gran Desolación. Cada noche, Tané subía al refugio y se apostaba junto a la dragona hasta que salía el sol. Era justo como lo había soñado toda su vida.

Al principio hablar le había resultado complicado. Nayimathun se negaba a que Tané usara el lenguaje de respeto reservado a los dioses. Iban a ser familia, le dijo. Como hermanas. Si no, no podrían volar juntas. Dragón y jinete tenían que compartir un mismo corazón.

Tané no sabía cómo aplicar aquella norma. Toda su vida había hablado a los mayores con respeto y ahora una diosa le pedía que le hablara como si fueran dos amigas íntimas. Poco a poco, titubeando, le había relatado a la dragona su infancia en Ampiki, el incendio que se había llevado a sus padres y los años de entrenamiento en la Casa del Sur. Nayimathun la había escuchado pacientemente.

El océano estaba a punto de tragarse el sol, y Tané, descalza, se acercó a la dragona, que tenía la cabeza girada y apoyada sobre el cuello. Aquella posición le recordó a Tané la de un pato durmiendo.

Se arrodilló junto a Nayimathun y apoyó una mano sobre las escamas. Los dragones no oían del mismo modo que los humanos. El contacto físico les ayudaba a percibir las vibraciones de la voz.

—Buenas tardes, Nayimathun.

—Tané. —Nayimathun entreabrió un ojo—. Siéntate conmigo.

Su voz era como una caracola de guerra, un canto de ballena y el lejano fragor de una tormenta, todo ello convertido en palabras suavizadas como el cristal moldeado por el mar. A Tané aquel sonido le provocaba una sensación de somnolencia.

Se sentó y se apoyó en las escamas de su dragona, siempre húmedas y maravillosamente frescas.

Nayimathun resopló.

—Estás herida.

Aún le brotaba sangre de la mano.

—Solo un poco —dijo Tané, cerrándola—. Con las prisas me dejé los guantes.

—No debes tener ninguna prisa, pequeña. La noche no ha hecho más que empezar —dijo, respirando fuerte, y un temblor le atravesó todo el cuerpo—. Pensé que podríamos hablar de las estrellas.

Tané levantó la vista al cielo, donde empezaban a asomar unos minúsculos ojos plateados.

—¿Las estrellas, Nayimathun?

—Sí. ¿Os hablan del origen de las estrellas en vuestras Casas de Instrucción?

—Un poco. En la Casa del Sur, nuestros profesores nos enseñaron los nombres de las constelaciones, y a orientarnos con ellas. —Tané dudó un momento—. En el pueblo en que nací, dicen que las estrellas son los espíritus de la gente que huyó del Innombrable. Se subieron a las escaleras y se ocultaron en el cielo, esperando el día en que todos los escupefuegos yazcan muertos en el mar.

—La gente de los pueblos a veces es más sabia que los académicos —dijo Nayimathun, bajando la mirada—. Ahora tú eres mi jinete, Tané, por lo que tienes derecho a saberlo todo de los dragones.

Ninguno de sus profesores le había hablado de eso.

—Será un honor para mí recibir ese conocimiento —dijo.

Nayimathun levantó la mirada al cielo. Sus ojos se volvieron más brillantes, como si reflejaran la luna.

—La luz de las estrellas —dijo— es lo que nos creó. Todos los dragones del Este proceden del cielo.

Tané se quedó admirando sus brillantes cuernos, la cresta de espinas bajo su mandíbula y su corona, azul como una herida fresca. Aquel era el órgano que le permitía volar. Nayimathun de dio cuenta de dónde tenía puesta la mirada.

—Esa parte de mi cuerpo señala el lugar donde se golpearon mis ancestros al caer de las estrellas e impactar contra el lecho marino —dijo.

—Pensé... —Tané se humedeció los labios—. Nayimathun, perdóname, pero yo pensaba que los dragones nacían de huevos.

Sabía que así era. Huevos como un cristal opaco, suave y húmedo, cada uno con un brillo iridiscente particular. Podían pasar siglos en el agua antes de eclosionar y producir un ser minúsculo y frágil. Aun así, la voz le tembló al preguntar.

—Bueno, sí —dijo Nayimathun—. Pero no siempre ha sido así. —Levantó la cabeza y miró de nuevo al cielo—. Nuestros ancestros procedían del cometa que vosotros llamáis la Linterna de Kwiriki. Hubo una lluvia de luz que cayó en el agua, y de esa agua surgieron los dragones.

Tané se la quedó mirando.

—Pero Nayimathun —dijo—, ¿cómo puede crear un cometa un dragón?

—Deja a su paso una sustancia. El polvo de luz de estrellas cae al mar y a los lagos. En cuanto a cómo se transformó esa sustancia en dragones, eso es algo que queda fuera de mi conocimiento. El cometa pertenece al plano celestial, y es un plano al que yo aún no he llegado.

»Cuando pasa el cometa es cuando adquirimos nuestra mayor carga de energía. Ponemos huevos, eclosionan y recuperamos todo el poder que teníamos en el pasado. Pero poco a poco nuestra fuerza va menguando. Y debemos esperar al regreso del cometa para recuperarla.

—¿No hay ningún otro modo de recuperar vuestra energía?

Nayimathun la miró con aquellos ojos antiguos y Tané se sintió muy pequeña ante su mirada.

—Puede que otros dragones no compartan esto con sus jinetes, Miduchi Tané —dijo, con aquella voz fragorosa—, pero te voy a contar otra cosa. Tómatelo como un regalo.

—Gracias —respondió, estremeciéndose. Seguro que ningún ser vivo era digno de recibir tantos conocimientos de un dios.

—El cometa puso fin a la Gran Desolación, pero no era la primera vez que pasaba por este mundo. Lo ha hecho muchas veces —dijo Nayimathun—. Una vez, hace muchas lunas, dejó tras de sí dos joyas celestiales, ambas portadoras de su poder. Fragmentos sólidos de sí mismo. Con ellas, nuestros ancestros podían controlar las olas. Su presencia nos permitía mantener nuestra fuerza más que antes. Pero hace casi mil años que se perdieron.

Tané percibió la tristeza de su dragona y le pasó la mano por las escamas. Aunque brillaban como las de un pez, estaban surcadas de cicatrices, llenas de marcas de dientes y huesos.

—¿Y cómo se perdieron esos objetos tan preciosos?

Nayimathun emitió un suave sonido rasposo por entre los dientes.

—Hace casi mil años, un humano los usó para plegar el mar en dos sobre el Innombrable —dijo—, y así es como fue derrotado. Después de aquello, las dos joyas pasaron a la historia, como si nunca hubieran existido.

Tané meneó la cabeza.

—Un humano —repitió, y recordó las leyendas del Oeste—. ¿Se llamaba Berethnet?

—No. Era una mujer del Este.

Se quedaron sentadas en silencio. El agua goteaba desde la roca que tenían sobre la cabeza.

—En el pasado tuvimos grandes poderes, Tané —dijo Nayimathun—. Podíamos desprendernos de la piel como las serpientes y cambiar de forma. ¿Has oído hablar de la leyenda seiikinesa de Kwiriki y la Doncella de la Nieve?

—Sí —Tané la había oído muchas veces en la Casa del Sur. Era una de las historias más antiguas de Seiiki.

Tiempo atrás, cuando emergieron por primera vez de entre las olas, los dragones del mar del Sol Trémulo acordaron hacerse amigos de los hijos de la carne, cuyas hogueras habían visto en una playa cercana. Les llevaron peces dorados como regalo para mostrarles sus buenas intenciones, pero los isleños, recelosos y asustados, les arrojaron lanzas, y los dragones desaparecieron, decepcionados, en las profundidades del mar, tras lo cual no se dejaron ver de nuevo durante años.

No obstante, una joven había presenciado la llegada de los dragones y lloraba su ausencia. Cada día caminaba por el gran bosque cantando su pena por las bellas criaturas que se habían presentado en la isla tan brevemente. En la historia no tenía nombre, como sucede con demasiada frecuencia en las historias antiguas. Se la conocía únicamente como la Doncella de la Nieve.

Una fría mañana, la Doncella de la Nieve se encontró con un pajarillo herido en un riachuelo. Le curó el ala herida y le dio de beber gotas de leche. Cuidó de él un año, hasta que el pájaro recuperó las fuerzas, y entonces lo llevó al acantilado para que volara.

Fue entonces cuando el pájaro se transformó en Kwiriki, el Venerable, que había resultado herido en el mar y había adoptado una nueva forma para escapar. La Doncella de la Nieve estaba radiante de alegría, y también el gran Kwiriki, porque no sabía que los hijos de la carne tuvieran bondad en su interior.

Para agradecer los cuidados de la Doncella de la Nieve, el gran Kwiriki le talló un trono con su propio cuerno y lo llamó el Trono del Arcoíris, y a partir de la espuma marina creó un apuesto consorte, el Príncipe de la Noche. La Doncella de la Nieve se convirtió en la primera emperatriz de Seiiki, y sobrevoló toda la isla con el gran Kwiriki, enseñando a la gente el amor por los dragones, y a no hacerles daño nunca más. Su linaje gobernó Seiiki hasta que perecieron, en la Gran Desolación, y el Primer Señor de la Guerra se alzó en armas para vengarlos.

—La historia es cierta. Kwiriki tomó la forma de un pájaro. Con el tiempo, podíamos aprender a adoptar muchas formas —le explicó Nayimathun—. Era tal nuestro poder que podíamos cambiar de tamaño, crear ilusiones ópticas, otorgar deseos…

Pero ya no.

Tané escuchó el ruido del mar, a sus pies. Se imaginó que procedía de una gran caracola, transportando aquel fragor en su vientre. Notó que los párpados le pesaban cada vez más. Nayimathun la miró.

—Hay algo que te preocupa.

—No —respondió Tané, poniéndose a la defensiva—. Solo pensaba en lo feliz que soy. Tengo todo lo que he deseado en mi vida.

Nayimathun soltó un murmullo profundo y resopló.

—No hay nada que no me puedas contar.

Tané no podía mirarla a los ojos. Cada gramo de su ser le decía que no podía mentir en presencia de una diosa, pero no podía contarle la verdad sobre el intruso. Por aquel delito su dragona la rechazaría.

Preferiría morir antes de dejar que sucediera.

—Lo sé —se limitó a responder. La pupila de la dragona se convirtió en un pozo de oscuridad. Tané podía ver su propio rostro reflejado en él.

—Pensaba llevarte de vuelta al castillo —dijo Nayimathun—, pero esta noche debo descansar. —Soltó un gruñido grave—. Se está despertando —añadió, como si hablara para sí misma. La sombra se extiende con fuerza por el Oeste.

—¿Quién se está despertando?

La dragona cerró los ojos y bajó la cabeza, posándola de nuevo sobre el cuello.

—Quédate conmigo hasta el amanecer, Tané.

—Por supuesto.

Tané se tendió a su lado. Nayimathun se acercó un poco más y se enroscó, envolviéndola.

—Duerme —dijo—. Las estrellas guardarán nuestro sueño.

Su cuerpo la protegía del viento. Mientras se dejaba vencer por el sueño, apoyada en la dragona con la que siempre había soñado, arrullada por su latido, tenía la curiosa sensación de estar de nuevo en el vientre materno.

Pero también tenía la sensación de que un cerco se iba estrechando. Como una red alrededor de un pez fuera del agua.

26

Oeste

Las noticias de la visita real a Ascalon se extendieron por todo Inys, desde la bahía de Balefire a los despeñaderos brumosos de los Riscos. Tras catorce largos años, la reina Sabran iba a mostrarse ante las gentes de la capital, y la capital se preparaba para recibirla. Antes de que Ead se diera cuenta, se les echaba encima la fecha.

Se vistió, ocultando sus dagas. Dos fueron a parar bajo sus faldas, otra se la metió bajo el petillo y una cuarta dentro de una de sus botas. La daga ornamental que llevaban todas las damas de honor era la única que podía dejar a la vista.

A las cinco en punto, se encontró con Katryen en los aposentos reales y fueron juntas a despertar a Sabran y a Roslain.

Para su primera aparición en público tras la coronación, las damas de la reina tenían que procurar que estuviera más que guapa: tenían que dejarla divina. Iba vestida de terciopelo azul medianoche, con un ceñidor de cornalinas y una estola de piel de bormisón, que la hacía destacar entre las telas de satén con oropeles bronceados y las pieles marrones que la rodeaban. Así evocaría recuerdos de la reina Rosarian, a quien le encantaba vestir de azul.

Le prendieron del corpiño un broche en forma de espada. Ella era la única en todos los Reinos de las Virtudes que tenía al Santo como patrono.

Roslain, que se había adornado el cabello con un cristal de color ámbar y grosella, se encargó de escoger las joyas. Ead cogió una peineta y, apoyando una mano en el hombro de Sabran, la encajó en la melena hasta sentir el contacto de sus mechones en los dedos.

Sabran estaba rígida como un poste. Y tenía los ojos irritados de lo poco que había dormido.

Ead la cepilló con suavidad. Sabran ladeó la cabeza al contacto del cepillo y, a cada pasada, fue liberando tensión y suavizando el gesto de la mandíbula. Mientras trabajaba, Ead apoyó la punta de los dedos tras la oreja de Sabran, para que no se moviera.

—Hoy estás muy guapa, Ead —dijo Sabran—. Era lo primero que decía desde que se había levantado de la cama.

—Su Majestad es muy amable —dijo Ead, mientras batallaba con un nudo del cabello—. ¿Os hace ilusión la visita a la ciudad?

Sabran tardó un rato en responder. Ead siguió cepillándola.

—Me hace ilusión ver a mi pueblo —dijo Sabran por fin—. Mi padre siempre me animó a mezclarme con ellos, pero... yo no podía.

Debía de estar pensando en su madre. El motivo por el que había visto poco mundo, más allá de los brillantes salones del palacio, durante catorce años.

—Ojalá pudiera decirles que estoy encinta —añadió, tocándose el petillo cubierto de pedrería—. El médico de la corte me ha aconsejado esperar a que mi hija se forme un poco más.

—Lo que ellos desean es veros a vos. Tengáis o no barriga —respondió Ead—. En cualquier caso, podréis comunicárselo en unas semanas. Y pensad en lo contentos que estarán.

La reina se la quedó mirando e, inesperadamente, la cogió de la mano.

—Dime, Ead. ¿Cómo puede ser que siempre sepas qué decir para confortarme?

Antes de que Ead pudiera responder, se acercó Roslain. Ead dio un paso atrás y la mano de Sabran se le escapó de entre los dedos, pero le quedó una sensación en la palma como si siguiera en contacto con su espectro. Con sus finos huesos. Con sus nudillos puntiagudos.

Sabran dejó que sus damas la llevaran hasta el lavabo. Katryen se encargó de dar color a sus labios, mientras Ead le trenzaba seis mechones de cabello y se los prendía de un tocado en la parte trasera de la cabeza, dejando el resto suelto. Por último le pusieron una corona plateada.

Cuando estuvo lista, la reina se miró en el cristal. Roslain enderezó la corona.

—Un último toque —dijo, colocándole un collar en torno a la garganta. Zafiros y perlas, y un colgante en forma de caballito de mar—. Os acordaréis.

—Por supuesto —dijo Sabran, tocando el colgante, con la mirada perdida—. Me lo regaló mi madre.

Roslain le apoyó una mano en el hombro.

—Dejad que os acompañe hoy. Ella estaría muy orgullosa.

La reina de Inys se quedó mirándose en el espejo un momento más. Por fin, tomó aire y se giró.

—Mis damas —dijo, esbozando una sonrisa—. ¿Qué tal estoy?

Katryen le pasó un mechón de cabello por detrás de la corona y asintió.

—Como la sangre del Santo, majestad.

A las diez de la mañana el cielo era de un azul cegador. Las damas de compañía escoltaron a Sabran hasta las puertas del Palacio Briar, donde esperaba Aubrecht Lievelyn, vestido con una gran capa, y los seis duques de la Junta. Seyton Combe, como siempre, esbozaba una sonrisa complacida. Ead se moría de ganas de borrársela del rostro.

Parecía satisfecho consigo mismo, pero era evidente que no había hecho ningún progreso en el tema de los degolladores. Ni tampoco Ead, por mal que le supiera. Por mucho que quería investigar, sus obligaciones le dejaban muy poco tiempo libre.

Si los asesinos decidían atacar de nuevo, sería ese día.

Mientras Sabran entraba en la carroza real, Igrain Crest le tendió una mano a su nieta.

—Roslain —dijo, sonriendo—. Hoy estás preciosa, tesoro.

—Gracias, abuela. Tú siempre me miras con buenos ojos —respondió ella, insinuando una reverencia y besándola en la mejilla—. Que pases un buen día.

—Esperemos que sea un buen día, lady Roslain —murmuró lord Ritshard Eller—. No me gusta nada que la reina se mezcle con los plebeyos.

—Todo irá bien —dijo Combe. Su vistoso collar reflejaba la luz del sol—. Su Majestad y Su Alteza Real están bien protegidos. ¿No es así, sir Tharian?

—Hoy más que nunca, excelencia —dijo Lintley, bajando la cabeza.

—Hmm —respondió Eller, nada convencido—. Muy bien, sir Tharian.

Ead compartió un coche con Roslain y Katryen. Mientras se alejaban del palacio y se introducían en la ciudad, miró por la ventana.

Ascalon había sido la primera y única capital de Inys. En sus calles adoquinadas vivían miles de personas de todos los Reinos de las Virtudes y de más allá. Antes de que Galian regresara a aquellas islas, eran un mosaico de territorios siempre enfrentados, gobernados por una serie de señores feudales y príncipes de medio pelo. Galian los había unido a todos bajo una única corona. La suya.

Se decía que en otro tiempo la capital que construyó, bautizada con el nombre de su espada, era un paraíso. Ahora estaba tan poblada de delincuentes como cualquier otra ciudad.

La mayoría de los edificios eran de piedra. Tras la Caída de las Sombras, cuando los incendios se habían extendido por todo Inys, se había prohibido el uso de los tejados de paja. Solo se habían conservado un puñado de casas de madera, diseñadas por Rosarian II, por su belleza particular. Presentaban opulentos diseños en madera oscura que contrastaba con el blanco de las juntas.

Los barrios más ricos eran realmente ricos. En Reinania había cincuenta orfebres y un centenar de plateros. En la calle Hend se concentraban los talleres, donde los inventores diseñaban nuevas armas para la defensa de Inys. El camino Pounce, en la isla de Knells, era donde vivían los poetas y dramaturgos, y vía Brazen era la zona de libreros. En el gran mercado de la plaza Werald se vendían artículos de todos los rincones del mundo: reluciente cobre de Lasia, cerámica y joyas de oro, pinturas y marquetería méntica, y también cerámica esmaltada con sales, raros cristales de grosella de la Serena República de Carmentum, quemadores de aceites aromáticos y piedra celestina del Ersyr.

En los barrios más pobres que iban a recibir la visita del cortejo real, como Colonia Kine y las Setts, la vida no era tan fácil. En aquellos barrios imperaba el caos, y era donde estaban los burdeles, disfrazados de posadas para evitar a la Orden de los Santarios, y las tabernas donde los ladrones contaban las monedas robadas.

Decenas de miles de inys se agolpaban por las calles, esperando la ocasión de ver a la reina, aunque solo fuera por un momento. A Ead aquella imagen la intranquilizó. No había habido degolladores desde el día de la boda, pero estaba segura de que la amenaza seguía presente.

El cortejo real se paró frente al Santuario de Nuestra Señora, donde se decía que estaba la tumba de Cleolinda (aunque Ead sabía que no era así). Era el edificio más alto de Inys, más alto aún que la Torre de Alabastro, y estaba construido con una piedra pálida que brillaba a la luz del sol.

Ead salió de la carroza y sintió la luz en el rostro. Hacía mucho tiempo que no caminaba por las calles de Ascalon, pero las conocía bien. Antes de que Chassar se la presentara a Sabran, había pasado un mes aprendiéndose todos los rincones y recovecos de la ciudad, de modo que pudiera orientarse si algún día tenía que huir de la corte.

Un grupo de gente se había congregado junto a la escalinata del santuario, deseosos de recibir la atención de su soberana. Habían cubierto los adoquines con flores de la reina y lirios negros. Mientras las damas de compañía y el servicio especial iban saliendo de los coches de caballos con Oliva Marchyn, Ead miró atentamente a la multitud.

—No veo a lady Truyde —le dijo a Katryen.

—Tiene dolor de cabeza —respondió ella, frunciendo los labios—. Qué oportuna.

Margret se les acercó.

—Me esperaba mucha gente pero, por el Santo, parece que ha venido toda la ciudad —dijo, creando con el aliento una nube de vapor. Señaló con un gesto de la cabeza hacia la carroza real—. Ahí vamos.

Ead miró hacia allí. Cuando salió Lievelyn, los inys le vitorearon como si el propio Santo hubiera regresado. Él, impertérrito, alzó una mano para saludar y luego se la tendió a Sabran, que salió perfectamente compuesta.

El rugido de la multitud fue tan estruendoso, tan repentino, que a Ead le pareció que trascendía el sonido y adquiría carácter físico. La dejó sin aliento y sintió como una presión en el vientre. Vio que Katryen temblaba de emoción a su lado y que Margret contemplaba la escena admirada mientras los inys se arrodillaban ante su reina. Se quitaban los sombreros, derramaban lágrimas, y daba la impresión de que los vítores conseguirían levantar el Santuario de Nuestra Señora del suelo. Sabran se quedó paralizada, como si le hubiera caído un rayo encima. Ead observaba toda la escena. Desde el día de la coronación, la reina había estado oculta en sus palacios. Se le había olvidado lo que era para su pueblo. La personificación de la esperanza. Su protectora y su salvación.

Enseguida reaccionó. Aunque no saludó con la mano, sonrió y se cogió de la mano con Lievelyn. Permanecieron uno al lado del otro un tiempo y dejaron que sus súbditos los adoraran.

El capitán Lintley iba delante, con una mano apoyada en la empuñadura de su espada. La Guardia Real y unos trescientos guardias más, desplegados por la ruta que debían seguir, estaban ahí para proteger a la reina y al príncipe consorte durante su visita a la ciudad.

Mientras seguía a Sabran, Ead observó a la multitud, pasando la mirada de un rostro al otro, de una mano a la otra. Ningún asesino profesional pasaría por alto una oportunidad así.

El Santuario de Nuestra Señora era tan magnífico por dentro como lo era por fuera, con su techo abovedado y unas ventanas trilobadas altísimas, que cubrían a los presentes de luz púrpura. Los guardias esperaron en el exterior.

Sabran y Lievelyn caminaron hacia la tumba. Era un bloque macizo de mármol situado en un nicho tras el altar. Se decía que la Damisela yacía incorrupta en una bóveda cerrada en su interior. No había ninguna efigie.

La pareja real se arrodilló sobre los reclinatorios que había delante y bajó la cabeza. Al cabo de un rato, Lievelyn se retiró para dejar que Sabran rezara en privado. Las damas de honor se acercaron y se arrodillaron a su lado.

—Gran Damisela —dijo Sabran, dirigiéndose a la tumba—. Soy Sabran IX. Mía es tu corona, mío es tu reino, y cada día anhelo traer la gloria a la Casa de Berethnet. Espero llegar a poseer tu capacidad de compasión, tu valor y tu templanza.

Cerró los ojos, y la voz se convirtió en la sombra de un suspiro.

—Confieso —prosiguió— que no me parezco mucho a ti. He sido impaciente y arrogante. Durante demasiado tiempo he abjurado de mi deber para con este reino, negándome a darle a mi pueblo una princesa, y en su lugar me he centrado únicamente en proteger mi vida.

Ead la miró. La reina se quitó el guante ribeteado en piel y apoyó la mano en el mármol.

Estaba rezándole a una tumba vacía.

—Como amorosa descendiente tuya te lo ruego: haz que pueda tener a mi hija. Haz que nazca sana y llena de energía. Déjame dar esperanza al pueblo de todos los Reinos de las Virtudes. Haré lo que haga falta. Moriré para dar vida a mi hija. Por ella sacrificaré todo lo demás. Pero no permitas que nuestra dinastía muera conmigo.

Su voz era firme, pero su rostro era la imagen de la fatiga. Ead dudó un momento y luego fue a buscarla.

Al principio, Sabran se tensó. Pero un momento después le dio la mano, entrecruzó sus dedos con los de Ead y se los apretó. Aquel miedo a no estar a la altura era algo por lo que ninguna mujer debía pasar.

Cuando Sabran se puso en pie, también lo hicieron sus damas. Ead se concentró especialmente. La siguiente etapa del recorrido sería la más peligrosa. Sabran y Lievelyn iban a visitar a los desfavorecidos de Ascalon y a repartir monedas de oro. Mientras descendían la escalinata del santuario, Sabran permaneció muy cerca de su compañero.

A partir de aquí el cortejo avanzaría a pie. Siguieron la Milla de Berethnet, que atravesaba la ciudad, flanqueados por guardias de la ciudad. A medio camino, cuando cruzaron la plaza Marian, un vagabundo gritó:

—¡Préñala, o regresa a Mentendon!

Lievelyn permaneció impasible, pero Sabran apretó la mandíbula. En el momento en que los guardias se llevaban a aquel hombre a rastras, Sabran cogió a Lievelyn de la mano.

Para llegar a Colonia Kine tenían que atravesar el barrio de Río Sylvan, con frondosos árboles en las calles, y el Teatro Carnelian en un alto, sobre los puestos ambulantes. Había un estruendo tremendo y el aire vibraba de la emoción.

En el momento en que Sabran se detuvo a admirar un rollo de tela, algo llamó la atención de Ead en el horno del otro lado de la calle. Agazapada en el balcón había una figura con la boca y la nariz cubiertas con un trapo. En el momento en que Ead lo vio, el hombre levantó un brazo.

Una pistola brilló a la luz del sol.

—¡Muerte a la Casa de Berethnet! —gritó. Fue como si el tiempo se volviera más lento. Sabran levantó la vista y alguien soltó un chillido de horror, pero Ead ya estaba allí. Chocó con Sabran, le rodeó la cintura con un brazo y ambas cayeron sobre los adoquines mientras la pistola disparó con un sonido que era como el del mundo partiéndose en dos. Entre el griterío, un anciano se plegó en dos, alcanzado por la bala destinada a la reina.

Ead cayó sobre la cadera, sosteniendo entre los brazos a Sabran, que a su vez estaba encogida, protegiéndose el vientre con un brazo. Ead la levantó y se la entregó a Lievelyn, que la apartó del alcance del pistolero.

—¡La reina! —gritó el capitán Lintley—. ¡Todos a las armas!

—¡Allí arriba! —dijo Ead, señalando—. ¡Matadlo!

El pistolero ya había pasado al balcón contiguo. Lintley apuntó con su ballesta, pero falló por unos centímetros. Soltó una maldición y volvió a cargarla.

Ead se puso delante de Sabran. Lievelyn desenfundó la espada y le protegió la espalda. Las otras damas de compañía rodearon a su reina. Ead seguía con la mirada al pistolero, que ahora saltaba como un gamo de un tejado al otro, y sintió un escalofrío. Miró al otro lado de la calle.

No llevaban visardas. A diferencia de los degolladores del palacio. Llevaban el rostro cubierto con máscaras picudas para la peste, de las usadas por los médicos para protegerse durante la Caída de las Sombras. Cuando apareció el primero entre la multitud y se lanzó sobre el cortejo real, Ead sacó la daga del ceñidor y se la lanzó a la garganta.

La multitud se dispersó. En el caos reinante, Ead no pudo ver al siguiente agresor hasta que lo tuvieron encima.

—¡Muera la Casa de Berethnet! —le gritó a Sabran. Pero fue a chocar con uno de los guardias reales, que lo derribó empujándolo con la espada—. ¡Larga vida al Innombrable!

—¡El Dios de la Montaña! —gritó alguien allí cerca—. ¡Su reino llegará!

Apocalípticos. En un instante, Lintley había cambiado la ballesta por la espada y había acabado con la amenaza más cercana. Su imagen de caballero galante había dejado paso a la del soldado elegido para proteger a la reina de Inys. La apocalíptica que venía detrás se paró de golpe y, cuando vio que Lintley se le echaba encima, dio media vuelta y huyó. Se oyó un disparo de mosquete y de pronto sus tripas aparecieron desparramadas sobre los adoquines.

Ead buscó al Halcón Nocturno entre todo aquel caos, pero había demasiado pánico, demasiados cuerpos. Sabran se quedó paralizada, con los puños apretados y la cabeza bien alta.

Una calma extraordinaria invadió a Ead. Desenfundó dos de sus dagas, sin preocuparle el hecho de que era una dama de honor, y por tanto no debía estar educada en el combate. Se despojó del velo de secretismo que la había cubierto todos aquellos años. Lo único que le importaba era cumplir con su deber. Mantener a Sabran con vida.

La danza de la guerra la llamaba. Como la primera vez que había dado caza a un basilisco. Como una exhalación, se lanzó contra la siguiente oleada de atacantes, agitando sus dagas con precisión, y fueron cayendo muertos a su alrededor.

Cuando volvió en sí, vio que Lintley la miraba asombrado, con el rostro salpicado de sangre. Un grito le hizo girar la cabeza. Linora. Chillaba aterrorizada, mientras dos apocalípticos se abalanzaban sobre ella y la tiraban al suelo. Ead y Lintley fueron corriendo hacia ella al mismo tiempo, pero no pudieron evitar que un cuchillo le segara la garganta, rociándolo todo de sangre. Era demasiado tarde; la habían perdido.

Ead intentó controlarse, pero sentía la bilis en la garganta. Sabran miraba a su dama agonizante. Los caballeros de la Guardia Real rodearon a su reina, pero estaban a su vez rodeados; la amenaza estaba por todas partes. Otra figura enmascarada cargó contra la pareja real, pero Roslain, con una ferocidad que Ead nunca le había visto antes, le clavó su cuchillo en el muslo. Se oyó un grito tras la máscara.

—El Innombrable se alzará —dijo una voz, jadeando—. Le declaramos nuestra lealtad. —Una niebla oscurecía las cuencas de los ojos—. ¡Muerte a la Casa de Berethnet!

Roslain se le lanzó a la garganta, pero el enmascarado le dio un puñetazo en la cabeza, quitándosela de encima. Sabran soltó un grito de rabia. Ead se alejó de la refriega y corrió hacia ella en el momento en que el enmascarado lanzaba una cuchillada a Lievelyn, que levantó su espada justo a tiempo para desviar el golpe.

El enfrentamiento posterior fue breve y violento. Lievelyn era más fuerte y llevaba años de entrenamiento a sus espaldas. Con un mandoble brutal puso fin a la amenaza.

Sabran dio un paso atrás, alejándose del cadáver de Linora. Su compañero tragó saliva, aún con la espada en la mano. De la hoja goteaba sangre.

—Su Majestad, Su Alteza Real, seguidme. —Un guardia real se había acercado, dejando atrás la lucha. Su armadura cobriza estaba más roja que antes—. Sé de un lugar seguro en este barrio. El capitán Lintley me ha ordenado que os lleve allí. Debemos irnos enseguida.

Ead le apuntó con uno de sus cuchillos. La mayoría de guardias reales llevaban yelmo y la voz que procedía del interior del casco de este se oía amortiguada.

—No os acerquéis ni un paso más —le ordenó—. ¿Quién sois?

—Sir Grance Lambren.

—Quitaos el casco.

—Tranquila, señora Duryan, reconozco su voz —dijo Lievelyn—. No es seguro que sir Grance se quite el casco.

—Ros… —dijo Sabran, estirándose para acercarse a su dama de honor—. Aubrecht, llévatela, por favor.

Ead buscó con la mirada a Margret o a Katryen, pero no las vio por ningún sitio. Linora yacía rodeada de un charco de sangre, con la mirada vítrea de la muerte en los ojos.

Lievelyn cogió a Roslain en brazos y siguió a sir Grance Lambren, que indicaba el camino a Sabran. Maldiciendo enérgicamente a Lievelyn por ser tan confiado, Ead les siguió. Los otros caballeros de la Guardia Real intentaron seguir a su reina, pero estaban sobrepasados.

¿Cómo había podido orquestar alguien aquel ataque masivo?

Ead alcanzó a Sabran y a Lievelyn justo en el momento en que Lambren doblaba una esquina, apartándolos de la Milla de Berethnet. Los llevó a través de un jardín-osario abandonado en la calle Quiver, hasta un santuario en ruinas. Acompañó a la pareja real al interior, pero cuando Ead llegó a la puerta, le bloqueó el paso.

—Deberíais encontrar a las otras damas, señora.

—Yo seguiré a la reina, sir —dijo Ead—, lo queráis o no.

Lambren no se movió. Ella cogió sus cuchillos aún con más fuerza.

—Ead. —Era Sabran—. Ead, ¿dónde estás?

El caballero permaneció inmóvil como una estatua un momento más, pero luego se apartó. Cuando Ead hubo entrado, el hombre envainó la espada y aseguró la puerta. Se quitó el yelmo y Ead se quedó mirando el rubicundo rostro de sir Grance Lambren. Él le lanzó una mirada de profundo desagrado.

El interior del santuario estaba tan abandonado como el jardín-osario. La vegetación penetraba por las ventanas rotas. Roslain estaba tendida sobre el altar, inmóvil salvo por el movimiento rítmico de su respiración. Sabran, que la había tapado con su propia capa, estaba a su lado, sosteniéndole la mano inerte, fingiendo entereza.

Lievelyn caminaba adelante y atrás, con el gesto tenso.

—Esas pobres almas ahí fuera. Lady Linora... —Tenía el pómulo salpicado de sangre—. Sabran, debo volver a la calle y ayudar al capitán Lintley. Vos quedaos con sir Grance y la señora Duryan.

Sabran fue corriendo a su lado.

—No —dijo, sujetándolo de los codos—. Os ordeno que os quedéis.

—Mi espada es tan buena como la de cualquiera —replicó Lievelyn—. Mis hombres...

—Los caballeros de mi Guardia Real también están ahí fuera —le atajó Sabran—. Pero si morimos, sus esfuerzos por protegernos serán en vano. Tendrán que pensar en nosotros, además de en sí mismos.

Lievelyn le cogió el rostro entre las manos.

—Cariño —dijo—, no me pasará nada.

Por primera vez, Ead vio lo enamorado que estaba de Sabran, y aquello le sorprendió.

—Maldita sea, eres mi compañero. Has compartido mi cama. Mi carne. Mi... mi corazón —le espetó Sabran. Tenía el rostro tenso y la voz desgarrada—. Y no dejarás a nuestra hija sin padre, Aubrecht Lievelyn. No nos dejarás aquí, llorando tu muerte.

El rostro del príncipe cambió de expresión de golpe. Una luz de esperanza iluminó sus ojos.

—¿Es cierto?

Mirándole a los ojos, Sabran le cogió la mano y se la llevó hasta su vientre.

—Es cierto —dijo, en un murmullo.

Lievelyn respiró con fuerza. En su rostro apareció una sonrisa, y le pasó un pulgar por el pómulo.

—Entonces soy el más afortunado de todos los príncipes —susurró—. Y te juro que nuestra niña será la princesa más querida que habrá vivido nunca. —Soltó un suspiro y tiró de Sabran, acercándosela al pecho—. Mi reina. Mi bendición. Os querré a las dos hasta que consiga ser digno de tan buena suerte.

—Ya eres digno —dijo Sabran, besándole en la mandíbula—. ¿No llevas puesto mi anillo con el nudo del amor?

Sabran recostó la barbilla sobre su hombro y le pasó las manos por la espalda, arriba y abajo, cerrando los ojos mientras él apoyaba sus labios en la sien de ella. Toda la tensión de un momento antes había desaparecido, como la llama de una vela apagada con dos dedos, justo en el momento en que sus cuerpos se juntaron.

Unos puños golpearon las puertas.

—Sabran —dijo una voz—. ¡Majestad, somos Kate y Margret! ¡Dejadnos entrar, por favor!

—Kate, Meg… —Sabran se apartó de Lieveyn de golpe—. Dejadlas entrar —le ordenó a Lambren—. Daos prisa, sir Grance.

Ead tardó en reaccionar, pero reconoció el truco. No era lady Katryen Withy la que estaba tras la puerta. Era una imitación. Una voz falsa.

—No —ordenó—. Parad.

—¿Cómo osáis contradecir mis órdenes? —replicó Sabran, airada—. ¿Quién os ha dado autoridad?

Estaba roja de rabia, pero Ead mantuvo la compostura.

—Majestad, no es Katryen…

—Diría que soy capaz de reconocer su voz. —Sabran le hizo un gesto a Lambren—. Haced entrar a mis damas. Enseguida.

Era un caballero de la Guardia Real, así que obedeció.

Ead no perdió un instante. Uno de sus cuchillos ya estaba cortando el aire cuando Lambren desbloqueó las puertas y una mujer entró a la carga en el santuario. La intrusa evitó el cuchillo mortal con un hábil quiebro, disparó a Lambren y luego apuntó a Ead.

Lambren cayó con un estruendo metálico al golpear la

armadura contra la piedra. La bala se había hundido entre sus ojos.

—No te muevas, ersyri —dijo una voz. La pistola aún humeaba—. Baja ese cuchillo.

—¿Para que puedas matar a la reina de Inys? —Ead permaneció inmóvil—. Antes preferiría que me apuntaras con esa pistola al corazón. Pero sospecho que solo tienes una bala; porque, si no, ahora mismo todos estaríamos muertos.

La degolladora no respondió.

—¿Quién te envía? —dijo Sabran, echando los hombros atrás—. ¿Quién conspira para acabar con la dinastía del Santo?

—El Escanciador no os desea ningún mal, Su Majestad, salvo cuando no atendéis a razones. Salvo cuando lleváis a Inys por caminos que no debería transitar.

El Escanciador.

—Caminos —prosiguió la mujer, con la voz amortiguada tras la máscara para la peste— que llevarán a Inys al pecado.

Sonó un disparo, y en ese mismo momento Ead lanzó su último cuchillo, que se clavó en el corazón de la degolladora justo en el momento en que salía la bala.

Sabran se encogió. Ead fue corriendo a su lado y, aterrada, sintió el contacto húmedo de su corpiño. Pero no había sangre. El vestido seguía impecable.

Tras ellas, Aubrecht Lievelyn hincó una rodilla en el suelo. Tenía las manos sobre el jubón, por donde se extendía una mancha oscura.

—Sabran… —murmuró.

Ella se giró.

—No —dijo, con un grito ahogado—. Aubrecht…

Ead observó la escena, como una espectadora distante. La reina de Inys se lanzó hacia su compañero y lo acostó en el suelo, repitiendo su nombre casi sin voz, mientras la sangre de su amado le empapaba las faldas. Mientras lo sostenía junto a ella, rogándole que no la dejara, viendo cómo se le escapaba de las manos. Mientras se inclinaba sobre su rostro, rodeándole la cabeza con las manos.

Mientras él perdía la vida.

—Aubrecht. —Sabran levantó la mirada, con los ojos llenos de lágrimas.

—Ead. Ead, ayúdale, por favor…

Ead no tuvo tiempo de llegar a su lado. Las puertas se abrieron de nuevo, y un segundo degollador entró en el santuario, jadeando. En un instante, Ead le arrancó la espada al cadáver de Lambren y puso al degollador contra la pared.

—Quítate la máscara —le amenazó—, o te juro que te arrancaré la piel del rostro con la espada.

Dos manos enfundadas en guantes descubrieron un rostro de piel pálida. Truyde utt Zeedeur se quedó mirando el cuerpo sin vida del Gran Príncipe de Mentendon.

—Yo no quería que muriera —susurró—. Solo quería ayudaros, majestad. Solo quería que escucharais.

27

Este

Niclays Roos estaba urdiendo un plan. Y era un plan tan peligroso y tan osado que casi se preguntaba si había sido idea suya.

Iba a crear el elixir y con él se compraría el pasaje de regreso al Oeste, aunque le fuera la vida en ello. Y bien podría ser. Para salir por fin de Orisima y para volver a dar vida a su trabajo necesitaba asumir riesgos. Necesitaba lo que la ley del Este le había negado.

Necesitaba sangre de un dragón, para ver cómo se renovaban los propios dioses.

Y sabía exactamente por dónde empezar.

Los criados estaban atareados en la cocina.

—¿En qué podemos ayudarle, doctor Roos? —le preguntó una criada cuando Niclays apareció en la puerta.

—Necesito enviar un mensaje. —Y antes de perder el poco valor que le quedaba, Niclays le tendió la carta—. Debo contactar con la honorable lady Tané en el Castillo de la Flor de Sal antes del anochecer. ¿Me quieres llevar esta carta al servicio de postas?

—Sí, ilustre doctor Roos. Yo me ocupo.

—No les digas quién es el remitente —añadió, en voz baja. Ella le miró sin entender muy bien, pero prometió que no lo haría. Niclays le dio dinero suficiente para pagar el servicio de correo, y la criada se fue.

Ahora solo le quedaba esperar.

Afortunadamente, esperar significaba más tiempo para leer. Mientras Eizaru estaba en el mercado y Purumé atendiendo a sus pacientes, Niclays se sentó en su habitación, con el gato ronroneando a su lado, y hojeó *El precio del oro*, su texto favorito sobre alquimia. Su ejemplar estaba muy desgastado.

En el momento en que empezaba un nuevo capítulo, un fragmento de una delicada tela de seda cayó flotando hasta el suelo.

Contuvo la respiración. Recuperó el fragmento del suelo y lo elevó antes de que el gato pudiera clavarle las zarpas. Hacía años que no pensaba en el mayor misterio de su vida.

La mayoría de los libros y documentos que poseía habían sido propiedad antes de Jannart, que había legado la mitad de su biblioteca a Niclays, así como su esfera armilar, un reloj de velas lacustrino y otras muchas curiosidades. La colección constaba de preciosos volúmenes —manuscritos iluminados, tratados únicos, libros de oración en miniatura—, pero nada había obsesionado más a Niclays que aquel minúsculo retal de seda. No porque llevara una inscripción indescifrable, ni por su evidente antigüedad, sino porque intentando desvelar su secreto Jannart había perdido la vida.

Aleidine, su viuda, se lo había entregado a Truyde, que había canalizado el duelo por la muerte de su abuelo obsesionándose con sus posesiones. La niña había guardado aquel fragmento en una caja bajo llave durante un año.

Poco antes de que Niclays se fuera a Inys, Truyde se había presentado en su casa de Brygstad. Llevaba una pequeña gorguera y el cabello, viva imagen del de Jannart, le caía sobre los hombros.

«Tío Niclays —le había dicho, muy seria—, sé que te vas a ir muy pronto. Mi querido abuelo conservaba este trocito de seda cuando murió. He intentado descubrir qué dice, pero la escuela no me ha enseñado lo suficiente. —Se lo tendió, con la mano enfundada en un guante—. Papá dice que eres muy inteligente. Yo creo que tú podrás descifrar lo que dice.»

«Te pertenece a ti, niña —le había dicho él, aunque estaba deseando recibirlo—. Tu abuela te lo dio.»

«Yo creo que debería ser para ti. Me gustaría que te lo quedaras tú. Pero escríbeme si descubres qué significa.»

Nunca había podido escribir enviándole buenas noticias. Por la escritura y el material, era evidente que el fragmento venía del antiguo Este, pero eso era todo lo que había podido descubrir Jannart hasta el momento de su muerte. Habían pasado los años y Niclays seguía sin saber por qué había muerto aferrado a aquel trocito de seda.

Lo enrolló cuidadosamente y lo metió en la cajita decorada que le había regalado Eizaru. Se secó los ojos, respiró hondo y abrió *El precio del oro* una vez más.

Aquella noche, Niclays cenó con Eizaru y Purumé, pero luego les dijo que tenía sueño. Al caer la noche, se escabulló de su habitación, se puso un sombrero de Eizaru y salió a la calle.

Conocía el camino a la playa. Esquivando a los centinelas, atravesó los mercados nocturnos con la cabeza gacha y un bastón en la mano.

Al llegar a la playa no encontró faroles que le delataran. Aquello estaba desierto, salvo por ella.

Tané Miduchi esperaba junto a una charca entre las rocas, con el rostro oculto bajo la visera de un casco. Niclays se sentó a cierta distancia.

—Me honráis con vuestra presencia, lady Tané.

Ella tardó un rato en responder.

—Habláis seiikinés.

—Por supuesto.

—¿Qué es lo que queréis?

—Un favor.

—Yo no os debo ningún favor —dijo, en voz baja y el tono glacial—. Podría mataros aquí mismo.

—Sospechaba que podíais amenazarme, motivo por el que he dejado una nota sobre vuestro crimen en casa del ilustre doctor Moyaka. —Era mentira, pero ella no tenía modo de saberlo—. Ahora mismo en su casa duermen todos, pero si no llego a tiempo de quemar esa nota, todos sabrán lo que habéis hecho. Dudo que el general del Mar os permita conservar vuestro puesto entre los jinetes; a vos, que quizá hayáis permitido que la enfermedad roja entrara en Seiiki.

—Habéis juzgado mal lo que haría yo para conservar mi puesto.

Niclays chasqueó la lengua.

—Habéis dejado que un hombre inocente y una joven se pudran entre la mierda y los orines de una mazmorra para que vuestra anhelada ceremonia se celebrara tal como deseabais —le recordó—. No, lady Tané, no os he juzgado mal. Creo que os conozco muy bien.

Ella se quedó callada un momento. Luego dijo:

—Habéis dicho «y una joven».

Desde luego, era posible que no tuviera ni idea.

—Dudo que os preocupe lo más mínimo el pobre Sulyard —dijo Niclays—, pero vuestra amiga del teatro también fue detenida. Siento escalofríos solo de pensar lo que pueden haberle hecho para sacarle vuestro nombre.

—Estáis mintiendo.

Niclays vio que apretaba los labios. Era lo único que podía ver de su rostro.

—Os ofrezco un trato justo —dijo él—. Me iré de aquí esta noche y no diré nada de vuestra implicación con Sulyard. Pero a cambio de mi silencio, me proporcionaréis sangre y escamas de vuestro dragón.

Ella se movió como un pájaro alzando el vuelo y, antes de que se diera cuenta, Niclays tenía una hoja afilada sobre la garganta.

—Sangre —susurró—. Y una escama.

La mano le temblaba. El instinto le decía a Niclays que se echara atrás, pero no se movió de su posición.

—Queréis que mutile a un dragón. Que profane la carne de un dios —dijo ella. Ahora Niclays le veía los ojos, y su mirada era aún más cortante que su hoja—. Las autoridades harán algo más que decapitaros. Os quemarán vivo. El agua que lleváis dentro está demasiado contaminada como para que pueda limpiarse.

—Pues yo me pregunto si no os quemarán a vos por vuestros delitos. Ayudar a un intruso a saltarse el bloqueo de fronteras. Poner en riesgo todo Seiiki. —Niclays apretó los dientes cuando sintió el cuchillo clavándosele en el cuello—. Sulyard confirmará lo que he dicho. Él recordaba vuestro rostro con gran detalle, me temo, hasta esa cicatriz vuestra. Nadie le ha hecho caso, por supuesto, pero si yo uno mi voz a la suya…

Tané estaba temblando.

—Así que me estáis amenazando —dijo ella, retirando el cuchillo—. Pero no para salvar a Sulyard. Aprovecháis el sufrimiento de otros para vuestro propio beneficio. Sois un siervo del Innombrable.

—Oh, no. Mi vida no es tan emocionante, lady Tané. Solo soy un pobre viejo que intenta salir de esta isla, para poder morir en mi país. —Sentía algo húmedo en el cuello—. Entiendo que os hará falta algo de tiempo para conseguir lo que necesito. Estaré en esta playa dentro de cuatro días, al anochecer. Si no venís, os aconsejo que salgáis de Ginura a toda velocidad.

Hizo una profunda reverencia y se fue, dejándola sola bajo las estrellas.

El sol caía pesadamente, como la sangre de una herida. Tané se sentó en el acantilado frente a la bahía de Ginura, observando las olas que rompían contra la roca, rompiéndose en innumerables cristales blancos.

Aún sentía un dolor sordo en la herida que le había hecho Turosa en el hombro. Bebió del vino que había cogido de las cocinas y sintió que le quemaba, desde el paladar hasta el pecho.

Eran sus últimas horas como lady Tané, del clan Miduchi. Solo unos días después de su nombramiento, le arrebatarían el título. Tané recorrió la cicatriz de su pómulo con el dedo, la cicatriz que había hecho que Sulyard la recordara. La cicatriz que se había hecho salvando a Susa. No era su única cicatriz: tenía otra, más profunda, en el costado. Esa no recordaba cómo se la había hecho. Pensó en Susa, recluida en una celda. Y entonces pensó en lo que Roos quería que hiciera, y el estómago le dio un vuelco, como un pez recién sacado del agua.

Hasta desfigurar la imagen de un dragón estaba penado con la muerte. Quitarle sangre y parte de su armadura a un dios era mucho más que un delito. Había piratas que usaban fumalina para anestesiar a los dragones, los cargaban en barcos robados y allí les quitaban todo lo que podían para venderlo en el mercado negro de Kawontay, desde los dientes hasta la grasa de debajo de las escamas. Era el más grave de todos los delitos del Este, y en el pasado algunos Señores de la Guerra habían castigado a los implicados con brutales ejecuciones públicas.

Ella no se prestaría a tamaña crueldad. Después de todas las batallas que debía de haber librado Nayimathun durante la Gran Desolación, con todas las cicatrices que tenía ya, Tané no la mutilaría aún más. Fuera lo que fuera lo que pretendía hacer Roos con su sangre sagrada, no era un buen augurio para Seiiki.

Y sin embargo no podía arriesgar la vida de Susa, sobre todo porque había sido ella la que la había metido en aquel lío.

Tané se pasó los dedos por entre el cabello, estirándoselo como solía hacer cuando era más joven. Sus profesores siempre le daban palmetazos en las manos para que no lo hiciera.

No. No haría lo que pretendía Roos. Se presentaría ante el general del Mar y confesaría lo que había hecho. Le costaría su puesto como jinete, con Nayimathun. Le costaría todo aquello para lo que tanto había trabajado desde su infancia, pero era lo que se merecía, y quizá con ello salvara a su única amiga de la espada.

—Tané.

Levantó la vista y se encontró con Nayimathun al borde del acantilado. Tenía la corona iluminada.

—Gran Nayimathun —respondió ella, con voz rauca.

Nayimathun ladeó la cabeza. Su cuerpo se balanceaba con el viento, como si fuera ligero como el papel. Tané adelantó las manos y apoyó la frente en el suelo.

—Esta noche no has venido al Huérfano Afligido —dijo Nayimathun.

—Perdóname. —Como no podía tocar a la dragona, Tané hizo gestos con las manos mientras hablaba—. No puedo verte más. De verdad, gran Nayimathun, lo lamento. —Se le quebraba la voz, como una madera podrida sometida a una gran tensión—. Debo presentarme ante el general del Mar. Tengo algo que confesar.

—Querría que volaras conmigo, Tané. Hablaremos de lo que te preocupa.

—Te deshonraría.

—¿Ahora también me desobedeces, niña de carne?

Aquellos ojos parecían ardientes anillos de fuego y aquella boca llena de dientes no invitaba a la discusión. Tané no podía desobedecer a una diosa. Su cuerpo era todo agua, y toda el agua era suya.

Montar a lomos de un dragón sin silla era peligroso, pero posible. Temblando, se puso en pie y se acercó al borde del acantilado. Nayimathun bajó la cabeza, permitiéndole agarrarse a la crin, apoyarle una bota en el cuello y sentarse a horcajadas. Nayimathun se alejó del castillo… y se lanzó en picado.

Un escalofrío le recorrió todo el cuerpo mientras se lanzaban hacia el mar. No podía respirar del miedo y de la felicidad. Sentía el corazón en la boca, atrapado como un pez en una red.

Se acercaban a toda prisa a una cresta de rocas. El viento rugía en sus oídos. Justo antes de dar contra el agua, el instinto le hizo bajar la cabeza. Con el impacto, a punto estuvo de perder su montura. El agua le penetró en la boca y en la nariz. Le dolían los muslos y tenía calambres en los dedos, que se agarraban con todas sus fuerzas a la crin de la dragona mientras Nayimathun nadaba, agitando la cola y las patas, ágil como una anguila. Con gran esfuerzo, Tané abrió los ojos. En el hombro sentía el ardor que solo podía proporcionar el fuego sanador del mar.

Se vio rodeada de burbujas que eran como lunas marinas. Nayimathun salió a la superficie, y con ella Tané.

—Arriba —dijo Nayimathun—. ¿O abajo?

—Arriba.

Las escamas y la musculatura de la dragona se curvaron bajo Tané, que se aferró a la crin aún con más fuerza. Con un gran salto, Nayimathun volvió a elevarse sobre la bahía, chorreando agua que caía sobre las olas.

Tané se giró para mirar hacia atrás. Ginura quedaba muy por debajo. Parecía un cuadro, real e irreal a la vez, un mundo flotando al borde del mar. Se sintió viva, realmente viva, como si fuera la primera vez que respiraba en su vida. Allí arriba ya no era lady Tané del clan Miduchi, ni nadie en absoluto. Era un espectro en el crepúsculo. Un soplo de viento sobre el mar.

Así debía de ser la muerte. Las tortugas enjoyadas vendrían a llevarse su espíritu al Palacio de las Perlas y lanzarían su cuerpo a las olas. Y de ella no quedaría más que espuma.

Al menos, eso sería lo que ocurriría de no haber cometido aquella transgresión. Solo los jinetes podían permanecer con sus dragones. Ella tendría que rondar por el océano eternamente.

El viento empezaba a hacerle efecto. Nayimathun se elevó aún más, cantando en una antigua lengua. La respiración de ambas se condensaba, formando nubes.

El mar se veía enorme a sus pies. Tané se acurrucó entre la crin de Nayimathun, protegiéndose del viento. Sobre sus cabezas brillaban innumerables estrellas blancas como cristales, sin una nube que las enturbiara. Ojos de dragones aún por nacer.

Cuando se durmió, soñó con ellos, un ejército que caía desde el cielo para acabar con las sombras. Soñó que era pequeña como un arbolillo y que todas sus esperanzas brotaban como ramas.

Aún adormilada se estiró, relajada y calentita, con un ligero dolor en las sienes.

Tardó un rato en despertar del todo y, a medida que iba recordando, volvió a sentir el frío en la piel, y se dio cuenta de que estaba tendida sobre una roca.

Se giró, apoyándose en el costado. En la oscuridad, lo único que distinguió fue la silueta de su dragona.

—¿Dónde estamos, Nayimathun?

Oyó el roce de las escamas contra la roca.

—En algún lugar —retumbó la voz de la dragona—. En ningún sitio.

Estaban en una cueva de marea. Por el orificio de entrada penetraba el agua. Al romper contra la roca creaba pálidos destellos de luz, como los de los calamares que a veces aparecían en las playas de Cabo Hisan.

—Cuéntame, pues —dijo Nayimathun—. ¿Cómo nos has deshonrado?

Tané se rodeó las rodillas con un brazo. Si le quedaba el mínimo coraje, no era suficiente para decir que no dos veces a un dragón.

Habló en voz baja. No le ocultó nada. Relató todo lo sucedido desde la aparición del forastero en aquella playa, y Nayimathun no hizo ningún sonido. Tané apoyó la frente en el suelo y esperó su sentencia.

—Levántate —dijo Nayimathun. Tané obedeció—. Lo sucedido no me deshonra a mí. Deshonra al mundo.

Tané bajó la cabeza. Se había prometido que no volvería a llorar.

—Sé que no merezco el perdón, gran Nayimathun —dijo, sin levantar la vista de sus botas, pero con la boca temblorosa—. Por la mañana iré a ver al general del Mar. Tú puedes escoger a otro jinete.

—No, niña de carne. Tú eres mi jinete; juraste el cargo ante el mar. Y tienes razón en que no puedes ser perdonada, pero eso es porque no hay delito que castigar.

Tané se la quedó mirando.

—Sí que hubo delito. —La voz le temblaba—. Violé la orden de bloqueo. Oculté a un intruso. Desobedecí el Gran Edicto.

—No. —Su siseo resonó en la cueva—. Este u Oeste, Norte o Sur… eso no cambia nada. La amenaza viene de abajo, no de lejos. —La dragona se tendió en el suelo, de modo que sus ojos quedaran a la altura de los de Tané—. Ocultaste al chico. Lo protegiste de una muerte segura.

—Pero no lo hice por bondad —replicó Tané—. Lo hice porque… —El estómago se le encogió—. Porque quería evitar que eso entorpeciera el curso de mi vida. Y porque pensé que él arruinaría mi futuro.

—Eso me decepciona. Y te deshonra. Pero no es imperdonable. —Nayimathun ladeó la cabeza—. Dime, pequeña: ¿por qué vino a Seiiki ese inys?

—Quería ver al gran Señor de la Guerra. —Tané se humedeció los labios—. Parecía desesperado.

—Entonces el Señor de la Guerra debe verle. El emperador de los Doce Lagos también debe oír sus palabras —dijo, tensando la cresta del lomo—. La tierra temblará bajo el mar. Se está empezando a despertar.

Tané no se atrevió a preguntar de quién hablaba.

—¿Qué debo hacer, Nayimathun?

—Esa no es la pregunta que debes hacer. Debes preguntar qué debemos hacer.

28

Sur

Rauca, capital del Ersyr, era el mayor asentamiento del Sur. Mientras se abría paso por aquel laberinto de vías con altos muros, Loth sintió que estaba a merced de sus sentidos. Montones de especias de todos los colores, jardines llenos de flores que perfumaban las calles, altas veletas con detalles en cristal zafiro… No había visto nunca nada igual.

De los dos, en el tumulto de la ciudad, el ichneumon que llevaba al lado no era el que atraía más miradas. Aquellas bestias no debían de ser tan raras en el Ersyr como más al norte. Pero a diferencia de la criatura legendaria, aquella no parecía que pudiera hablar.

Loth dejó atrás a la multitud. A pesar del calor, iba cubierto hasta el cuello con el manto, pero aun así le entraba el pánico cuando alguien se le acercaba demasiado.

El Palacio de Marfil, corte de la Casa de Taumargam, se elevaba sobre la ciudad como un dios silencioso. A su alrededor revoloteaban las palomas, que transportaban mensajes de los habitantes de la ciudad. Sus cúpulas emitían brillos de oro, plata y bronce, tan relucientes como el sol que reflejaban, y sus paredes eran de un blanco impecable, con ventanas rematadas en arco que eran como los motivos de un encaje.

Chassar uq-Ispad era embajador de la Casa de Taumargam. Loth intentó dirigirse al palacio, pero el ichneumon tenía otras ideas. Llevó a Loth a un mercado cubierto, donde el aire era dulce como un budín.

—No sé dónde crees que vas —le dijo Loth, sin apenas abrir sus agrietados labios. Estaba seguro de que el animal le entendía—. ¿Podríamos parar a beber agua, por favor?

Lo mismo le habría valido no abrir la boca. Cuando pasaron

junto a un puesto de garrafas llenas de agua cristalina, no pudo más. Echó mano del monedero que llevaba en su bolsa. El ichneumon se giró a mirarlo y gruñó.

—Por favor —insistió Loth, agotado.

El ichneumon soltó un bufido, pero se sentó. Loth se giró hacia el mercader y señaló el frasco más pequeño, hecho de cristal iridiscente. El hombre respondió en su idioma.

—No hablo ersyri, señor —se disculpó Loth.

—Ah, sois inys. Mis disculpas —dijo el mercader, sonriendo. Como la mayoría de ersyris, tenía le piel dorada y el cabello oscuro—. Serán ocho soles.

Loth vaciló. Al proceder de una familia rica, no tenía experiencia regateando con los mercaderes.

—Eso... me parece muy caro —murmuró, consciente de sus escasos fondos.

—Somos los mejores sopladores de vidrio de Rauca. Si malvendiera mi trabajo, estaría emborronando mi buena reputación.

—Muy bien. —Loth se secó la frente. Tenía demasiado calor como para discutir—. He visto gente que lleva máscaras de tela en el rostro. ¿Dónde puedo comprar una?

—Habéis llegado aquí sin un *pargh*... Vaya, pues tenéis suerte de no haber quedado cegado por la arena —dijo el mercader, y chasqueando la lengua echó mano de un cuadrado de tela blanca—. Tened. Esto os lo regalo.

—Sois muy amable.

Loth tendió la mano para recoger la máscara. Tenía tanto miedo de contagiarle la peste a través del guante que a punto estuvo de caérsele. Ya con el *pargh* puesto, que le cubría todo el rostro salvo los ojos, le dio al hombre un puñado de las monedas de oro que llevaba en el monedero.

—Que el amanecer brille sobre vos, amigo —dijo el mercader.

—Y sobre vos —dijo Loth, algo incómodo—. Ya habéis sido muy generoso, pero me pregunto si podríais ayudarme con una cosa más. He venido al Erysr en busca de Su Excelencia, Chassar uq-Ispad, embajador del rey Jantar y la reina Saiyma. ¿Creéis que estará en el Palacio de Marfil?

—¡Bueno! Tendréis suerte si le encontráis. Su Excelencia suele viajar mucho —dijo el mercader—, pero en esta época del año, si está localizable, será en su finca de Rumelabar. —Le entregó el frasco a Loth—. Las caravanas salen del Pabellón de las Palomas al amanecer.

—¿Y desde allí también podría enviar una carta?

—Por supuesto.

—Gracias. Que tengáis un buen día.

Loth se alejó y vació el frasco en tres tragos. Jadeando, se limpió la boca.

—El Pabellón de las Palomas —repitió, dirigiéndose al ichneumon—. Suena muy bonito. ¿Me llevarás allí, amigo mío?

El ichneumon le llevó a lo que debía ser el pabellón central del mercado, donde había puestos llenos de sacos de pétalos de rosa secos, cuencos con azúcar hilado y té de zafiro recién hecho. Para cuando salieron de allí el sol ya se había puesto en el horizonte y empezaban a encenderse los faroles de cristal de colores. El Pabellón de las Palomas era inconfundible. Estaba cubierto de azulejos rosa cuadrados y rodeado de un muro que comunicaba cuatro enormes palomares en forma de colmena. Loth enseguida vio que el más cercano de los palomares era el del correo destinado al Oeste. Se introdujo en la fresca estructura a modo de panal, donde había miles de pichones blancos apostados en sus nichos.

La última noche que había pasado en Cárscaro le había escrito una carta a Margret. Y tenía una idea para superar la censura de Combe. Se la dio a un pajarero, junto a una moneda, y este le prometió que saldría al amanecer.

Profundamente agotado, Loth dejó que el ichneumon le sacara del palomar y le llevara hacia un edificio con las mismas ventanas con celosías que había en el palacio. Aunque la mujer ersyri del lugar no hablaba inys, consiguieron comunicarse con fervientes gestos y grandes sonrisas, y ella entendió que deseaba quedarse una noche.

El ichneumon se quedó fuera. Loth alargó la mano y le rascó entre las orejas.

—Espérame, amigo mío —murmuró—. Me gustaría mucho contar con tu compañía en otro desierto.

Por única respuesta el animal ladró una vez. Lo último que vio de él fue su cola, al desaparecer en un callejón.

Junto al callejón había una mujer. Estaba apoyada en una columna, con los brazos cruzados. Tenía el rostro oculto tras una máscara de bronce. Llevaba pantalones de campana recogidos en unas botas con los dedos de los pies al aire y un abrigo de brocado que le llegaba hasta los muslos. Loth no se inmutó al ver que le miraba; se dio la vuelta y volvió a entrar en la posada.

Su habitación era pequeña, pero daba a un patio con un estanque rodeado de árboles de limón dulce. El empalagoso aroma casi le mareaba. Observó aquella cama que tan poco familiar le resultaba, cubierta de almohadones y sedas de neguilla; no veía la hora de echarse a dormir.

Pero en lugar de eso, se arrodilló junto a la ventana y lloró por Kitston Glade.

Cuando se quedó sin lágrimas, el Santo le permitió conciliar el sueño. Se despertó de madrugada, con los ojos hinchados y dolorido, sintiendo una presión en la vejiga que requería atención urgente. Tras localizar el baño y aliviarse, volvió a dirigirse a su habitación.

Al pensar en Kit se le rompió el corazón en pedazos. El dolor era como un tornado que lo arrasaba por dentro, engullendo todos sus pensamientos positivos.

En el exterior, los pichones ya estaban en sus nidos. Las lustrosas cúpulas del Palacio de Marfil reflejaban todas las luces, centelleando como la llama de una vela. Por encima, las estrellas punteaban la oscuridad.

Ya no estaba en el Oeste. Aquel territorio no rendía culto a las Virtudes, sino a un falso profeta. Ead le había confesado que en su infancia las enseñanzas del Profeta del Nuevo Amanecer le habían parecido bonitas, pero aquello a Loth le provocaba escalofríos. No podía imaginarse lo que sería vivir sin el consuelo y el orden que le proporcionaban las Seis Virtudes. Y se alegraba de que Ead se hubiera convertido al llegar a la corte.

Una brisa le refrescó la piel. Le habría gustado darse un baño, pero tenía miedo de que la peste envenenara el agua. Por la mañana quemaría las sábanas y le pagaría a la posadera por la pérdida.

La espalda le ardía. Las manos se le estaban descamando, y no podía llevar guantes todo el día sin despertar sospechas. Ojalá Chassar uq-Ispad tuviera realmente la cura.

El Caballero de la Camaradería le había enviado el ichneumon. No podía ser que ahora lo dejara morir así.

Volvió a dormir, sin sueños, hasta que algo le despertó.

Las piernas y los brazos le temblaban incontroladamente. Tenía fiebre alta, pero estaba seguro de que era otra cosa lo que le había despertado. Fue a echar mano a su espada, hasta que recordó que la había perdido.

—¿Quién es? —Sintió un sabor salado en los labios—. ¿Ead?

Vio una sombra deslizándose bajo la luz de la luna. Una máscara de bronce se alzó imponente sobre él y de pronto se hizo la oscuridad.

29

Este

Volvía a llover en la capital. Tané se arrodilló en sus aposentos privados del Castillo de la Flor de Sal. Tras su confesión, Nayimathun la había llevado al castillo, donde se había quedado esperando. La dragona le había dicho que volvería a Cabo Hisan a buscar a Sulyard. Si contaba con la protección de una diosa, en la corte no podrían negarse a atender su petición. Nayimathun también ordenaría que liberaran inmediatamente a Susa. Debían encontrarse en la playa al amanecer, y luego se presentarían juntas ante el general del Mar para contárselo todo.

Tané intentó probar la comida de la cena, pero le temblaban las manos. La mayoría de los jinetes habían sido convocados para asistir a la Gran Guardia Marina en el asentamiento costero de Sidupi. La Flota del Ojo del Tigre había atacado con un contingente de cien piratas, que estaban saqueando a sus anchas.

Pidió un té. Se lo trajo una de sus asistentes personales, que ahora se mantenía siempre cerca para atenderla siempre que lo necesitara.

Su habitación era más bonita de lo que se había imaginado, con el techo artesonado y varias esterillas de dulce aroma en el suelo. Las pinturas de las paredes tenían detalles en pan de oro y la mullida cama estaba cubierta con las telas más suaves.

Y pese a todos aquellos lujos, no era capaz de comer ni de dormir.

Se acabó el té, pero las manos aún le temblaban. Si al menos pudiera dormir, cuando se despertara Nayimathun ya estaría allí.

Tané dio un paso hacia la cama, y en aquel momento el suelo tembló con un sonido atronador. Corrió hacia una pared. La fuerza del sismo la tiró al suelo, haciéndola rodar por las esteras.

La lámpara tembló. Tres de sus asistentes se presentaron en el dormitorio corriendo. Una de ellas se arrodilló a su lado mientras las otras la cogían de los codos y la ponían en pie. Cuando apoyó el tobillo izquierdo soltó un grito ahogado y las sirvientas se apresuraron a llevarla a la cama.

—Lady Tané, ¿está herida?

—Una torcedura —dijo ella—, nada más.

—Le traeremos algo para el dolor. Espere aquí, honorable Miduchi —dijo la criada más joven, y las tres se retiraron.

Por la ventana oyó unos gritos distantes y confusos. Seeiki había sufrido terremotos, pero hacía mucho tiempo desde el último.

Las criadas le trajeron un cuenco con hielo. Tané cogió un poco, lo envolvió en un trapo y se lo aplicó sobre el tobillo dolorido. La caída también le había despertado el dolor del hombro y del costado izquierdo, donde tenía la vieja cicatriz.

Cuando el hielo ya casi se había fundido por completo, apagó la lámpara y se tendió, intentando encontrar una posición cómoda. El costado le dolía como si se lo hubiera pateado un caballo. Se durmió sin dejar de sentir el dolor, que era como la palpitación de un segundo corazón.

La despertaron varios golpes en la puerta. Por un momento le pareció que volvía a estar en la Casa del Sur, y que llegaba tarde a clase.

—Lady Tané. —No era la voz de ninguna de sus asistentes. Ahora el dolor del costado era insoportable. Con los ojos irritados, se levantó, intentando no forzar el tobillo. Seis soldados rasos enmascarados la esperaban en el exterior. Todos llevaban la túnica verde del ejército de tierra.

—Lady Tané —repitió uno, con una reverencia—, disculpad la molestia, pero debéis venir con nosotros ahora mismo.

Era muy raro que un soldado del ejército de tierra pusiera el pie en el Castillo de la Flor de Sal.

—¿En plena noche? —respondió Tané, intentando mostrarse molesta—. ¿Quién me llama, soldado?

—La honorable gobernadora de Ginura.

La máxima autoridad de la región. Magistrada jefe de Seeiki, responsable de administrar justicia a las personas de alto rango.

De pronto Tané sintió hasta el latido de su propio corazón. Tuvo la impresión de que su cuerpo se desmontaba en fragmentos, y la mente se le disparó barajando todas las terribles posibilidades. Desde luego, la peor de ellas era que Roos ya hubiera ido a las autoridades. Quizá lo mejor fuera no plantear resistencia, hacerse la inocente. Si ahora salía corriendo, lo considerarían como el reconocimiento de su culpabilidad.

Nayimathun volvería muy pronto. Pasara lo que pasara, allá donde la llevaran, su dragona volvería a por ella.

—Muy bien.

El soldado pareció relajarse.

—Gracias, lady Tané. Enviaremos a vuestras criadas para que os ayuden a vestiros.

Sus asistentes le trajeron el uniforme. Le pusieron la sobreveste sobre los hombros y le ataron un fajín azul en la cintura. En cuanto estuvo vestida y las criadas se dieron la vuelta para marcharse, ella cogió una daga de debajo de la almohada y se la introdujo en la manga.

Los soldados la siguieron por el pasillo. Cada vez que su pie derecho tocaba el suelo, el dolor le llegaba hasta la pantorrilla. Atravesaron el castillo casi desierto hasta salir a la oscuridad de la calle.

Un palanquín la esperaba en la puerta. Se detuvo. Su instinto le decía que no se metiera allí dentro.

—Lady Tané —dijo uno de los soldados—. No podéis negaros a la orden de la honorable gobernadora.

De pronto vio un movimiento. Onren estaba regresando al Castillo con Kanperu. Al ver a Tané, se acercaron.

—Como miembro del clan Miduchi —le respondió Tané al soldado, envalentonada—, creo que puedo hacer lo que yo decida.

El soldado parpadeó tras su máscara. Para entonces Onren y Kanperu ya habían llegado a su altura.

—Honorable Tané, ¿pasa algo? —dijo Kanperu con tono áspero y decidido. Una espada salió de su vaina. Ahora que tenían a dos jinetes más enfrente, los soldados parecían sopesar sus posibilidades.

—Estos soldados quieren llevarme al Castillo del Río Blanco, honorable Kanperu —dijo Tané—, pero no pueden contarme por qué se me convoca.

Kanperu miró al capitán frunciendo ligeramente el ceño. Era casi una cabeza más alto que los soldados.

—¿Con qué derecho venís a llevaros a un jinete de dragón sin un aviso previo? —dijo—. Lady Tané es una elegida, y vos os la queréis llevar de este castillo como si fuera una ladrona.

—El gran general del Mar ha sido informado, lord Kanperu.

Onren levantó las cejas.

—Desde luego, me aseguraré de confirmar ese extremo en cuando regrese —dijo ella.

Los soldados no dijeron nada. Onren les echó una mirada severa y apartó a Tané a un lado.

—No debes preocuparte —le dijo en voz baja—. Debe de ser algún asunto trivial. He oído que a la honorable gobernadora le gusta hacer gala de su autoridad incluso sobre el clan Miduchi. —Hizo una pausa—. Tané, tienes mal aspecto.

Tané tragó saliva.

—Si no he vuelto en una hora —dijo—, ¿te encargarás de avisar a la gran Nayimathun?

—Por supuesto. —Onren sonrió—. Sea lo que sea, se resolverá enseguida. Nos vemos mañana.

Tané asintió e intentó sonreír a su vez. Ante la mirada de Onren, subió al palanquín y salió del recinto del castillo.

Era una jinete de dragón. No tenía nada que temer.

Los soldados la llevaron por las calles, más allá del mercado nocturno, pasando bajo los árboles estacionales. Se oían risas procedentes de las tabernas atestadas de gente. Hasta que no pasaron junto al Teatro Imperial Tané no se dio cuenta de que no iban en dirección al Castillo del Río Blanco, donde vivía la honorable gobernadora de Ginura. Se dirigían al sur de la ciudad.

El miedo la atenazó. Echó mano a la manija del palanquín, pero la puerta estaba cerrada desde el exterior.

—Este no es el camino —dijo—. ¿Adónde me estáis llevando?

Ninguna respuesta.

—Soy una Miduchi. Soy la jinete de la gran Nayimathun

de las Nieves Profundas. —La voz se le quebró—. ¿Cómo osáis hacerme esto?

Lo único que oía eran pasos.

Cuando el palanquín se paró por fin y vio dónde se encontraban, el estómago se le encogió. La puerta se abrió.

—Honorable Miduchi —dijo uno de los soldados—, por favor, seguidme.

—¿Cómo osáis...? —susurró Tané—. ¿Cómo osáis traerme a este lugar?

Un olor a podrido le penetraba por la nariz, aumentando la sensación de miedo. Había echado por la borda su oportunidad de huir. Ni siquiera una jinete de dragón podía enfrentarse a todos aquellos centinelas, sobre todo sin una espada, y en cualquier caso tampoco había ningún sitio al que ir. Bajó del palanquín y caminó, con la barbilla bien alta y apretando los puños, sintiendo dolor a cada paso.

Podían haberla llevado allí para matarla. Pero no lo harían sin un juicio. Ni sin Nayimathun. Era una elegida, una protegida.

Mientras los soldados la acompañaban hacia la cárcel de Ginura, el zumbido de los insectos le hizo levantar la mirada. Tres cabezas abotargadas y cubiertas de larvas observaban la calle desde lo alto de la valla.

Tané se quedó mirando a la más reciente. La mata de pelo manchada de sangre, la lengua hinchada... Ya estaba medio desfigurado, pero lo reconoció. Sulyard. Intentó mantener la compostura, pero sintió que se le tensaba la columna, que el estómago le daba vueltas y que tenía la boca seca como la sal.

Había oído que en el lejano Inys, de donde había llegado aquel fantasma del agua, la gente se congregaba en las plazas para presenciar las ejecuciones. En Seiiki no era así. La mayoría de los ciudadanos no sabían que en el recinto de la cárcel había una joven de diecisiete años de rodillas junto a una zanja, con las manos atadas tras la espalda y la cabeza afeitada, esperando que llegara su fin.

Los soldados llevaron a Tané hasta la prisionera y la sujetaron. Un funcionario hablaba, pero ella no podía oír a causa de los tapones de sangre que tenía en los oídos. La joven había levantado la vista al percibir los pasos, pero Tané habría deseado que no lo hiciera, porque la reconoció.

—No —dijo Tané, con la voz quebrada—. ¡No! ¡Os ordeno que paréis esto!

Susa se giró a mirarla. En sus ojos había aparecido un brillo de esperanza, pero enseguida quedó eclipsado por el dolor.

—Soy una elegida —le gritó Tané al verdugo—. Está bajo mi protección. ¡La gran Nayimathun acabará contigo si lo haces!

Él permaneció inmutable, como una estatua de piedra.

—No fue ella. Fui yo. Es culpa mía, he sido yo…

Susa negó con la cabeza, con labios temblorosos y las pestañas bañadas en lágrimas.

—Tané —murmuró, con voz pastosa—, no mires.

—Susa…

Se le hizo un nudo en la garganta. Era un error. «Parad todo esto.» Sintió lo dedos clavándosele en los brazos mientras se debatía, perdiendo la compostura, cada vez más manos reteniéndola. «Parad esto.» Lo único que veía era a Susa de niña, con una corona de copos de nieve en la cabeza, y su sonrisa cuando Tané le había dado la mano.

El verdugo levantó la espada. Cuando la cabeza se hundió en la zanja, Tané cayó de rodillas.

«Yo siempre te protegeré.»

Cuando vio que la jinete de dragón no había llegado a la playa a la hora acordada, Niclays supuso que habría sufrido algún retraso y se puso cómodo. Había llevado consigo un zurrón con algunos de sus libros y pergaminos, incluido el fragmento que le había dado Truyde, que examinó una vez más a la luz del farol de hierro.

Puso su reloj de bolsillo abierto a su lado. El reloj, moderno símbolo del Caballero de la Templanza. Un símbolo de autocontrol, de medida, de contención. Era la virtud de los lerdos, pero también de los intelectuales y los filósofos, que creían que fomentaba el autoexamen y la búsqueda de la sabiduría. Sin duda era lo más próximo que había al pensamiento racional en las Seis Virtudes.

Debía de haber sido la virtud de su patrono. Pero en lugar de eso, en su duodécimo cumpleaños, había elegido al Caballero del Valor.

Ahora su broche debía de estar criando óxido en algún lugar de Brygstad. Se lo había arrancado el día en que lo habían exiliado.

Pasó una hora, y luego otra. Era innegable: lady Tané le había descubierto el farol. El amanecer se insinuaba en el horizonte. Niclays cerró el reloj de golpe. Se acababa de esfumar su oportunidad de volver a Ostendeur rodeado de honores, con su recién descubierto elixir de la vida.

Purumé y Eizaru se quedarían horrorizados si supieran lo que le había pedido a la jinete de dragón. Aquello lo dejaba al nivel de los piratas, pero aquel maldito elixir era el único modo de volver a casa, su única carta de presentación posible ante las casas reales del otro lado del Abismo.

Suspiró. Para salvar a Sulyard, tenía que contarle al Señor de la Guerra lo de Tané Miduchi y su atentado contra la seguridad de Seiiki. Es lo que habría hecho desde un principio, de haber sido mejor persona.

Emprendió el camino de vuelta, arrastrando los pies por la playa, y al momento se detuvo. Por un instante tuvo la impresión de que habían borrado las estrellas del cielo. Pero cuando se fijó mejor y vio aquella luz temblorosa, se quedó helado.

Estaba descendiendo algo. Algo enorme. Se movía como si se estuviera zambullendo en el agua. Una exhalación de color verde iridiscente salpicada de cicatrices. Tenía un órgano en forma de odre sobre la cabeza, que emitía una tenue luz azul. El mismo brillo que se abría paso por debajo de las escamas.

Un dragón lacustrino. Niclays lo observó, atónito, mientras aterrizaba en la arena, con la agilidad de un pájaro.

De la arena sobresalía una gran roca erosionada. Niclays se apostó tras ella, sin apartar la mirada del dragón. Por el modo en que movía la cabeza, estaba buscando algo.

Niclays se agachó y apagó su farol de un soplo. Observó mientras la criatura avanzaba hacia la orilla, cada vez más cerca de su escondrijo. El dragón habló:

—Tané.

Metió sus enormes patas delanteras en el agua. Niclays estaba tan cerca que casi habría podido tocarle las escamas. El elemento esencial para su trabajo, casi en la punta de los dedos. Permaneció agazapado tras la roca, estirando el cuello para ver mejor, mirando frenéticamente a todas partes.

—Tané, el chico está muerto —dijo el dragón en seiikinés—. Y tu amiga también. —Descubrió los dientes—. Tané, ¿dónde estás?

Así que esa era su dragona. La bestia olisqueó el aire, abriendo bien los orificios nasales.

Fue entonces cuando sintió una fría hoja en la garganta y una mano que le tapaba la boca. Niclays emitió un sonido ahogado.

El dragón acercó la cabeza a la roca.

Niclays estaba temblando. No oía ningún sonido de su cuerpo, ni su latido ni su respiración, pero podía imaginarse la espada que tenía en la garganta con todo detalle. Una hoja curva. Un filo lo suficientemente afilado como para quitarle la vida solo con que se moviera un milímetro.

Un silbido atravesó la noche. Y luego otro. Y otro.

El dragón soltó un bufido. El sonido de las garras contra la roca, como una espada chocando con otra.

Un humo negro cubrió la playa. Tenía un olor acre, como a cabello quemado y a azufre. Y a pólvora. Fumalina. De pronto Niclays cayó al suelo, trastabillando entre las nubes de humo, tosiendo, y una figura envuelta en tela se lo llevó a rastras. La arena se hundía bajo sus pies, dificultando cada paso que daba.

—Alto —protestó, jadeando—. Alto, maldito…

Una cola lanzó un latigazo que atravesó el humo y le asestó un golpe terrible en el vientre. Cayó de espaldas en la arena, atontado y sin aliento, con las gafas colgándole de una oreja.

Estaba perdiendo la conciencia, borracho de humo negro, que se le metía en la nariz, penetraba en su cuerpo y salía otra vez.

Un sonido quejumbroso, como el quejido de una ballena agonizante. Y un golpe sordo y contundente que hizo temblar el suelo. Vio a Jannart caminando descalzo por la playa, con una leve sonrisa en los labios.

—Jan —murmuró, casi sin respiración. Pero ya se había ido.

Dos pies enfundados en botas se acercaron pisando la arena.

—Dame un motivo y quizá no te corte el pescuezo —dijo una voz en seiikinés, y Niclays se encontró delante un cuchillo con mango de hueso—. ¿Tienes algo que ofrecer a la Flota del Ojo del Tigre?

Intentó hablar, pero sentía la lengua como si le hubiera picado una abeja. «Alquimista —quiso decir—. Soy alquimista. No me matéis.»

Alguien le arrancó el zurrón. Unas manos llenas de cicatrices revolvieron sus libros y sus pergaminos. El tiempo había dejado de tener sentido. De pronto alguien le dio un golpetazo en la sien con el mango de un cuchillo y todas sus preocupaciones desaparecieron en la oscuridad.

30

Oeste

Truyde utt Zeedeur fue encerrada en la Torre Dearn. Bajo amenaza de tortura, confesó numerosos delitos. Tras el anuncio de la visita real, había contactado con una compañía de teatro llamada los Siervos de la Verdad, que se declaraban insumisos, que no gozaban del mecenazgo de ningún noble y que eran tratados como vagabundos por las autoridades. Truyde les había prometido financiación, y dinero para sus familias, a cambio de su ayuda.

El ataque escenificado tenía la intención de convencer a Sabran de que estaba amenazada de muerte, tanto por Yscalin como por el Innombrable. Truyde pretendía usar aquello para pedirle que abriera negociaciones con el Este.

Lo que había sucedido a continuación era evidente. En el montaje se habían infiltrado individuos que odiaban realmente la Casa de Berethnet. Una de esas personas, Bess Weald, en cuya casa de Reinania se habían encontrado numerosos panfletos escritos por los apocalípticos, había matado a Lievelyn. En la escaramuza también habían muerto varios miembros inocentes de los Siervos de la Verdad, así como unos cuantos guardias de la ciudad, dos miembros de la Guardia Real y Linora Payling, cuyos padres, destrozados por el dolor, ya habían venido a buscarla.

Truyde no querría matar a nadie, pero sus buenas intenciones no habían valido para nada.

Ead ya había escrito a Chassar para contarle lo sucedido. A la priora no le gustaría saber que Sabran y su hija aún por nacer habían estado tan cerca de la muerte.

El Palacio Briar lucía los samitos de seda gris típicos del luto. Sabran se encerró en su Cámara Privada. El cuerpo de

Lievelyn fue trasladado al Santuario de Nuestra Señora hasta que llegara un barco para llevárselo a su hogar, donde se coronaría a su hermana, la princesa Ermuna; la princesa Bedona sería la siguiente en la línea de sucesión.

Pocos días después de que se llevaran a Lievelyn, Ead se dirigió a los aposentos reales. Normalmente a aquella hora de la mañana todo estaba tranquilo, pero ella no podía liberarse de la tensión que la atenazaba.

Tharian Lintley la había visto matar a cuatro personas durante la emboscada. Debía de haberse dado cuenta de que estaba entrenada. Dudaba de que nadie más la hubiera visto durante la sangrienta refriega, y estaba claro que Lintley no había informado de su destreza con las armas, pero aun así se propuso mantener la discreción.

Aunque como dama de honor de la reina no resultaría tan fácil. Especialmente porque la reina también la había visto matar.

—Ead.

Se giró y vio a Margret, que la sujetaba sin aliento, muy afectada.

—Es Loth —le susurró su amiga—. Me ha enviado una carta.

—¿Qué?

—Ven conmigo, rápido.

Con el corazón desbocado, Ead la siguió a una sala vacía.

—¿Y cómo ha conseguido Loth introducir una carta esquivando el control de Combe?

—Se la ha enviado a un dramaturgo que subvenciona mamá. Él consiguió hacérmela llegar durante la visita a Ascalon —dijo Margret, sacándose un papel arrugado de debajo de la falda—. Mira.

Ead reconoció su caligrafía al momento, y el corazón se le hinchó en el pecho de nuevo.

> Queridísima M, no puedo decir mucho por miedo a que intercepten esta nota. Las cosas en Cárscaro no son como parecen. Kit está muerto, y me temo que Nieve esté en peligro. Cuidado con el Escanciador.

—Lord Kitston está muerto —murmuró Ead—. ¿Cómo?

Margret tragó saliva.

—Ojalá se haya equivocado, pero… Kit haría cualquier

cosa por mi hermano. —Tocó el sello—. Ead, esto lo ha enviado desde el Pabellón de las Palomas.

—Rauca —dijo Ead, atónita—. Ha dejado Cárscaro.

—O ha huido. Quizá sea así como Kit... —Margret señaló la última línea—. Mira esto. ¿No dijiste que la mujer que disparó a Lievelyn había invocado a un Escanciador?

—Exacto. —Ead volvió a leer la nota—. Nieve es Sabran, supongo.

—Sí. Loth la solía llamar su Princesa de las Nieves cuando eran niños. Pero desde luego no entiendo todas estas intrigas. No existe un Escanciador oficial en la corte.

—Loth debía encontrar al príncipe Wilstan. Wilstan estaba investigando la muerte de la reina Rosarian —dijo Ead, casi susurrando—. Quizá haya una conexión.

—Quizá —respondió Margret, con la frente perlada de sudor—. Oh, Ead, yo querría decirle a Sab que está vivo, pero Combe descubrirá cómo me ha llegado la nota, y no querría cerrarle esa vía a Loth.

—Está de duelo por Lievelyn. No le des falsas esperanzas de que su amigo volverá. —Ead le apretó la mano—. Déjame a mí lo del Escanciador. Ya averiguaré qué significa.

Margret soltó un profundo suspiro y asintió.

—También tengo carta de papá —añadió, moviendo la cabeza—. Mamá dice que está cada vez más nervioso. No para de decir que tiene algo de la máxima importancia que decir al heredero de Goldenbirch. A menos que Loth regrese...

—¿Tú crees que es la niebla mental?

—Quizá. Mamá dice que no le haga caso. Volveré pronto, pero aún no —dijo Margret, metiéndose la carta bajo la falda—. Ahora debo irme. Quizá podamos cenar juntas.

—Sí.

Se separaron. Loth había corrido un riesgo terrible al enviar aquella nota. Ead decidió que tenía que hacer caso a su advertencia. Sabran había estado demasiado cerca de morir en la ciudad, pero eso no podía volver a ocurrir.

No lo permitiría.

Sabran no se encontraba nada bien por el embarazo. Roslain había tenido que levantarse de madrugada para sostenerle el cabello hacia atrás mientras ella vomitaba en un orinal.

Algunas noches, Katryen dormía al lado de ambas en una cama auxiliar.

De momento solo un puñado de personas sabían lo del embarazo. No era el momento, en pleno duelo.

Cada día, la reina salía de la Alcoba Real donde había pasado la noche de bodas con un aspecto más descuidado que el día anterior. Cada día las sombras de sus ojeras adquirían un color más cetrino. En las raras ocasiones en las que hablaba, era escueta y cortante.

Así que cuando, una tarde, habló sin que le tiraran de la lengua, a Katryen estuvo a punto de caérsele el bordado de las manos.

—Ead —dijo la reina de Inys—. Esta noche dormirás tú conmigo.

A las nueve en punto las damas de honor la desvistieron pero, por primera vez, Ead también se puso su camisón. Roslain se la llevó a un lado.

—Tiene que haber luz en la habitación toda la noche —le dijo—. Sabran se asustará si se despierta y está oscuro. Yo suelo dejar una vela ardiendo en la mesita de noche.

Ead asintió.

—Me aseguraré de que así sea.

—Bien.

Daba la impresión de que Roslain quería decirle algo más, pero se contuvo. Una vez registrada la Alcoba Real, se llevó a las otras damas de compañía y cerraron las puertas con llave.

Sabran se había acostado. Ead se metió en la cama a su lado y se cubrió con la colcha.

Durante un buen rato, estuvieron en silencio ambas. Katryen sabía cómo poner a Sabran de buen humor y Roslain sabía qué consejos darle. Ead se preguntaba cuál debía ser su papel. El de escuchar, quizá.

O decirle la verdad. Quizá fuera eso lo que más valoraba Sabran.

Hacía años que no dormía tan cerca de otra persona. No podía olvidarse de quién tenía al lado. Sus oscuras pestañas. La calidez de su cuerpo. El movimiento rítmico de su pecho.

—Últimamente he tenido pesadillas —dijo la reina, rompiendo el silencio—. Tu remedio me fue bien, pero el doctor Bourn me ha aconsejado que no tome nada mientras esté embarazada. Ni siquiera infusiones de dormilona.

—No se me ocurriría llevarle la contraria al doctor Bourn —dijo Ead—, pero quizá podríais usar el agua de rosas en forma de ungüento. Os suavizará la piel y puede que también os ayude a combatir las pesadillas.

Sabran asintió y se puso una mano sobre el vientre.

—La pediré mañana. Quizá tu presencia me ayude a ahuyentar las pesadillas esta noche, Ead. Aunque las rosas no lo hagan.

Tenía el cabello suelto, abierto en dos, como un telón, a cada lado de los hombros.

—No te he dado las gracias. Por todo lo que hiciste en la calle Quiver —dijo—. Pese a los momentos de angustia, observé lo bien que luchaste para protegerme. —Levantó la barbilla—. ¿Fuiste tú la que acabaste con los otros degolladores? ¿Eres la vigilante de la noche?

Su expresión era impenetrable. Ead habría querido hacer lo que había decidido: contarle la verdad. Pero el riesgo era demasiado grande. Si llegaba a enterarse Combe, la expulsarían de la corte.

—No, señora —dijo—. Esa persona quizá hubiera podido proteger al príncipe Aubrecht. Yo no pude hacerlo.

—No era tu deber proteger al príncipe —dijo Sabran, entre las sombras y la luz dorada de la vela—. Es culpa mía que muriera Aubrecht. Tú me dijiste que no abriera aquella puerta.

—La degolladora habría encontrado el modo de llegar hasta él, si no ese día, otro —dijo Ead—. Alguien pagó generosamente a Bess Weald para asegurarse de la muerte del príncipe. Su destino estaba decidido.

—Quizá tengas razón, pero debería haberte escuchado. No me has engañado nunca. No puedo pedirle a Aubrecht que me perdone, pero… te pido perdón a ti, Ead Duryan.

Tuvo que hacer un esfuerzo para no apartar la mirada. Sabran no tenía ni idea de lo mucho que Ead la había engañado.

—Estáis perdonada —dijo Ead.

Sabran soltó aire por la nariz. Por primera vez en ocho años, Ead sintió una punzada de remordimiento por las mentiras que le había contado.

—Truyde utt Zeedeur debe pagar el precio de su traición, por joven que sea —dijo Sabran—. Debería pedirle a la gran princesa Ermuna que la sentencie a muerte. Aunque quizá tú prefieras que muestre compasión, Ead; da la impresión de que es algo que te hace sentir bien.

—Tenéis que hacer con ella lo que consideréis justo.

Lo cierto era que Ead no quería que mataran a la joven. Era una loca peligrosa, y su estupidez había provocado diversas muertes, pero tenía diecisiete años. Tenía tiempo para enmendarse.

Se hizo otra vez el silencio, hasta que la reina se giró hacia ella. A aquella distancia, Ead veía perfectamente las negras ojeras que le rodeaban los ojos, una mancha oscura que contrastaba con el verde brillante de sus iris.

—Ead —dijo—, no puedo hablar de esto con Ros o con Kate, pero te lo contaré a ti. Tengo la sensación de que no enturbiará la impresión que tienes de mí. Que tú… me entenderás.

Ead cruzó los dedos.

—A mí siempre podéis hablarme libremente —respondió.

Sabran se acercó un poco más. Tenía la mano fría y delicada, los dedos desnudos, sin sus joyas. Había enterrado su anillo con el nudo del amor en los Jardines Hundidos, marcando el lugar para crear un espacio de homenaje a su difunto esposo.

—Antes de que aceptara a Aubrecht como consorte me preguntaste si quería casarme —dijo, con una voz tan baja que apenas se oía—. Ahora te confieso, y solo a ti, que no quería. Y… sigo sin querer.

Aquella revelación se quedó flotando entre las dos. Era un tema peligroso. Con la amenaza de invasión, la Junta de los Duques muy pronto exhortaría a Sabran para que tomara a otro compañero, aun cuando llevara a su heredera en las entrañas.

—Nunca pensé que diría estas palabras en voz alta. —Su respiración casi se convirtió en una risa—. Sé que Inys se enfrenta a una guerra. Sé que esas bestias draconianas están despertándose por todas partes. Sé que concediendo mi mano fortalecería cualquiera de nuestras actuales alianzas, y que los otros Reinos de las Virtudes se irían poniendo de nuestro lado estableciendo vínculos entre compañeros a través del sagrado rito.

Ead asintió.

—¿Pero?

—Me da miedo.

—¿Por qué?

Sabran se quedó inmóvil un rato, con una mano apoyada en el vientre, mientras Ead le sostenía la otra.

—Aubrecht se portó muy bien conmigo. Fue tierno y bueno —dijo por fin, en voz baja y con la garganta tensa—. Pero cuando estaba dentro de mí, incluso cuando sentía placer, era como si… —Cerró los ojos—. Era como si mi cuerpo no fuera enteramente mío. Y… y aún siento lo mismo.

Posó la mirada en el bultito de su vientre, apenas visible, envuelto en el terciopelo de seda de su camisón.

—Siempre se han forjado y reforzado alianzas a través de los matrimonios reales —prosiguió—. Y aunque Inys cuenta con la armada más potente del Oeste, carecemos de un ejército de infantería bien entrenado. Nuestra población es limitada. Si nos invaden, necesitaremos todo el apoyo que podamos conseguir… pero cualquier Reino de las Virtudes considerará que su primer deber es defender sus costas. No obstante, un matrimonio traería consigo obligaciones legales. Compromisos de apoyo militar.

Ead se quedó en silencio.

—Nunca he tenido un deseo especial de casarme, Ead. Desde luego no de la manera que nos casamos la realeza: no por amor, sino por miedo al aislamiento —murmuró Sabran—. Sin embargo, si no lo hago, el mundo me juzgará: demasiado orgullosa como para casarme y firmar la alianza de mi país con otro; demasiado egoísta como para darle a mi hija un padre al que pueda amar si yo muriese. Así es como se me considerará. ¿Quién saldría en defensa de una monarca así?

—Los que os llaman Sabran la Magnífica. Los que os vieron vencer a Fýredel.

—Eso lo olvidarán muy pronto, cuando los barcos enemigos tiñan de oscuro el horizonte. Mi sangre no bastará para frenar a los ejércitos de Yscalin. —Bajó los párpados—. No espero que digas nada que me reconforte, Ead. Me has permitido explayarme, aunque mis miedos sean egoístas. La Damisela me ha concedido la hija que le pedí, y lo único que hago yo es… encogerme.

Aunque el fuego del hogar ardía con fuerza, Ead sintió la piel de gallina.

—En el lugar de donde procedo yo —dijo—, no diríamos que es egoísta lo que habéis hecho.

Sabran la miró.

—Acabáis de perder a vuestro compañero. Lleváis a su hija en vuestro vientre. Por supuesto que os sentís vulnerable. —Ead le apretó la mano—. El parto no siempre es fácil. A mí me parece que es el secreto mejor guardado del mundo. Hablamos de él como si no hubiera nada mejor, pero la verdad es más compleja. Nadie habla abiertamente de las dificultades, las molestias y los miedos. Así que ahora sentís el peso de vuestra condición, os veis sola ante todo esto y os culpáis de la situación.

Sabran tragó saliva.

—Vuestro miedo es natural. —Ead la miró fijamente a los ojos—. No permitáis que nadie os quiera convencer de lo contrario.

Por primera vez desde la emboscada, la reina de Inys sonrió.

—Ead —dijo—, no sé cómo me las arreglaba antes sin ti.

31

Este

El Castillo del Río Blanco no se llamaba así por un río, sino por el foso de conchas que rodeaba la fortificación. A sus espaldas se extendía el ancestral Bosque del Pájaro Herido y, más allá, el monte Tego, desolado y brutal. Un año antes del Día de la Elección, se había desafiado a todos los aprendices a que ascendieran a lo alto del pico, donde se decía que el espíritu del gran Kwiriki descendería a bendecir a los que hubieran superado la prueba.

De todos los aprendices de la Casa del Sur, solo Tané había alcanzado la cumbre. Medio congelada y afectada por el mal de altura, había trepado, arrastrándose por la última ladera, vomitando sangre sobre la nieve.

Aquella última hora no era un ser humano. No era más que un farolillo de papel, fino y a merced del viento, agarrándose a los temblorosos restos de un alma. Sin embargo, cuando no hubo nada más que trepar, cuando levantó la vista y no vio nada más que la terrible belleza del cielo, encontró las fuerzas para ponerse en pie. Y supo que el gran Kwiriki estaba con ella, dentro de ella.

Ahora, aquella sensación le parecía más lejana que nunca. Volvía a ser un farolillo dañado. Sin apenas vida.

No estaba segura de cuánto tiempo había pasado en la mazmorra. El tiempo se había convertido en un pozo sin fondo. Se había tendido con las manos ahuecadas sobre las orejas, para no oír nada más que el mar.

Luego otras manos la habían cargado en un palanquín, y ahora la estaban llevando a algún sitio; habían pasado un puesto de guardia y habían entrado en una sala con el techo alto y las paredes pintadas con escenas de la Gran Desolación, que daba a un balcón cubierto.

La gobernadora de Ginura despachó a los soldados. Perfectamente erguida, la miró con un gesto de repulsa.

—Lady Tané —dijo, con voz glacial.

Tané bajó la cabeza y se arrodilló sobre la estera. Aquel título ya le parecía algo lejano, de una vida anterior.

En el exterior se oía el canto de un pájaro llorón. Se decía que su *hic-hic-hic*, que recordaba el gimoteo de un niño, había llegado a volver loca a una emperatriz. Tané se preguntó si también acabaría con su cordura, si lo escuchaba lo suficiente.

O quizá ella ya hubiera perdido la cabeza.

—Hace unos días —dijo la gobernadora— un prisionero os incriminó en un delito de extrema gravedad. Entró ilegalmente a Seiiki desde Mentendon. De acuerdo con el Gran Edicto, fue ajusticiado.

Una cabeza sobre la puerta, el cabello tieso, manchado de sangre.

—El prisionero dijo a los magistrados de Cabo Hisan que cuando llegó, una mujer lo encontró en la playa. Describió la cicatriz que tenía bajo el ojo.

Tané se apretó los muslos con las manos sudorosas.

—Decidme —prosiguió la gobernadora— por qué una aprendiza con un historial impecable, sin respaldo familiar, que ha conseguido la oportunidad única de ser una elegida, lo arriesgaría todo, incluida la seguridad de todos los ciudadanos de esta isla, haciendo algo así.

Tané tardó un buen rato en encontrar su propia voz. Se le había quedado en una zanja ensangrentada.

—Corrían rumores. De que los que rompieran el aislamiento tendrían recompensa. Por una sola vez, quise ser intrépida. Correr un riesgo. —No se reconocía a sí misma en aquella voz—. Él... salió del mar.

—¿Por qué no informasteis a las autoridades?

—Pensé que se anularía la ceremonia. Que se cerrarían los puertos, que no se permitiría el acceso a los dioses. Que nunca sería jinete.

Qué cobarde sonaba todo aquello. Qué egoísta e insensato. Cuando se lo había explicado a Nayimathun, la dragona la había entendido. Ahora la vergüenza que sentía era aplastante.

—Era como un mensaje. Enviado por los dioses. —Apenas podía hablar—. Yo había tenido demasiada suerte. Toda la vida, el gran Kwiriki se había portado muy bien conmigo. Cada día esperaba que llegara el momento en que me daría la espalda por fin. Cuando llegó el forastero, supe que había llegado el momento. Pero no estaba lista. Tenía que… cortar el vínculo. Ocultarlo hasta obtener lo que tanto deseaba.

Lo único que veía eran sus propias manos, las uñas de los dedos mordidas hasta hacerse sangre, sus finas cicatrices.

—El gran Kwiriki efectivamente os ha favorecido, lady Tané —dijo la gobernadora, con un tono lastimero—. Y si hubierais actuado de otro modo aquella noche, aún contaríais con su favor.

El pájaro seguía ahí fuera: *hic-hic-hic*. Como un niño inconsolable.

—Susa era inocente, honorable gobernadora —dijo Tané—. Yo la obligué a ayudarme.

—No. Interrogamos al centinela al que convenció para que la dejara pasar a Orisima. Participó voluntariamente. Te fue más leal a ti que a Seiiki. —La gobernadora apretó los labios—. Sé que una dragona pidió clemencia para ella. Desgraciadamente, la noticia me llegó demasiado tarde.

—Nayimathun —murmuró Tané—. ¿Dónde está?

—Eso me lleva al segundo asunto, aún más grave. Hacia el amanecer, un grupo de cazadores desembarcaron en la bahía de Ginura.

—¿Cazadores?

—La Flota del Ojo del Tigre. La gran Nayimathun de las Nieves Profundas ha sido… capturada.

Tané sintió que perdía todo contacto con el mundo. Apretó los puños.

—La Gran Guardia Marina pondrá todos los medios a su alcance para rescatarla, pero no es fácil para nuestros dioses escapar de la masacre que les espera en Kawontay. —La gobernadora apretó la mandíbula un momento—. Me duele decirlo, pero muy probablemente no podamos recuperar nunca a la gran Nayimathun.

Tané tembló.

Sentía el estómago lleno de veneno. Intentó no imaginar lo que debía de estar sufriendo Nayimathun. La idea le resultaba tan insoportable que se le nubló la vista y le temblaron los labios.

Estaba maldita, y ya no le quedaba nada ni nadie que perder. Quizá en su último acto, podía arrancar parte de la corrupción de Seiiki y llevársela consigo en su debacle.

—Hay otra persona implicada —dijo ella, en voz baja—. Roos. Un cirujano de Orisima. Intentó hacerme chantaje. Me dijo que le llevara escamas y sangre de mi dragona para sus trabajos. No tiene el mínimo atisbo de bondad ni moralidad. No permitáis que haga daño a otros dragones. Llevadle ante la justicia.

La gobernadora se la quedó mirando un rato.

—Roos está desaparecido —dijo por fin. Tané la miró, extrañada—. Fue a la playa anoche, según sus amigos. Creemos que ha huido de la isla.

Si Roos estaba con la Flota del Ojo del Tigre, era hombre muerto. Un tipo como él seguro que se cruzaría muy pronto con quien no debía.

Aquello no le sirvió de consuelo a Tané. Su enemigo había desaparecido, pero también su dragona. Y su amiga. Y también el sueño que no se había merecido nunca.

—Cometí un error. —Era lo único que le quedaba—. Un error terrible.

—Es cierto. —Se hizo el silencio—. Por ley, deberíais ser ejecutada. Vuestro egoísmo y vuestra ambición podían haber acabado con Seiiki. Pero por respeto a la gran Nayimathun, y por lo que podíais haber llegado a ser, me mostraré clemente hoy. Viviréis vuestros días en la isla de las Plumas, donde puede que aprendáis a servir bien al gran Kwiriki.

Tané se puso en pie y agachó la cabeza, y los soldados volvieron a llevársela al palanquín. Antes pensaba que habría suplicado o llorado pidiendo perdón pero, llegado el momento, no sentía nada.

32

Sur

El reflejo del agua bailaba sobre el techo arqueado. El aire era fresco, pero no tanto como para poner la piel de gallina. Loth se dio cuenta de todo eso poco después de caer en la cuenta de que estaba desnudo.

Estaba tendido sobre una estera tejida. A su derecha había una piscina cuadrada y, a su izquierda, un nicho cavado en la roca, donde brillaba una lámpara de aceite.

De pronto sintió una punzada de dolor en la espalda. Se giró, se puso boca abajo y vomitó, y entonces llegó.

El fuego en la sangre.

En Inys era una pesadilla remota. Una historia para contar en las noches oscuras, junto al fuego. Ahora sabía a lo que se había expuesto el mundo durante la Caída de las Sombras. Sabía por qué el Este había cerrado sus puertas.

Sentía la sangre como si fuera aceite hirviendo. Le gritó a la oscuridad en la que estaba sumido y la oscuridad le devolvió el grito. En algún lugar de su interior reventó una colmena, y un enjambre de abejas rabiosas se lanzaron contra sus órganos, provocando un incendio en sus entrañas. Y al sentir cómo se quebraban sus huesos con el calor, cómo se fundían las lágrimas en sus mejillas, lo único que podía desear era la muerte.

Un recuerdo momentáneo. A través de la niebla encarnada, sabía que tenía que llegar a la piscina que había visto y sumergirse en ella para aplacar el fuego. Intentó ponerse en pie, moviéndose como si estuviera tendido en un lecho de brasas ardientes, pero una mano fresca le sujetó la frente.

—No.

Una voz le habló, una voz que era como la luz del sol:

—¿Quién eres?

Los labios le ardían.

—Lord Arteloth Beck —dijo—. Por favor, apartaos. Tengo la peste.

—¿Dónde encontrasteis la caja de hierro?

—La Donmata Marosa. —Se estremeció—. Por favor...

Estaba llorando de miedo, pero enseguida apareció a su lado alguien que le puso un cuenco en los labios. Bebió.

Cuando volvió a despertarse estaba en una cama, aunque aún prácticamente desnudo, en la misma cámara subterránea de antes.

Pasó un buen rato sin atreverse a mover un dedo. No le dolía nada y el enrojecimiento había desaparecido de sus manos.

Loth trazó el signo de la espada sobre el pecho. El Santo, en su compasión, le había perdonado la vida.

Se quedó tendido un buen rato, escuchando, por si oía pasos o voces. Por fin se puso en pie. La piernas le fallaban y estaba tan débil que la cabeza le daba vueltas. Tenía las magulladuras de la cocatriz cubiertas de ungüento. Hasta el recuerdo de la agonía iba desapareciendo, pero alguna alma caritativa le había tratado las heridas y le había ofrecido hospitalidad, y quería estar presentable cuando tuviera que saludar a su benefactor.

Se sumergió en la piscina. El suelo liso era una bendición para las plantas de sus pies fatigados.

No recordaba nada desde su llegada a Rauca. Tenía un vago recuerdo del mercado, y la sensación de haberse movido, y luego la posada. Después de eso, un vacío.

Tenía la barba demasiado larga para su gusto, pero por allí no había ni rastro de una navaja. Después de refrescarse, se levantó y se puso la bata que le habían dejado en la mesilla de noche.

Cuando la vio se sobresaltó: una mujer vestida con una túnica verde y con una lámpara en la mano. Tenía la piel de color marrón oscuro, como sus ojos, y el cabello le trazaba espirales alrededor del rostro.

—Debéis venir conmigo.

Hablaba en inys con acento de Lasia. Loth reaccionó:

—¿Quién sois, señora?

—Chassar uq-Ispad os invita a su mesa.

De modo que de alguna manera el embajador lo había encontrado. Loth quería hacer más preguntas, pero no se atrevía a interrogar a aquella mujer, que le miraba impasible, sin parpadear siquiera.

La siguió por una serie de pasillos sin ventanas tallados en una piedra rosada e iluminados con lámparas de aceite. Debía de ser la residencia del embajador, aunque no se parecía en nada al lugar que le había descrito Ead y donde decía que se había criado. Allí no había pasarelas al aire libre ni vistas imponentes de los montes Sarras. Solo hornacinas aquí y allá, cada una con una estatuilla de bronce de una mujer sosteniendo una espada y una orbe.

Su guía se detuvo frente a un arco del que colgaba una cortina traslúcida.

—Por aquí —le dijo, y se alejó, llevándose la luz consigo.

La cámara que había tras la cortina era pequeña, de techo bajo. A la mesa estaba sentado un hombre ersyri, alto, con un tocado plateado en la cabeza. Cuando entró Loth, alzó la mirada.

Chassar uq-Ispad.

—Lord Arteloth —dijo el embajador, indicándole otra silla—. Por favor, sentaos. Debéis de estar muy cansado.

En la mesa había un centro con un montón de fruta. Loth se sentó frente al embajador.

—Embajador uq-Ispad —dijo, con la voz aún ronca—. ¿Es a vos a quien debo dar las gracias por salvarme la vida?

—Yo he respondido por vos, pero no. Esta no es mi casa y el remedio que tomasteis no era mío. No obstante, como manda la hospitalidad ersyri, podéis llamarme Chassar.

Su voz no era como la recordaba Loth. El Chassar uq-Ispad que había conocido en la corte se reía siempre, no mostraba esa calma desconcertante.

—Tenéis mucha suerte de estar sentado a esta mesa —dijo Chassar—. Pocos hombres buscan el Priorato y viven para verlo.

Otro hombre le sirvió una copa de vino blanco.

—¿El Priorato, excelencia? —preguntó Loth, perplejo.

—Estáis en el Priorato del Naranjo, lord Arteloth. En Lasia.

Lasia. Eso no podía ser.

—Yo estaba en Rauca —dijo, aún más perplejo—. ¿Cómo es posible?

—Los ichneumon. —Chassar se sirvió una copa—. Son viejos aliados del Priorato.

Loth seguía sin entender nada.

—Aralaq os encontró en las montañas. —Posó la copa—. Y fue a buscar a una de las hermanas para recogeros.

«El Priorato. Las hermanas.»

—Aralaq —repitió Loth.

—El ichneumon. —Chassar le dio un sorbo a su copa. Loth observó por primera vez que había un águila arenera posada allí cerca, con la cabeza ladeada. Ead siempre alababa a aquellas rapaces por su inteligencia.

—Parecéis confuso, lord Arteloth —dijo Chassar, con gesto desenfadado—. Os lo explicaré. Pero para hacerlo, primero debo contaros una historia.

Era la recepción más extraña del mundo.

—Ya conocéis la historia de la Damisela y del Santo. Sabéis que un caballero rescató a una princesa de un dragón y que se la llevó a un reino al otro lado del mar. Sabéis que fundaron una gran ciudad y que vivieron felices el resto de sus días. —Sonrió—. Pues todo lo que sabéis es falso.

En la sala el silencio era tal que Loth pudo oír cómo el águila ahuecaba las plumas.

—Sois un seguidor del Profeta del Nuevo Amanecer, excelencia —dijo por fin—, pero os pido que no blasfeméis en mi presencia.

—Los Berethnet son los blasfemos. Ellos son los mentirosos.

Loth estaba atónito. Sabía que Chassar uq-Ispad no era creyente, pero aquello le dejó aturdido.

—Cuando el Innombrable llegó al Sur, a la ciudad de Yikala —dijo Chassar—, el gran soberano Selinu intentó aplacarlo con sacrificios aleatorios. Hasta los niños eran sacrificados si les tocaba en suerte. Su única hija, la princesa Cleolinda, le juró a su padre que podía matar a la bestia, pero Selinu se lo prohibió. Cleolinda se vio obligada a presenciar el sufrimiento de su pueblo. Hasta que un día le tocó a ella entregarse en sacrificio.

—Así es como lo cuenta el Santario —dijo Loth.

—Callad y aprended algo. —Chassar tomó una fruta de color púrpura del cuenco—. El día en que Cleolinda debía morir, un caballero del Oeste llegó a la ciudad. Llevaba consigo una espada llamada Ascalon.

—Precisamente…

—Silencio, u os cortaré la lengua.

Loth cerró la boca.

—Este galante caballero —dijo Chassar, en tono desdeñoso— prometió matar al Innombrable con su espada encantada. Pero puso dos condiciones. La primera era que Cleolinda se prometiera con él y que volviera a Inysca como reina consorte. La segunda era que su pueblo se convirtiera a las Seis Virtudes de la Caballería, un código de honor entre caballeros que había decidido convertir en religión, erigiéndose como líder divino. Una fe inventada.

Oír describir al Santo como un loco errante era algo que no podía soportar. Una «fe inventada», nada menos. Las Seis Virtudes habían sido el código que había marcado las vidas de todos los caballeros inys en aquella época. Loth abrió la boca, recordó la advertencia y volvió a cerrarla.

—A pesar de sus temores —prosiguió Chassar—, el pueblo de Lasia no quería convertirse a aquella nueva religión. Así se lo dijo Cleolinda al caballero, y rechazó ambas condiciones. Sin embargo Galian estaba tan henchido de ambición y de lujuria que combatió igualmente contra la bestia.

Loth casi se atragantó:

—No había lujuria en su corazón. Su amor por la princesa Cleolinda era casto.

—Intentad no resultar irritante, milord. Galian el Impostor era un bruto. Un bruto egoísta y sediento de poder. Para él, Lasia era un terreno fértil en el que conseguir una novia de sangre real y devotos fieles para una religión que había fundado él mismo, todo en beneficio suyo. Se convertiría en dios e unificaría Inysca bajo su corona. —Chassar se vertió más vino mientras Loth bullía de rabia—. Por supuesto, vuestro idolatrado Santo cayó casi al instante con una herida insignificante y se cagó de miedo. Y Cleolinda, que era una mujer valerosa, le cogió la espada.

»Siguió al Innombrable hasta las profundidades de la cuenca de Lasia, donde había establecido su madriguera. Pocos se habían atrevido nunca a entrar en el bosque, porque aquel mar de árboles era inmenso y no había mapas del mismo. Cleolinda siguió el rastro de la bestia hasta que la encontró en un gran valle, en el que crecía un naranjo increíblemente alto y de gran belleza.

»El Innombrable estaba enroscado alrededor de su tronco, como una serpiente. Lucharon por todo el valle, y aunque Cleolinda era una gran guerrera, la bestia la cubrió con una llamarada de fuego. Presa de un dolor agónico, trepó al árbol. El Innombrable soltó un grito triunfal, seguro de su victoria, y abrió la boca para lanzarle una nueva llamarada, pero mientras la princesa estaba entre las ramas del naranjo, el fuego no podía alcanzarla.

»Cleolinda aún no se había recuperado de la impresión ante aquel milagro cuando el naranjo dio un fruto. Al comerlo, la princesa se curó de pronto: no solo se curó, sino que cambió. Podía oír los murmullos de la tierra, la danza del viento. Había renacido, convertida en una llama viva. Se lanzó de nuevo contra la bestia y consiguió clavarle Ascalon bajo una de sus escamas. El Innombrable, gravemente herido, se fue corriendo de allí. Cleolinda regresó triunfante a Yikala, prohibió a sir Galian Berethnet que volviera a pisar su tierra y le devolvió su espada para que no volviera a buscarla. Él huyó a las islas de Inysca, donde contó una versión falsa de los eventos, y le coronaron rey de…

Loth dio un puñetazo en la mesa. El águila arenera soltó un chillido de protesta.

—No me quedaré sentado en vuestra mesa escuchando cómo mancilláis mi fe —dijo Loth, en voz baja—. Cleolinda fue con él a Inys, y las reinas de Berethnet son sus descendientes.

—Cleolinda renunció a su riqueza —dijo Chassar, como si Loth no hubiera dicho nada— y volvió a la cuenca de Lasia con sus doncellas. Allí fundó el Priorato del Naranjo, una orden de mujeres bendecidas con la llama sagrada. Una casa, lord Arteloth, de magas.

«Hechicería.»

—El objetivo del Priorato es acabar con los wyrms y proteger el sur del poder draconiano. Lo dirige la priora, la persona más querida por la Madre. Y me temo, lord Arteloth, que esa gran dama cree que vos habéis matado a una de sus hijas. —Cuando Loth se lo quedó mirando sin expresión en los ojos, Chassar se inclinó hacia delante, mirándolo fijamente—. Llevabais con vos una caja de hierro cuya última poseedora era una mujer llamada Jondu.

—Yo no soy ningún asesino. Jondu fue capturada por los yscalinos —insistió Loth—. Antes de morir, la dejó en manos de la Donmata de Yscalin, que me la ha entregado a mí. —Se apoyó en el respaldo de la silla y se puso en pie—. Ella me rogó que os la trajera. Ya la tenéis —dijo, con gesto desesperado—. Ahora debo irme de este lugar.

—De modo que Jondu está muerta. Sentaos, lord Arteloth —dijo Chassar, sin alterarse—. Os quedaréis.

—¿Para que podáis seguir insultando mi fe aún más?

—Porque quien busca el Priorato no puede abandonarlo nunca más —respondió Chassar. Loth se quedó helado—. Me cuesta deciros esto, lord Arteloth. Conozco a vuestra señora madre, y me duele saber que no volverá a ver a su hijo, pero… no podéis marcharos. Ningún forastero puede hacerlo. El riesgo de que le habléis a alguien sobre el Priorato es demasiado grande.

—Vos… —Loth negó con la cabeza—. No podéis… Esto es una locura.

—Es una vida cómoda. No tan cómoda como vuestra vida en Inys —reconoció Chassar—, pero aquí estaréis seguro, lejos de los ojos del mundo.

—Soy el heredero de Goldenbirch. Soy amigo de la reina Sabran IX. ¡No me someteré a esta burla! —Retrocedió y golpeó la pared con la espalda—. Ead siempre dijo que teníais un gran sentido del humor. Si esto es una broma, excelencia, decidlo ahora.

—Ah —Chassar suspiró—. Eadaz. Ya me habló de vuestra amistad.

Algo se movió en la mente de Loth. Y, lentamente, empezó a comprender.

No era Ead, sino Eadaz. La sensación de la luz del sol. Sus secretos. Su misteriosa infancia. Pero no, no podía ser verdad… Ead se había convertido a las Seis Virtudes. Rezaba en el santuario dos veces al día. No podía, no podía ser una hereje, una practicante de las artes prohibidas.

—La mujer que habéis conocido como Ead Duryan es una mentira, Arteloth. Yo me inventé esa identidad. Su verdadero nombre es Eadaz du Zāla uq-Nāra, y es una hermana del Priorato. Yo la introduje en Inys por orden de la última priora, para proteger a Sabran IX.

—No.

Ead, con la que había compartido el vino y bailado en todas las Fiestas de la Camaradería desde los veintidós años. Ead, la mujer con la que su padre insistía en que debía casarse.

Ead Duryan.

—Es una maga. Una de las de más talento —dijo Chassar—. Regresará a este lugar en cuanto Sabran dé a luz.

Con cada palabra se hundía más el cuchillo de la traición. No podía soportarlo más. Abrió la cortina de un manotazo y se lanzó a los pasillos, hasta encontrarse de frente con la mujer de verde. Y entonces vio que no llevaba una lámpara de aceite.

Llevaba fuego entre las manos.

—La Madre está con vos, Arteloth —le dijo, sonriendo—. Dormid.

33

Este

Se habían puesto cómodos en la sala más alta del Palacio de Brygstad, donde a menudo se instalaban para pasar la noche a solas cuando el Gran Príncipe estaba fuera. Las paredes estaban decoradas con tapices, la ventana empañada por efecto del fuego del hogar. Era el lugar que elegiría una reina para dar a luz. Bajo una bóveda salpicada de estrellas.

Las otras noches solían esconderse en el Barrio Histórico, en una habitación que tenía Jannart en una discreta posada llamada Sol Resplandeciente, a la que acudían muchos amantes que huían de las leyes del Caballero de la Camaradería. Algunos, como Jannart, estaban presos en un matrimonio no elegido. Otros no se habían casado. Otros se habían enamorado de personas muy por encima o muy por debajo de su posición. Todos vivían un amor que podía costarles un precio en los Reinos de las Virtudes.

Ese día, Edvart había salido con la mitad de la corte, su hija y su sobrino a su residencia de verano, en el Bosque de las Novias. Jannart le había prometido a Edvart que iría muy pronto con ellos, para salir juntos a cazar al mítico lobo Sanguino que asolaba el norte de Mentendon.

Niclays nunca había tenido claro si Edvart sabía la verdad sobre su relación con Jannart. Quizá había decidido mirar hacia otro lado. Si el asunto se hacía público, el Gran Príncipe no tendría otra opción que exiliar a Jannart, su mejor amigo, por romper sus votos al Caballero de la Camaradería.

En la chimenea un tronco cayó entre las brasas. A su lado, Jannart estaba ojeando sus manuscritos, dispuestos en una alfombra delante de él, en abanico.

Los últimos años había abandonado su producción artística

para ahondar en su pasión por la historia. Siempre le había preocupado la calamitosa pérdida de conocimiento sufrida durante la Caída de las Sombras —el incendio de bibliotecas, la destrucción de archivos, el derrumbe de edificios antiguos— y, ahora que su hijo Oscarde empezaba a hacerse cargo de algunas de las obligaciones del ducado, por fin podía dedicarse a parchear los agujeros de la historia.

Niclays estaba desnudo en la cama, observando las estrellas pintadas. Alguien se había tomado muchas molestias para que fueran un fiel reflejo del cielo de verdad.

—¿Qué pasa?

Jannart no había tenido necesidad siquiera de levantar la mirada para saber que algo iba mal. Niclays soltó un suspiro.

—Un wyvern a las afueras de nuestra capital debería bajarte la moral incluso a ti.

Tres días antes, dos hombres se habían aventurado en una cueva al oeste de Brygstad y habían topado con un wyvern en letargo. Se sabía que tras la Caída de las Sombras las bestias draconianas habían encontrado madrigueras para su letargo por todo el mundo y que, si se buscaba a fondo, no podía ser tan difícil encontrar una.

En el Estado Libre de Mentendon, la ley decía que, en caso de descubrir a una de estas bestias, había que alejarse sin más, bajo pena de muerte. El temor generalizado era que despertando a una de ellas pudieran despertarse el resto, pero aquellos hombres se habían dejado llevar por sus sueños de grandeza y habían hecho caso omiso a la ley, desenvainando e intentando matar a la bestia. Al wyvern no le había hecho ninguna gracia que lo despertaran de malos modos, de modo que se había comido a sus atacantes y había salido de la cueva hecho una furia. Aún estaba medio adormilado y no podía escupir fuego, pero aun así consiguió vapulear a unos cuantos vecinos de un pueblo cercano antes de que algún valiente le atravesara el corazón con una flecha.

—Clay —dijo Jannart—, no han sido más que dos muchachos arrogantes haciendo el tonto. Ed se asegurará de que no vuelva a suceder.

—Quizá los duques no seáis conscientes de ello, pero hay tontos arrogantes por todo el mundo. —Niclays se sirvió una copa de vino tinto—. Cerca de Rozentun había una mina abandonada, ya sabes cuál es. Entre los niños corría el rumor de que allí dentro había una cocatriz, que había puesto un par de huevos dorados antes de caer dormida. Una niña que yo conocía se partió el espinazo intentando llegar hasta ella. Otro niño se perdió en la oscuridad. No lo encontraron nunca. Tontos arrogantes, los dos.

—Me asombra que, tras todos estos años, aún me queden cosas por aprender de tu infancia —dijo Jannart, arqueando una ceja y con una mueca en la boca—. ¿Alguna vez fuiste tú en busca de los huevos dorados?

Niclays resopló, burlón.

—Solo faltaría. Bueno, llegué hasta la entrada de puntillas un par de veces, pero el amor de tu vida ya era un pobre cobarde incluso de niño. Temo demasiado la muerte como para ir tras ella.

—Bueno, yo me alegro de que no te rompieras el espinazo. Confieso que a mí también me da miedo que puedas llegar a morirte.

—Te recuerdo que tú tienes dos años más que yo y que la aritmética de la muerte juega en tu contra.

Jannart sonrió.

—No hablemos de muerte cuando aún nos queda tanta vida por vivir.

Se puso en pie y Niclays admiró la poderosa silueta de su cuerpo, esculpido por años de esgrima. A sus cincuenta años, estaba tan imponente como la primera vez. La melena le llegaba hasta la cintura, y con el tiempo se había oscurecido adquiriendo un tono granate intenso, y plateado por las raíces. Niclays seguía sin tener ni idea de cómo había podido conservar el amor de aquel hombre durante tantos años.

—Dentro de poco tengo intención de llevarte conmigo a la laguna Láctea, y allí viviremos sin nombres ni títulos. —Jannart trepó a la cama, apoyando las manos a ambos lados de Niclays, y le besó—. Además, a este ritmo es probable que tú mueras antes que yo. Quizá si dejaras de ponerme los cuernos con el vino de Ed… —añadió, alargando sigilosamente la mano hacia la copa.

—Tú tienes tus libros polvorientos. Yo tengo el vino —respondió Niclays, alejando la copa—. Eso ya lo acordamos.

—Ya veo. —Jannart estiró la mano otra vez, medio en broma, intentando alcanzar la copa—. ¿Y cuándo acordamos tal cosa?

—Hoy. Quizá estuvieras durmiendo.

Jannart se rindió y se tendió en la cama a su lado. Niclays intentó no hacer caso a la punzada de remordimiento que sentía.

Habían discutido por su debilidad por el vino muchas veces a lo largo de los años. Él había limitado el alcohol lo suficiente como para evitar las profundas lagunas que había tenido en su juventud, pero si pasaba demasiado tiempo sin tomar una copa, las manos le temblaban. Últimamente Jannart parecía muy preocupado como para discutir sobre eso, pero a Niclays le dolía profundamente decepcionar a la única persona que le quería.

El vino tinto era lo que le reconfortaba. Su espeso dulzor llenaba el hueco que se abría cada vez que se miraba el dedo, desprovisto de un anillo con el nudo del amor. Le aplacaba el dolor de vivir una mentira.

—¿De verdad crees que existe la laguna Láctea? —murmuró. Un lugar de leyenda. El paraíso de los amantes. Jannart le pasó un dedo alrededor del ombligo.

—Sí —respondió—. He reunido suficientes pruebas como para creer que existía antes de la Caída de las Sombras, al menos. Ed ha oído que los últimos descendientes de la familia de Nerafriss saben dónde está, pero que solo se lo dirán a los que sean dignos de ello.

—Eso me descarta, entonces. Más vale que vayas solo.

—No vas a librarte de mí tan fácilmente, Niclays Roos. —Jannart acercó la cabeza aún más, hasta que sus narices se rozaron—. Si no encontramos la laguna Láctea, iremos a otro sitio.

—¿Adónde?

—A algún lugar del Sur, quizá. A cualquier lugar donde el Caballero de la Camaradería no tenga ninguna influencia. Hay lugares no recogidos en los mapas, más allá de la Puerta de Ungulus. Quizá otros continentes.

—Yo no soy explorador.

—Podrías serlo, Clay. Podrías ser lo que te propusieras, y no deberías pensar nunca lo contrario. —Jannart le pasó el pulgar por el pómulo—. Si yo me hubiera convencido a mí mismo de que no podía pecar, nunca habría besado los labios que anhelaba besar. Los labios de un hombre con el cabello del color del oro rosado, cuyo origen, según las leyes de un caballero muerto mucho tiempo atrás, lo hacía indigno de mi amor.

Niclays intentó no quedarse mirando como un tonto aquellos ojos grises. Pese a todos los años que habían pasado, seguía quedándose sin aliento cada vez que miraba a aquel hombre.

—¿Y qué hay de Aleidine?

Intentó poner tono de curiosidad, más que de amargura. Para Jannart, que había pasado décadas repartiendo su tiempo entre su compañera y su amante, y arriesgando su posición en la corte, aquello era muy difícil. Niclays no tenía que pensar en eso. Nunca se había casado y nadie había intentado obligarle en ningún momento.

—Ally estará bien —dijo Jannart, aunque frunció levemente el ceño—. Será la duquesa viuda de Zeedeur, rica, poderosa e independiente.

Jannart le tenía cariño a Aleidine. Aunque nunca la hubiera querido con el amor de un compañero, en sus treinta años de matrimonio habían desarrollado una amistad muy íntima. Ella se había ocupado de sus asuntos, había parido a su hijo, había gestionado el Ducado de Zeedeur con él, y durante todo aquel tiempo lo había amado incondicionalmente.

Cuando se fueran, Niclays sabía que Jannart la echaría de menos. Echaría de menos la familia que habían formado; pero a su modo de ver, les había entregado su juventud. Ahora él quería vivir sus últimos años con el hombre que amaba.

Niclays alargó la mano para cogerle la suya, en la que llevaba un anillo de plata con el nudo del amor.

—Vámonos pronto —dijo, para cambiar de tema—. Esto de escondernos está empezando a avejentarme.

—Los años te sientan bien, mi zorro dorado. —Jannart lo besó—. Nos iremos. Te lo prometo.

—¿Cuándo?

—Quiero pasar unos años más con Truyde. Para que tenga recuerdos de su abuelo.

La niña solo tenía cinco años, y ya hojeaba cualquier libro que Jannart le pusiera delante, pasando las páginas decididamente con el puño. Tenía el cabello de su abuelo.

—Mentiroso —dijo Niclays—. Quieres asegurarte de que perpetúa tu legado como pintor, dado que Oscarde no tiene ningún talento artístico.

Jannart se rio con ganas.

—Quizá.

Se quedaron allí tendidos un rato, con los dedos entrecruzados. La luz del sol teñía de dorado toda la habitación.

Estarían juntos muy pronto. Niclays se dijo que era cierto, tal como había hecho día tras día, año tras año. Otro año más, quizá dos, hasta que Truyde fuera un poco mayor. Luego dejarían atrás el reino.

Cuando Niclays se giró para mirarle, Jannart sonrió: esa sonrisa traviesa con una pequeña curva en la comisura. Ahora que era algo mayor, le creaba un pliegue en la mejilla que aún le daba más atractivo. Niclays levantó la cabeza para besarlo, y Jannart le sujetó el rostro con ambas manos como si estuviera enmarcando uno de sus retratos. Niclays trazó una línea por el lienzo blanco del estómago de Jannart, haciendo que su cuerpo se arqueara y se acercara, deseoso. Y aunque se conocían de memoria el uno al otro, en aquel nuevo abrazo sintió toda la fuerza de su juventud.

Oscureció, y seguían enredados el uno en el otro frente al fuego, somnolientos y sudorosos. Jannart pasó los dedos por el cabello de Niclays.

—Clay —murmuró—. Tengo que salir un rato.

—¿Qué? —Niclays levantó la mirada.

—Te preguntarás qué hago en mi estudio todo el día —dijo Jannart—. Hace unas semanas, heredé un fragmento de texto de mi tía, que ha sido virreina de Orisima cuarenta años.

Niclays suspiró. Cuando Jannart investigaba un misterio, era como un cuervo con una carcasa: no podía evitar seguir hasta dejar limpio hasta el último hueso. Si la pasión de Niclays era la alquimia y el vino, la de Jannart era la recuperación de la sabiduría perdida.

—Cuéntame más —dijo Niclays, haciendo de tripas corazón.

—El fragmento tiene varios siglos de antigüedad. Casi me da miedo tocarlo por si se desintegra. Según su diario, mi tía lo recibió de manos de un hombre que le dijo que se lo llevara lejos del Este y que no volviera a llevarlo allí.

—Qué misterioso. —Niclays se colocó las manos en la nuca y apoyó la cabeza—. ¿Y eso qué tiene que ver con que tengas que irte?

—No entiendo el texto. Tengo que ir a la Universidad de Ostendeur para ver si alguien reconoce el idioma. Yo creo que es una forma antigua de seiikinés, pero hay algo en los caracteres que me parece extraño. Unos son más grandes, otros más pequeños, y tienen un espaciado irregular —dijo, con la mirada perdida—. Tiene un mensaje oculto, Clay. La intuición me dice que es una parte vital de la historia. Algo más importante que todo lo que he estudiado hasta ahora. Debo descifrarlo. He oído hablar de una biblioteca donde podrían ayudarme a hacerlo.

—¿Y dónde está ese sitio, exactamente? ¿Forma parte de la universidad?

—No. Está… bastante aislado. A unos kilómetros de Wilgastrōm.

—Oh, Wilgastrōm. Apasionante.

Era un pueblo prácticamente sin vida a orillas del río Lint. Allí no había wyverns.

—Bueno, vuelve pronto. En cuanto te vas, Ed intenta liarme para que participe en alguna batida de caza, una partida de bádminton o cualquier otro pasatiempo que implique hablar con el servicio.

Jannart se acercó aún más.

—Sobrevivirás. —Se puso serio y, solo por un momento, se le oscureció la mirada—. Nunca te dejaría solo sin motivo, Clay. Te doy mi palabra.

—Te tomo la palabra, Zeedeur.

Existía un reino entre los sueños y la vigilia, y Niclays estaba preso en él. Cuando se despertó, le asomó una lágrima por la comisura del ojo.

La lluvia le bañaba la cara. Estaba en un bote de remos, balanceándose como un bebé en una cuna. Había personas a su alrededor, intercambiando palabras. Sintió una sed terrible; la garganta le ardía.

Tenía recuerdos vagos que flotaban en un rincón de su mente. Manos que lo arrastraban. Comida que le habían metido entre los labios, casi ahogándolo. Un trapo sobre la nariz y la boca.

Apoyó la mano en la borda y vomitó. El bote estaba rodeado de olas verdes, transparentes como el cristal.

—Por el Santo… —Tenía la voz ronca—. Agua —dijo en seiikinés—. Por favor.

Nadie respondió. Estaba anocheciendo. O amaneciendo. El cielo estaba surcado de nubes, pero el sol había dejado una mancha alargada de color ámbar. Niclays parpadeó para quitarse el agua de lluvia de los ojos y vio las velas de color naranja fuego en lo alto, iluminadas por numerosos faroles. Un barco fantasma envuelto en la bruma. Uno de sus captores le dio un manotazo en la cabeza y le gruñó algo en lacustrino.

—De acuerdo, de acuerdo —murmuró Niclays.

Tiraron de él por la cuerda con que tenía atadas las muñecas y, a punta de cuchillo, le hicieron subir por una escalera de mano. La visión del barco le dejó boquiabierto y acabó de despejarse de golpe.

Era un galeón de nueve mástiles con el casco reforzado con planchas de metal y una eslora que al menos medía el doble que un Sombra del Oeste. Niclays nunca había visto un barco tan colosal, ni siquiera en aguas de Inys. Apoyó los pies descalzos en los eslabones de madera y trepó, entre gritos y risas.

Se encontraba entre piratas, de eso no había duda. Por el color verde jade de las olas aquello sería probablemente el mar del Sol Trémulo, que desembocaba en el Abismo, el oscuro océano que separaba el Este del Oeste y el Norte del Sur. Era el mar que había cruzado tantos años atrás, cuando lo habían enviado a Seiiki.

También sería el mar en que moriría. Los piratas no eran famosos por su compasión, o por el buen trato que daban a los rehenes. Ya resultaba asombroso que hubiera llegado tan lejos sin que le rebanaran el pescuezo.

Cuando llegó a lo alto de la escalera, tiraron de la cuerda y le hicieron cruzar la cubierta. A su alrededor había hombres y mujeres del Este, y un puñado de sureños repartidos entre la tripulación. Varios de los piratas le lanzaron miradas sospechosas, pero otros no le hicieron ni caso. Muchos tenían una palabra en seiikinés tatuada en la frente —asesino, ladrón, pirómano, blasfemo—, los delitos por los que habían sido condenados.

Lo ataron a uno de los mástiles, donde reflexionó sobre sus desgraciadas circunstancias. Aquel debía ser el barco más grande que existía, lo cual significaba que había sido raptado por la Flota del Ojo del Tigre: piratas especializados en el comercio de órganos de dragones en el mercado negro. Y, como todos los piratas, también cometían otros delitos.

Le habían quitado todas sus posesiones, incluido el texto por el que había muerto Jannart: el fragmento que no debía volver nunca al Este. Era lo último que le quedaba de él y, maldita su suerte, lo había perdido. Al pensar en aquello le vinieron ganas de llorar, pero tenía que convencer a los piratas de que necesitaban a aquel viejo. Y llorando no iba a convencerlos.

Pasaron lo que le parecieron meses sin que se le acercara nadie. Para entonces, ya estaba amaneciendo.

Una mujer lacustrina se le plantó delante. Tenía los labios pintados de oscuro. Sobre el cabello canoso llevaba un tocado dorado y decorado con ornamentos afilados, cada uno de los cuales era una pequeña obra de arte. Al costado llevaba una espada igual de dorada y el doble de afilada. Las líneas de expresión de su tez morena eran testimonio de muchos años pasados bajo el sol.

Estaba flanqueada por seis piratas, entre ellos un gigantón sepuliano con mostacho, con el pecho descubierto y tan cubierto de tatuajes que no quedaba en él ni un resquicio de piel virgen. Sobre su torso, unos tigres gigantes destrozaban a los dragones, y la sangre derramada, mezclada con la espuma del mar, creaba un torbellino que le salpicaba hasta los hombros. Sobre el corazón tenía una perla.

La líder, porque era incuestionable que lo era, llevaba un abrigo largo de seda de agua de color negro. En lugar del brazo que le faltaba llevaba uno postizo de madera, articulado, con su codo y sus dedos, fijado con una prótesis al hombro y atado al pecho con una correa de cuero. Niclays dudaba de que le sirviera de mucho en el fragor de la batalla, pero era una curiosa innovación diferente a todo lo que él había visto en el Oeste.

La mujer observó a Niclays y luego se alejó por entre los piratas, que se apartaron para dejarle paso. El gigantón le soltó las ataduras y empujó a Niclays hasta el camarote de la mujer, que estaba decorado con espadas y sangrientas banderas.

En la esquina había dos personas: una mujer robusta con la piel oscura, cubierta de pecas y arrugas en torno a la boca; y un hombre enjuto, alto y pálido, de aspecto vetusto. Llevaba una túnica de vieja seda roja que le llegaba hasta las rodillas.

La pirata se dejó caer en un trono, aceptó una pipa de madera y bronce del hombre e inhaló los vapores de lo que hubiera allí dentro. Se quedó mirando a Niclays a través del humo azulado y luego se dirigió a él en lacustrino, con una voz profunda y mesurada.

—Mis piratas no suelen tomar rehenes —le tradujo la mujer de las pecas en seiikinés—, salvo cuando andamos cortos de marinos. —Arqueó una ceja—. Tú eres especial.

Niclays sabía que no le convenía hablar sin permiso, pero inclinó la cabeza. La intérprete esperó hasta que la capitana habló de nuevo.

—Te encontraron en la playa de Ginura, con ciertos documentos encima —prosiguió la intérprete—. Uno de ellos forma parte de un antiguo manuscrito. ¿De dónde lo sacaste?

Niclays hizo una profunda reverencia.

—Honorable capitana —dijo, dirigiéndose a la mujer lacustrina—, me lo legó un querido amigo. Lo recibí cuando murió. Lo llevé conmigo cuando llegué a Seiiki procedente del Estado Libre de Mentendon, con la esperanza de encontrarle algún significado.

Sus palabras llegaron a la mujer una vez traducidas al lacustrino.

—¿Y lo encontraste?

—Aún no.

Los ojos de la mujer eran dos esquirlas de cristal volcánico.

—Has tenido este artículo durante una década y lo has llevado contigo como un talismán, y aun así dices no saber nada de él. Una afirmación fascinante —dijo la intérprete, después de que hablara la capitana—. Quizá una buena paliza te incite a decir la verdad. Cuando una persona vomita sangre, a menudo con la sangre salen también los secretos.

Tenía la espalda empapada en sudor.

—Os lo ruego —dijo—. Es la verdad. Tened compasión.

Ella soltó una risita y respondió:

—No he llegado a ser la soberana de todos los piratas mostrando compasión con los ladrones mentirosos.

La soberana de todos los piratas. Aquella no era una capitana pirata cualquiera. Era la temible soberana del mar del Sol Trémulo, conquistadora de innumerables barcos, la señora del caos, con cuarenta mil piratas a sus órdenes. Era la Emperatriz Dorada, la enemiga del orden, que había trepado desde la pobreza más absoluta hasta construirse su propio país sobre las olas; un país más allá del dominio de los dragones.

—Honorable Emperatriz Dorada. —Niclays se postró—. Perdonadme si no he mostrado el debido respeto. No sabía quién erais. —Las rodillas le pedían clemencia, pero él se quedó allí, con la frente en el suelo—. Permitidme navegar con vos.

Os brindaré mis habilidades como anatomista, mi conocimiento, mi lealtad. Haré lo que queráis. Pero perdonadme la vida.

La Emperatriz Dorada volvió a coger su pipa.

—Te habría preguntado cómo te llamabas, si hubieras demostrado tener agallas —respondió—, pero ahora te llamarás Lumarino.

Los piratas que estaban en la puerta estallaron en risas. Niclays hizo una mueca. *Lumarino*: así era cómo llamaban a las medusas en seiikinés. Un ser gelatinoso a merced de la corriente.

—Dices que eres anatomista —le dijo la intérprete a Niclays, haciendo pausas de vez en cuando para oír lo que decía la capitana—. Resulta que necesito un cirujano en este barco. La última que tuve se creyó muy lista. Quería vengarse por haber arrasado el montón de estiércol que era su pueblo, así que me puso kodoku en el vino. —La emperatriz dio una nueva calada a la pipa y exhaló una voluta de humo—. Aprendió que el agua salada es igual de mortal que la toxina de la oruga dorada.

Niclays tragó saliva.

—No me gusta desperdiciar lo que me puede ser útil. Demuestra tu habilidad —le dijo la emperatriz— y quizá podamos volver a hablar.

—Gracias —dijo él, con la voz quebrada—. Gracias, honorable capitana, por vuestra indulgencia.

—No es indulgencia, Lumarino. Son negocios. —Se apoyó en el respaldo y siguió hablando—. Asegúrate de serme leal —añadió la intérprete—. No hay segundas oportunidades en la Flota del Ojo del Tigre.

—Lo entiendo. —Niclays hizo acopio de valor—. Honorable emperatriz, tengo una pregunta más que hacer. —Ella le miró—. ¿Dónde está el dragón que os llevasteis de la playa?

—En la bodega —fue la traducción—. Ebrio de humo de fuego. Pero no por mucho tiempo. —Lo miró fijamente—. Volveremos a hablar muy pronto, Lumarino. De momento, tienes que efectuar tu primera operación.

34

Oeste

Cuando se proclamó formalmente el embarazo de la reina Sabran, el pueblo de Inys abandonó el duelo y las fiestas llenaron las calles. El príncipe Aubrecht estaba muerto, pero al darles a la próxima soberana del reino les había proporcionado una generación más de protección contra el Innombrable.

Aunque tradicionalmente permanecía la mitad del año en el Palacio Briar, nadie puso reparos cuando Sabran decretó el regreso de la corte al Palacio de Ascalon para el resto de su embarazo. Cada pasillo de la residencia de invierno estaba atestado de recuerdos del príncipe consorte, y se acordó que lo mejor para la reina Sabran era darle una nueva imagen.

Se le diseñaron nuevos vestidos para la ocasión. La sala de maternidad se aireó por primera vez en décadas. El palacio era un hervidero de actividad y, a cada comida, los cortesanos levantaban sus copas en honor de la reina. Las risas resonaban como el tañido de una campana.

Ellos no veían lo que veían las damas de honor. El abatimiento de la reina a todas horas. Su agotamiento constante. Las noches en vela, el insomnio que le provocaban los cambios en su cuerpo.

Roslain les había dicho en privado a todas las damas de compañía que aquel era el momento más peligroso del embarazo. Sabran no debía hacer esfuerzos. No debía salir a cazar, ni dar paseos prolongados, ni tener pensamientos tristes. Tendrían que colaborar todas para mantenerla tranquila y de buen humor.

La vida del bebé adquirió prioridad sobre la de la madre, puesto que no había constancia de que las mujeres de la Casa de Berethnet pudieran concebir más de una vez. No era de extrañar que últimamente Sabran se mostrara retraída. El parto era la única instancia en la que su autoridad divina no podía protegerla, y cada día se acercaba más.

Y, por si necesitaba que le confirmaran los peligros que la rodeaban, la Junta de los Duques ya se encargaba de recordárselos a diario.

—Es de vital importancia que decidamos cómo debemos actuar. Yscalin podría organizar una invasión en cualquier momento —le dijo Igrain Crest una mañana—. Desde el ataque de Fýredel hemos reforzado nuestras defensas en la costa, siguiendo vuestras órdenes, pero con eso no basta. Nos han llegado noticias de que el Rey Terreno está construyendo una nueva flota en la bahía de las Medusas. Ya han construido más de cincuenta navíos.

Sabran tardó un momento en reaccionar:

—Una flota invasora —dijo. Las oscuras ojeras le trazaban sendos arcos bajo los ojos.

—Eso me temo, majestad —respondió Crest, suavizando el tono—. Y lo mismo dice vuestro primo, el lord almirante.

La duquesa de Justicia había llegado en el momento en que Sabran estaba desayunando. Estaba de pie junto a la ventana, y el broche de su patrono brillaba a la luz del sol.

—Abriremos negociaciones con Hróth inmediatamente —dijo—. Los manto de lobo atemorizarán a Sigoso. Para reforzar nuestras posiciones, por supuesto, comunicaremos que Su Majestad por fin ha aceptado la oferta aún vigente del cacique de Askrdal. Cuando el rey Raunus se entere…

—No vamos a aceptar a Askrdal —la interrumpió Sabran—. El rey Raunus es soberano de un Reino de las Virtudes, y un pariente lejano. Veamos cuántas tropas nos ofrece él antes de hacerle ninguna oferta nosotros.

Katryen contuvo la respiración un momento. Sabran no solía interrumpir a Crest.

Crest también parecía sorprendida. Aun así, sonrió.

—Majestad, entiendo que esto debe de ser difícil, teniendo en cuenta el reciente fallecimiento del príncipe Aubrecht. Pero confío en que recordaréis lo que os dije el día antes de la coronación. Del mismo modo que hay que engrasar una espada, hay que renovar los votos con un nuevo compañero. Mejor aún que ser una pariente lejana de Raunus es ser alguien cercano y querido. Debéis casaros de nuevo.

Sabran miró por la ventana.

—No veo la necesidad de momento.

Esta vez Crest no sonrió. Miró primero a Katryen y luego a Ead.

—Majestad —insistió, con tono conciliador—, quizá podríamos continuar esta conversación en privado.

—¿Por qué, Igrain? —preguntó Sabran, aparentemente tranquila.

—Porque se trata de un asunto de gran importancia diplomática. —Y, tras una pausa de cortesía, añadió—: Si nos disculpáis, lady Katryen, señora Duryan, querría hablar a solas con la reina Sabran.

Ead hizo una reverencia y se dispuso a marcharse, igual que Katryen, pero Sabran reaccionó:

—No. Ead, Kate, quedaos donde estáis.

Al momento, ambas volvieron a su sitio. Sabran irguió la espalda en la silla y apoyó las manos en los reposabrazos.

—Excelencia —le dijo a Crest—, sea lo que sea lo que tenéis que decir sobre este asunto, podéis decirlo en presencia de mis damas. No estarían en esta sala si no tuviera una confianza absoluta en ellas.

Ead cruzó una mirada con Katryen.

Crest esbozó otra sonrisa forzada.

—En cuanto al rey Raunus —prosiguió—, necesitamos la confirmación de que Su Majestad se comprometerá con la defensa de Inys. Enviaré al embajador Sterbein a Elding enseguida, pero su petición se vería reforzada si fuera acompañada de la aceptación de su propuesta.

Sabran apoyó una mano sobre su vientre.

—Igrain —dijo, sin alterar el tono un ápice—, llevas mucho tiempo insistiéndome en la necesidad de tener una heredera. En mi deber como reina. Y para honrarlo, no tomaré otro compañero, ni lo consideraré siquiera, mientras esté embarazada; no querría que la tensión de ese asunto supusiera daño alguno para mi hija. —Su mirada era penetrante—. Ofrécele a Raunus cualquier otra cosa. Y veamos qué nos ofrece él a cambio.

Su táctica evasiva era inteligente. Crest no podía rebatirla, sin dar la impresión de que le preocupaba poco el bienestar de la heredera.

—Majestad —dijo, con un gesto de decepción evidente—,

yo solo puedo aconsejaros. La elección y las consecuencias os corresponden a vos.

Hizo una reverencia y salió de la Cámara Privada. Sabran se quedó mirando cómo se alejaba, impávida.

—Presiona demasiado —dijo, en voz baja, una vez se cerraron las puertas. Cuando era más joven no me daba cuenta. Le tenía demasiada admiración como para ver lo mucho que odia que le lleven la contraria.

—Lo que pasa es que Su Excelencia siempre cree que lleva la razón —dijo Katryen—. Y tiene una fuerza de voluntad a la altura de la vuestra.

—No siempre he sido decidida como ahora. En otro tiempo era cristal fundido, esperando a que le dieran forma. Y tengo la sensación de que la forma que he tomado no le gusta nada.

—No seáis así —dijo Katryen, sentándose en el reposabrazos del trono—. Dejad que Su Excelencia se trague su amargura unos días. Entrará en razón, igual que hizo después de que eligierais al príncipe Aubrecht. Ahora solo tenéis que pensar en esto —añadió, dándole la palmadita más suave posible en el vientre.

Dos días más tarde se iluminó de rojo una baliza de aviso en Perchling, advirtiendo de un peligro en la costa. Sabran, aún en bata, recibió a lord Lemand Fynch, su primo.

—Majestad, lamento informaros de que el *Anbaura* ha sido avistado esta mañana en el estrecho del Cisne —dijo—. Aunque no atacó, es evidente que la Casa de Vetalda está estudiando nuestras defensas en la costa. Como lord Almirante, he ordenado a vuestra armada que ahuyente a cualquier otra nave de reconocimiento, pero os lo ruego, pedidle ayuda al rey Raunus. Sus barcos serían de gran ayuda en la protección de nuestra costa este.

El embajador Sterbein ya va de camino a Elding. También he pedido la participación de los brulotes de la gran princesa Ermuna a cambio del apoyo inys en su frontera con Yscalin —dijo Sabran—. Si al Rey Terreno se le ocurriera poner los ojos de nuevo en nuestras costas, espero que le recordéis por qué es conocida la armada inys como la más grande y mejor organizada del mundo.

—Sí, majestad.

—También enviaréis mercenarios a la bahía de la Medusa. Espero que los escojáis personalmente, y que sean de una lealtad inquebrantable a Inys —añadió, con los ojos duros como esmeraldas—. Quiero que su flota arda en llamas.

Su primo se quedó considerando sus palabras:

—Una incursión en territorio draconiano podría provocar una respuesta armada.

—El Caballero del Valor nos exhorta a afrontar hasta el peligro más grande en pos de la defensa de los Reinos de las Virtudes, excelencia. No veo motivo por el que deba esperar a que haya un derramamiento de sangre antes de iniciar la defensa de esta isla.

—Enviadle un mensaje a Sigoso. Si quiere jugar con fuego, será él quien se queme.

—Majestad, me encargaré de que así se haga —dijo Fynch.

Se fue caminando de espaldas. Dos miembros de la Guardia Real cerraron las puertas tras él.

—Si Yscalin busca la guerra, se la daremos, pero debemos estar listos —murmuró Sabran—. Y si Raunus no se siente generoso, quizá sea mi destino acceder al matrimonio con el cacique de Askradal. Por Inys.

Un matrimonio con un hombre que podría ser su abuelo. Hasta Katryen, muy respetuosa con los asuntos de cortesía y protocolo, arrugó la nariz. Sabran cruzó los brazos sobre el vientre.

—Vamos —propuso Ead, apoyándole una mano en la espalda. Tomemos un poco el aire ahora que la nieve aún está intacta.

—Oh, sí. —dijo Katryen, encantada con la propuesta—. Podríamos recoger unas ciruelas damascenas y unas moras. Como sabréis, Sabran, Meg dijo que había visto un pobre erizo hace unos días. Quizá podemos ayudar a los criados a ahuyentar a los pobres animales para que no queden atrapados en las hogueras.

Sabran asintió, pero su rostro era una máscara. Y Ead sabía que, mentalmente, ella también estaba atrapada bajo su propia hoguera, esperando que una mano invisible le prendiera fuego.

Poco después del anuncio, Ead se encontró una vez más en la Cámara Privada, bordando rosas en un gorrito de bebé. Ahora que la esencia de rosas le había servido para evitar las pesadillas, Sabran quería ver rosas en todo lo que llevara su hija durante los primeros días de vida.

La reina estaba tendida en un diván, con su bata enguatada. Había ganado peso en los días posteriores a la emboscada en Ascalon, por lo que su vientre ahora resultaba evidente.

—No siento nada —dijo—. ¿Por qué no se mueve?

—Es natural, majestad —respondió Roslain, que estaba bordando el extremo de una mantita. Katryen trabajaba en el extremo opuesto—. Puede que no la sintáis durante un tiempo.

Sabran no dejaba de explorar el bultito de su vientre con los dedos.

—Creo que ya tengo nombre para mi hija.

La primera dama levantó la vista tan rápido que probablemente le diera un tirón en el cuello. De pronto se olvidaron de la mantita, y tanto ella como Katryen corrieron a sentarse a los lados de Sabran. Solo Ead se quedó donde estaba.

—Es una noticia maravillosa, Sab —dijo Katryen, sonriendo y poniéndole una mano encima de la suya—. ¿Qué nombre habéis escogido?

Había seis nombres históricos para los monarcas de Berethnet: los más populares eran Sabran y Jillian.

—Sylvan. Por Río Sylvan —dijo la reina—, donde murió su padre.

Aquel nombre no estaba en la lista.

Roslain y Katryen intercambiaron una mirada de preocupación.

—Sabran —dijo Roslain—. No es un nombre tradicional. No creo que vuestro pueblo se acostumbre fácilmente.

—¿No soy su reina?

—La superstición no conoce soberanos.

Sabran miró hacia la ventana, con gesto frío.

—¿Kate?

—Estoy de acuerdo, majestad. No dejéis que la niña lleve la sombra de la muerte sobre su cabeza.

—¿Y tú, Ead?

Ead quería darle apoyo. Debería poder ponerle el nombre que quisiera a su hija, pero a los inys no les gustaban nada los cambios.

—Estoy de acuerdo —dijo, tirando de la aguja—. Sylvan es un nombre precioso, majestad, pero puede que le traiga melancolía a vuestra hija. Mejor ponerle el nombre de alguna de vuestras antepasadas reinas.

Sabran de pronto pareció agotada. Se giró, poniéndose de lado, y presionó la mejilla contra la almohada.

—Glorian, pues.

Un nombre realmente regio. Desde la muerte de Glorian la Intrépida, no se lo habían puesto a ninguna princesa.

Katryen y Roslain mostraron su aprobación:

—Su Alteza Real, la princesa Glorian —dijo Katryen, con el aire de un mayordomo anunciando su entrada—. Ya le cae bien. ¡Dará esperanza y coraje a vuestros súbditos!

Roslain asintió, complacida.

—Ya era hora de que se recuperara un nombre tan magnífico.

Sabran se quedó mirando al techo como si fuera un abismo sin fondo.

Al día siguiente la noticia ya se había extendido por la capital. Se programaron celebraciones para cuando naciera la princesa, y la Orden de los Santarios profetizó el gran poder de Glorian IV, que llevaría a Inys a su Edad de Oro.

Ead lo observaba todo con precaución y distancia. Muy pronto la priora la llamaría para que volviera a casa. En parte deseaba volver a estar entre sus hermanas, unidas en la veneración a la Madre. Pero también había algo en su interior que le hacía desear quedarse allí. Tenía que eliminar aquel deseo.

Había algo que tenía que hacer Ead antes de marcharse. Una noche, mientras las otras damas estaban ocupadas y Sabran descansando, se fue hasta la Torre Dearn, donde estaba encarcelada Truyde utt Zeedeur.

Los guardias estaban en estado de alerta máxima, pero no necesitó usar su siden para penetrar en lugares prohibidos. En el momento en que el reloj daba las once, alcanzó la planta más alta.

La marquesa de Zeedur, vestida únicamente con una enagua sucia, era una sombra de la belleza de antes. Sus tirabuzones estaban enredados y sucios de grasa, y los pómulos se le marcaban en la piel. La cadena que llevaba prendida del tobillo serpenteaba hasta la pared.

—Señora Duryan. —Su mirada era tan intensa como siempre—. ¿Habéis venido a regodearos?

Había llorado al ver al príncipe muerto, pero parecía ser que ya había superado aquel dolor.

—Eso no sería muy cortés —dijo Ead—. Y solo la Caballero de la Justicia puede juzgaros.

—Vos no conocéis ningún Santo, hereje.

—Son palabras duras para proceder de una traidora. —Ead observó la paja empapada en orines—. No parecéis asustada.

—¿Y por qué debería estarlo?

—Sois responsable de la muerte del príncipe consorte. Eso es alta traición.

—Observaréis que aquí gozo de protección, como ciudadana méntica —dijo Truyde—. La Gran Princesa me juzgará en Brygstad, pero tengo confianza en que no me ejecutarán. Al fin y al cabo soy tan joven…

Tenía los labios cortados. Ead se sacó un pequeño odre de cuero de debajo del corpiño, se lo pasó y Truyde, tras un momento de vacilación, bebió.

—He venido a preguntaros qué pensabais conseguir.

Truyde tragó el líquido.

—Ya lo sabéis. —Se secó la boca—. No voy a decíroslo otra vez.

—Queríais que Sabran temiera por su vida. Queríais que sintiera que se le presentaban muchas batallas que no podría combatir sola. Imaginabais que con ello la incitaríais a buscar ayuda del Este —dijo Ead—. ¿Fuisteis también vos la que introdujisteis a los degolladores en el Palacio de Ascalon?

—¿Degolladores? —Como dama de compañía, no tenía por qué haberse enterado—. ¿Es que han intentado matarla antes?

Ead asintió.

—¿Conocéis la identidad de ese Escanciador que invocó la persona que disparó?

—No. Ya se lo dije al Halcón Nocturno. —Truyde apartó la mirada—. Él dice que me obligará a decirle su nombre, sea como sea.

Sin proponérselo, Ead se dio cuenta de que creía en su ignorancia. Por muchos errores que hubiera cometido, daba la impresión de que aquella joven quería proteger a Inys.

—El Innombrable resurgirá, igual que lo han hecho sus siervos —vaticinó Truyde—. Haya o no reina en Inys, haya o no sol en el cielo, resurgirá. —La cadena le rozó el tobillo ensangrentado—. Vos sois una hechicera. Una hereje. ¿Vos creéis que la Casa de Berethnet es lo único que mantiene a raya a la bestia?

Ead tapó el odre y se sentó.

—Yo no soy una hechicera —dijo—. Soy una maga. Practico lo que vos podríais llamar magia.

—La magia no existe.

—Existe —dijo Ead—, y se llama «siden». Yo la usé para proteger a Sabran de Fýredel. Quizá eso os convenza de que estamos en el mismo bando, aunque nuestros métodos no tengan nada que ver. Y aunque vos seáis una fanática peligrosa cuya locura ha matado a un príncipe.

—No era mi intención que muriera. Era todo una mascarada. La emponzoñaron unos extraños malintencionados. —Truyde hizo una pausa para toser con dificultad—. Aun así, la muerte del príncipe Aubrecht abre una nueva vía para la alianza con el Este. Sabran podría casarse con un noble del Este. El Emperador Eterno de los Doce Lagos, quizá. Si le concede su mano, podrá contar con un ejército con el que matar hasta al último wyrm.

Ead resopló, burlona.

—Antes que compartir cama con un amante de los wyrms, preferiría beber veneno.

—Esperad a que el Innombrable se presente en Inys. Esperad a que el pueblo vea que la Casa de Berethnet se basa en una mentira. Algunos ya deben de pensarlo. —Truyde alzó las cejas—. Han visto a un Sombra del Oeste. Han visto que Yscalin está envalentonado. Sigoso sabe la verdad.

Ead le tendió de nuevo el recipiente.

—Habéis arriesgado mucho por esta… creencia vuestra —dijo, mientras Truyde bebía—. Debe de haber algo más que una mera sospecha detrás. Decidme qué es lo que os hizo plantearos todo esto.

Truyde se echó atrás y durante un buen rato Ead pensó que no le respondería.

—Esto os lo cuento —dijo por fin— solo porque sé que nadie escuchará a una traidora. Quizá también os haga plantearos cosas. —Se rodeó las rodillas con un brazo—. Vos sois de Rumelabar. Supongo que habréis oído hablar de la antigua tablilla de piedra celestina que se descubrió al excavar las minas.

—La conozco —dijo Ead—. Un objeto de interés alquímico.

—Lo primero que leí sobre ella lo encontré en la biblioteca de Niclays Roos, el mejor amigo de mi abuelo. Cuando le exiliaron, me dejó la mayoría de sus libros —dijo Truyde—. La Tablilla de Rumelabar habla de un equilibrio entre el fuego y la luz de las estrellas. Nadie ha sido capaz de interpretarla. Alquimistas y académicos han teorizado que es un equilibrio simbólico entre lo material y lo místico, entre la rabia y la templanza, la humanidad y la divinidad, pero yo creo que habría que interpretar sus palabras literalmente.

—Vos creéis. —Ead sonrió—. ¿Y sois mucho más inteligente que los alquimistas que se han planteado el enigma durante siglos?

—Quizá no —concedió Truyde—, aunque la historia ha encumbrado a muchos supuestos intelectuales de escaso talento. No, no seré más inteligente, pero... quizá estoy más dispuesta a correr riesgos.

—¿Qué riesgo habéis corrido?

—Fui a Gulthaga.

La ciudad que antes estaba a los pies del monte Pavor, ahora enterrada en cenizas.

—Mi abuelo nos dijo que iba a visitar Wilgastrōm —prosiguió Truyde—, pero murió de la peste draconiana. La contrajo en Gulthaga. Mi padre me dijo la verdad cuando yo tenía quince años. Cabalgué hasta la Ciudad Enterrada para ver por mis propios ojos qué era lo que había llevado a mi abuelo hasta allí.

El mundo creía que el difunto duque de Zeedeur había muerto de sífilis. Sin duda la familia habría recibido órdenes de sostener esa mentira para evitar que se extendiera el pánico.

—En Gulthaga no se han hecho excavaciones, pero hay un pasaje por entre la toba hasta las ruinas —prosiguió Truyde—. Algunos textos antiguos han sobrevivido. Encontré los que había estado estudiando mi abuelo.

—Fuisteis a Gulthaga sabiendo que estaba infectada por la plaga draconiana. Estáis loca, chiquilla.

—Por eso me enviaron a Inys. Para aprender el arte de la templanza... pero como habéis visto, señora Duryan, mi patrono no es el Caballero de la Templanza. —Truyde sonrió—. El mío es el del Valor.

Ead no dijo nada.

—Una antepasada mía era virreina de Orisima. Por sus diarios me enteré de que el cometa que había puesto fin a la Caída de las Sombras, provocando la caída de los wyrms, también dio fuerza a los dragones del Este —explicó Truyde, con los ojos brillantes—. Mi abuelo sabía algo del antiguo idioma de Gulthaga. Había traducido parte de las inscripciones astronómicas, que revelaban que este cometa, la Estrella de Larga Melena, provoca una lluvia de estrellas cada vez que pasa.

—Y decidme... ¿eso qué tiene que ver con nada?

—Yo creo que tiene que ver con la Tablilla de Rumelabar. Yo creo que se supone que el cometa mantiene el control sobre el fuego del subsuelo —planteó Truyde—. El fuego va adquiriendo potencia con el tiempo, hasta que llega una lluvia de estrellas que lo enfría. Antes de que alcance un nivel excesivo.

—Y sin embargo sigue aumentando de potencia. ¿Dónde está vuestro cometa?

—Ese es el problema. Yo creo que, en algún momento de la historia, algo alteró el ciclo. Ahora el fuego está ardiendo con demasiada fuerza, demasiado rápido. Demasiado como para que el cometa pueda aplacarlo.

—O eso creéis —dijo Ead, ya algo irritada.

—Igual que otros creen en dioses. En muchos casos con menos pruebas —señaló Truyde—. En la Caída de las Sombras tuvimos suerte. La llegada de la Estrella de Larga Melena coincidió con el alzamiento del Ejército Draconiano. Entonces nos salvó, pero para cuando vuelva, Fýredel ya habrá impuesto su dominio sobre la humanidad —añadió, agarrando a Ead por la muñeca y con los ojos encendidos—. El fuego crecerá como lo hizo en otro tiempo, cuando el Innombrable nació en este mundo. Hasta que nos consuma a todos.

La convicción se le reflejaba en el rostro; tenía la mandíbula tensa.

—Por eso —concluyó, con un gesto triunfal— creo que regresará. Y por eso creo que la Casa de Berethnet no tiene nada que ver con ello.

Se quedaron mirándose la una a la otra un momento, hasta que Ead estiró el brazo, liberándose.

—Quiero sentir compasión por vos —dijo—, pero no puedo. Os habéis zambullido en las aguas de la historia y habéis combinado unas cuantas piezas inconexas para crear una imagen que dé significado a la muerte de vuestro abuelo… pero que deseéis con tanta vehemencia que sea verdad no significa que lo sea.

—Es mi verdad.

—Muchos han muerto por vuestra verdad, lady Truyde —dijo Ead—. Confío en que podáis vivir con eso.

Por la aspillera entró silbando una ráfaga de aire. Truyde se apartó del frío viento y se frotó las manos.

—Id con la reina Sabran, Ead. Dejadme con mis convicciones, y yo os dejaré con las vuestras. Muy pronto veremos quién de las dos tiene razón.

Mientras regresaba a la Torre de la Reina, Ead rebuscó en su memoria intentando recordar las palabras exactas de la inscripción de la Tablilla de Rumelabar. No conseguía recordar las dos primeras líneas, pero sí el resto:

> … El fuego asciende desde la tierra, la luz desciende desde el cielo. Demasiado de uno inflama al otro, y eso provocaría la extinción del universo.

Un acertijo. Una de esas tonterías a las que solían dar vueltas los alquimistas que no tenían nada mejor que hacer. La chica, aburrida de su vida de privilegios, había dado su propia interpretación a aquellas palabras.

Y sin embargo Ead no podía evitar pensar en ello. Al fin y al cabo, el fuego efectivamente ascendía de la Tierra, a través de los wyrms, y a través del naranjo. Los magos comían sus frutos, convirtiéndose en recipientes de la llama.

¿Sería que los sureños de la Antigüedad sabían algo que había acabado desapareciendo de la historia?

La incertidumbre empezó a sembrar dudas en su mente. Si hubiera alguna conexión entre el árbol, el cometa y el Innombrable, sin duda en el Priorato lo sabrían. Pero se había perdido tanto conocimiento a lo largo de los siglos, tantos registros destruidos…

Ead ahuyentó ese pensamiento y entró en las dependencias de la reina. Decidió no pensar más en la chica de la torre.

En la Alcoba Real, la reina de Inys estaba en la cama, sentada, con una taza de leche de almendras entre las manos. Ead se sentó junto al fuego. Mientras se trenzaba el cabello, sintió la mirada de Sabran como la punta de un cuchillo en la nuca.

—Te pusiste de su lado.

Ead se detuvo.

—¿Señora?

—Les diste a Ros y a Kate la razón en lo del nombre de la niña.

Habían pasado varios días desde aquella discusión. Debía de haber estado dándole vueltas desde entonces.

—Quería que mi hija llevara algo de su padre —dijo Sabran, con amargura—. No será algo alegre, pero es el último lugar donde estuvimos juntos. Donde se enteró de que íbamos a tener una hija. Donde juró que sería una niña querida.

De pronto Ead sintió remordimientos.

—Quería apoyaros —alegó—, pero me pareció que lady Roslain tenía razón en lo de no romper con la tradición. Y aún lo pienso. —Se ató la trenza—. Perdonadme, majestad.

Sabran suspiró y dio una palmada sobre la cama.

—Ven. La noche es fría.

Ead se levantó y asintió. El Palacio de Ascalon no conservaba tanto el calor como el Palacio Briar. Apagó soplando todas las velas salvo dos y se metió entre las sábanas.

—Últimamente estás diferente —dijo Sabran—. ¿Qué te preocupa, Ead?

«Una chica con la cabeza llena de ideas peligrosas.»

—Solo los rumores de invasión —respondió Ead—. Son tiempos inciertos.

—Tiempos de traición. Sigoso no solo ha traicionado al Santo, sino a toda la humanidad. —Sabran sujetó su taza con más fuerza—. Inys sobrevivió a la Caída de las Sombras, pero por poco. Pueblos reducidos a cenizas, ciudades incendiadas… Nuestra población se vio diezmada y, pese a los siglos pasados, no podría reunir un ejército tan grande como el que teníamos antes. —Dejó la taza a un lado—. Ahora no puedo pensar en esto. Debo… tener a Glorian. Aunque los tres Sombras del Oeste descarguen todas sus fuerzas sobre mi reino, el Innombrable no podrá unirse a ellos.

Tenía el camisón subido, dejando el vientre al descubierto, como si quisiera dejar respirar a la niña. A los lados se le veían unas venitas azules.

—He rezado a la Damisela, rogándole que me permita llegar al final de la gestación. —Sabran soltó aire—. No puedo ser una buena reina. Ni una buena madre. Hoy, por primera vez… casi me he sentido resentida con ella.

—¿Con la Damisela?

—No, eso nunca. La Damisela hace lo que debe —dijo, apoyándose una pálida mano sobre el vientre—. El resentimiento ha sido con… mi hija. Una pobre inocente. —Su voz se volvió más tensa—. La gente ya la considera su próxima reina, Ead. Hablan de su belleza y su magnificencia. Yo eso no me lo esperaba, tan de pronto. Cuando haya nacido, yo ya habré cumplido mi cometido.

—Mi señora —dijo Ead, con voz suave—, eso no es cierto.

—¿No lo es? —Sabran se acarició el vientre con un movimiento circular—. Muy pronto Glorian alcanzará la mayoría de edad, y se esperará de mí que abdique en su favor. Cuando el mundo me considere demasiado mayor.

—No todas las reinas de Berethnet han abdicado. El trono es vuestro todo el tiempo que queráis.

—Se considera un acto de codicia mantenerse en él demasiado tiempo. Hasta Glorian la Intrépida abdicó, a pesar de su popularidad.

—Quizá cuando crezca vuestra hija tengáis ganas de abandonar el trono. Y llevar una vida más tranquila.

—Quizá. O quizá no. Tanto si vivo como si muero de parto, quedaré descartada. Como el cascarón de un huevo.

—Sabran…

Antes de que pudiera pensar en ello, Ead había extendido la mano para tocarle el pómulo. Sabran la miró.

—Habrá locos y aduladores que se vayan de vuestro lado para lisonjear a una recién nacida —dijo Ead, mirando fijamente a la reina—. No os importe. Basta que los veáis tal como son. Os dije que era normal tener miedo, pero no debéis dejar que el miedo os consuma. Sobre todo ahora que hay tanto en juego.

La piel que rozaba su mano era fría y suave como un pétalo. Un aliento cálido le acarició la muñeca.

—Quédate a mi lado durante el parto. Y después —murmuró Sabran—. Debes estar siempre conmigo, Ead Duryan.

Chassar vendría a buscarla en seis meses.

—Estaré con vos todo el tiempo que pueda —respondió Ead. Era todo lo que podía prometerle.

Sabran asintió, se acercó y apoyó la cabeza sobre el hombro de Ead. Ead se quedó inmóvil, haciendo un esfuerzo por acostumbrarse a su cercanía, a la forma de su cuerpo.

Sentía escalofríos por toda la piel. Percibía el olor dulce y lechoso de la grialina, notaba su vientre hinchado. Ead tuvo la sensación de que podía presionar al bebé mientras dormían, así que se giró, girando también a Sabran, orientándola hacia el exterior y encajando sus cuerpos como dos cucharillas. Sabran cogió la mano de Ead y se la pasó por la cintura. Ead tiró de la colcha hasta cubrir los hombros de ambas. Al poco tiempo la reina cayó profundamente dormida.

Su mano rodeaba a Sabran con suavidad, pero aun así sentía un latido en los dedos. Se imaginó lo que diría la priora si la viera en aquella situación. Sin duda la regañaría. Era una hermana del Priorato, destinada a acabar con los wyrms, y ahí estaba, consolando a una triste Berethnet.

Algo estaba cambiando en su interior. Una sensación, pequeña como un capullo de rosa, iba abriendo sus pétalos.

Nunca había pretendido sentir más que indiferencia por aquella mujer. Sin embargo, ahora sabía que, cuando volviera Chassar, le costaría marcharse. Sabran necesitaría una amiga más que nunca. Roslain y Katryen estarían preocupadas por la recién nacida, y no hablarían más que de mantitas, cunas y amas de cría durante meses. Sabran no llevaría bien ese período. Pasaría de ser el sol de su corte a la sombra de su bebé.

Ead se durmió con la mejilla apoyada en un manto de cabello negro. Cuando se despertó, Sabran estaba a su lado, callada.

Sintió un latido en la sien. Su siden estaba dormido, pero su instinto se había despertado.

Algo no iba bien.

El fuego ardía suavemente, las velas casi se habían extinguido. Ead se levantó y cortó las mechas.

—No —dijo Sabran, con un suspiro—. La sangre.

Por el aspecto tenso de su rostro, estaba soñando. Soñando, según parecía, con la Dama de los Bosques.

Kalyba no era una maga cualquiera. Por lo que recordaba de ella Ead, poseía unos dones nunca vistos en el Priorato, incluido el de la inmortalidad. Quizá también tuviera el de provocar sueños. Pero ¿qué interés podía tener Kalyba en atormentar a la reina de Inys?

Ead volvió junto a Sabran y le apoyó una mano en la frente. Estaba empapada. Tenía el camisón pegado a la piel, y el cabello al rostro. Preocupada, Ead le tocó la frente para ver si tenía fiebre, pero estaba helada. Balbucía palabras incoherentes.

—Shhh —dijo Ead, cogiendo la taza de la mesilla y llevándosela a los labios—. Bebed, Sabran.

Sabran dio un trago a la leche y volvió a hundirse entre las almohadas, encogiéndose como un gatito agarrado de la nuca por su madre. Como si intentara escapar de su pesadilla. Ead se sentó a su lado y le acarició la lacia melena.

Quizá fuera porque Sabran estaba tan fría, pero Ead notó enseguida que ella tenía la piel caliente.

Había una bestia draconiana cerca.

Ead hizo un esfuerzo por mantener la calma. Cuando Sabran se quedó tranquila, le limpió el sudor y le arregló las sábanas de modo que solo le asomara el rostro. No podía alertar a nadie, porque eso pondría de manifiesto su don.

Lo único que podía hacer era esperar.

El primer aviso fueron los gritos desde las murallas del palacio. Ead se puso en pie de un salto.

—Sabran, rápido —dijo, pasándole un brazo alrededor del cuerpo—. Debéis venir conmigo enseguida.

La reina abrió los ojos parpadeando.

—Ead… ¿Qué pasa?

Ead la ayudó a ponerse las zapatillas y la bata.

—Debéis ir a las bodegas inmediatamente.

En la cerradura de la puerta giró una llave y apareció el capitán Lintley armado con su ballesta.

—Majestad —dijo, con una reverencia rígida—, se acerca una bandada de criaturas draconianas, con un Sombra del Oeste a la cabeza. Nuestras fuerzas están preparadas, pero debéis venir con nosotros enseguida, antes de que rebasen las murallas.

—Una bandada —repitió Sabran.

—Sí.

Ead vio como vacilaba. Era la mujer que había plantado cara a Fýredel. No era de las que se escondían.

—Majestad —la apremió Lintley—. Por favor. Es esencial que os protejáis.

Sabran asintió.

—Muy bien.

Ead le echó sobre los hombros la colcha más pesada. Roslain apareció en la puerta, con el rostro iluminado por la vela que llevaba en la mano.

—Sabran —dijo—, rápido, debéis daros prisa…

Tras echarle una última mirada indescifrable a Ead, Sabran se fue, escoltada por Lintley y sir Gules Heath, que le apoyó la mano en la parte baja de la espalda de Sabran para darle confianza. Ead esperó a que desaparecieran de la Alcoba Real antes de salir corriendo.

Ya en sus aposentos, se cambió, se puso una túnica con capucha y cogió su arco. Tendría que apuntar bien. A un Sombra del Oeste solo se le podía herir atravesando unas zonas muy determinadas.

Las flechas eran enormes. Las cogió y se enfundó el brazo en una manga de cuero. Hacía doce años que no se enfrentaba a un wyrm sin su siden, pero de todas las personas que había en la ciudad ella era sin duda la que más posibilidades tenía de acabar con un Sombra del Oeste.

Necesitaba encontrar una posición elevada. Desde la casa Carnelian, donde se alojaba gran parte del servicio, tendría una buena perspectiva.

Tomó la Escalera Floreal, que conectaba la tercera planta con la escalera principal de la Torre de la Reina. Oyó que la guardia de la reina descendía por los escalones.

Aceleró el paso. La escalera descendía trazando una espiral bajo sus pies. Muy pronto llegó al exterior y sintió el frío penetrante de la noche. Con paso ligero y sin que la vieran los guardias, rodeó el Jardín del Reloj Solar y, dando un gran salto, se encaramó a una arcada ciega de la fachada norte de la casa Carnelian, usando los relieves de la fachada como asidero.

Mientras trepaba, un viento intenso le levantaba la melena. Su cuerpo no tenía ya la fuerza de antaño, en Lasia, y no había puesto a prueba brazos y piernas en meses. Para cuando llegó al tejado, le dolía todo el cuerpo.

La guardia de la reina y las damas de compañía salieron de la Torre de la Reina y se arracimaron en un nudo protector en torno a Sabran y a Heath. La comitiva salió del vestíbulo y cruzó el Jardín del Reloj de Sol.

Cuando estaban a medio camino, Ead vio una imagen que habría resultado impensable un año antes.

Wyverns acercándose al Palacio de Ascalon, graznando como cuervos en torno a un cadáver.

No había visto nada así en toda su vida. Aquellas no eran criaturas recién salidas de su letargo, con los ojos irritados y desorientados, en busca de carroña. Era una declaración de guerra. No solo eran wyverns lo suficientemente osados como para dejarse ver en la capital, sino que iban en bandada. Justo en el momento en que el miedo amenazaba con paralizarla, centró la mente en las lecciones aprendidas en el Priorato.

Los wyverns solo volarían en una formación tan numerosa si iban acompañados de un Sombra del Oeste. Si conseguía matar a su líder, se dispersarían.

El aliento se le condensaba al contacto con el aire. El Sombra del Oeste aún no estaba a la vista, pero detectó su hedor nauseabundo en el viento, como el humo de un incendio en la montaña. Sacó una flecha de su carcaj.

Aquellas flechas habían sido diseñadas por la Madre. Eran lo suficientemente largas como para atravesar la armadura draconiana más gruesa, hechas de metal del monte Pavor, y se congelaban al mínimo contacto con el hielo o la nieve.

Sintió un cosquilleo en los dedos. Un olor a azufre invadió el patio y la nieve se le fundió alrededor de las botas.

Reconoció la cadencia del aleteo cuando lo oyó, atronador como los pasos de un gigante.

Con cada *bum*, el suelo temblaba. Era como un toque de tambor siniestro.

El Sombra del Oeste atravesó el cielo nocturno. Era casi tan grande como Fýredel, con las escamas pálidas como el hueso. Derribó la primera torre del reloj que encontró y, lanzando un latigazo con la cola, tiró a un grupo de guardias de palacio por el patio. Acudieron otros, blandiendo sus espadas y sus partesanas. Con aquel monstruo bloqueándoles el paso, Lintley y la Guardia Real no podían llegar a la entrada de las bodegas.

En los días posteriores a la llegada de Fýredel, se habían instalado numerosas armas defensivas en las murallas del palacio, que se podían orientar hacia el interior. El intruso recibió una lluvia de balas de cañón. Dos le impactaron en el costado, otra en el muslo, con una fuerza que habría bastado para romperle un hueso a un wyvern, pero solo sirvieron para encender más al Sombra del Oeste, que peinó las murallas con su cola crestada, derribando a los guardias que intentaban cargar un arpón. Sus gritos duraron muy poco.

Ead pasó la flecha por la nieve, congelándola, y la cargó en el arco. Había visto a Jondu abatiendo a un wyvern con un solo disparo bien orientado, pero aquello era un Sombra del Oeste, y su brazo ya no tenía la fuerza necesaria como para tensar el arco al máximo. Todos aquellos años de bordados la habían dejado sin fuerzas. Sin eso, y sin su siden, sus posibilidades de hacer diana eran mínimas.

Liberó el aire de los pulmones. Soltó la cuerda del arco y, con un sonido resonante, la flecha salió despedida hacia el wyrm. La bestia se movió en el último momento y la flecha le pasó rozando el flanco. Ead vio de reojo a Lintley, en la esquina noroeste del Jardín del Reloj de Sol, dirigiendo a su comitiva a toda prisa hacia la Galería de Mármol, en busca de protección.

Si retrocedían hacia la Torre de la Reina, Sabran quedaría plenamente expuesta. Estaban atrapados. Si Ead conseguía distraerla, y si se daban prisa, quizá consiguieran pasar inadvertidos y llegar a las bodegas.

Un momento más tarde ya tenía otra flecha en la mano, cargada en el arco, y la cuerda tensa. Esta vez la dirigió a una parte más blanda del rostro. La soltó e impactó contra un párpado cubierto de escamas.

La pupila, como una ranura vertical, se encogió aún más y el Sombra del Oeste se giró hacia ella. Ahora contaba con toda su atención.

Congeló una tercera flecha. «Date prisa, Lintley.»

—¡Wyrm! —gritó en selinyi—. Soy Eadaz du Zāla uq-Nāra, dama de Cleolinda, portadora de la llama sagrada. Abandona esta ciudad, déjala intacta o acabaré contigo.

Los soldados de la Guardia Real ya habían llegado al final de la Galería de Mármol. El wyrm la miró con sus ojos verdes como los sauces. Nunca había visto ojos de aquel color en una bestia draconiana.

—Maga —le respondió, en el mismo idioma—. Tu fuego está extinguido. El Dios de la Montaña está de camino.

Su voz resonó en todo el palacio como el roce de una muela de molino. Ead no se echó atrás.

—Pregúntale a Fýredel si mi fuego está extinguido —respondió ella. El wyrm soltó un sonido sibilante. Las bestias draconianas solían distraerse con facilidad. Pero esta no. Dirigió la mirada al punto por donde habían salido los caballeros de la Guardia Real. Sus armaduras cobrizas reflejaban las llamas, atrayendo su atención.

—Sabran.

Ead sintió un escalofrío. El wyrm había pronunciado aquel nombre con suavidad. Como si le fuera familiar.

Aquella suavidad no duró mucho. Con los dientes descubiertos, la bestia echó atrás la cabeza y habló en lengua draconiana. Los wyverns lanzaron una lluvia de fuego sobre los soldados de la guardia que, aterrorizados, se dispersaron. La mitad se retiró a la Galería de Mármol, mientras que otros corrieron a la Sala de Banquetes. Lintley estaba en este último grupo, al igual que Margret y Heath, impertérrito. Ead lo vio protegerse con el escudo, rodeando a Sabran con el brazo de la espada. Ella estaba agachada, cubriéndose el vientre.

El wyrm abrió las mandíbulas. La Galería de Mármol se fundió al contacto con su aliento, calcinando a los soldados que había dentro.

Ead soltó la cuerda del arco. La flecha salió disparada como un látigo, atravesando el espacio entre la maga y el wyrm.

Y dio en el blanco.

El chillido agónico fue ensordecedor. Le había dado en el lugar que le había enseñado Jondu, en la fina placa protectora de debajo del ala. Por debajo de sus escamas asomó un chorro de sangre que cayó sobre la nieve, burbujeando.

Un ojo verde encuadró a Ead, que se sintió atrapada en su mirada. En su recuerdo.

Y entonces sucedió. En el momento en que se alejaba, sangrando y enfurecido, el wyrm asestó un último latigazo con la cola, y la base de la Torre de Dearn, que ya había quedado debilitada con el ataque de Fýredel, se hundió sobre el patio. Y con ella las estatuas de las grandes reinas que la coronaban. Ead bajó la vista justo a tiempo de ver a Heath que caía bajo los cascotes, y a Sabran que se le escapaba de los brazos, antes de que una nube de polvo se los tragara a los dos.

En el silencio posterior daba la impresión de que todo el

mundo estuviera conteniendo la respiración. Era un silencio a todo volumen, indescriptible.

Ead bajó del tejado como una sombra y corrió como no había corrido en su vida.

«Sabran.»

Estaba enroscada en sí misma, como una pluma caída de un pájaro, junto al cuerpo de sir Gules Heath. Con los ojos cerrados. Aún respiraba. Apenas. Ead rodeó a la reina de Inys con sus brazos y la puso en pie mientras una mancha oscura se abría paso bajo su camisón, partiendo de entre los muslos.

La cabeza de piedra de Glorian la Intrépida la vio sangrar.

35

Este

En realidad la primera operación de Niclays a bordo del *Perseguidor,* la nave insignia de la Flota del Ojo del Tigre, había ido mejor de lo que se esperaba. Le habían traído a un tipo lacustrino con una picadura de aguamala, una medusa de un blanco brillante poco frecuente en aquellas aguas. El pobre hombre soltaba unos gritos agónicos y su pierna tenía el aspecto del cuero sin curtir.

Afortunadamente, Eizaru le había enseñado una vez a Niclays cómo tratar una picadura de esta aguamala en particular. Niclays mezcló a toda prisa los ingredientes y al poco el pirata quedó libre de dolor, aunque mutilado para siempre. En poco tiempo volvería a estar listo para saquear y matar a diestro y siniestro.

La Emperatriz Dorada se había enterado de que los seiikineses habían enviado a la Gran Guardia Marina a recuperar el dragón, por lo que había ordenado a la flota que se dispersara. El *Perseguidor* bordearía el Abismo para luego atravesar el mar Crepuscular y descargar su mercancía ilegal en la ciudad sin ley de Kawontay. Los dragones del Este tenían miedo del Abismo, por lo que evitaban adentrarse en él.

Aquella noche Niclays se encontró tiritando bajo la lluvia en el espacio de cubierta de un metro que le habían asignado para dormir. Unos cuantos piratas le habían dado alguna patada en la espinilla al pasar. Se preguntó si alguien se habría sentido peor de lo que se sentía él en aquel momento.

Ahora su vida era esa. Tendría que haber apreciado más su pequeña casa en Orisima. De pronto echó de menos el hogar y el trébede para calentarse la comida en el fuego, las sábanas que ponía a secar al sol, las oscuras paredes y los colchones de lana. No era algo que hubiera escogido él, pero al menos entonces tenía un techo sobre la cabeza. De pronto aparecieron un par de botas ante él, y se encogió, esperando recibir otra patada.

—Los dioses no se ponen a lloriquear. Mírate.

Tenía delante a la intérprete, con una mano apoyada en la cadera. Esta vez llevaba un chal y unos guantes que le provocaron envidia. Una mata de cabello oscuro, veteado de gris, le caía alrededor del rostro, formando pequeños rizos. Una banda de seda evitaba que le cubrieran los ojos.

—Ya veo que aún no sabes mantener el equilibrio sobre la cubierta, viejo pelirrojo —añadió.

Niclays parpadeó. Hablaba su idioma impecablemente. Pocos que no fueran ménticos hablaban méntico.

—No creo que tengas muchas ganas de cenar, pero se me ha ocurrido traerte cena igualmente. —Con una gran sonrisa, le entregó un cuenco—. La Emperatriz Dorada me ha ordenado que te diga que a partir de ahora eres su maestro cirujano. Debes estar disponible en todo momento para atender a sus marineros.

—Entonces la aguamala era una prueba —dijo, con voz apagada.

—Me temo que sí. —Se inclinó y le besó en la mejilla—. Laya Yidagé. Bienvenido a bordo del *Perseguidor*.

—Niclays Roos. Ojalá pudiera saludaros en otras circunstancias más dignas. —Echó un vistazo a la comida. Arroz con unos trozos de carne rosada—. Por el Santo… ¿Eso es anguila cruda?

—Da gracias de que no esté aún agitándose. El último rehén tuvo que morderle la cabeza para matarla. Eso fue antes de que le rebanaran la cabeza a él, por supuesto. —Laya se sentó a su lado—. Cura a unos cuantos piratas más y quizá te la den cocinada. Y quizá también consigas un lugar algo más acogedor en el que dormir.

—Supongo que os dais cuenta de que lo más probable es que mate a alguno. Tengo un título de anatomía, pero no soy un maestro cirujano.

—Yo te sugiero que finjas lo contrario —dijo ella, cubriéndolo con su manto—. Toma. Está caliente.

—Gracias. —Niclays se acercó y esbozó una sonrisa triste—. Me iría bien que me distrajerais de esta «supuesta» cena. Decidme cómo acabasteis navegando con la temible Emperatriz Dorada.

Mientras separaba los granos limpios del arroz ensangrentado, Laya le contó su vida. Había nacido en la bonita ciudad de Kumenga, famosa por sus academias, su vino madurado al sol y sus aguas límpidas. Desde niña había sentido una gran pasión por el conocimiento, un interés alimentado por su padre, explorador, que le había enseñado varios idiomas.

—Un día se fue al Este, decidido a ser el primer sureño en poner el pie allí en siglos —dijo—. No volvió nunca, por supuesto. Nadie vuelve. Años más tarde, pagué a los piratas del mar de Carmentum para que me llevaran al otro lado del Abismo y así poder buscarlo. —La lluvia le caía por las mejillas—. Fuimos atacados por un barco de esta flota. Los mataron a todos, pero yo supliqué clemencia en lacustrino, lo cual sorprendió al capitán. Me llevó ante la Emperatriz Dorada y me convertí en su intérprete. Era eso o la espada.

—¿Cuánto tiempo lleváis trabajando para ella?

—Demasiado —dijo ella con un suspiro.

—Tendréis ganas de regresar al Sur.

—Por supuesto. Pero sería una locura intentar escapar. No soy navegante, viejo pelirrojo, y el Abismo es enorme.

Tenía razón.

—¿Vos creéis, lady Yidagé…?

—Laya.

—Laya. ¿Tú crees que la Emperatriz Dorada me permitiría ver al dragón en la bodega?

Laya levantó ambas cejas.

—¿Y por qué ibas a querer hacer algo así?

Niclays vaciló. Más valía que no hablara demasiado. Al fin y al cabo, muchos temían la alquimia, o se burlaban de ella, pero imaginó que Laya, tras tantos años en un barco pirata, no sería de las que se amilanaban fácilmente.

—Soy alquimista —le dijo, susurrando—. No un gran alquimista; más bien un aficionado. Pero llevo una década intentando crear un elixir de la inmortalidad. —Levantó ambas cejas—. De momento he fracasado, sobre todo por no disponer de ingredientes adecuados. Dado que los dragones pueden vivir siglos, esperaba… poder estudiar ese de ahí abajo. Antes de que lleguemos a Kawontay.

—Antes de que vendan todos sus órganos —dijo Laya, asintiendo—. En circunstancias normales te recomendaría que evitaras mencionar algo así.

—¿Pero?

—La Emperatriz Dorada tiene un interés personal en la inmortalidad. Tu alquimia podría ayudar a ganártela. —Se acercó aún más, de modo que el aliento de ambos formó una sola columna de vapor—. Si este barco se llama *Perseguidor* es por algo, Niclays. ¿Has oído alguna vez la historia del moral?

Niclays frunció el ceño.

—¿El moral?

—Es una leyenda poco conocida en el Este, más un mito que una historia. —Laya se apoyó en la borda—. Se dice que hace siglos una hechicera gobernaba en una isla llamada Komoridu. Las palomas negras y los cuervos blancos acudían a ella, porque era la protectora de los marginados.

»La historia se cuenta desde la perspectiva de una mujer sin nombre, que sufre el desprecio de la gente de Ginura. Oye hablar de Komoridu, donde todos son bienvenidos, y decide que debe llegar allí por todos los medios. Cuando por fin lo consigue, va a visitar a la famosa hechicera, cuyo poder procede de un moral, fuente de la vida eterna.

Niclays sentía que el corazón le palpitaba como un tambor.

—Aunque la leyenda ha sobrevivido —añadió Laya—, nadie ha podido encontrar Komoridu. Durante siglos, el pergamino que contaba su historia se guardó en la isla de las Plumas. Alguien lo robó de los archivos sagrados y se lo entregó a la Emperatriz Dorada… pero enseguida se hizo evidente que le faltaba una parte. Una parte que ella considera vital.

Niclays estaba más tenso que si le hubiera caído encima un rayo.

«Mi tía lo recibió de manos de un hombre que le dijo que se lo llevara lejos del Este y que no volviera con él.»

—Sí, tú se lo has traído —dijo Laya, sonriendo al ver su cara de asombro—. La última pieza del rompecabezas.

El rompecabezas. «Jannart.» Se oyó un ruido, como si el vientre del barco retumbara. El *Perseguidor* se escoró, haciendo que Niclays resbalara y se acercara aún más a Laya.

—¿Una tormenta? —preguntó, con el tono algo más agudo de lo habitual.

—Shh.

El segundo sonido fue un eco del primero. Laya frunció el ceño y se puso en pie. Niclays se frotó las piernas para recuperar la sensibilidad y la siguió. La Emperatriz Dorada estaba en el alcázar del barco.

Estaban a punto de pasar el umbral del Abismo, el lugar al que hasta los dragones temían ir, donde el agua viraba del verde al negro más profundo. Y no había ni una onda sobre la superficie.

En aquel mar imposible se reflejaban todas las estrellas, todas las constelaciones, todo pliegue y toda espiral del cosmos. Como si fueran dos firmamentos y su barco fuera un buque fantasma flotando entre dos mundos. El mar se había convertido en un cristal, de modo que el cielo por fin se miraba a sí mismo.

—¿Alguna vez habías visto algo así? —murmuró Niclays.

Laya negó con la cabeza.

—Esto no es natural.

No había ni una ola que chocara contra el casco de los barcos. Todas las naves estaban tan inmóviles como si estuvieran varadas. La tripulación del *Perseguidor* mantenía un silencio nervioso, pero Niclays Roos estaba tranquilo, hipnotizado por la visión del doble universo. Un mundo en equilibrio, como el que describía la Tablilla de Rumelabar.

«Lo que está abajo debe estar en equilibrio con lo que está arriba, y en eso radica la precisión del universo.»

Unas palabras que ningún ser vivo entendía. Unas palabras que habían hecho que Truyde enviara a su amante al otro extremo del mar para lanzar una súplica de ayuda que nadie escucharía. Y su amante ya debía de estar muerto.

Se oyeron gritos en una miríada de idiomas. Niclays retrocedió trastabillando mientras la cubierta se cubría de espumarajos que le empaparon el cabello de agua caliente. Aquel momento de calma había llegado a su fin.

Las burbujas rodearon el casco. Laya lo agarró del brazo arrastrándolo y corrió con él hasta el mástil más cercano y se aferró a las sogas.

—¡Laya! ¿Qué sucede?

—No lo sé. ¡Agárrate!

Niclays parpadeó, jadeando e intentando quitarse el agua salada de los ojos. En aquel momento el agua se enturbió y barrió la flota, destruyendo un bote de remos y llevándose por delante a los piratas que estaban en cubierta. Sus gritos se perdieron entre el estruendo de lo que en un principio pensaron que sería un trueno.

Y entonces, en el momento en que el agua se encabritaba sobre la borda del *Perseguidor*, apareció él. Una masa de escamas de un color rojo encendido. Niclays se quedó mirándolo, incrédulo, aquella cola que acababa en unos pinchos afilados y aquellas alas que podrían unir las orillas del río Bugen. Entre el fragor del mar y el rugido del viento, un Sombra del Oeste se lanzó sobre la flota con un chillido triunfal.

—¡El maestro! —gritaba—. ¡Pronto, pronto, pronto!

36

Oeste

Los ruiseñores habían olvidado cómo cantar. Ead estaba tendida de lado en la cama auxiliar, escuchando la respiración de Sabran. Desde la llegada del wyrm, se sucedían los sueños sobre lo ocurrido aquella noche. Sobre cómo había llevado a Sabran al médico de la corte. El tremendo pincho que le había arrancado del vientre. La sangre. La forma envuelta en trapos que se habían llevado. Sabran inmóvil en la cama, como un muerto en su féretro.

Una suave brisa atravesó la Alcoba Real. Ead se giró.

Aunque había supervisado la actuación del doctor Bourn y sus asistentes para asegurarse de que hervían todo lo que fuera a entrar en contacto con Sabran, aquello no había bastado. Sufría una inflamación y la fiebre la había atacado con fuerza, hasta el punto de pasar varios días al borde de la muerte. Pero había luchado. Había luchado por su vida como Glorian la Intrépida.

Al final, se había agarrado a la vida con uñas y dientes, poniendo todo su empeño en ello. Tras el arranque de la fiebre, el médico de la corte había determinado que el pincho que le había arrancado procedía de un Sombra del Oeste. Temiéndose que aquello pudiera contagiarle la peste, había dado instrucciones para que fueran a buscar a una experta en anatomía draconiana de Mentendon. La conclusión de la experta cayó como una losa.

La reina de Inys no tenía la peste, pero nunca más podría concebir una criatura.

Una nueva ráfaga de aire atravesó la sala. Ead se levantó de la cama y cerró la ventana.

El cielo nocturno estaba punteado de estrellas. Y bajo el

cielo brillaba la luz temblorosa de las antorchas de Ascalon. Algunos de sus ciudadanos estarían despiertos, rezando e implorando protección contra lo que el pueblo ya llamaba el Wyrm Blanco.

No tenían conocimiento de la verdad que asolaba a la Junta de los Duques y a las damas de honor. Aparte del médico de la corte, ellos eran los únicos que compartían el secreto más peligroso del mundo.

La Casa de Berethnet acabaría con Sabran IX.

Ead recortó la mecha de una de las velas y volvió a encenderla. Desde la llegada del Wyrm Blanco, Sabran tenía aún más miedo a la oscuridad.

Por los testimonios históricos fragmentados que se habían ido recogiendo en todo el mundo se había llegado a la conclusión de que había cinco Sombras del Oeste. Había reproducciones en las cuevas de Mentendon y en los bestiarios creados tras la Caída de las Sombras.

Según aquellas evidencias, ninguno de los Sombras del Oeste tenía los ojos verdes.

—Ead.

Ead se giró a mirar. Sabran era una silueta tras las finas cortinas que rodeaban su cama.

—Majestad —dijo Ead.

—Abre la ventana.

Ead apoyó la vela en la repisa de la chimenea.

—Os enfriaréis.

—Puede que sea estéril —replicó Sabran—, pero hasta que exhale mi último suspiro soy tu reina. Haz lo que te digo.

—Aún estáis convaleciente. Si morís de un resfriado, el secretario real hará que me corten la cabeza.

—Maldita sea, zorra obstinada. Yo misma ordenaré que me traigan tu cabeza si no cumples mis órdenes.

—Dudo que os sirva para nada una vez la hayan separado de mi cuello.

Sabran se volvió para mirarla de frente.

—Te mataré —dijo, con los tendones del cuello en tensión—. Sois todos despreciables, un hatajo de cuervos carroñeros. Lo único en lo que sabéis pensar es en darme picotazos, para ver qué podéis sacar. Una pensión, propiedades, una heredera… —La voz se le quebró—. Malditos seáis todos.

Me tiraría de lo alto de la Torre de Alabastro antes que aceptar un gramo más de vuestra condescendencia.

—Ya está bien —le respondió Ead—. No sois una niña. Dejad de compadeceros.

—Abre la ventana.

—Venid a abrirla vos misma.

Sabran soltó una risa corta y tétrica.

—Podría mandar que te quemaran en la pira por esa insolencia.

—Si con eso consigo que os levantéis de la cama, estaría encantada de bailar en la hoguera.

El reloj de la torre dio la una. Sabran se estremeció y volvió a recostarse en los almohadones.

—Se suponía que tenía que morir en el parto —murmuró—. Se suponía que tenía que dar vida a Glorian, cediendo la mía.

Sus pechos habían seguido rezumando durante días tras su pérdida y aún tenía el vientre hinchado. Pero aunque intentara curarse, su propio cuerpo abría la herida una y otra vez.

Ead encendió dos velas más. Le daba pena Sabran; tanta, que sentía que se le abrían las costillas del dolor, pero no podía consentirle ese odio autodestructivo. Las soberanas de Berethnet tenían tendencia a lo que los inys llamaban «pesar mental», períodos de tristeza, con o sin un origen determinado. Carnelian V era conocida como la Paloma Doliente, y en la corte se rumoreaba que se había quitado la vida metiéndose en un río hasta ahogarse. Combe había encargado a las damas de honor que se aseguraran de que Sabran no iba a seguir el mismo camino.

Aquella noche habría actividad en la Cámara del Consejo. Algunos de los duques de la Junta sostendrían que no había que revelar nunca la verdad. Rellenos bajo las faldas. Una niña huérfana con el cabello negro y los ojos de color de jade. Habría quien se planteara una idea así, pero la mayoría de ellos no soportaría la idea de inclinarse ante nadie que no fuera una Berethnet.

—Estaba segura —dijo Sabran, apretando los puños, bajo el cabello— de que el Santo me protegería. Conseguí ahuyentar a Fýredel. ¿Por qué me abandona ahora?

Ead reprimió la sensación de culpa. Su magia había alimentado aquella mentira.

—Mi señora —dijo—, debéis mantener la fe. No sirve de nada regodearse en…

Otra carcajada nada alegre la interrumpió.

—Suenas como Ros. No necesito a otra Ros. —Sabran tensó las manos—. Quizá debiera pensar en cosas más banales. Eso es lo que me diría Ros. ¿En qué debo pensar, Ead? ¿En mi compañero muerto, en mi vientre yermo o en la constatación de que el Innombrable se acerca?

Ead se arrodilló para avivar el fuego.

En los últimos días Sabran había hablado muy poco, pero lo poco que decía era hiriente. Había reñido a Roslain por estar demasiado callada. Se había metido con las damas de compañía cuando le servían la comida. Le había dicho a una sirvienta que no quería verla más, consiguiendo que se echara a llorar.

—Seré la última Berethnet. He acabado con mi dinastía. —Estrujó las sábanas—. Es culpa mía. Por retrasar la maternidad tanto. Por intentar evitarla.

Dejó caer la cabeza.

Ead se acercó a la reina de Inys. Apartó la cortina y se sentó al borde de la cama. Sabran estaba medio recostada, encogida, como protegiendo su abdomen herido.

—He sido egoísta. Quería… —Sabran respiró por la nariz—. Le pedí a Niclays Roos que me preparara un elixir, algo que preservara mi juventud, para no tener que tener hijos nunca. Y cuando no lo consiguió —añadió, en un susurro—, lo mandé al exilio, al Este.

—Sabran…

—Le he dado la espalda al Caballero de la Generosidad, con todo lo que él me ha dado. Me he negado a devolverle lo más mínimo.

—Basta ya —replicó Ead, con voz firme—. Teníais que llevar una gran carga sobre los hombros y lo habéis hecho con coraje.

—Es el destino. —Las mejillas le brillaban—. Más de mil años de gobierno. Treinta y seis mujeres de la Casa de Berethnet han parido hijas en el nombre de Inys. ¿Por qué yo no he podido? —Se puso una mano sobre el vientre—. ¿Por qué tenía que ocurrir esto?

Ead le cogió la barbilla con suavidad.

—Esto no es culpa vuestra. Recordadlo, Sabran. Nada de esto es responsabilidad vuestra.

Sabran se encogió, apartándose.

—El Consejo de las Virtudes lo intentará todo, pero mi pueblo no es tonto —dijo—. La verdad se sabrá. Sin sus cimientos, los Reinos de las Virtudes se hundirán. La fe en el Santo decaerá. Los santuarios se vaciarán.

La profecía sonaba a verdad. Hasta Ead sabía que la caída del culto de las Virtudes convulsionaría el mundo. En parte era por eso por lo que la habían enviado a aquella corte.

Para mantener el orden.

Había fracasado.

—No hay sitio para mí en la corte celestial —dijo Sabran—. Cuando mi cuerpo se pudra bajo tierra, los duques de la Junta, que son descendientes del Séquito Sagrado, reclamaran todos mi trono. —Resopló, y se le escapó una risa socarrona—. Quizá no esperen siquiera a que me muera antes de empezar a pelearse. Ellos creían en mi poder para mantener encadenado al Innombrable, pero ese poder ahora morirá conmigo.

—Entonces seguro que les interesa manteneros protegida —dijo Ead, intentando tranquilizarla—. Ganar tiempo para poder prepararse para su llegada.

—Protegida quizá, pero no necesariamente en el trono. En este mismo momento algunos de ellos se estarán preguntando si no deberían actuar enseguida. Si no deberían escoger a un nuevo soberano antes de que Fýredel vuelva y nos destruya. —Sabran seguía hablando con la voz hueca—. Todos se estarán preguntando si la historia de mi divinidad no será totalmente falsa. De hecho, yo misma me he hecho esa pregunta. —Volvió a apoyar la mano en el vientre—. Les he demostrado que no soy más que una persona de carne y hueso. —Ead negó con la cabeza—. Me presionarán para que nombre a uno de ellos como sucesor. Y aunque lo haga, los otros pueden negarse a aceptarlo. Los nobles se posicionarán a favor de uno u otro de los que reclamen el trono. E Yscalin espera la ocasión de que eso ocurra. —Cerró los ojos—. No quiero verlo, Ead. No puedo ver la caída de este reino.

Debía de temerse aquel desenlace desde el principio.

—Era tan… delicada… Glorian —dijo Sabran, con la voz rasposa—. Como los nervios de una hoja cuando pierde su verdor. —Tenía la mirada perdida—. Intentaron ocultármela, pero la he visto.

Otra dama de honor le habría dicho que su hija estaba en un lugar de honor de la corte celestial. Roslain le habría dibujado la imagen de un bebé de cabello negro en brazos de Galian Berethnet, sonriendo para siempre en un castillo entre las nubes.

Ead no lo hizo. Aquella imagen no consolaría a Sabran. Aún no.

Le cogió una de sus manos heladas y se la calentó con las suyas. Sabran, temblorosa en la enormidad de su cama, parecía más una niña que una reina.

—Ead, hay una bolsa de oro en ese cofre —dijo, señalando en dirección a su joyero—. Ve a la ciudad. En el mercado negro venden un veneno que llaman la viuda negra.

Ead se quedó sin aliento.

—No seáis tonta —le susurró.

—Osas llamar tonta a la última Berethnet.

—Por supuesto, cuando habláis como si lo fuerais.

—Te lo pido —insistió Sabran—, no como tu reina, sino como penitente.

Tenía el rostro tenso y le temblaba la mandíbula.

—No puedo vivir sabiendo que mi pueblo está condenado a muerte por el Innombrable o por la guerra civil. Nunca estaré en paz conmigo misma. —Volvió a estrujarle la mano—. Pensé que lo entenderías. Pensé que me ayudarías.

—Os entiendo más de lo que pensáis —dijo Ead, poniéndole una mano sobre la mejilla—. Habéis intentado convertiros en una piedra. No tengáis miedo de no serlo. Seréis reina, pero estáis hecha de carne y hueso.

Sabran esbozó una sonrisa que le partió el corazón.

—Así es ser reina, Ead —dijo—. Cuerpo y reino son la misma cosa.

—Entonces no podéis matar el cuerpo por el reino. —Ead la miró fijamente a los ojos—. De modo que no, Sabran Berethnet. No os traeré ese veneno. Ni ahora, ni nunca.

Las palabras le salieron de un lugar que había intentado mantener cerrado con siete llaves. Un lugar donde había crecido una rosa.

Sabran la miró con una expresión que Ead no había visto nunca. Toda la melancolía había desaparecido, dando paso a la curiosidad y a la determinación. Ead veía cada esquirla de verde de sus ojos, cada pestaña, cada una de las pequeñas llamas atrapadas en el interior de sus pupilas. La luz del fuego le iluminaba el hombro. Ead tocó aquellos reflejos juguetones con la punta de los dedos y Sabran se inclinó hacia delante, acercándose.

—Ead —dijo—, quédate conmigo.

Su voz era casi imperceptible, pero Ead sintió cada palabra en sus carnes.

Sus labios estaban muy cerca, sentía su aliento. Ead no se atrevió a moverse por miedo a destruir el momento. Notaba la piel sensible, deseosa de sentir la presión del cuerpo de Sabran contra el suyo.

Sabran le envolvió el rostro con las manos. En su mirada había a la vez una pregunta y el miedo a la respuesta.

Mientras sentía el cabello negro rozándole la clavícula, Ead pensó en la priora y en el naranjo. Pensó en lo que diría Chassar si supiera que su sangre reaccionaba así ante la farsante, la que rezaba ante la tumba vacía de la Madre. Una descendiente de Galian el Impostor. Sabran tiró de ella y Ead besó a la reina de Inys tal como habría besado a un amante.

Su cuerpo era como una figura de cristal. Una flor recién abierta al mundo. Cuando Sabran apartó los labios, Ead comprendió, con una intensidad que la dejó sin aliento, que lo que había deseado durante meses era abrazarla así. Cuando se había tendido junto a Sabran a escuchar sus secretos. Cuando le había puesto la rosa tras la almohada. La verdad la atravesó como un punzón candente.

Se quedaron quietas, juntando los labios, tocándose apenas.

El corazón le latía demasiado rápido, demasiado henchido. Al principio no se atrevía a respirar, hasta el movimiento más mínimo podía poner fin a aquel momento, pero luego Sabran la abrazó, diciendo su nombre con la voz quebrada. Ead sintió el débil latido de su corazón contra su pecho. Rápido y suave como el aleteo de una mariposa.

Se encontraba perdida, o quizá se acabara de encontrar a sí misma, o quizá aún no lo supiera. Sumida en un sueño. Y sin embargo nunca había estado más despierta. Sus dedos se movieron, reconociendo a Sabran, recorriendo su piel de un modo instintivo. Siguieron la cicatriz de su muslo, se perdieron entre su pelo, pasaron bajo sus pechos hinchados.

Sabran se echó atrás para mirarla. Ead vio su rostro brevemente a la luz de la vela —la frente lisa, los ojos oscuros y decididos— antes de que volvieran a unirse en un beso que era cálido, nuevo y regenerador, la llama de una nueva estrella que nace con una explosión. Eran como dos panales llenos de miel, frágiles e intrincados. Ead se estremeció al sentir en su piel el contacto de la noche.

Sintió la piel de gallina de Sabran. El camisón le cayó del hombro, bajando hasta quedar a la altura de sus caderas, de modo que Ead pudo reseguir la trayectoria de su columna y juntó las manos en el arco de su espalda. Le besó el cuello y detrás de la oreja, y Sabran susurró su nombre, echando la cabeza atrás y dejando el cuello al descubierto. La luz de la luna lo cubrió de una luz lechosa.

El silencio de la Alcoba Real era imponente. Imponente como la noche y todas sus estrellas. Ead oyó el murmullo de la seda, del roce de las manos sobre la piel y sobre las sábanas. Respiraban evitando hacer ruido, pendientes de si alguien llamaba a la puerta, de si se introducía una llave en la cerradura o de si aparecía una antorcha que delatara su unión. Aquello encendería la llama de un escándalo y el fuego se extendería hasta acabar quemándolas a las dos.

Pero Ead era amante del fuego y se lanzaría a un horno ardiendo por Sabran Berethnet, aunque solo fuera por pasar una noche con ella. Luego ya podían venir con espadas y sus antorchas.

Eso le daba igual.

Algo más tarde estaban tendidas a la luz de la luna de sangre. Por primera vez en muchos años, la reina de Inys durmió sin ninguna vela.

Ead miró al techo. Ahora sabía una cosa y aquello anulaba todos los otros pensamientos de su mente.

Cualesquiera que fueran los deseos del Priorato, no podía abandonar a Sabran.

Mientras se revolvía en lo más profundo de su sueño, Ead aspiró el aroma de ella. Grialina y lilas, mezcladas con el trébol de su bolsita de olor. Se imaginó a sí misma llevándosela a la laguna Láctea, aquella tierra de fábula, donde su nombre nunca la perseguiría.

Aquello no pasaría nunca.

ϒ

Los primeros rayos de luz iluminaron la Alcoba Real. Gradualmente, Ead tomó conciencia de sí misma y de Sabran. El cabello negro esparcido sobre la almohada. Piel contra piel. La luz del sol aún no llegaba a la cama, pero sintió el mismo calor que si así fuera.

No sentía ningún arrepentimiento. Confusión, sí, y mariposas en el estómago, pero desde luego ningún deseo de deshacer el pasado.

Alguien llamó a la puerta y fue como si una nube hubiera pasado por delante del sol.

—Majestad.

Katryen. Sabran levantó la cabeza. Con los ojos pesados miró primero a Ead y luego hacia la puerta.

—¿Qué hay, Kate? —respondió, con voz de sueño.

—Me preguntaba si querríais bañaros esta mañana. La noche ha sido muy fría.

Llevaba dos días intentando engatusar a su reina.

—Prepara ese baño —dijo Sabran—. Ead te avisará cuando esté lista.

—Sí, señora.

Los pasos se alejaron. Sabran se giró y Ead se enfrentó a su mirada insegura. Ahora que había salido el sol, parecía que se estaban midiendo la una a la otra, como si fuera la primera vez que se veían.

—Ead —dijo Sabran, con voz suave—, no tienes por qué sentirte obligada a seguir acompañándome por las noches. —Lentamente, irguió la espalda—. Las obligaciones de una dama de honor no incluyen lo que hicimos anoche.

Ead levantó las cejas.

—¿Creéis que lo he hecho por obligación?

Sabran encogió las rodillas, acercándolas al pecho, y apartó la mirada. Molesta, Ead bajó de la cama.

—Os equivocáis, majestad. —Se arregló el camisón y recogió su bata de una silla—. Deberíais levantaros. Kate os espera.

Sabran miró por la ventana. A la luz del sol, sus ojos adoptaron el color pálido del berilio.

—Para una reina es casi imposible distinguir los actos realizados por deferencia de los hechos con el corazón. —Sus ojos la buscaron—. Dime la verdad, Ead. ¿Decidiste tú acostarte conmigo anoche o te viste obligada por mi posición?

El cabello enmarañado le cubría los hombros. Ead se ablandó.

—Boba —dijo—. Yo nunca accedería a eso, obligada por nadie. ¿No os he dicho siempre la verdad?

Al oír eso Sabran sonrió.

—Demasiadas veces —admitió—. Eres la única que lo haces.

Ead se acercó para besarle la frente, pero antes de poder hacerlo Sabran le cogió la cara entre las manos y le dio un beso en los labios. Cuando se separaron por fin, Sabran sonrió con una sonrisa genuina, rara como una rosa del desierto.

—Venga —dijo Ead, pasándole un manto sobre los hombros—. Hoy voy a llevaros a pasear bajo el sol.

Esa mañana la corte recuperó su actividad. Sabran convocó a la Junta de los Duques en su Cámara Privada. Les enseñaría que, aunque magullada en cuerpo y espíritu, seguía viva. Organizaría el reclutamiento de nuevos soldados, contrataría mercenarios y potenciaría la financiación de los inventores con la esperanza de que pudieran crear mejores armas. Cuando los Sombras del Oeste volvieran, Inys les devolvería el golpe.

Por lo que parecía, la Junta de los Duques aún no había afrontado el asunto de la sucesión, pero solo era cuestión de tiempo. Ahora mirarían al futuro, hacia la guerra con Yscalin y con los dos Sombras del Oeste que esperaban, preparados para despertar y unir al Ejército Draconiano. No había heredera ni la habría. Dentro de poco llegaría el Innombrable.

Ead regresó a sus obligaciones. Pero las noches eran para Sabran. Su secreto era como un vino embriagador. Cuando estaban tras las cortinas de la cama, todo lo demás desaparecía.

En la Cámara Privada, Sabran tocaba el virginal. Estaba demasiado débil como para hacer mucho más que eso, y tampoco tenía mucho más en lo que ocupar su tiempo. El doctor

Bourn le había dicho que no debía salir a cazar al menos en un año.

Ead se sentó cerca de ella, escuchando. Roslain y Katryen estaban a su lado en silencio, absortas en sus bordados. Estaban haciendo recordatorios con las iniciales de la casa real, para distribuir por la ciudad y tranquilizar a la gente.

—Majestad.

Todas giraron la cabeza. Sir Marke Birchen, miembro de la Guardia Real, estaba en la puerta, con su armadura cobriza.

—Buenas tardes, sir Marke —dijo Saran.

—La duquesa del Valor ha solicitado audiencia, majestad. Tiene documentos oficiales que requieren de vuestra firma.

—Por supuesto.

Sabran se levantó, pero al hacerlo se tambaleó peligrosamente y tuvo que apoyarse en el virginal.

—Majestad. —Sir Marke se lanzó hacia ella, pero Ead, que era la que estaba más cerca, ya la había sostenido. Roslain y Katryen fueron corriendo a su lado.

—Sabran, ¿no os encontráis bien? —dijo Roslain, poniéndole la mano en la frente—. Dejadme que vaya a buscar al doctor Bourn.

—Tranquilas. —Sabran se puso una mano en el vientre y respiró—. Señoras, dejadme sola para firmar esos papeles a Su Excelencia, pero volved hacia las once para que me ayudéis a cambiarme.

Roslain hizo un mohín.

—Cuando vuelva traeré al doctor Bourn —dijo—. Dejad que os eche un vistazo, Sab. Por favor.

Sabran asintió. Cuando se fueron, Ead se volvió y cruzaron una mirada.

Normalmente la Cámara de la Presencia estaba llena de cortesanos esperando a que Sabran se presentara para poder hacer sus peticiones. Ahora estaba en silencio, y así era desde que Sabran se había encerrado en sus aposentos. Roslain fue a visitar a su abuela, mientras Katryen volvía a sus habitaciones para cenar. Ead, que aún no tenía hambre y no tenía nada que la distrajera de su preocupación por Sabran, fue a buscar una mesa libre en la Biblioteca Real.

Mientras oscurecía, se planteó, por primera vez en muchos días, qué debía hacer.

Tenía que contarle la verdad a Chassar. Si Sabran tenía razón sobre lo que ocurriría en Inys, Ead tenía que quedarse allí para protegerla, y tendría que explicárselo a Chassar en persona. Tras mucho pensar en ello, encendió una vela, mojó la pluma en el tintero y escribió:

De Ascalon, Reino de Inys,
vía el Centro de Aduanas de Zeedeur
Finales de otoño, 1005 E.C.

Excelencia:

Hace mucho tiempo que no sé nada de vos. Sin duda estaréis muy ocupado trabajando con diligencia para el rey Jantar y la reina Saiyma. ¿Vais a venir a visitarnos a Inys próximamente?

Vuestra amiga fiel y más humilde servidora,

EAD DURYAN

La dirigió al embajador uq-Ispad. Una petición cortés de su enviada.

La oficina del maestro del Correo estaba al lado de la biblioteca. Ead la encontró vacía. Metió la carta en un buzón de clasificación, con las monedas suficientes para pagar el envío por paloma. Si Combe consideraba que no contenía palabras sospechosas, una paloma llevaría la carta a Zeedeur, y otra a la Oficina de Correos de Brygstad. Luego iría al Pabellón de las Palomas y, por fin, un jinete la llevaría a través del desierto.

Chassar recibiría su misiva entrado el invierno. A la priora no le haría ninguna gracia su petición, pero cuando se enterara del peligro existente, lo comprendería.

Para cuando Ead salió de la Biblioteca Real ya había oscurecido. Justo en aquel momento entraba sir Tharian Lintley.

—Señora Duryan —dijo, bajando la cabeza a modo de saludo—. Buenas noches. Esperaba encontraros aquí.

—Capitán Lintley. —Ead le devolvió el saludo—. ¿Cómo estáis?

—Bastante bien —dijo, aunque mostraba una arruga de preocupación en la frente—. Perdonad la molestia, Ead, pero lord Seyton Combe me ha pedido que os lleve ante él.

—Lord Seyton. —El corazón se le aceleró en el pecho—. Su Majestad me ha pedido que esté de vuelta en sus aposentos antes de las once.

—Su Majestad ya se ha retirado a descansar. Órdenes del doctor Bourn. —Lintley le echó una mirada de preocupación—. Y… bueno, no creo que sea una petición.

Por supuesto. El Halcón Nocturno no hacía peticiones.

—Muy bien —dijo Ead, forzando una sonrisa—. Os sigo.

37

Oeste

El secretario real tenía un despacho bien ordenado justo por debajo de la Cámara del Consejo. Su guarida, tal como lo llamaban algunos, aunque la sala era de una mundanidad casi decepcionante. Nada que ver con el esplendor que debía de rodear a Combe en su residencia familiar, el Castillo de Strathurn.

El pasillo que llevaba al despacho estaba flanqueado por criados, todos ellos con el broche de la Caballero de la Cortesía, con las alas que los distinguían como sirvientes de sus descendientes.

—La señora Ead Duryan, dama de honor de la reina, excelencia —anunció Lintley, agachando la cabeza.

Ead hizo una reverencia.

—Gracias, sir Tharian. —Combe estaba escribiendo algo—. Es todo.

Lintley cerró la puerta tras él. Combe levantó la vista, miró a Ead y se quitó las gafas.

El silencio se alargó hasta que un tronco crujió en el fuego.

—Señora Duryan —dijo Combe—, lamento informaros que la reina Sabran ya no requiere vuestros servicios como dama de honor. El lord camarlengo os ha liberado formalmente de vuestro vínculo con el servicio de la reina, revocando al mismo tiempo los privilegios que suponía el cargo.

El vello de la nuca se le erizó.

—Excelencia, no tengo constancia de haber ofendido en manera alguna a Su Majestad.

Combe esbozó una sonrisa.

—Venga, señora Duryan —respondió—. Os conozco. Sé lo

lista que sois y lo mucho que me despreciáis. Sabéis perfectamente por qué estáis aquí.

Ella no dijo nada, así que él siguió adelante:

—Esta tarde me han informado de que anoche estabais en un… estado de desnudez inapropiado en la Alcoba Real. Lo mismo que Su Majestad.

Pese a sentir que le fallaban las piernas, Ead mantuvo la compostura.

—¿Quién os ha informado de eso?

—Yo tengo ojos en todas las estancias. Incluso en los aposentos de la reina —respondió Combe—. Uno de los miembros de la Guardia Real que, pese a estar entregado a la protección de Su Majestad, me rinde cuentas a mí.

Ead cerró los ojos. Se había embriagado de tal modo con Sabran que había bajado la guardia.

—Decidme, Combe —replicó—, ¿por qué motivo podría importaros mínimamente lo que ocurra en su cama?

—Porque su cama supone la estabilidad de este reino. O la pérdida de esa estabilidad. Su cama, señora Duryan, es lo único que se interpone entre Inys y el caos.

Ead lo miró con desprecio.

—Su Majestad debe casarse otra vez. Para dar la impresión de que intenta concebir a la heredera que salvará a Inys —prosiguió Combe—. Eso podría ayudarle a seguir muchos años más en el trono. Y por tanto no puede permitirse historias de amor con sus damas de honor.

—Supongo que a lord Arteloth también lo citaríais así —dijo Ead—. En plena noche, mientras Sabran dormía.

—No en persona. Tengo la suerte de contar con un séquito de fieles colaboradores que actúan en mi nombre. Aun así —añadió Combe, sarcástico—, sé que mi actividad nocturna ha suscitado comentarios. Soy consciente del nombre que se me da en la corte.

—Os sienta muy bien.

El fuego del hogar brillaba a la derecha de Combe, sumiendo la otra mitad de su rostro en las sombras.

—He librado a la corte de numerosas personas en los años que llevo como secretario real. Mi predecesora solía pagar a los que quería que se fueran, pero a mí no me gusta desperdiciar recursos. Prefiero hacer uso de mis exiliados. Se convierten en informadores, y si me dan lo que les pido, puede que acabe invitándolos a volver. En unas circunstancias beneficiosas para todos. —Combe entrecruzó sus dedos de gruesos nudillos—. Y así mi red de contactos me susurra constantemente.

—Vuestra red ya ha susurrado mentiras en otras ocasiones. Yo he conocido el cuerpo de Sabran —admitió Ead—, pero Loth nunca lo hizo.

Mientras hablaba, empezó a pensar cómo iba a salir de allí. Tenía que llegar hasta Sabran.

—Sí, lord Arteloth era diferente —concedió Combe—. Un hombre virtuoso. Leal a Su Majestad. Por primera vez, me dolió hacer lo que tenía que hacer.

—Perdonad, pero eso no me inspira ninguna compasión.

—Oh, no espero de vos compasión alguna. Los encargados del trabajo sucio en la corte (los maestros de tortura, los espías y los verdugos) no solemos ser objeto de compasión.

—Y sin embargo —dijo Ead— sois un descendiente de la Caballero de la Cortesía. Eso no os encaja nada bien.

—Al contrario. Es precisamente mi trabajo en la sombra lo que permite que se mantengan las buenas formas en la corte. —Combe se la quedó mirando un momento—. Lo que os dije en el baile iba en serio. En mí tenéis un amigo. Yo admiro el modo en que habéis ascendido sin pisotear a nadie, y cómo os habéis comportado… pero habéis cruzado una línea que no se puede cruzar. Con ella, al menos —añadió, con gesto casi de pena—. Ojalá no fuera así.

—Apartadme de su lado y ella lo sabrá. Y encontrará el modo de librarse de vos.

—Espero que os equivoquéis, señora Duryan, por su bien. Me temo que no os hacéis una idea de lo frágil que se ha vuelto su reinado ahora que no hay esperanza de que tenga una heredera. —Combe la miró fijamente—. Sabran me necesita más que nunca. Yo le soy fiel por sus cualidades como gobernante, y por el legado de su dinastía, pero algunos de mis colegas de la Junta no tolerarán que siga en el trono, ahora que ha fracasado en su principal misión como reina Berethnet.

Ead tuvo el máximo cuidado en no alterar la expresión, pero en el interior de su pecho repiqueteaba un tambor de guerra.

—¿Quién?

—Oh, yo tengo mis sospechas de quién actuará primero. Y estoy decidido a protegerla en esas circunstancias —dijo Combe—. Pero, desgraciadamente, vos no entráis en mis planes. Al contrario, suponéis una amenaza.

«Quizá no esperen siquiera a que me muera antes de empezar a pelearse.»

—Falden —dijo Combe, levantando la voz—. Entrad, por favor.

La puerta se abrió y entró uno de sus criados.

—Haced el favor de acompañar a la señora Duryan al coche.

—Sí, excelencia.

El hombre apoyó la mano en el hombro de Ead. Pero en el momento en que se la llevaba hacia la puerta, Combe cambió de idea.

—Un momento, señor Falden. He cambiado de idea —dijo, impasible—. Matadla.

Ead se tensó de golpe. Al momento, el criado la agarró del cabello y tiró, dejándole el cuello al descubierto para poder rebanarle el pescuezo fácilmente.

Ead sintió un calor ardiente en las manos. Retorció el brazo que la sostenía, sus brazos se enredaron y al momento el criado estaba en el suelo, soltando un quejido agónico, con la articulación del hombro desencajada.

—Ahí está —dijo Combe, sin inmutarse.

El criado jadeaba, agarrándose el brazo. Ead se miró las manos. Como reacción a una amenaza, había conseguido hacer uso de sus últimas reservas de siden.

—Lady Truyde ya extendió el rumor de vuestras artes como hechicera hace tiempo —dijo Combe, observando cómo le brillaban los dedos—. Yo no hice caso, por supuesto. Era evidente que era un ataque de celos de una cortesana joven, nada más. Luego oí hablar de vuestra… curiosa habilidad con las armas blancas durante la emboscada.

—He practicado para poder proteger a la reina Sabran —dijo Ead, tranquila por fuera, pero con la sangre hirviéndole en las venas.

—Ya veo. —Combe resopló por la nariz—. Sois vos la guardiana de la noche.

Había mostrado su verdadera naturaleza. Ya no había marcha atrás.

—Yo no creo en la hechicería, señora Duryan. Quizá sea alquimia lo que usáis. Lo que sí creo es que no vinisteis a esta corte con el deseo de servir a la reina Sabran, como afirmabais. Lo más probable es que el embajador uq-Ispad os colocara aquí como espía. Motivo de más para enviaros lejos de la corte.

Ead se acercó unos pasos. El Halcón Nocturno no se movió ni un centímetro.

—Siempre me he preguntado —dijo Ead, con voz grave— si vos sois el Escanciador. Si fuiste vos el que mandasteis a esos degolladores... a asustarla para que se casara con Lievelyn. Si es por eso por lo que queréis libraros de mí. De su protectora. Al fin y al cabo, ¿qué es un escanciador, sino un servidor de confianza de la corona, que en cualquier momento podría envenenar el vino?

Combe le respondió con una sonrisa de suficiencia.

—Qué fácil os resultaría culparme por todos los males de la corte —murmuró—. El Escanciador está al caer, señora Duryan. De eso no tengo duda. Pero yo solo soy el Halcón Nocturno. —Se recostó en su silla—. Un coche os espera a las puertas de palacio.

—¿Y adónde me llevará?

—A algún lugar donde pueda teneros controlada. Hasta que vea cómo encajan las piezas —dijo—. Vos conocéis el mayor secreto de todos los Reinos de las Virtudes. Con solo abrir la boca podríais poner a Inys en una situación muy delicada.

—Así que me silenciaréis encarcelándome. —Ead hizo una pausa—. ¿O pensáis libraros de mí de un modo más permanente?

Él torció un extremo de la boca.

—Me ofendéis. El asesinato no es cosa de caballeros.

La confinaría en algún lugar donde ni Sabran ni el Priorato pudieran encontrarla. No podía entrar en ese coche, o no vería la luz del día nunca más.

Esta vez fueron muchos pares de manos los que le cayeron encima. Y en el momento en que se la llevaron la luz desapareció de sus dedos.

No tenía ninguna intención de dejar que Combe la encerrara. Ni de acabar con un cuchillo en la espalda. En el momento en que salieron de la Torre de Alabastro, deslizó una mano bajo el manto y se desató las mangas. Los criados la llevaban hacia las puertas del palacio.

Rápida como una flecha, sacó los brazos de las mangas y, antes de que los lacayos pudieran atraparla, ya había saltado el muro más cercano, colándose en el jardín de la reina. Los criados respondieron con una algarabía de gritos de sorpresa.

El corazón le palpitaba con fuerza contra las costillas. Vio una ventana abierta sobre su cabeza. La Torre de la Reina era de paredes lisas, imposible de escalar, pero una enredadera trepaba por ella, y parecía lo suficientemente fuerte como para soportar su peso. Ead apoyó el pie en un nudo de la planta.

Sintió el viento en el cabello mientras ascendía. La enredadera crujía, pero ella seguía buscando puntos de agarre y manteniéndose pegada a la pared. Por fin pudo colarse por la ventana y ponerse en pie en silencio.

Dio con un pasillo desierto y de ahí pasó a las escaleras que llevaban a los aposentos de la reina. Frente a las puertas de la Cámara de la Presencia había una fila de lacayos cubiertos con tabardos negros que lucían el emblema de dos cálices de la duquesa de la Justicia.

—Deseo ver a la reina —dijo Ead, casi sin aliento— Ahora mismo.

—Su Majestad está en la cama, señora Duryan, ya ha empezado la guardia nocturna —respondió una mujer.

—Entonces a lady Roslain.

—Las puertas de la Alcoba Privada están cerradas con llave y no se abrirán hasta mañana.

—Debo ver a la reina —replicó Ead, airada—. Es un asunto de la máxima importancia.

Los lacayos se miraron unos a otros. Por fin uno de ellos, visiblemente irritado, cogió una vela y se adentró en la oscuridad.

Con el corazón en un puño, Ead intentó recuperar el aliento. Casi no sabía qué decirle a Sabran. Pero tenía que dejarle claro lo que estaba haciendo Combe.

Al rato apareció Roslain, con los ojos irritados y vestida con una bata. Algunos mechones de pelo se le habían escapado de la trenza.

—Ead —dijo, algo molesta—, ¿qué demonios pasa?

—Necesito ver a Sabran.

Roslain frunció los labios y se la llevó a un lado.

—Su Majestad tiene fiebre —dijo, con gesto de preocupación—. El doctor Bourn dice que se le pasará con un poco de reposo, pero mi abuela ha apostado aquí a sus criados para ofrecerle una protección suplementaria hasta que mejore. Yo me quedaré a su lado para cuidarla.

—Debéis decírselo. —Ead la agarró del brazo—. Roslain, Combe me quiere enviar al exilio. Tenéis que…

—¡Señora Duryan!

Roslain se encogió del susto. Al final del pasillo había aparecido un grupo de lacayos con el emblema del libro alado, encabezados por un par de soldados de la Guardia Real.

—¡Atrapadla! —gritó sir Marke Birchen—. Ead Duryan, estáis arrestada. ¡Deteneos!

Ead se coló por la puerta más cercana y se adentró en la noche.

—¡Ead! —gritó Roslain, horrorizada—. Sir Marke, ¿qué significa todo esto?

Tras pasar por una serie de balcones Ead encontró otra puerta abierta. Corrió a ciegas por los pasillos hasta dar con la puerta de la Cocina Real, donde Tallys, la pinche de cocina, estaba agazapada en un rincón, comiéndose una tarta de crema. Cuando Ead apareció de pronto, contuvo un grito.

—¡Señora Duryan! —Parecía aterrada—. Señora, yo solo…

Ead se llevó un dedo a los labios.

—Tallys —dijo—. ¿Hay alguna salida?

La pinche asintió enseguida. Cogió a Ead de la mano y la condujo a una pequeña puerta oculta tras una cortina.

—Por aquí. La escalera de servicio —susurró—. ¿Os vais para siempre?

—Por ahora —dijo Ead.

—¿Por qué?

—No puedo decírtelo, pequeña. —Ead la miró fijamente a los ojos—. No le digas a nadie que me has visto. Júramelo por tu honor, Tallys.

Tallys tragó saliva.

—Lo juro.

Se oyeron pasos en el exterior. Ead se coló por la puerta y Tallys la cerró tras ella. Encontró una escalera y la bajó a toda prisa. Si quería abandonar el palacio, necesitaría un caballo y un disfraz. Solo quedaba una persona que pudiera conseguírselos.

En sus aposentos, Margret Beck estaba sentada, ya en camisón. Al ver entrar a Ead levantó la vista y contuvo una exclamación.

—¿Qué significa...? —Se puso en pie—. ¿Ead?

Ead cerró la puerta tras ella.

—Meg, no tengo tiempo. Debo...

En cuanto pronunció aquellas palabras se oyeron unos golpecitos, algo de metal contra la madera de la puerta, el sonido de alguien que llamaba con la mano enfundada en una armadura.

—Lady Margret. —Más golpecitos—. Lady Margret, soy lady Joan Dale, de la Guardia Real. —Más golpecitos—. Milady, vengo por un asunto urgente. Abrid la puerta.

Margret se llevó a Ead hacia la cama deshecha. Ead se metió debajo y dejó caer los volantes para esconderse. Oyó que Margret caminaba sobre las baldosas.

—Perdonadme, lady Joan. Estaba durmiendo —dijo, con voz lenta y ronca—. ¿Pasa algo?

—Lady Margret, el secretario real ha ordenado el arresto de la señora Ead Duryan. ¿La habéis visto?

—¿Ead? —Margret se sentó en la cama, dejándose caer, como impresionada—. Es imposible. ¿Con qué cargos?

Era una actriz consumada. Su voz oscilaba entre el asombro y la incredulidad.

—No estoy autorizada para hablar con vos sobre el asunto. —Unos pies cubiertos con escarpes cruzaron la habitación—. Si veis a la señora Duryan, dad la alarma de inmediato.

—Por supuesto.

La soldado de la guardia se fue, cerrando la puerta tras ella. Margret echó el pestillo y corrió las cortinas antes de sacar a Ead de debajo de la cama.

—Ead —susurró—. ¿Qué demontre has hecho?

—Me he acercado demasiado a Sabran. Igual que Loth.

—No... —Margret se la quedó mirando—. Tú solías moverte con tanto cuidado por esta corte, Ead...

—Lo sé. Perdóname. —Apagó las velas y echó un vistazo entre las cortinas. Había guardias y escuderos por todas partes—. Meg, necesito tu ayuda. Debo regresar al Ersyr o Combe me matará.

—No se atrevería.

—No puede dejarme salir de palacio con vida, ahora que sé... —Ead no acabó la frase, pero se giró hacia ella—. Oirás cosas de mí, cosas que te harán dudar de mí, pero debes saber que yo quiero a la reina. Y estoy segura de que corre grave peligro.

—¿Por el Escanciador?

—Y por su propia Junta de Duques. Creo que tienen intención de actuar en su contra —dijo Ead—. Combe tiene algo que ver, estoy segura. Debes vigilar a Sabran, Meg. No te alejes de ella.

Margret la escrutó con la mirada.

—¿Hasta que regreses?

Ead vio su gesto expectante. Podía prometerle cualquier cosa a Margret, pero no podría mantener su promesa.

—Hasta que regrese —dijo por fin.

Margret pareció agitarse al oír aquello. Apretó la mandíbula, se acercó al armario y sacó un manto de lana, una camisa con volantes y un coleto y los tiró sobre la cama.

—No llegarás muy lejos con esas ropas tan finas —dijo—. Por suerte tenemos la misma altura.

Ead se desnudó hasta la cintura y se puso las nuevas prendas, dándole las gracias a la Madre por haber puesto a Margret Beck en su camino. Una vez cubierta con el manto y la capucha, Margret la acompañó a la puerta.

—Bajando las escaleras verás un cuadro de lady Brilda Glade. Detrás hay unas escaleras a la caseta de guardia. Desde allí puedes rodear el Jardín de la Reina y llegar a los establos. Llévate a Valour.

Aquel caballo era la niña de sus ojos.

—Meg —dijo Ead, cogiéndole las manos—. Sabrán que me has ayudado.

—Qué le vamos a hacer —respondió, poniéndole un saquito de seda entre las manos—. Toma. Con esto te bastará para comprar un pasaje a Zeedeur.

—No olvidaré toda esta generosidad, Margret.

Margret la abrazó tan fuerte que Ead se quedó sin respiración.

—Sé que no es muy probable —dijo, con voz grave—, pero si encontraras a Loth por ahí...

—Lo sé.

—Te quiero como si fueras mi hermana, Ead Duryan. Nos

encontraremos de nuevo, seguro. —Le plantó un beso en la mejilla—. Que el Santo te acompañe.

—Yo no conozco a ningún Santo —respondió Ead, en un arranque de honestidad, y vio la expresión confusa en el rostro de su amiga—, pero acepto tu bendición, Meg.

Salió de la habitación y recorrió los pasillos a toda prisa, evitando a los guardias. Cuando encontró el retrato, descendió por la escalera que había detrás y salió a un pasaje con una ventana al final. Se coló por ella y se encontró de nuevo rodeada por la oscuridad de la noche.

En los Establos Reales todo estaba a oscuras. Valour, que había sido un regalo a Margret de su padre en ocasión de su vigésimo cumpleaños, era la envidia de todo jinete de la corte. Con sus dieciocho manos de altura llenaba su establo. Ead apoyó una mano enguantada en su manto castaño.

Valour resopló al verse ensillado. Si eran ciertos los rumores, podía dejar atrás a cualquiera de los caballos de Sabran.

Ead introdujo la bota en el estribo, montó y agitó las riendas. Valour salió del establo y emprendió el galope como una exhalación. Ya habían atravesado las puertas del Palacio de Ascalon antes de que Ead oyera los gritos, y para entonces ya no había modo de que los atraparan. Cayó una lluvia de flechas tras ellos. Valour relinchó, pero Ead le susurró en selinyi, animándole a que siguiera adelante.

Cuando los arqueros dejaron de disparar, Ead se volvió a mirar el lugar que había sido su prisión y su hogar durante ocho años. El lugar donde había conocido a Loth y a Margret, dos personas de las que no esperaba hacerse amiga. El lugar donde había llegado a coger afecto a la descendiente del Impostor.

Los guardias salieron tras ella, pero daban caza a un fantasma, porque a Ead Duryan ya no la iban a encontrar.

Cabalgó durante seis días y seis noches bajo el aguanieve, deteniéndose solo para que Valour descansara. Tenía que mantener la distancia con respecto a los heraldos. Si Combe se salía con la suya, ya estarían haciendo correr la voz de su fuga por todo el país.

En lugar de tomar el Paso del Sur, recorrió senderos y atravesó campos. Al cuarto día volvió a caer la nieve. Su viaje la llevó por el próspero condado de los Llanos, donde lord y lady

Honeybrook tenían su palacio, en Dulcet Court, y hasta la ciudad de Crow Coppice. Dio de beber a Valour y llenó su bota antes de volver al camino oculta por la oscuridad.

Se esforzó en pensar en cualquier cosa que no fuera Sabran, pero incluso cabalgando a toda velocidad le acechaban los pensamientos. Ahora que Sabran estaba enferma era aún más vulnerable que antes.

Mientras espoleaba a su montura para que atravesara una granja a toda velocidad se maldijo por su inconsciencia. La corte inys le había ablandado el corazón.

No podía contarle a la priora lo que había pasado con Sabran. Quizá ni Chassar lo entendiera. Apenas se entendía ella. Lo único que sabía era que no podía dejar a Sabran a merced de la Junta de los Duques.

Cuando arrancaba el alba del séptimo día, el mar apareció en el horizonte. Un observador que no conociera el lugar pensaría que el acantilado caía a pico hasta el agua. Podía mirar y no imaginar ni remotamente que había una ciudad en el extremo.

Ese día, el humo delataba su presencia. Una gruesa nube oscura, que se elevaba hacia el cielo.

Ead se quedó mirando un buen rato. Eso no era simplemente humo de las chimeneas. Cabalgó hasta el borde del acantilado y observó los tejados que tenía debajo.

—Venga, Valour —murmuró, y desmontó, conduciendo al caballo hasta el primer tramo de escalones.

Perchling estaba devastada. Charcos de sangre entre los adoquines, huesos calcinados y carne fundida y el viento que arrastraba los olores. Los vivos lloraban junto a los restos de sus seres queridos, desconcertados. Nadie prestaba atención a Ead.

Había una mujer de cabello oscuro sentada frente a las ruinas de una panadería.

—Dime —le preguntó Ead—, ¿qué ha pasado aquí?

La mujer estaba temblando.

—Han venido por la noche. Los siervos de los Sombras del Oeste —murmuró ella—. Las máquinas de guerra los ahuyentaron, pero les dio tiempo a hacer... esto. —Una lágrima le surcó el pómulo—. Habrá otra Caída de las Sombras antes de que acabe el año.

—No si yo puedo evitarlo —dijo Ead, tan bajo que ella no pudo oírlo.

Se llevó a Valour escaleras abajo hasta la playa. Por la arena había catapultas y otras piezas de artillería destrozadas, y cadáveres humeantes por todas partes: soldados y wyrms, enzarzados en eterna batalla, incluso en la muerte. Cocatrices y basiliscos en contorsiones grotescas, con la lengua fuera y los ojos picoteados por las gaviotas. Ead caminó junto a su caballo.

—Sshhh —le dijo, al oír que resoplaba—. Calla, Valour. La muerte les ha hecho la cama en esta arena.

Por lo que parecía, todas las criaturas draconianas que habían participado en aquel ataque habían muerto, abatidas por las máquinas de guerra o a golpe de espada. Sabran se enteraría muy pronto. Afortunadamente para ella la marina real estaba distribuida por puertos de todo el país, o habría ardido toda la flota.

Ead cruzó la playa. El viento le levantó la capucha, enfriándole el sudor de la frente. Normalmente Perchling estaría llena de barcos, pero todos se habían quemado. Y los que quedaban intactos necesitarían reparaciones antes de poder zarpar otra vez. Al parecer solo quedaba intacto un bote de remos.

—Os habéis perdido, ¿eh?

Antes de que lo supiera ya tenía el cuchillo en la mano, y se dio media vuelta, dispuesta a lanzarlo. Una mujer levantó las manos.

—Tranquila. —Llevaba un sombrero de ala ancha—. Tranquila.

—¿Quién eres, yscalina?

—Estina Melaugo. Del *Rosa Eterna* —dijo la mujer, levantando una ceja—. Llegáis un poco tarde para embarcar.

—Ya veo. El bote es tuyo, supongo.

—Lo es.

—¿Me llevarás? —dijo Ead, envainando el cuchillo—. Necesito un pasaje a Zeedeur.

Melaugo la miró de arriba abajo.

—¿Cómo tengo que llamaros?

—Meg.

—Meg —respondió, con una sonrisa que dejaba claro que sabía que era un nombre falso—. Por lo arrugado de vuestro manto, diría que lleváis varios días cabalgando casi sin parar. Y tampoco parece que hayáis dormido mucho.

—Tú también cabalgarías sin parar si el Halcón Nocturno hubiera puesto precio a tu cabeza.

Melaugo esbozó una sonrisa socarrona, mostrando un minúsculo resquicio entre los incisivos.

—Otro enemigo del Halcón Nocturno. Debería empezar a pagarnos.

—¿Qué quieres decir?

—Oh, nada. —Melaugo hizo un gesto hacia el horizonte—. El barco está ahí fuera. Normalmente pediría dinero por un pasaje, pero quizá, con tantos wyrms en el cielo, deberíamos empezar a tratarnos todos con más amabilidad.

—Son palabras blandas para una pirata.

—La piratería en mi caso fue más una necesidad que una elección, Meg —dijo Melaugo, echando una mirada a Valour—. No podéis llevaros ese caballo.

—El caballo va donde vaya yo.

—No me hagáis dejaros aquí, Meg —respondió. Pero cuando vio que Ead no apartaba la mano de Valour, se cruzó de brazos y suspiró—. Bueno, pues tendremos que acercar el barco. El capitán esperará una compensación por eso, aunque no paguéis vuestro pasaje.

Ead le lanzó la bolsa de dinero. El dinero inys no le valdría de nada en el Sur.

—Yo no acepto caridad, pirata —dijo.

No tardarían mucho en llegar a Mentendon. Ead se tumbó en su catre e intentó dormir. El rato en que lo consiguió le asediaron unos angustiosos sueños en los que aparecían Sabran y el Escanciador sin rostro. El rato que pasó despierta subió a cubierta y se quedó mirando las estrellas, como cristales luminosos por encima de las velas, y buscó en ellas la calma.

El capitán, Gian Harlowe, salió de su camarote para fumar su pipa. Ese hombre había sido amante de la Reina Madre, según los rumores. Ojos oscuros, un gesto severo en la cara y marcas de viruela en la frente y en las mejillas. Parecía tallado por el viento del mar.

Cruzaron una mirada y Harlowe asintió. Ead le devolvió el saludo.

Al amanecer el cielo era de color ceniza, y Zeedeur apareció en el horizonte. Allí era donde Truyde había pasado su infancia, donde había empezado a concebir sus peligrosas ideas.

También era allí donde había aparecido escrita en las estrellas la muerte de Aubrecht Lievelyn.

Estina Melaugo fue a situarse junto a Ead, en la proa.

—Tened cuidado ahí fuera —dijo—. Desde aquí hasta el Ersyr el camino es largo y hay wyrms en esas montañas.

—Yo no temo a ningún wyrm —respondió Ead, asintiendo—. Gracias, Melaugo. Hasta la vista.

—Hasta la vista, Meg. —Melaugo se tocó el ala de su sombrero y se giró—. Buen viaje.

El puerto de Zeedeur, flanqueado por el mar y el río Hundert, tenía forma de cabeza de flecha. El barrio norte estaba surcado por canales a cuyos lados se veían elegantes casas y olmos. Ead solo había atravesado la ciudad una vez, para zarpar en dirección a Inys con Chassar. Las casas estaban construidas en el tradicional estilo méntico, con doble alero y espadañas. La elaborada torre del Santuario del Puerto se elevaba por encima de las casas en el centro de la ciudad.

Era el último santuario que vería durante un tiempo.

Montó en Valour y lo espoleó; dejaron atrás mercados y vendedores ambulantes de libros y se dirigieron hacia la carretera de sal que la llevaría a la capital. En unos días estaría en Brygstad, y de ahí saldría para el Ersyr, lejos de la corte a la que tanto tiempo había engañado. Del Oeste.

Y de Sabran.

III

MUERTE A LA HECHICERA

38

Este

Con las primeras luces del día, una campana repicó enérgicamente. Al oírla, los bachilleres de la isla de las Plumas plegaron su ropa de cama y fueron pasando por la casa de baños. Después de lavarse comerían juntos, y más tarde, antes de que se levantaran los ancianos, tendrían una hora para la oración y la meditación. Esa hora era su momento favorito del día.

Tané se arrodilló ante la imagen del gran Kwiriki. El agua goteaba por las paredes de la cueva, cayendo en una balsa. Solo un farolillo iluminaba la oscuridad.

Aquella estatua del Venerable no era como otras ante las que había rezado en Seiiki. Esta lo mostraba con atributos de otras formas que había adoptado durante su vida: la cornamenta de un ciervo, los espolones de un ave y la cola de una serpiente. Pasó un rato antes de que Tané percibiera el sonido agudo de un pie metálico sobre la roca. Se levantó y se encontró con el ilustre anciano Vara de pie en la entrada de la gruta.

—Bachiller Tané. —Inclinó la cabeza—. Perdóname por interrumpir tu meditación.

Ella le devolvió el saludo con la cabeza.

La mayoría del los residentes del Pabellón de la Veleta consideraban al anciano Vara un tipo excéntrico. Era un hombre flaco con la piel morena y ajada y unas profundas arrugas en torno a los ojos, y siempre tenía una palabra amable y una sonrisa para Tané. Su principal tarea era la de proteger y gestionar el repositorio, pero también actuaba como curandero cuando surgía la necesidad.

—Me harías un honor si quisieras venir conmigo al repositorio esta mañana —dijo él—. Alguien se ocupará de tus tareas. Y por favor, tómate tu tiempo.

Tané vaciló.

—No se me permite la entrada al repositorio.

—Bueno, hoy sí —dijo él, y desapareció antes de que Tané pudiera responder. Lentamente, volvió a arrodillarse. Aquella caverna era el único lugar donde conseguía olvidarse de sí misma.

Era una de las numerosas grutas que, a modo de panal, horadaban la pared tras una cascada, y que usaban los bachilleres de aquella parte de la isla.

Agitó el incienso y se inclinó ante la estatua. El brillo de las joyas que tenía por ojos fue su respuesta.

Subió las escaleras y salió a la luz del sol. El cielo tenía el color amarillo de la seda cruda. Empezó a caminar, descalza, por el camino de piedras.

La isla de las Plumas, solitaria y agreste, estaba lejos de todas partes. Sus escarpados acantilados y la capa de nubes que la cubría constantemente desalentaban a cualquier barco que se atreviera a acercarse. Las serpientes tomaban el sol en sus playas de piedra. En la isla vivía gente de todas partes del Este, y también era donde reposaban los huesos del gran Kwiriki, del que se decía que se había tendido a esperar el descanso eterno en el fondo del desfiladero que dividía la isla, llamado la Senda del Venerable. También se decía que sus huesos eran lo que mantenía la niebla en torno a la isla, porque un dragón seguía atrayendo el agua incluso después de muerto. Por eso había siempre tanta bruma en Seiiki.

«Seiiki.»

El Pabellón de Sotavento se encontraba en Cabo Péndola, al norte, mientras que el Pabellón de la Veleta, más pequeño, al que habían destinado a Tané, se encontraba en lo alto de un volcán inactivo, rodeado de bosques. Había cuevas de hielo justo detrás, por donde había fluido la lava en otro tiempo. Para moverse entre los eremitorios había que cruzar un precario puente que atravesaba el desfiladero.

No había otros asentamientos. Los bachilleres estaban solos en medio del vasto mar.

El eremitorio era un rompecabezas de conocimiento. Se accedía a cada elemento de sabiduría nuevo conquistando la comprensión del anterior. Recluida entre sus paredes, Tané había aprendido la naturaleza del fuego y del agua. El fuego, el elemento de los demonios alados, requería un alimento constante. Era el elemento de la guerra, de la codicia y de la venganza, siempre hambriento, nunca satisfecho.

El agua no necesitaba carbón ni yesca para existir. Podía adaptarse a la forma de cualquier espacio. Alimentaba la carne y la tierra y no pedía nada a cambio. Por eso los dragones del Este, señores de la lluvia, de los lagos y del mar, triunfarían siempre sobre los escupefuegos. Cuando el océano se tragara el mundo y acabara con la humanidad, ellos seguirían vivos.

Un águila pescadora sacó un amarguillo del río. Un viento frío susurraba entre los árboles. El Dragón del Otoño muy pronto volvería a su letargo y el Dragón del Invierno despertaría en el duodécimo lago.

Mientras recorría la pasarela cubierta que llevaba al eremitorio, Tané se caló la capucha de tela sobre el cabello, que se había cortado antes de salir de Ginura, de modo que le rozaba las clavículas. Miduchi Tané tenía el cabello largo. El espectro en que se había convertido, no.

Tras la meditación solía barrer los suelos, ir con los otros a recoger fruta al bosque, limpiar las tumbas de hojas o dar de comer a los pollos. En la isla de las Plumas no había criados, de modo que los bachilleres compartían las tareas domésticas, y los más jóvenes y fuertes se encargaban de la mayor parte. Era curioso que el anciano Vara la hubiera llamado al repositorio, donde se conservaban los documentos más importantes.

Tras su llegada a la isla de las Plumas, se había pasado varios días encerrada en su habitación. No había probado bocado ni había pronunciado una palabra. En Ginura le habían quitado sus armas; ahora solo podía desgarrarse por dentro. Lo único que quería era llorar la pérdida de su sueño hasta quedarse sin aliento.

Había sido el anciano Vara quien la había hecho reaccionar, devolviéndola a algo parecido a la vida. Cuando ya estaba muy débil por la falta de comida, él la había obligado a salir al sol. Le había mostrado flores que ella no había visto nunca. Al día siguiente le había preparado una comida, y ella no se había atrevido a rechazarla para no decepcionarle.

Ahora los otros bachilleres la llamaban el Espectro del Pabellón de la Veleta. Comía, trabajaba y leía como todos los demás, pero siempre tenía la mirada perdida en un mundo en el que Susa seguía con vida.

Tané salió de la pasarela y se dirigió hacia el repositorio. Habitualmente solo se permitía la entrada a los ancianos. En el momento en que se acercaba, la isla de las Plumas rugió. Se tiró al suelo y se cubrió la cabeza. Mientras el terremoto sacudía el eremitorio, ella apretó los dientes, presa de un dolor repentino.

Lo que sentía en el costado era como si tuviera clavada la punta de un cuchillo. Un dolor frío, el mordisco del hielo contra la piel desnuda, una quemazón en las vísceras. Los ojos se le llenaron de lágrimas mientras un dolor agónico le atravesaba el cuerpo.

Debía de haber perdido la conciencia.

—Tané —la llamó una voz suave. Unas manos secas como el papel la cogieron de los brazos—. Bachiller Tané, ¿puedes hablar?

«Sí», quiso decir, pero no le salió nada.

El terremoto había parado. El dolor, no. El anciano Vara la cogió entre sus brazos huesudos. Le mortificaba que tuviera que levantarla como a una niña, pero el dolor era insoportable.

Vara la llevó al patio tras el repositorio y la dejó en un banco de piedra junto al estanque de los peces. Al lado había un calentador de agua.

—Hoy iba a llevarte a dar un paseo por los acantilados, pero ya veo que necesitas descansar. En otra ocasión. —Sirvió té para ambos—. ¿Te duele?

Sentía la caja torácica como si estuviera llena de hielo.

—Una vieja lesión. No es nada, anciano Vara —respondió, con voz apagada—. Estos terremotos últimamente se producen con mucha frecuencia.

—Sí. Es como si el mundo quisiera cambiar de forma, como los dragones de antaño.

Ella pensó en sus conversaciones con la gran Nayimathun. Mientras intentaba recuperar el ritmo normal de la respiración, el anciano Vara se sentó a su lado.

—A mí me dan miedo los terremotos —le confesó él—. Cuando vivía en Seiiki, cada vez que temblaba el suelo mi madre y yo nos acurrucábamos en un rincón de nuestra casita de Basai, y nos contábamos historias para no pensar en ello.

Tané intentó sonreír.

—Yo no recuerdo si mi madre hacía eso.

En el momento en que lo decía, el suelo volvió a temblar.

—Bueno —dijo el anciano Vara—, quizá pueda contarte una yo. Para mantener la tradición.

—Por supuesto.

Él le tendió una taza humeante. Tané la aceptó en silencio.

—En un tiempo anterior a la Gran Desolación, una bestia draconiana llegó volando al Imperio de los Doce Lagos y arrancó la perla de la garganta a la Dragona de la Primavera, la que trae las flores y las lluvias suaves. No hay nada que les guste más a los codiciosos demonios alados que amasar tesoros, y no hay ningún tesoro más valioso que una perla de dragón. Pese a estar malherida, la Dragona de la Primavera prohibió que persiguieran al ladrón por miedo a que alguien resultara herido, pero una niña decidió que iría igualmente. Tenía doce años, era pequeña y rápida, y de pies tan ágiles que sus hermanos la llamaban Niña-Sombra.

»La Dragona de la Primavera aún lloraba la pérdida de su perla cuando cayó un invierno de lo más inesperado sobre la tierra. Aunque el frío le quemaba la piel y pese a que no iba calzada, la pequeña Niña-Sombra caminó hasta la montaña donde el escupefuegos había enterrado su botín. Mientras la bestia estaba lejos, de caza, se coló en su cueva y recuperó la perla de la Dragona de la Primavera.

Habría sido un pesado tesoro para la niña. La perla de dragón más pequeña tenía el tamaño de un cráneo humano.

—El escupefuegos volvió justo en el momento en que la niña había echado mano a la perla. Furioso, le dio un mordisco a la ladrona que había osado penetrar en su guarida y le arrancó un pedazo de carne del muslo. La niña se lanzó al río y la corriente la alejó de la cueva. Escapó con la perla, pero cuando salió del agua no encontró a nadie que pudiera coserle la herida, porque la sangre hacía que la gente se asustara pensando que quizá tuviera la enfermedad roja.

Tané observó al anciano Vara a través de las volutas de humo.

—¿Y qué le pasó?

—Murió a los pies de la Dragona de la Primavera. Y en el mismo momento en que las flores volvían a abrirse y el sol fundía la nieve, la Dragona de la Primavera declaró que el río en el que había nadado la pequeña Niña-Sombra tomaría su nombre, porque la niña le había devuelto aquella perla que era como su corazón. Se dice que su fantasma aún merodea por la orilla, protegiendo a los viajeros.

Tané no había oído nunca una historia de tanta valentía por parte de una persona normal.

—A algunos les parece una historia triste. Otros la ven como un bonito ejemplo de sacrificio personal —dijo el anciano Vara.

Otro temblor sacudió la tierra, provocando una reacción en el interior de Tané. Ella intentó que el sufrimiento no se reflejara en su rostro, pero al anciano Vara no se le escapó su mueca de dolor.

—Tané —dijo—. ¿Puedo ver esa vieja lesión?

Tané se levantó la túnica lo justo para dejar la cicatriz a la vista. A la luz del día se veía más abultada de lo habitual.

—¿Puedo? —preguntó el anciano Vara. Cuando ella asintió, el viejo la tocó con un dedo y frunció el ceño—. Hay una inflamación por debajo.

Estaba duro como un guijarro.

—Mi profesor me dijo que me lo había hecho de niña —dijo Tané—. Antes de llegar a las Casas de Instrucción.

—Entonces, ¿nunca te la ha visto un médico, para ver si se puede hacer algo?

Ella negó con la cabeza y se tapó la cicatriz.

—Yo creo que deberíamos abrirte el costado, Tané —dijo el anciano Vara, decidido—. Déjame que llame a la doctora seiikinesa que viene a atendernos. La mayoría de los bultos de este tipo son inofensivos, pero en ocasiones se te pueden comer el cuerpo por dentro. No queremos que mueras en vano, como la pequeña Niña-Sombra.

—Ella no murió en vano —dijo Tané, sin expresión en la mirada—. Con su último aliento, devolvió la alegría a una dragona y reparó el mundo. ¿Hay algo más honroso por lo que dar la vida?

39

Sur

Una caravana de cuarenta almas se abría paso por el desierto. La arena brillaba a la suave luz del ocaso. A lomos de su camello, Eadaz uq-Nāra observó cómo el cielo se volvía de un rojo profundo. Su piel había adquirido un moreno intenso y el cabello, cortado a la altura de los hombros, quedaba cubierto por un *pargh* blanco.

La caravana a la que se había unido en el Pabellón de las Palomas estaba ya en el extremo norte del Burlah, la franja de desierto que se extendía hacia Rumelabar. El Burlah era territorio de las tribus Nuram. La caravana ya se había cruzado con alguno de sus mercaderes, con los que habían intercambiado provisiones, y les habían advertido que algunos wyrms se habían aventurado más allá de las montañas, sin duda envalentonados por los rumores del avistamiento de otro Sombra del Oeste en el Este.

De camino a Rauca, Ead había parado en la Ciudad Enterrada. El monte Pavor, lugar de nacimiento de los wyrms, mostraba un aspecto tan terrible como lo recordaba ella, afilado como una espada rota perforando el cielo. Una o dos veces, mientras caminaba entre las columnas derruidas, había reconocido el brillo distante de unas alas en la cumbre. Wyverns que emprendían el vuelo por primera vez.

A la sombra de la montaña estaban los restos de lo que en su día fue una gran ciudad, Gulthaga. Lo poco que quedaba sobre la superficie ocultaba la estructura subterránea. Allí abajo, en algún lugar, había sucumbido Jannart utt Zeedeur, en su búsqueda de conocimientos.

Ead se había planteado la posibilidad de seguir sus pasos para ver si descubría algo más sobre esa Estrella de Larga Melena, el cometa que aportaba equilibrio al mundo. Había escrutado las ruinas en busca de la ruta usada por él para penetrar bajo la ceniza petrificada. Tras horas de búsqueda, justo cuando estaba a punto de abandonar, había visto un túnel por el que apenas cabía. Estaba oculto bajo un desprendimiento de rocas.

No tenía mucho sentido explorar. Al fin y al cabo, no conocía a nadie de Gulthaga, pero la profecía de Truyde era como un zumbido en el oído que no se podía quitar de encima.

Pensaba que su regreso al Sur sería como un nuevo soplo de vida. De hecho, sus primeros pasos por el desierto del Sueño Turbado le habían dado una sensación de renacimiento. Tras dejar a Valour a buen recaudo en el paso de montaña de Harmur, había seguido a pie, sola por la arena, hasta Rauca. Ver la ciudad de nuevo le había hecho recobrar las fuerzas, pero muy pronto aparecerían los terribles vientos que barrían el Burlah.

Su piel había olvidado lo que era sentir el contacto del desierto. Ahora no era más que una viajera más, cubierta de polvo, y sus recuerdos eran como espejismos. Algunos días casi se convencía de que en realidad nunca había llevado finas sedas y joyas en la corte de la reina del Oeste. De que no había sido nunca Ead Duryan.

Un escorpión pasó corriendo ante a su camello. Los otros viajeros cantaban para pasar el tiempo. Ead escuchaba en silencio. Hacía una eternidad que no oía a nadie cantando en ersyri.

> Un pájaro solitario se posó en la rama de un pino,
> y cantó, buscando compañera que desposar.
> «Baila, baila por las dunas», cantaba con sus trinos.
> «Ven, ven, mi amor, y echaremos a volar.»

Rumelabar aún quedaba muy lejos. La caravana tardaría semanas en conquistar el Burlah. Era invierno y el frío de las noches podía resultar tan letal como el sol. Ead se preguntó si a Chassar le habrían llegado noticias de su marcha de Inys y cuáles serían las consecuencias diplomáticas para el Ersyr.

—Tenemos que llegar al campamento de los nuram —dijo el jefe de la caravana—. Se acerca una tormenta.

El mensaje se transmitió por la fila. Ead sujetó las riendas con más fuerza, molesta. No tenía tiempo que perder esperando en el Burlah a que pasara una tormenta.

—Eadaz.

Se giró sobre la silla. Otro camello se había puesto a su altura. Ragab era un cartero maduro, cubierto de canas, que se dirigía al sur con una saca de correo.

—Una tormenta de arena —dijo, con su voz profunda y tono de preocupación—. Da la impresión de que este viaje no acabará nunca.

A Ead le gustaba viajar con Ragab, que conocía muchísimas historias interesantes aprendidas durante sus viajes y que afirmaba que había cruzado el desierto casi cien veces. En su pueblo había sobrevivido al ataque de un basilisco que había matado a su familia, le había cegado un ojo y le había cubierto de cicatrices. Los otros viajeros le miraban con compasión.

También miraban a Ead con compasión. Les había oído murmurar que era un espíritu errante encerrado en el cuerpo de una mujer, atrapado entre dos mundos. Solo Ragab se atrevía a acercarse a ella.

—Había olvidado lo duro que es el Burlah —dijo Ead—. Es un lugar desolador.

—¿Lo has cruzado antes?

—Dos veces.

—Cuando lo has cruzado tantas veces como yo, empiezas a ver la belleza en la desolación. Aunque de todos nuestros desiertos del Ersyr —dijo— mi preferido siempre será el desierto del Sueño Turbado. Mi historia favorita, de niño, fue la de cómo recibió ese nombre.

—Esa es una historia muy triste.

—A mí me parece bonita. Una historia de amor.

Ead echó mano de su cantimplora.

—Hace mucho tiempo que no la oigo. —Quitó el tapón—. ¿Quieres contármela, quizá?

—Si quieres —dijo Ragab—. Tenemos bastante camino por delante.

Ead le ofreció un trago a Ragab y luego bebió ella. Él se aclaró la garganta.

—Una vez había un rey muy querido por su pueblo. Gobernaba desde un palacio de cristal de zafiro en Rauca. Su esposa, la Reina Mariposa, a la que había amado más que nada en el mundo, había muerto joven, y él seguía desolado, sumido en el duelo. Los altos funcionarios de la corte gobernaban por él, mientras el monarca se recluía en la prisión que se había creado él mismo, rodeado de las riquezas que despreciaba. Ninguna joya, ningún tesoro podía devolverle a la mujer que había perdido. Así que acabaron llamándolo el Rey Melancólico.

»En una ocasión se levantó de la cama por primera vez en un año para contemplar la luna roja. Cuando miró por la ventana, no podía creérselo: ahí estaba su reina, en los jardines de palacio, luciendo el mismo vestido que llevaba el día de su boda, llamándole para que se reuniera con ella en la arena. Sus ojos sonreían, y tenía en la mano la rosa que él le había regalado el día en que se habían conocido. El rey pensó que estaba soñando, así que salió a pie del palacio, atravesó la ciudad y penetró en el desierto sin comida ni agua, sin abrigo e incluso sin zapatos. Caminó y caminó, siguiendo la sombra de lejos. Sintió el frío penetrándole bajo la piel, se sintió débil, sediento, sintió los espíritus malignos que le pisaban los talones, pero en todo momento pensaba: «Estoy soñando. Esto no es más que un sueño». Caminó tras los pasos de su amor, sabiendo que llegaría hasta ella, y que pasaría una noche más con ella, aunque solo fuera una, en su sueño, por fin… para luego despertarse solo en su cama.

Ead recordaba cómo seguía la historia y un escalofrío le recorrió el cuerpo.

—Por supuesto —dijo Ragab— el Rey Melancólico no estaba soñando, sino siguiendo un espejismo. El desierto le había jugado una mala pasada. Murió allí, y la arena engulló sus huesos. Y así es cómo adquirió su nombre el desierto —añadió, dándole una palmadita a su camello al oír que resoplaba—. El amor y el miedo tienen un extraño efecto sobre nuestras almas. Los sueños que propician, esos sueños que nos dejan empapados en sudor y jadeando, sin aliento, como si estuviéramos a punto de morir… los llamamos sueños turbados. Y solo el aroma de una rosa puede ahuyentarlos.

Ead sintió la piel de gallina al recordar otra rosa, depositada tras una almohada.

La caravana llegó al campamento justo en el momento en que la tormenta de arena asomaba por el horizonte. Los viajeros pasaron corriendo a la tienda central, donde Ead se sentó en los cojines junto a Ragab, y los nuram, que eran muy hospitalarios, compartieron con ellos su queso y su pan salado. También hicieron circular una pipa de agua, que Ead rechazó. Ragab, en cambio, la aceptó con mucho gusto.

—Ninguno de nosotros dormirá bien esta noche —dijo,

soltando el humo—. Cuando pase la tormenta, deberíamos llegar al oasis de Gaudaya en tres días, calculo. A partir de ahí nos espera un largo camino.

Ead echó una mirada a la luna.

—¿Cuánto suelen durar esas tormentas? —le preguntó a Ragab.

—Es difícil de decir —respondió él, meneando la cabeza—. Podrían ser minutos, una hora, o más.

Ead troceó una torta de pan sin levadura con los dedos mientras una mujer nuram les servía a los dos un té rosa dulce. Hasta el desierto conspiraba en su contra. No veía el momento de dejar la caravana y cabalgar todo el tiempo que fuera necesario para llegar hasta Chassar; pero ella no era el Rey Melancólico. El miedo no le haría perder la cabeza. No era tan orgullosa como para pensar que podía cruzar el Burlah sola.

Mientras los otros viajeros escuchaban la historia del ladrón de cristal de zafiro de Drayasta, ella se sacudió la arena de la ropa y mascó una pajita para limpiarse los dientes; luego buscó un lugar para dormir tras una cortina.

Los nuram dormían muchas veces al raso, bajo las estrellas, pero ahora que se acercaba la tormenta de arena, se encerraron en sus tiendas. Poco a poco los nómadas y sus invitados empezaron a retirarse, y fueron apagándose las lámparas de aceite.

Ead se cubrió con una manta tejida. La oscuridad la envolvió, y soñó de nuevo con Sabran, sintiendo un dolor físico al recordar su contacto. Por fin la Madre se apiadó de ella y le permitió sumirse en un sueño sin pesadillas.

Un golpe seco la despertó.

Abrió los ojos de golpe. Sintió la sacudida de la tienda, pero más allá del golpeteo oía algo más. Algo que caminaba con pisadas seguras por el exterior. Sacó la daga de su bolsa y se adentró en la noche del desierto.

La arena azotaba todo el campamento. Ead se ciñó el *pargh* contra la boca. Cuando vio la silueta sacó la daga, segura de que sería un wyverling; pero entonces apareció el ave en toda su gloria, entre el polvo del Burlah.

Ead sonrió.

Parspa era la última hawiz conocida, completamente blanca salvo por el color bronce de la punta de sus alas. Estas aves podían llegar a alcanzar el tamaño de un wyvern, que se habían cruzado con ellas para crear las cocatrices. Chassar, que tenía una debilidad por los pájaros, había hallado a Parspa cuando aún no había salido del huevo y se la había llevado al Priorato. Ahora solo le obedecía a él. Ead recogió sus pertenencias y se subió a lomos del ave, y muy pronto dejaron atrás el campamento.

Huían del sol naciente. Ead supo que se estaban acercando cuando empezaron a aparecer pinos salados entre la arena, y de pronto se encontraron sobre el Dominio de Lasia.

Su país natal era un territorio de desiertos rojos y picos agrestes, de cuevas ocultas y cascadas imponentes, de playas doradas bañadas por las olas del mar de Halassa. En su mayor parte era un país seco, como el Ersyr, pero estaba atravesado por enormes ríos, y en sus orillas crecía mucha vegetación. Observando las llanuras que se extendían ante sus ojos, Ead sintió que por fin la nostalgia desaparecía. Por mucho mundo que viera, siempre creería que aquel era el lugar más bonito de todos.

Muy pronto Parspa sobrevoló las ruinas de Yikala. Ead y Jondu habían ido a explorarlas muchas veces cuando eran niñas, soñando con encontrar restos de tiempos de la Madre.

Parspa viró hacia la cuenca de Lasia. Aquel enorme bosque antiguo, regado por el río Minara, era el que ocultaba el Priorato. Para cuando salió el sol, Parspa ya estaba sobre el bosque, proyectando su sombra sobre las tupidas copas de los árboles.

El pájaro descendió por fin y tomó tierra en uno de los pocos claros del bosque. Ead se dejó caer al suelo.

—Muchas gracias, amiga mía —le dijo en selinyi—. Desde aquí ya conozco el camino.

Parspa alzó el vuelo sin emitir ningún sonido.

Ead echó a caminar entre los árboles, sintiéndose tan pequeña como una de sus hojas. Las higueras estranguladoras trepaban por los troncos. Sus pies agotados recordaban el camino, aunque su mente se perdiera. La entrada de la cueva estaba cerca, protegida por potentes guardias, oculta entre el follaje más espeso. La llevaría a las profundidades del subsuelo, hasta el laberinto de pasillos secretos.

Sintió un susurro en su interior. Se giró. Había una mujer bañada por la luz del sol, con el vientre hinchado por el embarazo.

—Nairuj —dijo Ead.
—Eadaz —respondió la mujer—. Bienvenida a casa.

La luz se fragmentaba al atravesar las ventanas de celosía. Ead se dio cuenta de que estaba en la cama, con la cabeza apoyada en almohadones de seda. Las plantas de los pies le ardían tras tantos días de camino.

Un rugido apagado le hizo levantar la cabeza de golpe. Respiró agitadamente y quiso echar mano a un arma.

—Eadaz. —Unas manos de piel áspera envolvieron las suyas, asustándola—. Eadaz, quédate quieta.

Ella se quedó mirando el rostro barbudo que tenía delante y los ojos oscuros con las comisuras orientadas hacia arriba, como los suyos.

—Chassar —susurró—. Chassar, ¿eres…?

—Sí —dijo él, sonriendo—. Estás en casa, querida.

Ella apoyó el rostro en su pecho. La túnica de Chassar absorbió las lágrimas que bañaban sus ojos.

—Has hecho un largo camino —dijo, acariciándole el cabello sucio de arena—. Si hubieras escrito antes de salir de Ascalon, habría enviado a Parspa mucho antes.

—No tuve tiempo, Chassar —contestó ella, agarrándole del brazo—. Debo contártelo. Sabran está en peligro… La Junta de los Duques, creo que quieren luchar por apoderarse del trono…

—Ahora nada de lo que pase en Inys importa ya. La priora hablará contigo muy pronto.

Volvió a dormirse. Cuando se despertó, el cielo tenía la luz de las brasas agonizantes. Lasia gozaba de una temperatura templada casi todo el año, pero el viento de la noche era fresco. Se levantó y se puso una túnica con brocados antes de salir al balcón. Y lo contempló.

El naranjo.

Surgía del corazón de la cuenca de Lasia, más grande y más bello de como lo había soñado en Inys. Sus ramas y la hierba del suelo estaban cubiertas de flores blancas. A su alrededor se extendía el Valle de la Sangre, donde la Madre había vencido al Innombrable. Ead soltó aire con un gran suspiro.

Estaba en casa.

Las dependencias subterráneas terminaban en aquel valle. Solo aquellas habitaciones, las salas del sol, tenían aquellas vistas privilegiadas. La priora le había concedido el honor de descansar en una. Solían estar reservadas para la oración y los partos.

En lo alto se oía el fragor de un salto de agua de mil metros de altura que caía en una sola cascada. Aquel era el rugido sordo que oía. Siyāti uq-Nāra había bautizado aquella catarata como el Llanto de Galian, como mofa a su cobardía. Muy por debajo de donde estaba ella, el río Minara se abría paso por el valle, alimentando las raíces del árbol.

La vista se le fue a su laberinto de ramas. De ellas colgaban frutos aquí y allá, de un color brillante. Aquella imagen le dejó la boca seca. No había agua que pudiera saciar la sed que sentía.

De regreso a su habitación, se paró y presionó la frente contra la fría piedra rosada del marco de la puerta.

«Casa.»

Un suave gruñido le erizó el vello de la nuca. Se giró y vio un ichneumon adulto en la puerta.

—¿Aralaq?

—Eadaz. —Su voz era grave y pétrea.

—La última vez que te vi eras un cachorrillo.

Estaba asombrada por el tamaño que había adquirido. En otro tiempo era tan pequeño que podía ponérselo sobre el regazo. Ahora era enorme, tenía la voz profunda y le pasaba toda la cabeza.

—Tú también.

Ead suavizó el gesto y sonrió.

—¿Has estado montando guardia a mi puerta todo el día?

—Tres días.

Su sonrisa desapareció.

—Tres —murmuró—. Debía de estar más agotada de lo que pensaba.

—Has pasado demasiado tiempo lejos del naranjo.

Aralaq se le acercó y frotó el morro contra su mano. Ead soltó una risita al sentir su lengua rasposa sobre el rostro. Se acordaba de cuando era una bolita de pelo, siempre mirando y olisqueando, y tropezando al pisarse la larga cola.

Una de las hermanas lo había encontrado huérfano en el Ersyr y lo había traído al Priorato, donde Jondu y ella habían recibido el encargo de cuidar de él. Lo habían alimentado con leche y tiras de carne de serpiente.

—Deberías darte un baño —dijo Aralaq, lamiéndole los dedos—. Hueles a camello.

—¡Vaya, gracias! Tú también tienes un aroma bastante penetrante, ahora que lo dices.

Cogió la lámpara de aceite de la mesilla y le siguió.

Él la condujo por los túneles y por unas escaleras. Pasaron junto a dos hombres lasianos, Hijos de Siyāti, que asistían a las hermanas. Ambos saludaron bajando la cabeza al pasar Ead.

Cuando llegaron a la casa de baños, Aralaq le dio un empujoncito en la cadera.

—Ve. Luego un criado te llevará ante la priora. —Sus ojos dorados la miraron con solemnidad—. Ve con pies de plomo cuando hables con ella, hija de Zāla.

Se fue, agitando la cola tras él. Ella se quedó mirando cómo se marchaba antes de franquear la puerta y entrar en un espacio iluminado con velas.

Aquella casa de baños, al igual que las habitaciones, estaba en la parte del Priorato abierta al exterior. Una brisa creaba volutas de humo en la superficie del agua que recordaban los espumarajos del mar. Ead apagó la lámpara de aceite, se quitó la túnica y se sumergió en la piscina. A cada paso iban desapareciendo la arena, el polvo y el sudor, dejándole la piel limpia y tersa.

Usó un jabón de ceniza para lavarse. Una vez eliminada la arena del cabello, dejó que el calor le reconfortara tras el cansancio del viaje.

«Pies de plomo.»

Los ichneumons no daban consejos a la ligera. La priora querría saber por qué había insistido tanto en quedarse en Inys.

«Quédate siempre a mi lado, Ead Duryan.»

—Hermana.

Giró la cabeza. En la puerta esperaba un Hijo de Siyāti.

—La priora os invita a cenar con ella —dijo—. Vuestras prendas os esperan.

—Gracias.

Ya en su habitación, se tomó su tiempo para vestirse. Las prendas que le habían dejado no eran formales, pero tampoco estaban a la altura de su nuevo rango como postulante. Cuando se había ido a Inys era una iniciada, pero ahora había completado una misión de gran envergadura para el Priorato, lo que la hacía candidata al nombramiento como Dama Roja. Solo la priora podía decidir si era digna de ese honor.

Primero vio un manto de seda marina, que brillaba como oro hilado y que una vez colocado cubría hasta el ombligo. Luego una falda blanca bordada. Una pulsera de cristal para una muñeca, la de la mano con que empuñaba la espada, y unos collares de cuentas de madera para el cuello. Se dejó el cabello suelto, aún húmedo.

La nueva priora no la había visto desde que cumplió diecisiete años. Se sirvió un poco de vino para armarse de valor y vio su reflejo en la hoja de su cuchillo de mesa.

Labios carnosos. Los ojos como la miel de roble, unas cejas bajas y rectas. Su nariz era fina en el puente y ancha hacia el final. Todo aquello lo reconocía. Sin embargo, ahora veía por primera vez cómo había cambiado al hacerse adulta. Con la madurez se le habían marcado más los pómulos y habían desaparecido las suaves curvas de la juventud. También tenía el rostro más marcado, como si hubiera pasado hambre, pero un tipo de hambre que solo las guerreras del Priorato conocían.

Tenía el aspecto de las mujeres en las que se fijaba como modelo cuando crecía. Como si estuviera hecha de piedra.

—¿Estás lista, hermana? —El hombre había vuelto. Ead se alisó la falda.

—Sí —dijo—. Llévame con ella.

Cuando Cleolinda Onjenyu había fundado el Priorato del Naranjo, había abandonado su vida como princesa del Sur y había desaparecido con sus damas en el Valle de la Sangre. Y llamaron así a su refugio como gesto de desafío a Galian. En el momento de su llegada, los caballeros de las islas de Inysca hacían sus votos en unos edificios llamados prioratos. Galian había pensado fundar el primer priorato del Sur en Yikala.

«Yo fundaré un priorato diferente —dijo Cleolinda—, y ningún caballero cobarde ensuciará su jardín con su presencia.»

La propia Madre había sido la primera priora. La segunda había sido Siyāti uq-Nāra, de los que tantos hermanos y hermanas del Priorato, Ead incluida, se consideraban descendientes. Tras la muerte de cada priora, eran las Damas Rojas las que elegían la siguiente.

La priora estaba sentada a una mesa con Chassar. Al ver a Ead, se puso en pie y la cogió de las manos.

—Querida hija. —Le dio un beso en la mejilla—. Bienvenida a Lasia.

Ead le devolvió el gesto.

—Que la llama de la Madre os dé larga vida, priora.

—Y a ti.

Unos ojos color avellana la examinaron, observando los cambios, y luego la priora regresó a su sitio.

Mita Yedanya, antes la *munguna*, la teórica heredera del cargo, debía estar ya en su quinta década de vida. Tenía la constitución de un espadón, ancha de hombros y de cuerpo largo. Al igual que Ead, tenía ascendencia tanto lasiana como ersyri, y la piel del color de la arena bañada por el mar. Su cabello negro, ahora veteado de plata, estaba sujeto con un pasador de madera.

Sarsun le dio la bienvenida con un gorjeo desde su soporte. Chassar estaba comiendo yogush con cordero, pero paró para sonreírle. Ead se sentó a su lado y un Hijo de Siyāti le puso un cuenco con un guiso de jícama.

La mesa estaba cubierta de platos de comida. Queso blanco, dátiles con miel, borasos y albaricoques, pan ácimo caliente con cobertura de garbanzos machacados, arroz con cebolla y tomate maduro, pescado secado al sol, almejas al vapor, tiras de plátano rojo especiadas… Sabores que echaba de menos desde hacía casi una década.

—Se nos fue una niña y regresa una mujer —dijo la priora, mientras el Hijo de Siyāti le servía a Ead tanta comida como le cabía en el plato—. Odio meterte prisa, pero debemos conocer las circunstancias en las que dejaste Inys. Chassar me ha contado que te desterraron.

—Hui para evitar que me arrestaran.

—¿Qué ocurrió, hija?

Ead se sirvió vino de dátiles de una jarra, dándose unos segundos para pensar. Empezó por Truyde utt Zeedeur y su lío con el escudero. Les habló de Triam Sulyard y de su viaje al Este. Les habló de la Tablilla de Rumelabar y de la teoría que había elaborado Truyde, de su historia sobre el equilibrio cósmico, el fuego y las estrellas.

—Eso puede tener algún peso, priora —observó Chassar, pensativo—. Efectivamente hay épocas de bonanza, en las que el árbol da abundantes frutos (ahora estamos en una de ellas) y períodos en los que da menos. Ha habido dos épocas de escasez así, una de ellas justo después de la Gran Desolación. Esta teoría del equilibrio cósmico podría ayudar a explicarlo.

La priora pareció contemplar esa posibilidad, pero no dio voz a sus pensamientos.

—Sigue, Eadaz.

Ead prosiguió. Les habló del matrimonio y del asesinato, de la hija concebida y de su pérdida. De la Junta de los Duques y de lo que Combe le había insinuado sobre sus intenciones para con Sabran.

Se dejó algunas cosas, por supuesto.

—Ahora que ya no puede concebir, su legitimidad está amenazada. Al menos una persona en palacio, ese Escanciador, ha intentado matarla, o cuando menos asustarla —concluyó Ead—. Debemos enviar a otras hermanas, o estoy convencida de que la Junta de los Duques hará movimientos para hacerse con el trono. Ahora que conocen su secreto, está a su merced. Podrían usarlo para chantajearla. O simplemente usurparle el poder.

—Guerra civil —murmuró la priora, frunciendo los labios—. Ya le dije a nuestra difunta priora que ocurriría antes o después, pero ella no quería ni oír hablar de ello. —Se sirvió una rodaja de melón rojo—. No nos inmiscuiremos más en los asuntos de Inys.

Ead estaba segura de que había oído mal.

—Priora. ¿Puedo preguntaros qué queréis decir?

—Quiero decir exactamente lo que he dicho. Que el Priorato no interferirá más en los asuntos de Inys.

Confundida, Ead miró a Chassar, pero de pronto él se mostró profundamente interesado en su comida.

—Priora... —Hizo un esfuerzo por no perder la voz—. ¿No estaréis sugiriendo que vamos a abandonar los Reinos de las Virtudes a este incierto destino?

No hubo respuesta.

—Si se descubre que Sabran no puede engendrar una hija, no solo habrá una guerra civil en Inys, sino que se provocará un peligroso cisma en los Reinos de las Virtudes. Se crearán diferentes facciones en apoyo de los diferentes miembros de la Junta de los Duques. Hasta el Comité de los Condes puede decidirse a luchar por el trono. Los apocalípticos invadirán las ciudades. Y con todo ese caos, Fýredel se hará con el poder.

La priora sumergió los dedos en un cuenco con agua para limpiar la sangre del melón rojo.

—Eadaz —dijo—. El Priorato del Naranjo es la primera línea de defensa contra los wyrms. Lo ha sido durante mil años. —Miró a Ead a los ojos—. No es su función sostener monarquías en decadencia. Ni interferir en guerras de otros países. No somos políticos, ni guardaespaldas, ni mercenarios. Somos portadoras de la llama sagrada.

Ead no dijo nada.

—Tal como ha dicho Chassar, los registros indican que ha habido períodos de escasez en el Priorato. Si nuestros estudiosos no se equivocan, muy pronto llegará otro. Es probable que estemos en guerra con el Ejército Draconiano justo en ese período. Quizá con el propio Innombrable. Debemos estar listos para la batalla más despiadada desde la Caída de las Sombras. Así pues, debemos centrar nuestros esfuerzos en el Sur, y conservar todos los recursos posibles. Debemos ser capaces de afrontar la tormenta que se nos echa encima.

—Por supuesto, pero…

—Por tanto —la interrumpió la priora— no enviaré a ninguna hermana a los horrores de una guerra civil en los Reinos de las Virtudes, para salvar a una reina que ha fracasado estrepitosamente. Ni me arriesgaré a que las ejecuten por herejía, cuando podrían emplear su tiempo en dar caza a los Sombras del Oeste. O a apoyar a nuestros viejos amigos de las cortes del Sur.

—Priora —replicó Ead, contrariada—, estaréis de acuerdo en que el propósito del Priorato es el de proteger a la humanidad.

—Derrotando a las bestias draconianas de este mundo.

—Pues si queremos derrotarlas, necesitamos que haya estabilidad en el mundo. El Priorato es la principal protección contra los wyrms, pero no podemos ganar solos —insistió Ead—. Los Reinos de las Virtudes tienen una gran potencia militar y dominan los mares. El único modo de mantener la cohesión del mundo, y de evitar que se destruya desde dentro, es mantener a Sabran Berethnet con vida y en el tro…

—Ya basta.

Ead no dijo nada más. Se hizo un silencio en la sala que le pareció eterno.

—Eres tenaz en tus convicciones, Eadaz. Como lo era Zāla —dijo la priora, con más suavidad—. Yo respeté la decisión de nuestra difunta priora de enviarte a Inys. Ella creía que era eso lo que deseaba la Madre... pero yo opino diferente. Es hora de prepararse. Hora de proteger a los nuestros y de prepararnos para la guerra. —Movió ligeramente la cabeza—. No quiero tenerte repitiendo repugnantes oraciones en Ascalon una temporada más.

—Entonces ha sido todo en vano. Años y años de cambiar sábanas —dijo Ead con aspereza— para nada.

La mirada que le echó la priora le heló el alma. Chassar se aclaró la garganta.

—¿Más vino, priora?

Ella asintió muy levemente y él se lo sirvió.

—No fue por nada. —La priora le indicó que parara cuando la copa ya estaba casi llena—. Mi predecesora opinaba que la creencia de los Berethnet podía ser cierta, y que esa posibilidad justificaba la protección de sus reinas, pero sea cierta o no, nos acabas de decir que Sabran es la última de su dinastía. Los Reinos de las Virtudes caerán, sea ahora o en un futuro próximo, cuando se haga pública su esterilidad.

—Y el Priorato no hará nada por intentar frenar la caída. —Ead no conseguía asimilar aquello—. Habéis decidido que nos quedemos mirando mientras medio mundo se sumerge en el caos.

—No está en nuestras manos cambiar el curso natural de la historia —dijo la priora, levantando su copa—. Ahora debemos preocuparnos por el Sur, Eadaz. Por nuestro objetivo.

Ead se quedó sentada muy rígida.

Pensó en Loth y en Margret. En niños inocentes como Tallys. En Sabran, sola y afligida en su torre. Todo perdido.

La antigua priora no habría tolerado esa indiferencia. Ella siempre había pensado que la intención de la Madre era la de proteger y apoyar a la humanidad en todo el mundo.

—Fýredel ha despertado —dijo la priora, mientras Ead apretaba los dientes—. Sus hermanos, Valeysa y Orsul, también han sido avistados, la primera en el Este y el último en el Sur. Tú nos has hablado de ese Wyrm Blanco, que debemos considerar una nueva potencia, asociado a los otros. Debemos acabar con los cuatro para sofocar la llama del Ejército Draconiano.

Chassar asintió.

—¿En qué parte del Sur está Orsul? —preguntó Ead, cuando consiguió controlar su rabia.

—La última vez se le vio cerca de la Puerta de Ungulus.

La priora se limpió las comisuras de la boca con un paño. Un Hijo de Siyāti le retiró el plato.

—Eadaz —dijo—, has completado una misión de gran importancia para el Priorato. Hija mía, es hora de que te pongas el manto de Dama Roja. No tengo dudas de que serás una de nuestras mejores guerreras.

Mita Yedanya era una mujer brusca, rápida en todo. Le concedió a Ead su sueño como si fuera una fruta en un plato. Sus años en Inys la habían acercado más que nunca a ese manto.

Sin embargo. había escogido el momento crucial para hacerlo. La priora usaba aquello para congraciarse con ella. Como si fuera una niña que pudiera distraerse con una chuchería.

—Gracias —dijo Ead—. Me siento muy honrada.

Ead y Chassar comieron en silencio un rato, y Ead probó el vino turbio.

—Priora —dijo por fin—. Debo preguntaros qué fue de Jondu. ¿Consiguió regresar a Lasia?

Cuando la priora apartó la mirada, con la boca convertida en una línea recta, Chassar negó con la cabeza.

—No, querida —dijo él, apoyando una mano sobre la suya—. Jondu ahora está con la Madre.

Algo en el interior de Ead se murió de golpe. Estaba segura, segura de que Jondu conseguiría regresar al Priorato. La decidida, fiera, intrépida Jondu. Mentora, hermana, amiga fiel.

—¿Estáis seguros? —dijo, bajando la voz.

—Sí.

Sintió un profundo dolor en el vientre. Cerró los ojos, se imaginó que aquel dolor era una vela, y lo apagó de un soplido. Más tarde. Ya dejaría que el dolor floreciera cuando tuviera espacio para respirar.

—Pero no murió en vano —añadió Chassar—. Salió en busca de la espada de Galian el Impostor. No encontró a *Ascalon* en Inys, pero encontró otra cosa.

Sarsun dio un golpecito con las patas en su percha. Paralizada por la noticia, Ead posó la vista en el objeto que el ave tenía al lado.

Una caja.

—No sabemos cómo abrirla —reconoció Chassar, mientras Ead se ponía en pie—. Un acertijo se interpone entre nosotros y sus secretos.

Lentamente, Ead se acercó a la caja y pasó un dedo por el relieve de su superficie. Lo que un ojo inexperto vería como mera decoración, ella supo que era selinyi, el antiguo lenguaje del Sur, con las letras entrelazadas y superpuestas para dificultar aún más la lectura.

una llave sin cerradura ni pasador
que eleve los mares en tiempos complicados
se cerró entre nubes de sal y de vapor
se abre con un cuchillo dorado

—Supongo que habréis probado todos los cuchillos del Priorato —dijo Ead.

—Por supuesto.

—Entonces quizá haga referencia a *Ascalon*.

—Se decía que *Ascalon* tenía la hoja plateada —respondió Chassar, suspirando—. Los Hijos de Siyāti están buscando respuestas en los archivos.

—Debemos rezar para que las encuentren —dijo la priora—. Si Jondu estaba dispuesta a morir para hacernos llegar esta caja, debió de pensar que podríamos abrirla. Se entregó hasta el final. —Volvió a mirar a Ead—. De momento, Eadaz, debes ir a comer del árbol. Después de ocho años, tu fuego estará apagado. —Hizo una pausa—. ¿Quieres que te acompañe alguna de tus hermanas?

—No —dijo Ead—. Iré sola.

La tarde dio paso a la noche. Con las estrellas brillando sobre el Valle de la Sangre, Ead inició el descenso.

Mil escalones la llevaron hasta el fondo del valle. Sus pies descalzos se hundieron en la hierba y la tierra blanda. Hizo una pequeña pausa para aspirar el aire de la noche y luego dejó caer la túnica.

El valle estaba cubierto de flores blancas. El naranjo se alzaba imponente, con las ramas abiertas como manos. A cada paso que daba sentía un calor cada vez más abrasador en la garganta.

Había cruzado medio mundo para regresar a aquel lugar, a la fuente de su poder.

La noche parecía envolverla. Se dejó caer de rodillas y hundió los dedos en la tierra, sintiendo en el rostro lágrimas de alivio, y cada bocanada de aire que aspiraba era como un cuchillo que se le clavara en la garganta. Se olvidó de todas las personas que había conocido. Solo estaba el árbol. Del que manaba la fuerza. Era su único objetivo, el motivo de su existencia. Y la estaba llamando después de ocho años, prometiéndole la llama sagrada.

En algún lugar cercano, la priora, o una de las Damas Rojas, estaría observando. Tenían que comprobar que seguía siendo digna de su rango. Solo el árbol podía decidir quién lo era.

Ead le mostró las palmas de las manos y esperó, igual que la cosecha espera la lluvia.

«Dame tu fuego otra vez —dijo, rezando en silencio, con el corazón—. Déjame ser tu sierva.»

La noche se sumió en el silencio más absoluto. Y entonces, lentamente, como si se sumergiera en el agua, un fruto dorado cayó de lo alto.

Ella lo cogió con ambas manos. Contuvo una exclamación y hundió los dientes en la pulpa.

Era como morir y renacer. La sangre del árbol extendiéndose por la lengua, sofocando las llamas de su garganta. Las venas adoptando un color dorado. Y tan rápidamente como sofocaba un fuego, encendía otro, un fuego que le recorría todo el cuerpo. Y el fuego la abría por dentro, como un molde de arcilla, y hacía que su cuerpo le gritara al mundo.

Y el mundo que la rodeaba respondió.

40

Este

Una cortina de lluvia azotaba el mar del Sol Trémulo. Era mediodía, pero la Flota del Ojo del Tigre mantenía las lámparas encendidas. Laya Yidagé cruzó la cubierta del *Perseguidor*. Niclays la seguía, empapado y tiritando, sin poder evitar mirar hacia el magullado cielo, como hacía a diario desde hacía semanas.

Valeysa la Hostigadora estaba despierta. La visión de aquella bestia sobre los barcos, con sus chillidos infernales, se le había quedado grabada en la mente para siempre.

La había visto en suficientes pinturas como para conocerla. Con sus escamas de color naranja quemada y sus púas doradas, era como una brasa encendida que brillaba como si la acabara de escupir el monte Pavor de sus entrañas.

Ahora había regresado, y en cualquier momento podía reaparecer y reducir el *Perseguidor* a cenizas. Al menos sería una muerte más rápida que cualquier cruel tortura que pudieran inventarse los piratas para acabar con él si tuviera la desgracia de ofenderles. Llevaba semanas en aquel barco y de momento había conseguido que no le arrancaran la lengua o le cercenaran una mano, pero vivía siempre con la amenaza de que algo así pudiera suceder.

Dirigió la mirada al horizonte. Tres barcos de hierro seiikineses les perseguían desde hacía días, pero tal como había predicho la Emperatriz Dorada, no se habían acercado lo suficiente como para poder establecer contacto. Ahora el *Perseguidor* volvía a navegar hacia al este, en dirección a Kawontay, donde los piratas venderían el dragón lacustrino. Niclays no dejaba de preguntarse qué harían con él.

La lluvia le salpicaba las gafas. Se las frotó sin conseguir ver mejor y fue corriendo tras Laya.

La Emperatriz Dorada los había convocado a los dos en su camarote, donde había una estufa encendida para combatir el frío. Ella estaba a la cabecera de la mesa, vestida con un abrigo enguatado y un sombrero de piel de nutria.

—Lumarino —dijo—, siéntate.

Niclays apenas había abierto la boca desde que Valeysa le había dejado con un nudo en el estómago, pero ahora reaccionó casi sin darse cuenta:

—¿Habláis seiikinés, honorable capitana?

—Por supuesto que hablo seiikinés —dijo, sin levantar la vista de la mesa, donde tenía desplegado un mapa del Este—. ¿Me has tomado por tonta?

—Bueno... no. Pero la presencia de vuestra intérprete me hizo creer...

—Tengo una intérprete para que mis rehenes me tomen por tonta. ¿Es que Yidagé no lo hizo bien?

—No, no —respondió Niclays, abrumado—. No, honorable emperatriz. Lo hizo estupendamente.

—Así que me consideras tonta.

Niclays no encontraba palabras que decir, así que se calló. La capitana por fin levantó la vista.

—Siéntate.

Se sentó. Ella le echó una mirada, se sacó el cuchillo del cinto y se puso a limpiarse las largas uñas, que llevaba pintadas de negro.

—Me he pasado treinta años en alta mar —dijo—. He tratado con gente de todo tipo, desde pescadores a virreyes. He aprendido a quién debo torturar, a quién debo matar y quién me contará sus secretos, o compartirá conmigo sus riquezas sin necesidad de derramar sangre. —Hizo girar el cuchillo en la mano—. Antes de que me capturaran los piratas, dirigía un burdel en Xothu. Conozco mejor a la gente de lo que se conocen ellos a sí mismos. Conozco a las mujeres. Y también a los hombres, desde el cerebro hasta el pene. Y sé juzgarles casi a primera vista.

Niclays trago saliva.

—Si pudiéramos dejar los penes fuera de esto... —dijo, con una sonrisa forzada—. Seré viejo, pero le tengo apego al mío.

La Emperatriz Dorada respondió con una carcajada.

—Eres divertido, Lumarino. La gente del otro lado del Abismo siempre estáis riéndoos. No me extraña que tengáis tantos bufones en la corte. —Sus ojos negros lo atravesaron—. Ya te veo. Sé lo que quieres, y no tiene que ver con tu pene. Tiene que ver con el dragón que nos llevamos de Ginura.

Llegados a aquel punto, a Niclays le pareció que lo mejor era mantener el silencio. No convenía tomarse a la ligera a una lunática armada.

—¿Qué es lo que quieres del dragón? ¿Saliva, quizá, para hacer un elixir de amor? ¿Su cerebro, para curar las hemorragias?

—Cualquier cosa —dijo Niclays, aclarándose la garganta—. Soy alquimista, ya lo sabéis, honorable emperatriz.

—Alquimista —repitió, cáustica.

—Sí —dijo Niclays, algo herido en su dignidad—. Un maestro del método. Estudié el arte de la alquimia en la universidad.

—Tenía la impresión de que habías estudiado anatomía. Por eso te di una ocupación. Y te dejé vivir.

—Oh, sí —se apresuró a responder—. Soy anatomista, y de los buenos, os lo aseguro, un gigante en mi campo... pero también estudié alquimia por afición. Llevo muchos años buscando el secreto de la vida eterna. Aún no he conseguido crear un elixir, pero estoy convencido de que los dragones del Este podrían ayudarme a hacerlo. Sus cuerpos tardan miles de años en envejecer; si pudiera recrear eso...

Se frenó de golpe, a la espera de su valoración. Ella no le había quitado los ojos de encima.

—Así pues, quieres convencerme de que tienes más cerebro que agallas. Desde luego, lo más fácil sería rebanarte el cráneo y comprobarlo de primera mano.

Niclays no se atrevió a responder.

—Creo que podríamos llegar a hacer tratos, Lumarino. Quizá seas de los que saben hacer negocios. —La Emperatriz Dorada echó mano al bolsillo de su abrigo—. Me dijiste que esto te lo legó un amigo. Háblame de él.

Sacó aquel recorte escrito. En su mano tenía lo último que le quedaba de Jannart.

—Quiero saber quién te dio esto —insistió y, al ver que no respondía, lo acercó a la estufa—. Respóndeme.

—El amor de mi vida —dijo Niclays, con el corazón golpeándole el pecho—. Jannart, duque de Zeedeur.

—¿Sabes qué es?

—No. Solo sé que él me lo dejó.

—¿Por qué?

—Ojalá lo supiera.

La Emperatriz Dorada lo miró entrecerrando los ojos.

—Por favor —dijo Niclays, con voz ronca—. Ese fragmento de texto es todo lo que me queda de él. Todo lo que me queda.

Ella esbozó una sonrisa. Dejó el fragmento sobre la mesa. Al ver la delicadeza con que lo manipulaba, Niclays se dio cuenta de que nunca lo habría tirado al fuego.

«Tonto —pensó—. No muestres nunca tus puntos débiles.»

—Ese fragmento —dijo la Emperatriz Dorada— forma parte de un texto del Este muy antiguo sobre una fuente de vida eterna. Un moral. —Le dio unas palmaditas—. Llevaba buscando este fragmento muchos años. Se suponía que tenía que contener indicaciones, pero no revela la ubicación del árbol. Lo único que hace es completar la historia.

—¿No se tratará... de una leyenda, honorable Emperatriz Dorada?

—Todas las leyendas albergan algo de verdad. Eso yo lo sé muy bien. Hay quien dice que me comí el corazón de un tigre y que eso me hizo enloquecer. Hay quien dice que soy un fantasma de agua. Lo cierto es que me río de los supuestos dioses del Este. Todos los rumores que me rodean partieron de ahí. —Apoyó un dedo en el texto—. Dudo que el moral creciera desde el corazón del mundo, como dice el relato. Pero lo que no dudo es que tenga el secreto de la vida eterna. Así que ya ves, no va a hacer falta que mutiles a un dragón.

Niclays no podía asimilar todo aquello. Jannart le había legado la pieza clave de la alquimia.

La Emperatriz Dorada se lo quedó mirando y Niclays observó por primera vez que había muescas a lo largo de su brazo de madera. Ella le hizo un gesto a Laya, que había sacado una caja de madera dorada de debajo del trono.

—He aquí mi oferta. Si consigues resolver este acertijo y encuentras el camino hasta el moral —dijo la Emperatriz Dorada—, te permitiré beber del elixir de la vida. Compartirás nuestro tesoro.

Laya le trajo la caja a Niclays y levantó la tapa. En el interior, envuelto en seda de agua, había un libro fino. En la cubierta, de madera, brillaban los restos de un moral hecho con pan de oro. Niclays lo sacó de la caja con gran reverencia. Estaba encuadernado al estilo seiikinés, con las hojas cosidas a un lomo abierto. Las páginas eran de seda. Quienquiera que lo hubiera creado, lo había hecho con la intención de que durara muchos siglos, y así había sido.

Aquel libro habría sido un sueño para Jannart.

—Le he dado todos los significados posibles a cada palabra en seiikinés antiguo, y aun así lo único que consigo sacarle es un relato —dijo la Emperatriz Dorada—. Quizá una mente méntica le pueda dar otra interpretación. O quizá el amor de tu vida te enviara algún mensaje que aún no hemos oído. Tráeme una respuesta dentro de tres días, al amanecer, o puede que observes que me canso de mi nuevo cirujano. Y cuando me canso de algo, no dura mucho en este mundo.

Con el estómago encogido, Niclays pasó los pulgares por encima del libro.

—Sí, honorable Emperatriz Dorada —murmuró.

Laya le acompañó al exterior, donde el aire era frío y cortante.

—Bueno —dijo Niclays—, sospecho que este será uno de nuestros últimos encuentros, Laya.

Ella frunció el ceño.

—¿Estás rindiéndote, Niclays?

—No voy a resolver este misterio en tres días, Laya. Aunque tuviera trescientos, tampoco podría hacerlo.

Laya lo sujetó de los hombros, con tanta fuerza que Niclays se quedó inmóvil.

—Ese Jannart, el hombre que amabas —dijo, mirándole fijo a los ojos—, ¿tú crees que querría que te rindieras o que siguieras adelante?

—¡Es que no quiero seguir adelante! ¿No lo entiendes? ¿Es que no hay nadie en este mundo que lo entienda, maldita sea? —exclamó, con voz temblorosa—. Todo lo que he hecho en la vida, todo lo que fui, todo lo que soy… es por él. Él ya era alguien antes de conocerme a mí. Yo no soy nadie sin él. Estoy cansado de vivir sin él a mi lado. Me dejó por ese libro, y por el Santo que no se lo he perdonado. Pienso en ello cada minuto de cada día. —La voz se le quebró—. Vosotros los lasianos creéis en el más allá, ¿no?

Laya se lo quedó mirando.

—Algunos, sí. El Jardín de los Dioses —dijo—. Puede que te esté esperando allí, o en la Gran Mesa del Santo. O quizá no esté en ningún sitio en absoluto. Sea lo que sea lo que haya sido de él, tú sigues aquí. Y estás aquí por algún motivo. —Apoyó su mano callosa sobre el pómulo—. Ya tienes un fantasma, Niclays. No te conviertas en fantasma también tú.

¿Cuántos años hacía que nadie le tocaba el rostro o le miraba con una mínima simpatía?

—Buenas noches —dijo él—. Y gracias, Laya.

Se alejó, y en su rincón de cubierta, se tendió de costado y se mordió un puño. Había huido de Mentendon. Había huido del Oeste. Pero por muy lejos que fuera su fantasma le seguía.

Era demasiado tarde. El dolor lo tenía loco. Llevaba loco muchos años. Había perdido la cabeza la noche que había encontrado a Jannart muerto en el Sol Resplandeciente, la posada donde habían creado su nido de amor.

Había pasado una semana desde el día en que se suponía que Jannart tenía que volver de su viaje, pero nadie lo había visto. Al no encontrarlo en la corte, y después de que Aleidine le confirmara que no estaba en Zeedeur, Niclays había ido al único lugar donde podía estar.

Lo primero que notó fue el olor a vinagre. Una médico protegida con una máscara para la peste estaba en el exterior de la habitación, pintando unas alas rojas en la puerta. Y cuando Niclays entró a la carrera en la habitación, dejándola atrás, se encontró a Jannart, tendido como si durmiera, con las manos, rojas, juntas sobre el pecho.

Jannart les había mentido a todos. La biblioteca donde esperaba encontrar respuestas no estaba en Wilgastrōm, sino en Gulthaga, la ciudad arrasada durante la erupción del monte Pavor. Sin duda habría pensado que en las ruinas no corría peligro, pero debía de haberlo sabido. Había engañado a su familia y al hombre al que amaba. Todo para poder atar un cabo de la historia.

En las galerías abandonadas de Gulthaga se había instalado un wyvern para dormir. Había bastado un mordisco.

No había cura. Jannart lo sabía, y había intentado marcharse antes de que la sangre empezara a hervirle y que el alma se le inflamara. De modo que se había disfrazado y había ido al mercado negro, a comprar un veneno llamado polvo de la eternidad, que proporcionaba una muerte tranquila.

Niclays tembló. Aún veía aquella imagen, con todo detalle. Jannart en la cama, su cama. En una mano, el guardapelo que Niclays le había dado la mañana después de su primer beso, con el fragmento dentro. En la otra, el vial vacío.

Habían tenido que intervenir la médico, el posadero y otras cuatro personas para retener a Niclays. Aún oía sus propios gritos de negación, aún sentía el sabor de las lágrimas, aún percibía el olor empalagoso del veneno.

«¡Idiota! —había gritado—. Maldito idiota egoísta. Te he esperado. Te he esperado treinta años…»

¿Alguna pareja de amantes había conseguido llegar a la laguna Láctea, o todo se quedaba siempre en un sueño?

Se agarró la cabeza entre las manos. Con la muerte de Jannart, había perdido la mitad de sí mismo. La parte de sí mismo por la que valía la pena vivir. Cerró los ojos, con la cabeza dolorida, la respiración acelerada… y cuando le dominó por fin un sueño agitado, soñó con la habitación en lo alto del Palacio de Brygstad.

«Tiene un mensaje oculto, Clay.»

Sintió otra vez el sabor del vino tinto en la lengua.

«La intuición me dice que es una parte vital de la historia.»

Sintió el calor del fuego sobre la piel. Vio las estrellas, que componían radiantes constelaciones, tan reales como si su nido de amor se abriera al cielo.

«Hay algo en los caracteres que me parece extraño. Unos son más grandes, otros más pequeños, y tienen un espaciado irregular.»

Abrió los ojos de golpe.

—Jan —murmuró—. Oh, Jan. Tu viejo zorro dorado aún conserva su ingenio.

41

Sur

Ead estaba tendida en su dormitorio, empapada en sudor. Sentía la sangre caliente circulándole por las venas a toda velocidad. Aquello no era nuevo. La fiebre. Se había pasado ocho años sumergida en una niebla que le apagaba los sentidos, pero ahora se había evaporado con el sol. Cada bocanada de aire era como el roce de un dedo contra su piel.

Oía el sonido de la cascada a la perfección. Oía el piar de los indicadores, de los arañeros y de las ninfas irisadas del bosque. Percibía el olor de los ichneumons y de las orquídeas blancas y el perfume del naranjo.

Echaba de menos a Sabran. Con la piel tan sensible, recordarla era una tortura. Deslizó una mano entre las piernas y se imaginó el tacto frío sobre su cuerpo, sus labios de seda, la dulzura del vino. Sus caderas retrocedieron una vez, antes de hundirse en la cama.

Después de eso se quedó quieta, ardiendo.

Ya debía de estar a punto de amanecer. Otro día que Sabran pasaría sola en Inys, rodeada por una manada de lobos. Margret no podría hacer demasiado para protegerla. Era lista, pero no era una guerrera.

Tenía que haber algún modo de convencer a la priora para que defendieran el trono de Inys.

Los criados le habían dejado un plato de fruta y un cuchillo en la mesilla de noche. Durante un tiempo, quemaría la comida que necesitarían tres hombres adultos. Cogió una granada del plato.

Mientras la pelaba, la mano se le fue, fruto de la torpeza provocada por la fiebre. La hoja del cuchillo le hizo un corte en la otra muñeca, que sangró. Una gota le recorrió el brazo hasta el codo.

Ead se la quedó mirando un buen rato, pensando. Luego se puso una túnica y encendió una lámpara de aceite chasqueando los dedos.

Empezaba a tomar forma una idea.

Aquella noche los pasillos estaban en silencio. De camino al comedor, se paró de golpe junto a una de las puertas.

Recordó cuando corría por aquel pasaje con Jondu, llevando con ellas a Aralaq, que gimoteaba. Qué miedo le daba aquel pasillo, sabiendo que era donde su madre biológica había exhalado su último aliento.

Zāla du Agriya uq-Nāra, que había sido la *munguna* antes que Mita Yedanya. Detrás de aquella puerta estaba la habitación en la que había muerto.

Había muchas hermanas legendarias en el Priorato, pero Zāla era la más legendaria de todas. A los diecinueve años, embarazada de dos meses, había respondido a una llamada de la joven Sahar Taumargam, futura reina de Yscalin, que en aquel tiempo era princesa del Ersyr. Una tribu nuram había despertado sin querer a un par de wyverns en los montes Mínimos. Zāla se había encontrado no con dos, sino con seis de aquellas criaturas aterrorizando a los nómadas y, contra todo pronóstico, había acabado con todos ellos. Luego, tras quitarse el polvo de encima, había cabalgado hasta el mercado de Zirin para satisfacer su antojo de dulces de rosa.

Ead había nacido medio año más tarde, demasiado pronto. «Eras tan pequeña que te podía sostener con una mano —le había dicho una vez Chassar—, pero tu llanto podía abatir montañas, querida.» Se suponía que las mujeres no debían profundizar demasiado en la relación con sus hijos, porque el Priorato era una gran familia, pero Zāla muchas veces le pasaba dulces de miel a Ead, y le hacía arrumacos cuando no miraba nadie.

«Mi Ead —le susurraba, aspirando el olor a bebé de su cabecita—. Mi estrella de la tarde. Si mañana el sol te prendiera fuego, tu llama iluminaría el mundo.»

Aquel recuerdo hizo que Ead echara de menos el contacto humano. Tenía seis años cuando Zāla había muerto en su lecho.

Apoyó la mano sobre la puerta y siguió adelante. «Que tu llama ascienda e ilumine el árbol.»

El comedor estaba oscuro y en silencio. Solo Sarsun estaba allí, con la cabeza inclinada contra el pecho. Cuando puso el pie en el suelo, el águila se despertó de golpe.

—Shhh.

Sarsun ahuecó las plumas. Ead colocó la lámpara de aceite junto a su percha. Como si el ave detectara sus intenciones, saltó y se acercó a examinar la caja del acertijo. Ead agarró el cuchillo. Cuando acercó la hoja a su piel, Sarsun soltó un gemidito. Se hizo un corte en la palma de la mano, lo suficientemente profundo como para que sangrara generosamente, y apoyó la mano sobre la tapa de la caja.

«Se cerró entre nubes de sal y de vapor, se abre con un cuchillo dorado.»

—Siyāti uq-Nāra dijo una vez que la sangre de las magas era dorada, ¿sabes? —le dijo a Sarsun—. Para tener un cuchillo dorado, tengo que bañarlo de sangre.

Nunca habría creído que un ave podía adoptar un gesto tan escéptico hasta que le vio poner aquella cara.

—Ya sé. No es dorada de verdad.

Sarsun agachó la cabeza. Las letras grabadas se fueron llenando gradualmente, hasta adoptar el color y el brillo del rubí. Cuando la sangre llegó a la última palabra, la caja se abrió por el centro. Ead dio un respingo y Sarsun salió volando de nuevo a su percha mientras la caja seguía abriéndose como una flor nocturna.

Dentro había una llave.

Ead la recogió del fondo satinado. Era tan larga como su dedo índice y tenía la cabeza en forma de flor con cinco pétalos. Una flor de azahar. El símbolo del Priorato.

—Ave de poca fe —le dijo a Sarsun.

El animal le picoteó la manga y salió volando hacia la puerta, donde se posó, mirándola.

—¿Sí?

El águila la miró con sus ojos pequeños y brillantes y luego emprendió el vuelo. Ead la siguió hasta una puerta estrecha y luego por unas escaleras de caracol que bajaban. Tenía un recuerdo vago de aquel lugar. Alguien la había llevado allí cuando era muy pequeña.

Cuando llegó al fondo de las escaleras, se encontró en una cámara abovedada, sin luz.

Tenía a la Madre delante.

Ead levantó la lámpara hacia la efigie. Aquella no era la lánguida Damisela de la leyenda inys. Aquella era la Madre tal como había sido en vida. Con el cabello rapado casi al cero, un hacha en una mano y una espada en la otra. Iba vestida para la batalla, con las ropas de los guerreros de la Casa de Onjenyu. Guardiana, guerrera y líder nata: esa era la verdadera Cleolinda de Lasia, hija de Selinu, el Custodio del Juramento. Entre sus pies había una figurita de Washtu, la diosa del fuego.

Cleolinda nunca había estado enterrada en el Santuario de Nuestra Señora. Sus huesos yacían allí, en su querida patria, en un sarcófago de piedra bajo la estatua. La mayoría de estatuas fúnebres representaban al difunto yaciendo, pero no esta. Ead alzó la mano para tocar la espada y luego miró a Sarsun.

—¿Y bien?

El ave ladeó la cabeza, Ead bajó la lámpara, buscando lo que fuera que le estuviera indicando.

El sarcófago estaba situado sobre un pedestal. Y en la parte frontal del pedestal había una cerradura rodeada de una hendidura cuadrada. Ead echó una mirada a Sarsun, que dio un golpecito con la garra, se arrodilló e introdujo la llave en la cerradura.

Cuando vio que giraba, sintió la nuca bañada de sudor. Respiró hondo y siguió hasta el final.

Bajo el sarcófago se abrió un compartimento que se deslizó hacia delante. En el interior había otra caja de hierro. Ead hizo girar el cierre, en forma de flor de azahar, y la abrió. Dentro había una joya. Tenía la superficie blanca como la madreperla, o como niebla atrapada en una cuenta de cristal. Sarsun soltó un gorjeo. Junto a la joya había un pergamino del tamaño de su meñique, pero Ead casi ni lo veía. Estaba absorta observando la luz que envolvía la joya, y acercó la mano para cogerla con dos dedos.

En cuanto la tocó, un grito se le escapó de entre los labios. Sarsun también chilló. Ead cayó ante la Madre, con los dedos unidos a aquella joya como una lengua al hielo. Lo último que oyó fue el aleteo del ave.

—Toma, querida —dijo Chassar, tendiéndole una taza de leche de nueces. Aralaq estaba estirado sobre la cama, con la cabeza sobre las patas delanteras. La joya estaba en la mesa. No la había tocado nadie.

Chassar, alertado por Sarsun, la había encontrado inconsciente y se la había llevado a la habitación. Sus dedos no habían soltado la joya hasta el momento en que había recuperado la conciencia.

Ahora tenía en las manos la traducción del pergamino de la caja. El lacre estaba roto. El soporte del mensaje era de un papel quebradizo con un brillo extraño, y según los eruditos estaba escrito en seiikinés antiguo, con alguna palabra intercalada en selinyi.

> Saludos, honorable Siyāti, querida hermana de la excelsa e ilustre Cleolinda.
>
> En este día, el tercero de la primavera del vigésimo año de reinado de la insigne emperatriz Mokwo, Cleolinda y yo hemos aprisionado al Innombrable con dos joyas sagradas. No habríamos podido destruirle porque su corazón no ha sido atravesado por la espada. Mil años estará preso, y ni un amanecer más.
>
> Te envío con pesar los restos de nuestra querida amiga y su joya menguante para que la conserves hasta su regreso. Encontrarás la otra en Komoridu y yo adjuntaré un mapa celeste para guiar a tus descendientes hasta allí. Deben usar espadas y joyas en su contra. Las joyas se vincularán a la maga que las toque y solo con la muerte puede cambiar su portadora.
>
> Rezo para que nuestros descendientes, a siglos de distancia, acepten esta carga con voluntad y entereza.
>
> Yo soy Neporo, reina de Komoridu.

—Todos estos años la Madre custodiaba la advertencia. Teníamos la verdad justo bajo nuestros pies —dijo la priora, con la voz fina y grave—. ¿Por qué se tomó tantas molestias una hermana para ocultarla? ¿Por qué escondió la llave de la tumba y fue a enterrarla en Inys, nada menos?

—Quizá para protegerla —dijo Chassar—. De Kalyba.

Se hizo el silencio.

—No menciones ese nombre —dijo la priora, en voz muy baja—. Aquí no, Chassar.

Chassar bajó la cabeza.

—Estoy seguro —añadió— que una hermana nos habría dejado algo más, pero quizá estaría en los archivos. Hasta que llegó la inundación.

La priora caminaba arriba y abajo vestida con su bata roja.

—No había ningún mapa celeste en la caja —dijo, pasando los dedos por el collar de oro que llevaba al cuello—. Y sin embargo… el mensaje nos ha contado mucho. Si creemos lo que dice esta tal Neporo de Komoridu, la Madre no consiguió clavarle la espada en el corazón al Innombrable. Consiguió hacerle lo suficiente como para inmovilizarlo, pero no como para evitar que resurgiera otra vez.

«Mil años estará preso, y ni un amanecer más.» Su ausencia nunca había tenido nada que ver con Sabran.

—El Innombrable regresará —dijo la priora, casi para sus adentros—, pero a partir de esta nota podemos establecer el día exacto en que ocurrirá. Mil años después del tercer día de primavera del vigésimo año de la emperatriz Mokwo de Seiiki… —Se dirigió hacia la puerta—. Debo convocar a nuestros eruditos. Descubrir cuándo gobernó Mokwo. Y quizá ellos conozcan alguna leyenda sobre estas joyas.

Ead apenas podía pensar. Tenía tanto frío como si acabaran de sacarla del mar Cetrino.

Chassar se dio cuenta.

—Eadaz, duerme un poco más —dijo, y le dio un beso en la cabeza—. Y de momento no toques la joya.

—Seré fisgona —murmuró Ead—, pero no tonta.

En cuanto se fue, Ead se acurrucó contra el pelo caliente de Aralaq, con la cabeza hecha un lío.

—Eadaz —dijo Aralaq.

—¿Sí?

—No vuelvas a seguir a ningún pájaro idiota a lugares oscuros nunca más.

Soñó con Jondu en una cámara oscura. La oyó chillando mientras una garra al rojo vivo le arrancaba la carne. Aralaq la despertó con un golpecito del morro.

—Estabas soñando —observó, con voz grave. Ead tenía las mejillas surcadas de lágrimas. Él las frotó con la nariz y ella se acurrucó, envolviéndose en su manto de pelo.

Se decía que el rey de Yscalin tenía una cámara de tortura en lo más profundo de su palacio. Allí es donde Jondu habría encontrado la muerte. Mientras tanto, Ead había estado entre los oropeles de la corte de Inys, cobrando un sueldo y vistiendo ricas prendas. Cargaría con aquella sensación de culpa el resto de sus días.

La joya había dejado de brillar. Ead se la quedó mirando con prudencia mientras sorbía el té azul zafiro que le habían preparado.

La priora entró en la habitación a toda prisa.

—No tenemos nada sobre esa tal Neporo de Komoridu en los archivos —dijo, sin más ceremonia—. Ni sobre esa joya. Sea lo que sea, no es magia de la nuestra. —Se detuvo junto a la cama—. Es algo… desconocido. Peligroso.

Ead dejó la taza.

—Esto es algo que no querréis oír, priora —dijo—, pero Kalyba sabría algo.

Una vez más, aquel nombre hizo que la priora se quedara rígida. Habría querido ocultar su malestar, pero la tensión de su mandíbula la delataba.

—La Bruja de Inysca forjó *Ascalon*. Un objeto imbuido de poder. Esta joya podría ser otra de sus creaciones —dijo Ead—. Kalyba ya caminaba por este mundo mucho antes de que la Madre respirara su primer aliento.

—Es cierto. Y luego caminó por las galerías del Priorato. Mató a tu madre biológica.

—Aun así, sabe muchas cosas que nosotras no sabemos.

—¿Es que la década pasada en Inys te ha ablandado? —replicó la priora—. La bruja no es de fiar.

—Puede ser que el Innombrable esté de camino. Nuestro objetivo, como hermanas del Priorato, es proteger al mundo. Si debemos tratar con enemigos menores para conseguirlo, que así sea.

La priora la miró.

—Ya te lo he dicho, Eadaz. Nuestro objetivo es proteger el Sur. No el mundo.

Pues dejadme proteger el Sur.

La priora resopló por la nariz y apoyó las manos en la balaustrada.

—Hay otro motivo por el que creo que deberíamos contactar con Kalyba —dijo Ead—. Sabran soñaba a menudo con la Pérgola de la Eternidad. Ella no sabía lo que era, por supuesto, pero me dijo que había visto una entrada con flores de chumbera y un lugar terrible más allá. Querría saber por qué atormentaba a la reina de Inys.

La priora se quedó de pie junto a las ventanas un buen rato, rígida como un torreón.

—No hace falta que invitéis a Kalyba a venir aquí —dijo Ead—. Dejadme ir en su busca. Puedo llevarme a Aralaq.

La priora frunció los labios.

—Ve, pues —accedió por fin—. Pero dudo que te pueda decir algo o que quiera hacerlo. El exilio la ha vuelto aún más hosca. —Con una pequeña tela recogió la joya—. Esto lo guardaré aquí.

Ead tuvo una inesperada reacción de intranquilidad.

—Puede que necesite su poder —dijo—. Kalyba es una maga mucho más poderosa de lo que pueda llegar a serlo yo nunca.

—No. No me arriesgaré a que caiga en sus manos —dijo la priora, dejando caer la joya en una bolsita que llevaba colgada al costado—. Tendrás armas. Kalyba es poderosa, nadie puede negarlo, pero no ha comido del árbol en años. Tengo fe en que podrás con ella, Eadaz uq-Nāra.

42

Este

Una gota de sudor le colgaba de la punta de la nariz. En el momento en que Niclays humedecía el pincel y lo desplazaba con una mano debajo para evitar que goteara tinta sobre su obra maestra, entró Laya con una taza de caldo.

—Odio interrumpirte, viejo pelirrojo, pero hace horas que no comes —dijo Laya—. Si te desmayas y caes de bruces, tu pequeño mapa quedará destruido antes incluso de que la capitana pueda echarle un escupitajo.

—Este pequeño mapa, Laya, es la clave de la inmortalidad.

—A mí me parece una locura.

—Todos los alquimistas llevan la locura en las venas, querida. Así es como hacemos las cosas.

Llevaba agazapado sobre la mesa una eternidad, copiando los caracteres más grandes y más pequeños de la *Historia de Komoridu* en un rollo gigante de seda, pasando por alto los de tamaño mediano. Si aquello no daba resultado, lo más probable era que amaneciera en el fondo del mar.

En cuanto recordó la bóveda estrellada del Palacio de Brygstad, lo supo. Primero había intentado disponer los caracteres de tamaño distinto en un círculo, tal como hacían los astrónomos ménticos, pero el resultado no tenía sentido. Tras insistirle un poco, Padar, el oficial de derrota sepuliano, le había dejado sus propios mapas celestes, que eran rectangulares. Niclays había procedido entonces a transcribir cada página de texto en un recuadro trazado en la seda, manteniendo el orden en que aparecían en el libro.

Cuando hubo llenado los recuadros con los caracteres grandes y pequeños, estaba seguro de que formarían un mapa de una parte del cielo. Sospechaba que el tamaño del carácter era una medida del resplandor de la estrella correspondiente, por lo que los de mayor tamaño indicarían las más brillantes.

En algún lugar bajo sus pies, el dragón empezó a debatirse otra vez, como un pescado varado en la playa, zarandeando el barco.

—Maldita criatura —dijo Niclays, marcando la posición del carácter siguiente—. ¿Es que no va a parar?

—Debe de echar de menos que le rindan culto.

Laya tensó la seda con la mano para facilitarle la escritura. Se quedó mirando cómo trabajaba.

—Niclays —murmuró—. ¿Cómo murió Jannart?

Sintió aquel dolor ya familiar en la garganta, pero le resultaba algo más fácil tragar saliva y dominarlo cuando tenía algo en lo que ocupar la mente.

—La peste —dijo.

—Lo siento.

—No tanto como yo.

No le había hablado nunca a nadie sobre Jannart. ¿Cómo iba a hacerlo, cuando nadie sabía lo unidos que estaban? Incluso ahora, al hacerlo sentía un nudo en el estómago, pero Laya no formaba parte de ninguna corte real y, curiosamente, confiaba en ella. Ella le guardaría el secreto.

—Te habría gustado. Y tú le habrías gustado —dijo, con voz ronca—. Jannart adoraba los idiomas. Especialmente los antiguos y las lenguas muertas. Estaba enamorado del conocimiento.

Ella sonrió.

—¿No estáis un poco enamorados del conocimiento todos los ménticos, Niclays?

—Y eso hace que los otros Reinos de las Virtudes nos detesten. Muchos se preguntan cómo podemos cuestionar las bases de la religión que adoptamos, aunque se base en una única estirpe de dudosa excepcionalidad, lo cual no parece muy sensa...

La puerta se abrió de golpe y entró una ráfaga de viento. Los dos se apresuraron a sujetar las páginas. Entró la Emperatriz Dorada, seguida de Padar, que tenía el rostro y el pecho ensangrentados, y Ghonra, la supuesta princesa del mar del Sol Trémulo y capitana del *Cuervo Blanco*. Laya le había asegurado a Niclays que tras su belleza única escondía una sed de sangre igualmente única. El tatuaje que llevaba en la frente era un rompecabezas que aún no habían resuelto: simplemente decía «amor».

Niclays mantuvo la cabeza gacha mientras pasaba por su lado. La Emperatriz Dorada se sirvió una copa de vino.

—Espero que estés a punto de acabar, Lumarino.

—Sí, honorable emperatriz —dijo Niclays, fingiéndose animado—. Muy pronto conoceré el paradero del árbol.

Se concentró todo lo que pudo pese a tener a Padar y a Ghonra pegados al cuello. Cuando hubo transcrito el último de los caracteres, sopló suavemente sobre la tinta. La Emperatriz Dorada acercó su copa de vino a la mesa (mientras Niclays rezaba con toda su alma para que no lo derramara) y se quedó mirando su creación.

—¿Esto qué es?

Él agachó la cabeza.

—Honorable emperatriz —dijo—, estoy convencido de que estos caracteres de la *Historia de Komoridu* representan las estrellas, nuestro medio de navegación más antiguo. Si se pueden contrastar con un mapa celeste existente, creo que os llevará al moral.

Ella se lo quedó mirando con los ojos ocultos tras su tocado, cuyas cuentas le creaban sombras circulares sobre la frente.

—Yidagé —le dijo la Emperatriz Dorada a Laya—. ¿Tú sabes algo de seiikinés antiguo?

—Algo, honorable emperatriz.

—Lee los caracteres.

—No creo que deban leerse como palabras —intervino Niclays—, sino como…

—No creas, no creas, Lumarino —dijo la Emperatriz Dorada—. Los creyentes me aburren. Lee, Yidagé.

Niclays se mordió la lengua. Laya pasó el dedo por encima de cada uno de los caracteres.

—Niclays —dijo, frunciendo el ceño—. Creo que sí deben leerse como palabras. Aquí hay un mensaje.

La tensión de Niclays se evaporó de inmediato.

—¿Lo hay? —dijo, colocándose bien las gafas—. Bueno, ¿y qué dice?

«El Camino de los Proscritos —leyó Laya en voz alta— empieza en la novena hora de la noche. La… joya creciente.» —Arrugó la nariz—. Sí, «la joya creciente… está plantada en el suelo de Komoridu. Partiendo de debajo del Ojo de la Urraca, ve al sur y hacia la Estrella Soñadora, y mira bajo el…».

—Cuando llegó al último carácter del recuadro final, soltó un suspiro—. Oh. Estos son los caracteres de «moral».

—Los mapas celestes —dijo Niclays, casi sin aliento—. ¿Pueden encajar estos patrones con el cielo?

La Emperatriz Dorada miró a Padar, que extendió sus mapas celestes por el suelo. Después de estudiarlos un buen rato, cogió el pincel aún húmedo y conectó algunos de los caracteres sobre el papel de seda. Niclays se estremeció con la primera pincelada, pero luego se dio cuenta de lo que estaba trazando.

Constelaciones.

El corazón le golpeaba el pecho como un hacha contra un leño. Cuando Padar acabó, dejó el pincel y analizó el resultado.

—¿Lo entiendes, Padar? —preguntó la Emperatriz Dorada.

—Lo entiendo —respondió, y asintió muy lentamente—. Sí. Cada recuadro muestra el cielo en un momento diferente del año.

—Y esto —dijo Niclays, señalando el último recuadro—. ¿Cómo llamáis a esta constelación?

La Emperatriz Dorada cruzó una mirada con su oficial, que torció la boca.

—Los seiikineses —dijo— la llaman la Urraca. Los caracteres de «moral» forman su ojo.

«Partiendo de debajo del Ojo de la Urraca, ve al sur y hacia la Estrella Soñadora, y mira bajo el moral.»

—Sí —Padar rodeó la mesa—. El libro nos ha dado un punto fijo de referencia. Como las estrellas se mueven cada noche, debemos iniciar el recorrido solo cuando estemos justo debajo del ojo de la Urraca, a la novena hora de la noche, en el momento justo del año.

Niclays apenas podía contener los nervios.

—¿Que sería…?

—A final del invierno. Después, debemos navegar entre la Estrella Soñadora y la Estrella del Sur.

Se hizo un silencio profundo, cargado de expectativas, y la Emperatriz Dorada sonrió. Niclays sintió que le fallaban las rodillas, fuera de agotamiento o por el repentino alivio tras aquellos días de terror.

Desde la tumba, Jannart les había mostrado la estrella que necesitaban como punto de referencia para su navegación. Sin ella, la Emperatriz Dorada no habría descubierto nunca cómo llegar a aquel lugar.

De nuevo le asaltaron las dudas. Quizá no debía de habérselo enseñado. Alguien había hecho todo lo posible por evitar que aquella información saliera del Este, y él la había puesto en manos de unos forajidos.

—Yidagé, hablas de una joya —dijo Ghonra, con los ojos brillantes—. Una joya creciente.

Laya negó con la cabeza.

—Imagino que será la descripción poética de una semilla. Una semilla que crece convirtiéndose en un árbol.

—O un tesoro —propuso Padar, cruzando una mirada ávida con Ghonra—. Un tesoro enterrado.

—Padar —dijo la Emperatriz Dorada—, dile a la tripulación que se prepare para la misión de sus vidas. Vamos a Kawontay a aprovisionarnos y luego partiremos en busca del moral. Ghonra, informa a las tripulaciones del *Paloma Negra* y del *Cuervo Blanco*. Tenemos un largo viaje por delante.

Los dos se fueron de inmediato.

—Estáis... —Niclays se aclaró la garganta—. ¿Estáis satisfecha con la solución, honorable capitana?

—De momento —dijo la Emperatriz Dorada—, pero si al final de este camino no encontramos nada, sabré quién nos ha engañado.

—No tengo ninguna intención de engañaros.

—Eso espero.

Metió la mano bajo la mesa y sacó una vara de lo que parecía madera de cedro.

—Toda mi tripulación va armada. Este bastón será tu arma —dijo—. Úsalo bien.

Niclays lo cogió. Era ligero, pero daba la impresión de que podía dar un potente bastonazo.

—Gracias, honorable capitana —respondió, con una reverencia.

—Nos espera la vida eterna —dijo—, pero si aún deseas ver el dragón, y solicitar alguna parte de su cuerpo, puedes ir. Quizá nos pueda decir algo más sobre la joya de la *Historia de Komoridu*, o de la isla. Yidagé, llévalo.

Salieron del camarote. En el momento en que se cerró la puerta tras ellos, Laya cogió a Niclays del cuello y lo abrazó, aplastándole la nariz con el hombro y clavándole las cuentas de su collar en el pecho. Aun así, Niclays no pudo evitar reír tan fuerte como ella, hasta casi quedarse sin respiración.

Tenía el rostro cubierto de lágrimas. Era en parte la tensión liberada, pero también la euforia por haber resuelto un enigma. En todos sus años en Orisima, no había conseguido encontrar la clave del elixir, y ahora acababa de descubrir el camino que llevaba a él. Había acabado lo que Jannart había empezado.

El corazón no le cabía en el pecho. Laya sujetó su cabeza entre las manos y le mostró una sonrisa que le levantó el ánimo.

—Tú —dijo ella— eres un genio, Lumarino. ¡Brillante, has estado brillante!

Había piratas por todas las cubiertas. Padar les gritó las órdenes en lacustrino. Las estrellas brillaban con fuerza en un cielo claro, indicándoles el camino hacia el horizonte.

—De genio nada —la contradijo Niclays, que aún sentía la debilidad en las rodillas—. Solo loco. Y afortunado. —Le dio una palmadita en el brazo—. Gracias, Laya. Por tu ayuda, y por creer en mí. Quizá ambos acabemos comiendo del fruto de la inmortalidad.

La mirada de ella fue una llamada a la prudencia.

—Quizá. —Sonrió de nuevo y le apoyó una mano entre los hombros para guiarlo por entre la multitud de piratas—. Ven. Es hora de que recibas tu recompensa.

En lo más profundo del *Perseguidor*, un dragón lacustrino yacía encadenado del morro a la punta de la cola. A Niclays le había parecido un ser magnífico la primera vez que lo había visto en la playa. Ahora parecía casi una criatura débil.

Laya se quedó esperando a su lado, entre las sombras.

—Yo tengo que volver —le dijo—. ¿Estarás bien?

—Por supuesto —dijo él, apoyándose en su nuevo bastón—. La bestia está encadenada. —Tenía la boca seca—. Vete.

Ella le echó una última mirada al dragón y se puso su abrigo. Del interior sacó un cuchillo, enfundado en una vaina de cuero.

—Un regalo —dijo, cogiéndolo por la hoja—. Por si acaso.

Niclays lo cogió. En Mentendon tenía una espada, pero la única vez que había usado un arma había sido en sus clases de esgrima con Edvart, que siempre conseguía desarmarlo en segundos. Antes de que pudiera darle las gracias, Laya ya estaba subiendo las escaleras para volver a cubierta.

El dragón parecía dormido. Una crin enmarañada le caía sobre los cuernos. Tenía el rostro más ancho que los wyrms, finos como serpientes, y más llamativo, con detalles decorativos.

«Nayimathun», lo había llamado Laya. Un nombre de origen incierto.

Niclays se acercó a la bestia, manteniéndose alejado de su cabeza. Tenía la mandíbula inferior caída a causa del sopor y se le veían los dientes, largos como su propio antebrazo.

Tenía la protuberancia de la cabeza apagada. Panaya le había hablado de aquello, de la primera noche que había visto un dragón. Cuando se iluminaba, aquella protuberancia comunicaba con el plano celestial, elevando al dragón hacia las estrellas. A diferencia de los wyrms, los dragones no necesitaban alas para volar.

Había pasado semanas intentando racionalizarlo. O meses. Quizá la protuberancia fuera una especie de imán, que creaba un campo de fuerzas con las partículas del aire de los núcleos de mundos lejanos. Quizá los dragones tuvieran huesos huecos que les permitieran surcar el aire. Eso era el alquimista que había en él, que teorizaba. Sin embargo sabía perfectamente que, a menos que pudiera abrir un dragón en canal para analizarlo con la lente de un anatomista, todo aquel misterio quedaría sin explicación. Era magia, en todos los sentidos.

Mientras estudiaba al dragón, la bestia abrió de golpe el ojo y Niclays retrocedió instintivamente. En el ojo de aquella criatura había un cosmos de conocimiento: hielo, vacío y constelaciones… nada cercano a los humanos. Su pupila tenía el tamaño de un escudo y estaba rodeada de un brillo azulado.

Durante un buen rato se quedaron mirándose el uno al otro. Un hombre del Oeste y un dragón del Este. Niclays sintió la necesidad apremiante de ponerse de rodillas, pero la controló, agarrándose bien a su bastón.

—Tú. —La voz era fría y suave, como el aleteo de una vela—. Tú eras el que querías regatear para conseguir mi sangre y mis escamas. —Una lengua azul oscuro aleteó tras los dientes—. Eres Roos.

Hablaba en seiikinés. Cada palabra surgía como una sombra al amanecer.

—Lo soy —confirmó Niclays—. Y tú eres la gran Nayimathun. O quizá… no tan grande.

Nayimathun observaba su boca mientras hablaba. En tierra, según le había dicho Panaya, los dragones oían del mismo modo como los humanos oían bajo el agua.

—El que lleva cadenas es mil veces más grande que el que las pone —dijo Nayimathun—. Las cadenas son cobardía.

Un ruido sordo retumbó por toda la bodega.

—¿Dónde está Tané?

—En Seiiki, supongo. Apenas la conozco.

—La conocías lo suficiente como para amenazarla. Como para intentar manipularla en tu beneficio.

—Es un mundo cruel, bestia. Yo solo intenté negociar —dijo Niclays—. Necesitaba tu sangre y una escama para realizar mi trabajo, para descubrir el secreto de vuestra inmortalidad. Quería que los humanos tuvieran la oportunidad de sobrevivir en un mundo gobernado por gigantes.

—Intentamos defenderos durante la Gran Desolación. —El ojo se cerró un momento, oscureciendo el entorno—. Muchos de vosotros perecisteis. Pero nosotros lo intentamos.

—Quizá no seáis tan violentos como el Ejército Draconiano —dijo Niclays—, pero aun así os encargáis de que los humanos adoren vuestra imagen y os recen para que llegue la lluvia que hace crecer las cosechas. Como si un hombre no fuera suficientemente grande como para ser objeto de admiración o adulación.

La dragona resopló por los orificios nasales.

Entonces Niclays tomó la decisión. Aunque hubiera perdido todas sus herramientas de alquimista, y aunque ya iba de camino hacia una fuente de la vida eterna, tomaría lo que se le había negado durante tanto tiempo.

Dejó el bastón en el suelo y desenfundó el cuchillo que le había dado Laya. Tenía el mango lacado y la hoja de sierra por un lado. Echó un vistazo a todas aquellas escamas. Cuando encontró una escama intacta, apoyó una mano encima.

La dragona era suave y fría al tacto como un pez. Niclays usó el cuchillo para levantar la escama, dejando a la vista un fragmento de carne plateada.

—Tú no estás destinado a vivir eternamente.

Niclays echó una mirada en dirección a la cabeza.

—Como alquimista, debo disentir —dijo—. Yo creo en la probabilidad, ¿sabes? Aunque no pueda encontrar el elixir de la vida en tu cuerpo, la Emperatriz Dorada va de camino a la isla de Komoridu. Allí encontraremos el moral y la joya que yace debajo.

El ojo se dilató con un destello.

—La joya —dijo la dragona, y en su interior algo vibró—. Hablas de las joyas celestiales.

—Joyas —repitió Niclays—. Sí, la joya creciente. —Bajó la voz—. ¿Qué sabes de ella?

Nayimathun permaneció en silencio. Niclays presionó con la hoja, que se clavó en la escama, y la dragona se retorció todo lo que le permitían las cadenas.

—No te diré nada. Solo que no deben caer en manos de piratas, hijo de Mentendon.

«Según su diario, mi tía lo recibió de manos de un hombre que le dijo que se lo llevara lejos del Este y que no volviera a llevarlo allí.» Las palabras de Jannart le volvían a la mente, dando vueltas en su cabeza como un trompo. «Que no volviera a llevarlo allí.»

—No espero que detengas tu búsqueda. Es demasiado tarde para eso —dijo ella—, pero no permitas que la joya caiga en manos de quienes la usarían para destruir lo poco que queda de mundo. El agua de tu interior está estancada, Roos, pero aún puedes limpiarla.

Niclays no soltaba el cuchillo, pero le temblaba la mano.

«Estancada.»

La dragona tenía razón. Todo en él se había quedado estancado. Su vida se había detenido, como un reloj al caer al agua, cuando Sabran Berethnet lo había enviado a Orisima. Desde entonces no había sido capaz de resolver ni un misterio. Ni el de la vida eterna, ni el de por qué había muerto Jannart.

Era un alquimista, lo suyo era resolver misterios. Y no volvería a estancarse más.

—¡Ya basta! —replicó entre dientes, y clavó el cuchillo.

43

Sur

El armero proporcionó a Ead un arco de oseumón, una espada de hierro, un hacha con inscripciones de oraciones en selinyi y una fina daga con mango de madera. En lugar del manto de color oliváceo de su infancia, ahora llevaba el manto blanco de postulante, señal de plenitud como mujer. Chassar, que había acudido a despedirla con Sarsun, le puso las manos sobre los hombros.

—Zāla estaría orgullosa de ti —dijo—. Muy pronto el manto escarlata será tuyo.

—Si regreso con vida.

—Lo harás. Kalyba es una criatura temible, pero no es tan fuerte como antes. Hace veinte años que no come del naranjo; no le quedará siden.

—Tiene otro tipo de magia.

—Estoy convencido de que podrás con ella, querida. O vuelve, si ves que el riesgo es excesivo. —Dio una palmadita al ichneumon que tenía al lado—. Asegúrate de traérmela de una pieza, Aralaq.

—No soy un estúpido pajarraco —dijo Aralaq—. Los ichneumons no llevamos a las hermanitas al peligro.

Sarsun protestó con un graznido.

Tras su exilio, Kalyba había huido a una parte del bosque que había llamado la Pérgola de la Eternidad. Se decía que había lanzado un hechizo sobre el lugar que engañaba a la vista. Nadie sabía cómo creaba sus ilusiones.

Estaba atardeciendo cuando Ead se puso en marcha con Aralaq, desde el Valle de la Sangre, adentrándose de nuevo en el bosque. Los ichneumons corrían más rápido que los caballos, incluso más que los leopardos cazadores que antaño vivían en Lasia. Ead mantuvo la cabeza baja mientras su montura chocaba con lianas, se deslizaba bajo raíces y saltaba para salvar los numerosos afluentes del Minara.

Justo antes del amanecer empezó a acusar el cansancio, y acamparon en una caverna tras una cascada. Aralaq se fue a cazar y desapareció, mientras Ead se refrescaba en el estanque bajo la cascada. Mientras trepaba para volver a la caverna, recordó los tiempos en que Kalyba estaba en el Priorato.

Ead recordaba a Kalyba como una mujer pelirroja con los ojos oscuros profundísimos. Había llegado al Priorato cuando Ead tenía dos años, y decía que lo había visitado ya varias veces antes a lo largo de los siglos, porque también sostenía que era inmortal. Su siden no procedía del naranjo, sino de un espino blanco que en su día crecía en la isla inys de Nurtha.

La priora le había dado la bienvenida. Las hermanas la llamaban la Hermana de Hawthorne o Lengua de Cascabel, según si creían su historia o no. La mayoría de ellas mantenía las distancias, porque Kalyba tenía unos dones inquietantes. Dones que no le había dado ningún árbol.

Una vez, Kalyba se había cruzado con Ead y Jondu mientras jugaban bajo el sol, y les había sonreído de un modo que había hecho que Ead confiara en ella plenamente. «¿Qué querríais llegar a ser, hermanitas —les preguntó—, si pudierais llegar a ser cualquier cosa?»

«Un pájaro —respondió Jondu—, para poder ir a cualquier sitio.»

«Yo también —dijo Ead, porque ella siempre seguía lo que hacía Jondu—. Podría abatir wyrms en pleno vuelo, y eso le gustaría a la Madre.»

«Observad», dijo Kalyba.

En aquel punto sus recuerdos se volvían confusos, pero Ead estaba segura de que Kalyba había alargado sus propios dedos, convirtiéndolos en plumas. Sin duda era obra de algún encantamiento que les había lanzado a ellas, pero había bastado para convencerlas de que Kalyba era la más sagrada de las siervas de la Madre.

Nunca había tenido claros los motivos de su exilio, pero se rumoreaba que había sido ella quien había envenenado a Zāla mientras dormía.

Quizá fuera entonces cuando la priora se dio cuenta de que ella era la Dama de los Bosques, el terrorífico personaje de la leyenda inys, famosa por su crueldad. Mientras Ead secaba su espada, apareció Aralaq cruzando la cascada. La miró con gesto adusto.

—Este viaje es una locura. La Bruja de Inysca te hará papilla.

—Por lo que he oído, a Kalyba le gusta jugar con sus presas —dijo ella, mientras sacaba brillo a la hoja de la espada con su manto—. Además, la bruja es de lo más curiosa. Querrá saber por qué he recurrido a ella.

—Te contará mentiras.

—O querrá presumir de lo que sabe. Y desde luego sabe mucho. —Con un suspiro, echó mano de su arco—. Supongo que tendré que salir a buscarme la cena yo misma.

Aralaq soltó un gruñido, pero al momento dio media vuelta y atravesó de nuevo la cascada. Ead sonrió. Él le traería algo. Pese a su carácter arisco, los ichneumons eran bestias muy leales.

Recogió las ramitas que pudo del sotobosque e hizo una hoguera en la caverna. Cuando Aralaq regresó por segunda vez, le tiró al suelo un pescado moteado.

—Que conste que lo hago solo porque me alimentaste cuando era cachorro —dijo, acurrucándose en la oscuridad.

—Gracias, Aralaq.

Él soltó un gruñido de desdén. Ead envolvió el pescado en una hoja de plátano y lo puso sobre el fuego. Mientras se cocía, la mente se le fue a Inys, como transportada por el viento del sur.

Ahora Sabran estaría durmiendo, con Roslain o Katryen a su lado. Con fiebre, tal vez. O quizá ya se hubiera recuperado. A lo mejor había escogido otra dama de honor… o más bien se la habrían escogido. Ahora que la Junta de los Duques acechaba el trono, sin duda sería otra mujer de una de sus familias, para poder espiarla mejor.

¿Qué le habrían dicho sobre Ead a la reina de Inys? Que era una hechicera y una traidora, sin duda. Que Sabran se lo creyera era otra cosa. No lo aceptaría. Pero ¿cómo iba a desafiar a la Junta de los Duques cuando ellos conocían su secreto, cuando podían destruirla con una sola palabra?

¿Confiaría aún Sabran en ella? No es que se lo mereciera. Habían compartido cama, habían compartido sus cuerpos, pero Ead nunca le había contado la verdad sobre su identidad. Sabran ni siquiera sabía su verdadero nombre.

Aralaq se despertaría enseguida. Se tendió a su lado, lo bastante cerca de la cascada como para que el agua vaporizada le refrescara la piel, e intentó descansar un poco. Para enfrentarse a Kalyba debía tener todos los sentidos a punto. Cuando Aralaq se desperezó, ella reunió sus armas y volvió a subir a su grupa.

Viajaron por el bosque hasta el mediodía. Cuando llegaron al curso del Minara, Ead se protegió los ojos del sol. Era un río implacable, rápido y profundo. Aralaq fue dando saltos de una roca a otra por la parte poco profunda, y cuando no le quedó más remedio, echó a nadar. Ead se agarró con fuerza a su pelo.

Cuando llegaron al otro lado del río empezó a caer una cálida lluvia, y Ead notó los mechones de pelo pegados al rostro y al cuello. Comió unos cuantos caquis mientras Aralaq seguía penetrando en el bosque. No paró hasta que el sol empezó a hundirse de nuevo en el horizonte.

—La Pérgola está cerca —dijo él, olisqueando el aire—. Si no vuelves en una hora, vendré a por ti.

—Muy bien. —Ead se dejó caer de su grupa.

—Recuerda, Eadaz —dijo Aralaq—: todo lo que veas en este lugar es una ilusión.

—Lo sé —contestó, ajustándose un brazal—. Hasta pronto.

Aralaq gruñó, disconforme. Con el hacha en la mano, Ead avanzó por entre la bruma. Un arco hecho de ramas curvadas y trenzadas con flores formaba la puerta. Las flores tenían el color de las nubes de tormenta.

> Sueño con una pérgola sombría en el bosque, donde la luz del sol se filtra, moteando la hierba. La entrada es una puerta de flores púrpura... flores de chumbera, creo.

Ead levantó una mano y, por primera vez en años, creó fuego mágico. La llama, que danzaba en la punta de sus dedos, quemó las flores, dejando a la vista las espinas que escondía la ilusión óptica. Cerró las manos. La llama azul del fuego mágico podía deshacer un hechizo si ardía lo suficiente, pero tendría que usarlo con moderación si quería conservar la fuerza suficiente para defenderse. Echó una última mirada a Aralaq y se abrió paso entre las espinas con el hacha, pasando ilesa al claro que se abría detrás.

Estaba en el Jardín de los Dioses. En el momento en que dio un paso más, sintió un olor procedente del césped, tan denso y concentrado que casi notaba su contacto contra la lengua. La hierba, moteada de dorado por efecto de la luz, le llegaba hasta los tobillos. Los árboles estaban muy juntos y se oían ecos de voces tras ellos, próximas y lejanas a la vez, acompañadas por el suave rumor del agua.

¿Eran de verdad o formaban parte del hechizo?

Min mayde of strore, I knut thu smal,
as lutil as mus in gul mede.
With thu in soyle, corn grewath tal.
In thu I hafde blowende sede.

Enfrente se encontró un enorme estanque alimentado por un manantial. Ead no pudo evitar acercarse. A cada paso, las voces de los árboles la envolvían cada vez más y la cabeza le daba vueltas como un torbellino. El idioma en que cantaban no le sonaba de nada, pero estaba claro que algunas de las palabras eran una forma antigua de inys. Ancestral. Tan antiguo como el bosque de Haithwood.

In soyle I soweth mayde of strore
boute in belga bearn wil nat slepe.
Min wer is ut in wuda frore...
he huntath dama, nat for me.

Sentía húmeda la mano que empuñaba el hacha. Aquellas voces hablaban del ritual del alba de una era desaparecida mucho tiempo atrás. Mientras esquivaba la maraña de ramas que la rodeaban, Ead intentó imaginárselas cubiertas de sangre, y sintió que las voces la atraían hacia una trampa.

«Al final del camino, encuentro una gran roca, e intento tocarla con una mano que no siento como mía.» Ead se giró. Ahí estaba, una losa de piedra casi tan alta como ella, protegiendo la entrada a una cueva. «La roca se parte en dos, y en el interior...»

—Hola.

Ead levantó la vista. Sobre una rama, por encima de su cabeza, había un niño sentado.

—Hola —repitió el niño en selinyi. Tenía la voz aguda y dulce—. ¿Has venido a jugar conmigo?

—He venido a ver a la Dama de los Bosques —dijo Ead—. ¿Querrías ir a buscarla?

El niño soltó una risa muy musical. Y tan de pronto como había aparecido, desapareció.

Algo hizo que Ead mirara el estanque. Sentía el sudor en la nuca. Examinó la superficie del agua en busca de cualquier onda.

Ead soltó un suspiro cuando vio que del agua salía una cabeza y aparecía una mujer desnuda, con los ojos negros como las endrinas.

—Eadaz du Zāla uq-Nāra. —Kalyba dio un paso, saliendo del agua—. Cuánto tiempo.

La Bruja de Inysca. La Dama de los Bosques. Su voz era tan profunda y clara como su estanque, con un extraño acento. Quizá del norte de Inys, pero con algún matiz particular.

—Kalyba —dijo Ead.

—La última vez que te vi no tenías más de seis años. Ahora eres toda una mujer —observó Kalyba—. Cómo pasan los años. Una se olvida, cuando los años no dejan ningún rastro en la carne.

Ahora Ead recordaba bien su rostro, con sus pómulos marcados y su labio superior carnoso. Tenía la piel morena, y las piernas largas y bien modeladas. Una melena ondulada de color caoba le caía sobre los pechos. Cualquiera que la viera diría que no tenía más de veinte años. Bella, pero igual de vacía que una imagen reflejada en el espejo.

—La última visita que tuve fue de una de tus hermanas, decidida a llevarle mi cabeza a Mita Yedanya en castigo por un crimen que no cometí. Supongo que tú has venido por lo mismo —señaló Kalyba—. Yo te diría que no lo hicieras, pero las hermanas del Priorato se han vuelto arrogantes con los años pasados desde mi marcha.

—No he venido a hacerte ningún daño.

—Entonces, ¿por qué vienes a mí, dulce maga?

—Para aprender.

Kalyba permaneció inmóvil e impertérrita. El agua seguía goteando por su vientre y por sus muslos.

—Acabo de regresar de Inys —dijo Ead—. La difunta priora me envió allí para que sirviera a su reina. Mientras estuve en Ascalon, oí hablar del gran poder de la Dama de los Bosques.

—La Dama de los Bosques. —Kalyba cerró los ojos y aspiró, como si aquel nombre desprendiera un intenso aroma—. Oh, hace mucho tiempo que nadie me llama así.

—Aún hoy, en Inys se te teme y se te venera.

—Sin duda. Pero es raro, ya que nunca he ido mucho a Haithwood, ni siquiera cuando era niña —dijo la bruja—. Los lugareños no pisaban el lugar por miedo a encontrarse conmigo, pero yo he pasado la mayor parte de mis años lejos de mi lugar de nacimiento.

—La gente teme ese bosque por ti. Solo hay un camino hasta él, y los que lo recorren dicen haber visto luces siniestras y oído gritos aterradores. Restos de tu magia, dicen.

Kalyba insinuó una sonrisa.

—Mita Yedanya me ha llamado para que vuelva a Lasia, pero yo preferiría prestar servicio a una maga más grande. —Ead dio un paso adelante—. He venido a ofrecerme como pupila tuya, Kalyba. Para aprender la profunda verdad de la magia.

En su voz había un tono de fascinación que le sorprendió incluso a ella. Si había podido engañar a la corte inys durante casi una década, también podía engañar a una bruja.

—Me halagas —dijo Kalyba—, pero seguro que tu priora puede mostrarte esa verdad.

—Mita Yedanya no es como sus predecesoras. Ella no mira al exterior como yo —dijo Ead. Y en parte, al menos, era cierto.

—Una hermana que ve más allá de sus propias narices —dijo Kalyba—. Eso es más raro que la miel plateada. ¿No te asustan las historias que cuentan sobre mí en mi tierra de origen, Eadaz uq-Nāra? Allí soy la que roba niños, la arpía, la asesina. El monstruo de las viejas leyendas.

—Leyendas que cuentan para asustar a los niños. Yo no temo lo que no entiendo.

—¿Y qué te hace pensar que eres digna del poder que he ido acumulando a lo largo de tanto tiempo?

—No lo soy —dijo Ead—. Pero con tu ayuda quizá pueda llegar a serlo. Si tienes a bien honrarme con tu sabiduría.

Kalyba se la quedó mirando un rato, como un lobo observando a un cordero.

—Dime —dijo—, ¿cómo está Sabran?

Ead casi se estremeció al oír el tono íntimo con que había pronunciado aquel nombre, como si hablara de una vieja amiga.

—La reina de Inys se encuentra bien —respondió.

—Me pides la verdad, y sin embargo tus propios labios mienten.

Ead la miró a los ojos. Su rostro era como una talla, sus rasgos demasiado antiguos como para interpretarlos.

—La reina de Inys está en peligro —admitió.

—Mejor —dijo Kalyba, ladeando la cabeza—. Si tu propuesta es sincera, me harás el favor de entregar tus armas. Cuando vivía en Inysca, se consideraba un gran insulto presentarse en casa ajena con armas —añadió, mirando hacia el arco de espinas de la entrada—. Y mucho peor entrar armado sin llamar a la puerta.

—Perdóname. No tenía ninguna intención de insultarte.

Kalyba la observó, impertérrita. Con la sensación de que estaba firmando su propia sentencia de muerte, Ead se despojó de sus armas y las dejó sobre la hierba.

—Bien. Ahora has depositado tu confianza en mí —dijo Kalyba, con un tono casi amable—, y a cambio no te haré daño.

—Gracias, mi señora.

Se quedaron una frente a la otra, observándose. No había motivo por el que Kalyba debiera decirle nada. Ead lo sabía, y también lo sabía la bruja.

—Dices que deseas la verdad, pero la verdad es un tejido de muchos hilos. Sabes que soy maga. Un vehículo para el siden, como tú... o lo era, antes de que la antigua priora me negara el fruto del naranjo. Todo porque Mita Yedanya le dijo que yo había envenenado a tu madre biológica. —Sonrió—. Como si fuera a rebajarme a envenenar a alguien.

Así que Mita era la responsable de su exilio. La antigua priora había sido una mujer amable, pero se dejaba influir fácilmente por las personas que la rodeaban, incluida su *munguna*.

—Yo soy una Primera Sangre. Fui la primera y la última en comer del espino blanco, y él me dio la vida eterna. Pero, por supuesto, no has venido a preguntarme por mi siden, porque el siden para ti no es nada nuevo. Deseas conocer la fuente de mi otro poder; el que ninguna hermana entiende. El poder de los sueños y las ilusiones. El poder de *Ascalon*, mi *hildistérron*.

Estrella de guerra. Un término poético para la espada. Ead lo había visto antes, en libros de oraciones, pero ahora aquello activó un resorte en su interior, despertando algo en ella que sonó como una nota de música.

El fuego asciende desde la tierra,
la luz desciende desde el cielo.

La luz del cielo. *Hildistérron*. Y *Ascalon*. Otro nombre de la antigua lengua de las islas de Inysca. Una corrupción de *astra* , «estrella», y *lun*, que significaba «fuerza». Eso se lo había contado Loth.

«Estrella fuerte.»

—Cuando estuve en Inys... recordé el texto de la Tablilla de Rumelabar. Hablaba del equilibrio entre el fuego y la luz de las estrellas —dijo Ead, y en el mismo momento en que lo hacía iba encontrando una explicación que le parecía cada vez más sólida—. Los árboles de siden dan el fuego a los magos. Me preguntaba si tu poder, tu otro poder, procede del cielo. De la Estrella de Larga Melena.

El rostro de Kalyba no estaba hecho para demostrar emociones, pero Ead lo vio. Un brillo en su mirada.

—Bien. Oh, muy bien —dijo, con una risita contenida—. Ya pensaba que su nombre se habría perdido en el tiempo. ¿Cómo es que una maga como tú ha oído hablar de la Estrella de Larga Melena?

—Fui a Gulthaga.

Era Truyde utt Zeedeur la que le había dicho aquello. Aquella chica había sido una imprudente, pero su corazonada estaba bien encaminada.

—Lista y valiente, para haberte adentrado en la Ciudad Enterrada. —Kalyba se la quedó mirando—. Sería agradable tener compañía en mi pérgola, ya que se me ha negado ser una hermana más en el Priorato. Y dado que ya conoces la mayor parte de la verdad... no veo ningún peligro en contarte el resto.

—Sería un honor para mí.

—Sin duda. Por supuesto —reflexionó Kalyba—, para comprender mi poder, tendrías que conocer también toda la verdad del siden, y las dos ramas de la magia, y Mita eso lo desconoce en gran medida. Ella mantiene a sus hermanas en la ignorancia, obligándolas a resignarse y a limitar su conocimiento al de sus viejos libros. Todas vosotras estáis rodeadas de ignorancia. Mi sabiduría, la verdadera sabiduría, es algo muy valioso.

Aquel era el movimiento siguiente de la partida.

—Cabría decir que tiene un valor inestimable —dijo Ead.

—Yo pagué un precio. Y tú también tendrás que pagarlo.

Por fin, Kalyba se acercó. El agua le caía por el cabello como cuentas transparentes mientras rodeaba a Ead.

—Podrías darme un beso —le susurró al oído. Ead se quedó inmóvil—. Llevo muchos años sola. Un beso tuyo, dulce Eadaz, y mi conocimiento será tuyo.

Un aroma metálico se le pegó a la piel. De pronto tuvo una sensación sobrecogedora, sintió algo en su interior, algo vital, que reaccionaba a aquel olor.

—Mi señora —murmuró Ead—, ¿cómo sabré que decís la verdad?

—¿Le preguntas eso mismo a Mita Yedanya o cuenta con tu confianza incondicional? —Al no recibir respuesta alguna, Kalyba prosiguió—: Te doy mi palabra de que te diré la verdad. Cuando era joven, si alguien daba su palabra, era como un juramento. Hace muchos años de eso, pero yo aún respeto las tradiciones.

No tenía opción: tenía que arriesgarse. Ead se acercó y le dio un beso en la mejilla.

—Muy bien —dijo Kalyba. Tenía el aliento gélido—. Has pagado el precio.

Ead se retiró todo lo rápido que se atrevió y tuvo que contener un pensamiento repentino que la llevaba a Sabran.

—La magia tiene dos ramas —explicó Kalyba. La luz del sol destacaba algunos mechones dorados de su cabello, haciendo brillar las gotas de agua—. Las hermanas del Priorato, como sabes, practican el *siden*: la magia terrena. Procede del centro del mundo y se canaliza a través del árbol. Quienes comen de su fruto pueden usar su magia. En otro tiempo había al menos tres árboles de siden: el naranjo, el espino blanco y el moral; pero ahora, por lo que yo sé, solo queda uno.

—Pero el siden, querida Eadaz, tiene su opuesto natural: la magia sideral, o *sterren*, el poder de las estrellas. Es una magia fría y huidiza, elegante y evasiva. Quien la domina puede crear ilusiones, controlar el agua… incluso puede cambiar de forma. Es mucho más difícil de controlar.

Ead ya no tenía que disimular su curiosidad.

—Cuando pasa la Estrella de Larga Melena, deja tras de sí un líquido plateado. Yo lo bauticé como «polvo de estrellas» —dijo Kalyba—. Es en el polvo de estrellas donde vive el sterren, igual que es en el fruto del árbol donde vive el siden.

—Debe de ser algo muy especial.

—No te lo puedes imaginar. No ha habido una lluvia de meteoros desde el final de la Gran Desolación. Y recuerda,

Eadaz, que la lluvia de meteoros fue el fin de la Gran Desolación. No es de extrañar que supusiera la caída de los wyrms. En el Este creen que el cometa lo envió su dios-dragón, Kwiriki. —Kalyba sonrió—. La lluvia cerró una era en la que el siden era más fuerte, y envió al letargo a los wyrms, que se alimentan de él.

—Y entonces el sterren se hizo más fuerte —dijo Ead.

—Durante un tiempo —confirmó Kalyba—. Hay un equilibrio entre las dos ramas de la magia. Se controlan una a la otra. Cuando una crece, la otra mengua. A una Era del Fuego la sigue una Era de Luz de Estrellas. Ahora mismo el siden es mucho más fuerte, y el sterren no es más que una sombra de lo que fue. Pero cuando llegue una lluvia de meteoros… el sterren volverá a brillar con fuerza.

El mundo se había reído de los alquimistas por la fascinación que mostraban por la Tablilla de Rumelabar, pero durante siglos habían estado moviéndose en torno a la verdad.

Porque era la verdad. Ead lo sentía en las membranas de sus vísceras, en las cuerdas de su corazón. No lo habría creído si fuera solo Kalyba quien se lo hubiera dicho, pero aquella explicación formaba el hilo que unía las diferentes cuentas. La Estrella de Larga Melena. La Tablilla de Rumelabar. La caída de los wyrms tras la Gran Desolación. El extraño don de la mujer que ahora mismo tenía delante.

Todo se conectaba. Y todo ello partía de una verdad: el fuego del subsuelo, la luz del cielo. Un universo creado a partir de esa dualidad.

—La Tablilla de Rumelabar habla de este equilibrio —dijo Ead—, pero también de lo que pasa cuando se rompe el equilibrio.

—«Demasiado de uno inflama al otro, y eso provocaría la extinción del universo» —recitó Kalyba—. Una predicción alarmante. Pero… ¿a qué o a quién se refiere «la extinción del universo»?

Ead meneó la cabeza. Conocía perfectamente la respuesta, pero era mejor hacerse la tonta. Así la bruja no sospecharía.

—Oh, Eadaz, lo estabas haciendo tan bien. Aun así, eres joven. No debo juzgarte con dureza.

Se giró y, al moverse, se llevó la mano al costado derecho. Fue un movimiento suave y grácil, como todos los suyos, pero por el modo de caminar era evidente que le dolía.

—¿Estás herida, mi señora?

Kalyba no respondió.

—Hace mucho tiempo, la dualidad cósmica se vio... alterada —se limitó a decir. A Ead le pareció ver algo terrible en aquellos ojos. La sombra del odio.

—El sterren se volvió demasiado fuerte y, como reacción, el fuego bajo nuestros pies forjó una abominación. Una aberración del siden.

«La extinción del universo.»

—El Innombrable —dijo Ead.

—Y sus seguidores. Son fruto del desequilibrio. Del caos.

Kalyba se sentó en una roca.

—Desde hace mucho tiempo, las prioras conocen la conexión entre el árbol y los wyrms, pero se la han negado a sí mismas y a sus hijas. Las magas pueden crear fuego draconiano durante una Era del Fuego como esta... pero, por supuesto, tenéis prohibido usarlo.

Todas las hermanas sabían que tenían la capacidad para crear el fuego de los wyrms, pero no se les enseñaba a hacerlo.

—Tus ilusiones las creas con el sterren —murmuró Ead—, de modo que con el siden se prenden fuego y desaparecen.

—El siden y el sterren se pueden destruir mutuamente en determinadas circunstancias —admitió Kalyba—, pero también se atraen el uno al otro. Ambas formas de magia sienten atracción por sí mismas, sobre todo, pero también por su opuesto. —Sus ojos negros brillaban de emoción—. Ahora, mi solucionadora de acertijos: si el naranjo es el canal natural que tiene el siden, ¿cuáles son los canales naturales del sterren?

Ead se quedó pensando

—Los dragones del Este, quizá.

Por lo poco que sabía de ellos, eran criaturas de agua. No estaba muy segura, pero Kalyba sonrió.

—Muy bien. Nacieron del sterren. Cuando se acerca la Estrella de Larga Melena, pueden conceder sueños, cambiar de forma y tejer ilusiones.

Como a modo de demostración, la bruja se pasó una mano por el cuerpo, de arriba abajo. De pronto apareció vestida con un manto inys de samito marrón y un ceñidor con incrustaciones de cornalinas y perlas. En el cabello le aparecieron unos lirios negros. ¿Había sido una ilusión su desnudez o lo era esto?

—Hace mucho tiempo, usé mi fuego para dar una nueva forma al polvo de estrellas que había recolectado —dijo Kalyba, pasándose los dedos por el cabello— y crear así el arma más espléndida forjada nunca.

—*Ascalon*.

—Una espada de sterren, forjada con siden. Una unión perfecta. Y cuando la tuve en las manos, cuando blandí la espada que había creado con las lágrimas de un cometa, supe que no era una simple maga. —Esbozó una sonrisa mínima—. En el Priorato me llaman «bruja» por mis dones, pero yo prefiero «encantadora». Suena más bonito.

Ead había descubierto más de lo que esperaba, pero había ido hasta allí para preguntarle por la joya.

—Mi señora —dijo—, desde luego tus dones son milagrosos. ¿Nunca forjaste algo más con el sterren?

—Nunca. Quería que *Ascalon* fuera algo único en todo el mundo. Un regalo para el caballero más grande de su tiempo. Por supuesto, eso no quiere decir que no haya otros objetos… pero no los forjé yo. Y si existen, estarán perdidos desde hace muchísimo tiempo.

Ead sintió la tentación de hablarle de la joya, pero era mejor mantener a Kalyba en la ignorancia, o haría cualquier cosa para hacerse con ella.

—Nada me gustaría más que poder ver la espada. Todo Inys habla de ella —dijo Ead—. ¿Querrás enseñármela?

Kalyba chasqueó la lengua.

—Si la tuviera, me encantaría. La he buscado durante siglos, pero Galian la ocultó bien.

—¿No dejó ninguna pista sobre su paradero?

—Solo dijo que quería dejarla en manos de quienes morirían antes que entregármela. —Su sonrisa desapareció—. Las reinas de Inys también la han buscado, dado que para ellas es un objeto sagrado… pero no la han encontrado. Si yo no he podido, nadie puede.

Que Kalyba había forjado *Ascalon* para Galian Berethnet era algo que todas sabían en el Priorato. En parte era por eso que muchas de las hermanas desconfiaban de ella. Las dos habían nacido en la misma época y habían vivido en el pueblo de Goldenbirch o sus alrededores pero, aparte de aquellos escasos datos, nadie entendía la naturaleza de su relación.

—La reina Sabran soñó con esta Pérgola de la Eternidad —dijo Ead—. Me lo contó cuando yo era su dama de compañía. Solo tú puedes tejer sueños, mi señora. ¿Fuiste tú la que se los enviaste?

—Esa información requerirá un precio más alto.

Dicho aquello, la bruja se dejó caer de la roca, deslizándose. Desnuda de nuevo, fue a su lado, y la roca que había bajo sus pies se transformó en un lecho cubierto de flores. Olían a crema y a miel.

—Ven conmigo —dijo, pasando un mano por los pétalos—. Ven, tiéndete conmigo en mi pérgola y yo te hablaré de los sueños.

—Mi señora, nada deseo más que complacerte y demostrarte mi lealtad, pero mi corazón pertenece a otra persona.

—Sin duda el secreto de cómo se tejen los sueños bien vale el precio de una noche. Hace siglos que no siento el suave contacto de una amante. —Kalyba se pasó un dedo por el abdomen, frenando justo antes de llegar a la entrepierna—. Pero… admiro la lealtad. Así que aceptaré otro regalo tuyo. A cambio de mi conocimiento de las estrellas y de sus dones.

—Lo que quieras.

—Hace veinte años que no me dejan acercarme al naranjo. Una vez ha probado la magia, cualquier maga se muere por ella. El hambre me corroe por dentro. Me gustaría muchísimo recuperar mi llama —dijo Kalyba, mirándola fijamente—. Tráeme el fruto y serás mi heredera. Júramelo, Eadaz du Zāla uq-Nāra. Júrame que me traerás lo que deseo.

—Mi señora —dijo Ead—, te lo juro por la Madre.

—Y no dijo nada sobre las joyas —dijo la priora—. Solo que ella no las había creado.

Ead estaba en su habitación, frente a ella.

—Sí, priora —dijo—. Su única creación es *Ascalon*. Pensé que sería mejor no mencionar las joyas, por miedo a que quisiera ir a por ellas.

—Bien.

Chassar escuchaba con gesto adusto. La priora apoyó las manos en la balaustrada y su anillo brilló con la luz del sol.

—Dos tipos de magia. Yo nunca he oído nada así —reflexionó—. Esto no me gusta nada. La bruja es mentirosa por naturaleza. Por algo la llamaban la Lengua de Cascabel.

—Puede que disfrace la verdad —la corrigió Chassar—, pero por sanguinaria que sea, nunca me pareció una mentirosa. En sus tiempos, en Inysca, había castigos brutales para quien rompiera un juramento.

—Olvidas, Chassar, que mintió sobre Zāla. Dijo que no la había envenenado, pero solo un foráneo habría podido matar a una hermana.

Chassar bajó la vista.

—Las joyas deben ser de sterren —dijo Ead—. Aunque no fuera Kalyba quien las creara. Si no llevan magia de la nuestra, deben llevar de la otra.

La priora asintió lentamente.

—Le juré que le llevaría el fruto del árbol. ¿Me perseguirá si no lo hago?

—Dudo que desperdicie su magia en una cacería. En cualquier caso, aquí estás protegida. —La priora observó cómo se ponía el sol—. No digas nada de esto a tus hermanas. Nuestra siguiente línea de investigación es esa tal… Neporo.

—Del Este —dijo Ead, en voz baja—. Sin duda eso os dice que a la Madre le interesaba el mundo más allá de las fronteras del Sur.

—Empiezo a cansarme de ese asunto, Eadaz.

Ead se mordió la lengua. Chassar le lanzó una mirada de aviso.

—Si Neporo decía la verdad, para derrotar a nuestro enemigo necesitaremos tanto *Ascalon* como las joyas. —La priora se frotó la sien—. Déjame sola, Eadaz. Debo… pensar qué hacer.

Ead bajó la cabeza y se marchó.

En su habitación, Ead encontró a Aralaq roncando a los pies de la cama, agotado tras el viaje. Se sentó a su lado y le acarició las sedosas orejas, que el ichneumon movía, soñando.

No podía dejar de pensar en estrellas y en fuego. El Innombrable regresaría y el Priorato solo tenía uno de los tres instrumentos necesarios para destruirlo. A cada hora que pasaba crecía el riesgo en los Reinos de las Virtudes, y Sabran corría un peligro cada vez mayor. Mientras tanto, Sigoso Vetalda iba acumulando una flota invasora en la bahía de las Medusas. Un Oeste dividido no estaría preparado para el ataque del Rey Terreno.

Ead se acurrucó junto a Aralaq y cerró los ojos. Tenía que encontrar el modo de ayudarla.

—Eadaz.

Levantó la vista.

Había una mujer en la puerta. Unos rizos cerrados le enmarcaban el rostro moreno y le caían sobre los ojos del color de la miel.

—Nairuj —dijo Ead, poniéndose en pie.

Habían sido rivales cuando eran niñas. Nairuj siempre se disputaba la atención de la priora con Jondu, algo que Ead, que quería a Jondu como si fuera su hermana mayor, se tomaba muy a pecho. Pero ahora Ead le cogió las manos a Nairuj y le dio un beso en la mejilla.

—Qué alegría verte —dijo Ead—. Honras el manto que llevas.

—Y tú nos has honrado a todas protegiendo a Sabran tanto tiempo. Confieso que cuando te enviaron a aquella corte ridícula me reí; era joven y tonta —reconoció Nairuj, con una sonrisa tímida—; pero ahora entiendo que todas trabajamos para la Madre de un modo diferente.

—Ya veo que le estás dando un buen servicio —respondió Ead, sonriendo—. Debes de estar a punto de salir de cuentas.

—Sí, ahora ya puede ser cualquier día —dijo Nairuj, apoyándose una mano en el vientre—. He venido a prepararte para tu iniciación como Dama Roja.

Ead no pudo evitar sonreír.

—¿Esta noche?

—Sí. Esta noche. —Nairuj contuvo una risita—. Después de ahuyentar a Fýredel, ¿no pensabas que te ascenderían nada más llegar?

Se llevó a Ead hasta una silla. Apareció un niño que dejó una bandeja y se retiró.

Con el corazón desbocado, Ead juntó las manos sobre el regazo.

Por una noche, ignoraría lo que había aprendido de Kalyba. Olvidaría todo lo que le había ocurrido fuera de aquellas paredes. Desde que tenía uso de razón sabía que estaba destinada a convertirse en una Dama Roja.

Se iba a cumplir su sueño. Y quería disfrutarlo.

—Para ti —dijo Nairuj, entregándole una copa—. De la priora.

Ead dio un sorbo.

—Por la Madre... —Un torbellino de sabores dulces se le desataron en la boca—. ¿Qué es esto?

—Vino generoso. De Kumenga. La priora tiene sus provisiones —le susurró Nairuj—. Tulgus, de la cocina, a veces me lo deja probar. A ti también te dejará, si le dices que te he enviado yo. Pero no se lo digas a la priora.

—Nunca.

Ead volvió a beber. Tenía un sabor exquisito. Nairuj cogió un peine de madera de la bandeja.

—Eadaz... Quería darte el pésame. Por Jondu. Tuvimos nuestras diferencias, pero yo la respetaba muchísimo.

—Gracias —dijo Ead con voz suave. Meneó la cabeza como para sacudirse la tristeza—. Venga, Nairuj. Cuéntame todo lo que ha pasado estos últimos ocho años.

—Lo haré —dijo Nairuj, dándose unos golpecitos con el peine sobre la mano—, si tú me prometes contarme todos los secretos de la corte inys. —Echó mano de un cuenco con aceite—. He oído que allí la vida es como caminar sobre brasas. Que los cortesanos se van pisando unos a otros para conseguir acercarse a la reina. Que hay más intrigas en la corte de Sabran IX que piedras celestinas en Rumelabar.

Ead miró hacia la ventana. Empezaban a aparecer estrellas en el cielo.

—Desde luego —respondió—. Ni te lo imaginas.

Mientras Nairuj preparaba a Ead, le habló de los wyrms que habían ido despertándose en el Sur y del trabajo cada vez más duro de las Damas Rojas para contener la amenaza. El rey Jantar y la Gran Soberana Kagudo, únicos soberanos que conocían la existencia del Priorato, habían solicitado que destinaran más hermanas a sus ciudades y a sus cortes. Mientras tanto, los hombres del Priorato, que se ocupaban de las tareas domésticas, muy pronto tendrían que recibir formación como guerreros.

A cambio, Ead le habló de los asuntos más ridículos de Inys. Las enemistades entre los miembros de la corte, sus romances y sus poetas. El tiempo que había pasado como dama de compañía a las órdenes de Olivia Marchyn. Los matasanos que prescribían estiércol para combatir la fiebre y sangrías para las migrañas. Los dieciocho platos que le presentaban a Sabran cada mañana, de los cuales comía solo uno.

—Y Sabran. ¿Es tan caprichosa como dicen? —preguntó Nairuj—. He oído que en una misma mañana se puede mostrar alegre como un cascabel, triste como un lamento y rabiosa como un gato montés.

Ead tardó un buen rato en responder.

—Es cierto —dijo por fin.

Una rosa tras la almohada. Las manos sobre el teclado del virginal. Su carcajada mientras cabalgaban durante la partida de caza.

—Supongo que una mujer que ha nacido para ocupar ese trono, con el precio que ha de pagar por ello, tiene derecho a mostrarse algo caprichosa. —Nairuj se dio unas palmaditas en el vientre—. Ya es duro cuando el destino de las naciones no depende de ti...

Se acercaba la hora de la ceremonia. Ead dejó que Nairuj y otras tres hermanas la ayudaran a enfundarse el vestido. Una vez peinada, le adornaron el cabello con un arito de flores de azahar. Le pusieron brazaletes de cristal y oro en los brazos. Cuando hubieron acabado, Nairuj la cogió de los hombros.

—¿Lista?

Ead asintió. Llevaba lista toda la vida.

—Te envidio —dijo Nairuj—. La próxima tarea que te encomendará la priora parece...

—Tarea. —Ead la miró—. ¿Qué tarea?

—No debo decir nada —respondió Nairuj, agitando una mano—. Muy pronto lo sabrás. —Agarró a Ead del brazo—. Ven.

La llevaron ante la tumba de la Madre. La capilla fúnebre estaba iluminada con ciento veinte velas, el número de personas que habían sido elegidas al azar para ser sacrificadas y entregadas al Innombrable antes de que Cleolinda hubiera acabado con el sanguinario monstruo por fin.

La priora esperaba frente a la estatua. Todas las hermanas que no tenían otra tarea entre manos estaban allí para presenciar cómo era nombrada Dama Roja la hija de Zāla.

En el Priorato las ceremonias eran breves. Cleolinda no había querido para sus siervas la pompa y fastuosidad de las cortes. Lo importante era la intimidad. La reunión de las hermanas en apoyo y reconocimiento mutuo. En la cámara, oscura como un vientre materno, con la Madre observándolas a todas, Ead se sintió más cerca de ella que nunca.

Chassar estaba de pie junto a la priora. Se le veía tan orgulloso como si fuera su padrino.

Ead se arrodilló.

—Eadaz du Zāla uq-Nāra —dijo la priora. Su voz resonó—. Has servido a la Madre con lealtad y sin cuestionar sus órdenes. Como hermana y amiga, te damos la bienvenida a las filas de las Damas Rojas.

—Soy Eadaz du Zāla uq-Nāra —dijo Ead—, y prometo lealtad una vez más a la Madre, como hice de niña.

—Que ella mantenga tu hoja afilada y tu manto rojo de sangre —dijeron las hermanas al unísono—, y que el Innombrable tema tu luz.

Era tradición que la madre biológica de la postulante le entregara su manto. En ausencia de Zāla, fue Chassar quien se la puso en los hombros. Se la aseguró con un broche a la altura de la garganta, y cuando le rozó la barbilla, Ead le devolvió la sonrisa. Extendió la mano derecha. La priora le puso su anillo de plata con una piedra del sol tallada en forma de flor de cinco pétalos. El anillo que había soñado llevar toda la vida.

—Sal al mundo —dijo la priora— y planta cara al fuego implacable. Ahora y siempre.

Ead acercó el brocado del manto a su piel. Aquel rojo intenso era imposible de fabricar. Solo podía teñirse con sangre draconiana. La priora le tendió ambas manos, con las palmas hacia arriba, y sonrió. Ead se las cogió y se levantó, y los aplausos resonaron en la cámara funeraria. En el momento en que la priora se giraba hacia las hermanas, presentándola como Dama Roja, Ead posó la mirada en los Hijos de Siyāti. Y allí, entre ellos, vio a un hombre de rostro familiar. Era más alto que ella. Piernas largas y fuertes. Piel de un negro intenso. Cuando levantó la cabeza, sus rasgos quedaron expuestos a la luz de las velas. No podía ser. Kalyba le habría alterado los sentidos. Estaba muerto. Estaba perdido. No podía estar allí.

Y sin embargo… ahí estaba. Loth.

44

Sur

Ead.

Lo miraba como si viera un fantasma. Se había pasado meses caminando por aquellas galerías en una especie de semiletargo. Sospechaba que le ponían algo en la comida para hacerle olvidar el hombre que era antes. Había empezado a olvidar los detalles de su rostro, de su amiga de un lugar lejano. Y ahora, ahí estaba, con su manto rojo y el cabello decorado con flores. Y parecía… completa, plena, renovada. Ead miró a otro sitio. Como si no lo hubiera visto. La priora, la líder de aquella secta, se la llevó de la cámara. Nada más verla se sintió traicionado, pero aquel brillo en los ojos y aquellos labios entreabiertos le dejaban claro que ella estaba tan sorprendida de verle como él de verla a ella. No importaba lo que fuera; seguía siendo Ead Duryan, seguía siendo su amiga. Tenía que llegar a ella de algún modo. Antes de que fuera demasiado tarde para recordar.

Chassar estaba en la cama, leyendo a la luz de la vela, con las gafas apoyadas en el puente de la nariz. Cuando Ead se presentó, como una ráfaga de viento de tormenta, levantó la vista.

—¿Qué hace aquí lord Arteloth? —preguntó, sin hacer ningún esfuerzo por controlar el volumen de su voz.

Chassar juntó sus enormes cejas.

—Eadaz —dijo—, cálmate.

Sarsun, que estaba medio adormilada, soltó un graznido indignado.

—El Halcón Nocturno envió a Loth a Cárscaro —dijo Ead—. ¿Por qué está aquí?

Chassar soltó un suspiro prolongado.

—Fue él quien nos trajo la caja-acertijo. Se la dio la Donmata Marosa. —Se quitó las gafas—. Le dijo que debía encontrarme. Después de recibirla de Jondu.

—¿La Donmata es una aliada?

—Eso parece. —Chassar se cruzó la bata sobre el pecho y se anudó el cinturón—. Lord Arteloth no debía estar en la cámara funeraria esta noche.

—Entonces es que lo habéis apartado de mi camino a propósito.

Aquel engaño, procedente de cualquiera, le habría dolido, pero más todavía viniendo de él.

—Sabía que no te gustaría —murmuró Chassar—. Quería contártelo yo mismo, después de la ceremonia. Ya sabes que cuando un extraño encuentra el Priorato, no puede marcharse.

—Tiene familia. No podemos…

—Podemos. Por el Priorato. —Lentamente, Chassar se levantó de la cama—. Si le dejamos marchar, se lo contará todo a Sabran.

—No hace falta que temáis por eso. El Halcón Nocturno nunca le permitirá volver a la corte.

—Eadaz, escúchame. Arteloth Beck es un seguidor del Impostor. Quizá fuera amable contigo, pero nunca podrá comprenderte. Lo próximo que me dirás es que te preocupa Sabran Bereth…

—¿Y si así fuera?

Chassar le escrutó el rostro. Su boca era una fisura en las profundidades de su barba.

—Ya has oído las blasfemias de los inys. Sabes lo que le han hecho a la memoria de la Madre.

—Me dijiste que me acercara todo lo posible a ella. ¿Te extraña que lo haya hecho? —replicó Ead—. Me dejaste que me las arreglara sola en aquella corte casi una década. Era una forastera. Una conversa. Si no hubiera encontrado gente en la que apoyarme, que me hubiera hecho soportable la espera…

—Lo sé. Y lo lamentaré el resto de mis días —dijo él, apoyando con suavidad una mano en su hombro—. Estás cansada. Y enfadada. Podemos seguir hablando de esto por la mañana.

Ead habría querido replicar, pero aquel era Chassar, que había ayudado a los Hijos de Siyāti a criarla, que la había hecho reír hasta quedarse sin aliento cuando era pequeña, que la había protegido tras la muerte de Zāla.

—Nairuj me ha dicho que la priora me encomendará otra tarea muy pronto —dijo Ead—. Quiero saber de qué se trata.

Chassar se frotó el entrecejo con la punta de un dedo. Puso los brazos en jarras y esperó.

—Has conseguido proteger a Sabran de Fýredel casi nueve años después de salir de Lasia. Ese vínculo tan profundo con el árbol, un vínculo que se ha mantenido con el tiempo y con la distancia, es algo raro. Muy raro. —Volvió a sentarse en la cama—. La priora quiere aprovecharlo. Tiene pensado enviarte más allá de la Puerta de Ungulus.

El corazón le dio un vuelco.

—¿Con qué objetivo?

—Una hermana nos ha contado los rumores que corren en Drayasta. Un grupo de piratas afirman que Valeysa puso un huevo en algún lugar del Eria durante la Caída de las Sombras. La priora quiere que lo encuentres y lo destruyas. Antes de que eclosione.

—Ungulus. —Ead había perdido la sensibilidad de la mayor parte de su cuerpo—. Puede que me pase años fuera.

—Sí.

La Puerta de Ungulus era el límite del mundo conocido. No había mapas del continente sur pasado ese punto. Los pocos exploradores que se habían aventurado en aquel lugar hablaban de un páramo sin fin conocido como el Eria: luminosos salares, un sol brutal y ni una gota de agua. Si alguien había llegado a atravesarlo, no había regresado para contarlo.

—Por Drayasta siempre han circulado rumores —dijo Ead, caminando lentamente hacia el balcón—. Por amor de la Madre, ¿qué es lo que he hecho para merecer aún más exilio?

—Es una misión realmente urgente —dijo Chassar—. Pero tengo la sensación de que te ha escogido no solo por tu capacidad de resistencia, sino también porque con esta tarea volverás a centrarte en el Sur.

—Quieres decir que se está cuestionando mi lealtad.

—No —dijo él, suavizando la voz—. Simplemente cree que puede hacerte bien este viaje. Te dará la oportunidad de recordar tu objetivo y de limpiar cualquier impureza.

La priora quería alejarla todo lo posible de los Reinos de las Virtudes para que no pudiera ver el caos que se desencadenaría muy pronto. Esperaba que para su vuelta ya no creyera que importaba nada que no fuera el Sur.

—Hay otra opción.

Ead miró hacia atrás, por encima del hombro.

—Suéltala.

—Podrías ofrecerle una niña. —Chassar se la quedó mirando fijamente—. Necesitamos más guerreras para el Priorato. La priora cree que una hija tuya heredaría el vínculo con el árbol. Hazlo y quizá envíe a Nairuj al sur, después de que haya dado a luz.

La mandíbula le dolía del esfuerzo que le suponía controlar una risa nada alegre.

—Para mí eso no es una opción —dijo, cruzando la habitación, dispuesta a marcharse.

—Eadaz —la llamó Chassar, pero ella no se giró—. ¿Adónde vas?

—A verla.

—No. —En un momento ya había recorrido el pasillo y se le había puesto delante—. Eadaz, mírame. La decisión ya está tomada. Si te enfrentas a ella, solo conseguirás que alargue tu estancia allí.

—No soy una niña que haya que enviar lejos para que piense en lo que ha hecho mal. Soy…

—¿Qué sucede?

Ead se giró. La priora, resplandeciente con su túnica de seda color ciruela, estaba de pie al final del pasillo.

—Priora. —Ead se le acercó—. Os ruego que no me enviéis a esa misión más allá de Ungulus.

—Ya está dispuesto. Hace tiempo que sospechamos que los Sombras del Oeste tienen allí un nido —dijo la priora—. La hermana que vaya a destruirlo debe ser capaz de sobrevivir sin el fruto. Yo confío en que harás esto por mí, hija. Que servirás a la Madre una vez más.

—No es así como debía servir a la Madre.

—No aceptarás nada que no sea mi permiso para volver a Inys. Parece que te ha llegado al corazón. Debes ir más allá de la Puerta de Ungulus para recordar quién eres.

—Sé perfectamente quién soy —espetó Ead—. Lo que no sé es por qué, en los años que he estado ausente, esta casa nuestra ha perdido la capacidad de ver más allá de sus narices.

Por el silencio que se hizo supo que había ido demasiado lejos.

La priora la miró un buen rato, tan inmóvil como una estatua de bronce.

—Si rehúyes tu deber una vez más —dijo por fin—, no tendré más opción que quitarte tu manto.

Ead no podía hablar. Un frío glacial la atravesó de la cabeza a los pies.

La priora se encerró en su habitación. Chassar miró a Ead con tristeza y luego se alejó, dejándola allí de pie, temblando. Una sociedad tan antigua, con su secreto, precisaba de una gestión muy cuidadosa. Y ahora ella, Eadaz du Zāla uq-Nāra, sabía lo que era ser manipulada. La frustración la acompañó en el trayecto de vuelta a su habitación. Salió a su balcón y contempló el Valle de la Sangre una vez más. El naranjo estaba tan precioso como siempre. La priora se había mostrado implacable: no detendría la caída de Inys. Cuando estallara la guerra civil, los Reinos de las Virtudes serían presa fácil para el Rey Terreno y el Ejército Draconiano. Ead no podía asumirlo. El vino generoso seguía en su mesita de noche. Se bebió lo que quedaba, intentando controlar los temblores de rabia. Tras vaciar la copa, se la quedó mirando y, dándole vueltas en la mano, le vino algo a la memoria. Los dos cálices. El símbolo ancestral de la Caballero de la Justicia.

Y su linaje. Crest.

Descendiente de la Caballero de la Justicia. La que sopesaba la culpabilidad y la inocencia, el apoyo y la oposición, el vicio y la virtud. Una sierva fiel de la corona.

Escanciador, no: escanciadora.

Igrain Crest, que siempre había desaprobado a Aubrecht Lievelyn. Cuyos lacayos se habían hecho con el control de la Torre de la Reina cuando Ead huía, supuestamente para proteger a Sabran.

Ead se agarró a la balaustrada. Loth les había enviado una advertencia desde Cárscaro: «Cuidado con el Escanciador». Había estado investigando la desaparición del príncipe Wilstan, que a su vez sospechaba que los Vetalda tenían algo que ver con el asesinato de la reina Rosarian.

¿Había dispuesto Crest que Rosarian Berethnet muriera antes de lo previsto, dejando una jovencita al mando de Inys?

Una reina que necesitaría una protectora hasta alcanzar la edad suficiente. Una joven princesa que Crest podía moldear a su gusto…

En el mismo momento en que se lo planteaba, Ead supo que su instinto había acertado. Había estado tan cegada por su odio a Combe, tan decidida a hacerle responsable de todo lo que ocurría en Inys, que había pasado por alto lo que tenía frente a los ojos.

«Qué fácil os resultaría culparme por todos los males de la corte», le había dicho Combe.

Si era realmente Crest, quizá Roslain también estuviera involucrada. Quizá ya no le fuera tan leal, ahora que Sabran había perdido a su hija. Quizá toda la familia Crest estuviera compinchada para usurparle el control.

Y tenían la Torre de la Reina.

Ead caminó arriba y abajo, a oscuras. A pesar del calor húmedo que reinaba en la cuenca de Lasia, sentía tanto frío que la mandíbula le temblaba.

Si regresaba a Inys, sería anatemizada por el Priorato. No se podría pronunciar su nombre, quedaría condenada.

Y si no regresaba a Inys, estaría abandonando a todos los Reinos de las Virtudes. Aquello le parecía una traición a todo lo que sabía que era justo, a todo lo que representaba el Priorato. Ella era leal a la Madre, no a Mita Yedanya.

Tenía que seguir el fuego de su corazón. La llama que había encendido el árbol. Darse cuenta de lo que tenía que hacer la destrozaba por dentro. Sentía la sal en los labios. Las lágrimas le surcaron los pómulos, cayendo al suelo a goterones.

Aquel era el lugar donde había nacido. Era su casa. Todo lo que había deseado, toda su vida, era un manto escarlata. El manto que tendría que dejar tras de sí.

Seguiría la labor de la Madre. En Inys podría acabar lo que Jondu había iniciado.

Ascalon. Sin la espada, no había posibilidad de derrotar al Innombrable. Las Damas Rojas la habían buscado. Kalyba, también. En vano.

Pero ninguna de ellas poseía la joya menguante.

«Ambas formas de magia sienten atracción por sí mismas, sobre todo, pero también por su opuesto.»

La joya tenía que ser sterren. *Ascalon* quizá respondiera a su llamada, y a su vez, le respondería solo a ella.

Ead echó una mirada al árbol, con un nudo en la garganta. Se dejó caer de rodillas y rezó para que fuera la decisión acertada.

Aralaq la encontró por la mañana, cuando el sol ya ardía en un cielo azul perlado.

—Eadaz.

Ella se giró y lo miró, con el agotamiento de no haber dormido reflejado en el rostro. Él le lamió la mejilla con una lengua que parecía papel de lija.

—Amigo mío —dijo Ead, cogiéndole el rostro entre las manos—, necesito tu ayuda. ¿Recuerdas cuando te daba de comer, cuando eras cachorro? ¿Cuando te cuidé?

Los ojos ámbar de Aralaq parecían iluminarse con la luz del sol.

—Sí —dijo. Claro que se acordaba. Un ichneumon no olvidaba nunca la primera mano que le había dado de comer.

—Hay aquí un hombre, entre los Hijos de Siyāti. Se llama Arteloth.

—Sí, yo lo traje hasta aquí.

—E hiciste bien en salvarlo. —Tragó saliva con esfuerzo—. Necesito que lo saques del Priorato y lo lleves a la entrada de la cueva del bosque, cuando se ponga el sol.

Él se la quedó mirando.

—Te vas.

—Debo hacerlo —dijo, y respiró hondo, abriendo las aletas de la nariz.

—Te seguirán.

—Por eso necesito tu ayuda. —Le acarició las orejas—. Debes descubrir dónde guarda la priora la joya blanca que cogió de mi cámara.

—Eres una inconsciente —respondió él, frotándole la frente con el morro—. Sin el árbol, te marchitarás. Les ocurre a todas las hermanas.

—Si así ha de ser, que así sea. Mejor hacer algo que no hacer nada.

Aralaq resopló.

—Mita lleva la joya encima —murmuró—. Se nota el olor. A mar.

Ead cerró los ojos.

—Pues encontraré el modo.

45

Este

Las playas de la isla de las Plumas estaban cubiertas por el agua del mar. Tané había pasado horas con el anciano Vara mientras las isla temblaba, con lo que resultaba imposible leer.

El anciano Vara sí lo había conseguido, por supuesto. Aunque se hundiera el mundo, él encontraría el modo de seguir leyendo.

Tras las aguas, se había hecho un terrible silencio. Todos los pájaros del bosque habían perdido la voz. Fue entonces cuando los bachilleres empezaron a examinar los daños provocados por el sismo. La mayoría de ellos habían resultado ilesos, pero dos habían caído de los acantilados. El mar no había devuelto sus cuerpos… pero un día más tarde apareció otro cuerpo muy diferente.

El cuerpo de un dragón.

Al anochecer Tané había ido con Vara a observar el cadáver de aquel dios sin vida. Los escalones suponían un duro trabajo para la pierna de hierro del anciano y habían tardado mucho en llegar a la playa. No obstante, él estaba decidido a ir, y Tané no se había apartado de su lado.

Encontraron una joven dragona seiikinesa tirada sobre la arena, con el cuerpo retorcido y la mandíbula rígida. Tané se estremeció al verla, y cuando no pudo soportar más aquella imagen, se dio media vuelta, desolada.

Era la primera vez que veía el cadáver de un dragón. Era lo más terrible que había contemplado nunca. Al principio pensaron que aquella pequeña hembra habría sido asesinada en Kawontay, y que habrían abandonado sus restos en el mar —Tané pensó en Nayimathun y sintió náuseas—, pero el cuerpo estaba íntegro, con todas sus escamas, sus dientes y sus garras.

Los dioses no se ahogaban. Dragones y agua eran una

misma cosa. Por fin los ancianos concluyeron que aquella dragona había muerto zarandeada.

Sacudida hasta la muerte por el propio mar. No había nada menos natural. Ningún destino más siniestro. Aunque todos los bachilleres juntaran sus fuerzas, no podrían mover a la dragona. Así que la dejarían allí, que fuera desintegrándose hasta desaparecer, dejando tras de sí únicamente sus huesos iridiscentes.

La cirujana llegó mientras Tané barría hojas con otros tres bachilleres, todos en silencio. Algunos lloraban aún, conmovidos. La dragona muerta los había dejado en estado de *shock*.

—Bachiller Tané —la llamó el anciano Vara. Tané fue tras él como una sombra, siguiéndole por el pasillo—. Por fin ha llegado la cirujana. He pensado que podría examinarte el costado. La respetable doctora Moyaka es experta en medicina seiikinesa y méntica.

Tané se quedó de piedra. «Moyaka.» Ese nombre le era familiar. Pero el anciano se equivocaba: no era una mujer, sino un hombre. Vara se la quedó mirando, frunciendo el ceño.

—Bachiller Tané, te veo angustiada.

—No quiero ver a esa médico. Por favor, honorable anciano, no me obliguéis. El doctor Moyaka ha… —Sintió que se le revolvía el estómago—. Conoce a alguien que me amenazó. Que amenazó a mi dragona.

Aún veía a Roos en la playa. Con aquella sonrisa despiadada, diciéndole que debía mutilar a su dragona o perderlo todo. Moyaka había dejado que aquel monstruo se alojara en su casa.

—Sé que tus días en Seiiki no fueron felices, Tané —dijo el anciano, con voz suave—. También sé lo difícil que es pasar página. Pero en la isla de las Plumas debes liberarte del pasado.

Tané se quedó mirando su rostro surcado de arrugas.

—¿Qué sabéis vos? —murmuró.

—Todo.

—¿Y quién más lo sabe?

—Solo yo y el honorable Anciano Mayor.

Sus palabras hicieron sentir a Tané como si la hubieran desnudado de golpe. En lo más profundo de su ser, esperaba que la gobernadora de Ginura no le hubiera contado a nadie por qué la habían mandado allí desde Seiiki.

—Si estás segura de que no quieres que te examine un

médico —dijo el anciano Vara—, dilo una vez más y te llevaré a tu habitación.

Ella no tenía ningún deseo de ver al tal Moyaka, pero tampoco quería poner al anciano Vara en una situación difícil actuando como una niña.

—Iré a ver a ese médico.

—A esa médico —le corrigió el anciano.

Una robusta mujer seiikinesa les esperaba en la sala de curas, donde borboteaba una fuente de agua. Tané no la había visto nunca, pero estaba claro que era pariente del doctor Moyaka que había visto en Ginura.

—Buenos días, honorable bachiller —dijo la mujer, con una reverencia—. Me han dicho que tenéis una herida en el costado.

—Es una vieja lesión —explicó el anciano Vara, cuando vio que Tané inclinaba la cabeza como única respuesta—. Una hinchazón que tiene desde su infancia.

—Ya veo —dijo Moyaka, que dio una palmadita sobre la esterilla, donde habían puesto una manta y una almohada—. Abríos la túnica, por favor, honorable bachiller, y estiraos.

Tané obedeció.

—Decidme, Purumé —le dijo el anciano Vara a la médico—. ¿Se ha registrado algún ataque más de la Flota del Ojo del Tigre en Seiiki?

—No desde que desembarcaron en Ginura, que yo sepa —respondió Moyaka, con tono grave—. Pero volverán pronto. Ahora la Emperatriz Dorada está envalentonada.

Tané tuvo que hacer un gran esfuerzo para no encogerse al sentir el contacto. Aún tenía la zona sensible.

—Ah, ahí está —dijo Moyaka, resiguiendo el perfil del bulto—. ¿Cuántos años tenéis, bachiller?

—Veinte —dijo Tané en voz baja.

—¿Y habéis tenido esto toda la vida?

—Desde que era niña. Mi profesor me dijo que una vez me había roto la costilla.

—¿Alguna vez os duele?

—A veces.

—Hmm —dijo Moyaka, tanteándolo con dos dedos—. Por el tacto, da la impresión de que es un espolón óseo, nada de lo que preocuparse, pero me gustaría hacer una pequeña incisión, solo para estar seguros. —Abrió un maletín de cuero—. ¿Necesitaréis algo para el dolor?

La Tané de antes habría dicho que no, pero desde que había llegado a la isla lo único que quería era no sentir nada. Olvidarse de sí misma.

Uno de los bachilleres más jóvenes trajo hielo de las cuevas, envuelto en lana para mantenerlo frío. Moyaka preparó el fármaco y Tané se lo bebió a través de una pipa. Sintió el humo áspero en la garganta. Cuando le llegó al pecho, una sensación dulce y reconfortante se le extendió por la sangre, dejándole el cuerpo como una pluma y como una piedra a la vez, mientras sus pensamientos se volvían cada vez más livianos. El peso de la vergüenza se evaporó. Por primera vez en semanas, respiraba con facilidad.

Moyaka se puso el hielo al lado. Cuando vio que Tané ya casi no tenía sensibilidad en la zona, la doctora seleccionó un instrumento, lo lavó con agua hervida e introdujo el borde bajo el bulto.

Un dolor lejano. La sombra de un dolor. Tané presionó las palmas de las manos contra el suelo.

—¿Estás bien, niña? —preguntó el anciano Vara.

Tané lo veía por triplicado. Asintió, y el mundo pareció asentir con ella. Moyaka amplió la incisión.

—Esto es… —Parpadeó—. Extraño. Muy extraño.

Tané intentó levantar la cabeza, pero sentía el cuello débil como una cuenta de cristal.

El anciano Vara le apoyó una mano en el hombro.

—¿Qué es, Purumé?

—No puedo estar segura hasta que lo extraiga —respondió ella, perpleja—, pero… bueno, casi parece un…

La interrumpió un ruido del exterior, algo que se rompía en pedazos.

—Otro temblor —dijo el anciano Vara, con una voz que a Tané le sonaba muy, muy lejana.

—Eso no parecía un temblor. —Moyaka se quedó rígida—. Que el gran Kwiriki nos salve…

Al otro lado de la ventana se vio un resplandor. El suelo tembló y alguien gritó: «¡Fuego!». Unos momentos más tarde, la misma voz soltó un chillido aterrador antes de cortarse de golpe.

—Escupefuegos. —El anciano Vara ya estaba en pie—. Tané, deprisa. Tenemos que refugiarnos en el desfiladero.

Escupefuegos. Pero hacía siglos que las bestias draconianas no se dejaban ver en el Este…

Rodeó los huesudos hombros de Tané con un brazo y la levantó de la esterilla. Tané se balanceó. La cabeza le daba vueltas, pero aún conservaba la conciencia suficiente como para moverse. Descalza y entumecida, atravesó los pasillos con el anciano Vara y la doctora Moyaka hasta llegar al comedor, donde el anciano abrió la puerta que daba al patio. Otros bachilleres iban de camino al bosque.

A su alrededor se mezclaban los olores a lluvia y a fuego. El anciano Vara señaló el puente.

—Cruza. Al otro lado hay una cueva; espérame dentro y bajaremos juntos. La doctora Moyaka y yo debemos asegurarnos de que no ha quedado nadie —dijo el anciano, dándole un empujón—. ¡Ve, Tané. Corre!

—Y mantened la herida presionada —la apremió la doctora Moyaka.

Todo se movía como en el agua. Tané echó a correr, pero tenía la impresión de que estaba atravesando un río.

Desde el puente se veía el Pabellón de la Veleta. Ya estaba cerca cuando una sombra le pasó por encima. Sintió el calor en la espalda. Intentó correr más rápido, pero el agotamiento la hacía trastabillar y, a cada paso, la incisión sangraba más. El dolor golpeaba contra la armadura acolchada en que la había envuelto aquella droga.

El puente cruzaba el desfiladero cerca de la cascada de Kwiriki. Justo por encima había un anciano dirigiendo el avance de un grupito de bachilleres. Tané fue tras ellos, presionándose el costado con la mano.

Desde el puente había una caída vertical mortal hasta la Senda del Venerable, cubierta por una capa de niebla por la que asomaban las copas de los árboles.

Otra sombra cayó desde lo alto. Tané intentó soltar un grito de advertencia a los otros bachilleres, pero sentía la lengua como si fuera de algodón. Una bola de fuego golpeó el tejadillo del puente. Unos segundos más tarde, una cola dentada lo convirtió en una explosión de astillas. La madera crujió y se abrió bajo sus pies. Tané estuvo a punto de caer, pero paró a tiempo. Indefensa, vio cómo la estructura temblaba, con un enorme agujero abierto. Un tercer escupefuegos golpeó uno de los pilares que lo sostenía. Una serie de siluetas sin rostro gritaron al resbalar y caer desde el borde.

Las llamas calcinaron personas y madera a la vez. Otra

sección del puente cedió y se abrió, crujiendo, como un tronco que llevara demasiado tiempo ardiendo. El viento rugía a cada batir de alas.

No había elección. Tendría que saltar. Tané corrió hacia el puente, con los ojos irritados por el humo, mientras las bestias draconianas trazaban un círculo en el aire, preparándose para un segundo ataque.

Antes de que pudiera alcanzarlo, se le doblaron las rodillas. Rodó por el suelo para amortiguar la caída, y su piel se abrió como papel mojado. Sollozando de dolor, se llevó la mano al costado… y el bulto, aquello que había llevado dentro durante años, salió al exterior por la herida abierta en su cuerpo. Estremecida, lo miró.

Una joya. Cubierta de sangre y no mayor que una castaña. Una estrella apresada en una piedra.

No había tiempo para el desconcierto. Estaban llegando más escupefuegos. Debilitada por el dolor, Tané agarró la joya y cerró el puño. Sacando fuerzas de flaqueza, siguió adelante, cada vez más mareada, hasta que algo atravesó el tejadillo y aterrizó justo ante ella.

Lo que tenía delante era como una pesadilla.

Por su aspecto y por su olor recordaba los restos de una erupción volcánica. Unas brasas ardiendo donde tendrían que estar los ojos. Unas escamas negras como la ceniza. El silbido del vapor que se formaba al impactar la lluvia contra su piel. Dos patas musculosas soportaban gran parte del peso, y las articulaciones de sus alas acababan en unos garfios atroces… y esas alas. Las alas de un murciélago. Detrás, una cola de lagarto que se movía como un látigo. Incluso con la cabeza baja, era inmensamente más alto que ella, y le mostraba los dientes manchados de sangre.

Tané sintió un escalofrío. No tenía ni espada ni alabarda. Ni siquiera una daga con la que intentar reventarle un ojo. En otro tiempo habría rezado, pero ningún dios escucharía a una jinete caída en desgracia.

El escupefuegos chilló, desafiante. Su garganta era de un negro absoluto, y Tané se dio cuenta de pronto de que estaba a punto de morir. El anciano Vara encontraría sus restos humeantes, y allí acabaría todo.

No temía la muerte. Los jinetes de dragón se ponían en peligro mortal a diario y, desde que era niña, sabía los riesgos que iba a afrontar uniéndose al clan Miduchi. Una hora antes incluso habría deseado un fin así. Mejor que la podredumbre de la vergüenza con la que vivía.

Sin embargo, cuando el instinto le dijo que blandiera la joya, que luchara hasta el final con lo que tenía a mano… obedeció

Echó el puño adelante, sintiendo un frío blanco y glacial en la palma, contra la bestia. Una luz cegadora surgió de su interior.

Tenía en la mano una luna radiante.

Con un chillido, el escupefuegos retrocedió, huyendo de la luz. Se cubrió el rostro con el ala y soltó un gruñido rasposo, una y otra vez, como un cuervo graznando al anochecer.

El cielo se llenó de respuestas que resonaban como un eco sin fin.

Tané se acercó aún más, con la joya en la mano. Con una última mirada de odio, la bestia rugió una vez más, echándole el cabello atrás con el aliento, y se elevó agitando las alas. Giró en dirección al mar, y los suyos la siguieron, desapareciendo en la noche.

El otro extremo del puente acabó de desprenderse y cayó al vacío, levantando una nube de cenizas. Los ojos se le llenaron de lágrimas. Debilitada y dolorida, se arrastró hacia atrás, en dirección al Pabellón de la Veleta. Tenía media túnica empapada de rojo.

Enterró la joya bajo la tierra del patio. Fuera lo que fuese, tenía que mantenerla oculta. Como había hecho toda su vida.

El techo de la sala de curas estaba hundido. Buscó entre las esterillas húmedas el maletín de Moyaka y lo encontró volcado en una esquina. Cerca del fondo había una madeja de hilo de sutura y una aguja curvada.

La pipa hipnótica estaba rota en pedazos. Cuando levantó la mano de la herida vio que sangraba a borbotones.

Con dedos torpes, enhebró la aguja. Limpió la herida lo mejor que pudo, pero había suciedad en los bordes. Si la tocaba, notaba que se le nublaba la vista. Con la cabeza turbia y la boca seca, hurgó de nuevo en el maletín y encontró una botellita ámbar.

Lo peor aún estaba por llegar. Tenía que mantenerse despierta, aunque solo fuera un poco más. Nayimathun y Susa habían sufrido por su culpa. Ahora le tocaba a ella. La aguja le atravesó la piel.

46

Sur

Las cocinas estaban detrás de la cascada, justo por debajo de las habitaciones. De niña, a Ead le encantaba colarse con Jondu y birlarle caramelos de rosa a Tulgus, el jefe de cocina.

La antecocina estaba iluminada por el sol y siempre olía a especias. Los siervos estaban preparando arroz enjoyado, vieiras y pollo con un adobo de lima para la cena.

Encontró a Loth montando una bandeja de frutas con Tulgus. Daba la impresión de que le pesaban los párpados.

Raíz de adormidera. Debían de estar intentando hacerle olvidar.

—Buenas tardes, hermana —dijo el cocinero, de cabellos blancos.

Ead sonrió, intentando no mirar a Loth.

—¿Me recuerdas, Tulgus?

—Sí, hermana —dijo él, devolviéndole la sonrisa—. Desde luego recuerdo la cantidad de comida que me robabais.

Tenía los ojos amarillo pálido del aceite de cacahuete. Quizá fuera él quien le había dado a Nairuj sus ojos.

—De eso hace mucho tiempo. Ahora ya la pido. —Ead bajó la cabeza y se acercó—. Nairuj me dijo que quizá me dejarías probar un poco del vino generoso de la priora.

—Hmm. —Tulgus cogió un trapo y se secó las manos, cubiertas de manchas de la edad—. Un vasito pequeño. Consideradlo un regalo de bienvenida de los Hijos de Siyāti. Haré que os lo lleven a vuestra habitación.

—Gracias.

Loth la miraba como si fuera una extraña. Ead tuvo que hacer un esfuerzo supremo para no mirarlo fijamente a los ojos.

Mientras salía de la cocina, echó un vistazo a los frascos donde se guardaban las hierbas y las especias. Viendo que Tulgus ya estaba ocupado otra vez, encontró el frasco que necesitaba, cogió un generoso pellizco del polvo que contenía y lo echó en una bolsita.

Antes de marcharse cogió un pastelillo de miel de una bandeja. Sería el último que comería en mucho tiempo.

El resto del día, hizo lo que cualquier otra Dama Roja haría justo antes de partir para un largo viaje. Practicó el tiro con arco bajo la atenta mirada de las Damas Plateadas. Todas sus flechas dieron en el blanco. Entre tiro y tiro, Ead se aseguró de mostrarse tranquila, y de preparar sus flechas con toda calma. Una sola gota de sudor podría delatarla.

Cuando llegó a su habitación, encontró que sus alforjas y sus armas ya no estaban. Aralaq debía de habérselo llevado todo.

Un sudor frío le recorrió el cuerpo. Ya no había vuelta atrás. Respiró hondo y recuperó la entereza. La Madre no se habría quedado mirando mientras el mundo caía pasto de las llamas. Ahuyentó sus últimas dudas, se puso su camisón y se situó sobre la cama, fingiendo que leía. En el exterior, la luz del día iba desapareciendo.

Loth y Aralaq ya estarían esperándola. Cuando oscureció por completo y alguien llamó a su puerta respondió:

—Adelante.

Uno de los hombres del servicio entró con una bandeja en la que había dos copas y una jarra.

—Tulgus dice que deseáis probar el vino generoso, hermana —dijo.

—Sí —dijo ella, señalando la mesilla—. Déjalo aquí. Y abre las puertas, por favor.

El hombre dejó la bandeja y Ead mantuvo la expresión inmutable mientras pasaba una página de su libro. En el momento en que el criado se dirigía hacia las puertas del balcón, Ead se sacó la bolsita con raíz de adormidera de la manga y la vació en una de las copas. Cuando el hombre se dio la vuelta, ella ya tenía la otra copa en la mano, y la bolsita había desaparecido de la vista. Él recogió la bandeja y se fue.

Una ráfaga de viento entró en la habitación y apagó la lámpara de aceite. Ead se puso su ropa de viaje y sus botas, aún manchadas de arena de Burlah. A esas horas la priora estaría bebiéndose el vino con la droga.

Cogió el único cuchillo que no había empaquetado aún y se lo ató al muslo. Cuando estuvo segura de que no había nadie fuera, se cubrió la cabeza con la capucha y se fundió en la oscuridad.

La priora dormía en la habitación más alta del Priorato, cerca del origen de la cascada, donde podía ver el alba asomando tras el Valle de la Sangre. Ead se detuvo junto al arco del pasadizo. Dos Damas Rojas montaban guardia en la puerta.

La siguiente operación era delicada. Una habilidad ancestral, que ya no se enseñaba en el Priorato. «Encandelado», lo había llamado Jondu. Consistía en prender una llama minúscula en el interior de un cuerpo vivo, lo suficiente como para que perdiera el aliento. Requería mucho tacto.

Con un leve movimiento de los dedos, encendió una llama en cada una de las dos mujeres.

Hacía mucho tiempo que una hermana no atacaba a una de las suyas. Las gemelas no se esperaban aquel calor seco que les invadió la garganta. De la boca y de la nariz les salió humo, y la mente se les nubló, entumeciéndoles los sentidos. Cayeron al suelo, y Ead pasó por delante, sigilosa. Al llegar junto a la puerta escuchó atentamente: todo estaba tranquilo.

En el interior, la luz de la luna atravesaba las ventanas. Ella estaba envuelta en sombras.

La priora estaba en la cama, rodeada de velos. La copa estaba sobre la mesilla. Ead se aproximó, con el corazón latiéndole con fuerza en el pecho, y miró en su interior.

Vacía.

Miró a la priora. Una gota de sudor le temblaba en el extremo de un mechón de pelo, sobre los ojos.

Tardó solo un momento en encontrar la joya. La priora la había envuelto en arcilla y la llevaba colgada del cuello, con un cordel.

—Debes de pensar que soy tonta.

Un escalofrío atravesó a Ead, como una lanza. La priora se giró, poniéndose boca arriba.

—Algo me decía que esta noche no debía beber el vino. Una premonición de la Madre. —Rodeó la joya con la mano—. Supongo que esta… rebelión por tu parte no es culpa tuya. Era inevitable que Inys te envenenara.

Ead no se atrevía a mover un músculo.

—Quieres volver allí. Y proteger a la impostora —dijo la priora—. Tu madre biológica te impulsa a hacerlo. Zāla también creía que debíamos emplear nuestros limitados recursos en proteger a toda la humanidad. Siempre le susurraba al oído a la antigua priora, diciéndole que teníamos que proteger a todos los soberanos de todas las cortes… incluso del Este, donde adoran a los wyrms del mar. Donde los idolatran como dioses. Tal como querría que hiciéramos con él el Innombrable. Oh, sí… Zāla también habría querido que los protegiéramos.

Ead notó algo raro en el tono con que lo dijo. Aquel odio.

—La Madre amaba el Sur. Es el Sur lo que decidió proteger del Innombrable, y es el Sur lo que he jurado proteger en su nombre. Zāla nos habría hecho abrir los brazos al mundo, dejándonos expuestas.

«Todo porque Mita Yedanya le dijo que yo había envenenado a tu madre biológica.» Kalyba lo había dicho con una sonrisa socarrona. «Como si fuera a rebajarme a envenenar a alguien.» Mita había exiliado a la bruja para siempre. Al fin y al cabo, una forastera era un chivo expiatorio fácil.

—No fue la bruja quien mató a Zāla —dijo Ead, empuñando su puñal—. Fuiste tú.

Sintió un frío que le calaba los huesos. La priora levantó las cejas.

—¿Qué quieres decir, Eadaz?

—No podías soportar que Zāla quisiera defender el mundo más allá del Sur. No podías soportar su influencia. Y sabías que se intensificaría aún más cuando la nombraran priora. —Se le puso la piel de gallina—. Para controlar el Priorato… tenías que librarte de ella.

—Lo hice por la Madre —confesó, con la misma brusquedad que demostraba para cualquier otra cosa.

—Asesina —susurró Ead—. Asesinaste a una hermana.

Pastelillos de miel. Cálidos abrazos. Todos aquellos recuerdos vagos volvieron de golpe, y con ellos un calor que le invadió el cuerpo, hasta los párpados.

—Estaba dispuesta a hacer cualquier cosa para proteger a mis hermanas, y para asegurarme de que el Sur siempre contara con la protección que necesitaba. —Con un suspiro que parecía casi de exasperación, la priora irguió la espalda—. Le di una muerte plácida. La mayoría había condenado a Kalyba antes de que yo abriera la boca. Su presencia aquí era un insulto a la Madre; ella que tanto cariño le tenía al Impostor como para haberle forjado una espada. Kalyba es nuestra enemiga.

Ead ya casi ni la oía. Por primera vez en su vida, sintió el fuego draconiano en la sangre. Bullía por dentro, y el rugido de aquella rabia eclipsaba cualquier otro sonido.

—La joya. Dámela y me iré en paz —dijo, con una voz que no le parecía la suya propia—. La puedo usar para encontrar *Ascalon*. Déjame acabar lo que empezó Jondu, y proteger la integridad de los Reinos de las Virtudes, y no diré una palabra de tu crimen.

—Alguien usará la joya —respondió ella—, pero no serás tú.

El movimiento fue tan rápido como el mordisco de una víbora, demasiado como para poder esquivarlo. Un calor blanco le laceró la piel. Ead se echó atrás, con una mano bajo la garganta, donde la sangre manaba, espesa y veloz.

La priora cortó los restos del velo de la cama. El puñal que tenía en la mano estaba manchado de rojo.

—Solo con la muerte puede cambiar la portadora —dijo Ead, viendo la sangre que le cubría los dedos—. ¿Pretendes matar a madre e hija?

—No permitiré que un regalo de la Madre caiga en manos de quien se muestra tan dispuesta a abandonarla —dijo Mita, sin inmutarse—. La joya permanecerá bajo sus huesos hasta que el Innombrable amenace a los pueblos del Sur. No se usará para proteger a una impostora del Oeste.

Levantó el cuchillo con un movimiento ágil, como una nota musical ascendente.

—No, Eadaz —dijo—. Eso no sucederá.

Ead miró en el interior de aquellos ojos decididos. Sus dedos se enroscaron en torno al mango de su puñal.

—Ambas servimos a la Madre, Mita —dijo—. Veamos a cuál de las dos favorece ella.

El follaje de los árboles era tan denso que muy poca luz de luna llegaba al suelo de la cuenca de Lasia. Loth caminaba por el claro, secándose el sudor de las manos y temblando, como si tuviera fiebre.

El ichneumon le había llevado por un laberinto de pasadizos antes de salir a aquel lugar. Loth no había entendido que iba a ser rescatado hasta que no sintió el aire templado del bosque. Por fin empezaba a desaparecer el efecto de la bebida que le habían estado dando.

Ahora el ichneumon estaba acurrucado sobre una roca cercana, con los ojos fijos en la boca de la caverna. Loth había preparado la silla de montar, de la que colgaban alforjas tejidas y cantimploras.

—¿Dónde está?

No hubo respuesta. Loth se secó el labio superior con una mano y murmuró una oración al Caballero del Valor.

No había olvidado. Habían intentado borrarle la mente, pero el Santo siempre había estado allí, en su corazón. Tulgus le había advertido que no se rebelara, así que se había limitado a rezar y esperar la salvación. Que había llegado en forma de la mujer que había conocido en otro tiempo como Ead Duryan.

Ella iba a ayudarle a volver a Inys. Tenía tanta fe en aquello como en el Caballero de la Camaradería.

Cuando el ichneumon por fin se puso en pie, lo hizo con un gruñido. Se fue hacia un hueco entre las raíces del árbol y regresó con Ead, que parecía exhausta. Tenía el brazo apoyado sobre el cuello de Aralaq y llevaba otra bolsa de malla al hombro. Loth fue corriendo a su encuentro.

—Ead.

Estaba bañada en sangre y sudor, y tenía el cabello enmarañado sobre los hombros.

—Loth —dijo—. Debemos irnos enseguida.

—Cárgamela a la grupa, hombre de Inys.

Aquella voz profunda le dio un susto de muerte a Loth. Cuando vio de dónde procedía, se quedó con la boca abierta.

—Puedes hablar… —dijo, balbuciendo.

—Sí —respondió el ichneumon, que al momento volvió a posar la mirada en Ead—. Estás sangrando.

—Ya parará. Debemos irnos.

—Las hermanas del Priorato vendrán a por ti enseguida. Los caballos son lentos. Y tontos. No puedes alcanzar a un ichneumon si no montas en otro.

Ella apoyó el rostro contra su pelo.

—Si nos pillan, te matarán. Quédate aquí, Aralaq. Por favor.

—No —dijo él, agitando las orejas—. Yo voy donde vayas tú.

El ichneumon flexionó las patas delanteras. Ead miró a Loth.

—Loth —dijo, con la voz ronca—. ¿Aún confías en mí?

Loth tragó saliva.

—No sé si confío en la mujer que eres ahora —reconoció—, pero confío en la mujer que eras.

—Entonces monta conmigo —dijo, cogiéndole la barbilla con una mano—, y si pierdo la conciencia, sigue cabalgando hacia el noroeste, en dirección a Córvugar. —Sus dedos le dejaron una mancha de sangre en el rostro—. Hagas lo que hagas, Loth, no dejes que se queden con esto. Aunque tengas que dejarme por el camino.

En la mano tenía algo atado a un cordel. Una gema blanca y redonda, pegada a un molde de arcilla.

—¿Qué es?

Ella negó con la cabeza. No sin esfuerzo, Loth la levantó, colocándola en la silla de montar. Él trepó, la rodeó con un brazo y se la apoyó en el pecho, agarrándose al ichneumon con la otra mano.

—Agárrate a mí —le dijo al oído—. Te llevaré a Córvugar. Igual que tú me has traído hasta aquí.

47
Sur

Aralaq corrió a toda velocidad por el bosque. Loth pensaba que le había visto desplegar toda su velocidad por las Escarpadas, pero ahora no podía casi ni pensar; bastante trabajo tenía en mantenerse agarrado al ichneumon mientras este saltaba por entre las raíces retorcidas, sobre los arroyos y esquivando árboles, ligero como una piedra rebotando contra la superficie del agua.

Aralaq siguió hacia el norte, lejos de la espesura, y Loth cayó dormido. Sus sueños le llevaron primero a aquel maldito túnel de Yscalin, donde Kit debía seguir enterrado, y luego más allá, a la sala de mapas de la finca familiar, donde su tutor le hablaba de la historia del Dominio de Lasia, con Margret sentada a su lado. Ella siempre había sido una alumna muy diligente, dispuesta a aprender sobre los antiguos orígenes del Sur.

Había perdido la esperanza de volver a ver a su hermana. Ahora quizá hubiera alguna posibilidad.

El alba y el ocaso. El repiqueteo de las pezuñas contra el terreno. Cuando el ichneumon se detuvo, Loth por fin despertó.

Se limpió la arena de los ojos. Un lago atravesaba una extensión polvorienta, como una mancha de color zafiro bajo el cielo. En las orillas se bañaban unos olifantes de agua. Más allá se veían las grandes cumbres rocosas que protegían Nzene, y el marrón rojizo de la arcilla tostada al sol. El monte Dinduru, el mayor de todos, tenía una simetría casi perfecta.

Hacia el mediodía ya estaban a los pies de las montañas. Aralaq trepó por un camino de cabras. Cuando estuvieron tan alto que le temblaban las piernas, Loth se arriesgó a mirar abajo.

Allí estaba Nzene. La capital de Lasia se encontraba rodeada por las altas paredes de arenaria de las Espadas de los Dioses. Las montañas, más altas y verticales que ninguna otra del mundo conocido, proyectaban sus sombras sobre las calles, cortándolas como cuchillos. Una inmensa carretera se extendía más allá, sin duda una ruta comercial hacia el Ersyr.

Las calles, que brillaban a la luz del sol, estaban flanqueadas por palmeras y árboles de enebro. Loth localizó la Biblioteca Dorada de Nzene, construida de arenaria procedente de las ruinas de Yikala, y conectada por una pasarela con el Templo del Soñador. Mucho más arriba estaba el Palacio del Gran Onjenyu, donde residía la Gran Soberana Kagudo y su familia, en un promontorio por encima de las casas. El río Lase se abría en dos, rodeando su jardín sagrado.

Aralaq olisqueó la zona y encontró un refugio bajo un saliente rocoso, lo suficientemente profundo como para protegerlos de los elementos.

—¿Por qué nos detenemos? —preguntó Loth, secándose el sudor del rostro—. Ead nos dijo que no paráramos hasta Córvugar.

Aralaq flexionó las patas delanteras para que Loth pudiera desmontar.

—La hoja con que la hirieron estaba impregnada con una secreción de sanguijuelas del hielo. Impide que la sangre se coagule —dijo—. Encontraremos una cura en Nzene.

Loth bajó a Ead de la silla.

—¿Cuánto tardarás?

El ichneumon no respondió. Lamió a Ead en la frente y luego desapareció.

Cuando Ead despertó de su mundo de sombras, estaba anocheciendo. La cabeza le daba vueltas como un caldero bien revuelto. Apenas era consciente de que estaba en una cueva, pero no recordaba cómo había llegado hasta allí.

Se llevó la mano a la clavícula y, al sentir la joya menguante entre ellas, respiró de nuevo.

Recuperarla le había costado caro. Recordaba el acero de la hoja, y el pinchazo de lo que fuera con lo que estaba intoxicada, mientras le arrancaba la joya a Mita. Había encendido una llama con la punta de los dedos y había prendido fuego a la cama, antes de subirse a la barandilla y dejarse caer al vacío.

Había caído como un gato, en una cornisa de la cocina. Afortunadamente allí no había nadie, por lo que consiguió vía libre para huir. Aun así, apenas había podido llegar junto a Aralaq y Loth antes de quedarse sin fuerzas.

Mita merecía una muerte cruel por lo que le había hecho a Zāla, pero no sería Ead quien se la diera. No se denigraría a sí misma matando a una hermana.

Una lengua caliente le lamió la frente, apartándole un mechón de pelo. De pronto se encontró el morro de Aralaq casi junto a su nariz.

—¿Dónde estamos? —dijo, con voz ronca.

—En las Espadas de los Dioses.

—No.

Irguió la espalda, conteniendo un quejido cuando sintió el dolor en el vientre.

—Habéis parado. —Le costaba hablar—. Malditos bobos. Las Damas Rojas…

—Era esto o dejar que te desangraras —dijo Aralaq, olisqueando la cataplasma que tenía sobre el vientre—. No nos dijiste que la priora había impregnado su puñal en glinio.

—No tenía ni idea.

Debía de habérselo esperado. La priora quería matarla, pero no podía hacerlo sin levantar sospechas. Era mejor dejar que se desangrara lentamente y luego decir que la hermana que acababa de regresar era una traidora y ordenarles que la mataran ellas. Así no se mancharía las manos.

Ead levantó la cataplasma. Le dolía la herida, pero la pasta de flores de chumbera había absorbido el veneno.

—Aralaq —dijo, esta vez en inys—, tú sabes lo rápidas que son las Damas Rojas. —Al estar allí Loth no podía evitar cambiar de idioma—. Te había dicho que no pararas bajo ningún concepto.

—La Gran Soberana Kagudo dispone de un remedio. Los ichneumons no dejan morir a las hermanitas.

Ead intentó controlar la respiración, tranquilizarse. Era poco probable que las Damas Rojas estuvieran ya buscándola por las Espadas de los Dioses.

—Debemos actuar rápido —dijo Aralaq, echando una mirada a Loth—. Comprobaré que no hay peligro.

Salió y se hizo un gran silencio.

—¿Estás enfadado, Loth? —preguntó Ead por fin. Miró hacia Nzene. Habían encendido antorchas por las calles de la capital, que brillaba como una brasa.

—Debería estarlo —murmuró él—. Me has contado un montón de mentiras. Tu nombre. El motivo de tu presencia en Inys. Tu conversión.

—Nuestras religiones están conectadas. Ambas se oponen al Innombrable.

—Tú nunca has creído en el Santo. Bueno —se corrigió—, sí que creías en él. Pero pensabas que era un bruto y un cobarde que quiso obligar a un país a que aceptara su religión.

—Y que exigió la mano de la princesa Cleolinda antes de matar al monstruo, sí.

—¿Cómo puedes decir una cosa así, Ead, cuando has estado en el santuario y le has rendido homenaje?

—Lo hice para sobrevivir —respondió. Pero vio que Loth seguía negándose a mirarla—. Confieso que soy lo que vosotros llamaríais una hechicera, pero ninguna magia es mala. La maldad está en quien la usa.

Él la miró por fin, con un gesto hosco.

—¿Y qué es lo que puedes hacer?

—Puedo desviar el fuego de los wyrms. Soy inmune a la peste draconiana. Puedo crear barreras protectoras. Mis heridas se curan rápidamente. Puedo moverme entre las sombras. Puedo hacer que mi espada resulte más mortal que la de ningún caballero.

—¿Puedes crear fuego?

—Sí. —Abrió la palma de la mano y en ella apareció una llama—. Fuego natural. —Cerró la mano, la abrió de nuevo y la llama se volvió plateada—. Fuego mágico, que desactiva hechizos. —Lo hizo una vez más y el fuego esta vez fue rojo, y desprendía tanto calor que Loth empezó a sudar—. Fuego de wyrm.

Loth hizo la señal de la espada. Ead cerró la mano, sofocando la llama herética.

—Loth —dijo ella—, debemos decidir ahora mismo si podemos ser amigos. Los dos necesitamos ser amigos de Sabran si queremos que este mundo sobreviva.

—¿Qué quieres decir?

—Hay muchas cosas que tú no sabes —dijo, y desde luego se quedaba corta—. Sabran concibió una hija con Aubrecht Lievelyn, el Gran Príncipe de Mentendon. Pero lo asesinaron —añadió cuando vio su mirada de asombro—. Poco después, un Sombra del Oeste se presentó en el Palacio de Ascalon. Lo llaman el Wyrm Blanco. —Hizo una pausa—. Sabran perdió a la criatura.

—Por el Santo —dijo, con la pena grabada en el rostro—. Sab… Siento no haber estado allí.

—Ojalá hubieras estado —dijo Ead, mirándolo—. No tendrá más hijos, Loth. La dinastía Berethnet ha llegado a su fin. Los wyrms están levantándose. Yscalin prácticamente ha declarado la guerra, y el Innombrable se alzará de nuevo, muy pronto. Estoy segura.

Loth parecía cada vez más mareado.

—El Innombrable.

—Sí. Vendrá —dijo Ead—. Pero no por Sabran. No tiene nada que ver con ella. Haya o no reina de Inys, o sol en el cielo, despertará.

El sudor le perlaba la frente.

—Creo que sé cómo derrotar al Innombrable, pero primero debemos asegurar la paz en los Reinos de las Virtudes. Si se declara la guerra civil, el Ejército Draconiano y el Rey Terreno aprovecharán la ocasión. —Ead se presionó la cataplasma contra el vientre—. Varios miembros de la Junta de los Duques han abusado de sus poderes durante años. Ahora que saben que no habrá heredera, creo que intentarán controlar a Sabran, o incluso usurparle el trono.

—Por el Santo… —murmuró Loth.

—Advertiste a Meg sobre el Escanciador. ¿Sabes quién es?

—No. Lo único que le saqué a Sigoso fue esa frase.

—Al principió pensé que sería el Halcón Nocturno —admitió Ead—, pero ahora estoy prácticamente segura de que es Igrain Crest. Las copas gemelas son su emblema.

—Lady Igrain. Pero Sab la adora —dijo Loth, visiblemente abrumado—. Además, cualquiera que tenga a la Caballero de la Justicia como patrona lleva las copas… y el Escanciador conspiró con el rey Sigoso para matar a la reina Rosarian. ¿Por qué iba a hacer Crest algo así?

—No lo sé —reconoció Ead—, pero ella recomendó a Sabran que se casara con el cacique de Askrdal. Sabran escogió a Lievelyn, y luego a Lievelyn lo mataron. En cuanto a los degolladores…

—¿Eras tú quien los mataba?

—Sí —contestó Ead, sumida en sus pensamientos—. Pero ahora no tengo tan claro que su intención fuera matarla. Quizá Crest había planeado desde el principio que los pillaran. A cada intrusión Sabran estaría más aterrada. Su castigo por negarse a cumplir con su obligación de parir era un miedo prácticamente constante a la muerte.

—¿Y la Reina Madre?

—En la corte hace tiempo que corre el rumor de que la reina Rosarian se llevaba a Gian Harlowe a la cama mientras estaba casada con el príncipe Wilstan —dijo Ead—. La infidelidad va contra los preceptos del Caballero de la Camaradería. Quizá a Crest le guste que sus reinas sean… obedientes.

Loth apretó la mandíbula.

—Así que quieres que le plantemos cara a Crest —concluyó—. Para proteger a Sabran.

—Sí. Y luego tenemos que plantar cara a un enemigo mucho más antiguo —dijo Ead, mirando hacia la boca de la cueva—. Puede que *Ascalon* esté en Inys. Si la encontramos, podemos usarla para debilitar al Innombrable.

Un pájaro cantó desde algún lugar por encima de su refugio. Loth le pasó una cantimplora.

—Ead, tú no crees en las Seis Virtudes —señaló, mirándola a los ojos—. ¿Por qué quieres arriesgarlo todo por Sabran?

Ead bebió.

Era una pregunta que debía haberse hecho mucho tiempo antes. Sus sentimientos habían florecido como una orquídea en un árbol. Primero se había formado un pequeño capullo y, sin darse cuenta, se había abierto creando una flor eterna…

—Me he dado cuenta —dijo, tras un breve silencio— de que le han hecho aceptar una historia desde el día en que nació. No le han dado ninguna otra posibilidad. Y aun así, a pesar de todo, he visto que en parte se ha hecho a sí misma. A primera vista esa pequeña parte se había forjado en el fuego de su propia fuerza, resistiendo el encierro al que había sido sometida. Y comprendí… que esa parte era dura como el acero. Esa parte era su verdadero ser. —Le miró fijamente a los ojos—. Sabran será la reina que necesita Inys en los días que se acercan.

Loth se acercó y se sentó a su lado. Cuando le tocó el codo, ella levantó la mirada.

—Me alegro de que nos hayamos vuelto a encontrar, Ead Duryan. —Hizo una pausa—. Eadaz uq-Nāra.

Ead apoyó la cabeza sobre su hombro. Loth suspiró y la rodeó con el brazo.

Aralaq regresó, sobresaltándolos.

—El pájaro grande está sobrevolando la zona —dijo—. Las Damas Rojas se acercan.

Loth se puso en pie de golpe. Ead cogió su arco y su carcaj, con una extraña expresión de tranquilidad.

—Aralaq, vamos a cruzar las Tierras Quemadas hasta Yscalin. No vamos a parar —dijo— hasta que lleguemos a Córvugar.

Loth montó. Ella le pasó el manto y, cuando trepó, él la usó para envolverlos a los dos.

Aralaq corrió hasta los pies de las montañas y se deslizó entre las sombras para echar un vistazo al lago. Parspa sobrevolaba las montañas en silencio.

Estaba lo suficientemente oscuro para pasar inadvertidos. Se ocultaban detrás de otras cumbres de las Espadas de los Dioses. Cuando no quedó ningún otro sitio donde agazaparse, Aralaq se separó de las montañas y echó a correr.

Las Tierras Quemadas de Lasia, donde antes se levantaba la ciudad de Jotenya, se extendían por todo el norte del país. Durante la Gran Desolación, aquel territorio había sido arrasado por el fuego, pero desde entonces había vuelto a aparecer la hierba, y de las cenizas habían surgido unos árboles de copas anchas, muy separados entre sí.

El terreno empezó a cambiar. Aralaq cogió velocidad, hasta que sus patas prácticamente empezaron a volar sobre la hierba amarilla. Ead se agarró al pelo del animal. Aún le dolía el vientre, pero tenía que mantenerse alerta. A estas alturas los otros ichneumons ya habrían detectado su olor.

Las estrellas brillaban en lo alto como brasas en un cielo de carbón negro. No se parecían a las que cubrían el cielo nocturno en Inys. Aparecieron más árboles. Ead tenía los ojos secos por el azote del viento. Tras ella, Loth tiritaba de frío. Ead tiró del manto, tensándolo más en torno a los dos y cubriéndole las manos, y se permitió pensar en el barco que tomarían en Córvugar. Una flecha pasó rozando a Aralaq. Ead se giró para ver quién les atacaba. Eran seis guerreras como seis llamas rojas, cada una montada en un ichneumon.

El blanco pertenecía a Nairuj. Aralaq gruñó y aceleró aún más. Había llegado el momento. No sin esfuerzo, Ead se liberó del manto, agarró a Loth del hombro y se deslizó tras él, de modo que sus espaldas quedaban en contacto. Lo mejor que podía hacer era herir a los ichneumons. Aralaq era rápido incluso comparado con los suyos, pero el blanco lo era más aún. Mientras cargaba la flecha, recordó que en otro tiempo Nairuj presumía de lo rápido que podía cruzar su montura la cuenca de Lasia. Ead se dio tiempo para adaptarse a Aralaq. Cuando hubo registrado la cadencia de sus pisadas, levantó el arco. Loth echó una mano atrás y la sujetó por la cadera, como si temiera que fuera a caerse. Su flecha pasó rozando la hierba, perfectamente horizontal. En el último momento, el ichneumon blanco la evitó de un salto. Su segundo disparo salió desviado cuando Aralaq tuvo que esquivar el cadáver de un perro salvaje.

No podían escapar por velocidad. Ni podían detenerse a luchar. Podría enfrentarse a dos magas, o quizá a tres, pero no a seis Damas Rojas, sobre todo estando herida. Loth sería demasiado lento, y los otros ichneumons destrozarían a Aralaq. En el momento en que tensó la cuerda del arco por tercera vez, rezó a la Madre.

La flecha atravesó la pata delantera de un ichneumon, que cayó, y con él su jinete.

Quedaban cinco. Estaba preparándose para disparar de nuevo cuando una flecha se le clavó en la pierna. Ead soltó un grito ahogado.

—¡Ead!

En cualquier momento podría llegar otra flecha y Aralaq podía resultar herido. Y eso sería el fin para los tres.

Nairuj espoleaba a su ichneumon. Ya estaba tan cerca que Ead podía verle los ojos de color ocre y la dura línea de su boca. En aquellos ojos no había odio. Era pura, fría determinación. La mirada de una cazadora en busca de su presa. Levantó el arco y apuntó, compensando los movimientos de Aralaq.

Fue entonces cuando el fuego arrasó las Tierras Quemadas.

El fogonazo a punto estuvo de cegar a Ead. Los árboles más cercanos se incendiaron. Levantó la vista, buscando el origen de aquello, al tiempo que Loth emitía un grito desquiciado. Un batallón de sombras surcaban el cielo: sombras aladas con colas como látigos.

Wyverlings. Debían de haberse desviado de los montes Mínimos, hambrientos de carne tras siglos de letargo. Un momento más tarde, Ead ya le había clavado una flecha en el ojo al más cercano, que cayó en la hierba con un chillido desgarrador, casi sobre las Damas Rojas, que tuvieron que esquivarlo.

Tres de ellas se pusieron a combatir a los wyverlings, mientras Nairuj y otra Dama Roja continuaban con la persecución. En el momento en que una bestia esquelética se lanzaba en picado contra ellos, Aralaq tropezó. Ead se giró, con el corazón en un puño, temiéndose que lo hubiera mordido. Una flecha le había rozado el costado.

—¡Puedes hacerlo! —le dijo en selinyi—. Aralaq, sigue corriendo. Sigue...

Otro wyverling cayó del cielo y fue a impactar contra un árbol justo enfrente. Al caer arrancó las raíces del árbol, que soltaron un gruñido de protesta. Aralaq dio un quiebro y pasó por su lado. Ead percibió el olor a azufre del cuerpo de aquella bestia mientras emitía un largo estertor agónico.

Una de las magas se estaba acercando. Su ichneumon era negro y tenía los dientes como cuchillos.

Todas vieron al wyverling demasiado tarde. Una lluvia de fuego consumió a la Dama Roja, y su manto quedó envuelto en llamas. Ella se tiró al suelo y rodó para apagarlo. El fuego prendió en la hierba y se extendió en dirección a Aralaq. Ead alargó una mano.

Su guardia desvió el fuego como un escudo frenaría a una maza. Loth gritó al ver que las llamas se acercaban. El wyverling viró con un chillido, tragándose el fuego. El caos se extendió entre las Damas Rojas, que se veían perseguidas y acosadas, rodeadas por aquellas criaturas. Ead se giró, buscando a Nairuj con la mirada.

El ichneumon yacía en el suelo, herido. Un wyvern atacaba a Nairuj, con las mandíbulas manchadas de la sangre de su montura. Sin dudarlo, Ead cargó su última flecha en el arco.

Dio al wyvern en el corazón.

Loth volvió a tirar de ella para recolocarla en la silla. Ead vio que Nairuj los miraba, con un brazo sobre el vientre, pero al momento Aralaq estaba apartándolos de los árboles, penetrando en la oscuridad a toda velocidad.

Olía a quemado. Loth volvió a rodear a Ead con su manto. Pese a la distancia, aún se veían las lenguas de fuego en las Tierras Quemadas, brillando como los ojos del Innombrable. Ead dejó caer la cabeza hacia delante y perdió el conocimiento.

Se despertó al oír que Loth decía su nombre. La hierba, el fuego y los árboles habían desaparecido. En su lugar había casas hechas de coral. Cuervos en los tejados. Y calma. Una calma profunda.

Era una ciudad que había enterrado a más habitantes de los que aún tenía. Un barco con las velas descoloridas y un mascarón en forma de ave marina en vuelo esperaba en el puerto, un puerto silencioso donde acababa el Oeste. El alba teñía el cielo de un delicado tono rosado, y ante ellos se extendían las negras aguas del mar.

Córvugar.

48

Este

Los árboles de la isla de las Plumas por fin habían dejado de arder. La lluvia caía en gruesos goterones regando las ramas, de las que aún se elevaba un apestoso humo amarillento. La pequeña Niña-Sombra salió de su escondrijo y hundió las manos en la tierra.

«El cometa puso fin a la Gran Desolación, pero no era la primera vez que pasaba por este mundo. Lo ha hecho muchas veces. Una vez, hace muchas lunas, dejó tras de sí dos joyas celestiales, ambas portadoras de su poder. Fragmentos sólidos de sí mismo.»

Levantó la joya que había llevado en su costado, la joya que había protegido y custodiado con su propio cuerpo, y la lluvia la lavó, eliminando el barro que la cubría.

«Con ellas, nuestros ancestros podían controlar las olas. Su presencia nos permitía mantener nuestra fuerza más que antes.»

La joya brilló sobre las palmas de sus manos. Era azul, y oscura como el Abismo, como su corazón.

«Pero hace casi mil años que se perdieron.»

Esta no estaba perdida. Estaba oculta.

Tané sostuvo la joya contra el pecho. En el ojo de la tormenta, donde en tiempos muy antiguos se habían hecho promesas eternas ante los dioses, hizo un juramento.

Que aunque tardara toda su vida, encontraría a Nayimathun, la liberaría de su cautiverio y le entregaría aquella joya. Aunque le llevara toda la vida, le devolvería a la dragona la joya robada.

IV

TUYO ES EL REINO

¿Por qué no aspiras la esencia
de la luna y las estrellas,
y te embebes del oro de los textos sagrados?

LU QINGZI

49

Oeste

Loth estaba de pie en la cubierta del *Ave de la Verdad*. El corazón le pesaba en el pecho al ver cada vez más cerca la tierra de Inys. «Melancolía.» Aquella fue la primera palabra que le vino a la mente al contemplar su costa sombría. Daba la impresión de que no hubiera visto nunca el sol, ni hubiera oído una canción alegre. Estaban navegando hacia Punta Albatros, el asentamiento más occidental de Inys, que en su día había sido el centro neurálgico del comercio con Yscalin. Si cabalgaban seguido, descansaban poco y no se cruzaban con bandoleros, quizá pudieran llegar a Ascalon en una semana.

Ead montaba guardia a su lado. Parecía menos viva aún de lo que estaba en Lasia.

El *Ave de la Verdad* había pasado frente a la bahía de la Medusa de camino a Inys. Había barcos anclados protegiéndola pero, con un catalejo, vieron que enarbolaban la bandera del Ejército Draconiano.

El rey Sigoso estaría listo para la invasión muy pronto. E Inys tendría que estar preparada para repeler el ataque.

Ead no dijo nada al ver aquello. Se limitó a extender una mano abierta hacia cinco barcos anclados, y de la nada aparecieron unas llamas que se extendieron hasta subir por los mástiles. Observó cómo el fuego devoraba los barcos sin ningún gesto en el rostro, iluminado por la luz naranja del incendio.

Loth, que estaba absorto, volvió en sí de pronto; una gélida ráfaga de viento le hizo cubrirse aún más con su manto.

—Inys —dijo, emitiendo nubes de denso vapor blanco al hablar—. No pensaba que volvería a verlo.

Ead le puso una mano sobre el brazo.

—Meg nunca se resignó a no volver a verte. Ni Sabran tampoco.

Un momento después, él le cubrió la mano con la suya.

Desde el principio del viaje había habido un muro entre los dos. Loth no se sentía cómodo con ella y Ead no había hecho nada por sacarle de sus pensamientos. Pero poco a poco el afecto de antaño había vuelto a instalarse en sus corazones. En su miserable camarote del *Ave de la Verdad* habían compartido sus vivencias de los últimos meses.

Habían evitado hablar sobre religión. En eso, lo más probable era que nunca se pusieran de acuerdo. No obstante, de momento ambos compartían el deseo de que los Reinos de las Virtudes sobrevivieran.

Loth se rascó la barbilla con la mano libre. No le gustaba aquella barba, pero Ead le había dicho que cuando llegaran a Ascalon deberían disfrazarse, ya que ambos habían sido expulsados de la corte.

—Ojalá hubiera podido quemar todos aquellos barcos —dijo Ead, cruzándose de brazos—. Pero tengo que tener cuidado con mi siden. Puede que pasen años antes de que vuelva a saborear el fruto del árbol.

—Has quemado cinco —dijo Loth—. Cinco menos para Sigoso.

—Parece que ahora me tienes menos miedo que antes.

El anillo con la flor brillaba en su dedo. Loth había visto a otras hermanas del Priorato que lo llevaban.

—Todos tenemos sombras en nuestro interior. Yo acepto las tuyas —dijo, apoyando una mano sobre el anillo—. Y espero que tú también aceptes las mías.

Con una mirada fatigada, Ead entrecruzó sus dedos con los de él.

—Con mucho gusto.

Enseguida el viento les trajo el olor a pescado y a algas podridas. El *Ave de la Verdad* atracó en el puerto con ciertas dificultades, y sus agotados pasajeros fueron bajando al muelle. Loth le tendió una mano a Ead para ayudarla. Ella había cojeado solo unos días, aunque la flecha le había atravesado el muslo de parte a parte. Loth había visto a caballeros andantes llorando por heridas más superficiales. Aralaq saldría del barco una vez se hubieran marchado todos los demás. Ead le llamaría cuando fuera el momento.

Bajaron por el embarcadero en dirección a las casas. Cuando Loth vio las bolsas de hierbas colgadas de las puertas, se detuvo. Ead también las estaba mirando.

—¿Qué dirías que llevan dentro? —preguntó.

—Flores secas y bayas de espino blanco. Es una tradición anterior incluso a la fundación de Ascalon. Para ahuyentar cualquier mal que pueda amenazar la casa. —Loth se humedeció los labios—. No las he visto colgadas en mi vida.

Una costra de polvo se les fue pegando a las botas a medida que avanzaban. Todas las casas que veían tenían aquellas bolsas colgadas en el exterior.

—Dices que es algo antiguo —observó Ead—. ¿Qué religión había en Inys antes de las Seis Virtudes?

—No había ninguna religión oficial, pero por los pocos textos que se conservan parece ser que el pueblo consideraba que el espino blanco era un árbol sagrado.

Ead se quedó en silencio, meditando. Rebasaron un murete de piedras y llegaron a los adoquines de la calle principal.

En el único establo de todo el asentamiento solo encontraron dos caballos flacuchos. Se pusieron en marcha, montados uno junto al otro. Con la lluvia golpeándoles la espalda, pasaron por campos medio helados y dejaron atrás rebaños de ovejas empapadas. Aunque aún estaban en la provincia de las Marismas, donde no abundaban los bandoleros, decidieron seguir avanzando de noche. Al amanecer Loth estaba dolorido de tanto cabalgar, pero se mantenía despierto.

Algo más allá, Ead mantenía un trote sostenido. Se la veía tensa, impaciente.

Loth se preguntó si tendría razón. Si Igrain Crest había estado manipulando la corte inys desde detrás del trono. Consumiendo a Sabran. Haciendo que tuviera miedo a dormir a oscuras. Apartando a sus seres queridos. La idea le revolvía las tripas. Sabran siempre se había fiado de Crest durante su minoría de edad, y confiaba en ella.

Espoleó al caballo y se puso a la altura de Ead. Pasaron junto a un pueblo arrasado por el fuego, con un santuario del que aún salían hilillos de humo. Aquellos pobres tontos habían construido sus casas con techos de paja.

—Wyrms —murmuró Loth.

Ead se pasó una mano por el cabello, enmarañado por la acción del viento.

—Sin duda los Sombras del Oeste han ordenado a sus secuaces que intimiden a Sabran. Deben de estar esperando a su señor para el ataque definitivo. Y entonces será el Innombrable quien lidere sus ejércitos.

Al atardecer dieron con una pequeña posada, fría y húmeda, junto al río Catkin. Loth estaba ya tan cansado que apenas podía mantenerse erguido en la silla. Metieron a los caballos en la cuadra y entraron en el comedor, tiritando y calados hasta los huesos.

Sin quitarse la capucha, Ead fue a ver al posadero. Loth sintió la tentación de quedarse en el comedor, junto al fuego del hogar, pero el riesgo de que les reconocieran era demasiado grande.

Ead consiguió una vela y una llave. Loth las cogió y subió. La habitación que les habían asignado era pequeña y con corrientes de aire, pero aun así era mejor que el miserable camarote del *Ave de la Verdad*.

Ead entró con la cena. Tenía el ceño fruncido.

—¿Qué pasa? —preguntó Loth.

—He escuchado lo que la gente decía ahí abajo. Sabran no se ha dejado ver desde su aparición en público con Lievelyn. Por lo que sabe la gente, sigue embarazada... pero la falta de noticias, sumada a las incursiones draconianas, hacen que sus súbditos estén intranquilos.

—Dijiste que ya llevaba unos meses de embarazo cuando abortó. Si aún estuviera embarazada, a estas alturas podría estar postrada a la espera del parto —señaló Loth—. Sería una excusa perfecta para su ausencia.

—Sí. Quizá incluso se haya mostrado de acuerdo en fingir que así es; pero no creo que los traidores de la Junta de los Duques tengan pensado dejar que siga gobernando. —Ead dejó los platos en la mesa y extendió su manto sobre una silla para que se secara—. Esto Sabran lo había previsto. Corre un peligro mortal, Loth.

—Aun así, es la descendiente del Santo. La gente no apoyará a ninguno de los Duques mientras ella esté viva.

—Pues yo creo que sí. Si el pueblo supiera que no puede darles una heredera, la harían responsable de la llegada del Innombrable. —Ead se sentó a la mesa—. Esa cicatriz en el vientre, y lo que representa, le quitaría legitimidad a ojos de muchos.

—Sigue siendo una Berethnet.

—Y la última de la dinastía.

El posadero les había dado dos cuencos de un potaje con trozos de carne dura y un mendrugo de pan. Loth se comió su parte masticando con fuerza y se ayudó con la cerveza para tragar.

—Voy a lavarme —dijo Ead.

Ya a solas, Loth se tendió en el catre y se quedó escuchando el repiqueteo de la lluvia.

No podía dejar de pensar en Igrain Crest. Durante su infancia, la había visto como una presencia reconfortante, severa pero amable, que infundía una sensación de seguridad.

Sin embargo, sabía que durante los cuatro años de gobierno de Sabran como menor de edad había sido dura con ella. Incluso antes, cuando era una joven princesa, Crest le estaba encima para que buscara la templanza, la perfección, para que atendiera sus obligaciones. Durante aquellos años, a Sabran no se le permitía hablar con ningún niño aparte de Roslain y Loth, y Crest nunca se alejaba demasiado, para poder observarla. Aunque el príncipe Wilstan era el Protector del Reino, estaba muy afectado por el duelo como para ocuparse de la educación de su hija. Y Crest se había ocupado de ello.

Por otra parte, se había producido un incidente. Antes de la muerte de la Reina Madre.

Recordaba aquella tarde glacial. Sabran tenía doce años y estaba al borde del bosque de Chesten, haciendo una bola de nieve con las manos. Llevaba guantes y tenía las mejillas rosadas. Los dos, ella y Roth, se estaban riendo, exaltados. Después, treparon a uno de los robles cubiertos de nieve y se acurrucaron en una rama nudosa, para consternación de los caballeros de la Guardia Real.

Habían subido casi hasta lo alto del árbol. Tan alto que podía ver el Palacio Briar. Y allí estaba la reina Rosarian, en una ventana, visiblemente enfadada, con una carta en la mano.

También estaba Igrain Crest, con las manos tras la espalda. Rosarian había abandonado la sala hecha una furia. El único motivo por el que Loth lo recordaba tan claramente era porque un momento más tarde Sabran se había caído del árbol.

Ead tardó un rato en regresar del río, con el cabello aún mojado. Se quitó las botas y se dejó caer sobre el otro catre.

—Ead. ¿Lamentas haber dejado el Priorato? —dijo Loth, con la mirada en el techo.

—No lo he dejado. Todo lo que hago, lo hago por la Madre. Para glorificar su nombre. —Cerró los ojos—. Pero espero… rezo para que mi camino vuelva a dirigirse hacia el sur algún día.

Loth no podía soportar oír aquel dolor en su voz. Alargó la mano y le acarició el pómulo con su pulgar.

—Me alegro de que hoy se dirija al oeste —dijo, sonriendo, y ella le devolvió la sonrisa.

—Loth —respondió Ead—, te he echado de menos.

Por la mañana, antes de que saliera el sol, ya estaban de camino otra vez, y siguieron cabalgando durante días. Se encontraron con una ventisca que les frenó, y una noche les salieron al paso unos bandoleros que les exigieron todo su dinero. De haber estado solo, Loth no habría sabido qué hacer, pero Ead planteó tal batalla que acabaron retirándose.

No había más tiempo para dormir. Ead ya estaba subida a su silla antes de que los forajidos hubieran desaparecido a lo lejos; Loth apenas podía seguir su ritmo. En Veracuervo giraron hacia el noreste y ascendieron hasta el Paso del Sur, manteniendo la cabeza gacha al unirse a las caravanas, las reatas de mulas y los carromatos que avanzaban hacia Ascalon. Y por fin, con las últimas luces del día, llegaron a su destino.

Loth frenó un poco su caballo. Los chapiteles de Ascalon se veían negros contra el cielo vespertino. Incluso bajo la lluvia, aquella ciudad era el faro que guiaba su vida. Recorrieron la Milla Berethnet, cubierta por un manto de nieve. Al final, a lo lejos, se veían las puertas del Palacio de Ascalon, de hierro forjado. Pese a la distancia, Loth distinguió la Torre Dearn. Casi no se creía que Fýredel hubiera podido posarse en ella. Le llegaba el olor del río Limber. Sonaban la campanas del Santuario de Nuestra Señora.

—Quiero pasar por delante del palacio —dijo Ead—. Para ver si han aumentado las medidas de protección.

Loth asintió. Cada barrio de la ciudad tenía su propio puesto de guardia. El de Corte Real, el más próximo al palacio, tenía uno impresionante, alto y dorado, con tallas de las reinas del pasado. Al acercarse, la calle, que normalmente al anochecer estaba llena de gente que iba a rezar sus oraciones, se volvió silenciosa.

La nieve tras el puesto de control tenía unas manchas oscuras. Cuando Loth levantó la cabeza, se quedó de piedra. En lo alto había dos cabezas cortadas, clavadas en sendas picas.

Una era irreconocible, apenas quedaba el cráneo. La otra había sido cocida y cubierta de brea, pero aún quedaba carne en proceso de putrefacción. Las orejas y la nariz estaban medio descompuestas. Las moscas revoloteaban sobre la pálida piel.

Quizá no la habría reconocido de no ser por el cabello. Largo y pelirrojo, manchado de sangre.

—Truyde —murmuró Ead, casi sin aliento.

Loth no podía apartar la mirada de la cabeza. De aquella melena, que con el viento adquiría unos movimientos grotescos.

Una vez, Loth, Sabran y Roslain se habían reunido junto al fuego en la Cámara Privada y habían escuchado a Arbella Glenn, que les habló de Sabran V, la única tirana de la Casa de Berethnet, que solía decorar las púas de las verjas del palacio con las cabezas de los que la molestaban. Ninguna reina se había atrevido nunca a invocar a su fantasma repitiendo aquello.

—Rápido —dijo Ead, haciendo que su caballo diera media vuelta—. Sígueme.

Cabalgaron hasta el barrio de Puerto Sur, donde vivían los mercaderes de seda y los vendedores de ropa. Enseguida llegaron al Rosa y Palmatoria, una de las mejores posadas de la ciudad, donde entregaron sus caballos a un mozo. Loth no pudo controlar más las arcadas y tuvo que pararse a vomitar.

—Vamos, Loth —dijo Ead, llevándolo al interior—. Date prisa. Conozco a la posadera. Aquí estaremos seguros.

Loth ya no recordaba lo que era estar seguro. Tenía el hedor de la podredumbre pegado a la garganta.

Un empleado les acompañó al interior y llamó a una puerta con los nudillos. Respondió una mujer voluminosa y de rostro rubicundo. Cuando vio a Ead, las cejas se le dispararon hacia arriba.

—Vaya —dijo, recuperándose de la impresión—. Deberíais pasar.

Les hizo entrar y, en cuanto se cerró la puerta, le dio un abrazo a Ead.

—Querida mía. Hace mucho tiempo —dijo, en voz baja—. ¿Qué demontre haces por estas calles?

—No tuvimos elección. —Ead se separó de ella—. Nuestro amigo común me dijo que me darías refugio si algún día lo necesitaba.

—Y la promesa sigue en pie. —La mujer insinuó una reverencia en dirección a Loth—. Lord Arteloth, bienvenido al Rosa y Palmatoria.

Loth se secó la boca con la manga.

—Os agradecemos vuestra hospitalidad, señora.

—Necesitamos una habitación —dijo Ead—. ¿Puedes ayudarnos?

—Puedo. Pero ¿acabáis de llegar a Ascalon?

Al ver que asentían, cogió un rollo de pergamino de encima de la mesa.

—Mirad.

Ead lo abrió. Loth leyó mirando por encima de su hombro.

> En nombre de la REINA SABRAN, Su Excelencia, la DUQUESA DE LA JUSTICIA, ofrece una recompensa de dieciocho mil coronas por la captura de Ead Duryan, sureña de casta baja disfrazada de dama. Se busca viva por hechicería, herejía y alta traición contra SU MAJESTAD. Cabello negro rizado, ojos marrón oscuro. Si alguien la viera, deberá informar inmediatamente a un guardia de la ciudad.

—Los heraldos leen tu nombre y tu descripción a diario —dijo la posadera—. Yo confío en los que has visto en el patio, pero no debes hablar con nadie más. Y desaparece de esta ciudad en cuanto puedas. —Se estremeció—. Algo pasa en el palacio. Dijeron que esa niña era una traidora, pero me parece impensable que la reina Sabran decidiera ejecutar a alguien tan joven.

Ead le devolvió el pergamino.

—Había dos cabezas. ¿De quién era la otra?

—Bess Weald. Bess la Maligna, la llaman ahora.

A Loth aquel nombre no le decía nada, pero Ead asintió.

—No podemos irnos de la ciudad —dijo—. Tenemos algo de la máxima importancia entre manos.

La posadera resopló.

—Bueno —dijo—, si os queréis arriesgar a quedaros, yo le juré al embajador que te ayudaría. —Cogió una vela—. Venid.

Los llevó por unas escaleras. Del comedor llegaban ecos de música y risas. La posadera abrió una de las puertas y le dio la llave a Ead.

—Haré que os suban vuestras pertenencias.

—Gracias. Esto no lo olvidaré, y tampoco lo hará Su Excelencia. También necesitaremos ropas. Y armas, si puedes conseguirlas.

—Por supuesto.

Loth tomó la vela de la mano a la posadera y luego fue junto a Ead, que cerró el pestillo. La habitación tenía una cama, una chimenea con un buen fuego y una bañera de cobre, llena y humeante.

—Bess Weald era la comerciante que disparó a Lievelyn —dijo Ead, tragando saliva—. Esto es cosa de Crest.

—¿Y por qué iba a querer matar a lady Truyde?

—Para silenciarla. Solo Truyde, Sabran y yo sabemos que Bess Weald trabajaba para alguien llamado el Escanciador. Y Combe —añadió, al cabo de un momento—. Crest está cubriendo sus huellas. Si no hubiera abandonado la corte, mi cabeza también estaría ahí arriba. —Caminó arriba y abajo por la habitación—. Crest no podría haber ejecutado a Truyde sin que Sabran se enterara. Supongo que las sentencias de muerte deben llevar la firma de la reina.

—No. En una sentencia de muerte la firma del titular del Ducado de la Justicia también es válida —dijo Loth—, pero solo si la soberana es incapaz de firmar con su propia mano.

La idea de lo que implicaba aquello se quedó flotando entre los dos, imponente.

—Tenemos que entrar en el palacio. Esta noche —dijo Ead, cada vez más agitada—. Debo hablar con alguien. En otro barrio.

—Ead, no. Toda la ciudad te está…

—Sé cómo evitar que me descubran —dijo ella, calándose la capucha de nuevo—. Cierra bien la puerta en cuando salga. Cuando vuelva, trazaremos un plan. —Hizo una pausa para darle un beso en la mejilla antes de salir—. No temas por mí, amigo mío.

Y se fue.

Loth se desnudó y se metió en la bañera de cobre. No podía apartar la mente de las cabezas clavadas en aquellas picas. El augurio de un Inys que no reconocía. Un Inys sin su reina.

Intentó resistirse al sueño todo lo que pudo, pero todos aquellos días cabalgando y pasando frío se habían cobrado su precio. Cuando se echó en la cama, no soñó con cabezas cortadas, sino con la Donmata Marosa. Se le aparecía desnuda, con los ojos llenos de ceniza, y su beso sabía a ajenjo. «Me dejaste para que me mataran. Igual que dejaste a tu amigo.»

Cuando por fin llamaron a la puerta, se despertó de golpe.

—Loth.

Agarró el pomo con fuerza. Ead estaba fuera. Él se hizo a un lado para dejarla pasar.

—Ya tengo cómo entrar —anunció—. Iremos con los barqueros.

Hablaba de la tripulación de las barcazas que cruzaban el río Limber cada día, llevando pasaje y mercancías de una orilla a la otra.

—Supongo que alguno es amigo tuyo.

—Uno —confirmó ella—. Van a llevar un lote de vino a la Escalera Real para las Fiestas de Invierno. Me ha dicho que podemos viajar con la tripulación. Así podremos entrar.

—¿Y cuando estemos dentro?

—Quiero encontrar a Sabran. —Ead le miró—. Pero si prefieres quedarte aquí, iré sola.

—No —dijo Loth—. Iremos juntos.

Se vistieron como mercaderes, pero bajo sus mantos iban armados hasta los dientes. Muy pronto entraron en el barrio de Puente Fiswich, y bajaron las escaleras de la calle del Delfín que estaban encajadas junto a una taberna, el Gato Gris, donde iban a beber los barqueros tras un largo día en el Limber.

La taberna tenía enfrente el muro este del Palacio de Ascalon. Loth siguió a Ead. Al caminar, sus botas de montar hacían crujir las conchas de la orilla.

Loth no había estado nunca en aquella parte de la ciudad. Puente Fiswich tenía fama de ser un barrio de delincuentes.

Ead se acercó a uno de los hombres que había en el exterior de la taberna.

—Amigo —dijo.

—Bien hallada, señora —dijo el hombre, que iba mugriento como una rata, pero tenía una mirada penetrante—. ¿Aún deseáis uniros a nosotros?

—Si nos lo permitís.

—Ya os dije que sí. —Echó una mirada en dirección a la taberna—. Esperad junto a la gabarra. Tengo que despegar a unos cuantos hombres de sus cervezas.

Algo más allá, estaban cargando la gabarra en cuestión con toneles de vino. Loth caminó hasta la orilla y observó la luz de las velas que se encendían tras las ventanas de la Torre de Alabastro. Solo podía ver la parte superior de la Torre de la Reina. Los aposentos reales estaban a oscuras.

—Dime, Ead. ¿Cómo lo hace el embajador uq-Ispad para que tengamos amigos tan comprensivos?

—Le paga una pensión a la posadera. En cuanto a este hombre, Chassar liquidó sus deudas de juego. Él los llama los «amigos del Priorato».

Los hombres de la taberna fueron a ayudar a los barqueros. Cuando hubieron cargado todo el vino en la barcaza, Loth y Ead subieron y encontraron sitio sobre un banco.

Ead sacó una gorra plana y ocultó dentro hasta el último de sus rizos. Los miembros de la tripulación cogieron un remo cada uno y se pusieron a remar.

El Limber era un río ancho y de aguas rápidas. Tardaron un buen rato en llegar al atracadero.

La Escalera Privada llevaba a una puerta de la muralla del palacio, diseñada como punto de salida discreto para cuando la familia real debía abandonar el recinto. Sabran nunca usaba la barcaza real, pero a su madre le encantaba salir a navegar, saludar a la gente desde el río y mojarse los dedos en el agua. Loth no pudo evitar preguntarse si la reina Rosarian habría usado alguna vez aquella escalera para salir y verse con Gian Harlowe.

Ya no estaba seguro de si podía dar crédito a aquel rumor. Todas sus convicciones habían quedado en entredicho. Quizá no había nada de cierto en todas las cosas que creía saber de la corte.

O quizá aquello fuera una prueba de fe.

Siguieron a los barqueros escaleras arriba. Al otro lado del muro, Loth vio a tres caballeros que bloqueaban el paso. Ead empujó a Loth y se ocultaron en un recoveco a la izquierda, tras el pozo.

—Buenas noches a todos —dijo uno de los caballeros—. ¿Traéis el vino?

—Sí, señores —dijo el jefe de los barqueros, llevándose la mano a la gorra—. Sesenta barriles.

—Llevadlos a la Cocina Real. Pero primero tenéis que enseñarnos todos el rostro. Bajaos las capuchas y quitaos las gorras.

Los barqueros hicieron lo que se les pedía.

—Bien. Adelante —dijo el caballero, y empezaron a subir los toneles por las escaleras.

Ead se deslizó hacia la salida de su escondrijo, pero tuvo que echarse atrás enseguida: uno de los caballeros estaba bajando por las escaleras. Cuando acercó la antorcha hacia el hueco donde estaban, una voz dijo:

—¿Qué es esto?

La llama se acercó.

—¿Estamos desafiando al Caballero de la Camaradería?

El caballero vio a Loth, y vio a Ead, y bajo la sombra que arrojaba su casco, Loth vio que abría la boca para dar la voz de alarma.

Fue entonces cuando un cuchillo le rebanó la garganta. En el momento en que la sangre empezaba a brotar, Ead lo tiró al pozo.

Tres latidos después, se oyó su impacto en el fondo.

50

Oeste

Ead esperaba no tener que matar a nadie en el palacio. De haber tenido más tiempo, habría podido encandelarlo. Cogió la antorcha y la dejó caer al pozo. Limpió la sangre de su cuchillo.

—Encuentra a Meg y ocúltate en sus aposentos —dijo, en voz baja—. Quiero echar un vistazo. —Loth la miraba como si no la conociera de nada. Ead le dio un empujón para que echara a caminar escaleras arriba—. Date prisa. En cuanto encuentren el cuerpo se pondrán a buscar por todas partes.

Loth se puso en marcha. Ead le siguió, para luego desviarse. Cruzó el patio del manzano y pegó la espalda a la pared encalada de la Cocina Real. Esperó a que pasara un destacamento de guardias y luego se coló en el pasaje que llevaba al Santuario Real.

Otros dos caballeros, ambos vestidos con sobreveste negra y armados con partesanas, hacían guardia en la entrada.

Los encandeló a los dos. Con un poco de suerte, se despertarían demasiado atontados para saber qué les había sucedido. En el interior, se ocultó tras un pilar y observó. Como siempre, había muchos cortesanos rezando sus oraciones. Las voces resonaban en el techo abovedado.

Sabran no se veía por ningún sitio. Ni tampoco Margret.

Ead observó cómo estaban sentados los fieles. Normalmente estarían concentrados en los bancos más cercanos, unidos por el espíritu de la camaradería. Esa noche, en cambio, se distinguía una facción clara. Criados vestidos con librea. De color negro y púrpura, con las dos copas bordadas en sus tabardos.

«En otro tiempo, verías a los secuaces de Combe pavoneándose con su uniforme —le había dicho Margret—, como si le debieran lealtad en primer lugar a él, no a su reina.»

—Ahora —dijo el santario mayor, cuando acabó el himno—, recemos al Caballero de la Generosidad por Su Majestad, que prefiere rezar en privado en este momento tan sagrado. Roguemos por la princesa que lleva en el vientre, que un día será nuestra reina. Y demos gracias a su excelencia, la duquesa de la Justicia, que con tanta dedicación las cuida a las dos.

Ead salió del santuario tan sigilosamente como había entrado. Ya había visto bastante.

La Casa Carnelian no estaba lejos de la Escalera Real. Loth esquivó a un par de lacayos que llevaban el emblema de la duquesa de la Justicia y se coló por la puerta, que no estaba cerrada con llave.

Siguió una escalera de caracol y salió a un pasillo que conocía bien, decorado con los retratos de las damas de honor que habían servido a reinas del pasado. En un extremo había uno nuevo: el de una joven lady Arbella Glenn.

Cuando llegó a la puerta de la derecha, escuchó. No se oía nada dentro. Giró el pomo y entró.

Unas velas iluminaban la habitación. Su hermana estaba leyendo un libro. Al oír el ruido de la puerta, se puso en pie de un salto.

—En nombre de la Cortesía... —Agarró su cuchillo de la mesita, con los ojos desorbitados—. Fuera de aquí, bergante, o te destripo. ¿Qué es lo que te envía a mi puerta?

—El deber fraterno —dijo él, bajándose la capucha—. Y un miedo terrible a tu enfado, si pasaba un momento más lejos de ti.

El cuchillo se le cayó de la mano y los ojos se le llenaron de lágrimas. Fue corriendo hacia su hermano y le rodeó el cuello con los brazos.

—Loth. —El cuerpo le temblaba con el llanto—. Loth...

Él la abrazó, también a punto de echarse a llorar. Hasta aquel momento, con Margret entre sus brazos, no se atrevió a creer que de verdad había vuelto a casa.

—De verdad podría haberte destripado, Arteloth Beck.

Me abandonas durante meses, te cuelas luego aquí como un vagabundo... —Margret le puso las manos en las mejillas. Las suyas estaban llenas de lágrimas—. ¿Y qué es eso que llevas en la cara?

—En mi defensa diré que es el Halcón Nocturno el culpable de mi ausencia. Aunque no el responsable de esta barba. —La besó en la frente—. Ya te lo contaré todo, Meg. Ead está aquí.

—Ead. —Los ojos le brillaron de alegría, pero el brillo duró poco—. No. Es demasiado peligroso para los dos...

—¿Dónde está Sab?

—En los aposentos reales, supongo. —Margret le sujetó el hombro con fuerza con una mano y usó la otra para limpiarse los ojos—. Dicen que está recluida por su embarazo. Solo permiten que la atienda Roslain, y los lacayos de Crest hacen guardia en su puerta.

—¿Y Combe, a todo esto, dónde está?

—El Halcón Nocturno desapareció hace unos días. Stillwater y Fynch también. No tengo ni idea si se fueron por voluntad propia.

—¿Y los otros duques de la Junta?

—Parece que están con Crest. —Miró por la ventana—. ¿Has visto que ahí arriba no hay luz?

Loth asintió, dándose cuenta de lo que significaba aquello.

—Sabrán no puede dormir a oscuras.

—Exacto. —Margret cerró las cortinas—. La idea de que pueda dar a luz a su niña en esa habitación tan lóbrega...

—Meg.

Ella se giró.

—No habrá princesa Glorian —dijo Loth en voz baja—. Sab no está embarazada. Y no va a poder estarlo nunca más.

Margret se quedó muy quieta.

—¿Cómo? —preguntó por fin.

—Su vientre... Resultó herida. Cuando vino el Wyrm Blanco.

Su hermana extendió una mano para buscar apoyo.

—Ahora todo esto empieza a tener sentido. —Se sentó—. Crest no quiere esperar a que Sabran muera para hacerse con el trono.

Tenía la respiración agitada. Loth fue a sentarse a su lado y le dio tiempo para que lo asimilara.

—El Innombrable volverá.

—Supongo que lo único que podemos hacer ahora es prepararnos —dijo Margret, intentando recobrar la compostura.

—Y no podremos hacerlo si Inys está dividido —dijo una nueva voz.

Loth se puso en pie con la espada desenvainada y vio a Ead en la puerta. Margret emitió un sonido inarticulado de alivio y fue a su encuentro. Se abrazaron como hermanas.

—Debo de estar soñando —dijo Margret, con la boca contra su hombro—. Has vuelto.

—Me dijiste que volveríamos a vernos —respondió Ead, abrazándola con fuerza—. No quería que quedaras como una mentirosa.

—Tienes mucho que explicarme. Pero puedo esperar. —Margret se echó atrás—. Ead, Sabran está en la Torre de la Reina.

Ead cerró la puerta con llave.

—Cuéntamelo todo.

Margret le repitió exactamente lo que le había contado a Loth. Ead escuchó, inmóvil como una estatua.

—Tenemos que llegar hasta ella —dijo por fin.

—Los tres juntos no llegaremos muy lejos —murmuró Loth.

—¿Y en qué posición ha quedado la Guardia Real?

Los fieles protectores de la reina de Inys. A Loth no se le había ocurrido pensar en ellos.

—Hace una semana que no veo al capitán Lintley —respondió Margret, frunciendo el ceño—. Otros montan guardia en el exterior de la Torre de la Reina.

—¿No es su deber proteger a Su Majestad? —preguntó Ead.

—No tienen motivo para sospechar que la duquesa de la Justicia le esté haciendo ningún daño. Creen que Sab está descansando.

—Entonces tenemos que informarles de que Sabran está recluida en contra de su voluntad. La Guardia Real es un cuerpo formidable. Solo con que la mitad se pongan de nuestra parte, podríamos aplastar la insurrección —dijo Ead—. Deberíamos intentar encontrar a Lintley. Quizá lo hayan enviado al puesto de guardia.

—Podríamos tomar el camino secreto que te enseñé —dijo Margret. Ead se fue hacia la puerta.

—Bien.

—Un momento. —Margret le tendió una mano a Loth—. Déjame un arma, hermano, o seré tan útil como un fuego en una casa de hielo.

Él le entregó su daga sin protestar. Margret cogió una vela y les abrió paso por el pasillo, hasta llegar al retrato de una mujer, y cuando presionó un lado de la pared, apareció un pasaje. Ead trepó al orificio y le tendió una mano a Margret. Loth tiró del retrato para cerrar el paso tras ellos.

Una ráfaga de aire apagó la vela, dejándolos a oscuras. Lo único que oía Loth era su respiración. Entonces chasqueó los dedos y apareció una llama azul plateado. Loth cruzó una mirada con su hermana mientras Ead ahuecaba la mano para sostener la llama.

—No todo el fuego es de temer —dijo Ead.

Margret tragó saliva.

—Más vale que consigamos que Crest lo tema.

Bajaron por unas escaleras hasta llegar a la salida. Ead abrió la puerta, que emitió un leve crujido.

—Todo despejado —murmuró—. Meg, ¿qué puerta?

—La primera —respondió Margret enseguida. Loth levantó las cejas y ella chocó con su pie.

Ead entró en el oscuro pasillo y probó a abrir la puerta, pero no pudo.

—¿Capitán Lintley? —dijo, en voz baja. Al no obtener respuesta, llamó con los nudillos—. Sir Tharian.

Una pausa.

—¿Quién va?

—Tharian —dijo Margret, acercándose a la puerta—. Tharian, soy Meg.

—Meg… —Un improperio contenido—. Margret, debes marcharte. Crest me ha encerrado.

Margret chasqueó la lengua.

—Pues eso parece un buen motivo para sacarte de ahí, tonto, no para marcharse.

Loth echó una mirada al pasillo. Si alguien abría la puerta de acceso al puesto de guardia, no tendrían dónde esconderse. Ead se arrodilló junto a la puerta. Cuando curvó los dedos, el fuego se desplazó y quedó flotando a su lado. Examinó la cerradura y usó la otra mano para introducir una horquilla que se sacó del pelo. Cuando hizo clic, Margret abrió, con cuidado para evitar que las bisagras chirriaran. En el interior estaba sir Tharian Lintley, en mangas de camisa y pantalones bombachos. Todas las velas de la habitación estaban consumidas. Fue directamente a Margret y le cubrió la mejilla con la mano.

—Margret, no debes... —Entonces vio a Loth, se sobresaltó e hizo una reverencia militar—. ¡Por el Santo! Lord Arteloth, no tenía ni idea de que habíais vuelto. Y... —Su expresión cambió de golpe—. ¡Señora Duryan!

—Capitán Lintley —Ead aún tenía la llama en la mano—, ¿debo esperar que intentéis arrestarme?

Lintley tragó saliva.

—Me pregunté incluso si seríais la Dama de los Bosques —dijo—. Los lacayos del secretario real contaban historias de vuestra brujería.

—Haya paz —dijo Margret, tocándole el brazo—. Yo tampoco lo entiendo aún, pero Ead es mi amiga. Ha regresado, arriesgando su vida, para ayudaros. Y me ha traído a mi hermano.

Una mirada suya bastó para ablandar a Lintley.

—Esa noche Combe nos ordenó que os arrestáramos —le dijo a Ead—. ¿Está compinchado con Crest?

—Eso no lo sé. Su moral es cuestionable, sin duda, pero puede que no sea el verdadero enemigo. —Ead cerró la puerta—. Sospechamos que Su Majestad está recluida en contra de su voluntad. Y que no tenemos mucho tiempo para llegar a ella.

—Yo ya lo he intentado —dijo Lintley, que parecía haber abandonado toda esperanza—. Y por eso me han apartado.

—¿Qué ocurrió?

—Corrían rumores de que os habíais aliado con el rey Sigoso y que habíais vuelto con él, pero había pasado tan poco tiempo desde la desaparición de lord Arteloth que tuve la impresión de que alguien estaba tramando algo para poner a Su Majestad en una situación vulnerable.

—Seguid —dijo Ead.

—Su Majestad no había salido de la Torre de la Reina desde el ataque del Wyrm Blanco, y no se veía luz en su ventana. Lady Joan Dale y yo exigimos que nos dejaran entrar en la Alcoba Real para asegurarnos de que estaba bien. Crest nos despojó de nuestra armadura por nuestra desobediencia —dijo, amargamente—. Y ahora me tiene confinado aquí.

—¿Qué hay del resto de la Guardia Real? —preguntó Margret.

—Tres también están aquí por protestar.

—No por mucho tiempo —dijo Ead—. ¿Cuántos hombres de Crest nos encontraríamos si nos presentamos allí esta noche?

—De los treinta y seis lacayos que tiene Crest en la corte, supongo que la mitad están armados. También cuenta con varios caballeros mercenarios.

Los caballeros de la Guardia Real eran algunos de los mejores guerreros de Inys, escogidos uno a uno. Podían derrotar a un puñado de lacayos.

—¿Creéis que el resto de la Guardia se mantendrá leal a la reina? —preguntó Ead.

—Absolutamente. Ellos son leales a Su Majestad por encima de todo.

—Bien. Pues reunidlos e id a por Crest. Una vez apresada, sus secuaces depondrán las armas.

Salieron de la habitación. Ead reventó las cerraduras de las otras puertas y, susurrando, Lintley les comunicó el plan a sus soldados. Muy pronto se encontraron con lady Joan Dale, lady Suzan Thatch y sir Marke Birchen.

—No hay muchos guardias a las puertas de la armería.

—Retirad vuestras armas —dijo Ead, ofreciéndole a Lintley uno de sus cuchillos—, pero yo os aconsejaría que no os pusierais armadura. Eso os frenaría. Y haríais más ruido.

Lintley cogió el cuchillo.

—¿Y vos qué haréis?

—Iré a buscar a Su Majestad.

—Estará rodeada de secuaces de Crest —insistió Lintley—. La última vez que estuve allí los tenía apostados prácticamente en todas las puertas de la Torre de la Reina.

—Puedo encargarme de ellos.

Lintley negó con la cabeza.

—No sé si habéis perdido la cabeza, Ead, o si sois la reencarnación del Caballero del Valor.

—Déjame que te acompañe —dijo Loth—. Puedo ayudarte.

—Si crees que un puñado de traidores puede apartarme de su lado —respondió al momento—, estás muy equivocado. —Luego suavizó el tono—: Puedo hacerlo sola.

La convicción de sus palabras le pilló por sorpresa. La había visto abatir un wyverling. Podía encargarse de unos cuantos lacayos.

—Entonces iré con vos, sir Tharian —decidió.

Lintley asintió.

—Será un honor para mí, lord Arteloth.

—Yo también iré contigo —dijo Margret—. Si me lo permites.

—Por supuesto, lady Margret —respondió Lintley, con una sonrisa, y se miraron un momento más de lo necesario. Loth tosió un poco y Lintley apartó la mirada.

—Yo sigo pensando que os detendrán antes de que podáis llegar a la puerta de la reina —dijo uno de los guardias a Ead.

—Habláis como si estuvierais muy seguro —respondió Ead, con los brazos cruzados—. Si alguno desea retirarse, que lo diga ahora. En esta misión no hay espacio para la cobardía.

—Somos el mismo número que el Santo y su Séquito Sagrado —dijo Margret, convencida—. Si ellos siete consiguieron fundar una religión, yo espero sinceramente que nosotros siete podamos aplastar a unos cuantos patanes.

Ead trepó por la enredadera de la Torre de la Reina, como ya había hecho antes. Cuando llegó a la altura de la Cocina Real, se impulsó presionando el muro y se agarró al alféizar. Debilitada por la presión, la enredadera se rompió bajo su bota y cayó sobre el invernadero.

Trepó a la ventana, pasó al otro lado y cayó agazapada. En algún lugar, allí fuera, sonó una campana. Debían de haber encontrado el cuerpo en el pozo.

Para Lintley, la alarma era una buena noticia. Él y sus guardias podían aprovechar la distracción para recuperar sus espadas de la armería. Para Ead, en cambio, la cosa pintaba mal. Aquella conmoción despertaría a todos los que montaban guardia en la Torre de la Reina.

Ya solo unas cuantas estancias la separaban de Sabran.

La Galería de la Realeza estaba vacía. Pasó junto a los retratos de las mujeres de la dinastía de Berethnet. Aquellos ojos verdes pintados parecían seguirla mientras se acercaba a la escalera. Había diferencias entre las reinas —un tirabuzón, una peca, una mandíbula bien definida—, pero se parecían tanto unas a otras que bien pudieran ser hermanas.

Su siden palpitó, y ella escuchó: oía todo lo que ocurría hasta en el piso de arriba. Se acercaban unos pasos. Para cuando un grupo de lacayos vestidos de verde bajaron las escaleras a la carrera, ella ya estaba oculta, con la espalda pegada a un tapiz.

La campana les había hecho salir de los aposentos reales. Era su oportunidad para llegar hasta Sabran.

En la planta superior estaba el pasillo donde vivía antes, como dama de honor.

Ead se detuvo cuando oyó una voz muy por debajo.

—¡A la Torre de la Reina! —Era Lintley—. ¡Caballeros de la Guardia! ¡Proteged a la reina con vuestras espadas!

Les habían visto, y demasiado pronto. Ead corrió a la ventana y miró hacia abajo.

Con su agudos sentidos, podía ver hasta el último detalle del enfrentamiento. En el Jardín del Reloj de Sol, los lacayos de Crest se enfrentaban con sus espadas a los caballeros de la Guardia Real, ya armados. Vio a Loth, espada en mano, y a Margret, espalda contra espalda con su hermano.

La llama le estaba pidiendo salir. Por primera vez desde que era niña, Ead conjuró un puñado de fuego draconiano, rojo como el sol de la mañana, y lo lanzó hacia el Jardín del Reloj de Sol, donde se concentraban los traidores. Se extendió el pánico. Los lacayos se revolvieron como locos, buscando el origen del fuego, sin duda convencidos de que tenían a un wyrm encima. Loth aprovechó el momento y derribó a su adversario con el codo. Ead vio que su rostro se endurecía, que tensaba la garganta y que apretaba el puño.

—¡Gente de la corte! —gritó—. ¡Oídme!

Con aquel jaleo el palacio ya se había despertado. Empezaron a abrirse ventanas en todos los edificios.

—Soy lord Arteloth Beck, exiliado de Inys por mi lealtad a la corona. —Loth se situó en el centro del Jardín del Reloj de Sol y alzó la voz por encima del entrechocar de las espadas—. Igrain Crest se ha alzado contra la reina. Permite que sus lacayos se vistan con sus colores y que lleven armas. Escupe a la cara del Caballero de la Camaradería permitiendo que sus siervos peleen como perros rabiosos en la corte. ¡Son actos de traición!

Parecía un hombre renacido.

—¡Os conmino a que mostréis vuestra fidelidad y vuestra devoción, a que os alcéis en defensa de la reina! —gritó—. ¡Ayudadnos a llegar a la Torre de la Reina y a garantizar su seguridad!

De las ventanas surgieron gritos airados.

—Tú. ¿Qué estás haciendo aquí?

Habían aparecido doce lacayos más.

—Es ella —gritó uno de ellos, y salieron corriendo hacia ella.

—¡Ead Duryan, tira tus armas!

No podía encandelarlos a todos. Tendría que correr la sangre. Ya tenía dos espadas en las manos. Dio un gran salto y aterrizó, como un gato, en medio de ellos, cortando dedos y abriendo vientres. La muerte cayó sobre ellos como un viento del desierto.

Sus espadas tenían la hoja roja como el manto al que había tenido que renunciar. Y cuando se encontró rodeada de cadáveres, levantó la vista, con el sabor del hierro en la boca y las manos empapadas.

Lady Igrain Crest estaba de pie al final del pasillo, flanqueada por dos caballeros andantes.

—Ya basta, alteza —dijo Ead, envainando las espadas—. Ya basta.

Crest no parecía afectada por aquella carnicería.

—Señora Duryan —dijo, levantando las cejas—. La violencia, querida mía, nunca es la solución.

—Bonitas palabras —replicó Ead—, viniendo de alguien que tiene las manos bañadas de sangre. —Crest no hizo el menor movimiento—. ¿Desde cuándo os consideráis jueza de reinas? —Ead dio un paso hacia ella—. ¿Cuánto tiempo lleváis castigándolas cada vez que se separan lo más mínimo de lo que vos consideráis el camino de la virtud?

—Estáis delirando, señora Duryan.

—El asesinato va contra los preceptos de vuestro ancestro. Y sin embargo... habéis juzgado a los Berethnet y dictado su sentencia. La reina Rosarian tuvo un amante y, a vuestros ojos, aquello era una mancha insoportable. —Ead hizo una pausa—. Rosarian está muerta porque así lo decidisteis.

Aquello era una flecha disparada a oscuras, impulsada por el instinto y poco más. Y sin embargo Crest sonrió.

Y Ead lo supo.

—La reina Rosarian —respondió la duquesa de la Justicia— fue asesinada por Sigoso Vetalda.

—Con vuestra aprobación. Vos ayudasteis desde el interior. Él fue el chivo expiatorio y el arma del crimen, pero vos fuisteis la instigadora. Supongo que, cuando visteis que todo salía rodado, comprendisteis el poder que teníais. Esperabais poder moldear a la hija de Rosarian y hacerla más obediente que su madre. Intentasteis que Sabran dependiera de vuestros consejos y que os quisiera como una segunda madre. —Ead también esbozó una sonrisa—. Pero, por supuesto, Sabran aprendió a tomar sus propias decisiones.

—Yo soy la heredera de la gran Lorain Crest, Caballero de la Justicia —dijo Crest, con un tono contenido—. La que se aseguró de que el gran duelo de la vida se desarrollara de un modo justo, la que sopesó la copa de la culpabilidad y la de la inocencia, castigó a los indignos y se encargó de que los justos triunfaran sobre los pecadores. La más querida por el Santo, y cuyo legado he defendido toda mi vida.

Un fervor desbocado ardía en sus ojos.

—Sabran Berethnet —dijo en voz baja— ha destruido la dinastía. Es terreno yermo. Una bastarda. No es una heredera legítima de Galian Berethnet. La corona tiene que llevarla una Crest, para glorificar al Santo.

—El Santo no aceptaría a una tirana en el trono de Inys —dijo una voz a espaldas de Ead.

Sir Tharian Lintley apareció a su lado junto a nueve caballeros de la Guardia Real, que rodearon a Crest y a sus protectores.

—Igrain Crest —dijo Lintley—, quedáis arrestada como sospechosa de alta traición. Vendréis con nosotros a la Torre Dearn.

—No podéis arrestar a nadie sin una orden de Su Majestad —dijo Crest— o mía. —Miró altanera, como si todos ellos estuvieran por debajo de ella—. ¿Quiénes sois vosotros para usar vuestras espadas contra alguien de noble estirpe?

Lintley no se molestó en responder.

—Id —le dijo a Ead—. Id con Su Majestad.

Ead no esperó a que se lo dijera dos veces. Echó una última mirada a Crest y se dirigió hasta el final del pasillo.

—Podemos iniciar una transición pacífica ahora o esperar a que se declare la guerra cuando se sepa la verdad —le dijo Crest, mientras se alejaba—. Y sucederá, señora Duryan. Los rectos siempre triunfan… al final.

Ead apretó los dientes y siguió caminando.

En cuanto supo que nadie la veía, echó a correr, dejando un reguero de gotas de sangre por el camino que tantas veces había recorrido en el pasado.

Corrió hasta la Cámara de la Presencia. Estaba fría y a oscuras. Giró la esquina y se encontró frente a las puertas de la Alcoba Real. Las puertas que había abierto tantas veces para ir a ver a la reina de Inys.

Algo se movió en la oscuridad. Ead frenó de golpe. A la tenue luz de su llama distinguió una figura agazapada junto a la puerta. Con los ojos de un azul cobalto transparente y una melena oscura.

Roslain.

—Atrás. —La hoja de su cuchillo brilló—. Te cortaré la garganta si la tocas, abuela. Lo juro…

—Soy yo, Roslain. Ead.

La primera dama de la reina por fin vio más allá de la llama.

—Ead —dijo, con la respiración agitada y sin bajar el cuchillo—. No quise hacer caso a los rumores sobre tus hechizos… pero quizá sí seas la Dama de los Bosques.

—Como bruja soy mucho más humilde, te lo aseguro.

Ead fue junto a Roslain, se agachó y le cogió la mano derecha. Roslain se estremeció. Tenía tres de los dedos torcidos en un ángulo antinatural y una esquirla de hueso le asomaba por encima del anillo del nudo del amor.

—¿Esto te lo ha hecho tu abuela? —le preguntó Ead, en voz baja—. ¿O estás con ella?

Roslain soltó una risa amarga.

—Por el Santo, Ead.

—Te criaste a la sombra de una reina. Quizá acabaste resentida con ella.

—Yo no estoy a su sombra. Soy su sombra —le espetó Roslain—. Y eso ha sido para mí un privilegio.

Ead se la quedó mirando, pero no vio artificio ninguno en aquel rostro cubierto de lágrimas.

—Ve a verla, pero no bajes la guardia —susurró Roslain—. Si mi abuela vuelve…

—Tu abuela ha sido arrestada.

Al oír aquello, Roslain soltó un sollozo ahogado. Ead le apretó el hombro. Luego se puso en pie y, por primera vez en una eternidad, se encontró frente a las puertas de la Alcoba Real. Cada fibra de su cuerpo estaba tensa como una cuerda de violín.

En el interior reinaba una siniestra oscuridad. La llama se separó de su mano y se quedó flotando en el aire y, con aquella pálida luz, Ead pudo distinguir una silueta a los pies de la cama.

—Sabran.

La figura se movió.

—Dejadme —protestó—. Estoy rezando.

Ead ya estaba a su lado. Le levantó la cabeza con la mano y el cuerpo tembloroso de Sabran se encogió.

—Sabran —dijo, casi sin voz—. Sabran, mírame.

Cuando Sabran levantó la vista, Ead cogió aire. Sabran Berethnet estaba demacrada y decaída; parecía más un cadáver que una reina. Sus ojos, en otro tiempo llenos de vida, apenas percibían el exterior, y su camisón olía a los días que llevaba sin lavarse.

—Ead —dijo, tocándole el rostro con los dedos. Ead apretó aquella mano helada contra su mejilla—. No. Eres otro sueño. Has venido a atormentarme. —Sabran se giró—. Déjame en paz.

Ead se la quedó mirando, y luego se rio por primera vez en semanas, con una risa que surgía de lo más hondo de su vientre.

—Maldita seas, boba intransigente —dijo, casi ahogándose de la risa—. He cruzado todo el Sur y todo el Oeste para volver a tu lado, Sabran Berethnet, ¿y me recibes así?

Sabran se la quedó mirando un momento más, relajando la expresión, y de pronto se echó a llorar.

—Ead —dijo, y se le quebró la voz. Ead la abrazó con fuerza, rodeándola con sus brazos. Sabran se enroscó contra su cuerpo como un gatito.

Se había quedado en nada. Ead tiró de la colcha de la cama y la cubrió con ella. Ya habría tiempo para las explicaciones. Y para la venganza. De momento, lo único que quería era reconfortarla y que se sintiera segura.

—Mató a Truyde utt Zeedeur. —Sabran estaba temblando tanto que casi no podía hablar—. Encarceló a mi Guardia Real. Igrain. Yo intenté… intenté…

—Shhh —dijo Ead, besándole la frente—. Estoy aquí. Loth está aquí. Todo se arreglará.

51

Este

Acababa de amanecer y en el patio del Pabellón de la Veleta el anciano Vara estaba engrasándose la pierna de hierro. Tané se le acercó. Tenía los nudillos rosados del frío.

—Buenos días, anciano Vara —dijo, sosteniendo una bandeja—. Pensé que querríais desayunar.

—Tané —respondió, con una sonrisa preocupada—. Qué amable. Mis viejos huesos agradecerán el calor del té.

Ella se sentó a su lado.

—¿Hay que engrasarla a menudo? —preguntó.

—Una vez al día cuando hay humedad; si no, empieza a aparecer el óxido. —El anciano Vara le dio una palmadita—. Como el herrero que me la hizo ya está muerto, intento que me dure todo lo posible.

Tané se había acostumbrado a leerle en el rostro. Desde el ataque, el miedo se había instalado en los pabellones de la isla de las Plumas, pero la preocupación que le veía ahora en la cara era algo nuevo.

—¿Pasa algo?

El anciano Vara la miró.

—La honorable doctora Moyaka me escribió nada más llegar a Seiiki —dijo—. En la Gran Guardia Marina sospechan que la Flota del Ojo del Tigre tiene secuestrado a un dragón. Parece que tienen pensado mantenerlo vivo… para garantizarse el paso por todas las aguas que deseen. Una nueva táctica siniestra, llevar a nuestros dioses como rehenes.

Tané intentó controlarse y sirvió el té. El odio que sentía era como un nudo en la garganta.

—Corre el rumor de que la Emperatriz Dorada busca el

moral legendario —prosiguió el anciano—. En la isla perdida de Komoridu.

—¿Sabéis algo más sobre el dragón? —preguntó Tané—. ¿Conocéis su nombre?

—Tané, me duele decírtelo, pero... —El anciano Vara suspiró—. Es la gran Nayimathun.

Tané tragó saliva y la garganta le dolió al hacerlo.

—Entonces ¿sigue con vida?

—Si estos rumores son ciertos, sí. —El anciano Vara cogió la tetera—. Los dragones no soportan estar fuera del agua, Tané, ya lo sabes. Aunque esté viva, la gran Nayimathun no vivirá mucho tiempo así.

Tané había llorado la pérdida de su dragona. Ahora había una posibilidad, por pequeña que fuera, de que estuviera viva. Aquella noticia lo cambiaba todo.

—Debemos tener fe en que la Gran Guardia Marina encontrará el modo de liberarla. Tengo confianza en que lo harán. —El anciano Vara le pasó una taza—. Y ahora permíteme que cambie de tema. ¿Has venido a preguntarme algo?

Tané hizo un esfuerzo por no pensar en Nayimathun, pero el mundo le daba vueltas de pronto.

—Me preguntaba —consiguió decir por fin— si me daríais permiso para echar un vistazo al repositorio. Querría leer sobre las joyas celestiales.

El anciano Vara frunció el ceño.

—Ese es un secreto ancestral. Pensaba que solo los ancianos estábamos al corriente.

—La gran Nayimathun me habló de ello.

—Ah —dijo, y se quedó pensando—. Bueno, si lo deseas, por supuesto. No hay muchos datos escritos sobre las joyas celestiales, a veces llamadas «joyas de marea» o «joyas de los deseos», pero puedes examinar lo poco que hay. —Hizo un gesto en dirección al norte—. Necesitarás documentos del reino de la insigne emperatriz Mokwo, que se conservan en el Pabellón de Sotavento. Te daré una carta para que te dejen entrar.

—Gracias, anciano Vara.

Tané se puso ropa de abrigo para el viaje. Un abrigo acolchado sobre el uniforme, una pañoleta cubriéndole la cabeza y el rostro y las botas forradas de piel que le habían dado para el invierno. Junto con un pergamino dirigido al bachiller mayor del Pabellón de Sotavento, el anciano Vara también le había dado un zurrón con comida.

Sería una excursión larga, especialmente por el frío que hacía. Tendría que bajar por la Senda del Venerable, trepar por las rocas de la otra vertiente y llegar al Pabellón de Sotavento. Cuando se puso en marcha empezaban a caer copos de nieve.

El único modo de bajar por aquel lado era pasar por las escarpadas rocas detrás de las cascadas de Kwiriki. Mientras bajaba, el corazón le golpeaba tan fuerte en el pecho que sentía que se mareaba. En aquel mismo momento, quizá Nayimathun estuviera debatiéndose entre la vida y la muerte en la bodega de un barco de carniceros.

Y seguro que una joya celestial, si era eso lo que le habían cosido a Tané, como un adorno en una tela...

Seguro que podía liberar a un dragón.

Era casi mediodía cuando llegó a los pies del desfiladero, donde una puerta hecha con madera de deriva señalaba la entrada al lugar más sagrado de todo el Este. Tané se lavó las manos con el agua salada y pisó el camino de piedras.

En la Senda del Venerable, la niebla era tan densa que no dejaba ver el cielo. Tané no veía siquiera las copas de los altos cedros.

El silencio no era completo. De vez en cuando se oía el murmullo de las hojas, como si un suave aliento las agitara.

Siguiendo los faroles pasó junto a las tumbas de los bachilleres, los ancianos y los líderes del Este, tierra de dragones, que habían pedido que sus restos reposaran junto a los del Venerable. Algunos de los bloques de piedra eran tan antiguos que las inscripciones se habían borrado, dejando a sus ocupantes sin nombre.

El anciano Vara le había dicho que no pensara en el pasado. Sin embargo, al seguir la senda no pudo evitar pensar en Susa. Los cuerpos de los ejecutados se dejaban a la intemperie para que se pudrieran, y sus huesos se tiraban a la basura.

Una cabeza en una zanja, un cuerpo sin cabeza. Los extremos de su campo visual se nublaron.

Tardó gran parte del día en atravesar el cementerio y trepar por la pared de roca que se alzaba al final. Para cuando vio a lo lejos Cabo Péndola, la extensión de tierra que salía de la isla como un brazo, el cielo ya había adoptado un color púrpura, y la única luz que había era un hilo de oro en el horizonte.

Los caquis colgaban como minúsculos soles en el patio frontal del Pabellón de Sotavento, situado en lo alto del cabo. Al llegar, Tané se encontró en el umbral a un hombre lacustrino con la cabeza rapada, lo que le identificaba como confortahuesos. Estos bachilleres se pasaban gran parte del día en la Senda del Venerable, cuidando las tumbas de los fieles y cantando alabanzas ante los huesos del gran Kwiriki.

—Honorable bachiller. —Hizo una reverencia, y Tané correspondió—. Bienvenida al Pabellón de Sotavento.

—Gracias, noble confortahuesos.

Se quitó las botas y las guardó. El confortahuesos la llevó al oscuro interior del eremitorio, donde había una estufa de carbón que caldeaba el ambiente.

—Bueno —dijo—, ¿qué podemos hacer por ti?

—Traigo un mensaje del respetable anciano Vara. —Se lo entregó—. Solicita que me deis acceso a vuestro repositorio.

Con las cejas levantadas, el joven lo tomó.

—Debemos respetar los deseos del anciano Vara —dijo—, pero debes de estar cansada tras tu viaje. ¿Querrías visitar el repositorio ahora o quieres esperar en las habitaciones de los invitados hasta mañana?

—Ahora —dijo Tané—, si queréis acompañarme.

—Que sepamos, la isla de las Plumas es el único lugar del Este que salió indemne de la Gran Desolación —le dijo el confortahuesos mientras caminaban—. Muchos documentos antiguos han sido trasladados a este lugar para protegerlos de cualquier daño. Desgraciadamente, desde que los escupefuegos han despertado y han descubierto nuestra posición, esos documentos vuelven a estar en peligro.

—¿Se ha perdido alguno en el ataque?

—Un puñado —dijo—. Nosotros tenemos nuestros archivos organizados por reinos. ¿Sabes cuál buscas?

—El de la insigne emperatriz Mokwo.

—Ah, sí. Un personaje misterioso. Se dice que tenía la ambición de situar a todo el Este bajo el gobierno del Trono del Arcoíris. Que tenía un rostro tan encantador que todas las mariposas lloraban de envidia. —Sonrió, y se le marcaron un par de hoyuelos en las mejillas—. Cuando la historia no es capaz de arrojar luz sobre la verdad, el mito se crea la suya propia.

Tané le siguió por una escalera y bajaron a un túnel.

El repositorio giratorio se alzaba como un centinela en una cueva detrás del eremitorio. En las paredes había nichos con estatuas de grandes bachilleres del pasado, y del techo colgaban una cantidad inmensa de lágrimas de luz azul, como hebras de una telaraña.

—Aquí no nos arriesgamos a encender fuego —le explicó el confortahuesos—. Afortunadamente, la cueva tiene sus propias lámparas.

Tané estaba fascinada.

—¿Qué son?

—Gotas de luna. Huevos de la mosca luminosa. —Giró el repositorio—. Tratamos todos nuestros documentos con aceite de crin de dragón y luego los dejamos secar en las cuevas de hielo. La bachiller Ishari estaba tratando con aceite algunas de nuestras últimas incorporaciones al repositorio cuando llegaron los escupefuegos.

—La bachiller Ishari —dijo Tané. Se le hizo un nudo en el estómago—. ¿Está... en el eremitorio?

—Desgraciadamente, la bachiller resultó herida en el ataque, mientras intentaba proteger los documentos. Murió de las quemaduras.

Hablaba de la muerte como solo podía hacerlo un confortahuesos, con resignación y tranquilidad. Tané se tragó su desazón. Ishari solo había vivido diecinueve años, y la mayoría los había pasado preparándose para una vida que nunca había tenido ocasión de llevar.

El confortahuesos abrió una puerta del repositorio.

—Estos documentos corresponden al reinado de la insigne emperatriz Mokwo. —No había muchos—. Te pediría que los manipularas lo menos posible. Vuelve cuando acabes.

—Gracias.

Se despidió con una inclinación de la cabeza y la dejó sola. En la quietud de la cueva, iluminada de azul, Tané fue sacando pergaminos. A la luz de las gotas de luna, abrió el primer rollo y se puso a leer, haciendo esfuerzos por no pensar en Ishari.

Era una carta de un diplomático de la Ciudad de las Mil Flores. Tané hablaba bien lacustrino, pero aquello era un texto religioso antiguo. Las sienes le dolían del esfuerzo que le suponía traducirlo.

> Nos dirigimos a Neporo, la autoproclamada reina de Komoridu, cuyo nombre oímos por primera vez, para agradeceros el envío de una embajada y sus tributos. Aunque apreciamos vuestra deferencia, vuestra inesperada reclamación de un territorio en el mar Infinito supone un insulto a la vecina Seiiki, con cuyo pueblo estamos unidos como adoradores de los dragones. Lamentamos no poder reconoceros como reina soberana mientras la Casa de Noziken esté en desacuerdo. Aun así, os reconocemos con el título de señora de Komoridu, amiga del pueblo lacustrino. Esperamos que gobernéis a vuestro pueblo llevándolo hacia la paz y mostrando respeto y devoción tanto a nuestra nación como a Seiiki.

Komoridu. Tané no había oído hablar de ese lugar en su vida. Ni de ninguna reina llamada Neporo.

Abrió otro pergamino. Era una carta en seiikinés arcaico. La caligrafía era tupida y de trazos largos, pero podía descifrarla. Parecía ir dirigida a la muy honorable Noziken Mokwo en persona.

> Majestad, me dirijo de nuevo a vos. Neporo está de luto, porque su amiga, la hechicera del otro lado del mar, está muerta. Fueron ellas dos las que, usando los dos objetos que describía en mi última misiva, la joya menguante y la joya creciente, crearon la gran sima en el Abismo el tercer día de primavera. Ahora el cuerpo de la hechicera lasiana será devuelto a su país, y Neporo ha dispuesto una escolta con doce de sus súbditos, acompañados de la joya blanca que la hechicera solía llevar en el pecho. Dado que la augusta Kwiriki nos ha concedido esta oportunidad, pondré todo mi empeño en cumplir con lo que vos ordenéis.

Los otros documentos eran registros de la corte. Tané los escrutó a fondo, hasta que le dolió el entrecejo de tanto fruncirlo.

Varias veces estuvo a punto de quedarse dormida en la penumbra de la cueva, repasando cada documento una y otra vez, buscando cualquier cosa que hubiera podido pasar por alto, repasando su traducción. Con un peso insoportable en los párpados se arrastró hasta el pabellón de invitados, donde le habían dejado una comida y un camisón. Se tendió en el catre y se quedó mirando la oscuridad un buen rato. Era hora de descubrir lo que había llevado oculto. De dar rienda suelta al poder que pudiera contener.

«La gran sima en el Abismo.» Pero ¿qué sima? ¿Y por qué?

52
Oeste

—Si alguno de vosotros no habla —dijo la reina de Inys—, vamos a estar aquí mucho rato.

Loth cruzó una mirada con Ead, que estaba sentada al otro lado de la mesa, vestida con una blusa color marfil y unos pantalones bombachos, y llevaba el cabello peinado hacia atrás.

Estaban en la Sala del Consejo, en lo alto de la Torre de Alabastro. Una suave luz entraba por las ventanas. Con un poco de ayuda para bañarse y vestirse, y haciendo gala de una entereza digna de un guerrero, la reina había conseguido rehacerse enseguida.

Liberar a Sabran había sido la primera victoria de la noche. La noticia de que la duquesa de la Justicia había sido arrestada por alta traición había provocado que la mayoría de sus lacayos entregaran las armas. Los caballeros de la Guardia Real habían trabajado hasta la madrugada, con la ayuda de los guardias de palacio, para encontrar hasta el último traidor y evitar que huyeran de palacio.

Nelda Stillwater, Lemand Fynch y el Halcón Nocturno habían llegado a la corte poco después, cada uno con su séquito, declarando que venían a liberar a la reina de Crest, pero Sabran había ordenado que los encerraran a todos hasta dilucidar la verdad.

Ead había recompuesto las piezas de lo sucedido. La noche en que se había visto obligada a huir de Inys, Sabran había tenido algo de fiebre. Unos días más tarde daba la impresión de que se recuperaba, pero después había empeorado de golpe.

Era evidente que Crest había tomado el control de sus cuidados, pero durante semanas, tras las puertas de la Alcoba Real, había presionado a la reina para que firmara un documento llamado Declaración de Renuncia. Si conseguía que estampara su firma, cedería el trono de Inys a la familia Crest hasta el fin de los tiempos. Crest la había amenazado con hacer pública su infertilidad, o con la muerte, en caso de que se negara.

Sabran no había cedido. Incluso cuando estaba demasiado débil para comer ni después de que Crest la encerrara a oscuras.

—Ya veo que voy a tener que traer a alguno para que os tire de la lengua —dijo Sabran—. Parece que os la habéis tragado.

Ead tenía una copa de cerveza en la mano. Era la primera vez en las últimas horas en que estaba a más de un palmo de distancia de Sabran.

—¿Y por dónde empiezo? —dijo por fin.

—Puedes empezar, señora Duryan, por confesarme quién sois. Me han dicho que eras una bruja —dijo Sabran—. Que habías abandonado mi corte para rendir pleitesía al Rey Terreno.

—Y tú te creíste esa tontería.

—No tenía ni idea de qué debía creer. Pero ahora vuelves a mi lado empapada en sangre y dejando a tu paso un montón de cadáveres más alto que un caballo. Desde luego no eres una dama de compañía.

Ead se frotó la sien con el dedo y luego miró a Sabran de frente.

—Me llamo Eadaz du Zāla uq-Nāra —dijo, con voz firme, aunque sus ojos delataban un conflicto interno—. Y Chassar uq-Ispad me trajo hasta ti como guardaespaldas.

—¿Y qué le hizo suponer a Su Excelencia que tú podrías protegerme mejor que mi Guardia Real?

—Que soy maga. Practico una rama de la magia llamada siden. El siden tiene su origen en el mismo naranjo de Lasia que protegió a Cleolinda Onjenyu cuando venció al Innombrable.

—Un naranjo encantado —dijo Sabran, soltando una risa—. Ahora me dirás que las peras cantan.

—¿Es que la reina de Inys se burla de lo que no comprende?

Loth las miró a las dos. Antes de que él abandonara la corte, Ead apenas le hablaba a Sabran. Ahora parecía atreverse a discutir con la reina impunemente.

—Lord Arteloth —dijo Sabran—, quizá tú puedas ilustrarme sobre tu marcha de la corte. Y sobre cómo te encontraste con la señora Duryan durante tu viaje. Parece que ella está algo confundida.

Ead ocultó su gesto de fastidio detrás de la copa de cerveza. Loth alargó los brazos sobre la mesa y apoyó la suya.

—Lord Seyton Combe nos envió a Kit y a mí a Cárscaro. Creía que yo sería un impedimento para tus planes de boda —dijo—. En el Palacio de la Salvación conocimos a la Donmata Marosa, que nos encomendó una misión. Y a partir de ahí, me temo que las cosas se vuelven aún más extrañas.

Se lo contó todo. La confesión del Rey Terreno, que había admitido haber asesinado a su madre. Lo del misterioso Escanciador, que también tenía las manos manchadas de sangre por aquel crimen. Le habló de la muerte de Kit y de la caja de hierro que había transportado por el desierto, de su reclusión en el Priorato y de la huida para volver a Inys a bordo del *Ave de la Verdad*.

Ead participó con algún comentario, añadiendo detalles y matices, hablándole a Sabran de su exilio y de su visita a la ciudad en ruinas de Gulthaga. De la Estrella de Larga Melena y de la Tablilla de Rumelabar. Profundizó en los orígenes del Priorato del Naranjo y en sus creencias, y en los motivos por los que había sido enviada a Inys. Sabran no se movió ni un ápice mientras escuchaba. Solo el brillo de su mirada revelaba sus reacciones ante cada revelación.

—Si Sabran I no fue hija de Cleolinda —dijo por fin—, y no estoy diciendo que lo crea, Ead... ¿Quién era su madre? ¿Quién fue la primera reina de Inys?

—No lo sé.

Sabran levantó la mirada.

—Cuando estaba en Lasia, supe más de la Tablilla de Rumelabar —explicó Ead—. Para comprender su misterio, fui a ver a Kalyba, la Bruja de Inysca. —Miró a Loth—. Aquí la conocéis como la Dama de los Bosques. Fue ella quien creó *Ascalon* y se la entregó a Galian Berethnet.

Eso Ead no lo había mencionado en el barco.

—Entonces, ¿la Dama de los Bosques existe realmente? —preguntó Loth.

—Sí.

Loth tragó saliva.

—Y tú afirmas que ella creó la Espada de la Verdad —dijo Sabran—. El monstruo de Haithwood.

—Ella misma —respondió Ead, sin inmutarse—. *Ascalon* fue forjada usando siden y magia sideral, o sterren, que procede de una sustancia que desprende la cola de la Estrella de Larga Melena. Esas dos fuerzas son las que describe la Tablilla de Rumelabar. Cuando una crece, la otra mengua.

Sabran lucía la misma máscara de indiferencia que solía adoptar en la Cámara de la Presencia.

—Recapitulando —dijo, con la voz tensa—, tú crees que mi antepasado, el Santo, era un cobarde sediento de poder que intentó presionar a todo un país para que aceptara su religión, que blandía la espada que le había entregado una bruja y que nunca derrotó al Innombrable.

—Y que le robó el mérito de esa hazaña a la princesa Cleolinda, sí.

—Y tú crees que yo desciendo de un hombre así.

—Las rosas más bonitas han nacido de semillas inmundas.

—Lo que has hecho por mí no te da derecho a injuriar en mi presencia.

—Así que querrías que tu nuevo Consejo de las Virtudes te dijera solo lo que quieres oír. —Ead levantó su copa—. Muy bien, majestad. Loth puede ser el duque de la Adulación, y yo seré la duquesa del Engaño.

—Ya basta —ordenó Sabran.

—Haya paz —intervino Loth—. Por favor.

Ellas no dijeron nada.

—No podemos pelearnos. Ahora debemos estar unidos. Con… —De pronto se le secó la boca—. Con lo que se nos viene encima.

—¿Y qué es lo que se nos viene encima?

Loth intentó decirlo, pero no encontraba las palabras. Derrotado, miró a Ead

—Sabran —dijo Ead, en voz baja—, el Innombrable va a volver.

Sabran pareció sumirse en su propio mundo, y pasó así un buen rato. Después, lentamente, se puso en pie, caminó hacia el balcón y se quedó allí, perfilada por la luz del sol.

—Es verdad —dijo Ead al cabo de un rato—. Acabó de convencerme una carta al Priorato de una mujer llamada Neporo. Cleolinda se alió con ella para someter al Innombrable, pero solo por mil años. Y esos mil años están muy cerca de llegar a su fin.

Sabran apoyó las manos en la balaustrada. La brisa le levantaba unos mechones de cabello.

—Así pues... Es tal como decían mis antepasados. Que cuando la Casa de Berethnet acabara... volvería el Innombrable.

—No tiene nada que ver contigo —dijo Ead—. Ni con tus ancestros. Probablemente Galian hiciera esa afirmación para consolidar el poder recién instaurado y para que su pueblo lo viera con buenos ojos. Alimentó a sus descendientes con su mentira.

Sabran no dijo nada.

Loth quería reconfortarla, pero no había nada que pudiera decir para suavizar aquella revelación.

—El Innombrable fue sometido el tercer día de primavera, durante el vigésimo año del reinado de Mokwo, emperatriz de Seiiki —dijo Ead—, pero no sé cuándo gobernó Mokwo. Tendrías que pedirle a la gran princesa Ermuna que determinara la fecha. Es la archiduquesa de Ostendeur, donde se almacenan los documentos sobre el Este. —Al ver que Sabran seguía sin decir nada, Ead suspiró—. Sé que esto para ti es una herejía. Pero si sientes algo por la que llamáis la Damisela, si sientes algún respeto por la memoria de Cleolinda Onjenyu, deberías hacerlo.

Sabran levantó la barbilla.

—Y si establecemos la fecha, luego, ¿qué?

Ead se metió la mano en el escote y sacó la joya pálida que había sacado del Priorato.

—Esta es la joya menguante, una de las dos necesarias. —La puso sobre la mesa—. Está hecha de sterren. Probablemente su joya hermana esté en el Este. La carta decía que necesitábamos las dos.

Sabran la miró por encima del hombro.

La luz del sol se reflejaba en la joya menguante. Tenerla cerca le daba a Loth una sensación de calma, casi lo contrario de lo que le producía Ead. Ella era como una llamarada del sol. Aquello era como la luz de las estrellas.

—Después de que Cleolinda consiguiera dejar herido al Innombrable, parece ser que viajó al Este —dijo Ead—, donde se encontró a Neporo de Komoridu, y juntas confinaron al Innombrable en el Abismo. —Dio una palmadita sobre la joya—. Debemos repetir lo que hicieron hace mil años, pero esta vez tenemos que completar el trabajo. Y para hacerlo también necesitamos a *Ascalon*.

Sabran volvió a dirigir la mirada en el horizonte.

—Todas las reinas Berethnet han buscado la Espada de la Verdad, pero en vano.

—Ninguna de ellas contaba con una joya que la llamara. —Ead volvió a colgársela del cuello—. Kalyba me dijo que Galian quería dejar *Ascalon* en manos de quien fuera capaz de morir por mantenerla oculta. Sabemos que contaba con un séquito fiel, pero ¿se os ocurre alguien en particular?

—Edrig de Arondine —dijo Loth, sin dudar—. El Santo fue su escudero antes de convertirse en caballero. Para él era como un padre.

—¿Dónde vivía?

—De hecho —respondió Loth, sonriendo—, fue uno de los fundadores de la familia Beck.

Ead levantó las cejas.

—Goldenbirch —dijo—. Pues quizá deba empezar ahí la búsqueda… contigo y con Meg, si queréis acompañarme. En cualquier caso, hace tiempo que tu padre quiere hablar con ella.

—¿De verdad crees que podría estar en Goldenbirch?

—Es un lugar tan bueno como cualquier otro para empezar.

Loth pensó en la noche anterior.

—Uno de nosotros debería quedarse —dijo—. Meg puede ir contigo.

Por fin, Sabran se giró de nuevo hacia ellos.

—Sea cierta o no esta leyenda —dijo—, no tengo otra opción que confiar en ti, Ead. —Su gesto se endureció—. Nuestro enemigo mutuo resurgirá. Tanto tu religión como la mía lo confirman. Y pienso plantarle cara. Quiero llevar a Inys a la victoria, igual que hizo en su día Glorian la Intrépida.

—Estoy convencida de que puedes hacerlo —dijo Ead.

Sabran volvió a su asiento.

—Puesto que no hay barcos que zarpen hacia el norte esta noche —dijo—, querría que asistieras a las Fiestas de Invierno. Y tú también, Loth.

Loth frunció el ceño.

—¿Se van a celebrar igualmente?

—Yo creo que son más necesarias que nunca. Ya debe de estar todo listo.

—La gente verá que no estás encinta. ¿Les dirás que eres infértil?

Sabran bajó la vista hacia su vientre plano.

—Infértil. —Esbozó una sonrisa—. Supongo que deberemos encontrar otra palabra. Esa hace que parezca un campo yermo. Un desierto sin nada más que ofrecer.

Tenía razón. Era un modo cruel de describir a una persona.

—Perdóname —murmuró él.

Sabran asintió.

—Le diré a la corte que he perdido a mi hija, pero no tienen por qué saber que no puedo concebir otra vez.

Aquello sería un motivo de dolor para sus súbditos, pero les dejaría un rayo de esperanza.

—Ead —dijo Sabran—, me gustaría nombrarte miembro de la Asamblea de los Caballeros.

—Yo no quiero títulos.

—Aceptarás, porque si no, correrás un riesgo excesivo permaneciendo en la corte. Crest le ha contado a todo el mundo que eres una bruja. Con tu nuevo cargo nadie podrá tener dudas de que confío en tu lealtad.

—Estoy de acuerdo —dijo Loth.

Ead asintió levemente.

—Bueno, pues ahora soy dama —dijo, tras una pausa.

El silencio que se extendió entre los tres era como una pesada sombra. Ahora eran aliados, pero parecían estar sobre un puente de cristal, un cristal que podía fragmentarse por las grietas creadas por la religión y el legado de cada uno.

—Iré a decirle a Margret que nos vamos de viaje —dijo Ead, poniéndose en pie—. Oh, y Sabran, no volveré a ponerme vestidos de cortesana. Ya he tenido más que suficiente al tener que protegerte con el cuerpo ceñido por un corsé.

Salió sin esperar permiso alguno. Sabran se la quedó mirando con una extraña expresión en el rostro.

—¿Estás bien? —le dijo Loth, en voz baja.

—Por fin has vuelto.

Ambos sonrieron, y Sabran apoyó una mayo sobre la suya. Fría, como siempre, y con un tono lila en las uñas. De pequeños él le tomaba el pelo con eso, llamándola Princesa Nieve.

—Aún no te he dado las gracias por todo lo que has hecho para liberarme —dijo ella—. Sé que fuiste tú quien salió en mi defensa en la corte.

Él le apretó la mano.

—Eres mi reina. Y mi amiga.

—Cuando oí que te habías ido, pensé que me volvería loca... Sabía que no podías haberte ido por voluntad propia, pero no tenía ninguna prueba. Estaba desprovista de autoridad en mi propia corte.

—Lo sé.

Le apretó la mano una vez más.

—De momento te confío las labores del Ducado de la Justicia. Tú decidirás si Combe, Fynch y Stillwater realmente venían en mi ayuda.

—Es un cargo muy serio. Destinado a alguien de santo linaje —dijo Loth—. Seguro que alguno de los condes del Comité de las provincias lo haría mejor.

—Solo puedo confiar en ti. —Sabran le acercó un pergamino extendido sobre la mesa—. Esta es la Declaración de Renuncia que quería hacerme firmar Crest. Con mi firma, este documento habría supuesto la cesión del trono a su familia.

Loth lo leyó y sintió que se le secaba la garganta al ver el sello de cera con las dos copas grabadas.

—La fiebre y el dolor me habían debilitado tanto que no entendía muy bien lo que me estaba sucediendo. Mi única obsesión era sobrevivir —dijo Sabran—. No obstante, en una ocasión oí que Crest discutía con Roslain, diciéndole que la Declaración de Renuncia la convertiría un día en reina, y a su hija después, y que era una ingrata por plantear resistencia. Y Ros... Ros le dijo que moriría antes de permitir que me arrebatara el trono.

Loth sonrió. No esperaba menos de Roslain.

—La noche antes de que llegaras —prosiguió Sabran— me desperté y no podía respirar. Crest me había puesto una almohada sobre la cara. Murmuraba que era indigna, igual que mi madre. Que el linaje estaba envenenado. Que hasta las Berethnet deben responder ante la justicia. —Se llevó una mano a la boca—. Ros se rompió los dedos intentando quitármela de encima.

Todo aquel sufrimiento, y para nada.

—Crest debe morir —concluyó Sabran—. Y por no haber actuado para detenerla, ordenaré la reclusión de Eller y Withy en sus castillos hasta nueva orden. Y les desposeeré de sus ducados, a favor de sus herederos —añadió, muy seria—. De una cosa puedes estar seguro: tenga o no un santo linaje, me aseguraré de que Crest arda en la hoguera por lo que ha hecho.

En otro momento Loth habría protestado por un castigo tan brutal, pero Crest no merecía compasión alguna.

—Durante un tiempo, casi me convenció de que debía entregarle el poder. De que Crest quería lo mejor para el reino. —Sabran levantó la barbilla—. Pero tenemos que mantenernos unidos ante la amenaza draconiana. Me aferraré a mi trono, y ya veremos lo que conseguimos.

Más que nunca, hablaba como una reina.

—Loth —añadió, bajando la voz—. Has estado con Ead en ese… Priorato del Naranjo. Has visto su verdadero rostro. —Le miró a los ojos—. ¿Sigues confiando en ella?

Loth sirvió un poco más de cerveza para ambos.

—El Priorato me hizo cuestionarme los fundamentos de nuestro mundo —admitió—, pero en todo momento confié en Ead. Me ha salvado la vida, poniendo la suya en juego. —Le pasó una copa—. Ella quiere proteger tu vida, Sab. Yo creo que es lo que más desea en el mundo.

Algo cambió en el rostro de Sabran.

—Debo escribir a Ermuna. Tus aposentos te esperan, pero asegúrate de no llegar tarde a la fiesta —dijo, y cuando se miraron a los ojos, Loth vio en ellos la chispa de la Sabran de antes—. Bienvenido de nuevo a la corte, lord Arteloth.

En la planta más alta de la Torre de Dearn, en la misma celda donde había pasado sus últimos días Truyde utt Zeedeur, Igrain Crest estaba rezando. La única luz que entraba lo hacía por el estrecho orificio de una aspillera. Cuando llegó Loth no levantó la cabeza, ni separó las manos.

—Lady Igrain —dijo Loth. Ella no respondió—. He venido a haceros unas preguntas, si os parece bien.

—Yo solo responderé por lo que he hecho ante el Halgalant.

—Vos no veréis la corte celestial —respondió Loth, sin alterarse—. Así que podríamos empezar aquí.

53

Oeste

Las Fiestas del Invierno empezaron a las seis en el Salón de Banquetes del Palacio de Ascalon. Como siempre, después habría música y baile en la Cámara de la Presencia.

Ead se contempló en el espejo en el momento en que las campanas sonaban en la torre del reloj. Su vestido era de seda, del azul más pálido posible, estaba cubierto de perlas cultivadas y tenía la gorguera de encaje blanco.

Por una noche más se vestiría de cortesana. Sus hermanas se reafirmarían en su convicción de que era una traidora cuando descubrieran que había aceptado un título de la reina de Inys. Aun así, parecía la única opción si quería sobrevivir en la corte.

Llamó una vez a la puerta y Margret le abrió. Llevaba un vestido de satén color marfil y un ceñidor plateado, y un tocado con piedras de luna.

—Acabo de ver a Sabran. Van a nombrarme dama de honor —dijo, y dejó la vela—. Pensé que no querrías ir al Salón de Banquetes sola.

—Pensaste bien. Como siempre. —Ead la miró a los ojos—. Meg, ¿qué te ha contado Loth de mí?

—Todo —dijo Margret, sujetándola de los hombros—. Ya sabes que mi patrón es el Caballero del Valor. Es de valientes, creo yo, abrir la mente y pensar por uno mismo. Si eres una bruja, entonces quizá las brujas no sean tan malas —dijo, y luego se puso seria—. Pero tengo una pregunta: ¿prefieres que te llame Eadaz?

—No. Pero gracias por preguntármelo. —Ead estaba conmovida—. Puedes llamarme Ead, igual que yo te llamo Meg.

—Muy bien. —Margret entrelazó el brazo con el suyo—. Entonces déjame que te vuelva a presentar a la corte, Ead.

La nieve había creado una gruesa capa sobre cada cornisa y cada escalón. Los cortesanos aparecían desde todas partes del palacio, atraídos por la luz de los ventanales del Salón de Banquetes. Cuando entraron, el ujier anunció:

—Lady Margret Beck y la señora Ead Duryan.

Su viejo nombre. Su nombre falso.

El Salón de Banquetes se quedó casi en silencio. Cientos de ojos se giraron a mirar a la bruja. Margret la sostuvo aún más fuerte.

Loth estaba solo en la mesa de honor, sentado a la izquierda del trono. Les hizo un gesto con una mano.

Avanzaron entre las filas de mesas. Cuando Margret llegó a la silla al otro lado del trono, Ead se sentó a su lado. No había comido nunca en la mesa de honor, reservada a la reina, a los duques de la Junta y a otros dos invitados de honor. En otros tiempos, esos dos invitados de honor solían ser Loth y Roslain.

—He visto cementerios más alegres —murmuró Margret—. ¿Has hablado con Roslain, Loth?

Loth apoyó los nudillos en la mejilla y giró el rostro hacia el puño, ocultando los labios.

—Sí. Después de que viniera el médico a recolocarle los huesos —dijo en voz baja—. Parece ser que estabas en lo cierto, Ead. Crest se considera jueza de reinas.

A Ead no le produjo ningún placer tener razón en aquello.

—No estoy seguro de cuándo se instaló en ella esta locura —explicó Loth—, pero en tiempos de la reina Rosarian una de sus damas informó a Crest de que la reina se entendía con el capitán Gian Harlowe. Crest veía a Rosarian como… una ramera, indigna del trono. La castigó de diversas formas. Hasta que decidió que no tenía esperanzas de cambiarla.

Ead veía en el rostro de Loth que le costaba asimilar todo aquello. Había pasado demasiados años creyendo en el delicado artificio de la corte. Ahora el viento se había llevado aquellas hojas tan bien colocadas, dejando a la vista los brillantes dientes de la trampa.

—Advirtió a la reina Rosarian —prosiguió Loth, con el ceño fruncido—, pero el asunto con Harlowe siguió. Incluso… —Echó una mirada hacia la puerta—. Incluso después de que naciera Sab.

Margret levantó las cejas.

—¿Así que Sabran podría ser hija suya?

Si Crest dice la verdad. Y creo que sí. Cuando ha empezado a hablar, parecía casi desesperada por contarme todos los detalles de su… empresa.

Otro secreto que tendrían que guardar. Otra grieta en el trono de mármol.

—En cuanto Sab tuvo edad suficiente como para engendrar una hija, Crest pidió ayuda al rey Sigoso. Sabía que se sentía insultado por Rosarian por haber rechazado su mano, así que juntos conspiraron para matarla, y Crest esperaba que así la culpa recaería en Yscalin.

—¿Y Crest seguía considerándose digna? —replicó Margret, con un bufido—. ¿Después de matar a una Berethnet?

—La devoción puede convertir a alguien sediento de poder en un monstruo —dijo Ead—. Pueden retorcer cualquier precepto para justificar sus acciones.

Ella lo sabía bien. Mita estaba convencida de que servía a la Madre al ejecutar a Zāla.

—Y luego Crest esperó —siguió contando Loth—. Esperó a ver si Sabran, al crecer, se convertía en una persona más devota que su madre. Al ver que no se decidía a tener descendencia, Crest lo interpretó como una rebelión. Pagó a delincuentes para que se colaran en la Torre de la Reina armados con puñales para asustarla. Ead, es justo como sospechabas: enviaban a los degolladores para que los pillaran. Crest prometió que compensaría a sus familias.

—¿Y se infiltró en el montaje de Truyde para matar a Lievelyn? —preguntó Margret—. Pero ¿por qué?

—Lievelyn comerciaba con Seiiki. Ese es el motivo que me ha dado. También consideraba que era un lastre para Inys, pero yo creo que lo que no soportaba era que Sabran hubiera despreciado al compañero que ella le había elegido. Que empezara a dejarse influir por otras personas.

—Daba la impresión de que Sab escuchaba a Lievelyn —admitió Margret—. Salió de palacio por primera vez en catorce años porque él se lo pidió.

—Exacto. Un pecador advenedizo con demasiado poder. En cuanto cumplió con su misión y Sabran quedó preñada, tenía que morir. —Loth negó con la cabeza—. Cuando el médico le dijo que Sabran no volvería a concebir, Crest tuvo la confirmación definitiva de que era una semilla corrupta y que la Casa de

Berethnet ya no era digna de servir al Santo. Decidió que el trono debía pasar a manos de los únicos descendientes del Séquito Sagrado dignos de él. A ella.

—Esa confesión debería bastar para condenar a Crest —dijo Ead.

—Yo creo que sí —reconoció Loth, con un gesto de satisfacción nada alegre. En aquel momento, el ujier golpeó con el bastón en el suelo.

—¡Su Majestad, la reina Sabran!

La corte se puso en pie y se hizo el silencio. Cuando Sabran entró, iluminada por la luz de las velas, con los caballeros de la Guardia Real vestidos de gris tras ella, la multitud contuvo el aliento.

Ead no la había visto nunca tan espléndidamente sola. Normalmente aparecía en el Salón de Banquetes con sus damas, o con Seyton Combe, o con alguna otra persona importante.

No llevaba maquillaje en el rostro, ni joyas. Solo su anillo de coronación. Lucía un vestido de terciopelo negro con las mangas y el petillo de un gris de duelo. Cualquiera con dos dedos de frente se daría cuenta de que no estaba embarazada.

Un murmullo generalizado se extendió por el salón. Era tradición que la reina llevara a su hija envuelta en sus mantitas la primera vez que aparecía en público tras el alumbramiento.

Loth se puso en pie para que Sabran se sentara en el trono. Ella lo hizo ante la atenta mirada de su corte.

—Señora Lidden —dijo, alzando la voz—. ¿No queréis cantar para nosotros?

Los caballeros de la Guardia Real ocuparon sus puestos tras la mesa de honor. Lintley no apartó la mano de su espada ni un momento. Los músicos de la corte se pusieron a tocar y Jillet Lidden cantó.

Empezaron a llegar bandejas plateadas de la Cocina Real y fueron disponiéndolas en las mesas, en un despliegue de todo lo que Inys tenía que ofrecer en pleno invierno. Tarta de cisne, becada y ganso asado, venado al horno con una rica salsa de tréboles, merluza con láminas de almendra y salvia, col blanca y nabos glaseados a la miel, mejillones con mantequilla y vinagre de vino tinto. Las voces volvieron a llenar el salón, pero no parecía que nadie pudiera apartar los ojos de la reina.

Un paje les llenó las copas con vino de hielo de Hróth. Ead aceptó unos mejillones y un pedazo de ganso. Mientras comía, miró de reojo a Sabran.

Reconocía aquel gesto. Fragilidad oculta tras una máscara de fuerza. Cuando Sabran se llevó la copa a los labios, solo Ead observó el temblor en su mano. Tras los platos principales llegaron los crujientes de fruta, la fruta confitada, la tarta de pera y grosellas con especias, los canutillos rellenos de crema y azucaradas tartas de manzana, entre otras delicias. Cuando Sabran se puso en pie y el ujier lo anunció, se hizo de nuevo un silencio sepulcral.

Sabran tardó un momento en hablar. Se mantuvo muy erguida, con las manos cruzadas sobre el vientre.

—Buenas gentes —dijo por fin—, sabemos que en los últimos días la vida en la corte ha estado muy agitada y que nuestra ausencia debe de haberos desconcertado. —A pesar del tono grave de su voz, conseguía hacerse oír—. Últimamente ha habido quien ha conspirado por alterar el espíritu de camaradería que siempre ha unido al pueblo de todos los Reinos de las Virtudes.

Su rostro era una puerta cerrada. La corte esperaba ansiosa la noticia.

—Os sorprenderá saber que, durante nuestra reciente enfermedad, hemos sufrido recluisión en la Torre de la Reina por uno de nuestros propios cargos de confianza, que intentaba usurpar la autoridad que nos confirió el Santo. —Un murmullo generalizado se extendió por la sala—. Esta consejera, una persona de santo linaje, aprovechó nuestra ausencia para desarrollar su plan para robarnos el trono.

Ead sintió que aquellas palabras le llegaban muy dentro, y sabía que también a todos los presentes. Se extendieron como una ola y a nadie dejaron indiferente.

—Debemos daros una noticia terrible, debida a estas acciones. —Sabran se apoyó una mano sobre el vientre—. En esos días terribles… perdimos a nuestra hija querida.

El silencio se prolongó. Más. Y más. Entonces se oyó sollozar a una de las damas de compañía, y fue como el estallido de un trueno. El Salón de Banquetes reaccionó de golpe. Sabran seguía inmóvil como una esfinge, y por la sala se extendieron los gritos que exigían que los culpables pagaran por sus acciones. El ujier golpeó el bastón contra el suelo, pidiendo orden, pero en vano, hasta que Sabran levantó una mano. El estruendo cesó de pronto.

—Son días inciertos —dijo Sabran— y no podemos permitirnos dar rienda suelta a nuestra rabia. Se está extendiendo una sombra sobre nuestro reino. Las bestias draconianas están despertando y sus alas han levantado un viento aterrador. Vemos ese miedo en vuestros rostros. Lo hemos visto incluso en el nuestro.

Ead observó a la multitud. Aquellas palabras les estaban llegando al corazón. Al mostrar su propia vulnerabilidad, una fina grieta en su armadura, Sabran también les demostraba que estaba con ellos.

—Pero es precisamente en estos tiempos cuando debemos buscar más la guía del Santo —prosiguió—. Él abre sus brazos a los temerosos. Nos protege con su propio escudo. Y su amor es como una espada en nuestras manos, que nos da fuerza. Mientras luchemos juntos en la gran Cadena de la Virtud, no podrán derrotarnos.

»Tenemos intención de reconstruir con el amor lo que ha roto la codicia. En estas Fiestas del Invierno, perdonamos a todo el que se apresuró a servir a su señora olvidando, por miedo o por precipitación, servir a su reina. No serán ejecutados. Conocerán el bálsamo de la compasión.

»Pero la mujer que los utilizó no puede ser perdonada. Fue su hambre de poder, y el abuso de los poderes que ya le habían sido concedidos, lo que hizo que otros se sometieran a su voluntad. —Por la sala se extendieron los gestos de asentimiento—. Ha deshonrado su santo linaje, haciendo un desprecio a la virtud de su santo patrón, porque Igrain Crest sabía que no había justicia alguna en su hipocresía y su maldad.

Aquel nombre creó una sensación de incomodidad que se extendió por las mesas.

—Con sus acciones, Crest ha avergonzado no solo a la Caballero de la Justicia, sino también al Santo y a sus descendientes. Por tanto, esperamos que sea hallada culpable de alta traición. —Sabran hizo la señal de la espada, y sus cortesanos la imitaron—. Actualmente se está interrogando a todos los miembros de la Junta de los Duques. Esperamos fervientemente que los demás sean hallados inocentes, pero nos someteremos a la verdad de las pruebas.

Cada una de sus palabras era como una piedra que rebotara

en un lago, formando ondas de emoción. La reina de Inys no podía crear ilusiones con la magia, pero su voz y su porte en aquella noche la habían convertido en toda una encantadora.

—Nos levantamos movidos por el amor. Esperanzados y desafiantes. Desafiantes ante los que han intentando apartarnos de nuestros valores. Desafiantes ante el odio draconiano. Plantaremos cara a los vientos del miedo y por el Santo que los redirigiremos hacia nuestros enemigos. —Atravesó el entarimado, y todos los ojos la siguieron—. Aún no tenemos heredera, pues nuestra hija está entre los brazos del Santo, pero vuestra reina está muy viva. Y nos lanzaremos a cualquier batalla por vosotros, igual que hizo Glorian la Intrépida al ponerse a la cabeza de su pueblo. Pase lo que pase.

Se extendió un murmullo de acuerdo. La gente asentía y gritaba: «¡Sabran reina!».

—¡Le demostraremos a todo el mundo —añadió— que ningún wyrm puede conseguir que el pueblo de las Virtudes se acobarde!

—¡Las Virtudes! —respondieron las voces a coro—. ¡Las Virtudes!

Estaban ya todos en pie. Con los ojos brillantes, reflejo de la veneración que sentían por su reina. Agarrando sus copas con tanta fuerza que tenían los nudillos blancos.

Les había llevado de las profundidades del terror a las alturas de la adoración.

Sabran tenía una lengua de oro.

—Ahora, con la misma entereza que ha mostrado este reino durante mil años, celebraremos las Fiestas del Invierno, y nos prepararemos para la primavera, la estación del cambio. La estación de la dulzura. La estación de la generosidad. Y lo que nos dé no nos lo quedaremos, sino que os lo daremos a vosotros. —Agarró su copa de la mesa y la levantó bien alto—. ¡Por el pueblo de las Virtudes!

—¡Las Virtudes! —rugió su corte en respuesta—. ¡Virtudes! ¡Virtudes!

Las voces llenaron el salón como un canto, elevándose hasta las vigas del techo.

Las celebraciones se alargaron hasta entrada la noche. Aunque había hogueras en el exterior, los cortesanos parecían agradecer poder estar en la Cámara de la Presencia, con Sabran sentada en su trono de mármol y una chimenea enorme donde rugían las llamas. Ead estaba con Margret en una esquina.

Mientras daba un sorbo a su vino especiado, le llamó la atención un brillo rojizo. La mano se le fue de inmediato al cuchillo que llevaba en el ceñidor.

—Ead —dijo Margret, tocándole el codo—. ¿Qué pasa?

Un cabello rojo. El cabello pelirrojo del embajador méntico, no el rojo de un manto. Sin embargo Ead no se relajaba. Sus hermanas estarían tomándose su tiempo, pero acabarían llegando.

—Nada. Perdóname —dijo Ead—. ¿Qué me decías?

—Dime qué es lo que pasa.

—No es nada que debas saber, Meg.

—No pretendía entrometerme. Bueno, quizá sí —reconoció Margret—. En la corte tienes que ser algo entrometida, o no te queda nada de lo que hablar.

Ead sonrió.

—¿Estás lista para nuestro viaje de mañana a Goldenbirch?

—Sí. Nuestro barco zarpará al amanecer —dijo Margret, que hizo una pausa antes de seguir—. Ead, supongo que no pudiste traerla a Valour de vuelta a casa —añadió, con un brillo de esperanza en los ojos.

—Está con una familia ersyri en la que confío, en una finca en el paso de Harmur —dijo Ead—. No podía llevármelo al desierto. Lo recuperarás, te lo prometo.

—Gracias.

Alguien se detuvo junto a Margret y le tocó el hombro. Era Katryen Withy, que llevaba un vestido de seda de color blanco roto y el cabello recogido con un tocado plateado de perlas.

—Kate. —Margret la abrazó—. Kate, ¿cómo estás?

—He estado peor.

Katryen le dio un beso en la mejilla y luego se giró hacia Ead.

—Oh, Ead. Estoy muy contenta de que hayas vuelto.

—Katryen —respondió Ead, examinándola. Tenía el rastro de un morado en el pómulo y la mandíbula hinchada—. ¿Qué te ha pasado?

—Intenté llegar hasta Sabran —respondió, tocándose la

magulladura con gesto de dolor—. Crest mandó que me encerraran en mis aposentos. Y cuando me resistí, el guardia me hizo esto.

Margret meneó la cabeza.

—Si esa tirana hubiera llegado al trono…

—Da gracias a la Damisela de que no lo haya hecho.

Sabran, que había estado hablando animadamente con Loth, se puso en pie y todos los presentes se callaron. Había llegado el momento de recompensar a quienes habían demostrado su lealtad a la reina.

La ceremonia fue breve, pero no por ello menos impresionante. En primer lugar, Margret fue nombrada formalmente dama de honor, mientras que los caballeros de la Guardia Real recibieron un reconocimiento especial por su inquebrantable lealtad a la corona. Otros que se habían unido a la lucha recibieron tierras y joyas, y luego:

—Señora Ead Duryan.

Ead se abrió paso entre la gente, provocando susurros y atrayendo todas las miradas.

—Por la gracia de las Seis Virtudes —leyó el ujier—, Su Majestad tiene a bien nombraros dama Eadaz uq-Nāra, vizcondesa de Nurtha. A partir de ahora seréis miembro del Consejo de las Virtudes.

La Cámara de la Presencia se llenó de murmullos. En Inys, el de vizcondesa era un título honorario usado para distinguir a una mujer que no fuera de sangre noble o de santo linaje. Nunca se le había otorgado a nadie que no fuera súbdito de Inys.

Sabran cogió la espada ceremonial de manos de Loth. Ead se quedó inmóvil mientras la parte lisa de la hoja se apoyaba en cada uno de sus hombros. Ese segundo título no haría más que aumentar la percepción de que era una traidora a ojos de sus hermanas, pero tendría que ostentarlo si le servía como protección mientras buscaba a *Ascalon*.

—Levantaos —dijo Sabran—. Milady.

Ead se puso en pie y la miró a los ojos.

—Gracias, majestad.

Su reverencia fue breve. Recogió el título honorífico de manos del ujier y volvió junto a Margret. La gente no dejaba de susurrar «milady». Ya no era la señora Duryan. Pero aún quedaba un título honorífico que conceder. Por su valor, sir

Tharian Lintley, que era tan plebeyo como Ead, también recibió un nuevo título. Ahora sería el vizconde Morwe.

—Bueno, lord Morwe —dijo Sabran con tono pícaro, después de que Lintley recibiera su nombramiento—. Diría que ya tenéis el rango necesario como para casaros con la hija de un conde de la Junta Provincial. Decidme… ¿tenéis a alguien en mente?

Estalló una risa justo cuando más hacía falta.

Lintley tragó saliva. Era como si le hubieran concedido todos sus deseos.

—Sí —dijo, mirando hacia la sala—. Sí, majestad, así es. Pero preferiría hablar primero con la dama en privado. Para estar seguro de sus sentimientos.

Margret, que estaba observando la escena con los labios fruncidos, levantó una ceja.

—Ya habéis hablado bastante, sir Tharian —dijo—. Es hora de pasar a la acción.

Más risas. Lintley se rio entre dientes, y ella también. La luz de las velas bailaba en sus ojos. Cruzó la sala y cogió la mano que le tendía él.

—Majestad, solicito vuestro permiso, y el del Caballero de la Camaradería, para tomar a esta mujer como compañera en los próximos días —dijo Lintley, y su mirada era la de alguien que veía el amanecer tras años de noche profunda—, para poder demostrarle el amor que siempre ha merecido.

Margret miró hacia el trono. Sentía un nudo en la garganta, pero Sabran ya había inclinado la cabeza.

—Tenéis nuestro permiso —dijo—. Os lo concedemos con mucho gusto.

La Cámara de la Presencia se llenó de vítores y Ead observó, complacida, que Loth aplaudía con tantas ganas como cualquiera de los presentes.

—Bueno, ahora podríamos dar inicio al baile —dijo Sabran, que hizo un gesto en dirección a la orquesta—. Venga, toquen *La pavana del rey de las sirenas.*

Esta vez el aplauso fue fragoroso. Lintley le susurró algo a Margret, que sonrió y le besó en la mejilla. En el momento en que los bailarines fueron a ocupar su sitio en la pista, Loth bajó de su silla y le hizo una reverencia a Ead.

—Vizcondesa —dijo, con gesto socarrón—. ¿Me haríais el honor de concederme un baile?

—Con mucho gusto, milord. —Ead apoyó una mano sobre la suya y él la llevó hacia el centro de la sala—. ¿Qué te parece la parejita? —le preguntó, al verle mirar en dirección a Margret.

—Muy bien. Lintley es un buen hombre.

La pavana del rey de las sirena arrancó lenta. Empezaba como un océano en un día de calma, pero luego la música iba ganando en intensidad y ritmo. Era un baile complicado, pero Ead y Loth tenían práctica.

—Para cuando lleguéis a Goldenbirch a mis padres ya les habrá llegado la noticia —dijo Loth, mientras se mezclaban con las otras parejas—. Mamá estará aún más enfadada al ver que yo aún no me he comprometido.

—Yo creo que también estará aliviada de ver que estás vivo —señaló Ead—. Además, también podrías decidir no casarte.

—Como duque de Goldenbirch, se espera que lo haga. Y yo siempre he querido tener pareja. —Loth la miró—. ¿Y qué hay de ti?

—Yo... —Ead se deslizó hacia la derecha siguiendo la música, y él la siguió—. ¿Que si alguna vez tomaré compañero, quieres decir?

—No puedes volver a tu tierra. Quizá pudieras... vivir aquí, con alguien —dijo, mirándola a los ojos—. A menos que ya tengas a alguien.

Ead sintió una presión en el pecho.

La danza les separó un momento, mientras formaban un remolino con las otras parejas, pero enseguida volvieron a encontrarse.

—Crest me lo ha contado. Supongo que se enteró por el Halcón Nocturno.

Decirlo en voz alta sería peligroso. Eso lo sabía.

—Espero que no decidieras no contármelo por miedo a que te juzgara —susurró Loth. Ambos dieron una vuelta sin moverse del sitio—. Eres mi mejor amiga. Quiero que seas feliz.

—Aunque eso suponga deshonrar al Caballero de la Camaradería —dijo Ead, levantando las cejas—. No estamos casadas.

—Eso lo habría pensado tiempo atrás —reconoció—. Ahora veo que hay cosas más importantes.

Ead sonrió.

—Realmente has cambiado. —Se cogieron de la mano y la

pavana aumentó de velocidad—. No quería que te preocuparas por las dos. Sueles preocuparte mucho.

—Así soy yo —dijo él—. Pero me preocuparía mucho más pensar que mi amiga no confía lo suficiente en mí como para abrirme su corazón. —Le apretó la mano—. Puedes contar conmigo. Siempre.

—Y tú conmigo —dijo Ead. Esperaba que fuera cierto.

La pavana llegó a su fin y Ead se preguntó si alguna vez podrían tenderse bajo el manzano de nuevo, bebiendo vino y charlando hasta el amanecer, después de todo lo que había pasado. Loth la saludó con una reverencia y una sonrisa asomando en los ojos, y ella le devolvió el gesto. Luego se giró, con la intención de escabullirse y volver a su habitación... pero cuando se dio la vuelta se encontró a Sabran delante.

Ead la miró, y la pista se vació de pronto. Todos observaban.

—Tocad una danza de la vela —dijo Sabran.

Esta vez se oyeron exclamaciones de alegría contenidas entre los cortesanos. La reina no había bailado en público ni una vez durante todo el tiempo que había pasado Ead en la corte. Mucho tiempo atrás Loth le había contado que Sabran había dejado de bailar el día de la muerte de su madre.

Muchos cortesanos no la habían visto bailar nunca, pero algunos de los más ancianos del servicio, que debían de haber visto bailar a la reina Rosarian, se pusieron a sacar velas de los candelabros. Muy pronto el resto siguieron su ejemplo. Le dieron una vela a Sabran y otra a Ead. Loth, que estaba allí mismo, le tendió una mano a Katryen.

La orquesta tocó una melodía triste y Jillet Lidden se puso a cantar. Tres hombres unieron sus voces a la de ella.

Ead hizo una gran reverencia ante Sabran, que la imitó. Ese mínimo movimiento ya hizo que la llama de su vela temblara.

Empezaron los giros. Sostenían las velas con la mano derecha, y las manos izquierdas, a la espalda, casi se tocaban al girar. Seis rotaciones una alrededor de la otra, mirándose fijamente, hasta que la música las llamaba a su puesto, en extremos opuestos de la fila. Ead rodeó a Katryen para luego volver junto a Sabran, que demostró ser una gran bailarina. Cada paso era preciso y a la vez suave como el terciopelo. En todos aquellos años que no había bailado ante su corte debía de haber practicado sola. Se movió alrededor de Ead como la manecilla de un reloj, con un ritmo mesurado como el latido del corazón, sin que hubiera un paso más rápido que el anterior. Cuando Ead giró la cabeza sus frentes se encontraron y sus hombros se rozaron; luego volvieron a separarse. Ead se dio cuenta de pronto de que hacía un rato que estaba conteniendo el aliento.

Nunca se habían mostrado tan cerca en público. Su olor, aquella efímera calidez que desprendía, era una tortura que nadie más podía ver. Ead rodeó a Loth antes de volver junto a Sabran, y sintió el pulso de sus venas tan fuerte como la música, o aún más fuerte.

Aquello duró una eternidad. Ead estaba perdida en un sueño de voces que la perseguían, arrullada por el sonido de la flauta, del arpa y de la chirimía.

Apenas se dio cuenta de que había acabado la música. Lo único que oía era el tambor que le resonaba en el pecho. Un breve silencio de éxtasis dio paso al aplauso generalizado de toda la corte. Sabran rodeó la llama de su vela con una mano y la apagó de un soplido.

—Nos retiraremos por esta noche. —Una dama de compañía le cogió la vela—. Quedaos y disfrutad de las fiestas. Buenas noches.

—Buenas noches, majestad —respondió la corte, con una marea de reverencias mientras la reina se dirigía a la salida. En la puerta de la Cámara Privada, Sabran se giró y miró por encima del hombro en dirección a Ead.

Aquella mirada era una llamada. Ead apagó su vela y se la entregó a un sirviente.

Sentía el corsé más apretado que antes. Una dulce presión en el interior del vientre. Se quedó un momento más entre la multitud, observando a Loth y a Margret que bailaban una gallarda, antes de abandonar la Cámara de la Presencia. Los caballeros de la Guardia Real se hicieron a un lado para dejarle paso.

La Cámara Privada estaba fría y oscura. Ead la atravesó, recordando la música de los virginales, y abrió las puertas de la Alcoba Real. Sabran esperaba junto al fuego. No llevaba nada más que el apretado corsé y la camisola.

—No te equivoques —dijo—. Estoy furiosa contigo.

Ead permaneció de pie en el umbral.

—Compartí todos mis secretos contigo, Ead —añadió, casi

sin voz—. Me viste como solo la noche me ve. En mi versión más pura. —Hizo una pausa—. Fuiste tú quien ahuyentó a Fýredel.

—Sí.

Sabran cerró los ojos.

—Nada en mi vida ha sido real. Hasta los intentos por quitarme la vida eran escenificaciones, pensadas para condicionarme y manipularme. Pero tú, Ead... yo creí que tú eras diferente. Llamé mentiroso a Combe cuando me dijo que no eras lo que parecías ser. Ahora me pregunto si todo lo que ha habido entre nosotras era una actuación. Parte de tu papel.

Ead hizo un esfuerzo por buscar las palabras correctas.

—Respóndeme —dijo Sabran, con la voz tensa—. Soy tu reina.

—Serás una reina, pero no eres mi reina. Yo no soy súbdita tuya, Sabran. —Ead entró y cerró las puertas tras de sí—. Y precisamente por eso puedes estar segura de que lo que pasó entre nosotras fue de verdad.

Sabran miró al fuego.

—Yo te mostré todo lo que pude de mí misma —le dijo Ead—. Si te hubiera mostrado algo más, habría acabado ejecutada.

—¿Crees que soy una tirana?

—Creo que eres una loca mojigata con la cabeza dura como una piedra. Y no te cambiaría por nada en el mundo.

Sabran por fin la miró a los ojos.

—Y dime, Eadaz uq-Nāra —dijo, en voz baja—, ¿estoy más loca de lo que pensabas por seguir deseándote?

Ead se le acercó.

—No más de lo que estoy yo, por amarte como te amo.

Alargó la mano y le retiró un mechón de la frente, colocándoselo tras la oreja. Sabran la miró fijamente.

Se quedaron una frente a la otra, sin tocarse apenas. Por fin, Sabran le cogió las manos a Ead y se las llevó a su cintura. Ead las deslizó hacia su vientre y se dispuso a desatarle el corsé.

Sabran la observó. Ead quería que aquello fuera otra danza de la vela, saborear cada detalle de aquel momento íntimo, pero la deseaba demasiado. Sus dedos se colaron por debajo de las cintas, tirando de ellas y haciéndolas pasar por entre los corchetes, uno tras otro, y finalmente el corsé se abrió y cayó, dejando a Sabran en camisola. Ead deslizó la tela de seda sobre sus hombros, dejando caer la camisola, y la sujetó de la cadera.

Sabran quedó desnuda entre las sombras. Ead se embriagó con sus brazos, su cabello, sus ojos brillantes como el fuego nocturno.

El espacio entre ambas desapareció. Ahora era Sabran la que la desvestía a ella. Ead cerró los ojos y dejó que fuera retirando prendas.

Se abrazaron como si fuera la primera vez. Cuando Sabran le besó el cuello, justo detrás de la oreja, Ead dejó caer la cabeza hacia un lado. Sabran deslizó sus manos, recorriéndole la espalda.

Ead la dejó caer en la cama con suavidad. Unos labios hambrientos fueron en busca de los suyos y Sabran susurró su nombre. Daba la impresión de que habían pasado siglos desde la última vez.

Se enredaron entre las pieles y las sábanas, desbocadas y sin aliento. Ead temblaba solo de pensar en ello, redescubriendo cada detalle de la mujer de la que había tenido que alejarse. Sus pómulos y su nariz respingona. Su suave frente. El firme cuello y la base de la garganta. Los dos pequeños huecos en la parte baja de la espalda, como huellas dejadas con los dedos. Sabran entrecruzó los dedos con los de ella y Ead la besó como si le fuera la vida en ello. Como si aquel abrazo pudiera mantener alejado al Innombrable.

Sus lenguas bailaron la misma pavana que sus caderas. Ead bajó la cabeza y resiguió con sus labios las clavículas, como esculpidas, los capullos de rosa en la punta de sus pechos. Le besó el vientre, donde ya no quedaban magulladuras. El único rastro de lo sucedido era una cicatriz por debajo del ombligo.

Sabran le rodeó el rostro con las manos. Ead miró aquellos ojos que tanto había recordado y la llamó por su nombre. Sus dedos rozaron la cicatriz que recorría su muslo, hasta llegar al lugar donde se unía con el otro.

Entonces, con una sonrisa traviesa, Sabran la empujó, haciéndola rodar hasta quedar boca arriba. Su cabello eclipsaba la luz de las velas. Ead deslizó las manos, pasándoselas tras la cintura, entrelazó los dedos al final de su espalda y tiró de ella, acercándosela al cuerpo, entre las piernas.

El deseo la consumía. Sabran le pasó las manos tras los muslos y deslizó un beso, suave y leve, sobre cada pecho.

Aquello tenía que ser un sueño. Un sueño muy agitado. Por aquella mujer se habría lanzado a una travesía por el desierto.

Sabran fue abriéndose paso hacia abajo. Ead cerró los ojos, conteniendo el aliento. Cada sensación era un destello de luz que emborrachaba sus sentidos. La piel templada por el fuego de la chimenea. El olor a grialina y a trébol. Cuando sintió un dedo rozándole el ombligo, ya estaba tensa, estremecida y perlada de sudor. Su cadera se levantó para recibir el contacto y unos suaves labios exploraron la unión de sus muslos.

Cada fibra de su cuerpo era como la cuerda de un virginal, a la espera del golpeo del músico sobre la tecla. Hasta los puntos más recónditos de su cuerpo vibraban, desbordados por las sensaciones, entregados a Sabran Berethnet, y cada contacto de su piel reverberaba hasta el interior de sus huesos.

—No soy tu reina —le susurró Sabran a flor de piel—, pero soy tuya. —Ead le pasó los dedos por entre la oscura melena—. Y descubrirás que también puedo ser generosa.

No se durmieron hasta quedar saciadas y exhaustas. En algún momento de la madrugada las despertó el repiqueteo de la lluvia en la ventana y volvieron a buscarse a la luz de los reflejos ámbar del alba.

Después, permanecieron abrazadas entre las sábanas.

—Debes seguir siendo mi dama de honor —murmuró Sabran—. Por esto. Por nosotras.

Ead se quedó mirando las elaboradas molduras del techo.

—Puedo representar el papel de lady Nurtha —dijo—, pero siempre será un papel.

—Lo sé. —Sabran fijó la mirada en la oscuridad—. Me enamoré de un papel que interpretabas.

Ead intentó evitar que aquellas palabras le llegaran al corazón, pero Sabran siempre encontraba la forma de alcanzarlo.

Ead Duryan había sido una creación de Chassar, y ella se había metido tanto en el personaje que todo el mundo se lo había creído. Por primera vez comprendió la dimensión del sentimiento de traición y de confusión que debía de estar sintiendo Sabran.

Sabran cogió a Ead de la mano y resiguió la parte inferior de su dedo. El dedo en el que llevaba el anillo con la piedra del sol.

—Esto antes no lo llevabas.

Ead estaba a punto de quedarse dormida.

—Es el símbolo del Priorato —dijo—. El anillo de una justiciera.

—¿Quiere decir que has matado a alguna bestia draconiana?

—Hace mucho tiempo. Con mi hermana, Jondu. Matamos a un wyvern que había despertado en las Espadas de los Dioses.

—¿Cuántos años tenías?

—Quince.

Sabran se quedó mirando el anillo un buen rato.

—No quiero creer tu historia de Galian y Cleolinda. Les he rezado toda mi vida —murmuró—. Si tu versión de los hechos es correcta, quiere decir que tampoco les he conocido a ellos.

Ead le deslizó una mano por la espalda.

—¿Me crees? —preguntó—. Sabes que no tengo ninguna prueba.

—Lo sé —dijo Sabran. Se rozaron con la punta de la nariz—. Tardaré tiempo en aceptarlo pero... no cerraré la mente a la posibilidad de que Galian Berethnet no fuera más que un hombre de carne y hueso.

Su respiración se suavizó. Ead pensó que había vuelto a dormirse, pero al rato volvió a hablar:

—Temo la guerra que tanto desea Fýredel. —Entrecruzaron los dedos—. Y la sombra del Innombrable.

Ead se limitó a acariciarle el cabello con una mano.

—Muy pronto me dirigiré a mi pueblo. Deben saber que lucharé contra el Ejército Draconiano, y que tenemos un plan para acabar con la amenaza de una vez por todas. Si encuentras la Espada de la Verdad, se la enseñaré. Para levantarles el ánimo. —Sabran levantó la mirada—. Tu ambición es derrotar al Innombrable. Si lo consigues, ¿luego qué harás?

Ead bajó los párpados. Era una pregunta que había intentando por todos los medios no plantearse.

—El Priorato se fundó para someter al Innombrable —dijo—. Si consigo acabar con la amenaza... supongo que podría hacer cualquier cosa.

Se hizo un extraño silencio entre las dos. Permanecieron tendidas sin decir nada hasta que Sabran se giró hacia el otro lado.

—Sabran —dijo Ead, manteniendo la distancia—. ¿Qué pasa?

—Tengo mucho calor —dijo, con la voz desprovista de toda emoción.

Ead se encontró de pronto mirando su espalda, así que intentó dormir. No tenía derecho a pedir que le contara la verdad. Aún no había amanecido cuando se despertó. Sabran seguía durmiendo a su lado, tan inmóvil que bien podría estar muerta. Con cuidado de no despertarla, Ead se puso en pie. Le dio un beso en la frente y Sabran se movió en la cama. No podía marcharse sin decirle que se iba, pero hasta dormida parecía cansada. Al menos ahora estaba segura, rodeada de gente que la quería.

Ead salió de la Alcoba Real y volvió a sus aposentos, donde se lavó y se vistió. Margret ya estaba en los establos, vestida para montar y con un sombrero tocado con una pluma de avestruz, ensillando un palafrén de aspecto adormilado. Le sonrió al verla y Ead la abrazó.

—Estoy muy contenta por ti, Meg Beck —dijo, dándole un beso en la mejilla—, la próxima Vizcondesa de Morwe.

—Ojalá no hubiera necesitado llegar a ser vizconde para que lo consideraran digno de mí, pero las cosas son así. —Margret dio un paso atrás y le cogió las manos—. Ead, ¿me llevarás al altar?

—Para mí será un honor. Y ahora ya puedes darles la buena noticia a tus padres.

Margret suspiró. Su padre a veces no reconocía a sus hijos.

—Sí, mamá estará contentísima —dijo, alisándose la parte delantera de su chaqueta de color crema—. ¿Crees que tengo buen aspecto?

—Creo que tienes el aspecto de lady Margret Beck. Siempre a la moda.

Margret resopló.

—Bueno. Pensaba que con este sombrero parecería la tonta del pueblo.

Montaron y atravesaron las calles de la ciudad, que iban despertando, hasta cruzar el Limber por el puente de las Súplicas, decorado con tallas de todas las reinas de la Casa de Berethnet. Si no se entretenían, podían llegar a Puerto Estío, de donde salían barcos a los condados septentrionales de Inys, hacia las diez.

—Tu baile con Sab propició muchos comentarios —dijo Margret, echándole una mirada—. Se rumorea que sois amantes.

—¿Y tú qué dirías si fuera cierto?

—Diría que podéis hacer lo que os plazca.

Podía confiar en Margret. Desde luego, sería bueno contar con alguien con quien hablar de lo que sentía por Sabran. Sin embargo, algo le decía que convenía mantener el secreto, mantener sus encuentros en el plano de lo furtivo.

—Los rumores no son una novedad en la corte —se limitó a responder—. Venga, cuéntame tus planes de boda. Yo creo que estarías muy bien de amarillo. ¿Tú qué dices?

La niebla de la mañana envolvía los jardines del Palacio de Ascalon. Había llovido por la noche y la lluvia se había helado, cubriendo los senderos de escarcha y decorando los alféizares con carámbanos.

Loth contemplaba las ruinas de la Galería de Mármol, donde tantas horas había pasado sentado con Sabran, charlando. La piedra parecía llorar sobre el suelo, como si fuera de cera, creando una imagen de misteriosa belleza.

Las llamas de un fuego normal no habrían podido fundirla de aquella manera. Solo había podido ser algo procedente de las profundidades del monte Pavor.

—Aquí es donde perdí a mi hija.

Loth miró por encima del hombro. Sabran estaba allí cerca, con el rostro rojo por el frío y un gorro de piel en la cabeza. Los caballeros de la Guardia Real la seguían a cierta distancia, todos uniformados con la armadura plateada del invierno.

—Le habría puesto Glorian. El nombre más noble de mi linaje. Las tres reinas que lo llevaron fueron grandes soberanas. —Tenía la mirada perdida en el pasado—. A menudo me pregunto cómo habría sido. Si su nombre le habría supuesto una carga, o si habría llegado a ser más grande aún que las otras.

—Yo creo que habría sido tan valiente y virtuosa como su madre.

Sabran esbozó una sonrisa fatigada.

—Aubrecht te habría gustado —dijo, poniéndose a su lado—. Era un hombre bueno y de honor. Como tú.

—Lamento mucho no haberle conocido.

Contemplaron la salida del sol. En algún lugar del jardín, una alondra se puso a piar.

—Esta mañana he rezado por lord Kitston —dijo Sabran, apoyando la cabeza sobre su hombro. Él la rodeó con un brazo—. Ead no cree que tras la muerte nos espere el Halgalant. Quizá tenga razón; pero yo aún confío en que hay vida después de esta, y siempre lo haré. Y confío en que él la haya encontrado.

—Yo también confío en ello. —Loth pensó en el túnel. En aquella sepultura solitaria—. Gracias, Sab. De verdad.

—Sé que su muerte aún debe pesarte tremendamente —dijo ella—, pero no debes dejar que nuble tu juicio.

—Lo sé —respondió él, tomando aire—. Debo ir a ver a Combe.

—Muy bien. Yo estaré en la Biblioteca Real, gestionando asuntos de estado que han quedado desatendidos.

—Te espera un día intenso, pues.

—Desde luego. —Con otra sonrisa fatigada, Sabran se giró hacia la Torre de la Reina—. Que tengas buen día, lord Arteloth.

—Buenos días, majestad.

A pesar de todo, estaba contento de haber vuelto a Inys.

En la Torre de Dearn, encontró a lord Seyton envuelto en una manta, leyendo un libro de oraciones con los ojos enrojecidos. Estaba tiritando, y no era de extrañar.

—Lord Arteloth —dijo el Halcón Nocturno cuando el carcelero hizo pasar a Loth—. Qué alegría volver a veros en la corte.

—Ojalá yo pudiera decir que albergo los mismos sentimientos hacia vos, excelencia.

—Oh, tampoco me lo espero, milord. Tuve buenos motivos para enviaros fuera de la corte, pero a vos no os gustarán.

Loth se sentó sin dejar traslucir emoción alguna.

—De momento, la reina Sabran me ha confiado a mí la investigación sobre el intento de usurpación del trono —dijo—. Querría oír todo lo que tenéis que decir sobre Crest.

Combe se sentó bien, apoyando la espalda. A Loth aquellos ojos siempre le habían puesto de los nervios.

—Cuando la reina Sabran quedó postrada en la cama, al principio, yo no tenía ningún motivo para sospechar que hubiera ninguna irregularidad en los cuidados que recibía. Había decidido quedarse en la Torre de la Reina para que la gente no supiera que había perdido la niña y lady Roslain estaba dispuesta a permanecer a su lado durante su enfermedad. Luego, poco después de que la señora Duryan abandonara la capital…

—De que huyera —le corrigió Loth—. Temiendo por su vida. Exiliar a los amigos de la reina empieza a ser una costumbre en vos, excelencia.

—Mi costumbre es protegerla, milord.

—Pues fracasasteis.

Combe soltó un suspiro prolongado.

—Sí —reconoció, frotándose los ojos—. Sí, milord, fracasé.

Por rabia que le diera, Loth tuvo que reconocer que sentía algo de pena por aquel hombre.

—Proseguid.

Combe tardó un momento en hacerlo.

—El doctor Bourn vino a mí —dijo—. Le habían ordenado que saliera de la Torre de la Reina. Me confesó que temía que, en lugar de recibir cuidados, Su Majestad estuviera siendo aislada. Solo lady Igrain y lady Roslain podían ocuparse de ella. Hacía tiempo que yo me sentía… intranquilo con Igrain. No me gustaban sus gestos pretendidamente compasivos, en realidad carentes de toda compasión. —Combe se masajeó las sienes—. Le dije lo que me había contado uno de mis espías. Que lady Nurtha, como se la conoce ahora, había tenido contacto carnal con la reina. De pronto algo le cambió en los ojos. Hizo un comentario sobre la reina Rosarian y su… conducta marital.

De pronto afloró un recuerdo, el de su retrato en Cárscaro, acuchillado en un arranque de ira o celos.

—Empecé a atar cabos, y no me gustó la imagen que estaba obteniendo —dijo Combe—. Tuve la sensación de que Igrain estaba borracha del poder que le daba su propio patrón. Y que estaba tramando suplantar a la reina, poniendo a alguien en su lugar.

—Roslain.

Combe asintió.

—La futura cabeza de familia de los Crest. Cuando intenté entrar en los aposentos reales, me encontré con que a mí tampoco me dejaban pasar. Los guardias me dijeron que la reina estaba indispuesta y no podía recibir visitas. Me fui sin poner reparos, pero esa noche... bueno, arresté al secretario de Igrain.

»La duquesa es una mujer inteligente. Sabía que no debía dejar rastros en su despacho, pero su secretario, sometido a presión, me entregó documentos relativos a sus finanzas. —Sonrió, socarrón—. Encontré pagos recurrentes del Ducado de Askrdal. Un pago enorme procedente de Cárscaro, realizado tras la muerte de la Reina Madre. Ropajes caros y joyas entregados a modo de soborno. Un número significativo de coronas habían pasado de sus arcas a las de un mercader llamado Tam Atkin. Descubrí que es hermanastro de Bess Weald, que fue quien disparó a Lievelyn.

—Una conspiración que se fraguó durante más de una década —dijo Loth—, y vos no visteis nada. —Torció los labios—. Un halcón tiene buena vista. Quizá deberían llamaros el Topo Nocturno. Olisqueando a ciegas en la oscuridad.

Combe soltó una risita, pero acabó convirtiéndose en tos.

—Me lo merecería —respondió, con voz ronca—. Como veis, lord Arteloth, mientras tenía los ojos puestos en todas partes, dejé de fijarme en las personas de santo linaje. Di por sentada la lealtad del resto de duques de la Junta. Así que no los vigilé.

Tiritaba más aún que antes.

—Tenía pruebas contra Igrain —prosiguió Combe—, pero tenía que andar con pies de plomo. Había tomado la Torre de la Reina, y cualquier movimiento precipitado habría puesto en peligro a Su Majestad. Hablé con lady Nelda y lord Lemand, y decidimos que la mejor opción sería volver a nuestras tierras, regresar con nuestras fuerzas y aplastar a la usurpadora. Afortunadamente, milord, vos llegasteis antes, o se habría producido un baño de sangre mucho mayor.

Se produjo una pausa mientras Loth pensaba en ello. Por mucho que aborreciera a aquel hombre, lo que decía sonaba a cierto.

—Entiendo que Igrain se hizo con el poder justo en el momento de la expulsión de lady Nurtha, de modo que puedo parecer cómplice de sus delitos —dijo Combe, mientras Loth digería todo aquello—. Pero pongo al Santo por testigo de que no he hecho nada deshonesto. Ni he hecho nada indigno de mi puesto, que está al lado de la reina de Inys —añadió, con la mirada firme—. Puede que sea la última Berethnet, pero es una Berethnet. Y espero que aún gobierne mucho tiempo.

Loth se quedó mirando al hombre que le había enviado a una muerte prácticamente segura. Había algo en aquellos ojos que transmitía sinceridad, pero Loth ya no era el chico confiado al que había exiliado aquel hombre. Había visto demasiadas cosas.

—¿Testificaréis contra Crest —dijo por fin— y presentaréis las pruebas físicas que tenéis?

—Lo haré.

—¿Y enviaréis una suma de dinero al conde y la condesa de Honeybrook? Por la pérdida de su único heredero, Kitston Glade, su querido hijo… —se le hizo un nudo en la garganta— y el mejor amigo que se pudiera tener.

—Lo haré. Por supuesto. —Combe bajó la cabeza—. Que la Caballero de la Justicia guíe vuestra mano, milord. Espero que seáis más magnánimo que su descendiente.

54

Este

El mar del Sol Trémulo era tan cristalino que el ocaso lo convertía en un puro rubí. Niclays Roos estaba de pie en la proa del *Perseguidor,* observando cómo se hinchaban las olas al pasar bajo el casco.

Era agradable estar en movimiento. El *Perseguidor* había pasado semanas atracado en la ciudad en ruinas de Kawontay, donde mercaderes y piratas que desafiaban las prohibiciones comerciales habían creado un próspero mercado negro. La tripulación había cargado suficientes provisiones y agua dulce para el viaje de vuelta, y suficiente pólvora y munición como para arrasar una ciudad entera.

Al final no habían vendido a Nayimathun. La Emperatriz Dorada había decidido quedársela como rehén por si necesitaban presionar a la Gran Guardia Marina.

Niclays se pasó una mano por la túnica, bajo la que ocultaba un vial de sangre y la escama que le había arrancado a la dragona. Cada noche sacaba la escama para examinarla, pero cuando pasaba los dedos por encima solo podía recordar la mirada de la bestia en el momento de arrancarle aquel pedazo de armadura.

Un murmullo le hizo levantar la vista. El *Perseguidor* llevaba las velas púrpura de un barco apestado, esperando con ello mantener alejados a otros barcos y navegar libremente por el mar del Sol Trémulo. Aun así, seguía siendo el navío más fácilmente reconocible de todo el Este, y muy pronto había llamado la atención de los vengativos seiikineses. Cuando la Gran Guardia Marina y sus jinetes de dragón habían salido a su encuentro, la Emperatriz Dorada había enviado un bote con una advertencia. Si su barco sufría el menor daño, o si pillaba a alguno siguiéndola, degollaría a la gran Nayimathun como a un pez. Como prueba de que aún tenía a la dragona, había enviado uno de sus dientes. Todos los dragones y todas las naves se habían echado atrás. No podían hacer otra cosa. Aun así, era probable que les siguieran a cierta distancia.

—Ahí estás. —Niclays se giró. Laya Yidagé se acercó y se puso a su lado—. Parecías pensativo.

—Se supone que los alquimistas tienen que estar pensativos, señora mía.

Al menos estaban en marcha. Con cada legua que avanzaban, se acercaban más a su destino.

—Le he hecho una visita al dragón —dijo Laya, ajustándose el chal—. Creo que se está muriendo.

—¿No le han dado de comer?

—Se le están secando las escamas. La tripulación le lanza cubos de agua de mar, pero necesita sumergirse.

El viento silbaba al pasar entre los palos. Niclays apenas notó el frío. Su manto era tan grueso que le protegía como el pelaje de un oso. La Emperatriz Dorada le había regalado aquellas ropas después de nombrarle Maestro de las Fórmulas, título concedido a los alquimistas de la corte en el Imperio de los Doce Lagos.

—Niclays —dijo Laya, en voz baja—. Creo que tú y yo deberíamos trazar un plan.

—¿Por qué?

—Porque si al final del camino no hay ningún moral, la Emperatriz Dorada te rebanará la cabeza.

Niclays tragó saliva.

—¿Y si lo hay?

—Bueno, entonces quizá no mueras. Pero yo ya estoy cansada de esta flota. He vivido como un lobo de mar, pero no tengo ninguna intención de morir como ellos. —Lo miró—. Yo quiero volver a casa. ¿Tú no?

Aquello hizo que Niclays se parara a pensar.

Hacía mucho tiempo que la palabra «casa» había perdido su significado. Él se llamaba Roos por Rozentun, un pueblo aletargado frente al estrecho de Vatten donde nadie le recordaría. Allí no quedaba nadie más que su madre, y ella no quería saber nada de él.

Seguramente a Truyde sí le importaría si estaba vivo o

muerto. Se preguntó cómo le iría. ¿Aún estaría combatiendo por una alianza con el Este, o estaría llorando la muerte de su amado en silencio?

Durante mucho tiempo, «casa» había sido la corte méntica, donde gozaba del favor de la casa real, donde se había enamorado... Pero Edvart estaba muerto, su familia ya no tenía poder, y ya solo se le recordaba en estatuas y retratos. Allí ya no había sitio para Niclays. Y en cuanto al tiempo pasado en Inys, había sido una experiencia miserable.

En realidad, su «casa» había sido siempre Jannart.

—Jan murió por esto. —Se humedeció los labios—. Por el árbol. No puedo irme sin descubrir su receta.

—Eres el Maestro de las Fórmulas. Sin duda te concederán tiempo para estudiar el árbol de la vida —murmuró Laya—. Si encontramos el elixir, sospecho que la Emperatriz Dorada nos llevará al norte de la Ciudad de las Mil flores. Intentará vendérselo a la Casa de Lakseng a cambio de que cancelen la orden de detención contra su flota. Podríamos huir por la ciudad, y de allí llegar a Kawontay. Puedes llevarte unas muestras del elixir contigo.

—A pie. —Niclays se rio en silencio—. En el improbable caso de que sobreviviéramos a esa huida, ¿qué haríamos después?

—Hay contrabandistas ersyris en Kawontay que operan en el mar de Carmentum. Podríamos convencerlos de que nos llevaran al otro lado del Abismo. Mi familia les pagaría.

Él no tenía a nadie que pudiera pagar su pasaje.

—También pagarían por ti —dijo Laya, al ver su expresión—. Yo me ocuparé de ello.

—Eres muy amable —respondió, no muy convencido—. ¿Y qué haremos si no hay ningún moral al final del camino?

Laya lo miró.

—Si no encuentran nada —dijo por fin, en voz baja—, tírate al mar, Niclays. Será menos duro que su ira.

Niclays tragó saliva.

—Sí, supongo que es verdad.

—Encontraremos algo —dijo ella, suavizando la voz—. Jannart creía en la leyenda. Yo creo que él te protege, Niclays. Y se encargará de que vuelvas a casa.

«Casa.»

Podía darle el elixir a cualquier soberano, y este le ofrecería protección contra Sabran. El lugar al que más le gustaría ir era Brygstad. Podría alquilar una buhardilla en el Barrio Antiguo y ganarse la vida enseñando alquimia a unos cuantos aprendices. Podría disfrutar de sus bibliotecas, y de las conferencias en las aulas de la universidad. Y si no podía ser allí, entonces Hróth.

Y encontraría a Truyde. Le haría de abuelo y se encargaría de que Jannart se sintiera orgulloso.

El *Perseguidor* se adentró en aguas más profundas y Niclays se quedó junto a Laya, observando las estrellas que iban apareciendo en el cielo. Fuera lo que fuera lo que les esperaba, había algo seguro: acabaría por fin con sus fantasmas o sus fantasmas acabarían con él.

55

Oeste

El *Flor de Ascalon,* barco de pasajeros que recorría la costa oriental de Inys, atracó en la antigua ciudad comercial de Caliburn a mediodía. Ead y Margret iniciaron su viaje a caballo por los Prados, siguiendo el curso helado del río Lissom.

Por la noche había nevado en el norte y los campos parecían cubiertos de nata alisada con una espátula. A medida que avanzaban, la gente se quitaba el sombrero y saludaba a Margret, que sonreía y les devolvía el saludo con la mano. Habría sido una buena condesa de Goldenbirch, de haber sido la mayor.

Se alejaron del río y atravesaron un campo con la nieve hasta la rodilla. Era pleno invierno, la tierra estaba demasiado fría para arar, y no había operarios en el campo, pero aun así Ead mantuvo la cabeza cubierta con la capucha.

La familia Beck tenía una gran mansión llamada Serinhall. Se encontraba a un par de kilómetros de Goldenbirch, donde había nacido Galian Berethnet. El pueblo en sí estaba en ruinas, pero seguía siendo lugar de peregrinaje. Se encontraba a la sombra del bosque de Haithwood, que separaba los Prados de los Lagos.

Tras horas de camino, con un viento que les quemaba el rostro, llegaron a los pies de una colina y Margret redujo el trote de su caballo. Ead recorrió con la vista un enorme campo blanco. Serinhall se alzaba ante ellas, lóbrega e imponente, con sus enormes ventanales y sus altos tejados con cúpulas.

—Bueno, ya hemos llegado —anunció Margret—. ¿Quieres ir directamente a Goldenbirch?

—No, aún no. Si Galian ocultó realmente *Ascalon* en su provincia, avisaría a sus guardianes. Era su posesión más preciada. El símbolo de la Casa de Berethnet.

—¿Y tú crees que mi familia ha guardado ese secreto a sus reinas todos estos siglos?

—Posiblemente.

Margret frunció el ceño.

—El Santo vino a Serinhall una vez, el año en que nació la princesa Sabran. Si hubiera alguna prueba de que realmente dejara aquí la espada, papá lo sabría. Él se ha dedicado toda su vida a investigar todo lo relacionado con esta finca.

Hacía tiempo que lord Clarent Beck no estaba bien. En sus tiempos era un jinete sano y fuerte, pero un día había caído del caballo, y el golpe recibido en la cabeza le había dejado lo que los inys llamaban «niebla mental».

—Pues venga, vamos. No hay tiempo que perder —dijo Margret, y en sus ojos apareció un brillo travieso—. ¿Una carrerita, lady Nurtha?

Ead sacudió las riendas. Su corcel se lanzó a galopar ladera abajo y atravesó la pradera, ahuyentando a una manada de ciervos, mientras Margret le gritaba algo, evidentemente protestando. Ead se rio, mientras el viento le echaba la capucha atrás, descubriéndole el rostro.

Llegó antes a la caseta del cercado, pero por muy poco. Unos criados que lucían el escudo de la familia Beck estaban paleando la nieve.

—¡Lady Margret! —Un hombre flaco como un junco y con la barba puntiaguda se inclinó ante ella—. Bienvenida a casa, milady.

—Buenos días, señor Brooke —dijo Margret—. Esta es Eadaz uq-Nāra, vizcondesa de Nurtha. ¿Quieres llevarnos ante la condesa, por favor?

—Por supuesto, por supuesto —el hombre se inclinó también ante Ead—. Bienvenida a Serinhall, lady Nurtha.

Ead tuvo que hacer un esfuerzo para no responder con otra reverencia; no se acostumbraba a su nuevo título.

Le entregó las riendas de su caballo a otro criado. Caminó junto a Margret, y ambas entraron en la casa.

En el vestíbulo había un retrato que ocupaba toda una pared. Eran de un hombre con la piel como el ébano y mirada severa, vestido con medias ajustadas y camisola, como se llevaba en Inys siglos atrás.

—Lord Rothurt Beck —dijo Margret, al pasar por delante—. Tuvo un papel destacado en una de las tragedias de Inys.

Carnelian I se enamoró de lord Rothurt, pero él ya estaba casado. Y esta... —Margret señaló otro retrato— es Margret Brazo de Hierro, mi homónima. Ella dirigió nuestras fuerzas durante la Rebelión de Gorse.

Ead alzó las cejas.

—Desde luego lord Morwe se casa con una mujer de noble linaje.

—Sí, pobrecillo —dijo Margret, con gesto de preocupación—. Mamá no permitirá que se le olvide nunca.

El señor Brooke las llevó por un verdadero laberinto de pasillos con paneles de madera en las paredes, pasando por unas enormes puertas de roble. Todo aquel espacio para dos personas y su servicio.

Lady Annes Beck estaba leyendo en el gran salón. Era una mujer alta de por sí, pero además llevaba un tocado que le hacía sumar varios centímetros. En su piel oscura no había ni una arruga, pero entre las espirales de su cabello se veía algún mechón gris.

—¿Qué hay, señor Brooke? —Levantó la vista y se quitó las gafas—. ¡Por el Santo! ¡Margret!

Margret hizo una reverencia.

—De momento no soy santa, madre, pero dame tiempo.

—¡Oh, hija mía!

Lady Annes fue al encuentro de su hija con los brazos abiertos. A diferencia de sus hijos, tenía acento del sur.

—Hasta esta mañana no me he enterado de tu compromiso con lord Morwe —dijo, abrazándola—. Debería darte un pescozón por haber aceptado sin pedirnos permiso, pero dado que la reina Sabran te ha dado el suyo... —Lady Annes estaba radiante de felicidad—. Desde luego, este hombre se lleva una joya, querida.

—Gracias, mamá...

—Bueno, ya he encargado el mejor satén para tu vestido. Un azul intenso te quedaría muy bien. Mi mercero favorito de Greensward va a hacer que le envíen la tela de Kantmarkt. Y llevarás un tocado, por supuesto, con perlas blancas y zafiros, y tienes que casarte en el Santuario de Caliburn, como yo. No hay un lugar más bonito.

—Bueno, parece que lo tienes todo controlado —dijo Margret, besándola en la mejilla—. Mamá, recordarás a la señora Duryan. Ahora es lady Eadaz uq-Nāra, vizcondesa de

Nurtha. Y mi mejor amiga. Ead, te presento a mi madre, la condesa de Goldenbirch.

Ead hizo una reverencia. Había coincidido con lady Annes una o dos veces en la corte, cuando la condesa había acudido a ver a sus hijos, pero no habían hablado lo suficiente como para hacerse una idea clara la una de la otra.

—Lady Eadaz —dijo la condesa, algo rígida—. No hace ni cuatro días, los heraldos decían que se os buscaba por herejía.

—Esos heraldos estaban a sueldo de traidores, milady —dijo Ead—. Su Majestad no da ningún crédito a sus palabras.

—Hmm. —Lady Annes la miró de arriba abajo—. Clarent siempre pensó que os casaríais con mi hijo. Espero que no haya habido ninguna conducta improcedente entre vosotros, aunque quizá ahora seáis una consorte a la altura del futuro conde de Goldenbirch. —Antes de que Ead pudiera pensar una respuesta, la condesa ya había dado una palmada—. ¡Brooke! Preparad la cena.

—Sí, milady —fue la respuesta lejana.

—Mamá —protestó Margret—, no podemos quedarnos a cenar. Tenemos que hablar contigo de…

—No seas tonta, Margret. Necesitarás llenar un poco ese cuerpo si quieres darle un heredero a lord Morwe.

Margret se quedó muerta de vergüenza. Lady Annes se fue de allí, muy ajetreada.

Quedaron solas en el gran salón. Ead se acercó al ventanal, que daba al parque de los ciervos.

—Es una casa muy bonita —observó.

—Sí, la echo muchísimo de menos. —Margret rozó el virginal con los dedos—. Perdona a mi madre. Es… brusca, pero no tiene mala intención.

—Así son las madres.

—Sí. —Margret sonrió—. Ven. Deberíamos cambiarnos.

Condujo a Ead por más pasillos y subieron unas escaleras hasta una habitación de invitados en el ala este. Ead se quitó la ropa de montar. Mientras se lavaba la cara en la jofaina, vio algo a través de la ventana que le llamó la atención. Pero para cuando llegó allí, no había nada.

Estaba volviéndose asustadiza. Sus hermanas vendrían a por ella antes o después, fuera para silenciarla o para obligarla a volver a Lasia.

Se recompuso, comprobó que tenía sus puñales a mano y se

preparó para la cena. Margret la esperaba fuera, y juntas fueron al comedor, donde ya estaba sentada lady Annes.

Los criados primero les llenaron las copas con sidra de pera —especialidad de la provincia—, y luego trajeron un rico estofado de caza y un pan de gruesa corteza.

—Bueno, contadme cómo están las cosas en la corte, dijo lady Annes. Sentí muchísimo oír que la reina Sabran había perdido a su hija —añadió, y se llevó la mano al vientre. Ead sabía que ella también había perdido una hija antes de tener a Margret.

—Su Majestad ya está bien, mamá. Y los que querían usurpar el trono han sido detenidos.

—Usurpar el trono —repitió la condesa—. ¿Quién ha sido?

—Crest.

Lady Annes se la quedó mirando.

—Igrain.

Lentamente, dejó el cuchillo sobre la mesa.

—Por el Santo, no me lo puedo creer.

—Mamá —dijo Margret, con suavidad—, también fue la responsable de la muerte de la reina Rosarian. Conspiró con Sigoso Vetalda.

Al oír eso, lady Annes inspiró con fuerza, impresionada.

—Sabía que Sigoso no se lo perdonaría. Era un hombre implacable —dijo, con amargura en la voz—. También sabía que Rosarian e Igrain no se llevaban bien, por motivos que no vienen al caso. Pero que Igrain fuera capaz de matar a su reina, y de ese modo…

Ead se preguntó si Annes Beck, como exdama de honor, estaba al corriente de la relación entre Rosarian y Harlowe. Quizá supiera incluso que la princesa era bastarda.

—Lo siento, mamá. —Margret le cogió la mano—. Crest no volverá a hacer daño a nadie.

Lady Annes asintió levemente.

—Al menos ahora podemos pasar página. —Se tocó suavemente los ojos con el pañuelo—. Lo que siento es que Arbella no haya vivido para enterarse de esto. Siempre se culpaba.

Comieron en silencio un rato.

—¿Y cómo está lord Goldenbirch, milady? —preguntó Ead.

—Me temo que Clarent está como siempre. A veces en el presente, a veces en el pasado, y a veces en ningún sitio.

—¿Sigue preguntando por mí, mamá? —dijo Margret.

—Sí. Todos los días. —Lady Annes parecía fatigada—. Subirás a verle, ¿no?

Margret miró a Ead, al otro lado de la mesa.

—Sí, mamá. Por supuesto que subiré.

Lady Annes se enorgullecía de ser una buena anfitriona. Lo cual significaba que, dos horas más tarde, Ead y Margret aún seguían sentadas a la mesa.

Pusieron más troncos en la chimenea para secar el ambiente. De las cocinas seguían llegando platos suculentos. La conversación se centró en la boda, y muy pronto lady Annes se dedicó a dar consejos a su hija sobre la noche de bodas («No te esperes nada especial, querida, porque el acto suele decepcionar»). En todo momento, Margret lució aquella sonrisa sacrificada que tantas veces le había visto Ead en la corte.

—Mamá —dijo, cuando por fin pudo interrumpirla—, le estaba contando a Ead la leyenda familiar. Que el Santo visitó Serinhall.

Lady Annes bebió de su copa.

—¿Es que sois historiadora, lady Eadaz?

—Solo soy curiosa, milady.

—Bueno —dijo la condesa—, según los registros, el Santo se alojó en Serinhall durante tres días, poco después de que la reina Cleolinda muriera en el parto. Nuestros familiares eran amigos y aliados del rey Galian. Hay quien dice que durante un tiempo solo confió en ellos, por encima incluso de su Séquito Sagrado.

Llegaron la tarta de requesón, las manzanas al horno y el dulce de leche, y Ead cruzó una mirada con Margret.

Cuando por fin acabó la cena, lady Annes las liberó de su presencia. Con una vela en la mano, Margret se llevó a Ead escaleras arriba.

—Por el Santo —dijo—. Lo siento, Ead. Lleva años esperando que alguno de los dos se case para poder planificarlo todo, y Loth la ha decepcionado un poco en ese asunto.

—No te preocupes. Te quiere mucho.

Cuando llegaron a las puertas del ala norte, cubiertas de elaboradas tallas, Margret se detuvo.

—Y si… —dijo, dándole vueltas al anillo que llevaba en el dedo—. ¿Y si papá no se acuerda de mí?

Ead le apoyó una mano en la espalda.

—Ha preguntado por ti.

Margret respiró hondo. Le dio la vela a Ead y abrió las puertas.

En aquella habitación el ambiente era sofocante. Lord Clarent Beck estaba medio adormilado en una butaca, con una manta sobre los hombros. Aparte del cabello blanco y de algunas arrugas, era idéntico a Loth, pero sus piernas se habían quedado sin fuerzas desde la última vez que Ead lo había visto.

—¿Quién es? —dijo, girándose—. ¿Annes?

Margret se le acercó y cogió su cara entre las manos.

—Papá —dijo—. Papá, soy Margret.

Él abrió bien los ojos.

—Meg —respondió él, sujetándola del brazo—. Margret. ¿De verdad eres tú?

—Sí.

Al anciano se le escapó una risa.

—Sí, papá, estoy aquí. Siento haber estado lejos tanto tiempo. —Le besó la mano—. Perdóname.

Él le levantó la barbilla con un dedo.

—Margret —dijo—. Eres mi hija. Te perdoné todos tus pecados el primer día de tu vida.

Margret lo rodeó con sus brazos y apoyó la cabeza contra su pecho. Lord Clarent le acarició el cabello con mano firme y gesto sereno. Ead no había conocido a su padre biológico, pero de pronto deseó haberlo conocido.

—Papá —dijo Margret, echándose atrás—, ¿recuerdas a Ead?

El hombre levantó los pesados párpados y unos ojos oscuros miraron a Ead. Su expresión tenía la misma amabilidad que recordaba de la última vez.

—Ead —dijo él, un poco ronco—. Vaya, Ead Duryan. —Le tendió la mano, y Ead le besó el anillo con su sello—. Me alegro de verte, pequeña. ¿Ya te has casado con mi hijo?

Ead se preguntó si se habría enterado de que Loth había sufrido el exilio.

—No, milord —dijo, con tono suave—. Loth y yo nos queremos mucho, pero no de ese modo.

—Sabía que era demasiado bonito como para ser verdad —respondió lord Clarent, sonriendo—. Esperaba verle casado, pero me temo que no llegaré a verlo.

Dicho aquello frunció el ceño y se quedó mirando al vacío. Margret le envolvió el rostro con las manos, mirándolo fijamente.

—Papá —dijo—. Mamá dice que has estado llamándome.

Lord Clarent parpadeó.

—Llamándote... —Lentamente, asintió—. Sí, tengo algo importante que decirte, Margret.

—Pues aquí estoy.

—Debes ser la portadora del secreto. Loth está muerto —dijo, tembloroso—, así que ahora tú eres la heredera. Solo el heredero de Goldenbirch puede saberlo. —Los surcos de su entrecejo se hicieron aún más profundos—. Loth está muerto.

Debía de haber olvidado que Loth había vuelto. Margret echó una mirada a Ead y luego miró a su padre, acariciándole los pómulos con los pulgares.

Necesitaban que creyera que Loth estaba muerto. Era el único modo de que les dijera dónde estaba oculta la espada.

—A Loth... se le presume muerto, papá —dijo Margret, en voz baja—. Yo soy tu heredera.

El rostro del anciano se arrugó entre las manos de su hija. Ead sabía lo mal que debía de sentirse Margret contándole una mentira tan dolorosa, pero hacer llegar a Loth desde Ascalon llevaría días, y no disponían de ese tiempo.

—Si Loth está muerto, entonces... debes saberlo tú, Margret —dijo Clarent, con los ojos húmedos—. *Hildistérron*.

Al oír aquella palabra Ead sintió una presión en el vientre.

—*Hildistérron* —murmuró Margret—. *Ascalon*.

—Cuando me convertí en conde de Goldenbirch, tu abuela me lo contó. —Clarent no le soltaba la mano—. Debo transmitirlo a mis hijos, y tú a los tuyos. Por si ella volviera alguna vez a recuperarla.

—Ella —intervino Ead—. Lord Clarent, ¿quién?

—Ella. La Dama de los Bosques.

Kalyba. «La he buscado durante siglos, pero Galian la ocultó bien.» Ahora Clarent parecía agitado. Las miró a las dos, con miedo.

—No te conozco —murmuró—. ¿Quién eres tú?

—Papá —dijo Margret—, soy Margret. —Al ver la confusión asomando en los ojos de su padre, se le quebró la voz—. Papá, te lo ruego, quédate conmigo. Si no me lo dices ahora, se perderá en la niebla de tu mente. —Le apretó las manos—. Por favor. Dime dónde está escondida *Ascalon*.

Él se agarró a ella como si fuera la personificación de su memoria. Margret se quedó inmóvil mientras él acercaba la cabeza, y sus labios agrietados le rozaron la oreja. Ead, con el corazón desbocado, observó que se movían.

En aquel momento se abrió la puerta y entró lady Annes.

—Es hora de tu infusión de dormilona, Clarent —dijo—. Margret, ahora debe descansar.

Clarent hundió la cabeza entre las manos.

—Mi hijo —sollozó, con los hombros temblorosos—. Mi hijo ha muerto.

Lady Annes dio un paso adelante, con el ceño fruncido.

—No, Clarent. Hay buenas noticias. Loth ha vuelto…

—Mi hijo está muerto.

Clarent se vino abajo, hecho un mar de lágrimas. Margret se llevó una mano a la boca, con los ojos húmedos. Ead la cogió del codo y la sacó de la habitación, dejando a lady Annes con su compañero.

—Lo que le he dicho… —dijo Margret, con la voz entrecortada.

—Tenías que hacerlo.

Margret asintió. Secándose los ojos, se llevó corriendo a Ead a su habitación, donde buscó una pluma y un pergamino y garabateó el mensaje a toda prisa.

—Antes de que se me olvide lo que ha dicho papá —murmuró.

> Me conoces por las canciones. Pero no cantan mi verdad.
> Me escondo donde no llega la luz de las estrellas.
> Fui forjada con fuego, y con el polvo del cometa.
> Estoy sobre las hojas y bajo el árbol.
> Mis adoradores, peludos; sus ofrendas, estiércol.
> Apaga el fuego, rompe la piedra y libérame.

—Otro maldito acertijo. —Quizá fuera la tensión de las últimas semanas, pero Ead se sentía tan frustrada que la idea de una nueva adivinanza amenazaba con hacerle perder la cordura—. Que la Madre maldiga a estos antiguos y sus acertijos. No tenemos tiempo para…

—Sé exactamente lo que significa —dijo Margret, guardándose el pergamino bajo el corpiño—. Y sé dónde está *Ascalon*. Sígueme.

Margret comunicó al mozo de cuadra que salían a dar un paseo vespertino y que no hacía falta que lady Annes las esperara levantada.

También pidió que les dieran una pala a cada una. El mozo se las trajo, junto con dos de los caballos más rápidos de los establos y un farol para cada silla de montar. Cubiertas con sus pesados mantos, galoparon alejándose de Serinhall. Lo único que le dijo Margret a Ead era que se dirigían a Goldenbirch. Para llegar, había que tomar la vieja ruta fúnebre. Estaba cubierta de nieve, pero Margret conocía el camino. En tiempos de los reyes, los vecinos de Goldenbirch y de otros pueblos vecinos llevaban a sus muertos en procesión por aquel camino a la luz de las velas, descalzos y cantando, para enterrarlos al final del camino y dejar ofrendas en el lugar donde antes se levantaba la Casa Berethnet.

Trotaron por debajo de las retorcidas ramas de los robles, atravesando praderas y dejando atrás una corona de piedras de tiempos ancestrales.

—Margret —dijo Ead—, ¿qué significa el acertijo?

Margret redujo el paso.

—Me vino a la cabeza en cuanto papá me ha susurrado aquellas palabras. Solo tenía seis años, pero aún me acuerdo.

Ead bajó la cabeza para esquivar una rama cargada de nieve

—Espero no equivocarme. Loth y yo crecimos separados, como sabes; él vivió en la corte con mamá desde muy joven y yo viví aquí con papá, pero Loth solía venir a casa en primavera, para la peregrinación. Yo lo pasaba muy mal cuando tenía que volver a marcharse. Un día, estaba tan enfadada con él porque se iba que juré no volver a hablarle. Para apaciguarme, me prometió que el último día de su estancia lo pasaría conmigo, y le hice prometer que haríamos lo que yo quisiera. Luego… le dije que teníamos que ir a ver el bosque de Haithwood.

—Desde luego para ser una niña eras muy valiente.

Margret soltó una risita socarrona.

—Más bien tonta. Aun así, Loth me lo había jurado, y aunque solo tenía doce años, su honor no le permitía faltar a su palabra. De madrugada, nos escabullimos y seguimos este mismo camino hacia Goldenbirch. Caminamos lo que nos pareció una eternidad hasta llegar al bosque de Haithwood, territorio de la Dama de los Bosques.

»Nos paramos justo al llegar a los árboles. Para una niña pequeña como yo eran gigantes sin rostro, pero aquello me parecía de lo más emocionante. Cogí a Loth de la mano y nos quedamos de pie, temblando a la sombra del primer árbol, preguntándonos si la bruja vendría a buscarnos, para despellejarnos y comérsenos en el momento en que pusiéramos un pie en el bosque. Al final, perdí la paciencia y le di un buen empujón a Loth.

Ead contuvo una sonrisa.

—Él soltó un grito —recordó Margret—. Aun así, viendo que no se lo llevaba ninguna fuerza maligna, los dos nos confiamos y muy pronto estábamos recogiendo bayas y parloteando. Por fin, al caer la tarde decidimos regresar a casa. Fue entonces cuando Loth descubrió un pequeño hoyo. Dijo que no era más que una madriguera de conejos. Yo dije que sería una madriguera de wyrms, y que podía matar a cualquier wyverling que estuviera dentro.

»Loth se rio con ganas al oírme decir eso, y me pinchó para ver si me atrevía a entrar. El agujero era muy pequeño. Tuve que excavar con las manos. Entré a gatas con una vela en la mano… y al principio no era más que tierra. Pero cuando intenté darme la vuelta resbalé y caí dando tumbos, y de pronto me encontré en un túnel lo suficientemente grande como para ponerme en pie.

»Por algún motivo mi vela seguía encendida, así que me atreví a aventurarme algo más allá. Estaba claro que aquel túnel no era obra de los conejos. No recuerdo hasta dónde llegaba. Solo que cada vez estaba más asustada. Por fin, cuando pensé que estaba a punto de orinarme encima, volví corriendo hacia atrás, salí y le dije a Loth que allí no había nada. —La nieve empezaba a posarse sobre sus pestañas—. Pensé que había dado con la morada de la Dama de los Bosques, y que si se lo contaba a alguien, vendría a por mí. Durante años tuve pesadillas sobre aquel túnel. Pesadillas en las que me chupaban la sangre o me quemaban viva.

Era raro ver a Margret asustada. Incluso ahora, dieciocho años más tarde, estaba afectada.

—Supongo que al final me olvidé de ello —dijo—, pero cuando papá me ha dicho eso… lo he recordado. «Estoy sobre las hojas y bajo el árbol. Mis adoradores, peludos; sus ofrendas, estiércol.»

—Conejos —murmuró Ead—. Kalyba me dijo que ella no iba mucho a Haithwood, pero Galian quizá sí lo hiciera. O quizá fueran tus ancestros quienes le hablaran del túnel.

Margret asintió, con la mandíbula tensa. Siguieron cabalgando. Para cuando tuvieron las ruinas de Goldenbirch a la vista ya había anochecido.

En aquel lugar misterioso, cuna del culto de las Virtudes, el silencio era absoluto. La nieve caía leve como ceniza. Mientras pasaban a caballo ante aquellas ruinas intactas durante siglos, Ead casi tuvo la sensación de que el mundo había llegado a su fin, y que Margret y ella eran las últimas personas con vida. Había retrocedido en el tiempo, hasta una época en la que Inys era conocida con el nombre de «islas de Inysca».

Margret detuvo su caballo y desmontó.

—Aquí es donde nació Galian Berethnet —dijo, agachándose para apartar parte de la nieve—. Donde una joven costurera dio a luz un niño y su frente quedó marcada por la ceniza del espino blanco.

Con las manos limpió una losa de mármol incrustada en la tierra.

AQUÍ SE ALZABA LA CASA BERETHNET
LUGAR DE NACIMIENTO DEL REY GALIAN DE INYS
SANTO DE TODOS LOS REINOS DE LAS VIRTUDES

—He oído que no se hallaron los restos mortales de Galian —recordó Ead—. ¿No es raro?

—Sí —reconoció Margret—. Mucho. Los inyscanos deberían de haber conservado los restos de un rey. A menos que…

—¿Qué?

—A menos que muriera de un modo que sus seguidores quisieran ocultar. —Margret volvió a subirse a su silla—. Nadie sabe cómo falleció el Santo. Los libros solo dicen que se reunió con la reina Cleolinda en el cielo y que allí construyó el Halgalant, igual que había construido Ascalon en la Tierra.

Hizo la señal de la espada sobre la losa y volvieron a espolear a sus caballos.

En el norte, el bosque de Haithwood era la imagen del terror. Y cuando lo tuvieron a la vista Ead entendió por qué. Antes de que el Innombrable hubiera enseñado a los inyscanos a temer la luz del fuego, aquel bosque les había enseñado a temer la oscuridad. La gran mayoría de sus árboles eran gigantes, y estaban tan cerca unos de otros que formaban un muro negro. Solo con verlos transmitían una sensación de ahogo.

Trotaron hasta los árboles y ataron a sus caballos.

—¿Podrás encontrar la madriguera? —dijo Ead, sin levantar la voz. Sabía que estaban solas, pero aquel lugar la ponía nerviosa.

—Supongo que sí —dijo Margret, desenganchando el farol y las herramientas de la silla—. Tú no te separes de mí.

El bosque que tenían delante consumía toda la luz. Ead cogió uno de los faroles de la silla de montar y, juntas, con los dedos entrelazados, se introdujeron en el bosque.

La nieve crujía bajo sus botas de montar. Las ramas formaban una densa trama —los árboles gigantes nunca soltaban sus agujas— pero la nevada había sido tan fuerte que había dejado una espesa capa blanca sobre ellas.

Mientras caminaban, Ead no pudo evitar sentir una profunda desolación. Quizá fuera el frío o aquella oscuridad que lo invadía todo, pero en aquel momento la luz de la chimenea de Serinhall le parecía algo tan lejano como el Burlah. Hundió la barbilla en el cuello de piel de su manto. Margret paraba de vez en cuando, como si escuchara. Ead oyó el crujido de una pajita y tensó todo el cuerpo. Bajo la camisa, sentía la joya cada vez más fría.

—Aquí antes había lobos —dijo Margret—, pero les dieron caza hasta provocar su extinción.

Aunque solo fuera por distraer a Margret, Ead preguntó:

—¿Por qué se le llama Haithwood?

—Creemos que *haith* era la palabra que usaban los inyscanos para referirse a las viejas tradiciones. Al culto a la naturaleza. A los arbustos de espino, principalmente.

Se abrieron paso por la nieve un buen rato sin decir nada. Desde luego Loth y Margret habían sido unos niños muy valientes.

—Aquí está —dijo Margret por fin, acercándose a un cúmulo de nieve a los pies de un nudoso roble—. Échame una mano, Ead.

Ead se agazapó a su lado con una de las palas y cavaron. Al principio daba la impresión de que Margret se había equivocado, pero de pronto las palas se abrieron paso entre la nieve y descubrieron un hueco.

Ead apartó la nieve de los bordes. El hueco era angosto hasta para un niño. Cavaron con las palas y con las manos hasta hacerlo lo suficientemente grande. Margret lo miraba, nerviosa.

—Iré yo primera —se ofreció Ead. Dio una patada al suelo, haciendo caer la tierra suelta, y se deslizó hacia el interior, dejando el farol en la entrada.

Allí apenas cabría una liebre bien alimentada, así que mucho menos cabía una mujer. Ead encendió su fuego mágico y se fue abriendo paso arrastrándose sobre el vientre. Reptó hasta que el túnel, tal como había prometido Margret, descendió y se ensanchó, cayendo en una especie de pozo oscuro. Ead no podía darse la vuelta, así que no tuvo más remedio que lanzarse al vacío.

La caída fue corta y acabó en un golpetazo. Ead se irguió, encendió de nuevo su fuego mágico y descubrió un túnel de paredes de arenaria y con el techo abovedado, con apenas suficiente espacio como para permanecer en pie.

Margret la alcanzó. Tenía su farol en una mano y un minúsculo cuchillo en la otra.

Las paredes del túnel tenían hornacinas excavadas en las paredes, aunque solo quedaban los cabos de las velas que habían ardido en ellas. En aquella guarida secreta hacía frío, pero en absoluto era como el de la superficie. Margret aún temblaba, envuelta en su manto.

Poco después llegaron a una cámara de techo bajo donde había dos barriles de hierro junto a otra losa tallada en piedra negra. Margret se inclinó para oler el contenido de uno de los barriles.

—Aceite de eachy. Un barril de este tamaño podría arder durante meses —dijo—. Alguien ha estado viniendo a este lugar.

—¿Cuánto tiempo hace que tu padre se cayó?

—Tres años.

—Y antes de eso, ¿alguna vez venía a Haithwood?

—Sí, a menudo. Como Haithwood está en nuestra provincia, a veces lo atravesaba con los criados, para asegurarse de que todo estaba en orden. A veces incluso iba solo. Yo pensaba que eso lo convertía en el hombre más valiente del mundo.

Con la luz de su fuego mágico, Ead leyó la inscripción de la losa.

Yo soy la luz del fuego y de las estrellas
lo que yo beba se ahogará

—Meg —dijo Ead—, Loth te explicó mi magia, ¿verdad?

—Si no lo he entendido mal, la tuya es magia de fuego —dijo Margret—, y se siente atraída, de algún modo, por la magia de la luz de las estrellas, pero no tanto como la magia de la luz de las estrellas se atrae a sí misma. ¿Es así?

—Exactamente. Galian debía de saber que la espada se sentiría atraída por el sterren, de la que Kalyba tenía una gran cantidad. No quería que Kalyba oyera la llamada. Quienquiera que enterrara *Ascalon* la rodeó de fuego. Imagino que durante los primeros siglos, quienquiera que fuera el Custodio de los Prados tenía la misión de mantener la entrada despejada y los braseros encendidos.

—Y tú crees que eso lo hacía papá —dijo Margret, asintiendo lentamente—. Pero cuando se cayó…

—… el secreto estuvo a punto de perderse.

Las dos miraron hacia la losa. Era demasiado pesada para despegarla con sus propias manos.

—Volveré a Serinhall y traeré un martillo —propuso Margret.

—Espera.

Ead sacó la joya menguante que llevaba colgada del cuello. Estaba fría como la escarcha.

—Percibe a *Ascalon*, pero la atracción no es lo suficientemente fuerte para arrancarla de la piedra —reflexionó—. *Ascalon* está hecha de luz de estrellas, pero fue forjada con el fuego. Es la unión de ambas cosas.

Levantó el fuego mágico.

—Y responde a lo que más se le parece —dijo Margret, siguiendo con su razonamiento. La llama lamió el contorno de la joya. Ead pensó que su intuición era errónea hasta que brilló una luz en su interior, una luz blanca, el beso de la luna sobre el agua. Sonaba como la cuerda de un instrumento al pellizcarla.

La losa se quebró por la mitad con un ruido como el de un trueno. Ead se echó atrás y se protegió el rostro, mientras la losa se rompía en pedazos. La joya salió volando de su mano y la losa rota emitió un rayo de luz que llenó la cámara. Algo salió despedido y chocó contra la pared, con un estruendo metálico que la dejó medio sorda, y luego cayó, humeante, junto a la joya, que respondió con un temblor. Ambas emitían un brillo metálico blanco.

Cuando la luz perdió intensidad, Margret cayó de rodillas.

Ante ellas tenían una espada magnífica. Era de una plata limpia y brillante como un espejo, hasta el último detalle: tanto la empuñadura como la guarda y la hoja.

«Fui forjada con fuego, y con el polvo del cometa.»

Ascalon. Una espada forjada sin hierro. Creada por Kalyba, empuñada por Cleolinda Onjenyu, manchada con la sangre del Innombrable. Un espadón de doble filo. Del pomo a la punta, era tan alta como Loth.

—*Ascalon* —dijo Margret, con la voz ronca y los ojos desorbitados—. La Espada de la Verdad.

Ead rodeó la empuñadura con la mano. La hoja vibró con una descarga de energía. Tembló al contacto de su mano, por efecto de la atracción de la plata con el oro de su sangre. Se puso en pie con ella en la mano, anonadada y sin poder articular palabra. Era ligera como el aire, fría al tacto. Una esquirla de la Estrella de Larga Melena.

«Madre, haz que sea digna. —Apoyó los labios contra la fría hoja—. Acabaré lo que tú empezaste.»

Treparon hasta la entrada de la madriguera y deshicieron el camino por el bosque. El cielo ya estaba cubierto de estrellas. Ascalon, sin vaina, parecía absorber su luz. En la cámara casi parecía de acero, pero ahora no quedaba duda de su origen celestial.

De noche no zarpaban barcos. Tendrían que pasar la noche en Serinhall y salir de madrugada para el puerto de Caliburn. No le apetecía nada atravesar de nuevo el bosque. Incluso con la espada en la mano, Haithwood conseguía penetrar en el corazón de todas sus criaturas y exprimirles toda la energía.

—¡Alto! ¿Quién anda ahí?

Ead levantó la mirada. Margret se había parado a su lado y había levantado el farol.

—Soy lady Margret Beck, hija de los condes de Goldenbirch, y esto es territorio de los Beck. No toleraré ningún desmán en el bosque. —Margret habló con voz firme, pero Ead la conocía lo suficiente como para notar el miedo que escondía—. Venid aquí y mostraos.

Entonces Ead lo vio. Una figura entre los árboles, de rastros indistinguibles en la oscuridad de Haithwood. Un instante después ya había desaparecido entre las sombras, como si nunca hubiera existido.

—¿Lo has visto?

—Lo he visto —dijo Ead. El viento susurró entre los árboles. Volvieron a sus caballos a paso ligero. Ead ató *Ascalon* a la silla.

La luna llena brillaba sobre Goldenbirch, iluminando la nieve mientras cabalgaban de vuelta a la ruta fúnebre. Acababan de pasar una de las piedras ceremoniales que la delimitaban cuando Ead oyó un grito. Era Margret. Tiró de las riendas e hizo dar media vuelta a su caballo.

—¡Meg!

Se quedó sin aliento. El otro caballo no estaba por ninguna parte. Y Margret estaba de pie, con un cuchillo en la garganta, en manos de la Bruja de Inysca.

«Es una magia fría y huidiza, elegante y evasiva. Quien la domina puede crear ilusiones, controlar el agua… incluso puede cambiar de forma…»

—Kalyba —dijo Ead.

La bruja iba descalza. Llevaba un vestido transparente, blanco como la nieve, ceñido por la cintura.

—Hola, Eadaz.

Ead estaba tensa como la cuerda de un arco.

—¿Me has seguido desde Lasia?

—Exacto. Vi cómo huías del Priorato, y te vi zarpar de Córvugar con el lord inys —dijo Kalyba, sin expresión en el rostro—. Entonces supe que no tenías ninguna intención de volver a mi pérgola. Que no ibas a cumplir tu palabra.

Margret tembló entre sus manos.

—¿Estás asustada, querida? —le preguntó Kalyba—. ¿Tu ama de cría te contaba historias de la Dama de los Bosques? —Le deslizó el cuchillo por la nuez, y Margret se estremeció—. Parece ser que fue tu familia la que escondió mi espada para que no la encontrara.

—Suéltala —dijo Ead. Su caballo pateó el suelo—. Ella no tiene nada que ver con la afrenta que yo te pueda haber causado.

—La afrenta. —A pesar del frío penetrante, la bruja no tenía la piel de gallina—. Me juraste que me traerías lo que deseaba. En esta isla, hace tiempo, romper ese juramento te habría costado la vida. Tienes suerte de contar con otra cosa que ofrecerme.

Ascalon volvía a brillar. Y también la joya menguante, por debajo de su blusón y su manto.

—Ha estado aquí todo el tiempo. En mi bosque. —Kalyba tenía la vista puesta en *Ascalon*—. Mi espada, oculta bajo la tierra, a oscuras. Y aunque no hubiera estado enterrada donde no pudiera percibir su llamada, habría tenido que arrastrarme como una culebra. Galian se burla de mí incluso tras la muerte.

Margret cerró los ojos. Sus labios se movían en una oración silenciosa.

—Supongo que lo hizo justo antes de irse a Nurtha. A morir. —Kalyba levantó la mirada—. Entrégamela ahora, Eadaz, y habrás cumplido con tu juramento. Me habrás dado lo que deseo.

—Kalyba —dijo Ead—. Sé que rompí mi juramento, y te compensaré por ello. Pero necesito a *Ascalon*. La usaré para acabar con el Innombrable, ya que Cleolinda no lo hizo. Sofocará el fuego que lleva en su interior.

—Sí que lo hará —dijo Kalyba—. Pero no serás tú quien la empuñe, Eadaz.

La bruja tiró a Margret sobre la nieve. De pronto, Margret se agarró los brazos con fuerza y empezó a boquear, con arcadas, como si tuviera agua en los pulmones.

—Ead… —balbuceó—. Ead, los espinos…

—¿Qué le estás haciendo? —dijo Ead, desmontando—. Déjala en paz.

—No es más que una ilusión —dijo Kalyba, caminando en torno a Margret—. Aun así, supongo que los mortales son vulnerables a mis hechizos. A veces sus corazones se bloquean de puro miedo. —Le tendió la mano—. Es tu última oportunidad para darme la espada, Eadaz. No dejes que lady Margret Beck pague el precio de tu juramento roto.

Ead se mantuvo firme. No iba a entregarle la espada. Y tampoco tenía ninguna intención de permitir que Margret muriera por ello.

El naranjo no le había concedido el poder de su fruto en vano.

Giró las manos, poniendo las palmas al descubierto. De sus manos brotó un chorro de fuego mágico que cubrió a Margret y a la bruja, acabando con la ilusión.

Kalyba soltó un grito desgarrador y se retorció. Sus trenzas de color caoba se esfumaron. La carne de sus miembros se consumió y, al enfriarse, en su lugar aparecieron unos brazos y piernas pálidos. Una melena de cabello negro le caía desordenadamente hasta la cintura.

Ead tuvo que hacer un esfuerzo para cerrar las manos. Cuando las llamas desaparecieron, vio a Margret a cuatro patas, con una mano en la garganta y los ojos inyectados en sangre.

Y a su lado estaba Sabran Berethnet.

Ead se quedó mirándose las manos, y luego miró de nuevo a Kalyba, que era también Sabran. Margret se apartó.

—¿Sabran? —dijo, tosiendo.

Kalyba abrió los ojos. Verdes como los sauces.

—¿Cómo? —dijo Ead, jadeando—. ¿Cómo es que tienes su rostro? —Desenvainó su espada—. Respóndeme, bruja.

No podía apartar la mirada. Kalyba era Sabran, hasta la punta de la nariz y hasta la curva de sus labios. No tenía ninguna cicatriz en el muslo ni en el vientre, y en cambio sí tenía una marca que Sabran no tenía en el costado derecho, bajo el brazo, pero por lo demás podrían ser gemelas.

—Sus rostros son sus coronas. Y el mío es la verdad. —La voz de aquellos labios pertenecía a la bruja—. Dijiste que querías aprender, Eadaz, ese día en mi pérgola. Tienes ante tus ojos el mayor secreto de los Reinos de las Virtudes.

—Tú —murmuró Ead.

«¿Quién fue la primera reina de Inys?»

—Esto no es ningún hechizo —dijo Ead que, con el corazón desbocado, levantó la espada—. Esta es tu forma real.

Margret consiguió ponerse en pie y corrió a situarse detrás de Ead, con el puñal en la mano.

—Deseabas la verdad y la verdad has recibido —dijo Kalyba, haciendo caso omiso a sus armas—. Sí, Eadaz. Esta es mi forma real. Mi primera forma. La forma que tuve antes de alcanzar el dominio del sterren. —Juntó las manos frente al vientre, adoptando un aspecto aún más similar al de Sabran, si es que se podía—. Yo no lo habría revelado nunca. Pero ya que lo has visto… te contaré mi historia.

Ead no apartaba la mirada de ella, con la espada inclinada en dirección a su garganta. Kalyba le dio la espalda y se puso de cara a la luna.

—Galian era mi niño —dijo. Y desde luego no era lo que Ead esperaba oír—. No es que naciera de mi vientre. Lo robé de Goldenbirch cuando aún era bebé. En aquella época pensaba que la sangre de los inocentes podría ayudarme a dominar una magia más profunda, pero era un bebé encantador, con los ojos del azul del aciano... Confieso que me dejé dominar por los sentimientos, y lo crie como si fuera hijo mío en Nurtha, en el hueco de un árbol espino blanco.

Ead tenía a Margret tan cerca que notaba sus temblores.

—Cuando tenía veinticinco años, me dejó para convertirse en caballero al servicio de Edrig de Arondine. Nueve años más tarde, el Innombrable emergió del monte Pavor.

»Hacía muchos años que no veía a Galian. Pero cuando se enteró de la peste y de que el Innombrable estaba extendiendo el terror por Lasia, vino de nuevo a verme, suplicándome que le ayudara. Su sueño era unir a los reyes y príncipes guerreros de Inys bajo una sola corona, y gobernar un país bajo la fe de las Seis Virtudes de la Caballería. Para hacerlo, tenía que ganarse el respeto con una gran hazaña. Quería matar al Innombrable, y para hacerlo necesitaría mi magia. Yo, como una tonta, se la concedí, porque para entonces ya no le quería como una madre. Le quería como se quieren los compañeros. A cambio, él me juró que sería solo mío.

»Cegada por el amor, le entregué a *Ascalon*, la espada que había forjado con luz de estrellas y fuego. Cabalgó hasta Lasia, y llegó a la ciudad de Yikala. —Kalyba resopló—. Pero yo no me había dado cuenta de las verdaderas intenciones de Galian. Para unir a los gobernantes de Inysca y reforzar su posición, deseaba una reina de sangre real, y cuando vio a Cleolinda Onjenyu, la quiso. No solo era soltera y bella, sino que por sus venas corría la sangre ancestral del Sur.

»De lo que ocurrió después ya sabéis algo. Cleolinda rechazó a mi caballero y recogió su espada cuando él cayó herido. Ella hirió al Innombrable y desapareció con sus damas en la cuenca de Lasia, donde quedaría unida para siempre al naranjo.

»Yo esperaba que Galian volviera a buscarme, pero rompió su promesa y me partió el corazón. Yo estaba loca de amor y me enfurecí. —Se giró—. Galian emprendió su viaje de regreso a casa sin gloria y sin novia. Yo le seguí.

—No pareces de las que se duelen cuando las rechazan —dijo Ead.

—El corazón es algo cruel. Me tenía dominada. —La bruja dio unos pasos a su alrededor—. Galian estaba devastado por su fracaso, lleno de odio y de rabia. Yo entonces no sabía cambiar de imagen. Lo que sí dominaba eran los sueños y las trampas. —Cerró los ojos—. Salí de entre los árboles, me coloqué frente a su caballo y los ojos se le iluminaron. Sonrió… y me llamó Cleolinda.

Ead no podía apartar la mirada.

—¿Cómo?

—No puedo contarte los misterios de la magia de las estrellas, Eadaz. Lo único que necesitas saber es que el sterren me dio el poder para entrar en su mente. Mediante un hechizo, le hice creer que era la princesa que le había rechazado. Medio en sueños, con los recuerdos borrosos, no podía recordar el aspecto de Cleolinda, ni que le había despreciado, ni siquiera recordaba mi existencia. Su deseo le hacía maleable. Necesitaba una reina, y ahí estaba yo. Hice que me deseara, como había deseado a Cleolinda desde el momento en que la había visto. —En sus labios afloró una sonrisa—. Me llevó de vuelta a las islas de Inysca, donde me convirtió en su reina, y yo conseguí llevarlo a mi lecho.

—Era como tu hijo —dijo Ead, asqueada—. Tú lo criaste.

—El amor es complejo, Eadaz.

Margret se llevó una mano a la boca.

—Muy pronto quedé embarazada —susurró Kalyba, y se llevó las manos al vientre—. Parir a mi hija hizo que perdiera una gran parte de mi fuerza. También perdí mucha sangre. Y mientras yacía presa de la fiebre, a punto de morir, perdí el control sobre la mente de Galian. Cuando abrió los ojos por fin me mandó a las mazmorras. —Su tono se ensombreció—. Tenía la espada. Yo estaba debilitada. Un amigo me ayudó a escapar… pero tuve que dejar allí a mi Sabran. Mi princesita.

Sabran I, la primera soberana de Inys.

Todos los fragmentos inconexos de verdad iban cobrando forma, explicando lo que el Priorato nunca había entendido.

El Impostor había sido engañado.

—Galian eliminó todos los retratos y esculturas donde aparecía mi imagen y prohibió que se creara ninguno más. Luego fue a Nurtha, donde le había criado, y se colgó de mi espino blanco. O de lo que quedaba de él —dijo la bruja, y se rodeó con los brazos—. Se aseguró de llevarse su vergüenza a la tumba.

Ead mantenía silencio, sintiendo náuseas.

—Yo tuve que ver una dinastía de reinas que ocupaban su lugar. Grandes reinas, cuyos nombres se hicieron famosos en todo el mundo. Todas ellas tenían mucho de mí, y nada de él. Una hija cada una, siempre de ojos verdes. Una consecuencia inesperada del sterren, supongo.

Era una historia tan extraña que resultaba increíble. Y sin embargo el fuego mágico no había cancelado aquellos rasgos. El fuego mágico no mentía.

—¿Te preguntas por qué sueña Sabran con mi pérgola? —le preguntó a Ead—. Si no crees la verdad de mis labios, créela de los suyos. Mi Primera Sangre vive en ella.

—Tú la atormentaste —dijo Ead, con voz gruesa—. Si todo esto es cierto, si todas las reinas Berethnet son descendientes directas tuyas, ¿por qué la hiciste soñar con sangre?

—Le hice soñar con el parto para que supiera lo que sufrí dando a luz a su antepasada. Y le hice soñar con el Innombrable, y conmigo, para que conociera su destino.

—¿Y cuál es su destino?

—El que yo le creé.

La bruja se giró hacia ellas de nuevo y de pronto su rostro se transformó. Su piel se dividió en escamas y sus ojos se volvieron afilados. El verde se fundió con el blanco y se encendió. Una lengua bífida se abrió paso entre sus dientes.

Cuando la última pieza del rompecabezas estuvo en su lugar, Ead sintió que el mundo se desmoronaba bajo sus pies. Estaba de nuevo en palacio, con Sabran entre los brazos, empapada en sangre.

—El Wyrm Blanco —murmuró—. Aquella noche. Fuiste tú. Tú eres el sexto Sombra del Oeste.

Kalyba recuperó su forma real, la de Sabran, y esbozó una sonrisa.

—¿Por qué? —preguntó Ead, atónita—. ¿Por qué ibas a desear la destrucción de la Casa de Berethnet cuando fuiste tú quien la creaste? ¿Todo esto es un juego para ti, una especie de elaborada venganza contra Galian?

—Yo no he destruido la Casa de Berethnet —dijo Kalyba—. No. Esa noche, la noche en que ataqué a Sabran y a su hija aún por nacer, la salvé. Al poner fin a la línea sucesoria, me gané la confianza de Fýredel, que me elogiará ante el Innombrable —dijo, absolutamente seria—. El Innombrable se alzará de nuevo, Eadaz. Nadie puede detenerle. Aunque le clavaras *Ascalon* en el corazón, aunque regresara la Estrella de Larga Melena, él siempre resurgirá. El desequilibrio del universo, el desequilibrio que lo creó, siempre existirá. No se puede corregir.

Ead agarró la espada aún con más fuerza. La joya le helaba el pecho a la altura del corazón.

—Dentro de poco el Innombrable me permitirá ser su Reina Terrena —dijo Kalyba—. Yo le entregaré a Sabran como regalo y ocuparé su lugar en el trono de Inys. El trono que Galian me arrebató. Nadie se dará cuenta. Le diré al pueblo que yo soy Sabran, y que el Innombrable, en su misericordia, me ha permitido conservar la corona.

—No —dijo Ead, en voz baja.

Kalyba extendió la mano una vez más. Margret colocó la suya sobre *Ascalon*, aún atada a la silla de montar.

—Dame la espada —dijo Kalyba—, y tu promesa quedará saldada. —Dirigió la mirada a Margret—. O quizá tú quieras devolvérmela, niña, y compensarme así el perjuicio que me hizo tu familia al ocultarla.

Margret se quedó mirando a la Dama de los Bosques, el personaje que tanto había temido de niña, sin apartar la mano de *Ascalon*.

—Mis antepasados fueron lo suficientemente valientes como para evitar que llegaras a ella, y por nada del mundo te la voy a dar yo.

Ead miró fijamente a Kalyba. La que había engañado a Galian el Impostor. El Wyrm Blanco. La antepasada de Sabran. Si se hacía con la espada, no habría victoria.

—Muy bien —dijo Kalyba—. Si tenemos que hacer esto por las malas, que así sea.

Y ante sus propios ojos empezó a transformarse.

Las piernas le crecieron, curvándose. Su espalda se alargó, con una serie de estallidos como disparos, y la piel se le tensó entre los nuevos huesos. En unos momentos adquirió el tamaño de una casa y ante ellas apareció el Wyrm Blanco, colosal e imponente. Ead apartó a Margret justo a tiempo de esquivar unos dientes como cuchillas que cayeron sobre el caballo, apagando la luz de *Ascalon.*

Unas alas con la piel como el cuero golpearon el suelo, levantando una ráfaga de viento cálido. La nieve se tiñó con la sangre del caballo mientras Kalyba echaba a volar por el cielo nocturno.

El aleteo del wyrm iba perdiéndose en la distancia, y Ead se desplomó, hincando las rodillas en el suelo, con los hombros caídos. Margret, salpicada de sangre, se arrodilló a su lado.

—Tenía espinas… —dijo, temblando— en la garganta. En la boca.

—No era real. —Ead se apoyó en ella—. Hemos perdido la espada. La espada, Meg.

Las manos le ardían, pero mantuvo los puños cerrados. Necesitaría todo su siden para la lucha que se avecinaba.

—No puede ser cierto. —Margret tragó saliva—. Todo lo que ha dicho del Santo. El rostro que mostraba era un truco.

—Expuse su verdadera imagen con el fuego mágico —murmuró Ead—. El fuego mágico es revelador. Solo muestra la verdad.

En algún lugar entre los árboles, un búho soltó un chillido. Margret se estremeció. Ead vio el miedo en sus ojos; le cogió la mano y se la apretó.

—Sin la Espada de la Verdad, no podemos matar al Innombrable. Y a menos que podamos encontrar la segunda joya, no podemos someterlo—. Pero podríamos formar un ejército suficiente como para ahuyentarlo.

—¿Cómo? —Margret estaba desolada—. ¿Quién va a ayudarnos ahora?

Ead se levantó, tiró de Margret y ambas se pusieron en pie, bajo la luna, rodeadas de nieve manchada de rojo.

—Debo hablar con Sabran —dijo Ead—. Es hora de abrir otra puerta.

56

Oeste

Loth se había pasado la mañana escribiendo al Consejo de las Virtudes, hablándoles de la amenaza inminente y convocándoles en Ascalon. Era un proceso agotador, pero desde que habían liberado a Seyton Combe y se habían puesto a preparar el caso contra Igrain Crest, parte de ese trabajo recaía sobre sus hombros.

Sabran fue a su encuentro por la tarde. Tenía una paloma mensajera sobre el antebrazo, arrullando. Sus plumas moteadas la identificaban: procedía de Mentendon.

—He recibido respuesta de la Gran Princesa Ermuna. Exige justicia por la injusta ejecución de lady Truyde. —Dejó la carta sobre la mesa—. También dice que el doctor Niclays Roos ha sido secuestrado por los piratas, y me culpa por haberle negado el perdón durante tanto tiempo.

Loth abrió la carta. Llevaba el sello del cisne de la Casa de Lievelyn.

—La única justicia que puedo ofrecerle por Truyde es la cabeza de Igrain Crest —dijo Sabran, abriendo las puertas del balcón—. En cuanto a Roos… debería haber cedido hace mucho tiempo.

—Roos era un timador —dijo Loth—. Merecía ser castigado.

—No hasta ese extremo.

Loth se daba cuenta de que no había nada que pudiera decir para hacerla cambiar de opinión. Personalmente, a él nunca le había caído bien el alquimista.

—Afortunadamente —dijo Sabran—, Ermuna ha aceptado, dada la urgencia de mi petición, a buscar en la biblioteca de Ostendeur cualquier referencia a la emperatriz Mokwo. Ha enviado a uno de sus siervos a buscar cualquier registro, y enviará otra paloma en cuanto los encuentre.

—Bien.

Sabran extendió el brazo. La paloma dio un saltito y se fue volando.

—Sab.

Ella le miró.

—Crest me dijo algo —dijo Loth—. Sobre... por qué había dispuesto la muerte de tu madre.

—Habla.

Loth la hizo esperar un momento. Intentaba no pensar en la actitud de Crest durante todo el interrogatorio. Su mirada desdeñosa, su evidente ausencia de remordimientos.

—Me dijo que la Reina Madre había cometido adulterio con un corsario, el capitán Gian Harlowe. —Vaciló—. La relación empezó el año antes de que se quedara embarazada de ti.

Sabran cerró las puertas del balcón y se sentó a la cabecera de la mesa.

—De modo que yo podría ser una bastarda.

—Eso pensaba Crest. Por eso se encargó tan personalmente de tu educación. Quería moldearte para convertirte en una reina virtuosa.

—Una reina más obediente. Una marioneta —replicó Sabran, cortante—, fácil de manipular.

—También puede ser que el príncipe Wilstan sea tu padre —dijo Loth, apoyando una mano sobre la suya—. Quizá ese romance con Harlowe no existiera nunca. Está claro que Crest está ofuscada.

Sabran negó con la cabeza.

—Yo siempre he sospechado algo así. Madre y padre se mostraban cariñosos en público, pero en privado eran fríos el uno con la otra. —Le apretó la mano—. Gracias por decírmelo, Loth.

—Ya.

En silencio, Sabran cogió su pluma de cisne para escribir. Loth se masajeó el cuello, rígido, y siguió con su trabajo.

Estar con ella le daba serenidad. Se encontró observando a su amiga de infancia y haciéndose preguntas.

¿Había estado enamorada Sabran de Lievelyn y había acudido a Ead para consolarse tras su muerte? ¿O habría sido un matrimonio de conveniencia y era Ead la que había ocupado su corazón desde el principio? Quizá la verdad estuviera en algún punto intermedio.

—Estoy pensando —dijo Sabran— en nombrar a Roslain nueva duquesa de la Justicia. Teóricamente ella es la heredera del cargo.

—¿Crees que es sensato? —objetó Loth. Sabran siguió escribiendo—. Yo he sido amigo de Roslain muchos años. Sé la devoción que te profesa... pero ¿podemos estar seguros de su inocencia en todo esto?

—Combe está convencido de que actuó con el único propósito de salvarme la vida. Sus dedos rotos son prueba de su lealtad. —Volvió a sumergir la pluma en el tintero de asta—. Su abuela será decapitada. Ead me ha aconsejado ser compasiva otras veces, pero si lo soy demasiado, me tomarán por tonta.

Se oyeron pasos acercándose a la puerta. Sabran se tensó al oír el ruido de las partisanas al entrechocar.

—¿Quién va ahí?

—La lady Canciller, majestad —respondieron.

Sabran se relajó un poco.

—Que pase.

Lady Nelda Stillwater entró en la Cámara del Consejo ataviada con el collar de rubíes indicativo de su cargo.

—Excelencia —dijo Sabran.

—Majestad. Lord Arteloth —respondió la duquesa del Valor, con una reverencia—. Acabo de ser liberada de la Torre de Dearn. Quería venir a veros en persona para comunicaros la indignación que me provoca que una duquesa del consejo se haya levantado en vuestra contra. —Tenía el rostro tenso—. Vos siempre habéis contado con mi lealtad.

Sabran asintió con elegancia.

—Gracias, Nelda. Me alegro mucho de ver que te han soltado.

—En nombre de mi hijo y de mi nieta, también debo pediros compasión para lady Roslain. Ella nunca ha hablado una palabra de traición en mi presencia, y no puedo imaginar que quisiera haceros ningún daño.

—Tened por seguro que lady Roslain será juzgada con justicia.

Loth asintió, mostrando su acuerdo. La pequeña Elain, que no tenía más que cinco años, debía de estar preocupada por su madre.

—Gracias, majestad —dijo Stillwater—. Confío en vuestro veredicto. Lord Seyton también me ha pedido que os dijera que lady Margret y lady Eadaz han llegado a Puerto Estío a mediodía.

—Encargaos de que les digan que se presenten en la Cámara del Consejo en cuanto lleguen a palacio.

Stillwater hizo una nueva reverencia y salió por la puerta.

—Parece ser que lord Seyton ya ha recuperado su papel como jefe de espías.

—Desde luego. —Sabran volvió a coger la pluma—. ¿Estás seguro de que no tenía ni idea de todo este montaje?

—Seguro es una palabra peligrosa —dijo Loth—, pero estoy todo lo seguro que puedo estar de que todo lo que hace, lo hace por la corona, y por la reina que la lleva. Curiosamente, confío en él.

—Aunque te enviara al exilio. Aunque, si no fuera por él, lord Kitston seguiría con vida. —Sabran le miró a los ojos—. Aún podría desposeerle de sus títulos, Loth. Solo tienes que pedírmelo.

—El Caballero del Valor enseña la compasión y también el perdón —dijo Loth, en voz baja—. Yo prefiero seguir sus preceptos.

Sabran asintió levemente y volvió a su carta, y Loth volvió a la suya.

Era media tarde ya cuando un tumulto en el exterior de la torre, muy por debajo, le hizo levantar la cabeza. Fue al balcón y se asomó sobre la balaustrada. En el patio, al menos cincuenta personas, que a aquella distancia se veían pequeñas como gorgojos, se habían reunido en el Jardín del Reloj de Sol, y el grupo iba haciéndose cada vez más numeroso.

—Creo que Ead ha regresado —dijo Loth, sonriendo—. Con un regalo.

—¿Un regalo?

Loth ya estaba saliendo de la Cámara del Congreso. Un instante más tarde Sabran ya estaba a su lado, seguida por los caballeros de la Guardia Real.

—Loth —dijo ella, medio riéndose—, ¿qué regalo?

—Ya verás.

En el exterior lucía el sol, frío, y Margret y Ead estaban en el centro de una multitud. Tenían al lado a Aralaq, que miraba a los curiosos casi hastiado. Cuando apareció Sabran, Ead hizo una reverencia, y toda la corte la imitó.

—Majestad.

—Lady Nurtha —respondió Sabran, levantando las cejas.

Ead irguió la cabeza y sonrió.

—Mi señora, encontramos esta noble criatura en Goldenbirch, en los terrenos de Berethnet Hearth —dijo, y apoyó una mano sobre el ichneumon—. Este es Aralaq, descendiente del ichneumon que llevó a la reina Cleolinda hasta Inys. Ha venido a profesar su lealtad a Su Majestad.

Aralaq observó a la reina con sus enormes ojos de borde negro. Sabran se quedó mirando aquella criatura milagrosa que tenía delante.

—Eres bienvenido a esta corte, Aralaq —dijo ella, bajando la cabeza—, al igual que lo fueron tus ancestros antes que tú.

Aralaq respondió bajando la cabeza, casi tocando la hierba con la nariz. Loth observó cómo cambiaban los rostros de la gente. Para los cortesanos, aquello no hacía más que confirmar la divinidad de Sabran.

—Te protegeré como si fueras mi propio cachorro, Sabran de Inys —respondió Aralaq con su estruendosa voz—, puesto que eres sangre del rey Galian, exterminador del Innombrable. Cuentas con mi lealtad.

Cuando Aralaq rozó la palma de la mano de Sabran con su morro, los cortesanos observaron a su reina y a aquella criatura legendaria con reverencia. Sabran le acarició entre las orejas y sonrió como no solía hacerlo desde su niñez.

—Señor Wood —dijo, y un escudero de pecas reaccionó con una reverencia—, encargaos de que Aralaq sea tratado como nuestro hermano en Inys.

—Sí, majestad —dijo Wood, y la nuez le bailó en el cuello—. ¿Puedo preguntar… qué come sir Aralaq?

—Wyrms —dijo Aralaq.

Sabran se rio.

—Estamos un poco escasos de wyrms por aquí, pero tenemos muchas víboras. Consulte al cocinero, señor Wood.

Aralaq se lamió las patas. Wood parecía nervioso. Sabran volvió a la sombra de la Torre de Alabastro. Ead habló con el ichneumon, que la acarició con el morro. Loth abrazó a su hermana.

—¿Cómo están nuestros padres? —le preguntó. Margret suspiró.

—Papá está perdiendo la cabeza. Mamá está contenta de que me case con lord Morwe. Debes ir a verlos en cuanto puedas.

—¿Encontrasteis la espada *Ascalon*?

—Sí —dijo, pero no había ninguna alegría en su voz—. Loth, ¿recuerdas aquella madriguera en la que me metí cuando era niña?

Él hizo memoria.

—¿Aquella apuesta estúpida que hicimos de críos? En Haithwood. Sí. ¿Y qué?

Ella le cogió del brazo.

—Ven, hermano. Dejaré que sea Ead quien te cuente la triste historia.

Cuando todos hubieron regresado a la Cámara del Consejo, y las puertas se hubieron cerrado tras ellos, Sabran se giró hacia Ead. Margret se quitó el sombrero con la pluma y se sentó junto a la mesa.

—Habéis traído un regalo inesperado —dijo Sabran, apoyando las manos en el respaldo de su silla—. ¿Traéis también la Espada de la Verdad?

—La encontramos —dijo Ead—. Parece ser que la familia Beck la custodió en secreto durante siglos y que la información pasó de heredero a heredero.

—Eso es absurdo —dijo Loth—. Papá nunca habría ocultado esa información a sus reinas.

—Estaba protegiéndola para cuando más la necesitáramos, Loth. Te lo habría dicho antes de que heredaras la finca.

Loth estaba atónito. Ead se quitó el manto y se sentó.

—Encontramos *Ascalon* en una madriguera en el bosque de Haithwood —dijo—. Apareció Kalyba. Me ha seguido desde Lasia.

—La Dama de los Bosques —dijo Sabran.

—Sí. Y nos quitó la espada.

Sabran apretó la mandíbula. Loth observó a su hermana y a Ead. Había algo raro en su expresión. No les estaban contando todo lo que había ocurrido.

—Supongo que enviar mercenarios tras una hechicera capaz de cambiar de aspecto sería absolutamente inútil —dijo Sabran, hundiéndose en la silla—. Si hemos perdido *Ascalon*, y si no tenemos garantías de que podamos encontrar la segunda joya, tendremos que… prepararnos para defendernos. En el momento en que se levante el Innombrable empezará una nueva Caída de las Sombras. Invocaré la sagrada llamada a las armas, de modo que el rey Raunus y la Gran Princesa Ermuna estén listos para la batalla.

Su tono era neutro, pero se le veía la turbación en los ojos. Tenía más tiempo para prepararse que Glorian la Intrépida, que tenía dieciséis años y estaba postrada con fiebre al empezar la primera Caída de las Sombras, pero quizá no fueran más que unas semanas. O unos días. O unas horas.

—Necesitarás algo más para preparar los Reinos de las Virtudes, Sabran —dijo Ead—. Necesitarás a Lasia. Necesitarás al Ersyr. Necesitarás a todo el que pueda levantar una espada en este mundo.

Los otros soberanos no querrán tratos con los Reinos de las Virtudes.

—Entonces tienes que hacer un gesto para mostrar el amor y el respeto que te infunden —dijo Ead—, retirando la secular proclamación de que todas las demás religiones son herejías. Cambiando la ley para permitir que las personas con diferentes valores puedan vivir en paz en vuestros reinos.

—Es una tradición milenaria —espetó Sabran—. El propio Santo escribió que todas las demás fes son falsas.

—Solo porque algo se haya hecho siempre no quiere decir que tenga que hacerse.

—Estoy de acuerdo —dijo Loth, sin pensárselo siquiera. Las tres mujeres le miraron, Margret con las cejas levantadas—. Yo creo que eso nos ayudaría —reconoció, aunque su fe soltaba un gruñido de protesta en su interior—. Durante mi... aventura, supe lo que era ser un hereje. Era como si toda mi existencia se viera amenazada. Si Inys puede ser el primer reino en dejar de usar esa palabra, creo que le habremos hecho a este mundo un gran servicio.

Un momento más tarde, Sabran asintió.

—Lo plantearé ante el Consejo de las Virtudes —dijo—, pero aunque los soberanos del Sur se unan a nuestra causa, no veo de qué nos puede servir. Yscalin tiene el mayor ejército del mundo, y vamos a tenerlo en contra. La humanidad no tiene la fuerza necesaria para resistir al fuego.

—La humanidad necesitará ayuda —dijo Ead. Loth balanceó la cabeza, desconcertado—. Dime —prosiguió Ead sin explicarse—, ¿has tenido noticias de la Gran Princesa Ermuna?

—Sí —dijo Sabran—. A estas alturas ya tendrá la fecha.

—Bien. El Innombrable surgirá del Abismo ese día, y aunque no podamos combinar espada y joyas, debemos estar ahí para repelerlo mientras aún esté débil tras su letargo.

Loth frunció el ceño.

—¿Adónde? ¿Y cómo?

—Más allá del mar de Halassa, o de la Puerta de Ungulus. Si el mal debe existir, que no sea en nuestro seno. —Miró fijamente a Sabran—. No podemos llevar a cabo ninguno de estos planes solos.

Sabran se recostó en su silla.

—Quieres decir que tenemos que pedir ayuda al Este. Tal como quería lady Truyde.

Sería el fin de un aislamiento secular. Solo Ead se habría atrevido a proponérselo a una Berethnet.

—Cuando me enteré de su plan, pensé que lady Truyde era una inconsciente peligrosa —dijo Ead, con arrepentimiento—. Ahora veo que tenía un coraje superior al nuestro. Los dragones del Este están hechos de sterren, y aunque quizá no sean capaces de destruir al Innombrable, sus poderes, sean más o menos fuertes, nos ayudarán a repelerlo. Para dividir las fuerzas draconianas, también podrías pedirle a los otros soberanos que organizaran una maniobra de distracción.

—Quizá se presten a ayudar —intervino Loth—, pero los del Este no querrán alianzas con nosotros.

—Seiiki comercia con Mentendon. Y el Este quizá quiera ayudar a Inys si les haces una oferta que no puedan rechazar.

—Ilústrame, Ead —respondió Sabran, impasible—. ¿Qué debería ofrecer a los herejes del Este?

—La primera alianza de la historia con los Reinos de las Virtudes.

En la Cámara del Consejo se hizo un silencio sepulcral.

—No —dijo Loth, con firmeza—. Es demasiado. Nadie lo apoyaría. Ni el Consejo de las Virtudes, ni el pueblo, ni yo.

—Acabas de abogar porque todos dejemos de pensar que los demás son herejes —replicó Margret, cruzándose de brazos—. ¿Es que te has dado un golpe en la cabeza en los últimos minutos y no me he dado cuenta, hermano?

—Hablaba de la gente a este lado del Abismo. En el Este veneran a los wyrms. No es lo mismo, Meg.

—Los dragones del Este no son nuestros enemigos, Loth. Yo también pensaba que lo eran —dijo Ead—, pero no comprendía en qué se basa la dualidad de nuestro mundo. Son de naturaleza opuesta a las bestias infernales como Fýredel.

Loth rebufó.

—Empiezas a hablar como una alquimista. ¿Es que alguna vez has visto un wyrm del Este?

—No —dijo ella, levantando una ceja—. ¿Y tú?

—Yo no necesito encontrarme con uno de ellos para saber que han obligado al Este a que les rinda pleitesía. No me arrodillaré ante el altar de la herejía.

—Quizá no les obliguen a rendirles culto —propuso Margret—. Quizá compartan un respeto mutuo con la gente del Este.

—¿Te estás oyendo, Margret? —dijo Loth, horrorizado—. Son wyrms.

—El Este también teme al Innombrable —dijo Ead—. Todas nuestras religiones están de acuerdo en que el enemigo es él.

—Y el enemigo del enemigo es un amigo potencial —añadió Margret.

Loth se mordió la lengua. Si los fundamentos de su fe recibían un nuevo ataque, quizá acabaran por venirse abajo.

—No sabes lo que estás pidiendo, Ead —dijo Sabran, con una voz que parecía pesarle como un lastre—. Hemos mantenido las distancias con el Este debido a su herejía, sí, pero, por lo que yo sé, fue el Este quien cerró primero la puerta, por miedo a la peste. No podré convencerlos de que se unan a nosotros sin hacerles una oferta muy generosa a cambio.

—La derrota del Innombrable es un beneficio para todos —observó Ead—. El Este no se libró de la Caída de las Sombras, y no se librará de esto.

—Pero quizá ellos dispongan de más tiempo para prepararse mientras nosotros vamos directos al matadero —señaló Sabran.

Un pájaro se posó en el exterior. Loth miró hacia el balcón, esperando ver una paloma mensajera con una carta, pero solo había un cuervo.

—Ya te dije que ni siquiera los otros Reinos de las Virtudes acudirían en ayuda de Inys si vieran atacadas sus propias costas —insistió Sabran, demasiado concentrada en la conversación con Ead como para ver al pájaro—. Y eso pareció sorprenderte.

—En efecto.

—Pues no debes sorprenderte. Mi abuela dijo una vez que, cuando un lobo llega al pueblo, lo primero que le preocupa al pastor es su propio rebaño. Si el lobo le echa el diente a otras ovejas, el pastor sabe que un día vendrá a por las suyas, pero se aferra a la esperanza de que pueda ahuyentarlo. Hasta que se encuentra el lobo en su puerta.

Loth pensó que aquello muy bien podría haberlo dicho la reina Jillian. Era bien sabido que había insistido mucho en la necesidad de establecer alianzas más fuertes con el resto del mundo.

—Así —concluyó Sabran— es cómo ha existido la humanidad desde la Caída de las Sombras.

—Si los soberanos del Este tienen un ápice de inteligencia entre todos ellos, verán la necesidad de la cooperación —insistió Ead—. Yo tengo fe en los pastores, aunque la reina Jillian no la tuviera.

Sabran se quedó mirando su propia mano derecha, abierta sobre la mesa. La mano que en otro tiempo lucía un anillo con el nudo del amor.

—Ead, querría hablar contigo a solas —dijo, y se puso en pie—. Loth, Meg, por favor, encargaos de que salgan enseguida las convocatorias para el Consejo de las Virtudes. Necesito que acudan todos para discutir el futuro.

—Por supuesto —dijo Margret.

Sabran salió de la Cámara del Consejo con Ead. Una vez cerradas las puertas, Margret miró a Loth con una expresión que su hermano reconoció de sus clases de música. Era la misma mirada que le echaba cada vez que se equivocaba de nota.

—Espero que no tengas intención de poner objeciones a este plan.

—Ead está loca al insinuarlo siquiera —murmuró Loth—. Una alianza con el Este es una condena segura.

El cuervo emprendió el vuelo otra vez.

—No lo sé. —Margret tomó una pluma y se acercó el tintero—. Quizá sus dragones no sean en absoluto como los wyrms. Últimamente me siento obligada a cuestionarme todo lo que sé.

—Se supone que no debemos cuestionar, Meg. La fe es un acto de confianza en el Santo.

—¿Es que tú no te cuestionas nada?

—Claro que sí. —Se frotó la frente con una mano—. Y todos los días temo condenarme por hacerlo. Temo que no haya sitio para mí en Halgalant.

—Loth, tú sabes lo mucho que te quiero, pero el sentido común que tienes en la cabeza cabría en un dedal.

Loth frunció los labios.

—Y tú, supongo, tienes toda la sabiduría del mundo.

—Yo nací sabia —dijo, acercándose un pergamino.

—¿Qué más pasó en Goldenbirch?

Margret dejó de sonreír.

—Te lo contaré mañana. Y te recomiendo que duermas bien esta noche, antes de oírlo, porque tu fe se verá sometida de nuevo a una dura prueba. —Hizo un gesto con la cabeza en dirección al montón de cartas—. Date prisa, hermano. Tengo que llevar todas estas cartas al maestro cartero.

Loth hizo lo que decía su hermana. A veces se preguntaba por qué el Santo no habría hecho que Margret fuera la mayor.

La noche había caído sobre Ascalon. La mitad de la Guardia Real siguió a Ead y a Sabran al Jardín Real, pero la reina les ordenó que esperaran fuera de las puertas.

Solo las estrellas podían verlas en aquella oscuridad, entre la nieve. Ead recordó cuando había recorrido aquellos senderos con Sabran, en pleno verano. La primera vez que habían salido a pasear solas.

Sabran, la descendiente de Kalyba. Kalyba, la fundadora de la Casa de Berethnet.

Aquel pensamiento la había perseguido durante todo el camino de vuelta desde Caliburn. La había perseguido mientras cabalgaban en busca de Aralaq. El secreto que había dividido al Priorato durante siglos.

Preso de un hechizo, Galian Berethnet había yacido con una mujer que antes veía como una madre y la había dejado encinta. Había construido su religión como un muro para ocultar su vergüenza. Y para salvar su legado, no había visto otra salida que la de santificar la mentira.

La tensión que emitía Sabran era como el calor de una llama. Cuando llegaron a la altura de la fuente, con sus remolinos congelados, quedaron cara a cara.

—¿Te das cuenta de lo que puede suponer una nueva alianza? —dijo Sabran. Ead esperó a que acabara—. El Este ya tendrá armas y dinero. Yo puedo darles más, pero recuerda lo que te dije. Las alianzas siempre se han forjado a través del matrimonio.

—En el pasado también se forjarían alianzas sin matrimonios.

—Esta alianza es diferente. Tendría que servir para unir dos religiones que han estado alejadas durante siglos. Une dos cuerpos y unirás dos reinos. Por eso nos casamos los reyes: no por amor, sino para dar solidez a nuestras dinastías. Así es como funciona el mundo.

—No tiene por qué ser así. Inténtalo, Sabran. Cambia el estado de las cosas.

—Hablas como si nada fuera más fácil —dijo Sabran, negando con la cabeza—. Como si las costumbres y las tradiciones no tuvieran espacio en el mundo. Son precisamente lo que da forma al mundo.

—Así de fácil es: hace un año, no habrías creído que podías amar a alguien que considerabas una hereje. —Ead no apartó la mirada—. ¿No es así?

Sabran suspiró, levantando una nube de vapor blanco entre las dos.

—Sí, así es.

Los cristalitos de nieve se le pegaban a las pestañas y al pelo. Había salido precipitadamente, sin un manto, y ahora se cubría el cuerpo con los brazos para calentarse.

—Lo intentaré —accedió—. Lo… presentaré como una mera alianza militar. Estoy decidida a reinar sin consorte, como siempre he deseado. Ya no tengo la obligación de casarme y concebir una hija. Pero si es costumbre en el Este, como suele serlo aquí…

—Puede que allí no sea costumbre —dijo Ead, e hizo una pausa—. Pero si lo es… quizá deberías reconsiderar tu decisión de permanecer soltera.

Sabran se la quedó mirando. Ead sintió un nudo en la garganta, pero no apartó la mirada.

—¿Por qué hablas así? —dijo Sabran en voz baja—. Tú sabes que yo nunca quise casarme, y no tengo ninguna pretensión de volver a hacerlo. Además, solo te quiero a ti. No quiero a nadie más.

—Pero mientras gobiernes, no podrás dejarte ver conmigo. Soy una hereje y…

—Para —dijo Sabran, abrazándola—. Para.

Ead la acercó a su cuerpo y aspiró su olor. Se fundieron en un único cuerpo, como una estatua de mármol.

—Sabran VII, mi homónima, se enamoró de su dama de honor —murmuró Sabran—. Después de que abdicara a favor de su hija, vivieron juntas el resto de sus días. Si derrotamos al Innombrable, habré cumplido con mi misión.

—Y yo con la mía —dijo Ead, cubriendo el cuerpo de ambas con su manto—. Quizá entonces te pueda llevar conmigo.

—¿Adónde?

Ead la besó en la sien.

—A algún lugar.

Era otro sueño alocado, pero por un momento se permitió soñar. Una vida con Sabran a su lado.

—Meg y tú me ocultabais algo —dijo Sabran—. ¿Qué pasó en Goldenbirch?

Ead tardó un momento en responder.

—Una vez me preguntaste si sabía quién había sido la primera reina de Inys, si no era Cleolinda.

Sabran levantó la mirada.

—Mi madre siempre decía que era mejor que te dieran las malas noticias en invierno, cuando todo ya está oscuro. Así, con la primavera puede llegar la curación —dijo, mientras Ead buscaba las palabras justas—. Y esta primavera, en particular, yo debo estar en plenitud de fuerzas.

Viendo aquellos ojos, los ojos de la bruja, Ead supo que no podía ocultar la revelación más tiempo. Tras ocho años de mentiras, le debía a Sabran aquella verdad.

Y, bajo las estrellas, se la dio.

57

Oeste

En una bóveda subterránea del Palacio de Ascalon, una asesina de sangre noble esperaba su ejecución. Sabran, que no se había mostrado sedienta de sangre en todos los años que hacía que Loth la conocía, había decidido que quería que Crest muriera ahogada y luego fuera descuartizada, pero el resto de duques de la Junta le había advertido que, en aquellos tiempos tan inestables, aquello intranquilizaría al pueblo. Más valía hacerlo rápido y en silencio.

Tras pasarse la noche pensando, caminando arriba y abajo, Sabran había cedido por fin. La Escanciadora sería decapitada, y sería en privado, con solo un puñado de testigos.

Crest no mostró ningún remordimiento ante los que habían acudido a verla morir. Roslain estaba a un lado de la sala, con un tocado de duelo sobre el cabello. Loth sabía que no iba a llorar la muerte de su abuela, pero que sufriría por la traición que había enfangado el nombre de su familia.

Lord Calidor Stillwater la sujetaba de la cintura intentando consolarla. Había acudido desde el Castillo Cordain, residencia de los Crest desde tiempos ancestrales, para acompañarla en aquel momento de dolor.

Loth estaba de pie a su lado, cogido del brazo con Margret. Sabran estaba muy cerca, luciendo el collar que le había regalado su madre en su duodécimo cumpleaños. No era costumbre que los miembros de la casa real asistieran a las ejecuciones, pero a Sabran le habría parecido que sería una cobardía no hacerlo.

Se había montado una tarima baja, cubierta con un trapo oscuro. Cuando el reloj dio las diez, Crest levantó el rostro en dirección a la luz.

—No pido compasión, ni quiero disculparme —dijo—. Aubrecht Lievelyn era un pecador y una sabandija. Rosarian Berethnet era una zorra y Sabran Berethnet es una bastarda que nunca engendrará una hija. —Miró fijamente a Sabran—. A diferencia de ella, yo cumplí con mi deber. Dispensé un justo castigo. Con mucho gusto iré a Halgalant, donde el Santo me dará la bienvenida.

Sabran no respondió a sus provocaciones, pero adoptó una expresión glacial.

Una prima de Roslain, también ataviada con un tocado de duelo, le quitó a Crest su capa y su sello del dedo, y le vendó los ojos. El verdugo se situó al lado, con una mano en el mango del hacha.

Igrain Crest se arrodilló ante la piedra, con la espalda muy recta, y se hizo la señal de la espada en la frente.

—En el nombre del Santo —dijo—, muero.

Con esas palabras bajó el cuello y lo apoyó en la piedra. Loth pensó una vez más en la reina Rosarian, que no había gozado de tanta consideración a la hora de su muerte.

El verdugo levantó el hacha. Cuando cayó, también lo hizo la cabeza de la Escanciadora.

Nadie emitió sonido alguno. Un criado levantó la cabeza cogiéndola del cabello y la alzó para que todos los presentes la vieran. La noble sangre de la Caballero de la Justicia goteó sobre la piedra, y otro criado la recogió en una copa. Mientras amortajaban el cuerpo y lo retiraban de la tarima, la prima de Roslain se le acercó, y esta se separó de su compañero.

El sello de la familia solía llevarse en la mano derecha, pero el médico le había puesto una férula. Roslain extendió la mano izquierda y su prima le puso el anillo.

—He aquí Su Alteza, lady Roslain Crest, duquesa de la Justicia —dijo el alguacil—. Que sea recta en su conducta, ahora y siempre.

Igrain Crest estaba muerta. La sombra de la Escanciadora no volvería a oscurecer el Reino de Inys.

Sabran se sentó en su silla favorita de la Cámara Privada. Un reloj con luz emitía su tictac desde la repisa de la chimenea.

Apenas había dicho una palabra desde que Ead le había hablado de Kalyba. En cuanto había acabado su relato, Sabran le había pedido que entraran, y habían pasado el resto de la noche tras las cortinas de su cama. Ead la abrazaba en silencio, mientras ella miraba hacia el dosel.

Ahora parecía obsesionada con sus propias manos. Ead vio cómo se tocaba los nudillos, las yemas de los dedos, cómo frotaba el rubí de su anillo de coronación.

—Sabran —dijo Ead—, no queda rastro de su poder en ti.

Sabran apretó la mandíbula.

—Si llevo su sangre, podría usar la joya menguante —dijo—. Parte de ella vive en mí.

—Sin polvo de estrellas, o un fruto del naranjo, no puedes usar ninguno de los dos tipos de magia. No eres maga —dijo Ead—, y no vas a convertirte en un wyrm.

Sabran no dejaba de rozarse la piel con las uñas. Ead alargó el brazo y le cogió la mano.

—¿En qué estás pensando?

—En que posiblemente sea una bastarda. En que desciendo de un mentiroso y de la Dama de los Bosques, la misma mujer que me arrebató mi infancia, y que ninguna casa real digna podría asentarse sobre tales cimientos. —Su cabello era una cortina entre las dos—. En que no soy más que un fraude.

—La Casa de Berethnet ha hecho muchas cosas buenas. Su origen no tiene nada que ver en ello. —Ead no le soltó la mano—. En cuanto a ser bastarda o no... Eso significa que tu padre está vivo. ¿No es algo bueno?

—Yo no conozco a Gian Harlowe. Mi padre, a todos los efectos, fue lord Wilstan Fynch —dijo Sabran en voz baja—, y está muerto. Como mi madre, como Aubrecht, y todos los demás.

El «pesar mental», como lo llamaban en Inys, se había adueñado de ella. Ead intentó masajearle la mano para reconfortarla, pero no sirvió de nada.

—Aún no entiendo por qué me clavó sus pinchos —dijo Sabran, tocándose el vientre con la otra mano—. Si dice la verdad, sentiría amor por su hija, Sabran I. Yo soy sangre de su sangre.

El pincho había desaparecido. Según el médico que se lo había extraído, lo único que quedaba era un mechón de pelo.

—Kalyba se ha distanciado de su faceta humana. Tú eres sangre de su sangre, pero vuestro vínculo no es lo suficientemente fuerte como para que sienta algo por ti. Lo único que quiere es tu trono —dijo Ead—. Quizá nunca la entendamos. Lo importante es que está del lado del Innombrable, y eso la convierte en nuestro enemigo.

Llamaron a la puerta. Un caballero de la guardia entró, vestido con su armadura plateada.

—Majestad —dijo, con una reverencia—, acaba de llegar una paloma de Brygstad. Un mensaje urgente de Su Alteza Real, la Gran Princesa Ermuna de la Casa de Lievelyn.

Le entregó la carta y se fue. Sabran rompió el sello y se giró hacia la ventana mientras leía.

—¿Qué dice? —preguntó Ead. Sabran cogió aire por la nariz.

—La fecha es… —La carta cayó planeando al suelo—. La fecha es el tercer día de… esta primavera.

El reloj de arena se había dado la vuelta. Ead esperaba que la noticia la llenara de temor, pero en parte ya se lo esperaba.

«Los mil años ya casi han pasado.»

—Neporo y Cleolinda debieron inmovilizar al Innombrable seis años después de la fundación de Ascalon —dijo Sabran, apoyando las manos en la repisa de la chimenea—. No tenemos mucho tiempo.

—El suficiente para cruzar el Abismo —dijo Ead—. Sabran, debes enviar a tus embajadores al Este a toda prisa para firmar esa alianza, y yo debo ir con ellos. Para encontrar la otra joya. Al menos así podríamos inmovilizarlo de nuevo.

—No podemos lanzarnos al Abismo sin más —reaccionó Sabran—. Primero debo escribir a los soberanos del Este. Los seiikineses y los lacustrinos ejecutarán a cualquier forastero que ponga el pie en sus costas. Debo pedir permiso para enviar una misión diplomática.

—No hay tiempo. El mensaje tardaría semanas en llegar. —Ead se dirigió a la puerta—. Zarparé con un barco rápido y…

—¿Es que no te importa tu propia vida? —dijo Sabran, acalorada. Ead se detuvo—. Me pasé semanas pensando que estabas muerta cuando huiste de Ascalon. Ahora quieres cruzar el mar sin protección, sin el ejército, a un lugar donde podría esperarte la muerte o la cárcel.

—Eso ya lo he hecho antes, Sabran. El día en que llegué a Inys —respondió Ead, con una sonrisa fatigada—. Si sobreviví una vez, puedo hacerlo de nuevo.

Sabran cerró los ojos y se quedó apretando los puños contra la repisa.

—Sé que debes ir —dijo—. Pedirte que te quedaras sería como intentar retener al viento en una jaula, pero por favor, Ead, espera. Déjame que organice una misión diplomática, para que al menos no vayas sola.

Ead agarró el pomo de la puerta con más fuerza. Unos días de espera sería tiempo perdido en el Este, pero quizá también le sirvieran para salvar la cabeza.

Se giró y dijo:

—Esperaré.

Al oír aquello, Sabran cruzó la estancia con los ojos llenos de lágrimas y la abrazó. Ead la besó en la sien y la sujetó con fuerza.

Sabran había recibido una serie de duros golpes. Su dama de honor había muerto en su cama, su compañero entre sus brazos, su madre ante sus propios ojos. Su hija no había llegado a respirar su primer aliento. Su padre, si es que era su padre, había perecido en Yscalin, lejos de ella. Toda su vida había ido acumulando pérdidas. No era de extrañar que temiera tanto por ella.

—Recordarás el primer día que paseamos juntas. Me hablaste del verdillo leal, y de que siempre reconoce el canto de su compañero, aunque lleven mucho tiempo separados —le susurró Ead al oído—. Mi corazón reconoce tu canto, igual que el tuyo reconoce el mío. Y yo siempre volveré a tu lado.

—Te haré cumplir esa promesa, Eadaz uq-Nāra.

Ead intentó memorizar su peso, su aroma, el tono exacto de su voz. Grabársela en la memoria.

—Aralaq se quedará para protegerte. Por eso lo traje —dijo—. Es una bestia malcarada, pero es leal, y muy capaz de destripar a un wyvern.

—Le cuidaré bien. —Sabran dio un paso atrás—. Debo reunirme con la Junta de los Duques de inmediato para hablar de la misión diplomática. En cuanto llegue el resto del Consejo de las Virtudes, les plantearé... la Propuesta del Este. Si les enseño la joya menguante, y les explico lo que significa la fecha, espero que voten a mi favor.

—Plantearán toda la oposición que puedan —dijo Ead—, pero tú sabes convencerlos a todos.

Sabran asintió, decidida. Ead la dejó contemplando su ciudad.

Bajó una escalera y llegó a la galería abierta que daba al Solárium Real, que tenía doce pequeños balcones con flores invernales. Mientras caminaba hacia la puerta de sus aposentos, oyó una pisada a sus espaldas, tenue como el fieltro.

Se giró en silencio y a la luz que entraba por una ventana vio una Dama Roja. En la boca sostenía una cerbatana de madera tallada.

El dardo le atravesó la blusa antes de que pudiera reaccionar y la punta se le clavó en el cuerpo como un mordisco mortal.

El impacto de las rodillas contra el suelo le sacudió todos los huesos. Levantó una mano temblorosa, se la llevó al vientre y sintió el fino dardo. Su agresora se acercó y se agachó.

—Perdóname, Eadaz.

—Nairuj —balbució Ead. Sabía que llegaría ese día. Una hermana del Priorato podía eludir a sus guardias. El cristal molido se iba asentando en sus venas. Los músculos se le agarrotaron en torno al dardo, rechazando el veneno.

—Tuviste el bebé —consiguió decir.

Unos ojos de color ocre la miraron.

—Una niña —dijo Nairuj, tras vacilar un momento—. Yo no quería esto, hermana, pero la priora ha ordenado silenciarte. —Ead sintió que Nairuj le quitaba el anillo del dedo, el anillo que había sido su sueño—. ¿Dónde está la joya, la joya blanca?

Ead no podía responder. Estaba empezando a perder la sensibilidad. Tenía la extraña sensación de que le estaban desapareciendo las costillas. Mientras Nairuj le palpaba la garganta en busca de la joya, Ead agarró el dardo de su vientre y se lo arrancó.

Estaba helada. Todo el fuego de su interior estaba desapareciendo, dejando cenizas tras de sí.

—El Innombrable va... —Hasta respirar le suponía un dolor agónico—. En primavera. El tercer d... día de primavera.

—¿Qué pasa aquí?

Sabran. El miedo era patente en su voz. Nairuj se movió como una flecha. Ead observó con ojos lacrimosos a la que había sido su hermana, que le ponía una tira de seda en la boca y se lanzaba por la balaustrada más cercana.

Unos pasos resonaron por el pasillo.

—Ead… —Sabran la cogió en brazos, resoplando—. ¡Ead! —Sus rasgos eran cada vez más confusos—. Mírame. Mírame, Ead, por favor. Di… dime qué te ha hecho. Dime qué veneno.

Ead intentó hablar. Pronunciar su nombre, una vez más. Decir que sentía faltar a su promesa.

«Yo siempre volveré a tu lado.»

La oscuridad la envolvió como un capullo. Pensó en el naranjo.

«Tú no, Ead. Por favor. —La voz sonaba cada vez más lejana—. Por favor, no me dejes sola.»

Pensó en lo que había habido entre las dos, desde el baile de la vela al primer contacto de sus labios.

Y luego dejó de pensar.

El sol se estaba poniendo sobre Ascalon. Loth miró por la ventana hacia la Torre de Alabastro, iluminada con velas, donde el Consejo de las Virtudes debatía la Propuesta del Este.

Ead estaba tendida en su cama. Tenía los labios negros como el cabello, y el corsé abierto, revelando un pinchazo en el vientre.

Sabran no se había apartado de su lado. Miraba a Ead como si apartar la mirada fuera a suponer romper el frágil vínculo que la mantenía en contacto con la vida. En el exterior, Aralaq iba de un lado al otro del Jardín Real. Había tenido que insistir mucho para convencerle de que se apartara el tiempo necesario para que el médico de la corte examinara a Ead y, aun así, le había mostrado los dientes al pobre hombre cuando había intentado tocarla.

El doctor Bourn se movía como las manecillas de un reloj alrededor de la cama. Le tomó el pulso, le tocó la frente, estudió la herida. Cuando por fin se quitó las gafas, Sabran levantó una mano.

—Lady Nurtha ha sido envenenada —concluyó—, pero no sé con qué. Los síntomas no se parecen a nada que haya visto antes.

—Odio de hermana —dijo Loth—. Eso es lo que le han disparado.

Se suponía que debía causar la muerte. Pero una vez más Ead había vencido a su destino.

El médico de la corte frunció el ceño.

—Nunca he oído hablar de tal veneno, milord. No sé cómo extraérselo del cuerpo —dijo, y se giró a mirar a Ead de nuevo—. Majestad, tengo la impresión de que a lady Nurtha le han inducido un profundo letargo. Quizá pueda despertarse de algún modo. O quizá no. Lo único que podemos hacer es mantenerla con vida todo lo que podamos. Y rezar por ella.

—Vos la despertaréis —murmuró Sabran—. Encontraréis el modo. Si muere…

La voz se le quebró y hundió la cabeza entre las manos. El médico de la corte bajó la cabeza.

—Lo siento, majestad —dijo. Haremos todo lo que podamos por ella.

Se retiró de la estancia. Cuando se cerró la puerta, Sabran se echó a temblar.

—Fui maldecida desde la cuna. La Dama de los Bosques me echó un maleficio —dijo, sin apartar la vista de Ead—. No solo está condenado mi reino, sino que mis seres queridos caen como rosas en invierno. Y siempre ante mis ojos.

Margret, que había permanecido todo el rato al otro lado de la cama, fue a sentarse a su lado.

—No pienses esas cosas. No estás maldita, Sab —dijo, con voz suave pero firme—. Ead no está muerta, y no la daremos por muerta. Lucharemos por ella, y por todo aquello en lo que cree. —Miró a Ead—. Y te digo una cosa: no me casaré con Tharian hasta que se despierte. Si se cree que con esta tontería va a librarse de llevarme al altar, está muy equivocada.

Loth tomó el asiento que había dejado Margret. Levantó las manos, entrecruzadas, y se las llevó a los labios.

Ni siquiera cuando estaba herida, en Lasia, le había parecido Ead tan vulnerable. Toda la vida, todo el calor, la habían abandonado.

—Iré al Este —dijo, con voz grave—. Decida lo que decida el Consejo de las Virtudes, debo cruzar el Abismo como representante tuyo, Sabran. Para conseguir una alianza. Para encontrar la otra joya.

Sabran permaneció en silencio un buen rato. En el exterior, Aralaq emitió un aullido escalofriante.

—Primero quiero que te presentes ante el Emperador Eterno, Dranghien Lakseng —dijo Sabran—. Está soltero, y por tanto tenemos más que ofrecerle. Si acaba convenciéndose de unirse a nosotros, puede que él persuada al Señor de la Guerra de Seiiki.

Loth la observó con el corazón encogido.

—Te enviaré con una cohorte de doscientas personas. Si debes presentarte ante el Emperador Eterno, tendrás que hacer gala del poder del Reino de Inys —añadió, mirándolo a los ojos—. Le convocarás para que venga a nuestro encuentro en el Abismo, con sus dragones, el tercer día de primavera. No tendrás tiempo para regresar, ni para debatir los términos del acuerdo en Inys. Confío en que sellarás esa alianza protegiendo nuestros intereses, para conseguir el resultado que deseamos.

—Lo haré. Lo juro.

Loth tenía la impresión de que aquella habitación ya se había convertido en una cripta. Ahuyentó aquella idea de su mente, se acercó a Ead y la acarició, colocándole un mechón de cabello tras la oreja. Bajo ningún concepto iba a permitir que aquello se convirtiera en una despedida.

Sabran se levantó de la silla con gran dignidad.

—Prometiste que volverías a mi lado —le dijo a Ead—. Las reinas no olvidan las promesas recibidas, Eadaz uq-Nāra.

Se quedó muy rígida. Loth la cogió del brazo y se la llevó con delicadeza, dejando a Margret junto a la cama.

Caminó junto a su reina. Cuando llegaron al final del pasillo, Sabran se vino abajo por fin. Loth la rodeó con sus brazos mientras ella caía al suelo, llorando como si le hubieran desgarrado el alma.

V

QUE VENGAN LOS DRAGONES

¿Quién pronunció la palabra que le convenció
para afrontar este peligroso viaje,
estos turbulentos mares?

ANÓNIMO, de *El Manyōshū*

58

Oeste

El *Gallardo* llevaba días navegando, pero parecían siglos. Loth había perdido la cuenta. Lo único que sabía era que quería bajar de aquel barco y pisar tierra firme.

Sabran había defendido con gran vehemencia la llamada «Propuesta del Este». Durante todo ese tiempo, el Consejo de las Virtudes no había dormido. Su principal preocupación era cómo respondería el pueblo de Inys a una alianza con herejes y wyrms, algo que iba contra todas sus convicciones.

Tras horas de debate sobre cómo podrían justificarlo desde una perspectiva religiosa, tras varias consultas al Colegio de Santarios y apasionados argumentos a favor y en contra, Sabran había conseguido dirigir el voto a su favor. Y en menos de un día la misión diplomática se había puesto en marcha.

El plan, por desesperado que fuera, empezaba a tomar forma. Para aumentar sus posibilidades de victoria en el Abismo, tendrían que dividir al Ejército Draconiano. Sabran había invocado la sagrada llamada a las armas y había escrito a los soberanos de los Reinos de las Virtudes y del Sur, pidiéndoles que se unieran a Inys en el sitio de Cárscaro, reclamando su territorio el segundo día de la primavera. Atacando el único bastión draconiano quizá consiguieran que Fýredel y sus secuaces se quedaran en Yscalin para defenderlo.

Sería peligroso. Muchos morirían. Quizá todos murieran, pero no había elección. Debían aniquilar al Innombrable en cuanto se levantara, o sería él quien aniquilara el mundo. Loth prefería morir con una espada en la mano.

Su madre se había quedado desconsolada al saber que se marchaba de nuevo, pero al menos esta vez había podido despedirse. Tanto ella como Margret se habían desplazado a

Perchling para decirle adiós, igual que Sabran, que le había dado su anillo de la coronación para que se lo mostrara al Emperador Eterno. Loth se lo colgó del cuello de una cadena.

La determinación de Sabran era algo digno de ver. Estaba claro que temía aquella alianza, pero estaba dispuesta a hacer lo que fuera por sus súbditos. Y tenía la sensación de que aquel era el mejor modo que tenía de hacer algo por Ead.

Ead. Cada vez que se despertaba, Loth pensaba que la tenía allí, a su lado en aquel viaje. Llamaron a la puerta. Loth abrió los ojos.

—¿Sí?

La grumete entró y agachó la cabeza.

—Lord Arteloth —dijo—, tenemos al otro barco a la vista. ¿Estáis listo para partir?

—¿Ya hemos llegado a la Fosa de los Huesos?

—Sí, milord.

Fue a coger sus botas. El nuevo barco le llevaría hasta el Imperio de los Doce Lagos.

—Por supuesto —dijo—. Un momento. Enseguida salgo a cubierta.

La joven hizo otra reverencia y se retiró. Loth cogió su manto y su zurrón. Sus guardias le esperaban en el exterior del camarote. En lugar de la armadura completa, los soldados de la Guardia Real que le había cedido Sabran llevaban únicamente cota de malla bajo la casaca, que lucía el emblema real de Inys. Siguieron a Loth mientras subía a cubierta.

El cielo estaba salpicado de estrellas. Loth intentó no mirar demasiado el agua mientras avanzaba hacia la proa del *Gallardo* donde le esperaba la capitana, cruzada de brazos.

En el Abismo se podían encontrar muchas cosas que no existían en otros mares. Había oído historias de sirenas con dientes como agujas, de peces que brillaban como velas, de ballenas que podían tragarse un barco entero. A lo lejos, Loth distinguió la enorme silueta de un barco de guerra con unas cuantas luces temblorosas. Cuando estuvieron lo suficientemente cerca como para verle la insignia y la bandera, levantó las cejas.

—El *Rosa Eterna*.

—El mismo —dijo la capitana. Era una mujer inys de complexión robusta y gran estatura—. El capitán Harlowe conoce bien las aguas del Este. Él os llevará desde aquí.

—Harlowe —dijo uno de los soldados de la guardia—. ¿No es un pirata?

—Corsario.

El soldado sonrió, socarrón. El *Gallardo* se situó junto al *Rosa Eterna*. En el Abismo no se podía echar el ancla, así que ambas tripulaciones se pusieron a lanzar cabos de un barco al otro mientras flotaban a la deriva sobre las negras aguas.

—Que me aspen si no es Arteloth Beck —dijo Estina Melaugo con una gran sonrisa, dando una palmada sobre la borda—. Creí que no lo vería de nuevo, milord.

—Buenas noches, señora Melaugo —respondió Loth, contento de ver un rostro familiar—. Ojalá nos reencontráramos en un lugar más acogedor.

Melaugo chasqueó la lengua.

—Vaya, un tipo que desembarca en Yscalin pero tiene miedo al Abismo. Secaos los ojos y arrastrad vuestro noble culo hasta aquí, milord. —Soltó una escalera de cuerda y se tocó la solapa del sombrero.

—Gracias, capitana Lanthorn. Harlowe os envía saludos.

—Envíale a él los míos —dijo la capitana del *Gallardo*—, y buena suerte por esos mares, Estina. Cuídate.

—Siempre lo hago.

Mientras los suyos iban reuniéndose al pie de la escalera, Loth trepó. Envidiaba a la capitana Lanthorn, que se dirigía de nuevo a surcar las aguas azules. Al llegar arriba, Melaugo le ayudó y le dio una palmada en la espalda.

—Todos pensamos que estaríais muerto —le dijo—. Por la corte del Halgalant... ¿cómo escapasteis de Cárscaro?

—La Donmata Marosa —respondió Loth—. No podría haber salido sin su ayuda.

Al pensar en ella se le hacía un nudo en la garganta. Quizá ya fuera la Reina Terrena de Yscalin, con los ojos como ceniza.

—Marosa. —Melaugo arqueó una ceja oscura—. Bueno, no es eso lo que esperaba que dijerais. Esa historia debo oírla. Pero primero quiere veros el capitán Harlowe. —Silbó a los piratas para que reaccionaran mientras los caballeros trepaban por la borda cargados con sus pesadas armas—. ¡Ayudad a subir a los hombres de lord Arteloth y llevadlos a sus camarotes! ¡Venga, moved el culo!

La tripulación obedeció sin protestar. Algunos incluso agacharon la cabeza al ver a Loth mientras se apresuraban a ayudar al destacamento de Inys a subir a bordo del *Rosa Eterna*.

Melaugo se llevó a Loth al otro lado de la cubierta. En el interior de su camarote, iluminado por las velas, Gian Harlow estaba analizando un mapa con Gautfred Plume, el contramaestre, y una mujer de rostro cetrino con el cabello plateado.

—Ah, lord Arteloth —dijo, con un tono ligeramente más cálido que la primera vez—. Bienvenido otra vez. Sentaos. —Le señaló una silla—. Esta es mi nueva cartógrafa, Hafrid de Elding.

La norteña se llevó una mano al pecho a modo de saludo.

—Salud y felicidad, lord Arteloth.

—También para vos, señora —dijo Loth, tomando asiento.

Harlowe levantó la mirada. Llevaba un jubón con cierres de oro.

—Decidme, ¿qué os parece el Abismo, milord?

—No me gusta demasiado.

—Hmm. Os llamaría cobarde, pero estas aguas inquietan hasta a los marinos más curtidos, y en cualquier caso, nadie podrá tildaros de cobarde después de que os lanzarais tan decidido a ese lugar de perdición. —Cambió de gesto al instante—. No os preguntaré cómo escapasteis de Cárscaro. Lo que haga un hombre para sobrevivir es cosa suya. Ni tampoco os preguntaré qué fue de vuestro amigo.

Loth no dijo nada, pero se le hizo un nudo en el estómago.

Harlowe le indicó con un gesto que se acercara al mapa.

—Había pensado enseñaros adónde nos dirigimos, para que podáis decírselo a vuestra gente, por si empiezan a quejarse de la travesía.

Harlowe se inclinó sobre el mapa, que mostraba los tres continentes conocidos del mundo y la plétora de islas que los rodeaban. Apoyó un dedo de gruesos nudillos en el lado derecho.

—Nos dirigimos a la Ciudad de las Mil Flores. Para llegar, atravesaremos el sur del Abismo para aprovechar los vientos del oeste, lo que nos ahorrará una semana o dos de viaje. Deberíamos alcanzar el mar del Sol Trémulo en tres o cuatro semanas. —Se frotó la barbilla—. A partir de ahí el viaje será más duro. Tenemos que evitar a los barcos de guerra seiikineses, que ven al *Rosa* como enemigo, y a los wyrms que se han avistado en el Este, con Valeysa a la cabeza.

Loth ya había visto lo suficiente de Fýredel como para saber que no quería encontrarse con ningún otro de los suyos.

—Nuestro objetivo es un puerto protegido en la costa suroeste del Imperio de los Doce Lagos. —Harlow señaló el lugar—. En otro tiempo allí había muchas granjas, donde la Casa de Lakseng comerciaba antes del bloqueo naval. Eso fue antes de la Caída de las Sombras, por supuesto. Si llegamos a ese puerto, estaremos enviándole un mensaje muy significativo al emperador.

—Que queremos reabrir una puerta cerrada —dijo Loth—. ¿Qué sabéis del Emperador Eterno?

—Casi nada. Que vive en un palacio amurallado, que sale para los trabajos del verano y que es solo ligeramente más benévolo con los intrusos que los señores de la sal de Seiiki.

—¿Por qué?

—Porque Seiiki es una nación isleña. Cuando penetró la peste draconiana, se extendió como el fuego. Casi acabó con su población. Los lacustrinos tenían más territorio para huir. Vos aseguraos de que el Emperador Eterno es apto para ser consorte de la reina Sabran, milord. La reina se merece a un príncipe que la quiera bien.

Al hablar se le tensó un músculo de la mejilla. Bajó la cabeza y miró de nuevo el mapa, con la mandíbula tensa, y le hizo un gesto a su cartógrafa para que siguiera con su trabajo.

—Haré todo lo que pueda por la reina Sabran, capitán Harlowe —respondió Loth, con tono neutro—. Por mi honor.

Harlowe soltó un gruñido de aprobación.

—Tenéis un camarote listo. Si algo golpea el barco, intentad no mearos encima. Será una ballena. —Hizo un gesto en dirección a la puerta—. Venga, Estina. Dale algo de beber a este hombre.

Mientras salían del puesto de mando, Loth echó un último vistazo al *Gallardo*. Intentó no pensar demasiado en el hecho de que ahora el *Rosa Eterna* se encontraba solo en medio del Abismo.

Su camarote era mejor que la última vez. Loth sospechaba que había subido de categoría no porque la tripulación de pronto mostrara un respeto por su noble estirpe, sino porque había penetrado en Yscalin y había podido contarlo.

Y efectivamente lo contó. Compartió su historia con Melaugo, que se sentó en el banco de la ventana y le escuchó. Le habló del estado de reclusión de la Donmata Marosa y de la verdad sobre el Rey Terreno de Yscalin, y le describió el túnel donde Kit había encontrado su fin.

Por lealtad a Ead, se saltó la parte del Priorato del Naranjo, pero le contó que había atravesado las Escarpadas y que había regresado a Inys cruzando Mentendon. Cuando acabó, Melaugo cabeceó.

—Lo siento, de verdad. Lord Kitston tenía buen corazón —dijo, y dio un trago a su petaca—. Y ahora vais al Este. Supongo que ya habéis hecho suficiente demostración de valor, pero allí os encontraréis con muchas dificultades.

—Por lo que he hecho, merezco todas las dificultades que me pueda encontrar —dijo, humedeciéndose los labios—. Si Kit está muerto es por culpa mía.

—No digáis eso. Él decidió ir con vos. Podía haberse quedado en Yscalin, o a bordo de nuestro barco, o podría haberse quedado en casa. —Le pasó la petaca, y Loth vaciló antes de aceptar—. Vais a intentar convencer a los pueblos del Este de que necesitan tanta ayuda del Oeste como nosotros de ellos, pero ellos han sobrevivido por su cuenta desde hace siglos, y una alianza con la reina Sabran, que sería un regalo para cualquier príncipe en nuestro lado del mundo, quizá no suponga suficiente tentación para el Emperador Eterno. Para nosotros es una reina, pero para él es una blasfema. Su religión se sustenta sobre el odio a los dragones, mientras que en la de él los adoran.

—No a los de fuego. —Loth olisqueó la petaca—. Esos en el Este no los adoran.

—No. Temen al Innombrable y a los suyos igual que nosotros —reconoció Melaugo—, pero aun así puede que la reina Sabran tenga que sacrificar algunos de sus principios si quiere obtener algún resultado.

Loth bebió, y al momento se puso a toser, y aquel líquido ardiente le salió por la nariz. Melaugo se rio.

—Probad otra vez —dijo—. La segunda vez pasa mejor.

Volvió a intentarlo. Aquel brebaje seguía quemándole las mejillas por dentro, pero le calentó la barriga.

—Quedáoslo. Lo necesitaréis en el Abismo. —Se puso en pie—. El trabajo me llama, pero le pediré a uno de nuestros marineros lacustrinos que os ilustre sobre sus costumbres y que os enseñe al menos unas cuantas palabras de su idioma.

No queremos que os presentéis ante Su Majestad Imperial como un perfecto idiota.

Una espesa niebla rodeaba el *Rosa Eterna,* sumiéndola en la oscuridad incluso de día. Sus faroles emitían una luz fantasmagórica que se reflejaba sobre las olas. Para evitar el frío, Loth se quedaba en su camarote, donde acudía un artillero lacustrino llamado Thim, encargado de enseñarle lo necesario sobre el Imperio de los Doce Lagos.

Thim tenía dieciocho años y parecía contar con reservas infinitas de paciencia. Le habló a Loth de su país natal, que estaba dividido en doce regiones, cada una de las cuales albergaba uno de los Grandes Lagos. Era un territorio enorme que acababa en los Señores de la Negra Noche, unas montañas que cortaban el paso al resto del continente, la mayor de las cuales era el implacable monte Brhazat. Thim le contó a Loth que muchos habitantes del Este habían intentado huir de la Gran Desolación cruzando los Señores de la Negra Noche, entre ellos la última reina de Sepul, pero que ninguno había regresado. Los cadáveres congelados aún yacían entre la nieve.

El Emperador Eterno de los Doce Lagos era actualmente el jefe de la Casa Real de Lakseng, criado por su abuela, la Gran Emperatriz Viuda. Thim le contó el modo en que había que inclinarse ante él, dirigirse él y comportarse en su presencia.

Aprendió que Dranghien Lakseng, pese a no ser un dios, prácticamente era considerado como tal por su pueblo. Su dinastía afirmaba descender del primer humano que había encontrado un dragón después de que este cayera del plano celestial. Entre la plebe corrían rumores («que la Casa de Lakseng no niega ni confirma») de que algunos soberanos de la dinastía habían sido dragones que habían tomado forma humana. Lo que era seguro era que cada vez que un soberano lacustrino estaba cerca de la muerte, la Dragona Imperial escogía a un sucesor de entre sus herederos legítimos.

A Loth le inquietó que en la corte hubiera una Dragona Imperial. Sería muy raro sentirse controlado por un wyrm.

—Esa palabra está prohibida —le advirtió Thim, muy serio, la primera vez que la usó—. Nosotros llamamos a nuestros dragones por su nombre, y a las bestias aladas del Oeste «escupefuegos».

Loth tomó nota. Su vida podía llegar a depender de todo lo que aprendiera en aquellos momentos.

Cuando Thim estaba ocupado con otros quehaceres, Loth pasaba las horas jugando a cartas con los caballeros de la Guardia Real y, a veces, en las raras horas que tenía libres, con Melaugo. Ella siempre ganaba. Cuando caía la noche, intentaba dormir, pero una vez se aventuró solo por la cubierta, atraído por una canción misteriosa.

Los faroles estaban apagados, pero las estrellas emitían una luz que casi bastaba para ver. Harlowe estaba fumando una pipa en la proa, y Loth fue a su lado.

—Buenas noches, capitán…

—Shhh. —Harlowe era una estatua—. Escuchad.

La canción resonaba por las negras olas. Loth sintió un escalofrío.

—¿Qué es eso?

—Sirenas.

—¿Y no nos atraerán con su canto para matarnos?

—Eso solo es en las leyendas. —Soltó una bocanada de humo—. Observad el mar. Ellas llaman al mar.

Al principio lo único que vio Loth fue el vacío. Luego apareció una flor de luz en el agua, que iluminó la superficie. De pronto vio peces, decenas de miles de ellos, que desprendían un brillo irisado.

Había oído historias sobre la aurora celestial de Hróth. Pero nunca se le había ocurrido que podía llegar a verla bajo el agua.

—Ya veis, milord —murmuró Harlowe, con el reflejo de la luz en los ojos—. Podéis encontrar belleza en el sitio menos pensado.

59

Este

El *Rosa Eterna* chirrió zarandeado por las olas. La tormenta se había desatado una semana después de que cruzaran las aguas del mar del Sol Trémulo, y no había amainado desde entonces.

El agua golpeaba el casco con una fuerza escalofriante, entre el aullido del viento y el fragor de los truenos, ahogando los gritos de la tripulación, que batallaba con la tempestad. En su camarote, Loth rezaba al Santo en silencio, con los ojos cerrados, intentando controlar las arcadas. Llegó otra ola, y el farol que tenía sobre la cabeza chisporroteó y se apagó.

No podía soportarlo más. Si iba a morir esa noche, no sería allí. Se puso el manto, se lo ajustó y salió por la puerta.

—Milord, el capitán ha ordenado que nos quedemos en nuestros camarotes —le advirtió uno de sus guardias.

—El Caballero del Valor nos dice que debemos mirar a la muerte a los ojos —respondió—. Y yo tengo intención de obedecerle.

Cuando salió a cubierta, sintió el olor a tormenta. El viento le azotaba el rostro con fuerza. Resbalando sobre los tablones, avanzó como pudo hasta uno de los mástiles y se agarró a él, ya calado hasta los huesos. Un rayo estalló en lo alto, cegándolo.

—Volveos a vuestro camarote, milord —le gritó Melaugo, con el rostro cubierto de chorretones negros que le caían de los ojos—. ¿O es que queréis morir aquí fuera?

Harlowe estaba en el puente de mando, apretando la mandíbula. Plume estaba al timón. Cuando el *Rosa* remontó una ola colosal, los marineros gritaron. Una mujer de la tripulación cayó de costado, y su grito se perdió entre los truenos;

otro marinero perdió apoyo y salió rodando por la cubierta. Las velas se hinchaban y golpeteaban, retorciendo la imagen de Ascalon.

Loth presionó la mejilla contra el mástil. Aquel barco le había parecido de lo más sólido al cruzar el Abismo; ahora notaba lo hueco que era. Había sobrevivido a la peste, había mirado a la cara a la muerte al encontrarse con una cocatriz, y sin embargo en aquel momento tuvo la impresión de que perecería en las aguas del Este.

Las olas zarandeaban al *Rosa Eterna* desde todos lados y el barco se balanceaba, golpeando la superficie del mar y empapando a su tripulación. La cubierta estaba llena de agua. La lluvia azotaba a los marineros. Plume giró el timón con decisión a babor, pero era como si el *Rosa* hubiera cobrado vida y tomara sus propias decisiones.

El mástil empezó a astillarse. El viento era demasiado fuerte. Loth se lanzó hacia el puente de mando. Aunque Harlowe estuviera perdiendo el control de su nave, Loth se sentía mucho más seguro con él que en ningún otro sitio. Aquel era el hombre que había combatido contra un lord pirata en pleno tifón, el que había surcado todos los mares del mundo conocido. Mientras corría, Melaugo le gritó algo que no pudo oír.

Una ola inesperada golpeó el barco y lo levantó de proa. La boca y la nariz se le llenaron de agua. Estaba empapado hasta los codos. Plume giró el timón para situar la nave de frente, pero de pronto el *Rosa* quedó casi de lado, y el mástil más alto rozó las olas. Mientras caía resbalando por la cubierta, en dirección a las olas, Loth alargó la mano en busca de algo a lo que agarrarse, y encontró el enjuto brazo del carpintero, que se había agarrado a los flechastes con la punta de los dedos.

El *Rosa* se enderezó. El carpintero soltó a Loth, que se quedó tosiendo y escupiendo agua.

—Gracias —balbució Loth. El carpintero se lo quitó de encima con un gesto, jadeando.

—¡Tierra a la vista! —se oyó a lo lejos—. ¡Tierra!

Harlowe levantó la mirada. Loth parpadeó, limpiándose los ojos de agua de mar y de lluvia, y en ese momento descargó un nuevo relámpago. A través de las salpicaduras vio que el capitán desplegaba su catalejo nocturno y miraba hacia allí.

—Hafrid —gritó—, ¿qué es eso?

La cartógrafa se protegió el rostro de la lluvia.

—Tan al sur no debería haber nada.

—Y pese a todo, ahí está. —Harlowe cerró el catalejo de golpe—. Señor Plume, llévenos a esa isla.

—Si está habitada, nos rebanarán el cuello a todos —respondió Plume, también a gritos.

—Entonces el *Rosa* vivirá, y nosotros moriremos más rápido de lo que moriríamos aquí —le espetó Harlowe a su contramaestre. Los ojos se le iluminaron con un nuevo relámpago—. ¡Estina, reúne a la tripulación!

La sobrecargo cogió una pipa de la cadena de latón que tenía en torno al cuello y se la colocó entre los dientes. Un pitido agudo atravesó el aire. Loth se agarró a la borda, viendo las gotas que le caían de las pestañas, mientras Melaugo distribuía órdenes a los piratas. Ellos se movían como danzando al ritmo del silbato, escalando por los flechastes y tirando de las sogas mientras el barco se agitaba bajo sus pies. A los ojos de Loth era un caos, pero muy pronto la isla quedó a la vista, y cada vez estaba más cerca. Demasiado cerca. Más silbidos, y el barco emprendió el rumbo hacia la costa.

Pero no aminoró la marcha.

Harlowe entrecerró los ojos. Su barco seguía acercándose a la isla, más rápido que nunca.

—Esto no es natural. La marea no debería ser tan fuerte como para atraernos de este modo —dijo, tensando el rostro—. Vamos a estrellarnos. Loth se limpió la lluvia de la frente y de pronto vio un destello en la isla. Brillante como un espejo reflejando un rayo de sol.

—¿Qué demontre es eso? —dijo Plume, haciendo una mueca, al ver aquel fogonazo otra vez—. ¿Lo veis, capitán?

—Sí.

—Alguien debe de estar haciéndonos señales —dijo Melaugo, agarrada a una soga empapada—. ¿Capitán?

Harlow seguía apoyado en la amura, con la mirada puesta en la isla. Los relámpagos iluminaban las zonas más altas de la superficie.

—Capitán —gritó el sondeador—, diecisiete brazas de profundidad. Estamos rodeados de arrecifes.

Melaugo se fue a un costado y miró por la borda.

—Ya lo veo. Que la Damisela nos salve. Están por todas

partes. —Se llevó una mano a la solapa del sombrero—. Capitán, es como si el barco supiera el camino. Los pasa rozando, a un pelo de las lapas que lleva pegadas al casco.

Harlowe escrutó la isla con el rostro pétreo. Loth se lo quedó mirando en busca de alguna señal de esperanza.

—Cambio de planes —ordenó Harlowe—. Suelten todas las anclas y arríen velas.

—Ahora no podemos parar —le gritó Plume.

—Podemos intentarlo. Si el *Rosa* llega a tierra, quedará destrozado. Y eso no puedo permitirlo.

—Podemos evitarlo. Afrontar la tormenta...

—Aunque de algún modo pudiéramos dar media vuelta en estos arrecifes, el viento nos llevaría más al sur, donde quedaríamos inmovilizados y lejos de nuestro rumbo —gruñó Harlowe—. ¿Es así como quiere morir, señor Plume?

Melaugo cruzó una mirada exasperada con Plume antes de transmitir la orden a la tripulación. Tiraron de las sogas y arriaron las velas. Los marineros se subieron a las vergas, plantaron las botas sobre las sogas y tiraron de la lona con las manos desnudas. Uno de ellos salió despedido con el ondear de la vela y cayó sobre la cubierta. Se oyó el crujir de huesos, y la sangre se mezcló con el agua del mar. Con una calma insólita, Harlowe bajó y ocupó la posición de su contramaestre al timón.

Loth se quedó inmóvil. Solo sentía la sal en la boca y quemándole los párpados. Cuando la primera de las anclas del *Rosa* se trabó en el lecho marino, el tirón le descolocó todos los órganos. La tripulación dejó caer la segunda ancla, y luego la tercera. Aun así el barco no aminoró la marcha. El sondeador contó las brazas de profundidad. Las tres anclas no conseguían frenar el barco y Loth se preparó para el impacto.

Los truenos resonaban con fuerza. Los relámpagos llenaban el cielo de luz. La última ancla cayó entre las olas, pero la arena ya estaba demasiado cerca, imposible evitarla. Harlowe no soltó el timón, con los nudillos blancos de la presión.

Era el arrecife o la playa. Y viendo la mirada de Harlowe, Loth supo que el capitán no se arriesgaría a la destrucción del *Rosa Eterna* lanzándolo contra el arrecife.

Melaugo hizo sonar su silbato. La tripulación dejó sus tareas y todos se agarraron a lo que pudieron.

El buque crujió bajo sus pies. Loth apretó los dientes, esperando notar cómo se desgajaba el casco. La sacudida duró una eternidad y, de pronto, el *Rosa* quedó prácticamente inmóvil como una estatua. Solo se oía el repiqueteo de la lluvia contra la cubierta.

—Seis brazas —dijo el sondeador, jadeando.

La tripulación se deshizo en vítores. Loth se puso en pie, con las rodillas temblorosas, y se fue junto a Melaugo. Cuando vio las olas a su alrededor, golpeando aún contra la borda, hundió la cabeza entre las manos y se rio como si no pudiera parar. Melaugo sonrió y se cruzó de brazos.

—Ahí lo tenéis, milordcito. Habéis sobrevivido a vuestra primera tormenta.

—Pero ¿cómo ha parado? —Loth vio el mar agitado a su alrededor—. Íbamos tan rápido…

—A mí eso me importa un comino. Llamémoslo un milagro… de vuestro Santo, si os apetece.

Solo Harlowe parecía negarse a celebrarlo. Levantó la vista y miró la isla con un temblor en la mandíbula.

—Capitán —Melaugo se había dado cuenta—, ¿qué pasa?

Él no apartó la mirada de la isla.

—He sido marinero muchos años —dijo—. Nunca he visto que un barco se moviera como se ha movido el *Rosa*. Es como si Dios lo empujara a través de la tormenta.

Daba la impresión de que Melaugo no sabía qué decir. Sacudió en alto su sombrero empapado.

—Encuentra pólvora seca y prepárame unos cuantos exploradores —dijo Harlowe—. En cuanto hayamos limpiado los restos del señor Lark, necesitaremos agua dulce y comida. Desembarcaré con un pequeño destacamento. Todos los demás, incluidos los de la comitiva inys, deben quedarse y colaborar en la reparación del barco.

—Quisiera venir con vos, si lo permitís —propuso Loth—. Perdonadme, capitán Harlowe, pero después de esta experiencia me han quedado pocas ganas de permanecer a bordo. Creo que sería más útil en tierra.

—Ya veo. —Harlowe lo miró de arriba abajo—. ¿Sabéis cazar, lord Arteloth?

—Desde luego. En Inys salía mucho a cazar.

—En la corte, supongo. E imagino que sería con arco.

—Sí.

—Bueno, pues me temo que aquí no tenemos arcos. Pero os enseñaremos a usar una pistola. —Le dio una palmadita a Loth en el hombro y se puso en marcha—. Al final os convertiré en un pirata.

El *Rosa Eterna* quedó anclado y con todas las velas atadas, pero el viento seguía zarandeando el barco peligrosamente. Loth se subió en un bote de remos con dos de los caballeros de la Guardia Real, que se habían negado a llevar pistola. En caso de enfrentamiento, lo único que necesitaban eran sus espadas.

Loth cogió su pistola con mano firme. Melaugo le había enseñado a cebarla y disparar.

La lluvia salpicaba el agua alrededor de los botes. Pasaron remando bajo un arco natural, en dirección a una playa tras la cual se elevaba una agreste montaña. En cuanto se acercaron a la orilla, Harlowe levantó su catalejo.

—Hay gente —murmuró—. En la playa.

Habló con una de los artilleros en otro idioma. La mujer le cogió el catalejo de las manos y miró por él.

—Podría ser la isla de las Plumas, un lugar sagrado, donde se custodian los documentos más sagrados del Este —tradujo Harlowe—. Solo los eruditos ponen el pie en ella, y no estarán bien armados.

—Aun así están sometidos a la ley del Este —dijo Melaugo, amartillando su pistola—. Para ellos no somos corsarios, Harlowe. Somos piratas apestados. Como todos los que surcan estas aguas.

—Quizá no apliquen el veto del mar —dijo Harlowe, mirando a su sobrecargo—. ¿Tienes alguna idea mejor, Estina?

La artillera le indicó con un gesto que bajara el arma. Melaugo frunció los labios, pero obedeció.

Tres personas les esperaban en la orilla. Dos hombres y una mujer con túnicas de un rojo oscurísimo, que les observaban con prevención.

Tras ellos se encontraban lo que en un primer momento Loth pensó que serían los restos de un barco. Luego vio que era el esqueleto de una bestia enorme.

Ocupaba casi toda la playa. Fuera lo que fuera, en vida debía de ser más grande que una ballena. Ahora que los huesos estaban limpios, emitían un brillo iridiscente a la luz de la luna.

Loth bajó del bote de remos y ayudó a los otros marinos a llegar a la arena, al tiempo que se sacudía el agua de los ojos. Harlowe se acercó a los desconocidos y bajó la cabeza. Ellos le devolvieron el gesto. Habló un rato con ellos y luego volvió al grupo de exploradores.

—Los bachilleres de la isla de las Plumas nos han ofrecido cobijo mientras dure la tormenta y nos permiten cargar agua. Solo tienen espacio para cuarenta de nosotros en su casa, pero permitirán que el resto de la tripulación duerma en sus almacenes vacíos —dijo Harlowe, levantando la voz para hacerse oír con aquel viento—. Todo ello con la condición de que no traigamos armas a la isla y que no toquemos a ninguno de sus residentes. Temen que podamos transmitir la peste.

—Un poco tarde para lo de las armas —observó Melaugo.

—Esto no me gusta, Harlowe —dijo uno de los soldados de la Guardia Real—. Yo digo que nos quedemos en el *Rosa*.

—Y yo digo que no.

—¿Por qué?

Harlowe le miró con aquellos ojos fríos, algo desdeñoso. Envuelto en aquella tormenta, tenía el aspecto de un caótico dios del mar.

—Yo tenía intención de cargar provisiones en Kawontay —dijo—, pero ahora que la tormenta nos ha desviado de nuestro rumbo nos quedaremos sin comida antes de que podamos llegar allí. La mayor parte del agua se ha ensuciado. —Desenvainó dos cuchillos de caza—. La tripulación no querrá dormir en el barco con ese mar, y los necesito centrados. Dejaremos un retén de guardia, por supuesto, y si alguien desea quedarse en el *Rosa*, yo no se lo impediré. A ver cuánto tiempo tarda en decidir que no vale la pena tener que beberse sus propios orines.

Harlowe volvió a acercarse a los desconocidos otra vez y dejó los cuchillos y su pistola en la arena a sus pies. Melaugo chasqueó la lengua antes de sacarse de entre las ropas toda una serie de cuchillos y puñales. Los caballeros de la Guardia Real entregaron sus espadones con el mismo pesar con que unos padres entregarían a su recién nacido. Loth entregó sus puñales y la pistola. Los bachilleres los observaron en silencio. Cuando todos estuvieron desarmados, uno de los hombres se alejó y el grupo de exploradores le siguió.

La isla de las Plumas se alzaba imponente ante ellos. Los relámpagos dejaron al descubierto los recortados precipicios cubiertos de vegetación, de una altura imponente. Dejaron la playa y pasaron bajo otro arco donde había una escalinata tallada en la pared de roca. Loth estiró el cuello y no pudo ver dónde acababa.

Subieron aquella escalinata mucho rato. El viento aullaba a su alrededor. La lluvia les empapaba la botas, haciendo que cada paso resultara peligroso. Para cuando llegaron a lo más alto, Loth sintió que las rodillas ya no le sostenían.

El bachiller les condujo a través del césped y bajo los árboles, que goteaban, hasta un sendero flanqueado por faroles. Allí les esperaba una casa, situada sobre una plataforma elevada, con las paredes blancas y el techo de tejas, apoyada en pilotes de madera. Loth no había visto nunca una casa así. El bachiller abrió las puertas y se descalzó antes de entrar. Los recién llegados hicieron lo mismo. Loth siguió a Harlowe al interior de la fría estructura.

En las paredes no había ningún adorno. En lugar de alfombras había unas esteras de olor dulce. En un agujero central ardía una hoguera, rodeada de cojines cuadrados. El bachiller le habló de nuevo a Harlowe.

—Aquí es donde nos alojaremos. Los almacenes están cerca.

Harlowe examinó la estancia.

—En cuanto amaine la tormenta, intentaré persuadirles de que nos vendan algo de mijo. Lo suficiente como para llegar a Kawontay.

—No podemos darles nada a cambio —señaló Loth—. Puede que necesiten el mijo para ellos.

—Nunca seréis un marinero si pensáis así, milord.

—Yo no quiero ser marinero.

—Por supuesto que no.

La oscuridad era total. Tané observó el barco inys a través de las ventanas abiertas de la sala de curas.

—En unos días se habrán ido —murmuraba el anciano Vara a los otros ancianos—. La tormenta no durará mucho.

—Vara, nos vaciarán los almacenes —dijo el honorable Anciano Mayor, en voz baja pero airada—. Son cientos de ellos. Nosotros podemos sobrevivir por un tiempo con los frutos de la isla, pero si se llevan el arroz y el mijo…

—Son piratas —intervino otro anciano—. Quizá no sean la Flota del Ojo de Tigre, pero en estas aguas solo hay piratas. Por supuesto que se llevarán nuestra comida. Por la fuerza, si es necesario.

—Estos no son piratas —rebatió el anciano Vara—. Su capitán dice que vienen de parte de la reina Sabran de Inys. Se dirigen al Imperio de los Doce Lagos. Yo creo que, en aras de la paz, lo mejor sería ayudarlos a que puedan reemprender su camino.

—Arriesgando nuestras vidas con ello —susurró el mismo anciano—. ¿Y si tienen la enfermedad roja?

Tané apenas prestaba atención a la discusión. Tenía la mirada puesta en el agitado mar.

La joya azul estaba tranquila en su prisión. La tenía guardada en una cajita lacada impermeable, en su bolsa, siempre a mano.

—Eres un inconsciente —espetó el Anciano Mayor, haciendo que Tané mirara hacia el interior—. No deberías haberles ofrecido cobijo. Esto es territorio sagrado.

—Debemos mostrarles un poco de compasión, Anciano…

—Intenta predicar la compasión entre la gente que perdió la vida, a sus familias, cuando la enfermedad roja llegó a las costas del Este —replicó el anciano—. La responsabilidad será tuya.

Salió de la habitación, saludando apenas a Tané con un mínimo gesto de la cabeza al pasar. Los otros ancianos le siguieron. El anciano Vara se pellizcó el puente de la nariz.

—¿Tenemos algún arma en esta isla? —le preguntó Tané.

—Un puñado bajo el suelo, en el comedor, para casos de amenaza de invasión. En ese caso, los ancianos protegerían los archivos, y los bachilleres jóvenes lucharían.

—Tenemos que mantenerlas cerca de nosotros. La mayoría de bachilleres están entrenados en el arte de la espada —dijo Tané—. Si esos piratas intentan robarnos, debemos estar preparados.

—No tengo ningún deseo de extender el pánico entre los estudiantes, niña. Los forasteros se quedarán en el poblado de los acantilados. No llegarán hasta aquí arriba; estamos demasiado en alto —dijo, y le sonrió—. Hoy me has ayudado mucho, pero ya ha caído la noche. Te has ganado tu descanso.

—No estoy cansada.

—Tu cara me dice lo contrario.

Era cierto que un sudor frío le cubría la frente y que se le marcaban las ojeras. Tané hizo una reverencia y salió de la sala de curas. Los pasillos de la casa estaban vacíos. La mayoría de bachilleres no sabían nada de los piratas y dormían sin que nada turbara su sueño.

Tané mantuvo la mano en el costado, cerca de la cajita. No había tardado mucho en entender cómo funcionaba su tesoro. Cada día, antes de la meditación y después de la cena, subía a la cumbre del volcán dormido, donde el agua de la lluvia caía hacia el cráter, y entraba en conexión con las vibraciones de la joya. Descubrió en ella un instinto oculto que le enseñaba a sacar aquellas vibraciones hacia el exterior, como si fuera algo que hubiera hecho mucho tiempo atrás y su cuerpo lo recordara. Al principio usó la joya para crear ondas en el agua. Después había hecho una mariposa con papel encerado y la había hecho volar. Luego, oculta en la oscuridad, había empezado a escaparse hasta la playa.

Había tardado días en conseguir atraer las olas. Las mareas tenían su mecánica establecida.

Una vez, en Cabo Hisan, Tané había visto a una mujer bordando un tejido. La aguja entraba y salía de la tela, dejando el hilo tras de sí, y los colores iban apareciendo en la seda. Inspirándose en ese recuerdo, Tané se había imaginado el poder de la joya como una aguja, el agua como el hilo, y ella como la bordadora del mar. Lentamente, las olas se habían acercado a ella, rodeándole las piernas.

Por fin, una noche en que la joya brillaba como un relámpago entre sus manos, había conseguido atraer el mar hacia la playa hasta cubrir por completo la arena. Los bachilleres se habían quedado atónitos, hasta que volvió a retirarse el agua.

Aquel esfuerzo la había dejado casi sin sensibilidad. Pero ahora sabía lo que podían hacer, ella y la joya.

Cuando había visto el barco del Oeste, batallando con la tormenta, había salido corriendo a los acantilados. El gran Kwiriki le había dado una oportunidad, y ella estaba lista, por fin, para aprovecharla.

El mar esta vez había respondido con fuerza. Aunque el barco se había resistido, había conseguido guiarlo por entre el arrecife de coral. Ahora estaba prácticamente sin vigilancia, en los bajíos.

Era el momento de escapar. Había perdido demasiado tiempo en aquel lugar. Y sabía exactamente dónde quería ir. A la isla del moral, donde se dirigía la Emperatriz Dorada, con Nayimathun en la bodega de su barco.

Tané colgó la calabaza con agua dulce que llevaba en la bolsa y se dirigió al vacío comedor. Las armas estaban ocultas bajo los tablones del suelo, justo como había dicho el anciano Vara. Se metió los puñales en la bolsa, y luego cogió una espada seiikinesa y una daga.

—Ya me parecía que te encontraría aquí.

Tané se quedó inmóvil.

—Sabía que intentarías marcharte. Lo vi en tus ojos cuando te hablé de la Flota del Ojo del Tigre —dijo el anciano Vara, en voz baja—. No puedes gobernar ese barco sola, Tané. Necesitarías una tripulación de cientos de hombres.

—O esto.

Echó mano de su cajita y le enseñó la joya, ahora apagada. El anciano Vara se la quedó mirando.

—La joya creciente de Neporo —dijo, mirándola con reverencia—. En todos mis años, nunca pensé…

Tané no le dejó acabar:

—La tenía cosida al costado. La he llevado dentro toda mi vida.

—Por la luz del gran Kwiriki. Durante años la isla de las Plumas guardó el mapa astral de Komoridu, el lugar de descanso de la joya creciente —murmuró—. Por lo que parece, nunca estuvo allí.

—¿Tú sabes dónde está esa isla, anciano Vara? —dijo Tané, poniéndose en pie—. Voy a peinar el mar hasta que encuentre a la Emperatriz Dorada, pero tendré más posibilidades si sé adónde va.

—Tané, no debes ir ahí —dijo él—. Aunque llegaras a encontrar a la Flota del Ojo del Tigre, no tenemos ninguna seguridad de que la gran Nayimathun siga viva. Y si está viva, no puedes enfrentarte a todo un batallón de piratas para rescatarla. Morirías en el intento.

—Debo intentarlo —respondió, con una sonrisa leve—. Igual que la Niña-Sombra. Esa historia me dio ánimos, anciano Vara.

Tané veía la lucha interna del anciano.

—Lo entiendo —dijo por fin—. Miduchi Tané murió cuando

le arrebataron su dragón. Desde entonces, tú has sido su fantasma. Un fantasma vengativo, intranquilo, incapaz de avanzar.

Tané sintió que le picaban los ojos del calor.

—Si yo fuera más joven o más valiente, quizá incluso iría contigo. Habría arriesgado cualquier cosa por mi dragón.

Tané se lo quedó mirando.

—Fuiste jinete de dragón.

—Quizá te suene mi nombre. Hace muchos años me llamaban el Príncipe de las Mareas.

Uno de los jinetes de dragón más grandes de la historia. Hijo de una cortesana seiikinesa y de un pirata de tierras lejanas, que habían dejado a las puertas de una Casa del Sur y que había acabado ingresando en la Gran Guardia Marina. Una noche había caído de la silla de montar en plena batalla, se había roto la pierna y la Flota de Ojo de Tigre lo había tomado como rehén.

Los piratas convirtieron su pierna en un trofeo. La leyenda dice que lo tiraron al mar para que fuera pasto de los peces, pero que sobrevivió hasta el amanecer, cuando lo encontró un barco.

—Ahora ya lo sabes —dijo el anciano Vara—. Algunos jinetes siguen adelante tras una lesión así, pero el recuerdo me ha dejado una profunda cicatriz. Cada vez que veo un barco, recuerdo el ruido de mis huesos al quebrarse. —Una sonrisa honesta le atravesó el rostro—. A veces mi dragón vuelve por aquí. Para verme.

Tané de pronto lo admiró como no había admirado nunca a nadie.

—Aquí la vida es tranquila —dijo ella—, pero mi sangre es de mar, y no me permite quedarme quieta.

—No. Este sitio nunca ha formado parte de tu destino. —La sonrisa desapareció—. Pero quizá Komoridu sí.

De su bolsa sacó un trozo de papel, un tintero y un pincel.

—Si el gran Kwiriki se porta bien con nosotros, la Emperatriz Dorada nunca llegará a Komoridu —dijo—. Pero si ha descubierto el enigma… quizá ya esté llegando. —Le escribió las instrucciones—. Debes navegar al este, siguiendo la constelación de la Urraca. En la novena hora de la noche, asegúrate de que tu barco está justo debajo de la estrella que representa su ojo y vira al sureste. Avanza en un rumbo a medio camino entre la Estrella del Sur y la Estrella Soñadora.

Tané guardó la joya.

—¿Cuánto tiempo?

—El mapa no lo decía. Pero avanzando en esa dirección encontrarás Komoridu. Sigue esas dos estrellas por mucho que se muevan en el firmamento. Con la joya, deberías poder alcanzar el *Perseguidor*.

—Me dejarás que me la quede.

—Te fue concedida a ti. —Le entregó las instrucciones—. ¿Adónde irás, Tané, cuando encuentres a la gran Nayimathun?

Aquello aún no lo había pensado. Si su dragona estaba viva, la liberaría de los piratas y se la llevaría al Imperio de los Doce Lagos. Si no, se aseguraría de vengar su muerte.

Después de eso, no sabía qué haría. Solo sabía que estaría en paz.

Daba la impresión de que el anciano Vara ya sabía, por su rostro, que no le iba a dar una respuesta.

—Dejaré que te vayas con mi bendición, Tané, si me prometes una cosa —dijo, murmurando—. Que un día te perdonarás. Estás en la primavera de tu vida, niña, y tienes mucho que aprender de este mundo. No te niegues el privilegio de vivir.

A Tané le tembló la mandíbula.

—Gracias. Por todo. —Hizo una reverencia, bajando mucho la cabeza—. Es para mí un honor haber sido alumna del Príncipe de las Mareas.

Él le devolvió la reverencia.

—Ha sido un honor para mí ser tu profesor, Tané —dijo, y le dio un empujoncito hacia la puerta—. Vete ya. Antes de que alguien te vea.

La tormenta aún azotaba la isla, aunque los truenos ya sonaban más distantes. La lluvia dejó empapada a Tané, que recorría los puentes de cuerda en dirección a la escalinata escondida.

El poblado estaba en silencio. Se agazapó tras un árbol caído y observó por si había algún movimiento. En una de las viejas casas había una luz temblorosa. Un móvil en el exterior tintineaba movido por el viento.

Había dos vigías, pero estaban demasiado ocupados charlando y fumando como para verla. Se deslizó por detrás de las casas y atravesó la hierba alta a la carrera hasta llegar a los escalones tallados en la piedra que la llevarían a la playa.

Los escalones volaban bajo sus botas. Cuando llegó abajo, contempló el mar.

Había barcas de remos sobre la arena. Habría más vigías en el barco, pero podía enfrentarse a ellos. Si era necesario derramar sangre, así sería. Ya había perdido su honor, su nombre y su dragón. No le quedaba nada más que perder.

Tané se giró y miró una vez más hacia la isla de las Plumas, su lugar de exilio. Uno más de los lugares que se habían convertido en su hogar y que había acabado perdiendo. Debía de estar destinada al desarraigo, como una semilla impulsada por el viento.

Corrió y se zambulló entre las olas. La tormenta agitaba el mar, pero ella sabía cómo sobrevivir a su furia.

Su corazón estaba cobrando vida de nuevo. Se había puesto una armadura para sobrevivir al exilio, una armadura tan gruesa que casi se le había olvidado lo que era sentir algo. Ahora disfrutaba del cálido abrazo del agua salada, de su sabor penetrante en la boca, de la sensación de que podía acabar arrastrada por la corriente si ponía mal una mano o un pie.

Cuando sacó la cabeza para respirar, se quedó mirando el barco. Tenía las velas recogidas. En la popa ondeaba una bandera blanca con una espada y una corona. Era la insignia de Inys, la nación más rica del Oeste. Otra bocanada de aire y volvía a estar bajo el agua, muy por debajo de las olas.

Ya tenía el casco al alcance de la mano. Esperó a que una ola la levantara y se agarró a una soga que colgaba por la borda.

Sabía de barcos. Con la joya como tripulación, podría dominar aquella bestia de madera.

No había nadie en la playa. El anciano Vara no la había traicionado, informando a sus superiores. Por la mañana no quedaría ni rastro del fantasma en que se había convertido.

Fue el móvil de la puerta el que despertó a Loth. No había dejado de tintinear en toda la noche. Además, tenía frío y estaba cubierto de sal, y rodeado del hedor y los ronquidos de los sucios piratas. Harlowe les había dicho a todos que durmieran un poco antes de salir en busca de agua dulce.

El propio capitán había hecho guardia junto a la hoguera. Loth observó las llamas bailando sobre su rostro, poniendo en evidencia el tatuaje blanco que le trepaba por el antebrazo y haciendo brillar el mechón que tenía en la mano.

Loth se levantó y se puso la camisa. Harlowe lo miró, pero no dijo nada al verlo salir.

En el exterior aún llovía. Melaugo, que estaba de guardia, lo miró de arriba abajo.

—¿Un paseíto de medianoche?

—Me temo que no consigo conciliar el sueño —dijo Loth, abotonándose la camisa—. Ya llegará.

—¿Habéis avisado a vuestras sombras?

—Pues no. Y te agradecería que las dejaras descansar.

—Bueno, deben de estar muy cansados llevando esas cotas de malla. Me sorprende que no se hayan oxidado. Dudo que estos académicos vayan a atacaros —dijo Melaugo—, pero mantened los ojos bien abiertos. Y llevad esto. —Le lanzó el silbato—. Tampoco sabemos qué piensan realmente de nosotros.

Loth asintió, y volvió a meter los pies doloridos en las botas.

Caminó bajo las copas de los árboles, siguiendo los faroles que aún seguían encendidos, y volvió a la escalinata de la playa. Nunca le habían pesado tanto los pies. Cuando por fin llegó al final, encontró un entrante en la roca y clavó los pies en la arena, lamentando no haber cogido el manto.

Si la borrasca no cesaba, podían quedarse encallados en aquella isla olvidada de la mano del Santo durante semanas, y no disponían de mucho tiempo. Ahora no podía fallarle a Sabran. Un relámpago volvió a iluminar la oscuridad en el momento en que pensaba en la caída de Inys, consecuencia segura de su fracaso.

Fue entonces cuando vio a la mujer.

Estaba en medio de la playa. En el instante en que la iluminó el relámpago, vio una túnica de seda oscura y una espada curvada en el flanco. Se lanzó con elegancia al agua y se sumergió.

Loth levantó la cabeza. Escrutó las olas en busca de algún rastro de ella, pero no hubo más relámpagos.

Si una de los bachilleres de la isla se decidía a nadar, oculta por la oscuridad de la noche, hacia el *Rosa Eterna*, solo se le ocurrían dos motivos posibles. Uno era matar a los forasteros, quizá para evitar un brote de peste. El otro era robar el barco. El sentido común le decía que avisara a Harlowe, pero con aquel viento nadie oiría el silbato.

Fuera lo que fuese lo que planeaba hacer aquella mujer, tenía que detenerla.

Corrió por la arena y se lanzó al agua. Era una locura, con aquellas olas, pero no había otra solución.

Nadó bajo el arco. Cuando eran niños, Margret y él habían nadado en el lago de Elsand por diversión, pero los nobles no tenían necesidad de nadar. En cualquier otra noche, habría tenido demasiado miedo como para intentarlo.

Una ola rompió contra su cabeza, hundiéndolo. Pateó con fuerza y emergió de nuevo, escupiendo agua.

Se oyeron gritos en las cubiertas del *Rosa Eterna.* Sonó un silbato. Sus manos encontraron la soga, y luego los travesaños de madera que hacían de escalera.

Thim estaba tirado en el suelo junto al mástil. La mujer vestida de seda roja estaba en el puente de mando, en pleno duelo de espadas con el carpintero. La negra melena le caía sobre el rostro.

Loth titubeó, apretando los puños sin saber qué hacer. Tres esquives y un ataque decidido, y el carpintero salió tambaleándose, con la túnica manchada de sangre. La mujer lo tiró por la borda de una patada. Otro hombre se le echó encima por la espalda, pero ella giró sobre sí misma y lo lanzó al aire por encima del hombro. Un momento más tarde se unía al carpintero en el agua.

—¡Alto! —gritó Loth.

Ella le lanzó una mirada rápida. En un abrir y cerrar de ojos, saltó por encima del candelero y aterrizó flexionando las piernas.

Loth dio media vuelta y echó a correr. Podía defenderse bien con la espada, pero aquella mujer no era una tímida intelectual. Quienquiera que fuera, en la lucha era como una tormenta: rápida como el rayo, ligera como el agua.

Loth siguió corriendo por la cubierta hasta que encontró una espada huérfana. A sus espaldas, la mujer desenvainó un cuchillo. Cuando llegó a la proa, Loth trepó al puente de mando, apretando los dientes, con las manos resbaladizas por el agua, preparándose para saltar antes de que le alcanzara.

Algo le golpeó en la base del cráneo y cayó sobre la cubierta, pesado como un saco de grano.

Unas manos le sujetaron y le pusieron boca arriba. La mujer le puso el cuchillo contra la garganta y, en aquel momento, Loth vio lo que llevaba en la otra mano.

Su forma era idéntica a la que tenía Ead, y tenía el mismo brillo innatural. Como la luz de la luna sobre el mar.

—La otra joya —susurró, y la tocó con un dedo—. ¿Cómo… cómo puede ser que la tengas?

Ella arrugó los ojos. Miró la joya y luego lo miró a él. Luego levantó la vista, hacia los gritos que se oían en la playa, y su expresión cambió de golpe, adoptando un gesto de determinación.

Aquello fue lo último que recordaría Loth. Su rostro, y aquella cicatriz apenas visible, en forma de anzuelo.

60

Este

En el mar Infinito, más al este de lo que se atrevían a navegar la mayoría de barcos, y en la novena hora de la noche, el *Perseguidor* flotaba bajo la constelación de estrellas que los seiikineses habían bautizado como la Urraca. Padar, el oficial de derrota, había cumplido con lo prometido. Para él, los astros eran piezas en el tablero de juego que era el cielo. Podían moverse de cualquier modo y en cualquier dirección: él sabía cómo interpretarlas. A pesar de las corrientes, él sabía perfectamente dónde iban a encontrar aquella estrella en aquella hora determinada, y cómo llegar hasta allí. En la cubierta, a su lado, estaba Niclays Roos, esperando.

«Jan —pensó—, ya casi he llegado.»

Laya Yidagé estaba a su otro lado con los brazos cruzados, con una sonrisa oculta bajo la sombra de su capucha.

La Estrella del Sur parpadeó. Ante la mirada de su tripulación, la Emperatriz Dorada giró el timón, las velas ondearon al viento y el *Perseguidor* inició su viraje.

—Avante toda —gritó, y sus piratas respondieron a pleno pulmón. Niclays sentía la felicidad de aquellos hombres magnificada en su propio corazón.

Adelante, sí, hacia donde acababan los mapas. Hacia el moral, y hacia un mundo de maravillas desconocidas.

61

Este

Cuando se despertó hacía un frío brutal y el cielo lucía el púrpura enfermizo del atardecer, que lo ensombrecía todo. Loth tardó un rato en darse cuenta de que estaba atado.

Las salpicaduras de las olas le mojaban el rostro. La cabeza le dolía terriblemente y tenía los sentidos abotargados.

Parpadeó intentando quitarse de encima la sensación de agotamiento. A la pálida luz de los faroles, distinguió una figura al timón del *Rosa Eterna*.

—¿Capitán Harlowe?

No hubo respuesta. Cuando empezó a ver mejor, vio que era aquella mujer de la isla de las Plumas.

«No.»

No tenían tiempo de desviarse de su rumbo. Forcejeó, pero tenía alrededor cuerda suficiente como para colgar a un gigante. A su lado vio a Thim, también atado al mástil. Loth le intentó zarandear con el hombro.

—Thim —susurró. El artificiero no respondió. Se le estaba formando un morado en la sien. Loth giró la cabeza y observó a su captora. Tendría unos veinte años, quizá algo menos, y era de complexión delgada. El cabello, negro y corto, le rodeaba el rostro, moreno y curtido.

—¿Quién sois? —le gritó Loth, sintiendo que la garganta le ardía de la sed—. ¿Por qué os habéis llevado este barco?

Ella no le hizo caso.

—Espero que os deis cuenta de que habéis cometido un acto de piratería, señora —prosiguió Loth—. Dad media vuelta ahora mismo o lo tomaré como una declaración de guerra a la reina Sabran de Inys.

Nada.

Quienquiera que fuera aquella vagabunda silenciosa, tenía la otra joya. El destino se la había puesto en el camino.

De la cadera le colgaba una bolsa con flores pintadas. Debía de llevarla ahí.

Loth se dejó vencer por el sopor. La sed y el agotamiento le estaban pasando factura y sentía un dolor pulsante en un lado de la cabeza. En algún momento de la noche se despertó, parpadeando, y se encontró una calabaza junto a los labios. Bebió sin preguntar.

Thim también estaba despierto. La mujer le dio de beber y le habló en un idioma extranjero.

—Thim —murmuró Loth—. ¿Tú la entiendes?

Su compañero tenía ojos de sueño.

—Sí, milord. Es seiikinesa —dijo lentamente—. Pregunta cómo es que sabéis algo de la joya.

Ella permaneció agachada frente a ellos, mirándolos a la cara. A la tenue luz del farol que había traído consigo, Loth distinguió perfectamente la cicatriz de su mejilla.

—Dile que sé dónde está su gemela —dijo. Se la quedó mirando a los ojos mientras Thim traducía, y ella respondió.

—Dice que, si eso es cierto, podréis decirle de qué color es.

—Blanca.

Cuando Thim le transmitió aquellas palabras, ella se inclinó hacia Loth y le puso una mano en la garganta.

—¿Dónde? —preguntó.

De modo que sí hablaba algo de Inys. Su voz era tan fría como su expresión pétrea.

—En Inys —dijo él.

La mujer cerró la boca con fuerza. Más que una boca era un corte fino, ya que no parecía que sonriera casi nunca.

—Debéis darme la joya —le suplicó Loth—. Tengo que llevársela a la reina Sabran, para unirla a su gemela. Juntas pueden usarse para destruir al Innombrable. Se alzará de nuevo muy pronto, en cuestión de semanas. Saldrá del Abismo.

Frunciendo el ceño, Thim transmitió sus palabras a la mujer en seiikinés. Ella endureció el gesto, se puso en pie y se alejó.

—¡Esperad! —le rogó Loth, exasperado—. Por amor del Santo, ¿es que no habéis oído lo que os he dicho?

—No deberíamos provocarla, lord Arteloth —le advirtió Thim—. Sin un barco, el resto de la tripulación podría quedar inmovilizada en la isla de las Plumas durante semanas, si no ya meses. Ahora somos los únicos que podemos hacer llegar la propuesta de la reina Sabran a Su Majestad Imperial.

Tenía razón. Su plan estaba a merced de esa pirata. Loth se deshinchó.

Tim echó la cabeza hacia atrás y frunció el ceño. Loth tardó un rato en darse cuenta de que estaba leyendo las estrellas.

—Imposible —murmuró Thim—. No podemos haber llegado tan al este en tan poco tiempo.

Loth observó a la mujer. Tenía una mano sobre el timón. Con la otra sostenía una piedra oscura. Por primera vez, fue consciente del incesante rugido del agua al chocar contra el casco del barco.

Estaba usando la joya para impulsar al *Rosa*.

—Milord —dijo Thim, en voz baja—. Creo que ya sé adónde vamos.

—Cuéntame.

—Navegando oímos rumores de que la Emperatriz Dorada, líder de la Flota del Ojo del Tigre, estaba navegando hacia el este en busca del elixir de la vida. Su barco de destripadores, el *Perseguidor*, zarpó de Kawontay no hace mucho. Se dirigían al mar Infinito.

—¿Qué es la Flota del Ojo del Tigre?

—Es la mayor flota de piratas que existe hoy en día. Roban y matan dragones siempre que pueden. —Thim echó un vistazo a la mujer—. Si esa va persiguiendo a la Emperatriz Dorada (y no se me ocurre ningún otro motivo por el que pudiéramos estar tan al este), ambos somos hombres muertos.

Loth la miró.

—Parece muy buena luchadora.

—Una persona no puede imponerse a cientos de piratas, y ni siquiera el *Rosa* tiene la mínima oportunidad contra el *Perseguidor*. Es una fortaleza flotante. —Thim tragó saliva—. Quizá pudiéramos recuperar el barco.

—¿Cómo?

—Bueno, cuando ella lo abandone, milord. Un barco de guerra como este precisa de una tripulación numerosa, pero... Supongo que no tenemos otra opción que intentarlo.

Se quedaron un rato en silencio. Lo único que oía Loth era el impacto de las olas.

—En vista de que no podemos hacer nada más que esperar,

quizá pudiéramos jugar a un juego —dijo Loth, mostrándole una sonrisa fatigada al artificiero—. ¿Qué tal se te dan los acertijos, Thim?

Las estrellas brillaban como una plétora de velas. Tané no les quitó la vista de encima mientras marcaba el rumbo del barco inys, usando el viento del oeste y la joya para navegar.

Ese lord inys y el artificiero lacustrino se habían dormido. Por fin. El primero se había quedado un cuarto de hora pensando para intentar resolver el más fácil de los acertijos y Tané había tenido que apretar los dientes para controlar su irritación ante su torpeza.

> Me cierro con el alba, me abro al anochecer,
> para que me admires si me puedes ver.
> Como la luna, soy pálida, y con ella me voy,
> pues con la salida del sol —¿lo ves?— ya no estoy.

Al menos ahora había dejado de llenarse la boca con sus grandes ideas, y la dejaba pensar. Si calculaba bien el tiempo, estaría bajo el ojo de la Urraca esa misma noche.

Después de tanto usar la joya había quedado cubierta de una fina capa de sudor frío. Respiró lenta y profundamente. Aunque en ningún momento la dejaba sin fuerzas, notaba que la joya tenía algún efecto en su cuerpo. Ella era la cuerda, y la joya era el arco, y solo juntas podían hacer que el océano cantara.

—Loth.

Sobresaltada, Tané miró al otro lado de la cubierta. El hombre inys estaba despierto otra vez.

—Loth —repitió, tocándose el pecho. Tané miró de nuevo las estrellas. En la Casa del Sur había aprendido un poco de todos los idiomas del mundo conocido. Sabía hablar inys bastante bien, pero prefería que los forasteros no lo supieran, para que pensaran que podían hablar despreocupadamente.

—¿Puedo preguntaros vuestro nombre? —dijo el hombre inys.

«Gran Kwiriki, llévate a este idiota de aquí.»

Aun así, sabía algo de la joya menguante. Aquello era razón suficiente como para mantenerlo con vida.

—Tané —dijo ella por fin.

—Tané —repitió él, con voz suave.

Ella se lo quedó mirando. Aunque no podría tener más de treinta años, y aunque en aquel momento daba la impresión de estar lo más lejos posible de una sonrisa, las líneas de expresión en torno a sus labios carnosos hablaban de risas en el pasado. Su piel era del mismo color marrón oscuro que sus ojos, que eran grandes y cálidos. Su nariz era ancha, su mandíbula fuerte, cubierta de vello, y su cabello negro formaba pequeños rizos abigarrados.

Tuvo la sensación de que sería una buena persona.

Pero al momento ahuyentó aquellos pensamientos. Aquel tipo venía de una tierra que despreciaba a sus dioses.

—Si me liberas —dijo Loth—, quizá pueda ayudarte. En un día o dos tendrás que parar. Para dormir.

—No tienes idea del tiempo que puedo estar sin dormir.

Él levantó las cejas.

—Así que hablas Inys.

—Lo suficiente.

El hombre del Oeste abrió la boca como si fuera a decir algo más, pero se lo pensó mejor. Se apoyó en el artificiero y cerró los ojos. Antes o después Tané tendría que interrogarle. Si sabía dónde estaba la otra joya, tenía que recuperarla para devolvérsela a los dragones, pero primero necesitaba encontrar a Nayimathun. Cuando Loth por fin se durmió, Tané examinó las estrellas y volvió al timón. La joya era como un pedazo de hielo en su mano. Si seguía así, muy pronto llegaría a Komoridu.

Bebió un poco de su calabaza y parpadeó para humedecerse los ojos secos.

Lo único que tenía que hacer era permanecer despierta.

El mar Infinito era de un exquisito azul zafiro que viraba casi a violeta cuando se ponía el sol. No había aves en el cielo, y el vacío se extendía hasta donde llegaba la vista.

Era aquel vacío lo que preocupaba a Niclays. La legendaria isla de Komoridu no se dejaba ver.

Echó un trago de su botella de vino rosado. Esa noche los piratas habían sido generosos. Su líder les había dejado claro que, si encontraban el gran tesoro, se lo deberían al Maestro de las Fórmulas.

Y si no conseguían encontrar nada, todos ellos sabrían a quién culpar. La muerte nunca había estado tan presente en su vida. Pensó en ella como en una vieja amiga que un día volvería a llamar a su puerta.

Durante años, había intentado crear el elixir de la inmortalidad con el afán del descubrimiento. Nunca había pensado en beber de él. La muerte, después de todo, pondría fin al dolor o le llevaría de nuevo con Jannart, cualquiera que fuera la versión correcta del más allá. Cada día, a cada paso, cada tic del reloj le acercaba más a aquella maravillosa posibilidad. Estaba harto de vivir con el alma a medias.

Sin embargo, ahora que sentía la amenaza de la muerte, la temía. Con manos temblorosas, dio otro trago al vino. Por un momento se le ocurrió que debería dejar de beber para estar más despierto, pero ni siquiera sobrio sería capaz de plantar cara a un pirata. Mejor estar entumecido.

El barco seguía abriéndose paso por entre las olas. La noche había pintado el cielo de negro. Muy pronto se le acabó el vino. Tiró la botella al mar y se quedó mirando cómo cabeceaba en el agua.

—Niclays.

Laya estaba subiendo las escaleras a toda prisa, sujetándose el chal con una mano. Le cogió de un brazo.

—Han visto algo a lo lejos —dijo con los ojos brillantes, de temor o de emoción—. Los vigías.

—¿Qué tipo de «algo»?

—Tierra.

Niclays se la quedó mirando, incrédulo. Sin aliento, la siguió hasta la proa del barco, donde estaban ya la Emperatriz Dorada y Padar.

—Estás de suerte, Roos —dijo la capitana. Le pasó su catalejo de visión nocturna. Niclays miró. Una isla. Era indudable. Pequeña, casi seguro deshabitada, pero una isla al fin y al cabo. Le devolvió el catalejo y soltó un suspiro.

—Me alegro de verla, honorable Emperatriz Dorada —dijo, y era cierto.

Ella contempló la isla como un cazador mira a su presa. Se giró hacia uno de sus oficiales, y Niclays se quedó mirando las muescas de su brazo de madera.

—Está ordenando que el *Paloma Negra* rodee la isla —murmuró Laya—. Puede que la Gran Guardia Marina aún nos pise los talones. Y también puede ser que algún otro barco pirata haya oído rumores de nuestra misión.

—No creo que ningún capitán pirata sea tan tonto como para querer enfrentarse a un barco como este.

—El mundo está lleno de tontos, Niclays. Y cuando huelen la posibilidad de la vida eterna, hacen aún más tonterías.

Sabran era un buen ejemplo de ello. Y Jannart también. Niclays hizo tamborilear los dedos sobre la borda. Fueron acercándose a la isla y él sintió la boca más seca, como la ceniza.

—Venga, Roos —dijo la Emperatriz Dorada, con una voz suave como el terciopelo—. Deberías estar entre los primeros en disfrutar del botín. Al fin y al cabo, has sido tú quien nos has traído aquí.

No se atrevió a discutir.

Tras echar el ancla, la Emperatriz Dorada se dirigió a sus piratas. La isla, les dijo, albergaba un tesoro que acabaría con todos sus problemas. El elixir les haría tremendamente poderosos. Serían los dueños del mar. Los suyos rugieron y patearon el suelo. Niclays se quedó temblando de miedo. Ahora estaban pletóricos, pero a poco que se olieran el fracaso, que alguien susurrara que habían llegado hasta allí para nada, toda su alegría se convertiría en una ira asesina.

Prepararon un bote para mandar una expedición de reconocimiento. Laya y Niclays fueron con los veinte miembros de la tripulación escogidos, entre ellos la Emperatriz Dorada, que pondría el pie en la isla antes que nadie, y Ghonra, su heredera. Aunque Niclays suponía que dejaría de necesitar una heredera si efectivamente encontraban el elixir.

El bote de remos se alejó de la sombra del *Perseguidor*. Muy pronto se hizo evidente que lo que veían de la isla no era más que la punta. El mar había inundado el resto.

Cuando no pudieron seguir remando, dejaron a dos de los marineros en el bote y caminaron por el agua hasta la orilla. Niclays piso tierra y se escurrió el agua de la camisa con las manos.

Aquel lugar podía convertirse en su tumba. Él siempre había pensado que le enterrarían bajo el polvo de Orisima. Y sin embargo ahora parecía que sus huesos yacerían en una isla remota perdida en la inmensidad del mar.

Subieron por una cuesta de rocas resbaladizas, pero el

alcohol le hacía ir más lento. Cuando Ghonra miró por encima del hombro y levantó una ceja, él respiró hondo y aceleró el paso.

Sus pasos les llevaron a la oscuridad de un bosque. El único rastro de civilización era el puente de piedra que usaron para atravesar un arroyo. Niclays vio a lo lejos una escalinata tallada en la roca. La Emperatriz Dorada fue la primera en subir por ella.

Aquellos peldaños no se acababan nunca. La escalinata avanzaba sinuosa por entre numerosos arces y abetos.

Allí no había viviendas. Ningún custodio del moral. Solo naturaleza, que había ido invadiéndolo todo durante siglos. El zumbido de las avispas y el gorjeo de los pájaros. Un ciervo se les cruzó por delante y volvió a sumergirse en la oscuridad, provocando que la mitad de los piratas desenvainaran sus espadas.

Niclays estaba jadeando. Tenía la camisa empapada de sudor. Se secó la frente aunque inútilmente, ya que el sudor le caía a goterones. Hacía mucho tiempo que no hacía tanto esfuerzo físico.

—Niclays —murmuró Laya—. ¿Estás bien?

—Estoy agonizando —respondió, entre dientes—. Si la Damisela es misericordiosa, permitirá que me muera antes de llegar a la cumbre.

No se dieron cuenta de que habían parado hasta que se encontró junto a Ghonra, que lo derribó de un codazo en el vientre. Con las piernas temblorosas, Niclays levantó la vista y contempló un árbol. Un moral, viejo y nudoso, más grande que ningún otro árbol que hubiera visto nunca.

Talado.

Niclays se quedó mirando el gigante caído. No sentía las piernas. Los labios le temblaron y sintió que se le encendían los ojos.

Allí estaba. Al final del Camino de los Proscritos. Aquello era lo que tanto había deseado ver Jannart, el secreto por el que había muerto. Niclays se encontraba frente a su gran sueño.

Y su sueño le había traicionado.

El moral no tenía flores ni frutos. Era una imagen casi grotesca, descomunal, con sus proporciones distorsionadas, como un cuerpo colgado de un gancho. El tronco era grueso como una ballena. Aun muerto, sus ramas se elevaban hacia las estrellas, como si las estrellas pudieran alargar unas manos de plata y volver a ponerlo en pie.

La Emperatriz Dorada caminó por entre sus ramas muertas. Laya agarró a Niclays del brazo. Niclays sintió que temblaba, y le apretó la mano casi sin pensar.

—Yidagé, Roos —dijo la Emperatriz Dorada—, venid aquí.

Laya cerró los ojos.

—A ti no te hará daño, Laya —dijo Roos, en voz baja—. Te necesita demasiado.

—No tengo ningunas ganas de ver cómo te hace daño a ti.

—Me duele mucho la poca confianza que tenéis en mi capacidad como guerrero, señora Yidagé —respondió, mostrándole su bastón y una sonrisa forzada—. Con esto puedo dar cuenta de todos estos, ¿no os parece?

Ella contuvo una risa.

—Aquí hay una inscripción —le dijo la Emperatriz Dorada a Laya, cuando se acercaron—. Tradúcemela.

Su rostro no transmitía ninguna emoción. Laya soltó a Niclays, se acercó a una rama y se agachó junto al tronco. Uno de los piratas le dio una antorcha, y ella la acercó al árbol con cuidado. Las llamas iluminaron una cascada de palabras grabadas en la madera.

—Perdonadme, honorable Emperatriz Dorada, pero no puedo traducir esto. Algún fragmento me resulta familiar, pero la mayor parte no —se excusó Laya—. Me temo que escapa a mis conocimientos.

—Quizá yo sí pueda.

Niclays miró por encima del hombro. Un erudito seiikinés que nunca se alejaba demasiado de la Emperatriz Dorada apoyó una mano ajada sobre el tronco, como si fueran los restos terrenos de un viejo amigo.

—La antorcha, por favor —dijo—. No tardaré mucho.

No había ninguna luz que delatara la presencia del barco del Oeste. Desde lo alto de sus vergas, Tané observó la llegada de los piratas a la costa.

El *Rosa Eterna* estaba anclado lejos de la vista de los piratas. Después de virar en dirección sureste en el momento justo, había navegado hasta avistar una isla con su catalejo nocturno.

El anciano Vara creía que la joya creciente procedía de allí.

Quizá aquel lugar ocultara el secreto de por qué la llevaba dentro… o quizá no. Lo importante era Nayimathun.

El viento le agitó el cabello, cubriéndole los ojos. Tané conocía aquellos barcos de sus días en la Casa del Sur, cuando había aprendido a identificar los navíos más importantes de la Flota del Ojo del Tigre. Ambos llevaban las velas rojas de la enfermedad. El *Paloma Negra,* que tenía la mitad de eslora que el *Perseguidor,* rodeaba la isla con las troneras abiertas.

Tané bajó a cubierta. Había liberado a sus dos prisioneros para que pudieran ayudarla.

—Tú —le dijo Tané a Thim—. Mientras yo no esté, vigila el barco.

Thim se la quedó mirando.

—¿Adónde vas?

—Al *Perseguidor*.

—Te harán pedazos.

—Ayúdame a sobrevivir y me encargaré de que llegues al Imperio de los Doce Lagos de una pieza. Traicióname y dejaré que mueras aquí —dijo Tané—. Tú eliges.

—¿Quién eres tú? —preguntó Thim, frunciendo el ceño—. Luchas mejor que cualquier soldado. Ninguno de los marineros ha tenido la mínima oportunidad al enfrentarse a ti. ¿Por qué te mandaron con los bachilleres y no con los Miduchi?

Tané le entregó el catalejo.

—Si te ven —se limitó a responder—, dispara uno de los cañones a modo de advertencia.

Pero Thim ya se había dado cuenta. Había visto su reacción en la mirada.

—Tu eras Miduchi —dijo, escrutándole el rostro—. ¿Por qué te echaron?

—Lo que sea yo y lo que fuera antes no es asunto tuyo. —Hizo un gesto a Loth—. Tú. Ven conmigo.

—¿Al agua? —Loth se la quedó mirando—. Nos vamos a congelar.

—No si no dejamos de movernos.

—¿Qué es lo que quieres hacer en ese barco?

—Liberar a un prisionero.

Tané respiró hondo y se deslizó por el costado del barco, tiritando de frío. Luego se soltó.

Su cuerpo se sumergió en la oscuridad. El frío la dejó sin aliento, y de entre los labios le salió una explosión de burbujas.

Era peor de lo que esperaba. En Seiiki nadaba cada día, en cualquier época del año, pero el mar del Sol Trémulo nunca había estado tan frío. Cuando salió a la superficie, su respiración creaba nubes de vapor. Tras ella, Loth emitía sonidos inarticulados de desaprobación. Estaba ya en el último de los peldaños.

—Tú tírate —le apremió Tané—. Así ac... acabará antes.

Loth cerró los ojos y justo antes de soltarse su rostro adoptó la expresión de quien se entrega a la muerte. Se hundió y emergió al momento, jadeando.

—¡P... por el Santo! —dijo, tiritando—. ¡Est...tá helada!

—Pues entonces tendremos que darnos prisa —dijo Tané, echando a nadar. Los faroles del *Perseguidor* estaban apagados. El barco era tan alto que Tané no temía demasiado a los vigías. No podrían ver dos cabezas en el agua oscura. Al fin y al cabo, aquellos galeones de nueve mástiles eran más grandes que cualquier otro barco del mundo. Tenían espacio más que suficiente para esconder un dragón.

Resultaba difícil avanzar. Con aquel frío, las articulaciones se le quedaban rígidas. Tané cogió aire y volvió a sumergirse bajo las olas. Cuando salió, junto al costado del *Perseguidor*, tenía a Loth justo detrás, tiritando incontroladamente. Pensaba colarse por las troneras, pero estaban cerradas, y no veía nada a lo que agarrarse.

El ancla. Era lo único que comunicaba el agua con la cubierta. Nadó junto al casco hasta que llegó a la proa.

Se agarró a la cadena y trepó. El agua salada se le mezclaba con el sudor. Oyó que Loth la seguía con gran esfuerzo. Cada centímetro que avanzaba era como un triunfo. Los brazos y las piernas aún no le respondían del todo. Cuando estaba a punto de llegar a lo más alto, resbaló.

Ocurrió tan rápido que no pudo ni coger aire, y mucho menos gritar. Antes de que se diera cuenta estaba cayendo, pero al momento impactó contra algo cálido y sólido. Miró abajo y vio a Loth. Había ido a dar con el pie contra su hombro.

Era evidente que a Loth le costaba sostener el peso de los dos, pero aun así sonrió. Tané volvió a mirar hacia arriba y siguió trepando.

Para cuando llegaron al desgastado mascarón de la gran Dragona Imperial, en la proa del barco, los brazos le temblaban del esfuerzo. Trepó, superó la borda y aterrizó suavemente en la cubierta. La Emperatriz Dorada estaría en la isla, pero habría dejado guardias en el barco. Tané se agachó y se escurrió el agua helada de la túnica. Loth apareció a su lado, agachado. Apenas distinguían las siluetas de los cientos de piratas que quedaban a bordo.

El *Perseguidor* era una ciudad sin ley en pleno mar. Como todos los barcos de piratas, aglutinaba una población de malhechores de todas partes del mundo. En aquella oscuridad, si nadie les detenía, podrían pasar desapercibidos. Solo tenían que bajar tres tramos de escaleras hasta la cubierta inferior del barco.

Tané irguió el cuerpo y echó a caminar desde su escondrijo. Loth la siguió, sin levantar mucho la cabeza.

Se encontraron rodeados de piratas. Tané apenas les veía la cara. Oyó conversaciones fragmentadas.

—... si el viejo nos ha traicionado lo destripo. No es ningún tonto. ¿Qué sentido tendría... Es méntico. Los seiikineses le habrían tenido enjaulado en Orisima como un pajarillo —dijo una mujer—. Quizá para él sea mejor la muerte que la cárcel. Como para todos nosotros.

Roos. No podían estar hablando de ningún otro méntico. Sintió que se le calentaban las puntas de los dedos. No había nada que deseara más que estrujarle la garganta con sus propias manos. Roos no tenía la culpa de que la hubieran enviado a la isla de las Plumas. La única culpable de eso era ella. Pero aun así le había hecho chantaje. Se había atrevido a pedirle que le hiciera daño a Nayimathun. Y ahora era cómplice de aquellos piratas que mataban dragones. Por todo aquello, merecía la muerte.

Intentó aplacar aquel deseo. No podía permitirse distracciones.

Se colaron en la escalera que les llevaría hasta la bodega. Abajo se veía el brillo de un farol. A la luz de su llama vio dos piratas curtidos, armados con pistolas y espadas. Tané se les acercó.

—¿Quién va? —preguntó uno, malhumorado.

Si gritaban, acudiría una horda de piratas de arriba. Tenía que matarlos, y en silencio.

Como el agua.

Su cuchillo se deslizó en las sombras y atravesó un corazón. Antes de que el otro guarda pudiera reaccionar, ya le había rebanado el pescuezo. La expresión de sus ojos no se parecía a nada de lo que hubiera visto antes Tané. La sorpresa. La certidumbre de su propia mortalidad. Su vida, reducida a una sensación de calor líquido en el cuello. De sus labios salió un sonido inarticulado, y se desmoronó.

Tané sintió el sabor del hierro en la boca. Vio la sangre que manaba a borbotones, negra a la luz del farol.

—Tané —dijo Loth. Tenía la piel fría como la espada que sostenía—. Tané —insistió, con voz rauca—. Por favor. Debemos darnos prisa.

Tenía dos cadáveres delante. Se le revolvió el estómago y la oscuridad le golpeó como una nube de moscas. Había matado. No del modo en que había matado a Susa. Esta vez había acabado con dos vidas personalmente. Algo mareada, levantó la cabeza. Loth cogió el farol que colgaba sobre los cuerpos y se lo dio. Ella lo agarró, con la mano poco firme, y se adentró en las vísceras del barco.

Ya tendría tiempo de pedir perdón al gran Kwiriki. Ahora lo que tenía que hacer era encontrar a Nayimathun.

Al principio lo único que vio fueron provisiones. Barriles de agua. Sacos de arroz y de mijo. Arcones que debían de estar llenos de botines. Cuando vio una mancha verde al fondo, suspiró con fuerza.

Nayimathun.

Aún respiraba. Estaba encadenada y tenía una herida en el lugar donde le habían arrancado una escama, pero respiraba.

Loth se hizo una señal en el pecho. Tenía el aspecto de quien ha visto su propia perdición.

Tané cayo de rodillas ante la diosa que en otro tiempo había sido su hermana, dejando caer la espada y el farol.

—Nayimathun.

No hubo respuesta. Tané intentó tragar saliva, pero tenía un nudo en la garganta. Los ojos se le humedecieron al ver el daño que le habían causado las cadenas.

Una lágrima le rodó por la mejilla. Rezumaba odio. Nadie que tuviera alma podía hacerle algo así a un ser vivo. Nadie con la mínima vergüenza podía tratar así a un dios. Los dragones habían hecho grandes sacrificios para proteger a los mortales con los que compartían el mundo. Y los mortales solo sabían mostrar maldad y codicia.

Nayimathun seguía respirando. Tané le acarició el morro, que tenía las escamas secas como un hueso de sepia. Era de una crueldad atroz haberla tenido fuera del agua tanto tiempo.

—Gran Nayimathun —susurró—. Por favor. Soy yo. Soy Tané. Déjame que te lleve a casa.

Un ojo se abrió. El azul de su interior era tenue, como el último brillo de una estrella muerta tiempo atrás.

—Tané.

En realidad no creía que fuera a oír aquella voz nunca más.

—Sí. —Otra lágrima le surcó el rostro—. Sí, gran Nayimathun. Estoy aquí.

—Has venido —dijo Nayimathun. Le costaba respirar—. No tenías que haberlo hecho.

—Tenía que haber venido antes. —Tané bajó la cabeza—. Perdóname por dejar que se te llevaran.

—Alguien se te llevó a ti antes —dijo la dragona. Le faltaba un diente de la mandíbula inferior—. Estás herida.

—La sangre no es mía. —Con manos temblorosas, Tané abrió la cajita que llevaba en la cadera y sacó la joya—. Encontré una de las joyas de las que hablabas, Nayimathun. La llevaba cosida al costado. —Se la acercó para que la dragona pudiera verla—. Y este hombre del Oeste afirma que conoce a la persona que tiene su gemela.

Nayimathun se quedó mirando la joya un buen rato; luego a Loth, que estaba temblando de miedo.

—Podemos hablar de esto cuando estemos en un lugar seguro —dijo—, pero al hallar estas joyas nos has dado un modo de combatir al Innombrable. Solo por eso, Tané, todo dragón de este mundo está en deuda contigo. —Un leve brillo recorrió sus escamas—. Aún tengo fuerzas suficientes para atravesar el casco del barco, pero para eso tengo que deshacerme de estas cadenas. Necesitarás la llave.

—Dime quién la tiene.

La dragona volvió a cerrar los ojos.

—La Emperatriz Dorada —dijo.

62

Este

El erudito estaba rodeado de antorchas. Niclays tenía la impresión de que llevaba horas dando vueltas en torno al moral, leyendo a la luz del fuego. Durante todo ese tiempo, los piratas apenas habían intercambiado un par de palabras.

Cuando por fin se puso derecho, todas las cabezas se movieron con él. La Emperatriz Dorada estaba sentada muy cerca, afilando con una mano la espada que sostenía con su brazo de madera. Cada chirrido de la piedra al rozar la hoja le llegaba a Niclays a la médula.

—He acabado —anunció el erudito.

—Bien —respondió la Emperatriz Dorada, sin dignarse a levantar la vista—. Cuéntanos qué has descubierto.

Intentando no hacer demasiado ruido al respirar, Niclays echó mano al interior de su manto en busca de su pañuelo y se secó la frente.

—Está escrito en una caligrafía seiikinesa antigua —dijo el erudito—. Cuenta la historia de una mujer llamada Neporo. Vivió hace más de mil años en esta isla. Komoridu.

—Todos estamos deseando oír su historia —dijo la Emperatriz Dorada.

El erudito levantó la mirada dirigiéndola al moral. Había algo en su expresión que seguía poniendo nervioso a Niclays.

—Neporo vivió en el pueblo de pescadores de Ampiki. Llevaba una vida de miseria trabajando como pescadora de perlas. A pesar de su trabajo, y del de sus padres, su familia tenía tan pocos recursos que algunos días no tenían más remedio que comer hojas y tierra del lecho del bosque.

Aquel era el motivo de que Niclays no entendiera la obsesión de Jannart. La historia era triste.

—Cuando su hermana pequeña murió, Neporo decidió acabar con tanto sufrimiento. Se sumergiría en busca de las preciadas perlas doradas en el mar Infinito, donde otros pescadores de perlas no se atrevían a bucear. Allí el agua era demasiado fría, demasiado violenta, pero Neporo no veía otra opción. Zarpó con su pequeño bote de remos desde Ampiki y se adentró en mar abierto. Mientras se sumergía, un gran tifón se llevó su bote por los aires, dejándola sola en medio de las implacables olas.

»De algún modo consiguió mantener la cabeza a flote. No tenía ni idea de leer las estrellas, así que solo pudo nadar siguiendo la más brillante que vio. Por fin llegó a una isla. No había ni rastro de vida humana, pero en un claro encontró un moral de una altura imponente. Hambrienta y debilitada, comió de sus frutos. —Resiguió algunas de las palabras con un dedo—. Neporo se «emborrachó con el vino de las mil flores». En tiempos antiguos, eso era una descripción poética del elixir de la vida.

La Emperatriz Dorada seguía afilando su espada.

—Neporo por fin consiguió escapar de la isla y regresar a casa. Durante diez años intentó llevar una vida normal: se casó con un pintor de buen carácter y tuvo un hijo con él. Pero sus amigos y vecinos observaron que no envejecía, que no sufría la fatiga ni enfermaba. Algunos la llamaban diosa. Otros la temían. Al final dejó Seiiki y regresó a Komoridu, donde nadie podría verla como una abominación. El lastre de la inmortalidad era tan grande que se planteó quitarse la vida, pero por su hijo, decidió vivir.

—El árbol le dio la inmortalidad —dijo la Emperatriz Dorada, sin dejar de afilar la espada— y sin embargo pensaba que sería capaz de quitarse la vida.

—El árbol le había otorgado protección solo del envejecimiento. Aun así podía sufrir heridas o morir de otros modos. —El erudito echó una mirada al árbol—. A lo largo de los años, muchos siguieron a Neporo hasta su isla. Hasta ella volaron las palomas negras y los cuervos blancos, pues ella era la madre de los proscritos.

Laya agarró con más fuerza a Niclays y él le devolvió el apretón.

—Deberíamos irnos —le susurró ella al oído—. Niclays, el árbol está muerto. No hay elixir.

Niclays tragó saliva. La Emperatriz Dorada parecía absorta; podría escabullirse sin que le vieran.

Y sin embargo estaba como plantado en aquel lugar; no podía dejar de escuchar la historia de Neporo.

—Espera —dijo, torciendo la boca.

—Cuando el monte Pavor entró en erupción —prosiguió el erudito—, Neporo recibió dos regalos de un dragón. Eran las joyas celestiales, y con su ayuda, el dragón le dijo a Neporo que podría inmovilizar a la Bestia de la Montaña durante mil años.

—Respóndeme a esto —le interrumpió Padar—. ¿Por qué tenía que pedirle ayuda a un humano el dragón?

—El árbol no lo dice —respondió él, sin inmutarse—. Aunque Neporo estaba dispuesta a luchar, solo podía controlar una de las joyas. Necesitaba a otra persona que controlara la segunda. Y fue entonces cuando se produjo el milagro. Una princesa del Sur llegó a las playas de Komoridu. Se llamaba Cleolinda.

Niclays intercambió una mirada de asombro con Laya. Los libros de oraciones no decían nada de eso.

—Cleolinda también poseía el don de la vida eterna. Había vencido ya una vez al Innombrable, pero creía que sus heridas se curarían pronto. Decidida a acabar con él para siempre, había salido en busca de otros que pudieran ayudarla. Neporo era su última esperanza. —El erudito hizo una pausa para humedecerse los labios—. Cleolinda, princesa de Lasia, tomó la joya menguante. Neporo, reina de Komoridu, tomó a su gemela. Juntas, sumergieron al Innombrable en el Abismo, encerrándolo allí por mil años, pero ni un día más.

Niclays estaba boquiabierto.

Porque si aquella historia era cierta, la leyenda fundacional de la Casa de Berethnet era una farsa. No era una línea dinástica de hijas lo que mantenía al Innombrable encadenado, sino dos joyas.

Vaya, aquello sería una decepción tremenda para Sabran.

—Cleolinda había quedado debilitada tras su primer encuentro con el Innombrable. El segundo enfrentamiento la destruyó. Neporo devolvió el cuerpo al Sur, junto con la joya menguante.

—Y la otra joya… la joya creciente… —dijo la Emperatriz Dorada, en voz baja—. ¿Qué fue de ella?

El erudito apoyó de nuevo una mano huesuda sobre el árbol.

—Una parte de la historia se ha perdido —dijo. Niclays vio que la corteza presentaba un gran desgarro—. Afortunadamente, podemos leer el final.

—¿Y?

—Parece que alguien quería hacerse con la joya. Para que estuviera segura, un descendiente de Neporo se cosió la joya creciente en el costado, de modo que no pudieran arrebatársela. Se fue de Komoridu e inició una vida humilde en Ampiki, en la misma casa excavada donde había vivido la propia Neporo. Cuando murió, se la extrajeron del cuerpo y se la pusieron a su hija en el mismo sitio. Y así siguió la historia. —Pausa—. La joya vive en el interior de un descendiente de Neporo.

La Emperatriz Dorada levantó la vista de su espada. Niclays oía el latido de su propio corazón.

—El árbol está muerto —dijo— y la joya ha desaparecido. ¿Qué significa eso para nosotros?

—Aunque no hubiera muerto, aquí dice que el árbol solo daba la inmortalidad a la primera persona que comiera de su fruto. Después de eso, ya no podía conceder el don de la vida eterna —murmuró el erudito—. Lo siento, honorable Emperatriz. Llegamos con siglos de retraso. En esta isla no hay nada más que fantasmas.

Niclays empezó a sentir náuseas. Y la sensación se intensificó cuando la Emperatriz Dorada se puso en pie, con la mirada fija en él.

—Honorable capitana —dijo él, con voz trémula—. Os he traído al lugar correcto, ¿no es cierto?

Ella se le acercó, sosteniendo la espada en la mano como un peso muerto. Él se aferró a su bastón hasta que los nudillos se le pusieron blancos.

—Puede que aún podáis conseguir vuestro objetivo. Jannart tenía otros libros, en Mentendon… —suplicó, pero se le quebraba la voz—. Por amor del Santo, no fui yo quien os dio el maldito mapa…

—Desde luego —respondió la Emperatriz Dorada—, pero fuiste tú quien me trajo aquí, lanzándome a esta búsqueda inútil.

—No. Un momento… Puedo haceros un elixir a partir de la escama del dragón. Estoy seguro de ello. Dejad que os ayude…

Ella seguía acercándose.

Fue entonces cuando Laya agarró a Niclays del brazo y tiró de él hacia los árboles, haciendo que se le cayera el bastón.

Su reacción inesperada había pillado a los piratas por sorpresa. En lugar de dirigirse a la escalinata, se lanzó al bosque, arrastrando a Niclays tras ella. A sus espaldas, el grupo de piratas soltó un aullido rabioso. Terrible como el sonido del cuerno previo a la caza.

—Laya —dijo Niclays, jadeando—, esto es muy heroico, pero mis rodillas no podrán aguantar la persecución de una banda de piratas sedientos de sangre.

—Tus rodillas aguantarán, viejo pelirrojo, o te quedarás sin rodillas —gritó Laya, a modo de respuesta. En su voz había un leve rastro de pánico, pero también había algo parecido a una risa—. Vamos a llegar al bote antes que ellos.

—¡Han dejado guardias!

Mientras saltaba a un saliente rocoso más bajo, Laya se llevó la mano a la daga que llevaba en el cinto.

—¿Y qué? —dijo, tendiéndole la otra mano—. ¿Tú crees que todo el tiempo que he pasado en barcos de piratas no me ha enseñado nada sobre la lucha?

Niclays aterrizó con una fuerza que hizo temblar sus rodillas. Laya tiró de él y quedaron ocultos tras un árbol.

Permanecieron inmóviles en el hueco del árbol. Las rodillas le estaban matando y tenía el tobillo dolorido. Tres piratas pasaron de largo. En cuanto desaparecieron entre el follaje, Laya volvió a ponerse en pie y ayudó a Niclays a levantarse.

—No me dejes, viejo pelirrojo —dijo, agarrándole la mano con fuerza—. Venga. Nos vamos a casa.

«Casa.»

Siguieron adelante, resbalando sobre el barro y corriendo cuando podían. Antes de que se diera cuenta, Niclays ya tenía la playa a la vista. Y allí estaba el bote de remos, con solo dos guardias.

Iban a conseguirlo. Remarían hacia el norte hasta llegar al Imperio de los Doce Lagos, y de allí huirían del Este de una vez por todas.

Laya le soltó la mano, sacó la daga y corrió por la arena, con el manto ondeando tras ella. Fue rápida. Pero antes de que pudiera atacar al primer guardia, unas manos agarraron a Niclays. Los piratas los habían alcanzado.

—Laya —gritó, pero era demasiado tarde. Ya la habían atrapado. Y Ghonra le estaba retorciendo el brazo.

Padar obligó a Niclays a ponerse de rodillas.

—Padar, Ghonra —suplicó Laya—, no hagáis esto. Nos conocemos hace mucho tiempo. Por favor, tened compasión...

—Nos conoces demasiado bien como para intentar ablandarnos con súplicas. —Ghonra le arrancó el cuchillo de la mano y se lo puso en la garganta—. Yo te di este puñal como deferencia, Yidagé. Suplica de nuevo y te cortaré la lengua.

Laya cerró la boca. Niclays deseaba desesperadamente decirle que no pasaba nada, que no dijera nada. Lo que fuera para que no la mataran también a ella.

Su vejiga amenazaba con rendirse. Apretando todos los músculos de su cuerpo, intentó desconectar la mente de la carne. Dejarse llevar, alejarse de sí mismo, perderse en sus recuerdos.

Se estremeció al ver a la Emperatriz Dorada, impertérrita tras la efímera persecución, que se ponía en cuclillas delante de él. Y se imaginó convertido en otra muesca en su brazo.

Y entonces se dio cuenta.

Quería sentir el sol en el rostro. Quería leer libros y pasear por las calles adoquinadas de Brygstad. Quería escuchar música, visitar museos, galerías de arte y teatros, maravillarse ante la belleza de la creación humana. Quería viajar al Sur y al Norte y empaparse de todo lo que tenían que ofrecer. Quería reír de nuevo.

Quería vivir.

—He arrastrado a mi tripulación a lo largo de dos mares —le dijo la Emperatriz Dorada, tan bajo que nadie más podía oírlo— solo por una historia. Estarán muy decepcionados y necesitarán a alguien a quien culpar, y te aseguro, Maestro de las Fórmulas, que no voy a ser yo. A menos que quieras que Yidagé se convierta en el blanco de su rabia en tu lugar, te toca a ti. —Le tocó bajo la barbilla con el cuchillo—. Puede que no te maten. Pero yo creo que les suplicarás que te concedan esa merced.

Niclays ya no la veía con claridad. Cerca de allí, Ghonra tenía a Laya agarrada de la garganta, dispuesta a quitarle la vida.

—Puedo encontrar el modo de que parezca que es culpa

suya —dijo la Emperatriz Dorada, mirando a la intérprete que había navegado con ella durante dos décadas, sin remordimiento alguno—. A fin de cuentas, no cuesta nada mentir.

En una ocasión, Niclays había permitido que torturaran a un joven músico para librarse él de aquel destino. Había sido la reacción de un hombre que había olvidado lo que era pensar en nadie que no fuera él mismo. Si le quedaba un mínimo orgullo, no permitiría que Laya sufriera por él más de lo que ya había sufrido.

—No haréis tal cosa —dijo, con voz serena.

Laya hacía que no con la cabeza, angustiada.

—Lleváoslo de vuelta al *Perseguidor* y decidle a la tripulación lo que hemos encontrado —dijo la Emperatriz Dorada, poniéndose en pie—. Veamos qué…

Se calló de golpe. Niclays levantó la vista.

La Emperatriz Dorada dejó caer la espada. Tenía la hoja de un sable pegada a la garganta y Tané Miduchi estaba tras ella.

Niclays apenas podía creer lo que estaba viendo. Se quedó mirando, boquiabierto, a la mujer a la que había intentado hacer chantaje.

—Tú —balbució.

No podía imaginarse qué habría sido de ella, pero desde luego los últimos meses no habían sido fáciles. Estaba más delgada, tenía ojeras y las manos manchadas de sangre.

—Dadme la llave —dijo en lacustrino, con la voz profunda, gruesa y llena de odio—. La llave de las cadenas.

Ninguno de los piratas se movió. Su capitana también estaba inmóvil, con las cejas levantadas.

—La quiero ya —insistió la jinete de dragón—, o mato a vuestra líder. —Tenía la mano firme—. La llave.

—Que alguien se la dé —dijo la Emperatriz Dorada, que casi parecía molesta con la interrupción—. Si quiere su bestia, que se la lleve.

Ghonra dio un paso adelante. Si su madre adoptiva moría, ella sería la siguiente Emperatriz Dorada, pero Niclays había observado en ella un sentimiento de lealtad filial. Se echó mano al cuello y sacó una llave de bronce.

—No —dijo la jinete de dragón—. La llave es de hierro. —La cuchilla se manchó de sangre—. Intentad engañarme de nuevo y la mato.

Ghonra sonrió, socarrona. Sacó otra llave y se la tiró.

—Para ti, amante de los dragones —respondió, burlona—. Mucha suerte intentando volver al barco.

—Dejadme marchar y quizá no tenga que usar esto.

La jinete de dragón se quitó de encima a la Emperatriz Dorada de un empujón y levantó la otra mano. En ella llevaba una joya del tamaño de una nuez, de color azul cobalto.

No podía ser. Niclays se echó a reír. Con una risa creciente y desbocada.

—La joya creciente —exclamó el erudito, atónito—. Tú. Tú eres la descendiente de Neporo.

La jinete de dragón le devolvió la mirada sin decir palabra.

Tané Miduchi. Descendiente de la reina de Komoridu. Heredera de un peñón vacío y de un árbol muerto. Por su expresión estaba claro que no tenía ni idea. Muchos jinetes procedían de casas pobres. Debía de haber sido separada de su familia antes de que pudieran contarle la verdad.

—Llévate a mi amiga contigo —le dijo Niclays de pronto, con los ojos aún cubiertos de lágrimas calientes provocadas por la risa. Señalaba con la cabeza a Laya, que movía los labios, rezando—. Te lo ruego, lady Tané. Ella es inocente en todo esto.

—Por ti —dijo la jinete de dragón, con el máximo desprecio—, no hago nada.

—¿Y qué hay de mí? —preguntó la Emperatriz Dorada—. ¿No deseas mi muerte, jinete?

Tané apretó los dientes y los dedos en torno al mango de su espada.

—Venga… Soy vieja y lenta, niña. Puedes poner fin a la caza de dragones, aquí y ahora. —La Emperatriz Dorada dio unos golpecitos con los dedos sobre la hoja de su espada—. Córtame la garganta. Recupera tu honor.

Con una sonrisa gélida, la jinete de dragón apretó el puño en torno a la joya creciente.

—No te mataré esta noche, carnicera —dijo—, pero lo que ves ante ti es un fantasma. Cuando menos te lo esperes, regresaré para perseguirte. Te daré caza hasta en los confines de la Tierra. Y te juro que, si nos volvemos a encontrar, teñiré el mar de rojo.

Envainó su espada y echó a andar hacia la oscuridad. Con ella iba su única posibilidad de escapatoria.

Fue entonces cuando uno de los piratas le disparó con su pistola.

Tané Miduchi paró de golpe. Niclays vio que apretaba el puño en torno a la joya, y sintió un leve temblor.

Un rugido de agua llenó el cielo. Laya gritó. Niclays apenas tuvo tiempo de levantar la vista y contemplar la pared de agua que se estaba levantando sobre la playa, antes de que los barriera a todos, sumiéndoles en una gélida oscuridad.

Niclays salió dando tumbos. Las fosas nasales le ardían con el agua salada inhalada, que le llegó hasta el pecho. Cegado de terror, pataleó, arrastrado por el agua, con la boca llena de burbujas. Lo único que veía eran sus manos. Cuando salió a la superficie había perdido las gafas.

Por lo poco que pudo distinguir, los piratas habían quedado dispersos, el bote que les había traído hasta allí estaba vacío y Tané Miduchi había desaparecido

—¡Encontradla! —rugió la Emperatriz Dorada. Niclays tosió, esputando agua.

—¡Volvemos al barco! ¡Traedme esa joya!

El mar se retiró con un susurro y como absorbido hacia el vientre de un dios. Niclays se encontró en la playa, a cuatro patas, escupiendo agua y con el cabello mojado en los ojos.

Tenía una espada delante. La cogió. Si podía encontrar a Laya, aún tendrían una oportunidad. Podrían abrirse paso a machetazos hasta el barco e irse…

En el momento en que la llamaba, distinguió una sombra. Levantó la espada, pero la Emperatriz Dorada se la arrancó de la mano de un mandoble.

Un brillo acerado, y luego otro. Sangre en la arena. Quiso decir algo, pero solo le salió un gargarismo. Cayó al suelo y se llevó una mano a la garganta. La otra mano había desaparecido. En algún lugar, entre el caos, Laya gritaba su nombre.

—Mi tripulación pedirá carne —dijo la Emperatriz Dorada, levantando la mano de Niclays como si fuera un pez muerto. Él sintió arcadas al ver aquella imagen. Su mano, aún con el color de la vida. Con las manchas de la edad en la piel—. Considéralo un acto de compasión. Me llevaría el resto de tu cuerpo, pero mi carga corre peligro, y contigo a bordo iríamos más lentos. Seguro que lo entiendes, Roos. Tú sabes de negocios.

Su brazo aullaba de dolor, mientras bombeaba una sangre

oscura. Aquella sensación era nueva para él. Como aceite hirviendo. Como una llama en el muñón. No volvería a empuñar una pluma. Eso era lo único en lo que podía pensar, aunque la vida se le estuviera yendo por la garganta. Un momento después Laya estaba a su lado, presionándole la herida.

—Aguanta —dijo, con la voz quebrada—. Aguanta, Niclays. —Lo abrazó fuerte—. Estoy aquí. No te dejaré. Dormirás en Mentendon, no aquí. No ahora. Te lo prometo.

Sus palabras se ahogaron en un zumbido. Justo antes de que su mundo se volviera negro, levantó la vista hacia el cielo y vio, por fin, la silueta de la muerte.

Y resultaba que la muerte tenía alas.

El *Perseguidor* era un barco tan enorme que las olas apenas le afectaban. Casi se podría pensar que no flotaba en el agua. Loth se sentó en el casco, escuchando el jaleo de la cubierta, plenamente consciente de que estaba en lo más hondo de un nido de criminales. No se atrevió a soltar su daga, pero había apagado el farol, por si acaso. Era un milagro que nadie hubiera bajado en todo aquel tiempo. Tané se había ido hacía una eternidad.

El wyrm —no, el dragón— le observaba con un ojo azul lleno de temor. Loth fijó la mirada en el suelo.

Era cierto que aquella criatura no tenía el aspecto ni actuaba como las bestias draconianas del Oeste, pero era igual de grande. Sus cuernos no eran diferentes a los de un Sombra del Oeste, pero ahí se acababan los parecidos. Del cuello le caía una crin que era como algas de río. Tenía el rostro ancho, los ojos redondos como rodelas, y sus escamas le recordaban a Loth más un pez que un lagarto. Aun así no tenía ninguna intención de darle confianza ni hablar con él. Bastaba echar un vistazo a aquellos dientes, blancos y afilados como cuchillas, para saber que sería tan capaz como Fýredel de convertirlo en picadillo.

Pasos. Se escondió tras una caja y agarró la daga con fuerza.

Tenía la frente húmeda. Nunca había matado a nadie. Ni siquiera a la cocatriz. Pese a toda aquella locura en que se había visto sumido, de algún modo había conseguido mantenerse inmaculado. Pero mataría, para sobrevivir.

Para salvar a su país.

Cuando apareció Tané vio que jadeaba, que se tambaleaba un poco y que estaba empapada. Sin mediar palabra, sacó una llave de su bolsa y abrió el primero de los candados. Loth le ayudó a apartar las cadenas.

La dragona se sacudió y emitió un gruñido contenido. Tané se echó atrás, y le indicó a Loth con un gesto que hiciera lo mismo, mientras aquella bestia levantaba la cabeza y se estiraba cuan larga era. Loth obedeció, encantado de apartarse. Por primera vez, la bestia parecía furiosa. Abrió los orificios nasales. Tenía los ojos encendidos. Estiró las garras, se equilibró, y con un tremendo coletazo, golpeó el costado del barco.

El *Perseguidor* se balanceó. El suelo tembló y Loth estuvo a punto de perder el equilibrio.

Se oyeron gritos arriba. La dragona jadeaba. Si no tenía la fuerza necesaria como para abrir una vía de salida, los tres morirían allí mismo.

Tané la animó. Fuera lo que fuera lo que le había dicho, funcionó. La dragona se niveló. Apretó los dientes y golpeó de nuevo con la cola. La madera se astilló. Otra vez. Un arcón resbaló por el suelo. Una vez más. Cada vez se oían más cerca los gritos de los piratas, sus pisadas en la escalera. La dragona resopló y se lanzó contra el casco, dándole un enorme golpe con la cabeza, y esta vez el agua entró a raudales. Tané corrió haca la dragona y trepó a su grupa.

Pecado mortal o muerte segura. La muerte habría sido la opción que habría tomado el Caballero del Valor, pero el Caballero del Valor nunca había necesitado llegar al Imperio de los Doce Lagos tan desesperadamente como Loth, que abandonó toda esperanza de llegar al Halgalant y siguió los pasos de aquella implacable amante de los wyrms. Intentó trepar como pudo, pero las escamas de aquella bestia eran resbaladizas como el aceite.

Tané le tendió una mano. Él la agarró, ya con el sabor a sal en la boca, y ella le izó. Loth buscó algún sitio donde agarrarse, al tiempo que intentaba controlar la creciente sensación de pánico. Estaba montado en un wyrm.

—Thim —gritó—. ¿Y Thim?

Sus palabras quedaron ahogadas en el momento en que la dragona se lanzó hacia el exterior, abandonando su prisión. Loth se agarró a Tané, que había agachado la cabeza, asiéndose a la húmeda crin que los rodeaba. Con un último empujón, la dragona se abrió paso por el agujero. Loth gritó mientras se hundían en el mar. Un rugido en sus oídos. Sal en los labios. Una bofetada de aire helado. Se oían disparos en las cubiertas del *Perseguidor*, las troneras se estaban abriendo, y Loth seguía a lomos de la dragona, que se deslizó por entre las olas, evitando todos los disparos. Tané pronunciaba unas palabras que sonaban desesperadas, con las manos hundidas en la crin de la bestia, que se elevó, como una pluma impulsada por el viento, chorreando agua de sus escamas. El mar quedaba lejos y, con los muslos doloridos por el esfuerzo que le costaba mantenerse sentado, Loth abrazó a Tané con fuerza y observó cómo los piratas se convertían en manchitas.

—Que el Santo me perdone —dijo, con la voz rota—. Bendita Damisela, protege a tu pobre siervo.

Un estallido de luz le hizo mirar al oeste. Ahora las velas del *Paloma negra* estaban en llamas, y de pronto apareció un banco de wyrms revoloteando. El Ejército Draconiano. Con el corazón desbocado, Loth escrutó la oscuridad de la noche.

Siempre había un líder.

El Sombra del Oeste anunció su presencia con un chorro de fuego. Se elevó por encima del *Paloma Negra* y rompió en pedazos uno de sus mástiles de un coletazo.

Valeysa. La Hostigadora. Harlowe había dicho que no estaba lejos. Sus escamas, rojas como brasas encendidas, parecían embeber el fuego que se extendía por la flota. Mientras sus seguidores se lanzaban sobre el *Perseguidor*, ya algo escorado, emitió un rugido que hizo que a Loth le temblaran los huesos.

Tané espoleó a su dragona. El *Rosa Eterna* estaba a la vista. Si ahora descendían, era seguro que Valeysa los vería. Si huían, Thim quedaría abandonado a su suerte. En el momento en que su montura trazaba un arco y se lanzaba en picado, Loth pensó que el estómago se le saldría por la boca.

Thim estaba en el puesto de vigía. Cuando vio que venían a rescatarle, trepó aún más arriba, hasta lo alto del mástil principal, y esperó, agarrado como pudo. Al pasar a su lado, la dragona lo recogió con la cola. Él gritó, agitando las piernas, mientras se alejaban del *Rosa Eterna*.

La dragona volvía a elevarse por entre un manto de nubes. Atravesaba el aire como si nadara. Thim trepó con gran esfuerzo por su cuerpo, agarrándose a los salientes de las escamas. Cuando lo tuvo lo suficientemente cerca, Loth le tendió una mano y le ayudó a situarse tras el cuello de la bestia.

Un chillido le puso todos los pelos de los brazos de punta. Un wyvern les perseguía, escupiendo llamas.

La dragona reaccionó ante aquella amenaza como si se tratara de una mosca. La llamarada siguiente les llegó tan cerca que Loth percibió el olor a azufre. Thim amartilló la pistola y disparó. El wyvern soltó un chillido, pero no desistió. Loth cerró los ojos con fuerza. O moriría cayéndose al suelo, o cocido como un ganso.

Antes de que pudiera ocurrir alguna de esas dos cosas, apareció un viento poderoso procedente de la nada que casi los levantó a los tres de su montura. El aullido fue ensordecedor. Cuando consiguió abrir un ojo, Loth observó que la dragona exhalaba aquel viento, igual que las bestias draconianas exhalaban fuego. Sus ojos brillaban con una luz azul celeste. De sus fosas nasales salía humo. El agua se condensaba sobre sus escamas, formando gotas que caían como la lluvia.

El wyrm soltó un chillido rabioso. Su piel humeaba y tenía la mandíbula bien abierta, pero su fuego se había extinguido, perdiéndose de nuevo en el interior de su garganta, y por fin el viento le plegó las alas y le hizo caer al mar dando tumbos.

Loth sintió la lluvia en el rostro. Escupió agua. Hubo un relámpago, y la dragona se introdujo en las nubes, victoriosa, envolviéndose en la niebla mientras ascendía.

Fue entonces cuando Tané se desplomó hacia un lado. En el momento en que caía, el instinto hizo que Loth extendiera una mano sin pensarlo. La agarró de la túnica con la punta de los dedos, pero fue de poco. La dragona gruñó. Con la respiración agitada, Loth tiró de Tané y se la pegó al cuerpo, y Thim los rodeó a los dos con un brazo.

Tané estaba inconsciente, con la cabeza caída. Loth comprobó que la cajita siguiera en su bolsa. Si ahora se abría, la joya se perdería para siempre en el mar.

—Espero que sepas cómo hablarles a los dragones —le dijo a Thim—. ¿Le puedes decir adónde queremos ir?

No hubo respuesta. Cuando miró por encima de su hombro, Loth vio que Thim miraba al cielo, maravillado.

—Estoy sentado sobre un dios —dijo, embelesado—. No soy digno de esto.

Al menos alguien veía aquella pesadilla como una bendición. Loth respiró hondo y se dirigió a la dragona.

—Encantado de conocerte, gran dragón del Este —dijo, gritando para hacerse oír con tanto viento—. No sé si me entiendes, pero debo hablar con el Emperador Eterno de los Doce Lagos. Es de la máxima importancia. ¿Podrías llevarnos a su palacio?

Un temblor recorrió el cuerpo de la bestia.

—Tú agarra bien a Tané —le dijo en inys—. Y sí, hijo del Oeste, te llevaré a la Ciudad de las Mil Flores.

63

Este

Cuando se despertó, Tané se encontró mirando a una ventana. Al otro lado el cielo era pálido como el hueso. Estaba en una cama con dosel. Alguien la había vestido con sedas limpias, pero tenía la piel áspera de la sal. Muy cerca, un cuenco con brasas emitía un brillo rojizo que se reflejaba en el techo.

Cuando recordó, la mano se le fue al lado del cuerpo.

Su bolsa había desaparecido. Atenazada por el pánico, rebuscó por entre las sábanas, y a punto estuvo de quemarse con el brasero de cobre, hasta que se fijó que la cajita estaba en una mesilla junto a la cama.

La joya creciente brillaba en su interior. Tané se hundió entre los almohadones con la cajita pegada al pecho.

Pasó un largo rato en la cama, adormilada, hasta que por fin entró una mujer en la habitación. Iba vestida con capas de tela blanca y azul, y el borde de su falda rozaba el suelo.

—Noble jinete —dijo, haciendo una reverencia ante Tané con las manos juntas—. Esta humilde servidora se alegra de encontraros despierta.

Tané sentía como si la habitación se moviera.

—¿Dónde estoy?

—Estáis en la Ciudad de las Mil Flores, en la residencia de Su Majestad Imperial, el Emperador Eterno de los Doce Lagos, que gobierna bajo las estrellas y que está encantado de que seáis su invitada —respondió la mujer, sonriendo—. Os traeré algo de comer. Habéis hecho un largo viaje.

—Esperad, por favor —dijo Tané, levantando la espalda—. ¿Dónde está Nayimathun?

—La radiante Nayimathun de las Nieves Profundas está

descansando. Igual que vuestros amigos, que también son invitados de palacio.

—No debéis castigar al hombre del Oeste por romper el bloqueo marítimo. Posee conocimientos que necesito.

—Ninguno de vuestros compañeros ha sufrido ningún mal. Aquí estáis seguros —dijo la mujer, y se retiró.

Tané se fijó en el elaborado techo, en los muebles de madera negra. Era como si fuera jinete otra vez.

La Ciudad de las Mil Flores. Antigua capital del Imperio de los Doce Lagos. Su palacio no solo era la residencia del honorable Emperador Eterno y de la Gran Emperatriz Viuda, sino también de la mismísima Dragona Imperial. Los dragones de Seiiki seguían los consejos de sus ancianos, pero sus primos lacustrinos respondían ante un soberano.

Sentía un dolor palpitante en el muslo. Levantó las sábanas y vio que lo tenía vendado.

Recordó al hombre seiikinés vestido con ropas de un color rojo morado. Otro erudito que se había evadido de su destino. La había llamado descendiente de la legendaria Neporo.

Sin duda era imposible. Neporo era una reina. Sus descendientes no habrían podido acabar en un poblado de pescadores, trampeando para salir adelante en un rincón remoto de Seiiki.

La sirviente regresó con una bandeja. Té rojo, gachas y huevos cocidos, y una ración de melón de invierno.

—Haré que os llenen una bañera.

—Gracias —dijo Tané.

Comió algo de lo que le habían traído mientras esperaba. El Emperador Eterno no la acogería como invitada durante mucho tiempo cuando se enterara de lo que era. Una fugitiva. Una asesina.

—Buenos días.

Thim estaba en la puerta, afeitado y vestido con ropas lacustrinas. Se sentó en la silla que había junto a la cama.

—La criada me ha dicho que estabas despierta —dijo en seiikinés.

Hablaba con tono tranquilo. Aunque hubieran colaborado en el barco, lo cierto era que ella se lo había robado a su tripulación.

—Ya ves —dijo Tané.

—Quería darte las gracias —dijo él, bajando la cabeza—, por salvarme la vida.

—Fue la gran Nayimathun la que te salvó. —Tané dejó la taza de té en la mesa—. ¿Dónde está el hombre del Oeste, honorable Thim?

—Lord Arteloth está en los Jardines del Crepúsculo. Quiere hablar contigo.

—Iré cuando me haya vestido —dijo, e hizo una pausa antes de continuar—. ¿Por qué decidiste navegar con gente del otro lado del Abismo?

Tim frunció el ceño.

—No solo los crían para que odien a los escupefuegos, sino también a nuestros dragones —le recordó Tané—. Sabiendo eso, ¿por qué querría alguien navegar con ellos?

—Quizá deberías preguntarte otra cosa, honorable Miduchi —dijo él—. ¿Sería mejor el mundo si todos fuéramos iguales?

Salió y cerró la puerta a sus espaldas. Tané reflexionó sobre sus palabras y se dio cuenta de que no tenía respuesta.

La criada volvió enseguida para acompañarla al baño. Con su ayuda, Tané se levantó de la cama y llegó a la sala contigua cojeando.

—Hay ropa en el armario —dijo la criada—. ¿Necesitaréis ayuda para vestiros, noble jinete?

—No, gracias.

—Muy bien. Sois libre de explorar el recinto del palacio, pero no debéis entrar en el patio interior. Su Majestad Imperial desea contar con vuestra presencia en el Pabellón de la Estrella Fugaz mañana.

Tras decir aquello, dejó sola de nuevo a Tané, que se quedó de pie entre las sombras del baño escuchando el canto de un pájaro.

La bañera rebosaba de agua caliente. Tané dejó caer la túnica que le cubría los hombros y se quitó el vendaje del muslo. Estirando el cuello podía ver los puntos que le habían puesto para coserle el arañazo causado por la bala. Tendría suerte si no le daba fiebre.

Al sumergirse en el baño se le puso piel de gallina. Se limpió la sal del cabello y luego se sumergió en el agua, agotada.

No se merecía que la trataran como una dama, ni dormir en aquellos aposentos. Aquella paz no podría durar.

Cuando estuvo limpia, se vistió. Una camiseta y una túnica de seda negra; luego pantalones, calcetines y cómodas botas de tela. Un sobretodo azul sin mangas, con apliques de piel, y por último la cajita en una bolsa nueva.

El corazón le dio un vuelco al pensar en encontrarse de nuevo con Nayimathun. Su dragona había visto la sangre en sus manos.

Alguien había dejado una muleta junto a la puerta. Tané la cogió y salió de su habitación a un pasillo de ventanas con rejas y paredes con elaborados paneles de madera. Las constelaciones pintadas en el techo centelleaban. Los suelos eran de piedra oscura, calefactada por debajo.

En el exterior, vio un patio de unas dimensiones tan enormes que habría podido albergar toda una manada de dragones. Una niebla cenicienta dejaba entrever la luz de los faroles. Solo podía ver el gran pabellón, elevado sobre una terraza de mármol a varios niveles, cada uno de un tono azul más oscuro que el anterior.

—Soldado —dijo Tané, dirigiéndose a un guardia—. ¿Puedo preguntaros cómo llegar a los Jardines del Crepúsculo?

—Milady, los Jardines del Crepúsculo están en esa dirección —dijo, señalando hacia una puerta a lo lejos.

Tardó una eternidad en cruzar el patio. Vio el Pabellón de la Estrella Fugaz en lo alto. Al día siguiente estaría en su interior, y en presencia del jefe de la Casa Real de Lakseng.

Pidió indicaciones a otros guardias y por fin llegó a la puerta correcta. Habían limpiado la nieve del patio, pero allí estaba intacta.

Los Jardines del Crepúsculo eran una leyenda en Cabo Hisan. Se decía que al atardecer se llenaban de luciérnagas. Junto a los senderos brotaban las flores nocturnas. Había espejos repartidos por el jardín para dirigir la luz de la luna, y los estanques, límpidos y serenos, reflejaban las estrellas a la perfección.

Incluso de día, aquel lugar era como una pintura. Caminó lentamente, observada por las estatuas de antiguos soberanos lacustrinos y de sus consortes, algunos de ellos acompañados de jóvenes dragones. Cada consorte sostenía un tiesto de rosas de color entre rosa y amarillo cremoso. También había árboles estacionales vestidos de blanco para el invierno que le hicieron pensar en Seiiki. En su hogar.

Atravesó un puente que cruzaba un arroyo. A través de la niebla podía ver pinos y el perfil de una montaña. De haber seguido caminando lo suficiente por entre aquellos árboles habría llegado al lago de los Días Eternos.

Nayimathun estaba hecha un ovillo sobre la nieve, al otro lado del puente, agitando el agua de un estanque de nenúfares con la punta de la cola. Loth y Thim estaban charlando animadamente en un pabellón cercano. Tané se serenó. Cuando se acercó, Nayimathun resopló, creando una nube de vapor. Tané dejó la muleta y bajó la cabeza.

—Gran Nayimathun.

Un gruñido grave. Tané cerró los ojos.

—Levanta la cabeza, Tané —dijo la dragona—. Ya te lo dije. Debes hablarme como le hablarías a un amigo.

—No, gran Nayimathun. No me he comportado como una amiga contigo. —Tané levantó la cabeza, pero tenía un nudo en la garganta—. La honorable gobernadora de Ginura hizo bien en exiliarme de Seiiki. Aquella noche tú estabas en la playa por mí. Todo esto ocurrió porque tú me elegiste a mí, y no a uno de los otros, como tu compañera. —La voz le tembló—. No deberías hablarme con tanta consideración. He matado, he mentido y me he aprovechado. He huido de mi castigo. El agua en mí nunca ha sido pura.

La dragona ladeó la cabeza. Tané intentó mirarla, pero la vergüenza le hacía bajar los ojos.

—Para ser compañera de un dragón —dijo Nayimathun, no solo debes tener un alma de agua. También tienes que tener la sangre del mar, y el mar no siempre es puro. No es una única cosa. Hay en él oscuridad, y peligro, y crueldad. Puede arrasar ciudades con su furia. Sus profundidades son insondables; no ven el sol. Ser una Miduchi no significa ser pura, Tané. Es ser el mar vivo. Por eso te escogí. Tienes el corazón de un dragón.

«El corazón de un dragón.» No podía sentirse más honrada. Tané quería hablar, negarlo, pero cuando Nayimathun la acarició con el morro como si fuera un cachorrillo, se vino abajo. Las lágrimas le surcaron las mejillas mientras envolvía a su amiga con sus brazos, temblando de emoción.

—Gracias —susurró—. Gracias, Nayimathun.

—Libérate ya de tu sentido de culpa, jinete —le respondió, con voz grave—. No malgastes tu sal.

Se quedaron así un buen rato. Tané no podía dejar de sollozar, con la mejilla apretada contra Nayimathun. Había cargado con un lastre inconmensurable desde la muerte de Susa, pero ahora por fin podía con él. Cuando consiguió respirar sin llorar, pasó la mano por el lugar donde habían herido a Nayimathun. Ahora una escama de metal cubría la carne, grabada con deseos de una pronta curación.

—¿Quién te hizo esto?

—Ya no importa. Lo que pasó en ese barco forma parte del pasado —dijo Nayimathun, dándole un golpecito con el morro—. El Innombrable se alzará. Todos los dragones del Este lo percibimos.

Tané se secó las lágrimas y echó mano de la cajita.

—Toma, te pertenece —dijo, con la joya creciente sobre la palma de la mano. Nayimathun la olisqueó delicadamente.

—Dices que la tenías cosida al costado.

—Sí —respondió Tané—. Siempre tuve un bulto en ese sitio. —La garganta se le secó de nuevo—. No sé nada de mi familia, ni de por qué iban a ponérmela ahí, pero en la isla uno de los tripulantes del *Perseguidor* vio la joya. Dijo que yo era la descendiente de… Neporo.

Nayimathun resopló, creando una nueva nube de vapor.

—Neporo —repitió—. Sí… así se llamaba. Fue la primera que tuvo esta joya.

—Pero, Nayimathun, yo no puedo ser la descendiente de una reina —alegó Tané—. Mi familia era muy pobre.

—Tienes su joya, Tané. No puede haber otra explicación —dijo la dragona—. La Gran Emperatriz Viuda fue una soberana muy templada, pero su nieto es joven e impulsivo. Más vale que no le hablemos de la verdadera naturaleza de la joya, por si te la quiere quitar. —Echó una mirada a Loth—. Este sabe dónde está la otra, pero me tiene miedo. Quizá quiera contárselo a otro humano.

Tané se giró hacia donde miraba Nayimathun. Cuando Loth vio que ambas lo miraban, dejó de hablar con Thim.

—Mañana debes apoyar su petición. Quiere proponer una alianza entre el Emperador Eterno y la reina Sabran de Inys —dijo la dragona.

—El Emperador Eterno nunca accederá —respondió Tané, perpleja—. Sería una locura proponérselo siquiera.

—Puede que se sienta tentado. Ahora que el Innombrable va a volver, es de importancia capital que lo afrontemos juntos.

—Entonces ¿va a volver?

—Lo hemos notado. La disminución de nuestro poder y el aumento del suyo. Su fuego arde aún con más fuerza. —Nayimathun la empujó suavemente con el morro—. Anda, ve. Pregúntale por la joya menguante. La necesitamos.

Tané se guardó la joya creciente. Fuera lo que fuera lo que sabía Loth acerca de su gemela, era poco probable que accediera a entregársela a los dragones, o a ella, sin más.

Cruzó el puente y llegó al pabellón donde estaban los dos hombres.

—Dime dónde está la joya menguante —le dijo al hombre del Oeste—. Hay que devolvérsela a los dragones.

Loth parpadeó, sorprendido.

—Eso queda fuera de toda discusión —dijo—. Pertenece a una querida amiga mía que está en Inys.

—¿Y qué amiga es esa?

—Se llama Eadaz uq-Nāra. Lady Nurtha. Es maga.

Aquella era una palabra que Tané no había oído nunca.

—Creo que quiere decir «hechicera» —le dijo Thim a Tané en seiikinés.

—La joya no pertenece a esa tal lady Nurtha —dijo Tané, molesta—. Pertenece a los dragones.

—Las joyas escogen a sus portadores. Y solo la muerte puede cortar el vínculo entre Ead y la joya menguante.

—¿Y ella puede llegar hasta aquí?

—Está gravemente enferma.

—¿Se recuperará?

Por los ojos de Loth pasó una sombra. Apoyó los brazos en la balaustrada y se quedó mirando los pinos.

—Puede que haya un modo de curarla —murmuró—. En el Sur hay un naranjo, custodiado por asesinas de wyrms. Su fruto puede contrarrestar los efectos del veneno.

—Asesinas de wyrms —dijo Tané, que no parecía muy contenta con aquella revelación—. ¿Y esa Eadaz uq-Nāra también es una asesina de wyrms?

—Sí.

Tané se tensó.

—Tengo entendido que al otro lado del Abismo consideráis que todos los dragones son malvados. Que los juzgáis igual de crueles y temibles que el Innombrable.

—Es cierto que ha habido… alguna confusión, pero estoy seguro de que Ead nunca ha hecho ningún daño a ninguno de vuestros dragones del Este. —Se giró hacia ella—. Necesito tu ayuda, lady Tané. Para llevar a cabo mi misión.

—¿Y cuál es?

—Hace unas semanas, Ead encontró una carta de una mujer del Este llamada Neporo, que en otro tiempo portaba vuestra joya.

Neporo otra vez. Su nombre viajaba por todo el mundo, persiguiendo a Tané como un fantasma sin rostro.

—¿Conoces ese nombre? —dijo Loth, escrutándola.

—Sí. ¿Qué decía la carta?

—Que el Innombrable regresaría mil años después de que lo hubieran inmovilizado en el Abismo usando las dos joyas. Que emergería el tercer día de primavera, en el vigésimo año del reinado de la emperatriz Mokwo de Seiiki.

Tané hizo el cálculo.

—Esta primavera.

A su lado, Thim contuvo una imprecación.

—La reina Sabran desea que estemos preparados para cuando resurja. No podemos destruirle, no sin la espada *Ascalon*, pero podemos inmovilizarlo de nuevo con las joyas. —Loth hizo una pausa—. No tenemos mucho tiempo. Sé que no tengo pruebas de lo que estoy afirmando, y que podrías no creerme. Pero te ruego que confíes en mí.

Su mirada era abierta y sincera.

Al fin y al cabo, aquella era una decisión sencilla. No tenía otra opción que volver a unir las joyas.

—La gran Nayimathun dice que no deberíamos contarle a nadie más lo de las joyas, para evitar que alguien decida llevárselas —dijo—. Mañana, cuando veamos a su Majestad Imperial, le plantearás la propuesta de la reina. Si accede a firmar la alianza… le preguntaré si puedo volar a Inys con Nayimathun para informar a tu reina de su decisión. De camino pasaremos por el Sur. Encontraré la fruta sanadora y se la llevaremos a Eadaz uq-Nāra.

Loth sonrió, y su aliento creo una bocanada de humo blanco.

—Gracias, Tané.

—No me gusta tener que ocultarle esto a Su Majestad Imperial —objetó Thim—. Es el representante elegido por el Dragón Imperial. ¿Es que la gran Nayimathun no confía en él?

—Nosotros no somos quiénes para cuestionar a los dioses.

Thim apretó los labios, pero asintió.

—Asegúrate de presentarle un caso convincente al honorable Emperador Eterno, lord Arteloth Beck —le dijo Tané a Loth—. Y déjame a mí el resto.

Las primeras luces del día se extendieron como el aceite por todo el palacio. Loth se quedó mirando al espejo. En lugar de sus pantalones bombachos y su jubón, llevaba una túnica azul y botas al estilo de la corte lacustrina. Ya había sido examinado por un médico, que no había encontrado síntoma ninguno de la peste.

El plan que había propuesto Tané podría funcionar. Si tenía sangre de maga, como Ead, quizá pudiera conseguir una naranja del árbol. Aquella idea le puso aún más nervioso ahora que se acercaba la reunión.

La dragona, Nayimathun, no se parecía en nada a Fýredel, salvo en sus enormes dimensiones. Pese a su aspecto aterrador, con sus terribles dientes y sus ojos encendidos, parecía casi amable. Había rodeado a Tané con su cola como una madre. Le había salvado a él. Ver que aquella criatura era capaz de mostrar compasión hacia un humano le hizo dudar de nuevo sobre su religión. O todo aquello era una prueba que le ponía el Santo, o estaba al borde de la apostasía.

Enseguida llegó un criado a llevarle al Pabellón de la Estrella Fugaz, donde el Emperador Eterno recibiría a sus inesperados visitantes. Los otros ya estaban a las puertas. Thim iba vestido casi del mismo modo que Loth, mientras que a Tané le habían puesto una sobreveste con apliques de pieles que seguramente indicarían un cierto estatus. Los jinetes de dragón debían de gozar de una gran consideración.

—Recuerda: no digas nada de la joya —dijo ella, tocando la cajita que llevaba al costado.

Loth levantó la vista, en dirección al pabellón, y respiró hondo.

Unos guardias armados les abrieron paso por una serie de puertas azules tachonadas, flanqueadas por estatuas de dragones. Otros guardias esperaban a los lados de la pasarela de madera oscura, brillantísima, que les llevaría al centro del pabellón. Loth recorrió con la mirada los altísimos pilares de piedra de la medianoche, con un techo artesonado en lo alto, con paneles dispuestos en torno a la talla de un dragón. Cada panel mostraba una fase de la luna.

Del techo colgaban ristras de faroles, uno bajo el otro, que recordaban estrellas fugaces.

Dranghien Lakseng, el Emperador Eterno de los Doce Lagos, estaba sentado sobre un trono elevado que parecía hecho de plata. Era una presencia imponente. Cabello negro, atado en un nudo en la coronilla, tocado con perlas y flores de hoja de plata. Ojos como cuentas de ónix. Unas cejas gruesas. Labios tan marcados como sus pómulos, esbozando una sonrisa perfecta. Llevaba una túnica negra con estrellas bordadas, de modo que daba la impresión de vestir la noche. No tendría más de treinta años.

Tané y Thim pusieron una rodilla en el suelo. Loth les imitó.

—Poneos en pie —dijo una voz clara y suave. Se levantaron—. No sé muy bien con quién empezar a hablar —observó el Emperador Eterno, tras un breve silencio—. Una mujer de Seiiki, un hombre del Oeste y uno de mis propios súbditos. Fascinante combinación. Supongo que tendremos que hablar en inys, ya que, según me cuentan, lord Arteloth, no habláis ninguna otra lengua. Afortunadamente, cuando era niño me impuse el reto de aprender un idioma de cada una de las cuatro partes del mundo.

Loth se aclaró la garganta.

—Majestad Imperial —dijo—, habláis inys muy bien.

—En realidad no hace falta que me halaguéis. Ya se encargan de eso en mi Consejo Real —dijo el Emperador, con una gran sonrisa—. Sois el primer hombre inys que pone el pie en el Imperio de los Doce Lagos en siglos. Mis secretarios me han dicho que traéis un mensaje de la reina Sabran de Inys, pero habéis llegado a lomos de un dragón, así que parecéis más desenvuelto de lo que suelen mostrarse los embajadores oficiales.

—Ah, sí. Pido disculpas por…

—Si permitís hablar a este humilde servidor que se presenta ante vuestro trono, Su Majestad —dijo una voz. El Emperador Eterno inclinó la cabeza—, yo soy marinero al servicio de la reina Sabran.

—Un marino lacustrino que trabaja para la reina inys. Desde luego este es un día de sorpresas.

Thim tragó saliva.

—Nos sorprendió una tormenta en la isla de las Plumas,

donde mi capitán y mis compañeros de tripulación siguen varados —prosiguió—. Nuestro barco fue capturado por la noble jinete de Seiiki, que siguió al *Perseguidor* hacia el este, hasta darle caza. Liberamos a la gran Nayimathun, y ella nos ha traído hasta vuestra corte.

—Ah —murmuró el Emperador Eterno—. Decidme, lady Tané, ¿encontrasteis a la que llaman Emperatriz Dorada?

—Sí, majestad —dijo Tané—. Pero la dejé con vida. Mi objetivo era liberar a mi apreciada amiga, la magnífica Nayimathun de las Nieves Profundas.

—Majestad. —Thim hincó la rodilla de nuevo—. Este humilde servidor os ruega que enviéis a la marina lacustrina en ayuda del Capitán Harlowe, para que puedan recuperar su navío, el *Rosa*...

—Hablaremos de tu tripulación más tarde —dijo el Emperador Eterno, dejando el asunto de lado con un gesto de la mano. Llevaba un grueso anillo en el dedo pulgar—. Ahora quiero oír el mensaje de la reina Sabran.

Con la piel de gallina, Loth respiró hondo y se dispuso a hablar. Sus palabras dictarían lo que pudiera ocurrir después.

—Majestad Imperial —dijo—, el Innombrable, nuestro enemigo común, regresará muy pronto.

No hubo respuesta.

—La reina Sabran tiene pruebas de ello. Una carta de una tal Neporo de Komoridu. El Innombrable fue sometido y quedó atado con ayuda de las joyas celestiales, de las que según creo tienen constancia los dragones del Este. Su reclusión acabará mil años después del momento en que tuvo lugar, el tercer día de la próxima primavera.

—Neporo de Komoridu es una figura mitológica —dijo el Emperador Eterno—. ¿Es que pretendéis tomarme el pelo?

—No. —Loth bajó la cabeza—. Es la verdad, majestad.

—¿Tenéis esa carta?

—No, señor.

—Así pues, debo creer en vuestra palabra y asumir que existe —dijo, torciendo la comisura de la boca en un gesto socarrón—. Muy bien. Si el Innombrable viene realmente, ¿qué es lo que queréis de mí?

—La reina Sabran desea que plantemos cara a la bestia del Abismo el mismo día en que resurja —dijo Loth, intentando no acelerarse—. Si queremos conseguirlo, necesitaremos ayuda, y dejar de lado siglos de miedos y desconfianza. Si Su Majestad Imperial consiente en interceder por ella ante los dragones del Imperio de los Doce Lagos, la reina Sabran os ofrece una alianza entre los Reinos de las Virtudes y el Este. Os ruega que tengáis en cuenta lo que es mejor para el mundo, ya que el Innombrable busca destruirnos a todos.

El Emperador Eterno permaneció en silencio un buen rato. Loth intentó mantener una expresión neutra, pero sentía el sudor en el cuello.

—Esto… no es lo que me esperaba —dijo por fin el Emperador Eterno. Su mirada era penetrante—. ¿Tiene algún plan la reina Sabran?

—Su Majestad propone un ataque en dos frentes. Primero —dijo Loth—, los soberanos del Oeste, el Norte y el Sur unirían sus ejércitos para recuperar el bastión draconiano de Cárscaro.

En el mismo momento en que lo decía, le vino a la memoria la imagen del rostro de la Donmata Marosa.

¿Sobreviviría a un ataque a la ciudad?

—Eso llamará la atención de Fýredel, que es el brazo derecho de la bestia —prosiguió—. Esperamos que envíe al lugar al menos a una parte del Ejército Draconiano, para defenderlo, dejando más vulnerable al Innombrable.

—Presumo que también tendrá un plan para atacar a la bestia.

—Sí.

—Desde luego la reina Sabran es ambiciosa —señaló el Emperador Eterno, levantando una ceja—. Pero ¿qué es lo que le ofrece a mi país a cambio del empeño de sus dioses?

Sus miradas se cruzaron y Loth de pronto recordó al soplador de vidrio de Rauca. Negociar nunca había sido su fuerte. Ahora tendría que hacerlo por el destino del mundo.

—En primer lugar, hacer historia —dijo—. Con esta acción, seríais el primer emperador en salvar la separación que supone el Abismo. Imaginaos un mundo en el que podamos comerciar libremente otra vez; en el que podamos beneficiarnos de nuestro conocimiento común, de…

—… mis dragones —le interrumpió el Emperador Eterno—. Y los de mi hermano de armas de Seiiki, supongo. El mundo que describís es muy bonito, pero la peste roja sigue siendo una amenaza para nuestras costas.

—Si derrotamos a nuestro enemigo común y eliminamos el poder draconiano, la enfermedad roja desaparecerá lentamente.

—Eso solo podemos esperarlo. ¿Qué más?

Loth hizo las ofertas que el Consejo de las Virtudes le había dado permiso para hacer. Una nueva asociación comercial entre los Reinos de las Virtudes y el Este. La garantía de apoyo inys a los lacustrinos, tanto económico como militar, en caso de conflicto o desastre mientras durara la alianza. Un tributo en joyas y oro a los dragones del Este.

—Todo eso suena muy razonable —señaló el Emperador Eterno—, pero observo que no habéis mencionado el matrimonio, lord Arteloth. ¿Su Msajestad ofrece su mano?

Loth se humedeció los labios.

—Para mi reina sería un honor reforzar esta alianza histórica a través del matrimonio —planteó, sonriendo. Hasta Margret había reconocido que su sonrisa podía ablandar cualquier corazón—. No obstante, ha enviudado recientemente. Preferiría que esto fuera solo una alianza militar. Por supuesto, si la tradición lacustrina lo prohíbe sin matrimonio, seguramente lo entendería.

—Lo lamento por Su Majestad, y espero que encuentre la fuerza necesaria para superar su dolor —dijo el Emperador Eterno, e hizo una pausa—. Es admirable que haya pensado que podemos superar todas esas diferencias sin el matrimonio, y el heredero que resultaría. Desde luego, todo esto es un paso hacia la modernidad.

Tamborileó con los dedos sobre los brazos de su trono otra vez, estudiando a Loth con cierto interés.

—Está claro que no sois un diplomático, lord Arteloth, pero vuestros intentos por adularme, aunque torpes, son nobles. Además, vivimos tiempos desesperados —concluyó el Emperador Eterno—. En aras de una alianza moderna… no exigiré el matrimonio como prerrequisito del acuerdo.

—¿De verdad? —dijo Loth, sin poder reprimirse—. Su Majestad Imperial —añadió, ruborizado.

—Estáis sorprendido de que acceda tan rápidamente.

—Efectivamente, esperaba encontrar más reticencias —reconoció Loth.

—Me gusta pensar que soy un soberano con visión de futuro. Y resulta que no tengo ningún interés en casarme. —Su rostro se tensó un momento—. Debo aclarar, lord Arteloth, que solo estoy dando mi acuerdo a combatir juntos al Innombrable. Otros asuntos, como el comercio, llevarán más tiempo de negociación. Dada la amenaza de la enfermedad roja.

—Sí, Majestad Imperial.

—Por supuesto, mi consentimiento personal a una batalla en el mar, por valiosa que os pueda parecer, no es garantía de que esto vaya a prosperar. Debo consultar primero al Consejo Real, puesto que mi pueblo esperará que la alianza traiga consigo una nueva emperatriz, e imagino que los más anticuados pondrán reparos. En cualquier caso, hay que plantear el asunto con inteligencia.

—Por supuesto —dijo Loth, demasiado abrumado y aliviado como para preocuparse por aquello.

—También debo consultar a la Dragona Imperial, que es mi luz y mi guía. Los dragones de este país son sus súbditos, no los míos, y solo se convencerán si ella considera apropiada esta alianza.

—Lo entiendo —dijo Loth, con una gran reverencia—. Gracias, majestad. —Levantó la cabeza de nuevo y se aclaró la garganta—. Es un gran riesgo para todos, lo sé. Pero ¿qué rey ha hecho historia evitando el riesgo?

Al oír aquello, el Emperador Eterno se permitió esbozar una sonrisa.

—Hasta que lleguemos a un acuerdo, lord Arteloth, permaneceréis aquí como invitado de honor —dijo—. Y a menos que mis ministros planteen alguna consideración que haya que discutir en profundidad, tendréis mi respuesta al amanecer.

—Gracias. —Loth vaciló un momento—. Majestad, ¿podría… podría ir lady Tané con su dragona a llevar la noticia a la reina Sabran?

Tané le miró.

—Lady Tané no es súbdita mía, lord Arteloth —dijo el Emperador Eterno—. Tendréis que tratar el asunto con ella. Pero primero querría que lady Tané me acompañara en el desayuno.

Cuando se puso en pie, los guardias se pusieron firmes. Le habló a Tané en otro idioma, ella asintió y se fue con él.

Loth volvió con Thim a los Jardines del Crepúsculo. Thim tiró una piedra, haciéndola rebotar en la superficie del agua del estanque.

—No importa lo que digan los ministros —dijo.

Loth frunció el ceño.

—¿Qué quieres decir?

—La única opinión que respeta Su Majestad Imperial, aparte de la que tenga la espléndida Dragona Imperial, es la de su abuela, la Gran Emperatriz Viuda. —Thim se quedó mirando cómo se extendían las ondas sobre el agua—. La respeta por encima de cualquier otra. Ella ya sabrá todo lo que ha pasado entre nosotros en esa sala del trono.

Loth le miró por encima del hombro.

—Si le aconseja que no firme la alianza...

—Al contrario —dijo Thim—, yo creo que le animará a hacerlo. De modo que pueda hacer honor a su epíteto. ¿Cómo va a ser eterno un mortal, si no es a través de acciones memorables e históricas?

—Entonces quizá haya esperanza —dijo Loth, suspirando—. Tendrás que excusarme, Thim. Si quiero que esto funcione, debo hacer todo lo que pueda y rezar para que ocurra.

Cuando era niña, Tané había imaginado muchos futuros posibles. En sus sueños, abatía a los demonios escupefuegos a lomos de su dragón. Se había convertido en la más grande jinete de Seiiki, más grande incluso que la princesa Dumai, y los niños rezaban para ser como ella un día. Su retrato lucía en las paredes de las grandes casas y su nombre había pasado a la historia.

Pero en todo ese tiempo nunca se había atrevido a soñar que un día caminaría junto al Emperador Eterno de los Doce Lagos, en la Ciudad de las Mil Flores.

El Emperador Eterno llevaba una túnica ribeteada con pieles. Seguían el sendero, limpio de nieve, con los guardaespaldas del soberano tras ellos. Cuando llegaron a un pabellón junto al estanque, el Emperador Eterno le indicó una de las sillas con un gesto.

—Por favor —dijo—. Tané se sentó, y él también—. Había pensado que podrías acompañarme en el desayuno.

—Será un honor para mí, majestad.

—¿Sabes qué pájaro es ese?

Tané miró en la dirección que señalaba. Muy cerca de allí, un cisne arreglaba su nido.

—Sí, por supuesto —respondió ella—. Un cisne.

—Ah, sí, pero no es un cisne cualquiera. En lacustrino, a estos les llamamos cisnes mudos. Se dice que el Innombrable les arrebató la voz, y que solo volverán a cantar cuando nazca un soberano destinado a acabar con él de una vez por todas. Dicen que la noche en que yo llegué a este mundo, cantaron por primera vez en siglos. —Sonrió—. Y la gente luego se pregunta por qué los soberanos tenemos una opinión tan elevada de nosotros mismos. Intentan hacernos creer que hasta a los pájaros les importa lo que hagamos.

Tané esbozó una tímida sonrisa.

—Encuentro fascinante tu historia. He sabido que en el pasado fuiste una prometedora guardia del mar, pero que un malentendido en Ginura te llevó al exilio en la isla de las Plumas.

—Sí, majestad —dijo Tané.

—Me encantan las historias. ¿Querrás hacerme el favor de contarme todo lo que te ha sucedido?

A Tané le sudaban las manos.

—Me han sucedido muchas cosas —respondió—. Puede que nos lleve gran parte de la mañana, Su Majestad.

—Ah, no tengo nada que hacer salvo observar a mis consejeros mientras se retuercen las manos debatiendo la propuesta de lord Arteloth.

Los criados llegaron, sirvieron el té y trajeron platos de comida: dátiles empapados en miel roja de las montañas, peras en almíbar, manzanas en hojas de ciruelo, frutos secos al vapor, cuencos de arroz negro. Cada plato estaba cubierto con un pañito de seda bordado con estrellas. Tané había jurado no volver a hablar de su pasado, pero la sonrisa afable del Emperador Eterno la relajó. Mientras él comía, ella le contó cómo había salido aquella noche y cómo había presenciado la llegada de Sulyard, y cómo había pagado Susa por su imprudente intento de ocultar lo ocurrido, y todo lo que había pasado después.

Todo, salvo lo de la joya cosida a su costado.

—Así que escapaste de tu exilio para liberar a tu dragona, con las pocas esperanzas de éxito que tenías —murmuró el Emperador Eterno—. Eso es digno de admiración. Y parece que también encontraste la isla perdida. —Se secó la boca—. Dime… ¿cómo conseguiste encontrar el moral de Komoridu?

Tané levantó la vista y se encontró con sus brillantes ojos.

—Había un árbol muerto —dijo—. Muerto y retorcido, cubierto de una escritura. No tuve tiempo de leerla.

—Dicen que el espíritu de Neporo vive en ese árbol. Quienquiera que coma de su fruto absorbe su inmortalidad.

—El árbol no tenía frutos, majestad.

En el rostro del soberano apareció el destello de una emoción incalificable.

—No importa —dijo él, tendiendo su taza para que le sirvieran más té. Un criado se la llenó—. Ahora que conozco tu pasado, tengo curiosidad por tu futuro. ¿Qué pretendes hacer a partir de ahora?

Tané cruzo los dedos de las manos sobre el regazo.

—En primer lugar, quiero participar en la destrucción del Innombrable. Después, quiero regresar a Seiiki —dijo, vacilante—. Si Su Majestad Imperial pudiera ayudarme a hacer ambas cosas, se lo agradecería mucho.

—¿Y cómo podría ayudarte yo?

—Intercediendo por mí ante el honorable Señor de la Guerra. Si le decís que he rescatado a Nayimathun, súbdita de la esplendorosa Dragona Imperial, quizá quiera revisar mi caso y me permita regresar.

El Emperador Eterno dio un sorbo a su té.

—Es cierto que has rescatado a un dragón de manos de la Flota del Ojo del Tigre, arriesgando tu propia vida. Y eso no es poca cosa —reconoció—. Para recompensar tu valor, haré lo que me pides, pero has de saber que no puedo permitir que regreses a Seiiki antes de obtener una respuesta. Sería una negligencia por mi parte permitir el regreso de una fugitiva sin permiso.

—Lo entiendo.

—Muy bien —dijo, poniéndose en pie y dirigiéndose a la balaustrada. Tané fue a su lado—. Parece ser que lord Arteloth desea que seas tú quien lleves la noticia a Inys si doy mi visto bueno a su propuesta. ¿Tantas ganas tienes de ser mi embajadora?

—Eso aceleraría las cosas, majestad. Si permitís que una ciudadana de Seiiki sea vuestra mensajera en esta ocasión.

Notó el peso de la joya al lado del cuerpo. Si el Emperador Eterno se negaba, no podría dar ese rodeo y pasar por el Sur.

—Sería algo poco convencional. Tú no eres súbdita mía, y has caído en desgracia —reflexionó el Emperador Eterno—, pero da la impresión de que estamos destinados a cambiar las cosas. Además, a mí me gusta desafiar las convenciones de vez en cuando. Ningún soberano ha hecho progresos jugando a seguro. Y eso mantiene en alerta a mis altos funcionarios. —La luz del sol relucía en su cabello oscuro—. Ellos nunca esperan que gobernemos realmente, ¿sabes? Si lo hacemos, nos acusan de estar locos.

»Nos tienen entre algodones, nos distraen con lujos y riquezas más allá de cualquier medida, para que no causemos problemas. Esperan que nos aburra tanto el poder que les dejemos gobernar a ellos en nuestro lugar. Tras cada trono hay un sirviente enmascarado que solo busca convertir en marioneta a quien se sienta en él. Eso me lo enseñó mi querida abuela.

Tané esperó, sin saber muy bien qué decir.

El Emperador Eterno juntó las manos tras la espalda. Respiró hondo, y se le movieron los hombros arriba y abajo.

—Tú has demostrado tu habilidad para llevar a cabo tareas difíciles, y no tenemos tiempo que perder —dijo—. Si estás dispuesta a llevar mi mensaje al Oeste, tal como desea lord Arteloth, no veo ningún motivo para negarte la posibilidad. Sobre todo teniendo en cuenta que este es un año para romper tradiciones.

—Para mí será un honor, Su Majestad Imperial.

—Me alegra oírlo —dijo él, y la miró—. Debes de estar cansada tras el viaje. Por favor, regresa a tus aposentos y descansa. Te informarán cuando haya tomado una decisión sobre el mensaje que hay que llevar a Sabran.

—Gracias, Su Majestad Imperial.

Tané le dejó con su desayuno y emprendió el regreso por el laberinto de pasillos. No tenía mucho más que hacer salvo esperar, así que se metió en la cama.

Era noche profunda cuando unos golpecitos en la puerta la despertaron. Abrió e hizo pasar a Loth y a Thim.

—¿Y bien?

—El honorable Emperador Eterno ha tomado su decisión —dijo Thim en seiikinés—. Ha accedido a la propuesta.

Tané cerró la puerta.

—Bien —dijo. Loth se dejó caer en una silla—. ¿Y él por qué está tan abatido?

—Porque a él le han pedido que se quede en palacio. A mí también me han pedido que me quede, para ayudar a dirigir a la armada hasta el lugar donde dejamos al *Rosa Eterna*.

Un ligero escalofrío recorrió a Tané. Por primera vez en su vida, dejaría el Este. En otro tiempo aquella idea la habría angustiado, pero al menos no iba a estar sola. Con Nayimathun a su lado, podía hacer cualquier cosa.

—Tané —dijo Loth—. ¿Irás al sur antes de ir a Inys?

Tenía que salvar a lady Nurtha del veneno. Tenían que poder usar ambas joyas contra el Innombrable.

—Lo haré —dijo—. Dime dónde encontrar la casa de las asesinas de dragones.

Él se lo explicó lo mejor que pudo.

—Debes ir con cuidado —dijo Loth—. Probablemente esas mujeres maten a tu dragona si la ven.

—No la tocarán —dijo ella.

—Ead me contó que la priora actual no es de confianza. Si te pillan, debes hablar únicamente con Chassar uq-Ispad. A él le importa lo que le pase a Ead. Tengo confianza en que te ayudará si sabe que quieres curarla. —Loth se quitó la cadena que llevaba alrededor del cuello—. Toma esto.

Tané cogió el objeto que colgaba de la cadena. Un anillo de plata. Tenía una piedra roja engarzada, rodeada de brillantes.

—Pertenece a la reina Sabran. Si se lo das a ella, sabrá que vienes de mi parte. —Loth le tendió una carta lacrada—. También quiero que le des esto. Para que sepa que estoy bien.

Tané asintió, se metió el anillo en su estuche y enrolló la carta convirtiéndola en un tubo lo suficientemente fino como para que cupiera a su lado.

—El honorable jefe del Consejo Real te recibirá por la mañana para darte una carta de Su Majestad Imperial que debes llevar a la reina Sabran. Saldrás de esta ciudad en plena noche —dijo Thim—. Si consigues llevar a término esta misión, lady Tané, todos estaremos en deuda contigo.

Tané miró por la ventana. Otro viaje.

—Lo haré, honorable Thim —dijo—. Puedes estar seguro.

64

Este

Por la mañana, el jefe del Consejo Real le entregó a Tané la carta que debía llevar a Inys. No habría misión diplomática, pompa ni ceremonia. Una dragona y una mujer llevarían la noticia. Le devolvieron las armas, y además recibió una pistola seiikinesa y una espada mejor, así como un par de ruedas de filo.

Llevaba suficiente comida como para aguantar dos semanas sobre su dragona. Nayimathun cazaría peces y aves.

Cuando cayó la noche sobre la Ciudad de las Mil Flores, Tané fue a encontrarse con Nayimathun en el patio. Le habían colocado una silla de cuero negro, con bordes de madera lacada de color dorado, aunque la palabra «silla» se quedaba muy corta: era más bien como un palanquín abierto, que permitiría a su jinete dormir durante el largo vuelo. Tal era el secretismo de la misión que no había cortesanos ni altos cargos lacustrinos presentes para despedirlas. Solo habían permitido que acudieran Thim y Loth.

—Buenas noches, Tané —dijo Nayimathun.

—Nayimathun. —Tané le dio unas palmaditas en el cuello—. ¿Estás segura de que te sientes lo suficientemente fuerte como para emprender este viaje?

—Sin duda. Además —dijo la dragona, acariciando a Tané con el morro—, parece que te estás acostumbrando a meterte en problemas cuando yo no estoy.

Tané no pudo evitar sonreír y sintió que era agradable hacerlo.

Thim se quedó donde estaba, pero Loth se le acercó. Tané se apresuró a asegurar las bolsas que colgaban de la silla.

—Tané —le dijo—. Por favor, dile a la reina Sabran que

estoy bien y que no corro peligro. —Hizo una pausa—. Y si consigues despertar a Ead… dile que la he echado de menos, y que nos veremos pronto.

Tané se giró hacia él y vio la tensión en su rostro. Igual que ella, intentaba ocultar sus miedos.

—Se lo diré —dijo—. Quizá, cuando regrese, pueda traerla conmigo.

—Dudo que Ead acceda a subirse a un dragón, aunque sea al servicio de la paz —dijo Loth, conteniendo una risa—, pero este año ya he vivido muchas sorpresas. —Esbozó una sonrisa fatigada, pero genuina—. Adiós, y buena suerte. Y… adiós también a ti, Nayimathun.

—Hasta la vista, hombre de Inys —respondió Nayimathun.

La última luz del crepúsculo se retiró de la ciudad. Tané subió a la silla y se aseguró de que su túnica la envolvía por completo. Nayimathun despegó. Tané vio cómo iba alejándose de la Ciudad de las Mil Flores hasta que el palacio no fue más que un brillo lejano en aquel adormilado laberinto blanco. Arropadas por la oscuridad de la luna nueva, dejaron atrás una capital más.

Volaron sobre lagos nacarados y sobre pinos pintados de blanco, siguiendo el río Shim. El frío mantenía despierta a Tané, pero también hacía que los ojos le lagrimearan.

Nayimathun se mantenía por encima de las nubes durante el día y evitaba las zonas habitadas de noche. A veces localizaban una columna de humo a lo lejos y sabían que los escupefuegos habían atacado una población. Cuanto más al oeste viajaban, más de aquellas columnas oscuras veían.

El segundo día llegaron al mar Crepuscular, donde Nayimathun aterrizó en una pequeña isla para descansar. No encontrarían ningún otro sitio donde parar cuando cruzaran el Abismo, a menos que viraran hacia el norte. Los dragones podían pasar mucho tiempo sin dormir, pero Tané sabía que el viaje sería duro para Nayimathun. Los piratas no le habían dado de comer bien.

Durmieron en una cueva de marea. Cuando Nayimathun despertó, se sumergió en el mar, mientras Tané llenaba sus calabazas con agua de un arroyo.

—Si tienes hambre, dímelo. Te pasaré algo de comida —le

dijo a Nayimathun—. Y si necesitas nadar en el Abismo, no temas por mí. Mi ropa se secará con el sol.

Nayimathun se dio la vuelta perezosamente. De pronto dio un golpetazo en el agua con la cola, salpicando, y Tané quedó empapada.

Por primera vez en una eternidad, se rio. Se rio hasta que le dolió la barriga. Nayimathun chapoteaba, juguetona, mientras Tané usaba la joya para tirarle agua a su vez, y el sol creó arcoíris en el agua que se echaban encima.

No recordaba la última vez que se había reído. Debía de haber sido con Susa.

Al atardecer ya estaban de nuevo volando. Tané se agarró a la silla y respiró el aire limpio. A pesar de todo lo que tenían por delante, nunca se había sentido más en paz consigo misma.

El color negro del Abismo se extendía como una mancha por el mar del Sol Trémulo. En cuanto Nayimathun dejó atrás las aguas verdes, Tané sintió un escalofrío. La negra inmensidad se extendía bajo las dos: la inmensidad en la que en otro tiempo Neporo de Komoridu había encerrado al Innombrable.

Pasaron los días. Nayimathun pasó la mayor parte del viaje por encima de las nubes. Tané mascó trozos de raíz de jengibre intentando mantenerse despierta. El mal de altura era una afección común entre los jinetes.

El corazón le latía con fuera. A veces Nayimathun descendía a nadar, y Tané aprovechaba para aliviarse y estirar piernas y brazos en el agua, pero no conseguía relajarse hasta que volvía a encontrarse sobre la silla. Aquel océano no la acogía de buen grado.

—¿Qué sabes de Inys? —le preguntó la dragona.

—Que la reina Sabran es la descendiente del guerrero Berethnet, que derrotó al Innombrable tiempo atrás —dijo Tané—. Cada reina tiene una hija y cada hija es idéntica a su madre. Viven en la ciudad de Ascalon —prosiguió, y se echó atrás un mechón de cabello húmedo—. También creen que la gente del Este somos blasfemos, y ven nuestro modo de vida como opuesto al suyo, como pecado frente a su virtud.

—Sí —dijo Nayimathun—, pero si busca nuestra ayuda, la reina Sabran debe de haber aprendido la diferencia entre fuego y agua. Recuerda ser compasiva cuando la juzgues, Tané. Es una mujer joven, responsable del bienestar de su gente.

Las noches por encima del Abismo eran las más frías que había vivido nunca Tané. Un viento molesto le agrietaba los labios y le azotaba las mejillas. Una noche se despertó respirando entre las nubes, miró abajo, hacia el mar, y vio las estrellas reflejadas en el agua.

La vez siguiente que se despertó el sol estaba en lo alto, y una bruma dorada creaba una cinta que recorría el horizonte.

—¿Qué lugar es este?

Tenía la voz áspera. Echó mano de una calabaza y bebió agua suficiente como para humedecerse la lengua.

—El Ersyr. La Tierra Dorada —dijo Nayimathun—. Tané, debo nadar antes de que entremos en el desierto.

Tané se agarró al cuerno de la silla. Nayimathun descendió, y ella sintió que la cabeza se le iba.

El mar le golpeó el rostro. Allí era cálido y transparente como el cristal. Vio escombros y desechos flotando entre los corales. Unos restos metálicos emitían reflejos brillantes desde el lecho marino.

—Todo eso es de la Serena República de Carmentum, que da nombre a este mar —dijo Nayimathun cuando emergieron. Sus escamas brillaban como gemas a la luz del sol—. Gran parte de ese país quedó arrasado por Fýredel, el escupefuegos. Su pueblo lanzó muchos de sus tesoros al mar para protegerlos de su fuego. Los piratas se sumergen para recuperarlos y venderlos.

Nadó hasta tener cerca la orilla y luego emprendió el vuelo otra vez. Ante ellas se extendía el desierto, vasto y desolado, ondulante y ardiente. Tané sintió sed solo de mirarlo.

Allí no había nubes tras las que ocultarse. Tendrían que permanecer a una cota más alta para evitar miradas indiscretas.

—Este desierto se llama el Burlah —dijo Nayimathun—. Debemos cruzarlo para llegar a Lasia.

—Nayimathun, no estás hecha para este clima. El sol te secará las escamas.

—No tenemos elección. Si no conseguimos que lady Nurtha despierte, quizá nunca encontremos a otra persona que pueda empuñar la joya menguante.

La humedad de sus escamas desaparecía casi tan rápidamente como aparecía. Los dragones podían crear su propia humedad durante un tiempo, pero al final aquel sol implacable sería demasiado para Nayimathun. En los días siguientes estaría más débil de lo que había estado nunca.

Volaron y volaron. Tané se quitó su túnica y la usó para cubrir la escama de metal y evitar que se calentara demasiado.

El día se hizo eterno. Le dolía la cabeza. El sol le quemaba el rostro y le desecaba el cuero cabelludo. No había donde esconderse del calor. Al anochecer, tiritaba tan fuerte que tuvo que volver a cubrirse con su túnica, aunque tenía la piel ardiendo.

—Tané, tienes el temblor del sol —dijo Nayimathun—. Debes cubrirte con la túnica durante el día.

Tané se secó la frente.

—No podemos seguir así. Moriremos las dos antes de llegar a Lasia.

—No tenemos elección —repitió Nayimathun—. El río Minara atraviesa este territorio. Allí podremos descansar.

Tané quiso responder, pero antes de que pudiera hacerlo se sumió en un sueño agitado.

Al día siguiente se cubrió el cuerpo y la cabeza con la túnica. Estaba empapada en sudor, pero al menos así no le daba el sol. Solo se la quitó para asistir a Nayimathun, y para refrescar la escama metálica con agua, que chisporroteó y se convirtió en vapor al instante.

El desierto no acababa nunca. Sus calabazas quedaron más secas que un hueso. Se hundió en su silla y dejó vagar la mente.

Cuando volvió a abrir los ojos, estaba cayendo. Sintió el azote de una serie de ramas contra su túnica y su cabello. Antes de que tuviera tiempo de gritar el agua ya la envolvía. El pánico le atenazó los miembros. Cegada, pataleó. Consiguió sacar la cabeza al exterior. En la oscuridad de la noche, apenas consiguió distinguir un árbol caído que asomaba sobre la orilla, casi demasiado alto como para llegar con las manos. En el momento en que la corriente la acercó, se agarró a una de sus ramas. El río la tiraba de las piernas. Izó el cuerpo, se subió al árbol y se arrodilló encima, tiritando.

Pasó un rato encaramada, demasiado magullada y descolocada como para moverse. Una lluvia cálida le repiqueteaba en la cabeza. Cuando por fin recuperó el sentido, se arrastró apoyándose en las manos y agarrándose al árbol con las rodillas. El tronco tembló al moverse, aunque lo hiciera centímetro a centímetro.

Hizo un esfuerzo por mantener la calma y recordó el monte Tego. Cómo había soportado el viento gélido y la nieve hasta las rodillas, y el dolor agónico en los miembros. Cómo había trepado por una pared de roca con las manos desnudas, respirando un aire casi sin oxígeno, a un resbalón de la muerte. Cómo se había obligado a seguir adelante. Al fin y al cabo, los jinetes de dragón tenían que ser capaces de mantenerse fuertes y precisos a la vez a grandes alturas. No podían temer la caída.

Había alcanzado la cima del mundo. Había cruzado el Abismo montada en un dragón.

Podía hacer esto.

Una vez ahuyentado el miedo, avanzó más rápido. Cuando llegó al final del árbol, sus botas se hundieron en el fango.

—¡Nayimathun! —gritó, pero la única respuesta que obtuvo fue el rugido del agua. El estuche con la joya seguía en su bolsa. Estaba a la orilla de un río, cerca de unos rápidos donde el agua se agitaba creando espuma blanca. De no haberse despertado a tiempo, habría muerto entre las rocas. Apoyó la espalda contra un árbol y se dejó caer al suelo.

Había caído de su silla. O Nayimathun estaba buscándola o, peor aún, había caído también ella. Si era así, no podía estar lejos.

Aquello tenía que ser el río Minara, lo cual significaba que habían llegado a la cuenca de Lasia. Rebuscó en su memoria los mapas que había visto de niña. El oeste del país, recordaba, estaba cubierto de bosques. Allí era donde Loth le había dicho que encontraría el Priorato.

Tané tragó saliva y parpadeó para limpiarse los ojos de lágrimas. Si quería sobrevivir, tenía que mantener la cabeza clara. La pistola ahora era inútil, ya que estaba mojada, y su arco y su espada estaban en la silla de montar, pero aún tenía un cuchillo y las ruedas de filo.

Algunas de sus posesiones habían caído con ella. Tané se arrastró hasta la bolsa más cercana y la abrió con sus doloridos dedos. Cuando sintió el contacto de la brújula en la mano, soltó un suspiro de alivio.

Recogió todo lo que podía llevar. Con una tira de tela de su túnica, una rama y un poco de resina se hizo una antorcha y la encendió creando chispas con dos piedras. Quizá aquello atrajera a algún animal, pero era mejor arriesgarse a que la descubrieran a pisar una serpiente, o no ver a algún cazador en la oscuridad.

Los árboles estaban muy juntos unos de otros, como si conspiraran. Solo con verlos sentía que la abandonaba el valor.

«Tienes el corazón de un dragón.»

Se internó en el bosque, alejándose del rugido del Minara. Sus botas se hundieron en el limo. Olía como Seiiki después de la lluvia de las ciruelas. Un olor terroso y profundo. Reconfortante.

Su cuerpo era como un puñal a medio desenvainar. A pesar del olor familiar, sus primeros pasos fueron los más difíciles de su vida. Caminó con el sigilo de una grulla. Con una pisada quebró una pajita, y de los árboles salieron volando pájaros de muchos colores. Poco después observó los daños en las copas de los árboles. Allí cerca había caído algo grande. Unos pasos más y su antorcha reveló un charco de sangre plateada.

Sangre de dragón.

El bosque parecía frenar su avance. Unas raíces ocultas se le enredaban en los tobillos. Una vez una rama se quebró bajo su peso y se encontró sumergida en el pantano hasta la cintura. Mantuvo la antorcha bien agarrada y tardó un buen rato en salir del lodazal.

Siguió avanzando a trompicones, con la mano temblorosa, siguiendo el rastro de sangre. Por la cantidad de líquido derramado, Nayimathun estaría herida, pero aquello no la habría matado. Aun así, su sangre podría atraer a los depredadores. Aquella idea hizo que Tané echara a correr. En el Este, los tigres a veces se atrevían incluso a atacar a los dragones, pero el olor de Nayimathun les resultaría extraño a los animales de aquel bosque. Rezó para que aquello bastara para mantenerlos alejados.

Cuando oyó voces, apagó la antorcha. Un idioma extraño. No era lasiano. Se puso el cuchillo entre los dientes y trepó a un árbol cercano.

Nayimathun yacía en un claro. Tenía una flecha clavada en la corona, la parte de su cuerpo que le permitía volar. Seis figuras la rodeaban, todas vestidas con mantos rojos.

Tané tensó todos los músculos. Una de las extrañas tenía un arco en la mano. Esas debían de ser las Damas Rojas, las guerreras del Priorato, y ahora ya sabían que había un jinete de dragón en las inmediaciones.

En cualquier momento, una de ellas podía clavarle una espada a Nayimathun, que no podría plantarles cara en ese estado.

Tras lo que le parecieron horas, todas las Damas Rojas excepto dos desaparecieron entre los árboles. Ahora eran cazadoras, y Tané era su presa. Su magia la ponía en desventaja, pero ni siquiera eso las hacía omnipotentes.

Bajó del árbol en silencio. Ahora su mejor arma era el elemento sorpresa. Se llevaría a Nayimathun a un lugar seguro y luego seguiría el rastro de una de las Damas Rojas hasta el Priorato.

Nayimathun abrió un ojo y Tané supo que la había visto. La dragona esperó a que se le acercara, agazapada, y agitó la cola. Aprovechando el momento de distracción de las Damas Rojas, Tané se lanzó sobre ellas como una sombra. Vio unos ojos oscuros bajo una capucha, unos ojos oscuros como los suyos, y por un momento tuvo la extraña sensación de que el sol la iluminaba.

La sensación desapareció al acercarse. Atacó con todas sus fuerzas. En el primer impacto su rueda afilada laceró la piel de su oponente, pero el segundo mandoble impactó contra una hoja de metal, provocándole un dolor en el brazo que le llegó al hombro. La fuerza de la colisión le hizo apretar los dientes. Las cazadoras la rodearon, envueltas en sus mantos, pero ella las mantuvo a distancia con una rueda en cada mano. Eran rápidas como un pez eludiendo el anzuelo, pero estaba claro que nunca se habían enfrentado a las ruedas de filo. Tané se concentró en la lucha.

El primer momento de calma duró poco. Mientras evitaba los lances de sus espadas, tuvo la escalofriante sensación de que nunca había luchado en un combate a muerte. Los piratas del Oeste habían sido presa fácil: brutales, pero indisciplinados. Durante su infancia había luchado con otros aprendices y se habían hecho cortes; había entrenado con ellos ya en edad adulta, pero su conocimiento de la batalla se basaba en un poco de práctica y mucha teoría. Aquellas magas habían estado en estado de guerra la mayor parte de sus vidas y se movían en una perfecta coreografía, como un equipo de baile. Una guerrera formada en la escuela, sola y herida, no sería rival para ellas. No tenía que haberse lanzado a la lucha con ellas en terreno abierto.

La sed y el agotamiento empezaban a hacer mella. A cada paso, las espadas de las Damas Rojas se le acercaban más a la piel, y sus ruedas no conseguían frenar los golpes.

Sus pasos se volvieron más inciertos. Empezaron a dolerle

los brazos. Contuvo una exclamación cuando una hoja le laceró el hombro, luego otra le hizo un corte en la mandíbula. Dos cicatrices más para la colección. Con el siguiente lance sintió que se le incendiaba la cintura. La túnica se empapó de sangre. Cuando las Damas Rojas atacaban juntas, no tenía tiempo más que de levantar las ruedas y parar los golpes.

Iba a perder aquel combate.

Una finta le pilló a contrapié. El metal le abrió una herida en el muslo. Una de sus rodillas cedió, y soltó las ruedas.

Fue entonces cuando Nayimathun echó la cabeza atrás. Con un rugido, agarró a una de las magas entre los dientes y la lanzó al otro extremo del claro.

La otra mujer se giró tan rápidamente que Tané casi no lo vio. Tenía fuego en las palmas de las manos.

Nayimathun se encogió al ver la luz. La mujer se le acercó, y la dragona se echó atrás, lanzando mordiscos al aire. Tané apuntó y le lanzó el cuchillo, que atravesó la tela roja, entre dos costillas. Cuando la mujer cayó al suelo, Tané la rodeó y se acercó a su dragona.

En otro tiempo se habría avergonzado de que Nayimathun la hubiera visto matar. Era algo impropio, pero su vida corría peligro. La vida de las dos. Ahora había matado por Nayimathun y Nayimathun había matado por ella. Al fin y al cabo, habían sobrevivido, y no tenía nada que lamentar.

—Tané. —Nayimathun bajó la cabeza—. La flecha.

La mera visión de la herida hizo que Tané sintiera escalofríos. Con la máxima suavidad posible, levantó las manos y arrancó la flecha de la carne. Tuvo que hacer tanta fuerza que ambos brazos le temblaron.

Nayimathun se estremeció. Un reguero de sangre le corría por el morro. Tané apoyó un mano en su mandíbula.

—¿Puedes volar?

—No hasta que sane —dijo Nayimathun, jadeando—. Eran del Priorato. Sigue a las otras. Encuentra el fruto.

—No —replicó Tané, con decisión—. No volveré a dejarte sola.

—Haz lo que te digo —dijo la dragona, mostrando los dientes manchados de sangre—. Volveré a volar, pero así no puedo llegar a Inys. Encuentra otro modo. Salva a esa tal lady Nurtha. Lleva el mensaje a la reina Sabran.

—¿Y dejarte aquí sola?

—Seguiré el río hasta el mar y me curaré. Cuando pueda volver a volar, te encontraré.

Hacía solo unos días desde su reencuentro y ahora tenían que separarse otra vez.

—¿Y cómo voy a llegar a Inys sin ti? —dijo Tané con voz ronca.

—Te abrirás camino —dijo Nayimathun, con la voz más suave—. El agua siempre lo hace. —Acarició a Tané con el morro—. Nos volveremos a ver pronto.

Tané sintió un escalofrío. Se abrazó a su dragona todo lo que se atrevió, apretando el rostro contra sus escamas.

—Ve, Nayimathun. Ve —susurró, mientras se dirigía hacia los árboles.

Las otras Damas Rojas habían ido hacia el norte. Tané siguió sus huellas ocultándose lo mejor que pudo. No había tiempo para fabricarse una antorcha, pero sus ojos ya se habían adaptado a la oscuridad.

Incluso cuando perdía el rastro, sabía por dónde habían ido aquellas mujeres. Seguía una sensación. Era como si la lucha le hubiera dejado una sensación, un calor impregnado en su propia sangre.

Fue a parar a otro claro. Hizo una pausa para retomar el aliento, llevándose una mano al costado manchado de sangre. Allí no había nada. Solo árboles, árboles y más árboles.

Los párpados le pesaban. Estaba perdiendo el equilibrio. Ahora tenía a una mujer vestida de blanco delante, y el sol brillaba en sus ojos.

Aquello fue lo último que recordaría del bosque.

65

Sur

Le habían quitado la joya creciente. Fue lo primero que notó al despertarse: la sensación de vacío en su ausencia. Estaba tendida en una sala de paredes de piedra de color salmón y tenía las manos atadas a la espalda.

En la puerta había una mujer con la cabeza afeitada y la piel tostada.

—¿Quién eres?

Hablaba en ersyri. Tané entendía un poco aquel idioma, pero no dijo nada. La mujer la observó.

—Llevabas una joya que pertenece a la reina Sabran de Inys —dijo—. Querría saber si fue ella la que te envió aquí.

Tané apartó la mirada y los labios de la mujer se tensaron.

—También llevabas una joya azul. ¿Dónde la encontraste?

Sabía soportar los interrogatorios. Los piratas les podían hacer todo tipo de cosas a sus enemigos para sacarles sus secretos. En preparación para lo peor, todos los aprendices tenían que demostrar que podían aguantar una paliza de un soldado sin revelar su nombre.

Tané había superado la prueba sin emitir ni un sonido.

Al ver que no obtenía respuestas, la mujer cambió de tono.

—Tú y tu bestia marina habéis herido a una de nuestras hermanas y matado a otra. Si no puedes darnos ninguna justificación para tu crimen, no tendremos otra opción que ejecutarte. Aunque no hubieras derramado nuestra sangre, la colaboración con un wyrm está penada con la muerte.

No podía revelar la verdad. Nunca le darían un fruto de su árbol sagrado a una jinete de dragón.

—Al menos dime quién eres —dijo la mujer, suavizando el tono—. Sálvate, niña.

—Hablaré con Chassar uq-Ispad —dijo Tané—. Con nadie más.

La mujer frunció ligeramente el ceño y se fue. Tané intentó aclarar la mente. Por la luz que veía, no tardaría en anochecer. Hizo esfuerzos por mantenerse despierta, pero iba perdiendo la conciencia, a medida que su cuerpo reclamaba el descanso que le había sido negado.

Nayimathun escaparía. Podía nadar río abajo más rápido de lo que podía correr ningún humano.

Entró un hombre en la celda, sacándola de su sopor de golpe. Llevaba un puñal encajado en el ceñidor, alrededor del vientre. Una túnica de brocado púrpura, decorada con abalorios de plata, le envolvía el enorme pecho.

—Soy Chassar uq-Ispad —dijo. Su voz era profunda y amable—. Me han dicho que hablas ersyri.

Tané le observó mientras se sentaba delante de ella.

—He venido a por un fruto del naranjo —dijo—, para llevárselo a Eadaz uq-Nāra.

—Eadaz. —Sus ojos reflejaron sorpresa y luego dolor—. Niña, no sé qué es lo que has oído de Eadaz, ni cómo sabes su nombre, pero el fruto no puede resucitar a los muertos.

—No está muerta. Está envenenada, pero viva. Con el fruto, puedo salvarla.

Chassar se quedó helado, como si le hubiera caído encima un rayo.

—¿Quién te ha hablado de mí? —preguntó—. ¿Y del Priorato?

—Lord Arteloth Beck.

Al oír aquel nombre, Chassar uq-Ispad de pronto adoptó un aire fatigado.

—Ya veo —dijo, llevándose los nudillos a la sien—. Supongo que también pretendes llevarle la joya azul a Eadaz. Ahora la tiene la priora, y pretende ejecutarte.

—¿Por qué?

—Porque has matado a una hermana. Y porque te has presentado aquí a lomos de un wyrm marino. Y además —dijo Chassar—, porque matarte le permitiría controlar la joya creciente.

—Vos podríais ayudarme a escapar.

—Eadaz consiguió robar la joya menguante de Mita Yedanya, la priora. No permitirá que le arrebaten la gemela

—dijo Chassar, con tono grave—. Para eso tendría que matarla. Y eso no lo puedo hacer.

Tané esperó mientras él se sentaba, pensativo.

—Confío en que pensaréis en algo, embajador uq-Ispad —dijo—. Si no, Eadaz morirá.

Él la miró.

—Dejadme escapar y quizá no muera. La decisión es vuestra.

Chassar uq-Ispad no regresó. Debía de haber optado por serle fiel a la priora.

Todo estaba perdido.

Al anochecer llegaron dos mujeres. Sus mantos eran de brocado pálido. Tané les permitió que la condujeran por unos pasillos con suelos embaldosados que seguramente nunca habían visto la luz del sol. En cada hueco y hornacina había figuras de bronce de una mujer sosteniendo una orbe.

Tané sabía que tenía que luchar, pero de pronto se sintió tan débil que habría sido incapaz de doblar una brizna de hierba. Escoltada por sus captoras atravesó un arco y llegó a un fino saliente rocoso. A su derecha caía una cascada como un velo. El agua emitía un estruendo tal que apenas oía sus propias pisadas.

Al menos el ruido del agua: el fragor de la cascada le recordó a Seiiki.

—Hermanas.

Tané levantó la cabeza. Chassar uq-Ispad caminaba en dirección a ellas.

—La priora me ha pedido que interrogue de nuevo a esta mujer —dijo él en ersyri—. No tardaré.

Las dos mujeres cruzaron una mirada antes de permitir que Tané se quedara con él.

Chassar esperó hasta que desaparecieron de la vista; luego cogió a Tané de un brazo y se la llevó por la cornisa rocosa.

—No tenemos mucho tiempo —le dijo, al oído—. Haz lo que debas hacer, pero luego vete y no mires atrás. Aquí lo único que te espera es un nudo corredizo.

—¿No sabrán que me habéis ayudado?

—Eso no te concierne —dijo Chassar, mostrándole una escalinata tallada en la roca—. Por ahí llegarás al valle. Solo el árbol puede decidir si eres digna del fruto. —Metió una mano en el interior de su túnica y sacó el estuche lacado de Tané—. Esto es tuyo. El anillo de coronación y la carta siguen dentro. —Luego sacó un rollo de seda—. Lleva el fruto envuelto en esto.

Con su ayuda, Tané se lo ató en torno al cuerpo.

—¿Cómo llegaré a Inys? —le preguntó—. Mi dragona se ha ido.

—Sigue el río Minara hasta que se bifurque y toma el ramal de la derecha; te llevará al norte. Te enviaré ayuda, pero no debes detenerte. Las hermanas saldrán a darte caza en cuanto se den cuenta de que has desaparecido. —Le apretó el hombro con una mano—. Yo haré lo que pueda para entretenerlas.

—No puedo irme de aquí sin la joya creciente —espetó—. Solo me responde a mí.

Chassar la miró, apesadumbrado.

—Si se la consigo arrebatar, enviaré a alguien en tu busca con ella —dijo—. Pero debes marcharte.

Y desapareció antes de que pudiera darle las gracias.

La escalinata no tenía barandilla. Se agarró a la piedra de la izquierda, midiendo cada paso, prestando atención a cómo colocaba los pies. La escalinata giró en torno al despeñadero y de pronto lo vio.

Cuando Loth le había hablado del naranjo, ella se lo había imaginado como uno de los que crecían en Seiiki, pequeño e insignificante. Aquel naranjo era alto como un cedro y su aroma hacía que la boca se le hiciera agua. Un hermano vivo del moral de Komoridu.

Sus ramas estaban cubiertas de flores blancas. Sus hojas eran de un verde brillante. Las nudosas raíces se extendían radialmente desde el tronco, serpenteando sobre el terreno del valle como un motivo decorativo en la seda. Alrededor y por debajo de ellas fluía el Minara.

No había tiempo para admirarlo. Una sombra atravesó el aire, tan cerca que le levantó el cabello. Tané apretó la espalda contra la pared de roca, oteando el cielo, inmóvil como una presa acechada por un cazador.

Pasó un buen rato y todo siguió en silencio. Luego, de pronto, una tormenta de fuego.

Su cuerpo reaccionó antes que su propia mente. Salió corriendo escaleras abajo, pero la escalinata era estrecha y precaria, y de pronto se encontró dando tumbos sin control, y los escalones le golpeaban la espalda como un martillo. Medio cegada por el pánico, intentó agarrarse a algo para detener su caída, pero su cuerpo seguía rodando hacia el precipicio. Por fin alargó una mano y consiguió aferrarse a un escalón. Se quedó allí colgando, sin aliento.

Se imaginó de nuevo en el monte Tego. Respiró hondo y se giró para ver qué había pasado.

Escupefuegos. Estaban por todas partes. No perdió tiempo en preguntarse de dónde habían venido: miró hacia abajo. Estaba más cerca del fondo del valle de lo que pensaba, y se quedaba sin tiempo. Se soltó de la escalinata, resbaló por la roca y cayó sobre la hierba con tanta fuerza que le dolieron las rodillas.

Las raíces. Las raíces eran lo suficientemente gruesas y densas como para protegerla. En el momento en que se colaba entre ellas, un escupefuegos chilló y cayó con fuerza en el río, tan cerca de Tané que le llegó la salpicadura de agua. La bestia llevaba clavada en la garganta una flecha decorada con una pluma pálida.

El caos se apoderó del valle. Los árboles de los alrededores ya estaban en llamas. Tané se arrastró boca abajo, tensando el cuerpo cada vez que sentía una ráfaga de aire caliente en lo alto. Cuando encontró una abertura entre las raíces, emergió de entre la hierba y corrió trastabillando hasta la base del árbol.

Por algún extraño motivo, sabía qué hacer. Se puso de rodillas y tendió las manos con las palmas hacia arriba.

Del cielo caía ceniza como si fuera nieve y se le posaba en el cabello. Pensó que había fracasado hasta que oyó un suave chasquido en lo alto, y un fruto esférico y dorado cayó de lo alto. No fue a pararle a las manos, sino que rebotó y acabó bajo la maraña de raíces gigantes.

Tané soltó un improperio y fue en su busca.

El fruto rodó hacia las agitadas aguas del Minara. Tané se lanzó adelante y lo detuvo con una mano.

Un resplandor le llamó la atención. Entre las raíces se había posado un pajarillo y, en el mismo momento en que lo miraba, hipnotizada, el ave se transformó en una mujer desnuda.

Las plumas se convirtieron en brazos y piernas. El pico se abrió formando un par de labios rojos. Una melena cobriza le cubrió la espalda.

Había cambiado de forma. Todo el mundo en Seiiki sabía que en su tiempo los dragones eran capaces de hacerlo, pero hacía mucho tiempo que nadie lo veía con sus propios ojos.

Otra mujer se acercaba desde el otro lado del valle. Llevaba una trenza oscura sobre el hombro. Lucía un collar dorado y una túnica escarlata con mangas largas, más oscuras y con bordados más elaborados que los de las otras mujeres. Cuando un escupefuegos se lanzó a por ella, desvió su llama como si fuera una mosca. Alrededor del cuello, colgada de una cadena, llevaba la joya creciente.

—Kalyba —dijo.

—Mita —respondió la pelirroja. Intercambiaron palabras durante un tiempo, moviéndose en círculo una alrededor de la otra. Aunque Tané hubiera podido entender el diálogo, lo que dijeran no tenía gran importancia. Lo único que importaba era quién se imponía a la otra.

La priora se acercó a la otra mujer, con el rostro tenso y expresión de odio. Desenvainó, y el sol iluminó su espada. Kalyba se convirtió en un halcón y echó a volar por encima de su cabeza. Un instante más tarde volvía a adoptar forma humana. Su risa dejó a Tané helada. Con un grito de frustración, la priora le lanzó una bola de fuego.

Su batalla fue acercándolas cada vez más a las raíces. Tané se retiró, escondiéndose entre las sombras.

Las mujeres lucharon con fuego y viento. Lucharon una eternidad. Y cuando parecía que ninguna de las dos podría imponerse a la otra, Kalyba desapareció, como si nunca hubiera estado allí. Tané tenía a la priora tan cerca que oía el latido de su corazón.

Fue entonces cuando la bruja emergió en silencio entre la hierba. Debía de haber tomado la forma de algo tan pequeño que resultaba invisible; un insecto, quizá. La priora se giró, pero llegó un instante demasiado tarde.

Se oyó un ruido como el de un caracol aplastado, y cayó de rodillas. Kalyba le apoyó una mano en la cabeza, tal como haría con una niña para consolarla. Mita Yedanya cayó entre la hierba.

Kalyba alzó la mano con el corazón de su enemiga en ella. La sangre caía por entre sus dedos. Cuando habló, fue en un idioma que Tané no había oído nunca. Su voz resonó por todo el valle.

Tané bajó la mano con la que se cubría la boca. Tenía el cuerpo tan cerca que casi podía tocarlo. Tenía que correr un último riesgo y luego podía dejar toda aquella locura atrás. Volvió a tenderse boca abajo y reptó hacia el cadáver de la priora.

Una flecha atravesó el aire con un silbido, pasando a pocos centímetros de Kalyba. Tané se encogió. El sudor le caía por la mejilla, pero llegó hasta el cadáver. Se sentía patosa y apenas se atrevía a respirar, pero contempló el cuerpo, con aquel cráter en el lugar donde antes había un corazón. Con dedos temblorosos le quitó la cadena, se la colgó del cuello y escondió la joya bajo la túnica.

Cuando Kalyba se giró, ambas se quedaron de piedra. Por su mirada estaba claro que la había reconocido.

—Neporo.

Tané vio que cambiaba de expresión, hasta que de pronto Kalyba soltó una carcajada.

—¡Neporo! —exclamó—. Me preguntaba... todos estos siglos, me he preguntado tantas veces si habías sobrevivido, hermana mía. Qué magnífica coincidencia que haya tenido que venir aquí para encontrar la respuesta. —Su boca se torció en una sonrisa a la vez bella y terrible—. Observa mi obra. Toda esta destrucción es por ti. Y ahora apareces arrastrándote ante el naranjo, pidiendo piedad.

Tané se puso en pie a toda prisa, patinando sobre el barro. Nunca le había dado miedo luchar por su vida, pero aquella mujer, aquella criatura, le producía una sensación en las entrañas, como el ruido metálico de una espada saliendo de su vaina.

—Llegas demasiado tarde. El Innombrable se alzará y no habrá lluvia de estrellas que lo debilite. Él te acogería en sus filas, Neporo. —Kalyba caminó hacia ella, con el corazón aún en la mano, goteando sangre—. Reina Terrena de Komoridu.

—No soy Neporo —dijo Tané, recuperando la voz de lo más profundo de su interior—. Me llamo Tané.

Kalyba se detuvo.

Algo en aquella mujer no cuadraba. Era como un escarabajo atrapado en el ámbar, perfectamente preservado en una época que no le correspondía.

Sin embargo, Tané se sentía irremediablemente atraída hacia ella. Su sangre quería acercarse a aquella mujer, aunque su carne solo deseaba huir de ella.

—Casi se me olvidaba que tuvo descendencia —dijo Kalyba—. ¿Cómo es posible que sus descendientes no solo se perpetuaran hasta ahora sin que yo me enterara, sino que además hayas aparecido aquí el mismo día que yo? —Aquel curioso giro del destino parecía divertirle—. Debes saberlo, sangre del moral. Tu antepasada es la responsable de todo esto. Has nacido de una semilla pérfida.

El fragor del río se oía cada vez más cercano. Kalyba la observó mientras se hundía cada vez más en las raíces.

—Te pareces… tanto a ella —dijo la bruja, suavizando la voz—. Eres como un fantasma de ella.

Una flecha cruzó el claro e impactó en la parte trasera del hombro de Kalyba, haciendo que se girara, furiosa. Una mujer de ojos dorados había emergido de las cuevas y ya tenía una nueva flecha cargada. Miró fijamente a Tané y su mirada fue como una orden.

«Corre.»

Tané vaciló. El honor le ordenaba que se quedara a luchar, pero el instinto era más fuerte. Ahora lo único que importaba era llegar a Inys y que Kalyba no supiera lo que llevaba consigo.

Se lanzó al río y el río la acogió de nuevo entre sus brazos.

Durante un buen rato, solo pudo pensar en mantener la cabeza a flote. El río se la llevaba lejos del valle, y ella cruzó un brazo sobre el fruto y usó el otro para nadar. La bruma la acompañó todo el camino hasta la bifurcación, donde trepó a la orilla, chorreando, tan magullada, cansada y dolorida que solo pudo tenderse sobre la hierba y jadear.

El atardecer dio paso al crepúsculo, y el crepúsculo a una noche sin luna. Tané se puso en pie, con las piernas temblando, y caminó. El instinto le hizo sacar la joya de su estuche y la joya le iluminó el camino.

Entre las ramas de los árboles consiguió distinguir la estrella guía y siguió su luz. En una ocasión vio los ojos de un animal que la observaba desde los árboles, pero mantuvo la distancia. Como todo lo demás.

Llegó un momento en que sus botas dieron con un sendero de tierra firme y lo siguió hasta que el bosque empezó a perder densidad. Cuando dejó los árboles atrás y vio el cielo, cayó por fin.

Su propio cabello era su almohada. Respiró a través del puño cerrado que era su garganta y deseó por todo lo que más quería estar en casa, en Seiiki, donde los árboles emanaban un dulce aroma.

Un ruido como un aletazo seco le hizo abrir los ojos. El viento la despeinó, Tané levantó la vista y vio un pájaro que se lanzaba sobre ella. Blanco como la luz de la luna, con las alas de bronce.

ϒ

El Palacio de Ascalon brillaba a la luz de los primeros rayos de sol del día, formando un anillo de altas torres en el meandro de un río. Tané se acercó cojeando, pasando junto a los vecinos que ya se habían levantado de la cama.

El gran pájaro blanco había encontrado un hueco entre las defensas de la costa y la había llevado hasta un bosque al norte de Ascalon. Desde allí, siguió un camino muy transitado hasta que vio aparecer una ciudad en el horizonte.

Las murallas del palacio estaban salpicadas de torres. Cuando se acercó, un grupo de guardias con armaduras plateadas le cortaron el paso.

—Alto ahí. —Las lanzas le apuntaron al pecho—. Ni un paso más, señora. Declarad qué os trae a palacio.

Ella levantó la cabeza para que pudieran verle la cara. Las lanzas se elevaron al tiempo que su barbilla y los guardias se la quedaron mirando, anonadados.

—¡Por el Santo! —murmuró uno de ellos—. Es del Este.

—¿Quién sois? —preguntó otro.

Tané intentó articular palabras, pero tenía la boca seca y las piernas le temblaban. El segundo hombre frunció el ceño y bajó la espada.

—Ve a buscar a la embajadora residente de Mentendon —le dijo a la mujer que tenía al lado. Ella salió corriendo, acompañada del repiqueteo metálico de su armadura. Los otros no bajaron las lanzas.

Pasó un rato hasta que llegó otra mujer a la puerta. Lucía una trenza de un pelirrojo intenso, y una prenda que le cubría el pecho y la cintura, con una falda que se abría a partir de la cadera. Los encajes le llegaban hasta el cuello, donde contrastaban con su piel morena.

—¿Quién sois, honorable forastera? —preguntó en un seiikinés perfecto—. ¿Qué os trae a Ascalon?

Tané no le dijo su nombre. Se limitó a mostrarle el anillo con el rubí.

—Llevadme ante lady Nurtha —dijo.

VI

LAS LLAVES DEL ABISMO

Todo aquello que de un lugar cae con la marea hasta otro lugar nada,
pues no hay cosa perdida que no pueda ser hallada si es buscada.

EDMUND SPENSER

66

Oeste

Su mundo se había convertido en una noche sin estrellas. Era sueño, pero no lo era: una oscuridad sin límites, habitada por una única alma. Llevaba encadenada allí mil años, pero ahora, por fin, había reaccionado.

Un sol dorado cobró vida en su interior. En el momento en que el fuego se desprendió de su piel, recordó el ataque de su cruel hermana. Veía la silueta de varios rostros a su alrededor, pero no distinguía bien sus rasgos.

—Ead.

Se sentía como esculpida en mármol. Sus miembros se aferraban al lecho, como una efigie se aferraba para siempre a la lápida. En los puntos oscuros de su campo de visión, alguien rezaba por su alma.

«Ead, vuelve con nosotros.»

Reconocía aquella voz, el aroma a mirra, pero sus labios eran piedra, y no conseguían separarse.

«Ead.»

Un calor nuevo se le extendió por los huesos, quemando las ataduras que la tenían apresada. El capullo que la rodeaba se quebró por fin y el calor le abrió la garganta.

—Meg —murmuró—, creo que es la segunda vez que te encuentro cuidándome.

Una risa entrecortada.

—Pues deja de darme motivos para cuidarte, boba —dijo Margret, fundiéndose en un abrazo con ella—. Oh, Ead, temía que ese maldito fruto no hiciera ningún efecto. —Se giró hacia los criados—. Avisad de inmediato a Su Majestad de que lady Nurtha ha despertado. Y también al doctor Bourn.

—Su Majestad está reunida con el Consejo, lady Margret.

—Os aseguro que Su Majestad se encargará de que os den unos buenos latigazos si no la informáis de inmediato. ¡Id enseguida!

«Maldito fruto.» Ead se dio cuenta de lo que había dicho Margret y miró más allá de su hombro. En la mesita de noche había una naranja a la que le faltaba un mordisco. Un dulzor embriagador le inundó los sentidos.

—Meg. —Tenía la garganta muy seca—. Meg, dime que no has ido al Priorato por mí.

—No soy tan tonta como para pensar que podría abrirme paso por una casa llena de asesinas de dragones. —Margret le besó la frente—. No creerás en el Santo, pero un poder superior debe de haber intercedido por ti, Eadaz uq-Nāra.

—Desde luego. El poder superior de lady Margret Beck. —Ead le apretó la mano—. ¿Quién ha traído el fruto?

—Eso —dijo Margret— es una historia asombrosa. Y te la contaré en cuanto tomes un poco de ponche.

—¿Hay algo en el mundo que no penséis que pueda curar ese brebaje nauseabundo?

—La gangrena. Por lo demás, no.

Fue Tallys quien le trajo el ponche a la cama. Al ver a Ead, se echó a llorar.

—Oh, señora Duryan —dijo, entre lágrimas—. Pensé que ibais a morir, milady.

—Aún no, Tallys, le pese a quien le pese —dijo Ead, sonriendo.

—Qué maravilla, veros de nuevo. —Tallys hizo varias reverencias y se retiró. Margret cerró la puerta.

—Bueno —le dijo Ead—. Ya me estoy bebiendo el ponche. Cuéntamelo todo.

—Tres sorbos más, por favor.

Ead hizo una mueca de asco y obedeció. Se tragó tres sorbos más y Margret cumplió con su palabra. Le contó que Loth se había presentado voluntario para ser el embajador de Inys en el Este, que había cruzado el Abismo para presentarle la propuesta al Emperador Eterno, que habían pasado semanas. Que los wyverns habían quemado las cosechas. Y que una joven seiikinesa había aparecido trastabillando en el palacio con las manos ensangrentadas, con un fruto dorado en la mano y el anillo de la coronación que Sabran le había dado a Loth.

—Y eso no es todo lo que llevaba. —Margret miró hacia la puerta—. Ead, la chica tiene la otra joya. La joya creciente.

A Ead casi se le cayó la taza de la mano.

—No es posible —exclamó, con voz gruesa—. Está en el Este.

—Ya no.

—Quiero verla.

Intentó levantar la espalda, pero los brazos le temblaban del esfuerzo.

—Quiero ver la joya.

—Ya basta, Ead —dijo Margret, obligándola a colocarse de nuevo entre los almohadones.

—No has comido nada durante semanas, salvo algunas gotas de miel.

—Dime exactamente cómo la encontró.

—Te lo diría si lo supiera. En cuanto me entregó el fruto, cayó agotada.

—¿Quién sabe que está aquí?

—Yo, el doctor Bourn y unos cuantos caballeros de la Guardia Real. Tharian temía que, si alguien veía a una mujer del Este en el Palacio de Ascalon, se la llevaran a la horca.

—Entiendo sus temores —dijo Ead—. Pero, Meg, tengo que hablar con ella.

—Podrás hablar con quien quieras en cuanto me convenzas de que no vas a caerte de bruces al hacerlo.

Ead hizo un mohín y bebió.

—Meg, querida —dijo, ya más tranquila, tocándole la mano—. ¿Me he perdido tu boda?

—Por supuesto que no. La he retrasado por ti —dijo Margret, recogiendo la taza—. No tenía ni idea de lo agotador que resultaría. Mamá ahora quiere que me vista de blanco. ¿Quién demonios se viste de blanco en el día de su boda?

Ead estaba a punto de observar que estaría muy guapa de blanco cuando la puerta se abrió de golpe y apareció Sabran en el dormitorio, con un vestido de seda carmesí y la respiración agitada.

Margret se puso en pie.

—Iré a ver si el doctor Bourn también ha recibido mi mensaje —dijo, esbozando apenas una sonrisa.

Cerró la puerta con suavidad al salir.

Pasó un buen rato sin que ninguna de las dos dijera una palabra. Entonces Ead alargó una mano y Sabran se acercó a la cama y la abrazó, respirando como si hubiera corrido varias leguas. Ead la sujetó con fuerza.

—Maldita seas, Eadaz uq-Nāra.

Ead resopló, en algo a medio camino entre un suspiro y una risa.

—¿Cuántas veces nos hemos maldecido ya la una a la otra?

—No las suficientes.

Sabran permaneció a su lado hasta que un atribulado Tharian Lintley llegó para pedirle que volviera a la Cámara del Consejo. La Junta de los Duques estaba analizando la carta de Loth y era necesaria su presencia.

A mediodía, Margret dejó que Aralaq entrara en el dormitorio. Le lamió el rostro a Ead hasta desgastarle la piel, le dijo que no se dejara disparar un dardo venenoso nunca más («Sí, Aralaq, me pregunto por qué no había pensado en ello antes») y se pasó el resto del día tendido sobre ella como un edredón de pelo largo.

Sabran había insistido en que el médico de la corte la examinara antes de que se levantara, pero al atardecer Ead no veía el momento de estirar las piernas. Cuando el doctor Bourn llegó por fin, decretó que ya estaba lo suficientemente bien como para ponerse en pie. Ead sacó las piernas de debajo de Aralaq, que se había dormido, y le plantó un beso entre las orejas. Él movió el morro.

Al día siguiente iría a ver a la forastera. Aquella noche era para Sabran. En la estancia más alta de la Torre de la Reina había una inmensa bañera hundida al nivel del suelo. El agua se bombeaba desde un manantial y se calentaba en la cocina de palacio, de modo que la reina pudiera bañarse con agua caliente todo el año.

La única luz era la de una vela que ardía lentamente. El resto de la sala estaba envuelto en el vapor y las sombras. A través de los grandes ventanales, Ead veía las estrellas que brillaban sobre Ascalon.

Sabran se sentó al borde de la bañera en combinación, con el cabello salpicado de perlas trenzadas. Ead dejó caer la bata y se sumergió en el agua humeante. Disfrutó del calor del baño mientras vertía crema de grialina, se la extendía entre las manos y se la aplicaba al cabello.

Sumergió la cabeza y se quitó la dulce espuma. Sumergida hasta los hombros, nadó hasta Sabran y le apoyó la cabeza en el vientre. Unos dedos fríos le deshicieron los rizos. El calor le relajó brazos y piernas, haciéndola sentir viva de nuevo.

—Temía que esta vez me hubieras dejado para siempre —le dijo Sabran. Las paredes devolvían el eco de su voz.

—El veneno que me aplicaron procede del fruto del árbol cuando se pudre. Normalmente mata —dijo Ead—. Nairuj debió de lanzarme una dosis rebajada a propósito. No me quiso matar.

—Por otra parte, ahora tenemos aquí la otra joya. Como si la hubiera traído la marea. —Sabran movió los dedos por el agua—. Incluso tú tendrás que admitir que es una intervención divina.

—Quizá. Hablaré con nuestra visitante seiikinesa por la mañana. —Ead echó la cabeza atrás y dejó que su cabello se abriera como un abanico sobre la superficie del agua—. ¿Loth está bien?

—Eso parece. Ha vivido nuevas aventuras, esta vez con piratas —dijo Sabran, con frialdad—, pero sí. El Emperador Eterno le ha pedido que se quede en la Ciudad de las Mil Flores. Dice que está ileso.

Sin duda retendrían allí a Loth hasta que Sabran pagara lo prometido. Era algo bastante habitual. Se las arreglaría; había sobrevivido en cortes mucho más peligrosas.

—De modo que la última posibilidad de la humanidad depende de la unión de los dos lados del mundo —murmuró Sabran—. En el Abismo no duraremos mucho, subidos en barcos de madera. El lord almirante me asegura que hay modos de proteger nuestros navíos de las llamas, y que tendremos agua en abundancia para apagar cualquier fuego, pero no creo que esos métodos nos sirvan más que para ganar unos minutos.

Sabran la miró a los ojos.

—¿Tú crees que la bruja vendrá?

Era casi seguro.

—Yo apostaría a que intentará acabar con tu vida con la Espada de la Verdad. Que querrá usar la espada venerada por Galian para poner fin a su dinastía. La de los dos —dijo Ead—. Seguro que ve en ello una poesía especial.

—Qué antepasada más amorosa que tengo —observó Sabran sin agitarse.

—Pues acepta lo que te he dicho —respondió Ead, escrutándole el rostro—. Que llevas sangre de magos en las venas.

—Ya he aceptado muchas cosas.

Ead vio en sus ojos que era cierto. Observó en ellos una fría determinación que no había visto antes.

Había sido un año de duras realidades. Los muros que habían construido para proteger sus creencias se les habían derrumbado, y Sabran había visto como su fe empezaba a derrumbarse con ellos.

—Me he pasado la vida pensando que mi sangre era la fuerza que permitía mantener encadenado a un monstruo. Ahora debo enfrentarme a él sabiendo que no es así. —Sabran cerró los ojos—. Temo lo que pueda traer ese día. Temo que no lleguemos a ver las primeras luces del verano.

Ead se le acercó y le envolvió el rostro con las manos.

—No tenemos nada que temer —dijo, con más convicción de la que sentía realmente—. El Innombrable ya ha sido derrotado anteriormente. Puede ser derrotado de nuevo.

Sabran asintió.

—Rezo por ello.

Su combinación se empapó con el agua. Ead sintió como si los huesos de todos sus miembros se hubieran fundido al ver cómo Sabran la sacaba de la bañera, sonriendo.

Sus labios se fundieron en la oscuridad. Ead tiró de Sabran, acercándola, y Sabran besó las gotitas de su piel. Se habían separado dos veces, y Ead sabía, como había sabido siempre, que volverían a separarse en breve, fuera por la guerra o por el destino.

Deslizó las manos bajo el satén de la combinación. Cuando tocó con los dedos su carne, las retiró.

—Sabran, estás ardiendo.

Ella lo había achacado al calor del agua, pero Sabran era una brasa encendida.

—No es nada, Ead, de verdad —dijo Sabran, pasándole un pulgar por la mejilla—. El doctor Bourn dice que la inflamación aparecerá de vez en cuando.

—Entonces necesitas descansar.

—No puedo irme a la cama en un momento así.

—Puedes escoger: o la cama, o la enfermería. Tú eliges.

Sabran hizo una mueca e irguió la espalda.

—Muy bien. Pero no vas a hacerme de cuidadora —dijo,

observando cómo Ead se ponía en pie y se secaba—. Mañana tienes que hablar con la joven del Este. Todo depende de que podamos coexistir en paz.

—No prometo nada —dijo Ead, mientras se ponía la bata.

Durante sus años de estudios en la Casa del Sur, a Tané solo le habían enseñado lo que consideraban datos necesarios sobre el Reino de Inys. Había aprendido que la capital se llamaba Ascalon, y que tenían la armada más grande y potente del mundo. Ahora también sabía que vivían en un clima húmedo y frío, que tenían ídolos en sus dormitorios y que obligaban a sus enfermos a beber un brebaje grumoso y nauseabundo.

Afortunadamente, nadie había intentando obligarle a beber esa porquería aquella mañana. Una criada le había traído una jarra de cerveza, unas gruesas rebanadas de pan y un guiso de carne marrón. Todo aquello le había llenado la barriga. Solo había probado la cerveza una vez, cuando Susa había robado una jarra para ella en Orisima, y le había parecido que tenía un sabor horrendo.

En la Casa del Sur tenían un mobiliario mínimo y pocas obras de arte. A ella siempre le había gustado aquella simplicidad; le dejaba espacio para pensar. Los castillos tenían una decoración más elaborada, por supuesto, pero daba la impresión de que los inys disfrutaban rodeándose de cosas. De adornos. Hasta las cortinas eran agobiantes. Y luego estaba la cama, con tantas capas de tela que parecía que se la iba a tragar.

Aun así, era agradable sentir aquella calidez. Tras un viaje tan largo, lo único que había podido hacer durante todo el día era dormir.

La embajadora residente de Mentendon volvió cuando el sol estaba en su cénit.

—Lady Nurtha está aquí, honorable Tané —le dijo en seiikinés—. ¿Queréis que pase?

Por fin.

—Sí. —Tané apartó su almuerzo—. Quiero verla.

Cuando se quedó sola, Tané cruzó las manos sobre las sábanas. Era como si tuviera anguilas en el estómago. Habría querido ver a lady Nurtha en pie, pero los inys le habían puesto un camisón lleno de encajes que le hacía parecer una tonta. Más valía mantener una imagen digna.

Enseguida apareció una mujer en el umbral. Sus botas de equitación no hicieron ningún ruido. Tané se quedó mirando a la asesina de dragones. Su piel era suave y dorada, y su cabello, oscuro y rizado como las astillas de madera extraídas con un cepillo, le cubría los hombros. Había algo de Chassar, el hombre que la había salvado, en las líneas de su mandíbula y su frente, hasta el punto que Tané se preguntó si serían parientes.

—La embajadora residente me dice que hablas inys —dijo, con un acento sureño—. No tenía ni idea de que se enseñara en Seiiki.

—No a todo el mundo —dijo Tané—. Solo a quienes se entrenan para entrar en la Gran Guardia Marina.

—Ya veo. —La asesina de dragones se cruzó de brazos—. Soy Eadaz uq-Nāra. Pero puedes llamarme Ead.

—Tané.

—No tienes apellido familiar.

—En otro tiempo era Miduchi.

Hubo un breve silencio.

—Me han dicho que has hecho un peligroso viaje hasta el Priorato para salvarme la vida. Te lo agradezco. —Ead caminó hasta el asiento de la ventana—. Supongo que lord Arteloth te habrá dicho lo que soy.

—Una asesina de wyrms.

—Sí. Y tú eres una amiga de los wyrms.

—Matarías a mi dragona si estuviera aquí.

—Hace unas semanas sí. Mis hermanas una vez mataron a un wyrm del este al que se le ocurrió sobrevolar Lasia. —Ead hablaba aparentemente sin remordimientos y Tané tuvo que combatir una reacción instintiva de odio—. Si me quieres hacer el favor, me gustaría oír cómo iniciaste este viaje, Tané.

Si la asesina de dragones iba a mantener las formas, Tané también. Le contó a Ead cómo había llegado a hacerse con la joya creciente, su escaramuza con los piratas y su breve y violenta visita al Priorato.

Al llegar a ese punto, Ead se puso a caminar arriba y abajo. Entre sus cejas aparecieron dos pequeñas líneas.

—Así que la priora está muerta y la Bruja de Inysca ha tomado posesión del naranjo —dijo—. Esperemos que pretenda quedárselo solo para ella y que no quiera regalárselo al Innombrable.

Tané mantuvo silencio un momento antes de preguntar:

—¿Quién es la Bruja de Inysca?

Ead cerró los ojos.

—Es una larga historia —dijo—, pero si lo deseas, te la contaré. Te contaré todo lo que me ha sucedido el último año. Después de todo lo que has hecho, te mereces la verdad.

Se lo contó, mientras la lluvia repiqueteaba en la ventana. Tané escuchó sin interrumpir.

Escuchó a Ead mientras le contaba la historia del Priorato del Naranjo. Le habló de la carta de Neporo que había encontrado. De la Bruja de Inysca y de la Casa de Berethnet. De las dos ramas de la magia, y del cometa y de la espada *Ascalon,* y del papel que ocupaban las dos joyas en todo aquello. Una criada les trajo vino caliente mientras Ead hablaba, pero para cuando acabó, ambas copas se habían enfriado sin que las tocaran.

—Entiendo que todo esto te puede resultar difícil de creer —dijo Ead—. Puede sonar ridículo.

—No —dijo Tané, soltando aire por primera vez en lo que parecían horas—. Bueno, sí que suena raro. Pero te creo.

Se dio cuenta de que estaba tiritando. Ead chasqueó los dedos y se encendió una llama en la chimenea.

—Neporo tenía un moral —dijo Tané, mientras observaba aquella demostración de magia—. Puede que yo sea su descendiente. Por eso me llegó la joya creciente.

Ead tardó un rato en asimilar aquello.

—¿Y ese moral sigue vivo?

—No.

Ead apretó la mandíbula.

—Cleolinda y Neporo. Una maga del Sur. Una del Este. Parece que la historia debe repetirse.

—Entonces yo soy como tú —dijo Tané, observando las llamas que bailaban tras la reja—. Kalyba también tenía un árbol, y la reina Sabran es su descendiente. ¿Eso nos convierte en hechiceras?

—Magas —la corrigió Ead, aunque parecía distraída—. Tener sangre de magos no te convierte en mago. Debes comer del fruto para poder considerarte como tal. Pero ese es precisamente el motivo por el que el árbol te dio un fruto. —Se sentó de nuevo junto a la ventana—. Dices que mis hermanas abatieron a tu wyrm. No se me ha ocurrido preguntarte cómo has llegado a Inys.

—Un pájaro enorme.

Ead se giró hacia ella.

—Parspa —dijo—. Debe de haberla enviado Chassar.

—Sí.

—Me sorprende que haya confiado en ti. En el Priorato no aceptan de buen grado a los amigos de los wyrms.

—No despreciarías a los dragones del Este si supieras algo de ellos. No tienen nada que ver con los escupefuegos —dijo Tané, mirándola fijamente—. Yo detesto al Innombrable. Sus discípulos sumieron a nuestros dioses en la Gran Desolación, y estoy decidida a castigarle por ello. En cualquier caso, no tienes otra opción que confiar en mí.

—Podría matarte. Y quedarme con la joya.

Por la mirada de sus ojos, estaba claro que lo haría. Llevaba un cuchillo al cinto.

—¿Y usarías las dos joyas tú sola? —dijo Tané, sin inmutarse—. Supongo que sabes cómo hacerlo. —Sacó el estuche de debajo de los almohadones y se puso la joya creciente sobre la palma de la mano—. Yo he usado la mía para conducir un barco a través de un mar sin viento. La he usado para lanzar las olas contra la arena. Así que sé que te absorbe las fuerzas: primero poco a poco, de forma soportable, como el dolor de un diente podrido. Luego te va enfriando la sangre y los miembros te pesan cada vez más, hasta que no ves la hora de dormir durante años. —Se la tendió—. Esa carga debe compartirse.

Con movimientos lentos, Ead la cogió. Con la otra mano se sacó una cadena que llevaba colgada del cuello.

La joya menguante. Una pequeña luna, redondeada y lechosa. En su interior albergaba el brillo de una estrella, contenido a diferencia del resplandor de su gemela. Ead sostuvo una joya sobre la palma de cada mano.

—Las llaves del Abismo. —Tané sintió un escalofrío. Parecía imposible que las hubieran unido—. Se ha trazado un plan para derrotar al Innombrable. Supongo que Loth te lo habrá contado —dijo Ead, devolviéndole la joya azul—. Tú y yo usaremos estas llaves para hundirlo para siempre en las profundidades y encerrarlo en ellas.

Igual que había hecho Neporo mil años atrás, con otra maga a su lado.

—Pero debo advertirte una cosa —añadió Ead—: sin *Ascalon* no podemos matar al Innombrable. Alguien tiene que clavársela en el corazón antes de que usemos las joyas. Para apagar su fuego. Mi única esperanza es que la Bruja de Inysca la traiga consigo, y que podamos arrebatársela. Si no, es posible que tus wyr… dragones del Este… puedan debilitarle lo suficiente como para que podamos usar las joyas sin la espada. Quizá podamos inmovilizarlo durante otros mil años. No es que me guste mucho la idea, porque significa que otra generación tendrá que afrontar esta tarea.

—Estoy de acuerdo —dijo Tané—. Esto tiene que acabar aquí.

—Bien. Practicaremos juntas con las joyas. —Ead echó mano a la bolsa que llevaba colgada del hombro y sacó la fruta dorada que Tané había llevado a Inys—. Dale un mordisco a esto. Puede que el siden te ayude en esta batalla, especialmente si viene Kalyba. —Tané vio que la dejaba en su mesilla—. Hazlo pronto. Hoy se pudrirá.

Tané tardó un momento en asentir.

—Inmovilizar al Innombrable puede suponer el fin para nosotras dos —dijo Ead, bajando la voz—. ¿Estás dispuesta a asumir ese riesgo?

—Morir en aras de un mundo mejor sería el mayor honor posible.

Ead esbozó una sonrisa.

—Creo que nos entendemos. Al menos en eso.

Tané se sorprendió a sí misma al encontrarse sonriendo a su vez.

—Ven a verme cuando te sientas más fuerte —dijo Ead—. Hay un lago en el bosque de Chesten. Podemos aprender a usar las joyas. Y ver cuánto tiempo aguantamos sin matarnos la una a la otra.

Dicho aquello, se fue. Tané volvió a meter la joya creciente, que aún brillaba, en su estuche.

El fruto dorado también brillaba. Lo cogió entre las manos un buen rato antes de probar su pulpa. Sintió una explosión de dulzor bajo los dientes y en toda la lengua. Cuando la tragó, la sintió caliente.

El fruto cayó al suelo y ella sintió un fuego que estallaba en su interior.

En la Alcoba Real, la reina de Inys también estaba ardiendo. El doctor Bourn la llevaba observando todo el día, pero ahora Ead se había situado a su lado, en contra de lo prometido.

Sabran dormía con un sueño delirante y febril. Ead se sentó en la cama y empapó un paño en agua.

La priora estaba muerta, y el Priorato en manos de la bruja. La idea de que el Valle de la Sangre estuviera lleno de wyrms atraídos por una maga le resultaba más amarga que la artemisa.

Al menos Kalyba no le haría ningún daño al naranjo. Era lo único que podía proporcionarle el siden que tanto deseaba.

Ead le refrescó la frente a Sabran. No estaba apenada por Mita Yedanya, pero sí por sus hermanas, que habían perdido a su segunda matriarca en poco tiempo. Ahora que la priora estaba muerta, o habrían huido a otro lugar y habrían escogido una nueva líder, probablemente Nairuj, o se habrían sometido a Kalyba para poder mantenerse cerca del árbol. Cualquiera que hubiera sido su decisión, Ead esperaba que Chassar estuviera a salvo.

Sabran no había dicho nada desde el anochecer. Ead estaba cortando las mechas de las velas cuando rompió el silencio.

—¿Qué ha dicho la forastera?

Ead miró por encima del hombro. Sabran la observaba. En voz baja, para que nadie pudiera oír desde el otro lado de la puerta, Ead le explicó su encuentro con Tané. Cuando hubo acabado, Sabran se quedó mirando fijamente el dosel de la cama.

—Me dirigiré a mi pueblo pasado mañana —dijo—. Para contarles lo de la alianza.

—No estás bien. Sin duda puedes retrasarlo un día o dos.

—Una reina no abandona sus planes por una fiebre —dijo, suspirando mientras Ead la tapaba con la colcha—. Te dije que no me hicieras de cuidadora.

—Y yo te dije que no era súbdita tuya.

Sabran murmuró algo contra la almohada. Cuando volvió a dormirse, Ead sacó la joya menguante. Había notado otro tipo de magia, y se había unido a ella, aunque su naturaleza era opuesta.

Alguien llamó a la puerta y ella guardó enseguida la joya. Abrió y se encontró a Margret en el umbral.

—Ead —dijo, nerviosa—. Los gobernantes del Sur acaban de llegar a Puerto Estío. ¿Qué crees que quieren?

67

Oeste

Una piel húmeda rozó con la suya y una mano le acarició el cabello. Fue lo primero que notó antes de que el dolor agónico le interrumpiera el sueño, penetrante y vengativo.

El aire le quemaba la boca, aún con sabor a azufre. De sus labios escapó un leve gemido:

—Jan…

—Shhh, Niclays.

Conocía aquella voz.

—Laya —intentó decir, pero solo le salió un gruñido.

—Oh, Niclays, gracias a los dioses —dijo ella, secándole la frente con un paño al oírle reaccionar—. No te muevas.

Los sucesos de Komoridu le volvieron a la mente como un fogonazo. Haciendo caso omiso de la petición de Laya, quiso llevarse la mano a la garganta. En el lugar donde antes tenía una segunda boca, notó una piel tierna y lisa: la cicatriz de una cauterización. Levantó el brazo y vio que ahora acababa en un muñón redondeado, surcado de costuras negras. Los ojos se le llenaron de lágrimas.

Era anatomista. Incluso en aquel estado, se daba cuenta de que aquella herida, casi sin duda, lo mataría.

—Shh. —Laya le acarició el cabello. Sus mejillas también estaban húmedas—. Lo siento mucho, Niclays.

Un dolor intenso le recorría el brazo. Cogió el trozo de cuero que le tendía ella y lo mordió con todas sus fuerzas para evitar gritar.

Un crujido tenso le llamó la atención. Poco a poco, se dio cuenta de que el balanceo no era una impresión creada por el dolor, sino efecto de que Laya y él estaban suspendidos en una jaula de hierro.

Si antes el miedo se había apoderado de él, ahora estaba llegando al nivel de enloquecer. Lo primero que pensó era que la Emperatriz Dorada los había dejado en tierra para que se muriera de hambre; luego recordó lo último que había oído antes de perder el conocimiento: el aleteo de unas alas draconianas.

—¿Dónde…? —consiguió decir, con la sensación de que el vómito seguiría el camino de sus palabras—. Laya. ¿Dónde?

Laya tragó saliva, con tanta fuerza que vio cómo se le movía la garganta.

—El monte Pavor —dijo, acercándoselo aún más al cuerpo—. El veteado rojo en la roca. No hay ninguna otra montaña que las tenga.

El lugar de nacimiento del Innombrable. Niclays sabía que debería estar orinándose de miedo, pero lo único en que podía pensar era en lo cerca que estaba de Brygstad.

Intentó sofocar los gemidos. La separación entre barrotes era suficiente como para pasar por en medio, pero la caída les mataría a los dos. En aquella caverna sombría, lo único que distinguía era una masa cubierta de escamas.

De escamas rojas.

No en una bestia viva. No: la pintura de la pared de aquella caverna era un recuerdo. Mostraba a una mujer con un tocado de guerra lasiano enfrentándose al Innombrable, atravesándole el pecho con la espada.

La espada era inconfundible: *Ascalon*. Y la que la blandía era Cleolinda Onjenyu, princesa del Dominio de Lasia.

Cuántas mentiras.

Escamas rojas. Alas rojas. La inmensidad de la bestia cubría la mayor parte de la pared. En su delirio, Niclays se puso a contar las escamas mientras Laya le secaba la frente. Cualquier cosa valía para distraerse de aquel dolor agónico. Ya las había contado dos veces antes de caer dormido de nuevo. Soñó con espadas, sangre y un cadáver pelirrojo. Cuando sintió que Laya se tensaba, a su lado, abrió los ojos.

En la jaula había aparecido una mujer, completamente vestida de blanco. Fue entonces cuando se convenció de que estaba delirando.

—Sabran —dijo, conteniendo una exclamación.

Sería efecto de la fiebre. Sabran Berethnet estaba delante de él, con su melena negra brillando sobre la pálida piel. Una supuesta belleza que a él siempre le había provocado escalofríos, como si hubiera metido un pie en agua helada.

La mujer acercó el rostro. Aquellos ojos de un verde jade cremoso.

—Hola, Niclays —dijo—. Me llamo Kalyba.

Él no pudo ni articular una respuesta. Su cuerpo era una masa inerte, estaba paralizado.

—Supongo que estarás confuso. —Sus labios eran rojos como manzanas—. Siento haberte traído tan lejos, pero estabas muy cerca de la muerte. Y a mí que se pierda una vida me parece muy desagradable. —Le apoyó una mano helada en la cabeza—. Déjame que te explique. Yo también soy Primera Sangre, como Neporo, cuya historia leíste en Komoridu. Comí del fruto del árbol espino cuando Inys no tenía reina.

Aunque Niclays hubiera sido capaz de articular palabras, no habría sabido qué decir en presencia de aquel ser. Laya le sujetaba con más fuerza aún, temblando.

—Supongo que sabes dónde estás. Imagino que te asusta, pero este es un lugar seguro. Lo he estado preparando, ya lo ves. Para la primavera. —Kalyba se echó atrás un mechón de cabello que le cubría los ojos—. El Innombrable vino aquí después de que Cleolinda le hiriera. Me pidió que encontrara a un artista que pintara la historia, para reflejar cómo fue aquel día en Lasia. Para que no se le olvidara nunca.

Niclays habría pensado que aquella mujer estaba loca, de no ser porque estaba seguro de que el que había enloquecido era él. Todo aquello tenía que ser una pesadilla.

—La inmortalidad es un don que tengo —susurró Kalyba—. A diferencia de Neporo, aprendí a compartirlo. Incluso a devolver la vida a los muertos.

«Jannart.»

Su aliento era como el frío de pleno invierno. Niclays la miró, hipnotizado por sus ojos.

—Sé que eres alquimista. Déjame compartir ese don contigo. Demostrarte cómo descoser las costuras de la edad. Podría enseñarte cómo crear un hombre a partir de las cenizas de sus huesos.

El rostro de Kalyba empezó a cambiar. El verde de sus ojos se volvió gris y su cabello se volvió rojo como la sangre.

—Todo lo que necesito —dijo Jannart— es un pequeño favor a cambio.

Era la primera vez en muchas décadas que la Casa de Berethnet recibía a soberanos del Sur. Ead estaba a la derecha de Sabran, observándolos.

Jantar Taumargam, llamado el Espléndido, era tan imponente como hacía suponer su epíteto. No imponente en el sentido físico; era de huesos finos, delgado como una pluma, casi delicado a primera vista, pero sus ojos eran como mazmorras. Una vez te atrapaba con su mirada, eras suyo hasta que decidía darte la libertad. Llevaba una túnica azul zafiro con encajes y cuello alto con un cierre de oro. Su reina, Saiyma, ya iba de camino a Brygstad.

A su lado estaba la Gran Soberana de Lasia.

Kagudo Onjenyu, a sus veinticinco años, era la monarca más joven del mundo conocido, pero su porte dejaba claro que quienquiera que se la tomara a la ligera pagaría un precio muy alto. Su piel era de un color marrón oscuro. Lucía conchas de cauri alrededor del cuello y las muñecas, y todos sus dedos relucían, enjoyados con oro. Tenía a cuatro hermanas del Priorato asignadas para su defensa desde el día de su nacimiento.

Aunque no parecía que Kagudo necesitara mucha defensa. Se decía que era una guerrera tan temible como lo había sido Cleolinda.

—Como sabéis, el ejército de tierra méntico es pequeño —decía Sabran—. Los manto de lobo de Hróth serán de gran ayuda, igual que su armada, a nuestro lado en este flanco de la batalla, pero necesitamos más soldados. —Hizo una pausa para tomar aliento. Combe le dirigió una mirada de preocupación—. Ambos tenéis soldados y armas a vuestra disposición, lo suficientemente potentes como para causar daño a los ejércitos de Sigoso.

La reina tenía unas oscuras ojeras bajo los ojos. Había insistido en levantarse para recibir a los soberanos del sur, pero Ead sabía que aún le ardía la piel. Tané estaba postrada en la cama, con su propia fiebre. Había comido del fruto. Sabran habría querido que la visitante del Este estuviera presente, pero era mejor que durmiera. Necesitaría todas sus fuerzas para la tarea que tenía por delante.

—El Ersyr odia el conflicto —dijo Jantar—. El Profeta del Nuevo Amanecer nos enseñó a evitar la guerra. Pero si los rumores que se están extendiendo por mi país son ciertos, parece que no tenemos otra opción que tomar las armas.

Los monarcas del Sur habían llegado al abrigo de la noche. Después irían a encontrarse con Saiyma en Brygstad para departir con la Gran Princesa Ermuna. Era demasiado arriesgado discutir de estrategias por carta.

Ninguno de los soberanos llevaba corona. En aquella mesa, hablaban unos con otros de igual a igual.

—Cárscaro no ha sido invadida nunca —comentó Kagudo, con una voz profunda que hizo que todos irguieran la espalda un poco—. Los Vetalda se establecieron en las montañas por algo. Una incursión a través de la llanura volcánica sería una locura.

—Estoy de acuerdo. —Jantar se echó adelante para estudiar el mapa—. Las escarpadas están plagadas de wyrms —añadió, señalándolas con el dedo—. Yscalin cuenta con defensas naturales por todos los lados salvo por uno. La frontera con Lasia.

Kagudo miró el mapa sin cambiar de expresión.

—Lord Arteloth Beck estuvo en el Palacio de la Salvación este verano —dijo Sabran—. Se enteró de que el pueblo de Cárscaro no se ha sometido al Innombrable por voluntad propia. Si podemos eliminar al rey Sigoso, Cárscaro caerá desde dentro, quizá incluso sin derramamiento de sangre. —Señaló la ciudad en el mapa—. Hay un pasaje secreto que va por debajo del palacio. Según parece la Donmata Marosa es aliada nuestra, y puede ayudarnos desde el interior. Si un pequeño número de soldados pudiera recorrer el pasaje y entrar al palacio antes de que empezara el asalto principal, podríais acabar con Sigoso.

—Eso no matará a los wyrms que defienden Cárscaro —apuntó Kagudo.

Una criada vino a servirles más vino a todos. Ead declinó la oferta. Necesitaba tener la cabeza clara.

—Deberíais saber, Sabran —añadió Kagudo—, que yo no pondría mi sello a este sitio si no fuera crucial para Lasia. Francamente, la idea de que nosotros tengamos que sacrificar a nuestros soldados para crear una enorme distracción mientras vos y los vuestros os enfrentáis al Innombrable me parece cuestionable. Habéis decidido que nosotros nos enfrentemos a los gatitos, y vos al gran felino, aunque es posible que acabe viniendo a por nosotros en cualquier momento.

—La maniobra de distracción fue idea mía, majestad —dijo Ead.

Ese fue el momento en que la Gran Soberana de Lasia la miró por primera vez. Ead sintió un cosquilleo en la nuca.

—Lady Nurtha —dijo Kagudo.

—La reina Sabran fue la que propuso el ataque a Cárscaro, pero yo sugerí que saliera al encuentro del Innombrable en el Abismo.

—Ya veo.

—Por supuesto —dijo Ead—, vos sois descendiente directa de la Casa de Onjenyu, cuyo territorio amenazó el Innombrable antes que ningún otro. Si deseáis vengar la crueldad que empleó con vuestro pueblo, designad a uno de vuestros generales para que supervise el sitio de Cárscaro y uníos a nosotros en el mar.

—Yo estaría encantada de contar con el apoyo de vuestra espada, Kagudo —dijo Sabran—, si decidís uniros a mis fuerzas.

—Seguro —dijo Kagudo, dando un sorbo a su vino—. Imagino que disfrutaríais mucho de la compañía de una hereje.

—Ya no os llamamos herejes. Tal como os prometí en mi carta, esos días quedaron atrás.

—Veo que solo han hecho falta mil años y una crisis de esta magnitud para que la Casa de Berethnet se aplique sus propias enseñanzas en cuanto a cortesía.

Sabran tuvo el sentido común de dejar que se lo pensara. Kagudo se quedó mirando a Ead un rato.

—No —dijo por fin—. Que Raunus vaya con vos. Él es hombre de mar, y mi pueblo se merece la prioridad a la hora de resolver esta antigua ofensa. Querrán ver a su soberana en el campo de batalla más próximo a sus casas. En cualquier caso, Cárscaro ya ha amenazado nuestros dominios demasiado tiempo.

A partir de ese punto, solo se habló de estrategia. Ead intentó escuchar, pero tenía la mente en otro sitio. La Cámara del Consejo parecía suponer una gran presión para ella, y por fin se excusó:

—Si Sus Majestades me disculpan…

Todos callaron de golpe.

—Por supuesto, lady Nurtha —dijo Jantar, esbozando una sonrisa.

Sabran se quedó mirando cómo se iba. Lo mismo hizo Kagudo. En el exterior, iba cayendo la noche. Ead usó su llave para salir al Jardín de la Reina; se sentó en el banco de piedra y se apoyó en el borde. Se quedó allí sentada posiblemente durante horas, perdida en sus pensamientos. Por primera vez, sentía el peso de su responsabilidad como una losa. Ahora todo dependía de su habilidad para usar las joyas con Tané. Miles de vidas y hasta la supervivencia de la humanidad dependían de aquel requisito. No había otro plan. Solo la esperanza de que dos fragmentos de una leyenda pudieran servir para inmovilizar a la Bestia de la Montaña. Cada momento que siguiera con vida significaría un momento más en el que seguirían muriendo soldados a los pies de las montañas de Cárscaro. Cada momento más significaría otro barco quemado.

—Lady Nurtha.

Ead levantó la vista. El cielo aún escondía sus primeras luces, y Kagudo Onjenyu estaba de pie a su lado.

—Majestad —dijo, y se puso en pie.

—Por favor —respondió Kagudo, que ahora llevaba un manto con remates de pieles, prendido con un broche sobre el hombro—. Sé que las hermanas del Priorato no reconocen a ninguna otra soberana que no sea la Madre.

Ead hizo una reverencia de todos modos. Era cierto que el Priorato no respondía ante nadie que no fuera su priora, pero Kagudo tenía la sangre de los Onjenyu, la dinastía de la Madre.

Kagudo la observó con aparente interés. La Gran Soberana tenía una belleza que hacía que a uno se le parara el corazón un instante. Sus ojos eran almendrados, y se curvaban hacia arriba por los extremos, sobre unos pómulos anchos. Ahora que estaba de pie, Ead veía la rica tela de corteza naranja de su falda. Sobre el cabello llevaba un tocado de guerrera real.

—Parecías estar muy sumida en tus pensamientos —dijo.

—Tengo mucho en lo que pensar, majestad.

—Como todos. —Kagudo dirigió la mirada a la Torre de Alabastro—. De momento nuestra reunión ha terminado. Quizá te apetezca dar un paseo conmigo. Necesito que me toque el aire.

—Para mí sería un honor.

Se pusieron a caminar por el sendero de grava que serpenteaba por el Jardín de la Reina. Los guardaespaldas de Kagudo, que llevaban brazaletes dorados en la parte superior de los brazos y unas lanzas de aspecto mortífero, las siguieron a poca distancia.

—Sé quién eres, Eadaz uq-Nāra —dijo Kagudo en selinyi—, Chassar uq-Ispad me habló años atrás de la joven enviada para proteger a la reina de Inys.

Ead esperaba parecer menos sorprendida de lo que en realidad estaba.

—Sospecho que ya sabrás que la priora ha muerto. En cuanto al Priorato, parece ser que ha sido ocupado por una bruja.

—Rezaba para que no fuera cierto —dijo Ead.

—Nuestras oraciones no siempre dan fruto —respondió Kagudo—. Tú pueblo y el mío siempre se han entendido. Cleolinda de Lasia era de mi dinastía. Al igual que mis ancestros, yo he mantenido la relación con sus damas.

—Vuestro apoyo ha sido decisivo para nuestros éxitos.

Kagudo se detuvo y se giró hacia ella.

—Te hablaré claramente —dijo—. Te he pedido que pasees conmigo porque quería que me conocieras. Conocerte en persona. Al fin y al cabo, pronto llegará el momento en que las Damas Rojas tengan que escoger otra priora.

Ead sintió un peso en el estómago.

—En eso yo no tengo nada que decir. En el Priorato me consideran una traidora.

—Eso puede ser, pero es posible que estés a punto de enfrentarte a su enemigo más antiguo. Y si pudieras acabar con el Innombrable… sin duda te perdonarían tus faltas —dijo. Ojalá fuera cierto—. Mita Yedanya, a diferencia de su predecesora, miraba hacia el interior. Hoy en día parece razonable preocuparse en cierta medida por lo que sucede en el interior del Priorato, quizá incluso sea necesario, pero teniendo en cuenta tu ascensión a este cargo en la corte inys, Eadaz, parece ser que también sabes mirar al exterior. Y un gobernante debe saber hacer ambas cosas.

Ead dejó que aquellas palabras calaran en su interior. Quizá nunca llegaran a crecer y dar fruto, pero al menos la semilla arraigó.

—¿Alguna vez has soñado con llegar a ser priora? —le preguntó Kagudo—. Al fin y al cabo, eres descendiente de Siyāti uq-Nāra, la mujer elegida por Cleolinda para que la sucediera.

Por supuesto que había soñado con ello. Todas las jóvenes

del Priorato querían llegar a ser Damas Rojas, y todas las Damas Rojas esperaban llegar a ser algún día la representante de la Madre.

—No me parece que mirar al exterior me haya servido de mucho —dijo Ead en voz baja—. He sido expulsada, me han llamado bruja. Enviaron a una de mis propias hermanas para que acabara conmigo. He dedicado ocho años de mi vida a la protección de la reina Sabran, creyendo que era descendiente de la Madre, para después descubrir que no lo es. —Vio que Kagudo esbozaba una sonrisa—. ¿Vos nunca lo creísteis?

—Oh, ni por un momento. Tú y yo sabemos que Cleolinda Onjenyu, que estaba dispuesta a morir por su pueblo, no lo habría abandonado por Galian Berethnet. Tú también lo sabías, aunque no tuvieras pruebas… pero la verdad siempre encuentra el modo de salir a la superficie.

La Gran Soberana levantó la mirada al cielo, donde la luna se estaba escondiendo entre las nubes.

—Sabran me ha prometido que, tras nuestras batallas, se asegurará de que el mundo sepa realmente quién venció al Innombrable hace mil años. Devolverá a la Madre el puesto que se merece en la historia.

Aquella verdad sacudiría los cimientos del culto de las Virtudes. Sería un campanazo que resonaría por todos los continentes.

—Pareces tan sorprendida como lo estaba yo —dijo Kagudo, apenas insinuando una sonrisa—. En un día no podrá acabar con siglos de mentiras, por supuesto. Los niños del pasado murieron creyendo que Galian Berethnet esgrimió la espada, y que Cleolinda Onjenyu no era más que su devota prometida. Eso no podemos cambiarlo, ni repararlo… pero los niños de mañana conocerán la verdad.

Ead sabía el dolor que le causaría aquello a Sabran. Cortar por fin y en público su vínculo con la mujer que ella había conocido como la Damisela. La mujer cuya verdad no había conocido en todo aquel tiempo.

Pero lo haría. Porque era lo correcto. Lo único que podía hacer.

—Yo confío en el Priorato. Como he hecho siempre —dijo Kagudo, apoyándole una mano en el hombro—. Los dioses caminan a tu lado, Eadaz uq-Nāra. Espero de verdad que volvamos a encontrarnos.

—Yo también lo espero —dijo Ead, e hizo una reverencia a la representante de la Casa Onjenyu. Se sorprendió al ver que Kagudo le devolvía el gesto.

Se separaron a las puertas del Jardín de la Reina. Ead apoyó la espalda contra el muro mientras el alba empezaba a aclarar el horizonte. La incertidumbre y la cantidad de nuevas posibilidades que se abrían ante ella hacían que la cabeza le diera vueltas.

Priora. Si conseguía derrotar al Innombrable, podría reclamar el cargo y la Gran Soberana la apoyaría. Y eso no era poco. Pocas prioras del pasado habían tenido el honor de contar con el respaldo de los Onjenyu.

Regresó a la realidad de golpe cuando oyó una voz que la llamaba. Margret corría en su dirección todo lo rápido que le permitían sus faldas.

—¡Ead! —dijo, cogiéndola de las manos—. El rey Jantar recibió mi carta. Ha traído a Valour.

Ead improvisó una sonrisa.

—Me alegro.

Margret frunció el ceño.

—¿Estás bien?

—Perfectamente.

Ambas se giraron hacia las puertas del palacio, donde acudían montones de cortesanos esperando que hablara. Margret le pasó la mano por el brazo.

—Estaba convencida de que este día no llegaría nunca —dijo, mientras se acercaban al resto de los cortesanos—. El día en que una reina Berethnet tendría que anunciar que volvemos a estar en guerra con el Ejército Draconiano.

Las puertas del palacio aún no estaban abiertas. Los guardias de la ciudad estaban detrás, cerrando el paso a los ciudadanos congregados tras ellos. Señores y campesinos estaban situados a ambos lados de la reja, unos de cara a los otros.

—Me preguntaste por mi boda. Yo tenía pensado casarme con Tharian en cuanto despertaras —dijo Margret—. Pero ahora no me parece el mejor momento, sin Loth.

—Entonces, ¿cuándo?

—Después de la batalla.

—¿Vas a poder esperar tanto?

Margret le dio un codazo.

—El Caballero de la Camaradería ordena que espere.

La multitud, en el exterior, iba creciendo en tamaño y cada vez hacía más ruido, pidiendo ver a su reina.

Cuando las manecillas del reloj se acercaron a las seis, Tané apareció a su lado. Alguien le había deshecho los nudos del cabello, la había peinado y la había vestido con un pantalón bombacho y una blusa.

Saludó con un gesto de la cabeza y Ead le devolvió el gesto. Notaba la fuerza del siden en la joven del Este, brillante como una brasa ardiendo.

Sonaron las campanas de la torre. Cuando se oyó la fanfarria real, la multitud por fin guardó silencio. De pronto se oyó el ruido del trote de un caballo y apareció Sabran a lomos de un semental blanco perfectamente enjaezado.

Llevaba la coraza plateada del invierno y un manto de terciopelo carmesí, colocado de modo que se le viera la espada ceremonial en el flanco, y tenía los labios del rojo de una rosa nueva. El cabello se lo habían trenzado al estilo de cuerno de carnero que solía lucir Glorian III. La Junta de los Duques la seguía, cada uno con su montura y con su estandarte familiar. Tané les vio pasar sin alterar su expresión.

El caballo de guerra de Sabran se detuvo nada más rebasar las puertas. Sabran tiró de las riendas mientras Alaraq aparecía a sus espaldas y se situaba en posición defensiva, emitiendo un gruñido grave. Con la cabeza muy alta, la reina de Inys miró a sus perplejos ciudadanos.

—Mi querido pueblo de Inys —dijo, con una voz que era reflejo de su poder—, el Ejército Draconiano ha vuelto.

68

Este

Hacía siglos que no cruzaba el Abismo una flota del Este. Las cuarenta naves, armadas hasta la bandera con arpones, cañones giratorios y ballestas, estaban blindadas con grandes placas de hierro. Hasta sus velas estaban revestidas con una cera iridiscente, hecha con la bilis de los wyrms de Seiiki, que impedía en gran medida que la lona prendiera fuego. El colosal *Perla Bailarina* iba a la cabeza, con el *Desafío,* en el que iba el Señor de la Guerra de Seiiki. Y, a su alrededor, los dragones nadando.

Loth se quedó mirando a uno de ellos desde su camarote en el *Perla Bailarina*. De vez en cuando asomaba por la superficie de modo que su jinete, montada en la silla, pudiera respirar. La mujer llevaba un yelmo con cobertura cervical para protegerle el cuello. Habría podido permanecer en un barco, resguardada y caliente, pero en cambio había optado por surcar las negras aguas en su wyrm.

Si los dos lados del mundo llegaban a reconciliarse, quizá aquella acabara siendo una imagen habitual en todos los mares del globo.

El Emperador Eterno tenía una copa de vino rosado lacustrino en la mano. Estaban enfrascados en una partida de Truhanes y Damiselas, juego que le había enseñado Loth el día antes.

—Habladme de vuestra reina.

Loth levantó la vista de las cartas.

—¿Majestad?

—Os preguntáis por qué os pregunto —dijo el Emperador Eterno con una sonrisa—. Sé muy poco de los soberanos del otro lado del Abismo, milord. La reina Sabran está a punto de convertirse en una aliada de mi país, así que debería conocer algo más de ella, aparte de su famoso nombre. ¿No estáis de acuerdo?

—Sí, su Majestad Imperial. —Loth se aclaró la garganta—. ¿Qué deseáis saber?

—Vos sois su amigo.

Loth se quedó pensando un rato en cómo trazar un retrato de Sabran, que llevaba en su vida desde que tenía seis años. Desde una época en la que la única preocupación de ambos era ver cuántas aventuras podían correr en un día.

—La reina Sabran es leal a los que le son leales —dijo por fin—. Tiene buen corazón, pero lo esconde bien para protegerse. Para no parecer vulnerable. Es lo que espera de ella su pueblo.

—Observaréis que es lo que el pueblo espera de cualquier soberano —dijo él, y debía de ser verdad.

—A veces la invade una gran melancolía —prosiguió Loth—, que hace que se quede en cama durante días. Ella lo llama sus «horas sombrías». Su madre, la reina Rosarian, fue asesinada cuando ella tenía catorce años. Sabran estaba presente. Desde entonces, nunca ha sido del todo feliz.

—¿Y su padre?

—Wilstan Fynch, que en su día fue duque de la Templanza, también está muerto.

El Emperador Eterno suspiró.

—Me temo que compartimos la orfandad. Mis padres murieron de viruela cuando yo tenía ocho años, pero mi abuela me llevó enseguida al refugio de caza de la familia al ver que enfermaban. Me supo muy mal no poder despedirme siquiera. Ahora veo que fue un acierto. —Bebió—. ¿Qué edad tenía Su Majestad cuando la coronaron?

—Catorce.

La coronación había tenido lugar en el Santuario de Nuestra Señora, en una mañana oscura de nieve. A diferencia de su madre, que había causado sensación presentándose a la coronación en una barcaza, Sabran había llegado recorriendo las calles en una carroza, vitoreada por doscientos mil de sus súbditos, que habían viajado desde todas partes de Inys para ver a su princesa convirtiéndose en una joven reina.

—Supongo que habría una regente —dijo el Emperador Eterno.

—Su padre fue nombrado lord Protector, y tenía como consejera a lady Igrain Crest, duquesa de la Justicia. Más tarde descubrimos que Crest había tomado parte en la muerte de la reina Rosarian. Y... otras atrocidades.

El Emperador Eterno levantó las cejas.

—Otra cosa que tenemos en común. Después de mi ascensión al trono, hubo casi nueve años de regencia. Y uno de esos regentes acabó mostrando una sed de poder tal que hubo que alejarlo de la corte —dijo, dejando la copa en la mesa—. ¿Qué más?

—Le gusta cazar y tocar el virginal. Cuando era niña, le encantaba bailar. Cada mañana bailaba seis gallardas —recordó, y sintió una presión en el pecho al rememorar aquellos tiempos—. Tras la muerte de su madre, dejó de bailar durante muchos años.

El Emperador Eterno le miró a la cara. A la luz del farol de bronce que había sobre la mesa, sus ojos parecían infinitos.

—Ahora decidme: ¿tiene algún amante?

—Majestad... —dijo Loth, sin saber muy bien cómo reaccionar.

—Haya paz. Me temo que vos no seríais muy buen soberano, con un rostro tan fácil de leer. —El Emperador Eterno movió la cabeza—. Simplemente me lo preguntaba, al ver que no tenía intención de conceder su mano tan fácilmente. No puedo culparla. —Volvió a beber—. Quizá Su Majestad sea más valiente que yo, a la hora de intentar cambiar la tradición.

Loth vio cómo se llenaba de nuevo la copa.

—Yo también me enamoré una vez. Tenía veinte años cuando la conocí, en palacio. Podría hablaros de su belleza, lord Arteloth, pero dudo que el mejor poeta de la historia pudiera hacerle justicia, y desgraciadamente yo no fui un gran escritor. Pero lo que sí puedo deciros es que podía pasarme horas hablando con ella, algo que no podía hacer con nadie más.

—¿Cómo se llamaba?

El Emperador Eterno cerró los ojos un momento. Loth vio que las líneas de su garganta se tensaban.

—Llamémosla... la Doncella del Mar. —Loth esperó en silencio que prosiguiera—. Por supuesto, corrió la voz. El Consejo Real enseguida se enteró de nuestra relación. No les gustó, dado su bajo rango y el hecho de que aún no me había casado con una mujer adecuada al cargo, pero yo era consciente de mi poder. Les dije que haría lo que quisiera —dijo, y resopló por la nariz—. Qué arrogancia la mía. Tenía un gran poder, pero se lo debía a la Dragona Imperial, mi guía y referencia. Le supliqué, pero aunque ella se daba cuenta de mi dolor, no podía aprobar mi decisión. Dijo que mi amante escondía una sombra que nadie podía controlar y que se desataría si alcanzaba el poder. Por el bien de los dos, debía dejarla.

»Al principio me resistí, viví en la negación, sin poner fin a la relación. No dejaba de llevármela a nadar a los lagos sagrados cada vez que me lo pedía, y la llenaba de regalos en mis palacios. Pero la estabilidad de mi territorio dependía de la alianza entre humano y dragona. No podía romperla, del mismo modo que no podía parar el avance de un cometa… y me temía que, si desposaba la mujer que amaba, el Consejo Real encontraría el modo de hacerla desaparecer. A menos que quisiera tratarla como una prisionera, rodeándola de guardaespaldas, tenía que ceder.

Loth pensó en el Consejo de las Virtudes, que había conseguido exiliar a Ead, cuando su único delito había sido el amor.

—Le dije que me dejara. Se negó. Al final tuve que decirle que nunca la había querido, que nunca sería mi emperatriz. Y entonces vi su dolor. Y su rabia. Me dijo que construiría su propio imperio y que me desafiaría con él, y que un día me atravesaría el corazón con su espada, igual que había hecho yo con el suyo. —Tensó la mandíbula—. No volví a verla.

Ahora fue Loth quien se sirvió una copa.

Toda su vida había deseado encontrar una compañera. Ahora se preguntaba si no habría sido una suerte no haberse enamorado nunca.

El Emperador Eterno se tendió en su cama, con la cabeza apoyada en un brazo, y contempló el techo con gesto fatigado.

—En el Imperio de los Doce Lagos vive un pájaro de plumas de color púrpura. —El vino le había dejado la voz rasposa—. Si lo ves de noche, te parece una joya con alas. Muchos han intentado darle caza… pero si lo atrapas, te quema las manos. Sus preciosas plumas son venenosas. —Cerró los ojos—. Dad gracias, lord Arteloth, de no haber nacido destinado a ocupar un trono

69

Oeste

Las lejanas orillas de Seiiki, más allá del Abismo, la llamaban. Había soñado días y días con la lluvia de las ciruelas, con su arena negra, con el beso del mar calentado por el sol en su piel. Echaba de menos el aroma del incienso y de la niebla que cubría las montañas. Echaba de menos los paseos por los bosques de cedros en pleno invierno. Y, más que todo eso, echaba de menos a sus dioses.

Era el segundo día de primavera y Nayimathun no había llegado aún. Tané sabía que le llevaría tiempo volver a volar, pero también sabía que, si llegaba al mar, la herida se le curaría antes. Eso le hacía pensar en la posibilidad de que no hubiera llegado a la orilla. De que las magas le hubieran dado caza y la hubieran descuartizado.

«Libérate ya de tu sentido de culpa, jinete.»

Ella quería obedecer, pero su mente no le respondía. Sin querer hurgaba en sus viejas heridas, haciéndolas sangrar de nuevo.

Unos golpes en la puerta la sacaron de sus pensamientos. Abrió y se encontró a Ead con el cabello brillante, cubierto de gotas de agua.

En su camarote, Tané encendió lo que quedaba de una vela de sebo.

—¿Cómo te sientes? —le preguntó Ead, cerrando la puerta tras ella.

—Más fuerte.

—Bien. Tu siden se ha asentado. —Ead la miró a los ojos—. Solo quería asegurarme de que estabas bien.

—Estoy bien.

—Pues la verdad es que no lo parece.

Tané se sentó en su litera. Habría querido fingir, pero tenía la sensación de que con Ead podía sincerarse.

—¿Y si fallamos? —preguntó—. ¿Y si no podemos usar las joyas como hicieron Cleolinda y Neporo?

—Tú tienes la sangre de Neporo y semanas de práctica —respondió ella con una sonrisa fugaz—. Pase lo que pase, creo que recuperaremos *Ascalon*, Tané. Creo que conseguiremos derrotarlo definitivamente.

—¿Por qué?

—Porque el sterren llama al sterren. Cuando usemos las joyas, atraerán a Kalyba. Supongo que ya habrá percibido la llamada desde que empezamos a usarlas —añadió, con gesto duro—. Vendrá.

—Espero que tengas razón. —Tané jugueteaba con una trenza de su cabello—. ¿Y cómo vamos a derrotarla?

—Es muy poderosa. Deberíamos evitar el enfrentamiento con ella frente a frente. Pero si llega el momento, tengo una teoría —dijo Ead—. Kalyba obtiene su poder del polvo de estrellas para cambiar de forma, y no deben de quedarle muchas reservas. Adoptando una forma que no sea la suya consume mucho, y cuanto más cambie de forma, sospecho, más consumirá. Obligarle a cambiar de forma muchas veces puede debilitarla. Hasta atraparla en una única forma.

—Eso no lo sabes con seguridad.

—No —reconoció Ead—. Pero es todo lo que tengo.

—Qué reconfortante.

Ead sonrió otra vez y se sentó en el arcón a los pies de la cama.

—Una de nosotras debe hacerse con *Ascalon*. Y debe atravesar al Innombrable con ella. Tú has estado expuesta al sterren de la joya creciente durante años. Es posible que la espada responda mejor en tus manos.

Tané tardó un momento en comprenderlo. Ead le estaba ofreciendo un objeto por el que tanto había luchado, una piedra angular de su religión, a una jinete de dragón. A alguien que con todo derecho podía considerar un enemigo.

—La princesa Cleolinda fue la primera en usarla —dijo Tané, tras pensarlo un momento—. Ahora debería ser una de sus siervas quien la blandiera en su nombre.

—No podemos discutir por esto. El Innombrable debe morir mañana, o nos destruirá a todos.

Tané se miró las manos. Manchadas de sangre de su mejor amiga. Indignas de *Ascalon.*

—Si tengo ocasión de hacerlo, la usaré —dijo.

—Muy bien —respondió Ead esbozando una sonrisa.

—Buenas noches, jinete.

—Buenas noches, asesina de wyrms.

La puerta se cerró con una ráfaga de viento gélido.

En el exterior, las estrellas brillaban sobre el Abismo, ojos de dragones caídos que no habían vuelto a nacer. Tané se encomendó a ellas: «Ayudadme a cumplir con mi misión —deseó—. Y no os pediré nada más».

El *Reconciliación* era un navío de guerra colosal. Salvo por el *Rosa Eterna,* que se había perdido en el Este, era el barco más grande y mejor pertrechado de toda la armada inys.

En los camarotes reales, Ead yacía bajo dos colchas de pieles. Sabran estaba a su lado, aún adormilada. Era la primera vez en varios días que parecía tranquila.

Ead se acurrucó en la cama. El cruel ataque de su hermana le había dejado una sensación gélida en su interior que le penetraba hasta los huesos.

La noche siguiente tendrían los otros barcos a la vista. La expectativa de ver de nuevo a Loth no bastaba para contrarrestar el dolor que sentía en el pecho al pensar en su hermana. A estas alturas Margret ya estaría en Nzene.

Antes de salir de Ascalon, los gobernantes del sur le habían pedido a Sabran que enviara personal con experiencia en el tratamiento de enfermos y heridos a las Escarpadas. Aunque Margret era dama de honor, le había pedido permiso a Sabran para responder a la llamada. «Si voy en el barco, solo haré que estorbar —le había dicho—. No sé usar una espada, pero sí tratar las heridas que deja.»

Ead esperaba que Sabran le negara el permiso, pero ella había exhortado a Margret con firmeza y le había ordenado que se cuidara y que regresara sana y salva. Rompiendo el protocolo una vez más, había ordenado a sir Tharian Lintley que escoltara a su prometida y que encabezara la comitiva de soldados inys. Ni siquiera el capitán de la Guardia Real podría proteger a su reina del Innombrable. Lintley no quería alejarse de ella, pero no podía oponerse a una orden.

Sabran estaba despertándose. Ead le besó el hombro y ella levantó la cabeza para mirar.

—Una vez me dijiste que me llevarías bien lejos —dijo Sabran en voz baja.

Ead resiguió el ángulo de su pómulo. Sabran se giró hacia ella.

—Espero que lo hagas —añadió—. Un día.

Sabran deslizó una pierna por encima de la de Ead, que tiró de ella, de modo que compartieran el calor de sus cuerpos.

—Dijimos que primero cumpliríamos con nuestra obligación —susurró Ead—, pero ambas sabíamos que era un sueño. —La miró a los ojos—. Tú eres una reina muy amada, Sabran. La reina que necesita Inys. No puedes abandonar el trono mañana, caiga o no el Innombrable. Y yo no puedo abandonar el Priorato.

—Lo sé. —Sabran se acercó aún más—. Ya en el momento en que hablábamos de ello, entre la nieve, lo sabía. Ambas tenemos nuestras responsabilidades.

—Encontraremos la manera —prometió Ead—. De algún modo.

—No pensemos en el futuro esta noche. Aún no ha amanecido —dijo Sabran en voz baja, y envolvió el rostro de Ead con las manos, al tiempo que esbozaba una frágil sonrisa—. Aún tenemos tiempo para los sueños.

Ead acercó su frente a la de ella.

—Ahora eres tú la que sabes lo que hay que decir.

Era una distracción, pero Ead lo agradeció. A la luz de la vela que se consumía, deslizó los dedos entre sus cuerpos, y Sabran la besó con pasión y ternura alternativamente.

Muy pronto se enfrentarían al Innombrable. Unidas en aquel embriagador momento, con Sabran entre sus brazos y su carne encendida de deseo, Ead se permitió no pensar en ello. El arco de su espalda las acercó aún más. Las acercó a aquel evasivo destino juntas. Se estremecía con las suaves caricias sobre la piel, incapaz de verlas llegar en la oscuridad, y saboreó las descargas de placer que atravesaban a Sabran y que ella le devolvía.

Cuando acabó todo yacieron inmóviles, enredadas la una en la otra.

—Puedes encender otra vela —le dijo Ead—. La luz no me impide dormir.

—No la necesito —respondió Sabran, deslizando una mano sobre la nuca de Ead—. Cuando estoy contigo no me hace falta.

Ead apoyó la cabeza bajo la barbilla de Sabran y escuchó el latido de su corazón, rezando para que aquel sonido no desapareciera nunca.

Aún era noche cerrada cuando se despertó en la misma posición al oír que llamaban a la puerta.

—Majestad.

Sabran fue a coger su bata. En la puerta, habló con uno de los caballeros de la Guardia Real en voz baja.

—La tripulación ha rescatado a alguien del agua —le dijo a Ead cuando volvió a su lado.

—¿Cómo puede haber llegado alguien hasta este punto tan remoto del Abismo a nado?

—Iba en un bote de remos. —Encendió otra vela—. ¿Vienes conmigo?

Ead asintió y se puso en pie para vestirse.

Seis caballeros de la Guardia Real las acompañaron hasta la otra punta del *Reconciliación*, hasta el camarote del capitán, ocupado ahora por un hombre.

Alguien lo había envuelto en una colcha. Estaba pálido, mojado y helado de frío. Llevaba una ajada túnica lacustrina y tenía el cabello gris, empapado de agua de mar. El brazo izquierdo le acababa justo por debajo del codo. Por el olor, no haría mucho tiempo que había perdido ese trozo de brazo.

Levantó la mirada, con los ojos inyectados en sangre. Ead lo reconoció de inmediato, pero fue Sabran la que habló:

—Doctor Roos —dijo, con una voz como el hielo.

Sabran IX, trigésimo sexta reina de la Casa de Berethnet. Se había pasado casi una década odiándola en la distancia, y ahora la tenía allí mismo.

Y a su lado estaba la persona que le habían enviado a matar.

Durante sus días en la corte se había hecho llamar Ead Duryan. Una ersyiri con una posición relativamente poco destacada entre el servicio de la reina. Evidentemente eso había cambiado. Recordaba sus ojos, oscuros y penetrantes, y su actitud orgullosa.

—Doctor Roos —dijo Sabran, con el mismo desprecio con que habría podido dirigirse a una rata.

—Majestad —respondió Niclays, con una reverencia, aunque con evidente desdén—. Qué placer veros de nuevo.

La reina de Inys se sentó en el otro extremo de la mesa.

—Estoy segura de que recuerdas a la señora Ead Duryan —dijo ella—. Ahora es conocida como lady Eadaz uq-Nāra, vizcondesa de Nurtha.

—Lady Nurtha —dijo Niclays, inclinando la cabeza. No podía imaginarse qué habría hecho aquella joven cortesana para adquirir un título tan distinguido.

Ead se quedó de pie, con los brazos cruzados.

—Doctor Roos.

Su rostro no revelaba los sentimientos que pudiera despertarle su presencia, pero sospechaba, por la actitud protectora que mostraba al situarse junto a Sabran, que no serían especialmente cálidos.

Niclays intentó no mirarla directamente a los ojos. Podía enmascarar sus intenciones bastante bien, pero había algo en sus ojos que le daba la impresión de que podía ver en su interior.

Sentía la hoja afilada, fría, contra la palma de la mano. Kalyba le había advertido que Ead Duryan era mucho más rápida que cualquier mujer normal, pero tampoco podía esperarse que él llevara algo con que hacerle daño. Debía atacar rápido y con fuerza. Y con su mano mala.

Sabran apoyó las manos sobre la mesa, con las puntas de los dedos casi tocándose.

—¿Cómo has llegado a este punto tan alejado de todo, en pleno Abismo?

Era el momento de la mentira.

—Estaba intentando escapa del exilio que mi impusisteis, mi señora.

—Creíste que podrías cruzar el Abismo en un bote de remos.

—La desesperación puede llevar a cualquier hombre a hacer locuras.

—A cualquier hombre y a cualquier mujer. Quizá eso explique por qué solicité tus servicios hace tantos años.

—Majestad —dijo él, curvando un extremo de la boca—, me impresionáis. No pensaba que vuestro corazón pudiera contener tanto rencor.

—Mi memoria es larga —respondió Sabran.

Roos sentía que el odio le devoraba por dentro. Siete años de reclusión en Orisima no significaban nada para ella. Seguiría negándole el regreso a Mentendon, todo porque la había avergonzado. Porque había hecho que una reina se sintiera poca cosa. Lo veía en aquellos ojos implacables.

Kalyba podía hacerles llorar. La bruja le había prometido que la muerte de Ead Duryan derrumbaría a Sabran Berethnet y que, una vez se viniera abajo, podría entregársela al Innombrable. Niclays la miró, y sintió el deseo de que así fuera. Quería verla sufrir. Que lamentara lo que había hecho. Lo único que tenía que hacer era matar a su dama de compañía y quitarle la joya blanca que llevaba. Kalyba podía resucitarlo si los guardias daban cuenta de él. Le permitiría volver a Mentendon no solo cargado de riquezas, sino con Jannart. Ella le devolvería a Jannart.

Y si no hacía lo que le había ordenado, Laya moriría.

—Quiero que sepáis una cosa, Sabran Berethnet —susurró Niclays. El dolor del brazo hacía que los ojos le lagrimearan—. Os odio. Odio hasta la última pestaña de vuestros ojos, hasta el último dedo de vuestras manos y hasta el último diente de vuestra boca. Os odio hasta la médula del último hueso.

Sabran lo miró sin pestañear.

—No podéis ni imaginaros la dimensión del odio que he sentido por vos todos estos años —continuó—. He maldecido vuestro nombre cada amanecer. La idea de llegar a crear el elixir de la vida para luego negároslo ha sido lo que ha impulsado todas y cada una de mis acciones. Lo único que he deseado todo este tiempo era frustrar vuestras ambiciones.

—No hablaréis a Su Majestad de este modo —reaccionó uno de sus caballeros, enfundado en una reluciente armadura.

—Le hablaré a Su Majestad como me plazca. Si quiere pararme, que sea ella quien lo haga —respondió Niclays, tajante—, en lugar de dejar que un muñeco metálico lo haga por ella.

Sabran seguía sin decir nada. El caballero en cuestión la miró y desistió, apretando los labios.

—Todos esos años en esa isla —dijo Niclays, con los dientes apretados—. Todos esos años en un minúsculo pedazo de tierra pegado a Cabo Hisan, donde todos me observaban y desconfiaban de mí. Todos esos años caminando por esas mismas calles, soñando con volver a casa. Y todo porque os prometí algo que nunca llegó y porque vos, la reina de Inys, fuisteis lo suficientemente cándida como para creeros que lo obtendríais. Sí, me merecía un castigo. Sí, fui un canalla, y un año o dos de exilio no me habrían ido mal. Pero siete... Por el Santo, señora, en comparación, morir en la hoguera habría sido una bendición.

Sus dedos apretaron la hoja con tanta fuerza que sintió la presión de las uñas contra la palma.

—Podría haberte perdonado por el dinero que me robaste. Podría haberte perdonado las mentiras —susurró Sabran—. Pero te aprovechaste de mí, Roos. Yo era joven, tenía miedo, y te confié mi temor más íntimo. Un temor que no compartía ni siquiera con mis damas de honor.

—Y eso significa siete años de exilio.

—Significa algo. Quizá yo pida disculpas cuando te decidas a reparar mínimamente tus mentiras.

—Os escribí humillándome —le espetó Niclays—, después de que Aubrecht Lievelyn se negara a permitirme regresar a casa. Estaba tan deseoso de poseeros que puso eso por delante de...

Sabran se puso en pie, de pronto blanca como el papel, y todas las partesanas de la sala apuntaron de pronto hacia el pecho de Niclays.

—No volverás a hablar de Aubrecht Lievelyn —dijo ella, con un susurro letal—, o haré que te echen por la borda a pedacitos.

Había ido demasiado lejos. Bajo techo los caballeros de la Guardia Real no llevaban visera; se les veía la conmoción en el rostro, un gesto de repulsión que iba más allá de la reacción que provocaría cualquier insulto.

—Está muerto —dedujo Niclays—. ¿No es así?

El silencio se lo confirmó.

—Yo no recibí ninguna carta —dijo Sabran, manteniendo el volumen de voz cerca del susurro—. ¿Por qué no me revelais ahora su contenido?

Él chasqueó la lengua, enigmático.

—Oh, Sabran. Estos siete años no os han cambiado. ¿Queréis que os diga por qué estoy aquí realmente?

La hoja era como hielo contra el calor de su mano. Ead Duryan, situada tras Sabran, era tan ajena al peligro como la reina. Con solo una zancada podía llegarle a la garganta. Oiría el grito de Sabran. Vería desgajarse la máscara de su rostro.

En aquel momento se abrió la puerta de golpe y apareció en el camarote Tané Miduchi.

Niclays se quedó boquiabierto. Los soldados cruzaron sus partesanas ante ella de inmediato, pero Tané las apartó, con aspecto de estar dispuesta a lanzarse a la garganta del recién llegado.

—No podéis confiar en este hombre —dijo Tané a Sabran—. Es un chantajista, un monstruo…

—Ah, lady Tané —dijo Niclays, con frialdad—. Volvemos a encontrarnos. Parece que nuestros destinos están entrelazados.

Lo cierto es que estaba sorprendido. Suponía que se habría ahogado, o que la Emperatriz Dorada le habría dado caza. No podía ni imaginar qué estaría haciendo en el barco de la reina de Inys.

—Te dejé vivir en Komoridu —le dijo Tané, llena de rabia—, pero fue la última vez. Siempre vuelves a aparecer. Como una mala hierba. —Forcejeó con los caballeros de la Guardia Real—. Te destriparé con mi propia espada, desalmado…

—Un momento —dijo Ead, sujetándola del hombro—. doctor Roos, habéis dicho que nos contaríais por qué estáis aquí en realidad. Os recomiendo que lo hagáis de inmediato, antes de que vuestra estela de destrucción os alcance.

—Está aquí para causarnos algún perjuicio, en su beneficio —dijo Miduchi, mirándolo fijamente a los ojos—. Siempre es así.

—Entonces que sea él quien lo confiese.

Miduchi se zafó de la mano de Ead, pero dejó de forcejear contra los guardias. Su agitada respiración hacía que los hombros se le movieran arriba y abajo.

Niclays se dejó caer en la silla. El brazo le ardía. La cabeza le palpitaba con fuerza.

—La Miduchi tiene razón —dijo, respirando hondo—. Me ha enviado aquí una… hechicera de aspecto cambiante. Kalyba.

Ead se giró de golpe.

—¿Qué?

—Yo no tenía ni idea de que pudiera existir algo así, pero supongo que a estas alturas ya no hay nada que me pueda sorprender. —Otra punzada de dolor en el muñón—. Contándoos esto, estoy condenando a una amiga a muerte. —La mandíbula le tembló—. Pero… creo que esa amiga querría que hiciera esto.

Mostró la hoja metálica y la dejó en la mesa. Uno de los soldados de la Guardia Real se acercó a cogerla, pero Ead lo frenó con un movimiento de la mano.

—Me lo dio Kalyba. Fue… fue ella quien me dejó en el bote. Me dijo que debía llegar al barco y acercarme a vos, lady Nurtha —dijo Niclays—. Y… clavároslo en el corazón.

—Una hoja de sterren —dijo Ead examinándola—. Como la de *Ascalon*. No lo suficientemente grande como para poder atacar con ella al Innombrable, pero desde luego habría atravesado mi piel sin problemas. —Levantó la vista—. Supongo que ahora me teme más que nunca. Quizá haya percibido la llamada de las joyas.

—Joyas. —Niclays levantó las cejas—. ¿Tenéis las dos?

Ead asintió y se sentó junto a Sabran.

—La Bruja de Inysca es persuasiva —le dijo—. Debe de haberte prometido todas las riquezas que hayas podido desear. ¿Por qué has confesado?

—Oh, me ofreció mucho más que riquezas, lady Nurtha. Algo por lo que sacrificaría de buen grado lo poco que me queda —dijo Niclays, con una sonrisa amarga—. Me mostró el rostro de mi único amor. Y me prometió que me lo devolvería.

—Y sin embargo no has cumplido sus órdenes.

—En otro momento lo habría hecho. Si no hubiera adoptado su rostro, si solo me hubiera prometido que lo vería de nuevo… habría aceptado de buen grado ser su monigote. Pero al verle a él… me provocó repulsión. Porque Jannart… —El nombre se le atravesó en la garganta—. Jannart está muerto. Escogió cómo quería morir, y al resucitarlo de ese modo, Kalyba deshonró su memoria.

Ead se lo quedó mirando.

—Yo soy alquimista. Toda mi vida he creído que el objetivo final de la alquimia era la gloriosa transformación de la imperfección en pureza. El plomo en oro, la enfermedad en bienestar, el envejecimiento en vida eterna. Pero ahora lo comprendo. Lo veo. Eran destinos falsos.

Su antigua profesora tenía razón, como siempre. Ella siempre decía que la verdadera alquimia era el trabajo, no el resultado final. Niclays pensaba que lo decía para reconfortar a los que no hacían progresos.

—Suena tonto, lo sé. Como el delirio de un loco… pero eso es precisamente lo que Jannart supo siempre, y yo no conseguía ver. Para él, la búsqueda del moral del Este era su gran obra. Tenía la pieza final, pero no el resto.

—Jannart utt Zeedeur —dijo Ead en voz baja.

Él la miró con los ojos ardientes.

—Jannart era el sol de mis días —dijo, con voz rasposa—. La luz que me marcaba el camino. Mi dolor me llevó a Inys, y eso fue a su vez lo que me llevó al Este. Allí intenté concluir su trabajo, con la esperanza de que eso me acercara algo más a él. Pero, sin saberlo, completé la primera fase de la alquimia, de mi obra. La putrefacción de mi alma. Con su muerte, empezó mi trabajo. Me enfrenté a las sombras de mi interior.

Nadie se movió ni abrió la boca. Ead le miraba con una expresión extraña. Algo parecido a la pena, pero no exactamente. Niclays siguió adelante, intentando no hacer caso al calor que sentía en la frente. Estaba encendido; le ardían el cuerpo y la mente.

—Así que ya veis —añadió—. Mi obra soy yo mismo. Caí en lo más profundo de las sombras, y ahora debo resurgir para poder ser un hombre mejor.

—Para eso tendrá que pasar mucho tiempo —dijo la jinete de dragón.

—Oh, desde luego que pasará mucho tiempo —dijo Niclays, delirante tanto por la excitación como por el dolor de la herida—. Pero precisamente de eso se trata. ¿No lo veis?

—Yo lo que veo es que estás loco de atar.

—No, no. Estoy acercándome a la siguiente fase de transmutación. El sol blanco. ¡La limpieza de las impurezas, la iluminación de la mente! Cualquier tonto se daría cuenta de que nada puede hacer que Jannart vuelva, así que me resistiré a Kalyba. Ella representa mis impurezas del pasado, frena mi progreso y me quiere devolver a mis viejos instintos. Para ganarme el sol blanco, os daré la clave para destruir toda la oscuridad.

—¿Y en qué consiste? —dijo Ead.

—En el conocimiento —dijo él por fin—. El Innombrable tiene un punto débil. La vigésima escama de la armadura que protege su pecho es la que Cleolinda Onjenyu lastimó hace tantos años. No consiguió dar en el blanco, pero quizá dejara la puerta abierta. La puerta que penetraba en su armadura.

Ead escrutó su rostro, entrecerrando ligeramente los ojos.

—No podéis fiaros de él —dijo Miduchi—. Vendería su alma por un puñado de plata.

—No tengo alma que vender, honorable Miduchi. Pero quizá consiga ganarme una —replicó Niclays. Estaba ardiendo—. Jan dejó a alguien tras de sí, alguien que aún me importa. Truyde utt Zeedeur, su nieta. Quiero ser para ella lo que fue él, y para hacerlo, debo ser mejor persona. Debo ser bueno. Y esta es la manera de conseguirlo.

Calló por fin, y los contempló a todos, aún emocionado, pero se había hecho un silencio total. Sabran bajó la mirada y Ead cerró los ojos un momento.

—Sigue en Inys. Es dama de compañía. —Niclays las miró a las dos, y de pronto su sonrisa desapareció—. ¿No es así?

—Dejadnos —dijo Sabran a sus guardias—. Por favor.

Ellos obedecieron a su reina.

—No... —murmuró Niclays, temblando y con la voz quebrada—. No... ¿Qué le habéis hecho?

—Fue Igrain Crest —dijo Ead—. Truyde había conspirado con ayuda de su compañero, Triam Sulyard, para promover la alianza entre el Este y el Oeste. Escenificó un ataque a la reina Sabran, en el que Crest se infiltró para provocar la muerte de Aubrecht Lievelyn.

Niclays intentó asimilar todo aquello. Truyde nunca había expresado una fuerte convicción política, pero la última vez que la había visto apenas tenía diez años.

Mientras escuchaba, sintió que perdía el contacto con la realidad. Los oídos le pitaban. Todo fue volviéndose borroso, y era como si una cadena se le enredara en el cuello y le dejara sin respiración. Cuando Ead acabó de hablar, él ya no sentía más que el dolor pulsante al final del brazo.

El fuego de su interior de pronto había muerto. Habían regresado las sombras.

—La dejasteis en la Torre de Dearn —dijo—. Tenía que haber sido enviada a Brygstad para que tuviera un juicio justo. Pero no. Os la quitasteis de en medio, como hicisteis conmigo. —Una lágrima le resbaló hasta la comisura de la boca—. Sus huesos yacen en un extremo del mundo, y los de Triam Sulyard en el otro. Cuánto sufrimiento se habría podido evitar si se hubiera sentido lo suficientemente segura como para compartir sus ideas con vos, Sabran, en lugar de decidir actuar por su cuenta.

Sabran no apartó la mirada.

—No eres el único que busca un sol blanco —le dijo.

Lentamente, Niclays se puso en pie. Tenía la frente cubierta de sudor frío. El dolor del brazo era tan insoportable que ya casi ni veía.

—¿Crest está muerta?

—Sí —dijo Sabran—. Su reinado a la sombra del trono ha acabado.

Eso debería reconfortarle. Quizá un día lo hiciera. Pero no le devolvería a Truyde. Se la imaginó, la nieta que nunca había tenido y que no tendría ya. Sus ojos y sus pecas eran de su madre, pero su cabello pelirrojo era legado de su abuelo. De aquello no quedaba nada. La recordaba, con el rostro radiante, al visitar el Salón de la Seda, y cargada de libros, corriendo hacia él, rogándole que le ayudara a aprender de ellos. «Todo —le había dicho—. Quiero saberlo todo.» Por encima de todas las cosas, era su mente brillante y siempre curiosa lo que más le recordaba a Jannart.

—La Gran Princesa Ermuna te ha extendido una invitación para que vuelvas a casa —dijo Sabran—. No ha pedido permiso a Inys, y aunque lo hubiera hecho, yo ya no tengo motivo para oponerme.

Era lo que había querido oír durante siete años. Una victoria que ahora le sabía a cuerno quemado.

—A casa. Sí —dijo, y se le escapó una risa sarcástica—. Quedaos con la información que os he dado. Destruid al Innombrable, para que haya otros niños como Truyde que puedan luchar por cambiar el mundo. Y luego, os lo ruego, majestad, dejadme con mis sombras. Me temo que son lo único que me queda.

70
El Abismo

El *Reconciliación* era un barco fantasma en la distancia. Loth observó otros barcos que aparecían tras él entre la niebla. Al llegar al ocaso del segundo día de primavera, estaban sobre la Fosa de los Huesos, la parte más profunda del Abismo. En Cárscaro, un grupo de mercenarios estaría abriéndose paso a través de las montañas para matar al rey Sigoso y poner a salvo a la Donmata Marosa.

Si es que aún seguía viva. Si el Rey Terreno había muerto, quizá su hija ya se hubiera convertido en una marioneta.

Los barcos lucían las insignias de todos los países salvo uno. El Emperador Eterno las contemplaba con las manos a la espalda. Llevaba una coraza de escamas sobre una túnica oscura, un pesado sobretodo encima y un elaborado casco de hierro con estrellas y lunas de plata incrustadas.

—Bueno, ha llegado la hora —dijo, y miró a Loth—. Os doy las gracias, lord Arteloth, por el placer de vuestra compañía.

—El placer ha sido mío, majestad.

Tardaron un rato en abarloar los barcos entre sí. Por fin, Sabran pasó al *Perla Bailarina* con lady Nelda Stillwater y lord Lemand Fynch a los lados, seguida por la mayor parte de su guardia personal y una representación de oficiales y marineros.

Su atuendo, en delicado equilibrio entre lo lujoso y lo práctico, se componía de un vestido que era más bien como un abrigo, sin armazón y que acababa justo por encima del tobillo. Llevaba botas de montar, y en la cabeza una corona con doce estrellas, con perlas bailarinas intercaladas, apoyada sobre el cabello trenzado. Y aunque no era una guerrera, llevaba en el cinto la Espada de la Virtud, representación de *Ascalon*.

Cuando Loth vio a Ead entre la comitiva, envuelta en un manto con cuello de pieles, respiró tranquilo por primera vez en varios días. Estaba viva. Tané había cumplido con su palabra.

La propia Tané también estaba allí, aunque no veía a su dragona por ningún lado. Cuando se vieron, ella le hizo un gesto con la cabeza. Loth devolvió el saludo.

El Emperador Eterno se detuvo muy cerca de Sabran. Bajó la cabeza, mientras Sabran hacía una reverencia.

—Majestad —dijo el Emperador Eterno, con el rostro rígido como el mármol.

—Majestad Imperial.

Pasó un momento en que los dos quedaron mirándose, dos soberanos con sendas visiones del mundo irreconciliables, que habían vivido su vida a la sombra de los gigantes.

—Perdonad que no dominemos vuestro idioma —dijo Sabran por fin—. Tenemos entendido que vos habláis el nuestro.

—Así es —dijo el Emperador Eterno—, aunque os aseguro que mi conocimiento de casi todos los demás asuntos inys es prácticamente nulo. Los idiomas fueron una de mis pasiones cuando era niño —añadió con una sonrisa—. Veo que vos también tenéis una pasión relacionada con mi parte del mundo. Las perlas bailarinas.

—Nos gustan mucho. Esta corona fue creada antes de la Caída de las Sombras, cuando Inys aún comerciaba con Seiiki.

—Son exquisitas. Nosotros también tenemos buenas perlas en el Imperio de los Doce Lagos. Perlas de agua dulce.

—Nos encantaría verlas —dijo Sabran—. Debemos dar las gracias a Su Majestad Imperial, y al honorable Señor de la Guerra, por haber respondido con tanta celeridad a nuestra petición de ayuda.

—Mis hermanos de armas y yo no podíamos negarnos, majestad, dada la urgencia de la situación. Y teniendo en cuenta la vehemencia con que ha expuesto lord Arteloth la necesidad de esta alianza.

—No esperábamos menos de él —dijo ella, cruzando una mirada con Loth y esbozando una sonrisa—. ¿Podemos preguntaros si los dragones del Este están cerca? Esperábamos verlos a simple vista. O quizá es que son más pequeños de lo que siempre hemos imaginado.

Se oyeron algunas risitas nerviosas.

—Bueno —dijo el Emperador Eterno—, la leyenda dice que en otro tiempo podían disminuir de tamaño hasta convertirse en algo más pequeño que una ciruela. Pero ahora mismo son tan grandes como habéis imaginado. —Torció la boca—. Están por debajo de las olas, majestad. Sumergiéndose en el agua, fortaleciéndose. Espero que tras esta batalla podáis conocer a la Dragona Imperial, mi estrella guía.

Sabran mantuvo una expresión neutra.

—Sin duda sería un gran honor —dijo ella—. ¿Vuestra Majestad Imperial… —su voz se tensó un poco— monta en este… ser?

—Cuando salgo a ver a mi pueblo. Y quizá esta noche. —Se inclinó levemente hacia ella—. Aunque debo confesar que tengo cierto miedo a las alturas. Mi virtuosa abuela me dice que en eso no me parezco en nada a todos mis predecesores de la Casa de Lakseng.

—Quizá eso sea un signo favorable —dijo Sabran—. Al fin y al cabo, este es un día para inaugurar nuevas tradiciones.

Él sonrió.

—Desde luego que sí.

Otra fanfarria, y el Señor de la Guerra de Seiiki se unió a la reunión. Pitosu Nadama era un hombre de cabello plateado y con un fino bigote, y tenía la compostura de quien en su día había sido guerrero pero que no había tenido ocasión de tomar las armas en muchos años. Una cota de oro cubría su armadura. Con él iban treinta de los jinetes de dragón de Seiiki, que inclinaron la cabeza ante los soberanos extranjeros.

La jinete que Loth había visto en el agua estaba entre ellos. Se había quitado el casco y la máscara, y ahora se le veía el rostro moreno y el cabello recogido en un moño. Miraba a Tané, que le devolvía la mirada.

Nadama saludó al Emperador Eterno en su idioma y luego se dirigió a Sabran.

—Majestad —dijo, con voz marcial, clara y decidida—. Hoy mis jinetes lucharán a vuestro lado. A pesar de nuestras diferencias. —Miró al Emperador Eterno—. Esta vez nos aseguraremos de que el Innombrable no regrese nunca más.

—Estad seguro de que Inys está a vuestro lado, honorable Señor de la Guerra —respondió Sabran. Su aliento formaba nubecillas blancas de vapor—. En este día, y para el resto de los tiempos.

Nadama asintió.

Sonaron las trompetas que anunciaban la llegada del rey Raunus de la Casa de Hraustr. Era un gigantón pálido de cabello dorado, los ojos como el hierro y unos músculos enormes y fibrados. Saludó a Sabran con un abrazo sofocante para luego presentarse a los soberanos del Este, con la mano siempre pegada a la espada ropera que le colgaba del costado.

A pesar de la amistosa presentación, la tensión entre los cuatro era como un fuego de llama baja, que podía avivarse en cualquier momento con una simple ráfaga de viento. Tras siglos de distanciamiento, Loth supuso que no era de extrañar que todos desconfiaran de todos.

Tras departir en voz baja durante un rato, los soberanos se retiraron cada uno a su barco. Los jinetes de dragón siguieron a su Señor de la Guerra. En cuanto se marcharon, Tané dio media vuelta y salió en dirección contraria. Ead siguió a Sabran a su camarote, pero le indicó a Loth con un gesto que viniera con ellas. Loth esperó a que la mayoría de los visitantes abandonaran la cubierta. En cuanto dejó atrás a los caballeros de la Guardia Real y cerró la puerta, cogió a Ead con fuerza, abrazándola.

—Ser amigo tuyo es bastante agotador, ¿sabes? —dijo, sintiendo la sonrisa de ella contra la mejilla, mientras envolvía a Sabran con el otro brazo—. Y lo mismo digo de ti.

—Bonitas palabras, teniendo en cuenta que vienen de un hombre que ha navegado con piratas y se ha adentrado en el Este —le dijo Sabran con la boca contra su hombro.

Él contuvo una risita. Cuando soltó a Ead, vio que la mancha de los labios le había desaparecido, aunque parecía cansada.

—Estoy bien —dijo ella—. Gracias a Tané. Y a ti.

Él le cogió una mano con las suyas.

—Aún estás fría.

—Pasará.

Loth se giró hacia Sabran y le enderezó la corona de perlas, que se le había torcido con el abrazo.

—Recuerdo cuando tu madre la llevaba. Estaría orgullosa de esta alianza, Sab.

—Eso espero —dijo ella, esbozando una sonrisa.

—Tenemos una hora antes de que empiece el tercer día de la primavera. Más vale que vaya a ver a Meg.

—Meg no está aquí —dijo Ead, haciendo que Loth frenara de golpe.

—¿Qué?

Le contó todo lo sucedido desde que se había despertado de su sueño de muerte. Que Tané había comido del fruto y que los soberanos del Sur habían acudido a forjar una alianza. Cuando le reveló dónde estaba exactamente su hermana, Loth respiró hondo.

—Le habéis permitido que vaya a Cárscaro —dijo, dirigiéndose a ambas—. A un sitio.

—Loth, fue Meg quien tomó la decisión —respondió Ead.

—Estaba decidida a hacer su contribución personal, y no vi motivo para negarle la oportunidad de hacerlo —explicó Sabran—. El capitán Lintley está con ella.

Loth se imaginó a su hermana en aquella llanura yerma, metida en un hospital de campaña, rodeada de miseria y de la sangre de la batalla. Pensó en Margret con el fuego en la sangre y sintió náuseas.

—Debo dirigirme a los marinos inys —murmuró Sabran—. Ojalá vivamos para ver el alba.

Loth se tragó el miedo que le atenazaba la garganta.

—Que Cleolinda nos proteja a todos.

En la cubierta del *Perla Bailarina,* Tané estaba entre los soldados y arqueros reunidos en formación, esperando que llegara la hora.

El Emperador Eterno estaba en la cubierta superior. Tras él, como una sombra inmensa, se alzaba la Dragona Imperial. Sus escamas eran de un dorado oscuro, y sus ojos azules como glaciares. Su larga crin era del mismo color blanco que sus cuernos. Tras la popa se encontraban tres de los dragones seiikineses más ancianos. Pese a todo el tiempo que había pasado Tané en compañía de dragones, nunca había visto ninguno de un tamaño tan colosal.

El Señor de la Guerra de Seiiki estaba cerca de los ancianos, observando la situación junto al general del Mar. Tané sabía que su antiguo superior era más que consciente de su presencia. Cada vez que apartaba la mirada, notaba sus ojos que se posaban en ella.

Entre los jinetes estaban Onren y Kanperu, que ahora lucía una cicatriz que le cruzaba el ojo de arriba abajo. Sus dragones esperaban tras el *Desafío*.

Alguien le tocó el brazo y se giró. Tras ella, entre las sombras, apareció una figura envuelta en una túnica con capucha. Ead.

—¿Dónde está Roos? —le preguntó Tané en voz baja.

—La fiebre lo tiene postrado. Hoy su batalla será por la vida —dijo Ead, sin apartar la mirada de Sabran—. ¿Ha llegado tu dragona?

Tané negó con la cabeza.

—¿Y no podrías montar en otro dragón?

—Ya no soy jinete.

—Pero sin duda hoy...

—Parece que no lo entiendes —atajó Tané—. Para ellos soy una deshonra. No se dignarán a hablarme siquiera.

Ead asintió.

—No te separes de la joya —se limitó a decir, antes de desaparecer de nuevo entre las sombras. Tané intentó concentrarse. Una ráfaga de aire le acarició la espalda, le revolvió el cabello y se elevó hasta hinchar las velas del *Perla Bailarina*. En las profundidades del Abismo algo se movía. Algo ínfimo, como el aleteo de una mariposa o el movimiento de un bebé en el vientre materno.

—Ahí viene —anunció la Dragona Imperial, y su voz retumbó por los barcos. Tané echó mano de su estuche. La joya estaba tan fría que la notaba a través de la madera lacada. El viento aulló, llenando las velas. Había llegado el momento. Las nubes se concentraron por encima de los barcos. La Dragona Imperial llamó a los suyos en su idioma. Los dragones seiikineses unieron sus voces a la de ella, con las escamas cubiertas de agua y burbujas. La humedad que levantaron al emerger, la misma que les daba la fuerza, se convirtió en una niebla espesa, y dejó una estela de chorros de agua que empapó a los humanos que estaban en cubierta. Tané sacudió la cabeza para quitarse el agua de los ojos.

Fue algo rapidísimo. Todo estaba en silencio, salvo por la lluvia. Y, de pronto, la locura.

Lo primero en que pensó fue que había salido el sol, tal era la luz que brillaba al norte. Luego llegó un calor que le impedía respirar. Una oleada de fuego reventó el *Crisantemo*, barco de guerra seiikinés, y un momento más tarde una segunda erupción se abrió paso entre la flota del rey del Norte, y un rugido atronador anunció la llegada del enemigo.

Cuando apareció el Sombra del Oeste negro, el viento creado por su aleteo apagó los faroles de todos los barcos.

—¡Fýredel! —gritó una voz.

Tané tosió, sofocada por la pestilencia de sus escamas. Alguien chilló. A la luz del fuego del wyrm vio a Loth llevándose a la reina Sabran y dejándola con la Guardia Real, mientras esta rodeaba al Emperador Eterno. De pronto un hombro la golpeó en el pecho y cayó al suelo.

En la oscuridad se oyó el sonido de una caracola. Los jinetes desaparecieron con sus dragones en el mar. Pese al caos que la rodeaba, Tané solo podía pensar en lo que le habría gustado estar entre ellos.

El Sombra del Oeste negro sobrevoló la flota en círculos, mientras sus siervos se lanzaban hacia los barcos, revoloteando como murciélagos y agitando la colas como látigos.

Un wyvern se lanzó directamente contra el mástil principal del *Reconciliación*. El palo crujió y cedió, y la vela mayor cayó con él. En la cubierta se oyó un grito agónico.

Las velas del acorazado *Crisantemo* estaban envueltas en llamas. Tané corrió con la multitud, pistola en mano. La fuerza que sentía en su interior, su siden, le palpitaba en las venas como un segundo latido.

Un escupefuegos aterrizó frente a ella. Más grande que un semental. Dos patas. Y una lengua escarlata que se agitaba entre sus fauces.

Un wyvern.

Se había preparado para esto toda su vida. Era para lo que había nacido.

Tané sacó la joya creciente, que emitió un fogonazo de luz blanca, y el wyvern soltó un chillido de rabia, protegiéndose del brillo con un ala. Ella le hizo retroceder, alejándolo de los arqueros.

Otro wyvern cayó estrepitosamente tras ella, sacudiendo la cubierta. Tenía los ojos como brasas encendidas. Atrapada entre ambos, Tané volvió a meter la joya en su estuche con una mano y con la otra desenvainó su espada inys. El peso la desequilibró, y el primer mandoble se perdió en el aire, pero el segundo dio en el blanco. La hoja cortó escamas y hueso y salió un chorro de sangre de un rojo encendido. El wyvern quedó tendido en la cubierta, decapitado, aún convulsionándose.

Y por un breve instante vio a Susa en aquel charco de sangre, una cabeza de cabello oscuro que caía rodando a una zanja, y se quedó paralizada. El primer wyvern vomitó un chorro de llamas a su espalda.

Se giró justo a tiempo. Sin proponérselo siquiera, levantó la mano y de la palma le salió una luz dorada. El fuego draconiano, desviado, le quemó la camisa por la parte del hombro y le hizo soltar un grito de dolor, pero el resto de las llamas se perdieron en la niebla.

El wyvern echó la cabeza atrás y la miró con sus pupilas felinas, justo antes de emitir otro graznido espantoso y soltar un nuevo chorro de fuego azul. Tané dio un paso atrás, con la espada en ristre. Necesitaba una espada seiikinesa. Nadie podría moverse como el agua con aquel peso muerto en la mano.

Su enemigo escupía oleadas de fuego. La lluvia le golpeteaba el lomo. Cuando lo tuvo lo suficientemente cerca, Tané esquivó un mordisco de sus dientes putrefactos y le asestó un golpe con la espada en las patas. Su siguiente movimiento fue demasiado lento, y una voluminosa cola la golpeó en el costado: se libró por poco de sus pinchos, pero salió despedida por la cubierta.

La espada se le escapó de la mano repiqueteando contra el suelo, y un instante después ella fue a dar contra uno de los mástiles, golpeándose la cabeza. El impacto la dejó atontada. Al menos tendría una costilla rota y sentía la espalda hecha trizas. En el momento en que el wyvern se lanzaba a por ella, soltando humo por los orificios nasales, un soldado seiikinés le clavó la espada en el costado. Lanzado, rodeó al wyvern e intentó darle con la espada en el ojo. Pero la bestia le agarró la pierna con sus fauces y lo golpeó contra la cubierta, una y otra vez, como si fuera un pedazo de carne. Tané oyó el crujido de sus huesos, sus gritos cada vez más ahogados. La bestia lanzó lo que quedaba de él por la borda.

A poca distancia descubrió los restos calcinados de una soldado ataviada con una armadura azul y plateada. Tané cogió su escudo, con el blasón del Reino de Hróth, y se lo colocó en el brazo izquierdo, apretando los dientes para soportar el dolor de las costillas. Con la otra mano agarró su ensangrentada espada.

El calor del fuego que ardía por todas partes había elevado la temperatura y la espada le resbalaba en la mano sudada.

Ya no era consciente de los otros escupefuegos que sobrevolaban los barcos, arrancando las velas y escupiendo grandes nubes de fuego, ni de los soldados que luchaban a su alrededor. Lo único que veía era el wyvern, y lo único que veía el wyvern era ella.

Cuando se lanzó a por ella, esquivó su mordisco rodando por el suelo y luego esquivó el latigazo de la cola, que caía con fuerza en dirección a sus rodillas. Al no tener miembros superiores, el wyvern no tenía la agilidad necesaria para luchar tan de cerca con algo tan pequeño y rápido como un humano. Aquella bestia había sido creada para que se lanzara en picado y atacara con su pico, como un ave de presa. La persiguió, pero ella consiguió hundir su espada en la herida que había dejado la soldado. Paró una llamarada con el escudo, y el wyvern se lo arrancó de las manos. Ella levantó la espada y se la clavó en la mandíbula desde abajo, atravesándole el paladar. El fuego de sus ojos se apagó. Tané dio un paso atrás, alejándose del cadáver.

Su siden la recargó de fuerzas antes de que pudiera sentirse fatigada. Ya nada podría con ella. Ni siquiera la muerte. Mientras el Sombra del Oeste negro derribaba el mástil del *Madre Agua,* Tané recuperó una lanza caída.

Le dolían los ojos. Veía los escupefuegos como si fueran motas de polvo ante un rayo de sol. Echó el brazo adelante y la lanza salió volando hacia un monstruo con cabeza de pájaro, atravesándole el ala y pegándosela al cuerpo. Aleteando desesperadamente con la otra, cayó entre las olas.

El *Reconciliación* se había apartado del *Perla Bailarina.* Lo mismo habían hecho el *Desafío* y el *Crisantemo.* Sus cañones apuntaban hacia arriba. Tané oyó el estallido de un cañón giratorio y vio que el *Reconciliación* había disparado toda su carga. Sus balas encadenadas se elevaron en el cielo, enredándose en las alas y las colas de los wyrms. En el mismo momento se oyó un *pum-pum* ensordecedor. Las ballestas dispararon desde los barcos lacustrinos, y sus flechas se alzaron como esquirlas de bronce que brillaban a la luz del fuego. Oía a los capitanes dando órdenes a gritos y los disparos de las pistolas desde las cubiertas del *Desafío,* así como el restallido de las ballestas liberando sus flechas desde todos los barcos. El estruendo era imponente. La cabeza le daba vueltas. El siden la embriagaba, haciéndole ver toda la batalla como una única visión.

Un arma. Necesitaba otra arma. Si pudiera llegar al *Desafío,* encontraría algo. De un paso se subió a la borda y se lanzó al mar.

El silencio bajo el agua le aplacó el fuego que sentía dentro. Salió a la superficie y nadó con fuerza en dirección al *Desafío.* Cerca de allí había un barco ersiry en llamas y la tripulación saltaba al agua por todos lados.

Habría pólvora en el barco. Mucha. Cogió aire y se sumergió todo lo que pudo.

Cuando el barco explotó, sintió la oleada de calor que penetraba en el agua. Una terrible luz anaranjada invadió el Abismo, y la fuerza de la deflagración la arrastró hacia un lado, desviándola. Pateó con fuerza para recuperar el rumbo, cegada por su propio cabello. Ya cerca del *Desafío,* salió de nuevo a la superficie.

De la carcasa en llamas del barco incendiado se elevaba una columna de humo negro. Por un momento, Tané no pudo apartar los ojos de aquella imagen de devastación.

El Sombra del Oeste negro se posó sobre las ruinas como si fueran un trono. Aquella bestia voraz y musculosa tenía unas dimensiones grotescas. Las púas de su cola tenían unos tres metros de longitud.

Fýredel.

—Sabran Berethnet —bramó, con la voz llena de odio—. Mi señor viene por fin a por ti. ¿Dónde está tu hija, la que debía protegeros de él?

Mientras se mofaba de la reina de Inys, un anciano dragón seiikinés surgió de las aguas del Abismo, reluciente como una joya. De un gran salto se posó sobre el *Perla Bailarina* y atrapó a un wyvern con la boca. Entre sus dientes estalló un relámpago. Sus ojos brillaban con una luz azul blanquecina. Tané vio al wyvern, que estallaba en un fogonazo blanco, antes de que el dragón volviera a sumergirse en el mar, llevándose su trofeo consigo.

Fýredel observó aquella demostración de fuerza mostrando los dientes.

—Dranghien Lakseng —dijo, con una voz atronadora—. ¿Es que no vas a mostrarme tu rostro?

Tané siguió nadando. Los cañones del *Desafío* retumbaban como truenos. Encontró la escalerilla y subió.

—«Cuidado con el Rugido de Hróth, que se oculta en la

nieve» —se burló Fýredel, mostrando de nuevo sus dientes. Los cañones del *Guardia del Oso* restallaron en respuesta—. «Cuidado con el Señor de la Guerra del Seiiki, que predica la unidad entre los humanos y las babosas marinas.» Nosotros acabaremos con vuestros protectores y los ahuyentaremos como ovejas, como hicimos hace siglos. Dejaremos la arena negra, de orilla a orilla.

Tané alcanzó la cubierta del *Desafío*. Los soldados seiikineses blandían arcos y pistolas. Una flecha surcó el aire y alcanzó a un wyvern. Tané le quitó una espada de la mano a una jinete muerta. En algún lugar, en la oscuridad, un dragón lloraba su pérdida.

—Atrás quedan los días de los héroes —dijo Fýredel—. De Norte a Sur, de Este a Oeste, vuestro mundo arderá.

Tané sacó la joya creciente de su estuche. Si Kalyba estaba cerca, se sentiría atraída hacia ella.

El sterren impulsó las olas, atravesando el mar como una aguja atravesaría la seda, y las lanzó como un manto sobre Fýredel. La bestia se elevó hacia el cielo con un gruñido, sacudiéndose el agua de las alas. Sus escamas humeaban vapor de agua.

—¡Velas negras, oeste suroeste! —exclamó alguien.

A lo lejos, a través de la pared de humo, Tané también las vio.

—¡Bandera de Yscalin! —gritó el capitán del *Reconciliación*—. ¡La armada draconiana!

Tané los contó. Veinte barcos.

Otro wyvern bajó en picado y ella se protegió tras un mástil. Al momento toda una línea de arqueros se situó tras la cola de la bestia. Un soldado atacó con su alabarda, dándole en el cuarto trasero.

Un arquero cayó por la borda con los huesos destrozados. Tané guardó la joya y recogió su arco y su carcaj. Quedaban cuatro flechas.

—¡Escupefuegos! —rugió el vigía situado sobre sus cabezas—. ¡A babor, a babor!

El resto de arqueros se giró y apuntaron mientras otros cargaban sus pistolas. Tané también cargó una flecha.

De la oscuridad apareció un segundo Sombra del Oeste, pálido como una grulla. Tané observó cómo plegaba las alas: de pronto sus escamas se convirtieron en piel, en sus ojos apareció el blanco y en el lugar que antes ocupaban los cuernos apareció una mata de pelo negro. Para cuando aterrizó en el *Desafío*, el wyrm se había convertido en la misma mujer que Tané había visto en Lasia. La lengua viperina desapareció tras unos labios rojos.

—Niña —le dijo Kalyba en inys—, dame esa joya.

Tané sintió algo en su interior que le impulsaba a obedecer.

—No es un arma. Es el desequilibrio —añadió la bruja, acercándose—. Dámela.

Sobresaltada, Tané tiró de la cuerda del arco e hizo un esfuerzo por no mirar hacia lo que Kalyba tenía en las manos. La hoja tenía el brillo plateado más puro posible, el de una estrella.

«Ascalon.»

—Un arco. Vaya, querida. Eadaz debía de haberte advertido que no puedes matar a una bruja con un palo de madera. Ni con el fuego. —Kalyba seguía acercándosele, desnuda, con la mirada desbocada—. Debía de haberme esperado esta desconfianza de la descendiente de Neporo.

Por cada paso que daba Kalyba por la cubierta, Tané retrocedía otro. Muy pronto se le acabaría el barco. El arco no servía de nada: su enemiga podía cambiar de forma y esquivar la flecha en un instante y estaba claro que la espada podía transfigurarse con ella. Cuando la tenía en la mano, era como otro brazo.

—Me pregunto si podrías vencerme en un combate. Al fin y al cabo, eres una Primera Sangre —dijo Kalyba, y torció la boca—. Ven aquí, sangre del moral. Veamos si estás a mi altura como bruja.

Tané soltó el arco. Separó bien los pies y dejó que el siden surgiera de su interior, alzándose como el sol entre sus manos.

71

El Abismo

En el *Reconciliación,* Loth montaba guardia junto a su reina, en la sombra del alcázar del barco, rodeado de doce soldados de la Guardia Real.

Una de las gavias estaba en llamas. Las cubiertas llenas de cadáveres. Los cañones disparaban andanadas de bolas encadenadas, precedidas de los gritos de «Fuego» del contramaestre, mientras la artillería de los barcos que asediaban Perchling lanzaba redes con garfios que se enredaban en torno a las patas y las alas de las bestias volantes.

Era todo lo que el Ejército Draconiano podía hacer para evitar a los dragones del Este. Aunque algunos estaban en pleno combate, aplastando a sus propios congéneres del mismo modo que las serpientes asfixian a sus presas, otros habían adoptado un modo de matar diferente: se sumergían bajo las olas y luego nadaban hacia la superficie con todas sus fuerzas. Un mordisco con sus fauces y luego arrastraban a sus presas de nuevo a las profundidades.

Sus escamas chorreaban agua que roció el *Reconciliación,* haciendo que las llamas crepitaran.

Sabran tenía en la mano la Espada de las Virtudes. Observaba al pálido wyrm que se transformaba en una mujer y aterrizaba en el *Desafío*.

Kalyba. La Bruja de Inysca.

—¡Ead irá a por ella! —le gritó Sabran para hacerse oír por encima de aquel estruendo.

—Alguien debe distraer a la bruja para que pueda atacarla.

El Ejército Draconiano se estaba acercando por momentos. Un barco de velas cuadradas de color rojo se aproximaba al *Reconciliación*.

—¡Todo a babor! —gritó el capitán—. ¡Artilleros, cancelen la última orden! ¡Fuego a ese barco!

Se oyó un terrible crujido de madera y metal. El barco embistió al *Reina de las Sirenas.*

—Muy bien —le dijo Loth a Sabran—. Al *Desafío.*

Los caballeros de la guardia ya estaban en marcha. Rodeando a Sabran en todo momento, cruzaron la cubierta. Mientras corrían, se liberaron de sus armaduras más pesadas. Las pecheras, las grebas y las hombreras fueron cayendo y repiqueteando contra el suelo. Los cañones dispararon contra el barco enemigo.

—¡A las espadas! —gritó el capitán, desenvainando su alfanje—. ¡Lleven a Su Majestad al barco!

—No hay tiempo —gritó Loth.

El capitán apretó los dientes. El cabello le caía sobre el rostro.

—¡Pues lleváosla, lord Arteloth, y no miréis atrás! —respondió—. ¡Deprisa!

Sabran trepó a la borda del barco. Loth llegó a su lado, y él le dio la mano. Las olas se los tragaron a todos.

Tané lanzó un chorro de fuego que cruzó el *Desafío.* Las llamas bailaron por la cubierta, prendiendo en los charcos de sangre draconiana. Cuando Kalyba respondió al ataque con su propio fuego, rojo y tan caliente que eliminó toda la humedad del aire, Tané agarró con fuerza la joya creciente. El agua del mar golpeó contra el barco, que cabeceaba bajo sus pies, y los fuegos se extinguieron.

Todos los soldados y los arqueros habían huido de la escena del duelo. El barco era su campo de batalla.

Kalyba cambiaba de forma, ahora mujer, ahora pájaro, a la velocidad del rayo. Tané gritó, furiosa, al sentir que un pico le abría una brecha en la mejilla y que un espolón a punto estuvo de sacarle un ojo. Cada vez que la bruja cambiaba de forma, *Ascalon* cambiaba con ella. Cuando adoptaba la forma humana, blandía la espada, y cuando Tané combatía con ella y sus hojas entrechocaban, la joya creciente resonaba en respuesta.

—La oigo —susurró Kalyba—. Dámela.

Tané apretó la frente contra la de ella y la golpeó con un cuchillo oculto, haciéndole un corte en la mejilla. Kalyba retrocedió, con los ojos desorbitados y el rostro manchado de rojo. De su cráneo emergió una enorme cornamenta, y de pronto era un enorme ciervo blanco, abominable y *colosal*, que sangraba. La espada había vuelto a desparecer.

Tané usó la joya para repeler el ataque de una cocatriz. El siden le agudizaba los sentidos, hacía que se moviera más rápido de lo que creía posible, evitando al enorme animal que trotaba estruendosamente por la cubierta. Vio que uno de los cuernos tenía la punta plateada, y en el momento en que la bestia bajaba la cabeza para embestirla, levantó la espada y se lo cortó.

Kalyba impactó contra la cubierta, de nuevo en su forma humana. Sangraba por el hombro, donde le faltaba un pedazo de carne, y a su lado yacía *Ascalon*, con el brillo de un rubí. Tané se lanzó a por ella, pero la bruja ya tenía fuego entre las manos.

Tané se refugió tras el mástil principal. Un fuego rojo le rozó el muslo, tan ardiente —era como hierro fundido sobre su piel— que la hizo gritar. Tenía los ojos llenos de lágrimas, pero se tragó el dolor y salió corriendo por la cubierta. Estaba casi en la popa cuando se detuvo de pronto.

La reina Sabran estaba en el *Desafío*. Loth estaba a su lado, con su espadón en la mano, y doce soldados de la Guardia Real cerraban filas en torno a los dos. Todos estaban empapados.

—Sabran —susurró Kalyba. La reina se quedó mirando a su antepasada. Sus rostros eran idénticos.

—Ma… majestad —balbució uno de los guardias. Todos miraban a la reina y a su doble—. Esto es brujería.

—Retroceded —ordenó Sabran a sus guardias.

—Sí, hacedlo, galante caballero. Haced lo que os ordena mi descendiente. —Kalyba cerró los dedos alrededor de la llama que le ardía en la palma de la mano—. ¿No veis que yo soy vuestra Damisela, la matriarca de Inys?

Los caballeros no se movieron. Ni tampoco lo hizo la reina, que apretaba el mango de la espada con la mano.

—No eres más que una imitación de mí —le dijo Kalyba, ponzoñosa—. Igual que tu espada no es más que una imitación barata de esta.

Levantó *Ascalon* y Sabran se estremeció.

—No quería creer a Ead —respondió—, pero ya veo que el parecido entre las dos es innegable. —Dio un paso hacia Kalyba—. Tú me arrebataste a mi hija, Bruja de Inysca. Dime, después de tomarte tantas molestias para fundar la Casa de Berethnet, ¿por qué decidiste destruirla?

Kalyba cerró el puño, sofocando la llama.

—Uno de los problemas de la inmortalidad es que todo lo que creas te parece demasiado pequeño, demasiado efímero. Una pintura, una canción, un libro... todas esas cosas acaban degradándose y desapareciendo. Pero una obra de arte, creada a lo largo de muchos años, de muchos siglos... no te puedo decir la satisfacción que reporta. Ver tus acciones, todo lo que has hecho durante la vida, convertidas en un legado. —Levantó *Ascalon*—. Galian deseó a Cleolinda Onjenyu en el momento en que le puso la vista encima. Aunque yo lo había acunado contra mi pecho, aunque le había dado la espada que era la culminación de todos mis logros, y pese a mi belleza, la quería a ella por encima de todas las cosas. Por encima de mí.

—Así que fue un amor no correspondido —dijo Sabran—. ¿O fueron celos?

—Un poco las dos cosas, supongo. Entonces yo era más joven. Me dominaba mi corazón sensible.

Tané vio un brillo entre las sombras.

Sabran se movió un poco hacia la izquierda. Kalyba se movió con ella. En aquel punto del barco, era como si estuvieran en el ojo del huracán. Cerca de la bruja no había ningún wyrm exhalando fuego.

—Observé cómo Inys crecía y se convertía en una gran nación. Al principio, eso me bastó —confesó—. Ver cómo prosperaban mis hijas.

—Aún podrías hacerlo —le dijo Sabran, con voz tierna—. Yo ya no tengo madre, Kalyba. No me iría mal otra.

Kalyba se frenó un momento. Y por un instante su rostro se quedó tan desnudo de emociones como su cuerpo de ropa.

—No, hija mía —dijo, con la misma suavidad—. Pretendo ser reina, como lo fui en el pasado. Me sentaré en el trono que tú ya no puedes conservar. —Se acercó a Sabran, y los caballeros de la Guardia Real apuntaron sus espadas en dirección a ella—. He visto a mis hijas gobernar un país durante mil años. Te he visto predicar contra el Innombrable. Lo que no has sabido ver es que el único modo de avanzar es unirse a él.

»Cuando sea reina, Inys no volverá a arder. Será un reino draconiano, protegido. El pueblo ni se enterará de que ya no estás. Celebrarán saber que Sabran IX, tras reconciliarse con el Innombrable, ha sido bendecida con la inmortalidad por él concedida. Que reinará para siempre.

Sabran aferró la espada aún con más fuerza.

Estaba esperando algo. Tané se dio cuenta. Tenía la mirada puesta en algún lugar más allá de su antepasada, hacia la proa del barco.

—No creo en tus grandilocuentes palabras —dijo la reina—. Yo creo que eso no es más que el último acto de tu venganza. De tu deseo de destruir todo rastro de Galian Berethnet. —Su sonrisa reflejaba su desprecio—. Estás tan apegada a tu corazón como siempre.

De pronto Kalyba estaba justo delante de ella. Los caballeros de la Guardia Real fueron hacia ella, pero ya estaba demasiado cerca, lo suficiente como para matar a su reina si se lanzaban hacia ella. Sabran se quedó perfectamente inmóvil mientras la bruja le apartaba un mechón de cabello mojado de la frente.

—Me dolerá —susurró Kalyba— hacerte daño. Eres mía... pero el Innombrable traerá grandes cosas a este mundo. Cosas más grandes de las que podrías traer tú. —Le besó la frente—. Cuando te entregue a él, el Innombrable sabrá por fin que mi devoción por él no conoce límites.

Sabran de pronto rodeó a la bruja con sus brazos. Tané tensó todo el cuerpo, sorprendida.

—Perdóname —dijo la reina.

Kalyba forcejeó, con los ojos encendidos. Rápida como un escorpión, se giró, con el fuego de nuevo en la mano.

Una fina hoja la atravesó. Una hoja de sterren. Un fragmento del cometa. Kalyba tomó aire precipitadamente. Mientras observaba el fragmento de metal que tenía en el pecho, su encapuchada agresora mostró su rostro.

—Lo hago por ti —dijo Ead, hendiendo la hoja más y más. No había maldad en su gesto—. Te llevaré al árbol espino, Kalyba. Espero que te devuelva la paz que no has encontrado aquí.

Una sangre oscura manó de la bruja, recorriéndole el pecho y el ombligo. Hasta los inmortales sangran.

—Eadaz uq-Nāra —dijo, y el nombre sonó como una maldición—. Cuánto te pareces a Cleolinda. —La sangre le manchó los labios—. Tras todo este tiempo, veo su espíritu. De algún modo... ella ha vivido más que yo.

La Bruja de Inysca se plegó sobre su herida mortal con un grito que resonó por el agua, hasta las profundidades del Abismo. *Ascalon* le cayó de las manos y Sabran la cogió. En el último momento, Kalyba aferró su garganta.

—Tu dinastía —le susurró a la reina— está construida sobre un terreno yermo. —Sabran forcejeó para zafarse, pero su mano era como un torniquete—. Veo caos, Sabran IX. Cuidado con el agua dulce.

Ead sacó la hoja, y aún salió más sangre del cuerpo de Kalyba, como vino de una bota. Cuando cayó sobre la cubierta, inerme, sus ojos estaban fríos y muertos como esmeraldas.

Sabran observó en silencio el cuerpo desnudo de su antepasada, llevándose una mano a la garganta, donde ya habían aparecido las marcas de la presión de los dedos. Ead se quitó el manto y cubrió a la bruja, mientras Tané recogía otra espada.

Una campana resonó por toda la flota Inys. Las velas del *Desafío* se agitaron. Tané observó aquel viento que también hizo ondear la bandera seiikinesa. Hasta el estruendo de los cañones parecía perder volumen en aquel momento de extraña calma.

—Ahí está —dijo Ead, con voz tranquila—. Está llegando.

En el cielo, los escupefuegos se movieron como hacen los estorninos, formando grandes nubes de alas. Una danza de bienvenida.

A lo lejos, el mar explotó en una erupción vertical.

Las aguas del Abismo se agitaron, las olas azotaron los barcos y en la oscuridad se oyeron gritos de pánico por todas partes. Tané se golpeó con la borda, arrastrada por el cabeceo del *Desafío,* incapaz de apartar la mirada del horizonte.

La columna de agua se elevó lo suficiente como para ocultar las estrellas. Entre el caos, tomó forma una silueta.

Había oído historias de la bestia. Todos los niños habían oído hablar del monstruo que había surgido de la montaña y que había arrasado el mundo. Había visto imágenes en pinturas decoradas con pan de oro y laca roja, con puntos de tinta negra en el lugar donde debían estar los ojos.

Ningún artista había sabido reflejar la dimensión del enemigo, el modo en que le hacía humear el fuego que llevaba dentro. No habían podido verlo por sí mismos. Sus alas tenían la envergadura de dos de los barcos lacustrinos más grandes sumados. Tenía los dientes tan negros como los ojos. Las olas rompían y los truenos rugían.

Oraciones en todos los idiomas. Dragones saliendo del mar en busca de su enemigo, emitiendo unos gritos estremecedores. Los soldados del *Desafío* blandían sus armas, y en el *Señor del Trueno*, los arqueros cambiaban sus flechas por otras más largas decoradas con plumas de color púrpura. Las flechas envenenadas podían abatir a un wyvern o a una cocatriz, pero nada penetraría entre aquellas escamas. Solo una espada podía tener alguna oportunidad.

Ead empuñó la espada *Ascalon*.

—Tané —gritó, en el fragor reinante—, cógela.

Tané la cogió con sus manos frías y húmedas. Esperaba que pesara mucho, pero era como si fuera hueca. La espada que podía aniquilar al verdadero enemigo del Este. La espada que podía devolverle su honor.

—¡Ve! —le urgió Ead— ¡Ve!

Tané concentró todos sus miedos y los aplastó en un rincón oscuro en su interior. Se aseguró de tener la espada que había cogido del suelo bien amarrada al costado y luego, con *Ascalon* en la mano, se dirigió a la vela más próxima. Trepó por los listones de sujeción de las velas, luchando contra el viento y la lluvia, hasta que llegó a lo más alto.

—¡Tané!

Se giró. Un dragón seiikinés de escamas plateadas se elevaba de entre las olas.

—Tané —le gritó la jinete—. ¡Salta!

Tané no tenía tiempo para pensar. Se lanzó desde el travesaño, a la nada. Una mano enfundada en un guantelete la agarró del brazo y tiró de ella, subiéndola a la silla. Estuvo a punto de que *Ascalon* se le escurriera de la mano, pero la sujetó con el codo.

—¡Cuánto tiempo! —dijo Onren.

En la silla cabían las dos, pero el jinete de atrás no tenía dónde agarrarse.

—Onren —respondió Tané—, si el honorable general del Mar se entera de que me has dejado montar…

—Tú eres jinete, Tané —dijo ella, con la voz amortiguada por la máscara—. Y este no es lugar para normas.

Tané metió la espada *Ascalon* en una funda fijada a la silla y la aseguró. Tenía los dedos húmedos y helados, casi insensibles. La funda no estaba hecha para una hoja tan larga, pero la protegería mejor que si la sostenía en las manos. Viendo los esfuerzos que estaba haciendo, Onren echó mano a una de las alforjas y le pasó un par de guanteletes. Ella se los puso.

—Supongo que en tus viajes habrás descubierto el modo de matar al Innombrable —dijo Onren.

—Tiene una escama del pecho suelta. —Tané tuvo que gritar para que le oyera, entre el estruendo de las armas, los rugidos de los wyrms y el fuego—. Tenemos que arrancársela y atravesarle la carne con esta espada.

—Creo que eso podemos hacerlo —dijo Onren, agarrándose al cuerno de la silla—. ¿No te parece, Norumo?

Su dragón soltó un silbido de aprobación y emitió una nube de vapor por los orificios nasales. Tané se agarró a Onren y su cabello revoloteó cubriéndole el rostro.

Los dragones seiikineses se estaban concentrando. La mayoría de sus jinetes blandían arcos o pistolas. Al mismo tiempo, los escupefuegos acudían a proteger a su señor, formando un imponente enjambre por delante de él. Tané sintió que Onren estaba rígida. Pese a todo lo que habían aprendido, pese a todos los sacrificios que habían hecho, nada de lo que les habían enseñado les había preparado para aquello. Aquello era la guerra.

Estaban cerca de la primera fila de la formación, tras los ancianos. La gran Tukupa la Plateada iba al frente, con el general del Mar amarrado a la silla, en su grupa. La Dragona Imperial volaba a su lado, a la cabeza de los dragones lacustrinos. Tané entrecerró los ojos para protegerse de la lluvia, haciendo esfuerzos para ver algo. El Emperador Eterno parecía minúsculo sentado sobre la gran dragona.

Tané se agarró con fuerza a Onren, preparándose para lo que venía. Norumo gruñó y bajó la cabeza.

Cuando llegaron al banco de wyrms, el impacto a punto estuvo de derribar a Tané de la silla. Se aferró a Onren, que agitaba la espada rebanando alas y colas, mientras Norumo embestía con sus cuernos a todo lo que se encontraba por el camino. Todo eran gritos y estruendo, chillidos y muerte, lluvia y devastación. Por un momento tuvo la sensación de que aquello no era más que una terrible pesadilla.

Un fogonazo le hizo ver la luz pese a tener los párpados cerrados. Cuando levantó la vista, se encontró delante los ojos del Innombrable, que la miraba directamente al alma. Y cuando abrió las fauces, en su interior vio la muerte.

De su boca surgió un chorro de fuego y humo.

Era como si un volcán hubiera entrado en erupción en plena noche. Los dragones ancianos rodearon al Innombrable y le atacaron por los lados, pero Norumo, como su jinete, parecía tener cierta propensión a romper las normas.

Se sumergió bajo aquel chorro de llamas y giró sobre sí mismo. Tané se agarró con fuerza a Onren mientras el mundo daba vueltas a su alrededor. Otra dragona intentó evitar la enorme boca, pero el Innombrable la partió en dos de un mordisco, esparciendo sus escamas, que brillaron como un puñado de monedas lanzadas al aire. Tané observó, asqueada, mientras las dos mitades de la dragona caían al mar.

El humo se le metía en el pecho y en los ojos. La cabeza se le llenó de sangre. Pasaron por debajo del Innombrable, tan cerca del calor de su vientre que Tané sintió que se le resecaba la piel y le costaba respirar. Norumo se lanzó en barrena y Onren desenvainó la espada. Hizo saltar chispas al chocar con las escamas rojas, pero no dejó ninguna marca. Norumo esquivó las púas de una cola interminable, y de pronto se encontraron volando aún más alto, por encima de la bestia, de nuevo en dirección a la bandada de wyrms.

«Te veo, jinete.»

Tané miró al Innombrable, que tenía los ojos puestos sobre ella.

«Llevas una espada que conozco bien. —La voz resonaba en el interior de su cabeza—. Su última portadora fue la Wyrm Blanca. ¿La has matado para arrebatársela, como esperas matarme a mí?»

Tané se llevó la mano a la sien. Sentía la rabia en lo más hondo, en la médula de los huesos, en el hueco de su cráneo.

—Tenemos que acercarnos más —dijo Onren, jadeando.

Norumo regresó a la formación, pero tenía la respiración tan agitada como la de su jinete. El calor le había secado las escamas.

«Huelo el fuego en tu interior, hija del Este. Muy pronto tus cenizas se diseminarán por el mar. Supongo que es un final muy adecuado para alguien que nada con las babosas del mar.»

Las lágrimas le surcaban el rostro. La cabeza le iba a estallar.

—Tané, ¿qué pasa?

—Onren —dijo, jadeando—, ¿tú oyes esa voz?

—¿Qué voz?

«Ella no puede oírme. Solo los que han probado el fruto de los árboles del conocimiento pueden hacerlo —dijo el Innombrable. Tané sollozó, retorciéndose de dolor—. Yo nací del fuego oculto, en la forja de vida de la que tú no has probado más que una brizna. Y mientras viva, viviré en tu interior, en todos tus pensamientos y tus recuerdos.»

Uno de los dragones seiikineses, separado del resto de la formación, fue a impactar contra el cuello de la bestia. Tané no pudo soportar la presión y se estremeció, cayendo contra la espalda de Onren.

La bandada se abrió en dos ante Norumo. La Dragona Imperial, que era casi tan grande como el monstruo, se abrió camino por entre el enjambre, soltó un gran rugido y clavó sus garras en el Innombrable. Saltaron chispas doradas y, por primera vez, aparecieron muescas en su ancestral armadura. El Innombrable giró la cabeza, mostrando los dientes, pero la Dragona Imperial ya estaba fuera de su alcance.

Onren dio un puñetazo al aire.

—¡Sí! ¡Por Seiiki! —gritó. Otros jinetes hicieron lo propio.

Tané gritó hasta quedarse sin voz.

El general del Mar hizo sonar su caracola de guerra para concentrar a los dragones y preparar un segundo ataque. Esta vez, la bandada de wyrms que tenían delante era aún mayor, como un muro. Los escupefuegos abandonaban su lucha en los barcos y acudían a defender a su señor. Las filas crecían alrededor del Innombrable, que iba acercándose cada vez más a la flota.

—No podemos pasar por en medio —dijo Onren, agarrándose a la silla—. Norumo, llévanos a primera fila.

El dragón gruñó y se situó junto a los ancianos. Tané tensó el cuerpo al ver que el general del Mar se giraba a mirarlas. Onren abrió un abanico y le hizo señales para que interrumpiera la carga.

El general del Mar le hizo señales con otro abanico, respondiéndole. Quería que se aproximaran desde arriba. Los otros jinetes fueron transmitiendo el mensaje.

Se elevaron, volando hacia la luna. Cuando se lanzaron en picado, en perfecto unísono, Tané entrecerró los párpados. El viento parecía querer arrancarle el cabello. Echó mano a *Ascalon* y la sacó de la funda.

Esta vez sería ella quien atacara.

De pronto los escupefuegos remontaron para salirles al paso. Solo un momento después, Tané no veía más que oscuridad.

Norumo rugió con fuerza. Un brillo azul le recorrió las escamas y un destello le iluminó la boca. Tané sintió que todos los pelos se le ponían de punta. Mientras Norumo ensartaba un anfíptero con sus cuernos, otro destello estalló en medio de la confusión. Pasó junto a Onren como un latigazo, rebotó en su armadura e impactó en la piel desnuda del brazo de Tané.

Sintió que se le detenía el corazón.

El destello impactó en un wyvern, pero no antes de prender fuego a sus ropas. Onren gritó su nombre, pero Tané ya había salido despedida por el caos que cubría el cielo.

El viento sofocó el fuego de su camisa, pero no la llama candente que le ardía bajo la piel. Por un momento se sintió ingrávida. No oía nada, no olía nada.

Cuando recuperó la conciencia, tenía los escupefuegos por encima y el negro mar, abajo, se acercaba a gran velocidad. *Ascalon* se le desprendió de la mano. Un destello plateado y desapareció.

Había fracasado. Había perdido la espada. Ya solo le esperaba la muerte.

No quedaba esperanza, pero su cuerpo se negaba a rendirse. Un instinto escondido le hizo recordar su entrenamiento. A todos los estudiantes de las Casas de Instrucción les enseñaban lo que tenían que hacer si alguna vez se caían de un dragón. Se puso de cara al Abismo y abrió los brazos, como si quisiera abrazarlo.

De pronto una ráfaga de color verde pasó volando por debajo y aterrizó en una cola enroscada.

—Ya te tengo, hermanita —dijo Nayimathun, colocándose a Tané en la grupa—. Agárrate.

Abrió los dedos, extendiéndolos sobre las húmedas escamas.

—Nayimathun —dijo Tané, casi sin voz. Unas marcas rojas se le extendían por el hombro, el brazo derecho y el cuello—. He perdido a *Ascalon*.

—No —respondió Nayimathun—. Esto no ha acabado. Ha caído en la cubierta del *Perla Bailarina*.

Tané miró abajo, hacia los barcos. Le parecía imposible que

la espada hubiera evitado las infinitas aguas negras. Otro barco estalló en pedazos al deflagrar la pólvora que llevaba.

Sangrando, con el ala herida, Fýredel echó la cabeza atrás y emitió un largo sonido procedente de las profundidades de su cuerpo. Hasta Tané sabía lo que era aquello. Una arenga a los suyos.

El banco de wyrms que tenían por encima estaba desorganizado. Ante la mirada de Tané, la mitad de los escupefuegos se alejaron del Innombrable y acudieron a la llamada de Fýredel.

—¡Ahora! —gritó Tané—. ¡Ahora, Nayimathun!

Su dragona no vaciló. Voló hacia el enemigo.

—Apunta al pecho. —Tané desenvainó la espada que llevaba al costado. La lluvia le golpeaba en el rostro—. Tenemos que atravesarle las escamas.

Nayimathun mostró los dientes. Arremetió contra lo que quedaba de la vanguardia. Los otros dragones la llamaban, pero ella no hizo caso. Una llamarada salió a su encuentro, pero ella se elevó por encima del Innombrable y se pegó a él, envolviéndolo con su cuerpo, situando la cabeza por detrás de la suya, lejos del alcance de sus dientes y sus llamas. Tané oyó cómo empezaban a crepitar las escamas de su dragona.

—¡Ve, Tané!

Olvidando sus miedos, Tané saltó de la grupa y se agarró a una escama. El calor atravesaba sus guanteletes, pero siguió trepando por el Innombrable, escalando por sus placas metálicas, usando los bordes afilados como asideros, contando desde lo alto de la garganta. Cuando llegó a la vigésima escama, vio la imperfección, el lugar donde las escamas no habían acabado de encajar bien a causa de la cicatriz de debajo. Agarrándose con una mano, hundió la hoja de su espada bajo la escama, apoyó las botas sobre la de debajo y tiró de la empuñadura con todas sus fuerzas.

El Innombrable abrió sus fauces y soltó una llamarada terrible, pero pese a estar cubierta de sudor y tener dificultades para respirar, Tané siguió haciendo palanca, gritando por el esfuerzo y apoyando todo su peso.

La hoja de su espada se quebró. Cayó tres metros antes de conseguir alargar una mano y agarrarse a otra escama.

Los brazos le temblaban. Iba a resbalar.

Entonces, con un grito de guerra que resonó entre sus

huesos, Nayimathun se echó atrás, agarrando entre los dientes el mango de la espada. Y con una sacudida de la cabeza arrancó la escama.

De la carne del Innombrable salió un chorro de vapor ardiente. Tané alargó un brazo para evitar quemarse… y se resbaló.

Sus dedos fueron a agarrarse a una crin verde como las algas de río. Trepó de nuevo a la grupa de Nayimathun. Al momento la dragona, que tenía las escamas secas, se desenroscó y se lanzó al océano. Tané tosió al respirar los vapores del metal caliente. El Innombrable salió tras ellas, con las fauces bien abiertas, mostrando la llama en el fondo de su garganta. Nayimathun soltó un quejido al sentir el mordisco de unos dientes afilados como cuchillas en la cola.

El aullido de su dragona atravesó a Tané. Cogió su cuchillo, se giró por la cintura y lo arrojó a las profundidades de un ojo negro. El monstruo soltó su presa, pero no antes de rasgar la carne y las escamas. Nayimathun se alejó de él en dirección al Abismo, sangrando profusamente.

—Nayimathun… —dijo Tané, casi sin poder hablar—. ¡Nayimathun!

La lluvia se volvió plateada.

—Encuentra la espada. —Fue todo lo que dijo la dragona, que estaba quedándose sin voz—. Esto debe acabar aquí. Debe ser ahora.

El soldado atacó a Ead con su partesana, casi alcanzándola en la mejilla. Tenía el rostro mojado y frío, se había orinado encima, y temblaba tanto que entrechocaba los dientes.

—¡Deja de luchar, idiota descerebrado! —le gritó Ead—. ¡Suelta el arma, o no me das opción!

Él llevaba una cota de malla y un casco con placas a modo de escamas. Tenía los ojos rojos del agotamiento, pero estaba dominado por algo que iba más allá de la razón. Cuando volvió a atacar en un movimiento pendular, ella se coló bajo su brazo y subió la espada, abriéndolo en canal del vientre al hombro.

El hombre había llegado con el Ejército Draconiano. Sus soldados luchaban como si estuvieran poseídos, y quizá así fuera. Poseídos por el miedo de lo que les ocurriría a sus familias en Cárscaro si perdían aquella batalla.

El Innombrable sobrevolaba los barcos. Ead lo vio debatirse, y observó cómo se le despegaba una cinta de color verde pálido. El sonido de una voz draconiana resonó por las olas.

—¡La espada! —bramó Fýredel—. ¡Encontrad la espada!

La mitad de los soldados yscalinos se dispersaron para cumplir la orden, mientras otros se lanzaban al mar. La sangre iba extendiéndose por el agua, junto con la cera usada para proteger los barcos.

Un wyvern revoloteó sobre la gente y prendió fuego a un rastro de basura flotante, provocando un coro de aullidos de soldados y marinos, quemados vivos.

Ead rodeaba la joya menguante con una mano ensangrentada. En su interior detectó un murmullo. Un latido apenas perceptible.

«Encuentra la espada.»

La joya estaba emitiendo su llamada. Buscando entre las estrellas.

Pasó por encima de un cadáver, en dirección a la proa. El murmullo se volvió más tenue. Cuando volvió hacia la popa, aumentó de intensidad. El *Perla Bailarina* era el barco más cercano; lo tenía enfrente, aún se mantenía a flote.

Se lanzó al mar, penetrando en el agua como un cuchillo. Estalló otra provisión de pólvora, y un resplandor le indicó el camino.

«Hija de Zāla.»

Sabía que aquella voz sonaba en su cabeza. Era demasiado clara, demasiado suave, como si quien hablaba estuviera lo suficientemente cerca como para notar su aliento. Pero bajo el agua era como si procediera del propio Abismo.

La voz del Innombrable.

«Conozco tu nombre, Eadaz uq-Nāra. Mis siervos me lo han susurrado con voces llenas de temor. Hablan de la raíz de un naranjo, una raíz que se puede extender por todo el mundo y aun así arder con una luz dorada como el sol.»

«Yo soy la sierva de Cleolinda, serpiente. —De algún modo, sabía cómo responderle—. Esta noche completaré su obra.»

«Sin mí, no tendréis nada que os una. Os sumiréis en guerras por la riqueza y la religión. Os enemistaréis unos con otros. Como siempre habéis hecho. Y acabaréis con vosotros mismos.»

Ead nadó, oyendo el sonido de la joya blanca pegada a su piel.

«No hace falta que entregues tu vida.»

Sacó la cabeza a la superficie y siguió nadando.

«Hay otro fuego que arde en tu interior. Sé mi doncella, y le perdonaré la vida a Sabran Berethnet. Si no lo haces —dijo la voz—, acabaré con ella.»

«Primero tendrás que acabar conmigo. Y ya he demostrado que no es fácil.»

Trepó al barco y se puso en pie.

«Que así sea.»

Y así el Innombrable, la pesadilla de todas las naciones, se lanzó contra el barco.

Todos los fuegos del Abismo se apagaron. Lo único que oía Ead eran los gritos de terror al acercarse la muerte, en forma de sombra caída del cielo. Solo la luz de las estrellas punteaba la oscuridad, y a la luz de las estrellas, *Ascalon* brillaba.

Ead atravesó el *Perla Bailarina* a la carrera. Su mundo se eclipsó hasta que solo quedaban el latido de su corazón y la espada. Le pidió a la Madre que le diera la fuerza que había tenido ella aquel día en Lasia.

Un metal sobrenatural, que cobraba vida al tacto. El Innombrable abrió sus fauces, y un sol blanco surgió en su interior. Ead vio el punto donde le habían arrancado parte de su armadura. Levantó la espada que había forjado Kalyba, que había empuñado Cleolinda, que había vivido en la leyenda durante mil años.

Y la hundió en la carne hasta la empuñadura.

Ascalon brilló con luz cegadora. Ead solo tuvo un momento para ver la piel de sus manos bañadas de sudor —un momento, una eternidad, o algo intermedio— antes de que le arrancaran la espada de las manos. Salió despedida por la cubierta, por la borda, al mar. Una mole de escamas cayó sobre el *Perla Bailarina*, partiéndolo por la mitad.

Las fuerzas la abandonaron tan rápidamente como habían llegado.

Le había clavado la hoja en el corazón, algo que la Madre no había podido hacer, pero no bastaba. Había que encadenarlo al Abismo para que muriera. Y ella tenía la llave. La joya apareció ante ella. La estrella de su interior brillaba en la oscuridad. Cuánto le gustaría poder dormir eternamente.

Otra luz brilló entre las sombras. Un relámpago, encerrado en un enorme par de ojos.

Tané y su dragón. Una mano se le acercó cruzando el agua, y Ead se agarró a ella.

Se elevaron por encima del océano, hacia las estrellas. Tané tenía la joya azul en una mano. El Innombrable se hundió en el Abismo, con la cabeza hacia atrás, salpicando fuego por la boca como lava escupida por el manto de la tierra, con *Ascalon* aún hundida en su pecho.

Tané sujetó con fuerza la mano de Ead y presionó sus dedos, haciéndolos pasar por entre sus nudillos, de modo que ambas sostuvieran la joya menguante, presionada contra su corazón, que latía cada vez con menos fuerza.

—Juntas —susurró Tané—. Por Neporo. Por Cleolinda.

Lentamente, Ead acercó la otra mano, y sus dedos se entrelazaron alrededor de la joya creciente.

Con cada respiración se debilitaba su mente, pero su sangre sabía lo que tenían que hacer. Era algo instintivo, tan arraigado y tan antiguo como el propio árbol.

El océano se elevó siguiendo sus órdenes. Jugaron aquella partida final por turnos, sin separarse en ningún momento la una de la otra.

Lo envolvieron como un capullo, tejiendo la superficie de las olas como dos hábiles sastres. Entre una humareda de vapor, el Innombrable fue quedando atado al fondo del mar, y la oscuridad sofocó la brasa ardiente de su corazón.

Él levantó la vista y miró a Ead por última vez, y ella lo miró a él. Del punto donde había penetrado *Ascalon* surgió un destello cegador, y la Bestia de la Montaña emitió un último chillido antes de desaparecer.

Ead sabía que recordaría aquel sonido hasta su último aliento. Resonaría por sus sueños más agitados, como una canción por el desierto. Los dragones del Este se sumergieron tras él, para verlo hundirse hasta su tumba. El mar se cerró sobre ellos.

Y el Abismo quedó en calma.

72
Oeste

A los pies de las Escarpadas, la wyrm Valeysa yacía muerta, abatida por un arpón. A su alrededor, el terreno estaba sembrado de los restos mortales de humanos y wyrms.

Fýredel no se había quedado a defender su territorio draconiano, sino que había ordenado la retirada de sus ejércitos combinados del Norte, el Sur y el Oeste. Habían fracasado. En cuanto al propio Fýredel, había huido tras la desaparición del Innombrable bajo las olas, y sus seguidores se habían dispersado una vez más.

El sol se alzaba sobre Yscalin, iluminando aquel paisaje de sangre y ceniza, de fuego y de huesos. Una mujer seiikinesa llamada Onren había llevado a Loth hasta allí en dragón para que pudiera buscar a Margret. De pie sobre la devastada llanura, miró a lo lejos y vio Cárscaro.

Una columna de humo surgía de lo que antes había sido una gran ciudad. Nadie había sabido decirle si la Donmata Marosa había sobrevivido a la noche. Lo que sí se sabía era que el rey Sigoso, el asesino de reinas, había muerto. Su ajado cuerpo colgaba de la Puerta de Niunda. La visión del cadáver había provocado la deserción de sus soldados.

Loth rezaba porque la princesa siguiera con vida. Deseó con toda su alma que siguiera allí, dispuesta a ser coronada.

El hospital de campo estaba a una legua del lugar donde se había iniciado la lucha: una serie de tiendas plantadas cerca de un arroyo, con las banderas de todas las naciones en el exterior.

Los heridos emitían lamentos agónicos. Algunos tenían quemaduras profundas. Otros estaban tan cubiertos de sangre que resultaban irreconocibles. Loth localizó al rey Jantar del Ersyr entre los gravemente heridos, en un catre rodeado de sus guerreros, atendido por completo. Una mujer con la pierna aplastada mordía una correa de cuero mientras los barberos-cirujanos se la serraban por debajo de la rodilla. Los curanderos traían baldes de agua.

Encontró a Margret en una tienda destinada a los heridos inys que tenía las lonas levantadas para que se aireara y desapareciera el olor a vinagre.

Llevaba un delantal manchado de sangre sobre la falda. Estaba arrodillada junto a sir Tharian Lintley, que yacía inmóvil, magullado, sobre un camastro. Tenía una herida profunda que le iba de la mandíbula a la sien. Se la habían cosido con todo cuidado, pero le quedaría una cicatriz para toda la vida.

Margret levantó la cabeza y vio a Loth. Por un momento se quedó con la mirada perdida, como si hubiera olvidado quién era.

—Loth.

Él fue a su lado y se agachó. La rodeó con sus brazos y apoyó la barbilla sobre su cabeza. Meg olía a humo.

—Creo que se recuperará. Ha sido un soldado, no un wyrm —dijo ella, acurrucándose contra su pecho.

—Está muerto —respondió Loth, y le dio un beso en la frente—. Se ha acabado, Meg.

Meg tenía el rostro sucio de ceniza y los ojos cubiertos de lágrimas. Se llevó una mano temblorosa a la boca. En el exterior, un hilo de luz asomó en el horizonte, del color de una rosa silvestre. Empezaba un nuevo día de primavera en las Escarpadas y ellos, abrazados, contemplaron cómo el sol pintaba el cielo de dorado.

73

Oeste

Brygstad, capital del Estado Libre de Mentendon, joya de la corona de la sabiduría en el Oeste. Los años que había pasado soñando con volver a sus calles.

Estaban las casas altas y estrechas, todas con tejados a dos aguas, aún con restos de nieve. Estaba el elaborado chapitel del Santuario del Santo, que se elevaba sobre el centro de la ciudad.

Niclays Roos estaba sentado en un carruaje con calefacción, envuelto en un manto con bordes de pieles. Durante su convalecencia en el Palacio de Ascalon, la Gran Princesa Ermuna había enviado una carta solicitando su presencia en la corte. Su conocimiento del Este, le decía en ella, ayudaría a enriquecer las relaciones entre Mentendon y Seiiki. Podía ser incluso que le llamaran para que participara en las negociaciones para un nuevo acuerdo comercial con el Imperio de los Doce Lagos.

Él no quería saber nada de eso. La corte para él estaba maldita. Si se presentaba en el palacio, lo único que vería serían los fantasmas del pasado.

Aun así, tenía que dar la cara. No se puede rechazar una invitación de la realeza, especialmente si lo que quieres es evitar un nuevo exilio.

El carruaje cruzó traqueteando el puente del Sol. A través de la ventana, observó las aguas congeladas del río Bugen y la nieve sobre los tejados de la ciudad que tanto había echado de menos. Había cruzado aquel mismo puente la primera vez que había visitado la corte, después de viajar desde Rozentun en un carro de heno. En aquellos días no podía permitirse viajar en carruajes. Su madre le había confiscado la herencia, señalando, no sin razón, que era lo que había costado su diploma universitario. Sus únicas posesiones eran su locuacidad y la camisa que llevaba puesta.

A Jannart aquello le había bastado.

Ahora su brazo izquierdo acababa justo por debajo del codo. Aunque a veces le dolía, ya había aprendido a soportarlo.

En el *Perla Bailarina* había sentido el aliento de la muerte. Los médicos inys le habían asegurado que lo peor ya había pasado, que lo que le quedaba de brazo sanaría. Nunca se había fiado demasiado de los médicos inys, la mayoría no eran más que matasanos mojigatos, pero al fin y al cabo no tenía más opción que creer en ellos.

Había sido Eadaz uq-Nāra la que había herido de muerte al Innombrable con la Espada de la Verdad. Y además, por si eso no fuera suficiente heroísmo, ella misma y Tané Miduchi habían acabado con él usando las joyas. Era cosa de leyenda, una historia destinada a acabar encumbrada en canciones populares, y Niclays se había pasado todo aquel tiempo durmiendo. Solo de pensarlo le entraba la risa. Jannart se habría carcajeado a gusto.

En algún punto de la ciudad resonaban las campanas. Alguien se habría casado. El carruaje pasó junto al Teatro del Estado Libre. Algunas noches, Edvart se había disfrazado de lord de segunda fila y había ido a ver alguna ópera, un concierto o una obra de teatro con Jannart y Niclays. Después siempre acababan tomando copas en el Barrio Viejo, para que Edvart pudiera olvidarse por un rato de sus preocupaciones. Niclays cerró los ojos, recordando las risas de sus amigos desaparecidos hacía tanto tiempo.

Al menos algunos de sus amigos habían conseguido mantenerse con vida. Tras el sitio de Cárscaro habían enviado una expedición en busca de Laya. Mientras yacía postrado en el *Perla Bailarina*, atormentado por la fiebre, había recordado ciertas cosas sobre la caverna que había sido su prisión, en particular el veteado rojo de las paredes.

La habían encontrado en el monte Pavor. Estaba a punto de morir de sed, pero le habían dado los cuidados necesarios en un hospital de campaña, y la Gran Soberana Kagudo se la había llevado de vuelta a Nzene en su propio barco. Tras décadas lejos de casa, volvía a su patria, y ya le había escrito para invitarle a que fuera a visitarla.

Iría pronto, cuando se hubiera empapado lo suficiente de

Mentendon como para estar seguro de que no era un sueño. De que estaba allí de verdad.

El carruaje se detuvo frente a las puertas del Palacio de Brygstad, una estructura austera de arenaria oscura que ocultaba un interior de mármol blanco y dorado. Un lacayo abrió la puerta.

—Doctor Roos —dijo—, Su Alteza Real, la Gran Princesa Ermuna, os da la bienvenida a la corte méntica.

Los ojos le picaban del calor. Vio el ventanal emplomado de la habitación más alta del palacio.

—Aún no.

El lacayo parecía perplejo.

—Doctor, Su Alteza Real os espera a mediodía.

—A mediodía, querido. Aún no es mediodía. —Se recostó en su asiento—. Podéis coger mis pertenencias, pero ahora iré al Barrio Antiguo.

A regañadientes, el lacayo dio la orden.

El carruaje traqueteó por el norte de la ciudad, pasando junto a librerías y museos, a edificios oficiales y panaderías. Niclays contemplaba con avidez apoyado en su codo. Le llegaban los olores del mercado, olores con los que tanto había soñado en Orisima. A galletas de jengibre y a jalea de membrillo. Tartas que se podían cortar sin cuchillo, con deliciosos rellenos de pera, queso y trozos de huevo duro. Tortitas bañadas con licor azucarado. Las tartaletas de manzana que tanto había disfrutado durante sus largos paseos por el río.

A cada esquina había puestos donde vendían panfletos y libritos. Al verlos pensó en Purumé y Eizaru, sus amigos del otro lado del mundo. Quizá un día, cuando levantaran la prohibición, si es que lo hacían, podrían recorrer aquellas calles con él.

El carruaje se paró frente a una taberna de aspecto sórdido en un callejón junto a la plaza Brunna. El cartel ya había perdido la pintura dorada de antaño, pero por dentro el *Sol Resplandeciente* era justo como él lo recordaba.

Tenía que hacer una cosa antes de enfrentarse a la corte: tenía que ir en busca de los fantasmas antes de que ellos le encontraran a él.

En Mentendon era tradición que los difuntos se enterraran en su lugar de nacimiento. Solo en casos excepcionales se permitía que los enterraran en otro sitio.

Jannart era uno de esos casos excepcionales. La costumbre dictaba que debía ser enterrado en Zeedeur, pero Edvart, desolado por la muerte de su mejor amigo, le había concedido una tumba en el Cementerio de la Plata. Poco después, Edvart había contraído la fiebre sudorosa y había acabado haciéndole compañía, junto con su hija recién nacida.

El cementerio estaba a un paseo del Barrio Antiguo. La nieve lo cubría con un grueso manto.

Niclays no había visitado nunca el mausoleo. Su huida a Inys había sido un acto de negación. No creía en una vida después de la muerte, así que no veía la necesidad de hablarle a una losa de piedra.

En el interior del mausoleo hacía un frío glacial. Una efigie esculpida en alabastro yacía sobre la tumba.

Niclays tomó aire y se acercó. Quienquiera que hubiera hecho aquella estatua había conocido bien a Jannart en la época en que rondaba los cuarenta años. En el escudo de la estatua, que representaba la protección del Santo en la muerte, había una inscripción.

JANNART UTT ZEEDEUR

NO BUSQUES EL SOL DE MEDIANOCHE EN LA TIERRA

BÚSCALO EN TU INTERIOR

Niclays pasó la mano por encima de aquellas palabras.

—Tus huesos quedan atrás. No tengo nada por delante. Estás muerto, y yo soy un viejo —murmuró—. Estuve enfadado contigo durante mucho tiempo, Jannart. Yo vivía tranquilo, convencido de que moriría antes que tú. Quizá incluso intenté asegurarme de que así fuera. Te odié, odié tu recuerdo, por irte antes que yo. Por dejarme solo.

Con un nudo en la garganta, se giró. Se derrumbó, cayó al suelo con la espalda contra la tumba y con los brazos entre las rodillas.

—Le he fallado, Jan —dijo, con un hilo de voz—. Me perdí, y perdí de vista a tu nieta. Cuando los lobos acecharon a Truyde, yo no estaba allí para ahuyentarlos. Pensé… —Niclays sacudió la cabeza—. Pensé en dejarme morir. Cuando me sacaron del interior del *Perla Bailarina*, vi el mar en llamas. Luz en la oscuridad. El fuego y las estrellas. Miré al Abismo, y a punto estuve de dejarme caer. —Chasqueó la lengua, conteniendo una carcajada—. Y entonces me eché atrás. Estoy demasiado amargado como para vivir, pero soy demasiado cobarde como para morir. Aun así... tú me enviaste a ese viaje con un motivo. El único modo en que podría honrar tu recuerdo era seguir con vida.

»Tú me quisiste. Sin condiciones. Tú viste la persona que podía llegar a ser. Y seré esa persona, Jan. Resistiré, mi sol de medianoche. —Tocó el rostro de piedra una vez más, aquellos labios que tanto se parecían a los de verdad—. Le enseñaré a mi corazón a latir de nuevo.

Le dolía dejarlo así, en la oscuridad. Aun así, lo hizo. Aquellos huesos le habían abandonado hacía ya mucho tiempo.

En el exterior ya nevaba menos, pero seguía haciendo un frío gélido. Mientras desandaba el camino del cementerio, con lágrimas heladas sobre las mejillas, una mujer atravesó las puertas de hierro forjado vestida con un manto con remates de marta cibelina. Cuando levantó la vista abrió la boca, atónita, y Niclays se quedó paralizado.

La conocía bien. Era Aleidine Teldan utt Kantmarkt.

—Niclays —susurró ella.

—Aleidine —respondió él, incrédulo. Aún era una bella mujer en sus años de madurez. Tenía el cabello de color caoba, tan denso como siempre, y con algún mechón blanco, recogido en un bonito peinado. Aún llevaba el anillo con su nudo de amor, aunque no en el dedo índice, donde debía estar. Ningún otro anillo había ocupado su lugar.

Se miraron. Aleidine fue la que reaccionó primero.

—Es cierto que has regresado —dijo, y soltó un sonido que era casi una risa—. Había oído rumores, pero no me atrevía a creérmelo.

—Pues sí. Después de pasar unas cuantas vicisitudes. —Niclays intentó recomponerse, pero aún tenía un nudo en la garganta.

—Yo, bueno... Entonces... ¿Ahora vives aquí? En Brygstad, quiero decir, no en el cementerio.

—No, no. Aún estoy en el Salón de la Seda, pero ahora Oscarde está aquí. He venido a verle. Y se me ocurrió venir a visitar a Jannart.

—Por supuesto. —Se hizo un breve silencio entre los dos—. Siéntate conmigo, Niclays —dijo Aleidine, esbozando una sonrisa—. Por favor.

Él se preguntó si sería sensato seguirla, pero lo hizo de todos modos. Fueron hasta un banco de piedra junto al muro del cementerio. Aleidine limpió la nieve con la mano y se sentó. Él recordaba que ella siempre insistía en hacer cosas que podían hacer los criados, como limpiar la marquetería o quitar el polvo a los retratos que Jannart solía colgar por toda la casa.

El silencio se alargó. Niclays observó cómo caían los copos de nieve. Se había pasado años preguntándose qué le diría a Aleidine si volvía a verla. Ahora no encontraba las palabras.

—Niclays, tu brazo.

El manto se le había caído hacia atrás, dejando el muñón a la vista.

—Ah, sí. Lo creas o no, han sido los piratas —dijo, con una sonrisa forzada.

—Me lo creo. En esta ciudad la gente habla. Ahora tienes fama de aventurero —dijo ella, devolviéndole la sonrisa, que intensificó las arrugas que tenía alrededor de los ojos—. Niclays, sé que... nunca hemos tenido una conversación seria tras la muerte de Jannart. Te fuiste a Inys tan de pronto...

—No, por favor —dijo, con voz ronca—. Sé que te habrás dado cuenta. Todos esos años...

—No pretendo reñirte, Niclays. —El tono de Aleidine era suave—. Yo quería mucho a Jannart, pero sabía que su corazón no podía ser mío. Como sabes, nuestro matrimonio lo acordaron nuestras familias. No lo elegimos nosotros. —Los copos de nieve se le pegaban a las pestañas—. Era un hombre extraordinario. Yo solo quería que fuera feliz. Tú le dabas esa felicidad, Niclays, y no te culpo por ello. De hecho, te lo agradezco.

—Jannart juró no conceder sus favores a nadie más que a ti. Lo juró en un santuario, en presencia de testigos —dijo Niclays, con la voz tensa—. Tú siempre has sido una mujer muy pía, Ally.

—Lo he sido, y lo soy, y por eso, aunque Jannart rompiera sus votos, yo me negué a romper los míos. Juré, sobre todas las cosas, quererle y defenderle —dijo, apoyando con delicadeza una mano sobre la de él—. Él necesitaba tu amor. El mejor modo en que podía honrar las promesas que le había hecho era dejarle que te quisiera en paz. Y dejar que tú le correspondieras con tu amor.

Lo decía de corazón. Llevaba la sinceridad grabada en el

rostro. Niclays intentó hablar, pero las palabras, fueran las que fueran, se le quedaron atascadas en la garganta. Giró la mano y cogió la de ella.

—Truyde... —dijo por fin—. ¿Dónde descansa su cuerpo?

El dolor en los ojos de ella era insoportable.

—La reina Sabran me envió los restos mortales —dijo—. Está enterrada en nuestros terrenos en Zeedeur.

Niclays apretó la mano aún más.

—Te echó muchísimo de menos, Niclays —dijo—. Era tan parecida a Jannart... Yo le veía a él en su sonrisa, en su cabello, en su inteligencia... Ojalá la hubieras visto hecha una mujer.

Niclays sentía una presión en el pecho que hacía que le costara respirar. El esfuerzo que tenía que hacer para controlarse hacía que le temblara la mandíbula.

—¿Qué harás ahora, Niclays?

Él tragó una saliva amarga como su pesar.

—Nuestra joven princesa quiere ofrecerme un puesto en la corte, pero yo preferiría un puesto de profesor. Aunque no es que nadie me lo vaya a ofrecer.

—Pídeselo —sugirió Aleidine—. Estoy segura de que en la Universidad de Brygstad te acogerían con gusto.

—Un exiliado que juega con la alquimia y que se ha pasado semanas trabajando para los piratas —dijo, con voz seca—. Sí, tiene toda la pinta de que querrán a alguien así para que moldee las mentes de la próxima generación.

—Tú has visto más mundo que muchos de los que han escrito sobre él. Imagínate lo que podrías aportarles, Niclays. Podrías sacudir el polvo de los atriles, dar nueva vida a los libros de texto.

Pensar en aquella posibilidad le reconfortó. No se lo había planteado en serio, pero quizá le preguntara realmente a Ermuna si podía interceder por él en la universidad.

Aleidine miró en dirección al mausoleo. Su respiración creaba unas temblorosas volutas de vapor blanco.

—Niclays —dijo—. Entiendo que quizá quieras vivir tu vida como alguien diferente. Pero... si quisieras venir a verme de vez en cuando...

—Sí —dijo, y le dio una palmadita en la mano—. Por supuesto que lo haré, Aleidine.

—Me encantaría. Y, por supuesto, podría reintroducirte en la sociedad. Ya sabes que tengo un muy buen amigo en la universidad, de nuestra edad más o menos, que sé que estaría encantado de verte. Alariks. Da clases de astronomía. —Los ojos le brillaban—. Estoy bastante segura de que le gustarías.

—Bueno, parece…

—Y Oscarde… Oh, Oscarde estará encantado de volver a verte. Y por supuesto puedes quedarte en casa todo el tiempo que quieras…

—Desde luego no querría molestar, pero…

—Niclays —dijo ella—. Tú eres de la familia. No podrías ser una molestia.

—Eres muy amable.

Se miraron, casi sin aliento tras todo aquel vendaval de cortesías. Por fin Niclays sonrió, y Aleidine también.

—Bueno —dijo ella—, creo que tienes una audiencia con nuestra princesa. ¿No deberías prepararte?

—Debería —reconoció Niclays—, pero primero querría pedirte un pequeño favor.

—Por supuesto.

—Quiero que me cuentes, en… —consultó su reloj de bolsillo— dos horas, todo lo que ha ocurrido desde que me fui de Ostendeur. Me he perdido años de política y de noticias, y no quiero parecer un tonto ante nuestra nueva princesa. Jannart era el historiador, lo sé —dijo, intentando aligerar el tono—, pero en cuestión de cotilleos tú eras la que estaba al día.

Aleidine sonrió.

—No sé si sentirme halagada —dijo—. Ven, podemos pasear junto al Bugen. Y así tú también podrás contarme tu aventura.

—Oh, querida —dijo Niclays—. Mi historia bastaría para llenar un libro.

74

Oeste

En Serinhall, lord Arteloth Beck trabajaba en el estudio, con un montón de cartas y un cuaderno de cuero a su lado. Sus padres se habían ido a pasar una semana fuera, evidentemente para cambiar de ambiente, pero Loth sabía que su madre ya intentaba buscarle un plan para el futuro. Que fuera conde de Goldenbirch, con escaño en el Consejo de las Virtudes, responsable de la mayor provincia de Inys.

Él esperaba que con el paso de los años cambiaría algo en su interior, como un mecanismo en movimiento y que, cuando llegara él, estaría listo. Y sin embargo lo que le apetecía era estar en la corte.

Uno de sus amigos más queridos había muerto. En cuanto a Ead, sabía que no podría quedarse en Inys para siempre. La noticia de que había matado al Innombrable se había extendido, y ella no deseaba para nada la fama que le iba a acarrear aquello. Antes o después, su camino viraría hacia el sur.

La corte no podría ser nunca lo mismo sin ellos dos. Y sin embargo allí era donde él se sentía bien. Era donde Sabran gobernaría durante muchos años. Y él quería estar allí, con ella, en el corazón de su país, para ayudarla en el tránsito hacia una nueva era dorada de Inys.

—Buenos días —dijo Margret, entrando en el estudio.

—Tengo entendido que lo correcto es llamar —dijo Loth, reprimiendo un bostezo.

—Lo he hecho, hermano. Varias veces —respondió ella, apoyando una mano sobre su hombro—. Toma. Vino caliente.

—Gracias. —Dio un sorbo con gusto—. ¿Qué hora es?

—Ya hace mucho que los dos tendríamos que estar en la

cama. —Margret se frotó los ojos—. Es raro estar aquí solos. Sin mamá y papá. ¿Qué haces aquí despierto hasta tan tarde?

—De todo.

Sintió que ella miraba mientras cerraba el libro. Contenía las cuentas de gastos de la casa.

—Preferirías estar en palacio —dijo Margret con suavidad. Lo conocía muy bien. Loth se bebió el vino y no respondió; dejó que la calidez del líquido le llenara el hueco que sentía en el vientre.

—A mí siempre me ha encantado Serinhall. Y a ti siempre te ha encantado la corte. Y sin embargo yo nací segundogénita, y tú primogénito, de modo que tienes que ser tú el próximo conde de Goldenbirch. —Margret suspiró—. Supongo que mamá pensaría que te merecías una infancia lejos de Goldenbirch, ya que de mayor tendrías que vivir anclado a este lugar. De hecho, hizo que ambos nos enamoráramos del lugar equivocado.

—Pues sí —dijo, y no pudo evitar sonreír ante la absurdidad de aquello—. Bueno, no podemos hacer nada al respecto.

—No lo sé. Inys está cambiando —dijo Margret, con los ojos brillantes—. Los próximos años serán difíciles, pero le darán un nuevo rostro a este país. Deberíamos permitirnos ampliar nuestros horizontes.

Loth se la quedó mirando con el ceño fruncido.

—Desde luego dices unas cosas de lo más raras, hermana.

—Los mayores sabios raramente son apreciados en su época —dijo ella, encogiéndose de hombros. Luego le puso una carta delante—. Esto ha llegado esta mañana. Intenta dormir un poco, hermano.

Se fue. Loth cogió la carta y vio el lacre con una pera impresa: el símbolo de la Casa de Vetalda.

El corazón se le tensó como un puño. Rompió el lacre y desplegó la carta del interior, escrita con una elegante caligrafía.

Mientras leía, una brisa penetró por la ventana abierta. Olía a hierba recién cortada, a heno y a la vida que había echado de menos cuando estaba lejos de casa. Los olores de Goldenbirch.

Ahora algo había cambiado. Otros olores se colaban en sus sueños, como la espuma de las olas. Olores a sal, a brea y al frío viento del mar. A vino caliente, especiado con jengibre y nuez moscada. Y a lavanda. La flor que perfumaba su sueño de Yscalin.

Cogió su pluma y se puso a escribir.

El fuego ardía lento en la Cámara Privada del Palacio Briar. La escarcha decoraba todas las ventanas como si fuera un bordado. En la penumbra, Sabran estaba tendida boca arriba en un banco, relajada, con aspecto de estar a punto de caer dormida. Junto a la chimenea, Ead la contemplaba, agotada.

A veces, cuando miraba a Sabran, casi se sentía como el Rey Melancólico, que perseguía un espejismo por entre las dunas. Pero bastaba que Sabran le diera un beso en los labios, o que se acostara a su lado a la luz de la luna, para darse cuenta de que era de verdad.

—Tengo algo que decirte. —Sabran la miró—. Sarsun vino a verme hace unos días —murmuró Ead—. Con una carta de Chassar.

El águila arenera había volado hasta el Palacio de Ascalon y se había posado en su brazo con una nota. Ead había tardado un buen rato en reunir el valor necesario para leerla, y aún más tiempo en desenmarañar sus sentimientos después de haberlo hecho.

Querida:

No tengo palabras para expresar el orgullo que siento con lo que he oído de tus hazañas en el Abismo, ni mi alivio al saber que tu corazón late con la misma fuerza de siempre. Cuando la priora envió a tu hermana a silenciarte, yo no pude hacer nada. Soy un cobarde, y te he fallado, pese a haberle prometido a Zāla que no lo haría nunca.

Aunque esto me recuerda, como me ha ocurrido tantas otras veces, que tú nunca has necesitado mi protección. Tú eres tu propio escudo.

Te escribo para comunicarte la noticia que tanto esperábamos. Las Damas Rojas desean que vuelvas a Lasia y que vistas el manto de la priora. Si aceptas, iré a tu encuentro en Kumenga el primer día del invierno. A las Damas Rojas les irá muy bien tu mano firme y tu cabeza clara. Y sobre todo les irá muy bien contar con tu gran corazón.

Espero que puedas perdonarme. En cualquier caso, el naranjo te espera.

—Se ha corrido la voz de que yo acabé con la bestia —dijo—. Es el mayor honor que me pueden conceder.

Sabran irguió el cuerpo lentamente.

—Me alegro por ti —dijo, cogiendo a Ead de la mano—. Tú mataste al Innombrable. Y esto era tu sueño. —Sus miradas se encontraron—. ¿Aceptarás?

—Si voy, podré modelar el futuro del Priorato —dijo Ead, entrecruzando sus dedos con los de Sabran—. Cuatro de los Sombras del Oeste están muertos. Eso quiere decir que sus wyverns, y la progenie que hayan podido crear, han perdido su fuego. Pero aun sin él suponen un peligro para el mundo. Hay que darles caza y acabar con ellos allá donde se encuentren. Y, por supuesto… tenemos un gran enemigo suelto.

—Fýredel.

Ead asintió.

—Hay que darle caza —dijo—. Pero como priora también podría asegurarme de que las Damas Rojas trabajan por la estabilidad de este nuevo mundo. Un mundo libre de las sombras del Innombrable.

Sabran sirvió dos copas de sidra de pera.

—Estarías en Lasia —dijo, procurando no alterar el tono de voz.

—Sí.

De pronto se respiraba la tensión en el ambiente. Ead nunca había sido tan cándida como para pensar que podrían vivir juntas toda la vida en Inys. Como vizcondesa podía casarse con una reina, pero no podía ser princesa consorte. No quería más títulos ni gracias, no quería un lugar junto al trono de mármol. Casarse con una reina suponía ser leal a un único reino, y la única lealtad que profesaba Ead era a la Madre.

Sin embargo, no podían negar lo que existía entre las dos. Era Sabran Berethnet la que daba vida a su alma.

—Vendría a visitarte —dijo Ead—. No… a menudo, eso lo entiendes. La priora debe estar en el Sur. Pero encontraría el modo. —Cogió una copa—. Sé que ya te he dicho esto antes, Sabran, pero no te culparía si decides que no quieres vivir así.

—Viviría sola cincuenta años con tal de pasar un día contigo.

Ead se levantó y fue hacia ella. Sabran se movió y ambas se sentaron con las piernas entrelazadas.

—Yo también tengo algo que contarte —dijo Sabran—. En una década, más o menos, pienso abdicar del trono. Usaré ese tiempo para asegurarme de conseguir una transición tranquila de la Casa de Berethnet al próximo soberano.

Ead levantó las cejas.

—Tu pueblo cree en la divinidad de tu dinastía —dijo—. ¿Cómo vas a explicárselo?

—Les diré que ahora que el Innombrable está muerto la Casa de Berethnet ya ha cumplido con su voto ancestral de protegerlos contra el Innombrable. Y luego honraré la promesa que le hice a Kagudo —dijo—. Le contaré la verdad a mi pueblo. Sobre Galian. Sobre Cleolinda. Habrá una Gran Reforma de las Virtudes. —Se le escapó un suspiro—. Será muy difícil. Habrá años de negación, de rabia… pero tengo que hacerlo.

Ead vio la férrea determinación en su mirada.

—Que así sea —dijo ella, apoyando la cabeza en el hombro de Sabran—. Pero ¿quién reinará después de ti?

Sabran apoyó la mejilla contra la frente de Ead.

—Yo creo que al principio tendría que ser alguno de la nueva generación de la Junta de los Duques. A la gente le resulta más fácil aceptar a un nuevo soberano si procede de la nobleza. Pero lo cierto es que… no creo que sea bueno que el futuro de ningún país dependa de que alguien conciba hijos o no. Una mujer es algo más que un vientre que fecundar. Quizá pueda ir más allá con esa Gran Reforma. Quizá pueda sacudir los propios cimientos de las normas de sucesión.

—Estoy segura de que puedes. —Ead resiguió su clavícula con un dedo—. Cuando quieres puedes ser muy persuasiva.

—Supongo que ese don lo heredé de mi antepasada.

Ead sabía lo que le afectaban las palabras de Kalyba, la profecía que le había hecho. Muchas veces Sabran se despertaba a medianoche, recordando a la bruja, cuyo rostro era idéntico al suyo.

Tras recuperarse de sus heridas, Ead había llevado el cadáver de Kalyba a Nurtha. Encontrar a alguien que quisiera llevarla a remo hasta la isla no había sido fácil, pero al final, después de reconocer a Ead como la vizcondesa de Nurtha, una joven se había ofrecido a llevarla por el mar Menor.

Los pocos que vivían en Nurtha solo hablaban morgano y colgaban coronas de espino en sus puertas. Nadie se había dirigido a ella mientras atravesaba los bosques.

El árbol espino estaba caído, pero no podrido. Ead había podido ver que en su día debía de haber sido tan magnífico como su hermano del Sur. Al meterse entre sus ramas se había imaginado a aquella niña inys cogiendo una baya roja de sus ramas, una baya que le cambiaría la vida para siempre.

Había dejado a la Bruja de Inysca bajo las ramas para que su cuerpo reposara allí. La única Primera Sangre que quedaba ya era la que vivía en Sabran y en Tané.

Pasó un rato en que solo el crepitar del fuego rompía el silencio, hasta que Sabran fue a sentarse en el escabel frente a Ead, de modo que estuvieran una frente a la otra y entrelazaron los dedos.

—No te rías de mí.

—¿Por qué? ¿Vas a decir alguna tontería?

—Quizá sí. —Sabran hizo una pausa como para coger fuerzas—. En los tiempos previos a los Reinos de las Virtudes, en Inysca las personas que se querían solían hacer un intercambio de prendas como muestra de amor. A modo de promesa de que construirían un hogar juntas. —Sus ojos no se apartaban de los de Ead—. Tú has de cumplir con tu deber como priora. Yo con el mío como reina de Inys. Durante un tiempo, tendremos que seguir nuestros caminos separados… pero dentro de diez años, iré a buscarte a la playa de Perchling. Y encontraremos nuestro sitio.

Ead bajó la mirada y la posó en sus manos unidas.

Diez años sin estar a su lado cada día. Diez años de separación. Era doloroso solo de pensarlo.

Pero sabía sufrir por algo distante. Sabía aguantar.

Sabran se la quedó mirando, hasta que Ead se acercó y la besó.

—Diez años —dijo—, y ni un amanecer más.

75

Este

El Palacio Imperial estaba prácticamente igual que la última vez que lady Tané, del clan Miduchi, había puesto el pie por primera vez en sus salones. Atardecía, y ella salía del Pabellón de la Estrella Fugaz, dejando atrás a los siervos que limpiaban los senderos con palas, soplándose las manos para calentárselas.

Mientras recuperaba las fuerzas en preparación para su regreso formal a la Gran Guardia Marina, ejercía de embajadora no oficial entre Seiiki y el Imperio de los Doce Lagos. El Emperador Eterno se había mostrado cortés, como siempre. Le había dado una carta para que la llevara a Ginura, como solía hacer, y había hablado un rato con ella sobre lo que ocurría en los otros continentes.

Todo parecía tranquilo en el mundo, y sin embargo Tané estaba inquieta, pensando en algo de un pasado lejano.

Nayimathun la esperaba en el Gran Patio, rodeada de un grupo de cortesanos lacustrinos bien vestidos que le tocaban las escamas con suavidad esperando recibir su bendición. Tané se subió a la silla y se puso los guanteletes.

—¿Tienes la carta? —preguntó la dragona.

—Sí —dijo Tané, dándole una palmadita en el cuello—. ¿Estás lista, Nayimathun?

—Siempre.

Emprendió el vuelo y muy pronto se encontraron sobre el mar del Sol Trémulo. Aún había piratas por sus aguas. Aunque estaban tratando del asunto con Inys, la enfermedad roja aún no había sido erradicada, y de momento el Gran Edicto seguía vigente. Tané sospechaba que lo estaría durante un tiempo.

La Emperatriz Dorada estaría ahí abajo, en algún sitio. Viviría mientras durara la prohibición, y mientras siguiera viva perduraría el comercio de carne de dragón. Tané tenía intención de cumplir el juramento que se había hecho a sí misma en Komoridu, a la sombra del moral. Tras recuperarse de sus heridas, había vuelto a trabajar para ponerse en forma con Onren y Dumusa. Muy pronto estaría lista para volver a las olas.

El Señor de la Guerra de Seiiki la había recompensado por sus acciones en el Abismo. Le había regalado una mansión en Nanta y le había devuelto su vida.

Salvo por Susa. Aquella pérdida sería una espina clavada para siempre, enterrada en un lugar tan profundo que no podría sacársela nunca. Cada día le parecía que vería salir del mar un nuevo fantasma del agua. Un fantasma decapitado.

Nayimathun la llevó de vuelta a Ginura, donde entregó la carta y regresó al Castillo de la Flor de Sal. Mientras se peinaba, fijó la mirada en el espejo de bronce y resiguió la cicatriz de su pómulo con un dedo. La cicatriz que la había puesto en el camino que la llevaría al Abismo.

Se quitó la ropa sucia del viaje y se puso su manto. Al anochecer caminó hasta la bahía de Ginura, donde se bañaba Nayimathun, en la misma playa donde había sido capturada. Tané se metió en el agua hasta las rodillas.

—Nayimathun —dijo, apoyando una mano en sus escamas—. Querría irme ya. Si me quieres llevar.

—Sí —dijo la dragona, mirándola con sus ojos fieros.

—A Komoridu.

Poco antes, Tané había regresado al pueblo de Ampiki —era su primera visita desde que era una niña— en busca de cualquier rastro de Neporo de Komoridu. El pueblo no había sido reconstruido tras el fuego. Los únicos que había allí eran los jóvenes que recolectaban algas en la orilla.

También había regresado a la isla de las Plumas para hablar con el anciano Vara, que la había acogido con los brazos abiertos. Él le había contado todo lo que sabía de Neporo, aunque era muy poco. Había escritos que decían que se había casado con un pintor, muchas cartas más que hacían mención a un nuevo soberano en el Este, y algunos dibujos que mostraban el aspecto que debía de tener la reina de Komoridu.

Al final, solo quedaba un lugar donde pudiera encontrarla.

La luz creaba brillos sobre Nayimathun al volar. Cuando tuvieron Komoridu a la vista, una gota de tinta en medio del mar, descendió a la arena y Tané se dejó caer desde la silla.

—Yo esperaré aquí —dijo Nayimathun.

Tané le dio una palmadita. Encendió su farol y se puso a caminar entre los árboles.

Aquel era su legado. Una isla para náufragos.

Un día de infausto recuerdo, cuando era niña, en Ampiki, Tané había seguido una mariposa hasta el mar. El anciano Vara le había contado que en algunos relatos se dice que las mariposas son los espíritus de los muertos, enviados por el gran Kwiriki. Al igual que los dragones, cambiaban de forma, de modo que el gran Kwiriki, en su inmensa sabiduría, las había elegido como mensajeras desde el plano celestial. De no haber sido por aquella mariposa, Tané habría perecido con sus padres, y la joya se habría perdido.

Caminó durante horas por el bosque en silencio. Aquí y allá encontró restos de lo que había existido allí mil años antes. Los cimientos de casas en ruinas desde aquella época. Fragmentos de cerámica con marcas de cuerdas. La hoja de un hacha. Se preguntó si bajo el suelo yacerían montones de huesos. No estaba muy segura de qué era lo que buscaba, ni por qué, así que caminó hasta que encontró una cueva. En el interior había una estatua de mujer esculpida en la roca, con el rostro erosionado pero íntegro.

Tané conocía aquel rostro. Era el suyo.

Dejó el farol en el suelo y se arrodilló ante la Primera Sangre. Había tenido mucho tiempo para pensar en todo lo que habría querido decirle, pero ahora que estaba allí, solo tenía una cosa que decir.

—Gracias.

Neporo le devolvió la mirada, impasible. Tané la observó, con la sensación de estar viviendo un sueño. Se quedó hasta que la luz del farol se extinguió. En la oscuridad, siguió la escalinata que ya había recorrido antes hasta el moral arrancado que había muerto bajo las estrellas. Tané se tendió a su lado y se durmió.

Por la mañana tenía una mariposa blanca en la mano y el costado mojado, manchado de sangre.

76

Oeste

El *Rosa Eterna* bordeó la costa oeste de Yscalin. Desde la desaparición de Fýredel, el pueblo había empezado a reparar los daños sufridos durante los Años Draconianos. De entre las ruinas aparecieron casas de oración y santuarios. Se plantó lavanda en los campos quemados. Y muy pronto los perales volverían a dar las peras rojas que antaño endulzaban las calles de Cárscaro.

Las marsopas saltaban en parejas por entre las olas, salpicando agua. Había caído la noche, pero Ead no se había sentido nunca tan despierta. El viento salado jugueteaba con su cabello, y ella respiró hondo, saboreándolo.

Priora. La que ocupaba el lugar de la Madre. La guardiana del naranjo.

Toda su vida había sido doncella. No sabía lo que era mandar. Por otra parte, había pasado suficiente tiempo con Sabran como para saber que una corona suponía un gran peso, solo que el Priorato del Naranjo no poseía una corona. No sería emperatriz ni reina, sino un manto rojo entre muchos otros.

Descubriría dónde se había ocultado Fýredel, y acabaría con él como había acabado con su amo y señor. No descansaría hasta que el único fuego que surgiera de la tierra fuera el del naranjo, y el de las magas que comían de su fruto. Y cuando volviera la Estrella de Larga Melena, se restablecería el equilibrio.

Gian Harlowe se puso a su lado, en la popa del barco, con su pipa de arcilla en la mano.

La encendió con una candela, aspiró hondo y exhaló un círculo de humo azulado. Ead contempló cómo se perdía en el aire.

—He oído que en primavera la reina Marosa invitará a los soberanos extranjeros a su corte —dijo él—, para que Yscalin se abra de nuevo al exterior.

Ead asintió.

—Esperemos que dure esta paz.

—Sí.

Pasó un rato en que el único ruido fue el de las olas.

—Capitán —dijo Ead, y Harlowe respondió con un leve gruñido—, por la corte de Inys corren rumores sobre vos, susurrados siempre entre las sombras. Rumores de que cortejabais a la reina Rosarian—. Dicen que teníais intención de llevárosla a la laguna Láctea.

—La laguna Láctea es una fábula —replicó, seco—. Un cuento que se cuenta a los niños y a los amantes sin esperanzas.

—Una joven sabia me dijo una vez que todas las leyendas crecen a partir de una semilla de verdad.

—¿Sois vos o la reina de Inys quien desea la verdad? —Ead esperó, observándole el rostro. Aquellos ojos estaban en un pasado lejano—. Ella nunca se ha parecido mucho a Rosa. —Suavizó la voz—. Nació de noche, ya sabéis. Dicen que eso hace que el niño o la niña en cuestión adquiera un carácter adusto… Pero Rosa vino al mundo con el canto de las alondras.

Dio otra calada a su pipa.

—Algunas verdades están más seguras bien enterradas. Algunos castillos están mejor en las nubes. Los relatos no contados albergan promesas. En el reino de las sombras, desconocidos para la mayoría. —La miró—. Eso vos deberíais saberlo mejor que nadie, Eadaz uq-Nāra. Vos, que tenéis secretos que un día se convertirán en canciones.

Ead esbozó una sonrisa apenas insinuada y fijó la vista en las estrellas.

—Un día, quizá —dijo—. Pero no hoy.

Índice de personajes

Los nombres del Este aparecen con el apellido delante.
Los del Oeste, el Norte y el Sur se muestran
con el nombre delante.

LOS QUE NARRAN LA HISTORIA

Arteloth Beck, «Loth»: heredero de la rica provincia norteña inys de los Prados y de la finca de Goldenbirch. Primogénito de lord Clarent y lady Annes Beck, hermano de Margret Beck, y mejor amigo de Sabran IX de Inys.

Eadaz du Zāla uq-Nāra (también conocida como Ead Duryan): iniciada del Priorato del Naranjo, actualmente empleada como camarera en la corte de Sabran IX de Inys. Es descendiente de Siyāti uq-Nāra, la que fue la mejor amiga de Cleolinda Onjenyu.

Niclays Roos: anatomista y alquimista del Estado Libre de Mentendon y antiguo amigo de Edvart II. Fue exiliado por Sabran IX de Inys a Orisima, la última estación comercial del Oeste en Seiiki.

Tané: huérfana seiikinesa que ingresó de niña en las Casas de Instrucción para recibir formación y poder aspirar a un puesto en la Gran Guardia Marina. Es la aprendiza más destacada de la Casa del Sur.

ESTE

Anciano Vara: sanador y archivista del Pabellón de la Veleta, en la isla de las Plumas.

Dranghien VI: Emperador Eterno de los Doce Lagos, actual jefe de la Casa Real de Lakseng. Al igual que toda su dinastía, es descendiente del Portador de la Luz, que según la creencia lacustrina fue el primer humano que estableció amistad con un dragón al caer este de los cielos.

Dumusa: aprendiza más destacada de la Casa Oeste, de ascendencia Miduchi. Su abuelo paterno fue un explorador del Sur, y murió ejecutado por desafiar el Gran Edicto.

Emperatriz Dorada: líder de la Flota del Ojo del Tigre, la flota pirata más formidable del Este, con más de 40.000 piratas, y capitana del mayor navío de la flota, el *Perseguidor*. Controla el comercio ilegal de carne de dragón.

General del Mar: comandante de la Gran Guardia Marina de Seiiki. Jefe del clan Miduchi. Actual jinete de Tukupa la Plateada.

Ghonra: heredera de la Flota del Ojo del Tigre, hija adoptada de la Emperatriz Dorada y capitana del *Cuervo Blanco*. Se hace llamar «princesa del mar del Sol Trémulo».

Gobernador de Cabo Hisan: responsable de la administración de la región seiikinesa de Cabo Hisan, encargado de asegurarse de que los colonos lacustrinos y ménticos respetan la ley seiikinesa.

Gobernadora de Ginura: responsable de la administración de Ginura, capital de Seiiki. También es la magistrada jefe de Seiiki. Tradicionalmente, este puesto lo ocupa siempre un miembro de la Casa de Nadama.

Gran Emperatriz Viuda: con su matrimonio pasó a formar parte de la Casa de Lakseng. Fue regente oficial durante la minoría de edad de su nieto, el Emperador Eterno de los Doce Lagos.

Ishari: aprendiza de la Casa del Sur. Compañera de habitación de Tané.

Jefe de la Guardia: oficial responsable de la seguridad de la estación comercial méntica de Orisima.

Kanperu: aprendiz de la Casa Oeste.

Laya Yidagé: intérprete de la Emperatriz Dorada. Cayó prisionera de la Flota del Ojo del Tigre mientras intentaba seguir los pasos de su aventurero padre hasta Seiiki.

Moyaka Eizaru: médico de Ginura. Padre de Purumé. Amigo y exdiscípulo de Niclays Roos.

Moyaka Purumé: anatomista y botánica de Ginura. Hija de Eizaru. Amiga y exdiscípula de Niclays Roos.

Muste: ayudante de Niclays Roos en Orisima. Compañero de Panaya.
Nadama Pitosu: Señor de la Guerra de Seiiki y actual jefe de la Casa Real de Nadama. Es descendiente del Primer Señor de la Guerra, que se alzó en armas para vengar a la derrocada Casa de Noziken.
Onren: aprendiza más destacada de la Casa del Este.
Padar: oficial de derrota del *Perseguidor*.
Panaya: vecina de Cabo Hisan e intérprete de los colonos de Orisima. Compañera de Muste.
Susa: vecina de Cabo Hisan y amiga de la infancia de Tané. Era una niña de la calle hasta que la adoptó un tabernero.
Turosa: aprendiz más destacado de la Casa Norte, de ascendencia Miduchi, conocido por su gran habilidad con los cuchillos. Rival de Tané.
Virrey de Orisima: oOficial méntico que controla la estación comercial de Orisima.

FALLECIDOS Y PERSONAJES HISTÓRICOS DEL ESTE

Doncella de la Nieve: figura semilegendaria. Cuidó a Kwiriki y le devolvió la vida después de que este resultara herido al adoptar la forma de un pájaro. Como agradecimiento, Kwiriki le talló el Trono del Arcoíris y le dio poder sobre Seiiki. Fue la fundadora de la Casa de Noziken y la primera emperatriz de Seiiki.
Neporo: autoproclamada reina de Komoridu. Se sabe muy poco de ella.
Niña-Sombra: figura mítica. Campesina que sacrificó la vida para llevarle a la Dragona de la Primavera la perla que le habían robado.
Noziken Mokwo: antigua emperatriz de Seiiki. Jefa de la Casa Real de Noziken durante su reinado.

SUR

Chassar uq-Ispad: mago del Priorato del Naranjo y principal vínculo con el mundo exterior. Ejerce de embajador del rey Jantar y la reina Saiyma del Ersyr para tener así acceso a las cortes de otros países. Crió a Eadaz uq-Nāra tras la muerte repentina de su madre biológica. Chassar es hábil en la doma de las aves, y a menudo usa a Sarsun y a Parspa para desempeñar sus misiones.

Jantar I (el Espléndido): rey del Ersyr y actual jefe de la Casa Real de Taumargam. Esposo de la reina Saiyma y aliado del Priorato del Naranjo.

Jondu du Ishruka uq-Nāra: amiga de infancia y mentora de Eadaz uq-Nāra, enviada a Inys con el fin de encontrar *Ascalon*. Al igual que Eadaz, es descendiente de Siyāti uq-Nāra.

Kagudo Onjenyu: Gran Soberana del Dominio de Lasia y actual jefa de la Casa Real de Onjenyu. Es descendiente de Selinu, el Custodio del Juramento y de su hijo, hermanastro de Cleolinda Onjenyu. Kagudo es una aliada del Priorato del Naranjo y goza de la protección de las Damas Rojas desde el día en que nació.

Mita Yedanya: priora del Naranjo. Previamente fue la *munguna,* o la destinada a heredar el cargo.

Nairuj Yedanya: Dama Roja del Priorato del Naranjo que todos consideran su *munguna*.

Saiyma Taumargam: reina consorte del Ersyr y esposa de Jantar I.

FALLECIDOS Y PERSONAJES HISTÓRICOS DEL SUR

Cleolinda Onjenyu (la Madre o la Damisela): princesa de la corona del Dominio de Lasia, hija de Selinu, el Custodio del Juramento. Fundadora del Priorato del Naranjo. El culto de las Virtudes de la Caballería profesa que se casó con sir Galian Berethnet y que se convirtió en reina consorte de Inys después de que él derrotara al Innombrable para salvarla. En el Priorato creen que fue Cleolinda la que venció a la bestia, y la mayoría cree incluso que no se fue con Galian. Cleolinda murió después de abandonar el Priorato por motivos desconocidos poco después de su fundación.

Profeta del Nuevo Amanecer: profeta del antiguo Ersyr. Predijo, entre otras cosas, que el sol se alzaría del monte Pavor y arrasaría Gulthaga, que estaba enzarzada en una dura guerra con su pueblo.

Reina Mariposa: figura semimítica. Fue reina consorte del Ersyr, muy querida por su pueblo, pero murió joven, sumiendo a su rey en un dolor infinito.

Rey Melancólico: figura semimítica, supuestamente uno de los primeros reyes de la Casa de Taumargam. Se adentró en el desierto siguiendo un espejismo en el que vio a su esposa, la Reina Mariposa, y murió de sed. Los ersyris lo mencionan como advertencia a quienes se entregan ciegamente al amor.

Selinu, el Custodio del Juramento: Gran Soberano de Lasia y jefe de la Casa Real de Onjenyu en el momento en que el Innombrable se asentó en Yikala. Organizó un sorteo para elegir las personas destinadas al sacrificio y aplacar así a la bestia, pero eso acabó cuando su propia hija, Cleolinda, resultó elegida para el sacrificio.

Siyāti uq-Nāra: amiga íntima y doncella de Cleolinda Onjenyu. Se convirtió en priora del Naranjo tras la muerte de Cleolinda fuera de su país. Muchos hermanos y hermanas del Priorato son descendientes de Siyāti, que tuvo siete hijos.

Zāla du Agriya uq-Nāra: hermana del Priorato del Naranjo y madre biológica de Eadaz du Zāla uq-Nāra. Murió envenenada cuando Eadaz tenía seis años.

REINOS DE LAS VIRTUDES

Aleidine Teldan utt Kantmarkt: miembro de la familia Teldan. Accedió a la nobleza al casarse con lord Jannart utt Zeedeur, futuro duque de Zeedeur. Actualmente es conocida como la duquesa viuda de Zeedeur. Abuela de Truyde.

Annes Beck (lady Goldenbirch): hija de los barones de Greensward. Condesa de Goldenbirch por su matrimonio con lord Clarent Beck. Madre de Arteloth y Margret. Exdama de honor de Rosarian IV de Inys.

Arbella Glenn, «Bella» (vizcondesa de Suth): una de las tres damas de honor de Sabran IX de Inys y Custodia de las Joyas de la Reina. También fue dama de compañía, ama de cría y dama de los ropajes de la difunta Rosarian IV. Desde la muerte de Rosarian no ha vuelto a hablar.

Aubrecht II (el Príncipe Rojo): Gran Príncipe del Estado Libre de Mentendon, archiduque de Brygstad y actual jefe de la Casa Real de Lievelyn. Sobrino nieto del difunto príncipe Leovart y sobrino del difunto príncipe Edvart. Hermano mayor de Ermuna, Bedona y Betriese.

Bedona Lievelyn: princesa del Estado Libre de Mentendon. Hermana de Aubrecht, Ermuna y Betriese.

Betriese Lievelyn: princesa del Estado Libre de Mentendon. Hermana de Aubrecht, Ermuna y Bedona. Es la más joven de los hermanos, nacida inmediatamente después de Bedona, su gemela.

Calidor Stillwater: segundo hijo de Nelda Stillwater, duquesa del Valor. Compañero de lady Roslain Crest y padre de lady Elain Crest.

Caudillo de Askrdal: noble de mayor rango del antiguo Ducado de Askrdal, en Hróth. Amigo de lady Igrain Crest.

Clarent Beck (Lord Goldenbirch): conde de Goldenbirch y Custodio de los Prados. Compañero de lady Annes Beck. Padre de Arteloth y Margret.

Elain Crest: hija de lady Roslain Crest y de lord Calidor Stillwater. Se espera que herede el Ducado de la Justicia tras su madre, que es la primera en la línea de sucesión.

Ermuna Lievelyn: princesa de la corona del Estado Libre de Mentendon y archiduquesa de Ostendeur. Hermana de Aubrecht, Bedona y Betriese.

Estina Melaugo: sobrecargo del *Rosa Eterna*.

Gautfred Plume: contramaestre del *Rosa Eterna*.

Gian Harlowe: corsario inys, capitán del *Rosa Eterna*. Se rumorea que fue amante de Rosarian IV de Inys, que le regaló su barco.

Grance Lambren: caballero de la Guardia Real.

Gules Heath: caballero de la Guardia Real, el más antiguo del cuerpo.

Hallan Bourn: médico de la corte de Sabran IX de Inys.

Helchen Roos: madre de Niclays Roos. Lleva décadas separada de él.

Igrain Crest: duquesa de la Justicia, tesorera mayor de Inys y actual cabeza visible de la familia Crest. Fue regente durante la minoría de edad de Sabran IX y sigue siendo su asesora de confianza en el Consejo de las Virtudes.

Jillet Lidden: dama de compañía de la corte de Sabran IX de Inys. A menudo canta en la corte.

Joan Dale: miembro de la Guardia Real y segunda oficial tras sir Tharian Lintley. Es pariente lejana de sir Antor Dale.

Kalyba (la Dama de los Bosques o la Bruja de Inysca): Figura misteriosa de la historia inys. Creadora de Ascalon. Se dice que vivía en el bosque de Haithwood, al norte de Inys, y que secuestraba y asesinaba a niños.

Katryen Withy, «Kate»: dama de los ropajes y una de las damas de honor de Sabran IX de Inys. Es la sobrina favorita de lord Bartal Withy, duque de la Camaradería.

Kitston Glade: poeta en la corte de Sabran IX de Inys y amigo de lord Arteloth Beck. Único heredero de los condes de Honeybrook, señores de la provincia de las Lomas.

Lemand Fynch: duque de la Templanza y lord almirante de Inys en lugar de su tío desaparecido, lord Wilstan Fynch, cuyo cargo ocupa en el Consejo de las Virtudes. Cabeza visible de la familia Fynch.

Linora Payling: hija de los condes de Payling Hill. Es dama de compañía en la corte de Sabran IX de Inys.

Margret Beck, «Meg»: hija menor de lord Clarent y lady Annes Beck. Es dama de compañía en la corte de Sabran IX de Inys y Custodia de la Biblioteca Real. Hermana de Arteloth Beck.

Marke Birchen: daballero de la Guardia Real.

Marosa Vetalda: Donmata de Yscalin. Hija de Sigoso III y de su compañera, la difunta reina Sahar.

Nelda Stillwater: duquesa del Valor y lady Canciller de Inys. Actual cabeza visible de la familia Stillwater.

Oliva Marchyn: gobernanta de las damas, supervisora de las damas de compañía.

Oscarde utt Zeedeur: duque de Zeedeur y embajador méntico en el reino de Inys. Hijo de lord Jannart utt Zeedeur y lady Aleidine Teldan utt Kantmarkt.

Priessa Yelarigas: primera dama de honor de la Donmata Marosa de Yscalin.

Ranulf Heath el Joven: conde de Deorn y Custodio de los Lagos. Su padre, Ranulf Heath el Viejo, fue príncipe consorte de Jillian VI de Inys, abuela de Sabran IX.

Raunus III: rey de Hróth y actual jefe de la Casa Real de Hraustr.

Ritshard Eller: duque de la Generosidad y cabeza visible de la familia Eller. Miembro de la Junta de los Duques.

Roslain Crest: primera dama de honor de la reina Sabran IX de Inys y heredera del Ducado de la Justicia. Su madre, lady Helain Crest, ocupó la misma posición en la corte de Rosarian IV. Roslain es la compañera de lord Calidor Stillwater, madre de lady Elain Crest, y nieta de lady Igrain Crest.

Sabran IX (la Magnífica): trigésimo sexta reina de Inys y actual jefa de la Casa Real de Berethnet. Hija de Rosarian IV. Como todos los miembros de su dinastía, afirma ser descendiente de sir Galian Berethnet y la princesa Cleolinda de Lasia.

Seyton Combe (el Halcón Nocturno): duque de la Cortesía, secretario real y jefe del Servicio Secreto de Sabran IX de Inys.

Sigoso III: rey de Yscalin y actual jefe de la Casa Real de Vetalda, actualmente denominado Rey Terreno. En su día fue leal a los otros Reinos de las Virtudes, pero ha renunciado al culto de las Virtudes de la Caballería y actualmente se muestra leal al Innombrable. Padre de Marosa Vetalda, hija que concibió con Sahar Taumargam.

Tallys: pinche de cocina en la corte de Sabran IX de Inys.

Tharian Lintley: capitán de la Guardia Real de Sabran IX de Inys. De sangre plebeya, pero convertido en miembro del Consejo de las Virtudes al ser nombrado caballero.

Thim: desertor del *Paloma Negra,* actualmente artillero en el *Rosa Eterna.*

Triam Sulyard: expaje de la corte de Sabran IX de Inys y luego escudero de sir Marke Birchen. Casado en secreto con lady Truyde utt Zeedeur.

Truyde utt Zeedeur: heredera del Ducado de Zeedeur. Hija de Oscarde utt Zeedeur y su difunta compañera. Sirve como dama de compañía en la corte de Sabran IX de Inys.

Wilstan Fynch: duque de la Templanza, lord almirante de Inys y príncipe consorte de la difunta reina Rosarian IV de Inys. Nombrado embajador permanente en el Reino de Yscalin tras la muerte de ella. En su ausencia, su sobrino, lord Lemand Fynch, ocupa su puesto en el Consejo de las Virtudes.

FALLECIDOS Y PERSONAJES HISTÓRICOS DE LOS REINOS DE LAS VIRTUDES

Antor Dale: caballero que desposó a Rosarian I de Inys tras protagonizar ambos una enrevesada historia de amor. El padre de ella, Isalarico IV de Yscalin, concedió un permiso especial para que se efectuara el matrimonio, ya que la historia se había hecho popular entre el pueblo. Sir Antor personifica los ideales de la caballería.

Brilda Glade: primera dama de honor de Sabran VII de Inys, que acabó convirtiéndose en su compañera.

Carnelian I (la Flor de Ascalon): cuarta reina de la Casa de Berethnet.

Carnelian III: vigésimo quinta reina de la Casa de Berethnet. Generó cierto revuelo cuando se negó a contratar un ama de cría para su hija, la princesa Marian. Se enamoró de lord Rothurt Beck, pero no pudo casarse con él.

Carnelian V (la Paloma Doliente): trigésimo tercera reina de la Casa de Berethnet, famosa por su bella voz y por sus períodos de tristeza. Bisabuela de Sabran IX de Inys.

Edrig de Arondine: amigo fiel y caballero al servicio de sir Galian Berethnet. Cuando Galian fue coronado rey de Inys, Edrig fue nombrado Custodio de los Prados y recibió el apellido Beck.

Edvart II: Gran Príncipe del Estado Libre de Mentendon. Edvart y su hija de corta edad murieron poco después que Jannart utt Zeedeur, durante la Tragedia de Brygstad, cuando la mitad de la corte méntica murió de la fiebre sudorosa. Le sucedió su tío Leovart.

Galian Berethnet (el Santo o Galian el Impostor): primer rey de Inys. Galian nació en el pueblo inys de Goldenbirch, pero al crecer se hizo escudero de Edrig de Arondine. El culto de las Virtudes de la Caballería, que Galian basó en el código de los caballeros, decreta que él venció al Innombrable en Lasia, que se casó con la princesa Cleolinda de la Casa de Onjonyu, y que con ella fundó la Casa de Berethnet. Galian es venerado en los Reinos de las Virtudes pero denostado en muchas partes del Sur. Sus fieles creen que reina en Halgalant, la corte celestial, donde espera a los justos en la Gran Mesa.

Glorian II (Glorian la Temible): décima reina de la Casa de Berethnet. Gran cazadora. Con su matrimonio con el rey Isalarico IV de Yscalin, este último pasó a convertirse en un nuevo Reino de las Virtudes.

Glorian III (Glorian la Intrépida): vigésima reina de la Casa de Berethnet, seguramente la más popular y querida de la dinastía. Gobernó Inys durante la Caída de las Sombras y es famosa por haber llevado a su hija recién nacida, Sabran VII, al campo de batalla. Su acción sirvió de inspiración a sus soldados para luchar hasta el final.

Haynrick Vatten: regente de Mentendon durante la Caída de las

Sombras. Lo prometieron a la futura Sabran VII de Inys cuando tenía cuatro años de edad. Los Vatten, que gobernaron Mentendon durante siglos en nombre de la Casa de Hraustr, acabaron siendo derrocados y enviados al exilio a Hróth, pero sus descendientes conservaron cierto poder en Mentendon.

Isalarico IV (el Benevolente): rey de Yscalin y príncipe consorte de Inys. Llevó a su reino al culto de las Virtudes tras su matrimonio con Glorian II de Inys.

Jannart utt Zeedeur: duque de Zeedeur, antes marqués de Zeedeur. Fue gran amigo de Edvart II de Mentendon, amante secreto de Niclays Roos y compañero de lady Aleidine Teldan utt Kantmarkt. Jannart era historiador.

Jillian VI: trigésima cuarta reina de la Casa de Berethnet. Abuela materna de Sabran IX de Inys. Jillian tenía talento para la música, era tolerante en materia de religión y abogaba por estrechar los lazos entre los Reinos de las Virtudes y el resto del mundo.

La Nunca Reina: apodo de la princesa Sabran de Inys, hija de Marian IV. Era la vigésima cuarta princesa heredera de la Casa de Berethnet, pero murió dando a luz a la futura Rosarian II antes de poder ser coronada.

Leovart I: Gran Príncipe del Estado Libre de Mentendon. No estaba destinado a sentarse en el trono, pero convenció al Consejo Real para que le dejaran ocupar el lugar de su sobrino nieto, Aubrecht, que según decía era demasiado blando e inexperto para gobernar. Se hizo famoso por sus propuestas a innumerables mujeres nobles y de la realeza.

Lorain Crest: una de los seis miembros del Séquito Sagrado, amiga de sir Galian Berethnet. Lady Lorain es recordada en Inys como Caballero de la Justicia.

Rosarian I (la Deseada): undécima reina de la Casa de Berethnet. Fue muy popular, y durante su reinado incorporó tradiciones de Yscalin (el reino de su padre, Isalarico IV).

Rosarian II (la Arquitecta de Inys): vigésima cuarta reina de la Casa de Berethnet. Fue una gran arquitecta, y había viajado mucho durante su juventud, mientras aún era princesa. Rosarian diseñó personalmente muchos edificios de Inys, entre ellos la torre del reloj de mármol del Palacio de Ascalon.

Rosarian IV (la Reina Sirena): trigésima quinta reina de la Casa de Berethnet, madre de Sabran IX de Inys. Fue asesinada con un vestido envenenado.

Rothurt Beck: conde de Goldenbirch. Carnelian III de Inys se enamoró de él, pero Rothurt ya estaba casado.

Sabran V: decimosexta reina de la Casa de Berethnet. Su reinado marcó el inicio del Siglo del Descontento, en el que se sucedieron tres reinas impopulares. Fue famosa por su crueldad y por su extravagante estilo de vida.

Sabran VI (la Ambiciosa): decimonovena reina de la Casa de Berethnet. Famosa por integrar Hróth a la coalición de los Reinos de las Virtudes con su matrimonio por amor con Bardholt Hraustr. Su coronación puso fin al Siglo del Descontento. Sabran y Bardholt fueron asesinados por Fýredel, lo que dejó a su hija, Glorian III, sola al frente del país en plena Caída de las Sombras.

Sabran VII: vigésimo primera reina de la Casa de Berethnet. Hija de Glorian III de Inys. La prometieron a Haynrick Vatten, regente de Mentendon, el mismo día de su nacimiento. Tras la muerte de él y la abdicación de ella, Sabran se casó con su primera dama de honor, lady Brilda Glade.

Sahar Taumargam: princesa del Ersyr que se convirtió en reina consorte de Yscalin al casarse con Sigoso III. Hermana de Jantar I del Ersyr. Murió en misteriosas circunstancias.

Wulf Glenn: amigo y guardaespaldas de Glorian III de Inys. Fue uno de los caballeros más famosos de la historia de Inys, imagen de valor y gallardía. Es antepasado de lady Arbella Glenn.

PERSONAJES NO HUMANOS

Aralaq: ichneumon criado en el Priorato del Naranjo por Eadaz y Jondu uq-Nāra.

Dragona Imperial: líder de todos los dragones lacustrinos, elegida mediante un sistema ancestral. La actual Dragona Imperial es una hembra que eclosionó en el lago de las Hojas Doradas en el año 209 E.C. Los Dragones Imperiales están unidos tradicionalmente a la familia real humana del Imperio de los Doce Lagos y son ellos los que eligen a la persona que heredará el trono.

El Innombrable: enorme wyrm de color rojo nacido como consecuencia de la proliferación del siden en el interior de la Tierra. Se cree que fue la primera criatura que emergió del monte Pavor y es el jefe supremo del Ejército Draconiano, creado para él por Fýredel. Se sabe poco del Innombrable, pero se supone que su objetivo final era el de sembrar el caos y dominar a la humanidad. Su enfrentamiento con Cleolinda Onjenyu y Galian Berethnet en Lasia en el año 2 E.C. se convertiría en fundamento de religiones y leyendas por todo el mundo.

Fýredel: líder del Ejército Draconiano, fiel súbdito del Innombrable, del que se dice que es su ala derecha. Dirigió un ataque implacable contra la raza humana en el año 511 E.C. Hay quien dice que surgió del monte Pavor al mismo tiempo que el Innombrable, mientras que otros creen que lo hizo junto con sus hermanos, durante la Segunda Gran Erupción.

Kwiriki: según la tradición seiikinesa, primer dragón que aceptó un jinete humano, venerado como deidad. Talló el Trono del Arcoíris, actualmente destruido, a partir de su cuerno. Los seiikineses creen que Kwiriki se fue al plano celestial, y que fue él quien envió el cometa que acabó con la Gran Desolación. Las mariposas son sus mensajeras.

Nayimathun de las Nieves Profundas: dragona lacustrina que combatió durante la Gran Desolación. Trotamundos por naturaleza, ahora forma parte de la Gran Guardia Marina de Seiiki.

Norumo: dragón seiikinés y miembro de la Gran Guardia Marina de Seiiki.

Orsul: uno de los cinco Sombras del Oeste que guiaron al Ejército Draconiano durante la Caída de las Sombras.

Parspa: la última hawiz conocida, una especie de ave gigante herbívora nativa del Sur. Solo responde a Chassar uq-Ispad, que la domesticó.

Sarsun: águila arenera. Amiga de Chassar uq-Ispad y mensajera del Priorato del Naranjo.

Tukupa (la Plateada): anciana dragón seiikinesa descendiente de Kwiriki. Tradicionalmente, su jinete es el gran general de Seiiki, pero también puede llevar al Señor de la Guerra de Seiiki y a miembros de su familia.

Valeysa: una de los cinco Sombras del Oeste que guiaron al Ejército Draconiano durante la Caída de las Sombras.

Glosario

Aguamala: medusa.
Alabarda: arma seiikinesa que se sujeta con dos manos. Presenta una ancha hoja curvada en un extremo.
Alfanje: espada de marinero.
Anfíptero: serpiente alada. Uno de los híbridos del Ejército Draconiano.
Baldaquino: elaborado dosel o palio situado sobre un camarín de un santuario.
Bormisón: felino salvaje que vive en los páramos de Inys. Su piel es cálida y, dada su escasez, cara.
Brulote: barco de guerra méntico que usa un mecanismo de relojería para prender una mecha y crear una explosión enorme.
Camarín: en un templo, capilla donde se rinde culto a una imagen. En Inys se da este nombre a la plataforma central de un santuario, donde el santario oficia las ceremonias.
Camisola: camisa que solía ponerse sobre la interior, provista de puntillas o encajes en el pecho y en los puños.
Ceñidor: faja, cinta o correa decorativa que se colocaba alrededor de la cintura.
Chirimía: instrumento de viento de madera.
Chupafondos: pez que encuentra su alimento en el fondo marino. En Inys esta palabra se usa como insulto.
Coleto: vestidura de una pieza hecha de piel. Podía llevarse sola o como una capa más, bajo una prenda más formal.
Confites: semillas de hinojo cubiertas de azúcar.
Demontre: exabrupto usado en Inys, considerado solo levemente grosero.
Dipsas: veneno obtenido de una serpiente pequeña nativa del Ersyr.
Doncella del océano: viejo término morgano usado para las sirenas legendarias.

Dote: dinero pagado por las familias en el momento del matrimonio.

Eachy: vaca marina.

Enjaezar: poner los jaeces, adornos o armadura a un caballo.

Eria: vasto desierto de sal que se extiende más allá de la Puerta de Ungulus. Nadie, que se sepa, lo ha cruzado y ha vivido para contarlo.

Escaño: asiento de madera tapizado, no muy diferente a un sofá. En las casas más pobres puede ser de madera sin tapizar.

Escarpe: pieza de la armadura antigua que cubría el pie.

Escudero: ayudante de un caballero o de un caballero errante, normalmente de entre catorce y veinte años.

Esmalte: vidrio de cobalto de color azul oscuro intenso.

Fiebre de las rosas: fiebre del heno.

Fuego nocturno: bioluminiscencia provocada por la putrefacción de unos hongos.

Fustán: tela gruesa de algodón, con pelo por una de sus caras, usada como colcha.

Gallarda: baile medieval, en muchos casos improvisado, que solía unirse a otras danzas.

Gargantilla: joya consistente en una cadenita o collar.

Gorgojo: coleóptero minúsculo.

Grialina: flor que crece en Inys de savia muy preciada. Cuando se mezcla con agua, forma una crema espesa que limpia y perfuma el cabello. Si se prepara correctamente, la raíz puede usarse para inducir el sueño.

Guardia: hechizo protector que requiere siden para su creación. Hay guardias de dos tipos: guardias de tierra y guardias de viento. Una guardia de tierra puede fijarse a la tierra, a la madera o a la piedra y alerta a una maga cuando se acerca alguien. Una guardia de viento, para la que hace falta más siden, es una barrera contra el fuego draconiano.

Haithwood: bosque primitivo al norte de Inys que divide las provincias de los Prados y los Lagos. Se asocia a la leyenda de la Dama de los Bosques.

Halgalant: el Más Allá en la religión de las Virtudes de Caballería, supuestamente creado en el cielo por sir Galian Berethnet tras su muerte. Se le asocia la imagen de un bonito castillo rodeado de ricos terrenos, donde el rey Galian acoge a los justos en torno a su mesa.

Hierba de los gatos: valeriana.

Hopalanda: prenda usada por los santarios en Inys, hecha habitualmente de tela verde y blanca. Hay quien cree que los colores representan las hojas y las flores del espino.

Jáculo: animal draconiano serpentiforme que también puede tener alas y patas delanteras.

Jardín de los Dioses: el Más Allá en la religión politeísta dominante en Lasia.

Jardín-osario: lugar donde se entierran los huesos, normalmente anexo a un santuario.

Jubón: chaqueta generalmente sin mangas.

Mangana: máquina similar a una catapulta, usada en un tiempo durante los sitios a las ciudades. Durante la Gran Desolación se adaptó para su uso contra el Ejército Draconiano.

Manto de Lobo: nombre que reciben los guerreros de Hróth.

Marsopa: cetáceo parecido al delfín.

Morgano: idioma originario de la isla de Morga, en Inys.

Munguna: dama elegida en principio como sucesora de la priora en el Priorato del Naranjo.

Neguilla: planta de la que se extraía una fibra vegetal.

Orris: iris.

Oseumón: hueso de ichneumon. En el Priorato del Naranjo se usa para hacer arcos.

Pájaro llorón: pájaro negro seiikinés con una voz como la de un bebé que llora. Cuenta la leyenda que una emperatriz de Seiiki enloqueció al oírlo. Algunos dicen que las personas en duelo quedan poseídas por los espíritus de niños nacidos muertos, mientras que otros creen que su canto puede provocar abortos. Todo ello ha inducido su caza y persecución a lo largo de toda la historia de Seiiki.

Paje: criado de la corte real inys, normalmente de entre seis y doce años de edad, encargado de enviar mensajes y asistir a los nobles.

Palanquín: cabina sostenida por varas horizontales para el transporte de personas a hombros.

Paloma mensajera: paloma usada para enviar cartas.

Pargh: mascarilla de tela que se llevaba sobre el rostro y la cabeza para evitar la entrada de arena, sobre todo en el Ersyr.

Partesana: arma inys parecida a una lanza.

Pesar mental: en inys, depresión o desazón. Es una afección habitual entre las reinas Berethnet.

Peste: la peste bubónica. En otro tiempo fue una grave amenaza; actualmente está prácticamente erradicada.

Piedra del sol: gema transparente que se extrae en Hróth, usada por los marinos de la Antigüedad para localizar el sol en un cielo cubierto de nubes. La piedra del sol se corta tradicionalmente en forma de flor de azahar para adornar los anillos que se les entregan a las Damas Rojas del Priorato del Naranjo. Simboliza el vínculo entre la Dama Roja y la luz del árbol, y su habilidad para encontrarla en todo momento.

Plúteo: pequeño parapeto móvil usado como arma defensiva durante los asedios.

Priorato: en la Antigüedad, edificio donde los caballeros de las islas de Inysca solían reunirse. Los prioratos fueron sustituidos por los santuarios.

Púrpura de caracola: tinte azulado extraído de las caracolas del mar del Sol Trémulo. Usado en pinturas y cosméticos en Seiiki.

Quitón: túnica larga que se ponía sobre el camisón para una mayor protección contra el frío, habitualmente sin mangas y atada con un cinto.

Ratón volador: especie de ardilla.

Rodela: pequeño escudo redondo.

Saloma: canto marinero, son cadencioso que usaban los marineros para acompañarse y hacer simultáneo el esfuerzo de todos.

Samito: material caro y pesado usado en adornos y cortinajes.

Santuario: en Inys, edificio religioso donde los creyentes en las Seis Virtudes pueden rezar y oír las enseñanzas. Los santuarios evolucionaron a partir de los antiguos prioratos, a los que acudían los caballeros en busca de consuelo y guía. La cámara principal de un santuario es redonda, como un escudo, y el centro es denominado camarín. Suele haber un jardín-osario cerca.

Selinyi: antiguo idioma del Sur que se supone originario de algún punto más allá del Eria. Con el tiempo fue impregnando los diversos dialectos del lasiano, pero en su forma original aún es el idioma de la Casa de Onjenyu y de las damas del Priorato del Naranjo.

Siden: nombre con que se denomina la magia terrena. Procede del Vientre de Fuego y se canaliza a través de los árboles del siden. Se equilibra con el sterren.

Sidra de peras: típica bebida levemente alcohólica. La ciudad de Córvugar, en Yscalin, producía una variedad famosa con peras rojas que inspiró la versión de Inys.

Sol de medianoche: en la escuela de alquimia que aprendió Niclays Roos, el sol de medianoche (también conocido como sol rojo o Sol de Rosarian) representa la fase final de la Gran Obra. El sol blanco, que precede al rojo, es un símbolo de purificación tras la primera fase de putrefacción.

Soles: moneda del Ersyr.

Soportal: espacio cubierto alrededor de un patio.

Sterren: nombre que se le da a la magia sideral, procedente del polvo de estrellas de la Estrella de Larga Melena.

Verdugado: vestidura usada por las mujeres debajo de las faldas inys e yscalinas para ahuecarlas y darles una característica forma acampanada.

Vestes: orendas ceremoniales.

Vientre de Fuego: el núcleo del mundo. Es la fuente del siden y el lugar de origen del Innombrable y de sus seguidores, los Sombras del Oeste. El siden emerge de forma natural del Vientre de Fuego a través de los árboles de siden como parte del equilibrio universal, pero las bestias draconianas, producto del desequilibrio, emergen a través del monte Pavor.

Visarda: máscara de terciopelo forrada de seda. Quien la lleva debe morder una cuenta para mantenerla en su sitio, lo que le impide hablar.

Wisteria: glicina. Planta que se cubre de flores en verano.

Wyverling: wyvern joven o de pequeño tamaño.

Wyvern: criatura draconiana alada de dos patas. Al igual que los Sombras del Oeste, los wyverns proceden del monte Pavor. Fýredel los hibridó con diferentes animales para crear la infantería de su Ejército Draconiano. Un ejemplo es la cocatriz. Cada wyvern está vinculado a un Sombra del Oeste. Si el Sombra del Oeste muere, la llama de sus wyverns se extingue, al igual que la de cualquier criatura que descienda de esos wyverns.

Cronología

ANTES DE LA ERA COMÚN (A.E.C.)

2 A.E.C.: primera gran erupción del monte Pavor. El Innombrable emerge del Vientre de Fuego y se instala en la ciudad lasiana de Yikala, trayendo consigo la peste draconiana.

El Innombrable es derrotado y desaparece.

Fundación del Priorato del Naranjo.

LA ERA COMÚN (E.C.)

1 E.C.: fundación de Ascalon

279 E.C.: se crea lo que acabaría conociéndose como Cadena de la Virtud, cuando Isalarico IV de Yscalin se casa con Glorian II de Inys.

509 E.C.: con la segunda gran erupción del monte Pavor aparecen los Sombras del Oeste y sus wyverns.

Fýredel crea el Ejército Draconiano.

511 E.C.: caída de las Sombras: empieza la Gran Desolación y vuelve la peste draconiana.

512 E.C.: fin de la Casa de Noziken. Fin de la Caída de las Sombras, o Gran Desolación, con la llegada de la Estrella de Larga Melena.

960 E.C.: Niclays Roos llega a la corte de Edvart II de Mentendon y conoce a Jannart utt Zeedeur.

974 E.C.: la princesa Rosarian Berethnet es coronada reina de Inys.

991 E.C.: la reina Rosarian IV muere. Su hija, la princesa Sabran, aún menor de edad, es coronada reina. Tané inicia oficialmente su educación e instrucción para ingresar en la Gran Guardia Marina.

993 E.C.: Jannart utt Zeedeur muere, dejando viuda a su compañera, Aleidine Teldan utt Kantmarkt. Edvart II de Mentendon y su hija mueren de la fiebre sudorosa unos meses más tarde. A Edvart le sucede su tío, Leovart.

994 E.C.: muere la reina Sahar de Yscalin, dejando a la princesa Marosa Vetalda como única heredera del rey Sigoso.

995 E.C.: la reina Sabran se vuelve mayor de edad, y Niclays Roos se convierte en el alquimista de la corte.

997 E.C.: Ead Duryan llega a la corte. Tané conoce a Susa.

998 E.C.: Niclays Roos es exiliado a la estación comercial méntica de Orisima, en Cabo Hisan.

1000 E.C.: celebración de los 1000 años de reinado Berethnet.

1003 E.C.: Truyde utt Zeedeur llega a la corte inys. Fýredel despierta a los pies del monte Fruma y se hace con el control de Cárscaro. Bajo su dominio, Yscalin se declara leal al Innombrable.

1005 E.C.: empieza *El Priorato del Naranjo*. Tané tiene diecinueve años; Ead, veintiséis; Loth, treinta; y Niclays, sesenta y cuatro.

Agradecimientos

El Priorato del Naranjo es la novela más larga que he publicado y he tardado más de tres años en terminarla. Escribí las primeras palabras en abril de 2015 y completé la última versión en junio de 2018. Cuando te metes en una aventura como esta, necesitas un ejército de personas que te ayuden a llegar al final.

A vosotros, mis lectores, gracias por sumergiros en este mundo conmigo. Sin vosotros, no soy más que una chica con la cabeza llena de ideas curiosas. Recordad que, quienesquiera que seáis y allá donde estéis, nunca tendréis cerrado el mundo de las aventuras. Vosotros sois vuestro propio escudo.

Gracias a mi agente, David Godwin, que creyó en *El Priorato* tanto como creyó en *La era de huesos* y que siempre está ahí para darme confianza y apoyo. Y a Heather Godwin, Kirsty McLachlan, Lisette Verhagen, Philippa Sitters y el resto de personas de DGA por ser fantásticos en todo momento.

A mi Séquito Sagrado de editores: Alexa von Hirschberg, Callum Kenny, Genevieve Herr y Marigold Atkey. Habéis hecho una labor extraordinaria para sacar lo mejor de *El Priorato*. Muchísimas gracias por vuestra paciencia, sabiduría y compromiso, y por comprender todo lo que quería conseguir con esta historia.

Al equipo internacional de Bloomsbury: Alexandra Pringle, Amanda Shipp, Ben Turner, Carrie Hsieh, Cesca Hopwood, Cindy Loh, Cristina Gilbert, Francesca Sturiale, Genevieve Nelsson, Hermione Davis, Imogen Denny, Jack Birch, Janet Aspey, Jasmine Horsey, Josh Moorby, Kathleen Farrar, Laura Keefe, Laura Phillips, Lea Beresford, Marie Coolman, Meenakshi Singh, Nancy Miller, Sarah Knight, Phil Beresford, Nicole Jarvis, Philippa Cotton, Sara Mercurio, Trâm-Anh Doan y todos los demás: gracias por seguir publicando los frutos de mi peculiar imaginación. Para mí es un sueño y un privilegio trabajar con vosotros.

A David Mann e Ivan Belikov, los talentos responsables de la magnífica cubierta. Gracias a los dos por vuestra atención al detalle, por capturar tan bien la esencia de la historia y por escuchar atentamente mis sugerencias.

A Lin Vasey, Sarah-Jane Forder y Veronica Lyons, que se sumergieron en busca de perlas en el mar que es este libro, para pescar todo lo que se me había pasado por alto.

A Emily Faccini por los mapas e ilustraciones que han convertido *El Priorato* en algo tan bonito.

A Katherine Webber, Lisa Lueddecke y Melinda Salisbury: recuerdo perfectamente cuando me decíais que no veíais el momento de ver ese libro de dragones del que no dejaba de hacer enigmáticos comentarios. Vuestro apoyo decidido y vuestro gran entusiasmo por *El Priorato* me dieron el impulso necesario durante meses, y luego años. Habría tardado mucho más en acabar de no haber sabido que estabais ahí, esperando un capítulo más. Gracias. Os quiero.

A Alwyn Hamilton, Laure Eve y Nina Douglas, mi equipo en Londres. Gracias por todo el café, por las risas y por los días de escritura demorada, y por inyectarme la fuerza de voluntad necesaria para escalar la interminable montaña de versiones estructurales en mi portátil.

A las magníficas personas —como Dhonielle Clayton, Kevin Tsang, Molly Night, Natasha Pulley y Tammi Gill— que me ayudaron con opiniones y consejos en varios aspectos de *El Priorato*. Gracias por vuestras ideas y vuestra generosidad.

A Claire Donnelly, Ilana Fernandes-Lassman, John Moore, Kiran Millwood Hargrave, Krystal Sutherland, Laini Taylor, Leiana Leatutufu, Victoria Aveyard, Richard Smith y Vickie Morrish, todos increíbles amigos y grandes apoyos.

Al doctor Siân Grønlie, que me inició en el inglés antiguo y despertó mi interés por la etimología.

A todos los fans de mi serie *La era de huesos*, entre ellos sus increíbles defensores: gracias por mostraros tan pacientes mientras estaba en otra cosa, y por acompañarme en un nuevo viaje.

A los libreros, bibliotecarios, revisores y blogueros de todas las plataformas, a los otros escritores y a los amantes de los libros en general. Me siento muy orgullosa de formar parte de esta comunidad de gran corazón.

El Priorato rebate, incorpora, reimagina y/o ha recibido influencias de elementos de diversos mitos, leyendas y obras históricas de ficción, entre ellas el relato de Hohodemi, tal como se cuenta en el *Kojiki* y el *Nihongi*; *La Reina Hada* de Edmund Spenser; y varias versiones de la historia de San Jorge y el dragón, entre ellas la de *La leyenda dorada* de Santiago de la Vorágine; *The Renowned History of the Seven Champions of Christendom* de Richard Johnson; y el *Codex Angelicus*.

También debo gran parte de mi inspiración a acontecimientos y situaciones reales del pasado. Estoy profundamente agradecida a los historiadores y lingüistas cuyas publicaciones me ayudaron a decidir cómo integrar estos acontecimientos en *El Priorato*, cómo construir su mundo, y cómo escoger los mejores nombres para sus lugares y personajes. La British Library me proporcionó acceso a muchos de los textos que necesité durante mi investigación. Nunca debemos menospreciar el valor de las bibliotecas, ni la necesidad urgente de protegerlas, en un mundo que tan a menudo parece olvidar la importancia de las historias.

Mi último agradecimiento es para mi increíble familia, especialmente para mi madre, Amanda Jones, mi mejor amiga, que me inspiró para hacer que este mundo fuera tan alto como vasto.